莫言研究书系
总主编 张华

Mo Yan Study:
From 1980s to 2010s

莫言研究三十年

（中）

主编 杨守森 贺立华
执行主编 从新强 孙书文

山东大学出版社

《莫言研究书系》编委会

目　录

第一辑　莫言说文学

第二辑　莫言研究综论

第三辑　莫言与世界文学

第四辑 莫言文学叙事研究

第一辑　莫言说文学

饥饿和孤独是我创作的财富

——2000 年 3 月在斯坦福大学的演讲

◇莫　言

每个作家都有他成为作家的理由，我自然也不能例外，但我为什么成了一个这样的作家，而没有成为像海明威、福克纳那样的作家，我想这与我独特的童年经历有关。我认为这是我的幸运，也是我在今后的岁月里还可以继续从事写作这个职业的理由。

从现在退回去大约四十年，也就是 20 世纪的 60 年代初期，正是中国近代历史上一个古怪而狂热的时期。那时候一方面是物质极度贫乏，人民吃不饱穿不暖，几乎可以说是在死亡线上挣扎；但另一方面人民却有高度的政治热情，饥饿的人民勒紧腰带跟着共产党进行共产主义实验。那时候我们虽然饿得半死，但我们却认为自己是世界上最幸福的人，而世界上还有三分之二的人——包括美国人——都还生活在“水深火热”的苦难生活之中。而我们这些饿得半死的人还肩负着把你们从苦海里拯救出来的神圣责任。当然，到了 80 年代，中国对外敞开了大门之后，我们才恍然大悟、如梦初醒。

在我的童年时期，根本就不知道世界上还有照相这码事，知道了也照不起，所以我只能根据后来看到过的一些历史照片，再加上自己的回忆，来想象自己的童年形象。我敢担保我想象出来的形象是真实的。那时，我们这些五六岁的孩子，在春、夏、秋三个季节里，基本上是赤身裸体的，只是到了严寒的冬季，才胡乱地穿上一件衣服。那些衣服的破烂程度是今天的中国孩子想象不到的。我相信我奶奶经常教导我的一句话，她说人只有享不了的福，但是没有受不了的罪。我也相信达尔文的适者生存学说，人在险恶的环境里，也许会焕发出惊人的生命力。不能适应的都死掉了，能够活过来的，就是优良的品种。所以，我大概也是一个优良的品种。那时候我们都有惊人的抗寒能力，连浑身羽毛的小鸟都冻得唧唧乱叫时，我们光着屁股，也没有感到冷得受不了。我对当时的我充满了敬佩之情，那时我真的不简单，比现在的我优秀许多倍。

那时候我们这些孩子的思想非常单纯，每天想的就是食物和如何才能搞到食物。

我们就像一群饥饿的小狗，在村子中的大街小巷里嗅来嗅去，寻找可以果腹的食物。许多在今天看来根本不能入口的东西，在当时却成了我们的美味。我们吃树上的叶子，树上的叶子吃光后，我们就吃树的皮；树皮吃光后，我们就啃树干。那时候我们村的树是地球上最倒霉的树，它们被我们啃得遍体鳞伤。那时候我们都练就了一口锋利的牙齿，世界上大概没有我们咬不动的东西。我的一个小伙伴后来当了电工，他的工具袋里既没有钳子也没有刀子，像铅笔那样粗的钢丝他毫不费力地就可以咬断。别的电工用刀子和钳子才能完成的工作，他用牙齿就可以完成了。那时我的牙齿也很好，但不如我那个当了电工的朋友的牙齿好，否则我很可能是一个优秀的电工而不是一个作家。1961 年的春天，我们村子里的小学校里拉来了一车亮晶晶的煤块，我们孤陋寡闻，不知道这是什么东西。一个聪明的孩子拿起一块煤，“咯嘣咯嘣”吃起来，看他吃得香甜的样子，味道肯定很好，于是我们一拥而上，每人抢了一块煤，“咯嘣咯嘣”吃起来。我感到那煤块愈嚼愈香，味道的确是好极了。看到我们吃得香甜，村子里的大人们也扑上来吃，学校里的校长出来阻止，于是人们就开始哄抢。至于煤块吃到肚子里的感觉，我已经忘记了，但吃煤时口腔里的感觉和煤的味道，至今还牢记在心。不要以为那时候我们就没有欢乐，其实那时候我们仍有许多欢乐，我们为发现了一种可以食用的物品而欢欣鼓舞。

这样的饥饿岁月大概延续了两年多。到了 60 年代中期，我们的生活好了起来，虽然还是吃不饱，但每人每年可以分到两百斤粮食，再加上到田野里去挖一点野菜，基本上可以维持人的生命，饿死人的事愈来愈少了。

当然，仅仅有饥饿的体验，并不一定就能成为作家，但饥饿使我成为一个对生命的体验特别深刻的作家。长期的饥饿使我知道，食物对于人是多么的重要。什么光荣、事业、理想、爱情，都是吃饱肚子之后才有的事情。因为吃，我曾经丧失过自尊；因为吃，我曾经被人像狗一样地凌辱；因为吃，我才发奋走上了创作之路。

当我成为作家之后，我开始回忆我童年时的孤独，就像面对着满桌子美食回忆饥饿一样。我的家乡高密东北乡是三个县交界的地区，交通闭塞，地广人稀。村子外边是一望无际的洼地，野草繁茂，野花很多。我每天都要到洼地里放牛，因为我很小的时候已经辍学，所以当别人家的孩子在学校里读书时，我就在田野里与牛为伴。我对牛的了解甚至胜过了我对人的了解。我知道牛的喜怒哀乐，懂得牛的表情，知道它们心里想什么。在那样一片在一个孩子眼里几乎是无边无际的原野里，只有我和几头牛在一起。牛安详地吃草，眼睛蓝得好像大海里的海水。我想跟牛谈谈，但是牛只顾吃草，根本不理我。我仰面朝天躺在草地上，看着天上的白云缓慢地移动，好像它们是一些懒洋洋的大汉。我想跟白云说话，白云也不理我。天上有许多鸟儿，有云雀，有百灵，还有一些我认识它们但叫不出它们的名字。它们叫得实在是太动人了。我经常被鸟儿的叫声感动得热泪盈眶。我想与鸟儿们交流，但是它们也很忙，它们也不理睬我。我躺在草地上，心中充满了悲伤的感情。在这样的环境里，我首先学会了想入非非。这是一种半梦半醒的状态。许多美妙的念头纷至沓来。我躺在草地上理解了什么叫爱情，也理解了什么叫善良，然后我学会了自言自语。那时候我真是才华横溢，出口成章，滔滔不绝，而且合辙押韵。有一次我对着一棵树自言自语，我的母亲听到后大吃一惊，她对我的父亲说："他爹，咱这孩子是不是有毛病了？"后来我长大了一些，参加了生产队的集体劳动，进入了成人社会，我在放牛时养成的喜欢说话的毛病给家人带来了许多麻烦。我母亲痛苦地劝告我："孩子，你能不能不说话？"我当时被母亲的表情感动得鼻酸眼热，发誓再也不说话，但一到了人前，肚子里的话就像一窝老鼠似的奔突而出。话说过之后又后悔无比，感到自己辜负了母亲的教导。所以当我开始我的作家生涯时，我为自己起了一个笔名——莫言。但就像我的母亲经常骂我的那样，"狗改不了吃屎，狼改不了吃肉"，我改不了喜欢说话的毛病。为此我把文坛上的许多人都得罪了，因为我最喜欢说的是真话。现在，随着年龄增长，我的话说得愈来愈少，我母亲的在天之灵一定可以感到一些欣慰了吧？

我的作家梦想是很早就发生了的。那时候，我的邻居是一个大学中文系的被打成右派、开除学籍、下放回家的学生。我与他在一起劳动，起初他还忘不了自己曾经是一个大学生，说起话来文绉绉的。但是严酷的农村生活和艰苦的劳动很快就把他那点知识分子的酸气改造得干干净净，他变成了一个与我一样的农民。在劳动的间隙里，我们饥肠辘辘，胃里泛着酸水。我们最大的乐趣就是聚集在一起谈论食物。大家把自己曾经吃过的或者是听说过的美食讲出来让大家享受，这是真正的精神会餐。说者津津有味，听者直咽口水。大学生说他认识一个作家，写了一本书，得了成千上万的稿费。他每天吃三顿饺子，而且还是肥肉馅的，咬一口，那些肥油就唧唧地往外冒。我们不相信竟然有富贵到每天都可以吃三次饺子的人，但大学生用蔑视的口吻对我们说，人家是作家！懂不懂？作家！从此我就知道了，只要当了作家，就可以每天吃三次饺子，而且是肥肉馅的。每天吃三次肥肉馅饺子，那是多么幸福的生活！天上的神仙也不过如此了。从那时起，我就下定了决心，长大后一定要当一个作家。

我开始创作时，的确没有那么崇高的理想，动机也很低俗。我可不敢像许多中国作家那样把自己想象成"人类灵魂工程师"，更没有想到要用小说来改造社会。前边我已经说过，我创作的最原始的动力就是对于美食的渴望。当然在我成了名之后，我也学着说了一些冠冕堂皇的话，但那些话连我自己也不相信。我是一个出身底层的人，所以我的作品中充满了世俗的观点。谁如果想从我的作品中读出高雅和优美，他多半会失望。这是没有办法的事，什么人说什么话，什么藤结什么瓜，什么鸟叫什么调，什么作家写什么作品。我是一个在饥饿和孤独中成长的人，我见多了人间的苦难和不公平，我的心中充满了对人类的同情和对不平等社会的愤怒，所以我只能写出这样的小说。当然，随着我的肚子渐渐吃饱，我的文学也发生了一些变化。我渐渐地知道，人即便每天吃三次饺子，也还是有痛苦的，而这种精神上的痛苦其程度并不亚于饥饿。表现这种精神上的痛苦同样是一个作家的神圣职责，但我在描写人的精神痛苦时，也总忘不了饥饿带给人的肉体痛苦。我不知道这是我的优点还是缺点，但我知道这是我的宿命。

我最早的创作是不值一提的，但也是不能不提的，因为那是属于我的历史，也是属于中国当代文学的历史。我记得我最早的作品是写一篇挖河的小说，写一个民兵连长早晨起来，站在我们的毛主席像前，向他祈祷，祝愿他万寿无疆。然后那人就起身去村里开会，村里决定要他带队到外边去挖一条很大的河流。他的女朋友为了支持他去挖河，决定将婚期往后推迟三年。而一个老地主听说了这个消息，深夜里潜进生产队的饲养室，用铁锹把一匹即将到挖河的工地上拉车的黑骡子的腿给铲断了。这就是阶级斗争，而且非常激烈。大家都如临大敌，纷纷动员起来，与阶级敌人展开了激烈的斗争，最后河挖好了，老地主也被抓起来了。这样的故事今天是没人要的，但当时中国的文坛上全是这样的东西。如果你不这样写，就不可能发表。尽管我这样写了，也还是没有发表。因为我写得还不够革命。

到了70年代末，我们的毛主席去世了，中国的局面发生了变化，中国的文学也开始发生变化，但变化是微弱而缓慢的。当时还有许多禁区，譬如不许写爱情，不许写共产党的错误，但文学渴望自由的激情是压抑不住的，作家们挖空心思，转弯抹角地想突破禁区。这个时期就是中国的“伤痕文学”。我是80年代初期开始写作的，那时中国的文学已经有了很大的发展，所有的禁区几乎都突破了。西方的许多作家被介绍过来，大家都在近乎发疯地模仿他们。我是一个躺在草地上长大的孩子，没上几天学，文学的理论几乎是一窍不通，但我凭着直感认识到，我不能学那些正在文坛上走红的人的样子，把西方作家的东西改头换面当成自己的。我认为那是二流货色，成不了大气候。我想我必须写出属于我自己的、跟别人不一样的东西，不但跟外国的作家不一样，而且跟中国的作家也不一样。这样说并不是要否定外国文学对我的影响，恰恰相反，我是一个深受外国作家影响并且敢于坦率地承认自己受了外国作家影响的中国作家，这个问题我想应该作为一个专门的题目来讲。但我比很多中国作家高明的是，我并不刻意地去模仿外国作家的叙事方式和他们讲述的故事，而是深入地去研究他们作品的内涵，去理解他们观察生活的方式，以及他们对人生、对世界的看法。我想一个作家读另一个作家的书，实际上是一次对话，甚至是一次恋爱。如果谈得投机，有可能成为终生伴侣；如果话不投机，然后就各奔前程。

截至目前，在美国已经出版了我三本书：一本是《红高粱家族》，一本是《天堂蒜薹之歌》，还有一本就是刚刚面世的《酒国》。《红高粱家族》表现了我对历史和爱情的看法，《天堂蒜薹之歌》表现了我对政治的批判和对农民的同情，《酒国》表现了我对人类堕落的惋惜和对腐败官僚的痛恨。这三本书看起来迥然有别，但最深层里的东西还是一样的，那就是一个被饿怕了的孩子对美好生活的向往。

（选自《用耳朵阅读》，作家出版社 2012 年版）

我变成了小说的奴隶

——1999年10月在京都大学的演讲

◇莫　言

我能够在这里对你们讲演，是因为我写过一些小说，是因为日本的汉学家吉田富夫、藤井省三和其他几位先生把我的一些小说翻译成了日文。我的小说能被先生们的慧眼看中是我的幸运；我能够踏上日本美丽的国土对你们讲演是我的荣耀；而今天的幸运和荣耀，是我二十年前开始写作时做梦也想象不到的。

二十年前，当我拿起笔创作第一篇小说时，并没想到这项工作会改变我的命运，更没想到我的作品会部分地改变中国当代文学的面貌。那时我是一个刚从我的故乡高密东北乡的高粱地里钻出来的农民，用中国的城里人嘲笑乡下人的说法就是“脑袋上顶着高粱花子”。我开始文学创作的最初动机非常简单：就是想赚一点稿费买一双闪闪发亮的皮鞋满足一下虚荣心。当然，在我买上了皮鞋之后，我的野心开始随之膨胀了。那时的我又想买一只上海造的手表，戴在手腕上，回乡去向我的乡亲们炫耀。那时我还在一个军营里站岗，在那些漫漫长夜里，我沉浸在想象的甜蜜当中。我想象着穿着皮鞋戴着手表在故乡的大街上走来走去的情景，我想象着村子里的姑娘们投到我身上的充满爱意的目光。我经常被自己的想象激动得热泪盈眶，以至于忘了换岗的时间。但可悲的是，最终我也没能用稿费换来手表，我戴的第一块手表是我的父亲卖了一头牛帮我买的。更可悲的是，当我穿着皮鞋戴着手表在大街上走来走去时，也没有一个姑娘把目光投到我的身上，只有一些老太太用鄙夷的目光打量着我。

在我刚开始创作时，中国的当代文学正处在所谓的“伤痕文学”后期，几乎所有的作品，都在控诉“文化大革命”的罪恶。这时的中国文学，还负载着很多政治任务，并没有取得独立的品格。我模仿着当时流行的作品，写了一些今天看起来应该烧掉的作品。我的觉悟得之于阅读：那是十五年前冬天里的一个深夜，当我从川端康成的《雪国》里读到“一只黑色而狂逞的秋田狗蹲在那里的一块踏石上，久久地舔着热水”这样一个句子时，一幅生动的画面栩栩如生地出现在我的眼前，我感到像被心仪已久的姑娘抚摸了一下似的，激动无比。我明白了什么是小说，我知道了我应该写什么，也知道了应该怎样写。在此之前，我一直在为写什么和怎样写发愁，既找不到适合自己的故事，更发不出自己的声音。川端康成小说中的这样一句话，如同暗夜中的灯塔，照亮了我前进的道路。

当时我已经顾不上把《雪国》读完，放下他的书，我就抓起了自己的笔，写出了这样的句子："高密东北乡原产白色温驯的大狗，绵延数代之后，很难再见一匹纯种。"这是我的小说中第一次出现"高密东北乡"这个字眼，也是在我的小说中第一次出现关于"纯种"的概念。这篇小说就是后来赢得台湾联合文学奖并被翻译成多种外文的《白狗与秋千架》。从此之后，我高高地举起了"高密东北乡"这面大旗，就像一个草莽英雄一样，开始了招兵买马、创建王国的工作。当然，这是一个文学的王国，而我就是这个王国的国王。在这个文学的王国里，我发号施令，颐指气使，手里掌握着生杀大权，饱尝了君临天下的幸福。

在举起"高密东北乡"这杆大旗之前，或者说在读到川端康成先生的舔着热水的秋田狗之前，我一直找不到创作的素材。我遵循着教科书里的教导，到农村、工厂里去体验生活，但归来后还是感到没有什么东西好写。川端康成的秋田狗唤醒了我：原来狗也可以进入文学，原来热水也可以进入文学！从此以后，我再也不必为找不到小说素材而发愁了。从此以后，当我写着一篇小说的时候，新的小说就像急着回家产卵的母鸡一样，在我的身后咕咕乱叫。过去是我写小说，现在是小说写我，我成了小说的奴隶。

当然，每一个作家都必然地生活在一定的社会政治环境中，要想写出完全与政治无关的作品也是不可能的。但好的作家，总是千方百计地使自己的作品具有更加广泛和普遍的意义，总是使自己的作品能被更多的人接受和理解。好的作家虽然写的很可能只是他的故乡那块巴掌大小的地方，很可能只是那块巴掌大小的地方上的人和事，但由于他动笔之前就意识到了那块巴掌大的地方是世界的一个不可缺少的组成部分，那块巴掌大的地方上发生的事情是世界历史的一个片段，所以他的作品就具有了走向世界被全人类理解和接受的可能性。这是美国作家福克纳给我的启示，也是日本作家水上勉、三岛由纪夫、大江健三郎给我的启示。当然，没有他们，我也会这样写；没有他们，我也会走上这条道路；但他们的创作实践为我提供了有用的经验，使我少走了许多弯路。

1985 年，我写出了《透明的红萝卜》、《爆炸》、《枯河》等一批小说，在文坛上获得了广泛的名声。1986 年，我写出了《红高粱家族》，确立了在文坛的地位。1987 年，我写了《欢乐》和《红蝗》，这两部中篇小说引起了激烈的争论，连许多一直吹捧我的评论家也不喜欢我了，我知道他们被我吓坏了。接下来的两年内，我创作了长篇小说《天堂蒜薹之歌》和《十三步》。《天堂蒜薹之歌》是根据一个真实的事件而写的，那里的贪官污吏扬言要打断我的腿。《十三步》是一部复杂的作品，去年我在法国巴黎的一所大学演讲,一个法国读者对我说,她用了五种颜色的笔记做着记号,才把这本书读懂。我告诉她,如果让我重读《十三步》,需要用六种颜色的笔做记号。1989年,我写了已被藤井省三先生翻译成日语的《酒国》。这部长篇小说,在中国几乎无人知道,但我认为它是我迄今为止最完美的长篇,我为它感到骄傲。接下来的几年里,我写作了大量的中短篇小说,在创作这些中短篇小说时,我的心一直不得安宁,因为有一个巨大的题材在召唤着我。这个题材,就是被吉田富夫教授翻译成日文的《丰乳肥臀》。这部书给我带来了很多麻烦,当然也给我带来了新的声誉。如果把《酒国》和《丰乳肥臀》进行比较,那么《酒国》是我的美丽刁蛮的情人,而《丰乳肥臀》则是我的宽厚沉稳的祖母。

我曾经被中国的文学评论家贴上许多文学标签,他们时而说我是"新感觉派",时而说我是"寻根派",时而又把我划到"先锋派"的阵营里。对此我既不反对也不赞同。好的作家,关心的只是自己的创作,他甚至不去关心读者对自己作品的看法。他关心的只是自己的作品中人物的命运,因为这是他创造的比他自己更为重要的生命,与他血肉相连。一个作家一辈子其实只能干一件事:把自己的血肉,连同自己的灵魂,转移到自己的作品中去。

一个作家一辈子可能写出几十本书,可能塑造出几百个人物,但几十本书只不过是一本书的种种翻版,几百个人物只不过是一个人物的种种化身。这几十本书合成的一本书就是作家的自传,这几百个人物合成的一个人物就是作家的自我。

如果硬要我从自己的书里抽出一个这样的人物,那么这个人物就是我在《透明的红萝卜》里写的那个没有姓名的黑孩子。这个黑孩子虽然具有说话的能力,但他很少说话,他感到说话对他是一种沉重的负担。这个黑孩子能够忍受常人不能忍受的苦难:他能在滴水成冰的严寒天气里,只穿一条短裤,光着背,赤着双脚;他能够将烧红的钢铁攥在手里;他能够对自己身上的伤口熟视无睹。他具有幻想的能力,能够看到别人看不到的奇异而美丽的事物;他能够听到别人听不到的声音,譬如他能听到头发落到地上发出的声音;他能嗅到别人嗅不到的气味,当然,他也像《丰乳肥臀》中的上官金童一样迷恋着女人的乳房……正因为他具有了这些非同寻常之处,所以他感受到的世界就是在常人看来显得既奇特又新鲜的世界,所以他就用自己的眼睛开拓了人类的视野,所以他就用自己的体验丰富了人类的体验,所以他既是我又超出了我,他既是人又超越了人。在科技如此发达、复制生活如此方便的今天,这种似是而非的超越,正是文学存在着并可能继续存在下去的理由。

黑孩子是一个精灵,他与我一起成长,并伴随着我走遍天下,他是我的保护神。现在,他就站在我的身后,如果男士们看不到他,女士们一定看到了,因为无论多么奇特的孩子,都有自己的母亲。

(选自2000年3月2日《检察日报》)

福克纳大叔，你好吗？

——2000年3月在加州大学伯克莱校区的演讲

◇莫　言

前几天在斯坦福大学演讲时，我曾经说过，一个作家读另一个作家的书，实际上是一次对话，甚至是一次恋爱。如果谈得成功，很可能成为终生伴侣；如果话不投机，大家就各奔前程。在我的心目中，一个好的作家是长生不死的，他的肉体当然也与常人一样迟早要化为泥土，但他的精神却会因为他的作品的流传而永垂不朽。在今天这种纸醉金迷的社会里，说这样的话显然是不合时宜的——因为比读书有趣的事情实在是太多了——但为了安慰自己、鼓励自己继续创作，我还是要这样说。

几十年前，当我还是一个在故乡的草地上放牧牛羊的顽童时，就开始了阅读生涯。那时候在我们那个偏僻落后的地方，书籍是十分罕见的奢侈品。在我们高密东北乡那十几个村子里，谁家有本什么样的书我基本上都知道。为了得到阅读这些书的权利，我经常给有书的人家去干活。我们邻村一个石匠家里有一套带插图的《封神演义》，这套书好像是在讲述三千年前的中国历史，但实际上讲述的是许多超人的故事。譬如说一个人的眼睛被人挖去了，就从他的眼窝里长出了两只手，手里又长出两只眼，这两只眼能看到地下三尺的东西。还有一个人，能让自己的脑袋脱离脖子在空中唱歌，他的敌人变成了一只老鹰，将他的脑袋反着安装在他的脖子上，结果这个人往前跑时，实际上是在后退，而他往后跑时，实际上是在前进。这样的书对我这样的整天沉浸在幻想中的儿童，具有难以抵御的吸引力。为了阅读这套书，我给石匠家里拉磨磨面，磨一上午面，可以阅读这套书两个小时，而且必须在他家的磨道里读。我读书时，石匠的女儿就站在我的背后监督着我，时间一到，马上收走。如果我想继续阅读，那就要继续拉磨。那时在我们那里根本就没有钟表，所以所谓两个小时，全看石匠女儿的情绪。她情绪好时，时间就走得缓慢；她情绪不好时，时间就走得飞快。为了让这个小姑娘保持愉快的心情，我只好到邻居家的杏树上偷杏子给她吃。像我这样的馋鬼，能把偷来的杏子送给别人吃，简直就像让馋猫把嘴里的鱼吐出来一样，但我还是将得来不易的杏子送给那个女孩。当然,石匠的女儿很好看也是一个重要的原因。总之,在我的童年时代,我付出了巨大的代价,把我们周围那十几个村子里的书都读完了。那时候我的记忆力很好,不但阅读的速度惊人,而且几乎是过目不忘。至于把读书看成是与作者的交流,在当时是谈不上的,当时纯粹是为了看故事,而且非常地投入,经常因为书中的人物而痛哭流涕,也经常爱上书中那些可爱的女性。

我把周围村子里的十几本书读完之后,十几年里,几乎再没读过书。我以为世界上的书就是这十几本,把它们读完,就等于把天下的书读完了。这一段时间我在农村劳动,与牛羊打交道的机会比与人打交道的机会多,我在学校里学会的那些字也几乎忘光了。但我的心里还是充满了幻想,希望能成为一个作家,过上幸福的生活。我 15 岁时,石匠的女儿已经长成了一个很漂亮的大姑娘。她扎着一条垂到臀部的大辫子,生着两只毛茸茸的眼睛,一副睡眼蒙眬的样子。我对她十分着迷,经常用自己艰苦劳动换来的小钱买来糖果送给她吃。她家的菜园子与我家的菜园子紧靠着,傍晚的时候,我们都到河里担水浇菜。当我看到她担着水桶,让大辫子在背后飞舞着从河堤上飘然而下时,我的心里百感交集。我感到她是地球上最美丽的人。我跟在她的身后,用自己的赤脚去踩她留在河滩上的脚印,仿佛有一股电流从我的脚直达我的脑袋,我心中充满了幸福。我鼓足了勇气,在一个黄昏时刻,对她说我爱她,并且希望她能嫁给我做妻子。她吃了一惊,然后便哈哈大笑。她说:“你简直是癞蛤蟆想吃天鹅肉!”我感到自尊心受到了沉重的打击,但痴心不改,又托了一个大嫂去她家提亲。她让大嫂带话给我,只要我能写出一本像她家那套《封神演义》一样的书她就嫁给我。我到她家去看她,想对她表示一下我的雄心壮志。她不出来见我,她家那条凶猛的大狗却像老虎似的冲了出来。前几天在史坦福演讲时我曾经说,是因为想过上一天三顿吃饺子那样的幸福日子才发奋写作,其实,鼓舞我写作的,除了饺子之外,还有石匠家那个睡眼蒙眬的姑娘。我至今也没能写出一本像《封神演义》那样的书,石匠家的女儿早已经嫁给铁匠的儿子并且成了三个孩子的母亲。

我大量的阅读是我在大学的文学系读书的时候,那时我已经写了不少很坏的小说。我第一次进入学校的图书馆时大吃一惊,我做梦也没想到,世界上已经有这么多人写了这么多书。但这时我已经过了读书的年龄,我发现我已经不能耐着心把一本书从头读到尾,我感到书中那些故事都没有超出我的想象力。我把一本书翻过十几页就把作者看穿了。我承认许多作家都很优秀,但我跟他们之间共同的语言不多,他们的书对我用处不大,读他们的书就像我跟一个客人彬彬有礼地客套,这种情况直到我读到福克纳为止。

我清楚地记得那是 1984 年 12 月的一个大雪纷飞的下午,我从同学那里借到了一本福克纳《喧哗与骚动》,我端详着印在扉页上穿着西服、扎着领带、叼着烟斗的那个老头，心中不以为然。然后我就开始阅读由中国的一个著名翻译家写的那篇漫长的序文，我一边读一边欢喜，对这个美国老头许多不合时宜的行为我感到十分理解，并且感到很亲切。譬如他从小不认真读书，譬如他喜欢胡言乱语，譬如他喜欢撒谎：他连战场都没上过，却大言不惭地对人说自己驾驶着飞机与敌人在天上大战；他还说他的脑袋里留下一块巨大的弹片，而且因为脑子里有弹片，才导致了他的烦琐而晦涩的语言风格。他去领诺贝尔奖金，竟然醉得连金质奖章都扔到垃圾桶里。肯尼迪总统请他到白宫去赴宴，他竟然说为了吃一次饭跑到白宫去不值得。他从来不以作家自居，而是以农民自居，尤其是他创造的那个“约克纳帕塔县”更让我心驰神往。我感到福克纳像我的故乡的那些老农一样，在用不耐烦的口吻教我如何给马驹子套上笼头。接下来我就开始读他的书，许多人都认为他的书晦涩难懂，但我却读得十分轻松。我觉得他的书就像我的故乡那些脾气古怪的老农絮絮叨叨一样亲切，我不在乎他对我讲了什么故事，因为我编造故事的才能决不在他之下，我欣赏的是他那种讲述故事的语气和态度。他旁若无人，只顾讲自己的，就像当年我在故乡的草地上放牛时一个人对着牛和天上的鸟自言自语一样。在此之前，我一直还在按照我们小说教程上的方法来写小说，这样的写作是真正的苦行。我感到自己找不到要写的东西，而按照我们教材上讲的，如果感到没有东西可写时，就应该下去深入生活。读了福克纳之后，我感到如梦初醒，原来小说可以这样地胡说八道，原来农村里发生的那些鸡毛蒜皮的小事也可以堂而皇之地写成小说。他的约克纳帕塔县尤其让我明白了，一个作家，不但可以虚构人物、虚构故事，而且可以虚构地理。于是我就把他的书扔到了一边，拿起笔来写自己的小说了。受他的约克纳帕塔法县的启示，我大着胆子把我的“高密东北乡”写到了稿纸上。他的“约克纳帕塔法县”是完全的虚构，我的高密东北乡则是实有其地。我也下决心要写我的故乡那块像邮票那样大的地方。这简直就像打开了一道记忆的闸门，童年的生活全被激活了。我想起了当年我躺在草地上对着牛、对着云、对着树、对着鸟儿说过的话，然后我就把它们原封不动地写到我的小说里。从此以后我再也不必为找不到要写的东西而发愁，而是要为写不过来而发愁了。经常出现这样的情况，当我在写一篇小说的时候，许多新的构思就像狗一样在我的身后大声喊叫。

后来，在北京大学举行的福克纳国际研讨会上，我认识了一个美国大学的教授。他就在离福克纳的家乡不远的一所大学教书，他和他们的校长邀请我到他们学校去访问。我没有去成，他就寄给我一本有关福克纳的相册，那里边有很多珍贵的照片。其中有一幅福克纳穿着破衣服、破靴子站在一个马棚前的照片，他的这副形象一下子就把我送回了我的高密东北乡。福克纳作为一个伟大作家的形象在我的心中已经彻底地瓦解了。我感到我跟他之间已经没有了任何距离，我感到我们是一对心心相印、无话不谈的忘年之交，我们在一起谈论天气、庄稼、牲畜，我们在一起抽烟喝酒。我还听到他对我骂美国的评论家,听到他讽刺海明威。他还让我摸了他脑袋上那块伤疤,他说这个疤其实是让一匹花斑马咬的,但对那些傻瓜必须说是让德国的飞机炸的,然后他就得意地哈哈大笑,他的脸上布满顽童般的恶作剧的笑容。他告诉我一个作家应该大胆地、毫无愧色地撒谎,不但要虚构小说,而且可以虚构个人的经历。他还教导我,一个作家应该避开繁华的城市,到自己的家乡定居,就像一棵树必须把根扎在土地上一样。我很想按照他的教导去做,但我的家乡经常停电,水又苦又涩,冬天又没有取暖的设备,我害怕艰苦,所以至今没有回去。

我必须坦率地承认,至今我也没把福克纳那本《喧哗与骚动》读完,但我把那本美国教授送我的福克纳相册放在我的案头上,每当我对自己失去了信心时,就与他交谈一次。我承认他是我的导师,但我也曾经大言不惭地对他说:"嘿,老头子,我也有超过你的地方!"我看到他的脸上浮现出讥讽的笑容,然后他就对我说:"说说看,你在哪些地方超过了我。"我说:"你的那个约克纳帕塔法县始终是一个县,而我在不到十年的时间内,就把我的高密东北乡变成了一个非常现代的城市。在我的新作《丰乳肥臀》里,我让高密东北乡盖起了许多高楼大厦,还增添了许多现代化的娱乐设施。另外,我的胆子也比你大,你写的只是你那块地方上的事情,而我敢于把发生在世界各地的事情,改头换面拿到我的高密东北乡,好像那些事情真的在那里发生过。我的真实的高密东北乡根本没有山,但我硬给它挪来了一座山;那里没有沙漠,我硬给它创造了一片沙漠;那里也没有沼泽,我给它弄来了一处沼泽,还有森林、湖泊、狮子、老虎……都是我给它编造出来的。近年来不断地有一些外国学生和翻译家到高密东北乡去看我在小说中描写过的那些东西,他们到了那里一看,全都大失所望,那里什么也没有,只有一片荒凉的平原和平原上的一些毫无特色的村子。"福克纳打断我的话,冷冷地对我说:"后起的强盗总是比前辈的强盗更大胆!"

我的高密东北乡是我开创的一个文学的共和国,我就是这个王国的国王。每当我拿起笔,写我的高密东北乡的故事时,就饱尝到了大权在握的幸福。在这片国土上,我可以移山填海,呼风唤雨,我让谁死谁就死,让谁活谁就活。当然,有一些大胆的强盗也造我的反,而我也必须向他们投降。我的高密东北乡系列小说出笼后,也有一些当地人对我提出抗议,他们骂我是一个背叛家乡的人。为此,我不得不多次地写文章解释,我对他们说:"高密东北乡是一个文学的概念而不是一个地理的概念,高密东北乡是一个开放的概念而不是一个封闭的概念,高密东北乡是在我童年经验的基础上想象出来的一个文学的幻境,我努力地要使它成为中国的缩影,我努力地想使那里的痛苦和欢乐与全人类的痛苦和欢乐保持一致,我努力地想使我的高密东北乡故事能够打动各个国家的读者,这将是我终生的奋斗目标。"

现在,我终于踏上了我的导师福克纳大叔的国土,我希望能在繁华的大街上看到他的背影，我认识他那身灰衣服，认识他那只大烟斗，我熟悉他身上那股混合着马粪和烟草的气味，我熟悉他那醉汉般的摇摇晃晃的步伐。如果发现了他，我就会在他的背后大喊一声："福克纳大叔，我来了！"

（选自《小说界》2000 年第 5 期）

我的《丰乳肥臀》

——2000 年 3 月在哥伦比亚大学的演讲

◇莫　言

我想，再过两年，截至目前我写得最厚的一本书《丰乳肥臀》就会被葛浩文（Howard Goldblatt）教授翻译成英文与读者见面了。为了让大家到时候买我的书，今天我就讲讲创作这本书的经过和这本书的大概内容，也算是提前做个广告。

1990 年秋天的一个下午，我从北京的一个地铁口出来，当我踏着台阶一步步往上攀登时，猛然地一抬头，我看到，在地铁的出口那里，坐着一个显然是从农村来的妇女。她正在给她的孩子喂奶。是两个孩子，不是一个孩子。这两个又黑又瘦的孩子坐在她的左右两个膝盖上，每人叼着一个奶头，一边吃奶一边抓挠着她的胸脯。我看到她的枯瘦的脸被夕阳照耀着，好像一件古老的青铜器一样闪闪发光。我感到她的脸像受难的圣母一样庄严神圣。我的心中顿时涌动起一股热潮，眼泪不可遏止地流了出来。我站在台阶上，久久地注视着那个女人和她的两个孩子。许多人从我的身边像影子一样滑过去，我知道他们都在用好奇的目光看着我，我知道他们心里会把我当成一个神经有毛病的人。后来，有人拉了一下我的衣袖，才把我从精神恍惚的状态中唤醒。拉我衣袖的人是我的一个朋友，她问我为什么站在这里哭泣？我告诉她，我想起了母亲与童年。她问我：“是你自己的母亲和你自己的童年吗？”我说：“不是，不仅仅是我的母亲和我的童年。我想起了我们的母亲和我们的童年。”

1994 年我的母亲去世后，我就想写一部书献给她。我好几次拿起笔来，但心中总是感到千头万绪，不知道该从哪里动笔。这时候我想起了几年前在地铁出口看到的那个母亲和她的两个孩子，我知道了我该从哪里写起。

在前几次演讲中，我都提到过我的童年和我的故乡，但我还没来得及提到我的母亲。我的母亲是一个身体瘦弱、一生疾病缠身的女人。她 4 岁时，我的外婆就去世了。过了几年，我的外公也去世了。我的母亲是在她的姑母的抚养下长大成人的。母亲的姑母是一个像钢铁一样坚强的女人，她的体重我估计不到四十公斤，但她讲起话来，那声音大得就像放炮一样。我一直都很纳闷，不知道她那弱小的躯体如何能够发出那般响亮的声音。我母亲 4 岁时，她的姑母就给她裹小脚。在座的各位肯定都知道中国的女人曾经有过一段裹小脚的惨痛的历史，但你们未必知道裹小脚的过程是何等的残酷。我母亲生前，曾经多次对我讲起她的姑母给她裹小脚的过程。一个 4 岁的女孩，按说还是在父母面前撒娇的年龄，但我的母亲却已经开始忍受裹脚的酷刑。当然，在过去的时代里，遭受这种酷刑的不仅仅是我的母亲，还有成千上万的中国妇女。所谓裹脚，就是用白布和竹片把正在发育的脚趾裹断，就是把四个脚趾折叠在脚掌之下，使你的脚变成一根竹笋的样子。我多次见过我母亲的脚，我实在不忍心描述她的脚的惨状。我母亲说她裹脚的过程持续了十年，从 4 岁开始裹起，到 14 岁才基本定型。在这个漫长过程中，充满了血泪和煎熬，但我母亲给我讲她裹脚的经历时，脸上洋溢着自豪的表情，就像一个退休的将军讲述他的战斗历程一样。

我母亲 15 岁时就由她的姑母做主嫁给了 14 岁的我父亲，从此开始了长达六十多年的艰难生活。我想困扰了我母亲一生的第一是生育，第二是饥饿，第三是病痛。当然，还有她们那个年龄的人都经历过的连绵的战争灾难和狂热的政治压迫。

我母亲生过很多孩子，但活下来的只有我们四个。在过去的中国农村，妇女生孩子，就跟狗猫生育差不多。我在《丰乳肥臀》第一章里描写了这种情景：小说中的女主人公上官鲁氏生育她的双胞胎时，她家的毛驴也在生骡子。驴和人都是难产，但上官鲁氏的公公和婆婆更关心的是那头母驴。他们为难产的母驴请来了兽医，但他们对难产的儿媳却不闻不问。这种听起来非常荒唐的事情，在当时中国农村里是普遍存在的现象。尽管小说中的上官鲁氏不是我的母亲，但我母亲也有过类似的经历。我的母亲怀着那对双胞胎时，肚子大得低头看不到自己的脚尖。走起路来非常困难，但即使这样还要下地劳动。她差一点就把这对双胞胎生在打麦场上。刚把两个孩子生出来，暴风雨来了，马上就到场上去抢麦子。后来这对双胞胎死了，家里的人都很平静，我的母亲也没有哭泣。这种情景在今天会让人感到不可思议，但在当时确是很正常的现象。我在小说中写过上官鲁氏一家因为战争背井离乡的艰难经历，这是我的母亲那代人的共同的经历。共产党建立政权之后，战争结束了，人民过了几年和平的日子，但饥饿很快开始了。我对饥饿有切身的感受，但我母亲对饥饿的感受比我要深刻得多。我母亲上边有我的爷爷、奶奶，下边有一群孩子。家里有点可以吃的东西，基本上到不了她的嘴里。我经常回忆起母亲把食物让给我吃而她自己吃野草的情景。我记得有一次，母亲带着我到田野里去挖野菜，那时连好吃的野菜也很难找到。母亲把地上的野草拔起来往嘴里塞，她一边咀嚼一边流眼泪。绿色的汁液沿着她的嘴角往下流淌，我感到我的母亲就像一头饥饿的牛。我在小说中写了上官鲁氏偷粮食的奇特方式：她给生产队里拉磨，趁着干部不注意时，在下工前将粮食囫囵着吞到胃里，这样就逃过了下工时的搜身检查。回到家后，她跪在一个盛满清水的瓦盆前，用筷子探自己的喉咙催吐，把胃里还没有消化的粮食吐出来，然后洗净、捣碎，喂养自己的婆婆和孩子。后来，形成了条件反射，只要一跪在瓦盆前，不用探喉，就可以把胃里的粮食吐出来。这件事听起来好像天方夜谭，但确是我母亲和我们村子里好几个女人的亲身经历。我这部小说发表之后，一些人批评我刚才讲述的这个情节是胡编乱造，是给社会主义抹黑。他们当然不会知道，在 20 世纪的 60 年代，中国的普通老百姓是如何生活的。那时候，这些上等人，照样吃得脑满肠肥，所以对这些批评，我只能保持沉默，我即便解释，也是对牛弹琴。因为频繁的生育和饥饿，我母亲那个年龄的女人几乎都是疾病缠身。我小的时候，夜晚行走在大街上，听到家家户户的女人都在痛苦地呻吟。她们 30 多岁时，基本上都丧失了生育的能力；40 多岁时，牙齿都脱落了，她们的腰几乎找不到一个直的，大街上行走的女人，几乎个个弓腰驼背，面如死灰。那时的农村缺医少药，得了病只好死挨，挺过来就活，挺不过来就死。当然，不仅仅女人如此，男人也如此。孩子和老人也是如此。我们忍受痛苦的能力是惊人的。

我是我父母的最后一个孩子。我出生的时候，还没搞大跃进，日子还比较好过。我想我能活下来，与我的母亲还能基本上吃饱有关，母亲基本能够吃饱，才会有奶汁让我吃。因为我是最后一个孩子，母亲对我比较溺爱，所以允许我吃奶吃到 5 岁。现在想起来，这件事残酷而无耻，我感到我欠我母亲的实在是太多了。我在地铁出口看到那两个孩子和他们的母亲时之所以热泪盈眶，与我的个人经历有关。这件事激发了我的创作灵感，我决定就从生养和哺乳入手写一本感谢母亲的书。但在写作的过程中，小说中的人物有了自己的生命，他们突破了我的构思，我只能随着他们走。

我在这部小说里塑造了一个混血儿上官金童。他是小说中的母亲和一个传教士生的孩子，也是小说中的母亲唯一的儿子。小说中的母亲生了八个女儿后才生了这样一个宝贝儿子，所以母亲对他寄予了巨大的希望。这个混血儿长大后身材高大，金发碧眼，非常漂亮，但却是一个离开了母亲的乳房就没法生存的人，他吃母亲的奶一直吃到 15 岁。他对女人的乳房有一种病态的痴迷，连与女人做爱的能力都丧失了。后来他开了一家乳罩店，成了一个设计制作乳罩的专家。我感到这个人物是一个巨大的象征。至于象征着什么，我也说不清楚。去年我在日本参加《丰乳肥臀》日文版的首发式，一个看过此书的和尚对我说，他认为这个上官金童是中西文化结合后产生出来的怪胎。他认为上官金童对母乳的迷恋，实际上就是对中国的传统文化的一种迷恋。他认为我塑造这个人物的目的是对在中国流行了许多年的“中学为体，西学为用”的批判。他认为中国的古典文化实际上是一种封建文化，如果不彻底地扬弃封建文化，中国就不可能真正地实现现代化。我对和尚的看法，既没有表示同意，也没有表示反对。因为一本书出版之后，作家的任务已经完成，对书中人物的理解，是读者自己的事。但上官金童是中国文学中从来没有过的一个典型，这是让我感到骄傲的。还有一些读者问我是不是上官金童，我说我不是，因为我不是混血儿；我说我又是，因为我的灵魂深处确实有一个上官金童。我虽然没有上官金童那样的高大的身躯和漂亮的相貌，也没有他那样对乳房的痴情迷恋，但我有跟他一样的怯懦性格。我虽然已经四十多岁，但经常能作出一些像儿童一样幼稚的决定。小说中的母亲曾经痛斥上官金童是一个一辈子吊在女人奶头上永远长不大的男人，母亲说的其实是一种精神现象。物质性的断奶不是一件难事，但精神上的断奶非常困难。从这个意义上说，日本和尚的看法是有道理的。是啊，封建主义那套东西，在今日的中国社会中，其实还在发挥着重大的影响。许多人对封建主义的迷恋，不亚于上官金童对母乳的迷恋，所以我的这部小说发表之后激怒了许多人就是很正常的了。我在这部长达 50 万字的小说中，还写了上官鲁氏的八个女儿和她的几个女婿的命运，他们的命运与中国的百年历史紧密相连。通过对这个家族的命运和对高密东北乡这个我虚构的地方的描写，我表达了我的历史观念。我认为小说家笔下的历史是来自民间的传奇化了的历史，这是象征的历史而不是真实的历史，这是打上了我的个性烙印的历史而不是教科书中的历史。但我认为这样的历史才更加逼近历史的真实，因为我站在了超越阶级的高度，用同情和悲悯的眼光来关注历史进程中的人和人的命运。看起来我写得好像是高密东北乡这块弹丸之地上发生的事情，实际上我把天南海北发生的凡是对我有用的事件全都拿到了我的高密东北乡来，所以我才敢说，我的《丰乳肥臀》超越了“高密东北乡”。我想，时至 21 世纪，一个有良心、有抱负的作家，他应该站得更高一些，看得更远一些。他应该站在人类的立场上进行他的写作，他应该为人类的前途焦虑或是担忧，他苦苦思索的应该是人类的命运，他应该把自己的创作提升到哲学的高度，只有这样的写作才是有价值的。一个作家，如果把自己的注意力放在研究政治的和经济的历史上，那势必会使自己的小说误入歧途。作家应该关注的，始终都是人的命运和遭际，以及在动荡的社会中人类感情的变异和人类理性的迷失。小说家并不负责再现历史也不可能再现历史，所谓的历史事件只不过是小说家把历史寓言化和预言化的材料。历史学家是根据历史事件来思想，小说家是用思想来选择和改造历史事件，如果没有这样的历史事件，他就会虚构出这样的历史事件。因此，把小说中的历史与真实的历史进行比较的批评，是类似于堂吉诃德对着风车作战的行为，批评者自以为神圣无比，旁观者却在一边窃笑。

这部书的腹稿我打了将近十年，但真正动手写作只用了不到九十天。那是 1994 年的春天，我的母亲去世后不久，在高密东北乡一个狗在院子里大喊大叫、火在炉子里熊熊燃烧的地方，我夜以继日，醒着用手写，睡着用梦写，全身心投入三个月，中间除了去过两次教堂外，连大门都没迈出过，几乎是一鼓作气地写完了这部 50 万字的小说。写完了这部书，我的体重竟然增加了十斤。许多人都感到不可思议，我自己也感到不可思议。从此以后我知道自己与众不同：别的作家写作时变瘦，我却因为连续写作而变胖。

（选自《莫言讲演新篇》，文化艺术出版社 2010 年版）

我在美国出版的三本书

——2000 年 3 月在科罗拉多大学博尔德校区的演讲

◇莫　言

这个题目要求我首先提到著名的汉学家、我的小说的翻译者葛浩文(Howard Goldblatt)教授,如果没有他杰出的工作,我的小说也可能由别人翻成英文在美国出版,但绝对没有今天这样完美的译本。许多既精通英语又精通汉语的朋友对我说,葛浩文教授的翻译与我的原著是一种旗鼓相当的搭配,但我更愿意相信,他的译本为我的原著增添了光彩。当然也有人对我说,葛浩文教授在他的译本里加上了一些我的原著中没有的东西,譬如性描写。其实他们不知道,我和葛浩文教授有约在先,我希望他能在翻译的过程中,弥补我性描写不足的缺陷。因为我知道,一个美国人在性描写方面,总是比一个中国人更有经验。我与葛浩文教授 1988 年便开始了合作,他写给我的信大概有一百多封,他打给我的电话更是无法统计,我们之间如此频繁地联系,为了一个目的,那就是把我的小说尽可能完美地译成英文。教授经常为了一个字、为了我在小说中写到的他不熟悉的一件东西,与我反复磋商,而我为了向他说明,不得不用我的拙劣的技术为他画图。由此可见,葛浩文教授不但是一个才华横溢的翻译家,而且还是一个作风严谨的翻译家,能与这样的人合作,是我的幸运。

我的第一本翻成英文的书是《红高粱家族》。这本书在翻成英文之前已经被中国著名的导演张艺谋改编成电影,并且在西柏林国际电影节上获得大奖。因为电影的关系,这本书知名度最高,在中国,爱好文学的人们提到我的名字,马上就会说:"哦,红高粱!"

其实,我可以毫不谦虚地说,小说《红高粱家族》在改编成电影之前,已经在当时的中国文坛引起了强烈的反响。首先是张艺谋借了我的光,然后我又借了他的光。

创作这部小说时,我还在大学的文学系学习。那是 80 年代初期,是中国当代文学的一个黄金时代,读者们阅读的热情很高,作者们创作的热情更高。那时人们已经不满足于写一个或者读一个用传统的手法写出来的故事,读者要求作家创新,作家在梦里都想着创新。曾经有一个评论家戏言，说中国的作家们就像一群被狼追赶着的羊，这匹狼的名字就叫“创新”。当时我刚从山沟里出来，连拨号电话都不会打，更没有文学理论素养，所以我的身后也没有创新的狼追赶。我躲在房子里，随心所欲地写着我自己的东西。现在我多少有了一点理论素养，我才知道，真正的创新绝不是一窝蜂地去追赶时髦，而是老老实实地写自己熟悉的东西。如果你是一个有着独特的经历和人生体验的人，你写出的东西就会跟别人的不一样。而所谓创新，就是跟别人不一样；你只要写出了跟别人不一样的东西，你也就具备了自己的独特的风格。这就像歌唱一样，训练能够改变的仅仅是你的技巧，但不可能改变你的嗓音。无论怎样训练，乌鸦也不可能像夜莺一样歌唱。在前几次的演讲中，我曾经提到过我的童年生活。当城里的孩子吃着牛奶面包在妈妈面前撒娇时，我与我的小伙伴们正在饥饿中挣扎，我们根本不知道地球上有那么多美好的食物，我们吃的是草根与树皮，村子里的树被我们啃得赤身裸体；当城里的孩子在小学校里唱歌跳舞时，我正在草地上放牧牛羊，因为孤独，我养成了自言自语的习惯。饥饿和孤独是我的小说中的两个被反复表现的主题，也是我的两笔财富。其实我还有一笔更为宝贵的财富，这就是我在漫长的农村生活中听到的故事和传说。

1998年秋天，我在台湾访问时，曾经参加了一个座谈，座谈的题目是《童年阅读经验》，参加座谈的作家们童年时都读了很多书，他们童年时读过的书我至今也没读过。我说，我与你们不一样，你们童年时用眼睛阅读，我在童年时用耳朵阅读。我们村子里的人大部分是文盲，但其中有很多人出口成章、妙语连珠，满肚子都是神神鬼鬼的故事。我的爷爷、奶奶、父亲都是很会讲故事的人，我的爷爷的哥哥——我的大爷爷——更是一个讲故事大王。他是一个老中医，交游广泛，知识丰富，富有想象力。在冬天的夜晚，我和我的哥哥、姐姐就跑到我的大爷爷家，围着一盏昏暗的油灯，等待他开讲。我的大爷爷下巴上生着雪白的长胡须，头秃得一根毛也没有，他的头和他的眼睛在油灯的照耀下闪闪发光。我们央求他：“大爷爷，讲个故事吧……”他总是不耐烦地说：“天天讲，哪里有那么多故事？走吧走吧，都回家睡觉去吧……”我们继续央求：“讲个吧，大爷爷，就讲一个……”于是他就开讲。现在我能记起来的故事大概有三百个，这些故事只要稍加改造就是一篇不错的小说，而我写出来的还不到五十个，这些故事我这辈子是写不完的，而且没写出来的故事远比我写出来的精彩，这就像一个卖水果的人总是想先把有虫眼儿的水果卖掉是一样的道理。这样精彩的故事不写出来实在是浪费，所以我准备在适当的时候把我大爷爷讲给我的故事卖掉一部分。

我大爷爷的故事大部分是用第一人称，讲得似乎都是他亲身经历的事，当时我们信以为真，后来才知道他是在随机创作。因为他是乡村医生，经常半夜三更出诊，这就为他创作故事提供了基础。他总是用这样的话开头：前天夜里，我到东村王老五家去给他老婆看病。回来时，路过那座小石桥，一个身穿白衣的女人坐在桥上哭泣。我问她，大嫂，深更半夜的，你一个妇道人家，独自一人在这里哭什么？那个女人抬起头来。她可真是美丽极了，走遍天下也找不到第二个这样的美人了——这个美丽的女人说："先生，俺的孩子病了，快要死了，你能去给他看看吗？"我大爷爷说，高密东北乡哪有我不认识的女人？这个女人，肯定是个妖精。我大爷爷问："你家住在哪里？"那女人指指桥下，说："在那里。"我大爷爷说："行了，你别装人了，我知道你是桥下那条白鳝精。"那个女人一看机关被拆穿，捂着嘴巴笑笑，说："又被你看穿了。"然后她一头扎到桥下去了。传说那座石桥下有一条像水桶那样粗的白鳝鱼，就是它变化成人来诱惑我的大爷爷。我们就问："大爷爷，你为什么不跟她去呢？既然她那样的美丽……"我大爷爷说："傻孩子们，我去了还能回来吗？"接着他又讲了一个故事：他说不久前的一个深夜里，来了一个人，牵着一匹黑色的小毛驴，手里提着一盏红灯笼，说是家里有急病人。我的大爷爷医德很好，匆忙穿好衣服，跟着那人去了。我大爷爷说月亮出来了，那匹黑色的小驴在月光下像光滑的丝绸一样闪闪发光，那人把我的大爷爷扶到驴上，说："先生，坐好了没有？"我大爷爷说坐好了。那人就在驴屁股上拍了一掌。我大爷爷说，你们做梦也想不到那头小毛驴跑得有多么快。怎么个快法？只听到耳边的风呼呼地响，路两边的树一起向后倒了。我们感叹不已，这驴是够快了，跟火箭差不多。我大爷爷说，骑在这样的飞驴上，他知道大事不好了，肯定又碰到妖精了，但究竟是个什么妖精呢？暂时还不知道。我大爷爷打定了主意要看看这到底是个什么妖精。很快，毛驴从空中降落下来，落在了一片灯火辉煌的豪宅里。那个人把我大爷爷从驴上扶下来，然后出来一个白发苍苍的老太太，把我大爷爷引到病人的房间里，原来是一个产妇要生产。乡村医生都是全活，接生对我大爷爷来说也不是一件难事。于是我大爷爷就挽起袖子，给那个产妇接生。我大爷爷说那个产妇长得也很漂亮，走遍天下也找不到第二个这样的美人了——这是我大爷爷的习惯句式。这个产妇不但长得美，而且生育的能力惊人，我大爷爷刚接下一个毛茸茸的小孩，又一个小孩子露出头来。我大爷爷想：雌，是对双胞胎！但又一个毛茸茸的小孩子露出头来，就这样一个一个又一个，一连生了八个。都是毛茸茸的，都拖着一条小尾巴，可爱极了！我大爷爷恍然大悟，大喊一声：狐狸！这一声喊不要紧，只听到一阵鬼哭狼嚎，眼前漆黑一片，我大爷爷情急之下，张嘴咬破了自己的中指——据说此法可辟邪——这才发现，自己竟然在一座坟墓里，眼前是一堆毛茸茸的小狐狸。大狐狸跑了。

除了听过大爷爷的故事，我的奶奶、我的父亲、我的那些有天才的乡亲，他们讲过的许多故事我都牢记在心。这些故事出自不同的讲述者之口，所以具有不同的风格。如果我把他们讲给我的故事都讲一遍，今天这次演讲可能会跟中国的万里长城一样长，我必须讲我的书了。

《红高粱家族》表面上是讲述抗日战争，实际上讲的是我的那些乡亲们讲述过的民间传奇，当然还有我对美好爱情、自由生活的渴望。在我的心中，没有什么历史，只有传奇。许多在历史上大名鼎鼎的人，其实也都是与我们一样的人，他们的英雄事迹，是人们在口头讲述的过程中不断地添油加醋的结果。我看过一些美国的评论家写得关于《红高粱家族》的文章，他们把这本书理解成一部民间的传奇，真是说到我的心坎里去了。我用最旧的方式讲述的故事，竟然被中国的评论家认为是最大的创新。我得意地笑了。我想，如果这就是创新，那创新实在是太容易了。

我的第二本被翻译成英文的书是《天堂蒜薹之歌》。我写这本书时正是1987年，这年的初夏，某省的一个县里发生了一件很大的事情，那个地方盛产蒜薹，因为官员的渎职和腐败，农民们收获的大量蒜薹卖不出去，成千上万斤的蒜薹都烂在家里。愤怒的农民们放火焚烧了县政府。这件事引起了很大的反响，报纸连篇累牍地做了报道。最后的结果是：那些官员们被撤职，而那些带头造反的农民被逮捕法办。这件事情激起了我的愤怒，因为我看起来是个作家，而骨子里还是个农民。于是我就用一个月的时间，写出了这部长篇小说。当然，我把这个故事发生的背景挪到了我的文学王国——高密东北乡。这部书实际上是一部饥饿之书，也是一部愤怒之书。写这部书时我更没有想到要创新，我只是感到满腔的愤怒要发泄，为了我自己，也为了广大的农民兄弟。但此书发表后，竟然有评论家说我在创新，他们说此书使用了三个角度讲述了同一个故事：一个瞎子用歌唱把这个故事讲述了一遍，作家用客观的笔调把这个故事讲述了一遍，官方的报纸用他们的口吻把这个故事讲述了一遍。我们故乡的确有过那种像游吟诗人一样的歌唱者，他们多数是瞎子，往往三个人结成一个小组，有的拉琴，有的打鼓，有的歌唱。他们中间的确有天才，能把眼前发生的事情编成歌词，随编随唱。我小时候对他们心怀崇敬，认为他们都是真正的艺术家。我写《天堂蒜薹之歌》时，他们的沙哑苍凉的歌唱声一直在我的耳边回响。

第三本书就是最近出版的《酒国》，这本书动笔于1989年，完成于1992年，出版于1993年。此书出版后无声无息，一向喜欢喋喋不休的评论家全都沉默了。我估计这些“叶公好龙”的伙计们被我吓坏了。他们口口声声地嚷叫着创新，而真正的创新来了时，他们全都闭上了眼睛。《红高粱家族》和《天堂蒜薹之歌》里我还有许多不满意的地方，如果重新写一遍，会写得更好一些，但对于《酒国》，即便让我把它再写一遍，也不可能写得更好了。而且我还可以狂妄地说：“中国当代作家可以写出他们各自的好书，但没有一个人能写出一本像《酒国》这样的书，这样的书只有我这样的作家才能写出。”因为我自己知道，尽管我的肉体已经是一个中年人，但我的心还跟当年听我的大爷爷讲故事时一样年轻。我只有在面对着镜子时，才知道自己已经老了，而当我面对着稿纸时，我就忘记了自己的年龄，我的心中充满了儿童的趣味，我嫉恶如仇，我胡言乱语，我梦话连篇，我狂欢，我胡闹，我醉了。我不必多说了，请你们读读我和葛浩文教授共同创造的《酒国》吧，这本书里的性描写全是我原著里就有的，不是葛浩文教授添加的。

接下来葛浩文教授要翻译我的《丰乳肥臀》，这本书像砖头一样厚，你可以不读我所有的书，但不能不读我的《丰乳肥臀》。在这本书里，我写了历史，写了战争，写了政治，写了饥饿，写了宗教，写了爱情，当然也写了性。葛浩文教授在翻译这本书时，大概会要求我允许他删掉一些性描写吧？但是我不会同意的，因为《丰乳肥臀》里的性描写是我的得意之笔，等到葛浩文教授把它翻译成英文时，你们就会知道，我的性描写是多么样的精彩！

（选自《小说界》2000 年第 5 期）

用耳朵阅读

——2001年5月在悉尼大学的演讲

◇莫　言

几年前，在台北的一次会议上，我与几位作家就“童年阅读经验”这样一个题目进行了座谈。参加座谈的作家，除了我之外都是早慧的天才，他们有的5岁时就看了《三国演义》、《西游记》，有的六岁时就开始阅读《红楼梦》。这让我既感到吃惊又感到惭愧，与他们相比，我实在是个没有文化的人。轮到我发言时，我说：“当你们饱览群书时，我也在阅读；但你们阅读时用眼睛，我用的是耳朵。”

当然，我也必须承认，在我的童年时期，我也是用眼睛读过几本书的，但那时我所在的农村，能找到的书很少。我用出卖劳动力的方式，把那几本书换到手读完之后，就错误地认为，我已经把世界上的书全部读完了。后来，我有机会进了一个图书馆，才知道自己当年是多么的可笑。

我10岁的时候，就辍学回家当了农民，当时我最关心的是我放牧的那几头牛羊的饥饱，以及我偷偷地饲养着的几只小鸟会不会被蚂蚁吃掉。当时我做梦也没有想到，几十年后我竟然成了一个以写小说为职业的人。这样的人，在我的童年印象中，是像神灵一样崇高伟大的。当然，在我成了作家之后，我知道了作家既不崇高也不伟大，有时候甚至比一般人还要卑鄙和渺小。

我在农村度过了漫长的青少年时期，如前所述，在这期间，我把周围几个村子里那几本书读完之后，就与书本脱离了关系。我的知识基本上是用耳朵听来的。就像诸多作家都有一个会讲故事的老祖母一样，就像诸多作家都从老祖母讲述的故事里汲取了最初的文学灵感一样，我也有一个很会讲故事的祖母，我也从我的祖母的故事里汲取了文学的营养。但更让我骄傲的是，我除了有一个会讲故事的老祖母之外，还有一个会讲故事的爷爷，还有一个比我的爷爷更会讲故事的大爷爷（我爷爷的哥哥）。除了我的爷爷、奶奶、大爷爷之外，村子里凡是上了点岁数的人，都是满肚子的故事。我在与他们相处的几十年里，从他们嘴里听说过的故事实在是难以计数。他们讲述的故事神秘恐怖,但十分迷人。在他们的故事里,死人与活人之间没有明确的界限,动物、植物之间也没有明确的界限,甚至许多物品,譬如一把扫地的笤帚、一根头发、一颗脱落的牙齿,都可以借助某种机会成为精灵。在他们的故事里,死去的人其实并没有远去,而是和我们生活在一起;他们一直在暗中注视着我们,保佑着我们,当然也监督着我们。这使我少年时期少干了许多坏事,因为我怕受到暗中监督着我的死去的祖先的惩罚。当然也使我多干了很多好事,因为我相信我干过的好事迟早会受到奖赏。在他们的故事里,大部分动物都能够变化成人形,与人交往,甚至恋爱、结婚、生子。譬如我的祖母就讲述过一个公鸡与人恋爱的故事。她说一户人家有一个待在闺中的美丽姑娘,许多人来给这个姑娘说媒,但她死活也不嫁,并说自己已经有了如意的郎君。姑娘的母亲就留心观察,果然发现,每当夜深人静的时候,就听到从女儿的房间里传出一个男子的声音。这个声音十分迷人。母亲白天就盘问女儿,那个男子是谁,是从哪里进去的。女儿就说这个青年男子每天夜里都会出现在她的身边,天亮之前就悄悄地消失。女儿还说,这个男子每次来时,都穿着一件非常华丽的衣服。母亲就告诉女儿,让她下次把那男子的衣服藏起来。等到夜里,那个男子又来了。女儿就把他的衣服藏到柜子里。天亮前,那个男子又要走,但衣服找不到了。男子苦苦哀求姑娘将衣服还她,但姑娘不还。等到村子里的鸡开始啼鸣时,那男子只好赤裸裸地走了。天明之后,母亲打开鸡窝,发现从鸡窝里钻出了一只浑身赤裸的大公鸡。让女儿打开柜子一看,哪里有什么衣服?柜子里全是鸡毛。这是我少年时代听过的印象最深的故事之一。后来,每当我看到羽毛华丽的公鸡和英俊的青年,心中就产生异样的感觉,我感到他们之间有一种神秘的联系,不是公鸡变成了青年,就是青年变成了公鸡。离我的家乡三百里路,就是中国最会写鬼故事的作家蒲松龄的故乡。当我成了作家之后,我开始读他的书,我发现书上的许多故事我小时候都听说过。我不知道是蒲松龄听了我的祖先们讲述的故事写成了他的书,还是我的祖先们看了他的书后才开始讲故事。现在我当然明白了他的书与我听说过的故事之间的关系。

爷爷、奶奶一辈的老人讲述的故事基本上是鬼怪和妖精,父亲一辈的人讲述的故事大部分是历史,当然他们讲述的历史是传奇化了的历史,与教科书上的历史大相径庭。在民间口述的历史中,没有阶级观念,也没有阶级斗争,但充满了英雄崇拜和命运感,只有那些有非凡意志和非凡体力的人才能进入民间口述历史并被不断地传诵,而且在流传的过程中被不断地加工提高。在他们的历史传奇故事里,甚至没有明确的是非观念。一个人,无论是技艺高超的盗贼、胆大包天的土匪,还是容貌绝伦的娼妓,都可以进入他们的故事。而讲述者在讲述这些坏人的故事时,总是使用着赞赏的语气,脸上总是洋溢着心驰神往的表情。十几年前,我在写作《红高粱家族》时已经认识到:官方编写的历史教科书固然不可信,民间口口相传的历史同样不可信。官方歪曲历史是政治的需要，民间把历史传奇化、神秘化是心灵的需要。对于一个作家来说，我当然更愿意向民间的历史传奇靠拢，并从那里汲取营养。因为一部文学作品要想激动人心，必须讲述出惊心动魄的故事，必须在讲述这惊心动魄的故事的过程中塑造出性格鲜明、非同一般的人物，而这样的人物，在现实生活中是几乎不存在的，但在我父亲他们讲述的故事里比比皆是。譬如我父亲就讲过，我家的一个远房亲戚一次吃了半头牛、五十张大饼；当然，他的能吃与他的力大无穷紧密相连。父亲说这个人能把一辆马车连同拉车的马扛起来走十里路。我知道我家根本就没有这样一个远房亲戚，我父亲这样说，是为了增强故事的可信性，这其实是一种讲故事的技巧。后来创作小说《红高粱家族》时我借用了这种技巧。《红高粱家族》开篇我就说："我父亲这个土匪种，跟随着我爷爷余占鳌的队伍去伏击日本人的汽车队……"其实我爷爷是个手艺高超的木匠，我父亲是个老实得连鸡都不敢杀的农民。当我的小说发表之后，我父亲很不高兴，说我诬蔑他。我就说，写小说其实就是讲故事，你不是说咱家那个远房亲戚一次能吃半头牛吗？我父亲听了我的解释后明白了，并且一言就点破了小说的奥秘：原来写小说就是胡编乱造啊！

其实也不仅仅是上了岁数的人才开始讲故事，有时候年轻人甚至小孩子也讲故事。我十几岁时听邻居家一个5岁的小男孩讲过的一个故事至今难忘，他对我说："马戏团的狗熊对马戏团的猴子说：我要逃跑了。猴子问：'这里很好，你为什么要逃跑？'狗熊说：'你当然好，主人喜欢你，每天喂给你吃苹果、香蕉，而我每天是吃糠咽菜，脖子上还拴着铁链子，主人动不动就用皮鞭子打我。这样的日子我实在是过够了，所以我要逃跑了。'"我当时问他："狗熊跑了没有？"他说："没有。"我问他："为什么？"他说："猴子去跟主人说了。"

在我用耳朵阅读的漫长生涯中，民间戏曲、尤其是我的故乡那个名叫"猫腔"的小剧种给了我深刻的影响。"猫腔"唱腔委婉凄切，表演独特，简直就是高密东北乡人民苦难生活的写照。"猫腔"的旋律伴随着我度过了青少年时期。在农闲的季节里，村子里搭班子唱戏时，我也曾经登台演出，当然我扮演的那些都是插科打诨的丑角，连化妆都不用。"猫腔"是高密东北乡人民的开放的学校，是民间的狂欢节，也是感情宣泄的渠道。民间戏曲通俗晓畅，充满了浓郁生活气息的戏文，有可能使已经贵族化的小说语言获得一种新质，我新近完成的长篇小说《檀香刑》就是借助于"猫腔"的戏文对小说语言的一次变革尝试。

当然，除了聆听从人的嘴巴里发出的声音，我还聆听了大自然的声音，譬如洪水泛滥的声音、植物生长的声音、动物鸣叫的声音……在动物鸣叫的声音里，最让我难忘的是成千上万只青蛙聚集在一起鸣叫的声音。那是真正的大合唱，声音洪亮，震耳欲聋，青蛙绿色的脊背和腮边时收时缩的气囊，把水面都遮没了。那情景让人不寒而栗，浮想联翩。

我虽然没有文化，但通过聆听，这种用耳朵的阅读，为日后的写作做好了准备。我想，我在用耳朵阅读的二十多年里，培养起了我与大自然的亲密联系，培养起了我的历史观念、道德观念，更重要的是培养起了我的想象能力和保持不懈的童心。我相信，想象力是贫困生活和闭塞环境的产物。在北京和上海这样的大城市里，人们可以获得知识，但很难获得想象力，尤其是难以获得与文学、艺术相关的想象力。我之所以能成为一个这样的作家，用这样的方式进行写作，写出这样的作品，是与我的二十年用耳朵的阅读密切相关的；我之所以能持续不断地写作，并且始终充满着不知道天高地厚的自信，也是依赖着用耳朵阅读得来的丰富资源。

关于用鼻子写作，其实应该是另外一次演讲的题目，今天只能简单地说说。所谓用鼻子写作，并不是说我要在鼻子里插上两只鹅毛笔，而是说我在写作时，刚开始时是无意地，后来是有意识地调动起了自己的对于气味的回忆和想象，使我在写作时如同身临其境，从而使读者在阅读我的小说时也身临其境。其实，在写作的过程中，作家所调动的不仅仅是对于气味的回忆和想象，而且还应该调动起自己的视觉、听觉、味觉、触觉等全部的感受以及与此相关的全部想象力。要让自己的作品充满色彩和画面、声音与旋律、苦辣与酸甜、软硬与凉热等等丰富的可感受的描写，当然这一切都是借助于准确而优美的语言来实现的。好的小说，能让读者在阅读时产生仿佛进入了一个村庄、一个集市、一个非常具体的家庭的感受，好的小说能使痴心的读者把自己混同于其中的人物，为之爱，为之恨，为之生，为之死。

这样的小说要写出来很不容易，我正在不懈地努力。

（选自《用耳朵阅读》，作家出版社 2012 年版）

文学创作的民间资源

——2001年10月在苏州大学“小说家讲坛”上的演讲

◇莫　言

能来环境如此优美、历史如此悠久的苏州大学演讲，我感到非常荣幸，但同时也感到这是一场冒险。因为作家大都是不善言谈的，我又是作家中最不会讲话的一个。当年我给自己起了一个笔名叫“莫言”，就是告诫自己不要说话或尽量不说话，但结果还是不断地说话。这是我的矛盾。譬如来苏州大学玩耍是我愿意的，但来苏州大学讲话是我不愿意的。来苏州大学不讲话，王尧先生就不会给我报销机票，而我既想来苏州，又不想自己买机票，所以就只好坐在这里讲话。这是一个无奈的、充满妥协的时代，任何人都要无奈地作出妥协。

前几天，我和阿来、余华在清华大学与格非的学生们座谈，上午一场，下午一场，晚上还有一场。我们讲得很少，大部分时间是学生提问我们回答。我们感到这样很好，不像摆开一个讲课的架势那样一本正经，又很有针对性，很随便，很亲切，完全是赤诚相见，彼此都有收获。我希望今天我们也能采取这种方式。在我讲的过程中，你们可以随时打断我的话，随时递条子，或者站起来提问。总之，我们合伙把这台戏唱下来，让王尧先生愉快地给我报销机票。

今天这个演讲的题目，直到昨天我还没有想好。我不知道应该说些什么。但昨天王尧给我电话，说必须有一个题目，否则不好出海报。我说那就叫作“试论文学创作的民间资源”吧。

“民间”是一个巨大的话题，也是当下的一个热门话题。好像最早是上海的陈思和先生提出来的，然后各路英雄群起响应。你说你的，他说他的，各有各的理解，因此也就各有各的民间。作为一个写小说的，当然我也有对民间的理解。我的理解肯定没有理论家们那样系统，那样头头是道，但都是根据我的文学经验和创作体会得来的，也许会对大家有所启发。我还要坦白地说，今天这个演讲的题目，不是我的发明，而是上个星期在清华大学时，听阿来说他最近给《视界》写了一篇文章，题目叫作《小说创作的民间资源》,我仓促之间把它改头换面拿来搪塞王尧。阿来将来要跟我理论,同学们可以作证就说我已经公开地坦白了。

关于沸沸扬扬的民间问题的讨论,同学们都是学文学的,肯定都知道很多。在此我就没有必要一一介绍了——其实我也介绍不了。我认为所谓的民间写作,最终还是一个作家的创作心态问题。这个问题的一个方面是为什么写作。过去提过为革命写作,为工农兵写作,后来又发展成为人民写作。为人民写作也就是为老百姓写作。这就引出了问题的另外一个方面,那就是,你是"为老百姓写作",还是"作为老百姓写作"。

"为老百姓写作"听起来是一个很谦虚、很卑微的口号,听起来有为人民做马牛的意思,但深究起来,这其实还是一种居高临下的态度,其骨子里的东西,还是作家是"人类灵魂工程师"、"人民代言人"、"时代良心"这类狂妄自大的、自以为是的玩意儿作怪。这就像说我们的官员是人民的勤务员一样,听起来很谦卑,但现实生活中的官员,根本就不是那样一回事。如果当官的真的就成了勤务员,就成了公仆,那谁还去当官呢?还跑官要官干什么?

因此我认为,所谓的"为老百姓写作"其实不能算"民间写作",还是一种准庙堂的写作。当作家站起来要用自己的作品为老百姓说话时,其实已经把自己放在了比老百姓高明的位置上。我认为真正的民间写作就是"作为老百姓写作"。

当然,任何作品走向读者之后,不管是"作为老百姓的创作"还是"为老百姓创作",客观上都会产生一些这样那样的作用,都会或微或著地影响到读者的情感。但"作为老百姓写作"者,在写作的时候,不会也不必去考虑这些问题。他在写作的时候,没有想到要用小说来揭露什么,来鞭挞什么,来提倡什么,来教化什么。因此,他在写作的时候,就可以用一种平等的心态来对待小说中的人物。他不但不认为自己比读者高明,也不认为自己比自己作品中的人物高明。

"作为老百姓写作"者,无论是小说家、诗人,还是剧作家,他的工作,与社会上的民间工匠没有本质的区别。一个编织筐篮的高手,一个手段高明的泥瓦匠,一个技艺精湛的雕花木匠,他们的职业一点也不比作家们的工作、低贱。"作为老百姓写作"者会同意这种看法,但"为老百姓写作"者肯定不会同意这样的看法。民间工匠之间也有继承、借鉴、发展,也有这样那样的流派,还有一些神秘色彩的家传;他们也有互不服气,也有同行相轻,但他们永远不会忘记自己是个普通的老百姓,他们永远不会把自己和老百姓区别开来,去狂妄地充当"人民的艺术家"。我们可以举一个例子,在离你们苏州不远的地方,曾经有一个瞎子阿炳,我们现在给他的名誉很高——"伟大的民族音乐家"、"伟大的二胡演奏家"——但当年的阿炳,当他手持着竹竿,身穿着破衣烂衫,在无锡的街头上流浪卖艺的时候,他大概不会想到自己是一个伟大的人物,更不会想到他编的二胡演奏曲子在几十年后，会成为中国民间音乐的经典。他绝对不会认为自己比一般的老百姓高贵，他大概在想，我阿炳是一个卑贱的人，一个沿街乞讨者，一个靠卖艺糊口的贱民。我的曲子拉得动听、感人，人家就可能施舍给我两个铜板；如果我的曲子拉得不好听，人家就不会理睬我。如果我在马路上拉二胡，妨碍了交通，巡警很可能给我一脚（现在的艺术家、演员违章之后，就会亮出名片：我是谁谁谁）。总之，他阿炳心态卑下，没有把自己当成贵人，甚至不敢把自己当成一个好的老百姓，这才是真正的老百姓的心态。这样心态下的创作，才有可能出现伟大的作品。因为那种悲凉是发自灵魂深处的，是触及了他心中最疼痛的地方的。请想想《二泉映月》的旋律吧，那是非沉浸到苦难深渊的人写不出来的。所以，真正伟大的作品必定是“作为老百姓的创作”，是可遇不可求的，是凤凰羽毛麒麟角。

但这种“作为老百姓写作”真要实行起来，其实是很难的。作家毕竟也是人，现实生活中的名利和鲜花不可能不对他产生吸引。因为在现实生活中，“为老百姓写作”比“作为老百姓写作”赢得鲜花和掌声的机会多得多。在当今之世，我们也没有必要要求别人这样那样，只是作为一种提醒，不要忘记了最重要的东西，而去追逐不太重要的东西。也就是说，你要明白你通过写作到底要得到什么，然后来决定你的创作的态度。

像蒲松龄写作的时代、曹雪芹写作的时代，没有出版社，没有稿费和版税，更没有这样那样的奖项，写作的确是一件寂寞的甚至是被人耻笑的事情。那时候写作者的写作动机比较单纯，他的心中积累了太多的东西，需要一个渠道把它宣泄出来。像蒲松龄，一辈子醉心科举，虽然知道科举制度的一切黑暗内幕，但内心深处还是向往这个东西。如果说让他焚烧了他所有的小说就可以让他中一个进士，我想他会毫不犹豫地点起火来的。到了后来，他绝了科举的念头，怀大才而不遇，于是借小说表现自己的才华，借小说排遣内心的积怨。曹雪芹身世更加传奇，由一个真正的贵族子弟，败落成破落户飘零子弟，那种人情冷暖、世态炎凉的体验是何等的深刻。他们都是有大技巧要炫耀，有大痛苦要宣泄。在社会的下层，作为一个老百姓，进行了他们的毫无功利的创作，因此才成就了《聊斋志异》、《红楼梦》这样的伟大经典。当然，他们也有自己的圈子，书出来后，也能赢得圈子里的赞赏，可以借此满足一下虚荣心，但这样的荣誉太民间了，甚至不能算作名利了。在科举制度下，小说是真正的野狐禅，登不上大雅之堂的，当时的“正经人”大概很少写小说的。诗歌也是一样，诗歌的真正欣赏者应该是青楼女子。但只有在这种状态下，才能出现好东西。如果诗歌代替八股文成为科举的内容，那诗歌就彻底完蛋了。如果小说成了科举的内容，小说也早就完了蛋。所以如果奔着这个奖那个奖地写作，即便如愿以偿得了奖，这个作家也就完了蛋。没想到得奖却得了奖是另外一回事。我想这就是民间写作和非民间写作的区别。非民间的写作，总是带着浓厚的功利色彩；民间的写作，总是比较少有功利色彩。当然，这样的淡泊功利，有时候并不是写作者的自觉，而是命运的使然。也就是说，蒲松龄直到晚年也还是在梦里想中状元的，但醒来后才知道这是不可能的了。曹雪芹永远怀念着他的轰轰烈烈的繁华岁月，但他知道这也是无可挽回的了。所以，那悲凉就是挡不住的了，而那对过去繁华的留恋也是掩饰不住的。无意中得来的总是好东西，把赞歌唱成了挽歌，把仇恨写成了恋爱，就差不多是杰作了。

我还想特别强调一下，作家千万不要把自己抬举到一个不合适的位置。尤其是在写作中，你最好不要担当道德的评判者，你不要以为自己比人物更高明，你应该跟着你的人物的脚步走。郑板桥说人生难得糊涂，我看作家在写作时，有时候真的要装装糊涂。也就是说，你要清醒地意识到，你认为对的并不一定就是对的；反之，你认为错误的也不一定就是错误的。对与错，是由时间的也是历史的观念决定的。“为老百姓写作”要作出评判，“作为老百姓写作”就不一定作出评判。

前不久，有一家关于环保的报纸让我给他们写文章谈谈我对沙尘暴等自然生态恶化问题的看法，我马上就想到了北方草原的沙化和草原载畜量的关系。载畜量过多，草原得不到休养生息，就要沙化。十几年前我到中俄边境，看到对面的草原草有半人高，真是鲜花烂漫，风吹草低，只有很少的几群羊在挑挑拣拣地吃草。而我们这边的草原，草只有一虎口高，颜色枯黄，好似癞痢头一样，而饥饿的羊群像鬼子扫荡一样来回乱窜。同样的自然条件，差别如此之大，完全是人为的。问题在于，我们这边能不能少养几群羊？牧民们的回答是，我们也不愿意看到草原变成这个样子，但不养羊我们吃什么？我们不养羊，你们北京人怎么吃上涮羊肉呢？我们也知道黑山羊对草原和山林的破坏十分厉害，但你们需要羊绒围巾、羊绒大衣啊。这就涉及一个十分棘手的问题，一方面要保护环境，一方面那里的老百姓要活命，要繁衍。除非政府能拿钱把他们养起来。政府没有那么多钱，那他们就要伐树、放牧。你们可以呼吁保护珍稀动物，保护大熊猫，保护东北虎，但事实上在偏远地区有很多老百姓的日子比这些珍稀动物还要充满危机。许多得了重病的人躺在家里等死，谁去管他们？但假如有一头大熊猫得了急病，马上就会有最好的大夫为它医治，治好了还要登报纸、上电视。一个作家写关于环保的文章，看起来是很正义、很有良知的，但事实上你所代表的也只能是一部分人的利益。所以我觉得，作家要学会反向思维，不要站在自以为是的立场上，也就是说，你不要以为你是作家就比老百姓高明。“为老百姓写作”，因为作家自身的局限，很可能变成为官员、为权贵的写作。而“作为老百姓写作”，也许就可以避免这种偏颇，因为你就是一个老百姓。从某种意义上说，“为老百姓写作”也就是知识分子的写作。这是有漫长的传统的。从鲁迅他们开始，虽然写的也是乡土，但运用的是知识分子的视角。鲁迅是启蒙者，之后扮演启蒙者的人越来越多。大家都在争先恐后地谴责落后，揭示国民性中的病态，这是一种典型的居高临下。其实，那些启蒙者身上的黑暗面，一点也不比别人少。所谓的民间写作，就要求你丢掉你的知识分子立场，你要用老百姓的思维来思维。否则，你写出来的民间就是粉刷过的民间，就是伪民间。

我想我可以大胆地说，真正的民间写作，是“作为老百姓写作”，也就是写自我的自我写作。一个作家是否能坚持民间写作，有时候也不是他自己能够决定的。一般情况下，刚开始的写作都是比较民间的，但是成名之后，就很难再保持民间的特质。刚开始的写作，如果要被人注意，大概都要有些出奇之处，要让人感到新意，无论是他讲述的故事还是他使用的语言，都应该与流行的东西有明显的区别。也就是说，“文学的突破总是在边缘地带突破”，而一旦突破之后，边缘就会变为中心，支流就会变为主流，庙外的野鬼就会变为庙里的正神。尽管这似乎是一个难以逃避的过程，但有警惕比没有警惕好，有警惕就有可能较长时间地保持你的个性，保持你的民间心态，保持你的老百姓的立场和方法。

我们可以想想沈从文的创作，在他的早期作品中，保持着真正的民间的立场和视角。他写那些江边吊脚楼里的妓女，如果是知识分子立场，那就会丑化得厉害。但沈从文却把她们写得有很多的可爱之处，因为他对这些妓女的看法与那些船上的水手对她们的看法是一样的。他也没有把她们写成节妇烈女，而是写出了她们在职业范围内的真情：“牛保，我等你三个月，你再不来，我就接待别的客人。”他写那个戴水獭皮帽子的朋友，如果是用知识分子的立场，那这个家伙就是个十恶不赦的大流氓，而在沈从文的笔下他是那样爽朗、粗野和有趣。后来沈从文成了名作家，他的民间立场就很难坚守了，他要对他笔下的人物进行评判了，他已经不知不觉地处在居高临下的位置上了。

说起来容易做起来难，但还是要努力地做。“知识越多越反动”，从文学的角度上来看，是有几分道理的。

我就讲到这里，下边请大家提问，直接站起来说或是递条子，都可以。

这位同学的问题是：您刚才说道，边缘化的写作出名后很快就成了主旋律，那么，您是怎样保持自己的边缘性的呢？

这个问题，我已经反复地强调过，那就是要时刻记住——我就是一个老百姓。尽管我的工作与泥瓦匠有所区别，但在本质上是一样的。我想必须保持清醒的头脑，不要自己抬举自己，要知道你是谁。在具体的创作过程中，要力避用熟练的方法写作，这跟打球不一样。打球嘛，如果对方吃你的下旋球，那就乘胜追击，写小说恰好相反。我想每一个清醒的作家，都会有自己的追求。这种追求对我来说，就是希望能够不断地自我超越。

第二个问题是：请谈谈您的新作《檀香刑》与《红高粱》之间有哪些内在的联系？

这两部小说都是历史题材的，《红高粱》的背景是抗日，《檀香刑》的背景是抗德，故事发生的地点都是高密东北乡，这是类似的地方。从这个意义上说，《檀香刑》是《红高粱》的姊妹篇。我最得意的是,在《红高粱》中“发明”了“我爷爷”、“我奶奶”这个独特的视角,它打通了历史与现代之间的障碍,也可以说是开启了一扇通往过去的方便之门。因为方便,也就特别容易被模仿。后来“我爷爷”、“我奶奶”、“我姑姑”“我姐姐”的小说就很多了。《红高粱》歌颂了一种个性张扬的精神,也为战争小说提供了另类的写法。但《红高粱》作为一部长篇,最大的遗憾是没有结构,因为写的时候是当中篇来写的,是由五个中篇组合起来的。《檀香刑》在结构上下了很大的工夫。在语言方面也作了一些努力,具体地说就是借助了我故乡那种猫腔的小戏,试图锻炼出一种比较民间、比较陌生的语言。

第三个问题是:通过您的谈话,看出你十分重视作家的创作心态,那么请问您是如何保持宝贵的民间心态和民间立场的呢?

我刚才已经反复地谈过这个问题,那就是要时刻保持警惕。当然,我也并不认为作家必须跟苦难和贫困联系在一起。我们也没有必要刻意地去体验艰难,因为有意识的体验和命运的安排不是一码事。我觉得最重要的还是你要时刻记住自己是一个老百姓,作家就是一个职业,而且这个职业既不神秘也不高贵。

还有一个问题是:请谈谈您在《檀香刑》里为什么要描写那么多酷刑。

酷刑的设立,是统治阶级为了震慑老百姓,但事实上,老百姓却把这当成了自己的狂欢节。酷刑实际上成了老百姓的隆重戏剧,执刑者和受刑者都是这个独特舞台上的演员。因为《檀香刑》的写作受到了家乡戏剧的影响,小说的主人公又是一个戏班的班主,所以我在写的时候,感觉到自己是在写戏,甚至是在看戏。戏里的酷刑,只是一种虚拟,因此我也就没有因为这样的描写而感到恐惧。另外,在《檀香刑》中,有大量的第一人称的独白。我写到刽子手赵甲的独白的时候,我就必须是赵甲,我就必须跟随着赵甲的思维走笔。赵甲是大清朝的第一把刽子手,在他们这个行当里是大师级的人物,他是一个真正的杀人如麻的人。当我试着描写他的内心世界时,我就感到,杀人,在他看来,实际上是一次炫耀技巧的机会,是一次演出。因此,我之所以能够如此精细地描写酷刑,其原因就是我把这个当成了戏来写。

(选自《当代作家评论》2002 年第 1 期)

故乡的那头神奇的牛

——2003 年 10 月在京都大学会馆的演讲

◇莫　言

女士们，先生们：

时光似箭，日月如梭。上次来日本，仿佛就在眼前，但屈指一算，已经差不多四年了。上次我在日本时出生的小狗，现在已经长成了堂皇的大狗，上次我在知立市称念寺栽下的小树，如今也长成了大树。我在这四年里，身高大概缩短了一厘米，头发减少了大约三千根，皱纹增添了大约一百条。偶尔照照镜子，深感岁月的残酷，心中不由得浮起伤感之情。但见到了诸多日本朋友，四年的时光在他们脸上似乎没有留下任何痕迹。他们的精神还是那样健旺，他们的身体还是那样矫健，他们对生活还是那样充满了热情。于是，我的心情顿时也好了起来。

在文学创作的道路上，我还是一个年轻的学徒。用写作这种方式，我可以再造自己的少年时光。用写作，我可以挽住岁月的车轮。写作，是我与时间抗衡的手段。我把岁月变成了小说，放在了自己的身边。时间过去了，但我身边的小说会逐渐升高。从这个意义上说，写作者是可以忘记自己的年龄的。写作着的人，身体可以衰老，但精神却永远年轻。1999 年 11 月，我从日本的大阪飞向中国的上海，一下飞机，租了一辆车，直奔杭州，去参加一个颁奖仪式。我的一部中篇小说《牛》在那里获得了一个奖。这是一部根据我少年时的一段经历用儿童视角写成的小说。在 20 世纪 70 年代初期，中国的农民还生活在人民公社的体制内，个人没有行动自由。而几千年来与农民为伴的牛，成了人民公社的重要生产资料而放在生产队集体饲养，个人没有饲养的自由。那时的牛是神圣的，不允许屠宰，即便是因病死去的牛，也要等公社的兽医来验定后，才可以分给社员食用。因为饲草缺乏，在严冬季节，生产队里派我跟随一个老人，把牛赶到荒滩上去放牧。冰雪覆盖着荒滩，枯草都深深地埋在雪里。在这种严酷的条件下，我们的牛为了生存，恢复了它们祖先的野性。它们用嘴巴拱开积雪，寻找枯草果腹。它们用蹄子敲开坚冰，畅饮冰水解渴。我至今忘不了牛用蹄子敲冰时发出的铿铿锵锵的声音，我至今忘不了牛饮冰水时，嘴巴里喷出的乳白色的蒸汽。到了春暖花开的季节，冰雪消融，大地回绿，苦熬了一个冬天的牛也恢复了生机，慢慢地胖起来，活泼起来。深通牛性的生产队长给我们下了一个死命令："不准许牛交配。"因为生产队里十头牛就可以满足生产需要，如果多了，饲草困难，卖又不让卖，杀又不让杀，反而会成为沉重的负担。但要看住牛不让它们交配，的确是十分困难的事情。尽管我和那位老人想了许多阻止它们交配的办法，但到了放牧结束时，所有的母牛肚子里都怀上了小牛。故事就围绕着这些小牛展开。

因为时间关系，我不能在这里详细地讲述这个故事了，但愿在不久的将来，这部小说能够被翻译成日文，供大家阅读。在那次发奖会上，我曾经说过：中华人民共和国成立以来，五十年的历史中，牛的命运，与小说的命运十分相似。小说与牛一样，一度被抬举到不切实际的重要位置上但又饱受着管制。到了 80 年代，随着人民公社的瓦解，农民获得了自由，牛的数量空前地发展，就像这个时期的小说空前繁荣一样。但随着农业机械的普及，牛渐渐地被淘汰出生产过程，养牛的农民越来越少，就像这个时期的小说渐渐地被更加简捷有趣的娱乐方式，譬如卡拉 OK、电视连续剧挤出娱乐空间一样。现在，农民养牛，一半是要把它们养肥了宰杀牟利，一半是出于对这种善良的家畜的眷恋。一个垂暮的老人，可以对着一头牛絮絮叨叨。这景象有几分凄凉，也有几分温馨。现在，写小说的人，有的是想借此牟取名利，有的则是要借助于这种方式把心中的话说出来。我当然属于后者。我找不到一个真正的朋友诉说我心中的痛苦，只能把小说当成我的朋友，让它来聆听我的诉说。写作就是诉说，就像一个老农对着一头老牛诉说一样。我之所以在这里说了这么多牛，因为在我的下一部小说里，将有一头成了精的牛。

2000 年冬天，我完成了长篇小说《檀香刑》，2001 年春天出版。这部小说与我的诸多作品一样，引起了强烈的争议。喜欢的人认为这是一部伟大的作品，为 21 世纪的中国小说开辟了一条新的道路；不喜欢的人认为是一堆狗屎。争议的焦点是小说中的刽子手赵甲和对施刑场面的详尽的描写。我在该书出版后，曾经接受过记者采访，劝诫优雅的女士不要读这本书。但后来的事实证明，许多优雅的女士读了这本书。她们不但没有做噩梦，也没有吃不下饭；反倒是许多貌似威猛的男士，发出了一片小儿女的尖叫，抱怨我伤害了他们的神经。由此可见，女人的神经比男人的神经更为坚强。有一个女士给我写信，说："我真想请你给我花心的丈夫施上'檀香刑'。"我回信说："亲爱的女士，你的丈夫花心固然可恨，但远远不到给他施檀香刑的程度。而且，这种野蛮的刑罚早已成为历史陈迹。另外，书中的人物，不能与作者画等号。我虽然在书中写了一个残酷无情的刽子手，但在生活中，我是个善良懦弱的人，我看到杀鸡的场面，腿肚子都会哆嗦。"

关于《檀香刑》中残暴场面的描写，我认为是必要的。这是小说艺术的必要，而不是我的心理需要。我想这样的描写之所以让某些人看了感到很不舒服，原因在于，这样的描写展示了人类历史上曾经存在过的黑暗和残暴。这样的描写也暴露了人类灵魂深处丑陋凶残的一面，当然也鞭挞了专制社会中统治者依靠酷刑维持黑暗统治的野蛮手段。有一些批评者认为《檀香刑》是一本残暴的书，也有人认为这是一本充满了悲悯精神的书。后边的说法当然更符合我的本意。

写作这本书时，我经常沉浸在悲痛的深渊里难以自拔。我经常想：人为什么要这样呢？人为什么会这样呢？为什么要对自己的同类施以如此残忍的酷刑呢？是谁给了他这样的残害同类的权力呢？许多看上去善良的人，为什么也会像欣赏戏剧一样，去观赏这些惨绝人寰的执刑场面呢？统治者和刽子手、刽子手和罪犯、罪犯和看客，他们之间到底是一种什么样的关系呢？——这些问题我很难解答，但我深深地体验到了这种困惑带给我的巨大痛苦。我认为这不仅仅是高密东北乡的困惑，而且也是中国的困惑，甚至是全人类的困惑。是什么力量，使同是上帝羽翼庇护下的人类，干出来如此令人发指的暴行？而且这种暴行，并不因为科技的进步和文化的昌明而消失。因此，这部看起来是在翻腾历史的《檀香刑》，就具有了现实的意义。有人还说，《檀香刑》是一个巨大的寓言，我同意这种看法。是的，作为一种残酷的刑罚，檀香刑消失了，但作为一种黑暗的精神状态，却会在某些人心中长久地存在下去。也就是说，在黑暗的意识里，有人还渴望着给别人施加檀香刑，有人会心甘情愿地承受檀香刑，更会有人趣味盎然地观赏檀香刑。我在写作这部小说的过程中，一会儿是施刑的刽子手赵甲，一会儿是受刑的猫腔戏班主孙丙，一会儿是处在政治夹缝中的高密县令钱丁，一会儿又是欲火中烧的少妇孙眉娘。在人生的道路上，每个人都会在不同的时刻，扮演着施刑人、受刑人或者是观刑人的角色。看完这部书，如果读者能从中体会到这三种角色的不同心境，从而引发对历史、对现实、对人性的思考，我的目的就算达到了。在《檀香刑》中，我第一次尝试着把小说叙事艺术和我故乡的小戏“猫腔”嫁接在一起。我想创造一种不但跟别人不一样，而且也跟我过去的小说不一样的独特的文体，我希望我能发出独特的声音。小说的结构，借用了中国传统小说的“凤头、猪肚、豹尾”的结构方法。小说的情节设计、人物关系，都是高度戏剧化的。矛盾尖锐，冲突激烈。亲情和刑罚把几个主要人物连接在一起，展开了一场悲壮的大戏。这是一部戏剧化的小说，也是一部小说化的戏剧。剧中人物如其说是生活在现实中，还不如说他们生活在戏剧中。在某些时刻，连他们自己也分不清哪是戏剧哪是现实了。小说中的“猫腔”，基本上是我的虚构，但我故乡的确有一个很小的剧种。我是在这个地方小戏的旋律中长大的。在写作《檀香刑》的过程中，这个小戏的旋律始终在我的耳边回响。找到了这个叙事的腔调，写作时就如河水般奔流。但我知道，这样的语言，这样的结构，对翻译这本书的吉田富夫教授来说，必定是十分艰难的。我不知道吉田先生用什么方法完成了这场转换。

写完了《檀香刑》之后，我写了《冰雪美人》、《倒立》等短篇小说。这些小说，发表后都被多家报刊转载。在2000年到2002年里，我访问了美国、法国、瑞典、澳大利亚等国，为英文版和法文版《酒国》、瑞典文版《天堂蒜薹之歌》的出版做了一些宣传。去年底，又去台北市作了一个月的驻市作家。这两年里我写得很少，有许多次梦幻般的飞行。身处在万米高空，透过舷窗看到机翼下的团团白云和苍茫大地，我心中不时地浮起一阵阵忧伤的感情。宇宙如此之大，人类如此之小；时空浩淼无边，人生如此短暂。但老是考虑这些问题也是自寻烦恼。我想我的痛苦是因为我写了小说，解除痛苦的办法也只能是写小说。于是，春节过后，我静下心来，用三个月的时间，完成了长篇小说《四十一炮》。然后又用了一个星期的时间，完成了一部话剧。这就是我上次日本之行后所做的主要工作，我很懒惰，愧对大家的厚爱。但愿这次回国后我能勤奋起来，尽快地让高密东北乡那头神奇的牛，给读者带来惊喜。感谢吉田富夫教授把《檀香刑》完美地翻译成日文，感谢日本读者，希望这本书能带给你们一些思索。

谢谢大家。

（选自《莫言讲演新篇》，文化艺术出版社2010年版）

我的文学经验

——2007年12月在山东理工大学的演讲

◇莫　言

各位老师、各位同学晚上好，能够来到山东理工大学和同学们见面，我觉得非常高兴，也非常荣幸。

来淄博讲课我心里面忐忑不安，因为我们淄博有一个淄川，淄川有一个蒲松龄。蒲松龄不仅是我们中国著名的文学家，也是全世界享有盛誉的短篇小说大师。三百多年前，蒲松龄先生写他的短篇小说的时候，像契诃夫、莫泊桑、欧·亨利这些后来以短篇小说出名的作家们都还没有出世。蒲松龄这样伟大的作家，不仅仅是我们淄博人民的骄傲，也是我们山东的骄傲，也是我们中国的骄傲，更扩大一点说也是我们全人类优秀的作家。能够写出这样的小说的人，该有多么博大的灵魂，该有多么丰富的想象力。所以我想，来淄川讲小说就像到曲阜去讲《三字经》，就像在关云长门前耍大刀——自找难堪。

既然来了还是要说，我个人的创作确实是不值一提。刚才那位主持的同学报了我一些作品的名字，尽管我现在写出的字数加起来比蒲松龄要多好几倍，但是我想我这么多的作品加起来也许都不如蒲松龄先生的一个短篇小说有价值。

今年上半年，我们淄博市搞了一个"蒲松龄短篇小说奖"，评奖的范围是全世界用华文写作的短篇小说。我的一篇小说《月光斩》非常荣幸地获得了这个奖项。主办方《文艺报》和我们淄博市政府曾经邀请我来参加颁奖典礼，但我因为要到瑞士去访问没有来。人来不了，我写了两首打油诗来表达感激和兴奋的心情。其中一首是"空有经天纬地才，无奈名落孙山外，满腹牢骚无处泄，独坐南窗著聊斋"，第二首是"幸亏名落孙山外，龌龊官场少一人，一部聊斋垂千古，万千进士化尘埃"。听说淄博市政府要把我们这些获奖作家的题词镌刻到墙上。

我的意思是想说，蒲松龄先生尽管没有中进士，但他对人类的贡献远远超过了那些进士们。他的科举道路不成功，到济南去考了十几次，每次都是名落孙山。但是我们把他的创作放到历史的长河里来考察，我们就会发现，如果他当时中了举人，然后到北京会试又中了进士或者中了状元的话，他的《聊斋志异》就写不出来了，我们中国文学史、世界文学史就缺少了一部伟大的著作。《聊斋志异》的影响不仅仅是在中国，全世界有很多的译本。《聊斋志异》不仅仅是流传了三百年，再过三百年还会继续往下流传。一部《聊斋志异》可以永垂不朽，可以流传千古。但是跟蒲松龄同时代的进士成千上万，里面当然也有杰出的人物，但是我想大多数还是随着历史化为烟尘。除了他的故乡，除了他的后代，可能很少有人知道，但是蒲松龄是没有人不知道的。

作为一个小说家，应该有一种对自己的职业崇高的感受，应该把文学当作一件庄严的事业来做，应该把文学当作可以自由地表达自己的心声，可以为广大老百姓鼓与呼的事业。我们不要被眼前暂时的荣耀、暂时的光环所迷惑，还是应该把目光放得长远一些，做一些对人类有价值的事情。我们现在有成千上万的作家，能够做出像蒲松龄这样业绩的确实也很少，这就关系到个人天才的问题。我们现在每年都发表大量的作品，包括我本人也在持续不断地写作，但我的作品究竟能够有多少篇流传下去，这个还确实是个未知数。但我们也不能因为自己没有蒲松龄那样伟大的才华就放弃不写了，还是应该继续努力，把蒲松龄当作一个目标、一个榜样来激励自己。

我的文学经验，说复杂很复杂，说简单也很简单。刚开始是不自觉地走了一条跟蒲松龄先生同样的道路，后来自觉地以蒲松龄先生作为自己的榜样来进行创作。近两年在中央电视台第10频道上有一个《百家讲坛》，我们山东大学的马瑞芳老师登台讲《聊斋志异》，她是研究《聊斋志异》的专家，讲得非常精彩。她的宣讲使蒲松龄和《聊斋志异》为更多的人所了解，也掀起了重新阅读《聊斋志异》的热潮。我在马老师的引导下也重新阅读了《聊斋志异》的很多的篇章。回过头来总结一下个人的文学道路，总结一下个人文学创作的经验，感觉到自己在刚开始的时候就不自觉地走上了一条向蒲松龄先生学习的道路。

蒲松龄先生创作的主要资源是来自民间的。有一个流传非常广的故事，说他在村头大树下摆上了茶壶、茶碗、烟丝、烟笸箩和烟袋，招待来来往往的行客，人来了可以喝茶、可以抽烟，但要讲一个故事给他听。马瑞芳老师考证说这是不可能的，因为蒲松龄一辈子几乎可以用“穷愁潦倒”来形容，他大部分时间是在远离家乡的地方教书，他的一生当中根本没有时间和闲暇坐在村头上招待来往的行客，他也拿不出那么多的茶叶来泡茶给行人喝，他也没有那么多钱来买烟丝。我想这并不说明蒲松龄作品的来源不是民间。他在故乡成长的时候，在外地当教书先生的时候，都是用一双艺术家的眼睛来观察生活，用一双艺术家的耳朵来捕捉生活中所有跟小说有关的声音。作为一个小说的有心人，他把许许多多的流传在我们家乡的奇闻轶事，狐狸的故事、鬼的故事变成了他的小说的素材。

我刚开始写作的时候走过了一段曲折的道路。那时候由于受“左”的文学思想的影响，认为小说应该作为宣传的一种工具，认为小说应该配合政策，认为小说应该负载很多的政治任务，这就需要千方百计去寻找一些自己不熟悉的题材，编造一些能够配合上政治任务的虚假故事。

1984 年，我考入了解放军艺术学院文学系。在这个学院里面，我受了很多启发和教育，慢慢地悟到，小说实际上不应该跟政治有那么密切的关系。小说固然有它的社会功能，小说当然有它的宣传激励的效应，但作家在创作的时候一定不要把这个作为自己的追求。作家创作的时候应该从人物出发、从感觉出发，应该写自己最熟悉、最亲切的生活，应该写引起自己心里最大感触的生活。也就是说，你要打动别人，你要想让你的作品打动别人，你首先自己要被打动；你要想你的读者能够流出眼泪来，在写作和构思的过程中首先要让自己流下眼泪。

这一点蒲松龄先生在三百年前就已经实践过了，他最优秀的篇章里面很多都是在抒发个人心中的积郁。他很多的作品看起来是在说鬼说狐，实际上是在描述的人间的生活；他写的看起来跟人间的事情没有太多的关系，一些不可能存在的妖魔鬼怪的故事，但这些故事实际上都是以人间的生活，以人间的许许多多的栩栩如生的人物形象作为模特来描述的。这也成了后来许多批评家和研究者所反复研究和津津乐道的，他实际上借谈鬼谈狐来表达自己心中的这种郁闷。一个作家必须有感而发，不能为赋新诗强说愁，必须在作品里面倾注上自己最真实的感情。我想蒲松龄之所以能把小说写得这样好，之所以能够塑造出这么多栩栩如生让我们难以忘却的典型的人物形象，就在于他在写作的时候把自己最真挚的、内心深处最深的感情倾注到他的人物里面去了。这样最深挚的感情一旦付诸于人物，就仿佛神仙的手指可以点石成金、可以吹气成仙。

蒲松龄一生中，最耿耿于怀的就是科场失意。这个情结让他抱恨、抱憾、抱屈终生。直到晚年，他也没有把这个问题忘记。像这么一个人，那样大的才华，饱读诗书，满腹经纶，无论是民间生活的知识还是书本上的知识，可以说是了如指掌。他的才华和学问超出了当时许许多多金榜题名的进士，但他似乎是永远也中不了，有好几次都是志在必得，但到头来却是阴差阳错，名落孙山。我想来自宿命的压力，怀才不遇的积愤就变成了他创作的巨大动力。

据马瑞芳老师研究，蒲松龄一辈子长期在外地坐馆做幕，有一个梦中情人。是他朋友的一个侍妾，名字叫作顾青霞。蒲松龄很多的诗就是献给顾青霞的。顾青霞多才多艺，能诗善画，还能歌善舞，人长得非常美丽，但红颜薄命，非常不幸。蒲先生对她非常爱慕，非常同情。但碍于礼教，只能将这一切深藏于心。马瑞芳老师说蒲松龄小说里面的很多人物很可能是以顾青霞为模特来塑造的。我想这也是我们解读《聊斋志异》的一把钥匙，这也是我们把蒲松龄先生当作一个平常的人来看待的一个理由。

蒲松龄具有当今所有作家都望尘莫及的丰富想象力，但他也有凡人的一面，他也有七情六欲，他也有喜怒哀乐。他的七情六欲和喜怒哀乐都变成了他小说创作的动力。他的伟大之处，就在于他没有沉溺于这种平凡的感情之中，他把这种感情进行了升华，把个人生活跟广大民众的生活结合在一起。他把个人的科场失意变成了对科举制度的讽刺和批判，但这种批判不是说教式的，他把自己所有的思想，所有对社会不公正的批判都付诸于人物形象。也就是说他始终从人物出发，在写作的时候把人放在第一位，把塑造活灵活现、栩栩如生的小说人物形象作为他的最高追求。

我想这是我走了许许多多弯路之后，回过头来研究蒲松龄才认识到的。现在回头想想我 80 年代那批作品，为什么取得了一定的成功，获得了很多的好评，就在于我不自觉地遵循了蒲松龄先生所一直实践的创作道路，从生活出发，从个人感触出发，但是要把个人生活融入到广大的社会生活当中去，把个人的感受升华成能够被广大的群众所接受的普遍的感情。

第二点要从蒲松龄先生身上学习的，就是从古典文献里面汲取创作的营养。蒲松龄把中国过去的书，不管是“四书五经”还是诸子百家，都烂熟于胸中了。我们今天已经不可能做到他那样的深度，但是我想我们也应该尽可能多地读一些经典，因为经典经过了历史的考验，经过了时间淘汰，它能够流传下来毕竟有它的道理。我们阅读经典，实际上也就站在了祖先的肩膀上，站在祖先的肩膀上我们就获得了一个高度。如果我们没有认真学习和研究我们的经典，如果完全靠着我们的下意识，靠着直觉，我们可能要多走许许多多无用的道路；如果我们站在经典的基础上向上攀登，那我们的起点就会相当高了。我想这两点实际上是我后来又开始重新阅读蒲松龄的时候反复所考虑到的。

我写作的时代，当然同蒲松龄那个时代大不一样。尽管蒲松龄读书很多，但他不可能像我们当代作家这样能够阅读到很多西方的小说，我想这也许是我们这一代作家还能够写作的一个理由。我们比曹雪芹和蒲松龄可以更多地接触到来自中国之外的文学，我们可以通过翻译读美国的小说，读俄罗斯的小说，读日本的小说，读韩国的小说。也就是说，我们的视野比他们那个时代要宽阔一些，我们能够读到的文学作品的面比他们那个时代应该更加广阔一些。在蒲松龄那个年代、曹雪芹那个时代，中国小说毫无疑问是全世界小说的高峰，到了最近这一百年多年来西方的小说慢慢地超过了中国小说。西方作家在文学技巧上的探索远远地把我们中国作家甩在了后面，尤其是从 50 年代到 70 年代这将近三十年的时间里面，我们中国小说家在小说技巧方面的探索基本是停滞不前的。80 年代国门大开，大量的作品翻译过来以后，我们感觉到一种震惊。我们就像南美作家阅读到卡夫卡作品一样，发出一声惊叹——原来小说可以这样写。

当然我并不是说蒲松龄的小说里面就没有西方现代小说的那种技巧，实际上它里面也有很多，但是他没有西方作家走得那么远。西方作家在小说技巧方面的探索可能比我们的古典作家走得更远，他们的思想更加开放，他们对小说规矩冲击得更加厉害。从 80 年代开始，中国当代小说发展的一个巨大的动力来源于我们对西方文学的阅读。我现在回头想想我将近三十年的创作道路实际上也就是一个慢慢寻找到自我的一个过程，刚开始的时候是在大量地模仿别人，不自觉地模仿别的作家。后来意识到我们如果永远处在模仿别人的阶段，就没有出头之日，必须写出属于自己的有鲜明风格的作品。这个所谓的鲜明的风格我想它基本上可以从内容和形式方面来进行解释，一个就是你应该塑造出一系列属于你个人作品系列里面的人物形象，另外一个你要使用一种属于你个人的打上你个人鲜明印记的语言。此外，你的小说还应该有一种别人没有用过的结构。在小说的人物塑造、小说的语言和小说的结构方面如果能够全面出新的话，肯定会成为一个非常好的作家。如果做不到这几点，你可以写出很多的小说来，可以写出很多精彩的故事来，但是你离一个优秀的作家的标准要差很多。

我的成名作应该是中篇小说《透明的红萝卜》，这个作品写作于 1984 年，写作之前实际上是受到了一个梦境的启发。早晨梦到了一片萝卜地，我们高密有一种又圆又大的颜色特别鲜艳的红色的萝卜，萝卜地里有一位穿红衣的少女手拿鱼叉，叉着萝卜对着刚刚升起的太阳走过去。这个画面很辉煌，我醒来以后就感觉到它就像一个电影的画面一样在我脑海里久久回荡不能消失。然后就在这个梦境的画面的基础上，把自己少年时期的一段经历融合了进去。当然在写的时候，小说里面黑孩儿的主人公已经不是我，仅仅是把我的一些感觉写到里面，他实际上已经变成了一个独立的人物。这个小孩儿从头到尾没有说过一句话，由于他的沉默寡言，由于他这种极其丰富的感受能力和想象力，他跟所有的孩子都不一样。他可以听到头发落到地上的声音，它可以隔着几百米听到鱼在水里面吐气泡的声音，他也可以感受到几十公里之外火车通过铁路桥梁的时候引起它的身体的振动。

这样的小说我刚开始写的时候心里也完全没有把握。小说里难道可以写这样的人物吗？因为现实生活中基本上是不存在这样的人的。这个时候也正是蒲松龄给了我一种巨大的鼓舞。因为我想我们的老祖宗既然可以写狐狸变成人，既然可以写蚂蚱、飞鸟、牡丹、菊花变成人，为什么我不可以写这样一个特异功能的小男孩呢？为什么不可以写他可以听到头发落地的声音呢？这个小说发表以后引起了很大的反响，这是 1985 年。

1985 年也是中国新时期文学的一个黄金年代，出现了一批好的中篇小说，像王安忆的《小鲍庄》、何立伟的《白色鸟》、刘索拉的《你别无选择》等等。为什么说这个时候是个黄金时代，因为这个时候中国年轻一代的作家已经摆脱把小说当作控诉“文化大革命”的政治工具的写作状态，注意到了自己的语言、自己的故事风格和类型，对小说的固定模式进行了各自的冲击。刘索拉的那篇小说是一种非常现代的小说；王安忆的《小鲍庄》也带着一些很魔幻的痕迹，一场大雨下了好几个月；我的这个《透明的红萝卜》就带着童话的色彩，塑造了一个在生活当中绝对见不到的黑孩子的形象。我个人写作的勇气实际上还是要感谢我们的祖师爷蒲松龄先生。

接下来我写了一系列的小说，1985 年是我创作的一个高潮期。那个时候白天要上课，早上要出操、要练正步、要集合，各种各样的活动。就利用课余时间和晚上的时间写作，那一年里大概写了四五部中篇、十几个短篇。其中，也写了一个中篇《爆炸》。《爆炸》里边写了一个情节，就是一个父亲打了他儿子一巴掌。这一个巴掌写了 1000 字。当时王蒙先生是《人民文学》的主编，王蒙先生看了这篇小说就说：“莫言真敢写。”后来他也跟别人说，“如果我年轻 20 岁的话我完全可以跟他拼一下。”我说：“他不年轻 20 岁也完全可以跟我拼一下。因为王蒙在语言方面的渲染能力和排比夸张的能力一点不比我差，他至今也依然具备这种强烈的语言的能力。他完全可以把一个巴掌写成 3000 字。”

接下来一部有名的作品就应该是《红高粱》了。写《红高粱》是在 1985 年的年底。我曾经记忆有误，把《红高粱》的写作时间说成是 1984 年。今年上海华东师范大学的一个博士写了一本《莫言传记》，他做了很多的研究工作，最后证明《红高粱》是在 1985 年写作的。他说莫言之所以把写作《红高粱》的年代推到 1984 年是为了要避开受马尔克斯影响的嫌疑，因为有很多的评论家认为《红高粱》开头的第一句跟马尔克斯著名的小说《百年孤独》的第一句很像。《红高粱》的第一句是说“1937 年农历八月十四，我父亲这个土匪种，跟着于司令的队伍去胶莱河桥头上打游击”；而马尔克斯的《百年孤独》的第一句是说“许多年后，当奥瑞莲卡上尉面对着行刑队的时候，想起了当年跟着他的父亲去看冰块的那个上午”。很多人认为这两个句子是非常相似的，起码在语气上是相似的。这个博士就说，莫言之所以把写作《红高粱》推至 1984 年，就是因为 1984 年的时候马尔克斯的《百年孤独》还没有翻译成中文，他提前一年，就避开了《红高粱》受到了《百年孤独》影响的嫌疑。后来我想了想，可能在我的潜意识里面确实有这种想法，但是至今我仍然要说《红高粱》确实没有受到《百年孤独》的影响，写完了《红高粱》之后我才读到了《百年孤独》。文学史上有许许多多这样的事件，有很多人认为这部小说受了那部小说的影响，但是作家是永远不承认的。很多作家未必像我这么坦率，受影响了就是受影响了，没受影响就是没受影响。马尔克斯他本人也是这样。马尔克斯经常说一些莫名其妙的小说对他影响很大，这是一种障眼法。实际上他真正受到影响的小说，他是不提的，反而说另外一篇小说对他的巨大的影响。就像我许多年前一直不敢承认是蒲松龄对我小说创作产生了影响一样，我老是说苏联的一个作家，日本的一个作家，实际上对我影响最大的是蒲松龄。我的老师是谁？是祖师爷蒲松龄。

《红高粱》这个小说因为它的写法跟过去的描写抗日战争的小说的写法很不一样，因此在发表之后引起反响是非常正常的。另外，1986 年也是当代文学的一个好年头，那个时候文学还是一个热门话题。一篇小说发表，这个人可以一举成名。那个时候很多作家就是凭一篇短篇小说或一篇中篇小说获得了巨大的名声。现在很多年轻的作家连续写了很多的中篇、长篇，但是知名度并没有像我们当时忽悠得那么大，毕竟时代不同了，关注点不一样了，所以我想一部作品也有一部作品的命运。假如《红高粱家族》这个小说系列放在 2006 年发表，而不是 1986 年发表，那这部小说也就有可能变成一部默默无闻的作品。

这部小说产生的冲击力基本上来自于三个方面：第一个方面就是这个小说里面描写的“我爷爷”——我真正的爷爷是一个木匠，是个非常老实的农民——小说里的“我爷爷”是一个土匪，是一个强盗，杀人越货，到处绑票。小说里的“我爷爷”这样的土匪是参加抗战的，是抗日的英雄。在我们过去的小说或者电影里面，我们抗日的英雄肯定都是八路军和新四军，一直到了 80 年代之后我们才敢于承认国民党在正面战场上抗击了 50%的日本军队。《红高粱》是写了一群土匪在抗日，而且还非常地悲壮，都是壮烈地牺牲了，打得也非常地残酷。我想这是这部小说的第一个亮点。第二个我想是这个小说的语言确实是跟过去传统的写战争的小说不一样。我自己当然也有点王婆卖瓜自卖自夸，像“我爷爷”这个叙事的视角我认为是我的发明，但是这个说穿了以后就很简单。你能写“我爷爷”，我就能写“我姥姥”，我就能写“我大爷”、“我奶奶”、“我姑姑”，在《红高粱》之后也确实出现了许多类似的小说。

我当时之所以用这样的一个人称就在于为了获得一种叙事的方便。一个后辈的儿孙来写祖先的故事，要么就采用这种全知全能的第三人称——“他”或者“他们”来写；要用第一人称的话，就显得非常的不方便。我讲我奶奶的故事怎么用第一人称来写？用第三人称我觉得不亲切也不真实，而且叙事上也很不方便，而且只能讲一个古老的过去式的故事，很难把历史的故事和现在的生活衔接在一起。用了“我爷爷”、“我奶奶”这样的人称、这样的叙事角度，就等于一下子打通了历史和现实之间的墙壁，使叙事者获得了一种巨大的便利：你可以一会儿跳出来指点江山、激扬文字、大发议论，一会儿进入历史，仿佛以一种自己亲眼见到的亲切和真切来描写历史上发生的事件；你不但可以目睹到当时的情况，而且可以深入到你的祖先的灵魂深处；你不仅仅可以描写“爷爷、奶奶”们是怎么样抗战的，也可以深入到“爷爷、奶奶”们的内心深处，描写他们心里面的各种各样的想法。像这样的一种叙事视角，也是引起读者注意和批评家好评的重要的原因。当然这里面也运用了很多超现实的描写，里面也有很多恶作剧的顽童式的心态。后来在电影里面像姜文表演的“我爷爷”的这个形象还是把小说的部分精神传达出来了。《红高粱》这部小说尤其是被拍成电影以后,它的影响就更大了。

电影是1987年在高密东北乡拍摄的,1988年就在西柏林国际电影节上获得了金熊奖,这也是中国当代的电影第一次在国际A级电影节上获得大奖。我记得《人民日报》就有整整的一个专版报道,标题就叫作《红高粱西行》。当时我在我的故乡一个供销社的仓库里,正在写一部新的小说,我的堂弟就拿着这个报纸对我说:“《红高粱》已经得奖了。”后来我从高密回到北京,晚上下了火车,就听到在车站的广场上一些年轻人,一边蹬着三轮车一边高唱着:“妹妹你大胆地向前走。”在1988年到1989年这两年的时间,这一首歌吼遍了大江南北。

《红高粱》使我浪得虚名,真正地变成了一个以写小说为职业的人。我当时的计划就是按照《红高粱》这个方向为这个《红高粱家族》继续往下立传,写完了“爷爷、奶奶”这一代,就应该写“父亲”这一代;写完“父亲”这一代就应该写“我们”这一代。我曾写了一个中篇《父亲在民夫连里边》,我的观点,我想当时是一种跟进化论反其道而行之的观点,进化论是一代胜过一代,我觉得是一代不如一代。我觉得我们跟“爷爷、奶奶”他们那个时代相比,活得都非常的苍白。他们都是英雄,我们一个一个都变得特别的软弱,特别的无能。不论在肉体上还是在精神上,我们都是侏儒,这种观点在别的小说里进一步得到了发挥。

但是这个创作的计划被突然中断了。中断的原因就是,在1987年时候,我们山东发生了一个著名的“蒜薹事件”。在我们临沂地区的一个县里,农民栽种了大批的大蒜,收获了大量的蒜薹,但是当地干部的官僚主义、地区封锁,某些官员的腐败行为,导致了老百姓几百万斤的蒜薹腐烂变质。后来愤怒的农民就把蒜薹抛到大街上,堆到县政府的院子里边,包围了县政府、砸了县长的办公室。当时的报纸也发了评论的文章,这是个轰动全国的事件。这个事件把我《红高粱家族》的创作系列给打断了,因为我觉得作为一个当代的作家应该关注当下的生活。尽管我人在京城,但我心在高密;尽管我身披军装,但我骨子里还是个农民。我觉得农民跟我息息相关,也就是说,如果我不出来把这个题材写成小说,我会良心不安的,所以我就躲到一个部队的招待所,只用了33天的时间,就写出来一个20万字的长篇小说。

后来有人问我是不是私下里去过发生蒜薹事件的地方作过采访,我说我哪里都没去,我的所有的资料来源就是一张《大众日报》。我在写作过程当中就用了一个办法,就是把这个事件移植到了我的故乡的那个村庄。我在小说里面描写的家房后的那条河、河滩上那片槐树林、村头上老百姓种植的黄麻等等,都是我最熟悉的生活环境。小说里的许多人物也都是我非常熟悉的一些人物,其中就有我的一些叔叔、大爷们,我只是把他们改头换面,给他们换上另外一个名字,把他们放到“蒜薹事件”里面去。这部小说之所以能够写得这么快,之所以能够写得这么真切,之所以能够写得这么义愤填膺——有人说这是一部愤怒的“蒜薹”——就在于我写的时候确实动了很深的感情。80年代末的时候，农村的干部腐败、官僚主义非常严重，村里的干部们、乡镇和县里的很多干部，对农民的利益漠不关心，一心只想往自己腰包里捞钱。农民的生活艰难困苦，农民自身头脑里面残存的封建意识，农村当中存在的许许多多的黑暗的落后的现象，都是大量存在的。我写的时候感觉到我就是这一群人当中的一分子，我没有想到我是一个作家，当然我也没有想到我要替老百姓呼吁和说话。写作过程当中，我自己不自觉地进去了，成了小说中的人物。这部小说里面有一个解放军军校的教员出庭为他的父亲辩护，义愤填膺、义正词严地讲了很多慷慨激昂的话，其中就包括“一个执政党如果长期地不为人民谋利益，人民就有权利推翻它”这样的话，我想这实际上是我个人跳出来了。好的小说家是应该避免自己在小说里露面的，但也有这种情况，当小说家跟小说里的人物融为一体的时候，他又无法不露面。

写了这个《天堂蒜薹之歌》之后，我又写了像《红蝗》、《欢乐》这一类的小说。《欢乐》这个小说是以中学生为题材，写一个中学生连续几年高考，最后他的同学已经大学毕业了，他还在高考复习班里面，别人戏称他是“高三本科”。我也写了一篇以蝗虫为题材的小说，素材来自于我故乡的一个朋友。他谎报了一个蝗虫的灾情，他发现在河滩上有一圈蚂蚱特别多，然后就写了一篇通讯。据说引起了国务院的注意，要派飞机来灭蝗。我就以这个素材写了一篇很荒诞的、把历史和现实沟通的小说。

90年代后写了像《十三步》、《酒国》这样的作品。《酒国》这部小说国内很多人也不知道。但这部小说在国际上很有影响，获得过法国的奖项，也被翻译成多种外文。《酒国》这部小说是一部超现实的小说，里面有很多的妖魔鬼怪的描写，我的祖师爷还是蒲松龄，是他教我这样写的。这部小说的成功之处，我个人认为是它的结构。“莫言”第一次作为一个人物出现在小说里了。首先，我作为一个作家在写这部作品。然后，一个热爱文学的青年不断地与我通信，把他写的小说寄给我，他的小说和我正在写的小说到了后半部分就慢慢地融为一体，这个业余作者的故事，跟作家写的故事变成了一个故事。最后，作家本人也到了酒国这个地方。这里面还穿插了一个侦察员侦破一个惊天动地的大案件这么一个悬疑情节。这个侦察员最后由一个追查罪犯的人变成了一个被别人追捕的四处躲藏的罪犯；“莫言”由一个清醒的写小说的人进入到酒国里面去，被灌得不省人事。这部小说是90年代对官场腐败现象批判的力度最大的一篇小说。国内很多评论家畏畏缩缩地不敢来评它，就是因为这部小说的锋芒太尖锐，有很多话他们不敢说明白。这部小说里的很多情节看起来是非常荒诞的，但是其中却隐藏着一种非常真切的现实。

写完《酒国》之后，下一部就是《丰乳肥臀》。这部小说的书名，当着年轻的孩子，前几年我也确实感觉到脸红。在公开的场合报书名的时候，我一般也不会报我写过一部小说叫《丰乳肥臀》。最近几年，一则我是脸皮厚了，再则我发现社会的承受能力也越来越强了。在1996年年初这个小说出来的时候，很多老先生一看这个书名就大发雷霆。当时我还在部队工作，他们就把告状的信件寄到部队去。直到现在我也不承认这个小说的书名是在宣传色情的东西。我觉得"丰乳肥臀"这个词，如果我们排除掉这种先入为主的偏见的话，它就是很普通的一个词，它就是一个不带任何褒贬之意的一种描述。这个词前半部分"丰乳"，应该是带有一种赞美的意味，"肥臀"带有一种嘲讽的意味。我记得鲁迅先生写过一首打油诗"世间有文学，少女有肥臀"。我想这个题目恰好是跟小说的内容是相符的，因为这个小说的前半部分是从1938年抗日战争时期一场战斗开始写起，到了小说的后半部分进入了八九十年代，改革开放以后当代的生活。

80～90年代，社会生活中充满着欲望。只要看看我们电视上的广告和我们报纸上的广告就会明白这个社会在宣传一种欲望，在强化一种欲望。一时间好像全中国的男人都是性无能的，好像全中国的妇女都是需要丰胸的，90年代社会是欲望横流。我想小说题目里边的"丰乳"是歌颂像母亲一样的伟大的中国女性，怎样熬过了战争、饥荒、病痛等灾难，坚强地活下来。不但自己活下来，而且抚养自己的儿女活下来；不但养大了自己的儿女，还要继续抚养自己儿女的儿女。这样的母亲就像大地一样的丰厚，能够承载万物。进入90年代，社会物欲横流，所有的人好像都在围绕着女性的身体旋转，书名中的"肥臀"本身就包含着讽刺的意义。这部书稿送到出版社的时候，编辑也对这个书名提出了疑问：这样的书名如果出来肯定会带来很多的麻烦，搞不好会把这本书封杀，希望能够换成一个像《母亲》、《大地》这样的书名。考虑了半天，后来我还是坚持我原来的书名，我觉得换个什么书名都不合适。后来果然被他们言中了，一出来就因为书名引起了麻烦。然后紧接着这本书就获得了一个10万元大奖。在1995、1996年的时候，10万元人民币还是一个很大的数字，这让很多人感到不舒服。

引起最大争议的还是这本书里面的内容。我是站在一个比较超阶级的立场和观点上，对我们过往的历史，进行个性化的描写。我们过去写战争文学，写历史文学，往往都是站在鲜明的阶级立场上。我们写抗日战争，毫无疑问，要站在八路军、新四军的立场上，要站在共产党的立场上。我们讲战争思想肯定要讲毛泽东的军事思想。作家仅仅是个讲述故事的人，作家的思想，作家对历史的判断，作家的个人的观点是不允许在这种历史和战争的小说中出现的。我觉得从《红高粱》开始我就在作这样的反叛，就想在小说里面淡化这种阶级的意识，把人作为自己描写的最终极的目的，不是站在这个阶级或者那个阶级的立场，而是站在全人类的立场上。不但把共产党当成人来描写，而且也要把国民党当作人来写，不但要把好人当人来写，也要把坏人当人来写。今年9月份，在我们山东省图书馆演讲，我总结了几句简单的话来概括我那个时期的创作：把好人当坏人写，把坏人当好人写，把自己当罪人写。

把好人当坏人写，这句话的意思就是说，我们在写好人的时候也不应该把好人脸谱化。应该认识到好人也是人，英雄身上也有流氓气，流氓身上也有豪侠气。无论多么伟大的一个人，他身上也有凡人的一面。我们刚才讲我们的蒲松龄祖师爷，他毫无疑问是一个伟大的文学家，但他也有七情六欲，他也被世间的功名利禄的绳索紧紧地捆绑，他也有许许多多的个人生活的不如意，而且这些不如意也在他的创作中得到了流露，而且这种不如意，个人的一些思想感情也限制了他的作品，使他的作品具有历史的局限性。

把坏人当好人写，就是说我们要善于发现在坏人身上残存的人性，这一点我想特别重要。最近我看到引起巨大争议的李安的《色戒》，好多报纸都连篇累牍地批评李安，说他为汉奸张目。我看了这些文章后特意把张爱玲的小说找出来重读了一遍，我也把《色戒》这个影碟买回来看了一遍。我认为李安拍得很好，我觉得我们不要还是用那种政治的观念来评论一部艺术作品。中国人一提到汉奸就咬牙切齿，一提到汉奸就想到电影上那些歪戴着礼帽、穿着绸褂子、嘴里叼着烟卷、腰里插着盒子枪、留着中分头、见了鬼子低头哈腰、见了老百姓耀武扬威这样一类人。其实汉奸有许多种。汉奸是不是人类的一个构成部分？既然汉奸是人类的构成部分，那就应该允许小说家、电影导演、艺术家来表现他。写汉奸的时候也应该把汉奸当人来写。我们说周作人是一个汉奸，但周作人是一个那么简单的汉奸吗？周作人当在"五四"运动中，在新文学运动中是立下了汗马功劳的，他也有慷慨悲歌的一面。他当汉奸有非常复杂的原因。汪精卫是汉奸的总头目，但汪精卫真的就是一个坏得一无是处的人吗？他曾经是孙中山最信任的人之一，汪精卫当年那也是热血的青年啊！在北京什刹海银锭桥上他还埋下炸弹，要行刺当时的摄政王，就是宣统的爸爸。在监狱里面那也是慷慨悲歌，视死如归。如果他那时死了，绝对是一个英雄人物。他号称"民国第一美男子"，演讲的口才比莫言高了一万倍。这样的人为什么当了汉奸，原因非常复杂，但绝对不是怕死，也绝对不是为了金钱。包括后来跟张爱玲结婚的胡兰成，是个了不起的文学家，那种文字功力，那种对人感情的把握和灵魂的剖析也不是一般作家能做到的。这些汉奸都非常丰富，都不是一个平面的人，你从哪个角度看都有他自己的光芒。我想既然汉奸是人，而且很多是非常立体化的人，作家、电影艺术家就有权利表现这种人。

我觉得李安演绎得就非常好，易先生确实是一个杀人如麻的特务头子，王佳芝救了他，最后他恩将仇报把她给杀掉了。他不把她杀掉行吗？好像也不行。张爱玲的小说取材于一个真实的事件，好像就是当时汪精卫政府的特务头子丁默村和国民党的一个中统的特务郑苹如。郑苹如是一个美貌的热血青年，上过当时上海的《良友》的杂志封面；她的哥哥是国民党空军的驾驶员，后来在与日本人空战中牺牲了；他的男朋友也是国民党空军驾驶员，也是在与日本飞机战斗中牺牲了。我看了这部小说，又研究了这个电影，认为李安表现得非常深刻。我看完了好几天，精神非常地郁闷，我最后得出了一个结论：无论是什么样伟大和高尚的目的来施行暗杀都是不对的，不能用暗杀的方式来解决政治问题和社会问题，不论哪一个政党用暗杀的手段来达到自己的目的都是卑鄙的。

最后一个就是把自己当成罪人来写，这是我最近几年反复考虑的问题。我们80年代开始那种“伤痕文学”，实际上也就是“诉苦文学”。80年代之后，我们中国文学一直在延续着一个主题，就是在描写苦难，控诉苦难。这几年的小说里面，始终把苦难描写、苦难叙事作为一个主题，因为苦难叙事可以勾出人们的眼泪，可以感动读者。有很多批评家对这种苦难叙事不满足，认为我们仅仅停留在对外来的原因造成的苦难的控诉上并不能深刻地揭示人的灵魂。也就是说我们跟世界上优秀的文学，譬如俄罗斯的文学相比，缺少的还是像陀思妥耶夫斯基那样对灵魂的拷问。我们经常毫不留情地批评别人、批判别人，但是我们没有一个人敢于正面地毫不留情地解剖自己。鲁迅先生当然做到了，他能解剖自己，批判自己。我们当代的作家确实缺少这一点。我最近悟到了这一点，应该像对待罪人一样来对待自己，就是把自己当成罪人来写，就是不要把所有的原因都推到别人的身上。我们说到“文化大革命”，就怨领导人、怨别人，实际上我们每个人都有责任。

我在最高人民检察院的报社工作了十年，了解了大量的有关贪污、腐败的案件。我在看这种案例的时候，在采访罪犯的时候，经常心里面偷偷地问自己，如果我在这个位置上，如果我遇到了跟他相似的情况我能不能比他做得更好？我能不能够做到两袖清风、一尘不染？后来我得到的答案是我自己也把握不住。假如我在那个位置上很有可能也会变成一个贪官，很可能也会犯下同样的罪行。我想一个作家用这样的立场和观点，敢于解剖自己，然后才能推己度人，你才可以从自己出发推想到你描写的人物身上去，你才能知道在某些特殊环境下那些人是怎么想的。如果对自己的批评是留情的话，如果不敢把自己当作罪犯来进行分析的话，很难写出真正触及灵魂的作品来，也只能停留在一般的、泛泛的苦难叙事上。

写完了《丰乳肥臀》之后，就写《檀香刑》。《檀香刑》这部小说应该是我进入21世纪以来的第一部长篇，也是让我获得了很多赞誉的一篇小说。这部小说在技术上的一点点创新就在于把它把戏曲和小说结合在一起。我不知道淄博有什么戏，我们高密有一个茂腔。在座的也许有高密的小同乡，他们都知道我们高密茂腔。我们高密还有一个茂腔剧团，前几年是全中国，乃至全世界唯一的一个茂腔剧团；后来胶州也建了一个，那么就两个了。这是一个很小的剧种，也没有什么打得响的剧目，但是我们从小就是听着茂腔长大的。一些研究《檀香刑》的人问我要一些茂腔的光碟资料，他们看了后都非常失望，说这么难听的戏怎么会让你这么感动？我说这就是乡音。茂腔是我的故乡的一个组成部分，我的故乡假如有声音的话，那么这个旋律就是茂腔。我当年离开家乡去当兵，第一次探亲回来的时候，一下火车就听到在车站广场旁边的卖油条的小店里面传出了茂腔的唱腔，老旦的那种悲悲切切像哭一样的腔调，使我立刻就热泪盈眶，因为这是家乡的声音。在这部小说里面，我是把茂腔进行了大幅度的窜改，增添了很多素材，譬如说戴着面具、披着猫皮来上台演唱，还给它设计了很多唱腔，小说里面的唱词也都是我编的。《檀香刑》这部小说的素材是 1900 年德国修建胶济铁路的时候发生在高密的一个事件。一个农民的领袖老是跟德国人叫板，德国人白天修铁路，他晚上就扒铁路，最后惊动了袁世凯，镇压了，把他杀掉了。现在我们再来看这个事件本身的意义，铁路到底给胶东半岛带来了什么东西？我想它肯定有进步的意义。相对于我们中国 20 世纪初叶的封闭状态，出现一条横贯胶东半岛的铁路，它不只是震动了我们的大地，而且震动了我们的灵魂，让我们知道了在中国之外已经发生了天翻地覆的科技革命。火车与其说是现代化的一个交通运输的工具，毋宁说是一个巨大的象征。我想，围绕着铁路，围绕着火车，可以写一篇很大的小说，这个也是我在写《檀香刑》的时候所思考的一些问题。当然《檀香刑》这部小说因为里面有一些关于酷刑的描写也引起了很大的争议，有很多女性说看了这部小说吓得几夜都睡不着觉。当然也有女性说看着这部小说特别好，我说你最喜欢哪个部分，她说最喜欢描写酷刑的部分，所以我想这样的女性肯定是特别坚强的女性。

写完了《檀香刑》以后，紧接着就写了《四十一炮》。《四十一炮》实际上就是描写 90 年代乡村的一种荒诞的变化，在一个屠宰村里面人们都往肉里注水。里面就描写了一个具有象征性的特别能吃肉的小孩，也就是肉孩子。他在离开家乡以后老百姓把他神化了，变成了一个神。童年视角在《四十一炮》中得到了一种最集中的表现。很多人认为我是善于写童年视角的，所以我想索性就在《四十一炮》这部小说里面把童年视角写到极致。

接下来就是 2006 年 1 月份出版的《生死疲劳》，这部小说写一个在土地改革中被误杀的地主，这个地主实际上没有多少罪恶，但是后来被枪毙了。这个地主感到很冤枉，说我这一辈子辛辛苦苦的，完全靠劳动致富，跟你现在的这种个体户一样，凭什么把我枪毙了。然后他就不屈不挠地去阎王爷那里告状，去上诉。很多评论家又认为这部小说是学习了西方的魔幻现实主义。我在省图书馆演讲，中午的时候跟马瑞芳老师一块吃饭，马老师说："莫言，你这个《生死疲劳》还是学的蒲先生呀！"

蒲松龄的《聊斋志异》里面有一篇小说《席方平》（60 年代的时候我们中学的课本里面把它作为教材），写了一个人为他的父亲鸣冤叫屈，在地狱里面跟阎王进行了不屈不挠的斗争。阎王给他施加了许许多多令人发指的酷刑，包括用锯子把它锯成两半，让他到富贵人家去投胎，他都宁死不屈，非要去讨一个说法，终于碰到了二郎神，然后使他父亲的冤案得到了昭雪。我这部小说一开始就写这么一个人在地狱里面鸣冤叫屈。我确实在写的时候想到用这样的方式向我们的祖师爷爷蒲松龄先生致敬。北京的批评家就看不出来,但马老师看出来了,马老师一眼就看出来了,说我是向蒲松龄先生学的。我们山东一个作家批评我装神弄鬼,我就写了一首打油诗,我说:“装神胜过装洋葱,弄鬼胜似玩深沉。问我师从那一个,淄川爷爷蒲松龄。”

今天在我们淄博的山东理工大学里讲,必然绕不开蒲松龄。这并不是说我来到这个地方就要讨好我们淄川人,所以要处处提到蒲松龄;这是事实俱在,我抵赖都抵赖不了,马老师一眼就看出来了,立刻就发现了,你这个开篇第一章是来自哪里。去年的诺贝尔文学奖获得者土耳其的作家奥尔罕·帕慕克,他的一部小说《我的名字叫红》的开篇也很像我的这部《生死疲劳》。我说这个跟他没有关系,我这部小说 2006 年 1 月出版的,他的《我的名字叫红》是 5 月才推出的。我说我真正学的还是蒲松龄。每当我提起蒲松龄来,我就感觉到思绪万千,思绪万千的结果就是导致语言的颠三倒四。

我想这个人对我来讲意义太重大了。1987 年第一次让我去台湾,让写一个演讲,我就写了一篇短文《学习蒲松龄》。我说蒲松龄的《聊斋志异》里面有好几个故事就是当年我的老老爷爷讲给他听的。这是我的捏造。我当时在农村作为一个社员劳动的时候,经常听到村里的人讲述妖、狐、鬼、怪的故事。这个时候我没有读《聊斋志异》,后来我发现很多故事在《聊斋志异》里面。当时就推测有两种可能性:一种就是我们村里的乡村知识分子读了《聊斋志异》以后把这个故事讲述给我听,一种就确实是几百年前我们村里的人或者周围村里的人把这个故事讲给了蒲松龄,然后蒲松龄把它写到书里去。但是我相信可能还是前一种更加可靠一些,是后人看到了蒲松龄的小说,然后再把小说讲述下来。

蒲松龄不仅仅在小说的素材方面有巨大的突破,即便从纯粹的文学技巧上来看也有很多让我们不得不向他学习的地方。我今年重读蒲松龄,发现蒲松龄在细节描写方面确实有非凡的功力。他写某个地方从天上掉下一个龙来,落在老百姓的场院。龙那么一个长长的东西,太阳曝晒它,它身上渐渐地散发臭味,招引了许许多多的苍蝇在它身上爬来爬去。蒲松龄说这个龙突然就把所有的鳞片张开了,张开以后所有的苍蝇都钻到它鳞甲的下面去,这时候龙就突然把鳞甲闭住了,这一张一闭就把所有钻到鳞甲下面的苍蝇给夹死了。这个细节描写就仿佛他亲眼看到一样,有了这个细节描写就让这一个虚构的事件变得那么真实。天上掉下一个龙来大家都想这是不可能发生的,但是由于有了这个鳞甲张开夹死苍蝇的细节描写,就让我们感觉到这个故事变得像就他蒲松龄亲眼看到的一样。譬如他写《黄英》,一个人死后变成菊花,这个人生前特别爱喝酒,这个菊花后来只有浇酒才能开放,而且在开放的时候还散发着一股浓郁的酒香,这样的细节描写非常符合这个人原来嗜酒的身份。他还写白秋莲,这个女人是长江的一条白鲢鱼精，她跟着秀才到北方之后，每年都要托人从长江运来几桶水，只有喝了这个水才能活下去，没有这个水就要死掉，只有家乡的水才可以让她延续生命，这样的细节描写我觉得非常符合这个人物本身。《聊斋志异》里面唯一发生在我的家乡高密的一篇小说，里面的主人公叫阿细，她是一个耗子精，这个耗子精很能创家立业，她有一个特长，有一个嗜好，特别喜欢储存粮食，我们想这也符合耗子的天性，这个耗子尽管成精了，可是储存粮食这个习性还是留下来了。正是因为有许许多多来自生活当中的常识性和经验性的细节使蒲松龄的许多虚构的狐、鬼、妖的小说富有了人间生活气息，变得那样真切可信，变得具有那么大的说服力，我想这个就是蒲老祖师在细节描写方面给我们现代的作家留下的可以向他学习的宝贵财富。

今天我就讲这么多，现在回答一下大家的问题。

这个同学问我到目前为止我最满意的作品以及最不满意的是哪个作品？

我刚才提到的都是我比较满意的，要说最满意的作品，确实还没有写出来，包括刚才提到的像《生死疲劳》这样的小说，写一个人死后，一会儿变成猪，一会儿变成狗，一会儿变成牛，一会儿变成驴，其实大家一想都知道，这就是蒲松龄的故事。我想我明年开始写一个跟蒲松龄老祖师爷不太一样的故事。当然在文学上，在对灵魂上，在对文学的至诚态度上，对人的热爱上应该永远向他学习，在细节描写、人物类型上应该有区别。最不满意的作品，我想有一部叫作《红树林》的长篇小说那是我最不满意的，这是我 1999 年从部队转业到检察院日报社时，领导让我写一个有关检察官题材的电视剧，我就要当作工作任务来完成了。由于我没有这方面的生活经验，而且写的时候尽管做了一些调查，但也是走马观花，很难写到检察官的心里去，很难写到贪官的心里去，写的又是南方的生活，写的是在广西海滩上的一种植物，一种树。我写《红高粱》当然写得得心应手，但写到《红树林》不行。后来很多人就说，读来读去怎么感觉还像在高粱地里一样。我就说，坦率地讲，我就是拿它当高粱写的，所以这部作品我觉得是不成功的作品。

第二个问题就是《红高粱》后来被改编成了电影，并获得了大奖，你觉得这部电影最大的亮点是什么？

我刚才也提到了这个小说改编的问题，把这部小说改编成了电影，这个小说得大奖我觉得也是跟时间有关系的一个问题。如果这部电影是现在拍的，不可能得这么大的奖，但是这部小说是 1987 年拍摄，1988 年上映的。在那个时代，整个世界对中国电影的认识和现在的认识是完全不一样的。过去认为中国的电影只能在保加利亚、罗马尼亚、阿尔巴尼亚这样的国家放映，也会得到一些什么苏联的奖项，而西方认为我们的电影、我们的文学都是宣传品，都是政治的，都不是真正的艺术。我想《红高粱》为世界提供了对中国的一种全新的认识，使他们终于看到了脱离了政治宣传痕迹的艺术作品。另外，它当时在老百姓心中掀起轩然大波，得奖是一个外在因素，最重要的深层的原因就是：我们80年代末的时候，中国改革开放不到十年，尽管我们的思想已经比十几年前要解放多了，但是实际上还远远不够：中国老百姓长期以来还是生活在一种集体化的生活制度里边，个性受到了压制，每个人都很难自由地表达个人的意见，每个人在家里说的话和在社会上说的话实际上是完全两套的语言体系，每个人还不能自由地表现个性。那个时候像留长头发，穿喇叭裤，都要受到舆论的谴责，像邓丽君的歌曲就是被当作靡靡之音和黄色歌曲严厉禁止的，在部队里面如果谁要听邓丽君的歌是要受到处分的。在这样一个时代里面出现《红高粱》这样张扬个性、大声吼叫的电影，肯定会引起大家心里面的共鸣，甚至是强烈的共鸣。这个作品之所以在当时有那么大的影响就是它生逢其时。

第三个问题是：现在的青年人要想成为作家应该如何努力？

我想第一要真切地生活着，然后才可以向文学这方面来发展。我们现在的选择是越来越多，每个人的才华有一定的方向。有的人他可能在美术方面、在音乐方面，或者在工程技术方面有特长。但他未必在文学方面有特长。每个人最好先了解自己究竟有没有在文学方面的潜质，然后再下大的赌注。假如说你确信你具备很好的文学素养，如果要开始写作，还是一句老话，只能是从先写自己最熟悉的生活开始，然后在写自己熟悉的生活的基础上不断地扩大阵地。我也劝你在写作之前还是像我刚才讲的那样，要先熟读几十部甚至上百部经典文学作品，只有我们知道我们的前人已经达到了什么样的文学高度，然后我们才能在他的高度上继续向上登攀。假如我们不知道别人已经写到了哪种程度，就一个人盲目写作，当然也可以写出作品来，我觉得成功的几率变得比较低。总之，我觉得文学确实没有一个金科玉律，也没有一种秘诀，只有自己慢慢地来悟。经常有人讲，慢慢地悟就像一层窗户纸一样，也许是一篇小小的短文，也许是一个句子，让你一下子把窗户纸给捅破了，一下子你就知道文学该怎么写了。我觉得最重要的就是在写的时候把握一种语感，刚开始也不妨从模仿开始，我想百分之九十五的作家都是从模仿起步的，包括鲁迅都是从模仿起步的。蒲松龄先生也不是说完全没有摹本的，他也有，他也从我们的唐宋传奇里面吸取了很多的营养，《聊斋志异》里面很多的故事都是从过去的传奇里面得到的。

这个同学的问题是：有人说你的作品是性和暴力，你怎么样看待这个问题？

我的小说里面写了性，也写了暴力，但如果说我的特色就是性和暴力，我觉得是以偏概全，因为我的小说里面描写了丰富的生活。在中国这样的环境里面，我们当代的作家在写作的时候都是绕不开性和暴力的。我们曾经生活在一个充满暴力的年代，这个暴力不仅仅是指对人的肉体的侵犯，也不仅仅指人与人之间互相的残杀，也指这种心灵的暴力、语言的暴力。我觉得“文化大革命”时，整个社会都在动乱当中，这种真正的肉体暴力是存在的，也就是说批斗啊、武斗啊，都存在过。我觉得最大的暴力还是一种心灵暴力，一种语言暴力。我们回头看一下"文革"期间的报纸社论，包括我们许多领导的讲话，包括当时的艺术作品，都充满了这种进攻性的暴力语言。所以我想我们之所以在作品里面有暴力描写，实际上是由生活决定的，或者说是我们个人生活经验决定的。

"性"这个问题，我觉得中国几千年来尤其是到了近代对性的描述到了讳莫如深的地步。中国有这么漫长的封建制度，封建制度一个最大的特色就是对女性的迫害。这种迫害不仅仅是肉体方面的，也包括精神方面的。也就是说我们每一个人在性问题上的认识，实际上都带了很多的封建的痕迹，对这样的东西进行描写，我觉得也是思想解放的一个步骤吧。《红高粱》里面我想也有这种性的描写，但是我认为《红高粱》里面的性描写跟塑造人物有直接关系；假如没有这样的描写，这样的人物是不成立的。我又拐到《色戒》这个电影里面来了，我看到删节的这个电影之后，我觉得删的是不对的，故事要推到把他放跑这个结局，如果没有中间这些性的镜头，很难让人信服。

这位同学的问题是：你的作品里面写了酷刑，比如说像《檀香刑》里面一个凌迟就写了二十几页，怎样看待这种描写？另外，作为一个热血的高密人，我为你对家乡的深沉的爱而感动。

酷刑描写跟这个暴力描写应该算是一个问题吧。也就是说，如果这些酷刑描写是一部小说不可缺少的部分，我觉得还是应该让它存在。尽管会让某些读者受到刺激，会让某些读者不忍卒读，会让很多人做噩梦，还是要让它存在。这部小说，我想争论最大的也就是酷刑问题。我一直认为这是必要的，我想在小说里面进行这样的描写，是跟这部小说把刽子手作为第一主人公有关系。鲁迅先生在他的小说里面批判了这种看客文化，像他的《药》、《阿Q正传》里面都描写了这种处死人的场面，有很多人围着看。据说鲁迅之所以弃医从文，也是因在日本看了一部片子，俄国人要处决中国人，一群中国人在麻木地围着看，他就感觉到医治肉体不如医治灵魂。他批评这种看客文化。我觉得中国封建社会里面这种看客文化，实际上是三合一的演出，一方面是刽子手，一方面是被杀的罪犯，一方面是看客。这三个方面缺了一方面都是不行的，刽子手和这种被处死的人是表演者，他们表演得越精彩，观众才越感到满意。成千上万围观的老百姓，实际上里面都是善良的人，但是为什么在这种时刻他们每个人都把这个当作一种巨大的乐趣来观看？我们讲"文化大革命"期间，像我这种年纪的人都知道，枪毙人时要搞这种万人公示，用汽车拉着这个罪犯在全县的各个乡镇游街示众。目的和封建社会一样，就是来警戒老百姓，或者吓唬老百姓，不要犯罪，犯了罪就是这样的后果。封建时代刑法的特点就是越是这种重大的罪犯，越是让他不得好死，把这个行刑的过程尽量地延长，让这个罪犯在这个过程中忍受最大的痛苦。

现代社会进入文明时期,对待死刑的改革力度是越来越大了。过去是绞死,美国在伊拉克,还是把萨达姆给绞死了,中国当然早就废止了这种绞刑,中国现在慢慢地要用这个注射。注射的时候呢,五个刑警同时拿着五个针管,每个针管里面不是都装着毒药,只有一管是毒药,其他四管是蒸馏水。同时,这五个刑警给这个被执行死刑的人注射,究竟谁的那管是毒药的呢?大家都不知道。现在用这种方式来缓解刑警的心理压力,也就是说刽子手是一个特殊的行当。《檀香刑》这本书把这样一个特殊的人物当作一个主要的人物来描写,我觉得没有那些酷刑,就很难把人物的心理活动描写出来。由此我也想到很多问题,这个《檀香刑》当然是一部历史题材小说,但是这部历史题材小说也具有现代性和当代性。刺激我写这部小说的另一个重要原因就是我们在 80 年代初期平反的张志新的事件。张志新是先知先觉,当所有人都在搞“文化大革命”的时候,她站出来批判林彪还有毛主席的很多错误。枪毙她的时候让刑警把她的喉管切断,怕她发出声音。若干年之后,她作为革命烈士被平反之后,这个当初用手术刀切断人家喉管的人,他心里是怎么想的?他会不会感到一种罪恶感,他会用什么样的方式来为自己开脱?我想他最有可能说这与我无关,自己只是一个执行命令的人,上级让我这样干,而且是以革命的名义,是以人民的名义,以捍卫无产阶级专政的名义,冠冕堂皇。我由此就想到了关于小说《檀香刑》里面刽子手的心理。在社会里面,讲这么一种特殊的阶层,这么一种特殊的人物,他的心里的想法,是跟一般人不一样的。我写这本书的时候也是想在鲁迅先生开辟的看客文化这样的道路上,往前再走一下,就是把这个三缺一角度再补一下。当然我补得是不是成功,有待历史来考察。

还有一个问题:请说一下对《生死疲劳》的理解。

生死疲劳是来自佛经里面的一句话:“生死疲劳,由贪欲起,少欲无为,身心自在。”就是说,人的所有痛苦,佛家讲六道轮回,有什么畜牲道、鬼道、天道、人道之类。在这个六道里面人不断地生,不断地死,处于非常痛苦的状态。假如要摆脱这种状态,就要少欲,欲望多了,痛苦就多了,而没有欲望了,身心就自在了。这是佛经里面的一句话。我之所以用它作书名,就是因为小说的主人公在畜牲道里面不断地投胎,他一会儿变成驴,一会儿变成牛,一会儿变成猪,一会儿变成狗。还有很多条子来不及读了,谢谢大家。

(选自《用耳朵阅读》,作家出版社 2012 年版)

当众人都哭时，应该允许有的人不哭

◇莫　言

近年来，国家拿出了基金，向海外推介中国的文学，好像已成立了好几个专门的班子，选出了一批向外推介的书目。终于由被别人选择变成由自己选择。任何选择都是偏颇的。鲁迅先生曾说："选本所显示的，往往并非作者的特色，倒是选者的眼光。"一个人的选择必受到他的审美偏好的左右，一个班子的选择也必受到某种价值观念的左右，所以多一个班子就多一种眼光，多一种眼光就多一些发现，多一些发现就可能让海外的读者较为全面地了解中国文学的面貌。我看到有些报道里说我是被翻译成外文最多的中国当代作家，也是在海外知名度较高的中国当代作家之一，我想这个事实的形成有复杂的原因。这很可能是个历史性的错误。我深知中国当代有许多比我优秀的作家，我向西方翻译家推荐过的作家不少于二十人，我盼望着他们的作品尽快地、更多地被翻译出去，将我这样的老家伙尽快覆盖。

文学作品被翻译成外文在海外出版，实际上才是传播的真正开始。书被阅读、被感悟，被正读、被误读，被有的读者捧为圭臬、被有的读者贬为垃圾，在有的国家洛阳纸贵、在有的国家无人问津，对于一个作家，想象一下这种情景，既感到欣慰快乐，又感到无可奈何。俗话说："儿大不由爷。"书被翻译出去，就开始了它独自的历险，就像一个人有自己的命运一样，一本书也有自己的命运。20 世纪 30 年代有人讽刺鲁迅，说拿了他的《呐喊》到露台上去大便。鲁迅说《呐喊》的纸张太硬，只怕有伤先生的尊臀，建议书局，下次再版时用柔软的纸张。

我这样的作家，自然不具备鲁迅的雅量。听说别人用我的小说当厕纸，嘴里不敢说，但心里还是不高兴。听到别人赞扬自己的小说，嘴里不好意思说，心里还是很舒坦。尽管我作为一个作者，根本无法干预西方读者对自己小说的解读，但总还是心存着一线希望，希望读者能从纯粹文学和艺术的角度来解读自己的作品。米兰·昆德拉就他的新书《相遇》在台湾出版，特意写给台湾读者一封信，他说："所有我小说的故事都发生在欧洲，也就是在一个台湾人所不能了解太多的政治与社会状况当中。但我更感幸运的是能用你们的语言出版，因为一个小说家最深的意图并不在于一个历史状况的描写。对他来说，没有比读者在他的小说中寻找对一个政治制度的批评来得更糟的。吸引小说家的是人，是人的谜，和他在无法预期的状态下的行为，直到存在迄今未知的面相浮现出来。这就是小说家为什么每每在远离他小说所设定的国家的地方得到最佳的理解。”

我不敢说在米兰·昆德拉之前我说过类似的话，尽管我确实说过类似的话。我不敢说米兰·昆德拉说出了我的心里话，只能说我同意米兰·昆德拉的话。我多次说过，文学不能脱离政治，但好的文学应该大于政治。好的文学能够大于政治的最重要的原因，就是因为好的文学是写人的，人的情感，人的命运，人的灵魂中的善与美、丑与恶，只有这样的东西才能引发读者的共鸣。政治问题能够激发作者的创作灵感，但作者最终关注的是在这个特殊的环境中的人。我知道有一些国外的读者希望从中国作家的小说里读出中国社会的政治、经济等种种现实，这是他们的自由，我们无权干涉。但我也相信，肯定会有很多的读者，是用文学的眼光来读我们的作品。如果我们的作品写得足够好，这些海外的读者会忘记我们小说中的环境，他们会从我们小说的人物身上，读到他们自己的情感和思想。

推介是选择，翻译是选择，阅读也是选择。尽管作为作者，我对读者有自己的希望，但也仅仅是希望而已。尊重别人的选择，是社会进步的一种表现。

我想讲一个小小的关于选择的故事。新年的时候，我回故乡去看我的父亲。我父亲告诉我，我的一个小学同学，因为跳到冰河里救一头小猪，自己却被淹死了。这个同学的死让我感到十分难过，因为我曾伤害过他。那是1964年春天，学校组织我们去公社驻地参观阶级教育展览馆，一进展览馆，一个同学带头号哭，所有的同学都跟着大放悲声。有的同学跺着脚哭，有的同学拍着胸膛哭。我哭出了眼泪，舍不得擦掉，希望老师们能够看到。在这个过程中，我偶一回头，看到我那位同学，瞪着大眼，不哭，用一种冷冷的目光在观察着我们。当时，我感到十分愤怒：大家都泪流满面，哭声震天，他为什么不流泪也不出声呢？参观完后，我把这个同学的表现向老师作了汇报。老师召集班会，对这个同学展开批评。你为什么不哭？你的阶级感情到哪里去了？你如果出身于地主富农家庭，不哭还可以理解，但你出身于贫农家庭啊！任我们怎么质问，这位同学始终一言不发。过了不久，这位同学就退学了。我后来一直为自己告密行为感到愧疚，并向老师表达过这种愧疚。老师说，来反映这件事的，起码有二十个同学。因此这行为不能算告密，而是一种觉悟。老师还说，其实，有好多同学也哭不出来，他们偷偷地将唾沫抹在脸上冒充眼泪。

我想说这个不哭的人就是作家的人物原型，就像我小说《生死疲劳》里所描写的那个单干户蓝脸一样，当所有的人都加入了人民公社，只有他坚持单干，任何威逼、利诱、肉体打击、精神折磨都不能改变他。这两个人物，不哭的人和单干的人，都处在政治的包围之中，但他们战胜了政治，也战胜了那些骂他、打他、往他脸上吐唾沫的人。

文学可以告诉人们很多，我想通过我的文学告诉读者的是：当众人都哭时，应该允许有的人不哭。

（选自 2010 年 4 月 3 日《文汇报》）

讲故事的人

——2012 年 12 月 8 日在瑞典学院的演讲

◇莫　言

尊敬的瑞典学院各位院士，女士们、先生们：

通过电视或网络，我想在座的各位对遥远的高密东北乡，已经有了或多或少的了解。你们也许看到了我的九十岁的老父亲，看到了我的哥哥姐姐、我的妻子女儿和我的一岁零四个月的外孙子。但是有一个此刻我最想念的人，我的母亲，你们永远无法看到了。我获奖后，很多人分享了我的光荣，但我的母亲却无法分享了。

我母亲生于 1922 年，卒于 1994 年。她的骨灰，埋葬在村庄东边的桃园里。去年，一条铁路要从那儿穿过，我们不得不将她的坟墓迁移到距离村子更远的地方。掘开坟墓后，我们看到，棺木已经腐朽，母亲的骨殖，已经与泥土混为一体。我们只好象征性地挖起一些泥土，移到新的墓穴里。也就是从那一时刻起，我感到，我的母亲是大地的一部分，我站在大地上的诉说，就是对母亲的诉说。

我是我母亲最小的孩子。

我记忆中最早的一件事，是提着家里唯一的一把热水壶去公共食堂打开水。因为饥饿无力，失手将热水瓶打碎，我吓得要命，钻进草垛，一天没敢出来。傍晚的时候我听到母亲呼唤我的乳名，我从草垛里钻出来，以为会受到打骂，但母亲没有打我，也没有骂我，只是抚摸着我的头，口中发出长长的叹息。

我记忆中最痛苦的一件事，就是跟着母亲去集体的地里拣麦穗。看守麦田的人来了，拣麦穗的人纷纷逃跑，我母亲是小脚，跑不快，被捉住了。那个身材高大的看守人扇了她一个耳光，她摇晃着身体跌倒在地。看守人没收了我们拣到的麦穗，吹着口哨扬长而去。我母亲嘴角流着血，坐在地上，脸上那种绝望的神情令我终生难忘。多年之后，当那个看守麦田的人成为一个白发苍苍的老人，在集市上与我相逢，我冲上去想找他报仇，母亲拉住了我，平静地对我说："儿子，那个打我的人，与这个老人，并不是一个人。"

我记得最深刻的一件事是一个中秋节的中午，我们家难得包了一顿饺子，每人只有一碗。正当我们吃饺子时，一个乞讨的老人来到了我们家门口，我端起半碗红薯干打发他，他却愤愤不平地说："我是一个老人，你们吃饺子，却让我吃红薯干。你们的心是怎么长的?"我气急败坏地说："我们一年也吃不了几次饺子，一人一小碗，连半饱都吃不了！给你红薯干就不错了，你要就要，不要就滚！"母亲训斥了我，然后端起她那半碗饺子，倒进了老人碗里。

我最后悔的一件事，就是跟着母亲去卖白菜，有意无意地多算了一位买白菜的老人一毛钱。算完钱我就去了学校。当我放学回家时，看到很少流泪的母亲泪流满面。母亲并没有骂我，只是轻轻地说："儿子，你让娘丢了脸。"

我十几岁时，母亲患了严重的肺病，饥饿、病痛、劳累，使我们这个家庭陷入了困境，看不到光明和希望。我产生了一种强烈的不祥之兆，以为母亲随时都会自己寻短见。每当我劳动归来，一进大门就高喊母亲，听到她的回应，心中才感到一块石头落了地。如果一时听不到她的回应，我就心惊胆战，跑到厨房和磨坊里寻找。有一次找遍了所有的房间也没有见到母亲的身影，我便坐在了院子里大哭。这时母亲背着一捆柴草从外面走进来。她对我的哭很不满，但我又不能对她说出我的担忧。母亲看到我的心思，她说："孩子你放心，尽管我活着没有一点乐趣，但只要阎王爷不叫我，我是不会去的。"

我生来相貌丑陋，村子里很多人当面嘲笑我，学校里有几个性格霸蛮的同学甚至为此打我。我回家痛哭，母亲对我说："儿子，你不丑，你不缺鼻子不缺眼，四肢健全，丑在哪里？而且只要你心存善良，多做好事，即便是丑也能变美。"后来我进入城市，有一些很有文化的人依然在背后甚至当面嘲弄我的相貌，我想起了母亲的话，便心平气和地向他们道歉。

我母亲不识字，但对识字的人十分敬重。我们家生活困难，经常吃了上顿没下顿。但只要我对她提出买书买文具的要求，她总是会满足我。她是个勤劳的人，讨厌懒惰的孩子，但只要是我因为看书耽误了干活，她从来没批评过我。

有一段时间，集市上来了一个说书人。我偷偷地跑去听书，忘记了她分配给我的活儿。为此，母亲批评了我，晚上当她就着一盏小油灯为家人赶制棉衣时，我忍不住把白天从说书人听来的故事复述给她听，起初她有些不耐烦，因为在她心目中说书人都是油嘴滑舌、不务正业的人，从他们嘴里冒不出好话来。但我复述的故事渐渐地吸引了她，以后每逢集日她便不再给我安排活，默许我去集上听书。为了报答母亲的恩情，也为了向她炫耀我的记忆力，我会把白天听到的故事绘声绘色地讲给她听。

很快的，我就不满足复述说书人讲的故事了，我在复述的过程中不断地添油加醋，我会投我母亲所好，编造一些情节，有时候甚至改变故事的结局。我的听众也不仅仅是我的母亲,连我的姐姐、我的婶婶、我的奶奶都成为我的听众。我母亲在听完我的故事后,有时会忧心忡忡地,像是对我说,又像是自言自语:“儿啊,你长大后会成为一个什么人呢?难道要靠耍贫嘴吃饭吗?”

我理解母亲的担忧,因为在村子里,一个贫嘴的孩子,是招人厌烦的,有时候还会给自己和家庭带来麻烦。我在小说《牛》里所写的那个因为话多被村子里厌恶的孩子,就有我童年时的影子。我母亲经常提醒我少说话,她希望我能做一个沉默寡言、安稳大方的孩子。但在我身上,却显露出极强的说话能力和极大的说话欲望,这无疑是极大的危险,但我说故事的能力,又带给了她愉悦,这使她陷入深深的矛盾之中。

俗话说:“江山易改,秉性难移。”尽管我有父母亲的谆谆教导,但我并没有改掉我喜欢说话的天性,这使得我的名字“莫言”,很像是对自己的讽刺。

我小学未毕业即辍学,因为年幼体弱,干不了重活,只好到荒草滩上去放牧牛羊。当我牵着牛羊从学校门前路过,看到昔日的同学在校园里打打闹闹,我心中充满悲凉,深深地体会到一个人,哪怕是一个孩子,离开群体后的痛苦。

到了荒滩上,我把牛羊放开,让它们自己吃草。蓝天如海,草地一望无际,周围看不到一个人影,没有人的声音,只有鸟儿在天上鸣叫。我感到很孤独,很寂寞,心里空空荡荡。有时候,我躺在草地上,望着天上懒洋洋地飘动着的白云,脑海里便浮现出许多莫名其妙的幻象。我们那地方流传着许多狐狸变成美女的故事,我幻想着能有一个狐狸变成美女与我来做伴放牛,但她始终没有出现。但有一次,一只火红色的狐狸从我面前的草丛中跳出来时,我被吓得一屁股蹲在地上。狐狸跑没了踪影,我还在那里颤抖。有时候我会蹲在牛的身旁,看着湛蓝的牛眼和牛眼中我的倒影。有时候我会模仿着鸟儿的叫声试图与天上的鸟儿对话,有时候我会对一棵树诉说心声。但鸟儿不理我,树也不理我。许多年后,当我成为一个小说家,当年的许多幻想,都被我写进了小说。很多人夸我想象力丰富,有一些文学爱好者,希望我能告诉他们培养想象力的秘诀,对此,我只能报以苦笑。

就像中国的先贤老子所说的那样:“福兮福之所倚,福兮祸之所伏。”我童年辍学,饱受饥饿、孤独、无书可读之苦,但我因此也像我们的前辈作家沈从文那样,及早地开始阅读社会人生这本大书。前面所提到的到集市上去听说书人说书,仅仅是这本大书中的一页。

辍学之后,我混迹于成人之中,开始了“用耳朵阅读”的漫长生涯。二百多年前,我的故乡曾出了一个讲故事的伟大天才蒲松龄,我们村里的许多人,包括我,都是他的传人。我在集体劳动的田间地头,在生产队的牛棚马厩,在我爷爷、奶奶的热炕头上,甚至在摇摇晃晃地进行着的牛车社,聆听了许许多多神鬼故事、历史传奇、逸闻趣事,这些故事都与当地的自然环境,家庭历史紧密联系在一起,使我产生了强烈的现实感。

我做梦也想不到有朝一日这些东西会成为我的写作素材，我当时只是一个迷恋故事的孩子，醉心地聆听着人们的讲述。那时我是一个绝对的有神论者，我相信万物都有灵性，我见到一棵大树会肃然起敬。我看到一只鸟会感到它随时会变化成人，我遇到一个陌生人，也会怀疑他是一个动物变化而成。每当夜晚我从生产队的记工房回家时，无边的恐惧便包围了我，为了壮胆，我一边奔跑一边大声歌唱。那时我正处在变声期，嗓音嘶哑，声调难听，我的歌唱，是对我的乡亲们的一种折磨。

我在故乡生活了21年，期间离家最远的是乘火车去了一次青岛，还差点迷失在木材厂的巨大木材之间，以至于我母亲问我去青岛看到了什么风景时，我沮丧地告诉她："什么都没看到，只看到了一堆堆的木头。"但也就是这次青岛之行，使我产生了想离开故乡到外边去看世界的强烈愿望。

1976年2月，我应征入伍，背着我母亲卖掉结婚时的首饰而帮我购买的四本《中国通史简编》，走出了高密东北乡这个既让我爱又让我恨的地方，开始了我人生的重要时期。我必须承认，如果没有三十多年来中国社会的巨大发展与进步，如果没有改革开放，也不会有我这样一个作家。

在军营的枯燥生活中，我迎来了80年代的思想解放和文学热潮，我从一个用耳朵聆听故事、用嘴巴讲述故事的孩子，开始尝试用笔来讲述故事。起初的道路并不平坦，我那时并没有意识到我二十多年的农村生活经验是文学的富矿，那时我以为文学就是写好人好事，就是写英雄模范，所以尽管也发表了几篇作品，但文学价值很低。

1984年秋，我考入解放军艺术学院文学系。在我的恩师著名作家徐怀中的启发指导下，我写出了《秋水》、《枯河》、《透明的红萝卜》、《红高粱》等一批中短篇小说。在《秋水》这篇小说里，第一次出现了"高密东北乡"这个字眼。从此，就如同一个四处游荡的农民有了一片土地，我这样一个文学的流浪汉，终于有了一个可以安身立命的场所。我必须承认，在创建我的文学领地"高密东北乡"的过程中，美国的威廉·福克纳和哥伦比亚的加西亚·马尔克斯给了我重要启发。我对他们的阅读并不认真，但他们开天辟地的豪迈精神激励了我，使我明白了一个作家必须要有一块属于自己的地方。一个人在日常生活中应该谦卑退让，但在文学创作中，必须颐指气使，独断专行。我追随在这两位大师身后两年，即意识到，必须尽快地逃离他们。我在一篇文章中写道："他们是两座灼热的火炉，而我是冰块，如果离他们太近，会被他们蒸发掉。"根据我的体会，一个作家之所以会受到某一位作家的影响，其根本是因为影响者和被影响者灵魂深处的相似之处。正所谓"心有灵犀一点通"。所以，尽管我没有很好地去读他们的书，但只读过几页，我就明白了他们干了什么，也明白了他们是怎样干的，随即我也就明白了我该干什么和我该怎样干。

我该干的事情其实很简单，那就是用自己的方式，讲自己的故事。我的方式，就是我所熟知的集市说书人的方式，就是我的爷爷奶奶、村里的老人们讲故事的方式。坦率地说，讲述的时候，我没有想到谁会是我的听众，也许我的听众就是那些如我母亲一样的人，也许我的听众就是我自己。我自己的故事，起初就是我的亲身经历，譬如《枯河》中那个遭受痛打的孩子，譬如《透明的红萝卜》中那个自始至终一言不发的孩子。我的确曾因为干过一件错事而受到过父亲的痛打，我也的确曾在桥梁工地上为铁匠师傅拉过风箱。当然，个人的经历无论多么奇特也不可能原封不动地写进小说。小说必须虚构，必须想象。很多朋友说《透明的红萝卜》是我最好的小说，对此我不反驳，也不认同，但我认为《透明的红萝卜》是我的作品中最有象征性、最意味深长的一部。那个浑身漆黑、具有超人的忍受痛苦的能力和超人的感受能力的孩子，是我全部小说的灵魂。尽管在后来的小说里，我写了很多的人物，但没有一个人物，比他更贴近我的灵魂。或者可以说，一个作家所塑造的若干人物中，总有一个领头的，这个沉默的孩子就是一个领头的，他一言不发，但却有力地领导着形形色色的人物，在高密东北乡这个舞台上，尽情地表演。

自己的故事总是有限的，讲完了自己的故事，就必须讲他人的故事。于是，我的亲人们的故事，我的村人们的故事，以及我从老人们口中听到过的祖先们的故事，就像听到集合令的士兵一样，从我的记忆深处涌出来。他们用期盼的目光看着我，等待着我去写他们。我的爷爷、奶奶、父亲、母亲、哥哥、姐姐、姑姑、叔叔、妻子、女儿，都在我的作品里出现过，还有很多我们高密东北乡的乡亲，也都在我的小说里露过面。当然，我对他们都进行了文学化的处理，使他们超越了他们自身，成为文学中的人物。

我最新的小说《蛙》中，就出现了我姑姑的形象。因为我获得诺贝尔奖，许多记者到她家采访，起初她还很耐心地回答提问，但很快便不胜其烦，跑到县城里她儿子家躲起来了。姑姑确实是我写《蛙》时的模特，但小说中的姑姑，与现实生活中的姑姑有着天壤之别。小说中的姑姑专横跋扈，有时简直像个女匪，现实中的姑姑和善开朗，是一个标准的贤妻良母。现实中的姑姑晚年生活幸福美满，小说中的姑姑到了晚年却因为心灵的巨大痛苦患上了失眠症，身披黑袍，像个幽灵一样在暗夜中游荡。我感谢姑姑的宽容，她没有因为我在小说中把她写成那样而生气；我也十分敬佩我姑姑的明智，她正确地理解了小说中人物与现实中人物的复杂关系。

母亲去世后，我悲痛万分，决定写一部书献给她。这就是那本《丰乳肥臀》。因为胸有成竹，因为情感充盈，仅用了83天，我便写出了这部长达50万字的小说的初稿。

在《丰乳肥臀》这本书里，我肆无忌惮地使用了与我母亲的亲身经历有关的素材，但书中的母亲情感方面的经历，则是虚构或取材于高密东北乡诸多母亲的经历。在这本书的卷前语上，我写下了“献给母亲在天之灵”的话，但这本书，实际上是献给天下母亲的，这是我狂妄的野心，就像我希望把小小的“高密东北乡”写成中国乃至世界的缩影一样。

作家的创作过程各有特色，我每本书的构思与灵感触发也都不尽相同。有的小说起源于梦境，譬如《透明的红萝卜》；有的小说则发端于现实生活中发生的事件，譬如《天堂蒜薹之歌》。但无论是起源于梦境还是发端于现实，最后都必须和个人的经验相结合，才有可能变成一部具有鲜明个性的、用无数生动细节塑造出典型人物的、语言丰富多彩的、结构匠心独运的文学作品。有必要特别提及的是，在《天堂蒜薹之歌》中，我让一个真正的说书人登场，并在书中扮演了十分重要的角色。我十分抱歉地使用了这个说书人的真实姓名，当然，他在书中的所有行为都是虚构的。在我的写作中，出现过多次这样的现象。写作之初，我使用他们的真实姓名，希望能借此获得一种亲近感，但作品完成之后，我想为他们改换姓名时却感到已经不可能了，因此也发生过与我小说中人物同名者找到我父亲发泄不满的事情，我父亲替我向他们道歉，但同时又开导他们不要当真。我父亲说："他在《红高粱》中，第一句就说我父亲这个土匪种，我都不在意你们还在意什么？"

我在写作《天堂蒜薹之歌》这类逼近社会现实的小说时，面对着的最大问题，其实不是我敢不敢对社会上的黑暗现象进行批评，而是这燃烧的激情和愤怒会让政治压倒文学，使这部小说变成一个社会事件的纪实报告。小说家是社会中人，他自然有自己的立场和观点，但小说家在写作时，必须站在人的立场上，把所有的人都当作人来写。只有这样，文学才能发端事件但超越事件，关心政治但大于政治。

可能是因为我经历过长期的艰难生活，使我对人性有较为深刻的了解。我知道真正的勇敢是什么，也明白真正的悲悯是什么。我知道，每个人心中都有一片难用是非善恶准确定性的朦胧地带，而这片地带正是文学家施展才华的广阔天地。只要是准确地、生动地描写了这个充满矛盾的朦胧地带的作品，也就必然地超越了政治并具备了优秀文学的品质。

喋喋不休地讲述自己的作品是令人厌烦的，但我的人生是与我的作品紧密相连的，不讲作品，我感到无从下嘴，所以还得请各位原谅。

在我的早期作品中，作为一个现代的说书人，我是隐藏在文本背后的，但从《檀香刑》这部小说开始，我终于从后台跳到了前台。如果说我早期的作品是自言自语、目无读者，从这本书开始，我感觉到自己是站在一个广场上，面对着许多听众，绘声绘色地讲述。这是世界小说的传统，更是中国小说的传统。我也曾积极地向西方的现代派小说学习，也曾经玩弄过形形色色的叙事花样，但我最终回归了传统。当然，这种回归不是一成不变的回归，《檀香刑》和之后的小说，是继承了中国古典小说传统又借鉴了西方小说技术的混合文本。小说领域的所谓创新，基本上都是这种混合的产物。不仅仅是本国文学传统与外国小说技巧的混合，也是小说与其他的艺术门类的混合，就像《檀香刑》是与民间戏曲的混合,就像我早期的一些小说从美术、音乐,甚至杂技中汲取了营养一样。

最后,请允许我再讲一下我的《生死疲劳》。这个书名来自佛教经典,据我所知,为翻译这个书名,各国的翻译家都很头痛。我对佛教经典并没有深入研究,对佛教的理解自然十分肤浅。之所以以此为题,是因为我觉得佛教的许多基本思想是真正的宇宙意识,人世中许多纷争,在佛家的眼里,是毫无意义的。这样一种至高眼界下的人世,显得十分可悲。当然,我没有把这本书写成布道词,我写的还是人的命运与人的情感,人的局限与人的宽容,以及人为追求幸福、坚持自己的信念所做出的努力与牺牲。小说中那位以一己之身与时代潮流对抗的蓝脸,在我心目中是一位真正的英雄。这个人物的原型,是我们邻村的一位农民。我童年时,经常看到他推着一辆吱吱作响的木轮车,从我家门前的道路上通过。给他拉车的,是一头瘸腿的毛驴,为他牵驴的,是他小脚的妻子。这个奇怪的劳动组合,在当时的集体化社会里,显得那么古怪和不合时宜。在我们这些孩子的眼里,也把他们看成是逆历史潮流而动的小丑,以至于当他们从街上经过时,我们会充满义愤地朝他们投掷石块。事过多年,当我拿起笔来写作时,这个人物,这个画面,便浮现在我的脑海中。我知道,我总有一天会为他写一本书,我迟早要把他的故事讲给天下人听,但一直到了2005年,当我在一座庙宇里看到"六道轮回"的壁画时,才明白了讲述这个故事的正确方法。

我获得诺贝尔文学奖后,引发了一些争议。起初,我还以为大家争议的对象是我;渐渐地,我感到这个被争议的对象,是一个与我毫不相关的人。我如同一个看戏人,看着众人的表演。我看到那个得奖人身上落满了花朵,也被掷上了石块,泼上了污水。我生怕他被打垮,但他微笑着从花朵和石块中钻出来,擦干净身上的脏水,坦然地站在一边,对着众人说:"对一个作家来说,最好的说话方式是写作。我该说的话都写进了我的作品里。用嘴说出的话随风而散,用笔写出的话永不磨灭。我希望你们能耐心地读一下我的书,当然,我没有资格强迫你们读我的书。即便你们读了我的书,我也不期望你们能改变对我的看法。世界上还没有一个作家,能让所有的读者都喜欢他。在当今这样的时代里,更是如此。"

尽管我什么都不想说,但在今天这样的场合我必须说话,那我就简单地再说几句。

我是一个讲故事的人,我还是要给你们讲故事。

20世纪60年代,我上小学三年级的时候,学校里组织我们去参观一个苦难展览,我们在老师的引领下放声大哭。为了能让老师看到我的表现,我舍不得擦去脸上的泪水。我看到有几位同学悄悄地将唾沫抹到脸上冒充泪水。我还看到在一片真哭假哭的同学之间,有一位同学,脸上没有一滴泪,嘴巴里没有一点声音,也没有用手掩面。他睁着大眼看着我们,眼睛里流露出惊讶或者是困惑的神情。事后,我向老师报告了这位同学的行为。为此,学校给了这位同学一个警告处分。

多年之后,当我因自己的告密向老师忏悔时,老师说,那天来找他说这件事的,有十几个同学。这位同学十几年前就已去世,每当想起他,我就深感歉疚。这件事让我悟到一个道理,那就是:当众人都哭时,应该允许有的人不哭。当哭成为一种表演时,更应该允许有的人不哭。

我再讲一个故事:三十多年前,我还在部队工作。有一天晚上,我在办公室看书,有一位老长官推门进来,看了一眼我对面的位置,自言自语道:"噢,没有人?"我随即站起来,高声说:"难道我不是人吗?"那位老长官被我顶得面红耳赤,尴尬而退。为此事,我洋洋得意了许久,以为自己是个英勇的斗士,但事过多年后,我却为此深感内疚。

请允许我讲最后一个故事,这是许多年前我爷爷讲给我听的:有八个外出打工的泥瓦匠,为避一场暴风雨,躲进了一座破庙。外边的雷声一阵紧似一阵,一个个的火球,在庙门外滚来滚去,空中似乎还有吱吱的龙叫声。众人都胆战心惊,面如土色。有一个人说:"我们八个人中,必定一个人干过伤天害理的坏事,谁干过坏事,就自己走出庙接受惩罚吧,免得让好人受到牵连。"自然没有人愿意出去。又有人提议道:"既然大家都不想出去,那我们就将自己的草帽往外抛吧,谁的草帽被刮出庙门,就说明谁干了坏事,那就请他出去接受惩罚。"

于是大家就将自己的草帽往庙门外抛,七个人的草帽被刮回了庙内,只有一个人的草帽被卷了出去。大家就催这个人出去受罚,他自然不愿出去,众人便将他抬起来扔出了庙门。故事的结局我估计大家都猜到了,那个人刚被扔出庙门,那座破庙轰然坍塌。

我是一个讲故事的人。

因为讲故事我获得了诺贝尔文学奖。

我获奖后发生了很多精彩的故事,这些故事,让我坚信真理和正义是存在的。

今后的岁月里,我将继续讲我的故事。

谢谢大家!

(选自 2012 年 12 月 8 日新华网)

第二辑　莫言研究综论

诺贝尔文学奖和《聊斋志异》

◇马瑞芳

莫言在诺贝尔文学奖授奖仪式上称自己是“讲故事的人”，深受故乡讲故事前辈蒲松龄的影响，“我是他的传人”。莫言诺奖致词讲了几个故事，最后一个故事的大意：八个外出打工的泥瓦匠为避暴风雨躲进破庙。天空雷声紧，火球滚，似乎还有龙叫。众人说：“我们中肯定有人做了亏心事。咱们把草帽丢出去，哪个人的草帽被吹走，哪个人出去接受惩罚。”草帽丢出去之后，只有一个人的草帽被吹走。七个人把他抬起来丢到庙门外。此人刚被扔出，庙轰然坍塌。

这个故事的范本是《聊斋志异》中真实历史人物传奇《孙必振》：

> 孙必振渡江，值大风雷，舟船荡摇，同舟大恐。忽见金甲神立云中，手持金字牌下示；诸人共仰视之，上书“孙必振”三字，甚真。众谓孙：“必汝有犯天谴，请自为一舟，勿相累。”孙尚无言，众不待其肯可，视旁有小舟，共推置其上。孙既登舟，回首，则前舟覆矣。

一念之恶定生死的《孙必振》提醒世人：做人不能损人，损人结果很可能害己。众人在金甲神出现时，如果不那样自私自保，可能会沾孙必振的福气逃过一劫。

莫言诺奖致词直接受聊斋故事影响，《聊斋志异》构思模式对莫言小说的影响更是随处可见，以《生死疲劳》为例略作分析。

《生死疲劳》堪称莫言小说扛鼎之作，其轮回转世和人兽交替、亦人亦兽创作手法，明显受《聊斋志异》影响。

《聊斋志异》有多个轮回转世故事。《三生》写一作恶多端者被阎王先后罚做马、狗、蛇，轮回为畜类后仍保持人的思维。马、狗、蛇都惦记如何回复人身。聊斋故事《向杲》的亦兽亦人最受称道。向杲之兄被恶霸害死，他不管告状还是行刺都没法复仇，道士给他披上一件袍子，向杲变成猛虎，化虎后完全按人的思维行事，却以猛虎之躯将仇人的头咬下来。

莫言小说创作颇有哲学意味，很讲究艺术辩证法。《生死疲劳》圆熟地将轮回转世和亦兽亦人两种构思方式结合起来：地主西门闹土改期间被枪毙，先后转世为西门驴、西门牛、西门猪、西门狗，最后转世为叙事主人公大头婴儿蓝千岁，不管是驴、是牛、是猪、是狗，一概保持西门闹的思维，特别是他刻骨的“阶级仇恨”。如西门驴一降生，看到西门闹小老婆迎春成了雇农蓝脸的妻子，通过透视观察到迎春肚里的婴儿脸上有块蓝痣。西门驴愤愤不平地想：“我的尸骨未寒，你就与长工睡在一起……”一番诅咒后，西门驴想的是：“被打到畜牲道的却是我正人君子西门闹，而不是我的二姨太太。”眼看自己的二姨太和长工搞在一起，西门驴痛苦地用脑袋碰撞驴棚门，而笸箩里新炒的黑豆搅拌着铡碎的谷草进入驴嘴，“在吞咽中又使我体验到一种纯驴的欢乐”。是人还是驴？亦人亦驴。驴的生存方式，人的思维定式。因为西门闹有驴、牛、猪、狗的形体，高密东北乡的芸芸众生毫不掩饰在它面前生活、折腾，把人性之恶、之善、之复杂表现出来，彰显半个多世纪以来在历次政治运动面前，人们的追求、抗争、挫折、钩心斗角……从单干到合作化、到人民公社、到土地承包(新的单干)，形式上看，就是一种轮回。蓝脸坚持单干，反潮流。莫言诺奖致词说：“小说中那位以一己之身与时代潮流对抗的蓝脸，在我心目中是一位真正的英雄。”如果说蓝脸是《生死疲劳》最佳男主角，那么，西门闹包括其轮回形式就是小说的叙事男主角。从众人围攻蓝脸单干到学习蓝脸单干，貌似轮回，实为否定之否定，螺旋式上升，是当代中国历史的发展轨迹。《生死疲劳》是一面镜子，是中国历史的缩影。

莫言曾在一次讲座中介绍《生死疲劳》受聊斋故事《席方平》影响。确实，小说开头，西门闹遭受阎王殿油炸与席方平阴司遭遇如出一辙，这是容易看出来的影响，更深刻的影响却在整体构思。《席方平》写席父与土豪有矛盾，土豪死后，将席父拉进阴司并利用金钱将席父送进监狱，席父被打得两腿鲜血淋淋。席方平愤赴幽冥替父申冤，先后告到城隍、郡司、阎摩殿。各级官司受贿，席主平冤不得申，受尽酷刑，被丢进油锅、推上刀山、锯成两半。最后二郎神审案，判席家父子还旧，严惩土豪、阎王、郡司、城隍。其判词说：“金光盖地，致使阎罗殿上尽是阴霾，铜臭熏天，遂教枉死城中全无日月。”这是对社会痼疾的经典性概括：金钱控制一切，从地方到中央乌烟瘴气。阴司其实是封建社会末期阳世的翻版。毛泽东 1942 年在延安文艺座谈会前夕对陈荒煤等作家说：“鬼故事《席方平》可作清朝历史读。”受《席方平》影响的《生死疲劳》同样可以作半个世纪(1950～2000)中国农村史读。西门闹轮回四部分恰好对应四个历史时期：“驴折腾”——土改与合作化；“牛犟劲”——人民公社；“猪撒欢”——“文革”；“狗精神”——改革开放。

诡谲的轮回故事如何能成为沉重的、形象化历史？当然靠作者对现实人生的观察和思考。诺贝尔奖得主索尔·贝娄说："小说是向社会做调查的工具。"莫言靠着对农村生活潜水员般深入理解，将高密东北乡变成浓缩当代中国农村的那张"邮票"，宛如诺贝尔奖得主福克纳创造的密西西比"邮票"。莫言的成功更离不开借鉴古典。除了采用六道轮回、亦兽亦人的创作手法外，《生死疲劳》还采用似乎"过时"、"陈旧"的章回小说形式。请看几个回目：

受酷刑喊冤阎罗殿，遭欺瞒转世白蹄驴（驴折腾）

蓝解放叛爹入社，西门牛杀身成仁（牛犟劲）

猪十六大战刁小三，草帽歌伴奏忠字舞（猪撒欢）

蓝解放虚情戏发妻，狗小四保镖送学童（狗精神）

章回小说是中国古典长篇小说的唯一形式，由开山之作《三国志通俗演义》、《水浒传》开创定型，具有分回标目、段落整齐、故事连接的特点，最适合讲故事。每个章节都有好看且相对独立的故事，再共同联合形成一个宏伟整体。因为画龙点睛回目的使用，章回小说好看、有趣、引人入胜。如《红楼梦》第六回"贾宝玉初试云雨情，刘姥姥一进荣国府"，分别从贾宝玉和刘姥姥角度讲述鼎盛时期的贾府故事，拉开贾府盛衰序幕。晚清之后，因受西方小说影响，现代作家写长篇小说已很少采用章回小说形式。莫言推陈出新，古为今用，重新赋予这种古老艺术形式新的生命。这对中国文学很重要，所谓"倒退"到经典反而成了进步。这是艺术上的轮回、变迁、发展。

除《生死疲劳》外，《檀香刑》同样有聊斋痕迹。小说以"狗肉西施"眉娘与县令情人钱丁的纠葛为重要视角，以大清第一刽子手赵甲为支点，叙述与几种清代酷刑——阎王闩、凌迟、檀香刑——紧密相连的悲欢离合，既有慈禧乱政、刺杀袁世凯、戊戌六君子历史事实的影子，又有高密东北乡村民反对德国修铁路的故事。情节奇诡，人物鲜活。小说次要人物小甲有特异功能，能看出人物"原形"：妻子眉娘是吐着紫色信子的白蟒，坐在慈禧所赐太师椅上的父亲赵甲是只瘦瘦的黑豹，戴蓝顶官帽穿红色官袍的县令钱丁是只胖胖的白虎，领导义和团抗德国兵的岳父孙丙是只大黑熊，自愿代孙丙受刑的假孙丙小山子是只大黑猪，山东巡抚袁世凯是只巨鳖，德国驻青岛总督狼头人身……这样的构思与《聊斋志异》著名故事《梦狼》极其相似。白翁在梦中看到儿子官衙站着、坐着的都是狼，要吃饭时，狼就叼进个人"聊充庖厨"。在金甲使者面前，白翁做县令的长子变成一只老虎。蒲松龄据此提出"官虎吏狼比比也"的著名判断。在莫言笔下，大清朝廷封疆大吏是鳖，俗称"王八"；七品父母官是虎；金发碧眼的侵略者狼头人身说德语。传统花样仍在耍，各有巧妙不同。

虽然莫言在斯德哥尔摩只说自己是蒲松龄的传人，其实他同样无愧为罗贯中、施耐庵的传人。莫言将画鬼绘妖、亦兽亦人的奇特想象和章回小说艺术形式融为一体，用以包容当代社会生活，在20世纪将中国传统长篇小说构思形式和以聊斋为代表的魔幻理念推向世界。台湾《联合报》说：“莫言的成就，可以和之前获得诺贝尔文学奖的各国大家无愧并列、平起平坐。”因为，莫言是站在中国前辈作家的肩上。

《丰乳肥臀》俄文版译者伊·叶格罗夫说得好：“莫言讲述了自己国家和人民苦难的真相。他是一个杰出的讲故事的人。他的作品饱含富有哲理的寓言故事和发人深省的格言警句，很容易看出中国古典文学的传统。他以饱满的爱描写自己的国家，关心国家的命运。”

莫言获得诺贝尔文学奖更重要的影响，恐怕是莫言为“小说家是讲故事的人”正名，令擅长写故事写人物的小说家扬眉吐气。20世纪80年代以来，许多中国小说家模仿西方现代派、后现代派，重观念，重方法，向内转，反传统，反情节，反故事。章回体故事早已成了敝屣。小说家淡化情节，淡化人物，淡化思想，淡化故事，固然也创作过一些风行一时的好作品，但能够长期吸引读者眼球的往往还是有故事有人物的小说，如获得茅盾文学奖的《白鹿原》和《穆斯林的葬礼》。其实西方主流小说也并不全像普鲁斯特《追忆似水流年》那样意识流，多半还是《复活》、《悲惨世界》、《老人与海》这样有故事有情节有人物的作品。英国小说家兼小说理论家福斯特《小说面面观》总结小说第一要素是故事，第二要素是人物，第三要素是情节。我在给青年作家讲课时说过：“你们很乐意学习外国作家的魔幻现实主义、意识流、潜意识等，其实，所谓魔幻现实主义、意识流、潜意识，中国17世纪《聊斋志异》都采用过，后来又由曹雪芹的《红楼梦》发扬光大。”

中国古代作家在琢磨小说构思艺术上开世界风气之先。《聊斋志异》作者蒲松龄(1640～1715)，平生最擅长琢磨事，他有两个“琢磨透”：

第一个琢磨透，是“官虎吏狼”的黑暗社会。朝廷官员其实是不拿刀枪的强盗，贪贿横行，公道不彰，有真才实学者不得志，袖金输璧者向上爬。这是靠七十年与普通百姓生活在同一水平线，由忧荒、忧税、忧贫的经历琢磨出来的。

第二个琢磨透，是中国古代小说构思理念和章法。蒲松龄自幼博览群书，康熙十八年到西铺坐馆后，更得益于东家“万卷楼”。诗词文赋，小说野史，经史子集，无所不学。从《聊斋志异》能找到两千多种古代典籍踪迹。其早年作品《莲香》人物对话一句一典。有些聊斋故事还成为某类故事的“百事典”，如《绛妃》讨风神檄成为风典、《酒狂》附“酒人赋”成为酒典，《马介甫》附《妙音经续言》成为妒妇典。读书破万卷，下笔如有神。琢磨透社会本质和小说章法，在“才非干宝，雅爱搜神”的终生爱好鼓舞下，在“三闾氏感而为赋”的精神指导下，终生磨一书，《聊斋志异》不仅与《红楼梦》成为中国古代小说双璧，还成为世界文库的东方瑰宝。

想象是巨匠和庸才的分界线，想象是伟大的潜水者。天才想象是对现实的巧妙补充、升华。而神、鬼、狐妖、梦幻离魂是蒲松龄常用的超现实艺术想象手段。

一曰神。仙乡在哪里？传统认为在西方、在深山、在海底，聊斋说不见得，它在人们心目中，在随手点化的情景中。《聊斋志异》开篇不久的《画壁》创造了“幻由人生”的哲学。只要你执著追求，你的美妙理想就蓦然实现。朱孝廉喜爱壁画上的散花天女，不由自主飘入画中与其相爱。当他飘出画外，画上天女也从少女发型改梳少妇发型。朱孝廉的幻想改变了画中天女的人生。崂山道士剪个纸月亮贴在墙上，立即光照满室，将筷子掷向月中，嫦娥翩翩而下，载歌载舞。丐仙将严冬花园点化得温暖如春、百鸟争鸣。凤凰、黄鹤、蝴蝶展翅叼着酒杯、茶杯飞来，蝴蝶变成美女轻歌曼舞。美景醉人，以手抚之，却什么也没有，好像三百年前就有虚拟网……聊斋神仙和传统紫气仙人的最大不同，是关心平民百姓。《菱角》中，观音菩萨变成老妪，给胡大成做母亲，洗衣做饭，帮助胡大成和菱角战乱后团圆。雹神本应散布雹灾，却将冰雹降到山谷，不伤庄稼。仙女翩翩救助因嫖妓得恶病、几成饿殍的罗子浮，溪水洗疮，蕉叶剪衣，白云絮袄。罗子浮好了疮疤忘了疼，对翩翩女友花城动手动脚，身上锦衣变蕉叶。他收敛邪念，蕉叶重新变锦衣。翩翩淡泊清高的生活态度教育了罗子浮，也成全了罗子浮。

二曰鬼。世上有没有鬼？有鬼论者说有，无鬼论者说无。读者看《聊斋志异》，却身不由己相信有。《聊斋志异》写出鬼的特有存在形式，特别是女鬼美丽、柔弱、怕冷、忧愁、爱诗的存在方式，我把它叫作“美弱冷愁诗”的存在方式。《聊斋志异》写出各类生动精彩的鬼，有钟情鬼，有复仇鬼，有报恩鬼，有讽刺调侃官场丑类的鬼，有历尽三世轮回冤情不解的鬼，还有鬼中之鬼。《聊斋志异》写灵魂出窍的步骤，写精彩奥妙的轮回和寓意深邃的三生，在这些令人奇异惊悚描写背后，是对社会人生的哲理思考。

《聊斋志异》女鬼最能牵动读者心弦：连琐、小谢、秋容、伍秋月、宦娘、晚霞、窦氏、梅女、鲁公女、公孙九娘……她绿裙飘飘，她甩出鲜花朵朵，她弹着叮咚琴曲，她吟着优美诗篇……向读者冉冉走来，走出不同个性，不同故事，不同命运。

《聊斋志异》写鬼，五花八门，鬼魂的遭遇，鬼魂的追求，鬼魂的伦理难题，实际上是时代生活的变形。从对生活的表现看，鬼魂就是人生；从作者想表达的理念看，鬼魂胜于人生；从作家的奇思妙想看，三百年前的聊斋先生，不亚于当代西方人。《陆判》写想换头就换头，需要换心就换心，现代医学望尘莫及；《成仙》写两个朋友瞬息之间互相换脸，让导演《变脸》的好莱坞导演吴宇森望洋兴叹；18 世纪英国流行的哥特式小说讲究“黑色性”，写荒野、古宅、恐怖，而《画皮》堪称全球“黑色性”小说祖宗。

三曰狐妖。一代美学宗师朱光潜教授说：“我在读了《聊斋志异》之后，就很难免地爱上了那些夜半美女。”这些“夜半美女”多半是狐女——娇娜、婴宁、小翠、鸦头、辛十四娘、红玉……她们媚丽绝代，风情万种，思想开放，富有活力，行为豁达、不受封建礼法约束,既用迷人风采吸引男人眼球,又充满独立意识和舍己精神。阳光女孩似的娇娜阐释了男女之间虽非情人却重于情人的感情;爱花爱笑的婴宁阐释了什么叫内心不为外界扰动;辛十四娘与红玉在男人一筹莫展时,挽狂澜于既倒,是狐中仙、狐中侠。《恒娘》写女人如何利用性魅力操纵男人,堪与20世纪美国妇女杂志文章媲美;《凤仙》写狐女做丈夫镜中导师,监督他读书成名,一个多世纪前就被翻译成英文,收入美国"少男少女丛书",印一百多版。《聊斋志异》有所谓"飞翔的灵魂",最吸引读者眼球的正是狐狸精。《聊斋志异》彻底颠覆了狐狸精传统,画出媚丽迷人、智谋超群的狐狸精美女群像,绘出运筹帷幄、惩贪治虐的狐叟狐书生行乐图,且在狐狸精故事中寄寓深刻社会内容和哲理思考。莫言有首忆往昔的打油诗:"少小辍学业,放牧在荒原。蓝天如碧海,牛眼似深潭。河底摸螃蟹,枝头掏鸟卵。最爱狐狸精,至今未曾见。"

凡是动物、植物、器物变化成人,跟人交往,就叫妖精,或精灵。蒲松龄创造的妖精品类最多,大自然有什么生物,蒲松龄就相应创造什么"亦物亦人"、"亦妖亦人"。千姿百态的精灵,由虫、鸟、花、木、水族、走兽幻化而成,从天上,从水中,从深山密林,从蛮荒原野,为寻求挚爱真情,纷至沓来人间,带来一大批有特殊意趣、好玩动听的故事。人花相爱,牡丹、菊花、荷花变士子贤妻。一个个带翅膀精灵彩翼翩翩向人间飞来,小绿蜂变成绿衣长裙、婉妙无比的绿衣女,鹦鹉变成娇婉善言的阿英,乌鸦变成神女竹青。"獐头鼠目"是形容不良者的常用语,而《花姑子》偏偏写活重情重义的香獐精,《阿纤》写活善良勤劳的高密老鼠精。大自然最凶恶丑陋的动物扬子鳄幻化成秀美的西湖主;国家一级保护动物白鳍豚,幻化成爱诗少女白秋练;粉白如玉的智谋才女素秋乃书中蠹鱼所化……女人不向男人要求家庭地位、经济供养,还在功名经济上帮男人,人世岂能有这种女人?只能是不受人间戒条约束、飞来飞去的鸟儿,游来游去的鱼儿,跑来跑去的山野生灵。蒲松龄还写物化人、人化物,并在其中寄寓道德教益。《黎氏》里的谢中条将山谷野合的妇人黎氏带回家,结果黎氏变成大灰狼吞噬三个儿女;《杜小雷》写不孝的媳妇因为给婆婆吃屎壳郎变成两条腿的猪,早于奥地利作家卡夫卡《变形记》;让寂寞苦闷的人变成大甲虫,更早于《百年孤独》中让退化的人长出条猪尾巴。

四曰梦幻离魂。弗洛伊德说"梦是愿望的达成"。《聊斋志异》中的梦是人生愿望的集成:梦中可以升官发财,如《续黄粱》;梦中可以娶媳妇,如《莲花公主》;梦幻中可以来第三者,如《凤阳士人》;梦中可以得个好儿子,如《雷曹》……梦可以让凡人联系任何神鬼狐妖。有什么愿望在现实中无法完成,在《聊斋志异》中也很好办:离魂。贫穷书生孙子楚爱上富家女阿宝,现实中求婚不成,孙子楚先离魂追随,后化鸟追随。

神鬼狐妖梦幻离魂,在《聊斋志异》中经常交叉出现,补充构思。通过这些瑰丽的想象,《聊斋志异》呈现出与一般小说不同的风貌。郭沫若给蒲松龄故居写过一副对联:

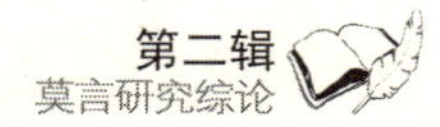

写鬼写妖高人一等，
刺贪刺虐入骨三分。

写鬼写妖是形式，刺贪刺虐是内容。有时候写鬼写妖不仅是艺术形式，它还是抨击现实的需要。窦氏被恶霸南三复始乱终弃，抱着婴儿冻僵在南家门前。窦父告状，官府受贿，冤沉海底。窦氏鬼魂出现，将南三复送上断头台。梅女因典吏受贿三百个铜钱，诬陷她与小偷通奸，愤而自杀，在人间书生封云亭的帮助下复仇。窦氏和梅女非做鬼不行，不做鬼就不能复仇，不做鬼就不能揭露夜台一样的社会。《梅女》经常被研究者引用的话，是妓院老鸨骂典吏："汝本浙江一无赖贼，买得条乌角带，鼻骨倒竖矣，汝居官有何清白？袖有三百钱便尔翁也！"老鸨是鬼妪，也必须是鬼，如果是民间老妇，见官只有跪地磕头的份儿，哪敢、哪能骂得如此痛快淋漓？

《聊斋志异》神鬼狐妖故事吸引着读者眼球，也给作家，给诺贝尔奖获得者写作提供参考。此前有人认为莫言作品是"魔幻现实主义"且受马尔克斯影响。其实《聊斋志异》是马尔克斯架上常读书。《聊斋志异》翻译成二十几种文字在全球畅销。世界各国很多作家都受到《聊斋志异》的影响。与马尔克斯齐名的拉美文学巨匠博尔赫斯为阿根廷版《聊斋志异》写的序说："(《聊斋志异》)跌宕起伏如流水，千姿百态如行云。这是梦幻的王国，或者更确切地说，是梦魇的画廊和迷宫。"《聊斋志异》早在江户时代就传入日本，日本近年有部畅销400万的《阴阳师》，作者梦枕谟的宣传策略就是自称"日本聊斋"。

研读经典，杂学旁收，融会贯通，是许多诺贝尔文学奖得主获得成功的灵丹妙药，也是若干作家成功的妙诀。大江健三郎可算莫言在"世界文学院"的前辈师兄。他学拉伯雷、塞万提斯等的写作方法，学巴赫金的荒诞写实主义理论，研究中国等亚洲文化的经验，植根日本，创作出独立物表的作品。莫言也汲取不少"舶来品"营养。《百年孤独》、《喧哗与躁动》、《被偷换的孩子》可算莫言"杂食架"上三块七分熟牛排。不过莫言更常吃的是中餐。儿时还不识字就通过爷爷讲述吃聊斋餐，听狐狸精故事，听高密老鼠精故事。据说莫言当作家的理想是可以天天吃饺子。《聊斋志异》正是百吃不厌、皮薄馅足、吃罢颊齿留香的精美文学"饺子"。

（原载2013年4月8日《光明日报》）

千言万语 何若莫言

◇王德威

莫言自谓“莫”言，笔下却是千言万语。不论题材为何，他那滔滔不绝、丰富辗转的词锋，总是他的注册商标。这大约是小说家自嘲或自许的游戏了。也因为这千言万语，又引来文学批评者千百附丽的声音。谈论莫言的种种，从女性主义到国族论述，这几年还真造就了不少会议及学位论文。但学院里的众声嘈杂，莫言似乎一概“默”言以对，纸上文章才是小说家的最后寄托。我们对莫言的种种“说法”，必须建立在这层自知之明上。

莫言出身于山东省高密县一个农民家庭。高密偏处胶东半岛一隅，土地贫瘠、民情朴陋，不曾以文风知名。莫言小学读到五年级，因“文化大革命”爆发而辍学。从 11 岁到 17 岁，他成了真正的农民。之后他进入工厂做临时工，几经辗转，终于离开家乡，加入军队。行伍生涯之余，年轻的莫言却独对文学发生兴趣，而启动莫言创作的最大灵感，不是别的，正是他故乡高密的一景一物。

莫言从事创作的动机及经历，很使我们想到 30 年代乡土文学大师沈从文。沈来自闭塞落后的湘西，少小从军，转战西南。尽管客观环境动荡不已，这位湘西少年对文学依然一往情深。在 20 岁那年，他离开军队，远赴北京。再经过几年锻炼，他要凭着对故乡风物的追溯，倾倒一辈新文学读者。我们今天谈论现代乡土文学的茁壮，也必自此始。

或有识者要指出，莫言的小说瑰丽曲折，与沈从文那样清淡沉静的作品，其实颇有不同。的确，谈论沈从文的当代传人，汪曾祺、阿城、何立伟，乃至早期的贾平凹才更有可资比照之处。但我却以为尽管莫言与沈从文的风格、题材大相径庭，两者在营造原乡视野，化腐朽为神奇的抱负上，倒是有志一同。湘西原是穷乡僻壤，在沈从文的笔下竟能焕发出旷世的幽深情境，令人无限向往低徊。而面对高密的莽莽野地，莫言巧为

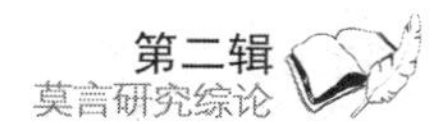

敷衍穿插，从而使一则又一则的传奇故事于焉浮现。

更重要的是，沈从文写湘西，总已意识虚构与现实、遐想与历史间的微妙互动。在他的《边城》一侧，《长河》之畔，早有无限文学地理的传承；湘西相传是《楚辞》屈原行吟放歌的所在，更是陶潜桃花源的遗址！原乡的情怀与乌托邦的想象，不能再分彼此。无独有偶，莫言写高密东北乡，不曾忘记他的神思奇想也是其来有自。离高密数百里路的淄川，就是《聊斋志异》作者蒲松龄的故乡，而我们都知道《水浒》英雄的忠义事迹，起源自南宋山东[①]。就此来看《红高粱家族》中的铁马金戈，或《神聊》系列中的鬼怪神魔，莫言私淑前人的用心，可以思过半矣。现代中国文学有太多乡土作家把故乡当作创作的蓝本，但真正能超越模拟照映的简单技法，而不断赋予读者想象余地者，毕竟并不多见。莫言以高密东北乡为中心，所辐辏出的红高粱族裔传奇，因此堪称为当代大陆小说提供了最重要的一所历史空间。

我所谓的"历史空间"，包括却不限于传统那种时与空、历史与原乡的辩证话题。"历史空间"指的是像莫言这类作家如何将线性的历史叙述及憧憬立体化，以具象的人事活动及场所，为流变的历史定位。巴赫金(Bakhtin)早就告诉我们，小说中时空交会的定点，往往是叙述动机的发源地。以莫言的高密东北乡力例，评者可说莫言凭此又建立了一套城与乡、进步与落后、文明与自然的价值对比。但这种主题学式的类比有其限制。我要强调莫言的纸上原乡是叙述的产物，是历史想象的结晶。与其说他的寻根作品重现某一地理环境下的种种风貌，不如说它们展现又一时空焦点符号，落实历史辩证的范畴。

于是在《红高粱家族》里，那片广袤狂野的高粱地也正是演义一段现代革命历史的舞台。我们听到(也似乎看到)叙述者驰骋在历史、回忆与幻想的"旷野"上。从密密麻麻的红高粱中，他偷窥"我爷爷"、"我奶奶"的艳情邂逅；天雷勾动地火，家族人物的奇诡冒险，于是浩然展开——酿酒的神奇配方，江湖的快意恩仇，还有抗日的血泪牺牲，无不令人叹为观止。过去与未来，欲望与狂想，一下子在莫言小说中，化为血肉凝成的风景。

在过分架空历史(宿命)意义的环境里，莫言将历史空间化、局部化的做法，不啻肯定了生命经验本身的重要性。另一方面，莫言敢于运用最结实的文字象征，重新装饰他所催生的乡土情境，无疑又开拓了历史空间无限的奇诡可能。像中篇《大风》里那场惊天动地的狂风，《狗道》中五彩斑斓、争食人尸的野狗，《红蝗》中铺天盖地而来的蝗祸，《秋水》及《战友重逢》中的滚滚洪水，既幻亦真，皆是佳例。

相对于《红高粱家族》所创造的炫丽空间，莫言另一类小说如《爆炸》、《枯河》、《白狗秋千架》、《欢乐》等，似乎执意回到现实泥沼，显现乡愁不足为外人道的一面。这两

① 原文如此，应为北宋。——编者注

种类型的原乡想象已自展开了互相辩证的力量。《白狗秋千架》一作尤其具有强烈文学史嘲讽意图。故事中的叙述者是个受过教育、抽暇返乡的年轻人。故乡贫瘠伧俗依旧，并不能带给他任何美好印象。唯有在高粱地边巧遇儿时玩伴时，方才勾起他一些青梅竹马式的回忆。只是当年的娉婷少女自秋千架跌下，瞎了一只眼，委屈地嫁了个哑丈夫，生了三个不会说话的孩子。面对年轻返乡者的似水乡愁，她的回答是："有甚好想的，这破地方……高粱地里像他妈×的蒸笼一样，快把人蒸熟了。"《红高粱》里的激昂浪漫视景，哪里还能得见？

近年莫言将历史空间的构筑，更延伸至其他面向。在《十三步》中，故事的主角是个关在铁笼中的疯子，靠观众（听众）喂食粉笔，吐出一段段不可思议的故事。莫言的用心在此不言而喻。牢笼之中的方寸之地，是主角无可奈何的限制，但吊诡的是，牢笼的禁锢使他匪夷所思的狂想，有了"出路"。作为听众的"我们"，置身牢笼之外，却深为笼内人的故事所吸引，而不自觉地成为他的传声筒。这场奇异的叙述过程，代表莫言思考语言与空间相对关系的极致。诚如香港学者陈清侨所言，"在昏乱的逻辑与逼人的形势下，我们无法不抓住眼前最锋利的刀刃或者最稀奇古怪的粉笔，在千篇万卷的故事中杀出一条生路，去涂上一幅让自己可以站得住脚的幻象，一个铁笼"。我们都是（历史的、语言的）笼内人。

《十三步》的情境荒诞无稽，每每使读者有不知伊于胡底的危机感，但莫言正要借此拆散我们安身立命的阅读位置。

莫言作品同样值得注意的是历史记忆与时间叙述的问题。面对滔滔史话，《红高粱家族》中的叙述者回溯"我爷爷"、"我奶奶"那一代的人物在红高粱地里奠下基业，豪情壮志，何等的风流气魄。随着故事发展，家史与国史逐渐合而为一，以抗战时期"我爷爷"、"我奶奶"游击歼敌为高潮。莫言似乎有意向《吕梁英雄传》、《新儿女英雄传》，以迄《林海雪原》的一脉革命历史小说传统致敬，但他的革命历史并不承诺任何终极意义。作为家族传人，《红高粱家族》的叙述者只遥想当年父祖的英勇行径，或追记他们日后在种种革命运动中的磨难。莫言有能力把我们带回历史的现场，甚至深入人物的内心意识；但他又提醒我们，历史原来是可以不断改写的，时间叙述的线索原来是可以前后错置、主客交流的。《红高粱家族》纵横三代家史，俨然为现代主流叙事的时间表背书。但莫言真正要写的，恐怕恰恰相反。"文化大革命"后，"大叙述"逻辑掩退，莫言凭独特的文字所形成的狂纵演义，本身就是一种新的历史力量。如果当年的历史叙述以雄浑眩美是尚，那么莫言所执著的，应是一种丑怪荒诞的美学及史观。

类似的问题在《十三步》里有了极不同的表达方式。所谓的"十三步"在书中并没有明确指涉，它可以代表了生命中的不可测变数、叙述逻辑上的逆反，或如陈清侨所谓历史意识中的黑洞。小说中的听众围着笼中人，猜测后者痴言疯语的"意义"，欲罢不能。"你也被他拉进了故事之中，你与他共同编织着这故事……你预感到自己没有力量与这故事的逻辑抗争……你的命运控制在笼中人手中。”在倾听叙述及重述的过程中，我们与笼中人撕扯、拉锯彼此所占的语义、知识及权力位置；或欲言又止，或意犹未尽，或言不及义。而就在种种语言难尽其妙、而又不知所云的时刻，“历史的味道，涌上心头”。

到了《酒国》，莫言又另辟蹊径。书中侦探缉凶的情节，隐约透露了一种追本溯源、找寻真相的诠释学意图。但莫言一路写来，横生枝节。他所岔出的闲话、废话、笑话、余话，比情节主干其实更有看头。像写农户竞销“肉孩”的怪态，像相传为猿猴所造的“猿酒”由来，活灵活现，真假不分。不仅此也，书中安排叙述者莫言与一个三流作家间书信往还，大谈文学创作的窍门。好人与坏人、好文学与坏文学、历史正义与历史不义的问题，一起融入五味杂陈的叙述中。恰如书中大量渲染的排泄意象一样，小说的进展越往后越易放难收，终在排山倒海的秽物与文字障中，不了了之。莫言的叙述是在刻意模拟从清醒到迷醉的过程吗？或正如希腊神话中的酒神巴库司（Bacchus）般，挑起了纵欲狂乱的欢乐，却也在欢乐中惨遭肢解分食的命运？

在书写大块文章的同时，莫言在 1993 年又推出了一系列名为《神聊》的短篇。这些作品短小精悍，有的讲奇人异事，有的讲鬼怪玄狐，很有点笔记小说信手拈来、自成篇章的姿态。像《铁孩》写大炼钢铁时期，两个小孩靠“吃”破铜烂铁为生的怪事；像《渔》写渔人夜遇艳鬼，转世重生的鬼话；又像《神嫖》写一个寡人有疾的乡绅，召众妓寻欢，竟发乎情止乎礼的高级嫖经。莫言自承此期作品“鬼气”愈重。徘徊大历史的缝隙边缘，他也只有全做聊胜于无的神聊吧——三百年前的同乡蒲松龄到底是阴魂不散。“太平之世，人鬼相分；今日之世，人鬼相杂。”《神聊》系列看似无所为而为，莫言的感喟自在其中。《红耳朵》以一个败家子散尽家财的荒唐事为经，以他那对有如性器官的招风大耳为纬，侧写一段现代轶事。阴阳怪气，荒诞不经，基本上仍承继了《神聊》式的趣味。

《丰乳肥臀》是莫言 1996 年的力作，名称耸动，分量也十分庞大。这本小说近 50 万字，写一位中国北方农村妇女如何在最艰困的情形下，拉扯大九个孩子。故事始自抗战前夕，终于 90 年代中，这些年的风风雨雨，皆尽囊括在内。借母爱来颂扬“感时忧国”的块垒，是“五四”以来作家最拿手的好戏；“大地之母”型的人物，在现代小说史中怕不早就人满为患？但莫言别有用心。他的母亲“集中华民族传统美德于一身”，可是所生的孩子个个都是野种，长大了又乱成一团，绝不成龙成凤。

《丰乳肥臀》的叙述者上官金童应是莫言小说中最令人难忘的人物之一。金童是妈妈的独子，爸爸是瑞典来的神父，横死于抗战。金童的一辈子见证了中国天翻地覆的每一刻，但天下大事哪里比得上他母亲的乳头重要？看莫言写天上万乳攒动，地下摸奶盛会的几章，足以令人叹为观止。莫言一向以行文奇诡瑰丽为能事，如今看来，当年的《红高粱家族》倒是牛刀小试了。

80年代以来的“寻根”与“先锋”运动，莫言都躬逢其盛，而且游走其间，不拘一格。进一步说，莫言的角色，也是出虚入实，难以概括。从早期《透明的红萝卜》中的少年叙述，到晚近《丰乳肥臀》中恋乳狂患者告白，莫言的人物已一再显示世人的面目千变万化，既不“红、光、亮”，也不“高、大、全”。他(她)们不只饱含七情六欲，而且嬉笑怒骂，无所不为。究其极，他(她)们相互碰撞，变形，遁世投胎，借尸还魂。这些人物的行径当然体现魔幻写实的特征，而古中国传奇志怪的影响，又何尝须臾稍离？

莫言许多作品中的“我”，形貌各异，思路婉转，颇可一观。例如《白狗秋千架》中，巧遇儿时玩伴的大学生，在乡愁回忆与丑陋现实中进退两难；在《红蝗》中的年轻人先有艳遇，随后见识铺天盖地的蝗祸；在《枯河》中受到委屈、无从发泄的小男孩，最后以非常手段对成人社会作非常的控诉；又像在《爆炸》中，困于婚姻及家庭陷阱中的青年男子，凄凄惶惶，终以爆炸性的肢体动作，暂求解脱。莫言小说中的“小我”以他们卑微古怪的方式，重新定义做人的代价，也重新召唤一己想象欲望的能力。

莫言有意调侃“我”们这一辈风云涣散，何复父祖当年所经过的大风大浪。中篇《父亲在民夫连里》写1948年间，父亲(即《红高粱家族》的父亲)率领一队民夫为解放军赶运粮草，出生入死，完成任务。“农民英雄”的范本与江湖侠义的情境合而为一，读来果然精彩。大队民夫寒冬裸身运粮渡河的一景，既亲切又雄壮，尤其可见莫言说故事的魅力。但另一方面，他们为了任务，忍饥挨冻，甚至不惜枪杀围堵的女性饥民，所牵涉的道德两难，不禁启人疑窦。但为国献身，毕竟是他们一辈的无上律令。

由此再回溯到《红高粱家族》“我爷爷”、“我奶奶”开垦红高粱家乡的往事，草莽英雄儿女，江湖恩仇血泪，色彩斑斓，炫人耳目。识者可以指出，莫言写民初侠情故事，其实可以和台湾的司马中原相提并论。司马的《荒原》、《狂风沙》、《路客与刀客》等系列作品，早成中国乡土传奇的经典。不同的是，司马所恃的是个“说书人”般的叙事主体，世故老到，充满乡愁，对往事殆无所疑。莫言以第一人称回溯“我爷爷”、“我奶奶”的历险，却穿插自身的思绪评论，时有犹疑矛盾之处，他因此建构也同时解构了对家史及国史的幻想与信念。

识者也可指出，莫言对女性角色的塑造想象，不如男性角色有力。莫言小说的阳刚趣味的确胜过其他，女性就算容有一席之地，也以母亲、奶奶形象制胜。但部分作品还是看得出他勉力为之的痕迹。《白狗秋千架》的高潮是叙述者匆匆离乡他去时，赫然见到一个村妇挡路。我们都还记得这名村妇与叙述者幼年的情谊及长大后的不幸遭遇。她对叙述者的要求无他，就是到高粱地里苟合一次：她与哑巴丈夫已经生了三个不会说话的孩子，她要一个“能说话”的孩子。莫言以一个女性农民肉体的要求，揶揄男性知识分子纸上谈兵的习惯。当鲁迅“救救孩子”的呐喊被“落实”到农妇苟且求欢的行为上时，“五四”以来那套人道写实论述，已暗遭瓦解。

在中篇《白棉花》里，我们则看到“文革”中期一个棉花厂女工方碧玉为爱情抗争，死而后已。在那些晦暗的日子里，方和她的心上人不畏外力，夜夜在棉花垛中暗筑爱巢，落得身败名裂也在所不惜。这篇小说原为张艺谋电影企划所作，难免凿痕处处；写方碧玉的一身武功及神秘下落，尤嫌过于造作。但莫言向女性致敬的用心，总算点到为止。

莫言国度中的子民，充满活力，而且绝不拘于一端。他（她）们为国家主义，或为兄弟义气，赴汤蹈火，万死不辞，但他（她）们追求人之大欲，一样锐不可当。《红高粱家族》之所以出手不凡，正在于叙述者追溯家史，追到了“我爷爷”如何强抢了“我奶奶”，在高粱地中强暴了她，从此展开了惊天动地的故事。但随着历史的演化，中国（男人）的欲望却每下愈况。在《天堂蒜薹之歌》这类的作品中，被压抑的情欲仍然四处找寻出路，引得危机四伏。到了《酒国》，“食色，性也”的教训，以最古怪的方式，和盘托出。但真正集欲望大观于一炉的还是《丰乳肥臀》。如果《酒国》夸张现代中国人狂吃暴饮的恶形恶状，《丰乳肥臀》更进一步，渲染（男性）又一种官能的震颤——触觉的欲望与变奏。我们的男主人翁一生大志无他，对着女性乳房毛手毛脚而已，而且一视同仁。莫言这样的写男性对乳房的依恋，已近乎器官拜物狂。女性其实已彻底被物化为身体的一种性征。但在恋乳癖之余，我们知道，他根本是个性无能患者。丰乳与肥臀代表性的图腾，也何尝不是性的禁忌。

生也有涯，身形是我们存在的开始，也可成为种种礼教政治及欲力角逐的战场。莫言因此看到太多器官象征的可能，大肆发挥，成就了一出出巴赫金式身体嘉年华的闹剧场景。《幽默与趣味》中的男主人翁活着活着，退化成了猴子；《父亲在民夫连里》，父亲与他的驴子居然也能眉目传情，更不用说《酒国》中的鱼鳞少年、妖精少年、肉孩，还有《神聊》中的铁孩子。

但还有什么比《十三步》中的移身换头、大变活人、尸恋还魂等情节，更让人意识到生理身体的脆弱无助，与主体意识的游移暧昧？被肢解的身体，已经崩裂的语言，不断位移的人际关系，形成令人眩晕的叙事网络。直指历史意识本身的断层，就在理论家亟亟找寻“失落的”主体时，莫言版的“变形记”已暗示我们人—我关系的扑朔迷离，哪里是一二乌托邦的呐喊就可正名归位？从文体到身体、从身体到（历史）主体，谈笑之间，莫言已自展现一位世纪末中国作家的独特怀抱。

莫言企图重组回忆、落实往事，但他的方法何其令人醒目或侧目。他荤腥不忌、百味杂陈的写作姿态及形式，本就是与历史对话的利器。正经八百的评论莫言——包括本文在内——未免小看了他的视野及潜力。明乎此，我们又怎能不油然而兴“千言万语，何若莫言”之叹？

（原载《读书》1999 年第 3 期）

莫言：与鲁迅相逢的歌者

◇孙　郁

一

关于中国乡村的记忆，在民国的文人那里是寂寞的。除了萧索和宁静外，几乎没有狂歌的篇什。而我们在无数学人的著述里看到的乡村社会，多是温存而儒雅的存在。自从鲁迅创作了鲁镇和未庄，乡土社会的色调才变得混杂起来。这新生的调子是森冷的，精神被黑暗压迫着，沉重得让人喘不过气来。鲁迅那代人飞扬的只是个体的自我意识，描述乡下的景观时，笔端却被寂寞缠绕起来，叙述者和对象世界有着一定的距离。后来的孙犁和汪曾祺都有点这样的意味，置身于乡土，却又不属于乡土，民众的激情被作家自我的情感所抑制。激情属于自我，和描述的客体是两种状态的。

当莫言出现在我们面前之后，这一现象被改写了。80年代问世的《透明的红萝卜》、《红高粱》给了我们一种喧闹的声音，乡间社会的内在轰鸣被焕发出来了。这个社会内在的色彩、气味，远比文人的想象要复杂。随着拉美文艺的引进，人们看到了叙述的另外一种可能。广袤的土地上的杂思终于被激发了出来，流行了多年的叙述模式，被更年轻的一代人绕过去。他们在寻找新的田间乐谱。为什么不能唱出前人未唱的歌呢？

初读莫言的时候，吸引人的是过于主观的叙述视角。我的第一个感觉是他找到了中国乡土社会的颜料，汉语写作终于也有了凡·高那样令人眼花缭乱而又高远美妙的景致。《红高粱》、《狗道》、《球状闪电》、《爆炸》，完全是乡民自己的声音，他们眼里的色彩和旋律，连通着无数灵魂的悸动，闪耀着贫瘠群落的生命的光。山野里的百姓不再是沉默的被描写者。他们自身成为了主体，描述着身外的世界，看着五颜六色的天地。于是，拉伯雷式的狂欢出现了。辽阔的秋夜，无边的高粱地，漫天的酒气和血腥，还有无数冤魂恨鬼，就那么纠缠着世界。一切典雅之美和静穆之美都消失了。人世充塞着不和谐的躁动、仇恨、反抗、流血、死亡，以及血色的爱欲、混沌的诗情、无所不在的悲悯。莫言不是用观念简单地勾勒着世界，他燃烧的是生命的火，凭着飞动的灵魂穿越了精神的盲区。与其说是思想的解放，不如说是艺术上的自我放逐。其中生成的力量，比同代的作家更能久久地让人咀嚼，且难以忘怀。

莫言初期的文字表现出良好的质感，那是没有受到儒家文化暗示的粗野的、原生态的艺术。他那代人在教育上没有经历过传统的熏陶，其优劣均集中于此。莫言一开始就没有向传统求教，也没有向流行色低头。他借着马尔克斯的模式，找到了属于自己的叙述原点，在一片混沌和荒原里开始了自己的旅程。教化、学问远远地去了，小说腔、散文腔远远地去了；上等人的铜臭气、庸俗气远远地去了。他凭着生命的嗅觉，找到了自己的精神底色。那是很不易的跋涉，一切完全缘于自己的良知。在“红高粱系列”里，在随后完成的诸多乡村题材作品中，他走出了一条别人无法重复的道路。

而且重要的是，随着《丰乳肥臀》、《檀香刑》、《生死疲劳》的问世，中土世界的狂欢场景终于从域外叙述的桎梏里解放出来。那里已远远摆脱了马尔克斯的怪影，是土生土长的汉文明里的魔幻。这魔幻我们只有在汉墓的造像里、敦煌的天地鬼人图里略微可以考见。汉代人写物与写人，神异鬼怪，来往于天地之间。汉之后的小说，虽有志怪的遗音，大多是扭扭的舞步，很少看到乡俗里的潇洒了。而莫言的诞生，衔接了一个消失的精魂，并且放大了力量。大江健三郎等人对他的认同，其实是惊异于这种天马行空式的状态的。那是不是鲁迅遗魂的另一种表达？在我们古老的东亚，已久矣没有这样大气磅礴的惊魂了。

二

当年读萧军的《八月的乡村》，看到对东北山野的血腥描述，便想起了俄国作家绥拉菲摩维奇的那部《铁流》。鲁迅在为萧军的书作序的时候肯定了作者写了前人未曾写到的气象：红红的高粱、茂草、蟋蟀、野鸟、蒸腾的血气等。那是和俄国文学碰撞的结果吧。莫言和这些前辈绝不一样。他在吸收域外小说的时候，没有像萧军那样停留在对外部命运的扫描上，而是进入了人的内世界。他拥有着萧军那样空阔的气势，不同的是又显现出惊人的心灵的内觉。这是前代作家所没有的东西。他在气质上接近于俄国现代作家和中国的鲁迅的某些地方，阴郁而残酷。而且将这些不断地放大，诗意地前行着。以往所有的关于审美的概念，似乎都无法涵盖他的艺术走向。他学会了俄罗斯作家宏阔的笔触，也沿着“五四”文学感时伤世的路，写出灵魂的深。

莫言不是靠故事取悦着读者，他吸引人的地方乃是描述了乡村社会的一种状态——心理状态和社会状态。想一想我们的前辈展示乡土社会时那种静谧的笔触以及安详之美，莫言的出现，把人间的另一番景象还原了。他的深切在于写了残酷，而且升腾出残酷之中的挣扎的气色，在极端酷烈里，一种精神之美升腾了。这美掠过我们苦寂的意识王国，摇落了一切空中楼阁，犹如一只惊夜的夜枭，叫出了乡民几个世纪的悲苦。那些在士大夫气、官僚气、奴才气的文本里自怜的人，在他的奇崛之风里，显现出自身的苍白。

残酷之美来自于对恐惧的穿越。大约经历过死灭的人才会对此有耐心的咀嚼。鲁迅当年写《野草》时，就是颓废后的坚韧和率真使然，历大艰辛，经大磨难，对待死亡才会那么从容。《金发婴儿》、《狗道》、《天堂蒜薹之歌》、《檀香刑》、《生死疲劳》都写了难忍的死灭。莫言在这些质量不等的作品里，记录了中国社会最为惨烈的景观。他的直面的勇气和非凡的目光将人世间最被忽略、最被遗忘、最使人难以启齿的瞬间，统统还原了。最早的《透明的红萝卜》还带有单线条的审美意志，似乎只是悲悯的吟唱，但到了《檀香刑》和《生死疲劳》里，莫言找到了自我的表达方式。一切思想的闪动都内化到无言的色调里。作者对乡下世界的爱怜完全不同于一般作家，他不满足于对乡俗的打量，且远离着士大夫式的情感，在大量的作品里，反复穿越着各类乡土的神话。在他那里，没有乡间文明的文雅的礼赞，那些伪静穆的山水图在此崩解了。莫言不喜欢文人的诗情画意，那些书斋里的墨香含着自恋和无耻。他拥有的只是苦民的歌谣，那些扎在泥土里的、含着冤屈和伤痕的谣曲，自始至终响在他的小说里。许多文人写古老的乡曲时，是古董式的展示。而莫言笔下的猫腔却是惊天动地的吼叫与喷吐。莫言使宁静的乡野真的动起来了，似民谣里的摇滚，滚动出大爱、大恨、大狂、大悲、大暗、大冷的情思。我在阅读这些文本时，第一感受是空前的痛快，仿佛蒸了桑拿，毒气被驱走了大半；第二是感到以往的书生式的作品，忽现出虚假和伪饰的窘态。我们这些自认为是读书写作的人，在莫言那里是不是显得小气和荏弱？至少是过分的自赏了。现当代的一些文人，当指向黑暗的存在时，笔墨往往滑落下来，似乎不忍和无力承受着沉重。与灰色的记忆搏杀，且吞咽着苦水，是要有比魔鬼还要严酷的目光的。

在诸多的文本里，我们几乎看不到那些先入的观念的镶嵌，莫言不属于哪个主义的布道者。他厌倦了各种思潮的你争我夺，他的基本思路是从生命的体验里，从精神的直觉力中升腾的。一切瞒骗的文字和谎说，在他的野性的文气里都失去了光泽。《红高粱家族》、《酒国》、《檀香刑》、《生死疲劳》是那样地酣畅淋漓，我们只有在读庄子、李白、鲁迅的文字时，有过这样的体验。莫言没有学人的温润的语体，少见鲁迅那样哲人式的驳杂，但却融合了民间说书的咏叹、旷野里歌人的高吼，杂以俚曲小调，弹奏出与《逍遥游》、《梦游天姥吟留别》、《野草》相近的韵律。我们这个萎缩、矮小、单色的文坛，因为有了他，不再显得寂寞了。人们有时厌恶文人的自娱与自赏，酸气与戾气，总觉得少了什么。在鲁迅、莫言式的文字里，一切都改变了。在读厌了书斋味和西崽味的酸朽之文后，莫言给我们打开了一个人的血气腾腾的窗口，它通往着自由人的灿烂的王国。在我们这个世上，文人者也，有时不过是无聊世界的点缀，从心底除却圆滑、伪态、虚幻，是“五四”那代文人开启的风气。我们在莫言的著作里，可以发现其精神的某些源头。

三

鲁迅走进莫言的视野，是在70年代。那些暗含的精神对他的辐射是潜在的。近五十年的文学缺乏的是个人精神，莫言那代人缺少的便是这些。我以为他真正理解鲁迅还是在80年代后期，一段特殊的体验使其对自己的周边环境有了鲁迅式的看法，或者说开始呼应了鲁迅式的主题。《欢乐》里散出《白光》的意象，《十三步》的笔法在有些地方像《故事新编》的墨迹。到了《酒国》这样的作品问世，其实已经把“五四”中断的流脉衔接上了。《酒国》改变了当代小说的平庸的格局，它的分量足可以和以往的任何一部白话作品相媲美。较之于80年代的集体主义的歌唱，《酒国》、《檀香刑》等让我们看到了一个清醒的中国作家对已有的文明和周围世界的态度。风情与俚俗社会是一切精神的土壤。莫言看到了旧有的遗风吃人的现实，所以在对正人君子的描绘里，透露着几多冷峻。《酒国》在表面上看是传奇式的作品，故事的离奇和多变、场面的惨烈和揪心，在以往的小说里是少见的。作品的内在激流，是深切流淌着的。那其实隐含着对无数无辜生灵的大悲悯，其血泪之中系着托尔斯泰和陀思妥耶夫斯基的情怀，只不过是用侦察员式的故事掩人耳目罢了。

在那些炫目的、混乱不堪的生活碎片里，我们的作者记录了各种病态的人生。看客、流民、恶棍、强盗、雅人，在吃的风俗、生死的仪式、拜鬼的套路、节日的秩序里，非人的一面、可笑的一面都上演着，且是一部没完没了的长剧。作者直面那些熟悉的生活时，不是安静地沉下去，温存地咀嚼着，而是搅动着古老的宁静，让沉渣泛起，一切隐性的罪过和恶习在善恶交错里浮现着。他学会了鲁迅的拷问黑暗的笔法，也多了一种鲁迅身上没有的东西。正如他所说，不仅写了看客心理，重要的是还写了刽子手的心理。看客是麻木的、丑陋的，而刽子手则是魔鬼的翻版，其险恶和凶残非沉默的大多数看客所比。鲁迅当年描述乡民和小知识分子时，对奴性的揭示是触目惊心的。奴性的背面是酷吏性。莫言似乎对酷吏更感兴趣，所以我们读《酒国》、《丰乳肥臀》、《檀香刑》，看到的是酷吏的遗风，在血淋淋的屠杀和暴乱里，正有着我们文明里罪过的留音。想一想当年巴金、丁玲刻画旧家族的吃人本性时的那些笔墨，还是太嫌老实了。莫言从鲁迅的悲壮里走来，不仅给了我们精神上的悸动，也留下了生理的苦楚。那些让世人惊异的文本，甚至超出了读者的忍受极限。即便是在但丁《神曲》里，我们承受的生理刺激也无法与《酒国》、《檀香刑》相比吧。

莫言的语态是相当繁复深邃而又带有光彩的。他粉碎了各式的叙述枷锁,美丑的界限有时也模糊了。他是彻底的唯美主义的颠覆者,在叙述的路上甚至比鲁迅走得还要远。鲁迅说文学里最好不要描写大便和苍蝇,但莫言却描述了它们,偏偏给人以久远的不快。鲁迅直面死亡时,写的是心理的惊异和精神的盘诘,而莫言却耐心地雕刻着死尸、人肉宴以及性虐待。所有的道学的假正经和神异性在此消失了,我们从那些历史记忆里,读到了正史里没有的东西。对一个习惯于瞒和骗、注重面子的民族而言,那些高密东北乡的故事,袒露的正是整个民族的民间记忆。在《丰乳肥臀》里,暧昧的乡间风情笼罩在血肉模糊的刀光里,苦民的复杂灿烂的内心世界在升腾着,述说着乡村社会苦难的根由。《酒国》是《狂人日记》的另一种书写,那些温文尔雅的历史文本,在这类叙述中失去了维度。暗夜里的死灭和平静里的戕害,是勾魂摄魄的。作者大概在这样的癫狂里得到了快感。有什么能比撩开世界的遮羞布更让自己快慰呢? 在无序和混沌里,才能瞭望到世界的另一角落。

所有的从道德角度品评莫言的人,大概都不会明了其在审美上的深意。我承认许多人在阅读他的作品时也有各类的不适:语言过于喧闹,感官过于反射,情景过于主观……作者在后期甚至放弃了早期温润深幽的笔墨,习惯于焦墨式的涂抹,少了久远的打磨和涵咏。他的文字本来有含蓄和美的韵致,那些可以反复吟咏的句式也被扬弃了。许多小说被太满的色调填充着。莫言的独特处也在这里,他何尝不知道绵密、细致、柔婉的文字有着典雅的一面,但那是士大夫的东西,不属于来自高密东北乡的后代的语体。我们的作者要做的,就是前人和今人不屑做和不能做的事情。

四

苏珊·桑塔格在描述欧洲作家的作品时,强调了艺术不是真理的助手,无论是特定时期的真理还是永恒的真理。她还说艺术作品自身也是一个生气盎然、充满魔力、堪称典范的物品,使他们以更开阔、更丰富的方式重返世界。莫言的世界里有着苏珊·桑塔格所讲的那种充满魔力的意象,其实也是鲁迅传统的另一种表达。有一次他到鲁迅博物馆来讲演,谈的就是小说写作与鲁迅的关系。他直言自己受到了鲁迅的影响,且一直对其恭恭敬敬。鲁迅之于莫言,是一个巨大的存在。这存在完全是精神气质上的,似乎还不在学理的层面上。林贤治、王得后、钱理群等人走向鲁迅,是一种精神的探寻,说其在依傍着那颗灵魂也是对的。莫言的赞叹鲁迅,其根本点是人生境界的渴望,比如直面惨淡的人生、独立的个人立场、非道学的无拘无束的游走,还有那些惊世骇俗的想象。莫言身上没有贵族意味和脂粉气。他像《透明的红萝卜》里的孩子,

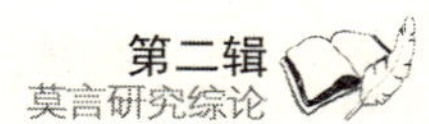

表现出天然的美丽和浑厚的气韵。描绘死亡时又那么残酷，其拷问的笔法是不亚于鲁迅和陀思妥耶夫斯基的。一个长期无声的民族，一个在苦难里久久挣扎的国度，如果没有鲁迅和莫言那样的作家存在，该是多么不幸的事情。

鲁迅文本中的血色和鬼魂，乃一段历史的隐语，其对身前与身边的环境的勾勒，呈现着悲恻之状。他在故土的血色和阴暗里，看到了似人似鬼的图景。在鲁镇和未庄里，人的存在完全被颠倒了。在描写这些的时候，他像悲悯的佛，俯瞰着苍生，为每一个受伤的灵魂歌哭。莫言的高密东北乡，则是荒寂和裸露着贫瘠的存在。不同于鲁迅的是，他是乡土社会的一个歌者，是那个村落里普通的一员，或者说就是其中的一个亲历者。当年鲁迅面对的是儒、道、释的鬼魂，其拼杀极为血腥。而莫言身边缠绕的是凄神厉鬼，那些粗野荒蛮的灵魂的角斗。《生死疲劳》里亦人亦鬼的农夫、亦真亦幻的生死场，是一个古老民族悲情的写真。蕴藏于国民心底的恶魂和苦思，是戕害我们美丽躯体的毒源。莫言的笔直指这些，摇山撼地，以摧枯拉朽的气势，将一些流行的谎说荡平了。

从《丰乳肥臀》到《檀香刑》，叙述者不断向着人的审美极限挑战，喊出的正是可怖的夜枭声。我在这些书里体味到了历史叙述的另一快感。我们的作者在历史的反顾里，有着太多的类似鲁迅的笔法，且不说是有意的模仿还是潜心的创造。在这里，民间记忆的伟岸的诗情爆发了，弥散在山东大地的反抗异族统治的歌咏，残忍到超出生理极限的刑法的勾勒。在流血和惨叫里的人生命运，和野史里的记忆何等相似。鲁迅就曾引用过明清文人的野史杂陈，讲到《蜀碧》、《立斋闲录》里似人非人的杀戮，感叹专制之下的国度所能生长的是什么，而历代文人将屠夫的凶残都化为一笑了。软软的戏腔，绵绵的爱语，还有那些雅士的京白，我们的文学多的是风花雪月、皇权道白、庙台学理，有谁还原了人间的血色与昏暗？左翼文化是曾有这样的传统的，可是后来沦为八股的演绎和无趣的布道，直面苍穹的只剩下了几个孤独的斗士。莫言写义和团时代的生活，充满飞动的灵光，是漫天狼烟，四面血水。那些苦楚的时光的情欲与神往，灾难与空幻，再一次被唤起来了。我们只有阅读鲁迅的作品时，才会有着类似的激动。许多年过去后，当鲁迅消失于喧嚷的尘世的时候，莫言以赤子之心，续写了鲁迅的未完的一个章节。对读两种文本，后者相比之下显得粗糙、简略，甚至没有远致的韵味，但“五四”觉醒者的个性主义的火种在这个山东汉子的笔下复燃着，《呐喊》、《彷徨》里的诙诡谲怪、悲怆之气获得了某种延续。

五

只有经历了乡村生活的人，才会了解古老的图腾在乡民世界里的意义。蒲松龄当年谈神谈鬼,以玄怪之笔勾勒天下悲欢,是进入了生民的内宇宙的。鲁迅说我们中国没有俄国的基督,君临百姓头上的是“礼”。陀思妥耶夫斯基的颤栗来自心灵和地狱的恐惧,所以他的残忍就有了宗教的意味。莫言在描述中土的生活时,从来没有宗教的冲动。他创造了汉人世界的魔幻,亦阴亦阳,亦神亦鬼,亦明亦暗,这是在俄国作家那里看不到的。莫言是试图回到原点的叙述者,佛道的隐语和儒学的礼教,在他那里都绕过去了。凭着一种本然和冲荡,他独自闯进精神的禁区,思想的飞翔恰恰是从这空漠的地方开始的。

俄国作家茨维塔耶娃在讲到普希金和普加乔夫时,感叹那作品是施了魔法的,因为那里像梦一样迷离而玄奥,隐曲而朦胧。我猜测这些与俄国的传统多有联系,而且应当是又超越了斯拉夫语系的某些传统。在阅读莫言的时候,我想到了这个中国作家的魔法。《十三步》里的阴阳之变,火葬场内外玄妙的故事,人世间的善善恶恶,只有在这个魔法的变换里,才这样让人心动。《生死疲劳》的主人公变牛、变狗、变猪的奇异历程,把生存的背景和精神荒诞化了。古老的乡下残存的妖道、黄鼠狼式的巫风,在《生死疲劳》里变成恍惚朦胧的神曲。那是泥土里升腾的俚俗之歌,人间的一切逻辑化的叙述统统断送了。莫言对恶的嘲讽极具煽动力,他的酷烈超出了我们的想象。而他用写实的笔法时,我们只能感到他道义的力量。比如《天堂蒜薹之歌》,悲怆得催人泪下,那是价值判断的东西,乃文人的愤懑之作,似乎不及“红高粱系列”那样灵动,而一旦进入魔法的世界,呆板的写实所带来的沉重就被飞扬的气息所代替。许多年来他一直以癫狂的笔触去写家族的故事,回望昨日的历史。先前的那些历史叙事在他眼里似乎没有什么力量,而平铺直叙的调子把精神的色彩淹没了。莫言相信神助的力量会改变昨天,在变换无序和多声部的合鸣里,才可发现人间的丰富性。直觉可以还原一切,而这样就必须打破逻辑。文人们在逻辑的镣铐里,几乎无法飞翔。

当年鲁迅对历史的反观,用的是尼采和安德列夫的笔法。他后来又从汉画像和西方版画里,得到了深广的底色,乡土的气息和知识分子的情思融为一体。莫言的表达方式较之鲁迅显得具有泥土气,他借用了六道轮回之说,扩展了精神背景。我们阅读鲁迅有地狱边上的惊恐,而莫言给我们的则是魔道里的闪光。有想法的作家从来就是天地互换,人神相依的。一个彼岸世界的存在对读者来说是多么刺激的事情,原来我们周围的世界有那么多远远归来的灵魂。人世间怎么能离开死去的鬼魂?只有与那些逝去的存在交流,才会有今天的真面目。我们的意识与前世的思想,无法脱离干系。

域外鬼神精神对中土艺术的渗透,已有上千年的历史了。唐以后的神怪小说,是深受佛教的影响的。台静农先生在《佛教故事与中国小说》一文里,讲到地狱、金赤鸟、神龙等意象时,分析了中国作家进化的原因是受了佛教因果报应的冲击。不过中国文人对地狱等意象的使用,是从儒家或道家意识入手的,似乎没有佛经里的语境那么清洁，仙人的、礼教的东西都有一些躲避不了享世文化的浸泡。第二次大规模的引介外来意识是“五四”那代人，但丁的、尼采的、陀思妥耶夫斯基的都进来了。那时的译介乃为了思想革命，也夹带了启蒙的东西，但不同于汉唐，文人们有了自我。到了莫言这一代，与马尔克斯等人相遇，想法又大大地改变着，要在精神的炼狱过程中重写人间的图景，呈现人的多样表达的可能性。在这里，他照样未能逃脱另一种价值态度，那就是借着魔幻文本对现实进行颠覆和批评。静观的因素是稀薄的。创作乃是对生命的态度，这是不错的。莫言知道其间的得失。鲁迅与莫言都写到了彼岸与今世，但都不是宗教徒，其笔下的世界与读者间有着一种距离。他们的叙述态度是美学的，而非信仰的。儒教里虚伪的叹词和道教中贪欲的私情，被一种个人悲悯的幽思所代替。我们在这个神奇的文本里，发现了个性书写者创造的欢愉。

六

鲁迅之于后来的文学，是存在着一个逻辑线条的。中国文化的单色调性，酿造了悲喜剧的单色调性。一切突围者的拼杀，在根本点上表现了特色的相近点。其实细读历史，魏晋风度和晚明气韵，都有怪异的狂放气，不过那时文人的狂放，还没有鲁迅式的恢弘，旧文明的枷锁还是清晰可见的。以明末的傅山为例，就主张艺术“宁拙毋巧，宁丑毋媚，宁支离毋清滑，宁率直毋安排”，在姿态上让人倾倒。但思维的深处，还没有形而上的灵光。到了民国初，不少有狂气的文人，也无非如此，章太炎、钱玄同的异类风格，都无法和西方康德以来的思想家媲美。只是到了鲁迅这里，才有了对存在的本然的追问，实有与虚无、有限与无限等问题深藏于底处。较之于明清文人的士大夫形象，鲁迅那里是完全个人的气质，和儒、道、释的渊源没有本质的联系了。莫言欣赏的恰是这一传统。他讨厌圆滑、老到、中庸、清远一类的东西，在野路上的颠行给了他诸多快乐。他学会了鲁迅式的独行精神，这对他而言已是足够的了。他自知没有古风里的儒雅气，失去士大夫的软绵苍润，不正是鲁迅那代人的一种渴望？

莫言的创作只是对鲁迅的气质和个性的呼应，他和诸多鲁迅的认同者走的不是一条路。比如，孙犁暗仿鲁迅的清寂，多是个体的悲凉感；木心看重鲁夫子的奇崛与沉郁，文字有千回百转之韵；陈丹青文字里透着《且介亭杂感》的风趣与好玩，温润里也是暗含幽愤的；邵燕祥的杂感是从《二心集》、《准风月谈》里流出的，作者会同着己身的经验，偶也能露出匕首与投枪的力量；汪晖把鲁迅与现代哲学联系起来，使现代文学具有了与欧洲文化对话的文本，鲁迅的复杂并不比卡夫卡、加缪、萨特差，甚至流动着更为激越的哲思。每一个人面对鲁迅时，都呈现出不同的姿态。莫言的选择在更为宽广的天地间，把自己的个性凸现出来了。他代表的不是书斋里的文人，也非文化精英，而是土地上的千万个农民。

这个选择是自愿的,我相信不是来自鲁迅的神启,而是心灵的召唤。莫言是与鲁迅相逢的人,而非亦步亦趋的鲁迅族。他在与鲁迅对视的瞬间体味到了神秘的一隅,那一瞬他被击中了。鲁迅那一代背负着更为沉重的东西,因袭的重担和反叛的怒吼使其文字流动着无尽的意象。文而野,野而文,多致的文化之光在闪动着。鲁迅在反抗旧文明时,更多是抗拒自己身上的鬼气,所以书的字里行间,有历史的长影。莫言这一代,抉心自食的惨烈被新的东西置换了,历史咀嚼的长度超出自我拷问的长度,他的兴奋点集中在乡民社会的漩涡里,处处显示了单纯的恢弘和浑浊里的伟大。他穿越了鲁迅的影子,将一个被简约的、混沌的世界明晰化了。

在一个远离鲁迅的地方和鲁迅相逢,看起来是不可思议的。我们今天的文化语境与“五四”的背景越来越远了,没有古典艺术背景下的当代文学,能再现曹雪芹、鲁迅的意象吗?莫言清楚地知道,历史远远地去了,这一代人有自己的笔墨世界。而不幸的是,文人在切入社会的深处时,忽然发现,不得不与鲁迅的主题重叠。龚自珍当年曾感叹历史的轮回,以为无法超然于杜甫之上,人们现在歌咏的,多在杜甫的绿荫下。有什么办法呢?这是历史进化的迟缓,还是智慧进化的迟缓,已不是一个文学的话题。我们当代文学只是在这个层面上,沟通了一个丰厚的传统。莫言在文学史上,不是孤零零的独行人。他的前面和后面,都有亲近的伴侣。

(原载《当代作家评论》2006 年第 6 期)

童年记忆 文学境界 男性视角
——艺术内外说莫言

◇贺立华

尊敬的范素华院长、老师们、同学们：

大家下午好！很高兴来到女院说莫言的故事。

诺奖得主莫言实际上是和我们大家一样的普通人。文学之外的莫言原本就是在高粱地里扑腾刨食的农民，尔后参军入伍写小说，直到他荣获了诺贝尔文学奖，走到了世界顶级文学奖台，他仍然称自己只不过是一个讲故事、写小说的农民。他创造了神奇的文学世界，过着最普通的中国人的日子。细数莫言几十年普通“人”的故事与他百余部传“神”的小说，也许我们会发现莫言文学内外的一些有趣的联系……下面，我想就老师、同学们提出的三个方面的问题，作以下介绍：

一、童年记忆是莫言文学创作丰富的库存

说起莫言童年，应该有这样几个关键词：饥饿、孤独、屈辱、恐惧、从多言到莫言。1955年2月17日，莫言出生在山东省高密县东北乡大栏乡的平安庄。那时候家里穷，生孩子去不起医院，莫言就出生在老宅子北屋的炕头上，是莫言奶奶和姑姑给莫言接的生。听着响亮的哭声，奶奶高兴地说“俺家又添了个拉车的”(指男孩)，遂起名管谟业。管氏是大家族，全家共14口人，都在一口大锅里吃饭。这个大家庭里对莫言影响最大的有三个人：

首先是莫言的爷爷。他并不是小说、电影《红高粱》里那样的土匪，而是一个很优秀的农民。他以忠厚善良、心灵手巧闻名乡里，他会种地，会做木匠活。虽没上过学，但能打一手顶呱呱的好算盘，有一肚子的野史学问，还能背诵大段的戏文唱词。莫言最爱听爷爷讲故事，这些故事为童年莫言打开了一个五彩缤纷、神奇无比的世界，这些故事不少已被后来的作家莫言写进了他的小说里。至今莫言还清晰地记得爷爷讲的

《两个虱子的故事》:城里的虱子要到乡下谋食,乡下的虱子要到城里谋食,路口相遇,互叹苦经。乡下的虱子说:“乡下破棉袄,一天三时找。一时找不到,低头下口咬。如不赶快逃,性命实难保。”城里的虱子说:“城里绫罗锻,一天三时换。别说吃不到,看都看不见。”两个虱子抱头痛哭,活活饿死在路上。①

其次是莫言的奶奶。奶奶也不是《红高粱》里的“我奶奶”那样“大胆地往前走”的女强人,但的确是个坚强能干的女人,不仅家务劳动样样在行,而且许多被农村妇女视为高难度的活儿,如接生孩子、剪红纸窗花、办理红白喜事,都做得很利索,很受人尊重。在奶奶那里,莫言受到了浓重的民间文化的影响,至今莫言还记得奶奶教的童谣:“一个老汉八十五,放起屁来如擂鼓。一屁崩倒太行山,两屁推平莱州府。美国鬼子来打他,一屁崩出两万五。”这些逗趣好玩的儿歌童谣,应该是莫言文学创作最早的启蒙教材了,它们生动可感的形象、夸张的语言表达,给了小莫言深刻的印象,也启蒙了他创作的灵性。

再一个对莫言影响很大的人是大哥管谟贤。谟贤比莫言大 12 岁,都属羊。1963 年管谟贤以高密县高考状元身份考入上海华东师大中文系,那年莫言只有 8 岁,刚上小学不久。小学生莫言十分崇拜自己的大哥,立志要做大哥那样的人,他喜欢读大哥留在家里的作文和初中、高中的语文课本。莫言喜欢写作,最初的指导老师就是大哥。大哥是莫言小说的第一个读者,也是莫言小说第一个严厉的批评家,应该说没有谟贤就没有后来的诺奖得主莫言。

莫言 1961 年上小学,是个很爱说话的调皮孩子,但学习很好,尤其是作文好,常被老师拿来作范文读。1966 年,11 岁的莫言正在读小学五年级的时候,“文化大革命”开始了,他和小伙伴们一起真诚地响应毛主席的号召,停课闹革命两年。莫言是从在上海读大学的大哥那里得知,毛主席光有 8341 部队保卫还不够,我们都要起来造反,保卫毛主席。于是,莫言和伙伴们也组织起了红小兵战斗队,他们学着红卫兵的样子,罢课、长征、串联,曾步行到胶县,在招待所住了一夜,“画了张地图”尿了床,就匆忙返校了(莫言童年伙伴张世家语)。班主任老师批评他不遵守纪律,他就造老师的反,骂老师是“奴隶主”。班主任和校长商量说,这学生非开除不可,不然不足以“杀一儆百”。幸亏有个姓王的老师替莫言开脱说:“这孩子学习不错,品德并不坏,还是毛泽东思想文艺宣传队的骨干,每次文艺演出都少不了他。演《老两口学毛选》时,扮演老头儿,嘴唇上粘一朵白棉花,手持一杆大烟袋,弯腰弓背,很有阶级感情,很受贫下中农欢迎。再说他还能自编剧本,会写唱词。如果把他开除了,这样的人才不好找呢。”于是学校就对莫言从宽处理,给以“警告”处分。对于这段小学生活,50 岁的莫言,在教师节来

---

① 文内的童谣儿歌及莫言的诗歌,均出自尚未出版的《莫言打油诗》电子稿。

临的时候怀着感恩之心，想起上小学识字之初的岁月写了这样的诗："……虽然上学少，师恩不淡薄。启蒙于老师，教我拨(b)泼(p)摸(m)。小学爱作文，张老师点拨。十岁受处分，原因是胡说。正直王老师，为我力开脱。佳节思往事，幽思难断绝……"(《教师节忆昔》)这首诗里说的王老师，就是那位替莫言说好话的老师。王老师说莫言会编剧会写的唱词，现在搜集到的有两首。一首是为宣传小麦新品种"鲁麦一号"莫言10岁时写的唱词："贫下中农听我吼，今年不种'和尚头'[①]。'鲁麦一号'新品种，蒸出馍馍冒香油。"另一首是小莫言看《列宁在十月》电影后写的茂腔唱词："列宁同志很焦急，城里生活有问题。马上去找瓦西里，让他下乡搞粮食。""贫下中农听我吼"、"列宁同志很焦急"等，虽然带有"文革"时代的色彩，但难掩小莫言遣词造句的能力和丰富的想象力。

1968年莫言小学毕业时，才真正领略了阶级理论的严酷：人生下来原来不是平等的，人群是要分类的。在只能推荐工人阶级、贫下中农子弟上学的年代，学习很好但中农出身的莫言是没有上中学资格的。12岁的莫言一下子沉到了社会最底层，成了生产队里的放牛娃。酷爱读书的莫言，看着别的孩子上学读书，他却只能去放牛了，这是一段莫言最刻骨铭心的伤感的日子。为此他写了许多"少小辍学"哀伤的歌，比如："少小辍学业，放牧在荒原。蓝天如碧海，牛眼似深潭。河底摸螃蟹，枝头掏鸟卵。"(《忆往昔一》)比如："少时辍学牧牛羊，蓝天如海鸟飞翔。天南地北大地书，胶河滔滔向东方。"(《忆往昔三》)莫言太渴望读书了，不能上学就自己千方百计找书来读。他最早看的几部长篇小说是《林海雪原》、《海岛女民兵》、《吕梁英雄传》，都是借来的。本村的书看完了，就去邻村借，方圆十几里村庄的书几乎都借遍了。为了能借到书，莫言主动帮有书的人家去推磨，用自己的劳动换书读，推一圈能看一页，甚至推十圈才能看一页……就这样少年莫言读了《水浒传》、《红楼梦》、《三国演义》、《西游记》、《聊斋志异》等大批中国古典小说。因渴望而读来的书是不会忘的，是能够和莫言的心交流的。这样读来的书，日后就成了莫言所掌握的知识。

爱读书的莫言渴望交流。莫言原本是个活泼爱动、爱说话的孩子，但失学放牛的只有莫言一人，找不到交流的伙伴。回忆那段孤独的日子，莫言这样说："村子外边是一望无际的洼地，野草繁茂，野花很多，我每天都要到洼地里放牛，因为我很小的时候已经辍学，所以当别人家的孩子在学校里读书时，我就在田野里与牛为伴。我对牛的了解甚至胜过了我对人的了解。我知道牛的喜怒哀乐，懂得牛的表情，知道它们心里想什么。在那样一片在一个孩子眼里几乎是无边无际的原野里，只有我和几头牛在一起。牛安详地吃草，眼睛蓝得像大海里的海水。我想跟牛谈谈，但是牛只顾吃草，根本

---

① 和尚头，旧时小麦品种之一，麦穗无芒，产量较低。

不理我。我仰面朝天躺在草地上，看着天上的白云缓慢地移动，好像它们是一些懒洋洋的大汉。我想跟白云说话，白云也不理我。天上有许多鸟儿，有云雀，有百灵，还有一些我认识它们但叫不出它们的名字。它们叫得实在是太动人了。我经常被鸟儿的叫声感动得热泪盈眶。我想与鸟儿们交流，但是它们也很忙，它们也不理睬我。我躺在草地上，心中充满了悲伤的感情。在这样的环境里，我首先学会了想入非非。这是一种半梦半醒的状态。许多美妙的念头纷至沓来。我躺在草地上理解了什么叫爱情，也理解什么叫善良。我学会了自言自语。那时候我真是才华横溢，出口成章，滔滔不绝，而且合辙押韵。有一次我对着一棵树自言自语，我的母亲听到后大吃一惊，她对我的父亲说：'他爹，咱这孩子是不是有毛病了？'后来我长大了一些，参加了生产队的集体劳动，进入了成人社会，我在放牛时养成的喜欢说话的毛病给家人带来了许多麻烦。我母亲痛苦地劝告我：'孩子，你能不能不说话？'我当时被母亲的表情感动得鼻酸眼热，发誓再也不说话，但一到了人前，肚子里的话就像一窝老鼠似的奔突而出。话说过之后又后悔无比，感到自己辜负了母亲的教导。所以当我开始我的作家生涯时，我为自己起了一个笔名：莫言。"[①]在这期间，孤独的莫言对于读书有着疯狂渴望，他曾写信给当时的教育部部长周荣鑫，表达自己想上大学的心愿。不久，他收到了回信，信上说："好好劳动，等待贫下中农推荐。"

饥饿与屈辱是童年莫言难以忘怀的记忆。1959 年春天，莫言一家同全国人民一样进入所谓"三年自然灾害时期"，开始挨饿。那时候不少人被饿死。莫言能活下来，算他命大。3 岁的莫言最初始的记忆就是知道饿，野菜、树皮都吃光了，还是吃不饱。说来也怪，人越穷，粮食越少，反倒吃得越多，莫言的饭量出奇地大，而且吃得很快，有时会招来"饿死鬼转世"的笑骂。他后来曾写过一首《忆童年吃鸡蛋》的诗："不才生在平安庄，从小吃草与秕糠。忽然一日吃鸡蛋，犹如打开一扇窗。"由此可知，能吃到鸡蛋，对于童年莫言来说是多么奢侈、多么稀罕的事。在莫言的作品中，经常出现咏叹赞美食物的篇章，这应该与他童年"饿怕了"的饥饿有关。莫言最早的作家梦想也是源于"吃"。莫言家邻居曾住过一个被打成"右派"的山东大学毕业生，莫言从他那里得知，作家出本书就可以得到上千元稿费，就可以一天吃三顿饺子，而且还是肥肉馅的……于是饥肠辘辘的小莫言为了能一天吃三顿饺子，就种下了当作家的梦……

一年秋天，小莫言在地里干活，又累又渴又饿，他忍不住跑到生产队的胡萝卜地里偷拔了一个胡萝卜吃，那萝卜真甜啊。一个萝卜没吃完，就被革命干部发现了，把莫言押解到地头，让他跪在毛主席画像前请罪。在一起干活的莫言的二哥看到小弟受此奇耻大辱，又疼又气，放工的路上忍不住对弟弟拳打脚踢。回到家里，父亲母亲接着再

---

① 莫言：《小说的气味》，春风文艺出版社 2003 年版，第 46～47 页。

打。那一天如果不是莫言爷爷出面保护，非把莫言打死不可。一生正直谨慎做人的莫言的父亲，决不允许自己的儿子为他丢脸。这个真实的故事就是后来莫言成名作《透明的红萝卜》的原型素材。莫言说，里面那个始终默默不说一句话的“小黑孩”就是我。我曾对莫言说：“饥饿与屈辱的童年记忆，成就了作家的辉煌。”但莫言却说：“我宁愿后来写不出作品，也不愿要那样的童年。这也就是我女儿出生，给她起名‘笑笑’的原因，就是想让我们的孩子们笑着生活，永远不要再哭。”

由于饥饿、折辱、无数次的打骂、外部世界的险恶，他变得恐惧，爱说话的莫言，默默无言，不再说话了。但他对外部世界却变得更加敏感，他的味觉、嗅觉、听觉、触觉异常灵敏，他对色彩、气味、声音、温度的感觉特别强烈……和人交往，他总是小心翼翼，更加善于察言观色。他多次说：“我总是害怕”，“怕陌生人，怕干部，怕城里人，怕售货员，怕供销社……”“只有在写作的世界里，我谁也不怕。”莫言这种十分悲凉且十分深刻的恐惧感，也是他勤奋写作的根由。他已经把自己的生命融到小说的写作里。只有写作，他才快乐，他才自由，不写就没法活下去。这大概就是莫言写作成功的奥秘之一吧。今天莫言荣获诺贝尔文学大奖了，但他并没有感到幸福，似乎变得更加恐惧。这就是他的性格：在万众瞩目之下，在热闹的鲜花掌声之中，年过半百的莫言，已经没有了少年时期“天下因我知高密”的狂气，更多的是冷静的自省、自律、自警的心态，他谦卑地告诉读者“我写的东西并非字字珠玑啊”……

二、莫言小说艺术的三重境界

莫言 21 岁参军，参军的目的就是为了吃饱饭，还能有书读。从 1981 年《春夜雨霏霏》登陆《莲池》开始，到 2011 年的《蛙》荣获茅盾文学奖，再到今天获诺奖，莫言小说创作已经有三十多年的历史。这三十多年，莫言匆匆走过了世界文学史从文艺复兴到启蒙运动再到 19 世纪现代艺术盛期，长达数百年的文学之旅，恶补了从中国古典诸子百家到“五四”新文学几千年的浩如烟海的经典阅读大课。

细检莫言的阅读和接受，我觉得对莫言影响较大的外国文学有如下作家作品：前苏联肖洛霍夫（1965 年获诺奖）《静静的顿河》，拉美作家马尔克斯（1982 年获诺奖）《百年孤独》，福克纳（1949 年获诺奖）《喧哗与骚动》，西班牙略萨的（2010 年获诺奖）《潘达雷昂上尉与劳军女郎》，日本大江健三郎（1994 年获诺奖）《被偷换的孩子》、《愁容童子》、《二百年的孩子》、《别了，我的书！》以及获诺奖作品《个人体验》等。

中国文化长河有多个源流，对莫言产生影响的不光是儒家这一派，更重要的是道家一派，尤其是老庄思想，庄子为文天马行空、汪洋恣肆；汉大赋的气象万千，极尽铺陈之能事，对莫言影响巨大。生活在齐鲁大地的莫言，实际上受鲁文化影响并不大，倒是齐文化的自由思想以及风化流行在齐地的民间文化，对莫言影响巨大。中国古代作家对莫言影响最大的是蒲松龄的《聊斋志异》，莫言称《聊斋志异》“是我的经典”，称蒲松龄是“蒲爷爷”；熟读马列经典的莫言，对基督教文化和佛教文化都很感兴趣，相比之下，我感到佛教经典对莫言人到中年后的写作影响巨大。

边读书，边创作。“文革”之后，自由解放的读书的空气，诱使莫言那些沉积在心底的童年故事，那些饥饿、孤独、屈辱、恐惧的记忆，好似打开闸门的长江大河，万马奔腾，一泻千里；那些备受压抑的爱和恨，渴望和愤怒，像火山爆发，岩浆喷涌……他的天生的敏感和丰富多彩的想象力，使他笔下的天地万物、万千气味，风生水起，使他的小说文字成了有气味、有声音、有温度、有形状、有感情、有生命的活体。

勤奋的莫言从不懈怠，每年都有新作问世。三十多年来，莫言创作了11部长篇，100多部中短篇。他从不重复自己，每一部小说都是力图选取独特的题材领域，创造独特的结构，塑造独特的人物形象。粗略梳理莫言三十多年的创作之旅，可以发现作家创作主体意识经历了三度跃迁，小说创作跨越了三重境界。三重境界的代表作分别应该是《红高粱》、《檀香刑》和《蛙》。

《红高粱》写作时期，他的天马行空般的自由，完全是一种无意识的自发状态，他笔下生风，呼唤人性，张扬英雄，从“文革”高压和贫穷里走出来的青年莫言，内心里充满了“佛头涂粪”、无所不能、横扫一切的豪情。在歌唱“爷爷、奶奶”英雄气的时候，作家自己居高临下，心里也是十分的英雄。

如果说《红高粱》是青年莫言天马行空的产物，那么《檀香刑》则是莫言以平民姿态在大地上行走、边走边唱的作品。这是《红高粱》诞生二十年后的作品了。45岁的莫言，已成为成熟老到的作家。被誉为“先锋派作家”的莫言，此时却公开宣称：我要“撤退了”，“《檀香刑》是我的创作过程中的一次有意识的大踏步撤退”。他要撤退到民间，他要把庙堂雅言、用眼睛阅读的小说拉回到小说原本的母体模样，还原成用俗语俚曲说唱式的、大庭广众用耳朵听的艺术。此时莫言已经改变了《红高粱》时期居高临下的姿态，他有意识地降低了身段。他在给山东大学研究生讲课时说过这样一个观点，那就是“我就是农民，就是老百姓，我的写作就是‘作为老百姓写作’”；《檀香刑》发表后不久，他在南京大学讲学时再次称“我是作为老百姓写作，而不是常说的为老百姓写作”。莫言从“为老百姓写作”到“作为老百姓写作”虽然只是一字之差，却反映莫言写作立场的变化，这是心境的变化，显示了创作主体意识的跃迁。细究这个转变，我以为源于莫言对于普通百姓读者、对于民间文化更深的体察和理解，对于中国古代话本小说精髓——“话须通俗方传远，语必关风始动情”——的深刻了悟；还有他对自己过去作品现代小说技巧的反思；也许还有莫言的长兄管谟贤先生在莫言《红高粱家族》后期创作的提醒——“兄弟，小说探索创新很好，但可不能写的连我这样的人也读不懂啊！”

《蛙》是继《红高粱》、《檀香刑》之后作家主体意识的又一次深度跃迁。这是作家天命之年后的作品了。在2011年9月召开的莫言作品《蛙》讨论会上，有点谢顶的56岁的莫言，低调随和，十分谦卑。他的小说《蛙》也不再歌唱人，不再张扬英雄气，而是在拷问人类，拷问人的灵魂，拷问作家自己的灵魂，这是一次灵魂深处的革命，正如莫言所说"我是把自己当罪人来写"。从"作为老百姓写作"到"把自己当罪人来写"，这是一次伟大的跨步。这是莫言创作三十年来，第一次发出这样的声音，宗教般的忏悔意识也第一次出现在莫言作品中。尽管在这之前，莫言也说过自己写人物的原则是"把好人当坏人写，把坏人当好人写"，可以说那只是一种写作技巧和手法而已。但这一次却不仅仅是技巧，而是灵魂深处的"革命"。莫言在《蛙》中借给杉谷写信的剧作家蝌蚪之口这样说："十几年前我就说过，写作时要触及心中最痛的地方，要写人生中最不堪回首的记忆。现在，我觉得还应该写人生中最尴尬的事，写人生中最狼狈的境地。要把自己放在解剖台上，放在聚光镜下。""二十多年前，我曾大言不惭地说过：我是为自己写作，为赎罪而写作当然可以算作为自己写作，但还不够；我想，我还应该为那些被我伤害过的人写作，并且也为那些伤害过我的人写作。我感激他们，因为我每受一次伤害，就会想到那些被我伤害过的人。"[①]贯穿全书的几乎都是这种沉郁伤感的调子，弥漫着浓重的忏悔意识。他从《红高粱》天马行空的自由挥洒，到行走在民间的《檀香刑》说唱，再到潜入人灵魂的《蛙》的忏悔，莫言开始了悲天悯人，开始对人类生存困境更深度的思考，这才是莫言创作的新境界。有无忏悔意识，可以说是一个民族、一个政治组织、一个国家优劣等级的重要尺度之一，同理，这也是一个作家是否能成为世界级作家的重要尺度之一。莫言获奖长篇《蛙》里所表现出的慈悲忏悔的情怀，令人肃然起敬。在《莫言打油诗》里，我们似乎可以看到作家这般心境得以跃迁的原因。比如："世上本无事，庸人自扰之。富贵如浮云，功名皆虚拟。往昔是幻景，今朝似梦臆。心静如止水，正定求真谛。"(《真谛》)如："我心早已归佛陀，暂寄红尘因求学。智慧圆通时辰到，此身化为一枝荷。"(《一枝荷》)如："人眼向外观事物，佛祖教我观内心。生死只是因多欲，放下即证菩提心。"(《菩提心》)如："心中存有无量佛，一苇即可渡大江。莫道人生多愁苦，回首即是好时光。"(《回首》)如："我心化作一枝荷，亭亭净植思无邪。虽出淤泥而不染，香远益清质高洁。"(《我心》)

我不知道作家莫言是否已经皈依佛教。我一点都不奇怪追求真善美的莫言对于佛家经典的喜爱。打油诗里所表达的这些回归内心的自悟、自省、不欲不求、宠辱不惊、"思无邪"的心态，确实是《红高粱》时期《天堂蒜薹之歌》、《酒国》里所没有过的。这种淡泊名利、心静如水的境界，确实是青年时期的莫言所没有过的。这种自悟的内心

① 莫言：《蛙》，上海文艺出版社2009年版，第179页。

拷问的功夫,“人眼向外观事物,佛祖教我观内心”,确实使莫言的《蛙》出现了前所未有的新境界。这些打油诗表达了叱咤风云之后中年莫言的真向往、真性情。但是我还是读出了莫言的许多矛盾:莫言的这种“悟”,只能说是历经劫难的莫言“在路上”的一种“渐悟”;“智慧圆通”“一枝荷”,只是莫言一厢情愿的“心”向往之。自幼深受儒家文化积极入世思想影响的莫言,还不可能脱离红尘。这是莫言儒家和释家两种文化思想深刻的矛盾。作为读者而言,我更喜欢入世和出世之间这样矛盾着的灵魂不安宁的莫言,更喜欢勇于干预现实的“问题小说”家的莫言,充满忧思和悲悯的《蛙》实际上就是莫言灵魂矛盾的产物。追求灵魂完满的弘一法师固然无可指责,但多灾多难的祖国更需要“二十文章惊海内”的文化大师李叔同;“净植无邪”的“一枝荷”固然“香远益清质高洁”,但那终归只是一人静好。今天,改革转型时代的中国,更期盼“栽罢萝卜种高粱”的莫言,告别檀香放下蛙,整装再出发。

三、对女性的尊重与男性作家视角

莫言三十多年来所写小说里的女性形象,大都是赞美的对象:处女作《春夜雨霏霏》赞美了军人温柔多情的新婚妻子对远方带兵丈夫的思念之情。早期代表作《红高粱》里热情地讴歌了敢爱敢恨的“我奶奶”。《丰乳肥臀》更是对多灾多难、坚忍不拔的伟大母亲的歌颂。此书写作期间莫言的母亲不幸去世,悲痛万分的莫言在该书出版的扉页上写道“谨以此书献给母亲的在天之灵”,表达了对母亲的深切的思念。

综观莫言文学世界里塑造的女性形象可以发现,莫言以生花妙笔毫不吝啬地赋予女性以宽厚、善良、美丽、多情的胸怀和品性,这些女性几乎都产生于民间乡村,却以既质朴又妖娆的独特气度丰富了中国文学中女性形象画廊。莫言的研究生王美春博士曾对莫言小说中的女性形象作过细致的梳理。在她看来,这些女性形象可分为四类:

一是理想的集“真善美”于一身的女性形象。比如《红高粱家族》中的“我奶奶”戴凤莲,这是一个热情美丽的乡村女子,但却离经叛道、敢爱敢恨,她那轰轰烈烈的爱情和压倒须眉的英雄气尤其打动人心,而莫言用这个野性奔放的女性和她那不按牌理出牌的土匪情人形象颠覆了我们以往所认可的抗日英雄的刻板印象。而“我奶奶”经过张艺谋电影中巩俐的出色演绎,已经部分地成了中国女性国际代言人,这种质朴而妖娆的美丽独一无二。在莫言那部无情地鞭笞刽子手、残酷地解剖人性大恶的小说《檀香刑》里,人性的大善也集中地体现在女性身上。那个善良淳朴的“狗肉西施”、知县情人孙眉娘既漂亮单纯又勇敢无畏,而钱丁夫人面对“插足”的“第三者”竟然没有落井下石,反而出手相救,也表现出人格的豁达与深明大义。小说《鱼市》中的鱼市女子徐凤珠厉害泼辣却又美丽温情,《白棉花》中的棉花厂俏丽女工方碧玉为了理想爱情不惜牺牲名节，在棉花垛中暗筑爱巢；《民间音乐》中小酒店俊俏的老板花茉莉为了和民间音乐家小瞎子成就美满姻缘，不惜抛家舍业追随而去……作家赋予这些美丽多情的女子以坚强而丰富的内心世界以及个性的独立和自由，她们充满生命活力，可以为了自由与理想的人生不惜一切代价去追求，哪怕身败名裂也心甘情愿。这份勇气和豪情似乎也裹挟着古代齐地今日鲁东大地特有的那种民俗民风，令人动容。

二是“大地之母”形象。这些可敬的母亲或许并不完美，但是她们胸怀博大，忍辱负重而任劳任怨。如《丰乳肥臀》中的母亲上官鲁氏，为摆脱“无后为大”的罪过而“主动”向丈夫之外的多个男人“借种”，含辛茹苦养育了九个儿女（其中就有一对与瑞典传教士所生的混血双胞胎）。后来母亲又帮助孩子们养育孙辈，即使这些孩子的父母政治观点对立如敌，但在母亲这里统统一视同仁，孩子们都承受她无私的爱怜。母亲曾经历了无数饥馑、战乱与变革而坚韧顽强地活下来，对亲人的爱和对生命的爱让她陡增生活着的勇气和智慧。在小说《粮食》中，梅生娘善良自尊，在饥荒年为养活孩子、为摆脱保管的侮辱而不得不生吞整粒粮食，这也是一个令人尊敬的母亲。《欢乐》中的母亲为给高考落榜的儿子筹措复读的学费，不惜颜面出门去乞讨。作品《姑妈的宝刀》中孙姑妈身兼父亲、母亲、祖母等多重职责，像老母鸡爱护小鸡雏一样爱护儿孙……母爱是伟大而崇高的，如果说作为女人她们身上或许还有着被人说三道四的道德弱点，但是作为母亲她们舐犊情深，非常让人尊敬。

三是诡秘莫测的幻魅女性。如：《怀抱鲜花的女人》中的漂亮怪女人怀抱鲜花，面带微笑，但是如鬼魂般对男人无止境地纠缠，却让毫无担当感的男人狼狈不堪；《长安大道上的骑驴美人》中长安大道上骑着毛驴打扮古典的美人神秘地从天而降，可以扰乱秩序，甚至引起交通事故，这种美的力量神秘莫测；《翱翔》中的燕燕不甘包办婚姻，在结婚的当天就试图逃出洪家，在村人的围堵中像一只美丽的大蝴蝶，突然飞翔起来，飞出了包围圈最终却被利箭射中倒地；《秋水》中的神秘黑衣女子在秋水的包围中为父报仇；《夜渔》中的神奇女郎深夜帮助少年捕捉螃蟹……这些幻魅般的女子如蒲松龄笔下的花妖狐魅，给作品平添了一层神秘色彩，显示了作家对幻梦世界的另类想象。

四是各式敢于担当的乡村女性形象。这一类女性在莫言作品中占有重要的地位，莫言通过描写她们，通过展示敢于承担苦难的乡村女性的耐心和韧性来凸显自己的女性观：“女人是建设者，男人是破坏者；男人需要女人支撑，给予力量；男人总在拼拼杀杀，留下烂摊子总是女人收拾。”[①]比如《白狗秋千架》中的暖年少时不小心从秋千架上摔下来瞎了一只眼睛，后嫁给一个哑巴生了三个小哑巴，但是她却不愿意认命，特别想要一个会说话的孩子做伴；《断手》中的留嫂先天一只胳膊长一只胳膊短，带着一个不

---

① 王美春：《莫言最擅长的就是描写女性》，2012年10月12日《都市女报》。

明来历的小女孩儿，坦然面对人生的不如意，完全靠自己的力量采桑、养蚕，自强自立；《四十一炮》中的杨玉珍也是一个非常自尊的奇女子，丈夫跟人私奔，她和儿子相依为命，并没有屈服于命运的安排，而是咬紧牙关艰苦创业，终于盖上大瓦房，过上了好日子。在近期的《蛙》里，莫言则是以自己十分敬重的、曾为自己接过生的姑姑为原型，讲述了姑姑这个从医50多年的山东高密地区妇产科医生的传奇和悲剧人生。她有过神采飞扬的青春岁月，也经历过恋爱挫折，她的男友驾飞机叛逃台湾，而自己被认为是汉奸，被骂做“破鞋”。姑姑曾被乡亲们视为“送子娘娘”，把一个个小生命迎接到人间，后来却响应党的计划生育号召又不得不在无奈的叹息声里终止一个个小生命的成长发育，被视为“杀人的魔王”。姑姑内心遭受了痛苦的折磨和煎熬，但从本性上说姑姑对生命充满了尊重和关爱，她性格坚毅，面对人生的态度踏实而执著，具有丰厚而纯净的人生底蕴。此书获得了中国长篇小说最高奖“茅盾文学奖”。在莫言笔下，这些敢于承担苦难，面对人生挫折毫不畏惧、沉静应对的乡村女性或许不美丽，但是她们朴素坚忍的品格特别值得敬重；她们在乡村这贫瘠的土地上勤恳劳作，不懂什么高深的人生哲理，但她们毅然挺直了腰板，走出了坚定踏实的人生路。这是从乡村走出来的作家莫言献给故乡的礼赞！

细察莫言塑造的女性形象，我们发现莫言很少对其笔下的女性持批判态度。莫言小说中女性的那种浪漫精神是独特的，她们的美不是轻柔纤丽，她们的爱也不是花前月下，而是带着乡村的朴拙和坚韧，奔放而热烈，甚至是压制男性力量的；她们在经历太多坎坷、磨难之后，人最本质、最深处的生命力和丑陋也会一并出现。莫言站在永恒的人性高度，以苦难、原始的状态，表现着人们各自的生存本相。莫言的家乡山东高密县地处古代的齐国，齐文化洋溢着自由精神，婚姻恋爱观念也非常开放。在这种风俗民情中长大的莫言也耳濡目染，他小说中那些离经叛道、崇尚自由的奇女子即由此而来。

现实世界里的莫言同样是一个特别尊重女性的好父亲、好丈夫。他无比地疼爱自己的女儿笑笑，有时莫言头疼感冒、小病小灾或心情不快，他总是瞒着宝贝女儿。上帝不负莫言对女孩的喜爱，去年女儿笑笑为莫言生了个外孙女，莫言更是喜爱有加，起名“苗一诺”，表达了外公莫言对千金孙女的无限寄托。

特别令人敬重的是诺奖得主莫言对自己妻子的那份相濡以沫的感情。年长莫言两岁的妻子杜勤兰，只读过小学三年级，是个地地道道的朴实的农村姑娘。她是农民莫言当年在棉花加工厂干临时工的工友，莫言21岁参军前就和她订婚。参军入伍提干当官，并没有影响莫言对妻子的感情。莫言的处女作《春夜雨霏霏》所赞美的那个温情的妻子，实际上就有自己妻子勤兰的影子。《透明的红萝卜》、《红高粱》为莫言带来了荣耀，20世纪80年代中期，莫言成了誉满全国的著名青年作家，拥有众多粉丝，也曾有优秀的女孩为莫言倾倒，但莫言并没有移情别恋。现实生活中的莫言是个忠厚老实人，用他的话说“人家勤兰不容易，咱可不能没良心”；用他大哥的话说：“我们老管家还没出过陈世美，莫言要是那样，还不把我母亲气死。”杜勤兰虽然文化程度不高，但却是个聪明利落的贤妻良母。莫言家的老人孩子、亲戚里道、上上下下、里里外外，包括莫言除了写作之外的衣食住行茶米油盐一切营生，全由她一人打理。日常生活中，莫言简直像婴儿一样由勤兰照顾着……

由现实生活中莫言对于女性的尊重和爱，再看莫言小说对于女性礼赞般的描写，我们发现，莫言的小说文本强烈地表现出作家主体的男性视角，以弗洛伊德心理分析理论来看，这是俄狄浦斯情结中恋母情结视角。这是一种连莫言自己也未曾察觉的潜意识，这也许与莫言童年母爱的缺失有关。家里孩子多，又要辛苦劳作维持一大家人的生活，母亲以自己的言传身教来教育孩子做一个真诚正直的人，给孩子们以做人的启迪，但是母亲没有精力和时间给予敏感的莫言更多生活细致的关爱，所以在孤独、屈辱、挫折中成长的莫言有着更为强烈的对母爱温情的向往。莫言不光在艺术世界里而且在现实日常生活里都有一种男童恋母的潜在情绪，他十分享受结发妻子勤兰的温暖呵护，颇似在享受母爱。……这种情结的萦绕，总是使莫言的文学世界里潜含着一种女性的温情暖意和对爱的渴望。

（原载《山东女子学院学报》2013 年第 1 期）

莫言的“变形记”

◇黄发有

谈起莫言，总无法忘怀他的《透明的红萝卜》（《中国作家》1985 年第 2 期）、《红高粱》（《人民文学》1986 年第 3 期），印象深刻的还有《球状闪电》（《收获》1985 年第 5 期）、《爆炸》（《人民文学》1985 年第 12 期）、《金发婴儿》（《钟山》1985 年第 1 期）、《红蝗》（《收获》1987 年第 3 期）。这些作品全是中篇小说，这些作品都发表在 1985～1987 年。莫言是一个不愿意重复别人，更不愿意重复自己的作家。他在孤独的跋涉中，以蓬勃的创造激情反抗着强大的艺术成规的束缚，总试图在绝境中开辟新途。他的《天堂蒜薹之歌》、《十三步》、《酒国》、《食草家族》、《丰乳肥臀》、《红树林》、《四十一炮》、《檀香刑》、《生死疲劳》等长篇小说，如同连环炮一样，不断地激活我们日渐麻木的审美感觉。坦诚地说，莫言挑战极限的文学叙述总能出人意料地化腐朽为神奇，在山穷水尽处破壁而出，捅破那层长期蒙蔽我们的窗户纸。莫言的长篇令人震撼。那种泥沙俱下的叙述以排山倒海的气势，裹胁我们的阅读，如同迷魂阵一样，让我们疯狂、混乱、迷茫、找不到北。那种刺激是如此的强烈，但并不持久，甚至很快就让人感到疲惫。

每次重读《透明的红萝卜》，那些灵动而诡异的细节——黑孩抓住烧红的钢錾，手里冒出黄烟：他一棵一棵拔起红萝卜，对着太阳寻找那只透明的红萝卜——就像一根根细如发丝的银针，轻巧地直刺人心的隐秘地带。而《红高粱》的文字像流淌的高粱酒一样，在阳光下跳荡着一簇簇无色的透明的火，无声地点燃了我们内心中被沉重地压抑着的久违的激情。罗汉大爷自投罗网，用铁锹怒铲骡蹄马腿，被鬼子活剥了皮仍叫骂不止；他的被割下的耳朵，依然“打击得瓷盘叮咚叮咚响”。戴凤莲临死前的那段天问，更是惊风雨泣鬼神：“我的身体是我的，我为自己做主，我不怕罪，我不怕罚，我不怕进你的十八层地狱。我该做的都做了，该干的都干了，我什么都不怕。”这种异想天开的执著和飞蛾扑火的决绝，映衬出我们沉浸其中的唯唯诺诺、鼠首两端的苟活状态的苍白，甚至是龌龊，也让我们对自己少年豪情的流失与幻灭生出沉郁的感伤和无奈的叹惋。莫言的这两部中篇的奇思妙想，写出了几乎深藏于每个凡夫俗子灵魂深处的一种渴望，那就是从笼罩尘世的重重罗网中脱身，在高天旷地里自由自在地挥洒真性情。在作品字里行间奔涌着的激情，如同从火山口上爆发出来的岩浆，这种情感只能来自于忘却了日常生活和世俗功利的灵魂，是对现实世界的失忆，是悬崖撒手的飞翔。有不少人给莫言戴上“天才”的桂冠，在我看来，《透明的红萝卜》和《红高粱》是其作品中最具有天才光辉的杰作。

从烈焰到暗火

莫言的小说创作在不断地变化，无论是结构、语言、故事和情感，往往怪招迭出，不落俗套，突破惯性与惰性的重重围困，发掘新的艺术可能性。其早期作品《春夜雨霏霏》、《白鸥前导在春船》、《雨中的河》、《流水》、《岛上的风》等都笼罩着一种诗意化的想象，文字透明，感觉细腻，人物多为善与美的人格化身，在一种近乎矫揉造作的颂歌氛围中，弥散着淡淡的忧伤。对此莫言的反思颇为深刻，认为“片面真实的夸大”导致的是“总体的虚假”，“感情是虚假的，是准艺术”，是“缺少灵魂的、没有生命力量的纸花纸草”。[①] 正是对虚假自我的反叛，使莫言摆脱了空洞的抒情，像蛇蜕皮，像蝉脱壳，在摆脱文体的枷锁的同时，也使灵魂获得了自由。

1985 年对于中国文学而言，是一个重要的年份，更是莫言创作的一个转折点和分水岭。莫言充满自豪地说：“在长时期的个人自由受到压抑之后，《红高粱》张扬了个性解放的精神——敢说、敢想、敢做。”[②]莫言冲破了牢笼的艺术感觉充满了野性的活力，像一头强健的公牛，一会儿漫不经心地在原野上吃草，一会儿横冲直撞，顶翻其面前的所有障碍物。在《透明的红萝卜》和《爆炸》中，那种非凡而细腻的艺术感觉，让人领略到川端康成的神采，但莫言展示的不是那种日本文学中常见的阴柔的、病态的美丽，也不是那种冷漠的、静止的、纤毫毕显的白描。作家通灵的感觉饱满而富于激情，就像作品中的打铁炉里燃烧的煤块一样，能将生硬的、锈迹斑斑的铁块熔化成奔腾的铁水。

莫言曾谈到过“用耳朵阅读”和“用鼻子写作”，他说：“在写作的过程中，作家所调动的不仅仅是对于气味的回忆和想象，而且还应该调动起自己的视觉、听觉、味觉、触觉等等全部的感受以及与此相关的全部想象力。要让自己的作品充满色彩和画面、声音与旋律、苦辣与酸甜、软硬与凉热等等丰富的可感受的描写，当然这一切都是借助于

---

① 莫言：《我的“墓”》，《爆炸》自序，昆仑出版社 1988 年版。

② 莫言：《我为什么要写〈红高粱〉家族》，《小说的气味》，春风文艺出版社 2003 年版，第 20～21 页。

准确而优美的语言来实现的。"[①]就我个人的阅读感受而言，其80年代后期的作品活色生香，作家让所有的感觉器官都飞了起来，各种感觉相互串换，角色颠倒，就像一群穿错了衣服、走错了房间的孩子，让所有的秩序都乱了套，同时让所有最平常的事物，都在这些顽皮的、惊慌的、好奇的眼神的打量下，变得焕然一新，光彩照人。正如赵园生动的评述："一旦感觉与表达相契，那只笔就处处生新，使得成熟的事物亦如被闪电照亮般神异起来。"[②]

收入《红高粱家族》和《食草家族》的系列中短篇小说，风格比较一致，也一以贯之地体现了作家对"种的退化"命题的艺术反思。在《红蝗》和《生蹼的祖先们》、《马驹横穿沼泽》、《二姑随后就到》等系列作品中，食草家族的祖先们手指和脚趾缝里都生出了蹼膜，而近亲交媾导致了蹼膜粘连的孩子不断诞生，加上生蹼壮士被阉割，食草家族无可挽回地走向了衰败。蝙蝠靠蹼飞翔，外形如鸟却是哺乳动物，是低级动物向高级动物过渡的中间物。作家通过这一意象，寓言化地反思历史进程中创造精神的衰竭与生命激情的溃散。值得注意的是，其中的《复仇记》，大毛、二毛对老阮的复仇，是其名义上的父亲老四借助他们之手，对其亲生父亲的复仇，"复仇"在这里成了圈套和虚无的代名词。《天堂蒜薹之歌》(《十月》1988年第1期)等作品中逐渐增强的荒诞意味，来源于现实对作家的强烈刺激。

从《十三步》(《文学四季》1988年冬之卷)到《酒国》(湖南文艺出版社1993年版)，是莫言的过渡期。长篇小说《十三步》表现一个关在笼子里的疯子，喜欢吃粉笔，如果有人喂粉笔给他吃，他就滔滔不绝地讲故事；其中还塑造了一个嗜食火葬场死人肉的怪病患者。作品对知识分子的"笼中人"处境及其软弱、无能、曲学阿世的负面人格，以繁复的形式进行了入木三分的嘲讽。至于作品中视角与人称的频繁转换，又不无炫技的嫌疑，作家要魔术一样地搬出十八般武艺，让人眼花缭乱。但这种形式表演颇有障眼法的意味，添枝加叶、繁文缛节的叙述像疯长的野草一样，阻断了作品向更深层次的审美空间掘进的林间小径。《酒国》这部作品在出版后没有引起批评界的足够重视，作品以隐喻的方式，对惊涛骇浪之中的生命个体的麻木不仁、自欺欺人，进行了鞭辟入里的审美呈现，为那个特殊年代被扭曲的灵魂留下了珍贵的精神标本和症候描述。

在阅读90年代前期的莫言作品时，我常常能感应到文本缝隙中散发出来的感伤与迷惘，甚至盘旋着一种挥之不去的绝望。中篇小说《模式与原型》中的乡村青年"狗"，饱受歧视，过得"连狗都不如"，屈辱中莫名其妙地放了一把火，活活烧死了无辜的老母亲；《幽默与趣味》中处处碰壁的大学教师王三，通过变成猴子来获得"一种麻醉

① 莫言：《用耳朵阅读》，《小说的气味》，春风文艺出版社2003年版，第109页。

② 赵园：《读当代作家札记》，四川人民出版社1997年版，第196页。

的安全”;《梦境与杂种》中的树叶,用呕吐的方式偷粮食,结果被人弄大了肚子,只好沉水自杀。面对无限蔓延的精神废墟,作家也不能不流露出一种四顾茫然的颓唐和引而不发的沉痛。我个人认为,莫言此后的作品,其激情都有淡化的迹象。这种转变的主要根源应当是时代情境急速转换,社会文化矛盾错综复杂,让人是非难辨,无所适从;同时,这也是作家对其早期具有浪漫主义气质的激情进行反思的结果。莫言成名时期的创作综合吸收了西方现代主义、拉美魔幻现实主义、日本新感觉派小说的审美因素,但浪漫主义是其叙事情感的底色。在进入90年代以后,浪漫主义的欲望万能、矫揉造作和浮华激越,显得不合时宜。在经历了太多“假、大、空”的诱惑和欺骗之后,渴望“真实”成为具有普遍意义的时代心态,诗意与激情的消解,是当时流行的审美风尚。感伤是一种温和的宣泄,是受伤的灵魂自舔伤口的治疗,是转型期社会阵痛的缓释,是新时代的精神胜利法。正如米歇尔·蒙苏韦所说:“当世界显得过分粗暴(或者说荒诞,如萨特所说,我们被毫无理由地抛入其中的宇宙那样)的时候,想象便在物与我之间插进某些形象来抚慰我们……因为通过想象把忧伤体会、夸张、描绘一番,反倒减轻了钢针扎心般的痛苦,思痛是可以定痛的……归根到底,想象是一个奇特的卫兵,可以适应任何心境的需要,它的道德像风向标一样随风转动。”[①]

如果说莫言作品的叙事情感曾经是熊熊燃烧的烈焰,那么,90年代以后则是被幻灭的灰烬所包围的暗火。也就是说,其作品的叙事情感变得隐忍而内敛了。其《神聊》系列短篇小说的叙述表现得最为充分,叙述者退隐到后台,叙述语调冷静平和、张弛有致,语流迂回曲折,氛围神秘莫测,这和作家对蒲松龄小说以及传统笔记小说的借鉴有关。《拇指铐》、《月光斩》等短篇小说亦有异曲同工之妙。中篇小说《师傅越来越幽默》、《三十年前的一场长跑比赛》、《牛》、《藏宝图》等作品都有幽默和谐谑的成分,甚至有明显的恶作剧色彩。

值得注意的是,在价值层面,莫言也从早期的反叛走向了不直接表态的反讽。莫言在《红高粱》、《红蝗》等作品中惯用词与词、句与句、段落与段落之间的反衬达到反讽式观照,其“最美丽最丑陋、最超俗最世俗、最圣洁最龌龊、最英雄好汉最王八蛋”之类的词语爆炸在90年代已经让人见怪不怪,失去了冲击力。他的90年代的作品的语言风格开始转向平实,在平实中呈现一种成熟的审美意趣。从《怀抱鲜花的女人》、《模式与原型》、《幽默与趣味》到《沈园》、《我们的七叔》、《倒立》,作品的叙述者变得相对冷静和克制,即从外部观察世界。由于拒绝卷入的审美距离的维持,观察者从反讽情境中获得居高临下的超脱感和愉悦感。在《我们的七叔》中,七叔自称曾在淮海战场上立下

---

① [法]米歇尔·蒙苏韦:《论“新小说”中的想象》,柳鸣九编:《新小说派研究》,中国社会科学出版社1986年版,第540~541页。

战功，每逢节日就要穿上军装在村里游行，借此掩盖他曾是黄维兵团机枪班班长的经历。因为脱口而出的一句话——“我曾经为党国立过战功”，七叔被打成了历史反革命。在被押解到公社去处置的路上，一群押解者七次遇到了一模一样的黄牛、小孩和老头，为此而大受惊吓，四处逃散，“七叔”的罪名也就不了了之。在《长安大道上的骑驴美人》中，侯七和拥挤的人流一起，亦步亦趋地尾随骑驴美人和古典骑士，穿过了长安大道。当驴马后边只剩下侯七一个人时，“奇迹”的结局是：

> 白马翘起尾巴，拉出了十几个粪蛋子。
>
> 黑驴翘起尾巴，拉出了十几个粪蛋子。
>
> 然后马和驴像电一样往前跑去。

反讽所制造的非人格化作者与叙述者之间的距离往往内含喜剧因素，因为谁也不会明明白白地使自己陷入矛盾境地。这样，故意设置的相互冲突、互不协调的表象就制造了一种只能在笑声中松弛和缓释的心理张力。基于此，莫言的小说也从早期的悲剧风格向喜剧风格过渡。从《十三步》、《酒国》到《四十一炮》、《生死疲劳》，莫言的长篇小说表现出一种冷嘲的特征。在价值虚无感与精神幻灭感四处弥漫的精神地基上，消费主义与享乐主义像妖艳的罂粟花一样疯长。莫言以其孤傲的姿态表示一种温和的蔑视与反抗，对这样的无根时代倾泻自己的伤感、沉痛甚至绝望，对无意义的生存境况表达自己无奈的悲悯。莫言不愿意做高调的理想主义者，不愿意像堂·吉诃德那样与风车作战，做具有高度表演性的悲剧英雄。于是，只好选择下沉的姿态，扮演一个嘲笑伪理想主义的低调的理想主义者。但是，冷嘲也是一柄双刃剑，当作家以其犀利笔锋揭示出生存的荒诞时，也常常将自己和作品一齐抛掷进荒诞的无底深谷，正如尤内斯库所言：“‘荒诞’指的是缺乏目的……与宗教、形而上学和超验性断了根，人就成了个迷路人；其所有行动便变得毫无意义、荒诞和毫无用处。”[①]

孙猴子有七十二变，但他在变成小庙时，还是为了如何处置自己的尾巴而绞尽脑汁，最后也只能将尾巴变成旗杆。在莫言的变化过程中，也有几个问题值得注意：

1. 他写历史比写现实好

深入分析莫言的作品，不难发现他在历史的想象中犹如天马行空，用浓墨重彩的语言，将爱恨情仇、美丑善恶糅合在一起，就像打铁铺里大锤和小锤交替打击着烧红的铁块，此起彼伏，火星迸射，充满了内在的张力和强烈的节奏感。但是，面对现实，尤其是面对破败的乡村和被盘剥的农民，莫言的想象变得沉重起来，那种自由的激情一如被路障绊倒的马匹，被迅速膨胀的愤怒所控制。《天堂蒜薹之歌》中郁积的愤怒和情

---

① [英]马丁·艾斯林：《荒诞派戏剧》，中国戏剧出版社1992年版，第6页。

感，使作品的文体显得有些凌乱，情绪的过度宣泄使残酷的现实呈现为戏剧化情景，高羊、高马等核心人物的名字和性格都有平面化、扁平化的倾向，现实和人性的复杂性、丰富性和矛盾性被愤怒的洪水所淹没。莫言说他之所以创作这部作品是“出于对农民的一种同情，出于对下层生活的关注。当时我感到自己就是一个农民，虽然生活在城市，但骨子里还是农民”[①]。但是，这种急切的代言冲动使作品的叙述过于直接，过火的倾诉欲望使人物成为木偶，叙述视角和叙述距离也缺乏变化，丧失了《红高粱》和《球状闪电》中多视角穿插跑动、交叉换位的动感，给人浓得化不开的阅读感受。理性批判精神的匮乏也使作家只能展示那些浮在水面上的现实泡沫，难以揭示那些深藏于水面之下的暗礁，更无法像鲁迅那样以敏锐的怀疑精神从希望中窥见泯灭，从“黄金世界”里看见“地狱”。在《四十一炮》中，罗小通在追忆自己的成长史时，叙述如行云流水；在叙述双城市的肉食节时，笔触虽然夸张，渲染出一种狂欢的氛围，但还是给人凝滞的印象。

2.他写乡村比写城市好

莫言自称其高密东北乡“是一个文学的概念而不是一个地理的概念，高密东北乡是一个开放的概念而不是一个封闭的概念，高密东北乡是在我童年经验的基础上想象出来的一个文学的幻境。我努力地要使它成为中国的缩影，我努力地要使那里的痛苦和欢乐，与全人类的痛苦和欢乐保持一致，我努力地要使我的高密东北乡故事能够打动各个国家的读者，这将是我终生的奋斗目标”[②]。高密东北乡是作家与世界进行对话的隐秘通道。乡村在莫言笔下是抒情的、诗性的、自由的、激情蓬勃的空间，而城市在莫言的笔下则是功利的、虚假的、压抑的、欲望丛生的水泥丛林。在《丰乳肥臀》中，作家的笔触一旦涉及城市生活，语流就不再流畅，人物的面目也变得模糊，性格也有脸谱化的特征。《沈园》、《倒立》中表现的城市生活与人际关系，都有一种符号化与模式化特征，叙述者似乎总是站在一旁，嘴角挂着冷笑，阴阳怪气地打量都市食色男女的一举一动。《枣木凳子摩托车》和《长安大道上的骑驴美人》，通过乡村意象与城市空间的并置，潜在地寄托了作家的一种精神乡愁。《司令的女人》用直笔写乡村，采用让人物转述的曲笔来写城市。莫言说：“我自信可以写城市，而且我也写过城市。我的自信是建立在小说是写人、写人的情感、写人的命运这样一个基本常识的基础上的。”[③]不错，城市与乡村都是人的舞台。但是，莫言在潜意识里总是在抗拒城市，内心中对一个不可抗拒的他者进行强烈却又无力的对抗，在城市的包围之中试图挣脱城市的控制。这

① 莫言：《小说的气味》，第157页。

② 莫言：《小说的气味》，第42页。

③ 莫言：《小说的气味》，第88页。

样，记忆中的乡村就成为一块在幻想中暂时脱离眼前的城市生活的精神飞地。

3.他用儿童视角比用成人视角好

在莫言小说中，采用儿童视角的作品不胜枚举。儿童视角与作家的乡村记忆相辅相成。处于社会秩序边缘的儿童站在局外人的位置上，或沉迷于自己独立的内心，或以其仰望的视角，以一个少不更事的孩子幼稚而好奇的目光，不动声色地呈现世界的复杂性。儿童被压抑、被冷落的处境及其自由自在、不受拘束的本性之间的冲突，使叙述包含着一种潜在的对话关系。第一人称儿童视角既有追忆往事的向度，这种叙述是回忆性的，其情感基调是独白的、抒情式的；又有呈现性的向度，叙述者作为体验者身临其境，事件处于正在进行的状态之中，其情感基调是对话的、叙事式的。这两种向度往往混合在一起，很难作清晰的区分。在这两种情感中，一种如同在地面奔腾湍急的激流，一种如同表面平静而在地下横冲直撞的潜流。激流与潜流的相互错杂与相互转换，使作品的审美情感在激荡与沉潜之间跳跃，使作品的审美效果变得丰富和富于动态美，而不给人沉闷、单调、凝固不动的印象。儿童视角与社会现实的疏离，使作者能够较好地控制叙述的距离，《透明的红萝卜》、《拇指铐》为此类作品中杰出的代表。当然，作家也常常将儿童视角与成人视角杂糅在一起。像《三十年前的一次长跑比赛》和《姑妈的宝刀》、《梦境与杂种》等作品，都通过这种视角转换来凸显叙述的纵深感，开掘审美意蕴的层次感。但是，当这两种视角并置在一起时，儿童视角的独特与睿智常常反衬出了成人视角的苍白、疲惫与僵硬。有趣的是，当作家试图用儿童视角对成人世界的法则进行颠覆性的描述时，往往事倍功半，如《四十一炮》对双城市肉食节的叙述。

从奔腾到泛滥

在莫言的创作中，有一个非常值得注意的问题，那就是中篇和长篇的关系问题。其《红高粱家族》由独立发表的五个中篇《红高粱》、《高粱酒》、《狗道》、《高粱殡》、《奇死》组成，《食草家族》由五个独立发表的中篇《红蝗》、《玫瑰玫瑰香气扑鼻》、《生蹼的祖先们》、《复仇记》、《二姑随后就到》和一个短篇《马驹横穿沼泽》组成。就艺术水准而言，《红高粱》和《红蝗》最具有艺术冲击力，叙述最为饱满，叙述情感如奔涌的大河一样，浩浩荡荡，摧枯拉朽。而作品的其余部分作为这两个中篇的延伸、演绎与补充，在文气上显得并不连贯，甚至给人横生枝节的阅读印象。换句话说，这两个中篇耀眼的光芒，使作品的其余部分黯然失色，显得有些多余。《红高粱》和《红蝗》分别是《红高粱家族》和《食草家族》的第一部分，它们出手不凡，所奠定的基调对后续作品形成了一种潜在的规约，如同一座高峰投下的阴影，遮蔽了续写章节的身影，它们只能戴着镣铐跳舞。莫言顶天立地、藐视一切的自由创造精神也因为叙述时空的限制，变得束手束脚。

可以说，在《红高粱》时期，外来的舆论压力不仅无法遏止莫言的艺术探索，只会催生更加激烈的反叛，让个性之狼冲破重重围困。在某种意义上，将《红高粱》和《红蝗》扩充成长篇，是莫言给自己套上的一个枷锁。写成长篇后，作品在整体上变得血肉丰满了，但也变得臃肿了，就像被稀释了的高粱酒，装满了一个大坛子，但是那种浓烈的醇香也变得若有若无。

阅读《红高粱家族》和《食草家族》，感觉就像是先喝了一瓶茅台，接着连喝几瓶中档白酒。这样不仅无法渐入佳境，只会让人醉得麻木。《红高粱》和《红蝗》的高亢、奇崛、浑厚与驳杂，尤其是在文本深处如雷鸣电闪一样的、翻涌不息的青春激情，狂放不羁，没有任何畏惧。这是无法复制的，哪怕是作家自己试图将这种成功经验扩大化，同样会遭遇种种困难。像《红高粱》、《高粱酒》、《狗道》、《高粱殡》、《奇死》等内容，只是对《红高粱》某些片段的放大与特写，从整体来看，在叙述上具有插叙与补叙的味道，自然也不像《红高粱》那样纵横捭阖、酣畅淋漓。而纳入《食草家族》的整体框架中的“六个梦”，六个独立文本的差异性极其明显，拼贴在一起显得更加凌乱和分散，呈现出斑驳、模糊的碎片化效果；笼罩整部作品的魔幻与隐喻色彩也裸露出技术化的缺陷；一些叙述元素无法浑然天成地融为一体，像隐藏在水中的暗礁，使叙述的语流遭遇壅塞、阻断的尴尬。

更加值得注意的是这两部长篇的结构问题。屏风式的结构使作品各部分相互游离，就像是一堆散乱的珍珠，却没有一条线将它们串接起来。而且，作品中的不少叙事元素，在不同部分有交错重叠之处，一些地方显得啰嗦，头绪繁杂，给人叠床架屋的印象；另一些地方又显得太简单，缺少必要的背景交代与时空转换，跳跃的幅度太大，让人满头雾水。像《奇死》的最后一节，“我”的抒情和议论，就落入了卒章显志的俗套，显得有点突兀，虽然慷慨激越，但不无矫饰和空洞的色彩。莫言的中篇小说的叙述结构几乎拒绝采用单线推进的模式，大多采用双线、多线互动并行的复式结构，就像纵横交错的水系一样，循环往复，遥相呼应。而其独特的艺术感觉犹如湍急的水流，推动着叙事的船只在波峰浪谷里颠簸，在峡谷里飞驰，在追忆与现实之间穿梭，在虚实相生、半真半假的世界里扬帆。这些作品本身的叙述空间是开放的、立体的，但相对于其他作品而言，又是自足的、封闭的。也就是说，这些中篇的组合不是有机的融会，而是一种简单的拼凑，不仅没有相得益彰，而且反衬出了各自的局限。这种搭积木式的小说结构，具有某种随意性，在整体效果上显得破碎、刻板，机械、简单的加工方式在作品中留下了匠气的痕迹。这种操作方式所催生的思维惯性，也使莫言后续的长篇小说创作在结构上埋下了隐患，露出了一些破绽。其惊世骇俗的灵思妙悟由于得不到巧夺天工的艺术结构的支撑，在艺术表现力上也就不能不打一些折扣。

说句公道话，莫言的艺术感觉是超常的，是独特的，是难以替代的。那种上天入地、灵魂出窍、变幻莫测的想象，冲决了窒息我们日常生活的规范、制度化的条条框框和思维的栅栏，并以其打破底线的锐利考验我们的审美耐受力，为当代文学的发展不断地带来新的可能性。可能性在某种意义上正是文学理想的生长、发育与成熟的生命进程。在这种可能性的视野中，还蕴涵着超越的命题，即文学的历史发展没有最好，只有更好。静止的完美仅仅意味着活力的丧失。文学的发展只有在多种可能性的相互激荡与渗透中，进步才能成为现实，文学的世界才能更加丰富，更加绚丽。莫言是当代作家中的一个异类，他被不少批评家和读者推崇到极致，也被频繁地质疑。批评界向来喜欢归纳，拒绝分析，甚至以抹杀个性的代价来突出共性，但试图用大而化之的、泛指性的名词与分类来概括莫言，那注定是失败的。莫言始终以充沛的激情探索文学的"可能性"，对静止的、封闭的、保守的文学观念进行决不妥协的反动。莫言不能包揽中国当代文学所有的可能性，但他绝对是其中的一种极为重要的可能性。莫言的创作充满了混乱，他总是将对立的、异质的、风马牛不相及的东西聚合在一起，让它们相互碰撞、相互瓦解，但奇怪的是，其混乱所在，恰恰是其暗藏的生机之所在。莫言的作品总是呈现为美丑并存、人妖不分、生死循环、苦乐相依的高度复合的审美宇宙，站在道德主义的立场指责他对于丑恶的审视与表现，是危险的。一方面，在与现实的关系上，文学不是谎言，文学要直面藏污纳垢的历史、现实与人性的困境，就必须去切开欲望和暴力的病灶，而不是粉饰和遮蔽，更不是只能歌颂不能批判，用瞒和骗的伎俩纵容罪恶。另一方面，就审美层面而言，"一个作家应该可以大胆地、毫无愧色地撒谎，不但要虚构小说，而且可以虚构个人的经历"①。批评家不能以道德评判来限制想象的边界，更不能把想象与现实混为一谈。好的审丑艺术，是开放在地狱边缘的莲花，是刺向人性的漆黑深渊的一束光柱。当然，审丑也有自己的限度，不是病态的恋丑、溢恶，一味地沉溺于血腥的渲染，更不是将所有崇高、神圣的东西踩在脚下，贬抑为一钱不值的"干屎橛"、"系驴橛"和"拭疮疣纸"②，以丑恶的名义颠覆一切。

"三复叙述"是莫言的长篇小说惯用的模式，这让我们联想到《老子》中的经典表述："道生一，一生二，二生三，三生万物。"莫言抛弃了通篇采用全知叙事的单一视角，也抛弃了整体化、中心化的二元对立思维，拒绝以"我们"的名义发言，不管是什么样的声音都不能凌驾于一切声音之上，不能以道德优越感排斥异己。正如莫言所说："如果一部小说只有所谓的正确思想，只有所谓的善与高尚，或者只有简单的、公式化的善恶对立。那这部小说的价值就值得怀疑。"③《天堂蒜薹之歌》以三个视点讲述了同一个

① 莫言：《小说的气味》，第 41 页。

② 普济：《五灯会元》卷七，第 372 页。

③ 莫言：《捍卫长篇小说的尊严》，《当代作家评论》2006 年第 1 期。

故事，游吟的瞎子用歌唱的方式讲述，官方报纸用其陈词滥调模糊了真相，作家则用中立的立场展开叙述。《酒国》用“三重叙述”来构造镶嵌式的文本系统：检察院侦察员丁钩儿到酒国暗访“吃红烧婴儿”案件的内情，作家莫言与酒国的业余作者李一斗的通信，李一斗揭露吃人案件的九篇小说。三种文本和三重时空的分合，形成了一种旋转的、多声部的立体效果。丁钩儿、莫言、李一斗最终都被酒水所淹没，成为彻头彻尾的酒囊饭袋，而揭发酒国吃人事件的竟然是那位发明了“红烧婴儿”这道名菜的烹饪专家。从效果来说，《酒国》所采取的叙述模式与作品的叙述对象丝丝入扣，整体上也没什么明显的破绽，不同的叙述声音混合在一起构成的悖谬与反差，以及每种声音本身的口是心非与言不及义，有力地强化了作品的荒诞意味。也就是说，作家用荒诞的形式表现了一个荒诞的事件，进而窥见了荒诞的普遍性。我个人甚至认为，《酒国》是莫言迄今为止的长篇小说中，在结构艺术上最为成功的一部。至于《天堂蒜薹之歌》，作品虽然设置了三重叙述角度，但作家的激愤和叙述距离的失控，滔滔如江河决堤的语言淹没了叙述本身的独立性，也就是说，三重视角的设置名存实亡，没有达到应有的效果。

《檀香刑》分为“凤头部”、“猪肚部”和“豹尾部”。“凤头部”的“眉娘浪语”、“赵甲狂言”、“小甲傻话”、“钱丁恨声”，和“豹尾部”的“赵甲道白”、“眉娘诉说”、“孙丙说戏”、“小甲放歌”、“钱丁绝唱”，用你方唱罢我登场的轮换，别致地拓展了小说叙述的空间感。民间舞台上众声喧哗的嘈杂，象征着权威话语的没落与溃散。叙述视点的过度分散，也导致了叙述的平面化与离散化，缺乏有机的整合。或许正是意识到这种叙述的局限性，为了给叙述提供驱动力，作家在“猪肚部”改用全知视角，使作品在整体上呈现为“分—合—分”的空间结构。人物汇聚到舞台上，他们热热闹闹地演绎完各自的人生戏剧后，纷纷谢幕，“落了片白茫茫大地真干净”。这与“开端—高潮—结尾”的时序结构巧妙地形成了一种呼应。但是，综合而言，作品的每章独立性太强，像是一个个自成一体的中篇，尤其是“凤头部”和“豹尾部”，众多叙述者粉墨登场。他们都以“我”为中心展开独白，陈述事件的来龙去脉，偶尔也插叙一些随波逐流的身世之感和顾影自怜的内心冲突，在叙述效果上形成了一个个封闭的圆圈，很难实现一种相互对话的共鸣效果。也就是说，作家是通过声音来塑造人物，声音的性格就是人物的性格，但不同的声音之间并不发生交流与碰撞，都是自言自语。这样，每个叙述者并没有同时出现在一个舞台，在这个空旷的舞台上总是只有一个人在诉说与歌唱。

长篇《生死疲劳》中的三个叙述者西门闹（被枪毙后转生为六道轮回中的驴、牛、猪、狗、猴、大头婴儿蓝千岁）、蓝解放和作家“莫言”，展开了三重唱式的叙述。大头蓝千岁叙述了“驴折腾”、“猪撒欢”的全部和“狗精神”的一部分；蓝解放则叙述了“牛犟劲”的全部和“狗精神”的另一部分。“莫言”则叙述了“结局与开端”的全部，并在整部作品中反复以“元小说”的方式显身，以增强小说叙述的间离效果。叙述进程基本上采取了“正—反—合”的结构。作品对“半个世纪的土地”的重述，在历史反思的层面并没有超越陈忠实的《白鹿原》，也没有超越他自己的《丰乳肥臀》。在某种意义上，这类写作拥有的只是“革命历史小说”的反面，却没有自己的“正面”，而且作家们作为个体的特征暧昧不清，他们依然被裹挟在群体的声浪之中。“六道轮回”的循环时空，让我联想到《丰饶之海》，三岛由纪夫试图在四部曲中表达“和”、“武”、“奇”、“幸”四魂，各部的主人公松枝清显、饭沼勋、小月光公主、安永透，其迥然相异的性格正是四种独特之“魂”的印证与体现，梦与轮回的主题成为联结他们的隐秘的精神纽带。《生死疲劳》采用“章回体”和“六道轮回”的叙事结构，这固然会给阅读带来陌生化效果，但新瓶装旧酒的结撰模式，使新奇的形式具有某种装饰与点缀的意味。

从作品的文化厚度、精神含量与审美强度而言，《丰乳肥臀》是莫言长篇小说的高峰。家族的命运沉浮是整部作品的叙述中枢。上官家的八个女儿分别代表着百年中国的一段非同寻常的历史和灾难，她们复杂的婚姻状况一如繁杂的枝条，牵引出三教九流的男人的悲欢离合。这几个女人的命运正是在血与火中挣扎前行的整个民族的精神缩影。但是，其叙述形式似乎难以承载包罗万象的民间传说与历史奇观，写实与神话、历史与想象、肉欲与信仰盘根错节地纠结在一起，头绪繁杂，冲破了贯穿全篇的单一的时序结构，大有泛滥之势。尽管作品的叙述视角不无变化，并不像一些人批评的那样通篇采用全知叙事，但视角的调整与过渡似乎过于随意，缺少穿透力与立体感。第七章结局的“倒插笔”，或许正是作家试图修补结构与叙述之间裂缝的努力，但这种一反常态的策略，效果并不明显。作品喷射状的语流使叙述缺少简繁的对照与详略的变化，层次感不清晰，显得臃肿而芜杂。作品的叙述速度大多处于奔袭状态，节奏感不明显，如同一泻千里的洪水，缺少迂回与沉淀，作家的笔触就很难深入到人物幽曲的内心世界，历史进程呈现为一种浑浊的、渺茫的急流。

特别值得注意的是，莫言的长篇小说《四十一炮》是根据中篇《野骡子》扩写而成的。莫言说：“《野骡子》只有 3 万多字，没有机会让罗小通把炮打响，但我知道，他应该把炮打响。”[①]这部作品的叙述也是三线并行，即“我”的回忆、“我”想象中的兰大官的情色史、“我”向大和尚倾诉时双城市的人间闹剧。作品中表现的民众对于“五通神”和“肉神”的狂热，以及反复出现的“雨水”意象，让我联想到杰姆逊的一句话：“一切东西都被转化为商品形式的时代，宗教又悄悄通过商品回来了，那就是商品拜物教。”[②]与作品中的欲望泛滥相对应，作品过度运用的第一人称叙述也有失控的趋向，罗小通与

① 莫言、杨扬：《以低调写作贴近生活》，杨扬编《莫言研究资料》，天津人民出版社 2005 年版，第 111 页。

② ［美］杰姆逊：《后现代主义与文化理论》，陕西师范大学出版社 1987 年版，第 176 页。

大和尚之间并没有形成内在的对话关系，沉溺于烦琐而絮絮不休的独白之中，给人沉闷、单调、凝固不动的印象。

与中篇相比，莫言的长篇小说结构存在一些问题，而且其长篇中总徘徊着他的一些中篇小说的影子。《丰乳肥臀》中的"上官金童"是《红高粱》思考的"种的退化"命题的人格化身，其中遛阉牛的场景让人想到《爆炸》和《牛》，母亲打死人的场景让人想到《屠户的女儿》，囫囵吞下粮食再呕出来的情节和《梦境与杂种》雷同，《野人》中爷爷作为被捉劳工在日本的经历与鸟儿韩惊人地相似。《檀香刑》中的刽子手也让人想到《红高粱》中的孙五。"八个女儿"、"六道轮回"、"四十一炮"与《檀香刑》中的六大行刑处决场面和赵甲凌迟处死钱雄飞的五百刀，都是莫言给自己出的难题，也是莫言对小说叙述的一种挑战。从现有的文本来看，如何避免重复，如何在平实中创新，而不是一味地出奇制胜，都是值得深入思考的问题。

莫言说："长篇越来越短，与流行有关，与印刷与包装有关，与利益有关，与浮躁心态有关，也与那些盗版影碟有关。"[①]其实，长篇越写越长，同样与利益有关，与浮躁心态有关。反观历届的茅盾文学奖，系列化或多部头创作的获奖比例是惊人的，像《李自成》、《黄河东流去》、《平凡的世界》、《金瓯缺》、《战争与人》、《白门柳》、《茶人三部曲》、《东藏记》（系列小说《野葫芦引》的第二部）、《张居正》、《英雄时代》（"时代三部曲"之三）等，都是长得惊人。那些志在冲击茅盾文学奖的作品，动辄上百万字，这种以量取胜的规模化策略使长篇小说成了《四十一炮》中的注水肉。小说该长则长，该短则短，如果不讲究提炼、推敲与打磨，信马由缰，不作任何节制，即使你的想象再神奇，那注定只能写出粗糙、臃肿、拖沓的垃圾，顶多只能制造出菁芜并存的半成品。90年代中期以来，许多刚出道的文学青年一出手就是长篇，在语言和结构方面都显示出先天的不足。像70年代出生的写手的所谓长篇，如丁天的《玩偶青春》、陈家桥的《坍塌》和《别动》、棉棉的《糖》、卫慧的《上海宝贝》等，几乎都是以前发表过的中短篇的集合。在朱文的《什么是垃圾什么是爱》、韩东的《扎根》、李冯的《碎爸爸》、张曼的《情戒》、林白的《一个人的战争》、陈染的《私人生活》、丘华栋的《城市战车》和《蝇眼》等产生过较大影响的新生代长篇小说中，同样可以发现作家的结构能力的贫弱，不少作品都是将具有相对独立性的中篇小说简单地缀连在一起。这种"一鱼二吃"或"一鱼多吃"的操作方式，深刻地反映出文坛风气的浮躁。陈忠实有言："因为文坛有一条不成文的惯例，作家如果没有长篇就好像在文坛上立不住脚，所以有'长篇一举顶功名'的说法。正是因为这种原因致使有些作家不顾作品的质量而追求篇幅的大小。"[②]这就逼迫作家不考

---

① 莫言：《捍卫长篇小说的尊严》，《当代作家评论》2006年第1期。

② 张英：《白鹿原上看风景——陈忠实访谈录》，《文学的力量》，民族出版社2001年版，第196页。

虑个人体验的积累,不考虑素材的限制,为了写长篇而写长篇。

在中国现代汉语文学史上,最为经典的作品多为中篇小说,其中包括鲁迅的《阿Q正传》、沈从文的《边城》和张爱玲的《金锁记》,而老舍的《骆驼祥子》、巴金的《寒夜》和萧红的《呼兰河传》的篇幅,在今天也只能算是"大中篇"或"小长篇"。当然,有人会说现代作家之所以无法潜心写作鸿篇巨制,是战乱连绵的动荡生涯结出的苦果,但是,文学创造从来都是在话语权力与文化商业的夹缝中穿越荆棘路,每一代作家会遭遇到不同的陷阱与挑战。当前相对宽松的环境并不意味着一定能出伟大的长篇,方生未竟的大转型对于作家的意志而言更具有麻醉性。"愤怒出诗人",在这个诗意和激情普遍委顿的年代,文学创造似乎面临着一种没有被意识到的深刻危机。莫言的《透明的红萝卜》和《红高粱》完全有资格跻身于经典的行列,其长篇小说让人叹服,但充满了遗憾。基于此,我们有理由对其未来充满期待,在十面埋伏中为汉语长篇小说杀出一条血路。

(原载《当代作家评论》2006年第6期)

叙述的极限

——论莫言

◇张清华

我感到徒劳的危险。

用什么样的词语和概念可以概括他的写作？任何一种企图都会因为这个作品世界过于宽阔、巨大和生气勃勃而陷于虚飘、苍白和支离破碎。我甚至找不到一个差强人意的题目，因为他太综合了。他的江河横溢和泥沙俱下，他的密密麻麻与生机盎然，他的粗犷奔放又精细入微，他的庞大理念与泛滥感性，他的来自泥土大地的根根须须原汁原味，他的横移于欧风美雨的形形色色洋腔洋调，他的民间的丰饶野性与芜杂欲望，他的人文的大雅情趣与磅礴诗意，他的杂花生树、繁缛富丽、肢体横陈、汪洋恣肆……使任何题目都失去了譬喻的意义。尤其是在《丰乳肥臀》和《檀香刑》之后，莫言已不再是一个仅用某些文化或者美学的新词概念就能概括和描述的作家了，而成了一个异常多面和丰厚的，包含了复杂的人文、历史、道德和艺术的广大领域中几乎所有命题的作家。

因此我用了“极限”这样一个字眼，试图为这篇蛇吞象式的文字找到一个起点。什么是“叙述的极限”？上面的描述很言不达意，但包含的意思也很明显，即莫言在其小说的思想与美学的容量和由所有二元要素所构成的空间张力上已达到了最大的程度。他由此书写了当代小说的一系列“纪录”，创造了一系列极限式的景观——自然。文学的写作不是“跳高”，一切尺度都必定是建立在艺术之上的。莫言在艺术的范畴里做出了最惊险、最具有观赏性和“难度系数”最大的动作，这使他成为了最富含艺术的“元命题”的、最值得谈论的作家。

极限有不止一种的表现。我在一篇题为《文学的减法》的文章中，曾谈论过余华将“减法”运用到了极致的特点。他成功地把“历史”和“现实”删减成了“哲学”，通过对事件与背景的简化和剥离，通过对具体性的抽象化，实现了对叙事内容的“经验与形式”

的提取，由此达到了“形而上学”的高度，并获得了朴素和更高意义上的真实，《活着》和《许三观卖血记》正是这样的成功例子(《南方文坛》2002 年第 4 期)。如果这样的概括是有道理的话，那么，莫言恰好和余华是一对相反的例子——他不是运用“减法”，而是运用了“加法”甚至“乘法”，他成功和最大限度地裹挟起一切相关的事物和经验、最大限度的潜意识活动，以狂欢和喧闹到极致的复调手法，使叙事达到了更感性、细节、繁复和戏剧化的“在场”与真实。

“叙述的极限”有表层和内里两种表现：《欢乐》中长达八万字不分段的极尽拥挤和憋闷，堪称是形式上的极限。《酒国》中通篇漫不经心地将写真与假托混为一谈的叙述，堪称是荒诞和谐谑的极限。《檀香刑》中刽子手赵甲以五百刀对钱雄飞施以凌迟酷刑的场面描写，堪称是极限。这样叫人惊心动魄的行刑场面，在古今中外的文学里堪称闻所未闻，可它同最后行刑孙丙时的檀香刑大戏相比，却还仅仅是一个“铺垫”。《红高粱家族》中“奶奶”中弹倒地时插上的何止万字的“临终抒情”与回忆场景的壮丽笔法，堪称是抒情的极限，但和二奶奶恋儿之“奇死”——“诈尸”之后大骂不止的奇闻相比，又不免有小巫见大巫之嫌。《丰乳肥臀》中“配种站长”马瑞莲用马配牛、驴配猪、绵羊配家兔的骇人听闻的方式，进行她的所谓“无产阶级科学实验”的描写，堪称是荒谬的极限，但这和整个作品中母亲上官鲁氏一生的复杂和苦难的传奇比起来，却又显得那样平易和简单……这样的极限在莫言的小说中绝不是少量的例子。但这也还只是叙事的“表层”，在深层的意义上，莫言还创造了另一种极限，比如结构上的宏伟与磅礴——《丰乳肥臀》不是当代小说中“部头”最大的，但却是结构最宏伟和壮丽、最具历史辐射力的小说。《檀香刑》在表现中西文化冲突、传承新文学“吃人”主题传统方面是不是最深刻的一部小说可以讨论，但在叙事上却称得上是最富狂欢气质、最接近“戏剧”的小说。还有莫言在最近的一次讲演中所提出的“不是代表老百姓”，而是“作为老百姓写作”①的观念，也堪称是确立了当代作家“写作伦理”的“底线”。这看起来是最低的，但也许又是最高的。至少在我看来，在当代的语境中，他的这种反省式的表述其实是最睿智和精确的——不仅是一种说话的“艺术”，更是彻底和令人感动的良知。

大地的感官：阿都尼斯的复活

从“人类学”的角度来看莫言，也许是一个“捷径”。从这个角度，复杂的问题会变得简单和清晰起来。艺术的复杂与综合，其实是一切生命样态本身的复杂所导致的映象。在当代中国，哪一个作家能像莫言这样，对人类学的丰富要素有如此的敏感和贴

① 莫言：《文学创作的民间资源——在苏州大学“小说家讲坛”上的演讲》，《当代作家评论》2001 年第 1 期。

近的理解？他的小说中洋溢着的生命意识、酒神精神，他的活跃在细节与“神经末梢”上的本能与潜意识，他的狂放的反正统伦理的思想、崇高与悲剧的气质，他的源自大地的根性与诗意的境界，他的小说经验的民族与世界的双重性，还有他的充满魔幻色调的叙述、狂欢化的叙事美学……其实都与人类学有着最直接和密切的关系。如果说这一切构成了一棵生机勃勃枝繁叶茂的大树，那么人类学就是它深扎于大地之中的根。人类学丰富的思想滋养和“点化”了莫言，使他原有的丰厚和朴素的民间文化经验被提升，成为可以具有跨文化的沟通可能的“人类经验”。

这颇似一个点石成金的过程：“越是民族的就越是世界的。”人们已公认了这样的道理，但什么是“民族的”和“世界的”之间的桥梁？这正是人类学的方法和视野。这样的方法使他的描写超出了一般的“民俗”或“乡土风情”的范畴，而变成了“人性”范畴中的生命内容。从早期受到孙犁这样的性灵与风格作家的影响，写出了《售棉大道》、《黑沙滩》、《民间音乐》、《三匹马》……到在北京和军艺受到新文化思潮与方法的影响，写出了历史与人类学相激荡的《红高粱家族》，他的经验方式完成了一次蜕变，他由此成为一个真正意义上的“大地的感官”，也由一个民间的歌手变成了一个“现代”的作家。

当然，在这一过程中，“知识”远远不是最重要的，甚至对一个优秀的作家来说，“方法”也不是最重要的。即使是对他最有影响的福克纳，莫言也声称读他的东西“顶多十万字”[①]。最重要的是思想所带来的视野的拓展。1985 年是一个文化人类学的风暴席卷庸俗社会学和政治伦理学的年份，也正是在这一年当代文学发生了突变。在这个突变中，新的“形式”和“方法”固然是影响的因素，但最根本的动力，还是人类学对伦理学的“革命”。在这个年份之前，很多作家已经接近于对诸如“人的生物本能”和某些“地域风俗”、“板块文化”的探讨，比如张贤亮的《绿化树》和《男人的一半是女人》之类，对人的自然人性的描写已不可谓不大胆，但是探求的视野，却仍明显地受到社会学与政治伦理学的框定。与“寻根”思潮有着瓜葛的一些作家，他们的作品中都流露出某些人类学的思想，可是这些作品中“观念”的痕迹却往往大过“内容”，所描写的具有人类学意味的场景内容却不多。而在莫言这里，“方法论”却轻易地变成了“感官的本能”，他不知不觉地绕过了对别人来说是难以逾越的屏障，把道德视阈内那些看起来非常“危险”的东西，轻易地就变成了“合法”甚至崇高的东西。这其中奥妙何在？正是人类学的“生命诗学”发酵了他的那些乡村生活经验，使他越出了当代作家一直难以突破的乡村叙述中的风俗趣味、伦理情调、道德冲突，而构建出了一个全然在道德世界之外的“生命的大地”，一部由人性和欲望而不是道德和伦理书写的民间生存的历史。

这是非常奇妙的，犹如一座神殿的建立和一扇魔窗的打开，世界的绽放、存在的敞

① 莫言：《与莫言一席谈》，1987 年 1 月 10 日、17 日《文艺报》。

开和生命的起舞,都是自动涌现的。莫言看到了这个更深邃和生机勃勃的世界,也更无遮障地深入到人的内心世界之中。就像《透明的红萝卜》中所写到的那个深秋大地上的爱情故事,和少年的"牛犊恋情结"一样,他们在地瓜和萝卜被烧烤出芬芳的气味之时,达到了幻想中生命的高潮。"透明的红萝卜"是什么?是少年"黑孩"潜意识中突然膨胀起来的性能力的隐喻,这能力后来由于两个成年男性——小石匠和小铁匠的两种不同的优势(压抑和去势)而消失,留下了难言的抑郁和怅惘。人类学的思想使这篇小说成为足以触及人性最隐秘之地的诗,但这是一首人人都感到美妙、却很少有人曾经真正读懂的诗。莫言在这里完成了一次"人类学场景"中关于"儿童性经验的合法书写",他没有简单和庸俗化地理解弗洛伊德,就像人类学家没有庸俗地理解弗洛伊德一样。我相信这是天赋,是对人性最富敏感和深邃的理解能力所导致的,是丰富的民间文化、乡村生活经验、原始思维在土地神话和乡村传说中的广泛遗存所影响和铸就的。从这个意义上说,莫言称得上是一个东方式的阿都尼斯,是他首先复活了当代小说中的"大地",使它显现出繁茂的生机。"高密东北乡"的"红高粱世界",即是这大地的显形和载体。它对莫言的小说写作来说,具有决定性的意义。

英国人 J. G. 弗雷泽在他的人类学名著《金枝》中,曾用流传于古代西亚和中东一带的阿都尼斯神话,来研究早期人类的生命崇拜与艺术创造之间的关系。"大地外表上所经历的一年一度的巨大变化"使他们相信,大自然中一定有一位男神主宰着这一切,他定期地死去,然后又再次复生。"他的死亡带来了人们一年一度的悲悼活动"①,而大自然生机的再现,也使人们相信他又一次从死神的怀抱中归来。西亚和希腊的悲剧与诗歌,同对这位神的祭悼仪式都有着密切的关系。阿都尼斯唤醒了人们对大地的理解,他使人们通过自然外表的变化和自身的生命周期,读出了宇宙的节律,激发了他们对生命的热爱和崇拜之情,并由此创造了艺术。这使我相信,艺术在它诞生之初就具有了大地的属性,是生命和自然所孕育的结果。只是随着社会的发展,伦理学意义上的道德价值与判断渐渐拘泥了它的这种自然的伟大属性,艺术的观念渐渐被意识形态化的道德逼挤得越来越褊狭化了。

我当然没有简单地反对伦理学的意思。但莫言的意义,正在于他依据人类学的博大与原始的精神冲突伦理学。他由此张大了叙事世界的空间,几乎终结了以往文学叙事中"善—恶"、"道德—历史"冲突的历史诗学模式,也改造了人性中"道德"的边界和范畴,构建了他的"生命本体论"的历史诗学。《红高粱家族》中的"土匪",正是在这个意义上变成了真正的"英雄"。伦理学把人群简单地分为"善"与"恶"的两类,而人类学却把人类还原为活的生命体,"从生物学的角度来看待人类本身",这样它就把为伦理

① [美]弗雷泽:《阿都尼斯的神话》,《金枝》,中国民间文艺出版社 1987 年版,第 52 页。

学所遮蔽的壮丽的生存之诗鲜活地呈现出来。红高粱世界中的民间道德的核心，是自然世界的法则，生命的强力是这里唯一的领舞者。面对生命世界的大法则，那些世俗世界的小伦理显得那样虚弱不堪；面对酒神那英雄的迷狂和汹涌的诗意，日神统治下的理性、道德、一切功利化的价值判断，则显得那样渺小卑俗。这也是面对"既杀人放火又精忠报国"的"爷爷"、"奶奶"的壮丽人生，"我"却"深切地感到种的退化"的原因。

伦理学的肢解带来了"身体的解放"——作家毕飞宇的说法给了我启示。他说，莫言的小说是真正的和发挥到极致的"身体写作"，中国当代小说叙事中"身体的解放"是从莫言开始的——"不仅是写身体，而且是用身体去写"。这话是很有道理的，莫言小说中充满了身体的要素，这也是我将他比喻为阿都尼斯的一个理由。身体是感性和本能的载体，身体即是生命本身，所以在莫言的笔下，身体同时为他和他小说中的主人公带来了不可遏止的活力。从莫言自己来说，他得以在人物的"神经末梢"上展开他的写作，甚至他小说中活跃的无处不在的潜意识，都不是在"大脑"中，而是在身体和"器官"中展开的。在某种意义上，"身体的道德"比形而上学的道德更具有真实感，更诚实可爱，这是莫言小说阅读快感的源泉，也是他笔下的人物鲜活丰满的缘由。何以饱满丰盈，如飞行，如滑翔，如亲历，如毛孔张开，气味、颜色、形体、硬度和质感，一切都是原生的和毛茸茸地活在纸上，如河流一泻千里，如土地饱涨雨水……这都是"全身心"投入的结果。从这样的角度看，莫言小说中的那些"性"的本能和冲动，就不再受到那些没来由的误读，那些上官金童式的奇怪的欲望，就不再被理解为匪夷所思的败坏。

还有动物的描写。在当代，没有哪一个作家能像莫言这样多地写到动物，这是莫言"推己及物"的结果。人类学的生物学视角使他对动物的理解如此丰富，并成为隐喻人类自己身上的生物性的一个角度。读他的中篇小说《牛》的时候，我感到澎湃着的生命创痛，我甚至感到了这里面冲激着的人文主义情怀：被阉割的滴血的生命，只有驯顺地劳动的生命，被压迫和被虐待的生命，源于人之恶的苦难同时又折射了人之命运的生命，令人震惊又被人漠视了的生存活剧……这一切通过一个放牛孩子的眼睛、心灵和潜意识活动折射出来。和早期莫言只是从神奇和灵性的角度看动物相比，似乎有了本质的变化，这说明他对人类学的理解是一直在深化的。他写了马，写了驴、狐狸、蛇、猪、鸟、狗、狼……在《檀香刑》中，他甚至把每一个人物都与一种动物对应起来。

其实还有更多的问题，民间世界也只有在人类学思想的烛照下，才能成为和大地、酒神、历史和生命本体论的美学相联通的东西，而不只是习俗和风情；才能具有形而上学的诗意，而不是一般意义上的田园诗。《红高粱家族》和《丰乳肥臀》可以说达到了这样的境界。某种程度上，《檀香刑》也达到了，但它对中西文明冲突中历史悲剧的强化，有意识地削弱了民间生存的自足。民间在这部小说中，不再具有先验的诗意优势，这也许可以看作是莫言"历史与人类学的二元叙事"中前者的强化和后者的衰退。

至于与人类学思想有更密切联系的"狂欢节叙述"或"狂欢化叙事",因为涉及复杂的美学与技术问题,我想另外单独论述。

小说的伦理:"作为老百姓写作"

刚刚在上面谈了反对伦理学的意义,马上就又来讨论"小说的伦理",但其实这是两个不同的范畴。用"生命"来反对"道德",本身也是小说伦理的一种体现,特别是当它演化成了用"民间伦理"来反对"主流习惯"的时候,它甚至还是一种高尚的追求。其实触动我写此文的直接因素,是莫言在去年早些时候的那篇讲演中所提出的那个看似平淡、却或许会有深远影响的"作为老百姓写作"的概念,"不是代表老百姓写作,而是作为老百姓写作"。我相信这种表述不是"作秀",因为我记起了那些眼泪——即便是他的一篇在我看来最不像小说的小说《天堂蒜薹之歌》,也深深地印着这样的痕迹:他是为最底层的老百姓写作的,是充满着血泪的文学,这似乎是最简单甚至看起来腐朽的道理,但它的感人之处正在这里。其中的悲愤和哀告,就是发自最弱小者的心灵,它没有丝毫的居于那些弱者之上的优越。一个作家的良知在这样的时候才可能真正接受考验,他会反对一切正统的道德,但却体现着这样的道德追求——人民的苦难就是他的苦难,人民的泪水就是他要在笔下化作的滚烫文字。他不会躲开他们,用了"艺术"、"生命"和"美"这样冠冕堂皇的理由。

我相信莫言对最朴素的写作立场的寻求:作家首先要放弃的,就是他对老百姓的蔑视,这样的蔑视很容易会和"爱"混同在一起。"五四"以来的作家们在写到这样的"人民"的时候,无不是充满了矛盾,"哀其不幸,怒其不争"——鲁迅是一个典型,他试图用文字来拯救他的人民,但事实却是从未相信过他们是可以拯救的,阿Q、祥林嫂、孔乙己、华老栓、闰土……他们哪一个是可以拯救的?甚至他自己也不能被拯救——"狂人"就是他自己的一个隐喻,深深的孤独毁了他的自信。这就是启蒙主义者和他们的叙事自身难以解决的矛盾。某种意义上,鲁迅后来不再写小说,也与这样一个矛盾有着深层的关系。在他之后,知识分子从"为人生"到"为人民"的写作,无疑体现着他们对高尚的写作伦理的不懈追求,但其中不可否认的,也暗含了他们的优越感和权力思想。

有没有真正的"作为老百姓写作"?我表示怀疑,因为真正的老百姓是不会也没有必要写作的;但我又相信莫言的真诚,这种将自己视同老百姓的"平民意识",是对一个世纪以来中国作家的写作心态的反省。这种反省固然跟90年代以来的文化情境——知识分子的价值追求遭到了来自商业暴力与意识形态的双重挤兑——不无关系,包含了某种"表述的智慧",但也是基于对前人写作的认真思考。莫言之所以认同"民间"的价值立场，而对“知识分子”的写作姿态和趣味发生怀疑，在我看来既是对一个固执的自我幻觉的扬弃，同时也是对写作的价值和伦理的一个重新定位。其实也许可以这样说，以“知识分子”的心态是无法真正“代表人民”去写作的，而只有“用老百姓的思维来思维”，才会实现“真正的民间写作”——在事实上书写出人民自己的意愿，应该是这句话的真正潜台词。正是在这个意义上，我认为这一概念是真正知识分子化的一种理解，不仅是身份的降解，也是一种醒悟，一种精神的自省与自律。我认为，莫言也许因此解决了一个问题，一个令20世纪中国的作家长时间地陷入迷途的问题。因为在多数情况下，“为人民”或“代表人民”的写作，虽曾以其崇高的人文和启蒙含义激励过无数的作家，但“被代表”之下的“人民”却往往变成了空壳——他们生活的真实状况和他们的所感所想，从未真正得到过揭示，正如德里达所欲图解构的“关于存在的形而上学”一样，无形当中“人民”的“所指”会变得隐晦不明。

这一文学的“民间伦理原则”，事实上在《红高粱家族》等早期的作品中就已经显形了。与以往类似题材的作品不同，《红高粱家族》的历史叙事的核心结构正是“民间”。民间社会和民间的生活，由原来的边缘位置上升到中心地位，过去一直处于“被改造”的边缘地位的人物变成了真正的英雄，“历史的主体”在不经意中实现了位置的互换。“江小脚”率领的抗日正规部队“胶高大队”被挤出了历史的中心，而红高粱地里一半是土匪、一半是英雄的酒徒余占鳌却成了真正的主角。以往关于“抗战题材”的主题就这样被瓦解了，宏伟的“国家历史”和“民族神话”被民间化的历史场景、“野史化”的家族叙事所取代，现代中国历史的原有的权威叙事规则就这样被“颠覆”了。

这也可以看作是对“真实”这一历史伦理的一种追求，是谁写下了历史？在被权威叙事淹没了的边缘地带，在红高粱大地中，莫言找到了另一部被遮蔽的民间历史，也告别了“寻根”作家相当主流和正统的叙事目的。有的评论家曾说，“寻根文学”是当代中国作家“最后一次”试图集体影响并“进入中心”的尝试，而莫言所选择的民间美学精神，却终结了这一企图。对于整个当代文学的历史来说，这一终结的意义是不言自明的。联系起来看，在莫言早期的《秋水》、《白狗秋千架》、《球状闪电》，乃至后来的《红蝗》、更晚些的《牛》等大量的中短篇小说中所描写的那些看起来并没有什么“立场”和“倾向”的民间生活，同他在《天堂蒜薹之歌》中所表现的强烈的民间道德精神，其实是从两个方面——民间自身的生机和被施暴的屈辱——确立了他的基本的民间写作伦理。在《天堂蒜薹之歌》里莫言所设置的民间艺人张扣，应该不是一个叙事的装饰。他的底层的社会地位，纯粹“民间”的话语方式，无处不在的本能式的反应，还有与百姓完全一致的立场与命运，都表明他是莫言所追求的民间写作伦理的一个化身。

仅仅是“张扣式”的表达未免过于直白了些，莫言热爱并为之感动，但却比他更“高”。他要把这民间的哀告和大地的忧伤连接起来，还要用“母亲”这样的人伦化身来激荡起它那高尚和神圣的内涵。《丰乳肥臀》才是最典型地体现着莫言对民间伦理的执著追寻的作品。他对被侵犯的民间生活的描写,同母亲的苦难与屈辱、大地的悲怆与哀伤一起,合成了一曲感人的悲剧与哀歌。

《檀香刑》可以看作是另一种例子,它所体现出来的民间伦理,因为两种文化的冲突而变得复杂起来。用时髦的话说,其中的"现代性"的思考,对"民间"的某些文化因素构成了烛照,也在一定程度上改变了《红高粱家族》和《丰乳肥臀》等作品中那种民间大地的诗意。民间在这里变得分裂和矛盾起来。比如民间生活化身是孙眉娘,作者对她的态度与对《红高粱家族》中的"奶奶"、《丰乳肥臀》中的"母亲"显然都是一致的,是对民间生命形态的由衷赞美;民间生活的"变体"是孙丙,他的生命形态就显示了一种可怕的分裂,他身上的英雄气质和装神弄鬼的愚昧,显示了民间价值在现代文化背景中的悲剧命运。某种意义上,民间文化本身是没有"落后"和"愚昧"之征象的,只是当它被另一种强势文化所侵犯,并呈现出某种必然的"反应症"的时候,才会显示出它"丑"的一面。孙丙的命运某种意义上既是民间文化在现代历史进程中的命运,也是莫言对中西文化冲突中的中国现代历史的思考。它使我相信,"知识分子"的东西在莫言的叙事中仍是足够多的,莫言所说的"作为老百姓写作"在本质上并不会放弃"知识分子"的人文价值追求,相反,还会得到更逼近人民和民间的体现,将二者更好地统一起来。

《丰乳肥臀》:通向伟大的汉语小说

这部作品的重要使我不得不专门来谈论它。"伟大的汉语小说",我意识到这将是一个备受争议的概念,然而也将是一个必要和重要的小说概念。因为《丰乳肥臀》和几部诞生于90年代的长篇小说,使这个词变得不再是一个虚构。《丰乳肥臀》是莫言迄今最好和最重要的一部小说,但现在关于这一点还远没有形成"共识",甚至它还是莫言迄今受到最严重的误读的一部小说。即便在专业的批评家和研究者中,也存在着广泛的粗暴而简单化的误读。我不知道是什么原因造成了这种局面,是低能,还是浮躁?这样一部真正具备了"诗"和"史"的品质、富有思想和美学含量的磅礴和宏伟的作品,为什么没有得到人们耐心的阅读和公正的承认?八年来我认真地将它读了三遍,每读一次都有新的认识。现在我更坚定地认为,它是新文学诞生以来迄今出现的最伟大的汉语小说之一——至少它已经具备了某些这样的品质。就思想的深度和艺术的容量而言,不管是在当代,还是在整个20世纪的新文学中,能够和它媲美的作品可以说寥寥无几。

伟大的汉语小说应该具备哪些品质?我似乎应该首先回答这样的问题。我所以认同莫言所说的“作为老百姓写作”的观点，首要的一个原因，也是莫言在这部小说中成功地实践了这一观点。因为他是“作为老百姓写作”的，所以这部作品可以说是实践了“伟大小说的历史伦理”。这个问题要弄清楚非常不容易，但是也可以简单地说：一部书写历史的小说，是不是在体现作者的“历史良知”的时候体现出了最大的勇气，在接近民间的真实和人民的意志、“老百姓”的意识方面，是不是达到了“最大的限度”，是判断其品质高下的首要标准。《丰乳肥臀》对 20 世纪中国历史的充满血泪和诗意的波澜壮阔的书写是无人可比的；它对人民和知识分子命运的深切关注和感人描写，秉笔直书的勇毅与遍及毛孔的锐利，在所有当代文学叙事中堪称是首屈一指的；它在把历史的主体交还人民、把历史的价值还原于民间、在书写人民对苦难的承受与消化的历史悲剧方面，体现出最大的智慧。

请注意，我这里首先是把《丰乳肥臀》作为一部历史叙事的作品来谈论的。在中国文学的传统中，“历史”不但是一种书写的题材空间，也是一种品格与价值尺度。人们把杜诗称作“诗史”，把《史记》称作“无韵之《离骚》”，可以看出“诗”与“史”两者价值的互换，互为阐释和评价标准的特殊关系。能够写出“诗史”的诗人，也就变成了在“伦理”上最受尊敬的诗人——杜甫因之成为独一无二的“诗圣”。“史”是什么？在最古老的文字中，“史”的本义是“中”。《说文解字》说：“史，记事者也，从又持中。中，正也。”可见，史的品质在于其“中正”和“真”。因此，秉笔直书即是史家之德，所谓“良史之笔”。文学也一样，其实把历史交还于人民和民间就是最大的“真”，这需要勇气和胆识。从某种意义上，书写历史也是解释现实；反过来说，书写历史不能中正真实，往往也是因为现实的种种框定限制。坚持历史的真，也就是对现实的正直的回答。从这个意义上说，以老百姓的立场——也即是“人民”和“民间”的立场来书写历史，体现了小说的根本伦理。

伟大的小说当然要遵循这样一个伦理。我们曾充分地肯定当代先锋作家的“新历史主义”小说实验，肯定余华、格非、苏童、叶兆言等人的作品中丰富而新异的历史理念与叙事方式的探求。但同样也不要忘记，更具有“历史的建构”意义的，不仅是强调“怎么写”，而且更注重“写什么”的，可能还要属几位出生于 50 年代的作家。我看重《丰乳肥臀》中的历史含量，如果说先锋新历史小说是在努力逃避历史的正面，而试图去历史的角落里找寻“碎片”的话，莫言却是在毫不退缩地面对并试图还原历史的核心部分。从这个意义上说，莫言的历史主义是更加认真和秉持了历史良知的。虽然“人民”这样的字眼如今已遭受到了“德里达式”的质疑，但我依然坚信，当我们在面对一段历史——尤其是一段具有一个完整的“历史段落”的意义的历史——的时候，“人民”作为历史主体的意义，仍然是历史正义性的集中体现。这是伟大小说应该秉持的历史伦理学。

然而崇高的伦理并不能单独构成“伟大小说”的要素，在《丰乳肥臀》中，上述完整的历史段落是通过一位伟大“母亲”的塑造，即上官鲁氏走过了一个世纪的生命历程，来建立和体现的。这一点非常重要，某种意义上是这位母亲造就了这部小说的伟大品质。在已有了百年历史的新文学中，说这样的形象是第一次出现绝不是夸张。莫言用这一人物，完整地寓言和见证了20世纪中国的血色历史，而她无疑是这一历史的主体——“人民”的集合和化身。这一人物因此具有了结构和本体的双重意义。莫言十分匠心地将她塑造成了大地、人民和民间理念的化身。作为人民，她是这个世纪苦难中国的真正的见证人和收藏者。她不但自身经历了多灾多难的童年和少女时代，经历了被欺压和凌辱的青春岁月，还因她生养的众多的儿女构成的庞大家族，与20世纪中国的各种政治势力发生了众多的联系，而无法抗拒地被裹卷进了20世纪中国的政治舞台。所有政治势力的争夺和搏杀，最终的结果只有一个——那就是由她来承受和容纳一切的苦难：饥饿、病痛、颠沛流离、痛失自己的儿女，或是自己身遭侮辱和摧残。在她的九个儿女中，除了三女儿“鸟仙”死于幻想症，是因为看了美国飞行员巴比特的跳伞飞行表演（这好像和“现代文明”有关）而试图效仿坠崖而死之外，其余七个女儿都是死于政治的外力，死于各种政治势力的杀伐争斗，最后只剩下了一个“残废”的儿子上官金童。显然，“母亲”在这里是一个关于“历史主体”的集合性的符号，她所承受的深渊般的苦难处境，寓言了作家对这个世纪里人民命运的概括和深深的悲悯。

同时，这还是一个“伦理学”和“人类学”双重意义上的母亲：一方面，她是生命与爱、付出与牺牲、创造与收藏的象征。作为伟大的母性，她是一切自然与生命力量的源泉，是和平、人伦、正义和勇气的化身，永远本能地反对战争和政治，代表了民族历史最本源的部分。另一方面，她也是人类学意义上的“大地母亲”。她是一切的死亡和复生、欢乐与痛苦的象征。她所持守的是宽容和人性，反对的则是道德和正统。她个人的历史也是一部“反伦理”的历史，充满了在宗法社会看来所无法容忍的乱伦、野合、通奸、杀公婆、被强暴，甚至与瑞典籍的牧师马洛亚生了一双“杂种”……但这一切不仅没有使她的形象受到损伤，反而更显示出她伟大和不朽的原始母性的创造力，使她变成了“生殖女神”的化身。正是这一形象，使得莫言能够在这部作品里继续并且极致地强化了他在《红高粱家族》时期就已经建立的“历史与人类学”的双重主题，使母亲变成这一主题的叙事核心与贯穿始终的线索。

这还是一个作为“民间”化身的母亲。她固守着民间的生命与道德理念，拒绝并宽容着政治是她的品格，所以她最终又包容了政治，当然也被政治所玷污。所有的军队和政治势力都是不请自来，赶也赶不走地住进她的家。在她身上，莫言形象地阐释出了20世纪中国主流政治与民间生存之间的侵犯与被侵犯的关系，这是另一种历史的记忆。她无法选择自己的生活，只能用民间的伦理和生存观念来解释和容纳这一切，这是她作为“民间母亲”的证明。如果说母亲在她年轻的时代亲和基督教，是因为她经历了太多“夫权”的虐待的话，那么在她的晚年，则是因为她经历了太多的苦难与沧桑。她认同“乡土化了的”基督教文化，基督的思想并非是她的本意，但她需要用爱和宽恕来化解太多的创伤，而这正是“人民”唯一的和最后的权利。莫言诗意地哀吟和赞美着这一切，饱含了血与泪的心痛和怜悯。这是伟大的民间，被剥夺和凌辱的民间，也是因为含垢忍辱而充满了博大母性的永恒民间。从这个意义上，母亲也可以说就是玛莉亚，但她是东方大地上的圣母。

显然，母亲这一形象是使《丰乳肥臀》能够成为一部伟大的小说、一部感人的诗篇、一首壮美的悲歌和交响乐章的最重要的因素。她贯穿了一个世纪的一生，统合起这部作品“宏伟历史叙述”的复杂的放射性的线索，不仅以民间的角度见证和修复了历史的本源，同时也确立起历史的真正主体——处在最底层的苦难的人民。

但《丰乳肥臀》的意义还不止于此，它的另一个重要的人物也同样具有强大的象征与辐射的意义，这就是遭受了更多误读的上官金童。这个中西两种血缘和文化共同孕育出的“杂种”，在我看来实际是20世纪中国知识分子的化身。他的血缘、性格与弱点表明，他是一个文化冲突与杂交的产物；而他的命运，则更逼近地表明了知识分子在这个世纪里的坎坷与磨难。他身上的一切都是矛盾着的：秉承了“高贵的血统”，却始终是政治和战争环境中难以长大的有“恋母癖”的“精神的幼儿”；敏感而聪慧，却又在暴力的语境中变成了“弱智症”和“失语症”患者；一直试图有所作为，但却始终像一个“多余人”一样被抛弃；一个典型的“哈姆莱特式”和“堂吉诃德式”的佯疯者，但却被误解和指认为“精神分裂症者”……

理解上官金童这个人物，需要更加开阔的视界。在我看来，由于作家所施的一个“人类学障眼法”的缘故，这个人物身上的一些“生物性”被夸大和曲解了。实际上作家所要努力体现的是他身上的文化的二元性，这是20世纪中国知识分子的普遍的“先天”弱点的象征。他的文化血缘有问题，有“杂种”与怪物的嫌疑，这已经先天地注定了他们的悲剧。来自西方的“非法”的文化之父，在赋予了他非凡的气质（外貌长相上的混血特征）、基督的精神遗传（父亲马洛亚是个瑞典籍的牧师）的同时，也注定了他的按照中国的文化伦理来讲的“身份的可疑”。20世纪中国知识分子的不幸困境，正是源于这种二元分裂的出身：是西方现代的文化与思想资源造就了他们，但他们又是寄生在自己的土地上，对本土的民族文化有一种近乎畸形的依恋和弱势心理支配下的自尊。他们还要启蒙和拯救自己的人民，但却遭受着普遍的误解。这样的处境和身份，犹如鲁迅笔下的“狂人”所隐喻的那样，他本身就已经将自己置于精神深渊，因而也必然表现出软弱和病态的一面——他们没有像俄罗斯知识分子那样下地狱的决心，但却有着相似的深渊般的命运。其实从“狂人”到“零余者”，到方鸿渐、章永，再到上官金童,这是一个连续的谱系。他们和俄罗斯文学中的"多余人"有相似之处,但却更为软弱和平庸。

容易被误读的还有上官金童的"恋乳癖"。理解这一点,我认为除了"人类学"和寓言性的视角以外,还应该另有一个角度,即对政治与暴力的厌倦、恐惧与拒绝。因为在某种意义上,男权与政治是同构的,而上官金童对女性世界的认同和拒绝长大的"幼儿倾向",实际上也可以看作是对政治的逃避,这和他的哈姆莱特式的"佯疯"也是一致的。同时,也可以认为他与中国传统知识分子中的一种"另类"性格有继承关系——比如可以把他看作是一个当代的"贾宝玉式"的人物,他对女性世界的亲和,是表达他对仕途经济和男权世界的厌倦的一个隐喻和象征。

上官金童注定要成为一个悲剧人物,他的诞生本身似乎就是一个错误,这是文化的宿命。他所经历的一切屈辱、误解、贬损和摧残,非常形象地阐释着过去的这个世纪里中国知识分子的惨痛历史。他在小说中还有另一个作用,即形成了另一条叙事线索和另一个历史的空间——如果说母亲是大地,他则是大地上的行走者;如果说母亲是恒星,他则是围绕着这恒星转动的行星;如果说母亲是圣母,他则是下地狱的受难者……如果说母亲是第一结构的核心,他则是另一个相衬映、相对照的结构的核心。小说悲剧性的诗意在很大程度上得益于这一人物的塑造,他使《丰乳肥臀》变成了一个"民间叙事"与"知识分子"叙事相交合、"历史叙事"与"当代叙事"相交合的双线结构的立体叙事。两条线互相注解交织,从而极大地丰富了作品的历史与美学内涵。从这个意义上说,虽然这个人物的性格是足够病态和懦弱的,但这个形象的丰富内涵却深化和丰富了20世纪中国知识分子的形象谱系。

《丰乳肥臀》的非同寻常之处在于,它塑造人物形象的同时也担负起了庞大宏伟的结构,这也是使它能够跻身于"伟大汉语小说"的极重要的因素。它的主题、人物和叙事结构完整地融合在了一起,这是一个朴素的奇迹。就这一点来讲,很少有哪一部作品能够与它相比。一个世纪的风云际会和历史巨变,是这样自如舒放地贯穿在母亲的一生之中。她和她的众多的儿女们,宛如一个庞大的星座,搭建起了一个丰富的民间和政治相交织的历史空间。历史导演着他们的命运,也推进着头绪繁多又清晰可见的叙事线索。每一个人物其实都可以构成一部书,但莫言却把它们浓缩进一部书中。特别是,由母亲为结构核心所构成的一部民间之书,和由上官金童为结构核心所构成的一部知识分子之书,能够完全地融合到一起,并互为辉映、相得益彰,更是一个令人难以置信的手笔。它不但使结构空间呈现出伟大的气象,而且最大限度地深化和延展了作品的主题。

我不能说《丰乳肥臀》是20世纪汉语小说史上的一个不可逾越的高峰,但我坚信,时间将证明这部作品的价值,在它所体现的历史理念上,在它所体现出的美学意义上。

也许很多年中将不会再出现具有这样气魄和品质的作品，因为就艺术的规律而言，它是可遇而不可求的。

复调与交响：狂欢的历史诗学

这仍然可以视为上一个问题的延伸或一部分。我所以如此推崇《丰乳肥臀》，其极致化了的“狂欢节式”的叙述和“复调的交响”也是一个原因。另外，最具有“诗学范例”意义的还有《檀香刑》，它们共同体现了莫言在长篇小说文体和叙事美学方面的成功探索与创造。

在长篇小说叙事美学的研究方面，迄今最具建树的是巴赫金。而巴赫金最为核心的两个小说诗学的命题即是“复调”与“狂欢”，这两个问题都与人类学的研究密切相关。从小说美学的角度说清这两个概念非常难，也不是我在这里的宗旨，但简单地说，它们都属于一个“人类学的历史诗学”的范畴。巴赫金把长篇小说这种具有一定的“时间长度”的叙事当作一种非常特殊的文体，他把它们看作是一种以“诗学”的方式叙述的“历史”。因此，关于长篇小说文体的研究，实际上就变成了一种“历史诗学”。[①] 在我看来，“复调”和“狂欢”虽是两个单独的概念，但其实它们也非常紧密地联系在一起。比如，他以陀思妥耶夫斯基的小说为例，说他的人物描写打破了以往小说中“人物服从或统一于作者意志”的局面，人物的声音不再是“作者独白”的变相传达，而显示了与作者平起平坐的不同的“视野和声音”，也就是类似于音乐中的不同声部所形成的“复调”效果。这样表述这个问题容易带上玄虚的色彩，因为说到底小说中的人物都是作者“叙述”出来的，人物不代表作者的声音代表谁的声音呢？显然，这是由小说“文体”本身的特殊性所决定的。但是在“戏剧”中就不一样了，小说中的人物被逼挤到一个平面化的文字的表述过程中，而戏剧则赋予了人物一个舞台——一个“共存的时空”。在这个时空中，他们各自“必须”说着自己的声音，表达着自己独立的意志，即使是“作者”也很难左右他们，让他们违背自己的性格而按照作者的意志去说话和行事……因此，小说中“复调”效果的产生，实际上取决于其“戏剧性”叙事因素的含量。

这样问题就变得简单了，“戏剧性”差不多正是“狂欢节化”的同义语。戏剧性因素的含量，决定了小说是否具有复调的性质，也决定了其对历史的叙述是否达到了应有的深度与活力。“小说的诗学”就这样变成了“历史的诗学”。以往包括革命小说在内的“伦理化”叙事所表现出的问题，正在于它戏剧性的匮乏，及其单一视野与腔调的表

① 参见［前苏联］巴赫金：《小说的时间形式和时空体形式——历史诗学概述》，《小说理论》，白春仁等译，河北教育出版社1998年版。

达。莫言小说中丰富的戏剧性因素,不但实现了对历史丰富性的生动模拟和复原,也体现了对长篇小说文体的创造性改造。从《红高粱家族》到《丰乳肥臀》和《檀香刑》,其生命意志对"伦理意志的弱化"在叙事中所起的作用,正如巴赫金论述的"狂欢节"体验在叙事中所产生的效应一样:原始的语境出现了,诙谐具有了更广博的含义,人物的本能得以释放,民间世界的永恒意志代替了一切短暂的东西,权力、统治、主宰绝对价值的所谓"真理"处在了被反讽的地位,历史本源的多样性、歧路与迷宫般的性质开始自动呈现……与此同时,人类学视野中的民间、大地、酒神和自然,同这两个概念也紧密相连,它们共同构成了小说叙事中的伟大气质与美感力量。

我用了这么大的篇幅来说明这两个小说概念,其实可以直接地用来解释《丰乳肥臀》中的叙事特点——尽管我可以肯定地说《丰乳肥臀》不可能是莫言读了巴赫金小说理论的结果,但人类学的思想构成了他们共同的资源。对莫言来说,他的创造性在于,在对历史的叙述中最大限度地开启了存在与生命的空间,并形成了自己特有的"历史诗学"。这也是他在当代小说叙事艺术的发展中所作出的一个重要贡献。

从广义上说,"人类学"和"历史"本身,在莫言的小说中构成了一个大的复调结构,前者的横向弥漫性和后者的时间链条感,前者所显示的超越伦理的生命诗学和后者所体现的求解历史的道德良知,达成了互为丰富和混响的效果。如果具体地来看,在莫言的几个重要的长篇小说中,通常都有两个以上的"叙事人",实际也就是有了两个"视野"和两个不同的"经验处理器"。这并不是最近的事情,在最早的《红高粱家族》中,两个叙述者"父亲"和"我",即构成了巴赫金所说的复调叙事结构。"父亲"不但是小说中的人物,而且也是作为"目击者"的"第一叙事人";"我"则是历史之河这一边的隔岸观火者,用今天的观察角度来追述和评论"父亲"的经历;同时,在大部分时间里作为"儿童"的父亲,同"爷爷、奶奶"的生活经验之间,也构成了很大的距离感。这样他对历史空间里的叙述,就拥有了两个甚至三个"声部",不同的叙事因素被调动起来,在"混响"式的关系中,童话的、传奇的、鬼怪的、神秘的和浪漫的民间事物,就以狂欢节式的方式出现在作品中。"爷爷、奶奶"的传奇经历,构成了高密东北乡的神话世界;"父亲"的非理性的儿童式的感受方式,则构成了英雄崇拜的浪漫记忆;而"我"的"当代性"角色与身份,则构成了对这神话世界与浪漫记忆的追慕、想象、评述与抒情,并对当代文化进行愤激的反思。这是构成这部小说激情与诗意的"狂欢"气质的根本原因。

《丰乳肥臀》中,母亲和上官金童这两个主要人物也构成了类似的复调叙事关系。母亲生活在她自己的历史逻辑里,民间的生活形态几乎是永恒不变的,她所感受的世界既动荡又重复,她以不变的意志与方式承受和消化着一切灾难和变故,她所生发出的是悲壮和崇高的诗意;而金童则无法抗拒地进入了现代中国的"激流"之中,他站在"过去"和"现在"的断裂处,看见的是万丈深渊,所显示的是怯懦、逃避和低能,所生发出的是荒谬和滑稽。这样中国现代历史的价值双重性与审美的分裂性，就以美学的形式体现出来。它实现了这样一个悖论：书写了一幕“狂欢着的悲剧”，或者以悲剧的本质，透视了历史的狂欢。只有在这两个完全不同的眼光中，中国现代历史进程中“传统”和“现代”的二元命题才能真正得以展现。如果只是由其中一个构成单一的叙事结构，那就不是莫言了，那样的叙事我们在以往和别处，都看得太多了。

其实“历史”除非与“人类学”相遇，无法产生“狂欢”的效果。《丰乳肥臀》在一开头就显示了令人惊心动魄的狂欢笔法，历史是以戏剧性的“共存关系”彼此呼应地存在着的：上官家的黑驴和上官鲁氏同时临产，而且都是难产；而这时日本鬼子就要打进村庄，司马库正在大喊大叫让村民撤退，沙月亮正在蛟龙河堤上设伏阻击；而后就是上官家七个女儿在河边目击的惊心动魄的战争场面……莫言堪称是一个诗意地描写人类大戏的高手，战争和生殖、新生的喜悦和死亡的灾难同时降临到上官家中。“历史”在这里显示出它和“叙事”之间永远无法对等的丰富性和现场感。

然而历史本身也有“狂欢”的属性，《丰乳肥臀》对这一点有最精妙的模拟。它用拼贴法和“交叉文化蒙太奇”的修辞，模拟了20世纪中国政治舞台上走马灯般的政治狂欢：一会儿是司马库赶走了鲁立人，一会儿鲁立人又俘虏了司马库，一会儿司马库又和还乡团杀了回来，一会儿鲁立人又代表人民政权枪毙了司马库，而且他死了之后还不断地被各种传言和宣传改编着，变成豺狼动物……在第五章中，上官家一会儿是“六喜临门”，一会儿则是惨剧不断；第六章中，上官金童一会儿从囚犯变成老金的宠物，一会儿被作为废物踢出家门，一会儿成了鹦鹉韩夫妇的座上宾，一会儿又一文不名流落街头，一会儿因为外甥司马粮的巨富而扬眉吐气，一会儿又因为破产而无立锥之地……历史像一只巨手翻云覆雨。有一个堪称最妙的例子，是关于司马库“还乡团”一前一后的“官方”和“民间”被拼贴并置在一起的叙事：公社“阶级教育展览室”的解说员纪琼枝刚刚对着宣传画，对司马库作了妖魔化的解释，把他描述为一个杀人不眨眼的魔鬼；接着又让贫农大娘郭马氏现身说法，而她所讲述的故事恰恰瓦解了前面的说法——司马库不仅不是一个魔鬼，反而表现出了通常的人性，正是他的及时出现，才从滥杀无辜的“小狮子”手中解救了她的生命，这可以说是富有“解构主义”意味的一节。另一种是横向的并置法：莫言常常用共时性的交错叙述来隐喻历史的多面性，如巴比特的飞行表演与“鸟仙”兴奋地坠崖而死，司马库与来弟的偷情同巴比特电影里外国人的恋爱镜头，哑巴的“无腿的跃进”与鸟儿韩和来弟的通奸，还有在农场中对右派知识分子的改造与对牲畜进行的杂交配种……都是刻意地采用了并置式的叙述，这样两种修辞手法所达到的“狂欢”效果，都极为生动地隐喻出历史本身的多元矛盾与沧桑变迁。

还有一个奇特的现象与“狂欢化”的叙事有关，这即是叙事载体的“弱智化”倾向。这是一个非常复杂的叙事问题、修辞问题和美学问题，也与人类学的背景有关。表现在作品中,如《红高粱家族》中的"父亲"的"儿童式"叙述视角,《丰乳肥臀》中的上官金童"恋乳症"式的幼稚病以及后来的"精神失常",还有《檀香刑》中的傻子赵小甲白痴式的观察眼光,他们都不只是一个性格化的人物形象,而是与整个作品的叙述格调密切相关。他们的"弱智"为小说营造了非常必要的"返回原始"的、充满"反讽"意味的、喜剧化和狂欢化的、犹如"假面舞会"式的叙述氛围。某种意义上,这种人物的弱智化,不但没有"降低"作品的思想含量,反而使之大大增加了。这个问题在当代小说叙事中还有相当的普遍性,需要做深入的研究,这里限于篇幅就不予展开了。

复调与狂欢在《檀香刑》中更有着近乎极致的表现,这一点,下文会顺便谈及。

《檀香刑》:奇书的限度和逼近历史的可能

《檀香刑》可能是莫言小说中迄今"艺术含量"最大的一部小说,也是他的风格大变的一部小说——说它含量最大,是因为它最"用心良苦"。但与《丰乳肥臀》相比,它就只是一部"奇书"或者"类书"了,比《丰乳肥臀》这样具有天籁品质的作品,还是"人为"地稍逊一筹。这样说或许不尽公平,但在美学的品质上,它们显然是经过了一个从崇高到荒谬的"滑落"。同样是悲剧,但一位伟大的母亲和一位风尘式的"妇人",却使它们分别列入了两个"品级"。甚至前者的粗粝和庞杂也成了它作为天籁之响的一部分,这真是没有办法的事情。而且莫言最近的谈论也表明,在他心目中前者的分量也超过了后者:"我坚信将来的读者会发现《丰乳肥臀》的艺术价值……我更加明确地意识到,《丰乳肥臀》是我最为沉重的作品。""你可以不看我所有的作品,但你如果要了解我,应该看我的《丰乳肥臀》。"

但是《檀香刑》所显示的作家的叙事才华也是无可争议的。尤其是在美学风格上,它非常中国化了,和以往的结构方式与语言风格都不相同。也许是"种族记忆"的东西终于起了作用,它与中国传统小说美学中的"奇书"理念之间,似乎发生了内在的关系。

"奇书"是中国传统小说最典型的理念,但关于"奇书"的美学内涵,古代的文人们却总是语焉不详。其中"体验"的东西,"幻"是第一重要的,"幻"是其艺术上追求的极境;其次,"警世"是思想的灵魂,作者的良苦用心,不外教化讽喻,于奇幻和"淫艳"的外表之下,传达出伤怀人生的主旨。归根到底,奇书的生命在于其"省世"的"教人生怜悯畏惧心"①的力量,而当代中国小说中出现的一些具有奇书倾向和趣味的作品,却大抵徒具其形。我不能说《檀香刑》标志着莫言已然认同了中国传统小说的美学旨趣,但在"比喻"的意义上,它却无疑可以称得上是一部奇书式的作品。这不仅是因为它在小说

① 谢颐:《第一奇书序》,《张竹坡批评第一奇书金瓶梅》,齐鲁书社 1987 年版,第 2 页。

的形式上采取了诸如“凤头”、“猪肚”和“豹尾”式的结构，用了非常“土味”的地方戏曲中的语言，还有对非常典型的民间生活情态和“幻异淫艳”的传奇式的人物事件的细描，更因为其对中国传统的文化——把刑罚变成了大戏，变成艺术和狂欢的文化——的精妙概括，是这样一个极具警世意味的理念，造就了它奇书的品格。

刑罚是怎样变成了戏剧——对一些人是灾难，对另一些人则是节日的？《檀香刑》极尽繁文缛节地书写了作为“戏剧”和“节日狂欢”的刑罚，它用反照甚至残酷的掩饰的方式，让我们目睹和欣赏了由种族的“集体遗忘”带来的欢乐，这是奇书的气魄和方法。但它却也戏剧性地强化了《狂人日记》和《药》一类作品曾经展现的主题。还是在这篇新近的讲演中莫言说：“酷刑的设立，是统治者为了震慑老百姓，但事实上，老百姓却把这当成了自己的狂欢节……执刑者和受刑者都是这个独特舞台上的演员。”这分明是“吃人”和“人血馒头”的叙事的重现。不过，如果我们再把目光放远一点，就会发现这其实也是中国古老的“刑罚历史”的一个延伸。早在《尚书·皋陶谟》中，就有了关于古代中国的经典刑罚——“五刑”的记载，曰“天讨有罪，五刑五用哉，政事懋哉懋哉！”此五刑曰：墨、劓、剕、宫、大辟（处死）。这一纪年时间，要上溯到夏禹的时代。可见“刑罚文明”创立之早、花样之丰富、功用之齐全，恐令全世界的统治者望其项背而不能！这还不包括在后代的统治者那里又发扬光大了的无数种变换花样的刑罚，像车裂、腰斩、凌迟、活埋……还有此小说中堪称旷世奇闻的“檀香刑”。正像小说中德国总督克罗德所说的：“中国什么都落后，但是刑罚是最先进的，中国人在这方面有特别的天才。让人忍受了最大的痛苦才死去，这是中国的艺术，是中国政治的精髓。”为什么会将刑罚变成了艺术，是什么东西使刑罚变成了中国人特有的“艺术”？

莫言的叙事才华不但表现在他最擅长戏剧性结构的设置，更在于他能够将结构这样的形式要素，变成内容和思想本身。《檀香刑》的故事，用最通俗的话来说可以概括为“一个女人和她的三个‘爹’的故事”，这样的结构本身就会产生出强大的叙述动力。但在这里，作家的意图却不仅限于叙述的戏剧性构造，而是要生动地实现一个“历史的纠结与缠绕”的主题。在这个关系中，杀人者与被杀者，统治者与被统治者，权力与民间，帮凶和知识分子，这些不同的社会势力纠结到了一起，成为盘根错节甚至血肉相连的因素，它们共同构成了“将刑罚变成狂欢”的力量。通过这些关系，中国文化和西方文化、现代文明与民族情结、权力阶层的利益与知识者的良知等等观念性的东西，也产生了尖锐多向的冲突与矛盾纠结。犯案的是孙眉娘的亲爹孙丙，而行刑的是孙眉娘的公爹赵甲，断案监斩的又是孙眉娘的“干爹”兼情人县令钱丁，这样一个关系，把孙眉娘这样一个乡村女性推上了血与火、恩与仇的情感的焦点之上，也把一场集杀人的悲剧与看客的狂欢于一体的喜剧，处理得更加集中。“甲”、“丙”、“丁”，这些名字不难看出都是中国人的芸芸众生的“代称”，他们就是整个狂欢与“吃人”群体的化身，包括孙丙，既是这场荒唐悲剧的受难者，同时也是导演者，什么样的文化自然会导致出现什么样的结局。正是这样的杀人者和被杀者之间千丝万缕的血缘亲情的联系，这场悲剧才有了看头，有了令人激动和狂欢的乐趣，有了发人深省的深意。

不过，比之鲁迅的“吃人”主题，莫言的小说中又增加了“当代性”的思考——他要试图揭示东方的民族主义是以怎样的坚忍和蒙昧，来上演这幕民族的现代悲剧的；它要见证，乡土与民间的“猫腔”同强大的钢铁的“火车”鸣笛混响在20世纪中国的土地上，上演了怎样的滑稽的喜剧；它要揭示在民族文化和民族根性的内部，是什么力量把酷刑演变成了节日和艺术……即使在《檀香刑》强烈的喜剧叙事的氛围中，也掩饰不住这样一些庄严的命题。在孙丙这个人物身上，我们可以看出一种“结构性的文化力量”。他的猫腔戏的生涯，杂烩了民间艺术、农民意识、传统的侠义思想、半带宗教神话半带巫术迷信的中国式的思维方式。这样的一个文化怪胎，在没有民族文化冲突的情况下，便表现为一种民间自由文化的力量，它既反对正统的专制，同时又与之构成沆瀣一气的游戏；但在具有了民族文化冲突的背景下，它就成为了一种集崇高与愚昧于一身的可怕的“民族主义”。统治者在需要的时候，会利用这种力量，但在真正面临外来的强力压迫的时候，又非常轻巧地牺牲了他们。这正是“义和团”运动的悲剧所包含的深层的文化因由，它揭示出中国传统文明在面对西方现代文明的强大的侵犯力量时，所必然显现出的虚弱、悲哀与丑陋。一部中国的近代历史，没有超出这样一个基本的逻辑，到头来受难和因这受难而狂欢的，不过都是底层的百姓们自己——请注意，在这一点上，莫言的文化态度发生了微妙的变化，在《红高粱家族》中他所勾画的传统文化的壮丽图景与民族生命精神的神话，在这里化为了更为清醒的思考。他试图告诉我们，孙丙所“扮演”的猫腔戏和他所真正“上演”的身受酷刑的大戏，是基于同一个原因，这是一个民族所无法逃避的宿命。莫言最逼近地表现了面临现代文明挑战的传统文化与民间文化的命运，这与“五四”作家单向度地批判中国传统文化的态度相比，显然是更为复杂和深刻的。

任何艺术都源于“看客”的期待，杀人的艺术也不例外，这不但是袁世凯这样的统治者的需要，也是克罗德所代表的“西方文化权力”的需要，同时更是中国的底层民众自己的需要，应该说是他们共同创造了“檀香刑”这登峰造极的艺术。莫言非常精彩地描写了赵甲这样的“职业刽子手”的形象，在古今中外可以说是绝无仅有。他们令人惊异的“发明”能力和出神入化的精湛“技艺”，可以令一切杀人者汗颜，令一切看客叹为观止，这也是中国文化的特殊产物。可以这么说，《檀香刑》所揭示的是这样一个结论：在面对西方强势文化的时候，中国文化的悲剧在于，它是用自己内部的完美的统治来维持“文明”地位的，形象一点说就是，它是靠了“刑罚的艺术”来遮饰它的腐朽，延续并证明它的“文明”之存在的。

《檀香刑》令我联想到了现代知识分子的相当“正统”的启蒙历史观，但它的写法却又非常“民间”，他用诙谐的笔调，勾画出了末日狂欢中的各色人物，同时演绎出两台戏剧——“一场真正的戏”（行刑的过程）和“一出虚拟的戏”（小说的叙事方式），将它们近乎完美地熔铸在一起，实现了无可争议的“复调”结构。很显然，在叙事中，历史的“自在”和历史的“声音”，是两个不同的东西，但通常作家很难在同一个叙述中把它们分开处理，如不分开，历史便可能成了某种“沉默的东西”，作家只能无声地模拟并演示它。而莫言不但将它们分开，还大大地强化了“声音”的部分，其“凤头”和“豹尾”两部，均是以人物的独语或道白的形式来展开的，它象征着“身在历史中的人”对历史的感受。对一个写作者来说，这可能是最难的，它是戏剧的写法，但又比戏剧语言更驳杂，比戏剧对话更多变。但因为“戏剧”的形式在某种意义上更接近“历史”本身，所以莫言这样做实际上是力求对历史的更逼真、更具“现场感”的模拟。这需要才华、力量和勇气，但莫言成功了。“猪肚”部分，可以看作是一个关于背景和历史的“自在”的交代，它放在中间，有效地勾连出事件的前前后后与人物关系。这一部分作家可能认为可以把一些比较驳杂的内容“装”进来，所以它似乎有点游离和漫不经心，但其中对赵甲行刑钱雄飞以及“戊戌六君子”两节的描写，足以称得上是惊心动魄的。它将“传奇的历史”和真实的历史事件并置于一起，以民间的眼光和刽子手亲历的角度来写，使这历史格外有一种触手可及的具体和质感。

用戏剧的场景与氛围来写历史，这也算是一种“文本中的文本”，仿佛不是莫言在写小说，而是在阐释一部已经“存在”了的戏剧文本，在为这部猫腔戏作注。这样，历史在两个文本中呈现了一种被激活的状态。戏文中作为“民间记忆”的历史，同叙事者所仿造的“正史”之间形成了一种“应和”或“嬉戏”的状态。在以往莫言的小说中，总是作家自己憋不住出来表演一番，而在《檀香刑》中，他有了众多可用以操纵的“玩偶”，来代替他的“现场道白”。这在很大程度上“使历史戏剧化”了。这种历史的戏剧化修辞方式，在以往的小说中似乎还很难找到第二个例子。

语言的问题也是非常值得讨论的，我想莫言可能是下了决心要用“土语”——纯粹的民族话语，来写一部近代中国的历史，要“土到底”。在过去，他一直是用一套比较“西化”的话语方式来写作，现在随着阅历和年龄的增长，他可能更希望尝试用“真正的母语”写作的滋味。不过这样做并非容易，因为这种土语需要一种再处理，所以莫言最终又选择了高密东北乡的“猫腔戏”的语言。可以说这是文雅的文人文化与粗鄙的民间文化相杂糅的产物，代表了一个感性而古老的庞大的“过去”与“民间”，既是民族的历史的本体，同时又是他们赖以记忆历史的文本方式。但是这样一个话语系统正在日渐强大的钢铁的声音——火车的轰鸣所代表的现代文明的压迫下，渐渐销声匿迹。一个书写历史的作家用什么来唤起人们对历史的记忆？我想，他最需要的首先是语言，用一套现代人的话语系统，而在“西方的话语霸权”所攫持下的叙述中大约是很难找回自己的历史的。莫言用两种声音来比喻这种对抗，既是对被淹没的历史本源的寻找，同时也是对习惯的历史方法的反思。从这个意义上，莫言获得了最大的历史深度。

“极限”不是止境，也不意味着抛物线式的下降。极限是一种自我的挑战，一种不存在禁区的探求。从这样的意义上说，叙述又是没有极限的，莫言还会一直向前。

（原载《当代作家评论》2003 年第 2 期）

找出故事里的高粱酒

◇毕飞宇

"外面的世界很精彩",这是一首歌,它歌咏的是莫言的写作。

他(我爷爷)把早就不中用了的罪恶累累也战功累累的勃朗宁手枪对准长方形的马脸抛去,手枪笔直地飞到疾驰来的马额上,发出沉闷的撞击声。红马脖子一扬,双膝突然跪地,嘴唇先吻了一下黑土,脖子随即一歪,脑袋平放在黑土上。骑在马上的日本军人猛地掼下马,举着马刀的胳膊肯定是断了。因为我父亲看到他的刀掉了,他的胳膊触地时发出一声脆响,一根尖锐的、不整齐的骨头从衣袖里刺出来,那只耷拉着的手成了一个独立的生命无规律地痉挛着。骨头此处衣袖的一瞬间没有血,骨刺白瘆瘆的,散着阴森森的坟墓气息,但很快就有一股股的艳红的血从伤口处流出来,血流得不均匀,时粗时细,时疾时缓,基本上像一串串连续出现又连续消失的鲜艳艳的红樱桃。他的一条腿压在马肚子下,另一条腿却跨到马头前,两条腿拉成一个巨大的钝角。父亲十分惊讶,他想不到高大英武的洋马和洋兵竟会如此不堪一击。爷爷从高粱棵子里哈着腰钻出来,轻轻唤一声:"豆官。"

这一段文字我们是如此的熟悉,它来自《红高粱家族》的《狗道》。附带说一句,在莫言庞大的作品系列中,我认为《狗道》是他最为杰出的作品之一。我为《狗道》没有赢得"萝卜"与"高粱"同等的关注而深表遗憾。莫言的天分与《狗道》结合得格外紧凑。《狗道》写得很"浑",不是"浑浊"的"浑",是"浑蛋"的"浑"。用北京人不讲逻辑的说法,《狗道》是"浑不吝"的,很牛。

在这段不长的文字里大量地充斥着名词。他——我爷爷、勃朗宁、长方形、马脸、手枪、马额、红马脖子、双膝、嘴唇、黑土、脑袋、日本军人、马刀、我父亲、胳膊、骨头、衣袖、手、血、骨刺、坟墓、伤口、红樱桃、腿、马肚子、马头、钝角、洋马、腰、豆官。我要说,小说美学的根基在语言，语言的根基在词汇，词汇的根基在名词。只有名词所构成的小说才有可能成为真的小说。衡量一部小说的优劣往往有一个最为简单的办法，也是最为基础的办法，我们可以统计它的名词量。名词是硬通货。没有硬通货而只有观念与情感的文字有可能是好的论述、好的诗篇，但是，不可能是好的小说。这里的原因不复杂，小说是要建立世界的，名词是木柴、砖头和石头，或者说，是钢筋、水泥与黄沙。

新时期以来，第一个让我茅塞顿开的作家是马原，这一点我要认。马原为我们的汉语写作提供了新语言——这差不多已经是被定论的了。几乎就在同时，另一个让我茅塞顿开的作家出现了，他是莫言。如果说，马原为我们的新小说提供了新语法，那么，莫言为我们提供的则是语言的对象。这个对象就是外面的世界。

这个世界上还有不涉及“外面的世界”的小说吗？有。这就要回顾历史了。所谓的新时期文学有一个背景，那就是“绝对意识形态文学”。“绝对意识形态文学”是我生造的一个词，它不一定很准确。在相当长的时间里，我们的汉语小说里只有灵魂——我更愿意把它说成是立场或站队——没有别的。透过小说，我们看不到这个世界。这个世界是一个黑洞。我们的文学是“伪问题”下面的“伪世界”。我们的“日常经验”与小说所提供的“文学经验”是旷野上的马和牛，我们的阅读只能是风马牛。

这就是为什么“我就是那个叫马原的汉人”会具有非凡的意义，这就是为什么莫言铺张的、骁勇的、星罗棋布的、忽如一夜春风来的名词会具备时代的价值。他们不是先知，不可能是。但他们硬是把先知的活给偷偷地干了。

除了阶级、立场、站队、罪大恶极与罄竹难书，这个世界还有光，还有水，还有星空、数目、果实、飞鸟、畜牲、昆虫、野兽。这些都是“神”造的，“神看着是好的”。当然，还有人，人和人的相爱，相仇，相助和相妒。

从什么时候开始，我们的小说就只剩下“人与人”了呢？只有人与人的阶级，只有人与人的揭发，只有人与人的正确与错误、光辉与罪恶。别的呢？别的都到哪里去了？

那时候的小说只要两句话就可以概括了：“你坏！”

“去你妈的，是你坏！”

我这就回忆起 1986 年了。这时候已经是“新时期”了吧？1986 年，我读到了莫言。我第一次阅读莫言的时候产生了一个令我颤栗的念头，也许还是一个令我不好意思的念头——莫言的小说是我写的！这些小说之所以是莫言的，他只是比我抢先了一步。

我的意思是，我从莫言的小说里看到了“我”的世界。莫言的世界和“我”有关。我熟悉莫言小说里的所有“物质”。作为“物质”的对应物，我就仰起了脑袋，不可救药地爱上了那些硕果累累的名词。莫言的名词令我眼花缭乱，在耳朵里“嗡”啊“嗡”的。我就馋，还饿。

名词是奇妙的，它从来不孤立，它们有内在的逻辑。即使那些名词原先是孤立的，经过艺术家的排列与组合，一个奇妙的天地就这样呈现在了我们的面前，或天堂，或地狱，或人间。

回到我在文章的一开头所引用的文字，透过爷爷、马脸、红马脖子、双膝、嘴唇、黑土、脑袋、我父亲、胳膊、骨头、手、血、坟墓、马肚子、马头、腰，我们容易得出一个合理的印象，这是一幅自然主义的画面，是标准的“外面的世界”。

问题是，“长方形”和“钝角”这两个狗杂种夹杂在里头。这是两个数理名词，或者说，概念。在很“自然主义”的图画当中，这两个名词和它们的同类失去了关联，它们是妖蛾子。它们扑棱扑棱的，通身洋溢着巫气般的粉尘。在一个血光入注（“红樱桃”这个姣好的名词强化了它）的世界里，“长方形”和“钝角”是突兀的，像黄河之水，是从天上来的。可是，当你把“长方形”和“钝角”还原到句子里头，它们又是那样的合适，再恰当不过了。这两个名词就该长在那儿，“红杏枝头春意闹”。

问题的关键是“我父亲”。“我父亲”这个名词是何等关键，它在所有的名词那里游走。这一走，所有的名词合理了，有了奇妙的搭配。在这里，“我父亲”不再是一个名词、一个概念。它是一个视角、一个世界观、一个方法论。“它”决定了这个世界驳杂和斑斓的色彩，“它”决定了一些鬼祟的、直通灵魂的声响，“它”还决定了气味、味道、形状、节奏、速度。外面的世界真精彩。

在“我父亲”的神灵的引导下，一大堆的名词扑面而来。有的有翅膀，有的没有翅膀；有的有羽毛，有的没有羽毛；有的有夹肢窝的气味，有的没有夹肢窝的气味；有的华光四射，有的一片瓦灰。我所熟悉的世界陌生了。

名词与名词之间是有落差的，落差越大，世界越大，世界内部的张力越大。

莫言就这样肆意地破坏了名词之间的逻辑性。他把公牛弄成了足球，他把足球弄成了汤圆，他把汤圆弄成了冰山，他把冰山弄成了冰淇淋。阅读莫言总是刺激的。春风不用一钱买。

说到这里我就要说出我的一个小秘密，我一直认为莫言是个酒鬼。他的写作总是在豪饮之后。我这样说当然有我的理由，这个理由就是，在莫言的笔下，名词与名词之间始终洋溢着浓郁的酒意。它们不安分，躁动，有时候甚至狂暴。我甚至还想起了罗曼·罗兰对克里斯多夫的描述，他（克里斯多夫，在酒席上）把各种各样的颜色往肚子里灌。许多人都不胜酒力，抱着脑袋摇摇晃晃地撞墙了。莫言却回家了，他打着酒嗝，用他笨拙的手指头野蛮地撞击他的键盘。在“各种各样的颜色”驱动下，莫言打开了他的一个世界，这世界汪洋恣肆。

很遗憾，莫言不是一个饮者。这没关系。我已经原谅他了，我也已经原谅我自己了。但现在的问题是，在莫言的名词与名词之间，为什么始终都带着酒意？

面对“外面的世界”,小说家的心态无非是两种。一是追求“一比一”的关系——尽自己的最大可能“原原本本”地复述、描摹,远古时期的希腊人把这种方式叫作“模仿”,也就是我们通常所说的“再现”。二是变形——变形又有两种情况:(1)往回收,罗兰·巴特就是这么说的,但是,干得最漂亮的却是加缪,他的《局外人》可以说是“往回收”的典范;(2)扩张,莫言就是这样。这两种方式也就是所谓的“表现”吧。

接下来的问题必然是接踵而至的,莫言为什么要“扩张”他的世界?他的目的究竟是什么?

莫言钟情于一样东西,这个东西叫“热烈”。莫言的扩张不在体量上,而在动态和温度上。他喜欢剧烈,他喜欢如火如荼,他甚至喜欢白热化。

事实上,面对自己即将表达的外部世界,每一个作家都有自己所喜爱的调调。余华是收着的,我们可以清晰地听到余华的鼻息。我们完全有理由把余华看作东方的加缪。苏童却是扩张的,但他的扩张却来得有点蹊跷,他喜欢在“湿度”上纠缠。苏童的世界永远是湿漉漉的,像少妇新洗的头发,紧凑、光亮,有一垄一垄的梳齿痕,很性感。

莫言就不一样了,莫言雄心勃勃。面对莫言的文字,我们可以得出一个最具底线的判断,他雄心勃勃。他的器官较之于一般的男人要努力得多。它们更投入。莫言沉醉于自己的世界,这个世界是立体的、完整的。然而,最终的结果却让我们大惊失色,莫言把他完整的世界敲碎了。他要的不是完整。他要的是热烈的、蓬勃的、纷飞的碎片。

话说到这里一切都简单了,莫言是个悲观的家伙。他利用一切可以利用的名词,顺理成章地或不顺理却成章地建造他的世界,批评家们所说的“金沙俱下”就是这么来的。但我以为许多人对莫言还是误解了,我们还是没有好好地正面莫言的“过犹不及”。

> 父亲眼前一道强光闪烁,紧接着又是一片漆黑。爷爷刀砍日本马兵发出潮湿的裂帛声响,压倒了日本枪炮的轰鸣,使我父亲耳膜振荡,内脏上都爆起寒栗。当他恢复视觉时,那个俊俏年轻的日本马兵已经分成两段。刀口从左肩进去,从右肋间出去,那些花花绿绿的内脏,活泼地跳动着,散着热烘烘的腥臭。父亲的肠胃缩成一团,猛弹到胸膈上,一口绿水从父亲口里喷出来。父亲转身跑了。
>
> ——《狗道》

老实说,阅读这样的文字对我们是一个考验。就局部来看,莫言真的是“过犹不及”的。他这样疯狂地面对“外面的世界”有必要吗?那么多的名词有必要吗?我要说,有。我这样说是在比较全面地阅读了莫言之后,他真是悲观。说到底,莫言所谓的“外面的世界”并不是“外面的世界”,而是他“内部的世界”:“我们残忍。”我们在肢解、在破坏、在撕咬这个世界。

他让这个世界璀璨是假的。他让这个世界斑斓是假的。他让这个世界热烈也是假的。他的目标是破碎。为了让破碎来得更野蛮、更暴戾,他让这个世界光彩夺目,他让这个世界弥漫着瓷器的华光,那是易碎的前兆。

> 1958年,他(父亲)历尽千难万苦,从母亲挖的地洞里跑出来时,双眼还像少年时期那样,活泼,迷惘,瞬息万变。他一辈子都没有弄清政治、人与社会、人与战争的关系。虽然他在战争的巨轮上飞速旋转着,虽然他的人性的光芒总是力图冲破冰冷的铁甲放射出来,但事实上,他的人性即使能在某一个瞬间放射出璀璨的光芒,这光芒也是寒冷的、弯曲的,掺杂着某种深刻的兽性因素。
>
> ——《狗道》

这一段文字并不好。甚至可以说,有点糟糕。这糟糕直接暴露了莫言,正如美女脸上的表情,偶尔流露的不好看的表情有时候反而是她的真本性。"我们残忍",这是莫言对世界、对"我们"的一个基本的认识。

"我们"是不是像莫言所说的那样"残忍"?我们可以商量。我们可以用小说去商量,我们也可以用批评去商量,但是,莫言就是这样认为的。我坚信他的念头不可能是空穴来风。他的工作就是把他的想法"有效"地表达出来。他做到了。他干得很好。他拥有了自己的"世界"。

这就是莫言的基本方式,他为我们提供了一个"精彩"的"外面的世界",它鲜活、丰饶、饱满、多汁。然后,到处都是汁。莫言的美学趣味在"到处都是汁"的刹那里头,像爆炸,像狂野的涂抹,像沉重的破裂。

卡尔维诺在论述老托尔斯泰的时候说:"与其说托尔斯泰感兴趣的是颂扬亚历山大一世时的俄罗斯而不是尼古拉一世时的俄罗斯,倒不如说他感兴趣的是找出故事中的伏特加。"卡尔维诺说得真好。我想模仿他:

与其说莫言感兴趣的是支离破碎的世界而不是一个完好如初的世界,倒不如说他感兴趣的是找到故事中的高粱酒。

高粱酒对莫言有什么用?有用。他要仗着酒气告诉我们,"我们残忍"。世界被我们弄成了碎片,焰火一样——多好看哪。可这些话莫言平日里是说不出口,他不好意思。

(原载《钟山》2008年第5期)

魔幻化、本土化与民间资源

——莫言与文学批评

◇程光炜

莫言登上文坛二十余年来，各家报刊的评论很多。据路晓冰《莫言研究资料·附录》统计，至少也有350篇左右①，这个数字还不包括散落于地方性大学学报、文艺杂志或网络上的文章。如果算上作家出道前的一些评述，或出名后国外汉学家的介绍、评论，那数量将大得惊人。根据我初读的印象，无论批评家出于什么想法，都会按照自己的眼光对这位作家创作的优劣作出评价，不管他是有意还是无意，这种评价中都包含了某些文学史定位的成分。我们知道，20世纪80年代到21世纪初的中国，社会、政治状况发生了很大变化，各种思潮对文学观念和创作的冲击，远远超出了人们当年对“未来”的预计。文学的分裂，加剧了创作和批评的分裂，使关于莫言创作的评论经常处在矛盾、反复和不确定的状态。从中不难想到：“一件艺术品的全部意义，是不能仅仅以其作者和作者的同代人的看法来界定的。它是一个累积过程的结果，也即历代的无数读者对此作品批评过程的结果。”②在这个意义上，当批评家对当时涌现的各种知识、话语、视角等加以吸收，并以为是“自己的眼光”时，他对莫言的批评很难再说是个人批评，而是代表着社会观念的对文学的批评，即按照社会需求对“作家形象”进行不断改型和变换(而作家本人未必都愿意接受这种变形术)。因此，有关莫言批评所产生的分歧、争论或共识，实际不光是发生在批评家之间的一个文学现象，也包含了时代在这一阶段的困惑、探索和痛苦。

---

① 参见路晓冰编选：《莫言研究资料·附录》，山东文艺出版社2006年版，第369～390页。

② [美]韦勒克、沃伦：《文学理论》，刘象愚等译，三联书店1984年版，第35页。

一、“魔幻”话题与《红高粱》家族

金介甫在《中国文学(1949～1999)的英译本出版情况述评》中警告我们:“中国新时期文学关心社会批评远甚于文学价值。”[①]事实确是如此。拉美魔幻现实主义在中国的“登陆”,通常被看作当代文学创作摆脱文化政治干扰的一个重要转折点。但更多的表述所阐明的,却并非金介甫所说的“社会意义”,而是对中国作家“艺术创新”价值的肯定。也许正因为这样,在1980年前后发表的文章中,拉美“魔幻”成为竞相谈论的热门话题。

在小说《透明的红萝卜》的“对话”中,众多讨论者都希望把它视为超越“文化政治”的“纯文学”作品。作者莫言坦承:这篇小说“带点神秘色彩、虚幻色彩”,并“稍微有点感伤气”。“他的构思不是从一种思想、一个问题开始,而是从一个意象开始”(施放);“作者把政治背景淡化了”,他“有意识地排除了政治意念”,所以作品才“达到了另一种境界”(徐怀中);“这种距离感也许是使作品产生朦胧气氛的原因”(李本深)。[②] 在这里,文学批评更注意强调的是莫言小说与文化政治之间的“距离感”,目的是引导读者找出作品文本中那些“神秘”、“魔幻”的东西,从而对“现实主义”作品中直观、功利的效果加以阅读性的抑制。通过莫言的小说,有些批评家还发现,“魔幻现实主义”在审美效果、艺术技巧上有比“现实主义”更高和更先进的价值。陈思和说:如果《苦菜花》作者冯德英“所持的历史观,仍然是进化的一元观”,那么莫言小说中“‘我’对历史的探究、恍惚、疑难、猜想”,再配以“白日梦幻的叙述基点”,则在“形式审美上产生了一种新奇的魅力”。[③] 该文以《历史与现时的二元对话》为标题,反映了把莫言放在“历史”与“现时”紧张关系中来评价和认定的愿望。而此意图也得到了季红真的认同:“莫言小说的叙事方式可谓变化莫测”,“间杂转述”“且意象纷呈,时空交错”,于是才会有“对民族伦理生存历史与现状的洞悉,更深一层的探索”。[④] 这样,通过与“历史”(文化政治)的故意偏离,和对“现时”(魔幻现实)的主动贴近,莫言小说经过了“魔幻”话语谱系的过滤和重新认定,他的艺术“追求”因此被固定为:“只有在这个层次上,我们才能理解他作品中那永难驱除的忧郁所蕴含着的生命内在冲突”,才能理解在《红高粱》作品系

---

① [美]金介甫:《中国文学(1949～1999)的英译本出版情况述评》,查明建译,《当代作家评论》2006年第3期。

② 徐怀中、莫言、金辉、李本深、施放:《有追求才有特色——关于〈透明的红萝卜〉的对话》,《中国作家》1985年第2期。

③ 陈思和:《历史与现时的二元对话——兼谈莫言新作〈玫瑰玫瑰香气扑鼻〉》,《钟山》1988年第1期。

④ 季红真:《忧郁的土地,不屈的精魂——莫言散论之一》,《文学评论》1987年第6期。

列中,那"蓬勃生长的人性",纠缠于"原欲之中",所"获得宗教般神圣光彩的至美内容"。①

不过,在对"魔幻现实主义"话题的理解上,有的文学批评可能会有不同意见。"莫言在《红高粱》里表现出清醒、冷峻的现实主义精神,这可看作小说的内核和实质。"②"现实世界和感觉世界的有机融合,使莫言创作呈现出一种'写意现实主义'风貌。"③——这样的"结论",企图在拉美魔幻的压力下重释"当代"现实主义的活力,以期拯救创作界食洋不化的"艺术危机"。然而,"本地造"的现实主义能否有效抵御"外国造"魔幻化现实主义的大举入侵?人们不免心存疑虑,也难有主张。为此,批评家胡河清特别为我们开出了另一个药方,他引入"骨"、"气"、"韵"等概念,相当明确地断定:"研究莫言、阿城的人物塑造也应该运用东方美学的这种综合的方法论",并投入现代意义的眼光,"这样才能确切地看出他们作为一种独特文化现象的存在价值"④。20世纪80年代是一个崇尚和张扬个性的年代。文学批评当然应该有各自为主的个性差异,不过当主观色彩过分投射到文本上,则容易对作家作品得出"千奇百怪"的结论,而且大都是"才能"之类的口气。当然,这样不统一的状态,也说明当代文学在获得某种精神自由后,解释活动有了日益开阔的空间。因此,有人又以"生理缺陷"和童年的感觉方式,从"种的退化"等角度,去解读莫言小说魔幻化追求的意图。而且有论者更明确地指出,《红高粱》系列实际上是一部"史诗"小说,"小说企图通过红高粱家族的族史,来探索中国人在历史新旧交替期间,所遇到的种种人性问题"⑤。但是,上述解释对拉美魔幻现实主义与中国文化政治、人性、家族、心理生理、传统现实文学和东方美学等方方面面所做的多样且自由的"对接",却令研究者大感苦恼。对他们来说,从这些价值体系如此多重、交叉而纷乱的文学批评话语中,该怎样理出头绪呢?

在"寻根"、"先锋"、"魔幻"、"形式革命"成为显学的年代,批评家都不可能绕开这些话语开展任何有价值的批评活动。某种程度上,批评能否具有"有效性",就在于如何占有和繁殖上述知识,把作家文本纳入一种预设范畴并生产出新的文学常识,这是人人都懂得的道理。莫言也乐得接受类似的"定型":"有时候,评论家不但引导读者,而且引导作家向某一方向走。"⑥但又强调说,"历史在某种意义上就是一堆传奇故

---

① 季红真:《忧郁的土地,不屈的精魂——莫言散论之一》,《文学评论》1987年第6期。

② 雷达:《游魂的复活——评〈红高粱〉》,《文艺学习》1986年第1期。

③ 朱向前:《深情于他那方小小的"邮票"——莫言小说漫评》,1986年12月8日《人民日报》。

④ 胡河清:《论阿城、莫言对人格美的追求与东方文化传统》,《当代文艺思潮》1987年第5期。

⑤ 周英雄:《红高粱家族演义》,《当代作家评论》1989年第4期。

⑥ 莫言、陈薇、温金海:《与莫言一席淡》,1987年1月10日、17日《文艺报》。

事”。口头传播的过程,“实际上就是一个传奇化的过程”,没有必要“一切都被拔高”[①]。千百年来的阅读史和传播史已积累了层出不穷的文学经验,作家与批评时有冲突当然也会妥协,创作既是对各种文学范本的反抗,也是创造性的大胆模仿,这本不应该成为一个问题。中外文学史还告诉人们,没有标明“反叛”、“创新”字眼的文学史,就不可能称作“有意义”的文学史。在上述文章中,认为莫言是魔幻现实主义的,便会在小说中寻找与此相关的“叙述”、“意象”、“空间”因素,突出其文本效果的离奇、非常规特征。“他几乎调动了现代小说的全部视听知觉形式”,给“主体心理体验的内容带来多层次的隐喻和象征效果”。[②] 认为他“不完全”是魔幻的,则找出中国的“现实主义”的理由,“《红高粱》里表现出清澈、冷峻的现实主义精神”,正是“小说的内核和实质”。(雷达)至于把他看作“东方”魔幻的,也有例证,《透明的红萝卜》中黑孩的“特异功能”,造成了一种罕见的神秘之美,而且在“我爷爷”、“我奶奶”身上也都显现了这些素质。(胡河清)为保持与“魔幻”文学知识的一致性,更多人拒绝文学“外部”的分析方法,把人性心理当成新的整体逻辑,和今人与历史对话的基础。(陈思和)他们特别提醒,“当我们审视作品所反映的生活时,别忘了那渗透其中的主体意识;当我们注视作品的情节模式时,别忘了那与个人经历密不可分的情绪记忆……”而这就是“莫言的小说”[③]。这样的批评话语,意图是要发掘出作家小说与外国文学结合后的“东方智慧”……

有100个理由相信,80年代对莫言的批评有其历史逻辑和知识背景。出于对文坛现状的不满,要在不理想的创作队伍中找出符合自己愿望的当代“文学英雄”,这个要求当然不应受到粗暴的嘲笑和质疑。然而如果接着上述话题说,那些批评文章就不能说不存在可讨论的余地。一是既然“魔幻”话题被认为具有某种“特异功能”,那么它的社会意义中势必会同时也具备了破坏文学秩序和潜规则的能量,直至会冒犯、压缩和简化文学丰富而细腻的“内部”话语。我们在指责“当代”现实主义过于在立场、感情、态度等层面干涉作家创作自由,并大声疾呼“文学自主性”的同时,态度是否也会同样武断粗暴?例如,莫言作品被定型为“农村生活”小说,“散发着一股温馨的泥土气息”,可是又要它承担“意象的营造”、“浪漫主义”、“现实主义”,同时兼顾“六朝志怪、唐宋传奇,以至明清小说中许多艺术上”的“成熟”[④]。像李陀一样,强要莫言承担如此繁重文学任务的批评家其实并不在少数。但事实上,当时髦“话题”压倒个别“文本”,“魔

① 莫言:《我的故乡与我的小说》,《当代作家评论》1993年第2期。

② 季红真:《忧郁的土地,不屈的精魂——莫言散论之一》,《文学评论》1987年第6期。

③ 程德培:《被记忆缠绕的世界——莫言创作中的童年视角》,《上海文学》1986年第4期。

④ 李陀:《现代小说中的意象——序莫言小说集〈透明的红萝卜〉》,《文学自由谈》1986年第1期。

幻说"变为压抑写作自身的文学立场和价值判断时，莫言的写作究竟还有多大的"生存空间"和艺术想象的余地？再者是文学批评阐释话语的窘迫。"文学史处理的是可以考证的事实，而文学批评处理的则是观点与信仰等问题。"①韦勒克、沃伦的这番忠告使人们想起，当批评"遭逢"历史的突变，与这些"信仰"、"观点"关系密切的各种话语则随时都有可能成为"问题"。文学批评永远都在乐此不疲地与"今天"对话，它当然不会关心"今天"也会在"历史"的反复中怀疑自己：当"五四"文学选择"个人话语"后，解放区文学又把"群众话语"当作了文学"创新"的出发点，而80年代先锋文学的艺术探索，所对抗的恰恰是这一当代文学的集体无意识——这都是历史上的"今天"——面对文坛反复无常的现象，"敏锐"的批评时常会因话语的软弱无力而无地自容。20世纪的中国文学史，不止一次地陷入这种不能自圆其说的难堪境地。这次，又赶上了"魔幻"话题中的莫言的小说。

二、《丰乳肥臀》："本土化"书写

对莫言创作寄予厚望的批评家们，很快把"本土化"确认为下一个文学发展的重要目标。针对当时的情况，这样的预期不是毫无根据的。在中国的社会、经济日益加入世界体系的进程中，随着"全球化"而向文学市场倾销的"外国文学"，也在明显挤压中国作家的生存发展空间。当许多人还在为"走向世界"热情欢呼时，突然意识到，在文化意义上我们其实正在一寸寸地丧失自己的"本土"。一向前卫的李陀早在1986年就敏锐觉察到了这一点。他把目光投到了当时还很年轻的作家莫言身上：《白狗秋千架》、《枯河》、《球状闪电》等中短篇小说"集合在一起，无疑成为当前文学发展中十分值得注意的文学现象。因为它们使作家试图在现代小说中恢复——当然是在新的水平上的恢复——中国古典小说的某些宝贵传统的努力，不再是个别的尝试"②。1995年，莫言长篇小说《丰乳肥臀》的问世，证实了李陀的这个"预见"。

莫言说："丰乳与肥臀是大地上乃至宇宙中最美丽、最神圣、最庄严，当然也是最朴素的物质形态，她产生于大地，象征着大地。这就是我把小说命名为《丰乳肥臀》的解释。"③一定意义上，这是作家创作转向"本土"时所发出的最明确的信号。按照莫言的解释，大地意味着"土地"，它乃是专指中国的"土地"。这说明，在经历了"魔幻化"从兴奋到疲劳的探索过程之后，作家萌生了重回民族母体寻找文学源泉的渴望。但是，文

① [美]韦勒克、沃伦：《文学理论》，刘象愚等译，第32页。

② 李陀：《现代小说中的意象——序莫言小说集〈透明的红萝卜〉》，《文学自由谈》1986年第1期。

③ 莫言：《〈丰乳肥臀〉解》，1995年11月22日《光明日报》。

学批评一开始并未理睬作家借助女性夸张形体来象征“本土”命运的艰辛努力。批评甚至对小说的“本意”也产生了怀疑:“书名似欠庄重”(徐怀中),“题名嫌浅露,是美中不足”(谢冕),“小说篇名在一些读者中会引起歧义”(苏童),“书名不等于作品”(汪曾祺)。[①] 更多的批评则来自对“色情”、“欲望”描写的指责。然而,这些并未挡住对这部小说更“正面”的声音。《丰乳肥臀》的出现,是否再一次证实了“魔幻话题”不可避免的衰落?有的论者支持了莫言“转向”的执著和激情,如宣告它是中国“伟大的汉语小说”,在20世纪的新文学中,“能够和它媲美的作品可以说寥寥无几”。原因就在于,“先锋新历史小说是在努力逃避历史的正面”,而“莫言却在毫不退缩地面对”“历史的核心部分”,于是“更加认真和秉持了历史良知”。[②] “在这个意义上,莫言是我们的惠特曼”,“有一种大地般安稳的心”。[③] 那么,《丰乳肥臀》的出现是否还标明了先锋小说在纯粹形式实验后所发生的“本土化”回归?王德威或许就是这么看的。他为我们展开了一幅中国乡土文学的历史发展图,让人在想象力枯竭的文坛上看到一种亮丽的文学形态:“终于90年代中”,“这些年的风风雨雨后”,“莫言以高密东北乡为中心”,“因此堪称为当代大陆小说提供了最重要的一所历史空间”;犹如“沈从文写湘西”,陶潜与“桃花源”,蒲松龄之与《聊斋志异》,这“原乡的情怀与乌托邦的想象”,“早有无限文学地理的传承”。[④] 这样,莫言小说就被文学批评转移到另一块更加肥沃的“本土化”的文学土壤,它好像与作家前期作品施行了巧妙的“分身术”,它的意义不仅仅限于自身,甚至代表了“当代大陆小说”艺术探索的某种新动向。

如果一定要把《丰乳肥臀》当作“本土化”艺术标本来看待,那么,对批评家而言,就需要找到合理解释的根据,发现文本中新的叙述因子,发现组合人物、主题、题材与乡土观念、原乡气息的逻辑关系。在一些批评文章中能够见到,大地与感性认识如何结合、叙事与生命怎样衔接、庙堂话语和农民陈述又怎么对照,如此等等细碎的环节,都进入了研究者精心的考虑。陈思和为此作过专门分析:莫言的小说语言,“已经属于中国语言及汉字形态的文学因素,而且马尔克斯获得诺贝尔奖的事实,正是启发了中国作家可以用本土的文化艺术之根来表达现代性的观念”。《丰乳肥臀》以后,莫言“在创作上对原本就属于他自己的民间文化形态有了自觉的感性的认识,异己的艺术新质融化为本己的生命形态”,“这对莫言来说就像是一次回归母体”。但他不同意莫言把自己近年小说创作风格的变化说成是“撤退”,而认为,这其实是本土“文化形态从不纯熟

---

① 张军:《莫言:反讽艺术家——读〈丰乳肥臀〉》,《文艺争鸣》1996年第3期。

② 张清华:《叙述的极限——论莫言》,《当代作家评论》2003年第2期。

③ 李敬泽:《莫言与中国精神》,《小说评论》2003年第1期。

④ 王德威:《千言万语何若莫言》,《读书》1999年第3期。

到纯熟、不自觉到自觉的开掘、探索和提升”，而不存在所谓由“西方”的魔幻到本土的“选择转换”。[①] 然而，有人对《丰乳肥臀》的读解却明显有异。张军笔下的“本土”，就完全没有前一位论者精神与文化层面的美好定位。所谓“家园”，似乎更具有现代派文学那种非价值判断意义上的不稳定性：“历史是什么？是战乱？饥饿？抗击外敌？革命？自相残杀？似乎都是，又似乎什么都不是”，“上官鲁氏一家在战火中的境遇就是一个绝望的历史反讽：为躲避逃离家园他们失去了历史（家园就是他们的历史），为找回历史他们返回家园，而此时，他们看到的却是正处在一片炮火中的家园”。[②] 也有论者对莫言的上述努力，甚至作了非常“严重”的质疑：向“‘纯粹的中国风格’的‘撤退’的失败”，“可以从他的叙述方式上看出来”。中国传统小说的叙述，一般是以第三人称的全知性叙述方式，所以给人“一种稳定可靠、平易近人的感觉”，是一种“陪人聊天”的艺术。而莫言的创作，却像福克纳一样，人物对话的“欧化色彩极重”，“常常采用间接引语的方式”，“不断变换的视点”，显然走的是与传统小说南辕北辙却正是“他所反对的‘西方文学’的路子”。[③]

没有人会怀疑，批评家根据自己的方式评论作家作品。在这一过程中，批评的基点既来自个人知识、艺术素养和眼光的积淀，显然又在“当下”话语环境的合力促成之中，就是说，瞬息万变的知识信息、文化话题和各种文坛潜在压力，无时不在左右、干扰和改变着批评者对文本的看法和选择。如此一来，“纯粹”从文学史的角度看，是绝对不应该相信“这样”的批评文章的，然而，有张力的文学史研究又不能完全绕过批评文章和作家“创作谈”等等纷乱芜杂、自相矛盾的材料，通过去伪存真和剔除辨识回到文学的“历史”之中。这恰如孙歌所指出的：“假如我们把不脱离历史状况作为一个最重要的思想前提，假如我们不把事后诸葛亮式的廉价‘正确观念’作为思考的出发点，那么如何判断这种‘不脱离’的真实性?”她接着要说的意思是，我们是否把本应该成为一个问题的现象“并没有被问题化”[④]？因此，我们的“问题”是：诸公所论是哪一个层面的“本土化”？存不存在一个几十年来固定不变并兼具理想化、浪漫化色彩的文学的“本土”？如果说“本土”的概念在众多文学批评那里因理解的不同而出现明显的分歧、扭曲、异质和多样性，那么，该怎么解释它因分歧而产生的多样性？如此的追问，就不能不涉及什么是新的社会语境中的“中国风格”、“中国民族文学”等问题。如上所述，莫言小说“撤退”之说——即“中国风格”的提出，有其特殊的年代“背景”。20 世纪 90

① 陈思和：《莫言近年小说创作的民间叙述——莫言论之一》，《钟山》2001 年第 5 期。

② 张军：《莫言：反讽艺术家——读〈丰乳肥臀〉》，《文艺争鸣》1996 年第 3 期。

③ 李建军：《必要的反对》，山东文艺出版社 2005，第 65 页。

④ 孙歌：《竹内好的悖论 · 序言》，北京大学出版社 2005 年版。

年代后，革命文化的撤离，使市场意识向中国城乡社会所有角落和每个人的神经领域大肆渗透，大众文化已不容置疑地成为新的“主流”文化和统治性的话语形态。大众文化不再安于与其他话语分治天下，而想独占“改革”的历史成果，办法是通过层层渗透改变革命文化的历史正剧成分，使之向着“仪式化”、“话语化”和更加“浮层化”的方面迅猛发展。但这种大众文化所酿造的显而易见的“历史空心化”，却是另一个无法否认的事实。这种现实格局，极大地改变了中国人的“世界观”——乃至“中国观”。13亿的中国儿女，被全面卷入世界的“经济框架”和“文化逻辑”之中。中国“意识”的危机，当然是彻底意义上的“文化”危机，而经济发展的持续高涨，则反而刺激起中国人内心深处强烈而无序（并偶尔带点仇外情结）的民族主义情绪的频繁发生。在我看来，正是在中国人新一轮的民族主义情绪和本土文化认同极不明晰、极其缺乏准确定位的历史关头，正是在这认识的断裂处，莫言出场了。莫言“撤退”的历史根据是什么？他的小说要寻找的文学“本土”究竟在哪里？他能够找到文学真正的立足点吗？人们不能不表示发自心底的怀疑。在这个意义上，如果说文学批评对“本土化”的解读因而带有了很大的实验性和不确定性，那么可以说，莫言的“撤退”也是实验性的，是有极大的风险性的。这些忧虑，显然都进入了对《丰乳肥臀》文本的解读和思考。

如果这样看，《丰乳肥臀》当初遇到的“麻烦”，与其说是它的疯狂“恋乳”的表面文学效果极深地刺痛了文学批评家的伦理耻辱感，不如说，这种麻烦直接导致了文学批评解读“本土”概念时的困难与尴尬。那是因为，它直接向文学批评提出了一个无法规避的“难题”：全球化格局与中国文学的出路。但在我看来，与上述“难题”密切相关的，是一个更值得追问的问题：向“本土”撤退是否就意味着一种历史的进步？它是否在文学的困难期重新拨亮了“民族文学”的微弱曙光？与此相关的，是这一期间另一位著名乡土作家贾平凹的长篇新作《秦腔》在文学批评界引起的“轰动”、“惊讶”。毋庸置疑，莫言和贾平凹能否成为新世纪中国文学的“领路人”，这个“话题”已经在不小的范围内半公开地展开。一些有识之士也许意识到，在当代中国文学的各种题材中，“乡村”题材的资源可能是最为丰富的。如果都市题材最能表现这个民族社会变革的脉动的话，那么乡村题材却最容易凝聚、集结和沉淀“中国”的历史经验，那里隐含着中国人最为隐秘的精神冲突和更深沉的隐痛。莫言、贾平凹“今天”的写作，已充分证明了这一点。在二十余年的文学探索中，他们几乎可以说是始终保持着高水平和旺盛创作势头的仅有的几个作家。但是，在今天，“乡村”是否就等于是唯一的“本土”？从事乡村题材写作是否就必然走向成功？除去“题材”因素以外，他们身上是否还拥有其他更为珍贵的素质？例如，一个作家的超常禀赋、心理素质、忍耐力和非同寻常的境界；又例如，对“本土”多样含义的深透理解，对“文学”是什么的非凡见识，以及对文坛流俗意识顽强的警觉、对抗和超越等等。这些疑问和问题，并没有在诸多文学批评中得到有效的回应。反之,类似的鼓动、怂恿和先入为主的主张,倒让人想起现代文学史上曾经有过的探索和争论——当赵树理证明“民族化”、“大众化”的抽象讨论可以落实到小说的实践当中,而工农兵文学据说到了“喜闻乐见”和“为人民写”的更高阶段,当“民间写作”、“底层文学”又表现出对精英文学的大胆反拨,认为它更具有面对“当代生活”的艺术勇气……在这些问题面前,文学批评该怎么回答,它们真的就标志着文学的进步或退步?倘真的如此,80 年代为什么还会出现针对上述“进步现象”的“反思”和“批判”?谁又能保证日后不会对“民间”、“底层”理论也有同样的诘难?如此看来,近一百年来,在这些文学“本土”、“民族化”的字眼的后面,有着可疑的含义。这是因为,这些概念所提出的问题,并没有随着它们的提出而自动解决,而是以更加令人不安的方式,要求着回答。对《丰乳肥臀》的作者来说,他写作的障碍,并不一定是由叙述、文体、文字形态、反讽、文学地理、历史核心和安稳的心等“本土”话题所引起的,也不一定全部来自世界文学与中国文学、本土与全球等问题的纠缠和困扰。但“本土”并不是在讲述一个无效的话题,作为对我们生存环境的一个大体勾勒,也并非不会对作家的思考、写作毫无帮助。问题只是,更清醒的辨识,也许还应该来自对人的自身的局限性的清醒意识,来自对今天复杂难辨的文化状况的谨慎的估计。

三、《檀香刑》、《生死疲劳》文本中的“民间资源”

对莫言小说来说,如果“本土化”更像一个笼统而无法把握的哲学命题,有诸多难以辨认、讨论的“歧义”和“难点”,那么“民间资源”说则呼应了他创作的转移态势,奠定了“撤退”的某种“合理性”基础。近年来,莫言在谈到自己的创作时最喜欢用的一个词就是“民间写作”。“作为老百姓写作”者,无论他写什么,都与“社会上的民间工匠没有本质的区别”。“《檀香刑》在结构上下了很大的工夫”,“具体地说就是借助了我故乡那种猫腔的小戏”。[①] 他承认,“关于民间,现在也存在着许多误解”;但他相信,“提到民间,我觉得就是根据自己的东西来写”,并加强了肯定语气,“民间写作,我认为实际上就是一种强调个性化的写作”。[②] “民间说唱艺术,曾经是小说的基础。在小说这种原本是民间的俗艺渐渐地成为庙堂里的雅言的今天”,“《檀香刑》大概是一本不合时尚的书”。[③] 如果说,“《檀香刑》既是一部汪洋恣肆、激情迸射的新历史小说典范之作”,以

① 莫言:《文学创作的民间资源——在苏州大学“小说家论坛”上的讲演》,《当代作家评论》2002 年第 1 期。

② 莫言、王尧:《从〈红高粱〉到〈檀香刑〉》,《当代作家评论》2002 年第 1 期。

③ 莫言:《〈檀香刑〉后记》,作家出版社 2001 年版,第 511 页。

“民间化的传奇故事”，充分展示了“非凡的艺术想象力和高超的叙事独特性”[①]，“这种民间戏剧”，来自“高密东北乡的民情、民性和民魂”[②]。对于熟知莫言小说、同时因无法对“历史的终结”作出有效反应的中国文学深感揪心的人们来说[③]，《檀香刑》、《生死疲劳》的出版显示了“向中国古典小说和民间叙事的伟大传统致敬”的“神圣的‘认祖归宗’”的“仪式”，“是对魔幻现实主义小说和西方现代派小说的反动”。它是“真正民族化的小说，是一部真正来自民间、献给大众的小说”[④]。按照出版社的宣传提示去理解，它们将意味着启动了当代中国文学的又一个令人激动的“未来”。

《檀香刑》和《生死疲劳》的确是经历了当代中国文学二十余年来艰苦探索和诸多教训的重要之作，它们不光是站在中国文学的立场，同时又是从作家个人立场出发而试图对纷纭复杂的文学实验、突破和挣扎作出的带有综合意思的“反省”。它反抗“理论符号”和“流行写作时尚”，拯救真正的“个性化写作”，同时自觉去发掘隐藏在社会生活深处的个人经验，而这一切正来自“感觉到还有许多让我激动的、跃跃欲试的创作资源”的巨大动力（莫言语）。这是这两部小说的最为难得之处。

发掘隐藏在社会生活深处的个人经验需要锐利的眼光，也不是“民间资源”都能概括的。批评家注意到，“复调型的民间叙事形态是莫言小说的最基本的叙事形态”。而“近年来小说创作风格的变化，是对民间文化形态从不纯熟到纯熟、不自觉到自觉的开掘、探索和提升”[⑤]的结果；有的论者认为，民间文化有四种类型，因而，“参照本土经验的分析”，并选择“一个自内向外、自地方到整体这样的视角，是我们考察民间审美意义的一种有效方式”[⑥]。但“民间”的提倡者并不完全同意“知识分子的民间价值立场并不是虚拟的”这类说法，不需要它“降临”民间社会，“照亮”后者的价值。“民间”的意义不是指“被用来寄寓知识分子的理想”，而“现实的自在的民间只是我们讨论的民间文化形态的背景和基础”，最能够“生发”出意义的则应该是那种“被严格限定在文学和文学史的范畴”里的“民间”。因此，“要说明知识分子的民间价值立场，也只能通过作家的具体创作及其风格来证明”[⑦]。针对“庙堂文化”出于自保而打压、排斥“民间文化”，

---

① 洪治纲：《刑场背后的历史——论〈檀香刑〉》，《守望先锋》，广西师范大学2005年版，第280页。

② 张学昕：《“地缘文化”：中国文化建构的一个重要话题——读莫言小说〈檀香刑〉所想到的》，《作家》2004年第5期。

③ 参见陈晓明：《表意的焦虑——历史祛魅与当代文学变革》，中央编译出版社2002年版，第394页。“历史的终结”一说，是他经常用来批评当前中国文学“危机”的一个观点。

④ 小说《生死疲劳》、《檀香刑》封底的“宣传词”，莫言《生死疲劳》，作家出版社2006年版。

⑤ 陈思和：《莫言近年小说创作的民间叙述——莫言论之一》，《钟山》2001年第5期。

⑥ 王光东、杨位俭：《民间审美的多样化表达——20世纪中国作家与民间文化关系的一种思考》，《当代作家评论》2006年第4期。

⑦ 陈思和：《莫言近年小说创作的民间叙述——莫言论之一》，《钟山》2001年第5期。

从而导致了后者鲜活的文化形态彻底萎缩的那个年代,上述"判断"带有反省历史的性质。当然,也以新颖的视角丰富了我们对"过去"的认识。但是,从当时讨论的语境看,将知识分子、官方、民间、庙堂作为处理复杂文学现象的对立性词组来运用,尤其是所举的单独、罕见的例子,却也给人比较简单化的感觉。这次又从具体语境中拿出来讨论牵涉面更广的问题,是否造成了概念和表述之间的缠绕、分析的持续疲乏,以及讨论对象与问题本身的混沌难分状态?也同样是值得注意的问题。

莫言曾直言相告,"民间这个问题确实到现在也没有弄清楚。民间的内涵到底是什么东西,我看谁也无法概括出来",他从来"没有想到要用小说来揭露什么,来鞭挞什么,来提倡什么,来教化什么"。但当有人问起"回到民间的意义究竟是什么"时,他却改而告知:"它的意义就在于每个作家都该有人格的觉醒、作家自我个性的觉醒。"[①]马上又返回刚被"民间"提倡者所否认的"知识分子"的"主体性"上。一会儿要"参照本土经验"、"自内向外"地考察"民间";一会儿却怀疑知识分子对"民间"的"降临"、"照亮"的主体作用,说"民间"在文学、文学史中才有讨论价值;一会儿又反其道而行之,既强调"不教化"的非价值立场,又肯定作家的"人格觉醒"的价值标准……值得惊讶的是,时间未出三五年,关于"民间资源"的解释为何会流派纷呈,出现如此之大的差异性?由此不能不想到:人们还能否在同一历史空间中讲话和对话?我想这种疑虑的出现是很自然的,因为更大的质疑证明了这一点。在一篇"对话"里,我们听到了对"民间资源"论几乎具有瓦解性的言论:在早期小说《大风》、《欢乐》、《透明的红萝卜》中,"莫言从直接的生存体验出发,似乎随意抓取一些天才性的语言纵情挥洒","这种语言背景虽然没有鲜明的旗帜标志它具体属于哪一种语言传统",但正因为如此,他的创作"才显得十分自由,从而更加有可能贴近他文学创作爆发期的丰富体验"。"在这个意义上,我觉得他近来的创作相对来说是一种退步",即从"一种混合语言背景"退回到"所谓民间语言的单一传统",他是在"刻意依赖一种非西方(非欧化、非启蒙)的语言"。为此,对话者之一郜元宝激烈地质疑道:"莫言所引入的传统语言如说唱文学形式,究竟是更加激发了他的创造力,还是反而因此遮蔽了他自然、真诚而丰富的感觉与想象?"另一位对话者葛红兵试图辩解:《檀香刑》的"声音",明显在"颠覆五四对民间话本小说、戏曲语言的拒绝乃至仇恨"。这种声音不是莫言个人的,"它是我们民族在数千年的生存历史中逐渐找到的","莫言发现了它"。但是,前面的论者对这种"发现"并不买账:"我还以为应该警惕两个概念:一是民间,它是一个很大的文学史的或者哲学的概念,不能仅仅理解为具体的文学创作;二是莫言所说的'中国风格',这是一个具有危险性和蛊惑力的概念。"他担心:"在某些文人学者呼吁对'全球化'作出反应的今天,中国

① 莫言、王尧:《从〈红高粱〉到〈檀香刑〉》,《当代作家评论》2002 年第 1 期。

文学中仅仅出现了这种对声音的重视，对民间的重视，对‘中国气派’的追求，这难道就是中国文学对‘全球化’所能作出的唯一的回应方式吗？”[①]有趣的是，就在文学批评接连不断怀疑小说实际成就的情况下，人们在2006年7月17日新浪网“读书频道”、当当网的“新书推荐”中，却听到了与之截然不同的议论。前者称莫言的长篇新作《生死疲劳》通过“叙述者”的眼睛，让人深刻“体味”了当代中国“农村的变革”；后者在“划时代的史诗性巨著”的通栏标题下，介绍了这部小说，肯定它的写作“充满了作家的探索精神”——该栏的编辑还写道，从中又“听到了‘章回体’最亲切熟悉的声音”。据说，该专栏在很短时间内就被网友“点击”了“三万九千一百三十七次”，可见这部小说在广大读者中反响之“火暴”的程度。

然而，按照我们的理解，“文学批评”家族从来都混杂着多种人员和不同的表述，既有学院派的批评，也有来自文坛圈子的批评，还有纯粹属于“读者”的批评，以及网友批评等等。在多种层次的批评中，“民间资源”当然会有更加混杂、甚至截然不同的解释，负载着不同的文学诉求，这原是不足怪的。而莫言在《檀香刑》、《生死疲劳》中对创作“资源”的思考、探索和艺术实验，就处在这些分裂性话语的巨大争夺之中。因此，在某种程度上，与其说我们是从两部小说中“理解”了今天的“莫言”，还不如说是众声喧哗的“批评”重新描画了这个矛盾多变的“莫言”的形象；或者正好相反，是作家与众不同的艺术想象力和创造力，“塑造”了今天的“文学批评”，为它们提供了源源不断且充满对立气味的各种话题。对小说，尤其是对作家来说，他（它们）永远都处在文学批评的鼓励、压力、质疑、反对或赞美当中。某种意义上，他（它们）与文学批评既是对手，又是同路人，既是对话者，同时又站在难以对话的巨大鸿沟的两端——这是任何研究者都必须面对的复杂“现实”。

不过，对“具体”的作家创作来说，“民间”的经验从来都不是“同质”的，正如它也不是绝对“异质”的一样，这已反映在20世纪中国文学纷纭复杂的有关“民间写作”的论述中。它的“中国气派”的艺术追求，并不必然直接去回应“全球化”的宏大叙事。“天才性地”、“十分自由”和不受任何束缚的“纵情挥洒”，即使有再多“爆发期的丰富体验”，也未必就能向复杂、多层次、有挑战性和相对更加成熟的伟大文学文本靠拢。在今天，对于作家具体的创作来说，更为紧迫的可能恰恰是“写作问题”，而非新的“概念预设”问题。它恰恰应该警惕和防范以“语言”为中心（过去是以“民间”为中心）的批评概念对它鲜活、生动和个体经验的新一轮的覆盖与损伤。在上述情况下，坚持继续重返作家个人生活痕迹上的“民间”，从大量沉埋于民间说唱文学的尘埃中（例如蒲松龄、

---

① 郜元宝、葛红兵：《语言、声音、方块字与小说——从莫言、贾平凹、阎连科、李锐等说开去》，《大家》2002年第4期。

家乡口头传奇的“传统”)汲取新的表现形式、想象力、话语形态和写作可能性,与将这些东西在文学势力、文学舆论的逼迫下“旗帜化”、“姿态化”,是需要同时注意的两个方面。我以为,这样的意见也许更显得珍贵:“对莫言来说,我觉得重要的不是讨论他所选择的语言传统本身如何如何,而是应该仔细分析民间语言资源的引入对作家个人生存体验带来的实际影响。莫言所引入的传统语言,如说唱文学形式,究竟是更加激发了他的创造力,还是反而因此遮蔽了他自然、真诚而丰富的感觉和想象?”(郜元宝)但是,什么是“自然、真诚而丰富的感觉和想象”? 什么又是“语言传统”? 这些本来就缠绕不清的问题,也需要拿到更严格的层面上来辨析和处理。

《檀香刑》和《生死疲劳》令人印象深刻之处,不是它们单凭个人才气,同时还借助丰富渊博的“传统资源”加以转喻、提升和整合的非凡写作能力。仅就一个世纪而言,乡村小说题材中恐怕还少有人如此从“大叙事”角度(鲁迅、赵树理所选取的只是某个精彩的“横断面”,而与莫言有同等艺术气象的恐怕要数贾平凹、陈忠实两人)来揭示中国农村社会的深刻变迁的。但它们也有“英雄主义同时又是农民意识”(包括前期某些小说)的“格局”①,“创作心理上不健康的粗鄙习性”和缺少限制的“语言粗糙”。② 在对作家小说创作“跟踪式”的评述中,文学批评觉察到不少小说“对这个时代本质的切入无疑又是准确而深刻的”。虚拟、写实相混合的手段,“没有把读者推离时代和现实”,反而体验到它“复杂得无法归纳和总结”。③ 随着批评家对作品的阅读,关切莫言的读者当会明白,“《檀香刑》标志着一个重大转向”,“莫言不再是小说家——一个在‘艺术家神话’中自我娇宠的‘天才’,他成为说书人”,他“处理的题材是各种历史论述激烈争辩、讨价还价”,并甘愿与“唐宋以来就在勾栏瓦舍中向民众讲述故事(赵树理也曾自认是‘地摊作家’)的人们成为了同行”。④ 另一方面,也有论者认为,它其实是“一部外表华丽、实质苍白的游戏之作”,是“才华的消费”、“华丽的苍白”和“优点突出,缺陷明显”的小说⑤……但书中对已从今天绝迹的钱丁等传统“士绅生活”的细致描写,对乡里俗人那贫贱快乐委婉曲折的说唱叙述,令人怀恋,也得到众多评家的欣赏。而《生死疲劳》对由人变驴、再变为牛的主要“叙述人”百折不挠、忍辱负重精神状态一唱三叹式的细嚼、体察、同感和悲天悯人,也叫人掩卷感动。当然,还会有“主观性很强的叙事方式”、“人物的心理和行动的叙写是粗疏、简单的、缺乏可信性的”、“这显然不是中国读者习见的‘民族’风格和‘民间’做派”的简单指责(李建军)。后者的论点既觉得可以理

① 王炳根:《审视:农民英雄主义》,《文艺争鸣》1987 年第 4 期。

② 陈思和:《历史与现时的二元对话——兼谈莫言新作〈玫瑰玫瑰香气扑鼻〉》,《钟山》1988 年第 1 期。

③ 吴义勤:《有一种叙述叫“莫言叙述”》,2003 年 7 月 22 日《文艺报》。

④ 李敬泽:《莫言与中国精神》,《小说评论》2003 年第 1 期。

⑤ 邵燕君、师力斌、朱晓科、李云雷等:《直言〈生死疲劳〉》,《海南师范学院学报》2006 年第 2 期。

解，也有些许不快。人无完人，金无足赤，千百年来何不如此，更遑论与我们同在这烟火和生死人世间的作家？但从《檀香刑·后记》中急于“表白”与“民间说唱形式”血脉亲缘关系的文字中，又分明透露出极易被抓住“酷评”的某些成分。它或许是出自破碎后的“整体历史”的自我警醒、自况，又反映出希图“重返”那个被整体历史压抑、改写的原先的“大过去”、“大传统”时所投去的深情的一瞥和眷恋。而且，从“火车的声音”、“一九○○年”、“我们村庄”、“地方猫腔”、“广场空无一人”等等感性材料和重叠记忆中，隐约看出作者力图复活和呈现各种激烈争辩的历史论述，理解“历史是戏”、“戏是现实”，同时理解“无论生死，人永远要承受一切”的生活的真相的无奈与挣扎。它们不仅指向浩渺和深奥的历史时间形态，而且也指向他本人的“内心状况”。

文学批评是对作品“第一时间”的阅读，是与作家的“对话”，但从来都是混合着“当下”时代意识、文化气候、文坛意气和个人痕迹的书写形式。可以看出，与20世纪五六十年代“政治第一”、80年代“文学自主”等等二元对立式的批评模式明显不同，当前对莫言的文学批评显然是市场经济、大众文化的直接产物，它恢复了“文坛批评”的本来面目。文学批评从不承认对作家的“跟帮”角色。它最大的野心，就是通过“作家作品”这一个案来“建构”属于批评家们的“历史”。因此，在大量莫言小说的批评文章中，有的主观地把作家纳入自己的判断、预设、感受中，让作品在失去主体性的情况下充任“见证历史”的“材料”或“旁证”；有的根据时代、文学的变化，“跟踪”作家创作的阶段和调整的步伐，作出“有效”的针对文本的评价和裁决，与作品发生“强烈的共鸣”并施以“设身处地”的分析，然而，也可以根据某些理由将这些“变化”重新推翻；有的以认可、赞同的方式，证明个人批评的始终“在场”，以作家本人的“声望”来决定观点的轻重、分寸和“结论”。正如批评会影响读者，读者也在潜在影响（如时尚、广告、酷评和猎奇风气等）批评，成为它文本内外的“杂语”，组成批评界驳杂难分的生存面貌。某种程度上，所有的批评都声称是对作品文本最真实、客观和贴切的体察，但是，在这一过程中，也难以避免它们对作品这一部分的夸大和对另一部分的简缩；选择有利于批评基点的例证，或是作品本来突出的优点反而被稍微降低。根据我们的理解，这都属批评的“正常范围”，本来就是批评的“风格”。但无可置疑，这些年来的对莫言作品的批评已经深刻影响了文学史的写作，成为撰写者在考虑叙述框架、展开问题和形成定论时无法绕开的重要“观点”、“参照”，并具有某种强烈的“暗示”性作用。但文学史家也在拒绝文学批评话语更露骨的入侵，排除它的话语干扰。例如，有的文学史著作在评述《丰乳肥臀》这部小说时，接受了“奔放热烈”的“传奇性经历”、“丰沛的感觉和想象”、“感性体验”、“野性生命力”等等批评话语，但拒绝在前面冠之以“伟大”、“重大的转向”、“震撼”和“史诗性”的夸张命名（洪子诚的《中国当代文学史》）；有的文学史选择这样一些词汇进入对莫言的叙述，如“家族回忆”、“民间价值”、“生命力”、“暴力”、“草莽特点”、“性爱”等等，同时又尽量避免对这些判断作更大幅度的价值“提升”(陈思和主编的《中国当代文学史教程》)；另外还有文学史著作，由于受到文学批评的“影响”，增加了介绍作家创作的篇幅，并把批评所“发现”的“童年视角”作为分析《透明的红萝卜》的基本立足点，然而也仅此而已(孟繁华、程光炜的《中国当代文学发展史》。由此可见，文学史在借鉴和吸收文学批评成果的同时，也在“控制”、“过滤”、“纠正”或“修补”它的过度“叙事”。像文学史一样，二十年来“批评”一直在冲荡、影响莫言的“写作”，给他的写作过程带来了某些“阴影”，“批评话语”在纷纷进入他的小说，成为某种驱之不去的艺术想象“因素”。与此同时，他也在反抗、摆脱着这些话语的改造和侵蚀，顽强地擦去留在作品文本表面的某些细微锈斑。例如，他终于抵御了“魔幻现实主义”等示范文本对个人创作的强大诱惑，毅然从批评话题的强势作用中重返“小戏猫腔”。又例如，他尽管赞成关于“民间资源”的说法，一定程度上也认可由此而来的“评定”，但又竭力反叛“概念”的压力和“话语”的篡改，强调其“感性”、“多面”等等复杂的方面……以上种种，都让我们想到，漫长的文学史其实一直在重复着这些作家、批评家之间的陈旧“故事”。这是他们之间激烈争辩、驳难、分歧、合作、阐释和叙述时的话语游戏。就在这一话语游戏中，多少作品进入“正典”或“异类”，又出人意料地出现位置的更换，多少新的作家匆匆露面，多少老的作家黯然沉落，人们已不得而知。但是，不管作家是否愿意，文学批评都在对他作各式各样的文学史“定型”，并通过这一工作使自己的话语坦然载入煌煌史册。因此，所谓的文学批评史，无非是对作家创作一次次的“当下”评述，同时又是对这些评述的修改、变更和增删的过程；而作家留给后人的“创作史”，可以说就是批评家对作家主观愿望和创作意图的“改写史”。这就是众所周知的文学“规律”。

(原载《当代作家评论》2006 年第 6 期)

喧哗与静默

◇王安忆

我试着描绘莫言的小说世界。莫言有一种能力，就是非常有效地将现实生活转化为非现实生活，没有比他的小说里的现实生活更不现实的了。他明明是在说这一件事情，结果却说成那一件事情。仿佛他看世界的眼睛有一种曲光的功能，景物一旦进入视野，顿时就改了面目。并不是说与原来完全不一样，甚至很一样，可就是成了另一个世界。这世界里的一切还是依原来的样式链接镶嵌，色彩却全变了，你很容易将其视作为一种风格，但风格其实是装饰的意味，而这里的色彩则影响到事情的性质。所以，这"色彩"更接近"质地"的意思，事情的质地不同了，于是，就变得不那么真实。这里的"真实"并不相对于"虚假"，金克木所著《文化卮言》第162则"诗与真"说："我们中国人经常将假和真对立，却很少把诗和真并列。"[①]我想，莫言的不真实大约是和金克木说的"诗"相仿。可是我又不情愿说它就是"诗"，也可能是我个人对"诗"的理解太狭隘。我总觉得诗是一件比较单纯的事，即便在莫言的那个不真实的世界里，情况也是这样，甚至是比真实的更为沉重，但我不否认那里确实有着一重意境。小说实在是一种过于结实的东西，现实既是它的内核，又是外相，要从中抽离出一个独立的世界，是需要更有力量的占位，诗似乎欠一些。如果我们将"诗"理解为超越性的空间，大概也可以这么说了。

我想用莫言的一部中篇小说来说明这个世界的存在以及存在的可能性，这部小说的题目为《三十年前的一次长跑比赛》。故事讲的是三十年前的大羊栏村。那时候，离村庄三里地处，坐落着一个胶河农场，农场里聚集有四百多名"右派"，进行劳动改造。莫言这么写："从很早到现在，'右派'在我们那儿，就是大能人的同义词。"接着，他推出几个特别的例子：有京剧名旦蒋桂英，据说解放前和大富翁隔玻璃窗亲个嘴，就挣十根

---

① 金克木：《文化卮言》，周锡山编，上海文艺出版社1996年版，第315页。

金条;“三角眼作家”写一本书,挣一万元;省报编辑李镇,不动声色就出一期黑板报,有文有画;工程师赵猴子,设计一个大粮仓,犹如一座迷宫;会计师老富,能双手打算盘,双手点钞票,双手写梅花篆字;标枪运动员马虎用标枪打兔子,百发百中;短跑运动员张电和长跑运动员李铁则专门负责赶兔子,将兔子送到马虎的射程里……对这些身怀绝技的能人,村人们有着极高的褒奖,就是“不善”。这句评语很奇妙,从字面上看,是可视作一个颠覆,透露出这个故事是在与现实社会相对立的语境中发生。就这么些能人能事已经很可观了,但还不算什么,最出类拔萃的一个,被作者称为“天才”的,却并不在胶河农场,在哪里呢?近在眼前,远在天边,就在大羊栏村,村小学的教师朱总人。这位朱总人当然也是“右派”,却是“草根右派”,用莫言的话说,就是“土造的右派”。他不像胶河农场的那些,是从省里下来,犯过这样或那样的事,不管大小轻重,都是货真价实。这位出自本土的“右派”是因为走步先出右脚,而被充数成为“右派”的。这大约是异禀的一个小小的征兆。还有一位先出右脚的,是“我”的大姐,却因暴烈的反抗而不了了之。看起来,凡有“右派”嫌疑的多少都有一些不同于常人的迹象。朱总人,幼年时智能平平,是应了大器晚成,还是因为去过一趟东北,在那里发生意外事故,伤了脊梁骨,变成罗锅,遭天谴的缘故,忽然间,他就获得特异功能。莫言写朱总人的能耐,主要选择运动场上的表现,是举重若轻的意思。而且,运动场这个地方别有意味,对于乡间,它带有外来文明的象征,在小说中,很合理地被安排在小学校里。本来是学生们的活动场所,却渐渐被老师们占有,然后老师又引进胶河农场的“右派”,于是,运动会水准不断升级,这是其一。其二是运动场还有游戏的含意,于是,便将这一个历史时期的政治事件放置在了谐谑剧的舞台上,其中的严肃性被瓦解了。运动场第一次载入史册——所谓史册就是“我”的一篇作文,题目为《记一次跳高比赛》,后来被省报的“右派”李镇,通过昔日的人脉关系,发表在报纸上。这次跳高比赛,冠军是胶河农场的“右派”,专业跳高运动员汪高潮。朱总人成功地跃过 150 公分高的横竿,就自动放弃了,他摸着高过他头顶的 160 公分高的横竿,感叹道“高不可及,望竿兴叹”,然后颇有风度地退赛。但是,他跃竿的动作却给人们,即便是汪高潮这样的专业人士,都留下了深刻的印象。他弯曲的身体在空中转了个向,背上的罗锅神奇地掠过横竿,又继续转向,最终脸埋进沙坑里。看起来,他是用旋转力,滚过了 150 公分的高度。据作者称,这种在当时属野路子的跳高法,多年后进入专业领域,名为“背跃式”。第二项体育运动是乒乓球,朱总人击败了县里的冠军。他用一副破球拍,以发球和擦边球,将骄傲的冠军打得个落花流水。第三项是游泳。朱总人的特长是仰泳和憋气。他的仰泳也是很特别的,只看见脑袋和一双脚,水面纹丝不动,静静地顺水而漂;至于憋气,他透露其实是在水下换气,所以可以无限时地憋下去。接下来,故事就进入“正文”,那就是“三十年前的一次长跑比赛”。

这是一场盛大的运动会，以后我们会发现，这场运动会正应了一句著名的格言：革命是盛大的节日。整个运动场一片欢腾，龙腾虎跃，绕场一周的跑道中间，分割出几块场地：铅球、铁饼、标枪、手榴弹、跳高、跳远，还有篮球比赛；跑道上则进行男子成年组一万米比赛，这是运动会的核心赛事。参赛者总共有八名，观众可就人山人海：学生、村里的百姓、胶河农场的"右派"，还有县和公社的领导。朱总人自然也是参赛者之一，他背着他的罗锅，落后于前一位三四米，因为使劲，一举步便一探头，"很像一只大鹅"，可是态度从容镇定，不紧不忙，呼吸均匀。跑到八千米的时候，第三、第四位的两名运动员撑不住倒下了，前边的几名你争我赶，忽先忽后，只有朱总人，始终保持在最后。这一笔也很微妙，朱总人似乎总是以不变应万变，对胜利自有一番理解。倘若我们用颠覆的手法将排列调一个头，朱总人也就是第一，而且始终没有失去过这个第一。可是这时候，却出现一个新情况，来自于运动场外，相对天真快乐的运动场，就像是另一个世界，那就是警察。警察来到运动场边上，一起观看长跑比赛。一万米长跑即将接近终点，除朱总人外，其余四名选手继续轮替着排序，但很显然，场上人开始失常，出现技术变形。三名选手栽下阵来，一直率先领头的专业长跑运动员栽到警察怀里，被警察架起来，惊恐道："不怨我，不怨我，是她主动的。"就此一瞬间，朱总人冲过线，让出倒数第一的名次，然后平静地向警察自首："大烟是我种的，与我老婆无关。"表现比李铁高了一筹，但警察也不是冲他来的，而是场上仅存的赛手，也是荣获倒数第一的人，名叫张家驹，公社食堂的炊事员，据说曾经在北京城拉过洋车。这一个结果真是出人意料，是在运动场外决出的，这两个赛场是什么关系呢？长跑比赛似乎是参考分数，真正的高下比量是在警察的世界里，比的是什么？老乡们说的"不善"吗？那长跑健将李铁在此只能排末位，第二是天才朱总人，可是山外有山，天外有天，那不动声色的张家驹才是警察看中的人，警察所代表的现实社会在此成了一个江湖。可谓小隐隐于野，中隐隐于市，大隐隐于朝。胶河农场的一帮"右派"是打底的，上面是朱总人，真正的高人则是隐侠——张家驹。小说的结尾，故事已经收梢，却很诡异地出场一个皮秀英，那是一个女侠，江湖上又多一重姿色。

描绘了莫言小说世界的轮廓，我试图再用几项对比来进一步分析这世界的性质。第一项对比，是在莫言与刘庆邦之间进行。

我应该怎么来对比他们？这样说吧，刘庆邦是儒家，他承认现实的秩序，并且遵从它，担负起伦理中的责任。比如他有一个短篇小说，写一家农户，父亲去世，余下孤儿寡母，长子还在幼年。生产队里分粮食，倘若是红薯，一家一堆，最大的那个红薯上就写着一家之主的名字。这一家的母亲就让生产队会计在他家的红薯上写上长子的名字。于是，这个小男孩就应当承担起家庭的重任。刘庆邦笔下的人和事，就是被规定在伦理的秩序内，代和代之间呈现和谐宁静的关系。这种关系经过数百年，乃至数千年时间的实践检验，合乎生存的情理，结构稳定平衡，亘久不移。真应了那一句："礼失而求诸野。"这个"野"，就是刘庆邦的小说世界。在那里，我们能看见某种程度和形态的礼仪，这礼仪与日常生活水乳交融，被赋予了美学的意义。刘庆邦有一篇小说，名叫《种在坟上的倭瓜》，就描述了这日常化的仪式里的抒情性。《种在坟上的倭瓜》，说的是小姑娘猜小，带了弟弟给刚去世的父亲上坟。人民公社的时代里，土地是公有的，但对生老病死自然法则尚存敬意，死者能在麦田占一席之地，再多就没有了。不能栽树取荫，日子又过得拮据，祭奠的供品只有一沓黄草纸作冥钱。猜小觉得父亲身后薄瘠凄凉，思忖着在坟上种点什么，最后决定种一颗倭瓜。倭瓜比较好长，生性皮实，又有藤蔓。向菜园老爷爷讨来一粒籽，小心翼翼埋在坟脚，接下去就是无限的担心：担心老鸹偷吃了倭瓜籽，担心种子不发芽，担心日头晒狠了，担心雨水泡烂了；终于出芽长叶，这担心就加剧了，担心腻虫啃了，担心割麦人错割了，还担心淘气的男孩摘了瓜纽子……千担心万担心里，坟头覆上绿油油的藤蔓叶子，结出一个金红色的大倭瓜。姐弟俩去收获，坟上的繁荣景象将伤心洗涤而尽，高高兴兴抱了瓜回家了。刘庆邦的书写往往是伦常里的诗意，承继和成长怀着虔诚的驯顺。比如又一个短篇小说《鞋》，故事也很简单，说的是一个名叫守明的闺女，给订了亲的未婚夫做鞋。乡间的规矩，男方下过聘礼，女方就要回礼，回什么呢？做一双鞋。这个规矩真是有些意思，这一双鞋，依刘庆邦的话说："人家男方不光通过你献上的鞋来检验你女红的优劣，还要从鞋上揣测你的态度，看看你对人家有多深的情义。"于是，可以想象，守明做这双鞋有多么隆重，又有多么害羞，闺阁中第一次接触异性的物件，是托付自己一生的那个异性。先是备料，再是看鞋样——鞋样子让她惊一跳，那人的脚这么大！于是就有一股剽悍雄壮扑面而来，看来，进洞房揭红盖头的婚姻也是相当性感的——接着剪袼褙，然后便是纳底，这是做鞋过程中最漫长细密的一道工序。更何况，守明还要纳成枣花型。千针万线，还不能让人看见嘲笑她，就得躲着，其实躲的是闺女的心事。待嫁的女儿，有多少说不出口的思绪，愁嫁又愁不嫁，人生就这么到了一个坎。关于鞋，乡间有多少仪式与它相关联。也是刘庆邦的另一篇小说，写的也是鞋，不是做鞋，而是绣鞋；绣的不是嫁鞋，而是入殓的装裹。但这双鞋也是很讲究的，必是要没出阁的闺女，没出阁但必是要说了婆家有主的，因关系到逝者黄泉路上的命运，所以更要认真对待。就这样，刘庆邦世界里的成长是从现实的传统里出发，在无论时事如何变化却终也不改初衷的那一个永恒的循环里，担着自己应尽的义务，忠实诚挚地施行人生的使命，有一种庄严，是对人世的敬仰。当然，在他写农村生活的同时，还另有一个分量相等的写作，就是煤矿上的社会。在那里，刘庆邦是要激烈许多，因为面对一个和谐秩序的崩溃，那几乎是对天地不敬，是构成他的世界的相对面。

说回到莫言，莫言世界里的成长是在抵抗中进行的，这抵抗称得上酷烈，短篇小说

《拇指铐》可视为对这成长的隐喻。小孩子阿义，为生病的母亲去抓药——这是一个背景模糊的故事，人和事都像是孤立地发生。阿义黎明时动身，日出前赶到八隆镇药铺，路遇的人如同鬼魅幽灵。无论阿义如何叙说母亲病情的急重，抓药的殷切，都像是朝着虚空茫然。终于抓到了药，返身向回家的路上奔跑，无意中却闯入一对男女奇怪的幽会，于是被逮住，囚禁在树上。囚禁他的工具是一具古老的拇指铐，铐住他一对拇指，可是十指连心，他连动弹都动弹不得。有一些人从他身边走过，却都冷漠地离开，抛下他一个人，历经炎日、大风、冰雹。四面是起伏的广漠的麦田，还有古怪的野唱，这一切就像是铜墙铁壁，阻断了他与外界的互往沟通。他以非常残酷的自伤脱离拇指铐，落回到地面上。最后一段是这么起句的："后来，他看到有一个小小的赭红色的孩子，从自己的身体里钻出来，就像小鸡从蛋壳里钻出来一样。"我把这情景当作象征，象征莫言世界里的成长方式，那就是像蝉蜕一样，自己从自己里面脱出来，脱出来，然后成熟，长大。中篇小说《野骡子》，将此情景演绎得更为具体和生动，也更具有现实生活的形态。

《野骡子》写的是一个父亲跟随名叫野骡子的女人出走了，抛下老婆儿子，从此，5岁的儿子"我"便在母亲粗鲁的抚育下生活。这个心情坏透了的母亲，化仇恨为力量，立下宏愿：盖五间大瓦房，购买解放牌大卡车。一对孤儿寡母，实现这远大理想的方法，一是节俭，二是苦做。做什么呢？拾破烂。在解放牌卡车到手之前，还只能靠一辆人家淘汰下来的手扶拖拉机。母亲学开拖拉机的形象很有意思，穿一件父亲丢弃的土黄色男式夹克衫，腰里扎一根红色的电线，由父亲的仇人老兰坐在她身后，把住她的双手，拖拉机就是从老兰处贱价买来的。这就有了一种愤怒的复仇的表情，也就是因为此，潦倒的生计显得轩昂。无论挨饿挨冻，吃苦吃力，都带着一股子轩昂，豁辣响亮的。牛羊骨头往车斗里哗啦啦地倾倒，浇上水又冻硬的纸壳子往车斗里抬，柴油机上的飞轮，脚手架的接头，窨井盖子，一件件飞向车斗——母亲得了一个名字，叫作"破烂女王"。这名字也起得好，虽然是出于讥诮，却也有着一股子轩昂。"破烂女王"将一卷胶皮点燃，给柴油机加温，然后发动起拖拉机，登上高高的驾驶座，轰隆隆向院门外开去，几乎是雄壮。就在这一刻，出走的父亲回来了，想象中过着一种浪漫生活的父亲到了眼前，竟然十分颓丧。风骚的野骡子死了，他表情哀戚，形容苍老，衣衫肮脏，唯一的亮点是手里牵着的小女孩，有着野骡子那样色彩强烈的长相。父亲向母亲说了服软的话，期望能回到这个被他弃之如敝屣的家，一同过日子。母亲当然反应激剧，得理不饶人，"我"则是极尽讨好，百般挽留，效果却适得其反，母亲更加粗暴，父亲脾气也上来了……正当无计可施，"我"忽想起一招，转身进屋，搬出一件镇家之宝，一门迫击炮，是拾破烂生涯的辉煌战果——破烂王中王。"我"搬出炮盘到院子里，再搬出三脚支架，第三件是炮筒，快速组装起来，一眨眼，一门炮雄赳赳地立在眼前。父亲的眼睛亮了，果然驻住脚步，走到迫击炮跟前左右上下打量，眼光又渐渐黯淡下来，最后说道："小通，你已经长大了，你比爹有出息，有了这门大炮，爹就更放心了……"说罢，背起小女儿迈出了院门，这一回的走可说是落荒而逃了。

莫言的成长往往是一个激动的过程，母亲的愤怒，父亲的浪荡、创伤、疾病、谩骂、暴力、遗弃，可是孩子并没有因此萎缩；相反，却很健壮。《麻风的儿子》里的儿子，也是《姑妈的宝刀》里麻风女人的儿子，张大力，非但不得这可怕的遗传，相反，皮肤光滑，力大无穷。

《弃婴》里那个生在葵花地里的女婴，也是健康漂亮，食量极大，生长迅速……莫言世界里的生命，仿佛金石迸裂，石破天惊，将个好端端的天地又推进蛮荒。这蛮荒不是那蛮荒，那蛮荒是文明之前，这蛮荒却是文明之后，所有的人工全又断成碎片，重新化成混沌。所以，刘庆邦的世界是人力可为，一针针地走线，一粒粒地下种，庄稼一季季长和收，人一代代地送走又迎来。他有一个短篇，说的是村前的新河里不知什么时候来了一条大鱼，能把人拖下水，囫囵就吞下一只鸭子。于是，村里人商量形成决议："把它个丈人逮上来！"村里有一张大网，铺开来有一个打麦场的面积，六十年代发大水，淮河里的大鱼顺流涌进村里，村人们集钱集力结成的。往后，凡要出动下大网，每户必出一男丁，也是临河人的禁忌，女性不能捕鱼。"我"虽然是个孩子，但是家中顶门户的男丁，如前面所说，分红薯时，红薯上写的是"我"的名字，于是，随队而前往。布阵，守候，撒网，拉网，从东到西，篦头发似地篦一通，再从西到东篦一通，却没有任何大鱼的踪迹。刘庆邦写这张大网潜在水中的情形，有一种格外的宁和，太阳从水面上走过，光影色历历变化，网在水面下移动，忽隐忽现，那大鱼分明是在什么地方窥视着。其实是紧张的气氛，可路人们的调笑与村人们的回嘴使箭在弦上的时刻变得轻松诙谐。就在这闲适中，堂叔，也是捕鱼队伍的领头人，发出一声短促的口令："起网！"人们应声抬起大网，大鱼现身了。几个回合，大鱼还是脱网回到水中。刘庆邦写它落水用了这样的说法："水花很小地直落在水里去了。"好比是给一个跳水运动员打的高分，"水花很小"。看起来，跳水的标准正是从鱼类活动得来。大鱼逃脱了，堂叔是什么样的态度？哈哈笑着骂，是那种亲切调侃的口吻："你逃不出老子的手心，看老子下次怎么收拾你。"当然，最后还是堂叔们得手，大鱼不得不服膺村人，但似乎是需维护大鱼的尊严，就像战场上敌对双方都应怀有敬意。这一次成功的捕捞行动表现得十分简略，当黄劫——大鱼的种名——被搬上架子车，头尾都露出车板，作者写道："这有点委屈黄劫了。"

莫言的世界是被不可知的力量所控制。他的短篇小说《大风》，故事很简单，写爷爷与孙子一同去黄草甸子割草。爷爷是个庄稼把式，扎的麦个子，可以从成堆的麦垛里一眼认出："瞧啊，这又是'蹦蹦爷'的活儿！""蹦蹦爷"这个称呼很形象，像颗铜豌豆，弹一弹，跳老高！这一日，祖孙俩早早起身，沿着河堤往荒草甸子走去。祖孙俩都不说话，天地间似乎有一股肃穆，晨雾渐渐退去，东方发红，“太阳一下子弹出来”。莫言将这场面写得十分壮观，他的语言有一种绚烂，不是说他用了什么华丽的字和词。相反，都是大白话，是最直接的叙述，比如“像拉了一下开关似的，万道红光突然射出来，照亮了天，照亮了地”。都是简单的动词和比喻：“拉一下开关”，“射出来”，“照亮”，然后是“河面上躺着一根金色的光柱，一个拉长了的太阳”。四下里还是寂静一片，爷爷却哼起歌来，这首曲子非常值得一提：

一匹马踏破了铁甲连环
一杆枪杀败了天下好汉
一碗酒消解了三代的冤情
一文钱难住了盖世的英雄
一声笑颠倒了满朝文武
一句话失去了半壁江山

这几乎是史诗，渔樵闲话里的历史，于是，这早起行路的旷野就散发出亘古的意境，地老天荒。走过七里路，到了草甸子，就割草，扎捆，装车，上归途，可是天色变了，大块乌云疾速漫过来。祖孙俩一个推车，一个拉车，上了大堤。爷爷的脸色变得严峻，依莫言的说法，就是“木木的”。可是有一瞬，孙子却看见爷爷“眼泪汪汪”，分明已经领了天地间的预兆。风起的那一刻，是一个无限的寂静，庄稼叶子、河水，都在动；野蒿子、野菊花全在喷吐芬芳，可就是没有声音。蚂蚱、野兔，都在跳跃，还是没有声音。然后，风来了。这是大自然无可抵御的力量，要制服它根本没有可能。爷爷是识时务者，他能做的只是以静待动：“爷爷双手攥着车把，脊背绷得像一张弓。他的双腿像钉子一样钉在堤上，腿上的肌肉像树根一样条条棱棱地凸起来。”就这么保持不动，等待大风——天地间一次暴躁的任性发作结束，终于，一切平息下来。莫言写道：“夕阳不动声色地露出来。”大自然既蛮横无理，又有着极美的姿态，就是“动若脱兔，静若处子”，真是不可知啊！车上的爷爷割了一日的草，全被风卷走了，只在车梁的榫缝里留了一棵，是从大风的罅隙里漏网的一株生命，大约可以视作物竞天择的生存概率吧！

刘庆邦的世界是人与自然讲和的，不是说自然怎么善待人，而是人因循着规律办事，所以刘庆邦的世界是人道的世界，而莫言就有些神道了。在刘庆邦这里人都是常情的人，按着常理出牌，但出到最后，也会有出奇制胜的一招，别开洞天，超拔起来。比如他的小说《血劲》，写的是两个矿工，都是矿上的模范，就有一个姑娘，慕名来到，要求嫁给模范。第一个模范婉拒了，因为比较明智，不对这样头脑发热的婚嫁看好；另一个则接受了天上掉下的馅饼。不幸的是，事情果然不怎么样，那姑娘很快在现实面前清醒了头脑。允诺她的就业迟迟没有落实，矿工的劳作艰苦危险，收入却菲薄，且矿区的生活十分枯乏。渐渐地，她对模范丈夫的感情冷淡下来，倒是和镇上卖狗肉的贩子往来热络，甚至公然姘居。一同下窑的工友们都惋惜做丈夫的不争气，给兄弟们丢脸，怂恿他辖制老婆。他起心杀了那卖狗肉的，可无奈生性是个怯懦的人，就是下不了手。其间，那第一个模范曾去警告女人和她的相好，碰壁而归，这事暂且按下不提。可是终于有一天，那一对狗男女正应了他的警告，双双被杀死在寻欢作乐的床上。事实相当明显，警方寻到踪迹，下井来逮捕嫌疑人了，那兄弟早有准备，也有担当，从容等着这一刻。可就在警察走向疑犯的时候，巷道里突地蹿出一个人，挡住去路，就是那窝囊的丈夫，他跳着脚嚷到："人是我杀的！"所有的矿灯从四面八方刷地照向他，他就在光柱交错中喊着："人是我杀的！"他到底为井下的弟兄们挽回了尊严。这就是刘庆邦的英雄人物，英雄性是分配于群体，由常人常性集合而成，也由常情常理演绎成可歌可泣。

莫言就不同了，他笔下的人和事都是超乎凡俗的。莫言的小说《姑妈的宝刀》，写的是铁匠与姑妈女儿们的故事。麦收前夕，村里来了铁匠，大柳树下支起铁匠炉，来的共有三个师傅：老韩、小韩和老三。老韩上了岁数，老三是个矮胖子，故事自然没他们的份，故事发生在年轻健壮的小韩身上。铁匠的到来，给宁静的乡村带来了热闹。外乡人总有些奇怪，手艺也让人叹服，通红的炉火，炉火里的铁，淬火的一刹那，都像是魔术。还有，他们吃的饭食，有一股粗犷的丰饶，也让人着迷。姑妈的三个女儿，大兰、二兰、三兰都成了铁匠铺热情的看客。渐渐地，她们开始接受铁匠们慷慨的馈赠——窝窝头。大兰性格安分，还爱哭；三兰虽然最漂亮，可是个哑巴；二兰大胆泼辣，最要紧的是，嘴馋，所以故事就与她有关。二兰吃顺了嘴，公开说："等长大了一定要嫁个铁匠，吃黄金塔，就大肥肉。"众目睽睽之下，二兰就敢伸手要，然后小韩将大窝头垫着葵花叶，送给了二兰。姑妈是不会任由形式兀自发展的。逢集的一日，姑妈穿戴整齐，在发髻上插一朵马兰花，多么妖冶又古怪啊！姑妈走在起头，三个女儿尾随后头，一径走到铁匠炉跟前，递上一条银灰色的铁，要打一把刀，什么刀？姑妈从腰里抽出一把刀，犹如一束丝帛，如同俗话说的"绕指柔"吧！老韩再不敢接刀，送还银灰铁，说一声"请您老高抬贵手"。当天夜里，铁匠们卷铺盖走人，再没回来过。这就像武侠里的高手，大盗不动干戈。

但是，切莫以为刘庆邦的世界严谨缜密，就缺乏了风趣，其实不然，那里也有一股子俏皮劲。比如有一个瞎子，偏偏名字却叫"瞧"。人也是风流的，比如《嫂子与处子》，那二嫂专喜欢逗民儿，民儿还是童男子，到底抵不过有经验的媳妇的攻略。二嫂做闺女的时候不敢怎么的，做了媳妇就不同了，可以放肆，就是说，"她对每个男子都要研究研究"，仿佛女性意识觉醒了。而且，像二嫂这样解放的女性不止她一个，还有一个会嫂，也喜欢民儿。这地方规矩是规矩，可好比关一扇门，就会开一扇窗，叔嫂间无论闹得怎样山重水复，都不兴着恼的，在严格的伦理中，自有一番热闹。莫言的乡间是火辣辣的世界，太阳特别地耀眼，老蒺藜的刺格外坚硬尖利，夜晚黑得迸火星，雷雨天遍地滚着球形闪电，黄麻、芦苇、大草甸子密得打墙，成熟的麦田亮得晃眼。那些歌谣激昂得有如《大风》中爷爷唱的那首世道人情呢，就是《姑妈的宝刀》里起首的一曲：

娘啊娘，娘
把我嫁给什么人都行
千万别把我嫁给铁匠
他的指甲缝里有灰
他的眼里泪汪汪

为什么会泪汪汪？因为这碗饭总是离乡背井？炉火烤得发烫，火星子四溅伤了眼？还因为学手艺的难处，师傅责打，师兄弟倾轧，出头之日遥遥无期？这一首歌谣十分凄凉，唱的是铁匠，却怀有广漠的悲哀，是莫言那个辉煌世界的底色。所以，莫言的世界虽然如此离奇，但绝不是臆造的，它是将人世折射成另外一个形式。再比如，外乡人进城谋生计，在他《师傅越来越幽默》中的情景是："一个乡下人骑着像生铁疙瘩一样的载重自行车，拖着烤地瓜的汽油桶，热气腾腾地横穿马路，连豪华轿车也不得不给他让道。"多么有豪气，一巴掌将城市从文明打入草莽。

与刘庆邦的对比，其实是尝试与一个写实的书写相比照，以严格正统的世界反射出另一个背离的世界。接下去，我再要进行一项比照，就是比照作家们各自笔下的孩子。

孩子是每个作家免不了要写的。在有些作家，孩子只是作为写作对象的一部分；在另一些作家，孩子却意味着看世界的角度和方式。比如苏童的小说，有许多是通过一个孩子的讲述，这个担负讲述任务的小孩，其实是带着世人的眼睛，是世人中间最清澄、因此最公正的眼睛。就好像意大利电影《西西里岛的美丽传说》中的孩子，目睹着一镇子的人欺负那个姑娘，且以政治正确的名义，但等战争结束，姑娘携着前线负伤的丈夫又回到家乡。有一日她提着满兜的橙子走过，橙子洒落在地，孩子过去帮她捡拾，这一个行为，不仅意味他已长大，敢于向心仪的女性示好，还令人想到，他是代表全镇居民，那个成人世界，向受侮辱受损害的命运忏悔。残酷的世事，在孩子的视觉中，加倍地尖锐，且又无从拒绝，他们只有等待长大成熟，有了力量，再进行抗议。可是，待到那时候，他们的阅历已经足够化解一切，他们汇入成人的群体，甚至也会成为粗暴的侵害的一分子。所以，苏童小说里的孩子成长得很缓慢，童年就像棉花地里的白昼，沉闷、迟滞、不安。余华小说里的孩子，常常是身份不明的，《许三观卖血记》里那个私生子；《活着》里富贵的儿子和孙子，身份是明白的，却又都夭折了；《在细雨中呼喊》中的"我"，更是漂泊，从一个家庭到另一个家庭，不断地建立亲子关系又不断地割裂这关系。他们小小年纪，却面临着存在的焦虑，他们与现实的关系比苏童笔下的更为紧张。在苏童，孩子们是看；在余华，就是亲历。《在细雨中呼喊》中，“我”与鲁鲁的邂逅有一股哀戚的温馨，鲁鲁对欺负他的大孩子说“我”是他的哥哥。这一个谎言，实质是让他们认同虚拟身份，但这认同又是脆弱的，还不足以证明来龙去脉，却生出一股相濡以沫，惺惺相惜，其中的悲怆，已经超过它作为哲学命题的意义性。它似乎回到小说史的古典时期，狄更斯的《大卫·科波菲尔》、《远大前程》、《老古玩店》，还有陀思妥耶夫斯基的《被侮辱与被损害的》。《老古玩店》与《被侮辱与被损害的》，开篇部分都是“我”，一个大人，天将黑未黑时，在街上遇到一个小女孩。这情景有一股旷世的悲凉。那孩子，茕茕孑立天地之间，好像人类命运的缩影。刘恒的小说《伏羲伏羲》，那个杨天白，其实是侄儿杨天青与婶娘菊豆不伦的产物，叔叔刻意起名天白，是按了子侄的排序，于是，从此就与生父做牢了同辈人的位置。老人去世时，刘恒写道：“杨天白捧着老父白发苍苍万分固执的头颅，哇一声哭了起来。”这一声哭，意味着他正式认同伦理中的身份。这有些类似刘庆邦小说中经常出现的丧父的少年，母亲将他的名字写在红薯上，肯定了对家族的承继地位。但在刘庆邦，这一个秩序是和谐的。在刘恒，传统关系却遭遇着混乱和颠覆。杨天白的出生本就是不伦，但当有可能拨乱反正的时候，他却又一次主动地否定了正名的机会，这一回就是真正的不伦了。杨天白的名与实，被合法化地分裂，瓦解了正当的秩序。这一个事实已不在事实本身，而延伸到更宽泛的意义上，具有了象征的性质。说到现在，我们大致可以看见，小说世界里的孩子，往往担当着情节的功能，或是事实本身，或是象征，都是有用的，而莫言小说中的孩子，则是无用的。

阿城的随笔集《闲话闲说》里，第四十节，谈到莫言曾经告诉他一则亲身经历，说的是有一日天黑回家，走到村前芦苇荡，要涉水过去，刚一下水，水面上就蹿出无数“小红孩儿”，叫道：“吵死了，吵死了。”莫言只得回到岸上，几次三番，凡一下水，小红孩儿就蹿出水面叫“吵死了”。于是，只得等天亮了才进村。阿城说：“这是我自小以来听到的最好的一个鬼故事，因此高兴了很久，好像将童年的恐怖洗净，重为天真。”

我觉得，那芦苇荡里蛰伏着的小红孩儿就是莫言小说里的孩子，他们都有一种诡异的气息。《透明的红萝卜》里，黑孩赤脚光脊梁，瘦得几乎没有重量，疟疾病刚好，又被后娘长时间的责打吓傻了，显得很蔫。就好像遭过天谴了，于是获有了一种特殊的能力，他有着极敏锐的听觉，他听得见黄麻地里的虫鸣，河水里鱼的唼喋。他的视觉也很灵敏，能看见别人看不见的情景，铁砧子发出蓝和青的幽光，烧透的铁錾子白里透绿，老铁匠是紫红的——他被生产队派到河边工地上的铁匠铺里做小工，铁匠铺似乎是个声音和颜色都极其丰富的地方。莫言对铁匠铺情有独钟，还有麦地，大约是在那绚烂的外表之下，隐匿着残酷的伤害——我曾听莫言说过，麦收是一个残酷的季节，意思指那超负荷的劳动量，但这句话我们可以用来理解莫言的世界。黑孩在火星飞溅的铁匠铺里穿行，火苗与铁器都是危险的，随时可伤了他。他却有着非凡的忍耐力，任凭皮肉起烟，无知无觉。然而，就好像命门一样，红萝卜，并且是铁砧上的红萝卜，在他眼睛里金色透亮，一旦被夺走，他便弱下来。《金发婴儿》的孩子在最后才出现。一个军人的妻子，耐不住留守的寂寞，与村人有了私情，诞下一个婴儿；军人深觉着婴儿丑陋可憎，无法容忍，最后动手扼死。而那死去的婴儿，却焕然一新："他的额头苍白宽阔，双腮饱满，嘴唇微微张开，嘴角上还残留着一缕若隐若现的嘲弄人类的高贵表情。"你能说这是孩子吗？几乎就是妖魅。还有一个未出世的孩子，就是《白狗秋千架》里，"我"去看望幼年时的玩伴，"我"的秋千断了绳系，从空中坠落，掀翻了她，不巧一根槐针扎在眼里。半瞎的她长大后嫁了一个哑巴男人，生下三个哑巴孩子，"我"离开她家走上归途，不料半路被她拦下。她坐在高粱地里，对"我"说："我正在期上……我要个会说话的孩子……"这个会说话的孩子将是个什么？孽债吗？《拇指铐》里的孩子则是个梦魇。《枯河》里的小虎，很像是《封神榜》里的哪吒，犯了天条，为父亲脱罪而受剑，向他父亲说道："你的身子我还给你！"小虎没有像哪吒在莲花座上重生，而是凝固在冻水里，想起来，就像一个巨大的琥珀，有几百几千年的光阴流淌……从理论上说，莫言小说里的孩子都在形而上，并非用来指涉什么，方才说了，没用的，就是说于情节没有功用的存在，存在于情节故事之上。用坊间的话说，就是精灵古怪。

第三项对比，是在莫言小说世界的内部进行。我以为，莫言的世界是由两块地方组成，一块地方是极其地聒噪，另一块地方则是静默。《透明的红萝卜》里的黑孩，人们都以为是个小哑巴，无论多么疼痛、不公平，他都不叫唤；欢喜时也不叫唤，大约因为无人能与他分享吧！而在这一块静默的周围，却是吵得人耳朵疼，都是会说话的人。小说写到小石匠与黑孩一同去工地，特别写到小石匠的嘴："小石匠的嘴非常灵巧，两片红润的嘴唇，忽而噘起，忽而张开，从他唇间流出百灵鸟的婉转啼声，响，脆，直冲到云霄里去。"这让人想到阿城说的莫言的故事，芦苇荡里的小红孩儿，一有人惹了他们，便大叫："吵死了，吵死了！"莫言的短篇小说《飞艇》，写一群孩子结伙去南山讨饭，寒冬腊月，又是起早，冻得不行，"我"就像合唱队里的领唱，叫道："冷冷冷，操你的亲娘！"众声唱和道："冷冷冷，操你的亲娘！"等太阳升起，温度也升高，冻疮开始作痒，"我"又领着喊："热热热，操你的亲爹！"接下来的事情非常离奇，一架飞机竟然在他们头顶上爆炸，坠落，燃烧，起了大火，于是他们的喊叫就成了："飞艇，飞艇，操你的亲娘！"还有，《一匹倒挂在杏树上的狼》，村人逮住一匹狼，拴住一条后腿挂在树上。于是，整座村落都沸腾起来，先是大人孩子互相吆喝着去看狼，一片喧嚷。然后，逮狼的许宝开始讲述经过，众声止住，替换成许宝冗长的独白，虽然是独白，也是热闹的，声色动静，起伏跌宕。接着众声再起，因有个孩子就好比《皇帝的新衣》里的那个诚实的孩子，指出那不是狼，而是狗，一场激烈的争论展开了。小炉匠章古巴终于压倒众声，回溯这匹狼的历史，而他恰巧就是这段历史的见证，这段同样冗长而有声色的叙述终于确定了狼的身份。最后，大家一起瓜分了狼的皮毛骨肉。而自始至终，狼保持沉默，是万声喧哗中一个深刻而危险的静默。

莫言世界里的喧哗似乎是一个彻底的释放，将所有不可忍的一股脑儿叫喊出来，然而，好比此时无声胜有声，那叫喊响到极处，闹到至深，却是静默。前面说过的《大风》，大风来临，天地间一片静谧，四下里的动物、植物都在无声中被撼动；莫言还常常写到哑巴，《透明的红萝卜》里的黑孩不论真哑假哑，总归是个不出声；《白狗秋千架》里是一窝哑巴；《姑妈的宝刀》里的姑妈的三个女儿中，最漂亮的三兰就是个哑巴，最后却是她，得了宝刀作陪嫁。哑巴似乎是个明喻，更多的是那一类沉默不语的人，如《弃婴》里那个谁也不要的女婴、《金发婴儿》被扼死的婴儿，他们都是没法说话的人。还有《三十年前的一次长跑比赛》，最后决出的那个最“不善”的张家驹，将一肚子的身世来历都关在口中；《枯河》也是以最终的沉默与世界作了抗议。关于这个喧嚣与静默的两相对立，我特别要提出佐证的是两篇小说：一是《冰雪美人》，一是《牛》。

《冰雪美人》说的是镇上一家私人诊所，有一日来了一个病人，是镇上的名人孟喜喜，是类似莫泊桑的“羊脂球”那样的人物，又如同《西西里岛的美丽传说》里的美丽女性。孟喜喜与寡母一起开了一爿鱼头饭店，传说还经营着暧昧的生意。即便有着如此不堪的流言，孟喜喜依然非常骄傲，不屑于辩驳解释。她仪态大方，形容出众，来到这个肮脏的小诊所，将周遭环境映照得更加灰暗。她明显忍受着极大的病痛，需要得到诊治；不巧的是，医生迟迟不到，到了后又对她十分怠慢；刚要问诊，又被大哭大喊的孙七姑抢了先。这卖油条的女人一身油渍麻花号啕着进门来，尾随其后的是两个兄弟抬着他们的母亲，急叫着“痛死了”。于是，医生立刻施行盲肠切除手术。手术终于结束，医生还没在孟喜喜跟前坐定，闯进一条莽汉，满脸是血，形状恐怖凄惨，哀求着救命，是烟花爆竹商试验连珠炮被炸了，然后再是间杂着叫喊和斥责的缝合手术。就在众口聒噪中，孟喜喜一直静默着，没有叹息呻吟，没有叫苦求告，渐渐虚弱衰竭，终于“她的脸变得像冰一样透明了”。

《牛》的故事不是像《冰雪美人》那样凄婉，它的结局要悲壮得多，依然是坚韧的忍耐、高贵的静默，但不是美人，而是牛。那一条名叫双脊的小公牛，健壮、活泼、性感，已经在母牛身上偷过嘴。照理发过情的公牛不该阉了，阉了会有生命危险，可谁让它惹怒了兽医老董！老董发下誓，不信就治不了它。当然，谁能抵得过发明了劳动工具的人类？最后，还是让老董得了手。可是，又有谁逃得过自然的规律？双脊严重地感染了。怎么办？科学开路，土法上马，先打针，再溜牛——绝不能让双脊卧下。于是，“我”和饲养员杜大爷，这一老一小轮流牵了双脊四处溜。关于如何分工，两人始终处在争执当中。杜大爷用吃牛蛋子来作交换，可是杜大爷的诚信方面，是有过负面的记录的——他曾经答应将女儿许给“我”做媳妇，结果却给了小木匠，而且马上就要结婚了。就这样，一边争吵追逐，一边溜着双脊，可双脊却看不出好转的迹象，反而越来越糟。无奈，只能牵了牛去公社兽医站找老董。牵牛去公社的一路既有趣又凄惨。那老的与小的形象怪诞，却生气勃勃。杜大爷背着知识青年用的军用书包，“我”系在肩上的却是一个古旧的包袱，头上戴着野草编的遮阳帽，手里持扇子赶苍蝇。双脊溃烂的创口引来成群的苍蝇，它步步艰难，路途就变得无限漫长，不时地打尖、吃喝，双脊却不能卧倒。旅途中他们怎么消磨的呢？激烈的斗嘴转为舒缓的倾诉，就好像疾板转为行板。杜大爷感叹他的人生，只因错了一步，没有跟八路，而是跟了国军，命运从此成了两股道上跑的车，一生都碌碌无为。“我”呢，一肚子的委屈不平，在杜大爷的遭际之下，变得微不足道。两个失意的人在此达成谅解同情，就在这聒噪的抒情段落里，一步一挨终于到了公社兽医站，可是，双脊死了。莫言写道：“它可以说是默默地离开了人世。它侧着躺在地上，牛的一生中，除了站着就是卧着，采取这样大咧咧的姿势，大概只有死时。”牛死了，可是切莫以为事情就可以结束了，这头死牛引起了争夺：论来历，应算作生产队，可归宿却在公社，结果还是由权力决定，死去的双脊，作了公社食堂的一道肉菜。再想不到的是，公社驻地三百多人打过牙祭之后，全体食物中毒。冤死的双脊对人类发起了报复，这是静默中的危险。

当我将莫言与刘庆邦作对比的时候，曾经说刘庆邦是儒家，莫言是什么呢？莫言的家乡高密，春秋时当属齐国，据说齐国风气不忌讳怪力乱神，却是子不语，假如非要给莫言哲学的归纳，那么就给他定作道家吧！

（原载《当代作家评论》2011 年第 4 期）

莫言是个什么样的作家

◇雷　达

莫言的创作丰赡，仅长篇小说就有11部之多，而被他称为“三匹马，长中短，拉着我，一齐走”的中短篇小说部分，同样新意迭出，变化多端，若再加上他的散文和戏剧，真是难以细数。在这里，我不打算对一部部作品进行介绍和评价，我想从整体感受出发，从审美意识幻变的角度出发，试着描述：莫言是一个什么样的作家。

据说得之于“一个梦境”的中篇《透明的红萝卜》，以黑孩的超现实的感觉和超强的意志力震惊了文坛，莫言遂一夜成名。然而，由中篇发展为长篇的《红高粱家族》毕竟是莫言最具代表性和象征意义的作品。这个象征性可能会伴随他的一生。谁都看得出来，红高粱系列小说与我国以往战争题材作品面目迥异，它虽也是一种历史真实，却是一种陌生而异样的、处处留着主体猛烈燃烧过的印痕，布满奇思狂想的历史真实。

就它的情节构架和人物实体而言，也未必多么奇特，其中仍有我们惯见的血流盈野、战火冲天、仇恨与爱欲交织的喘息、兽性与人性扭搏的嘶叫。然而，它奇异的魅惑力在于，我们被作者拉进了历史的腹心，置身于一个把视、听、触、嗅、味打通了的生气四溢的世界，理性的神经仿佛突然失灵了，我们大口呼吸着高粱地里弥漫的腥甜气息，产生了一种难以言说的神秘体验和融身于历史的“浑一”状态。于是，我们再也不能说只是观赏了一幅多么悲壮的历史画卷，而只能说置身于一种有呼吸、有灵性的神秘氛围之中。所以，其深刻的根源乃在于作家主体把握历史的思维方式之奇特、之突兀：莫言以他富于独创性的灵动之手，翻开了我国当代战争文学簇新的一页——他把历史主观化、心灵化、意象化了。作品在传统的骨架上生长出强烈的反传统的叛逆精神，把探索历史的灵魂与探索中国农民的灵魂紧紧结合起来。于是，红高粱成为千万生命的化身，千万生命又是红高粱的外显，它让人体验那天地之间生生不息的生命律动，并在对“杂种高粱”的批判里看得更加分明。

更为难得的是，作品体现出一种狂放不羁的书写的自由感。这与小说首创了“我爷爷”、“我奶奶”及“我”相混搭的新颖的人称和叙述角有很大关系，同时也与作者善于打通甚至“穿越”历史有关。于是，面对此作，我曾发出过感叹：历史有没有呼吸，有没有体温，有没有灵魂？历史是一堆渐渐冷却的死物，还是一群活生生的灵物？它是随着岁月的流逝而终结，还是依然流注和绵延在当代人的心头？它是抽象的教义或者枯燥语言堆积的结论，还是一代又一代人的心灵温热着、吸纳着、因而不断变幻着、更新着的形象？人和历史到底是什么关系？人是外来的观摩者、虔诚的膜拜者、神色鄙夷的第三者，抑或本身就是历史中的一个角色？历史和现实又是什么关系？是隔着时空的遥望，还是无法切割的联结？昨天与今天，仅仅是一般意义上的“承继”，还是精神上的“你中有我，我中有你”？

我发现，在这部作品里，到处都有作者叛逆笔墨的凸显，到处都能看到作者与我们久经熏陶而习惯了的审美方式的抵牾。例如，我们是个讲究“容隐”和“尊卑”的古国，莫言却不顾“容隐”之德，放开笔墨写“爷爷”与“奶奶”的“野合”，又不顾忌尊卑观念，用放肆的眼光看“奶奶”。我们的历史教义和多年来的惯例所描述的农民武装的发展图式是在党的教育下由自在走向自觉，但余占鳌这个匪气十足、放纵不羁的游击司令却偏偏不肯就范于这种图式，走着完全不同的道路。我们惯于从政治角度和阶级分析的方法来圈定农民的性格面貌，但莫言却把他们从“拔高”的位置“降低”到本色的状态，写出他们的无组织、无思想准备、混乱、冲动而又盲目的行为，写出自发的民族意识和复仇情绪，写出“美丽与丑陋”的奇妙扭合。每个人物都不再受某种“观念”的挟制，全都在灵与肉、生与死、本能与道德的大撞击、大冲突中辗转挣扎，奋斗奔突。再如，我们的审美传统讲求中和与适度，切忌血淋淋的场面和惨绝人寰的兽行入诗入文，以免玷污文学殿堂，然而莫言却毫不留情地撕开“恶”的帷幕。看吧，惨不忍睹的活剥人皮，禽兽般的蹂躏妇女，狗嘴的咂吧声，尸体的撕裂声，全都墨痕斑斑，触目惊心……正是传统外壳里裹藏的极端的反叛精神，使它成为一部“奇书”。他的这些要素，几乎贯穿此后他二十多年的写作，虽有更加汪洋恣肆的新作，更加光怪陆离的奇幻变形，但总体上离不开这块审美奠基石。

没有80年代的思想解放、观念爆炸，就没有莫言；没有作为农民之子的二十年乡土生活经历和当兵经历，也就没有莫言；但同样，没有莫言作为天才作家的异秉，更不会有莫言及其作品。莫言偶然看到李文俊翻译的《喧哗与骚动》，看其两万字的序，兴奋得跳了起来。他说他要高举起“高密东北乡”这面大旗，把这片土地上的河流、村庄、痴男怨女、地痞流氓、英雄好汉统统写出来，创建一个文学共和国。他要做这个共和国的国王，主宰一切。于是，东方一片狭小的乡土——高密东北乡，成了“地球上最美丽最丑陋、最超脱最世俗、最圣洁最龌龊、最英雄好汉最王八蛋、最能喝酒最能爱的地方”，成了集结着反抗、冒险、复仇和情欲的一片传奇味儿十足的土地。

不过,有必要弄清,莫言笔下的"高密东北乡",作为"原乡",既是一种实存,更是一种臆造物,既是创作的驱动地,更是作家精神理想的发酵地。曾有过报道,不少人跑到高密县去寻找东北乡,寻找高粱地,大失所望而返。可见,它不是自然地理,而是一个文学地理学的概念。作家既视之为源泉,同时又不断赋予它新的含义。从这片原乡升腾而起的关键词应该是民间、生命力、图腾、自然力、狂想、暴力、祖先、历史、血痕等等。莫言的所有灵感似乎都来自于乡土,但他只是从乡土出发,而不是拘泥于乡土的精细写实和原貌复制。其笔下的乡土是野性的、梦幻的、恣肆的、血腥的、超验的,一句话,是形而下与形而上的结合,因而,它们其实是超越乡土的。正是在这个意义上,我一直认为,莫言并不是一个通常意义上的"乡土作家",也不是什么"文化寻根作家"。

现在很多人强调莫言对西方和拉美文学的学习、借鉴,有人称他为"中国的马尔克斯",诺贝尔文学奖的授奖词也说,莫言很好地将魔幻现实与民间故事、历史与当代结合在一起,包括我上面引述的莫言对李文俊译本的反应,似乎都在说明,莫言受外来审美元素的影响很重。事实上,莫言既善于吸收外来文学精华,更注重从中国传统的审美方式、中国民间的文化形态汲取营养。多年来学习魔幻、荒诞、变形、意识流之类的作者太多了,有的人还学到可以乱真,但能长成参天大树者,又有几人?到头来都跳不出形式外壳和自我重复。问题就在于能否化为自己的血肉、为我所用,在于有无内在的根因。

当然,在莫言身上,确也存在过先锋性与本土性、实验性与民族化的相互碰撞、激荡、交融,且时有侧重,但最终,莫言走的是以民族化、本土化、民间化,以继承与转化中国审美传统为根本的创作路线。《丰乳肥臀》虽采取家族小说框架,但仍是《红高粱家族》精神的延续,透过上官鲁氏一生及其七女一子之浮沉,讴歌了母性之宽厚博大,生命之生生不已。狂欢化贯彻了整个作品。这个时期,莫言偏重于学习拉美文学,或者说,他沉醉于天马行空,波诡云谲的想象、构思与笔墨。《十三步》里的魔幻气息很重,《酒国》里的"红烧婴儿"让人想起拉美文学《总统先生》中侍者端上来的盘子里的人头,而在《球形闪电》、《爆炸》、《金发婴儿》、《欢乐》、《红蝗》等作品中,总觉得感觉之爆炸、话语之膨胀,有时失去了分寸和节制。此时,莫言的创作出现了某种徘徊与停滞,多是《红高粱》话语方式的化身,既密集又有单一之感。

就在这前后,莫言意识到过于贴近先锋有失去自我的危险,他把马尔克斯比作"火炉",主张要保持距离,免得被"烤化",倡言要向民间文化探迹寻踪。我以为,他的突围是从《檀香刑》开始的。大概不会有人想到,小说主人公是大清刑部的"第一刽子手",不会想到写义和团会从这样角度切入,不会想到它的语言是如此韵白间杂,朗朗上口,回到猫腔的戏剧化。整个构思,大约只有"鬼才"才想得出。它与正史相去甚远,但你不能不承认,它深触了"吃人的筵宴",它独创性地指向了中国式的"让人忍受最大痛苦再死去”的刽子手文化。我在大力肯定中曾有过一点批评，我认为，《檀香刑》在某种意义上是写生与死的极端情境，它对死亡、酷刑、虐杀、屠戮的极致化呈露，无疑增加或丰富了人类审美经验的复杂性，比之拉奥孔惨烈多了。但是，写着写着，小说似乎陷入了对“杀人艺术”的赏玩之中，陶醉在自己布置的千刀万剐的酷刑天地中，在施虐与受虐的快感中无法自拔，情不自禁地为暴力的登峰造极而喝彩。刽子手的戾气和酷刑的血气，使读者觳觫。作为刽子手的文化，作者成功了；作为人的文学，又不能不说寒气袭人。

在我看来，沿着这一路线，获得更大成功的当属《生死疲劳》。它在美学上达到的高度令人赞叹。小说面对的是建国五十年以来中国农村的政治运动、历史变迁和农民的命运起伏，跨度大，评价难，若用常规写法几乎无法处理。但莫言出奇制胜，他借用佛教的六道轮回之说，让亡灵与生人、活人与畜牲，让地主、农民与干部，同处在一个生死场上。如果《檀香刑》不免显得过于离奇，那么《生死疲劳》就是一部中国农民回归土地的深刻反思之作，主题宏大、深邃，有深厚的社会历史内涵，表现形式奇特而智慧。西门闹变为驴、猪、狗、牛、马、猴等畜类的过程，并非猎奇、玄虚，人性与动物性的转换十分自然。不妨随便摘一小段：“我看到你的爹蓝脸和你的娘迎春在炕上颠鸾倒凤时，我，西门闹，眼见着自己的长工和自己的二姨太搞在一起，痛苦地用脑袋碰撞驴棚的栅门，痛苦地用牙齿啃咬草料笸箩的边缘，但笸箩里新炒的黑豆搅拌着铡碎的谷草进入我的口腔，使我不由自主地咀嚼和吞咽，在咀嚼中，在吞咽中又使我体验到了一种纯驴的欢乐”，这不是辛酸之至吗？小说的民族化审美观的努力不只是采用了章回体，成就了中国式的荒诞与魔幻，更重要的是语言璞朴归真，平易畅达，朴实简洁，有古典小说之风。在我看来，莫言并无通过此作要重新评价土改、人民公社历史功过的意思，他要突出表达的是对人的生命的尊重。

有人认为，《蛙》不是莫言最优秀的作品。就看怎么看了。《蛙》表现了莫言关心政治、关注重大社会政治问题的一面，涉及政策又超越政策，上升到生命的尊严和人类的大爱上，表现了生的权利与暂时不得不在生育上有所遏制之间的悲剧性冲突。小说是以给国际友人的五封信来结构的。很久以来，莫言的小说里就有潜在的国际读者和全球话语元素，《蛙》也不例外。在语词的绚烂上，当年天马行空的莫言似乎消失了，代之而起的是一派平实的白描，是一脉现实主义的内敛与深邃。

莫言外显的东西是想象力、魔幻性、超现实、新异感觉，这使有些人认为，莫言的创作感性淹没了理性，外在的形式因素太重了，因而他不是一个具有深刻思想追求的作家。或者说，他的思想性比较薄弱。这种看法对吗？

显然，这种看法十分皮相，完全站不住脚。看一个作家深刻还是肤浅，首先要看他有无强烈的主体性。主体意识才是作品价值的立法者，莫言是一个骨子里浸透了农民精神和道德的作家,他很难到农民之外去寻觅他所向往的理想精神,这可以说是他至今未必意识到的潜在危机,但也是他不断成功的坚实根由。他的作品贯穿着尊重人、肯定人、赞扬大写的人的精神,贯穿着强烈的叛逆性和颠覆性,他笔下的农民主人公,大多不是逆来顺受、忍辱负重的可怜人,而是反抗者,比如,具有超人意志力的黑孩、余占鳌式的“纯种红高粱”,以及戴凤莲、上官鲁氏、蓝脸、姑姑等等。第二点,我认为,莫言是一位具有中国式的酒神精神的作家。这是我多年来的看法。这不仅因为,他的作品写酒之处实在太多了,更是因为,他的人物所体现的勇气与激情,是与冷静睿智、凝神观照的“日神精神”相对峙的“酣饮高歌狂舞”的“行动的象征”。第三,莫言具有超人的艺术感觉与恣肆的语言风格,令人耳目一新。单就感觉看,这不是怪诞、猎奇,应该看作是文学对人的理解和表现的一种拓展。马克思就说过,“五官感觉的形成是以往全部世界史的产物”,它不但是感性的,同时还有理性的积淀。第四点,莫言的被称为暴力美学的艺术精神。没有这一点就不成其为莫言,但问题复杂,究竟应该怎样理解,只能到另外的专文里去讨论。

莫言就是这样一位具有主体性、创新性、民间性、叛逆性的作家。不管有多少原因,在我看来,他获得诺贝尔文学奖的根本原因还是他创作中的可贵的独创性,以及他作品中独特的中国经验与中国心情。他的获奖不是偶然的,如果没有近三十年中国改革开放的文化土壤,没有融入世界的交流互动的文学环境,还像以前那样禁锢和封闭,不可能获奖;他的获奖也不是孤立的,如果没有一个优秀的勇于借鉴探索和刻苦勤奋的中国作家的群体,显示出了某种新高度和平均数,也不可能获奖。他的获奖,既是对他个人突出成就的褒扬,同时意味着世界对中国当代文学的肯定。毫无疑问,这是中国文学走向世界的一个标志性事件。

(原载《百家评论》2012 年第 1 期)

莫言是一个奇特的存在

◇洪治纲

莫言获得诺贝尔文学奖，并非仅仅是莫言个人的人生盛事，也是中国文学的一件盛事，中国文化的一件盛事。长期以来，中国的作家和学者们对于外国文学乃至外国文化，总是积极拥抱，如数家珍；大量域外优秀作家的作品和文化著述，不仅很快引进版权并译成中文，而且还不止一两种译本；而当我们与域外一些作家或学者聊天时，却发现他们对于中国文学和文化知之甚少，即使是一些汉学家也不例外。这种文化交流的不平等，多少也隐含了西方世界的后殖民主义文化心态。

好在全球化和信息化的巨大冲击，已迫使这一格局在悄悄发生变化。我想，瑞典文学院能够将今年的诺贝尔文学奖授给中国作家莫言，至少表明了两种趋向：一是随着中国社会经济的强劲崛起，中国文学乃至中国文化的内在魅力已日益引起西方人的关注；二是中国当代作家的创作实绩已逐渐获得世界文学的认同，并开始融入世界文学的整体格局之中。可以想见，随着莫言获奖效应的持续扩散，域外的出版商和读者或许会更加积极主动地关注中国当代文学的发展，他们的文化霸权主义心态多少会有所减弱。

在本年度诺贝尔文学奖的发布会上，瑞典文学院认为，莫言的创作“将魔幻现实主义与民间故事、历史与当代社会融合在一起”。这句评语被很多媒体频繁转述，甚至被人们解读为莫言深受拉美魔幻现实主义文学的影响。莫言小说具有魔幻意味，这是众所周知的事实，但是否深受拉美爆炸文学的影响，我以为，尚可商榷。因为从早期的志怪小说一直到后来的《聊斋志异》，中国传统文学中其实也充满了大量魔幻的成分。这类魔幻意味颇浓的小说，未必不会对莫言的创作产生潜在的影响。

魔幻即是一种反经验的存在，也是一种非理性的存在。它与小说的虚构性常常不期而遇，并能帮助作家在处理复杂的现实生活时，巧妙地实现某种诗性的飞跃。莫言的很多代表性作品，都充分借助这种叙事策略，传达了创作主体内心中某些言说不清的东西。这些言说不清的生存境况,很多时候属于作家的直觉体验,具有鲜明的感性特征,但是在莫言的笔下,却能转换为异彩纷呈的审美世界。这是莫言的独异之处,也是莫言对中国文学的一种开拓性的贡献。事实上,从《透明的红萝卜》开始,莫言就一直秉持自身的艺术直觉,不断地对现实经验及其常识发出挑战,在泥沙俱下式的叙述语流中,颠覆了一个又一个现实世界。

作为一位专业读者,我读莫言的小说,并不特别在意其中究竟借鉴了哪些叙事传统,也不太在意作品中的奇幻成分,而更为在意他是如何处理那些中国人所熟悉的经验,以及这样处理的思想动机及其审美效果。就我的阅读感受而言,我比较喜欢的是莫言的四部作品:《红高粱家族》、《丰乳肥臀》、《檀香刑》和《生死疲劳》。从这些作品中,可以看出创作主体绝对自由的精神状态,以及毫无顾忌的叙事姿态。用鲁迅的话说,这是作者在天马行空的心灵境界中进行的创作,可以很好地检视出莫言的想象能力、思考能力以及叙事的驾驭能力。至于其他的作品,尤其是长篇小说,我以为其创作过程中的主体精神多少受到了一定的钳制。

《红高粱家族》是莫言早期创作的典范之作。它体现了莫言极为丰富的想象力,以及对复杂历史经验的处理能力。这部小说是中国当代新历史小说的发轫之作——在此之前,我们的作家在叙述历史时,仍然选择那些史书上明确记载的人与事,受制于各种史料的拘囿,甚至在堆积如山的史实面前忍气吞声。但莫言在叙述抗日战争时,却轻松地穿越了党派之争,也颠覆了传统的英雄主义观念,将丑与美、善与恶、爱与恨、正义与邪念、野性与兽性纠结在一起,以一种极具原生态的叙事手段,呈现了齐鲁大地上一群充满血性、敢爱敢恨、粗野狂放的民间生命。在他的笔下,高密东北乡成了"最美丽最丑陋、最超脱最世俗、最圣洁最龌龊、最英雄好汉最王八蛋、最能喝酒最能爱的地方","显露着不可驯服的生命意志",爱与恨、崇高与卑鄙、人性与兽性混杂难分,连狗也恢复了狼一般的野性。他们远离了文明的维度,却迸射着令人敬慕的生命激情。这一切虽然来自历史,却没有史料可以勘正,更没有史书的记载作为参照,完全是作家通过主观想象建构起来的一种民间生活史,同时又是一种融入了家国仇恨等民族情感的民间抗战史。

这部小说,无疑隐含了作者内心深处的一种新的历史观,即对既定传统史的质询,因为传统史书所呈现的抗战史往往是高大全式的英雄史,是被剔除了丰富人性的绝对正义史,是一个个非凡人物保家卫国的献身史。而莫言笔下的余占鳌们,则从丰茂的人性里站了起来,在没有任何党派信念的启蒙下,自觉地踏上了抗战的烽火之中。自从中篇《红高粱》问世之后,有关抗日战争的民间化书写,迅速成为当时文学界的热流,像周梅森、张廷竹、乔良等等,都沿着这种"正史"之外的虚构世界,创作了一大批优秀的作品。而苏童、叶兆言、格非和余华等后来者,则更进一步逃离了"抗战"等宏大背景，干脆将叙事视点还原到日常的民间生活之中，重构了一个个民间普通生命的生活形态史。至此，中国当代作家对于历史的书写基本上告别了正统史书的统摄，也挣脱了各种史料的羁绊，使创作主体的想象力获得了巨大的解放。

与此同时，《红高粱家族》还在叙事上巧妙地吸取了大量现代手法，包括多重叙事视角的运用、感官式的细节处理、奇幻化的叙事语流等等。这些手法虽然被很多学者视为马尔克斯式的魔幻主义在中国的翻版，但是，它与中国民间野史的奇幻性同样也形成了紧密的共振。我们或许可以说，从《世说新语》到《聊斋志异》，各种人鬼相恋的自由与奔放、奇情怪命的轮回式交织，都被莫言巧妙地置于叙事之中。正是这种开放性的叙述，使得这部小说在1980年中期的文化语境中，冲到了开放与自由的理想主义前沿，也使我们不自觉地意识到："在白马山之阳，墨水河之阴，还有一株纯种的红高粱，你要不惜一切努力找到它。你高举着它去闯荡你的荆棘丛生、虎狼横行的世界，它是你的护身符，也是我们家族的光荣的图腾和我们高密东北乡传统精神的象征。"（莫言语）

《丰乳肥臀》是莫言在20世纪90年代初期创作的巅峰之作。尽管它因为获得"大家文学奖"而饱受争议，亦因为其中一些粗俗的描写而备受诟病，但是，这些审美接受上的差异性并不能遮盖它的艺术价值。我以为，它再一次展示了莫言的创作野心——将一切重大的历史彻底地还原成平民生活史，将一切传统的伦理化解为生命生长的自然需求，将一切历史的沉重与惨烈负载在一个个柔韧的女性命运之中。上官鲁氏，这位活了近一个世纪的女性，这位受尽了人间屈辱与伤痛的女性，这位任何时候都不愿对世俗伦理低头的女性，这位像肥沃土地一样滋润的女性，这位在正史中注定会被羞辱或被遗忘的女性，却成为莫言心中的一个图腾，也成为小说中一个巨大的隐喻。她是承受着一切历史风雨的大地，也是永不枯竭的民族生命之源，就像莫言自己所说的那样："书中的母亲，因为封建道德的压迫做了很多违背封建道德的事，政治上也不正确，但她的爱犹如澎湃的大海与广阔的大地。尽管这样一个母亲与以往小说中的母亲形象差别甚大，但我认为，这样的母亲依然是伟大的，甚至是更具代表性的、超越了某些领域的伟大母亲。"

上官鲁氏的丈夫没有生育能力，但她一生却生了八个女儿和一个儿子。她挣脱了所有的封建伦理，彰显出生命的勃勃生机。她生下的九个孩子，就像九条藤蔓，在吊诡的历史深处伸向不同的方向，承受并见证了中国20世纪的巨大磨难。兵匪勾结、战乱频仍、流离颠簸、饥饿难耐、亲人死亡……一只又一只看不见的手，总是以这样或那样的方式搓揉着这个家族，使他们一次次沦入绝望的深渊，或置之死地而后生，或化作政治符码的祭品。她的八个女儿，像八朵荒原上的野菊，被母亲的乳汁喂养得风姿招展，但最终却被历史的无情之脚一次次践踏而逝，使母亲在爱与痛的一次次分裂中，对抗着命运的苍凉。

或许，在这个世界上，女性注定是一种屈辱的存在；或许，在吊诡的历史中，女性注定是一个忽略的存在。然而，莫言却让一个母亲带着她的一群女儿走进历史，奔波在各种风云变幻的前沿地带。在面对苍茫的历史时，莫言再一次伸出了他的解构之手——他压根就没有将历史当作无比端庄的记忆，也从来没打算沿着所谓的史实或史料小心翼翼地前行。他依然坚信历史在民间，任何一个民间的生命都印刻着历史的年轮，任何一个卑微的个体都折射出历史的面孔。上官鲁氏和她的女儿们，终于以她们柔韧的生命，对中国近一个世纪的历史进行了生动的注释。

当然还有上官金童。这是上官鲁氏与西方牧师交往的产物。对于这个充满隐喻性质的人物，张清华先生已进行了精确而独到的阐释，曾令我耳目一新。所以我忠实地抄录如下：

> 这是一个中西两种血缘和文化共同孕育出的“杂种”，在我看来实际是20世纪中国知识分子的化身。他的血缘、性格与弱点表明，他是一个文化冲突与杂交的产物，而他的命运，则更逼近地表明了知识分子在这个世纪里的坎坷与磨难。他身上的一切都是矛盾着的：秉承了“高贵的血统”，但却始终是政治和战争环境中难以长大的有“恋母癖”的“精神的幼儿”；敏感而聪慧，却又在暴力的语境中变成了“弱智症”和“失语症”患者；一直试图有所作为，但却始终像一个“多余人”一样被抛弃；一个典型的“哈姆莱特式”和“堂吉诃德式”的佯疯者，但却被误解和指认为“精神分裂症者”……
>
> ——《叙述的极限》

从上官鲁氏到上官金童，就《丰乳肥臀》而言，无处不洋溢着隐喻和象征。这是莫言的叙事风格。他常常借助民间化的、奇幻化的手法，使叙事处于某种不稳定的状态，让审美接受进入一种开放性的状态。像上官鲁氏的身上，就融入了太多二律背反的元素，使你在粗俗之中又可以看到崇高，在放荡之处又看到率真，在野蛮之中又发现牺牲。

《檀香刑》同样是一部汪洋恣肆、激情迸射的新历史主义之作，也是莫言创作的又一部巅峰之作。一部借刑场为舞台、以施刑为高潮的现代寓言体戏剧。它充分展示了作者内心深处非凡的艺术想象力和高超的叙事独创性，张扬了作者长期所崇尚的那种生命内在的强悍美、悲壮美。同时，莫言又以其故事自身的隐喻特质，直指封建极权话语的深层结构，使古老文明掩饰下的国家权力体系和伦理道德体系再一次受到尖锐的审视。

这部小说累计叙述了六次行刑过程，演绎了五种不同的刑术：赵甲受母亲幽灵的引导来到京城，目睹了刽子手处决“舅舅”的场景，此时用的是“斩首”；刽子手余姥姥惩处偷盗国库金银的库丁，用的是“腰斩”；余姥姥和赵甲联手处死太监小虫子，使的是“阎王闩”；赵甲给戊戌六君子执刑，用的是“斩首”；赵甲给刺杀袁世凯未遂的钱雄飞执刑，用的是“凌迟五百刀”；赵甲告老还乡后再度走上刑场，给孙丙上惊天动地的“檀香刑”。每种刑术，都以追求残忍的极致境界为目标，它的精致、考究、细腻，都是为了在实施过程中最大程度地体现受刑者在肉体和精神上的双重痛苦。这些刑术，作为中国历史上极权统治人性沦丧的一种高度象征，它所隐喻的不只是统治阶级那种近乎疯狂的非人道性、残忍性的专制本质，还折射了中国人在某些方面极为高超的集体智慧。就像女人的裹脚是中国传统男权变异后的产物一样，这些酷刑的发明与创造，同样也是封建权力阶层变态后的自然产物。它以肉体作为政治权力的演练对象，试图验证皇权的无限性，实质上却暴露了这种极权的变异本质。

这些刑术，用赵甲的话说，就是“代表着朝廷的精气神儿。这行当兴隆，朝廷也就昌盛；这行当萧条，朝廷的气数也尽了”。尤其是在“重视祖宗先例胜过重视法律”的大清王朝，“无论是什么样子的陈规陋习，只要是有过先例的，都不能废除，不但不能废除，还要变本加厉”。在这种病态的政治文化背景下，刑术的“繁荣”也就不可避免。它的特点是，回避刑术的真正目的，有效地阻止犯人的迅速死亡，由摧残犯人的肉体上升到摧残犯人的精神意志，以呈现人犯在走向死亡过程中的各种非理性的、残忍而乖张的状态作为目的，使刑术从法律意义演变为审美意义——让统治者充分欣赏到施刑过程中的种种惨烈之美。譬如，皇帝在看完太监小虫子被酷刑“阎王闩”折磨而死后，就开金口，吐玉言，十分满足地说道：“还是刑部的刽子手活儿做得地道！有条有理，有板有眼，有松有紧，让朕看了一台好戏。”颇有意味的是，中国的封建统治者不仅将这种刑术视为国粹，而且不断地推陈出新，由此为德国人精心排演了一场空前绝后的“檀香刑”。

与此同时，将观刑视为“看戏”，这种心态的变化，表明了中国传统刑术已从一个极权淫威的政治符号、一个维持社会机体正常运转的权力代码，而逐渐变成一个统治者自行取乐的病态方式。它在颠覆法律的历史作用的同时，实际上也颠覆了权力的历史作用。因此，莫言在叙述这些刑术时，总是不断地进行蓄势和铺陈，竭尽所能地对每一种刑术进行精到的描绘，尤其是在展示施刑过程的精妙和玄奥时，更是费尽笔墨。这实质上是作者借助反讽的手段，对权力与历史文明进行了全面质疑。

事实上，《檀香刑》道出了中国传统刑术文化的血淋淋的真实本质——刑术已远远超出了法律的惩戒意义，失去了皇权正常发挥的历史作用，沦为统治阶级以生命取乐的重要手段，也成为民众激活贫乏生活的一种特殊庆典。它所体现出来的真实意图，既是对法律本身的嘲讽和消解，也是对某种人性变异后所产生出来的文化痼疾的尖锐反诘。

《生死疲劳》是莫言又一部重要的长篇。它继续了作家民间化的叙事立场，从中国人的土地情结出发，让一个飘逝的生命在不断轮回中体验中国乡村历史的变迁。它在叙述上保持着莫言一以贯之的华美与妖娆，使创作主体的想象和激情再次成为一条波翻浪滚且永不歇息的河流。莫言似乎有这样一种冲动——给他一条通道，它就可以让想象和激情永流不止。在中国当代作家群里，这样的叙事才能实在是绝无仅有。

在《生死疲劳》中，莫言究竟要对中国的乡土社会进行一种怎样的思索？是历史意志对个人意愿的强制性剥夺？是个人信念对历史秩序的顽强抵抗？是狂热的历史与狂热的个人相聚后的癫狂表演？是稳固的乡村传统伦理被一步步肢解后的变异记录？是土地与农民之间割之不去又守之不甘的情感纠葛？在欢畅的叙事话语中，我似乎读到了这些信息，但又无法确定哪一种信息更贴近作家的想法。我感受更深的，还是中国农民在这片土地上永远也找不到幸福感的“劳碌状态”。生亦疲劳，死亦辛酸。土地里没有温暖，没有沉稳和满足。无论你的生命经过了多少次轮回，也无论你通过怎样一种眼光来打量，在这片沉重的大地上，你所遭遇的一切，没有更好，只有更新。或许，这是莫言对土地的一种绝望，当然也包含了土地中滋生的历史。

就我的阅读而言，小说中的六道轮回不见得与佛教有多少关系。它似乎是一种叙事上的策略，可以在人与畜的更变中给人以更多的审美想象，给人以某种喜剧式的狂欢，同时还可以兼及转移叙述视点的作用——莫言是一个在叙事中更换叙述视角最频繁的作家，所以莫言对它如痴如醉。作为一个人的生命感知力的存在，西门闹无论轮回成了什么，仍带着他那较为善良的本质，带着他那“冤屈”的吁告，带着某种“非人非畜”的超验能力，甚至还不时地充当一下正义的化身，为蓝脸做一些精神上的慰藉——尽管他的妻子成了蓝脸的老婆。

这也是莫言的特殊之处。他从来不轻易地在小说中给历史和现实提供明确的价值判断，而是让所有的矛盾混杂在一起；他带有鲜明的解构性的冲动，然而他又从来不轻易地建构一种理想的价值维度——如果一定要说他有所建构，那么，这种建构就是向原始自然的生命状态彻底地回归。价值观念的混杂性，在莫言小说中既是一种张力的显现，也是其审美意蕴复杂化的一种手段。

这一点，在他的长篇小说《蛙》中再一次得到体现。《蛙》试图通过一种自我叙说的方式，来演绎姑姑的传奇人生。姑姑对自己的职业有着无限的热忱，对计生方针更是严格捍卫，以致不可避免地卷入乡村文化伦理的巨大冲突之中。生命承传与国家政策、母性意识与工作职责、亲情伦理与职业伦理……所有这些，围绕着生育制度和生命情怀，紧紧地纠缠在一起，展现了姑姑难以言说的人生痛楚。而陈眉的代孕、小跑葬送了妻儿等事件，又将作家思考的锋芒直指现实。莫言以“蛙”的旺盛繁殖而喻“娃”的控制出生，无疑呈现了创作主体的解构性冲动，但是，在叙事的背后，如果我们认真地回顾姑姑的一生，又会发现这个故事的重点，主要是在凸显姑姑内心对生命意识的觉醒，并没有对生育制度构成深度的质询。

对于中国当代作家来说，莫言是一个奇特的存在。他无疑具有天才般的想象能力，也具有对各种民间叙事传统的整合能力，还具有对叙事角度极为灵活的选择能力——当别人以正常的眼光描述一棵树时，他会选择树的倒影。所以，莫言获得诺贝尔文学奖，并不是一种意外。

（原载《百家评论》2012 年第 1 期）

第三辑　莫言与世界文学

入了世界文学的版图

——莫言著作、葛浩文译文印象及其他

◇刘绍铭

英译《红高粱》刚在英国和美国同时出版。英国版是伦敦的 Heinemann 公司，美国版是纽约的 Viking 公司，由于原著、译者和出版社三方结合配搭得宜，堪称近年英译中国文学一大盛事。

书评称之为“凶残的典雅”

葛浩文出道垂二十年，译的多是小说，其中自有不少作品与译笔配搭匹配的，但以想象之奇、风格之诡异、文字之澎湃，令译者不得不使出浑身解数去应付的，只有《红高粱》一部。所谓旗鼓相当，指的就是这点。

莫言的作品、张艺谋的电影，读者、观众爱憎程度出现天壤之别，时有所闻(有人就曾为文以“考据”的观点指出《大红灯笼高高挂》的不是)。《红高粱》离不了性和暴力。笔墨亦鲜见“长太息以掩涕兮，哀民生之多艰”的痕迹。这已够离经叛道的了，如果中国读者为此原因排斥莫言的路数，也是顺理成章的事。

同样一本作品，拿到别的国家去衡量，评价可能截然不同。爱伦坡若非当年得波德莱尔赏识品题，想无今天在美国文学史的地位。打个不太恰当的比喻，作家的声誉，有时的确需要“出口转内销”。有关这点，下面将有交代。可能是性和暴力，在西方读者看来见怪不怪吧，在我看到的四篇书评中，对这部作品的成就，莫不交口称誉。《纽约》杂志书评人 Rhoda Koenig 以“凶残的典雅”(*Savage Grace*)为标题，提到书中许多意象，匠心独具，摄人心魄，虽然有不少是血淋淋的。

“凶残的典雅”是修辞学所说的“逆喻”(Oxzymoron)，看来自相矛盾，其实是人生与人性的写照。拿莫言的话说，这是“最美丽最丑陋、最超脱最世俗、最圣洁最龌龊、最

英雄好汉最王八蛋”二位一体的结合。《红高粱》讲的是血淋淋的故事,不是请客吃饭,凶残的意象在所难免。书评人点出了暴力的场面,但用意并非以此为戒。

四位书评人中,只有 Boston Globe 的 Philip F. Williams,在职业上与中国文学有关。其余三位,就专长而言是外行人,因此他们评价《红高粱》的标准,自然有异于行家。第一,他们看的是英译。第二,除了莫言外,他们可能不知中国还有别的作家。

外国评论家只知货比货

我这么说,一点没有奚落外行人强作解人的意思。正好相反。首先,我们得了解这一个事实,中国文学作品一旦翻译成今天占有世界语地位的英文时,就等于上了世界文学的竞技场。正因论者是外行人,对象又是“不知有汉”的读者,他们测量作品的得失,绝不会考虑到历史沿革或独特的社会因素。他们只晓得货比货。

巴金、茅盾和曹禺这些作家,在中国享有的是经典地位,但依英国学者 W. J. F. Jenner 的看法,他们的作品在英语世界中难有市场。为什么?他的说法是:“外国的读者除非对中国情有独钟,否则怎有兴趣涉入他们感时忧国的世界?”

那么,在他看来,哪一类的作品才会受西方读者注意呢?他说得干脆:“different,与别不同,异于凡品,至少不是英语文学世界似曾相识的。”

难怪上述那位 Rhoda Koenig 特别欣赏“狗道”那一章。这一章文字,志怪淋漓。或时髦点说:魔幻写实确与别不同。《红高粱》与别不同的地方,从第一章第一句就见端倪了:“1939 年古历八月初九,我父亲这个土匪种 14 岁多一点。”

父亲治家严,在光屁股男孩的叙事者嘴里,却毫不掩饰地就事论事说成“土匪种”。初看有点不伦不类,但通览全书,就会明白像奶奶这类土匪,在作者心目中有特殊的地位。因为他们“使我们这些活着的不肖子孙相形见绌,在进步的同时,我真切感到种的退化”。

莫言“种的退化”的观念,与韩少功后期作品如《爸爸爸》相映成趣,若是行家作评,可就此大做文章。但外行书评人着意的,显然不是中国人是否退化的真伪,而是蔓延全书异于凡品的浪漫气息。

通过英译成为世界文学

替《纽约时报》写书评的 Wiborn Hampton,是该报国际新闻版编辑。他给此书打的分数,就是根据我前面说的两个标准:译文的好坏和故事本身是否有西方读者值得一看的“美丽新世界”。葛氏的译文,他推许为 Vibrant,生动活泼。故事和人物呢?

引人入胜。书评人的结论是:莫言那些“土匪种”的角色和入了神话架构的高密东北乡从此上了世界文学的版图。

“入了世界文学的版图”,这就是本文要说的关键。下文再予引申。

迄今为止,我所看过的书评还有刊在 Richmond Times Dispatch 的那篇。执笔人是 M. Thomas Inge 教授,本行是美国文学研究,但也开亚洲文学的课,因此是半个行家。他用的标题是 *Epic Novel:Chinese Author Is First Class*(史诗般的小说,一流的中国作家)。翻译评价为 a masterful transition(大师手笔)。

“莫言是世界级的作家,可能是老舍、鲁迅以来最有前途的中国作家。但这二位前辈的文学才华却不如莫言。英译《红高粱》的出现是英语文学一大盛事,本此可预见中国小说在 21 世纪的活力和影响力。”

如果《红高粱》的英译落在泛泛辈之手,莫言是否仍能获得世界级作家美誉,实难预料。有关翻译水准与“推销”中国文学的因果关系,同业先前早有结论。我自己也写过不少文章,不拟在此啰嗦。

现在我们再回头讨论中国文学通过英译作为世界文学或英语文学的问题。

在外国用英译本向外国学生讲授中国文学,跟在中国土地用原著跟中国学生讨论中国文学,两地老师面对的,是截然不同的文化生态。价值观点和关怀的对象亦因此有异。对中国学生来讲,“五四”这一天,别有不寻常的历史意义。伤痕作品,以文学论文学,能经得起时间考验者少之又少。但从史观看,用中文讲授的中国近代小说,不能不提及这些作品。

外国读者,除了上述那种“情有独钟”辈或博士研究生,可不管这套,读不下去就不读下去,何必自讨苦吃?

品类繁多自然有败笔

如果中国今天还是天朝盛世,或国际环境可让我们继续闭关自守,那么我们大可潇洒自如地说:“去他的,咱们有几千年的文学传统,何必听那些狗屁不通的外国专家的意见。”这一点不错,端的是“躲进小楼成一统,管他冬夏与春秋”,自得其乐,与世无争。

只是今天我们的心态是,“开放的中国盼奥运”。

莫言的小说,品样繁多,自然有败笔。就拿《红高粱》和最近的《酒国》而言,先声夺人,到了后半部却嫌中气不足。以上所举的书评,都出现于普及性的刊物。论者即使注意到这些技术性的问题,限于篇幅、刊物性质,或个人的兴趣的训练,都没有提出来讨论。站在“推销”中国文学的立场说,《红高粱》的作者和译者,能够得到如许不凡的评价,于愿足矣。

在英语国家用翻译讲授中国文学的行家,籍贯不问中西,性别不分男女,想也因此感到“与有荣焉”吧。这是法国人所讲的 esprit de corps,或团队精神的自然表现。60年代我做研究生时,三岛由纪夫的《金阁寺》和安部公房的《沙丘之女》等日本近代小说,得到旗鼓相当的配搭,使其作者在英语文学世界中骤觉高人一等,得意非凡。这正是团队精神的号召。

我想大家现在已明白为什么用原著和翻译教学是属于两种文化生态的缘由了。三岛和安部在受到西方国家青睐前,在日本文坛的声响如何,我不知道。但可以肯定的是如果他们在“西征”前的地位已是泰山北斗,再经外人的吹捧更是锦上添花。或者,倒过来说,在英译出版前,他们在国内的声响不过尔尔,后经外国专家造势,迫得日本批评家对他们的作品重新估计。结果不一定因此推翻前案,但假如他们觉得当时确有走眼的地方,现在可以补过。

前面提到爱伦坡闻名“出口转内销”,正是这一类的例子。这位以写恐怖故事知名、英年早逝的美国作家,生平攻击文以载道学说不遗余力。19 世纪初,美国文风当然不像今天这么开放,其“颓废”作品受到排斥,意料中事。不料他的文学观引起波德莱尔、魏尔兰(Paul Verlaine)和马拉梅等法国象征主义诗人的共鸣,在法国给他“造势”,使一切以欧洲为时尚的美国评论界不得不改弦易辙,追封他的成就。史家称爱伦坡为“欧洲的发现”,就是这个理由。

鲜花或毒草纯为主观认定

莫言在中国大陆的评价如何?想是毁誉参半吧。凭常识判断,像《天堂蒜薹之歌》这类作品,在我们看来虽“异于凡品”,却绝难讨一些评论家欢心的。

英译《红高粱》带来的气势,会不会引起他高密东北乡的父老修改他们对他的看法?莫言不是爱伦坡。今天的中国不同于 19 世纪的美国。情况即使有相似的地方,结局想因“国情”不同而有异。我们可以确定的只有这一点。

正因中国文学与英译中国文学是两个生态不同的世界,作品取舍标准各有所好,因而各取所需。在大陆贬为毒草的,一过了洋,可能认作鲜花来供养。

鲜花与毒草之分,原是相当主观的界定,不应看作价值的判断。

据我个人所知,今后几年,将陆续有相当 different 的英译中国近代小说面世。我教现代中国文学二十年,有过两次思之犹有余痛的经验。先后有两位中文造诣奇佳、潜力深厚的同学,一男一女,跟我念完硕士。原以为他们会再接再厉地念下去,谁料学期终了后他们到办公室来说再见,秋天不回校了。问起原因,才知他们觉得中国现代

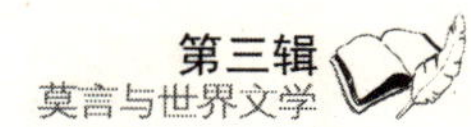

文学“不够挑战性”，没有什么看头。

男同学转念英美文学。女同学到别的学校攻日本文学。

《红高粱》作者不是我，译者也不是我。但我看到《纽约时报》刊出的第一篇正面书评后，的确“与有荣焉”。这种感受非过来人不能了解。即使此书是高密东北乡的毒草，我也甘之如饴，因为毒草有时也是灵药，有起死回生之功。希望本行由此书的带动出现生机。

对了，葛浩文的原名是 Howard Goldblatt。

（原载《作家》1993 年第 8 期）

莫言作品英译本序言两篇

◇[美]葛浩文著　吴耀宗译

莫言《丰乳肥臀》英译本导言[①]

据我所知，在想象昔日中国历史空间和重新评价中国社会方面，莫言的贡献依然无与伦比。其《红高粱家族》在1987年出版时一改当时的文学景观[②]，亦成为首部在西方叫好又叫座的中国电影[③]。在探索中国官方或民间神话以及中国社会某些黑暗角落的过程中，莫言成了中国最具争议性的作家，既深受许多外国读者的喜爱，亦是中国官方眼中的祸根毒药。官方曾禁售莫言小说不下一种，但在作品风行于海外之后态度也渐趋温和。

莫言生于1955年，出身于中国北部农民家庭。在当时普遍贫困的环境下，莫言在接受过些许正式的学校教育后，就到农场里帮忙养家畜，并在“文化大革命”(1966～1976)那灾难性的十年中被分配到工厂劳作。事实上，莫言的所有小说都以其类似虚构的东北高密县家乡为场景。孩提时从祖父和亲戚处听来的故事为其丰富的想象添加了燃料，在一系列篇幅巨大、充满活力，总是富于争议性的小说中找到了爆发点。其最早的作品产生于任职人民解放军时，具有令人开怀的反讽。

莫言自认是现实主义作家，书写的多为历史小说。就现状而论，此言不假。其如拉丁美洲魔幻现实主义的创造者(莫言读过他们的作品，且爱不释手，但却坚称作品不

---

① 此文见 Howard Goldblatt trans., *Big Breasts and Wide Hips*, London: Methuen, 2006, pp. 5-6，附注为原文所有。

② 1993年出版了英译本，早于其他各种译本。

③ 此片奠定了导演张艺谋的国际地位。

受影响)，朝新方向发展“现实主义”和“历史主义”，常带恶意地拓延两者的界限。这位小说家对官方历史与记录在案的“事实”不感兴趣，而是惯于运用民间信仰、奇异的动物意象及不同的想象性叙事技巧，和历史现实(国家和地方性的、官方和流行的)混为一体，创造出独特的文学，唯一令人满意的文学。这些作品具有吸引世界目光的主题和感人肺腑的意象，很容易就跨越国界。

《红高粱家族》是一部虚构性自传，描写高密县三代抗日(1937～1945)分子的事迹。在《红高粱家族》获得成功之后，莫言有感于1987年发生了激发种蒜贫困农民反抗不诚实腐败官员的事件，于是(用少于一个月的时间)写了一部政治小说(纵使不能称之为“议论小说”)。这《天堂蒜台之歌》(1988年、1995年)充斥着明显可见的怨愤，但由于间有讽刺(这种讽刺手法会在莫言日后的作品中发扬光大)和对官方话语的零散嘲笑，乃得以缓和下来。

莫言接着推出《十三步》(1989年)，是一部讽刺凌厉的长篇小说。小说主人公因患有精神病而遭囚禁。他讨取粉笔，为身边的听众写下一系列轶事怪闻。在此过程中，读者沉醉于调解人的角色中。用叙事学的说法，这是一部“力作”，一次进入当代中国精神世界的痛苦旅程。

2000年，莫言在美国丹佛的旧书皮书店(The Tattered Cover)发表演说时称：“当代有许多作家能写出佳作，但我敢说只有我能写出像《酒国》(1992年、2000年)[①]这样的小说。”论者将《酒国》和劳伦斯·斯特恩(Lawrence Sterne，1713～1768)《项狄传》(*Tristram Shandy*)一类的小说相提并论。[②]《酒国》是斯威夫特式的讽刺之作，叙述一政府侦察员被派往调查某市市民养肉孩以满足地方官员口腹之欲的历险过程。叙述频频被书中最缺乏同情心的人物所写的短篇小说打断，这些短篇小说越写越奇异，“莫言”渐渐并入展开的情节中，直至所有不同的故事线汇合为黑色嘉年华式的结局。诚然，在其他当代小说家中还找不到能写出这讽刺经典的，如此露骨抨击中国人之强烈喜爱异域情调食物与性嗜狂食滥饮而不受指责的亦不多见，更甭说书写农民遭受惊人的剥削了。

接近新千年，莫言再次着手写下对中国现代史别具心裁的诠释。这回几乎并入整个20世纪，一个用任何标准衡量中国都是血淋淋的世纪。倘若莫言是名气较小的作家，缺乏那构成保护网的身份、才能和国际曝光率，则多半无法忍受《丰乳肥臀》所迎来

---

① Sylvia Li — chun Lin trans.,“My Three American Books,”*World Literature Today* 74, No. 3 (summer 2000), p. 476。这一期的*WLT*(《今日世界文学》)上刊发了7篇讨论莫言小说的文章。

② M. Thomas Inge,“Mo Yan Through Western Eyes,”*World Literature Today* 74, No. 3 (summer 2000), p. 504.

的摧毁性批评。《丰乳肥臀》在1996年出版,至今仍是莫言篇幅最长的小说(原著约50万字,用莫言自己的话,是“厚如砖块”的一部书)。由于具有色情书写,且所描绘的现代中国政治景观在某些人看来并不准确,此书如果直接摆放到书店里销售,必定引发相当大的争论。可是即使经由重点文学杂志《大家》于1995年连载刊发,其赢得首届“大家·红河文学奖”(奖金高达10万人民币,约美金12000)时,仍然立刻惹来保守论者刺耳的怒号。对于被支持者称为“阴郁史诗”的《丰乳肥臀》,这非官方奖项的评审们有如下的评语:

> 尽管书名简单直接,《丰乳肥臀》却是一场丰盛的文学宴。莫言几乎将整个20世纪涵盖其中,以无畏的毅力和热情描述了中国社会的历史发展……它是展现作者独特风格的文学经典。

评审们注意到作者熟练地交替使用第一和第三人称的叙述角度,运用回闪倒叙以及其他巧妙的技巧。至于那引人注目的书名,莫言在1995年曾作一文,说明“其创作欲望源于自己对母亲深深的崇敬,而题目的灵感则来自个人目睹丰乳肥臀的古代妇女石雕的经验”[①]。然而这些话却不足以静止批评的声音,因为论者关注其处理中国历史,要比关注其召唤女性比喻来得重要。《丰乳肥臀》以中日战争(1936年)前夕男主人公上官金童及其双胞胎姐姐诞生开篇,但整个叙述真正的启端却在世纪之交(第二章)时,八国联军镇压中国本土排外的义和团运动,以巩固本身在中国的势力。即如莫言之前的小说《红高粱家族》的《丰乳肥臀》中作为中心且在许多方面确定的事件全都发生在八年抗战期间的中国领土上。对莫言而言,这之前的几十年间无论如何也是不平静的,但所发生的个人私事却较国家大事值得注意。那是“母亲”(译者按:上官鲁氏)经历童年、结婚和生下头七个小孩的时代。七个小孩都是女的,都是和其他男人所生,并非不育丈夫的种。而唯一的儿子金童乃是瑞典牧师的后嗣、异国的“他者”,只有在其出现后,小说才明显牵涉到民族的问题。

于是,小说之绝大篇幅带领读者走过狂乱骚动的60年。其以抗日战争始,抗战中共产党和国民党互相厮杀,几乎不亚于鏖战日军,且经常屈服于后者。在此,莫言尤其触怒论者,塑造了蔑视传统观念的英雄和反叛者。小说中的几个男性人物当中,除去那性能力既不足自救又为后代带来耻辱的外国人不算,有一个由爱国而变成通敌,一个是国民党军队领袖,两个是共产党分子(一为首领,一为士兵)。他们全娶了“母亲”

---

① Rong Ca, *The Subject in Crisis in Contemporary Chinese Literature*, Honolulu: University of Hawai Press, 2004, p. 159。莫言进一步指出,“创作此小说的目的在于探索人文的本质,颂扬母亲,并在象征性的表达中把母性和土地联系起来”。

的女儿（一个或数个），但只有那国民党员受到"母亲"的赞扬："他是个混蛋，却也是个名副其实的汉子。这样的汉子以往每八年十年才出一个。我们见到的恐怕是最后一个。"

《丰乳肥臀》自然是虚构的。此作在处理（自然是有选择性的）历史事件的同时，亦探讨暴露社会与人性更广的层面，超越和驳斥那些特定事件或对历史的经典化政治解读。在1945年日本于亚洲战败之后，中国渐渐陷入血腥的内战中，结果是共产党在1949年取得胜利并建立了中华人民共和国。不幸的是，对上官一家以及全国人民而言，"新中国"和旧中国一样难得和平与稳定。人民共和国在其最初17年见证了血腥，先是介入朝鲜战争（1950～1953），接着进入秋后算账、政治整肃的蛮戾时期，然后是导致三年大饥荒、夺去数百万条人命的灾难性"大跃进"，还有"文化大革命"。中国标准的历史小说倾向于将重大的历史事件前景化，莫言则置之不理。《丰乳肥臀》中的历史事件纯粹为金童、其幸存的姐妹、侄子侄女以及母亲的生命提供了背景。因为这背景，上官金童的恋母情结倾向和阳萎变得明显可见。[①] 通过对男主人公不留情面、毫不恭维地描绘，莫言要读者注意的是人种退化和中国人个性的混杂削弱（对初见于《红高粱家族》中情感的回响），亦即失败的父权社会。最终，是女性（大部分，并非全部）的性格力量为作者灰暗的景观添加了一线希望。

1976年以后，金童在国家改革开放和经济起飞的语境中堕落了。起码对某些人来说，最终断奶的金童代表了"中国知识分子对现代世界中中国国力的焦虑"[②]。莫言曾如此论述《丰乳肥臀》："如果你愿意，你尽可以跳过我的其他小说（葛浩文：我当然不同意这样的做法），但一定要读一读《丰乳肥臀》。我在其中写了历史、战争、政治、饥饿、信仰、爱情，还有性。"[③]不管象征了什么，金童始终是这部长篇小说以及小说世界里最引人入胜的人物之一。

《丰乳肥臀》最初由作家出版社出版单行本（1996年）。同年又有台湾版（洪范书店）面世。2003年，中国工人出版社推出删节本。本英译根据作者所提供篇幅更短的电子版，而我在翻译及编辑的过程中又经得作者首肯，做了一些修正和安排。作为译

---

① 在这方面，王德威的研究作了精彩的论述。见"The Literary World of Mo Yan," *WLT* 74, No. 3 (summer 2000), pp. 487－94。

② Rong Ca, *The Subject in crisis in contemporary Chinese Literature*, Hoholulu: University of Hawai Press p. 175.

③ 见 Sylvia Li-chun Lin trans.,"My Three American Books," p. 476。莫言对其短篇小说也颇感自豪，这无可非议。关于这方面的英文选译本，见 *Shifu, You'll Do Anything for a Laugh* (NewYork: Arcade, 2001)。

者,我异常幸运,一路走来,获得作者、常与我合力翻译的伙伴林丽君(Sylvia Li-chun Lin)[①]以及出版商兼编辑迪克·西维尔(Dick Seaver)的协助与支持。

莫言《酒国》英译本序[②]

对中文读者来说,《酒国》劲度很足,就如莫言山东家乡和中国其他地方所酿制的无色烈酒(当中最知名的要数茅台酒)。这部小说充满了爆炸力,其暴露嘲讽中国人在饮食上之持久沉耽,既妙趣横生又怨恨流露,在当代文学中并不多见;而结构之新颖独创,更鲜有能望其项背者。如同莫言的许多小说,《酒国》被视为极具颠覆性,须是1992年在台湾面市之后,才得以在大陆出版。小说后来另题《酩酊国》,收入莫言的多卷本文集中,继续使某些读者感到振奋,某些读者深受震撼。

在小说中,写信者莫言告诉李一斗他"一直想写一部关于酒的长篇小说"[③],是为《酒国》。书名按字面解,是"酒的国度"("酒"这一术语指一切含酒精成分的饮料,且必须以形容词的方式加以引伸,表示特定类型)的意思,简明但富于启迪。事实上,在《酒国》中狂斟豪饮的,大部分是酒精含量120度以及用高粱或其他谷类酿制而成的更烈的酒。

莫言创作《酒国》,除了叙述人物全情沉迷于食、酒、性,字里行间充满讽刺语气和奇人逸事,以及设置天马行空的叙述架构之外,还处处语带双关,混杂不同的文体形式,且搬引典故,谈古论今,既有政治的,亦有文学的,既有文雅的,亦有秽亵的,又使用许多山东地方性的表达。若要在此阐明这种种手段,恐难免徒劳,因为非中国人读者尤其无法完全"领悟"个中的奥妙。读者当中,或许只有少数懂得如何回应女司机的提问:"哎,特务,知道煤矿的道路为什么这样糟糕吗?"[④](当地人确保这道路的状态不改。如此,他们才能捡拾离开煤矿场的卡车在颠簸中震落的煤块。)不过,即使不了解中国文化,读者也会明白一个乘卡车而至的蹩脚侦察员是不可能有啥作为的,不管他

---

① 我们合力翻译了四部长篇小说:三部是台湾作品,一部是大陆作家阿来的《尘埃落定》。原文见 Howard Goldblatttrans., *The Republic of Wine*, New York: Arcade Publishing, 2000, pp. 5~6(注释为译者所加)。

② 除此序文之外,葛浩文在1999年台湾举办的饮食文学国际研讨会上曾宣读论文《禁脔》,对莫言的《酒国》和中西文学中的人食人书写传统有深入精彩的论述。论文收入焦桐、林水福主编《赶赴繁花胜放的飨宴——饮食文学国际研讨会论文集》(台北,时报文化出版企业,1999),第418~442页。英文版见 Howard Goldblat, "The '*Saturni-con*' Forbidden Food of Mo Yan,"*World Literature Today* 74, No. 3, summer 2000), pp. 477~485。

③ 莫言:《酒国》,洪范书店1992年版,第67页。

④ 莫言:《酒国》,第5页。

乘坐的是不是解放牌卡车。

莫言这小说前后不一，我在翻译时尽可能忠于原文，但求译文有助读者领略和享受小说的好处，远胜于其所流失的。

好了，用过这简单的开胃菜，看官们请继续大快朵颐！先干为敬！

（原载《当代作家评论》2010年第2期）

莫言小说与西方现代主义文学

◇张学军

任何一个作家在进行创作的时候，都会受到既存文学的影响。在莫言的小说中，我们可以看到民间文学的浸染，更容易发现西方现代主义文学的影响。这种影响是多方面的，有意识流小说的内心独白、心理分析、感觉印象、幻觉梦境等，有魔幻现实主义的隐喻、象征、预言、神秘、魔幻，也有荒诞派戏剧的夸张、变形、荒诞，还有结构主义、感觉主义、象征主义、存在主义等等。莫言吸收了这些异域的营养，又保持着固有的民族文化血脉，创造出一个属于自己的艺术天地，形成了独特的艺术风格。

一

在西方现代派作家中，莫言最推崇的是威廉・福克纳和加西亚・马尔克斯，把他们称为“两座灼热的高炉”，深为《喧嚣与骚动》和《百年孤独》这两部巨著所震惊。莫言对这两部作品的认识是有一个过程的，起初惊叹于那些颠倒时空秩序、交叉生命世界、极度夸张与渲染的艺术手法，在经过认真的思索之后，才发现这些总是表层的东西，而真正拓展他艺术视野和值得借鉴的则是他们独特的认识世界、认识人类的方式，是他们的哲学思想和历史观。同样，莫言对西方现代主义文学的借鉴，也像他对福克纳和马尔克斯的认识一样，经历了一个由浅入深、从单纯的技巧模仿到融合与创新的过程。在这个过程中，莫言曾有过一个短暂的模仿阶段，这种模仿痕迹在 1985 年前后的作品中是不难发现的。但是莫言很快就清醒地意识到这一点，他说：“我认为我的作品中对外国文学的借鉴，既有比较高级的化境，又有属于外部摹写的不化境。”“我如果继续迷恋长翅膀老头、坐床单升天之类瑰奇细节，我就死了。”①莫言在自己的艺术实践中，勇

① 莫言：《两座灼热的高炉》，《世界文学》1986 年第 3 期。

敢地与自己的模仿阶段告别，在广泛地借鉴现代主义文学中，走向了融合与创新的里程。

莫言在福克纳和马尔克斯的影响下，逐渐开辟了属于自己的艺术疆域。

我们知道，福克纳不仅是一个意识流作家，同时还是一个乡土作家。福克纳说过："我发现我家乡的那块邮票般小小的地方倒也值得一写，只怕我一辈子也写不完，我只要化实为虚，就可以放手充分发挥我那点小小的才华。这块地虽然打开的是别人的财源，我自己至少可以创造一个自己的天地吧。"[①]他的一生都在致力于美国南方乡土的写作，对二百多年来的美国南方社会作了形象生动的描述，表现了古老家族的衰落和资本主义势力在南方的兴起，创造了他自己的"约克纳帕塔法"世界。马尔克斯的《百年孤独》深刻地展示了马孔多小镇从蛮荒中诞生，到在飓风中毁灭的百年兴衰的历史，揭示出拉丁美洲被现代文明遗忘了的孤独痛苦的历程。福克纳和马尔克斯就是从邮票般大小的故乡和马孔多小镇，这一个小的立足点走向世界，从而摘取了诺贝尔文学奖桂冠的。

福克纳和马尔克斯的成功，对莫言有着深刻的启示，他也要开辟一个属于自己的艺术领地，把自己的故乡——高密东北乡作为自己的艺术世界。莫言深深地眷恋着自己的故乡，在他接触福克纳和马尔克斯之前，就已经开始了致力于以故乡为背景的小说创作。福克纳们的成功使他更加自觉地去描写故乡。如果把莫言小说发表的时间顺序打破，重新组合的话，就会发现他也描写了故乡从开创到今天的历史变迁。《马驹横穿沼泽》那美妙神奇的传说，描绘了高密东北乡食草家族创世纪的经历。《秋水》中"我爷爷、奶奶"因杀人放火，逃到高密东北乡大涝洼子的蛮荒之地，男耕女织，休养生息，那漫野的秋水，传奇般的故事，横生的鬼雨神风，为这块涝洼地蒙上神秘魔幻般的色彩。此后，"陆续便有匪种寇族迁来，设庄立屯，自成一方世界"。这颇似《百年孤独》中马孔多小镇的草创。以后便在这块地上，演出了一幕幕悲壮惨烈、生死恩仇、男欢女爱的悲剧、喜剧和正剧。从《生蹼的祖先们》、《玫瑰玫瑰香气扑鼻》、《红蝗》、《红高粱家族》，经《大风》、《透明的红萝卜》、《复仇记》、《筑路》、《白棉花》等，到《欢乐》、《球状闪电》，高密东北乡人民各个历史时期的生活，都得到了艺术的表现。

为什么莫言如此执著地表现故乡的生活呢？尤多拉·韦尔蒂在评论福克纳的小说时，说："历史上的地方总代表一定的感情，而对历史的感情又总是和地方联系在一起。"[②]莫言对自己的故乡一往情深，20岁以前都是在故乡度过的。虽然苦难的童少年时期带给他的是一些痛苦的回忆，但正如他自己所说："苦难的童年的确是作家最好的

① 崔道怡等编：《"冰山"理论：对话与潜对话》上册，工人出版社1987年版，第109页。

② 《福克纳中短篇小说选·序》，中国文联出版公司1985年版，第12页。

学校，因为童年的印象特别深刻，终生难忘。”[①]故乡毕竟是哺育莫言成长的摇篮，家乡故土的一草一木、剽悍淳朴的民风乡俗、神秘奇异的民间传说、丰厚的民间文化艺术，还有儿时的欢乐、少年时代的磨难、青年时期的苦闷，都牵动着莫言的情怀，也为作家的创作提供了取之不尽的艺术源泉。他把童少年时期对生活朦胧的感受印象、成年后的理性思考，倾注到对故乡的艺术描写之中，用一篇篇作品建构起属于他自己的高密东北乡的艺术世界。

马尔克斯和福克纳都描写了一个个家族衰败的历史。这些世家都曾有过辉煌的过去，但他们的后世子孙却不配享有更好的命运。祖先们的开创精神、充满激情的生命活力，像时间一样流逝过去。马尔克斯和福克纳正是通过对家族后代的否定，来唤起人们对创家立业的祖辈们的崇敬，去寻找那已经失落的精神家园。

莫言认为，马尔克斯是“在用一颗悲怆的心灵，去寻找拉美迷失的温暖的精神的家园”。“加西亚·马尔克斯和福克纳都是地区主义，因此都生动地体现了人类社会发展的螺旋状轨道。”[②]莫言正是基于这种理解，才在《红高粱家族》中反复地说，“我”是先辈的不肖子孙，“是可怜的、孱弱的、猜忌的、偏执的、被毒酒迷幻了灵魂的孩子”，“真切地感到种的退化”。如果说这只是他对家族辉煌历史的向往之情而产生的一种朦胧的感觉的话，那么在《食草家族》系列小说中，则是自觉地创造了食草家族的历史，从而表现出他对历史的认识。从小男孩和红马驹横穿沼泽，而成为食草家族的始祖的“创世纪”开始(《马驹横穿沼泽》)，在家族历史上出现过种种壮举、丑闻和暴行。有“近亲交配导致家族的衰败，手脚粘连着鸭蹼的孩子不断出生”的种的退化(《红蝗》)，有为了家道中兴，而活活烧死了一对近亲通奸的男女的火刑，有连续进行了四年的“为了防止人种退化的集体阉割”(《生蹼的祖先们》)。这一切都应验了《马驹横穿沼泽》中黑色男人的预言：“兄妹交举啊人口不昌——手脚生蹼啊人驴同房——遇皮中兴遇羊再亡——再亡再兴仰仗——。”这种隐喻和预言为食草家族的历史涂上了一层神秘的宿命色彩。

莫言在《红蝗》中说：“我认为人类的历史就是一部寻找家园的历史。”社会的进步，文明的进化，人类对自然的不断征服，使人类的生存环境逐渐远离大自然，人的生存能力也逐渐退化。对嘈杂的都市生活的厌倦，更使莫言产生了一种亲近自然的情绪。因而在小说中他要寻找曾失落的精神家园，寻找祖先们那洒脱不羁、充满生命活力的内在精神，并以此来洗涤那“被酱油腌透了的心”。在《红高粱家族》中，他崇尚余占鳌们那豪放爽快、敢作敢为的精神，立志要寻找那株纯种的红高粱。这种对祖先精神上的认同，就是要以先辈们那无拘无束的生命活力，来对抗现代都市生活的污染。

---

① 《几位青年军人的文学思考》，《文学评论》1986 年第 2 期。

② 莫言：《两座灼热的高炉》，《世界文学》1986 年第 3 期。

在《食草家族》系列小说中，作为叙述人的“我”，在梦境中寻找食草家族的精神家园，他“上穷碧落下黄泉”，在梦幻中自由地漫游。这儿没有时间的概念，取消了生死的界限，展现出种种神奇怪异的现象。这里有现实、历史和幻想，有神话传说，有祖先崇拜，有隐喻、象征和预言，构成了一个光怪陆离、神奇莫测、荒诞魔幻的世界。在这个世界中飘荡着莫言苦苦寻求的食草家族的精魂，而那传奇手法、神话原型、隐喻象征系统，都明显地带有魔幻现实主义的影响。

二

福克纳在小说中反复强调：过去永远不会逝去。莫言认为：“应该通过作品去理解福克纳这颗病态的心灵，在这颗落寞而又骚动的灵魂里，始终回响着一个忧愁的无可奈何而又充满希望的主调：过去的历史与现在的世界密切相连，历史的血在当代人的血脉中重复流淌，时间像汽车尾灯柔和的灯光，不断消逝着，又不断新生着。”[①]由此可见，莫言对历史的认识是和福克纳一致的。这种历史观也正契合了他要寻找失落的精神家园的哲学思考。

莫言的小说虽然大都是以20世纪60年代以来的农村生活为背景，但也有不少写过去的篇章。写到历史的小说中，都有一个作为叙述人的“我”存在着。其中有的是“我”讲的故事，如《秋水》、《红高粱家族》等；有的是由“我”的梦境将过去和现在、城市和农村、传说和现实交织在一起而组成的故事，如《生蹼的祖先们》、《红蝗》、《玫瑰玫瑰香气扑鼻》、《马驹横穿沼泽》等。这些故事都是发生在过去，与现在存在着漫长的历史间距，是一个现代人表现的一个已经过去的世界里发生的故事，这个过去的世界与现实有着难以弥合的断裂。如何消除这种时间距离，来体现“把永远死不了的过去和永远留不住的现在联系在一起”(《红高粱家族》)的历史意识呢？莫言在小说中是从三个方面来加强这种联系的。

1.叙述人的设置

在这些小说中，莫言设置了“我”作为后代子孙这么个叙述人来讲述先辈的故事，这样就从血缘关系上，使过去的历史同现实保持了密切的联系。在“我”这个孱弱病态的躯体里，流淌着潇洒自由、无拘无束、充满生命强力的祖先们的血液，由此可以看到历史在今天的延续。这个叙述人的设置，既表现了不肖子孙在生命形态上“种的退化”的哲学思考，体现出对祖先的精神认同，又弥合了时间流逝所造成的历史断裂。这个叙述人无处不在，无时不在，全知全能。尤其是在《食草家族》系列小说中，他不仅是一

① 莫言：《两座灼热的高炉》，《世界文学》1986年第3期。

个听故事、讲故事的角色，同时，借助梦幻的翅膀，又自由地翱翔于过去与现在漫长的时间疆域。可以同祖先们对话，接受他们的教诲，又可以洞悉先辈们当时的心理，还可以和现在的人们发生联系。并期望“我”在以旁观者的身份冷静地叙述先辈们故事的同时，通过叙述时间的交叉，又以参与者的灵敏感觉来感受和再现出先辈们的心路历程。这样，就把过去拉回到现在，使历史与现实紧密相连。

2.叙述时间的不断变换

通过时间切入点的不断变换，打破顺时性的叙述，使过去的故事与现实发生密切的联系。这种叙述时态的变换，存在于许多写历史的作品中，而尤以《红高粱家族》最为突出。在这部小说中，莫言把半个多世纪的历史切割成许多碎块，肢解了叙述时间的顺时性和连续性，并使叙述的切入点互相交叉。这些时间流逝中的一个个切入点，把过去和现在紧密地连接成一个有机的时间整体。叙述者就是靠叙述时间的不断变换，参与了故事的发展。这种叙述时间的往返，就弥补了现实与历史的裂隙。这里显然有着福克纳《喧嚣与骚动》中时空交叉、“对位式结构”的影响，又带有马尔克斯《百年孤独》中自由地组合时间、自由地调度空间的叙述技巧，这种艺术技巧成为表达作者历史观的重要手段。而这表层的艺术技巧同深层的哲理意蕴、历史意识又形成了一个有机的整体。

3.丰富的想象和敏锐的感觉的介入

莫言叙述的是先辈们过去的业绩，对于没有经历过的事件，势必有着历史经验的隔绝和陌生。但莫言充分调动了自身的主观想象力，用种种奇思怪想和神奇的感觉，通过叙述人参与角色的积极揣摩和体验，再现出先辈们的经验世界和精神形态，从而贴近了过去的生活。也使过去的生活经验通过想象和感觉向今天显现，变为可见可闻、可触可嗅的感觉世界，唤起了读者内在的体验，使读者积极地参与到那过去的经验世界之中。例如，在《红高粱家族》的伏击战中，哑巴“刀势一顺，一颗戴着钢盔的鬼子头颅平滑地飞出，在空中拖着悠长的嚎叫，噗通落地之后，嘴里还吐出半句响亮的鸣叫……父亲看到鬼子头上凝着脱离脖颈前那种惊愕的表情，它腮上的肉还在颤抖，它的鼻孔还在抽动，好像要打喷嚏”。这丰富的想象，神奇的感觉，成为把陌生化为熟悉，把隔膜变为贴近的桥梁，既弥补了自身经验的不足，又消除了历史和现实的距离。

三

莫言对西方现代主义文学的借鉴是广泛的，并非仅仅局限于福克纳和马尔克斯。《大风》中爷爷手推一车茅草与飓风抗衡的情景，颇似海明威的《老人与海》中桑提亚哥的顽强与执著；《十三步》中经整容师改换面容而失去自我，有着卡夫卡《变形记》的荒诞;《球状闪电》中多角度的叙述视角有着结构主义的因素;《透明的红萝卜》也明显地存在着新感觉主义的影响;《欢乐》是一部意识流小说,又有着存在主义的自我选择和弗洛伊德关于死本能的观念。在这众多的影响中,对莫言影响最深的是审丑的美学观念,他把丑的艺术形象作为正面反映的对象,扩大了艺术感觉的空间,作出了独特的贡献。

审丑历来是人类审美活动的一个重要方面,早在《原始》一书中就出现了丑怪现象,后来,便成为现代主义文学思潮的主要艺术特征。在西方文学史上,雨果在《克伦威尔·序》中首先提出了美丑并存的原则。此后,波德莱尔在《恶之花·序》中阐述了“发掘恶中之美”的观念,并在其诗篇中以阴郁、颓废的情绪,表现了谬误、污秽、罪恶、死亡等丑恶现象。陀思妥耶夫斯基这一残酷的天才,刻画了一颗颗忧郁、阴暗、痛苦、病态的灵魂。在20世纪现代主义文学作品中(如福克纳的小说),恐怖、毁尸、性变态、阉割、荒诞、畸形等丑恶更是充斥其间。这种丑,以其扭曲的、不和谐的外观形式,强烈地刺激着人们的感官,冲击和亵渎了传统的和谐优美的美学圣殿。艺术的空间也因为丑的发现而被大大拓宽了。这样,现代主义艺术中的丑,就与美共同演奏出人间欢乐与痛苦的二重奏。

基于现代主义文学在审丑上的艺术实践,莫言认为“如果一味地歌颂真善美,恰好变成了一个独轮车”[①]。因为在客观现实和主观精神中,都有着美丑、善恶、真假并存的局面,如果只表现真善美,而回避假恶丑,势必要造成艺术表现上的缺憾。所以,他在小说中,以敏锐的感觉痛快淋漓地描写丑恶,并通过艺术途径化丑为美。在《红高粱家族》中,莫言把描写丑当作表现民族意识的一个重要手段。如罗汉大爷被剥皮后那惨不忍睹的景象,强烈地刺激着人们的感官,充分暴露了日寇的暴行。当爷爷用马刀砍死日本兵之后,“那些花花绿绿的内脏,活泼地跳动着,散发着热烘烘的腥臭”。由此而生发出的厌恶,包含着对侵略者强烈的仇恨。所以,在这篇小说中,丑不仅激活了读者生理上的痛感和厌恶,而且在丑的描写中,升腾起对侵略者残暴行为的刻骨仇恨和民族血性精魂中那刚烈的复仇精神。

在其后的《红蝗》、《欢乐》、《十三步》等小说中,莫言对丑的描写似乎呈现出漫无节制的随意状态,肮脏、邪恶、丑陋充斥其间。那么,这种描写是否“以玩赏丑恶为快事”,“竭尽刺激感官之能事”[②],而毫无价值呢?如果不是以传统的审美趣味为价值尺度,来衡量莫言小说的话,那么可以肯定地说,莫言对丑恶的描写是有一定价值的。

在审美形态上,我国古典美学从孔子开始就把美和善结合起来,尽善尽美、美善相

---

① 莫言:《我的“农民意识”观》,《文学评论家》1989年第2期。

② 王干:《反文化的失败》,《读书》1988年第10期。

乐成为最高原则。近代浪漫主义通过美丑、善恶的激烈冲突来表现自己的理想，批判现实主义以对丑恶的批判和否定为主旨。它们都没有把丑恶当作正面表现的对象。在这种美学观念的长期熏陶下，读者就把从文学作品中获得优雅的美感作为目的，从而形成了巨大的审美惯性，对非审美的经验表现出巨大的排拒力，同时也麻痹了对丑恶的感知神经。莫言对丑恶的描写和揭示，正是要刺激人们那已经麻木的感觉神经，使人们能够正视现实中的丑恶和阴暗，来反叛传统的美学规范。他在《红蝗》中借一个女戏剧家之口，表达了自己的创作观："总有一天，我要编导一部真正的戏剧，在这部剧里，梦幻与现实、科学与童话、上帝与魔鬼、爱情与卖淫、高贵与卑贱、美女与大便、过去与现在、金奖牌与避孕套……互相掺和，紧密团结，环环相连，构成一个完整的世界。"莫言旨在表现一种全息的生活，把生活的原生状态描写出来。以生活的原生状态来表现生活，而不是通过典型来反映生活，这也许是现代主义与现实主义一个重要的区别。莫言忠实于自己对世界的感受，敢于正视人生的痛苦和现实中的丑恶，正是对传统美学观念的反叛，是对那种虚幻的粉饰太平的唯美主义的反拨。

莫言小说中的审丑也表明了对人类自身认识的深化。人类对自身的认识有一个不断发展的漫长过程。文艺复兴时期，肯定人的价值和权利，赞美人的完美理性，把人喻为"宇宙的精华，万物的灵长"。到了20世纪，资本主义世界的阴暗和丑恶，打破了人们寄予的幻想。弗洛伊德精神分析学说的创立，使人们看到了在理性的冰山下，还奔涌着本能欲念的潜流，无所不能的人类在现代科学的观照下，还残留着动物的尾巴。人的神话破产了，理性的完美幻灭了，人并非那么神圣高尚。传统的乐观主义精神，变为一种悲观的感性情绪流淌在现代人的血液中。所以，正视和反映人的孤独、阴暗、痛苦和冷漠，成为现代主义文学的一个重要内容。莫言在《生蹼的祖先们》的结尾处写道："人都是不彻底的。人与兽之间藕断丝连。生与死之间藕断丝连。爱与恨之间藕断丝连。人在无数的对立两极之间犹豫徘徊。如果彻底了，便没有了人。"是的，人都是不彻底的，半是天使，半是魔鬼，人身上还有许多兽性。恩格斯在《家庭、私有制和国家的起源》中对此论述得非常充分。莫言的小说也充分地写了这一点，《透明的红萝卜》、《筑路》等小说中的人们在物质和精神重压下的无可奈何，《欢乐》中齐文栋的孤独痛苦、兄嫂的自私卑琐、鱼家兄弟的无情狡诈，《十三步》中火葬场整容师尖酸刻薄、动物园猛兽管理员的阴暗邪恶，《食草家族》系列小说中家族史上的乱伦和集体阉割等等。怯懦、卑鄙、邪恶加上种种暴行和丑行，这一切充分暴露了人类自身的缺陷。莫言的创作实践，较好地体现了他对人类自身的认识，而这种认识也正呼应了现代主义文学中人类自我认识危机的观念。

莫言小说中对丑的描写，还有着以回归自然来排拒都市文明的倾向。在城市他感到种种屈辱和痛苦，"我们美丽的语言被人骂成粗俗、污秽、不堪入目、不堪入耳，我们很委屈，我们歌颂大便，歌颂大便的幸福时，肛门里积满锈垢的人骂我们肮脏下流，我们更委屈”。都市生活给了他什么呢？“机智的上流社会传染给我的虚情假意”，“肮脏的都市生活臭水浸泡得每个毛孔都散发着扑鼻恶臭的肉体”。在都市文明疲劳症的困扰下，使他对故乡的自然朴素状态有着深深的依恋，一回到故乡就有一种说不出的充实自豪，“感到像睡在母亲子宫里一样安全”。他把城市看作丑恶的密集地，把故乡当作美好的伊甸园，甚至故乡的大便也成了赞美的对象，这不能不说是一种偏颇。然而，都市文明对人的感性的压抑和对生命活力的窒息，却是促使他寻找食草家族自由的精神乐园的一个重要动因。他崇尚充满生命强力、洒脱无羁的祖先，他们敢爱、敢恨、敢哭、敢笑，没有虚伪，没有矫饰，而是率真、质朴、自然。所以，他痛快淋漓地发泄抑郁在胸中的郁闷，以调侃戏谑的态度，用丑的形象来刺激人们的感官，撕破正人君子的伪装，来折磨人们的审美期待，从而获得一种心理上的平衡。

但是，莫言并非一味地溢丑，对丑的形象也进行了一番美的修饰，使丑不再以单一的形式，而是以美丑混合的方式出现。丑既然为美所修饰，也就减弱了读者在心理和生理上的反感情绪，如“大便像贴着商标的香蕉一样美丽”等等，使读者在腐臭面前，不至于掩鼻而去。从美丑强烈的反差中，使接受者产生一种愉悦与恶心相交织的感受，这种感受在激活了的感觉中随即转化为一种快感——一种通过发泄而实现的快感。就是从接受效应上来看，人们从莫言小说丑的艺术形象中得到的并非是颓废、凄惨、虚无和阴暗，而是通过感官的刺激，激活了读者曾一度麻木的感觉神经，使一种鲜活敏锐奋发的感觉体验，从生命机体中焕发升腾。如果把莫言寻找食草家族已失去的精神家园的因素考虑在内，那么这种无定性的丑的艺术形象的堆砌，就上升为具有定向性的哲学思考的价值和意义。

四

从以上所述中，可以看到莫言受西方现代主义文学的影响是多方面的。但他并没有跟在别人后面邯郸学步，而是有着强烈的民族文化主体意识，在他的作品中贯注着民族的灵魂和气质，对民族文化精神有着自觉的追求。

不可否认，莫言的一些小说也像现代主义文学一样，表现出人生的孤独和痛苦，也写出了人与人之间的隔膜和不被理解的悲哀，小说中的人物都活得那么沉重和艰难。但是，莫言小说中对人的孤独痛苦的表现，并不等同于西方现代主义文学，而是有着本质的差异。西方现代主义文学中的痛苦，是伴随着资本主义社会的政治、经济、文化的危机而来的，他们往往把个人的迷茫和痛苦夸大到现代世界的危机和全人类的苦难，他们表现的是整个世界的荒谬性和全人类的悲剧性，是对整个人类的绝望。叔本华、弗洛伊德、萨特都认为人的痛苦根源不是外在的客观存在，而是人本身。人的出生和存在本身就是最大的痛苦，所以现代主义文学反映的已不是特定社会制度下的孤独痛苦，而是人类普遍的本性。尽管莫言在小说中也不止一次地诅咒人类，“我恨透了丑恶的人类”(《弃婴》)，“人，其实跟畜牲差不多”(《红蝗》)等。但他并没有对人作抽象的思考，他牢牢地立足于中国现实的生活土壤，给予更多关注的仍是外部环境对人的压抑，是中国北方农民的生存状态。他揭示的是荒谬的岁月、贫困的生活、旧的道德价值观念对人性的扭曲，批判的锋芒指向的是封建主义的残余，是对人的尊严和个性精神的呼唤。

由于西方现代主义文学是对荒谬的世界、悲剧的人生的揭示，因而它所表现出的情感色调不仅仅是孤独和痛苦，还有颓废阴暗、绝望虚无，这种情绪成为现代主义文学感情色彩的主调。而莫言的小说虽然有痛苦有悲剧，却从没有绝望和颓废，有的却是对现世人生的执著追求。《草鞋窨子》里，面对艰难的人世并没有阴暗的气氛，而是充满了乐观的态度；《透明的红萝卜》寄寓着小黑孩的无限希望，为灰暗的氛围涂上些许暖色；在《食草家族》系列小说中，他不懈地寻求那自由的精神乐园；《欢乐》虽然有对现实生活的陌生感和孤独感，但却没有萨特《恶心》的绝望和虚无；《十三步》虽然有荒诞无稽的变形，但却没有卡夫卡《变形记》中人与人的隔膜和冷酷。所以，笼罩在莫言小说中的氛围并非是颓废、阴暗和绝望，而是由于理想的存在而呈现出明朗的色调。莫言正是牢牢地立足于中国农村这块厚重的土地，才写出中国农民那种坚韧乐观的精神。尽管他们的生活是贫困的，精神是贫乏的，但生存的意志是顽强的。他们以坚韧的精神承受着苦难，在苦难中寻找生活的乐趣。正是这种精神支撑着民族的脊梁，使中华民族历经种种劫难而依然屹立于世。正是这种民族性格、民族精神的表现，使莫言小说与西方现代主义文学拉开了距离。而莫言运用现代主义文学的艺术形式，来表现民族的生活内容和民族文化精神，也正是接受了马尔克斯的启悟。

莫言在借鉴西方现代主义文学的时候，有着强烈的民族文化的主体意识。他把现代主义的艺术技巧和美学观念，同我们传统的民间文化相结合，贯注于民族的精神和气质。在借鉴中，他并不局限于现代主义的某一派别，把自己限制在一个狭窄的艺术天地里，而是放眼于各流派的艺术精华，将其成功的艺术经验相互渗透在一起，来增强自己的艺术表现力。但是他绝没有跟在别人后面亦步亦趋，也从不在一条路上走下去，而是不断地开辟新的艺术道路。他吸收了异域的艺术营养，又保持着固有的民族文化血脉，借鉴他人之长来开拓自己的艺术领地，走出了一条创新的路。

(原载《齐鲁学刊》1992 年第 4 期)

西方读者视野中的莫言

◇姜智芹

一

莫言是一位在国内国外都享有极高声誉的作家，他的作品题材广泛，内容深刻，情节曲折诡秘，语言汪洋恣肆，其作品之多，获奖之多，翻译成外文之多，在国内作家中都是不多见的。其重要作品如《红高粱》、《天堂蒜薹之歌》、《酒国》、《丰乳肥臀》、《师傅越来越幽默》、《檀香刑》、《十三步》等已被译成英文、法文、德文、意大利文、瑞典文、韩文、挪威文、日文、希伯来文、德文、荷兰文、西班牙文等多国文字，被国外权威人士称为“中国最有希望的诺贝尔文学奖得主”。瑞典文学院唯一的汉学家、诺贝尔文学奖主理人马悦然先生甚至在上海等地两次提到，中国最有希望获诺贝尔奖的作家是莫言。曾获1994年度诺贝尔文学奖的日本作家大江健三郎也公开说：“要是让我来选诺贝尔文学奖获奖者，我就选莫言。”[①]

一个作家在域外的声誉明显受到翻译的制约。文学作品在翻译的过程中会丢失一些东西：本土语言的风格和节奏会减弱，语言的内涵和外延、修辞方式、习惯表达、特殊的文化符号蕴含等等都难以通过翻译传递出来，而这些又恰恰是一个作家独创性的标志。翻译中能够传达的是一切语言中文学解读的基本要素，如情节、人物、对话、人称、叙事方式等，用特定的文学术语来说就是：文学的构架容易传达，而文学的肌质或神韵却很难传递。幸运的是，莫言遇到了一个才华超群的翻译家，著名的汉学家霍华德·戈德布赖特(Howard Goldblatt)教授，中文名字葛浩文，而他的博士生导师则是柳亚子先生的公子——美籍华人柳无忌先生。葛浩文有很深的中英文功底，曾担任旧金山州立大学中文系主任，现任美国科罗拉多州大学教授，是公认的中国现当代文学

---

① http://www.arcadepub.com/Book/index.cfm?GCOI=55970100309310&fa=reviews/2005-1-18.

首席翻译家,他将莫言的《红高粱家族》(*Red Sorghum*, 1993)、《天堂蒜薹之歌》(*The Garlic Ballads*, 1996)、《酒国》(*The Republic of Wine*, 2000)、《师傅越来越幽默》(*Shifu, You'll Do Anything for a Laugh*, 2001)、《丰乳肥臀》(*Big Breasts & Wide Hips*, 2003)译成英文,都获得了好评,其出色的译文令人几乎以为就是用英语写成的。莫言本人对与葛浩文先生的合作也很满意。2000 年 3 月,他在美国科罗拉多博尔德校区演讲时说:"如果没有他杰出的工作,我的小说也可能由别人翻成英文在美国出版,但绝对没有今天这样完美的译本。许多既精通英语又精通汉语的朋友对我说:葛浩文教授的翻译与我的原著是一种旗鼓相当的搭配。但我更愿意相信,他的译本为我的原著增添了光彩。"并说:"葛浩文教授不但是一个才华横溢的翻译家,而且还是一个作风严谨的翻译家,能与这样的人合作,是我的幸运。"①

二

莫言及其作品受到西方学界和海外中国学者的好评。

加拿大英属哥伦比亚大学的迈克尔·S·杜克(Michael Duke)教授认为,莫言"正越来越显示出他作为一个真正伟大作家的潜力"②。莫言的《天堂蒜薹之歌》赢得了他的热情褒扬,他称赞这部作品是"一件完美的艺术杰作,风格与众不同,深切感人,有智性的魅力",并说"它是 20 世纪中国反映复杂的农村生活小说中最具想象力,艺术上堪称完美的作品"③。

台湾学者王德威(David Wang),现任哥伦比亚大学东亚系及比较文学研究所教授,认为莫言"执著于一种丑怪荒诞的美学及史观,莫言借原乡的坐标,发展另类的历史空间。摆脱现实主义的窠臼,他演绎出驳杂怪异的记忆和叙述流程。从天堂到茅坑,从正史到野史,从主体到身体,他以荤腥不忌、百味杂陈的写作姿态,虚实错置的叙事网络,以及充满瑰丽文采与奔放想象的文字象征,展现一位世纪末中国作家的独特情怀"④。在谈到《红高粱》时他这样说:"我们听到(也似看到)叙述者驰骋在历史、回忆与幻想的'旷野'上。从密密麻麻的红高粱中,他偷窥'我爷爷'、'我奶奶'的艳情邂

---

① 莫言:《美国演讲两篇》,《小说界》2000 年第 5 期。

② Michael S. Duke, "Past, Present, and Future in Mo Yan's Fiction of the 1980s", in *From May Fourth to June Fourth: Fiction and Film in Twentieth-Century China*, eds. Ellen W idmer and David Der-wei Wang, Harvard University Press, 1993, p. 392.

③ M. Thomas Inge, "Mo Yan Throungh Western Eyes," in *World Literature Today*, 2000, Vol. 174, Iss. 3.

④ http://www. cite. com. tw/product_ info. php? products_ id =2880 /2005-1-15.

逅;天雷勾动地火,他家族人物的奇诡冒险,于是浩然展开;酿酒的神奇配方,江湖的快意恩仇,还有抗日的血泪牺牲,无不令人叹为观止。过去与未来,欲望与狂想,一下子在莫言小说中化为血肉凝成的风景。"①

莫言的《丰乳肥臀》英译本在美国出版后,《华盛顿邮报》的专职书评家乔纳森·亚德利(Jonathan Yardley)撰文说,此书处理历史的手法,让人联想起不少享有盛名的作品,如拉什迪的《午夜的孩子们》、加西亚·马尔克斯的《百年孤独》。亚德利盛赞莫言在处理重大戏剧场面,如战争、暴力和大自然的剧变时那高超的技巧,"尽管二战在他出生前 10 年便已结束,但这部小说却把日本人对中国百姓和抗日游击队的残暴场面描绘得无比生动"②。他还说,此书也许是莫言成功的良机,或可令他获得诺贝尔文学奖的青睐。该书的英译者戈德布赖特在介绍《丰乳肥臀》时引述莫言的话说:"如果你愿意,你尽可以跳过我的其他小说,但一定要读一读《丰乳肥臀》。我在其中写了历史、战争、政治、饥饿、信仰、爱情,还有性。"③

国外的新闻媒体也热情赞扬。《纽约时报》(*New York Times*)认为"莫言是中国最好的作家之一","莫言在国际文坛上占有一席之地……他的作品会赢得美国读者的青睐,就像昆德拉和加西亚·马尔克斯曾经受到美国读者的喜爱那样"④。《时报·文学副刊》(*Times Literary Supplement*)则认为:"莫言显示出他是鲁迅——一位深切忧思中国人命运的优秀作家的真正继承人。"⑤《出版者周刊》(*Publishers Weekly*)对《丰乳肥臀》的评价是:"引人入胜的细节,毫不畏缩的描写……莫言的这部小说是一次感官的盛宴……莫言的描写非常大胆,有时甚至极为冷酷,因为他的幽默来自恐怖的东西,而整个故事非常吸引人,构思精巧,结构紧凑,更有许多有趣的插曲,带给读者满意的阅读……小说充满野性,令人回味无穷……是一部非常值得一读的小说。"⑥《华盛顿图书邮购大世界》(*The Washington Posts' Book World*)认为《丰乳肥臀》"这部长篇巨著有 500 余页,几乎跨越了整个 20 世纪,是莫言获得诺贝尔文学奖的机会"⑦。对于莫言的短篇小说集《师傅越来越幽默》,《纽约时报书评》(*The New York Times Book Review*)这样评论道:"莫言把日常生活中的灾难编织成一种有用的、令人振奋

---

① 王德威:《跨世纪风华:当代小说 20 家》,麦田出版社 2002 年版,第 254 页。

② http://read. anhuinews. com/system/2004/12/03/001064168. sht-ml/2005-1-12.

③ http://read. anhuinews. com/system/2004/12/03/001064168. sht-ml/2005-1-12.

④ http://www. arcadepub. com /Book/index. cfm? GCOI=55970100309310&fa=reviews/2005-1-18.

⑤ http://www. arcadepub. com /Book/index. cfm? GCOI=55970100309310&fa=reviews/2005-1-18.

⑥ http://www. arcadepub. com /Book/index. cfm GCOI=55970100309310&fa=reviews/2005-1-18.

⑦ http://www. amazon. com /exec/obidos/ASIN/1559706724 /re%f 3Dnosim /sealarksgoodbook/103-1337948-2915821 /2005-1-17.

的、罕见的东西。"[①]《华盛顿时报》(*The Washington Times*)则刊登文章说:"被视为中国的威廉·福克纳,有着加西亚·马尔克斯魔幻风格的莫言,对中国乡村的描写有一种魔幻般的抒情诗情调,对政府的腐败不乏嘲讽,黑色幽默和超自然的描述灌注其间……即使对不熟悉中国作品的读者来说,这八个故事也令他耳目一新……他的作品万花筒一般地反映了中国的当代现实。"[②]而英美学界重量级文学评论刊物《今日世界文学》(*World Literature Today*)认为:"《师傅越来越幽默》中的几个短篇展示了作者毋庸置疑的创作才华……莫言所表现出的叙事技巧可看作是一种中国式的巴洛克,充满了华丽、诡异的想象。"[③]

三

莫言的创作深受马尔克斯、福克纳等世界级大师的影响,正因为如此,他的作品吸引了众多海外读者。莫言曾满怀信心地说,中国文学离不开世界文学的发展,而且认为这种影响是双向的。如果中国文学与世界上其他民族的文学不可分割,如果中国文学在世界文学殿堂里占有一席之地的话,那么莫言的创作正是朝这一方向努力的。

莫言是20世纪80年代登上文坛的,那是一个创新的时代,许多西方现代派作品被翻译过来,引起中国知识分子的关注。莫言读了马尔克斯、福克纳、卡夫卡等人的作品,眼界大开,发出了"小说原来可以这样写"的喟叹。他称马尔克斯和福克纳是两座"灼热的高炉",可以说马尔克斯和福克纳给了莫言创作观念上的启迪和艺术探索上的理论依托。20世纪80年代初的莫言,童年的生活淤积在他心头涌动,敏锐的艺术直觉使他感到必须冲破传统的规范,开辟一个属于自己的艺术天地。在寻找艺术突破口时,莫言遇到了与自己的艺术个性有相通之处的马尔克斯和福克纳。对他们作品的阅读,让他找到了新的自我。两位大师在艺术上的大胆试验使他深受启发,为他进行艺术上的革新提供了心理依托。福克纳的"约克纳帕塔法县"尤其让他明白了,一个作家,不但可以虚构人物、虚构故事,而且可以虚构地理。受约克纳帕塔法县的启发,他大着胆子把他的"高密东北乡"写到了稿纸上。这简直就像打开了一道记忆的闸门,他的童年生活被全部激活了,在他开创的这块文学天地里,他呼风唤雨,移山填海,饱尝大权在握的幸福,也给读者带来了一个色彩斑斓的文学世界。中国新时期作家对外国文学的借鉴有"不化境"和"化境"两种情形,莫言追求的是比较高级的化境。从福克纳

---

① http://www.arcadepub.com/Book/index.cfm GCOI=55970100309310&fa=reviews/2005-1-18.

② http://www.arcadepub.com/Book/index.cfm GCOI=55970100309310&fa=reviews/2005-1-18.

③ http://www.arcadepub.com/Book/index.cfm GCOI=55970100309310&fa=reviews/2005-1-18.

身上，他学到的是对传统的讲故事方法的挑战和改变的自觉精神，是通过某个特定地区的故事反映全人类的普遍问题的能力，以及那种相信人类即使在最艰苦的条件下也能生存、忍耐并延续下去的信心，而不是照搬他的内容和技巧。他要努力使他的“高密东北乡”成为中国的缩影，使那里的痛苦与欢乐同全人类的痛苦与欢乐保持一致。他说：“我努力地想使我的高密东北乡故事能够打动各个国家的读者，这将是我终生奋斗的目标。”[①]而马尔克斯最初令他震撼的是那些时空颠倒、交叉生命世界、极度渲染夸张的艺术手法，但在认真思索后，他发现艺术上的东西总是表层，《百年孤独》提供给他的、拓展他的视野的，是马尔克斯的哲学思想，“是他独特的认识世界、认识人类的方式。他之所以能如此潇洒地叙述，与他哲学上的深思密不可分。我认为他在用一颗悲怆的心灵，去寻找拉美迷失的温暖的精神家园。他认为世界是一个轮回，在广阔无垠的宇宙中，人的位置十分渺小……他站在一个非常的高峰，充满同情地鸟瞰着纷纷攘攘的人类世界”[②]。

莫言的这种现代气质，使他的作品容易在西方读者中产生共鸣，因而西方世界对他的看好也就在情理之中。

四

西方读者首先喜欢莫言在叙事技巧上的革新。

托马斯·英奇指出：“他真正的魅力是他进行了小说技巧上的革新。”[③]他认为莫言的小说大都有着精心的结构。这一点也符合莫言创作的实际情形，莫言在接受刘湫对他访谈时讲道：“我认为结构对于长篇小说很重要。”托马斯·英奇解读《红高粱》时指出它在时间上是跳跃的，需要读者根据自己的阅读将事件重新组合，这是一种非常现代的技巧，它让读者参与编织故事。而另一项值得一提的创新在托马斯·英奇看来是对不同人称的交互使用。莫言在《红高粱》中采用了“我爷爷”、“我奶奶”这一独特的叙述视角，把第一人称和第三人称嫁接起来，避免了第一人称视角的狭窄和第三人称视角的枯燥，叙述起来顺畅自然，也给小说的风格带来了变化。莫言的《天堂蒜薹之歌》从三个角度讲述了同一个故事：一个是瞎子张扣，他用他的吟唱把蒜薹事件讲述了一遍；作家用客观的笔调叙述了一遍；官方的报纸用他们的口吻描述了一遍。这就像三个声部的大合唱，突出的是同一主题。

---

① 莫言：《美国演讲两篇》，《小说界》2000 年第 5 期。

② 莫言：《两座灼热的高炉——加西亚·马尔克斯和福克纳》，《世界文学》1986 年第 3 期。

③ M. Thomas Inge, “Mo Yan Through Westem Eyes,” in *World Literature Today*, 2000, Vo. 174, Iss. 3.

《酒国》这部小说主要描写了“特别侦察员”丁钩儿去酒国市调查地方官员烹食婴儿的案件。同时,小说不断插入作者莫言和文学青年李一斗的通信,以及李一斗频繁寄给莫言请求帮助发表的9个短篇小说。由此,整部小说的结构层层叠叠:它不但编织故事,也发表作者莫言和李一斗对这些故事的看法;它不但是莫言所叙述的单个故事,也是由李一斗帮助完成的多层文本。而且由于李一斗不断地把现实带给莫言,莫言具有自我意识的叙述不但创造了虚构和想象的场景,而且也混合了已经发生的、应当发生的以及可能发生的事件。莫言与李一斗说的故事一实一虚,莫言写丁钩儿查案的故事大抵以实笔入手,李一斗的9个短篇小说大抵以虚笔拟就,虚实相辅,营造出一个真假难辨的世界。

《丰乳肥臀》的结构同样独具匠心。前面六章塑造了一个含辛茹苦的母亲形象,描写了她如何在战争的饥饿、疾病和各种压迫下顽强生存,把自己的一群儿女抚养成人,然后又抚养儿女的下一代。而第七章则从母亲的出生写起,她生下来父亲就被德国人杀害,跟着姑姑长大,4岁缠脚,婚后在夫家备受虐待。由于丈夫的性无能,传统的子嗣观念迫使她为了生孩子跟不同的男人睡觉。这样写好像是把前面六章塑造的美好母亲形象瓦解了,许多读者接受不了。但这正是莫言的匠心所在,他正是要通过前面母亲的高大,向我们展示她受了多少苦难,母亲所受的最大苦难不是饥饿和战乱,而是跟她不爱的男人睡觉。当一个女人为了纯粹的生育目的跟一群素不相识的人,甚至乱兵、败兵、和尚睡觉,她已不把自己当人,只当为家庭生育后代的工具。传统子嗣观念对女性的迫害是母亲最深重的灾难和痛苦。最后一章,不但没有消解母亲坚韧、伟大的形象,反而更加全面地让读者认识到这一点,让读者知道母亲曾经受到怎样的摧残。

其次,莫言说故事的神奇天分尤其令西方文学界倾倒。莫言有着出色的文学想象力,不管是写历史还是写现实,莫言的作品都充满了丰富的想象。

莫言爱说故事,故事不但要说得过瘾,而且还要曲折,有新意。说故事是人类的本能,更是一种高层次的艺术形式。英国剑桥大学学者柯木铎(Frank Kermode)在他的《终结的感觉》(*The Sense of an Ending*)中,从宗教的观点论述了说故事的动机与结构。根据他的看法,《圣经》以《创世纪》开宗明义,讲上帝如何在一个星期之内创造了一个万物俱备的世界。《创世纪》之后接着是《旧约》、《新约》。西方人有一种原罪感,《圣经》的完结篇《启示录》预告了世界末日的来临,人们惶恐不安。于是小说应运而生,人们希冀在有生之年,利用自己的想象,塑造出另外一个宇宙,而这个人造的宇宙有头有尾,完全操纵于我。这便是西方小说的哲学基础。

柯木铎的理论有其见地,但不免让人觉得陈义太高。小说是平民百姓的史诗,属于街谈巷语,在形而上的层次上谈它似有格格不入之嫌,而且与终极意义也不一定相干。莫言说故事,很大程度上与他所处的社会现实相关,他说故事的主要动机,是想借助各种艺术手段，把他对现实的观察，对历史的理解，对人生的感悟演习一番，释解自己的情怀，激荡他人的心灵。

莫言擅长叙述感人肺腑的悲剧故事，来揭露原始人性的残忍和现实生活的严酷。他的短篇小说集《师傅越来越幽默》以喜剧性的笔法来化解生命中的沉痛，收入其中的《翱翔》，讲述两个家庭换亲的故事，其中一对情侣为了逃避包办婚姻，像小鸟一样飞向了天空，结果却被迷信的村民用箭射落下来。与小说集同名的《师傅越来越幽默》，讲述省级劳模丁师傅在工厂辛勤干了一辈子，眼看就可以圆满退休，却突然被抛入下岗的队伍。当微薄的积蓄被一场伤病花光之后，丁师傅走投无路，将林中报废的公共汽车壳子改造成“休闲小屋”，为男男女女提供幽会、野合的场所，想挣点晚年的生活费用。当天气渐冷，丁师傅想歇掉“生意”以待来年再做时，一对爱得不能自拔的男女钻进了他的“小屋”，似乎在里面殉情了。当他慌慌张张向公安机关报案后，发现不过是一场虚惊，里面根本没有人！这些故事或鞭挞现实，或嘲讽陋习，无不具有强烈的穿透力和感染力。

在《天堂蒜薹之歌》中，作者通过插入民间的幽默、笑话和喜剧故事，缓和了小说的黑暗。譬如令人忍俊不禁的城里虱子与乡下虱子的寓言故事，张家湾的蛤蟆不会叫的故事，以及一位想偷人妻子的教书先生被捉弄拉磨的故事，让人在凄惨、愤懑的现实中，暂时忘却生活的重重灾难，露出苦难中的微笑。他的《红高粱》讲述的并不单纯是一段家族的历史，而是一个家族的传奇。在写作《红高粱》时，莫言认识到正统的历史教科书不可信，民间口口相传的历史同样不可信。正统教材曲解历史是政治的需要，民间把历史传奇化、神秘化是心灵的需要。对于一个作家来说，他更愿意向民间的历史传奇靠拢，并从那里汲取营养。因为他认识到一部文学作品要想激动人心，必须讲出惊心动魄的故事，必须在讲述这些惊心动魄的故事时，塑造出性格鲜明、非同一般的人物。莫言自己说他的创作主要分为两大类，一类是写历史的，一类是写现实的，而《红高粱》和《天台蒜薹之歌》正是这两类的典型代表。写历史事件更容易调动他的想象力，写现实则表现了他的良心，在写现实故事时，他是和老百姓站在一个立场上的。

莫言讲故事的才能得益于他童年时期独特的“用耳朵阅读”。莫言的童年是在农村度过的，10 岁时便辍学回乡当了农民，能读到的书很少，他的主要知识来源是从长辈那儿听来的故事。他的祖母、爷爷、大爷爷都是很会讲故事的人，而且村里凡是上了点岁数的人，都是满腹的故事，莫言在与他们相处的几十年里，从他们嘴里听说过的故事难以计数。这些故事既神秘恐怖，又十分迷人，死人和活人、动物和植物之间没有明确的界限，甚至许多物品，如一把扫帚、一根头发、一颗脱落的牙齿，都可以在某种情形下具有了魔力。莫言虽然从小没有受过多少正规的教育，但通过聆听，通过耳朵的阅读，积累了大量的故事。他曾感叹地回忆起那段生活：“用耳朵阅读的二十多年里，培养起了我与大自然的亲密联系，培养起了我的历史观念、道德观念，更重要的是培养起了我的想象能力和保持不懈的童心……我之所以能成为一个这样的作家，用这样的方式进行写作，写出这样的作品，是与我的二十年用耳朵的阅读密切相关的；我之所以能持续不断地写作，并且始终充满自信，也是依赖着用耳朵阅读得来的丰富资源。"①

再次，莫言对历史、对人物的处理也深得西方读者的喜爱。他的作品中不是一味地歌颂或批判，而是写出了人性的复杂，写出了历史的传奇性。托马斯·英奇特别提到莫言《红高粱》中的两段话。一段是作者对他的高密东北乡的评价："最美丽最丑陋、最超脱最世俗、最英雄好汉最王八蛋、最能喝酒最能爱"的地方。一段是对他的祖先的评价："他们杀人越货，精忠报国，他们演出过一幕幕英雄悲壮的舞剧，使我们这些活着的不肖子孙相形见绌，在进步的同时，我真切地感到种的退化。"前一段话表现了他对故乡那种极端仇恨和极端热爱的矛盾心理，后一段话表达了他对祖先的怀念，不管是杀人越货还是精忠报国，他们的行为赋予其人生以辉煌的意义。在《丰乳肥臀》中，莫言对母亲这一形象的处理也表现出人物的复杂和美丑兼有的双面性。在论述莫言作品的结构时我们已经提到，小说的前六章塑造了一个任劳任怨、含辛茹苦的母亲形象，第七章却追叙了母亲童年的不幸遭遇和与一个又一个的男人睡觉的故事。作者这样处理，一方面表现了传统观念对母亲的残害，另一方面也赋予母亲这一形象更多人性的内涵，一改往日高大完美的母亲形象。莫言塑造的母亲虽然有污点，但同样令人亲近，是人性的全面铺展。

莫言将历史传奇化的书写是基于他对历史的独特理解，在他的心目中，没有历史，只有传奇。他说："许多在历史上大名鼎鼎的人，其实也都是与我们一样的人，他们的英雄事迹，是人们在口头讲述的过程中不断地添油加醋的结果。我看过一些美国的评论家写的关于《红高粱家族》的文章，他们把这本书理解成一部民间的传奇，真是说到我的心坎里去了。"②这种对历史的独特理解和他受民间口传历史的熏陶有关，他少时从长辈口中听到大量的故事，爷爷奶奶一辈的老人讲述的大部分是妖精鬼怪，父亲一辈的人讲述的大部分是历史，而他们讲述的历史是传奇化了的历史，与教科书上的历史大相径庭。在民间口述的历史中，没有阶级观念，也没有阶级斗争，但充满了英雄崇拜和命运感。只有那些有非凡意志和非凡体力的人才能进入民间口述历史并被不断地传颂，而且在流传的过程中被不断地加工提高。在他们的历史传奇故事里，甚至没有明确的是非观念，一个人，哪怕是技艺高超的盗贼、胆大包天的土匪、容貌绝伦的娼妓，都可以进入他们的故事，而讲述者在讲述这些人的故事时，总是使用着赞赏的语气，脸上洋溢着心驰

① http:www. gnw. cn/content/2004-09 /15 /content_99377. htm /2005-1-9.

② 莫言:《美国演讲两篇》,《小说界》2000 年第 5 期。

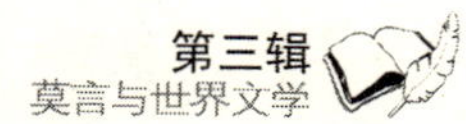

神往的表情。

中西文化在最高境界上是相通的，莫言的作品表现了人类相通的领域，表现了人类在精神上、物质上的向往和追求。他在借鉴外国文学时对“化境”的追求，既表现了中国人的气派，也是他的作品对外国读者有难以抗拒的魅力之源。

（原载《当代文坛》2005 年第 5 期）

遭遇世界:莫言与文学史的“对话”

◇杨　枫

对于一位富有才华和志向的作家来说,在其创作之初,最大的焦虑莫过于在他面前横亘着一个由卷帙浩繁的作品序列构成的文学史。这个宿命般的起点,规定了作家们的历史界限和创作境遇。面对文学史,作家要显示其独特的魅力和意义,就必须具有居于其中,又超脱其外的力量。在介入、融合、冲突与分野的历史过程中完成与文学史的对话和互动,从而在其之上铭刻下自己的文学印痕。因此,无论作家的创作拥有多么超凡的力量和雄奇的魅力,对文学秩序的颠覆与文学观念的演进是多么的剧烈,他创作的开始都只能是起源于与既有文学史的对话。在这个意义上,默然不语的历史之河,既是作家们宿命般的焦虑之源,又给他们的创作提供了无限契机。正如程光炜教授在《王安忆与文学史》一文中所指出的那样:没有一个作家会轻而易举地承认与文学史的联系,正如很少有作家不是为文学史而写作一样。从他踏上文学之路的第一天起,文学史经典既源源不断地赋予其写作以灵感,又对写作本身构成了某种潜在的敌意。所以,大凡有野心的作家,都会把对犹如众神傲视的文学史殿堂的戏仿、规避或超越,当作了一生努力的事业。当然,这里程教授所言及的“文学史”并不是我们习惯意义上的“文学作品的历史序列”,而是被明确地指涉为作家的“写作经验、范式和经典作家‘影响的焦虑’等”①。因此,在这个意义上,我们将“世界文学史”的目光转移到莫言身上,分析他与外国作家和作品之间复杂的联系,借以考察他的创作资源,考察他在既有文学秩序中的“营养吸收”情况,无疑很有意义。

就像大多数中国作家一样,莫言最初的创作是从对西方文学大师的模拟开始的。他曾坦言,“1984 年考入解放军艺术学院之前我已经发表过十几个短篇小说,这些作品大都是模仿之作”。这些作品包括《售棉大道》、《民间音乐》等。如他所说,对文学史

---

① 程光炜:《王安忆与文学史》,《当代作家评论》2007 年第 3 期。

的“模仿”实际上是一个作家必不可少的过程。只有在这种“模仿”中，作家才能找到属于自己的创作方式，找到本土化的表达策略，从而显现自己的创作才能。这不由得使人想起了英国诗人艾略特的理论名篇《传统与个人才能》。在这篇论文中，艾略特这样说道：“诗人，任何艺术的艺术家，谁也不能单独地具有他完全的意义。他的重要性以及我们对他的鉴赏就是鉴赏他和已往诗人以及艺术家的关系。你不能对他单独地评价，你得把他放在前人之间来对照，来比较。我认为这不仅是历史的批评原则，也是美学的批评原则。”①也就是说，既有的文学秩序实际上对作家产生着极为重要的影响，而作者要克服文学史的影响，在新的文学秩序中显示自己独特的个性，就必须与文学史互动和对话，从而寻找超越的起点。对于莫言来说，西方大师、外国文学在他身上打下了深深的烙印。

在谈到作家的影响时，莫言曾援引过法国人纪德的话，他认为“所谓的影响实际上应该是一种唤醒，也就是说你这个作家的气质里面有这种东西，那么读到另外一个作家的作品时，它一下子就唤醒了你的这种气质。这个作家的创作气质跟你很相似，你会把你内心深处，把你个性当中所沉睡的一些气质唤醒，这就是所谓的影响。如果你心里没有的话，不可能产生影响”。他也曾用“恋爱”来比喻一位作家对另外一位作家的影响，“一个作家读另一个作家的书，实际上是一次对话，甚至是一次恋爱。如果谈得成功，很可能成为终生伴侣；如果话不投机，大家就各奔前程。我与世界各地的作家们对话，也可以说是恋爱的过程。在我的心目中，一个好的作家是长生不死的，他的肉体当然也与常人一样迟早要化为泥土，但他的精神却会因为他的作品的流传而永垂不朽”。② 下面所要梳理的恰恰就是莫言与世界作家的“恋爱”过程，以及这些“恋爱”的历史对于他的创作的“唤醒”。

对于当代中国作家来说，日本作家川端康成的影响是一个不容忽视的存在。著名作家余华曾在《温暖和百感交集的旅程》中，饱含深情地回忆过他与这位日本作家的“相遇”。在他看来，“川端康成是文字里无限柔软的象征”，他“叙述中的凝视缩短了心灵抵达事物的距离”。让余华所迷恋的，并对他日后的创作产生重要影响的是，川端康成那“用纤维连接起来的细部”。他这样说道：“他叙述的目光无微不至，几乎抵达了事物的每一条纹路，同时又像是没有抵达，我曾经认为这种若即若离的描述是属于感受的方式。”③同样是川端康成，对于另外一位先锋小说家莫言也产生了至关重要的影

① ［英］T. S. 艾略特：《传统与个人才能》，赵毅衡主编：《新批评文集》，百花文艺出版社 2001 年版，第 29 页。

② 莫言：《作为老百姓写作：访谈对话录》，海天出版社 2007 年版，第 230 页。

③ 余华：《温暖和百感交集的旅程》，上海文艺出版社 2004 年版，第 10 页。

响。在各种不同的场合,莫言曾多次提到"牵过一条川端康成的狗"[①]的故事。

让我们把目光转回到20世纪80年代。在莫言刚开始创作的时候,当代文学正处于"伤痕文学"后期。那时候,几乎所有的作品都在控诉"文革"的罪恶。文学并不具备所谓的"独立的品格"。出于一种对于既有文学规范的厌弃,川端康成的唯美和清丽打动了无数人。正如莫言所说,"我的觉悟得之于阅读,那是十五年前冬天里的一个深夜"。就在那个夜晚,他读到了川端康成的《雪国》。当他读到"一只黑色而狂逞的秋田狗蹲在那里的一块踏石上,久久地舔着热水"这样的句子时,立即"感到像被心仪已久的姑娘抚摸了一下似的,激动无比"。对于长久政治束缚下的中国作家来说,川端康成的启示意义是极为深远的。"我想原来狗也可以堂而皇之地写进小说,原来连河里的热水与水边的踏石都可以成为小说的材料啊。"就在那一刻,"我明白了什么是小说,我知道了我应该写什么,也知道了应该怎样写。在此之前,我一直在为写什么和怎样写发愁,既找不到适合自己的故事,更发不出自己的声音。川端康成小说中的这样一句话,如同暗夜中的灯塔,照亮了我前进的道路。"[②]于是,他放下川端康成的《雪国》,立即拿起了自己的笔,写下了小说《白狗秋千架》。小说的第一句话就是,"高密东北乡原产白色温驯的大狗流传数代之后,再也难见一匹纯种"。也就是从这篇小说开始,莫言的小说世界里出现了"高密东北乡"这个此后极为重要的文学意象。可以说是从《白狗秋千架》开始,莫言的小说创作就"打开了一扇闸门"。"过去我感到没有什么东西可写,但现在我感到要写的东西源源不断地奔涌而来。我写一篇小说的时候另一篇小说的构思就冒了出来。常常有这样的情况,一篇小说还没写完,几篇新的小说就构思好了等待着我去写它们了。"[③]这样的功绩不能不说是拜川端康成所赐。

除了川端康成,另一位获得诺贝尔文学奖的作家大江健三郎也与莫言的创作之间有着千丝万缕的联系。莫言曾直言不讳地谈到过"日本作家水上勉、三岛由纪夫、大江健三郎给我的启示","没有他们,我也会这样写,没有他们,我也会走上这条道路,但他们的创作实践为我提供了有用的经验,使我少走了许多弯路"。当然,莫言与大江也是很好的朋友,他们的创作有很多类似的地方,他们也都对彼此的创作给予了极高的评价。关于莫言与大江文学创作上的相似之处,曾吸引了不少有关比较文学的课题,甚至都有专著出版。[④] 然而,从年龄上来讲,大江健三郎无疑要年长一些,作为一位文坛后辈,莫言的相似之处实际上有很多是学习的痕迹。他曾经在一次有关大江健三郎的

① 莫言:《神秘的日本与我的文学历程——在日本驹泽大学的即席演讲》,《作家》2000年第7期。
② 莫言:《自述》,《小说评论》2002年第6期。
③ 莫言:《神秘的日本与我的文学历程——在日本驹泽大学的即席演讲》,《作家》2000年第7期。
④ 参见张文颖:《来自边缘的声音——莫言与大江健三郎的文学》,中国传媒大学出版社2007年版。

文学研讨会上作了发言，对这位日本文学前辈的创作给予了礼赞。在他看来，大江先生的文学创作中有一种“中心—边缘”的结构图式，他从阅读拉伯雷出发，倾情于米哈伊尔·巴赫金的方法论研究。在他的创作中，故乡是一个巨大的发现，但大江先生并不是一味地迷信故乡，“他既是故乡的民间文化和传统价值的发现者和捍卫者，也是故乡的愚昧思想和保守停滞消极因素的毫不留情的批评者”。最后他强调，“他的理论，对世界文学，尤其是对第三世界的文学，具有深刻的意义。他强调边缘和中心的对立，最终却把边缘变成了一个新的中心。他立足于故乡的森林，却营造了一片文学的森林。这片文学的森林，是国家的缩影，也是一个小宇宙。这里也是一个文学的舞台，虽然演员不多，观众寥寥，但上演着的却是关于世界的、关于人类的、具有普遍意义的戏剧。大江先生对故乡的发现和超越，对我们这些后起之辈，具有榜样的意义。或者可以说，我们在某种程度上，不约而同地走上了与大江先生相同的道路”。正是从“大江的道路”出发，莫言找到了属于自己的“高粱地”，找到了自己的“血地”，“找到异质文化，发现异质文化和普遍文化的对立和共存，并进一步地从这种对立和共存状态中，发现和创造具有特殊性和普遍性共寓一体特征的新的文化”[①]。这种异质与普遍的对立恰恰是大江健三郎给予莫言的巨大启示。

对于20世纪80年代的中国作家来说，还有什么是比哥伦比亚作家加西亚·马尔克斯获得诺贝尔文学奖更让人受刺激的事情呢？如果说，这位来自第三世界的作家已经深深影响了整整一代中国作家，这样的话还有谁会怀疑呢？翻检一下作家们的“阅读笔记”，有谁敢遗漏马尔克斯的大名？马尔克斯的风行，也使得“魔幻现实主义”成了人们耳熟能详的文学“关键词”。对于迫切走向世界的中国文学来说，拉美的“文学爆炸”似乎有着更多的启示，现代形式与民族风味成了“第三世界国家”摆脱文学宿命的关键所在，而一切都是从马尔克斯开始的。

对于莫言来说，有时候与大师的相遇，并不需要什么精深的研习和不懈的追逐，一刹那间的心灵契合与悸动便足够了。马尔克斯便是一例。事到如今，莫言并不否认自己受到过这位大师的影响。他曾直言，像《金发婴儿》、《球状闪电》、《爆炸》等自己的早期作品确实有着很深的马尔克斯的痕迹，但他话锋一转，反驳了“有人说我是受马尔克斯影响最大的中国作家”的说法，声明自己只是“浅尝辄止”。他曾经不止一次地强调，“直到现在，我依然没有把马尔克斯的《百年孤独》读完”。因为当他“读了大概有十几页”时，就已经获得了足够的启示，拥有了相当大的创作“冲动”。多年以后，他仍然深情地回味当年的情景，他“激动得站起来像只野兽一样在房子里转来转去，心里满是遗

① 莫言:《大江健三郎先生给我们的启示——在大江文学研讨会上的发言》,《西部华语文学》2007年第9期。

憾,恨不得早生二十年”[①]。对他来说,“第一反应就是小说原来可以这样写”,“第二个反应是我为什么没有想到小说可以这样写”,或者用莫言自己的话说就是,“马尔克斯实际上是唤醒了、激活了我许多的生活经验、心理体验,我们经验里面类似的荒诞故事”。想必就是这种巨大的震动,使得莫言看后恍然大悟,“甚至来不及把他的小说读完,就马上拿起笔来写自己的作品”。在这样一种状态下,“马尔克斯就像一列火车一样”,用巨大的惯性带着他“往前横冲直闯”。[②] 其实马尔克斯最初令莫言震撼的还是那些属于“魔幻现实主义”的东西,那些时空颠倒、交叉生命世界、极度渲染夸张的艺术手法。只是在他认真思索过后,莫言才发现艺术上的东西只是表层的。《百年孤独》真正提供给他的、拓展他的视野的,恰恰是马尔克斯的哲学思想,“是他独特的认识世界,认识人类的方式。他之所以能如此潇洒地叙述,与他哲学上的深思密不可分。我认为他在用一颗悲怆的心灵,去寻找拉美迷失的温暖的精神家园。他认为世界是一个轮回,在广阔无垠的宇宙中,人的位置十分渺小——他站在一个非常的高峰,充满同情地鸟瞰着纷纷攘攘的人类世界”[③]。然而,这样的观念只有在注重形式和实验的20世纪80年代渐渐远去后,才能逐渐为莫言所认识。

除了马尔克斯,另一位被莫言称为“灼热的高炉”的美洲作家就数那位“美国老头儿”威廉·福克纳了。正是这位作家给了莫言创作观念上的启迪和艺术探索上的理论依托。尽管与读《百年孤独》相似,至今莫言也没把福克纳那本《喧哗与骚动》读完,但这似乎并不妨碍这位美国作家与他的“深情相会”。“我已经一点也不觉得铁门冷了,不过我还能闻到耀眼的冷的气味。”这是小说《喧哗与骚动》里的句子,也是给予莫言的写作以天启般思路的“咒语”。正如他所说,“我看到这里就把书合上了,好像福克纳老头拍着我的肩膀说行了,不用再读了,写吧!”[④]。在福克纳的南方“约克纳帕塔法县”那里,写作的可能性似乎在一夜之间突然向莫言展开,让他拥有了一条迅速摆脱既有规范的“捷径”。如梦初醒的莫言立刻明白,“原来小说可以这样地胡说八道,原来农村里发生的那样一些鸡毛蒜皮的小事也可以堂而皇之地写成小说”,而且“一个作家,不但可以虚构人物、虚构故事,还可以虚构地理”。正是那个“莫须有”的“约克纳帕塔法县”让他大着胆子把“高密东北乡”写到了纸上。[⑤]

对于莫言来说,福克纳的“约克纳帕塔法县”实际上提供了一个伟大的发现,即“我的像邮票那样大小的故乡本土是值得好好描写的”。这对莫言日后,乃至今天的创作

① 莫言:《我与译文》,《会唱歌的墙》,人民日报出版社1998年版,第281页。
② 莫言、杨庆祥:《先锋·民间·底层》,《南方文坛》2007年第2期。
③ 姜智芹:《西方读者视野中的莫言》,《当代文坛》2005年第5期。
④ 莫言:《说说福克纳这个老头儿》,《当代作家评论》1992年第5期。
⑤ 莫言:《美国演讲两篇:福克纳大叔,你好吗?》,《小说界》2000年第5期。

都产生了至关重要的影响，也对一心学习西方的中国作家产生了绝妙的启示。学习西方，对话大师，实际上并不是亦步亦趋地跟随在他们的后面，拾人牙慧，而是吸取思路，融会于本土的创作之中。在这个意义上，福克纳之于莫言，并非简单的艺术借鉴，而是一种写作思路的展开。从“约克纳帕塔法县”到“高密东北乡”，这个空间的平移，对于莫言来说，“简直就像打开了一道记忆的闸门”，他的“童年生活被全部激活了”。莫言曾经深情地表达了对这种创作自由和发现的欣喜。“我立即明白了摆在我面前的工作是我应该举起‘高密东北乡’这面旗帜，把那里的土地、气候、河流、树木、庄稼、花鸟虫鱼、痴男浪女、地痞流氓、刁民泼妇、英雄好汉……统统写进我的小说，创建一个文学的共和国。当然我就是开国的皇帝，这里的一切都由我主宰，所有的人都是我的臣民，都要听从我的调遣指挥，有胆敢抗令者，斩无赦。这里的花必须遵照我的意愿开放，这里的庄稼必须在我的季节里成熟，这里的河必须在我的河床里流淌，这里的法律是我制定的，我还是这里的总红娘，我让谁和谁生孩子谁就一定要和谁生孩子，如此等等，十分牛皮。所以生活中的笨蛋在小说中总是以英雄的面貌出现，动不动就一拳对着仇敌的肚腹捅过去。”[①]在这种“大权在握”的状态下，兴奋不已的莫言创造了一个“色彩斑斓的文学世界”，甚至连他自己都对超越福克纳本人的充沛想象力沾沾自喜。他自言自语：“你的那个‘约克纳帕塔法县’始终是一个县，而我在不到十年的时间内，就把我的高密东北乡变成了一个非常现代的城市，在我的新作《丰乳肥臀》里，我让高密东北乡盖起了许多高楼大厦，还增添了许多现代化的娱乐设施。另外，我的胆子也比你大，你写的只是你那块地方上的事情，而我敢于把发生在世界各地的事情，改头换面拿到我的高密东北乡，好像那些事情真的在那时发生过。我的真实的‘高密东北乡’根本就没有山。但我硬给它挪来了一座山。那里也没有沙漠，我硬给它创造了一片沙漠，那里也没有沼泽，我给它弄来了一片沼泽，还有森林、湖泊、狮子、老虎——都是我给它编造出来的。”[②]在这里，虚构和幻想成了莫言与新时期文学最伟大的功绩。

正如论者所指出的，从福克纳身上，莫言学到的是“对传统的讲故事方法的挑战和改变的自觉精神”，是“通过某个特定地区的故事反映全人类的普遍问题的能力”，以及“那种相信人类即使在最艰苦的条件下也能生存、忍耐并延续下去的信心”，而不是照搬他的内容和技巧。[③] 他要努力使他的“高密东北乡”成为中国的缩影，使那里的痛苦与欢乐同全人类的痛苦与欢乐保持一致，他说：“我努力地想使我的高密东北乡故事能

---

① 莫言：《说说福克纳这个老头儿》，《当代作家评论》1992年第5期。

② 莫言：《自述》，《小说评论》2002年第6期。

③ 姜智芹：《西方读者视野中的莫言》，《当代文坛》2005年第5期。

够打动各个国家的读者,这将是我终生奋斗的目标。”[①]“高密东北乡”的出现所衍生的本土化写作,无疑会连带着唤起莫言尘封已久的童年经验和乡土记忆。因此,在此基础上想象出来的一个文学幻境,注定是一个民间的、乡土的世界。“文学创作,不管你是哪个民族的作家……只要是真正的文学,毕竟会在某一点上相撞,会有某种共通的东西。”莫言也正是立足于他的故乡本土,用他的笔和心在有意无意地探寻、设计、营造着属于他自己的那方小小的“邮票”。[②] 于是对于莫言,一个颇为诡异的文学事实出现了,世界文学的影响所激发的反而是本土的记忆。当然,在这里面实际也包含着“第三世界国家”文学的焦虑,本土化实际上也是全球化的题中之义。“只有本土的才是世界的”,这个口号的背后所包含的“承认的焦虑”,以及所蕴藏的“诺贝尔情结”,深刻体现了中国文学的百年悲情。于是,在莫言与世界文学史的相遇中,不可避免地走向了一条从西方到本土的轨迹。

从世界文学史中走出来的莫言,最终将回到世界文学史。现在看来,在中国作家中,莫言无疑是走得最远的一位。也许多年以后,他会给我们一个惊喜。如同他所推崇的那些文学前辈们一样,最终他一定会回到那里。

(选自《文艺争鸣》2010 年第 23 期)

---

① 莫言:《美国演讲两篇:福克纳大叔,你好吗?》,《小说界》2000 年第 5 期。

② 朱向前:《深情于他那方小小的“邮票”——莫言小说漫评》,1986 年 12 月 8 日《人民日报》。

法国读者视角下的莫言

◇陈　曦

无论从何种角度或是运用何种评判标准来看莫言,他都是中国当代文坛的重量级人物,是当之无愧的代表作家之一。莫言是一位在国内外都享有极高声誉的作家,他的作品题材广泛,内容深刻,语言汪洋恣意,情节曲折诡异,其作品被翻译成许多国文字,获得众多国际文学大奖。本文从“他者”的视角,重点探讨莫言及其作品在法国的翻译及接受情况。

新时期以来的中国当代文学,凭借其强大的爆发力和创新力取得了令人瞩目的发展。紧贴中国现实的时代气息、丰富多样的写作主题、不拘一格的写作手法、形态各异的文学思潮,使得这一时期的文学在法国受到了越来越多的关注。法国是一个有着悠久汉学传统的国家,早在20世纪80年代初,法国汉学界就敏锐地捕捉到新时期中国当代文学发展的新趋势,翻译了许多“伤痕文学”和“反思文学”的代表作。当时中国文坛的主力人物几乎都拥有了法译本作品。近年来,中法文化交流日益频繁,特别是中法文化年期间,巴黎图书沙龙首次邀请中国作为主宾国,将中国当代文学作为主推对象,三十余名中国作家应邀出席,并与读者直接接触,进一步引发了法国出版界对中国当代文学的出版热情和法国公众对当代中国文学的阅读兴趣,有力地推动了中国当代文学在法国的翻译出版,进一步扩大了中国作家在法国的影响力。

作为在2004年巴黎图书沙龙中最引人注目的莫言,他的作品在法国的翻译数量位居中国作家之首。截至2007年,法国先后出版了他的13部作品:《红高粱》(*Le clan du sorgho*,1990年,法国 Actes Sud 出版社)、《天堂蒜薹之歌》(*La m bp e de I ail parad is iaque*,1990年,法国 Messidor 出版社)、《工地》(*Le chantier*,1993年,法国 Scandition-Temps Actuels 出版社)、《透明的红萝卜》(*Le rad is de cris ta*,1993年,法国 Philippe piquier 出版社)、《十三步》(*Les t reize pas*,1995年,法国 Seuil 出版社)、《酒国》(*Le pays de I alcoo*,2000年,法国 Seuil 出版社)、《丰乳肥臀》(*Beaux se ins*, *belles fesses*,2004 年,法国 Seuil 出版社)、《铁孩》(*Enfant de fer*,2004 年,法国 Seuil 出版社)、《藏宝图》(*La carte autr sor*,2004 年,法国 Philippe piquier 出版社)、《爆炸》(*Explosion*,2004 年,法国 Caractres 出版社)、《师傅越来越幽默》(*Le mai tre a de plus en plus d. humour*,2005 年,法国 Seuil 出版社)、《檀香刑》(*Lesupp lice du santal*,2006 年,法国 Seuil 出版社)、《欢乐》(*La joie*,2007 年,法国 Philippe piquier 出版社)。

莫言的文学创作始 20 世纪 80 年代初,但真正令他为广大中国读者所熟知,并为他带来国际性声誉的,是 1986 年小说的问世。莫言也是凭借着这部作品吸引了法国人的视线,登上了法国的文学舞台。在张艺谋获奖电影《红高粱》的光环照耀下,《红高粱》迅速拥有了法译本,并成为法国最畅销的中国当代小说之一;莫言的名字也在一夜之间为法国的汉学界、文学界和普通读者所知晓。随后,他的作品被陆续译介到法国。2004 年,莫言作为中国作家代表团成员之一,参加了在法国巴黎举办的中法文化年系列活动,由于其大量作品被翻译、介绍到法国,莫言成为系列活动中“中国文学”沙龙的焦点人物,受到法国读者的格外青睐。法国的《世界报》、《费加罗报》、《人道报》、《视点》、《读书》和《新观察家》等重要报刊都对他作了采访和评论。由于在法国读者中具有极大的影响力,莫言被称为在法国最受欢迎、作品被译成法文最多的中国作家。

随着莫言诸多作品陆续与法国读者见面,他和他的作品受到越来越多的关注,各种评论纷至沓来。尤其是 2004 年法国图书沙龙首次邀请中国为主宾国,将中国文学作为首推目标,法国的主要文学报刊和媒体都对莫言作了专访和报道。《人道报》在 2004 年 3 月 18 日发表了一篇题为《莫言:饥饿的农民,渴求真理的作家》的专访报道文章,就其关心的一些问题向莫言进行了提问。其中,该报认为:“莫言是一位多产的、执著的作家,他以作品的新颖性成为了中国当代文学的一员悍将。”曾经翻译莫言的《酒国》和《丰乳肥臀》的法国著名汉学家杜特莱教授评价莫言的《红高粱》是中国当代文学中的一个了不起的事件。《观点报》发表了《不该讲话的人》的文章,其中说道:“人们称他为中国的马尔克斯,《丰乳肥臀》可以与马尔克斯的《百年孤独》相媲美。”[①]一位法国的网民说《丰乳肥臀》是一部优美的长篇小说,小说生动地描写了 20 世纪中国的农村生活,这部小说同时是一部家庭史诗。《人道报》的文学专栏发表著名评论员让·克洛德·勒布朗的评论文章,他认为莫言是新生代作家,《丰乳肥臀》展示了写作的另一面。[②] 法国普罗旺斯大学中文系主任教授杜特莱教授因翻译莫言的《酒国》获得了法国的最佳外国文学奖——卢尔巴泰隆奖。授奖词是:“由中国杰出小说家莫言原创、

---

① Le Point No. 1644, 2004,03,18.

② Jean-clancle Lebrun I HUMAN ITE,2004,03,18.

优秀汉学家杜特莱翻译成法文的《酒国》，是一个空前绝后的实验性文体。其思想之大胆，情节之奇幻，人物之鬼魅，结构之新颖，都超出了法国乃至世界读者的阅读经验。这样的作品不可能被广泛阅读，但却会为刺激小说的生命力而持久地发挥效应。”2004年，莫言被授予“法兰西艺术与文学骑士勋章”。授奖词是：“您写作的长短篇小说在法国广大读者中已经享有名望。您以有声有色的语言，对故乡山东省的情感，反映农村生活的笔调，富有历史感的叙述，将中国的生活片段描绘成了同情、暴力和幽默感融成一体的生动场面。您喜欢做叙述试验，但是，我想最引起读者兴趣的还是您对所有人物，无论是和您一样出身的农民还是所描写的干部，都能够以深入浅出的手法来处理。我很荣幸地授予您艺术与文学骑士勋章。”

莫言作品在法国大受欢迎，有着多方面的因素。

一、莫言小说具有巨大的迎合性特征

两种文化的交汇往往是一个非常复杂的过程。法国文学在接受中国文学传播的过程中，有意无意地烙上了本土文化与偏好的印记，表现出契合本民族文化品位和审美情趣的中国小说家的浓厚兴趣。法国学者和读者关注中国文学，“首先要看其是否具有中国特色、地域特征，是否为民族文化中本真的语言艺术精品，而不是泛现代化的文化商品”①。莫言把他创作的众多作品安置在高密东北乡这个充满浓郁的地方特色和神秘色彩的环境中。作家自己曾经说过：“高密东北乡是在我童年经验的基础上想象出来的一个文学的幻景，我努力地使它成为中国的缩影，我努力地想使那里的痛苦和欢乐，与全人类的痛苦和欢乐保持一致，我努力地想使我的高密东北乡故事能够打动各个国家的读者，这将是我终生的奋斗目标。”②于是，故乡成了作家想象的王国，成了他艺术化的园地。《红高粱家族》作为莫言的代表作，就发生在这枚“小小的邮票”上。作品的主题不是战争，不是歌颂中国人民抗击日本侵略者的英雄业绩，它的主题也不是民俗，不是去再现我们古老民族的传统风情，而是表现对于生命意志的弘扬，对于酒神精神的赞颂。唯其如此，《红高粱家族》才能为古老的题材赋予现代意义，才能够获得超历史、超民俗的审美价值，才能够引起海内外读者的普遍共鸣。作者想借助这部作品，用“野蛮”人的血液重新注入到我们老态龙钟的躯体，使我们兴奋起来，年轻起来，好在当今世界的舞台上与别个民族争夺生存的权利。莫言在其作品中不是狭隘地讲述我们中国人自己的事情，而是把主题涉及到人类生命的共性上来。因此，在法

① 宋晓英：《欧洲中国现当代文学研究之分析》，《烟台大学学报（哲社版）》2006年第2期。

② 莫言：《小说的气味》，春风文艺出版社2003年版，第42页。

国获得青睐也是情理之中的事情。莫言曾说:“法国对中国文学的介绍在欧洲国家中一直是比较热情的,贾平凹、余华、苏童的作品都很早就被译介到法国,贾平凹还在法国得过费米纳奖。我的长篇小说《天堂蒜薹之歌》、中篇小说《红高粱》是 1988 年就被译介到法国,并有一些不错的反映。法国是文化传统比较深厚的国家,是西方的艺术之都,他们注重艺术上的创新。而创新也是我个人的艺术追求,总的来说,我的每部小说都不是特别注重讲故事,而是希望能够在艺术形式上有新的探索。我被翻译过去的小说《天堂蒜薹之歌》是现实主义写法的,而《十三步》是在形式探索上走得很远。这种不断变化可能符合了法国读者求新求变的艺术趣味,也使得不同的作品能够打动不同层次、不同趣味的读者,获得相对广阔的读者群。”①

二、莫言的艺术风格与不断创新

莫言的创作深受马尔克斯、福克纳等世界级大师的影响。他称马尔克斯和福克纳是两座“灼热的高炉”,可以说马尔克斯和福克纳给莫言在创作观念上的启迪和艺术探索上的理论依托。福克纳的“约克纳帕塔法县”让他明白了,一个作家不但可以虚构人物、虚构故事,而且可以虚构地理。于是,“高密东北乡”就被他写到了稿纸上。此时,作家瞬间打开了记忆的闸门,他的童年生活被全部激活了,在他开创的这片文学田地里,他呼风唤雨,移山填海,饱尝大权在握的幸福,给读者带来了一个色彩斑斓的文学世界。在从两位大师那里得到灵感的启迪后,他不是简单效法,而是极力开拓自己的写作路子。用他自己的话说,“我必须坚持以下几点:发展我自己对于生活的看法,建立一块属于自己的领域,让我自己创造的人物积聚在这块土地上,创立我自己的叙事风格”。正是这种持之以恒的创新精神和现代气质,使他的作品容易在西方读者中产生共鸣,从而吸引了众多海外读者。法国读者尤其喜欢莫言的叙述技巧。莫言的小说大都有着精心的结构,《丰乳肥臀》就展示了作者驾驭作品的能力。作品在前六章重点塑造一位可怜的母亲形象,重点描述她在逆境中痛苦挣扎,顽强地抚育自己的孩子。第七章开始展开回忆,讲述这位母亲的身世、出生、成长、出嫁,最后为了传统的子嗣观念迫使她与不同的男人睡觉。作者有意识地这样安排结构,更为了突出母亲这个角色曾经受到怎样的摧残,突出地表现了母亲坚韧、伟大的形象。莫言讲故事的天分尤其令法国读者倾倒。他的短篇小说集《师傅越来越幽默》收录了他 20 世纪创作的 8 部短篇小说,充满了丰富的想象力。小说《铁孩》描写了两个能吃钢铁的孩子,他们因为自己的特殊能力失去了对真实食物的兴趣。小说《弃婴》揭露了在中国偏僻农村中,由于

① www.booktide. com. /nens/2004. 04. 16.

计划生育政策，人们对于女婴更加歧视以及对于女婴的种种不公正的对待。莫言擅长叙述感人肺腑的悲惨故事，来揭露原始人性的残忍和现实生活的残酷。在《师傅越来越幽默》这部作品中，作者以喜剧性的笔触来化解生命中的沉痛。在莫言看来，人的生命并不会因为其惊人的忍耐而显得高贵。《师傅越来越幽默》以它独特和鲜明的风格，使其具有强烈的穿透力和感染力。莫言说："总的来说，在艺术形式上有探索，同时有深刻社会批判内涵的小说比较受欢迎。目前看来，《酒国》和《丰乳肥臀》的影响最大，《丰乳肥臀》小说描写了一个非常复杂的大家庭的纷争和变化，《酒国》则是一部寓言化的、象征化的小说，当然也有社会性的内容。总之，小说艺术上的原创性和深刻的思想内涵，是打动读者的根本原因。"①

三、莫言小说在法国的流行得益于中国电影在国外的大放异彩

张艺谋根据莫言同名小说执导的电影《红高粱》扬名海外，获得柏林电影节金熊奖，在很大程度上推动了法国读者对莫言的接受。从莫言身上我们看到，中国电影因其创造的独特形象，在使法国公众接受中国当代文学时起到了不容置疑的作用。莫言在接受记者采访时曾经说："实事求是地说，中国文学走向世界，张艺谋、陈凯歌的电影起到了开路先锋的作用。最早是因为他们的电影在国际上得奖，造成了国际影响，带动了国外读者对中国文学的阅读需求。各国的出版社都很敏感，他们希望出版因电影而受到关注的文学原著，我们的作品才得以迅速被译介。"②

莫言小说受到法国读者的青睐，正是法国对中国民族精神探索的历史，也是法国人对中国文学呼唤的历史。法国汉学家米歇尔·莱格拉曾经说年轻一代的中国作家"最重要的是写出具有普遍性的作品，摒弃过分狭隘的异国情调，而同时不要失去中国的灵魂"。莫言的作品表现了人类相通的领域，表现了人类在精神上、物质上的向往和追求。他的作品表现了中国人的气派，也是深受法国读者欢迎的魅力之源。

（原载《吉林省教育学院学报》2008 年第 5 期）

---

① www. booktide. com/nens/2004,04,16.

② www. booktide. com/nens/2004,04,16.

狂言流言，巫言莫言
——《生死疲劳》与《巫言》所引起的反思

◇王德威

2008年在香港举行的“红楼梦奖：世界华文长篇小说奖”终审由两部小说对决：莫言（1955～）的《生死疲劳》和朱天文（1956～）的《巫言》。两位作者都是当代中文小说界的领衔人物，参选的作品各为精心力作。《生死疲劳》从人畜六道轮回的观点，写半个世纪中共政权下的农村变化；《巫言》则由一位深情却孤意的女性娓娓诉说生活与创作经验。两部作品的主题、风格如此不同，以致引起评审者热烈的讨论，久久难有共识。决选的结果由《生死疲劳》胜出，无非印证了“见仁见智”的老话；《巫言》的成就其实可以等量齐观。

本文将对《巫言》、《生死疲劳》的创作动机和得失作出观察。我以为朱天文和莫言都是小说写作的有心人，他们的新作不仅意在呈现最近的成绩，也有在世纪之交重新思考“小说”在当代为何物的野心。然而《巫言》、《生死疲劳》虽有突破，在构思或行文等方面也显见意犹未尽之处，这是评审者取决不下的原因之一。

但本文的目的不仅在于品评两位作家的高下，我毋宁希望将格局放大，以他们的作品和文学奖作为一个“事件”，探讨各自所承袭的写作渊源和所延伸的谱系。行有余力，我更希望借着这两位作家的创作反思当代中文小说的来龙去脉。如果1949年标志中国“当代”文学的开端，2008年适为一甲子的结束。六十年来的中文小说精彩纷呈，当然无法以一二作品或作家涵盖，但以小窥大，朱天文和莫言各自所占的位置，未尝不可以作为探索的起点。

一

莫言崛起于20世纪80年代初期，1987年凭《红高粱家族》一跃而成知名作家。

以后20年他创作不断，长篇就包括《天堂蒜薹之歌》、《十三步》、《酒国》、《丰乳肥臀》、《食草家族》以迄《檀香刑》等作。莫言的小说多以家乡山东高密为背景，笔下融合乡野传奇、家族演义、情色想象于一炉，磅礴瑰丽，实在引人入胜。高密东北乡也因此成为20世纪末中国最重要的文学原乡之一。在《生死疲劳》里，莫言延续他所熟悉的题材，但视野更为奇特。他要写出中国北方农村自20世纪50年代以来天翻地覆的改变，不仅从人的角度写，更从畜牲的角度写。故事的主人公地主西门闹在新中国成立前夕的土改运动中遭到处死，怨气冲天，堕入畜牲道，化身驴、牛、猪、狗、猴一再回到纷纷扰扰的人间，也因此看尽新中国的种种现状。

莫言的长篇一向写来酣畅淋漓，《生死疲劳》尤其如此。小说总长将近50万字，莫言自谓四十三天之内一气呵成；每天1万字以上的产量十足惊人。但另一方面，莫言强调这部作品的构思是四十年以上的结晶，而他能够速战速决，竟是因为放弃计算机，选择传统方式——一字一画的笔耕。在一片轻薄短小的写作风潮中，莫言刻意朝厚重密实的方向用力；他回到"手工活儿"的节奏，反而慢发先至。《生死疲劳》因此不只以大部头取胜，更充满对小说写作从速度到密度的反思。

《生死疲劳》一开场就极能引起读者兴趣。西门闹多行不义，家破人亡，显然沿用了《金瓶梅》的模式。时代来到社会主义治下，所有七情六欲、蝇营狗苟原来应该一扫而光。事实恰恰相反。一个强调无欲则刚的社会其实逗引出各种欲望，莫言让主人翁六入人畜轮回，与共和国一次又一次的运动相互见证，讽刺意图，呼之欲出。同时他又暗示农村社会的生产结构虽然发生巨变，但固有的习性和韧性依然存在。莫言以佛经的"生死疲劳，从贪欲起。少欲无为，身心自在"为全书揭开序幕，颇有超越众生表相的用心，但小说叙事效果热闹有余，却似乎尚不足以印证更深沉的宗教启示。尤其后半部急于交代情节，未免有虎头蛇尾之憾。这是莫言的老毛病了。

相对于莫言的成就，朱天文也不遑多让。朱天文出身的文学世家早已经是台湾文坛的传奇。朱天文在20世纪70年代就已经崭露头角，1975年她有缘认识胡兰成(1906～1981)，大受启发，以后的故事我们耳熟能详：在胡的点拨下，朱天文的文学风格与信仰逐步形成，终于成为胡的传人。因为家学，朱天文对张爱玲(1920～1995)早有浸润，自20世纪80年代以来，"张腔"与"胡调"在她的作品中展开拉锯。从《炎夏之都》到《世纪末的华丽》，再到《荒人手记》，朱天文写浮世男女，色相起灭。她将华丽推到颓靡边缘，又从苍凉找出启悟。而她的文字如诗签，如偈语，愈发玲珑剔透起来。

《荒人手记》于1994年赢得《中国时报》的"第一届时报文学百万小说奖"首奖，此后朱天文少有正规创作出现，一直到《巫言》。这部小说从动笔到完成耗时8年，总长

20万字;创作量平均每天不到80字。[①] 朱天文的惜墨如金恰与莫言千言万语形成强烈对比。更耐人寻味的是,朱天文声称在《巫言》里不再经营以往她所擅长的繁复风格。她要返璞归真,将一切"解散"。[②]《巫言》以巫之"看、时、事、途、界"五题,写最亲近琐碎的人和事,如此穿衣吃饭,尽成文章。朱天文如此决绝地排斥小说叙事的故事性当然有她的企图:小说写来岂是"好看"而已?小说的存在本身已经是叩问本性初心的门坎,是"巫"的通灵仪式。

《巫言》出版后引起的两极化反应,应该在朱天文意料之中。毕竟她的读者多是肉骨凡胎,一时和巫界搭不上关系。朱天文刻意要与昨日之我划清界限,当然值得敬重。诚如她所言,以她的功力,再多写出几本宾主尽欢的小说不是难事,但书写一旦成为修炼,就不容原地踏步。这样的道理我们可以拳拳服膺,问题是,如此在乎文字内烁的能量,逃避小说的叙事宿命,是否也成为一种"障",朱天文一再以炼金成瓷、细胞转型等案例来申明她的创作意图,与其说是巫言乩语,不如说是苦口婆心,已经有了说教意味。

借着他们的新作,莫言与朱天文各自来到他们的创作哲学与实践的临界点,也间接为当代小说呈现以下问题:"小说"是说书讲史还是起乱哺巫?是大众艺术还是独门绝学?是量产还是手工制造?是众声喧哗还是喃喃自语?是中州正的还是海外跫音?是"史诗"的还是"抒情"的?是叙事还是反叙事?是后现代还是反现代?是加法还是减法?

乍看之下,莫言和朱天文似乎各据这些问题的一端,俨然形成对立。但只要仔细阅读他们的作品和他们的创作理论,我们发现两者密切的互动,有交锋也有对话。由此所形成的繁复辩证,才是我们重新看待当代小说流变的方法。

1985年,莫言以家乡为背景的《透明的红萝卜》引起好评,正好为彼时方兴未艾的"寻根文学"提供范例。论者早已指出"寻根"不是简单的文学写作,而是"文革"以后文化反思运动的一环;所谓的"根"既有国族命脉的寄托,也有反求诸己的警醒。伤痕累累的土地在此成为重要的历史、心灵场景,唤起又一代共和国子民的"原初的激情"。[③] 但"寻根"仍不足以形成一片文学风景,是与"寻根"相随而来的"先锋"运动号召才真正为其灌注了活力。"先锋"意味主题上的冲破禁忌,形式上的推陈出新。流风所及,文坛出现大量实验作品,余华到残雪,马原到韩少功,苏童到王安忆等都是个中好手。我

---

① 参见唐诺:《关于〈巫言〉》,朱天文:《巫言》,NK印刻出版公司2007年版,第323～365页。

② 参见朱天文2008年5月4日在美国加州大学圣塔巴巴拉分校(Uc. Santa Barbara)台湾现代主义国际会议上的讲话。

③ Rey C, *Prinitive Passions Visualily*, *Sexualily*, *Ehnography*, *and Contemporary Chinese C inema*. New York Columbia University Press, 1995, p. 26.

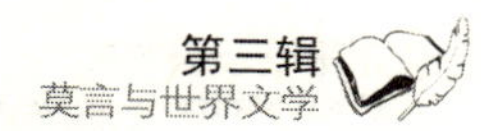

们今天回顾20世纪下半叶的文学好景，仍不能不以此为最。

莫言的意义正在于他躬逢其盛，同时与“寻根”、“先锋”书写挂钩。《红高粱家族》以后，他的作品不论是中规中矩的《天堂蒜薹之歌》或是刻意求变的《十三步》，都能表现其人丰沛的想象力及长江大河般的叙事能量。莫言的创作高峰是1992年的《酒国》。在其中他创造了一个恶托邦，让一群诡异荒唐的人物吃尽喝绝又拉撒无度，充满末世的纵欲冲动；同时他又反思小说作者出入虚实，嬉笑怒骂的位置。这真是奉酒神之名而作的小说。[①] 多年以后，我们才明白此时的莫言已经为后来的中国先行写下一部寓言。虽然莫言之后的长篇小说各有创新，以讽刺和幻想的力道而言，我认为皆未超过《酒国》。《生死疲劳》中的蓝千岁和小说家莫言的塑造，其实就有《酒国》人物的影子。

莫言自承他的创作受到20世纪80年代风靡中国的福克纳(William Faulkner)和贾西亚·马奎斯(Gabriel Garcia Matrquez)的影响；前者诡秘繁杂的家族传奇叙事，后者天马行空的魔幻写实技巧，在他的作品里都有迹可循。然而更值得注意的影响来自中国的文学叙事传统，从古典演义说部到晚清讽刺小说，从20世纪40年代延安流行的民间文学、说唱艺术再到50年代的革命历史乡土小说，构成了莫言写作最重要的资源。这里的枢纽人物是赵树理(1906～1970)和孙犁(1913～2002)——他们是共和国开国以前的“寻根”和“先锋”作家。

1943年，赵树理以《小二黑结婚》、《李有才板话》等作品结合民间讲唱文学和左翼乡土论述，形成一种十足草根的叙事风格，却又紧紧追随意识形态的要求。当时同在延安的孙犁则另辟蹊径，以《荷花淀》、《芦花荡》等作品呈现农村清丽潇洒的景象，证明左翼民间叙事一样可以达到抒情格调。赵、孙两人各以“山药蛋派”和“荷花淀派”享誉，到了20世纪50年代，更有柳青(1916～1978)《创业史》、周立波(1908～1979)《山乡巨变》、梁斌(1914～1996)《红旗谱》等接力，或记录农村合作化的成果，或描写土地改革的始末，或写出农村巨变前夕的骚动，将社会主义式乡土愿景发扬光大。而这一写作的高潮——或反高潮——自非浩然(1932～2008)的《艳阳天》、《金光大道》莫属。

《生死疲劳》那样流畅的说书形式和世故姿态写作不能不使我们想到赵树理一辈的贡献；而莫言能够粗中有细，点染抒情场面，让他有了向孙犁致敬的机会。小说的灵魂人物单干户蓝脸的朴实固执，不正是《创业史》里梁三老汉的翻版？但莫言心目中的山乡巨变只凸现了共和国农村改革后的乱象；他最好的抒情片段竟留给故事中的畜牲们。如第六章西门驴的坠入情网，第二十章西门牛杀身成仁都是精彩的例子。《生死疲劳》既然以六道轮回为主题，自然暗示了叙事乃至人生的重复节奏与徒然感。比起

---

① 参见王德威:《千言万语，何若莫言》,《跨世纪风华：当代小说二十家》，麦田出版社2002年版，第251～268页。

《创业史》、《红旗谱》到《金光大道》所承诺的毛氏“雄浑”史观[①]，莫言要让我们了解革命大业下“疲劳”的真谛。他的小说嬉笑怒骂，务以身体的变形、丑化为能事，则是犹其余事了。

莫言如此翻转当代乡土叙事，其实碰触了两个更深刻的问题，就是如何定义社会主义现实主义，以及如何处理民族形式。我曾经多次讨论“乡土”作为现代中国文学的主轴之一，并不仅只显现现代作家的乡愁症候群而已。“原乡”的召唤必须以“原道”为后盾，而写实和现实主义成为最重要的中介形式。现实主义强调以文字对应客观世界，从来是革命文学的重头戏。[②] 现实不但应该被描写被铭刻，更应该被改革被塑造，而现实的终极实践正是真理的不证自明的时分。书写现实于是成为一种编织历史，通往神话时刻的手段。从 20 世纪 30 年代到当代，左翼文论对“何谓现实”的不断辩证因此绝非小题大做，关键恰在于如何为那不可说，也说不尽的神圣革命持续进行命名的工程。

而在为现实命名的前提下，首要的任务是如何形塑民族形式。这一方面代表“五四”以来国家民族主义的强大影响，一方面也呼应乡土文学的基本要项：寻找国家民族想象的“根”，必须回归民间乡土。1940 年初，毛泽东发表《新民主主义论》，提出“中国文化应有自己的形式，这就是民族形式”。在延安讲话中，毛泽东继续鼓吹中国气派、中国风格的文艺产品。由此左翼文人展开热烈辩论，一直持续到 20 世纪 50 年代。1952 年，冯雪峰(1903～1976)撰文《中国文学中从古典现实主义到社会主义现实主义发展的一个轮廓》，提出现实主义的想象和实践不宜囿于一时一地；它是三千年传统平民文学经验的结晶，也同时吸纳 19 世纪西方写实主义的特色。[③] 准此，有关民族形式辩论的历史框架陡然放大，成为带有与时俱进色彩的论述。冯雪峰的观点当时没有得到支持，一直要到 20 世纪 80 年代以后才由寻根和先锋作家作出回应。

乡土叙事，现实主义，民族形式：我们至此更为理解莫言在当代中国小说里的书写位置。他继承了共和国开国以来的重要文学命题，但也同时扭转了这些命题的向度。近年莫言对这些命题的自觉愈益明显；写于千禧年之交的《檀香刑》采取山东民间猫腔(茂腔)的讲唱形式，重述庚子事变在胶东爆发和镇压的始末。莫言一向擅长于将大历史还诸民间，写出另外一种层次的现实，而《檀香刑》更是刻意以声音——代表乡土的

① Ban W. *The Sublime Figure of History. Aestheties and Politics in Twentieth-century Chins*. Stanford, Calif: Stanford University Press, 1997.

② David W. *Fictional Realisn in Twentieth-century China Mao Dun Lao Shen Congwen*. New York Columbia University Press, 1992.

③ 参见许道明:《中国现代文学批评史新编》，复旦大学出版社 2002 年版，第 346～355 页。

猫腔对照代表现代文明的火车引擎——作为基调[①],将一场官方定调的民族"史诗"化作匹夫匹妇飘荡在荒野之间的呜咽。

《生死疲劳》的野心更大,不再集中于一项历史事件的意义,而更思考(共和国版)历史的定位与意义。借着说书人的口吻,莫言告诉我们理解乡土可以是社会主义的田园乌托邦,也可以是凡夫俗妇存身的大千世界;社会主义现实主义之所以逼真,是因为从魔幻想象汲取了养分;而民族形式的活力根本就是新旧杂陈的积累和生生不息的创造。折中在共和国当代文学的可能与不可能之间,莫言所面临的困境和他所寻找的出路应该持续吸引关心当代文学的读者。

19 世纪 70 年代朱天文初显身手时,台湾的文学正面临剧烈盘整阶段。国民党政权到台湾二十多年后,反共怀乡的热情逐渐式微,取而代之的是以本土意识实尚的乡土文学和叛逆实验的现代主义文学之间的对垒。这让我们想起十多年后大陆的"寻根"和"先锋"文学间的辩证关系。朱天文此时进入文坛的方式充满迷人的矛盾。由于军中家庭背景使然,朱天文基本厕身正统文艺阵营内;但朱的父亲朱西宁先生(1926～1998)与军中开明派(孙立人等)的关联,对基督教的坚实信仰,还有私淑张爱玲小说艺术的品位,必然为女作家的文学启蒙提供特殊资源。而当胡兰成驾临台湾,并得到朱府的供养,成为她创作历程的一大转折点。

论者尝谓朱天文(与她的"三三集刊"同人)政治上立场保守,题材上儿女情长,风格上踵事增华,与彼时风起云涌的台湾自决意识判然不同。朱天文要花上 20 年向我们证明,她的保守可以是一种绝不随俗的选择;儿女情长无非为空无荒芜的色相准备;而人人称美的生花妙笔最后写出的是最"无足观"的生命实录。潜藏在此的是一种令人意外的激进姿态,而且是以最不动声色的方法来实践。如果朱天文是从台湾文学光谱的"右边"起家,现在她以"巫"自命,"光谱上,如果右边是社会化,左边是不社会化,巫在最左边,不能再左了"[②]。

从《淡江记》的缘情似水到《小毕的故事》的亲爱精诚;从《荒人手记》的迷离颓废到《巫言》的幽玄淡定,朱天文把小说越写越"小",仿佛从"小"才能悟她的"道"。什么道?学院的现实主义和现代、后现代主义都言之成理,也都有所不及。前面讨论莫言已经提到,作为一种小说流派,现实主义以直击人生真相为号召,其实充满了种种大叙事的纠缠;小说越是"逼真",越必须让我们警觉"逼"与"真"之间的角力。朱天文的叙事白描功力到了《炎夏之都》已经有口皆碑,但之后她逐渐放弃传统定义的故事性,仿佛唯有如此她才能更接近现实无明也无常的面貌。她的转变出于对小说技艺的思考,也和

① 参见莫言:《檀香刑》,麦田出版社 2001 年版。

② 朱天文:《巫言》,第 197 页。

20世纪80年代末台湾社会解严、政治解构的现象若合符节。她的琐碎枝蔓成为响应历史的方式。当事物的本(或“根”)已无所本,我们所能有的也只是枝微末节。她的白描功夫与其说是建构纸上现实,不如说因为过于精密、尖锐,因而粉碎了我们居之不疑的现实。

于是有了《世纪末的华丽》、《荒人手记》。前者为华语世界的世纪末美学作出宣言,后者则以“荒人”角色重新定义当代文学书写主体。这两部作品因其颓废的题材和玩忽的文字奇观,已经成为我们谈论后现代叙事的教科书,但有心的读者可以发现朱天文对她启蒙时期的乡愁——去圣已邈,宝变为石——何曾远去。而正因患得患失,她决心退居文字世界,“我为我自己,我得写。用写,顶住遗忘……我写,故我在”[①]。这样对文字和形式清坚决绝的信仰,对一己写作位置的捍卫,又是不折不扣的现代主义姿态。虽然表面上朱天文和台湾现代主义的渊源不深,但《巫言》所征引的西方作者,像卡尔维诺(Italo Calvino)、昆德拉(Milan Kundra)、波赫士(Jorge L. Borges)、葛林(Graham Greene)等,都在说明她和现代主义文学的呼应。尤其卡尔维诺几乎成为唐诺所建议取张爱玲而代之的“通关密码”[②]。

谈朱天文不能不谈张爱玲和胡兰成。朱天文从张爱玲那里学来一套观人阅物的风格,宜古宜今,细腻练达。如果延伸鲁迅对古典小说的关键词,这一风格造就一种新“世情”小说。张爱玲的过人之处就是写世情但是不为其所限;她能将她的写实技巧隐喻化,嫁接到对中国现代性情境的思考。在这样的情境下来看张爱玲所谓的华丽与苍凉,才特别令人心有戚戚焉。另一方面,朱天文从胡兰成处获得一套抒情审美的技巧,而且操作成知识体系。19世纪70年代中期,胡兰成的台湾之行意外为一群满怀“未有名目的大志”的文学青年找到名目。胡兰成笔下的朱天文是“青天白日满地红下的女孩”,“饱饮日月山川风露”,生来是要召唤“中华民族的精魄”的。[③] 多年之后,这位女孩要以荒人,以巫,来回应乃师的期许。如此的转变矛盾重重却又理所当然。回过头看,胡兰成对朱的影响在于极端审美化的民族主义、日本文明、作为隐喻的女性论述;而胡兰成奉“亲极无爱”之名将张爱玲传奇化当然不在话下。是胡兰成筑起了她的抒情“符号帝国”,而朱天文的文学实践则一步一步从早期的符号化到最近的符篆化,从美文转为巫言。

尽管朱天文一心效法胡兰成,张爱玲的幽灵始终徘徊不去,此无他,胡兰成美学原本的基础就在于与张爱玲“比斗”。朱天文认为新作《巫言》是挥别胡师的起点。然而

① 朱天文:《荒人手记》,时报文化出版企业公司1994年版,第37～38页。

② 唐诺:《关于〈巫言〉》,朱天文:《巫言》,第333页。

③ 朱天文:《淡江记》,远流出版事业股份有限公司1991年版,第163页。

仔细读来，张爱玲与胡兰成依然继续在其中争取发言权。朱天文在《世纪末的华丽》中开始构思“巫”的意义；胡兰成向往的日本神道祭祀的神姬之舞，经过黄锦树专文点破后[①]，无疑更促使朱天文落实她的灵感。而朱天文希望将文字下放民间日常，还给本来面目，一一贯彻了胡兰成的生命哲学。但朱天文自谓“解散”此前的华丽风格，其实是当年张爱玲对胡兰成的建议。朱天文谈叙事“离题”之必要，虽日取法卡尔维诺，其实祖师奶奶早已经先到此一游。最近出土的张爱玲散文《重回边城》仍可为一例。朱天文在台湾“二二八”纪念日喧嚣后，写政治如洗衣(《二二九·浣衣记》)，而张爱玲冷眼看政治如更衣，乃有《更衣记》;《巫言》以焚烧一切文字和文明的意象作结尾，则让我们想起张爱玲的《烬余录》。

但张爱玲、胡兰成的影响岂仅止于朱天文？在当代台湾文化、历史脉络里，胡兰成的意外现身凸现出一个社会想象的矛盾症结：中国是政教图腾还是抒情符号？日本是帝国殖民霸权还是礼乐文明典范？女性是情爱主体还是“格物”对象？“张爱玲”是学问还是欲望的伪托？20 世纪 80 年代以来，这些问题在台湾所投射出的爱恨、虚实反应被不断渲染放大，甚至成为全民运动。最近张的遗作《小团圆》出版造成的轰动，又是一例。朱天文、胡兰成、张爱玲三人所形成的“连环套”因此不只是文学公案，而成为一探当代台湾复杂的“感觉结构”的有利角度。

从“右边”里面往“左边”靠，以极度写实反现实，借“巫言”重建“私语”，朱天文姿态是够独特的了。而她的新作到底代表了她的突破，还是她的偏执？我无意暗示朱天文只能在胡兰成、张爱玲的阴影下写作；恰恰相反，我认为因为有了朱天文，张胡演义才变得如此多彩多姿。就像莫言之于当代大陆小说，朱天文的意义难以用简单的学院标签为她定位；她无意引领任何风骚，却终成为见证当代台湾文学众多转折的枢纽人物之一。

二

中国古典小说传统颇有以“言”为题的佳作。晚明冯梦龙的“三言”——《警世通言》、《喻世明言》、《醒世恒言》——应该是最有名的例子。清代中期的《辜妄言》、《型世言》、《野叟曝言》都是大型说部。当然我们不曾忘记《红楼梦》的偈语“荒唐言”。“言”者，说也，但又暗含多义。“言可为心声”(《法言·问神》)，亦可为“口之利也”(《墨子经》)。言是叙述、讽谏(言者无罪，闻者足戒)，是“志以发言”(《左传》)；言又是意在言

① 参见黄锦树:《神姬之舞——后四十回?(后)现代启示录?》，朱天文:《花忆前身》，麦田出版社 1996 年版，第 265～312 页。

外,言不及义,言多必失。小说本为虚构,以"言"名之,自然衍生不同解读方法。莫言和朱天文在新世纪分别以不同形式的"言"呈现他们的创作观。他们未必明白"言"在叙事传统里的渊源,但对小说的功能都有不能已于言者的想法和做法。顾名思义,莫言的笔名意味"莫/默"言:不说,无可说,不能说,或者欲辩已忘言——不必说。这里也有一层更深的"失语"的含义,不论是心理的创伤(无言以对?),社会道德的制约(人言可畏?),或是政治的禁忌(莫谈国事?),都让作家讳莫如深起来。然而莫言小说给我们的印象却恰恰相反,仿佛他有千言万语,不吐不快,于是一发即不可收拾。如他所言,长篇小说的形式才最能显现他的能量。[①] 噤声莫言的另一端因此是妄语狂言的冲动。《生死疲劳》第十七章回目说得好:"狂言妄语即文章。"这一收一放之间造成的张力,正是莫言创作最大的本钱。

弗洛伊德心理学有谓吃和说构成婴儿口腔功能的两大特征。此前莫言已经以《酒国》写出了一个暴饮暴食的小说奇观,《生死疲劳》则从言说的角度继续发挥。小说有三个主要叙事者:大头婴儿蓝千岁、千岁的爷爷蓝解放,以及名叫莫言的作家。尽管三个叙事声音相互交错,大头婴儿才是主导者。这个孩子生在小说即将结束的千禧年,头大身小,"有极强的记忆力和天才的语言能力"[②]。5 岁那年开始讲故事,也就是《生死疲劳》的本事。换句话说,莫言的小说是个"童言无忌"的故事,内容的光怪陆离,人、驴、猪、狗、牛、猴众声喧哗,也就可以理解。但这个大头婴儿又是西门闹第六度的投胎转世,他的故事因此也是个叙事者"返老还童"的重述——小说的结尾就是小说的开始,天真的声音包藏无限的世故。

狂言与莫言的张力不仅显现在《生死疲劳》里。在中国现代文学史的开端,我们不是已经有了另一个实例? 1908 年,鲁迅有感于中国人的喑哑无声,号召"摩罗诗人"发出惊世骇俗的恶声。鲁迅的愿望注定失落。十年后的《狂人日记》正是在狂言妄语和噤声失语之间,写出了中国文学和文化现代性的根本症结。鲁迅的感触言犹在耳:"当我沉默着的时候,我觉得充实;我将开口,同时感到空虚。"(《野草,题辞》)《狂人日记》尾声里,狂人喊出:"没有吃过人的小孩,或许还有? 救救孩子!"80 年后,《生死疲劳》写一个前世经历太多吃人故事的"孩子"现身说法,口出狂言的恐怖喜剧。

我更以为鲁迅不必是唯一体现狂言与莫言的两难的现代作家。20 世纪 50 年代以后沈从文基本放弃创作,在历史风暴中他选择沉默以对。一直到 20 世纪末,沈从文 1949 年自杀前后写出的系列文字才被披露,题名《呓语狂言》,我们这才理解在作家沉默的表象下,竟有如此惊心动魄的声音撞击他的时代——一个政治话语霸权开始操作

① 参见莫言:《生死疲劳》,麦田出版社 2006 年版,第 609 页。

② 莫言:《生死疲劳》,第 608 页。

狂言和莫言的时代。沈从文的例子不是个案。20 世纪 50 年代以后,又有多少作家在狂言与莫言的冲突下,为共和国的历史做出惨烈见证?

朱天文的《巫言》有唐诺为她作跋,开宗明义点出"巫者,巫的文字语言,巫师这门行当最重要的工具或说技艺,唤醒万事万物的灵魂,改变现实的面貌"[①]。巫是远古通灵之人,《国语·楚语》:"民之精爽不携贰者,而又能齐肃衷正,其智能上下比义,其圣能光远宣朗,其明能光照之,其聪能听彻之,如是则明神降之,在男曰觋,在女曰巫。"准此,远古的"巫"有上下比义的智慧,光远宣朗的灵视,如是"明神降之",天地精气为之一通。

"巫"既然上通神鬼,巫的言语想必晦涩玄妙。事实不然,朱天文用大白话写她的《巫言》,偶尔抛出《荒人手记》式的精句警语。这其间的落差才让读者不可思议,也促使我们再思她的用心。她写家人朋友("社长"朱西宁、"老板"侯孝贤)、生活琐事,写死生大限、政治斗争,絮絮叨叨,仿佛台湾版的《妇女闲聊录》。但我以为《巫言》仍然是胡兰成师教的又一转折。胡兰成从不吝于遥想远古有神的时代,"生活的空气柔和而明亮,有单纯的喜悦"[②]。从这里"兴"起了万事万物:

> 兴像数学的。忽然生出了一,没有因为,它只是这样的,这即是因为,所以是喜气的……是物的风姿盈盈,光彩欲流。原来物意亦即是人意。朱把握"物意即是人意"的道理,写出个万物有灵的世界。她的修辞术,或巫法,无他,就是胡师念兹在兹的"兴"的诗学,"兴""是引子,但不是序幕","与本事似有关似无关"。[③]

浊世滔滔,面对各种浮夸矫饰的言说,《巫言》强调书写的力量就是对"我在"、"我说"的肯定。小说表明放下一切,其实它的辩证性,甚至政治性,比朱天文以往作品都强。可是在一个诸神退位的时代,朱天文这个"巫"似乎也有了无奈。她没有师父那样的自信,因此真能如唐诺所盼望,祭起事物的细节,找回那灵光闪闪的神迹吗?还是她像希腊神话中被诅咒的巫女卡珊卓拉(Cassandra),空有预言休咎的能力,"口燥唇干"之余,只能眼看一切的话成了风中之言?我们更要问,何必曰"巫"?"巫言"是否可以下放——或还原——得更彻底,成为一种"流言"?

这大约是朱天文最大的挑战了。我所谓"流言",想到的自然是张爱玲有名的散文集。流言蜚语,女流之言,本来只有贬义,张爱玲却夷然自居。她冷眼张望人生百态,笔锋慧黠犀利而又充满担待。《流言》既不求微言大义,也不作危言耸听,闲话日常,却

---

① 唐诺:《关于〈巫言〉》,朱天文:《巫言》,第 323～365 页。

② 陈子善:《乱世文谈》,天地图书有限公司 2007 年版。

③ 胡兰成:《山河岁月》,远景出版事业有限公司 1991 年版,第 102 页。

点出作者对一个伧俗的社会所怀抱的“人世的贞亲”。流言才是“没有因为,它只是这样的”。对于张爱玲,流言是流淌的语言,“左边”或“右边”,现实或现代,真话或臆想,似乎都无关紧要;流言又是流荡的语言,芜杂离题,总也拒绝回到中心。这其实都是朱天文所追求的,只是张爱玲信手拈来,更少了些“郑重而轻微的骚动”。朱天文强调文字修行路上,人人都是“不结伴的旅行者”。张晚年隐居海外,摒弃一切,包括自己的作品,“巫”气恐怕重于朱天文。

对比莫言和朱天文的写作经验,两人的差异似乎显而易见。但我们的焦点不是指认这样的差异,而是叩问作为小说业同行,他们对笔下微妙的关联及其意义。小说家的语言流转,岂能为上述各种“言”的标签所限制?准此,莫言的作品以其魔幻写实的意境,未尝不是一种“巫言”。论者如李敬泽已经指出《生死疲劳》中的大头婴儿以他感知过去未来的神秘能力,就是个“巫般的全知的说书者”[①]。而当莫言强调他的灵感来自古典稗官野史,或向往“笨拙,大度,泥沙俱下,没有肉麻和精明”[②]的叙事时,已经对我们所理解的“流言”添加了一层厚实的向度。然而莫言的快意文章写来如此熟练,是否也开始出现流气之虞了呢?

换个角度看朱天文的《巫言》。没有对小说艺术的狂热,她不会如此一意孤行。她自谓站在“左边”,但我以为她的叙事姿态过于矜持,还不够“左”,也因此缺少了铤而走险的趣味。朱天文也许希望她的“巫”是狂在骨子里的“巫”。她要摆脱《世纪末华丽》和《荒人手记》时期的叙事风格,立志“做削去法,削去所有我已经厌烦有的甚至快到受不了要锐叫地步的东西”[③]。“一毫毫,一寸寸的减,减之又减。”她的策略让我想起卡夫卡(Franz Kafka,1883~1924)笔下的《绝食艺术家》(*The Hunger Artist*),以自己肉身的消弭为艺术的极致造像。但我们不能无惑的是,她以极简主义削去一切叙事的骨肉后,剩下的是事物的本相,还是残骸?她理想的读者必须默会致知,然后心照不宣。果如此,她的小说艺术为所谓的“莫/默言”提出新解。

莫言和朱天文的新作和对小说艺术的看法为当代中文小说作出重要示范。他们的取径不同,关怀却互相呼应。我以为他们触及以下三项命题,这些命题也许是老生常谈,但在新的脉络里却绽现不同意义。

第一,小说创造“自由”的意义。吴义勤以《生死疲劳》为例,指出莫言是当代中国小说极少数能够听任想象驰骋,挥洒自如的作家;他的小说代表“一种完全没有任何束

---

① 李敬泽:《“大我”与“大声”——〈生死疲劳〉笔记之一》,《当代文坛》2006 年第 2 期。

② 莫言:《生死疲劳》,第 615 页。

③ 舞鹤:《凝视朱天文——小说家舞鹤专访小说家朱天文》,《印刻文学生活志》2003 年第 1 期。

缚和拘束的，随心所欲的自由境界”①。吴义勤的品评有夸张之处，但吴义勤仍点出莫言现阶段的特色。《生死疲劳》卷首不讲自由，而讲自在——“少欲无为，身心自在”——尤其耐人寻味。无独有偶，台湾作家舞鹤和朱天文对谈时认为“那种‘离题’式的写法，颇得我心，在我的第一个长篇曾大量使用括号括号再括号，离题离题再离题，当时也有批评怀疑这究竟是不是小说，其实守住固定题旨范畴和主线支线的写法早被颠覆，‘精准’早已不是最高的标杆，书写自由与书写真实是更为紧要的。‘离题’为了自由与真实”②。这让朱天文喜不自胜，原因是在完成《荒人手记》时她自认对胡兰成的悲愿已了，可以“自由了”。《巫言》开篇就写巫人和帽子小姐同居一室，互不搭理，因为各自需要“自由，自由，自由”③。

“自由”的哲学意义我们在此无从辩证，但苏珊·桑塔格（Susan Sontag）的名言“文学就是自由”可以作为参照。小说既是虚构游戏，理应创造解放和变化的空间。一个世纪以前，新小说的开始的动力正是瓦解国家和个人主体的禁锢。何以到了新世纪，莫言和朱天文又提出了“自由”的话题？比起20世纪末的狂欢、解构等“后学”口头禅，两位作家书写“自由”——以及自由的对立面——又代表什么意义？吴义勤从现当代中国政治、意识形态、文类对小说的局限来谈论莫言新作的解放意义；陈思和则点出《生死疲劳》纯任自然的民间情怀。④ 而《生死疲劳》的偈语“少欲无为，身心自在”更投射超越此世的愿景。

朱天文《巫言》论创作与自由来自对生活或生存的根本思考。她操作叙事岔题和离题，用以“回避一切一切，一切的尽头”⑤，无非“就是一种应付死亡的方法”⑥。在世俗层面，面对着消费社会商品化的自由，朱天文则暗示她的自由是要“修”来的。更吊诡的，自由和自闭形成连锁，互为底线。阿城对朱天文的话：“你找到了限制，就找到了自由。”⑦无论如何，作为体现“自由”的文本，《生死疲劳》有着永恒轮回的宿命，《巫言》的人和物“各自好了”，则透露着孤独荒凉的气氛，两作的潜台词都有叹息的声音：自由与自在，虽不能至，心向往之。

第二，小说表达“悲悯”的能量。20世纪的小说家以倡导革命启蒙始，以咏叹颓

---

① 吴义勤、刘进军：《“自由”的小说——评莫言的长篇小说〈生死疲劳〉》，《山花》2006年第5期。

② 舞鹤：《凝视朱天文——小说家舞鹤专访小说家朱天文》，《印刻文学生活志》2003年第1期。

③ 朱天文：《巫言》，第13页。

④ 参见陈思和：《“历史—家族”民间叙事模式的创新尝试——试论〈生死疲劳〉的民间叙事》，《当代作家评论》2008年第6期。

⑤ 朱天文：《巫言》，第89页。

⑥ 蒋慧仙、邹欣宁：《降生土星的巫人》，《诚品好读》2008年第86期。

⑦ 舞鹤：《凝视朱天文——小说家舞鹤专访小说家朱天文》，《印刻文学生活志》2003年第1期。

废,"否想"现代终。人道主义曾经是现代文学的最重要的口号之一,而当当代文学随着革命完成而开始之际,更有救赎不义、体恤无辜的历史性抱负。曾几何时,同情与关怀成为陈腔滥调,甚至政治迫害的前提。莫言另起炉灶,在《生死疲劳》的后记里,他提出小说必须有"大悲悯"[①]。悲悯不是听祥林嫂说故事,因为"苦难"太容易成为煽情奇观;悲悯也不必是替天行道,以致形成以暴易暴的诡圈。"只有正视人类之恶,只有认识到自我之丑,只有描写了人类不可克服的弱点和病态人格导致的悲惨命运",才能真正产生惊心动魄的大悲悯。换句话说,唯有对生命的复杂性有了敬畏之心,小说的复杂性于焉展开。《生死疲劳》里人物和动机的千回百转,就是最好的例子。据此,悲悯也是写作形式问题,因为一旦跨越简单的人格、道德界限,典型论、现实论的公式就此瓦解。莫言更认为"小说"之必要,正在于它有其他媒介所不及的救赎力量;长篇小说如此兼容并蓄,繁复纠缠,绝不化繁为简,就是一种悲悯的形式。

朱天文的看法别有所见。《巫言》的第一句话就是"你知道菩萨为什么低眉?"菩萨低眉是因为众生皆苦,爱莫能助,"怕与众生的目光对上"[②]?是对众生有太多不舍,因此不忍一睹?还是视众生一切如梦幻泡影,因此另有眼界?我以为在这个层次上,朱天文提出她的小说不在悲喜、美丑、善恶之间打转,而是一种静定的敛目或直观。她的叙事意在对眼下人与事物一视同仁,也更是对天道无亲的见证。如此,她企图将自己和自己的书写放在一个微妙的平衡点,悲悯和漠然只有一线之隔。这里所暗示的一种近似宗教启悟的感受(而非信仰)似乎更胜莫言一筹。

第三,只有在以上的两项观察的基础上,我们得以重新看待小说和历史与记忆的辩证。这应该是小说研究最耳熟能详的话题了。从 20 世纪初梁启超提倡"小说有不可思议之力,改变世道人心"以来,现代中国小说和历史的命运一直紧紧纠缠。不论是夏志清先生的"感时忧国"还是刘绍铭先生的"涕泪飘零",都指出小说不甘也不能只为小说,而必须成为大说——历史大叙事——的起点。此一历史"时间"基本是线性也是现行的,指向历史作为"事件"的实践,和创作或叙事主体的完成。当代小说史每以革命建国或反攻复国为开始点,恰恰印证了这样的历史时间或事件表。这一历史想象在 20 世纪 80 年代开始松动。一方面"后学"推波助澜,力求解构历史的理性或意识形态基础,另一方面各种名目的创伤研究(如后殖民研究、浩劫研究、伤痕文学)又借力使力,将主体建构与历史暴力当作辩证论式来展开。一时错乱的历史,破碎的记忆,受伤的主体成为学界必备的口头禅。

针对这一写作和论述方式,莫言和朱天文在新世纪里以各自定义的"自由"与"悲

① 莫言:《生死疲劳》,第 611 页。
② 朱天文:《巫言》,第 6 页。

惘”提供了更积极的意义。他们各花了四十三天和八年经营新作，却都强调是一笔一画写出他们的小说。他们的题材风格迥然不同，却都强调对生命巨细靡遗的想象和记录。即使在写作现场，他们作品的速度和密度已经有了不同含义，成为批判当下文学生产和消费模式的方法。莫言的作品大开大阖，一向被当作是颠覆历史的范本。《生死疲劳》依然沿着同一路数，但对历史起承转合的幽微神秘处有了新解。他写五十年的农村社会主义革命，融入了世俗佛教的因果轮回和章回小说的下回分解，仿佛现实只是生生世世的一环，又一次故事和历史的开始或结束。故事中的冤鬼西门闹拒绝忘记过去的故事，但每一次的投胎转世却使他记忆的方式和内容产生异化。量变带来质变，到了小说的结尾，不该忘却的和本应记住的形成复杂网络，不断释出正史和“大说”以外的意义。莫言似乎暗示，六十年的共产革命历史并不轻易解构，但历史要如何“解放”，不正是个历久弥新的话题？《巫言》要让书写解散，逃离线性时间，亦即逃离死亡。巫的灵光乍现将最切身的台湾经验和亘古的魔术时刻相连接；这魔术时刻可以是生死大限，也可以是计算机 E 界。《巫言》把原不值得一顾的琐事编纂起来，让浮光掠影发“潜德之幽光”。这是历史的微物论，也是历史的唯物论——朱天文果然是最令人意外的“左派作家”。就此有心人可以征引班雅明（Walter Beniamin）的灵光（aura）论，卡尔维诺的离题论，或是形式主义的“陌生化”论。但我更认为朱天文有意无意地回归了中国抒情传统里“物色”的历史。“物色”使诗人体悟四时推移、万物变迁的必然，还有人生渺小无常的存在位置。中古文人从客观世界辗转流变滋生了不能或已的情，又从情滋生了辞。“感物”与“感悟”因此以不断相互对话的方式形成抒情美学的伤逝特征。在这一方面，引渡朱天文的仍然是胡兰成，但她真正应该对话的对象不是胡兰成——胡太机巧——而是沈从文。想想沈从文的话，“自然既极博大，也极残忍，战胜一切，孕育众生。蝼蚁，伟人巨匠，一样在它的怀抱中，和光同尘”。“在一切有生陆续失去意义，本身因死亡毫无意义时”，唯有文字所投射的图像“是生命之光，煜煜照人，如烛如金”（《烛虚》）。

《生死疲劳》和《巫言》在“红楼梦奖”的出线，促使我们重新思考新世纪小说的叙事学。“狂言与流言，莫言与巫言”也许可以作为勾画当代小说的流变和不变的一种方法。我无意以莫言和朱天文二人为样板，或将他们的作品化约为对立的公式，因为在他们创作的同时，许多作家也正实验不同的叙事、言说策略。因此，谈《生死疲劳》所铺陈的新中国乡土视野，我们不能忽略贾平凹的《秦腔》、迟子建的《额尔古纳河右岸》。或谈《生死疲劳》那样光怪离奇的民间想象，我们也必须安置阎连科的《受活》、《丁庄梦》，张炜的《刺猬歌》这些作品的位置。而具有马华经验的台湾作家像张贵兴（《猴杯》）和李永平（《大河尽头》）等，早已提醒我们另有瑰丽奇幻的原乡存在。朱天文走在“不结伴的旅行者”的路上，其实可以发现不少同道的身影，从同一屋檐下的朱天心

(《漫游者》),到苏伟贞(《时光队伍》),到大陆的史铁生(《我的丁一之旅》)都可入列。论当代小说的狂言,难有出舞鹤的《乱迷》之右者,而王安忆的《长恨歌》、林白的《妇女闲聊录》不正是后社会主义版的流言?从董启章(《时间繁史·哑瓷之光》)到骆以军(《西夏旅馆》),从残雪(《突围表演》)到黎紫书(《山瘟》),当代文坛的男巫和女巫祭起文字的法事,幻化自己,也迷惑众生。最狂躁的巫者也可能是最凌厉而沉默的苦行者。郭松莱(《论写作》)和李渝(《贤明时代》)的身影浮现眼前,这些作家追求无声胜有声的终极点,可以用香港黄碧云的书名涵盖:《沉默·喑哑·微小》。狂言与莫言,流言与巫言相互交错,形成不容错过的多声部奇观,当代小说60年的喧哗与沉默,也由此可见一斑。

[原载《江苏大学学报(社会科学版)》2009年第3期]

诺贝尔文学奖视域中的大江健三郎与莫言

◇麦永雄

在20世纪东方文学中，日本著名作家川端康成以本土特色、大江健三郎以现代国际意识先后荣膺诺贝尔文学奖，颇为引人瞩目。本文拟在此视域中对大江与莫言加以比较研究。

大江健三郎在其诺贝尔文学奖受奖辞《我在暧昧的日本》中满怀感激与崇敬之情提到他的终生恩师渡边一夫教授给予他的两大影响：一是西方式的人文主义思想。这在大江文学中具体表现为疗救人类苦难的襟怀和抗衡核时代的主题，在存在的困窘中寻求光明的主题，与残疾儿共存的"再生"主题以及"燃烧的绿树"这一富于象征寓意的原型意象。渡边对大江文学的另一个决定性影响是经巴赫金理论化了的拉伯雷，大江将其概括为"怪诞现实主义或大众笑文化的形象系统"，认为正是这些形象系统使自己这位处于世界边缘的日本作家能够以文学与人类的普遍性体验沟通。大江说："出于这种背景，我并不把亚洲作为一种新兴的经济力量来表现，而是将其作为一个蕴含着持久性贫困和混杂性富庶的区域。由于共同分享着古老、熟悉而同时又是鲜活的诸隐喻，这些形象系统把我同韩国的金芝河、中国的郑义(Chon I)和莫言(Mu Jen)紧密地结合在一起。"①

在中国人的视界里，大江健三郎在其诺贝尔文学奖受奖辞中特地提及拉伯雷式的怪诞现实主义和边缘性问题，剖析自己与东方大地古老而鲜活的血缘关系及与莫言等中国作家的精神联系，既使我们感到亲切，又给我们设置了一个极富意义的研究课题。

从边缘性的当代东方文学与以"中心"自居的西方文学的关系看，大江与莫言都有

---

① Kenzaburoe Oe. "Japan, the Ambiguous, and Myself: Nobel Lecture 1994." (The Nobel Foundation, 1994), *World Literature Today*, 1995, No. 1, Vol. 69. 关于其中提及的两位中国作家的中译名问题，笔者曾专函请教日本文学专家 Sanroku Yoshid 教授而加以确认。

一个鲜明的共同点:既深受西方文学及理论影响,又富于创造性地将自己的小说创作立足于边缘性的东方大地上,从而展示出"边缘文化"丰富的历史蕴含和别具一格的艺术魅力。

虽然大江是1994年诺贝尔文学奖得主和享有国际声誉的日本作家,但他并没有卑躬屈膝地在文学上盯着国际性的文学奖而去迎合西方主流文化的旨趣。作为一位富有社会职责感和淡泊名利的当代作家,大江在理论定位和文学实践上都是一位具有良知和"边缘意识"很强的作家。他认为日本处于世界的东隅,明治以来全方位地受到西方文化的影响,是边缘性的国家。而生活在核阴影下的日本受伤致残者,则更是处于边缘的边缘。在大江文学引人注目的两大支点中,以都市生活和战后同时代青年为内容的那些作品,尽管表现出浓郁的西方存在主义色彩和现代派手法,但真正动人心弦的却是基于大江个人体验的"以羸弱之身"于钝痛中直面人类苦难的精神。这种精神主要是通过在核阴影下与脑残疾儿子共生的边缘性主题而表现的。

大江文学另一引人注目的支点是他立足于偏僻的故乡——日本四国的"森林峡谷村庄"所戛戛独造的"边缘文学"。大江以《万延元年的足球队》为中心的一系列小说直到封笔之作《燃烧的绿树》三部曲,都是以四国岛上的"森林峡谷村庄"为总背景的。莫言的小说与此形成了鲜明的对位。最具有莫言文学特质的那些泥土味淳厚、野味十足的"红高粱系列"、《丰乳肥臀》的人物,都活跃在莫言边缘性的原始故乡"高密东北乡"里。相对于以东京为中心的典雅的日本传统文学和以都市生活为中心的中国正统文学,大江文学和莫言小说都是典型的边缘文学。

令人惊异的是大江与莫言都分别在以"森林峡谷村庄"和"高密东北乡"为中心背景的小说里展示出了边缘文化的野性、浪漫与疯狂,展示出其生气勃勃的丰富性和开放性。大江的《万延元年的足球队》是获诺贝尔文学奖的主要作品,这部小说的情节发展轨迹是从居于现代生活中心的都市(蜜三郎所生活的东京、鹰四搞学生运动的美国大学)迁移到边缘性的四国森林峡谷村庄,描写的重心是在后者。大江以时空交错的结构描写了百年间曾祖父兄弟一代和蜜三郎、鹰四兄弟一代在山民暴乱的背景下的对位性故事,酣畅淋漓地展示出边缘文化中的神话传说、风土人情、性欲与爱情、暴力与流血、责任与憧憬等丰富多彩的生活形态。小说以风云舒卷、神秘诡奇的森林峡谷村庄取代压抑、死寂、封闭的现代都市,呈现出某种拉伯雷式的"文学狂欢节化"的色彩和怪诞现实主义的风格。在《万延元年足球队》的文学世界里,森林峡谷村庄被表现得既自然、古朴、美丽、静谧,又蛮荒、神秘、迷乱和恐怖,充满着远古祖先的神话传说和现代村民暴乱的故事。小说描绘了患上"过食症"的"日本第一肥婆"农妇阿仁、寺庙正殿鲜红可怖的地狱图、祭祀"亡灵"的盂兰盆会诵经舞、扑朔迷离的万延元年曾祖父兄弟的暴动故事和鹰四的性展示、强奸与自杀等等。作者善于以冷峻的笔调叙述一些刺激、残忍、恐怖、放纵的场景，如叙述万延元年暴动中，反抗官府的几万农民让各村村长和官吏跪在路边，大家空着手一个一个地敲着他们的脑袋走过去，结果这些人“脑壳里面便被敲得像豆腐渣一样稀碎，惨死在那儿”，再如鹰四自述强奸未遂而将姑娘的“脑袋用石头砸得像一块年糕似的”以及鹰四自杀时用猎枪把自己赤裸的上身和头部以霰弹打得像“抛上了无数殷红的石榴子”等描写，都给人造成一种怪异现实主义的印象。“森林峡谷村庄”是理解大江文学和“边缘—中心”对立图式的关键符码[①]，是“日本民族的缩微世界”，里面灌注着大江对东方大地深沉而复杂的情感。小说中的鹰四是一个着墨最多的有血有肉的人物，他象征着暴力、性、罪孽、激情和广袤的时空变幻。他率领村庄里年轻的足球队员们模仿曾叔祖父暴动，抢劫朝鲜人的超级商场，他嫖黑人妓女，与嫂子通奸，心中还深藏着与白痴妹妹乱伦并致其自杀的秘密，但他最终说出了真相并以死作了自我解脱。小说之末蜜三郎和怀着鹰四遗腹儿的妻子走出森林峡谷村庄去重新接回自己脑畸形的儿子共同开辟新生活的描写，或许可以读解成一个与之相关的隐喻：从边缘走向中心，从日本走向世界，从象征着人类的迷离与狂乱的“森林峡谷”走向人性的核心——人文主义的精神家园。这种边缘的消解与中心的回归的题旨与《个人的体验》的主题相叠合，是有别于前述都市、乡野，正统文化、边缘文化对位的另一种深邃的历史文化话语，它能从根本上沟通全人类在存在窘况中的生活体验。

莫言以“高密东北乡”为中心背景的“红高粱系列”和《丰乳肥臀》等主要作品也展示出边缘文化的狂野、厚重、怪异与浪漫的魅力，洋溢着一种红高粱般色彩斑斓的酒神精神。它们兼容历史、现实、神话、民俗、传奇等繁复的因素，富于感情和艺术表现力地展示出数代人奇异的遭遇和各自不同的秉性与命运，其史诗般宏阔的气势令人联想到肖洛霍夫《静静的顿河》、马哈福兹的《三部曲》《平民史诗》以及马尔克斯的《百年孤独》。莫言十分善于叙说狂暴、怪异的传奇故事和渲染浪漫、残酷的场面。《红高粱》从抗日英雄罗汉大爷被日本鬼子活生生地剥皮而死以及我爷爷和我奶奶在充满原型意味的高粱地里“野合”写起，时空穿插倒错的现代手法运用得颇为娴熟，火爆的场景一个接着一个：余占鳌杀麻风新郎，杀母亲的情人和尚，尿酿美酒，以“七点梅花枪”剪灭匪首花脖子，与我奶奶和二奶奶之间的情爱纠葛，流落日本札幌的数年野人生活；铁板会、冷支队、胶高大队、日寇和抢食尸体的数百条恶狗互相缠斗；杀戮、强奸、残杀等无数震撼性的事件交光互影。《丰乳肥臀》着意刻画忍辱负重、深厚博大犹如大地一般的母亲形象上官鲁氏和一生与乳房结缘的上官金童以及姐妹们各自奇特的爱情与命运。莫言浪漫传奇式的叙事使读者对小说中的司马库、鸟儿韩、外国神父和飞行员、鸟仙、司马粮、女市长等性格和命运各异的形象留下了深刻的印象。所有这一切，都使莫言

① 王中忱：《边缘意识与小说方法》，光明日报出版社1995年版，第10页。

笔下的那个原始情韵的边缘性故乡一再凸现。

因此,大江健三郎的"森林峡谷村庄"和莫言的"高密东北乡"都不仅仅是个真实的地名,不仅仅是富有地方色彩的自然人文景观,更重要的,它们还是融合了作者个性的虚构的文学世界,是饱含着作者思想感情和具有某种时代特征的典型环境。它们与福克纳的"约克纳帕塔法"以及哈代的"威塞克斯"一道,构成了世界文学中一道奇异的风景线。

与大江与莫言丰姿多彩的"边缘文学"相联系的是他们作品中怪诞现实主义。

怪诞现实主义不仅仅是一种艺术风格,更重要的是一种特定历史语境下的福柯式的社会文化"话语"。曾以"复调"等理论对东西方文坛产生了重大影响的巴赫金以"文学狂欢节化"和"怪诞现实主义"来解释拉伯雷《巨人传》的话语意义。他认为民俗中的狂欢节具有"广场概念"和"假面功能"两大特征,是时各种等级身份的人们从边缘性的四面八方涌上街头和作为人文中心的广场,以假面化装游行、抛掷糖果以及各种令人惊异的诙谐、夸张、变形和讽刺性的表演尽情狂欢,以怪诞的现实主义肆无忌惮地打破了平时等级森严的正统社会文化的"权力话语"和一切束缚,从而因"广场概念"使边缘消弭了中心,因"假面功能"使民俗笑文化颠覆了正统主流文化。而拉伯雷的《巨人传》则是文学上的狂欢节化,是怪诞现实主义的典型代表。拉伯雷凭借着一系列假面式的非主流文化的夸张、嬉笑和讽刺建构了怪诞现实主义的形象系统,毫不掩饰地将巨人的出生、衣、食、住、行、醉、死、性、爱、战争、排泄等一一以大众笑文化的形式呈现出来,以怪诞巨人及一系列变形形象(各种怪岛怪人、穿皮袍的猫等)亵渎神灵,否定正统文化话语,表现出欧洲文艺复兴时期以"人"消解"神"的生气勃勃的时代精神。

经巴赫金理论化的拉伯雷对大江文学的重大影响是毋庸置疑的。以怪诞现实主义和文学狂欢节化的语言学暴力摧毁正统的日本文学及其语言,这是大江创作文学的明确的努力目标。日本学者吉田三陆(S. Yoshida)教授指出:大江文学的一个空前新颖的特点是其奇崛的语言风格。大江在这方面与俄国形式主义对文学的界定颇为贴近,他"将文学语言视为对规范的一种偏离,一种语言学暴力",因而大江文学在叙事上"使用一种完全脱离语言惯例的日语"。"熟悉日本文学的读者会感到,川端康成、谷崎润一郎和三岛由纪夫都以与日本传统语言学完美和谐的风格来写作,而大江的风格却是奇崛的。"[①]在吉田三陆与大江的访谈录中,大江也坦言:"我的意图是通过使用一种与日语格格不入的句法结构去摧毁日本语。我是雄心勃勃的。我以一种完全是毁坏性的意图来创作小说。"[②]

---

① Snroku Yoshida,"The Burning Treea The Spatialized World of Kenzaburo Oe," WLT 1995,No. 1,Vol. 69.

② Snroku Yoshida,"The Burning Treea The Spatialized World of Kenzaburo Oe," *WLT* 1995,No. 1,Vol. 69.

因此，我们在大江文学中随处可见拉伯雷式的滑稽、怪诞和奇崛的描写或形象。《我们的时代》毫不掩饰地写现代人的性交和排泄，靖男与赖子造爱之后害怕怀孕，于是将精液冲洗出来，流入“冰冷黑暗的下水道里与污水混合在一起”，这就触发了作者一番怪诞的感慨：

> 正因为是日本人，是年轻的知识分子，才被封闭在前途渺茫黯淡的黑暗里。啊，你我都是愚蠢的中年人。你我今后二十年能做的事只是颤动着屁股喘着粗气排泄五升精液，混合在脏东西里从下水道流走的五升精液。性交，三百六十五次乘二十，再加上闰年五次，这就是我们性交的次数，精液量五升。排泄，的的确确，我们七千三百零五次的性交只是排泄。我并不把性器官看作生殖器，只把它当作排泄孔使用。
>
> 靖男用力把赖子搂在怀里，他被厌恶与怜悯，对自己与赖子七千三百零五次性交和五升精液的厌恶与怜悯痛苦地折磨着。

从大江文学以“边缘意识”反“中心文化”的对立图式来看，上面这一大段数字化的直露的引文，在语言和思想感情上都颇为怪异、冷峻，与以东京为中心的优美典雅的日本文学传统相逆离。从《源氏物语》直到川端文学的男女相悦的幽玄风情，到了大江笔下成了类同排泄的性展示，化成了一种现代存在主义式的无奈、厌倦、恶心的情感和冷冰冰的数字关系，这既是一种语言学暴力又是一种边缘化的感情蜕变，令人震惊。再者，由于大江文学蛛网式牵连到许多作品的互文特性——同一主题、同一人物在数部作品中一再复现，无须诠释，难以单独地讨论一部作品而不涉及其他作品。因此，这种冷漠、厌恶的性关系描写，自然令人联想到大江文学的核阴影和残疾儿的主题。对怀孕和不可测知其未来的新生命诞生的恐惧，既是大江深切的个人体验，也反映了一种令人心悸的更为“边缘化”的意识。

大江文学中兼具这种边缘意识与怪诞现实主义的突出形象是双头怪物式的脑畸形的人物形象。这一形象以大江的长子大江光为原型，是核阴影的具象。从《个人的体验》、《洪水涌上我的灵魂》、《万延元年的足球队》、《同时代的游戏》、《棒球跑垒员回忆录》到《燃烧的绿树》三部曲，它们大都以大江边缘性的原始故乡森林峡谷村庄为背景，大江作品中似乎总是晃动着这样一个怪异的长着两个脑袋的人物形象。大江小说中与此相联系的还有另外一些关于头颅的怪诞现实主义的描写，如《万延元年足球队》开头时就叙述了一位性变态的学生的怪诞的自杀：他用朱红色颜料把头脑涂红，一丝不挂，屁股上一根黄瓜插入肛门，“大腿上粘满一生最后的精液”自缢而亡，以暴烈的死来抗议60年代末《日美安全条约》的修订。这一场景与小说之末主角鹰四暴烈的自杀遥相呼应：鹰四用猎枪轰毁了自己的头颅，像个鲜血淋漓的无头怪物。质言之，大江文学关于畸形头颅的描写，不仅表现出语言学暴力的特征和艺术上怪诞的风格，而且还是一种从边缘意识出发的政治性的社会文化“话语”，它反映了饱受核爆炸恶果荼毒的残疾人的边缘性存在和激进而迷惘的日本青年绝望的抗争。

大江小说《同时代的游戏》是充盈着拉伯雷式的滑稽怪诞现实主义风格的一部长篇作品。森林、峡谷、村庄在作品中披着历史与神话的色彩而凸现。小说的中心情节是写村庄与日本帝国的五十年战争，既是对古今战争史的一种怪诞的浓缩，又暗含着对第二次世界大战中日本法西斯帝国的讽刺。小说共 6 章，每章皆由兄致妹的一封长信构成，对应着日本古代神话中兄妹的原初乱伦。拉伯雷式滑稽幽默导致了许多怪诞而有趣的形象的诞生：神话般的巨人“毁灭者”与《古事记》中兄妹乱伦所生的水蛙相对位。五十年战争结束后，这些巨人化的“毁灭者”大量排泄的粪便遗留下来，使土地肥力骤增，因而“毁灭者”同时又是“创造者”；“后眼”这一人物没有脸，只有一只独眼长在屁股中间，故而视线低于一般人，寓意着低下的滑稽写实精神；“不下树的人”则与之相反，总是高高地生活在树上，像大猴子一样跳跃于树间，从不涉足实地，后为日本兵误杀。引人注目的是，大江在日本四国的原始故乡、峡谷、村庄在小说中被具体表现为包孕着边缘—中心对立图式的“村庄＝国家＝宇宙”，既蕴含着恢宏博大的宇宙意识，又富于神话与历史的寓意，它犹如冥界的描写暗合于《古事记》中原初妹妹这一角色生下火后死去的场景，因此是一个死与再生永恒循环的隐喻——这是大江文学的重要主题之一①，与“燃烧的绿树”的原型意象精神相通。

以边缘性的“高密东北乡”为文学立足点的莫言是中国当代杰出的实力派小说家，他跟大江一样，不仅在小说结构与叙事的时空转换方面表现出强烈的现代意识和娴熟技巧，而且也以怪诞的现实描写和语言学暴力而在中国文坛独树一帜。在《红高粱》中，莫言描写日本官逼迫杀猪匠孙五活剥罗汉大爷，一反传统性的“义愤填膺”式的直露风格，视角也不是通常的作者视角，而是灵活地借助旁观者“父亲”的视角展开叙事：

> 父亲看到孙五的刀子在大爷的耳朵上像锯木头一样据着。罗汉大爷狂呼不止，一股焦黄的尿水从两腿间一蹿一蹿地滋出来……孙五又刻掉罗汉大爷另一只耳朵放进瓷盘。父亲看到两只耳朵在瓷盘里活泼地跳动，打击得瓷盘叮咚叮咚响……日本兵托着瓷盘……父亲看到大爷的耳朵苍白美丽……大爷双耳一去，整个头部变得非常简洁……孙五弯下腰，把罗汉大爷的男性器官一刀旋下来……罗汉大爷脸皮被剥掉后，不成形状的嘴里还呜噜噜地响，一串一串鲜红的小血珠从他的苦色的头皮上往下流……大爷被剥成一个肉核后，肚子里的肠蠢蠢欲动，一群群葱绿的苍蝇

① Snroku Yoshida, "The Burning Treea The Spatialized World of Kenzaburo Oe," *WLT* 1995, No. 1, Vol. 69.

漫天飞舞……当天夜里，天降大雨，把骡马场的血迹冲洗得干干净净，罗汉大爷的尸体和皮肤无影无踪。村里流传着罗汉大爷尸体失踪的消息，一传十，十传百，一代传一代，竟成了一个美丽的神话故事。

莫言小说中充斥着无数这类令人感到怪异、浪漫和震惊的描述。莫言善于创造和渲染富于传奇色彩的性和暴力的场景，他能把极为残忍的活剥人皮这类事件描写得非常细致，甚至使之带上一种混杂着美丽与恐怖的怪诞色彩。莫言小说也与大江文学类似，具有鲜明的边缘意识与语言学暴力的倾向，充满着不避粗俗的比喻和丰乳肥臀之类的直露的或联想性的性意象。莫言的长篇小说《食草家族》也是一部以边缘性的原始故乡高密东北乡为主要背景的特色斐然的作品，小说以六个奇幻的梦境写手足上生着蹼膜、属无臭粪便的食草家族的故事，并以其沟通历史与现实、蝗灾与人祸，表达作者"对性爱与暴力的看法"，对传说和神话的理解和"对大自然的敬畏与膜拜"，袒露自己的灵魂。[①] 小说直截了当地把叙事人"我"比作"一根在社会的直肠里蠕动的大便"；写"教授用蛔虫般的手指梳理大姑娘金黄的披肩长发"；写五十年前四老爷野地拉屎发现大团大团的蝗虫幼蝻，狠抓一把"好像抓着一个女人的奶子，肉手手的，痒酥酥的"；写抗蝗灾的解放军号兵的"嘴噘得像一个美丽的肛门"；写吃草家族的情欲纠葛与疯癫傻状；写兄妹交媾、人驹交配；写男女赤身裸体地在帐篷里自然交谈；写阮书记猥亵女赤脚医生，他的娘买黑驴屌；写保管员吊死梁头，"光溜溜一丝不挂，上边浪当着一根大舌头，下边浪当着一根大黄瓜"；写会说人话，会直立行走的约克霞母猪"嫁给有钱有势的人"后生下一群人模猪样的小家伙；写刻眼割肉和剁手砍脚；写高密东北乡食草家族的女祖先是匹奇幻而美丽的红马驹。莫言以放纵、狂野、浪漫的笔致，将现实、历史、梦幻融为一体，既有拉伯雷式的滑稽怪诞，又有马尔克斯式的魔幻现实主义特点，但更重要的，是这些描写，都与莫言在东方大地上的原始故乡有着血肉相连的精神联系。莫言坦言《食草家族》"肯定不是一部杰出的书；但肯定是一部有着我个人鲜明风格的别人难以写出的书"[②]。因为这是从边缘意识和个人体验出发的一种文学尝试。

莫言的主要文学成就在于以高密东北乡为总背景的那些小说。莫言文学的边缘性是与居于中国传统文化中心的典雅诗文相对而言的。在这方面，中国另一位当代著名作家贾平凹与莫言构成了鲜明的对照。相对于莫言狂野无羁的酒神精神，贾平凹被认为是与川端康成文学气质相近的月神精神的代表。[③] 贾平凹笔下的商州系列清幽恬静，艳情女子、多情后生、风水先生活跃其间，其毁誉不定的《废都》与明清艳情市井

① 莫言：《食草家族作者如是说》，《莫言文集》第 4 卷，作家出版社 1996 年版，第 1 页。

② 莫言：《食草家族·作者如是说》，《莫言文集》第 4 卷，第 1 页。

③ 参见李咏吟：《莫言与贾平凹的原始故乡》，《小说评论》1995 年第 3 期。

小说一脉相承。贾平凹作品中的诗境、禅意、情欲以及俗雅交融，展现出一种神秘渊深的东方之美，其基本倾向是对中心性的中国传统文化及其衍生物的认同。

在立足原始故乡，以边缘意识开拓文学领域、怪诞现实主义、语言学暴力和酒神精神方面，大江与莫言构成了偏离本土传统文学中心的一极；而在趋同传统中心文化，展示典雅神秘的东方之美的月神精神方面，川端与贾平凹构成了另一极。这是当代东亚文化圈中令人瞩目的两种文学现象或模式。川端文学与大江文学荣膺诺贝尔文学奖，展示了当代边缘性的东方本土文学国际化的两种范式。

关于东方作家与诺贝尔文学奖的关系是一个颇为复杂，需要另文讨论的问题。诺贝尔文学奖是西方世界设立的20世纪最高国际大奖，它牵涉到政治、美学、哲学信念、国际文化格局、语言、翻译、评委以及作家本人的文学实绩、外语能力、国际活动与影响等多重因素，而且历史证明，获奖者未必就名副其实，未获奖者反而可能众望所归。仅就大江和莫言而言，文学上他们血缘相近，并突出地表现在维系在古老而鲜活的东方大地上的边缘意识和怪诞现实主义上。大江犹如羼杂着西方现代派因子的日本清酒，冷峻中透着怪异，莫言则如边鄙豪侠之尿酿就的中国红高粱烈酒，邪劲十足。他们在文学实力和艺术表达方面或许各有千秋，难分轩轾，但相对于能够娴熟地以法语和英语进行国际交流并屡获欧共体犹罗帕利奖、意大利蒙特罗文学奖等奖项的大江健三郎，莫言显然有所缺憾。尤为重要的是，在以边缘性的个人体验沟通人类的普遍经验方面，莫言似乎未能像大江那样突破边缘性而自然抵达人类的精神感受的中心。概言之，边缘与中心的对立和消解有二重含义：第一是大江与莫言以原始故乡为背景的边缘文学与本土文学传统中心在旨趣上的对立，他们以生气勃勃、绚丽多姿的边缘文学和怪诞现实主义对传统中心进行了颠覆，他们文学狂欢节化的话语成功地在文坛中心占了一席之地，从而以边缘消解了中心。第二是当代边缘性的东方文学与中心性的西方文学的对立，本土文化与他者文化的对立，这一对立具体表现在诺贝尔文学奖上，有赖于边缘性文学能出色地表达出符合诺贝尔文学奖评奖宗旨的、能为东西方人所共同体验的情感和“理想倾向”。大江文学显然更成功地抵达了这一境界。

文学作为人类活动的精神结晶和民族心理的历史积淀，必然有其共同的思想感情基础和与作家个性相关联的丰富的差异性。大江与莫言立足于古老而鲜活的东方大地所创造的边缘性文学，以语言暴力摧毁文学传统，以怪诞现实主义湮没辉煌叙事，以思想的平面化夷平深度模式，与当代审美形态由审美到审丑的转型遥相呼应。尽管学界普遍认为21世纪的世界文学将展示出一种多元共生，文化互补乃至边缘消弭中心、对话取代对峙的新格局，经济全球化似乎正促使文学与文化的一体化(西方化抑或现代化)的浮现，但笔者坚持认为，文学的本质与生命力量在于特色斐然的多元化而不是消弭差异的一体化。换言之，世界文学史的发展是一个边缘与中心不断趋同而又转化不定的动态历史过程，是一种蕴含着丰富的差异性的辩证发展，边缘文学自有其本身的魅力。我们坦言自文艺复兴以迄当代，东方文学与西方文学依然存在着差距，但也认为诺贝尔文学奖决不是东方文学国际化的唯一标准。问题似乎在于，如何既能坚持自己文学独特而鲜明的个性又能拨动全人类的心弦，从而在世界文学中占据一席之地。日本文学国际化的两种模式——川端模式与大江模式——无疑给中国作家提供一些有益的启迪。

（原载《桂林市教育学院报》1999 年第 2 期）

莫言与川端康成

——以小说《白狗秋千架》和《雪国》为中心

◇康　林

一

早在20世纪30年代，作为日本新感觉派文学的一员，川端康成即被介绍到了中国。但是，或许因为其作品大多描写的是孤儿体验和失恋的伤感，当时并未受到中国文坛的青睐。较之日本新感觉派文学的另一位代表性人物横光利一的许多作品被译成了中文，川端康成的作品，仅只有由葛建时翻译、登载在1933年第1卷第5期《文艺的医学》杂志上的超短篇小说《死人的脸》，以及由高明翻译、登载在1934年第2卷第6期《矛盾》杂志上的短篇小说《旅行者》有幸与中国读者见面。之后，即便是1968年获得了诺贝尔文学奖，川端康成及其作品也并未引起中国文坛应有的关注。直到“文革”结束，中国文坛迎来了继“五四”运动后第二次译介外国文学的高潮时，川端康成及其作品才得以真正进入中国译者的法眼。1978年，《外国文艺》杂志第一期译载了川端康成的中篇小说《伊豆的歌女》[①]、短篇小说《水月》；1981年7月，上海译文出版社出版了侍桁翻译的《雪国》。自此，中国对川端康成的译介全面展开，甚至出现了同一作品由不同译者译出、不同出版社争先恐后出版的现象。及至1998年底，川端康成几乎所有的作品都有了中文译本，仅大型的多卷本文集就有三套之多，开创了中国日本文学翻译史上之先河。川端康成及其作品，不仅受到了当时中国普通读者的喜爱，而且在创作实践上，给予了我国新时期文学一批中坚作家以不可或缺的启示和影响，莫言便是其中的受惠者之一。

---

① 一般译为《伊豆的舞女》。参见赵稀方：《“新时期”构造中的日本文学》，《中国比较文学》2005年第4期。

1981年，莫言在双月刊杂志《莲池》第5期上，发表书信体短篇小说《春夜雨霏霏》，正式登上文坛。之后近三年的时间内，又陆续发表了短篇小说10多篇。这些作品大多以军队生活或者改革开放后的农村生活等时代主流话题为素材，表达对革命或者政策的响应、赞美、歌颂等主题。虽说显示出了作者编织故事的能力和天赋，以及优美而凝练的语言功底，但作品总体并未摆脱传统现实主义的束缚。1984年冬天，与川端康成《雪国》的邂逅，给莫言的创作带来了转机。

1999年10月24日，莫言应邀赴日本京都大学发表了题为《我变成了小说的奴隶》的演讲，其中谈道：

> 在我刚开始创作时，中国的当代文学正处在所谓的“伤痕文学”后期，几乎所有的作品，都在控诉“文化大革命”的罪恶。这时的中国文学，还负载着很多政治任务，并没有取得独立的品格……我明白了什么是小说，我知道了我应该写什么，也知道了应该怎样写。①

接着，莫言继续回忆道：当时自己已经顾不上把《雪国》读完，便放下手中的书，抓起笔，写出了这样的句子：“高密东北乡原产白色温驯的大狗，绵延数代之后，很难再见一匹纯种。”莫言声称，这是他自己的小说中第一次出现“高密东北乡”这一字眼，也是他自己的小说中第一次出现关于“纯种”的概念。这篇小说就是后来赢得台湾联合文学奖、并被翻译成多国文字的《白狗秋千架》。莫言坦承，在读到川端康成的《雪国》中所描述的舔着热水的秋田狗之前，他一直遵循教科书里的教导，到农村、工厂里去体验生活，但归来后还是感到没有什么东西好写。正是川端康成的秋田狗唤醒了他，从此以后，他便开始着手创建自己的文学王国。

在《神秘的日本与我的文学历程——在日本驹泽大学的即席演讲》、《寻找红高粱的故乡——大江健三郎与莫言的对话》、《发现故乡与表现自我——莫言访谈录》、《作家与作家之间》等文章中，莫言也一再提及自己与川端康成的《雪国》初次邂逅的这段经历，反复强调川端康成的《雪国》给自己文学创作带来的决定性影响。2003年10月，短篇小说集《白狗秋千架》在日本翻译出版时，莫言更是饱含真情地写了题为《感谢那条秋田狗》的序言，以此诠释和纪念自己与川端康的《雪国》所结下的不解之缘。

至今为止，虽说已有不少论者②以莫言的演讲稿《我变成了小说的奴隶》等为依据，论及川端康成特别是其《雪国》给予莫言的启示与影响，却很少有人关注这样一个

① 莫言：《我变成了小说的奴隶》，《文学报》2000年第2期。

② 王志松：《川端康成与80年代的中国文学》，《日语学习与研究》2004年第2期；赵稀方：《“新时期”构造中的日本文学》，《中国比较文学》2005年第4期。

问题:为什么莫言阅读《雪国》会触及和引发有关“高密东北乡”以及“纯种”的灵感和联想?换句话说,所谓“高密东北乡”以及“纯种”的概念,在《白狗秋千架》乃至莫言的整个小说创作中,究竟有着怎样的意义?它们与川端康成的《雪国》,是否存在着某种内在关联?厘清这一事实关系,不仅有利于我们进一步具体地了解川端康成及《雪国》对莫言的影响状况,同时也便于我们更加全面地审视和解读《白狗秋千架》,客观地评价和界定其在莫言整个小说创作中所应有历史意义和地位。

二

《白狗秋千架》最初以《秋千架》为题,发表于杂志《中国作家》1985 年第 4 期,收入作家出版社 1986 年 3 月出版的莫言短篇小说集《透明的红萝卜》时,改为现名。作品描述了一位游子归乡与昔日恋人重逢的故事。

年满 29 岁、已是大学教师、已有未婚妻的“我”,从北京到县城,再转乘公共汽车,时隔十年,回到了故乡“高密东北乡”。在“故乡小河上那座颓败的石桥上”,“我”遇见了“一匹全身皆白、只黑了两只前爪”、尚可称之为“纯种”的白狗。它“眼里的神色遥远荒凉”,“含有一种模糊的暗示”,“唤起我内心深处一种迷蒙的感受”。“狗眼里那种模糊的暗示”,让“我”马上想到并悟出:来者就是“我”昔日的恋人——暖,而白狗则曾经见证过“我”对暖的朦胧恋情。

十年前的暖,有一副好嗓子,“婷婷如一枝花,双目皎皎如星”,“花蕾般的胸脯,经常让我心跳”。暖最初钟情于年轻英俊的解放军蔡队长,并期待着有一天当了兵就嫁给他。“我”曾嘲笑暖:“倒贴上两百斤猪肉,蔡队长也不会要你。”但暖却答道:“他不要我,我再嫁给你。”果不其然,暖的期待只是一场美梦。之后的一天晚上,“我”约上暖,去场院边的秋千架荡秋千,不料,绳子断了,“我”落在了秋千架下,暖和白狗却飞到了刺槐丛中,一根槐针扎进了暖的右眼。后来,“我”考上了大学,也曾给暖写过信,但却始终没能得到暖的回复。

分别十年,曾经美丽单纯、富于幻想的少女,变成了眼前“我”不敢相认的农妇。“我”说:“我很想家,不但想家乡的人,还想家乡的小石桥、田野、田野里的红高粱、清新的空气、婉转的鸟啼……趁着暑假,我回来了。”她却十分粗鲁地回道:“有什么好想的,这破地方。想这破桥?”“我”问她有几个孩子,她冷冷地回答:“一胎生了三个,吐噜吐噜,像下狗一样。”“我”感叹那条白狗还挺能活,她却反唇相讥:“噢,兴你们活就不兴我们活?吃米的要活,吃糠的也要活,高级的要活,低级的也要活。”“我”同情她的现实遭遇,她却淡淡地答道:“这就是命,人的命,天管定。”整整等待了十年的不期而遇,只能在隔阂和尴尬中匆匆收场。

叙写离乡多年、成为知识者的“我”重返家乡的故事，并非莫言最早。在20世纪20年代，中国新文学的开创者鲁迅便以《故乡》、《祝福》一系列的作品，塑造了一个个“还乡者”的形象。这些“还乡者”大多为计所迫，不得不离本乡，“逃异地”，到现代都市去“寻求别样”的出路。很快他们便发现：在畸形发展的都市社会中，根本就无法找到属于自己的精神家园。此时，作为中国传统的知识者，他们往往会被“归根”、“土”等情结所蛊惑，开始做“怀乡”的梦。然而，一旦回到故乡，眼前呈现的现实却是：衰败、凋零、落后的村落，以及在封建思想文化的笼罩下，乡民全丧失了自己的个性，人性发生了扭曲，变得卑微、怯弱、愚昧、麻木，甚至是奴性十足。“还乡者”终于明白：梦中的故乡只不过是“心像世界里的幻影”。梦想与现实的生生剥离，促使“还乡者”只能感叹物是人非，带着惆怅、落寞的心情，再次踏上离乡漂泊的路途，去寻求新的生存方式。“离去—归来—再离去”，这既是“还乡者”们一段独特的人生历程，也是鲁迅开拓性地构建的一种叙事模式，又称之为“归乡”模式。[①] 这一叙事模式，多以“还乡者”的心理、情绪结构作品全篇，采用倒装、交错的叙述方式，以及第一人称限制叙事的叙事角度——叙述者，也即“还乡者”在讲述他人的故事的同时，也讲述自己的故事，两者互相渗透、影响，构成一个复调，鸣奏出双重主题的交响：一是挖掘和批判中国传统文化的劣根性，发出改造中国传统文化、“拯救国民灵魂”的“呐喊”；二是展现一代知识者在中西文化、城乡文化激烈碰撞的特定历史条件下所面临的选择，以及由此而产生的“彷徨”、苦恼和困惑。

鲁迅开创的这一“归乡”模式，不仅在20世纪三四十年代，得到了师陀、萧红、沈从文、废名等或以认同、或以背反的形式作出的响应，其精神实质也在20世纪80年代寻根文学的作品中得以继承和发扬。只是面对改革开放后滚滚而来的外来文化，寻根派的作家们除了像鲁迅等前辈一样，继续挖掘和批判传统文化中的劣质之根外，还以满腔的热忱，去究寻和揭示中华民族之所以得以生存、延续的文化优根。作为寻根文学的代表作家之一，莫言也不例外，其作品《白狗秋千架》便十分鲜明地体现出了寻根文学的这一本质特征。

《白狗秋千架》中的“我”曾经和暖一样，希望通过蔡队长的关系参军入伍，从而逃离故土——“高密东北乡”。受阻后，再通过高考考上大学，终于跳出了农门，之后再也没有回过故乡。直到离乡十年后的那个暑假前，父亲来看“我”，“说起故乡事，不由感慨系之”，便希望“我”能回乡去看看。“我”犹豫再三才下定决心：暑假回乡一趟。重新踏上故乡的土地，眼前的小河、石桥、红高粱等等仿如昨日，但“我”曾经暗自爱恋、至今也难舍记挂的伊人——暖，不仅面目全非，其性格也发生了严重的改变。导致这一改

① 钱理群主编：《中国现代文学三十年》（修订本），北京大学出版社1998年版，第42页。

变的原因,乍看起来,似乎是十年前的秋千架事故使得暖失去了右眼,但实际上真正的罪魁祸首,当推长期盘踞在人们内心深处的身份、等级等封建传统意识。

暖曾经两次获得过改变自己命运的机会,但都被她主动放弃。当然,暖之所以这样做,也并非完全出于心甘情愿,而是社会环境使然。事实上,当听说“我”要步行去19里地外的王家丘子看望暖及家人时,八叔便唠叨道:“你说你去她家干么子,瞎的瞎,哑的哑,也不怕村里人笑话你。鱼找鱼,虾找虾,不要低了自己的身份啊!”而在现实生活中,失去了一只眼睛“个眼暖”,的确也只能嫁给与她“身份”对等的哑巴,其结果就是一胎生下三个哑巴儿子,从而导致了“种”的退化。

仅此看来,《白狗秋千架》与鲁迅的“归乡”模式所表达的批判传统文化劣根性的主题似乎并无二致。但其实不然,作品最后一幕——暖向“我”“求种”的场面的出现,不仅大大出乎了读者的意料,更使作品的主题发生了根本性改变。也就是说,暖的“求种”行为表明,她与闰土、祥林嫂完全不同,尽管人生经历了一次又一次的变故和打击,但她仍然未被彻底摧垮。不幸的命运可以改变她的容颜,扭曲她的性格,但并不能改变她对“纯种”的执著和向往,这是她生存的动力,推而广之,也是一个民族,乃至整个人类得以繁衍和延续的根本。不仅如此,暖的“求种”行为还承载着象征的意味,不仅意味着农村企图摆脱封建、落后的现状,急欲向以“我”为代表的现代城市文明“求种”的现实;同时,也意味着深受城市文明浸润的“我”,在“藏污纳垢”的“民间”。[①] 从暖的身上,感受到了一种自身业已丧失、超乎社会伦理和道德标准的原始生命力。

《白狗秋千架》在主题上对传统叙事模式的偏离,无疑与当时文坛现代主义和寻根文学的流行有关,但同时,也当与莫言对川端康成《雪国》的阅读和感悟有着不可分割的联系。

三

川端康成的《雪国》讲述的是家住东京、已有家室的舞蹈评论家岛村前后三次去往雪国与乡村女子驹子交往的故事。虽说岛村并非像莫言《白狗秋千架》中的“我”那样,是来自于乡村的城市人,但由于《雪国》是从岛村第二次前往雪国与驹子重逢写起,其间穿插岛村第一次前往雪国与驹子相识的经历,然后,再以岛村第三次前往雪国见过驹子后、准备离开雪国时结束全篇。因此,从总体框架结构上看,《雪国》与《白狗秋千架》一样,酷似“离乡—还乡—再离乡”的“归乡”模式。

较之短篇小说《白狗秋千架》,长篇小说《雪国》的内容更为含蓄、丰富,但仍然不难

① 陈思和主编:《中国当代文学史教程》,复旦大学出版社1999年版,第12~13页。

看出两者在许多方面具有相似性。

首先，与《白狗秋千架》一样，《雪国》也是以城市知识者为视角，塑造了一位远离都市、身处偏远乡村的女性形象。她就像她的名字驹子——小马驹一样，充满了生命活力和野性魅力。

驹子有着与暖同样多舛的命运，她出生在港市，生长在雪国。16 岁即被人卖到东京当雏妓，不久被人赎身，本打算将来能成为一名日本舞蹈的师傅，以图自立，但刚刚一年半的光景，替她赎身的那位老板便一命呜呼。她不得不寄居到同住港市、自己并不喜欢、甚至是讨厌的一位年龄很大的男人处。好在遇上一位三弦琴兼日本舞蹈的师傅，将她带到雪国，并教她琴技舞艺。或许是因为驹子的努力深得师傅的认可，以至于师傅有意让她与自己的儿子行男定亲结婚。岂料，厄运再次降临，师傅的儿子身染重病，为了他的医疗费，驹子又不得不下海当了艺妓……如此接踵而来的不幸，并不能迫使驹子放弃对生活的满腔热忱。尽管文化程度不高，但从 16 岁开始，无论工作多忙、身体多累，驹子都会不间断地记日记、作读书笔记。她还自学、苦练三弦琴，其弹奏水平，不仅在当地大名鼎鼎，就连岛村也感佩不已。

驹子不仅对待生活是如此，对待爱情更是热烈、执著，甚至是充满了野性。在遇见岛村之前，也曾有过追求她、想与她结婚的男人，但她不喜欢就是不喜欢，即便是迫不得已与之交往，也会表现出冷漠或冷淡的态度。甚至包括行男，或许，她曾对他抱有好感，但似乎远远达不到爱的程度，她之所以为其医疗费不惜下海当艺妓，或许大多是出于对师傅的感激和感恩。然而，她对岛村的爱则不同，尽管不符合社会伦理和道德标准，却是锥心透骨的那一种。她总是在爱中等待，爱中煎熬，爱中痛苦。她真心希望与岛村的爱能够开花、结果，但在多次向岛村暗示未果后，仍然傻傻地恳请岛村："一年一次也好，你来啊。我在这里的时候，请一定一年来一次啊。"[①]

川端康成在谈到自己超短篇小说中有很多带有不贞洁意味的女人时曾经解释道："……不用看透作品也可知我没有写不守贞操这件事本身。并没有考虑女人的贞操或不贞操的问题。或许不过是将不贞操作为一种象征来歌咏而已。另外，在此所描绘的女人，大多无智慧又无道德，这种无智慧无道德也与无贞洁一样，我没有就此本身写出我的想法，也许我可以将其称为生命的悲哀与自由的象征。"[②]很显然，《雪国》也是如此，作者的目的并非是想就驹子的行为作出任何社会道德判断，而是表现驹子这么一个生命个体，在"悲哀"的生存状态中，所释放出来的自由奔放、颇具野性魅力的生命力量。这种生命力量，不仅与莫言《白狗秋千架》通过暖的形象所体现出的原始生命力具

① [日]川端康成：《雪国》，侍桁译，上海译文出版社 1981 年版，第 66 页。

② [日]川端康成：《独影自命》，金海曙等译，中国社会科学出版社 1996 年版，第 198～199 页。

有共通性，还为我国其他寻根派作家的创作提供了可资借鉴和参考的母题。

同样，《雪国》中的岛村与《白狗秋千架》中的“我”，无论是在行动能力弱化这一都市人的性格特点方面，还是在作品中只是为塑造女主人公充当道具作用方面，也都具有同一性。而两部作品故事展开的舞台——雪国和高密县东北乡则都具有远离都市、相对封闭的共同特性。另外，《雪国》对《白狗秋千架》的影响，还体现在表现手法上。《白狗秋千架》开篇有以下一段描写：“河水中映出狗脸上那种漠然的表情，水底的游鱼不断从狗脸上穿过。”此处狗脸和水底的游鱼叠映在河水中的画面，与《雪国》开篇，列车车厢内叶子的眼睛和车厢外流动的风景同时叠映在列车窗玻璃上的画面描写，有异曲同工之妙。由于篇幅关系，在此不予一一展开。

四

《白狗秋千架》虽说在主题和表现方面，均有对《雪国》的学习和借鉴，但两者从根本上却是两个完全不同的文本。尽管同属爱情题材，同是表现赞美人类生命力量的主题，但两者却有着本质的差异。《白狗秋千架》无论是批判传统文化劣根性，还是展示和褒扬暖的原始生命力，应该说全都沿袭了“五四”以来中国文学的传统，渗透着很强的民族意识和社会责任。

而《雪国》表现驹子在“哀伤”生存状态下所释放出来的生命力量，更多的则是对日本传统文学“物哀精神”的继续和升华，其审美意义远远大于社会意义。

在表现方面，《白狗秋千架》虽也有对《雪国》的学习和模仿，但更多的应该说是受其启发，作者终于摆脱了所谓文学“真实性”的束缚，懂得了回归传统，获得了较之现实主义更为自由的表现方法和方式。比如：作品开头和结尾处，白狗两次将“我”引向暖的身边，这样的描写，完全不符合所谓文学“真实性”的原则，但在传统志怪类作品中，却是司空见惯的现象。南朝宋刘义庆所著志怪小说集《幽明录》中，就有俯伏在家门口的一只黑狗，将主人公带往一个山洞，与美女妙音成婚的情节。[①]

从总体上来看，《白狗秋千架》体现了内容和形式、传统手法和现代技巧较为完美的结合。然而，长期以来，并未引起人们足够的重视。只要提起莫言前期的代表作，言必称《透明的红萝卜》。的确，单就表现形式的新颖性和独特性来看，《透明的红萝卜》绝对在《白狗秋千架》之上。但评价一部文学作品的好坏、高低，是否有价值和意义，不应仅仅只是看其表现形式的优劣而已，还应该参照和参考更多的因素。《白狗秋千架》不仅首次提出了“高密东北乡”、“纯种”的概念，为莫言文学王国的建立找到了最为合

① 参见刘义庆：《幽明录·妙音》，文化艺术出版社 1998 年版，第 14 页。

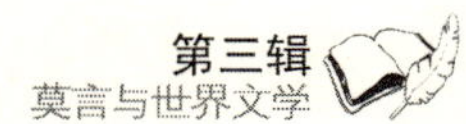

适的舞台，竖起了最为鲜明的旗帜，单就作品本身而言，也正如莫言本人在《弃婴》一文中借主人公之口所讲的那样，至今看来仍是一篇好小说。[①] 该小说还于1989年获得过台湾联合报小说奖；2003年根据它改编而成的同名电影，也获得了第16届东京国际电影节金麒麟大奖、第23届中国电影金鸡奖最佳故事片等奖。因此，理应将之视为莫言前期最主要的代表作品。

（原载《中国比较文学》2011年第3期）

① 参见莫言：《弃婴》，《道神漂工》，作家出版社1995年版，第45页。

“喧哗与骚动”
——莫言获诺奖分裂德国文坛

◇亚思明

有一句德国谚语:“一个家庭没有书籍,好比一间房屋没有窗户。”德意志民族对于书籍的喜爱由此可见一斑。尤其是优秀的世界文学译本,为坐观天下的德国公民打开了一扇瞭望他国文化图景的精神之窗。许多外籍作家如巴西的保罗科埃略、日本的村上春树,由此相继进入德语文学视野并受到广大书迷的追捧。而每年的诺贝尔文学奖得主更是成为各大报纸、期刊书评版的主打推介对象。

但此次莫言获奖显然是令德国的文化传媒陷入相当程度的无所适从。《时代周报》记者托马斯·E·施密特(Thomas E. Schmidt)的一句发问代表了很多人的疑惑:“他既非异议人士,也不算御用文人,他的名字有所耳闻,作品却少有人读过。莫言究竟是谁呢?”①

德语文学界的意见领袖很快分裂为泾渭分明的两派:一方面是久负盛名的作家马丁·瓦尔泽(Martin Walser)的热烈欢呼:“再也没有比莫言更合我意的人选,毋庸置疑他是实至名归。”这位在德国公众中的影响力仅次于罗马教皇本笃16世、蜚声国际的文坛老骥甚至认为莫言的文学地位堪与福克纳比肩,“是我们这个时代最重要的小说家”②。

另一方面,2009年的诺贝尔文学奖得主、罗马尼亚裔德国女作家赫塔·米勒(Herta Mueller)在接受瑞典《每日新闻报》(*Dagens Nyheter*)采访时表示,莫言获诺

---

① Thomas E. Schmidt. “Starke Bilder: Ein Gespraech mit dem Sinologen Wolfgang Kubin ueber den Literaturnobelpreistraeger Mo Yan und seine Bedeutung fuer China,” *Die Zeit*, 2012(43).

② Ole Spata. “Gemischte Reaktionen auf Nobelpreis fuer Mo Yan,” *Focus-Online*, 2012, 10, 11, http://www.focus.de/kultur/buecher/literatur-gemischte-reaktionen-auf-nobelpreis-fuer-mo—yan_aid_836712.html.

奖不啻为一种“灾难”，当她得知评委会的这一决定时“差点没哭出来”。

如此大相径庭的诋毁或赞美也可看作是不同作家的文学创作观、价值观，乃至社会观和历史观的悖反或应和。

莫言在西方被定位为中国官方作家，并不符合主流媒体对于诺奖获得者的身份期待，而瓦尔泽振臂一呼，再一次彰显了他对所谓“政治正确性”的一贯嘲弄。1927 年出生于博登湖畔的瓦尔泽常因其言行出位而被贴上各色标签：60 年代反对越南战争，被人斥作“共产分子”；80 年代直言自己“无法接受德国分裂的事实”，又被划归右翼保守阵营。1998 年，瓦尔泽在法兰克福保罗教堂举行的德国书业和平奖颁奖仪式上发表演说，称奥斯维辛已经出于世俗目的而被“工具化”了，认为悔罪应该是一种内心活动而非外表作秀。此番言论遭到德国犹太人协会的谴责，之后不断有人泼出的“反犹”脏水令瓦尔泽百口难辩，深感浑身污点纵使跳进博登湖里都洗不清。他与德国“文学教皇”、犹太批评霸主拉尼茨基（Marcel Reich-Ranicki）之间的多年口诛笔伐和历史宿怨也已成为无法愈合的伤痛。今年 3 月，瓦尔泽在 85 岁生日之际接受德新社记者采访时表示：“是非之争令我越来越感到神经紧张。有时我想，沉默也许是应对当今世界局面的唯一恰当的反应。假如所有人都不说话，我们今天可能还活在天堂。”①

瓦尔泽是 2008 年 11 月访华期间在北京歌德学院的一次文化沙龙上与莫言相遇相识的。活动开始前他已在大街上看见莫言骑着一辆单车驶入幽暗的小巷，相形之下，德国的两轮工具简直成了不实用的玩意儿，“他仿佛一下子驶进了我的心里”。瓦尔泽特别欣赏莫言对待历史的态度：“我还从未见过哪个作家像他那样，在当代情节中融入如此多的历史叙事，由此一来，文学也就成了一个国家的秘史，所有的过往在莫言那里都充盈着感性的细节，不是用来告知，而是用来倾诉。”②瓦尔泽自己也曾说过，所谓历史，其实无异于今天鲜活的日常生活，政治和媒体将其压缩、过滤，提炼出观点，而文学却在一定程度上保存细节。

莫言的小说在瓦尔泽看来“具有一种冲击力和丰富性，很难用简单的语言描述。所有值得一提的小说无不是在刻画人物的冲突。当人们发现他们的情感、全部存在必须屈从于现行的习俗、道德和法律制度的时候，冲突就会出现。莫言亦是在冲突中呈现令人眩晕的叙述张力……小说的叙述者爱他塑造的所有人物，他们身上有他的存在——即使他们犯下或不得不犯下可怕的罪行。今天谁要想谈论中国，应该先去拜读

① DPA. “Martin Walser: Der literarische Provokateur wird 85,” *Stern-Online*, 2012,03,25). http://mobil.stern.de/kultur/buecher/martin-walser-der-literarische-provokateur-wird-85-1804357.html.

② Hage Volker. “Orgien an Genauigkeit: Martin Walser lobt Mo Yan,” *Der Spiegel*, 2012(42).

莫言的作品,他在我心中的排名与福克纳不相上下。”①

瓦尔泽还强调,小说的功能大于社会批判,不求闻达,只愿表达,它只是在表达一种生命体验。但这样的观点德国汉学家顾彬并不认同,他在德国之声的访谈中说:“莫言的主要问题是,他根本没有思想。他自己就曾公开说过,一个作家不需要思想。”稍后,他又在接受《时代周报》采访时重申:“莫言描绘了他的心灵创痛,他描绘了过去的三十年、五十年、一百年,他笔下的群像画廊令人眼花缭乱,总是那么恢宏霸气的场面。公平起见,我必须承认,他的确有一批读者,但马丁瓦尔泽称他是现世最伟大的小说家,我无论如何也不能苟同。莫言是一个传统主义者,他所采用的叙事模式早在1911年中国大革命时期就已多见,同时也受到了加西亚马尔克斯的启示。”②顾彬认为,莫言在现代小说技法上所做的实验性探索极为有限,其社会批判题材也并未超出鲁迅20年代的窠臼。一言以蔽之,顾彬对于莫言的批评在于他不够具有现代心智,未能将中国百年新文学的成就推向一个新的标高。

纵观历史,1917年以来白话文学在中国的全面推广不仅是一项语言革命,更是一种将书面汉语纳入社会现代化进程的努力,进而成为一个在语言功能上与西方话语同构的开放性系统,其中国特征是:既能从过去的文言经典和白话文本汲取养分,又可转化当下的日常口语,更可通过翻译来扩张词汇的生成潜力。正是微妙地维持这三种功能之间的生态平衡,而不是通过任何激进或保守的文学运动,才证实了这个新系统的“活”的开放性,也才产生了有着革新内涵的、具备陌生化效果的生效文本。③

1955年出生于山东高密的莫言,是经历过政治的狂风骤雨和改革的狂飙突进的一代,亦是在沉重的时代挤压中倔强生长和成熟起来的一代。70年代末80年代初,从“新诗潮”运动开始,中国文学逐步摆脱政治工具地位,直至“寻根文学”和“先锋小说”出现,才又重新承接了“五四”以来的现代文化转型。

不同于“五四”时期有过留学背景的新文学主将,莫言是从日常口语及民间文化的土壤中获取其语言的秘密生长力。诺奖评委会的授奖词称莫言的作品“很好地将幻觉现实主义与民间故事、历史与当代结合在一起”。莫言自己也曾说过,民间口头传说是他创作的源泉。而西方现代文学带给他的影响更多地是通过一种交叉文化生成方式,如拉丁美洲的魔幻现实主义,本身就是谙熟法国超现实主义的阿斯图里亚斯、马尔克斯等西班牙语作家所做的西方表现手法的本土化尝试。

---

① Hage Volker. “Orgien an Genauigkeit: Martin Walser lobt Mo Yan,” *Der Spiegel*, 2012(42).

② Thomas E. Schmidt. “Starke Bilder: Ein Gespraech mit dem Sinologen Wolfgang Kubin ueber den Literaturnobelpreistraeger Mo Yan und seine Bedeutung fuer China,” *Die Zeit*, 2012(43).

③ 参见张枣:《朝向语言风景的危险旅行——中国当代诗歌的元诗结构和写者姿态》,颜炼军编选:《张枣随笔选》,人民文学出版社2012年版,第172页。

有趣的是，莫言对魔幻现实主义接受的过程同时也是一种再创造的过程，其间融入的中国民间文化因子最终成就了他自己的幻觉现实主义，也必将汇归世界文学的海洋，成为增进跨国交流、拓展人类经验的公共文化资源。

德国著名的女批评家伊利斯·拉迪施(Iris Radisch)在《时代周报》上发表了题为《这是世界文学！》的评论文章，文中写道："莫言是一名国家培养的作家、"文革"长大的孩子，他的创作素材来源于知识分子一向敌视并欲以净化的乡村传统和民间传说。有知情者说，没有"文革"，莫言不可能成为作家；没有"文革"，莫言不可能获得诺奖。然而，倘若有人想将其划入红色革命者之列，他一定是错了，因为那些原始朴拙、绚烂多彩、惊心动魄的作品完全打破了西方既有的区分现代与前现代、新潮与落伍、精英与大众的文学观念。莫言给了西方读者当头一棒，同时令人感到一种不可理喻、不知所措、痛并快乐着的感官折磨和恐惧。"①

拉迪施称，莫言小说中的肉体横陈、鲜血淋漓的刺激性场景鲜见于植根于基督教文学传统的西方现代文学范本。此中的文化差异，美国的一位中产阶级作家约翰·厄普代克(John Updike)曾经作出解释：中国小说家没有经历过维多利亚时代关于礼仪和教养的驯化。读莫言的作品，时常要闭上眼睛，屏住呼吸。许多荒诞滑稽的情节(如《酒国》)、野蛮残暴的画面(如《檀香刑》、《天堂蒜薹之歌》)并不符合西方人惯常的轻描淡写、冷嘲热讽的阅读口味。此外，"小说中的鬼气森森、远非田园风光的乡村世界更令熟悉柏林、巴黎和纽约都市背景的欧洲读者感觉自己仿佛一个被遗弃的孩子，光着屁股站在中国的红薯地里"②。

尽管如此，拉迪施还是认为，莫言的小说是卓越而奇特的。"取材于中国民俗文化的写作内容据莫言推测很难受到西方文学爱好者、尤其是高级知识分子的喜爱。但他错了，莫言百无禁忌的书写将我们带回那段被人遗忘了的，充满惊悚、魔力和无休无止的故事的生命。"③

现年53岁的拉迪施是目前德国最具影响力的文学批评家之一，自1990年开始为深具人文精神的《时代周报》副刊撰写书评，以敏感细腻、一针见血、时而又富有攻击性的文字风格著称。她还担任过美国圣路易斯大学、德国哥廷根大学的客座教授，主持德国电视一台(ARD)、电视二台(ZDF)的读书栏目。

---

① Iris Radisch. "Es ist Weltliteratur! Die Romane des chinesischen Literaturnobelpreistraegers Mo Yan sind grossartig und befremdend," *Die Zeit*, 2012(43).

② Iris Radisch. "Es ist Weltliteratur! Die Romane des chinesischen Literaturnobelpreistraegers Mo Yan sind grossartig und befremdend," *Die Zeit*, 2012(43).

③ Iris Radisch. "Es ist Weltliteratur! Die Romane des chinesischen Literaturnobelpreistraegers Mo Yan sind grossartig und befremdend," *Die Zeit*, 2012(43).

拉迪施在评论界的声名鹊起是从她2000年加入德国电视二台的"文学四重奏"组合开始,正是在这档家喻户晓的书评脱口秀节目之中,她与"教皇"拉尼茨基、作家兼批评家卡拉谢克(Hellmuth Karasek)等文坛大腕们坐到了一起。此外,拉迪施还是德国巴赫曼文学奖的评委会主席,2008年获得了德语语言协会颁发的语言文学媒体奖,2009年被法国文化部部长阿尔巴内尔授予"文学艺术骑士勋章"。

此次撰文力挺莫言的拉迪施三年前却毫不留情地给了赫塔米勒恶评。1953年出生于罗马尼亚、1987年移居德国柏林的德语女作家赫塔米勒曾"以诗歌的凝练和散文的坦诚,展示出无家可归者的景象"而问鼎2009年度的诺贝尔文学奖。驱之不散的记忆阴影、独裁统治时期的罗马尼亚的那段生活经历赋予她取之不尽的创作资源。她说自己是"为被迫害身亡的挚友,以及一切死于暴政的生命而活"。

米勒以其独特的生活体验和语言魅力——她的语言属于一种"奥匈帝国"的传统,属于一片匈牙利语、罗马尼亚语、俄罗斯语、乌克兰语、意第绪语以及日耳曼语交融混杂的文化风景,创造了一个深刻而精准地领会齐奥塞斯库统治下的白色恐怖的文学入口。早在20世纪八九十年代,米勒就凭借小说如《那时狐狸已是猎人》、《心兽》跻身当代最富有语言表现力的作家之列。

不过,拉迪施在肯定米勒文学贡献的同时批评其新作《呼吸钟摆》矫揉造作,原因在于"这部小说不同于米勒的其他作品,并非是以罗马尼亚暴政下的亲身经历写成的,而是取自古拉格集中营幸存者的访谈资料——其中主要是已经过世的毕希纳文学奖获得者奥斯卡帕斯提约(Oskar Pastior)的生平履历"。特别是在凯尔泰斯伊姆雷等作家的类似题材的文学杰作问世几十年之后,"米勒诗意盎然地用第一人称讲述格拉格集中营的二手故事实在是一种不小的冒险"①。

由此可见,文学作品只有当它本身就是表达目的,而非为了达到某种目的的表达手段的时候才真正具有艺术感染力。这也正是拉迪施褒"莫"贬"米"的原因所在。

目前德国书店已能买到不少种类的莫言德语版作品,如《天堂蒜薹之歌》、《红高粱家族》、《生死疲劳》。明年汉森出版社(Hanser Verlag)将推出《蛙》,而《檀香刑》不久前已由岛屿出版社(Insel Verlag)发行上市。

值得一提的是,最早取得《生死疲劳》德语版版权的是一家有着22年历史的、专事推介亚非拉文学、现代德语文学的小型文化传播公司——霍勒曼(Horlemann)出版社,其创立人尤根霍勒曼是一位亚洲研究专家,60年代末曾参与组建德国共产党组织(KPD)。1995年霍勒曼先生去世后,其夫人贝阿特霍勒曼成为幕后老总。2009年,

---

① Iris Radisch. "Kitsch oder Weltliteratur? Gulag-Romane lassen sich nicht aus zweiter Hand schreiben. Herta Muellers Buch ist parfuemiert und kulissenhaft," *Die Zeit*, 2009(35).

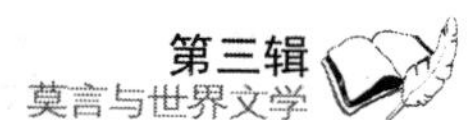

霍勒曼首发的2500册精装本《生死疲劳》已经销售告罄。莫言得诺奖的消息更是为出版业绩注射了一针兴奋剂。公司负责人表示，他早已不再将中国同亚非拉第三世界国家相提并论。

（原载2012年12月5日《中华读书报》）

第四辑 莫言文学叙事研究

感官的王国

——莫言笔下的经验形态及功能

◇张 闳

生理学

在莫言笔下，吃的场面屡见不鲜。在《透明的红萝卜》的开头部分，生产队长正是一边咬着手里的高粱面饼子，一边去敲出工钟的。吃，在这里比一天内的任何一种工作都要来得早。是吃——而不是钟声——召唤着劳动的人群，并提醒着劳动的必要性。只是到队长的吃的活动终了之时，钟声才敲响，并且，吃的活动的余绪仍然长时间地延宕，比钟声的余响还要来得更悠长些。莫言特别地写到队长的吃的活动结束时的情形：

> 走到钟下时，手里的东西全没了，只有两个腮帮子像秋田里搬运粮草的老田鼠一样饱满地鼓着。
>
> ——《透明的红萝卜》

"像……老田鼠一样"，这是一个绝妙的比方。的确，在人的全部生存活动中，唯有在吃的活动方面与动物的差别最小，它体现了人的需求的最基本的和最重要的方面。这个比方提醒人们对自身的肉体需求和动物性因素的关注。正是因为这些原因，村民们才闻钟而动。他们汇集到村口大钟下，"眼巴巴地望着队长，像一群木偶……一齐瞅着队长的嘴"。而就是这张正在咀嚼的嘴，即将向他们发出劳动分工的指令。

村民们渴望劳动，他们是热爱劳动的人群。但首先他们是饥饿的人群，是渴望食物的人群。事实上，在任何劳动主题的背后，都暗含着一个饥饿的主题，或关于粮食的主题。只有那些不事劳作而又能饱食的旧文人和"大跃进"时代的诗人，才常常会不懂得,或者装作不懂得这一点。他们更乐意将劳动处理为审美的对象,甚至把它想象为艺术本身。

莫言当然很清楚劳动的深层含义,懂得劳动与饥饿之间的内在联系。饥饿是莫言那一代人最为深刻的记忆。正当他们的身体最需要食物的时候,却只能挨饿,用自己的身体和生命,验证了唯物主义的无比正确性。也许正是因为饥饿的经验,使得他像那些注视队长的嘴的村民们一样,对粮食有着特别的兴趣。粮食(如高粱、红萝卜、蒜薹等)及其衍生物(如酒等),还有其他农作物(如棉花等),也就自然而然地成为莫言作品中最基本的描写对象。在描述其他事物的时候,他也总是有意无意地要用食物来作比方,如:

> 我看到小福子的身体愈来愈薄,好似贴在锅底的一张烙饼。
>
> ——《罪过》
>
> 孩子们宛若一大串烤熟的羊肉,撒了一层红红绿绿的调料。
>
> ——《酒国》

食物在作者与世界之间架起了一座桥梁,它是主体与对象之间的中介物。在莫言眼里,整个世界犹如一张巨大的餐桌。关于食物的经验,即是关于世界的经验。莫言通过与食物的接触来与整个世界打交道,食物主题是莫言笔下的基本主题。

食物主题(或吃的主题)可谓是一个真正的中国化的主题。中国素有“吃的国度”的美誉,人们通常把“吃文化”(另一个更为优雅的名字叫作“饮食文化”)视为中国文化的重要内容。如果我们抹开这个极度发达的“吃文化”表面的那些(也许是为了掩饰困顿才过分渲染的)绚烂色彩,就会发现,其核心则是“果腹”问题,这一问题在现代社会一度变得极其严重,以致作家们在写到那一特殊历史时期的时候都不得不对食物这样一种有些俗气的物质表示关注。但知识分子不喜欢赤裸裸的食物,而要经过玄学的烹调,将食物变成一道“象征性”的菜肴,一个隐喻或启示。比如,张贤亮就像变戏法似的使食物脱离其物质性,变成了“精神食粮”。食物(还有性欲对象)只是张贤亮精神“升华”的动力和跳板。“升华”一旦完成,食物和性欲对象(女人)便成了渣滓。

莫言所关注的则恰恰是食物的物质性。在莫言笔下,食物并不是抽象的象征物,相反,它首先是一个物质性的存在。正因为其作为物质的实在性,它才被用来作为其他事物的喻体。只有在劳动者那里,首先是在农民那里,食物才真正显示出其物质性的本质。他们只对粮食的质料性因素感兴趣。食物的质料性方面,首先是作用于人的感官,而不是精神。它是感官欲望的对象,而不是认知的对象或“升华”的对象。莫言经常十分详尽地描绘食物的感性形式,描述某道菜肴的烹调方式及过程。他更感兴趣的还是与食物的具体、实在的接触——进食行为。在《酒国》中,他细致入微地描写了

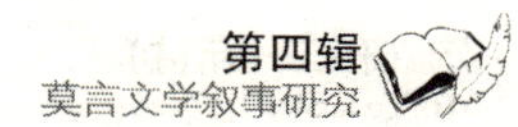

食物与器官接触时的感受：

> 喝！酒浆蜂蜜般润滑，舌头和食道的感觉美妙无比，难以用言语表达。喝！他迫不及待地把酒吸进去。他看到清明的液体顺着曲折的褐色的食道汩汩下流，感觉好极了。
>
> ——《酒国》

这是饕餮之徒、酒鬼的感觉。可是，它却出现在高级侦察员丁钩儿的身上。依照职业要求，丁钩儿是不应该去体验这种感觉的，何况他还有公务在身，并且这项公务正是对一桩与饮食有关的罪行的侦察。然而，食物和酒破坏了他理智的防线，使他迷失了一个意志的“自我”——肉体的“自我”。这是一个意外的“自我发现”。这一“自我发现”，不同于20世纪80年代以来思想文化界所张扬的那种“自我发现”。后者是精神领域里的发现，这个精神性的“自我”并不以高粱、玉米为食，而是吞噬“理念”、“三段论”、“主体性”，就好像传说中的食风国的居民一样。从表面上看，对肉体性“自我”的发现应该远比对精神性“自我”的发现来得容易得多，但在当代中国，情况正好相反：精神的解放有时可以公开地通过大众传媒直接地进行大讨论，而肉体的解放则不得不在民间以遮遮掩掩的状态进行。

在莫言笔下，身体的各部分的组织器官堂而皇之地出现。首先是消化器官这个粗俗的卑下的和令人难于启齿的器官系统，在莫言那里却获得了与身体的其他器官（无论其为“高贵”或是“卑贱”）平等相处的权力。在消化器官中，首当其冲的当然是口腔。正如《透明的红萝卜》中的村民们注视队长的嘴一样，《欢乐》中的齐文栋也注意到了母亲的嘴。通过那张“破烂不堪”的嘴，齐文栋发现了母亲的衰老。嘴的衰老，也就是生命能量的摄入口机能的下降，随之而来的必将是整个机体无可挽回的衰颓。在《丰乳肥臀》中，口腔的机能则显得更为重要。对于上官金童来说，口腔真正成为他的“生命线”。他通过口腔来建立与母亲、他人乃至整个世界之间的联系。在这里，口腔真正是作为一个欲望的器官而存在，用一个弗洛伊德化的表述——口腔是人物的力必多中心。

莫言如此关注所谓力必多的口腔阶段，意味着他对人的“自我意识”的基础的原初性和肉体性的关注。人们很容易发现莫言在修辞上的强烈的感官色彩，他所惯用的比方也好像是只有将事物变成可食用的物质，才能被意识所“吸收”。消化道的机能转化为“自我”的生存机能，仿佛只需从消化道的活动中便可获取关于世界的经验和知识，或者说，他用消化道的活动（这纯粹是一个肉体性的活动）替代了通常的意识活动。在小说《罪过》中，莫言暗示了这一肉体与意识之间的隐秘关联——

> 我每天都跟我的肠子对话，他的声音低沉混浊，好像鼻子堵塞的人发出的声音。

……

我伸手抓过那鳖裙,迅速地掩进嘴里。从口腔到胃这一段,都是腥的、热的。我的肠子在肚子里为我的行动欢呼。

——《罪过》

这是一位饥饿的少年的感受。在这里,消化器官被赋予了独立的生命,成为主体的另个"自我"。肠子像头脑一样地思考,并与主体对话。是它驱使着主体去"抓取"和"吞食"物质,而主体则成了这种肉体化的欲望的执行者。或者说,肉体化的欲望才是真正的"主体"。

主人公"我"对于食物的态度是贪婪的。而贪婪正是莫言笔下感官经验的基本形态之一。莫言很少写那种悠闲而体面的用餐。在他的笔下,吃总是如同一场战斗。在《食草家族》的第五章中,二姑的两个莽儿子就是怀抱着顶上了火的枪在"消灭"食物。即使是像《酒国》中所写到几次盛宴,食客们也都是"犹如风卷残云"般地扫荡饭菜。那些平素优雅风流的服务小姐们,她们在扫食残羹时"吃相都很凶恶"。这些不堪的"吃相",把贪婪的经验推向了喜剧性的高度。它暴露出人性另一面的本质:本能的动物性。中国古代的传说无比深刻地将贪吃的神祇塑造成人兽混合的形象:饕餮。作为贪婪之神的饕餮有着一张巨大无比的嘴和惊人的食量。在这个形象身上,隐含着人对于自身动物性本能(首先是食欲)的恐惧。酒国市就是一个"饕餮国"。侦察员丁钩儿一进入酒国市,就开始了与酒国市的饮食文化的斗争,更重要的是与自己的食欲的斗争。这位老牌的高级侦察员一直在用自己的强大的理智,去克服肉体的欲望。然而,他失败了。他人的贪婪的食欲也刺激起丁钩儿的食欲,他被自己的食欲所打垮,他的意志则完全被自己的欲望所吞噬了。

欲望的贪婪性夸张了器官的机能。但在莫言笔下,被夸张的不仅是消化器官,而是包括全部的感觉器官。在一些特别的情况下,食物并不是作为吃的对象,而是巧妙地转变为"看"和"嗅"的对象。

那是十六只眼睛。十六只黑沙滩村饥肠辘辘的孩子们的眼睛。这些眼睛有的漆黑发亮,有的黯淡无光,有的白眼球像鸭蛋青,有的黑眼球如海水蓝。他们在眼巴巴地盯着我们的餐桌,盯着桌子上的鱼肉。

——《黑沙滩》

我闻着扑鼻的香气,贪婪地吸着那香气,往胃里吸。那时我有一种奇异的感觉,感觉到香味像黏稠的液体,吸到胃里也能解馋的,香味也是物质。

——《罪过》

同样的描写还出现在《酒国》中,如"第一章"中的少年金刚钻即表现出神奇的嗅觉。在《透明的红萝卜》中，黑孩被扩大了的感官能力则表现在听觉方面。而《红耳朵》中的那个名叫王十千的小孩，则长有一对有灵性、有情感、能自主运动的、硕大无朋的耳朵，就像传说中的老聃一样。这些形状和功能均被夸张的感觉器官几乎脱离了正常状态的身体。而具有了自己的意志，成为独立的机体。被夸张的感官的意志即是贪婪。贪婪的经验支配了主体的整个肉体。我们当然不会忘记，贪婪经验的对象首先是食物。同时，正是在食物不能成为吃的对象的时候，才转而成为视和嗅的对象，也就是说，在无法满足味觉和消化器官的欲望的情况下，贪婪经验才显得更加强烈，并转移到其他的感官上来。

感官的异常发达未必（像研究者通常所认为的那样）都是对生命的自由状态的呈现，有时倒是相反——它恰恰是生命被扭曲和欲望被压抑的结果，至少，可以说是生命的物质条件"匮乏"的结果。在莫言的笔下，发达的感官所提供的是贪婪经验，在这些经验的背后，却隐藏着一个匮乏主题。从这一角度看，贪婪的经验在莫言那里则又被推到了一个悲剧性的高度。贪婪是饥饿对人的本能的侵犯，而生命则通过其代偿性的机能（"通感"等），对自身（首先是对肉体的欲望）作出了悲剧性的肯定。这是一种欲望匮乏经济学。

匮乏经济学本身即是一个矛盾体。匮乏所带来的并不仅仅是通常所认为的"消瘦"和"萎缩"，有时却反而是"肿大"和"膨胀"。从病理学角度看，身体由于某种元素的匮乏，有可能导致局部器官组织的肿胀和增生。如刘恒的《狗日的粮食》中的那个女人脖子上的"瘿袋"，即是由于身体缺乏碘元素所致。而就像是经济学中的"通货膨胀"一样，在极度饥饿的状态下，机体的反应却是组织的高度水肿。这一点经历过大饥饿时代的中国人都深有体会。

食物匮乏与食欲之间的矛盾，磨砺了人们对食物的想象力。这一点在当代中国许多作家的笔下有过不少精彩的描写。例如，在余华的小说《许三观卖血记》中，许三观在大饥饿的日子里为全家人做口头烹调表演，显示了中国烹饪的精湛工艺和对于食物的神奇的想象力。冯骥才的纪实性作品《一百个人的十年》中讲了大饥饿年代劳改营中的一位犯人的故事。在被活活饿死前给家人的一封信中，他通过想象，开列了一份内容庞杂、几乎无所不包的菜单。古老的"画饼充饥"的寓言已经道出了匮乏经济学的本质。这也许正是中国传统中发达的"吃文化"的真正起因。莫言同样也常常喜欢编制菜单，不厌其烦地罗列餐桌上的内容。

> 第二层已摆上八个凉盘：一个粉丝蛋拌海米，一个麻辣牛肉片，一个咖喱菜花，一个黄瓜条，一个鸭掌冻，一个白糖拌藕，一个芹心，一个油炸蝎子。
>
> ——《酒国》

罗列,或者说对事物(首先是食物)的铺张的叙事,在莫言那里被风格化了,成为莫言话语的标志。它披露了莫言小说叙事之文体学的秘密。对于事物的罗列,是建立有关某类事物的知识系统的初步。儿童在语言习得和事物认知的初期,往往通过童谣来罗列自己所认识的事物。罗列,使事物直观化,有助于对事物的呈现的计算,罗列者对于自己所据有的事物一目了然。而莫言的这个知识系统,首先是关于食物的知识系统,干脆说,就是一张"菜单"。在这里,食谱和知识系谱之间有着某种隐秘的相关性。食谱就像是一部辞典。尽管是关于食物系统的辞典,但它却有着与任何一部辞典一样的结构和编排规则,同样体现了人对外部世界事物秩序的理解。在通常情况下,人们总是将知识与食物相提并论,把知识喻为"精神食粮"。对于莫言来说,这两类食粮显然是同样的重要,并且是充分的一致的。莫言只有成为一个"饕餮",才能补足少年时代在物质和知识两方面的匮乏。两种贪婪的经验形成了莫言文体上的扩张性特征。与此相关的是,他笔下的强盗形象(如《红高粱家族》中的人物)。强盗的特征即是攫取和占有。就像强盗坐地分赃时盘点自己的劫掠所得一样,莫言这样清点自己的经验"账目"。他的经验世界通过食物系统向周边扩张。"强盗"形象是莫言的扩张型的"自我意识"的表征,它与莫言的那种放纵的文体恰恰是互为表里的。

张开"口腔"要么是为了进食,要么是为了说话。吞入与吐出,是"口腔"功能的两个方面。令人惊奇的是,莫言恰恰是当代作家中语汇最丰富的作家之一。在语言风格上,他滔滔不绝,大肆铺陈,反复重叠的句式和丰富的感性词汇,形成了他特有的挥霍风格。在"大跃进"时代和"文革"时代,汉语经历了一个极度膨胀的阶段,它与那个时代人们在精神上的"匮乏"恰成对照。"挥霍"的心理学基础未必是基于"充裕",相反,倒是出自曾经的"匮乏"。"挥霍"一方面是所有者对自己由"匮乏"变为"充裕"的炫耀。另一方面,"挥霍"即是"浪费",是对过度"充裕"的所有物的否定性的使用。对于一个经历过极度的"匮乏"的人来说,现有的"充裕"已然全无意义。莫言的这些夸张的言辞只是表达了一种意义的"肿胀"状态。"肿胀"的言辞在被过度"挥霍"之后,终究要归于沉寂。无言的沉寂必将宣判话语的"喧嚣"为无意义。言说在其根本之处往往变成了其意义的反面,成为对自身的否定,因而,这些夸张的言辞的真实意义倒不在于话语所表达的语义本身,而在于对其从采用的话语的意义"空虚"的暴露,在于这些空虚的话语"喧嚣"终结之际所出现的"沉默"。

与成熟时期的作品相比,莫言的早期作品《透明的红萝卜》是显得比较克制。这部作品在文体上是有风度的,甚至是羞涩的。它就好像是不愿意让人们联想到过度的"匮乏",不愿意在众人面前暴露出贪婪的欲望。黑孩显然不会是一个肚皮充实的孩子。从他的头颈与身体的比例来看,属于"二度营养不良"的病孩。他把红萝卜转化为其梦想的对象。红萝卜并非最好的果腹之物,亦算不上是可口之物。但在这里,作者却赋予它以浪漫主义的色彩。正因为如此,这部作品才在崇尚浪漫诗意的 20 世纪 80 年代中期博得了热烈的喝彩。而像《欢乐》、《爆炸》、《红蝗》这一类的作品,则完全“暴饮暴食化”了,因此,常常引起神经脆弱和崇尚“优雅”之美学原则的人士的不快。毫无疑问,黑孩的那种纯洁少年的不切实际的幻想,给作品带来了无穷的魅力。它显示了在一个充斥着贫穷和暴力的国度里,“诗意地栖居”之艰难以及“乌托邦”思想生成之可能性。

在《酒国》中,莫言还详尽地描述了一场盛大而又精彩绝伦的“全驴宴”。这场盛宴几乎可以同任何一门艺术相媲美,真正是令人叹为观止。一头驴的身体被按照器官解剖学肢解为若干部分,每一器官都成为一道菜肴的原料。莫言似乎是在炫耀自己的烹饪学知识。而驴的器官只不过是一个借喻,它们可以是任何一种生命机体的器官的替代。这一点在小说的另一处得到了印证。酒国市的罗山煤矿的餐厅里,有一道菜叫“红烧婴儿”(丁钩儿的调查活动因这一道菜而引起)。这一次是对人的身体各部分的解剖学展示——

> 这是男孩的胳膊,是用月亮湖里的肥藕做原料,加上十六种佐料,用特殊工艺精制而成。这是男孩的腿,实际上是一种特殊的火腿肠。男孩的身躯,是在一只烤乳猪的基础上特别加工而成。被你的子弹打掉的头颅,是一只银白瓜。他的头发是最常见的发菜……
>
> ——《酒国》

吊诡的是,烹饪学知识与解剖学知识是如此的一致。它几乎就是一门特殊的解剖学。“全驴宴”不仅是供“品尝”的,而且也是供“欣赏”的。这也就意味着烹饪学不仅是关于身体解剖的知识,而且也是解剖的艺术。在《红高粱》中,日本兵强迫屠夫孙五将罗汉大爷活剥皮。就像传说中的庖丁一样,孙五的剥皮技术炉火纯青,堪称杀戮的艺术。而“屠夫之父”庖丁也许就是中国传统医学解剖学的真正祖师。在这里,故事的背后隐藏着一个关于杀戮(吞噬)——医疗的主题。

在另一处,莫言的确就把医学概念与饮食问题混杂在一起,暗示了这二者之间的内在关联。他根据身体的“器官病理学”罗列了一长串各种各样的疾病,并将这些疾病比作一道道美味佳肴——

> 发疟疾、拉痢疾、绞肠痧、卡脖黄、黄水疮、脑膜炎、青光眼、牛皮癣、贴骨疽、腮腺炎、肺气肿、胃溃疡……这一道道名菜佳肴等待我们去品尝,诸多名菜都尝过,唯有疟疾滋味多!
>
> ——《红蝗》

在论及拉伯雷的小说与欧洲中世纪和文艺复兴时期的民间文化之间的关系时，巴赫金发现了拉伯雷的“解剖学特色、狂欢节厨房气氛和江湖医生的风格。”[①]在巴赫金看来，《巨人传》中对身体的解剖学和“厨房化”的处理，乃是视身体为一种完全“物质化”的机构，是一种完全可以由人自身所支配的“物”。拉伯雷以“物化”和“反讽”的方式消解了中世纪教会神学关于“灵魂”对“肉体”的支配的神话，恢复了肉体存在的合理性地位。拉伯雷风格的诸方面，在莫言的笔下得到了充分体现。在莫言那里，这些风格特征集中在“筵席场面”上。“筵席”在鲁迅那里被描述为一个令人恐怖的残酷场面——吃人。“吃人的筵席”成了中国传统文化扼杀人性的一个悲剧性的场景。而在莫言那里，“筵席”却被充分喜剧化了。莫言本人的喜剧化风格在筵席场面中达到了极致。拉伯雷笔下的筵席(及厨房)的喜剧性是对神学关于生命的精神化的理解的戏谑性反讽。拉伯雷的世界充满了肉欲的快乐，是对肉体和物质性世界的积极肯定。而莫言的世界却更多地包含着现实生活的残酷性，它是一出“残酷的”喜剧，所带来的不仅仅是快乐，还有现实生活的残酷性和荒诞感。莫言笔下的“魔厨”式的餐桌几乎变成了一块屠夫的砧板。黑孩的那些诗意盎然的食物和浪漫主义的饮食观化为子虚乌有。

伦理学

《红高粱家族》是莫言最著名的作品之一。这是一组有关家族历史记忆的叙事性作品。在维系家族史记忆方面，高粱起到了至关重要的作用。高粱可谓是真正“民族化”的食粮。特别是在北中国，它至今依然是最重要的农作物之一。高粱维持着人民的生存，同时又以其顽强、蓬勃的生命力，养育了人民的精神。不同的地理环境决定着不同的劳作方式，形成了各民族不同的食谱和饮食习惯，而这些最基本的生存活动造成了不同的文明和文化伦理观念。因而，火红的高粱被当作民族精神的象征物。

在20世纪80年代中期的文化背景下，人们对于作为食物的高粱本身的性质和功能并不感兴趣，倒是高粱的衍生物——高粱酒——格外地吸引了人们的注意力。在莫言的《红高粱家族》中，有一篇的篇名就叫作《高粱酒》。高粱是属于自然的，高粱酒才是文化的。高粱仅仅是一种食物，高粱酒才使饮食具有了文化的内涵。正是因为这一点，莫言的这一类作品才被众文化媒体——电影所关注，并且，在20世纪80年代中期的“文化寻根”热潮中，成为一部文学“样板”。

“吃”的文化现象一旦涉及酒，问题就变得复杂起来。酒的出现给人类生活带来了一种崭新的面貌。它似乎可以算作饮料，但又不同于一般的饮料。这种对粮食经过发

① [前苏联]巴赫金:《巴赫金文论选》，佟景韩译，中国社会科学出版社1996年版，第168页。

酵和蒸馏之后所提取出来的特殊的液体，被认为是粮食的"菁华"，但显然不是用来充饥的，也不完全是用来解渴的。其中所含有的主要成分——乙醇，对人的神经系统有一种特殊的刺激作用，可以使饮者的神经系统高度亢奋，并可产生一种特殊的欣快感。因而，它是一种介乎一般饮料与兴奋剂之间的特殊液体。酒精使人产生的特殊感觉，让人感到仿佛可以摆脱自己肉体的重量，能够在空气中飘浮，好像没有重量的灵魂。酒给人类带来了一种美妙的新体验，它能够制造快乐的幻觉，使人们暂时摆脱生存的压力，逃避生存的责任和忘却生存的痛苦。人们迷恋这种神奇的液体，热切地追求它所带来的美妙的体验。一些民族的宗教戒律和官方法律认为酒迷乱人的本性，是魔鬼的饮料，而予以限制或禁止。

人类的文明史与其饮食的历史总是紧密相连的。火帮助人类走出了蒙昧时代，而火给人类的生存活动所带来的最大变化却是在饮食方面。它导致了饮食上的生食、熟食的分野——这就是人类文明史的开端。生食、熟食的分野为人类的饮食确定了最初的和最基本的原则。这也正是人类文明的伦理学的基础。这一原则使人类在一定程度上摆脱了自身肉体之本能对饮食要求的支配，人不再仅仅是依照肉体需求，对食物作出"可食用的、不可食用的"简单区分，而是遵照一定的价值标准，即遵照"应当食用的、不应当食用的"原则来区分。与此相关而形成了人类文明的其他诸多伦理范畴：清洁—污秽、精神—肉体、崇高—卑下等等。甚至，身体的上身—下身的区分也被打上了伦理的烙印。这在一定程度上也是出自人对于自身肉体欲望（比如食欲、性欲）的恐惧。出于现实生存的需要，生存活动的感官唯乐原则被压抑下去，代之以唯实原则。这同时也意味着对自身肉体的贬低与遗忘。人的感官活动开始有了某种禁忌。在"吃"的活动方面，肆无忌惮的暴饮暴食被转移到如饕餮之类的形象上。在这一类形象身上，集中了动物性的和非理性的本能的力量。饮食禁忌为"吃"的感官活动划定了一个伦理限度。"吃"的禁忌反映了人对于摆脱自身的动物性的要求。唯有酒能够在一定程度上帮助人们超越唯实原则，而暂时地达到唯乐原则的实现。

饮酒，显然是人类"吃"的活动中的最特殊的和最人类化的行为之一。因为"酒"具有一种特殊的文化功能：它被想象为使文化向自然靠近和沟通的催化剂。饮酒不仅仅是果腹和解渴，而成为文化的一部分。由于酒的特殊的神经生理方面的功能，它在民间的和国家的仪式化活动中，扮演着某种特殊的角色。因而，酒的酿造以及饮用往往有许多复杂的和仪式化的程序。在《高粱酒》中，莫言再现过这种酿造仪式。而酒在饮用时的仪式化的程序，则是中国的"饮食文化"中的一种特殊而又讲究的艺术。在酒国市人的盛筵上，这种仪式化的饮酒方式达到了无以复加的程度。

莫言常常不厌其烦地详尽描写人的神经系统对酒的生理反应——

悬在天花板上的意识在冷笑,空调器里放出的凉爽气体冲破重重障碍上达天顶,渐渐冷却着、成形着它的翅膀,那上边的花纹的确美丽无比。他的意识脱离了躯壳舒展开翅膀在餐厅里飞翔……到处都留下了它摩擦过的痕迹。它像一只霸占地盘的贪婪小野兽,把一切都打上它的气味印鉴。对一个生长着翅膀的意识而言,没有任何障碍……

——《酒国》

正如酒本身脱离了粮食的物质性一样,饮酒者的意识在酒精的作用下,也脱离了肉体的物质性的形态,从而使饮酒者的意识中形成了一种"升华"的幻觉。比如,在古代的宗教祭祀仪式和节日庆典活动中,人们正是通过酒的这种作用,来谋求精神上的"升华",实现"人神"沟通和肉体与快乐沟通。人们将酒的这一功能称之为"酒神精神"。

但酒又是这样一种自相矛盾的物质:一方面它是国家"礼仪"上的必不可少的辅助剂;另一方面,它又具有一种使人精神迷狂的功能,这种功能有时会导致人做出某种"非礼"的举动。酒醉后的狂欢却是任何神圣仪式的最终结局。迷狂状态下的肉体完全不服从意志和理性的支配,它自己支配自己,依照自己的原则——快乐——行动。在《红高粱家族》中,"我爷爷"余占鳌曾经大醉三天,不省人事。这位不平凡的酒徒似乎有理由漠视自己的肉体,将它抛掷在酒缸里,就像扔掉一件多余的物一样。酒醉者有理由对命运采取一种听之任之的态度,可以逃避现实生存的责任。正如16世纪的荷兰画家布吕盖尔笔下的盛大的乡间庆典场面所表现的一样,酒醉后的狂欢状态从根本上说是喜剧性的,它与其说是精神的"升华",不如说是肉体的放任、迷醉和颓废。

在莫言的《酒国》中,酒醉的性质体现得甚至更为复杂和充分。已经大醉的丁钩儿尽管依然保持着意志的清醒,但他的身体却完全处于麻醉的状态。丁钩儿蝴蝶般轻盈的意志吸附在天花板上,并看到了自己的肉体被几位服务小姐"像拖一具尸首"一样地拖出了餐厅的情形。皮囊一样的躯壳把被"醉"所遗忘的肉体的状况充分暴露出来了。肉体不仅仅与意志脱离了,而且,它完全就像是意志的渣滓。一方面,我们可以说,"醉"的状态是意志对肉体的否定,而反过来则也可以说,是肉体否定了意志的"升华"。"升华"在肉体的否定面前成为一个幻象。丁钩儿在酒国市的精神追求的过程,正是他的伟大的"升华"幻想不断破灭的过程,也是其意志在其"卑俗的"肉体的重力牵引之下的不断堕落的过程。

在神圣仪式终结之后,只有酒醉的人群和狼藉的广场。在酒的"升华"幻象破灭之后,只剩下纯粹的肉体。肉体脱离了意志和理性的控制,它只能依照自己的机能和需求行动。然而,在酒醉状态达到最严重的程度的时候,身体就会出现一种特殊的反应——

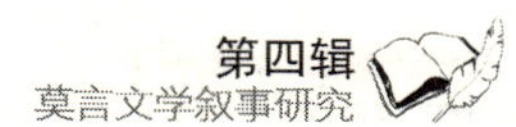

在一阵紧缩的剧痛下,他大张开嘴,喷出一股混浊的液体……哇——哇——酒——黏液,眼泪鼻涕齐下,甜的咸的牵的连的,眼前一片碧绿的水光。

——《酒国》

这里的呕吐并不是存在主义意义上的那种与存在之本体论有关的呕吐,而是一种纯粹的、仅仅关涉肉体的呕吐,是消化器官对刺激物之不适(不胜酒力)而致的、纯粹的生理反应。上消化道在隔肌的帮助下,将食物从胃囊内逆向排空,这一过程构成了对"进食"的反动。呕吐在最根本的意义上标出了"吃"的生理限度。肉体以这种方式拒绝了酒以及与饮酒相伴随的全部进食活动。酒醉以及由此而带来的呕吐,使"吃"的活动的任何神圣仪式,在最终都走向了它的反面,更准确地说,是走向了它的真实结局——在酒精的作用下所产生的神话的瓦解和消亡。因而,也可以说,呕吐是对"吃"的神话的拒绝和反动。

呕吐是一种逆反的"进食"行为,各种反常的饮食习惯则是它的变体。在小说《十三步》中,莫言就写到过一位嗜食粉笔的教师。"吃粉笔灰的",这本就是人们对于教师这一职业的卑称。职业性的生存压力,使这位教师形成了一种乖戾的饮食癖好。他像猴子似的攀援在公园的铁栏杆上,向人们讲一些荒唐无稽的事情。每讲一节,就会向听众索要粉笔头吃。在小说《铁孩》中,则出现了两个吃铁的小孩。在"大炼钢铁"的年代,父母们忙于冶炼大堆大堆的含铁质的固体。而这两个差不多是被抛弃的孩子就开始将这些毫无用处的,"咸咸的,酸酸的,腥腥的,有点像咸鱼的味道"的金属吃掉。

小孩子吃铁,以及嗜食其他非食物的物质,比如泥土、煤渣、木炭屑、小石子等,在医学临床上是肠道寄生虫病并发营养不良症(俗称"疳积")的主要症状之一。患者在吃这些"食物"时,就像吃美味佳肴似的,并且,口腔会产生某种快感。在这里所描写的这种反常的饮食癖好,一方面体现了饥饿对孩子们的身体发育的伤害;另一方面,则是孩子们对成人的荒唐行径的报复。铁、粉笔这些古怪的"食物",与前文所提及的那些被当作食物的疾病一样,是对美味佳肴的否定,也就是说,反常的饮食习惯是对正常饮食的否定。

在莫言那里,对"吃"的文化的最极端的否定乃是其排泄主题。在通常的文化价值系统中,排泄物的性质总是消极的和否定性的。如果物质系统也有一种伦理秩序的话,那么,排泄物恰好是食物的反面。粪便这个奇特的意象在莫言笔下经常出现。比如,《酒国》中的心怀"崇高"理想的侦察员丁钩儿最后就是坠落在粪坑里而被淹死的。在《战友重逢》中,有一段赞美尿液的弧线在阳光的映照下所形成的彩虹。"尿液"与"优美"的形象联系在一起。而在《红蝗》中,粪便意象甚至还与"崇高"的观念产生了联系——

> 高密东北乡人食物粗糙,大便量多纤维丰富,味道与干燥的青草相仿佛,由此高密东北乡人大便时一般都能体验到磨砺黏膜的幸福感——这也是我们久久难以忘却这块地方的一个重要原因。高密东北乡人大便过后脸上都带有着轻松疲惫的幸福表情。当年我们大便后都感到生活美好,宛如鲜花盛开……
>
> 我们歌颂大便、歌颂大便时的幸福时,肛门里积满锈垢的人骂我们肮脏、下流,我们更委屈。我们的大便像贴着商标的香蕉一样美丽为什么不能歌颂,我们大便时往往联想爱情的最高形式、甚至升华成一种宗教仪式为什么不能歌颂?
>
> ——《红蝗》

对于粪便的肯定,也就是对于身体的最原始的部位的性质、功能及其产物的肯定。在中国传统关于身体的文化观念体系中,人的消化系统的主要功能归属于"脾","脾"主滋养和水谷运化,在五行中属"土"。正如万物之生存依赖土一样,消化器官是人的肉体生存的基础。而且,人在死亡后,其躯体亦终将化作粪土,回归到土地的怀抱。粪便形象与故乡形象在最原始的意义上产生了联系。因而,在莫言的伦理学原则中,是排便的快感形式以及粪便的性质形状,决定着文明的伦理尺度。而决定粪便之性质和形状的则是两类性质不同的饮食方式的食谱。这里(特别是酒醉者的呕吐物)的污秽与粪便(特别是食草动物的粪便)的清香,形成了鲜明的对照。颠倒的饮食伦理观和食物的伦理系谱。它与呕吐一样,是对所谓"吃的文化神话"的否定和对通常的饮食伦理的颠覆。

在莫言的笔下,排泄物与食物常常是并置一处的。例如,在《高粱酒》中,著名佳酿"十八里红"的最为关键的酿造工序,乃是"我爷爷"余占鳌恶作剧地往酒篓里撒了尿。事实上,在民间俚语中,也常有这种雅俗混杂的现象。"马尿"就是人们对酒的戏谑性的称呼。民间文化往往是对文明秩序的大胆的叛逆。然而,排泄物与食物还不仅仅是一种并置关系,甚至这二者往往成为一种互喻关系:

> 马骡驴粪像干萎的苹果,牛粪像虫蛀过的薄饼,羊粪稀拉拉像震落的黑豆。
>
> ——《红高粱》
>
> 麦垄间随时可见的大便如同一串串贴着标签的香蕉。
>
> ——《红蝗》

这些相互悖反的意象的并置和互喻,乃是莫言小说的基本修辞方式之一。在这里隐藏着莫言小说的一个风格学秘密。事物超越了其伦理秩序中的位置,而被还原为一种原初的、自然的状态。事物的这一状态可以看作是对事物的自然规则的尊重和肯定,它在某种程度上打破了文明所构造出来的事物秩序的神话,是感官活动力量的显现和对文明压抑机制的反抗。

莫言在这里还十分详细地描述了排便时所产生的直肠和肛门的快感。这种快感与前文所引的对饮酒时所产生的口腔快感几乎完全相同。从生理学意义上看,这两个不同的部位的黏膜组织的解剖学形态和生理功能基本相同。从胚胎发生学方面看,它们也是形成于同一胚胎层。但在身体的文化伦理学范畴之内,这两个部位却有着森严的等级差别。从某种意义上说,文明即诞生于这种对身体级差的界定。文明社会最初从家庭开始对儿童进行这种身体级差意识训练,并首先是对肛门括约肌的控制功能的训练。而在更高级的阶段,则要求儿童将力必多及快感中心从口腔、肛门向生殖器部位转移。但是,莫言似乎是有意混淆和颠倒了身体既定的伦理秩序,将肛门的伦理位置与身体的其他部位的伦理位置并置,肛门快感与身体的其他部位的快感在性质和强度上也是同等的,这就从根本上肯定了肛门快感。这一肯定,也就意味着对力必多中心的转移的拒绝,它使身体的快感中心仍停留在肛门阶段。在崩溃的饮食文化"神话"大厦的废墟之上,莫言建立了自己的快感伦理学。

在儿童那里,肛门常常是其快感发生的主要部位。在青春期,这些力必多中心开始向生殖器部位转移,这标志着个体发育的成熟。在文明的"进化树"上,儿童在位置介于动物和人类之间,他们本性有时更接近于动物。成年人就常常直截了当地骂他们为"小畜牲"。他们是"人性"的"欠缺",是有待进化的"亚人类",必须在成年人的"文明监护"和"训诫"之下,习得人性。可是,力必多中心的肛门阶段的固置现象,则是儿童对成长(进化)的拒绝,这就好像有些人在成年之后依然保持吮手指头的习惯一样。这些不文明的"恶习"与文明社会的伦理原则相抵触。在莫言笔下的"小男孩"形象身上最充分地体现了对文明社会伦理原则的拒绝。"小男孩"在莫言那里形成了一个庞大的形象群。[①] 这些"小男孩"的共同特征是机警、敏感、顽皮和经常的恶作剧,差不多就是所谓的"顽童"。他们固执地坚守着人类的原始本性。为此,他们常常受到来自成年人世界的严厉惩罚。对于这些"小顽童"来说,文明即意味着压抑和惩罚。小孩子在莫言笔下总是一种被压抑的形象与反抗的形象。

与肛门快感相关的是儿童对粪便的兴趣。对于儿童来说,粪便是他们快感的重要来源之一。另一方面,粪便又是他们自己的身体的唯一创造物(产品)。同样,下流话在小孩子那里有着与粪便相近的功能。下流话将被贬低的身体部位及其产物变成词语和句子,并有喜剧性的效果和某种攻击性。下流话的喜剧性效果就在于它的伦理上的错误。它常常是对事物伦理的误置:将两个完全不同位置的事物,或置于同一水平,

① 这类形象包括黑孩(《透明的红萝卜》),小虎(《枯河》),豆官(《红高粱》),铁孩(《铁孩》),上官金童、司马粮(《丰乳肥臀》),少年金刚钻、少年余一尺、"小妖精"、"长鱼鳞皮肤的少年"、"我岳母的小叔叔"(《酒国》),以及如《罪过》、《夜渔》、《猫事荟萃》、《梦境与杂种》、《五个饽饽》、《大风》等小说中的"我"等等。

或颠倒其位置。如果它有具体的针对性的话，就成了骂人话，其攻击性的功能就显示出来了。下流话、排泄幻象都是小孩子所迷恋的，它们既是其快感的来源，又是其攻击的武器。小孩子喜欢运用自己的身体的唯一产品来作为攻击的武器，或故意固守下流话中的伦理错误，故意混淆事物的伦理秩序，以示对成人的伦理原则的反抗，并从中获得快感。如《枯河》中的小虎在遭受父亲和哥哥的残暴殴打时，他唯一的反抗就是不停地高叫："臭狗屎。"

下流话和排泄幻象还有某种民间性特征。任何一种民间文化都带有某种程度上的童稚性。它似乎就是人类文明处于"未成年"阶段的残余。其中保持着文明的原初形态和生动性，恰如儿童之于成人一样。因此，尽管人们也会认为民间社会的文化是一切文化的根底和来源，但它又总是被教化的对象，是处于非中心位置的和被压抑的对象。文明在其制度化过程中要求建立某种秩序。文明的秩序观首先即是通过对身体("肛门"首当其冲)的约束而建立起来的。从社会学角度看，制度化的文明秩序需要不断地清除民间文化的"污垢"，使之"清洁化"。这样，民间社会与主流的文明社会之间始终存在着一种对抗性的关系。而在这种对抗关系中，民间会永远是牺牲品，是悲剧性的对象。而民间社会的特殊之处则在于：它本身却总是以一种喜剧性的方式来对待自己的命运，同时，也以此来对待其对立面。"笑"在民间文化中总是一种最有力的东西。"笑"既是对对手的嘲弄，又是对自身生命的肯定。巴赫金指出："民间的诙谐从来离不开物质和肉体下层。"[①]腹部、臀部、排泄器官和生殖器，以及与这些下层部位相关的活动，如消化、排泄、交媾等等，经常是民间诙谐的基本材料。它就好像是文明的"下腹部"，或者说是"脾"，归属于"土"，主司文明的归藏和化育。然而，正是这些所谓"藏污纳垢"的"下层"文明培育了人类文明的强大生命力。

政治学

在短篇小说《粮食》中，莫言讲了一个这样的故事：在 20 世纪 50 年代的大饥饿时期，母亲为了养活自己的孩子而将集体的粮食(豌豆)偷偷带回家。因为必须躲过冷酷而狡猾的保管员的搜查，母亲便将豌豆吞到肚子里，回家后再催吐。这样，母亲练就了一种特殊的本领——她能够大量吞食豌豆，并且无须催吐便可将豆子像倒口袋一样全部吐出来。与前文所提到的种种"呕吐"不同，这是一种特殊的"呕吐"。它更像是"反刍"，是为人之母对鸟类的哺雏方式的不太高明的模仿。这位母亲以最原始的、本能的方式来哺养自己的孩子。因为现实生存的压力，使人体器官的机能不得不向禽类的水

① [前苏联]巴赫金：《巴赫金文论选》，佟景韩译，第 119 页。

平退化。这是最令人悲哀的,也是最伟大的“退化”。这种“退化”与任何文化学观念无关,它更多的是涉及对中国人的现实生存境况的揭示,是对现实最强烈的控诉。在这里,像“吃”这样一类的感官的生存活动被纳入了政治学领域。这是莫言写作的“中国性”的体现。

政治学领域内的事情——比如革命——当然不是请客吃饭。但“吃”表面上看起来属于纯粹的生理活动,有时却不得不带上某种政治色彩,正如“文革”期间人们常说的——“吃吃喝喝绝不是小事”。而在当时,吃上一顿“忆苦饭”往往是对人民进行政治教育的必不可少的手段。这种活动巧妙地寓政治教育于日常饮食之中,它抓住了民众对“吃”感兴趣这一心理特点,使枯燥的政治教育变得香甜,因而行之有效。政治观念随食物一起充盈到人体内部,被消化和吸收,成为人民的血肉。莫言在《飞艇》中,描写过这种吃“忆苦饭”的仪式。在这种仪式中,吃饭是为了“忆苦”,是为了唤醒人们对于饥饿的记忆,进而对当下生活之“甜”表示感恩。但《飞艇》中的那位愚钝的农妇(方家七老妈)却未能领会这一仪式的政治学意图。她将吃“忆苦饭”仅仅当作对饥饿的回忆,以致她在大会讲台上错误地回忆起50年代末60年代初饥饿的经历来。至于像主人公“我”那样的孩子,则完全漠视教育者的良苦用心,把集体吃“忆苦饭”当作一次填饱肚子的大好机会。

在莫言笔下存在着两个“中国”:一个是如《酒国》中的盛宴场面所表现出来的“吃”的国度,或者说是“大吃大喝”的中国。而在更多的作品中,莫言所描写的则是“另一个中国”——一个饥饿的中国,苦难和贫困的中国,如他的故乡——高密东北乡。高密东北乡的那些愚钝的群众有着其特有的生存方式。他们就像自己所豢养的那些家畜一样,属于“食草动物”之一种。与之相对立的当然就是所谓“食肉动物”。食肉、食草的饮食方式的分野带来了饮食的伦理学原则的分野,这些伦理学原则在进入社会历史活动的过程中,逐步进入了政治领域,成为政治学的范畴。食肉、食草这一对立的观念,也是我们这个民族的一种十分古老的饮食文化观念。在战国时代,民间军事家曹刿就表达过“肉食者鄙”的观念。而古代诗人杜甫则在他的诗歌中,进一步发挥了曹刿的这一思想,他在一首诗中写道“朱门酒肉臭”,公开表示对肉食阶层的生活的唾弃和批判。莫言则是这一伟大的批判传统的现代继承人。

食肉与食草这两种不同的食谱之间的差别,造成了生物界中的食草动物与食肉动物两大动物类别。这两类动物在莫言笔下却形成了两种对立的生存方式,从而成为人类不同的生存方式的群体的转喻。在莫言笔下,食肉动物(如《狗道》中的抢食人肉的饿狗)往往表现出凶残的本性。而食草动物(如《罪过》中的骆驼、《酒国》中的驴子等等)则在一定程度上表现出温顺、善良的性格特征。这两类不同的动物之间的生态关系在社会政治学意义上转变为生存方式上的权力关系,这二者恰好构成了权力关系中的施虐、受虐的对立项。“吃与被吃”的关系常常被用作权力斗争(政治的或军事的)的比喻:将对手“吃掉”,或者被对手“吃掉”。权力的角斗场所遵循的就是这样一种“丛林原则”。正如我们在本文的开头所看到的,队长的嘴不仅是他自己的摄食器官,而且,还是向他的子民们发布各项指令的器官。队长的“嘴”这一器官的双重功能,巧妙地将“吃”的官能活动与政治权力结合在一起了。从古代关于祭祀和庆典筵席上的种种饮食禁忌和礼仪可以看出,“吃”这一表面上看来为一种纯粹的生理性的活动,也包含有明显的伦理秩序意识和政治性。

在“吃”的活动中所表现出来的现实生存的权力关系,意味着一类人的感官享乐往往建立在另一类的生存饥渴之上。那些饥渴的人群不得不长期为求得肉体的生存权而斗争。《丰乳肥臀》中写到大饥饿年代时候的情形:右派分子劳改农场中的人员,除了少数几个人,如场长、仓库保管员、公安特派员等之外,几乎全都饿得浮肿了。还有特派员监督犯人的“助手”——狼狗——没有浮肿。狼狗也和它的主人一样,属于“掠食者”族群,也就是曹刿所说的——“肉食者”。“肉食者”在这里被赋予了政治学意义,它与权力密切结合在一起。

对于中国人来说,“生存恐惧”始终是他们生存经验中的最大的恐惧。在他们的日常生存中,总是感觉到有一种来自外部世界的威胁性的力量。在《红蝗》中,莫言描写了蝗虫这种毫无理性的生物的可怕的进食能力。在这种无所不食、似乎能吞噬一切的昆虫面前,人类真正感到了恐惧。而另一方面,人类自身又正是这样一种可怕的“食客”。《丰乳肥臀》中的那位劳改农场的警卫周天宝就曾自称煮食过人肉,以致一时间全场的犯人都惶恐不安,“生怕被周天宝拉出去吃掉”。在《十三步》中,这一吃人主题转化为一种乖戾的嗜食火葬场里的死人肉的癖好。人的身体在这个地方变成了一堆肌肉组织、脂肪和骨骼的混合物,为“吃人”提供了最充分的理由。莫言通过对这种极端的环境中的人的变态行为的描述,将人的本能中的残酷的兽性的一面充分揭示出来了。

这种令人恐惧的本能的力量,在“吃”的活动中的表现与在现代政治活动中的表现是极其相似的。莫言在小说《红蝗》的结尾这样写道:

> 亲爱的朋友们、仇敌们!经年干旱之后,往往产生蝗灾。蝗灾每每伴随兵乱,兵乱蝗灾导致饥饿,饥饿伴随瘟疫,饥饿和瘟疫使人类残酷无情。人吃人,人即非人;人非人,社会也就是非人的社会;人吃人,社会也就是吃人的社会。
>
> ——《红蝗》

吃人主题自从鲁迅在五四时期确定下来之后,一直是现代中国文学中的最基本的主题之一。莫言继承了五四新文学的批判性的传统,并赋予它新的特征。如果说“吃人"主题在鲁迅那里是一个关于民族传统文化的批判性的主题的话,那么,在莫言笔下则主要是一个关于人性的和现实政治性的批判性的主题。

吃人不仅是中国现代文学的基本主题,而且也是人类的意识生成史上的一个重大"母题"。这一母题实际上包含着人类最原始的焦虑:对"被吞噬"的焦虑。这也正是中国人的一种十分古老的恐惧。在上古时代就存在着一种所谓"苛政猛于虎"的观念。而前文所提及的饕餮的形象,最初也是从一个张着大嘴的老虎的形象中演化过来的。作为摄食之通道的口腔,在这里却变成了一个可怕的、会吞噬人的生命的洞穴,就像是地狱之门。从心理学角度看,人的被吞噬的焦虑与被阉割的焦虑之间有着共同的心理学基础。在儿童的深层心理经验中,"焦虑"经验的复杂性就在于这两类经验之间的混杂和转换。

在莫言的作品中很少写到爱情。在不多的爱情故事中,有关"性"的描写也闪烁可见。比如,《红高粱》中那个著名的"野合"的片断。尽管这个片断依稀显出浪漫蒂克的色彩,但更为引人注目的却是弥漫于其中的强烈的肉欲气息。而在《酒国》中,侦察员丁钩儿与女司机之间的情感纠葛则完全是成年人之间的、以性吸引为基础的两性交往。他们的关系简单而粗俗,像是一场临时的性交易。这些成人的性关系表现为某种程度上的性欲或色情特征。丁钩儿偶尔产生的对女司机的爱和依恋的情感则显得有些荒唐可笑,使他看上去像是一个在心理上尚未完全成熟的大男孩。他像孩子依恋母亲一样地依恋着女司机。《酒国》中的侏儒富翁余一尺的"爱情观"则彻底摧毁了丁钩儿浪漫的爱情幻想。余一尺公开表示:"有钱能使鬼推磨。世上也许有不爱钱的,但我至今未碰上一个。大哥敢扬言肏遍酒国美女,就是仗着这个!"他完全懂得金钱、权力与性之间的辩证关系。他将男女性爱完全简化为出自性本能的欲望关系。如果不是这样的话,成年人之间的两性交往似乎就变得不真实,变得虚无缥缈了。罗曼蒂克的爱情只不过是一个永远无可企及的幻象而已。小说《怀抱鲜花的女人》写了一名陆军上尉在回乡的途中邂逅一位"怀抱鲜花的女人"。他对她一见钟情。但这个梦想中的情人只不过是一个幻影。他在现实中所要面对的依然是自己并不爱的、伧俗的妻子。

《丰乳肥臀》中的上官金童的力必多中心始终没有超出口腔阶段。这些涉及性爱的描述,可以视作为对力必多的生殖器阶段的表达。在人类行为中,性行为最典型地表现了交往行为中的权力关系。成人(主要是男性)的性器的社会学含义指向权力。在现代社会中,人的"吃与被吃"的关系只能依靠权力来维持。它是对人与人之间的"权力关系"的隐喻。而人类的性行为也在一定程度上表现出"权力关系"的实质,并常常以一种更野蛮的形式表现出来。《丰乳肥臀》中有一个情节,可以说将在权力关系中的人类性行为的残暴性质表达的无以复加:劳改农场的炊事员张麻子"用一根细铁丝挑着一个白生生的馒头",以此作为诱饵,诱骗右派分子、前"医学院校花"乔其纱。饥饿的乔其纱在求生本能的驱使下,不得不像狗一样爬着追逐那个白生生的"诱饵"。最后,张麻子在乔其纱贪婪地吞食馒头的时候强奸了她——

> 她像偷食的狗一样,即便屁股上受到沉重的打击也要强忍着痛苦把食物吞下去,并尽量多吞几口。何况,也许,那痛苦与吞食馒头的愉悦相比显得是那么微不足道。所以任凭着张麻子发疯一样地冲撞她的臀部,她的前身也不由得随着抖动,但她吞咽馒头的行动一直在最紧张地进行着。她的眼睛里盈着泪水,是被馒头噎出的生理性的泪水,不带任何情感色彩。
>
> ——《丰乳肥臀》

这一触目惊心的场景充分体现了食欲——性——权力"三位一体"的关系。在特殊的境遇中,性是某一类人的特权。它意味着权力,意味着一类人对另一类人的彻底的征服和奴役。

暴力是人类社会生活的"权力关系"的极端形式。在莫言笔下充满了关于暴力的讽喻性描写。最奇妙的是作品中经常出现的与枪有关的动机。但"枪"在作品中出现的方式却很特别,它有一种特殊的象征性。《酒国》中的丁钩儿随身带着两支枪:一支五四式连发手枪,另一支却是玩具手枪。首先打响的是那支玩具枪,而真实的枪也是因为走火而被打响。他在心理上是不成熟的,他无力控制成年人的暴力工具,或者是对来自成人世界的象征着强权的"武器"出于本能地拒绝。《酒国》故事发展到后来,他的那支真枪越来越显得多余,与玩具无异。它甚至被那个看门的"老革命"讥笑为"娘们的玩意"。事实上,枪确真的被"娘们"所掌握。那位女司机趁丁钩儿与她做爱的时机,攫取了他的手枪。她手持驳壳枪,赤身裸体地站在丁钩儿面前,并用枪直指丁钩儿的脑袋。在这一奇妙的场景里,这位神秘的女司机不仅是性诱惑者,同时也充满了暴力的威胁,她将这二者巧妙地结合于一身。她就是一支奇妙的"性手枪"。"性手枪"可以看作是对权力(暴力)于性感之间的关系的一种暗示。这一巧妙的结合,深刻地揭示了暴力的"性感化"的一面。

除了在上述主题领域之外,莫言小说的"政治性"更重要的是体现在其话语的层面。这一点更加意味深长。莫言的语言是话语活动中的言说与沉默的矛盾的集中体现。无限膨胀的感官言辞和无节制的意义播撒,与现代人不断被消耗的生命意义之间形成了一种微妙的互动关系。人类不断地向空气中喷吐话语的泡沫,以掩饰心灵的空虚。然而,任何言辞最终不可避免地指向沉默。这是"沉默的辩证法"。莫言深谙这种辩证法,他通过矛盾的话语暴露了人类言说的悖谬的困境。

沉默的政治学含义则显得更加复杂。这关涉到对"口腔"的另一种功能的认识。这一功能涉及社会学方面,但它却是一种消极的功能。民间的谚语云,"祸从口出",

"口腔"被看成是灾祸的根源。它提醒人们注意言辞在社会交往中的危险性。因而,初民社会往往有各式各样的"言辞禁忌"观念和仪式,由禁忌又转化为对语言的"神圣化"。

小说《丰乳肥臀》和《会唱歌的墙》都写到乡间的"雪集"。这是奇特的"禁声狂欢节",它看上去像是一场节庆游戏。在"雪集"上,"主宰着雪集的主要是食物的香气……妇人们都用肥大的棉袄袖口罩住嘴巴,看起来是防止寒风侵入,我认为是怕话语溢出"[①]。人民对言语感到恐惧,尽量用食物将"口腔"填满。他们担心自己会因为口腔的过失(失言)而被"拔舌头"。这并非他们的多虑,而是与他们的(历史的和现实的)政治经验有关。这一恐惧经验进而被上升到宗教的高度,有一层地狱就叫作"拔舌地狱"。"拔舌"刑罚的现代变种则是割喉管和切断声带,这使得"禁声"技术摆脱了简单、原始的身体惩罚形式而转向对言语之危险性的更有效的制止。这一技术上的进步,完全仰赖于现代科学对发音的生理机制的正确认识。但这一进步仍然未能摆脱"控制身体"这种较为原始的"生理政治学"手段。真正现代的"禁声"技术不是对"口腔"的减法,相反,是加法。从某一个"口腔"复制下来,并大量繁殖。在现代通信技术的支持下,它无所不在。从庆典的广场,到车间、军营、操场,乃至在偏远乡村的农舍的屋梁上,都有这个夸张的"口腔"所发出的声音。这众多的"人口"就像莫言在《会唱歌的墙》中所描写的那个由酒瓶子筑成的长城一样。这些由同一机器制造,有着统一口径的瓶子"长城",在强劲的西北风的鼓吹下,发出同一的呼啸。

吊诡的是,肆意膨胀的聒噪言辞,同时又稀释了意义的神圣性。莫言的小说充满了游戏性,以游戏的方式模拟了现代社会的话语膨胀现象。在游戏性原则下建立起来的虚构的话语世界,与制度化的生存世界之间构成了鲜明的对照。在革命的非常时期,民间的游戏被认为是对革命的严肃性的抵消而被禁止。然而,另一方面,严肃的意识形态化的官方活动却又充满了游戏性。而任何官方的意识形态机器所要做的无非是将这些"游戏"改造成"神话"。事实上,在权力的交换关系中,始终存在着某种非公开的"游戏规则",对此人们心照不宣。这是一种戴着严肃的政治假面的社交"游戏"。这种不公开运行的社交"游戏",实际上成了这个权力化的国度的社会运行的真正的"发动机",而这个"发动机"的核心装置则是"利益"。真正的"无利害"的游戏几乎纯粹是民间的和私人性的,或更多地只存在于儿童世界。

戏仿的修辞规则是游戏性的,这是莫言小说最重要的文体方式之一。《酒国》差不多就是一部由各种各样的戏仿的文体所组成的文本集合。故事的主要线索——高级侦察员丁钩儿的故事是通俗传奇中的侦破故事的戏仿,写作爱好者、酒国市酿造大学

① 莫言:《会唱歌的墙》,人民日报出版社 1998 年版,第 76 页。

的勾兑学博士李一斗与莫言老师之间的通信则是对官样文体和现代人的私人性匮乏的社会辞令的戏仿,而托名李一斗所作的一系列穿插性的短篇小说,则将20世纪中国各种主题、题材和叙事样式的小说差不多都戏仿了一遍。戏仿构成了《酒国》的最基本的文体特征。

戏仿的美学效果就是"反讽"。"反讽"是一种否定性的美学。戏仿文本以一种与母本相似的形态出现,却赋予它一个否定性的本质。它模拟对象话语特别是对政治意识形态话语的严肃的外表,同时又故意暴露这个外表的虚假性,使严肃性成为一具"假面"。这也就暴露了意识形态话语的游戏性,或干脆使之成为游戏。在剥下"假面"的一瞬间,产生喜剧性的效果。对那些制度化的文体进行"戏谑性模仿"。戏仿使制度化的母本不可动摇的美学原则和价值核心沦为空虚,并瓦解了制度化母本的权威结构所赖以建立的话语基础。因而可以说,戏仿的文本包含着至少是双重的声音和价值立场,它使文本的意义空间获得了开放性,将意义从制度化文本的单一、封闭、僵硬的话语结构中解放出来。从这一角度看,戏仿就不仅仅是一种否定性的美学策略,它同时还是一种新的世界观念和价值原则。

正如对身体的秩序的颠倒一样,文体在莫言笔下也表现为一种"混杂"和"颠倒"的倾向。这一点集中地体现在小说《欢乐》中。《欢乐》可以看作是莫言小说话语方式成熟的标志。整部作品从头至尾记录了一位有心理障碍的中学生齐文栋的意识活动:齐文栋的生理感受和心理活动、瞬间场景的描述、各种知识话语片断、俚语、俗话、顺口溜、民间歌谣等等。这些话语的碎片相互嵌入、混杂,在同一平面上展开。卑俗与崇高的等级界面消失,被淹没在多重"声音"混响的话语洪流之中。这种混响的"声音"、杂芜的文体、开放的结构,形成了一种典型的(如巴赫金所称的)狂欢化的风格,既是感官的狂欢,也是话语的狂欢。狂欢的基本逻辑构成了制度化生活的权威逻辑的反面,它从话语的层面上否定和瓦解了制度化的世界秩序。

狂欢化的原则是对既定的生活秩序的破场和颠倒。莫言小说的狂欢化倾向即表现为这种破坏和颠倒。崇高与卑下、精神与肉体、英雄与非英雄、美好与丑陋、生与死,诸如此类的价值范畴的分界线模糊不清,价值体系中的等级制度被打破,对立的价值范畴在一个完整的生命体中共生。莫言曾这样表达了自己的写作理想:

> 总有一天,我要编导一部真正的戏剧,在这部剧里,梦幻与现实、科学与童话、上帝与魔鬼、爱情与卖淫、高贵与卑贱、美女与大便、过去与现在、金奖牌与避孕套……互相掺和,紧密团结,环环相连,构成一个完整的世界。
>
> ——《红蝗》

在这个世界里,事物的秩序是对文明世界事物秩序的混淆和颠倒,然而,它却是一个更接近于事物的自然状态的世界。这个“完整的世界”并不能在制度化的现实中存在,只能诉诸狂欢化的瞬间。因此,莫言小说的狂欢化倾向并不仅仅是一个主题学上的问题,而同时,甚至更重要的,还是一个风格学(或文体学)上的问题。狂欢化的文体才真正是莫言的小说艺术上最突出的贡献。

(原载《当代作家评论》2000 年第 5 期)

回到寓言

——论莫言及其近作

◇李洁非

故事的出现，并不仅仅由于人类把自己亲自经历过的事情复述出来的简单愿望，在很大程度上，故事往往是隐喻，用一件很特别的事情暗暗传递某种很普遍的道理，以达到联想和反观的目的，这大概也就是孔子所谓“取之近譬”的意思。最古老的故事形式之一的寓言，即为着这种目的而产生。一般说来，寓言的特点是把不正确的东西推向极端，致使它明显成为荒谬的、不合情理的，以此反证出正确的东西。因此，寓言故事通常给人以超现实、离奇、夸张之感；在本质上，寓言手法就是讽刺手法——透过《叶公好龙》、《守株待兔》、《邯郸学步》、《削足适履》等著名的古代寓言，我们不难看到这些特点。

从故事演化而来的小说艺术，其中有一种类型实际上正是对寓言的继承，称之为放大了的、情节复杂化的寓言亦无不可。我们认为，从艺术特性上反推，最初始的小说类型应当是寓言，而其他的都是从这里派生出来的。这同教科书上通常主张的以写实为小说根本传统的说法大相径庭。假如人类最初讲故事的冲动只是基于一种把经历过的事情复述一遍的愿望，则未免智商过低，而且毫无益处。因此，故事必定得告诉旁人一点反常的东西或寻常看不见、想不着、摸不透的东西，总之是要使人听与读后大吃一惊，隐约有所悟。

许多杰出的小说家都写过寓言式的讽刺小说，但我们将更多地想起诸如塞万提斯、马克·吐温、契诃夫、吉卜林或吴敬梓、蒲松龄这样以写讽刺小说著称的作家的名字。《百万英镑》、《竞选州长》是马克·吐温有口皆碑的短篇小说，它们的情节是无须由我们赘述的了，但是，回味这两篇作品巧妙的讽刺意蕴永远是有益的——它们无疑都在向我们暗示：如果那些看来根本不可能发生的事情竟然真的发生了，那么，人类社会将暴露出那些在它正常、有序的面纱之下埋藏的疯狂与丑恶。契诃夫的《一个小公务员之死》恰好相反，在貌似荒唐的故事下挖出反而令人感到平平常常、实属必然的结局：偶然地吐在将军身上的唾沫竟导致小公务员惊吓而死，看似离奇，细想又不是。

世界和生活就是这样时时让人们意识到自己的荒诞，小说家岂可不察？但在这些现象面前，20 世纪作家的思考方式同 19 世纪相比有了很大改变。在 19 世纪小说中，荒诞的事件是可以同我们的主观分开的，后者可以反思、否定它，并暗示什么是不荒诞的，亦即合理的。但自 20 世纪以来，人们不再感到他们是置身事外的讽刺者，怀疑的情绪已蔓延到理性本身，在荒诞的彼岸未必存在合理与健全，更确切地说，对荒诞予以否定的信念及尺度的瓦解更使人们不能作出任何结论。这也可以说是喜剧精神的褪色、滑稽感的黯淡。实际上，辛辣而轻松的嘲讽风格对现代人的存在体验而言是不合时宜的。在现代小说之父卡夫卡的《变形记》里，格利高里清晨醒来意识到自己变成一只甲虫，这个变戏法般的情节丝毫不会引起我们的兴趣甚至哪怕是好奇的心理，它只是让我们感到可怕。

现代小说家倾向于把我们生存的空间（大至整个社会，小到家庭单元）干脆看作一种寓言形式。它的极度不真实的地方恰恰就是它最后的真实——对这样古怪的性质，现代人已经习以为常。该发生的迟迟不发生，不该发生的却接二连三、无比顺当地发生，此类事情我们生活中经历得太多太多。在古代，神话是人类赋加于宇宙现象之外的一种解释，而在现代，现实本身就是神话。

可以说，回到寓言乃是现代小说近百年来汹涌不息的“主旋律”，那些第一流的小说大师——卡夫卡、乔伊斯、萨特、加缪、福克纳、黑塞、罗伯—葛里耶、马尔克斯——不论他们个人写作手法如何，其实都同属寓言体小说家。以他们的作品为主体的现代小说史，似乎发布了这样一份宣言：现代小说的清醒，正表现在它的寓言特征上。

过去，我们中国人却不能理解到这一点。我们相信，20 世纪资产阶级小说比之于 19 世纪是更盲目、更混乱了，越发不能洞察社会历史的本质和趋向。在我们看来，世界的前景是如此的明朗，人类的未来是如此的必然，它只能按照我们预想的那样发展，即使不是万无一失，也是十拿九稳。我们掌握了认识世界终极秘密的钥匙，连上帝也休想阻止我们去打开真理的大门。我们早已把神秘主义扫进了历史的垃圾箱，因为它是愚昧无知的表现。我们不仅相信小说能够原原本本地“再现”事物的客观的真实，而且对此引以为自豪，当西方资产阶级作家越来越两眼一抹黑的同时，我们却能那样轻而易举、纤毫毕现地刻画出“栩栩如生”、“有血有肉”的典型环境中的典型人物。

但是，1985 年前后，中国当代的年轻小说家们突然发现，在他们的上一代作家自以为抓住了真实的地方，却几乎都只是抓住了形形色色的假象，那些似乎确定无疑的叙述其实是欺骗了所有人（包括作者在内）的一个个弥天大谎；相反，倒是格利高里、莫尔索、班吉这样的寓言式人物，提供了深不可测的真实性。于是，一股使小说回到寓言境界、重建其艺术真实的潮流猛烈地冲击了此后的中国小说，而莫言则不失为这股潮流中的一个代表作家。他给文坛造成第一次震动的作品《透明的红萝卜》就是一部寓言式的探索小说。几年来，莫言的创作在其手法、题材屡有变化的同时，始终如一地坚持了他对小说的寓言性的总体追求。

莫言的故乡山东，历来就是一个“鬼话”不断的地方。例如，蒲松龄的《聊斋志异》便是走村串庄，从民间搜集而来，别的地方似乎就不大可能出现这么个蒲松龄；再如，当年那透着地地道道的中国民间神秘主义邪气的义和团，也是由山东闹起。当他的《复仇记》在《青年文学》发表时，我曾写了一篇《鬼才写鬼事》的评论附在其后，内中已谈到了莫言的好鬼及其诡谲的文笔与山东文化的联系。然而，在另一方面，我们又不宜把他顽强地追求小说的寓言倾向片面地强调为地域文化的“客观”作用；因为，莫言的小说明显地不是民间狐仙鬼怪故事的重复。不错，他用了不少这类素材和意象，但传奇色彩在莫言作品里只是一种包装，而非目的——他的目的在于他自己的意识形态和世界观。

在中国，有“自己的”意识形态的小说家虽然并非绝无仅有，但实在不多。然而，这一点对在小说中建立其寓言世界，还是至关重要的。像史铁生、余华、莫言、残雪、马原这样的作家，他们的小说与旁人有个明显的不同之处，就是始终在与自己的意念作斗争，与自己的各种梦境纠缠不休，而别的作家却不必这样折磨自己。迄今为止，莫言从未写出过一篇《棋王》那样的富于距离感的、带着某种鉴赏趣味的小说，也没有写出过像《叔叔的故事》那样笔力均衡、思精虑周的小说，更没有写出像《古船》那样的昭示出现实与历史的广阔意蕴的现实主义大作——诸如此类的小说，永远非其所能。

作为一个作家，莫言与其说是通常意义上的写小说的，毋宁说是换了一种方式的做梦者。他的手一旦摸上了笔，其实只意味着他又一次灵魂出窍、神游八极，那些有如鬼魅的影子从他的心底一个个无声无息地溜出来，然后就疯狂地跳着怪异的舞蹈，直到精疲力尽为止。

在他这本最新的中篇小说集里，我们再一次目睹了他一以贯之的风格——顺便说一下，莫言的小说个性在中国当代作家中，不光是最鲜明的，而且也是最固执的一个；洗心革面或另辟新途，在别人往往是十分容易的事情，而在莫言却似乎总是不大可能。尽管这不是说他没有试图尝试别样的写法，没有玩玩别的花样，但是，他的小说万变不离其宗，不论在题材和叙事模式上如何改头换面，人们还是能一眼看出，这一定而且只能出自莫言之手。例如，在这本小说集里，《战友重逢》有明显的武侠小说因素，《红耳朵》的某些文字是在效仿民间传奇作品，《模式与原型》使人感到莫言留心过近年的新写实主义小说潮流。可是，这些新的招法对莫言来说确实是太外在了，它们根本无法掩盖那种发自他灵魂深处的本原的意志。往往，小说的开头几个段落也许给我们带来一点陌生感，但要不了多久，典型的莫言式的“胡思乱想”便使预想的新的写法毫无意义。

这一切的真实原因，不是莫言不善于模仿别的艺术风格和丰富多样的生活现象，而在于他的自我表现的冲动实在太强烈了。如果你把一件东西放在其他作家面前，他们可能只是沉着地细心地观察它、赏析它或思索它，而莫言却必然是忍不住去触摸它，用舌尖品尝它的滋味，用肌肤感觉它的质地……然后，他告诉我们的将不是这东西是什么，而是他的感觉是什么。他在他的每一桩故事前，都只寻求直觉，也就是那种比事实本身更可靠的主体悟性。我自认为对莫言作品读得算是较多的，而以这些阅读的印象论，莫言自成名以来或者说自他找准了自己的艺术特点以来，他的小说始终就是在写同一个东西：主体悟性（莫言本人称此为“天马行空”）。《透明的红萝卜》是一种“悟”，《红高粱》是一种“悟”，眼下，《怀抱鲜花的女人》、《红耳朵》、《幽默与趣味》、《模式与原型》、《梦境与杂种》、《战友重逢》这六个中篇也是一种“悟”。

我最喜欢《怀抱鲜花的女人》，因为它对人的某种生命处境的领悟达到了异常深邃的地步，而其笔法的简约和凝练则和有的印象派名画非常相近。读完这部小说，我的脑中一直萦绕着马奈的《奥林匹亚》和高更的《游魂》这两幅画里的人物形象及其所处的情境。我不知道为什么会有这样的联想，好像是因为小说的氛围很像《奥林匹亚》里那个侧卧的裸女介乎平静与冷漠之间的表情，而小说的那个神秘的女郎又恰似《游魂》画面上那个模糊不清、虚实难辨的幽灵。像《怀抱鲜花的女人》这类小说，没有人可以读完却不掩卷而思：这个女人究竟是一个怎样的象征？是诱惑的化身？某种想躲也躲不开的必然？抑或相反，是使一切前功尽弃的偶然性的可怕象征？女人身边的那条狗又是什么意思呢？它代表女人的“忠实”品质吗？还是代表了作者对任何难以摆脱的东西的普通的厌烦？甚至那捧鲜花也让人捉摸不定，它是性的符号，还是抽象的理想化的美？是官能刺激，还是类似于《浮士德》中那稍纵即逝的爱情感慨？最后，还有小说的男主人公，他在一种瞬间激情的鼓舞下拥吻了陌生女人，但随后他却像一个贼落荒而逃；他是一个无力承担其行为的懦夫？或者是一个幡然猛醒的正人君子？他的逃跑真的合乎他的本意吗？他真的是在逃往幸福和快乐吗？

乍一开始读《红耳朵》，我们有一种读江湖小说的错觉，王十千的出场令人想起了古今野史里关于刘邦、韩信、朱元璋以至于蒋介石的出身的描绘。当那个相面先生指着蓬头垢面、衣衫褴褛但有着一双奇大的招风耳的王十千说此人日后必将大富大贵时，我们还以为下面的故事将是一个典型的屈身于陋巷草莽的豪杰的发迹故事。孰料，莫言在引用了这种江湖小说的故事模式后，却马上消解了它。相面先生的预言除了使王十千的财主父亲改变了对他原来的鄙弃态度、承认他是自己的儿子之外，并没有得到更进一步的印证。直到小说的尾声，王十千也未曾成为刘邦、韩信、朱元璋或蒋介石中间的任何一个,相反,他赌光、送光了父亲的万贯家财,仍然是一个不折不扣的败家子。相面先生所作预言的真正价值,在于它赋予了王十千的大耳以特殊意义,让主人公自己和周围所有人都为之而着了迷。一个虚妄的算命假说构成了这个人物命运中唯一真实的动机,而对于假说制造出来的神物的崇拜则成为小说中人物行为的心理根据。在王十千和年轻的女教师姚先生之间,"红耳朵"是一个含义复杂暧昧的联系纽带,它体现着新奇、怪异、刺激、痴迷、性感等多种情绪。在女教师柔如黄条的手指对"红耳朵"的摩弄中,王十千被激起了要为她的政治追求而与财富和家庭决裂的激情,而她却"心醉神迷难以自持"。这一切显得不是那么真实可信,不是吗?但小说本来就没有打算写某种"可信"的东西,一位相术家的预言所引出的故事怎么会是"可信"的呢?莫言在结尾安排王十千的受惠者们一个个由赤贫而致富,然后又因富而遭枪毙,就更有点恶作剧的味道。问题不在于这故事的真伪虚实,而在于它的结构之中是否包含了超越现象以外的联想义域。

《梦境与杂种》、《幽默与趣味》、《模式与原型》这三个中篇的题目好像有着某种联系,好像是一组系列作品,实际上并非如此。然而,题目本身的相似之处,还是说明了某些共同的东西;我看到这种情形后的第一感觉,是它们都有种论文风格,这在莫言小说的题目里是比较新鲜的。一般而言,莫言给自己的小说取名时,喜欢取那种具有特殊感官印象意味的标题。如《透明的红萝卜》、《金发婴儿》、《爆炸》、《红高粱》、《玫瑰玫瑰香气扑鼻》、《红耳朵》……而这正是他擅长表现的对象。我觉得,当他用一组概念给某部小说命名时,极可能是由于在写作中,"问题"比"感觉"占据了更优先的位置;也就是说,他试图在这些作品里接触并解决他的某种较为抽象的思考,而非如以往那样从感官角度出发宣泄他的情绪。《梦境与杂种》是一部关于生殖母题的小说,生殖在这里不完全是指生理行为,而是广泛象征着种的延续、进化,象征着生命本能的冲动和它的盲目性。在"我"的祖父母身上,我们看见了种的退化和停滞;而在莫洛亚先生那里,繁殖的气息却浓重刺鼻。小说里的"梦境"喻指了与生殖本能相反的爱情和其他情感性的意志。作者在开始时写道:"爱情只能存在于我们的梦境中。"小说的爱情故事的男女主角恰恰都是具有超常做梦能力的人,而其余的人物,既不做梦也不产生爱的情感,他们只是沉睡在盲目的本能当中罢了。《幽默与趣味》在构思上明显地有卡夫卡《变形记》的影响,所不同的是,在《变形记》里面,格利高里变成甲虫后感受到的是与人类(包括他的亲人们)疏远的悲哀感,而莫言作品里的王三从人变成猴子却在某种意义上使他感到解脱,因为王三的内心已经对人类的生活空间充满畏惧,他巴不得能逃避这种环境及其关系。小说的最大幽默表现在王三变成猴子后也依旧不能摆脱他与社会的那种联系,那些把他逼成这样的人如今却万分焦虑地想把他找回来,作为猴子的王三唯一的朋友只有他的小儿子。《模式与原型》写的是在极其低级的生存状态下人所表现出来的愚昧——那个名叫狗的农民身上没有理论上通常说的“恋母情结”，反之，他却显露出相当罕见的仇母心理。狗的仇母心理主要来自于他的性焦虑，身体的发育滋长出了越来越旺盛并且无从释放的性需求，每当他渴望着一个年轻的有魅力的女人而又无法得到她们时，狗就迁怒于他的母亲，并拿母亲的老和丑同她们比较，而比较的结果则愈发使他憎恶母亲。这种憎恶发展到最后，就变成了一种诅咒和敌视，使狗的性苦闷导向破坏欲，使他下意识地认为必须对生下他并让他尝到性苦闷滋味的这个女人复仇。他甚至把杀死母亲当作了他脱胎换骨、获得新生的最后机会。

收入本书的第六部中篇《战友重逢》，从各方面看，都是莫言历来作品中比较特殊的。首先，作为军队作家，莫言以往极少直接涉及军队题材（类似于《金发婴儿》那样的小说，虽然人物的身份是军人，但其情节与此并无太大关系）。其次，在《战友重逢》中，莫言居然有意模仿起武侠小说的口气和风格来。再次，特别异乎寻常的是，他在这里引用了十分传统的英雄主义主题，从过去情况看，这恰恰是他最不喜欢的主题。毫无疑问，《战友重逢》出现了一位在莫言作品里几乎是独一无二的理想人物——钱英豪，一个天生的军人。军人的理想品质在他身上应有尽有：勇敢、机智、忠义、豪爽。可惜，钱英豪的这些品质并没有在实际中得到实现，在战场上，他的生命被胆小鬼糊里糊涂地葬送掉了；在小说中，他不是一个功成名遂的英雄，而是壮志未酬的一缕英魂。因此，作品的英雄主义在富于传奇色彩的同时，也显然附丽了一层感伤色彩，拿它和同题材的《高山下的花环》（本小说里也反复提到了它）相比，则悲凉甚于悲壮之气。撇开特定的情境，我以为《战友重逢》具有这样一种意义更加广泛的忧虑，亦即，英才如何被庸才莫名其妙地毁坏，而“崇高”又是如何在平庸的环境里变成了滑稽。当莫言借用武侠人物的某些外部特征来刻画钱英豪时，他大概是为了体验并告诉读者自己内心对理想主义既怀恋又悲哀的心情。

总的来说，莫言属于那种习惯于用小说向世界发问的人。他一般不承认世界业已有什么固定的现实，所以他也不喜欢仅仅呈示这种固定的现实，诸如已知的人物性格、经历和价值等等，在他的小说里我们很难找到真正形成了的东西。以上的六部中篇所述情节都不是封闭的系统，在它们背后隐藏的提问远比它们的故事内容更具实质意义。其实，莫言的小说往往应被视为话语层次比较复杂的一个巨型比喻，它们与寓言的差别只在于体积上。大多数小说使人读后明白了世界是怎么回事，而莫言的小说却使人读后对世界感到神秘费解起来。

这如果不是怪诞的，至少也是怪异的滋味；我们不是说莫言有意去表现一种讽刺色彩，但是，那些怪诞或怪异的故事本身却具有极大的讽刺性，或者说具有超现实主义意味。迄今为止，莫言形成其个人风格后的小说作品，无一不是夸张的（表现上的夸张，而非内容上的夸张），他骨子里就是天生的寓言家，他的创作冲动就是一种“天马行空”、自由联想的心灵惯力。三年多来,别的小说家多多少少都有些风格上的改变,但当读过莫言这本最新作品集时,我感到他仍然依旧,尽管在语句上他和《红高粱》阶段不很相像了,不过,在内在方面同过去的联系还是清晰可见。一个作家不易改变自己,原因不外乎二点,要么是无艺术个性可言,要么是艺术个性太过强烈;莫言当然是由于后一点。

(原载《当代作家评论》1993年第2期)

神话结构的自由置换
——试论莫言长篇小说的文体创新

◇季红真

莫言是一个才华卓著的多产作家，他以汪洋恣肆的想象力参予与中国文学的革命。二十多年中，他几乎演练了所有的文体，连影视和话剧的领域也涉足很深。而且，所有的文体在他的笔下都闪烁着奇诡的光晕，在看似随意的章法之中有着苦心的经营。仅以小说创作而言，他以不断变幻的文体形式，眩人眼目地展示着小说的无限可能。在一个图像的时代，证明了这个文体存在的绝对合理性。在不到二十年的时间里，他创作了10部长篇和上百部中短篇。其中，以长篇小说文体的独创最显豁，呈现出最典型的莫言式艺术思维的个性。每一部都是独特的文体实验，而且成功者居多。

从《红高粱家族》到《生死疲劳》，他的文体形式走过了从民间演述到章回体的回归。极度自由的挥洒转变为极端规整的结构，变化着的外部形式中有主题意向的明显转变，激情的反叛亵渎逐渐走向庄严宁静的祥和。不变的是植根于乡土文化的民间立场，以及由此喷发奔涌不绝的丰沛情感和博大的人文精神。他是真正的农民作家，来自乡土，钟情乡土，精神的血脉千丝万缕地连接着土地的气脉与农人的命运。他是千百年来地之子中最真挚的歌者，生死相随的感同身受，使他区别于传统士大夫的悯农情怀，也脱离了五四新文学诗化乡村风土的抒情风格，对于以阶级论为思维模式的左翼文学讴歌农民反抗的叙事模式更是积极的超越。而这一切，又都如影随形地融化在他的作品中，传统以包罗万象的亲和力，肥沃着他的原野。论者多认为他受马尔克斯和福克纳的影响，一般来说是不错的。但是他的思绪显然比马尔克斯庞杂，他的想象力驰骋得也比福克纳疆域广阔。这两位作家对于他的影响，主要在于激活了他沉睡的感觉，启发了其审美主体以民族民间文化为本位的高度自觉，以及超出机械论理性逻辑的人类学视野。从思想到叙事立场，从内容到文体，莫言确立了审美主体高度统一的思维——表达方式，由此开始了艰苦的艺术创造。

本土文化的丰厚资源,不仅决定着他作品的内容,而且制约着他想象力的形式。他曾经多次谈到蒲松龄和丁玲等中国作家的创作,有认同也有保留。他对于史诗的推崇,更多地来自对于司马迁所开创的史传文学伟大传统的景仰。这一切都使他区别于20世纪域外的经典作家,以民间的记忆恢复历史的宏大与诡谲。对于生命价值的思考穿越了历史理性的冰川,使不朽的人文精神积淀在杂语的喧哗与斑斓的色彩中。在一个泛乡土的社会,他的种种努力都闪烁着民族精神的光彩。而他对20世纪中国悲剧的书写,也面对着人类一个时代的基本问题,汇入了全球化时代人类精神的共同忧虑。他的文体则来自民族民间历史文化的积淀,也来自心灵对于伟大叙事传统的感悟与折服。民间的记忆是莫言所有叙事的基本视角,而结构所有记忆的方式也来自民间思维——演述的心智模式。早期的民间口头叙事和晚近的章回体之间,有着历史文化与民族心理的传承。章回体本身就是民间演述方式经由无数代艺人总结归纳逐渐形成的固定叙事模式。而对于古代叙事文学的激赏也必然会影响到对于文体形式的接受。俄国形式主义所谓把历史赋予内容的东西也同时赋予形式,在莫言的创作中表现得最充分。他艺术思维的内在结构成功地置换在自由变换的文体形式中,神话是其最基本的结构。根据叙事学的原理,所有的叙事文体都源自人类心灵中的叙事本性。神话是人类第一个叙事样式,也是最基本的样式,其他样式都可以看作是它的变体。莫言很年轻的时候,就凭了直觉接近并掌握了这一思维方式,这是他的作品得以被全世界读者接受欣赏的根本原因。共通的人性不仅体现在食色这些人类共同的基本生理需求,也体现为人类心灵的共同的精神需求。他的作品在域外引起的轰动不仅是由于提供了不同文化制度中的新鲜经验,更在于神话结构的基本思维方式中民族独特具体的形式。而现代神话学的基本趋向是建构与解构的分离,一般来说通俗文化以建构新神话为主,类型化的美国大片就是这方面的典型,尽管它也借助古代神话的一些基本模式,但以表现现代神话为目的。而纯文学则是以解构当下神话为主,罗兰·巴特的工作是这方面的代表。在建构与解构两维的张力中,现代的人文思潮起伏消长。莫言的创作一开始就在这两个纬度之间奔突驰骋,在现实和历史之间找到了一个契合点,在频繁的时空转换中完成对于世界神话想象的表述。

一

泛乡土社会是莫言叙事最基本的视角,是决定他神话思维的要素。他的视野则在时空的自由转换中,频繁地切换在历史和现实之间。他的10部长篇,历史题材与现实题材各占一半。叙事者的夹叙夹议,赋予历史以灵魂。而看似荒诞的故事情节则揭示着现实的神话性质,而且这些神话很快也就要成为历史。在这里,神话的范畴是广义的。根据结构主义的观点，民间故事是世俗的神话。按照罗兰·巴特对于商业文化的分析，当代的各种意识形态也创生着新的世俗神话。而民间的文化视野和叙事立场，使莫言轻而易举地发现了各种神话之间的同构关系，沟通了看似彼此冲突的文化范畴之间的矛盾。叙述学家把人类所有行为归纳为一些基本的行动元，这一学术理念在莫言的创作中体现得最充分。譬如，《红高粱家族》讲述了民间抗战的历史演义与两性情爱的双重传奇，叙事者夸张的评判中有着当代人对于阶级、性别、种族、文化与生命意志的全面思考。而《天堂蒜薹之歌》对于当代农民现实处境悲怆的"泣血歌唱"，取材于一个真实的事件，而题目的反讽性质则解构了当代神话。一般来说，他以历史题材来建构神话，以现实题材来解构当下的神话。但历史题材中有基于当下经验而激发的超拔想象，现实中有神话反衬的讽喻和原型的运用。

莫言的神话思维在历史题材的创作中体现得最直接。《红高粱家族》全篇充满了民间传说的人类学内容，演述风格也是以民间口头文学的形式为主，大量的直述与转述都以亲属关系的称谓组织起情节的发展。《食草家族》的叙事也是建立在关于家族历史传说的基础上，其中"对大自然的敬畏"、"对蹼膜的恐惧"等包含了现代人对文明与野蛮、爱与恨等一系列两难命题的思考。个体心理的复杂情结转化在神话的人物与故事中，展示了神话生成的一般规律，无论是神话的产生还是流传都是处于文明制度之外的原始心灵自由的想象。这样的叙事方式，以心灵为纽带借助神话构造出时空同体的宇宙模式。《丰乳肥臀》是莫言神话思维最成功的作品之一。他将20世纪30年代开始到改革开放之后多半个世纪混乱的政治史与驳杂的文化史，以母亲家族的人物命运展示出来。以男人恋乳的象征细节，来衬托母亲的伟大。大量民间的信仰对于故事叙事起着推动的作用，比如"鸟仙"的传说。而上官鲁氏的形象既可以追溯到《百年孤独》中的母亲乌苏娜，也可以追溯到更古老的原型女娲这个中华民族的原始母亲。在神话的语义空间中被抹杀了的性，在莫言的叙事中被夸张地铺排。上官鲁氏以身体与各种奇异的文化角色结缘，从外国传教士到和尚、江湖郎中、屠夫等，不仅铺垫出原生态文化的浓厚氛围，也使原始母亲具有了文化地母的象征意味。而她所遭受的种种苦难，既是种族的，也是民族文化的。她的女儿们以婚姻的形式与各种政治势力结缘，带给她的是不同方式的苦难，这是一个明显的隐喻，在政治历史的频繁变动中，母亲—祖国—民族文化备遭蹂躏。频繁变换的历史场景，使百科知识式的写实手法被神话人物的原型所统摄，细节的隐喻意义关联到文本以外的广大领域。上官鲁氏最终皈依了基督教，超出了所有党派的意识形态背景。近年的长篇小说中，不少涉及基督教在中国近代文化史上的作用。譬如，范稳的《水乳大地》、刘醒龙的《圣天门口》、铁凝的《笨花》等。最初的发端便是莫言的《丰乳肥臀》，而且他是以底层民众的角度完成信仰的建构的。这就使《丰乳肥臀》的文化主题更加丰富，一个备受凌辱的民族灵魂渴望超越于现实功利之上的精神信仰。而这一欲望来自一个具有原始母亲与文化地母双重象征的人物，则使精神信仰的内涵超越了宗教的形式，体现为以母爱为基本特征的博大情怀。由此成功地完成了古代神话的现代转换，在政治意识形态的废墟上，建立起真诚博大的爱之信仰。

《檀香刑》以传统的刑罚为枢纽，以民间戏剧猫腔为主要的表现形式，容纳了民间以修铁路为核心的一段近代历史的叙事。这无疑回应了近些年来学界有关现代性的讨论，而自觉强化的民间的叙事立场使他将民族特定时期复杂的历史情景归纳为火车与猫腔这两种象征着不同文化的声音，并由此结构所有的故事。以“一条潜藏在地下的巨龙痛苦地呻吟着，铁路压在它的脊背上……”这样明显的比喻概括了古老的农业文明遭遇现代工业文明时的所有苦难、尴尬与悲壮。类似的主题在中国现代的小说中不乏先例，遭逢新文化思潮而过时的传统淑女，在热兵器时代武艺高超的拳师，甚至有以气功的力道迎击火车而粉身碎骨的悲剧。《檀香刑》延续着这样的思想轨迹，但是比以往的作家走得都远。他以一再强调的“用耳朵阅读”的倾听姿态，归纳出两种基本声音的同时，也找到了容纳两种声音的最佳方式。这就是民间流传并且早已被搬上戏剧舞台的孙丙抗德的故事，这是典型的世俗神话。他在讲述这个民间故事的时候，借助了它在流传过程中的戏剧形式，借助猫腔悲凉华丽的唱腔与传统戏剧结构紧凑的冲突，创造出独特的叙事形式。这个故事当时就已经被猫腔艺人搬上了舞台，唱词还保留在一些民间艺人的记忆中。幼年开始的以耳朵读书的经历，使莫言本能地接近这两种吊诡的声音，并且在少年时代就与长辈一起编写了九场的大戏《檀香刑》，后来又由县里的职业编剧加工后演出。这个漫长的成书过程是一个明显的隐喻，作家与题材之间有着宿命一样的关系，人生遭逢历史也有着前定一样的缘分。莫言以多半生的时间，直接参与了这一则世俗神话的创造，并且以强化的声音完成了最为圆满的表达。

莫言最近的长篇《生死疲劳》的叙事从50年代初开始，结束于新千年的世纪之交。他回归了中古叙事文学的外在形式——章回体，以对仗的回目提示情节。他选择了传统说书人的叙事人角色，却省略了开篇与结尾的诗。“花开两朵，各表一枝”的严谨演述方式，也被以动物为主语的三字句分卷标题所取代。这对于章回体的基本形式是一种间离，六道轮回的民间信仰是这部小说深层神话结构的形式。比如《西游记》的九九八十一难，比如《水浒》三十六天罡、七十二地煞的人物序列，比如《金瓶梅》对于前世今生、因果业报的叙事动机，比如《红楼梦》中的金陵十二钗走完警幻仙姑预设的判词所暗示的命运等。古典小说中的神话结构在《生死疲劳》中支撑起60年乡村衰败的历史，在土地改革中被枪毙的地主西门闹，阴魂不散而转世为其他的动物，最后托生为一个大头坏血的世纪婴儿，在无法逃遁的历史情景中成为特定的叙事人。类似戏仿的叙事角度中体现着当代世界生命平等的动物伦理，也体现着中国古代原始自然观中万物有灵的信仰，特别是佛家把所有的生命形态都看作是不断转变的过程。而谓语中的所有词汇都是闹字所关联的基本语义，体现着莫言对于中国当代乡村社会混乱动荡的历史状况的基本看法，以及由此带给农民不得安宁、颠沛流离的苦难命运。最后的"结局与开端"，不仅彻底放弃了章回体的演述方式，作者也从特定的叙事人的背后跳了出来，自我定位为"残酷的叙事人"，特定的叙事人西门闹也终于由动物转世为人。60 年正好是一个甲子，是传统文化中计年的基本周期，这使《生死疲劳》的内容超出了西历的时间形式，也摆脱了全球化时代中国言说的现代性的言说范畴。文体的回归是文化立场自我巩固的直接显现，结尾文体的变化也是以形式的差异呼应着文体中的间离效果。这使他神话思维的模式更为严谨周密，套层的结构使历史循环流转的主题也因此而更加突出。这是一部以土地与苦难为主题的悲剧，也是一部以农民为主人公的史诗。前者展现着土地所维系着的自然与历史的庄严，后者以生命的顽强与坚韧净化了欲望，也平息着灵魂的躁动。莫言以这样复杂的文体结构，完成对于所有生命的超度，这是这部小说的文体超越西方悲剧与史诗的独特之处。

与历史题材的神话建构相反，莫言取材当下题材的五部长篇，则是以古代的神话为潜在的镜子，反衬出现实的荒诞，同时解构掉当代的各种意识形态的神话。《天堂蒜薹之歌》的本事可以追溯到《水浒》一类"官逼民反"的古老叙事主题，也是一个农业社会从古至今绵延不绝的历史场景，而主人公悲惨的结局则是对于英雄传奇的颠覆，同时被解构掉的是当代的意识形态神话。《十三步》的叙事解构了当下的一系列意识形态神话，比如尊师爱教，比如动物保护，比如舍己救人，比如英雄崇拜的爱情等等。荒诞夸张的现实场景中穿插着古代人兽交合的民间故事(这类故事在民间的口头文学中不是个别的)，题中之义也是以原始母爱的情感价值反衬当下现实的人伦混乱。现代整容术造就的两个相貌相同的人物是故事情节发展的重要枢纽，也可以追溯到真假猴王一类的叙事原型。

《酒国》的故事以共时性的结构组织叙述，却重合了各种神话的原型。侦察员丁钩儿是世界级别的当代神话人物，可以归纳到好莱坞警匪片的神探类型之中。他情陷连环套的骗局和阴谋，是对爱情神话的解构；而他最终覆没于茅坑的结局，既是堕落时代人文理想破灭的象征，又是对世界级当代神话的悲剧改写。英雄并不是都有克敌制胜、转危为安的喜剧结局，在整个社会的合谋中毁灭便是无声而污秽的。业余作者李一斗与莫言的通信在 90 年代的市场经济语境中，是对 80 年代文学神话的解构；李一斗的小说涉及到亲属酿造和烹饪成就的故事，是对当代社会中成功人士神话的解构。余一尺的故事是典型的商业神话。食婴的离奇想象可以追溯到"易牙蒸子"的古老传说，和《酒国》的题目一起构成了对于荒诞现实中民族深层心理的转喻，揭示了腐朽的社会风气中对于饮食狂热无度的集体想象，也接续起鲁迅"吃人"的读史发现和"救救孩子”的呐喊,丁钩儿最后回眸中的船上筵席就是点睛之笔。由此生发开去,莫言所有衰败的乡村叙事都可以追溯到鲁迅《故乡》的主题圆点。肉食婴儿反叛的领袖红衣幼儿更是由古代哪吒延续至今的民间信仰中的重要神话原型。其他如看守墓园的老革命,卖馄饨的小贩,都可以找到不同谱系的神话叙事的原型。整部《酒国》简直就是各种神话的自由重叠,连关于自己的文字都具有解构神话的性质。女司机与几个男人的多角关系,是西方商业片的一般模式,同时又有特殊的象喻功能。这些男人象征着权力、金钱与法律,体现着世俗社会共时性的基本价值结构。她被男人利用又利用男人,这就颠覆了中外古今所有的女性神话。而且她没有生育,昭示着身体所维系的腐朽价值的终结。

《红树林》以珍珠的传说,串联起“文革”前后的社会生活,在对权力与金钱导致的各种罪恶的揭示中,迷宫一样的故事情节悬念迭起,珍珠的传说与商业文化中的种种当代神话彼此拆解,物欲横流的现实使珍珠具有了双重的意味,既是超值的商品,又是情感价值的象征。《四十一炮》“再造少年岁月”的叙事动机,在现实与神话两个基本的层面上展开。现实的层面是成长的社会环境,神话的层面则是连接着历史的精神现实,也就是历时性的意义空间。比如关于兰氏家族自明代起就已辉煌的家族神话,比如牛郎织女七七相会泪流成雨的民间传说。这些神话具有不同的功能,对于意义的表达承担着重要的职能。兰氏家族的神话反衬着以卖注水肉起家暴发的兰老大中兴家族的丑恶历史;牛郎织女的故事出现在叙述者父母情变的章节中,母亲对于金钱的欲望压抑了情感的需求,父亲与情人离家出走,其中的讽喻是明显的。而在对于现实的犀利解剖中,也包括了对于民间传统神话思维瓦解过程的表现。比如,狐狸大规模地被饲养屠杀,使民间传说中道行很深的灵异之物变得毫无神秘可言,轻而易举地粉碎了神话的意义。而当代的神话则在传统神话残留的废墟上创造产生,比如女居士的身份之谜使她类似于狐仙,比如聪敏过人的“炮孩子”搅扰课堂发明注水方法,也可以追溯到哪吒或孙悟空的顽童原型。而政府同时批准修复五通神庙和新建肉神庙,则是历时性神话与共时性神话的对接。神话与现实的频繁交叉中形成了一个复杂的互文关系,神话中的现实与现实中的神话彼此呼应、建构与解构互相印证又互相颠覆,形成神秘瑰丽的话语世界中波澜诡谲的叙事风格。文体本身就昭示了这个特殊的时代,一方面是旧的神话的破碎,另一方面则是新的神话的创生。

二

莫言小说基本的神话结构是以儿童的心理与想象力为胚胎孕育成长起来的。这使他的神话思维不仅借助已有的各种神话及其变体,而且呈现出神话不断被接受和创生的心智模式。儿童不受约束的独特想象力，使他笔下的神话千姿百态，创造出各种叙事的外部文体。

从《透明的红萝卜》开始，童年的视角就是纠缠着作家记忆的重要叙事要素，那个精灵一样的黑孩儿，以本能对抗着成人世界的所有礼法。他早期的中短篇叙事讲述的都是乡村儿童的故事，曾经以“告别童年”解释自己的叙事动机。第一部长篇《红高粱家族》进入了成人的世界，也进入了民间记忆的历史。而第一人称的演述方式中充满了亲属称谓，庞大的家族谱系所构成的神秘文化母体，使叙事人处于边缘的位置，一种和年龄无关的蒙昧状态。这种状态使他的心理年龄处于儿童的阶段，倾听和想象是他进入成人世界的不二法门。这是一种思维的还原，从规范的话语象征体系中挣脱出来，回归到所有人接近世界的最初方式，也是普遍的方式。关于自己的来历，关于家族的历史，关于种族的各种叙事，逐步扩散的好奇构筑出一个超越了价值规范之上的浑朴世界。《食草家族》是一部家族的神话，沿用了《红高粱家族》的人称和演述方式，其中对于当下社会的种种讽刺与对于过往乡土社会的表现，在揭示掌握话语权的阶层道德虚伪的同时，也自我定位在文明礼法之外。这意味着拒绝接受成人礼的各种相关仪式，并且固守着儿童的率真，像安徒生童话中那个唯一说真话的赤裸儿童。这样的视角使他无论面对历史还是现实，都有着一份赤诚。这是一个反文化的角度，充满了恶作剧一样的顽童智慧，只有嘲弄质疑着文明礼法，才能犀利地解构各种意识形态的神话。这和他的初衷相去很远，他在成人的世界中神出鬼没地逡巡，却无法摆脱童年的基本视角，反而越走越远，越来越自觉。《四十一炮》的后记中干脆宣称，主人公罗小通“他的身体已经成年，但他的精神还停留在少年”。并且认为他拒绝长大的心理动机，“源于对成人世界的恐惧，源于对衰老的恐惧，源于对时间流逝的恐惧，源于对死亡的恐惧”。童年的视角由此具有了哲学人类学的意义，这就使之与神话结构一起构成了审美主体的独特世界观。

生理和心理双重意义上，也是文化意义上的儿童经常充当莫言小说中的叙事人。从《红高粱家族》开始的家族神话是最典型的形态，《十三步》中隐藏在特定的“关在笼子里的叙事人”背后的真正全知的叙事人也似乎是一个少年。《红树林》中的成长故事，是由不同的人称完成叙事的，大量闪回的场景是少年记忆的叙事。《四十一炮》更是一个完全以儿童为叙事人的经典之作，一个拒绝成长的心理儿童，从自己的角度完成了 1990 年以来乡村历史的叙事，并且以夸张的想象表达对于现实的极度愤怒。到了晚近的《生死疲劳》，特定的叙事人经历了多次轮回之后，最终托生为一个婴儿。这几乎是一个创世纪的构思，使全书具有了启示录的意味。从“告别童年”到“再造少年岁月”，莫言小说中的儿童叙事人体现着他心灵无奈的感受，也保持了他反叛的精神品格，他成功地对抗了各种虚伪腐败的成人礼。写作是祭祀精神图腾的招魂仪式，他仍然以不同的方式"召唤游荡在我的故乡无边无际的通红的高粱地里的英魂和冤魂"。

莫言的小说中多有儿童形象,他们在各种文化中多处于弱势的地位。最典型的是《酒国》中的肉食婴儿,他们被宰割的基本处境几乎是明确的象征。这和他早期作品中被权力结构压迫着的儿童形象相关联,和晚近作品中拒绝成长的儿童主人公相协调,形成了一个人物的序列,具有不同的价值承担的功能。《红树林》中被凌辱的珍珠姐弟是善良的化身,弟弟的失语发展了黑孩儿的沉默。丧失话语能力是对当代乡土社会最基本的隐喻,始自80年代的《白狗秋千架》。而他笔下最大量的儿童是一些无法无天的顽童,少年就杀人的土匪余占鳌,《十三步》中的几个调皮捣蛋的孩子,《四十一炮》中闹课堂的罗小通,都属于这个顽童的人物序列。就连《红树林》中的当代衙内,《生死疲劳》中的新贵子弟,虽然承担的价值是负面的,但是基本的性格是相似的。对于成人世界的恐惧集中在食肉婴儿被吃的极端情景中,而口器时期的欲望则是罗小通故事的主要的情节。吃与被吃的恐惧,使儿童心理从具体的情节伸展出去,蔓延到整个成人世界的精神焦虑。《酒国》中的余一尺则是一具儿童的化石,身体拒绝成长,而头脑则是成人的。这个丑陋的人物是疯狂无序的商业文化的象征,侏儒的身体和犬儒的哲学相匹配,正是这个拜金时代的精神症候。莫言笔下的儿童常常具有灵异的特性,比如《酒国》中领导逃亡的红衣婴儿,《四十一炮》中发明注水新工艺的罗小通,还有洞彻60年历史的世纪婴儿蓝千岁,都有超常的智慧与能力。民间对于儿童的灵异信仰,是世俗神话的组成部分。莫言小说中的儿童性格融合着这样的信仰,形成了因果难分的神话效果,也带来写实与象征的双重意义。

儿童的叙事视角、儿童的叙事人与儿童的主人公,三者综合并且创造出复杂的叙事结构的《四十一炮》,最为典型地展示了莫言建立在儿童心理上的神话思维特征。罗小通既是叙事人又是主人公,所有的故事都是通过他的所见所闻和想象完成的,他对大和尚的诉说和他对于周围人事、景物的观察交织着构成虚实相间的文本。这个文本充满了神话的成分,而且是各种神话以互文的关系结构在一起。"炮孩子"在民间是指称喜欢吹牛撒谎的孩子,这也是一类灵异儿童的原型。小说一开始,就由叙事者交代了这个重要的民间说法,而且以炮划分叙事单位,四十一章写作四十一炮。这就把所有的叙事内容都纳入到夸张的言语行为中,叙事者"句句都是实话"的声明,一开始就暗示了真实与虚构两种可能。"炮孩子"的讲述当然让人难以置信,特别是最后一章的情节显然是虚构的,但是一个灵异的儿童丰富的想象体现着精神心理的真实。莫言在《后记》中说,诉说者"煞有介事"的腔调,能让一切不真实都变得"真实"起来。从拟真实开始,以彻底的想象结束,莫言以这个"炮孩子"自己讲述的故事,强调了小说虚构的审美本性,深入到小说神圣殿堂的内部,也成功地凸现了以儿童心理为胚胎的神话思维特征。叙事的地点是一座崇拜性力的五通神小庙,这样的环境对两个家族成员的情感纠葛具有暗示的作用，对于兰家人的纵欲无度是一个明确的讥讽，而对于罗通失败的浪漫情爱则是一个悲悼，两则当代的传奇由此搁置在古老的神话结构中。由处于口器阶段的罗小通吃肉的异秉生发出两则当代的神话：一是以屠宰、吃肉比赛的庆典经过政府批准建立肉神庙的当代神话，另一则是以草台班子编演的《肉孩成仙记》。两则神话分别属于不同的文化范畴，一个是商业化的时代到处可见的仪式，一个则是民间的想象。而两则神话又都有相通的文化背景，都与吃有关，而且让老者吃上肉是进入圣人典籍的王者政治的内容，应该说是来自民族集体无意识中饥饿的记忆。这个基本的情结在少年莫言贫困的生活中被强化，在记忆中频繁出现（比如《猫事荟萃》），甚至影响到他修辞的习惯（比如形容落日是一摊稀溜溜的鸡蛋黄）。《四十一炮》中，罗小通吃肉的异秉也是源自这个深入集体无意识的情结夸张为个体意识的结果。只有至亲的妹妹死去之后，他才戒除了吃肉的狂热；也只有戒除了这个爱好之后，他才成为一个真正的“炮孩子”。最后一章“第四十一炮”，他在两个老人和一个孩子的帮助下，得到了炮弹，开始自己的复仇行为，也实现“从此进入传奇的历史”的精神创造的冲动。话语行为转变成暴力行为，炮的引申义回归到最初的原始语义。而四十一发炮弹的数字与叙事单位的数字相重合，也是一个时空同体的结构。罗小通虽然是一个拒绝成长的精神儿童，但是他在想象中实现了弑父的心理。老兰是金钱、权力与精神权威的象征，是文化之父。两个帮助他的老人和一个孩子，都可以追溯到民间故事中不同的仙人原型，他想创造的传奇仍然来自历史。他想象的目光结束在迎面而来的女人群中，其中有父亲的情人野骡子，也有老兰家族的众多情妇。这样的结局也是一个有着成人礼意味的仪式，罗小通结束了口器时代。“所有在生活中没有得到满足的，都可以在诉说中得到满足。”这个拒绝成长的人，以这样的方式开辟出自己的精神发展之路。

莫言的神话以这样丰富的儿童心理为基础，创造出丰富多彩的意义空间。拒绝成长集中地体现在对于语言象征秩序的反抗，无论是沉默还是滔滔不绝的诉说，都是对现有制度的疏离。批判性由此出发，达到对世界人生的整体把握。正是在这个意义上，已故作家汪曾祺先生认为，一切文学发展到极致都是儿童文学。顽童的性格更是对抗各种成人礼的集中表现，他们的行为中体现了人类自由的本性，在任何时代的体制化社会中，都是对残酷礼法压抑机制的抗衡。也是在这个意义上，汪曾祺先生呼吁中国的“胡闹文学”。王小波的创作可以说是一个基本的类型，他以生命的原初本能抗拒了不同时代的文化制度，揭示了政治异化的力量。而莫言笔下的顽童更多地以乡土为背景，他们充满想象力的胡闹是和民间文化的基本精神高度一体的。马克思对希腊神话的著名论断，表现了人类童年时代的天真，至今仍然具有效应。对于脱离了传统生存方式的发展中民族，民间文化就是一个民族精神的童年。它的意义与价值是超越历史理性的，相当于民族的集体无意识。据荣格的观点，当一个民族的意识发生偏差的时候,集体的无意识就会本能地矫正意识的偏差。而且无论社会怎样发展、文化如何演变,每一个心灵都是一个原始的心灵。“文化大革命”是一次最好的证明,当下的全球化潮流也是可资质询的情景。文化思潮经常会冲垮一些生命最基本的法则,从古至今源源不绝。古代的采风制度与现代的民主制度,都是避免历史理性谬误的重要机制。文明的发展过程在一个人的心灵成长过程中,都要演习一遍。这就使任何一代人在青春期的时候都会有反叛的行为,只是形式不一样而已。莫言小说中的儿童心理与泛乡土社会的基本视角中民间的叙事立场相统一,就具有了独特的文化意味,使他笔下的神话具有民族集体无意识的重要价值。体制之外的叙事记忆了一个多世纪以来现代性的过程中,乡土中国特别是其主体农民在种种历史情境中所遭遇的巨大磨难,是真正的“人民记忆”! 生理意义上的儿童、精神意义上的儿童与文化意义上的儿童,像活化石一样结构着他神话世界的主体。

三

以儿童心理为胚胎的神话结构,置换在不同的外部形式中,就形成了莫言长篇小说不同的文体形式。莫言是这个时代文体意识最强的作家之一,他的每一部长篇在基本的神话之外都有独特的形式,而且这些外部的文体形式中充满了他创造的激情。写什么与怎么写的问题,在他的创作开始不久就解决得很好。特别是进入长篇小说这个文体之后,他创造的爆发力尤其显著。一个作家如果在文体上没有独创,一个时代的文学如果在形式上没有革新,就不能进入民族乃至世界的艺术宝库。

《红高粱家族》作为他的第一部长篇,结构的凌乱与叙事的紧张早有评论家提出批评。但是它在扩散式的结构中,以民间口头文学的演述方式,呈现出血缘心理的时间形式,则开启了中国小说文体的革命性变化。这部长篇的文体是历史演义与家族史的自然融合,英雄的诞生与家族的衰败在特定的历史过程中彼此缠绕在一起,使叙事成为一个招魂的仪式过程。《天堂蒜薹之歌》以民间盲目说唱艺人张扣的唱本命名,以他的歌词契领所有的情节,这几乎是所有民间叙事形成固定文本流传的基本方式。唱本的大框架中是现实民生的疾苦与失败的反抗,而情节的核心是高马的悲剧性爱情传奇。两个人物在结尾处相继死去,也是一个彼此呼应着的隐喻结构。唱本所象征的民间叙事方式完结了,高马所代表的反抗也终止了。一个暴死街头,一个毙命雪原,所有躁动的声音都重新归于沉寂,这延续了莫言乡土社会丧失了自己的话语方式的一贯表达。《食草家族》是一部混乱的时空形式中的家族神话,是不可验证的梦呓。它由六个章节组成,以梦来命名。而其中各章的叙事方式是不同的,第一人称的叙事者以疑问开始叙事,而不少的故事又是以疑问结束,倾听得来的答案又在倾听中瓦解。由好奇开始的追寻终止在儿童口吻的最简单的设问中，神秘的历史以故事的方式流传。《十三步》的荒诞故事容纳在一个异国古老的传说中，看见麻雀改变双足跳的行进方式而单足行走就会有各种好运气，但是只能看十二步，看到十三步就要交厄运。莫言借助汉字的谐音，把章写作部，而且全书总共十二部。看似文字的游戏中，有着对于惨痛人生命运的感触，也形成了对于社会不公的反讽。传说的意义像骨骼一样，支撑起全部叙事的内容。《酒国》的各种彼此重叠的神话，是以各种文体综合讲述的。有拟真实的叙事与描写，有书信体，还有以虚构为特征的小说。这样复杂的文体形式，是所有神话在不同时间与空间中错落重叠的基本框架。《红树林》的叙事在频繁变换的人称中，呈现出现代影视的观众视角。其中的一些故事是以梗概的提要方式介绍的，近似于连续剧的提纲，整个文体在神话原型的反衬下呈现为一则当代的传奇。《丰乳肥臀》是一部严格意义上的家族史，但是区别于他早期的父系家族的辉煌历史，叙述的是神话结构支撑着的母系家族史。父子两代在第一章中就死于日寇血腥的屠刀下，父亲的缺席使这个家族的子孙完全生活在母亲的世界中。父亲即使不死也没有生育能力，一母同胞的姐妹出自不同的父亲。这很像父权制社会之前的状态，“只知其母不知其父”。这就是原始母亲神话的当代版，使这部母系家族史具有了创世纪的意义。莫言在叙事中故意遗漏了一些关键的情节，使全书保留了他一贯的诡秘与行文的紧凑。所有的悬念在结尾的卷外卷《拾遗补阙》中揭秘，这也是他区别传统的历史写作的独特之处。《檀香刑》的外部文体是戏剧，猫腔的自觉运用是内容与形式重合的关键。大量的场景衔接着情节的发展，而不少的内容是以唱腔独白的方式交代的。第一部《凤头部》与第三部《豹尾部》以精彩的独白为主，第二部《猪肚部》以充满戏剧冲突的场景取胜。杂语的喧哗以这部作品最突出，每一个人物都有自己的话语空间。传奇的高潮结束在刑场中，最后一句话出自主人公孙丙之口：“戏……演完了。”“世界大舞台，舞台小世界”的古老箴言，得到生动的诠释。历史的本质在强化的故事中，展现为不同的欲望所驱动的表演。这使这部小说在戏剧的外部形式中，具备了所有复调小说的要素。神话—复调结构—戏剧（悲剧），文体的结构异常复杂又异常的单纯。《四十一炮》外部文体形式是典型的童话，而且是写给成年人的童话。一个拒绝成长的精神儿童，以自己的眼睛看成人的世界，讲述成人的故事，颠覆成人的所有价值观念。儿童的想象力演绎出最后的结局，完成成人社会无法实现的公证。《生死疲劳》是一部民间的史诗，是以农民为主角的史诗。两个家族的恩怨情仇贯穿了几代人的命运，章回体的外部形式中是六道轮回的民间信仰所支撑的不断转换生命形态的叙事人。作为一个家族的先人，他以全知的视角在冥冥中注视着两个家族以及整个乡村的历史变迁。史诗的英雄无疑是农民蓝脸，他以求清净的单纯动机对抗了时代潮流的巨大漩涡，因保守而前卫，像中流砥柱一样固守了土地所维系的基本价值。以“无量苦”的佛家术语，囊括了农民的种种苦难，关照着生命的基本价值。叙事者的最后一个转世形象世纪婴儿蓝千岁，回归了乡土，并且由先辈的头发治疗血液疾病，延续着先天不足的幼小生命。这无疑也是一个文化寓言，失血的乡村只剩下记忆和话语的延续，只有靠自身的活力才能完成救赎。叙事是这个救赎主题的重要方式，历史的循环往复重合于叙事者六道轮回的转世形态，寓言式的结尾使这部史诗超越了世俗的价值体系，回归到“身心自在”的生命哲学。这是典型的东方式思维，是超越近代所有意识形态体系之上的终极理想。由此，这部以农民为主人公的史诗，在土地所依傍的庄严自然中闪烁着超越所有苦难的广大慈悲。这使它区别于西方所有以杀戮、征服与扩张为主题的英雄史诗，体现着最基本也是最永恒的人文情怀。

“形式即内容”，这个世界上所有的事物都具有特定的形式。基于人类叙事本性的小说，形成于历史文化的长河。它的文体就是文化史的结晶，是一个民族心灵的外化形式。长篇小说的叙事本性更是以形象的逻辑去探讨伦理兴衰的意义，不同的文体是表现意义的形式。形式的创造便是内容不可分割的部分，脱离了特定的形式，也就丧失了具体的内容。小说中的主人公与历史的主人公，是借助叙事的形式，也就是文体形式同构地存在。文体是思维方式的外化，民族的叙事文体就是民族思维方式的体现。莫言长篇小说深层的神话思维结构变幻在不同的外在文体中，体现了民族民间原始思维的一般特征，也体现了这个大背景中个人的创造才华。艾略特关于传统与个人才华的论断，在莫言长篇小说的文体创新中得到了最为充分的体现。

（原载《当代作家评论》2006 年第 6 期）

文字对声音、言语的遗忘和压抑

——从鲁迅、莫言对语言的态度说开去[①]

◇葛红兵

> “你是谁?”从耶路撒冷来的年龄最大的问道。
> 约翰感到了这个问题所暗含的意思。他直率地答道:
> “我不是基督。”
> “那么你是以利亚?”
> “我不是。”
> “你是先知?”
> “也不是。”
> “那么你到底是谁?”
> “我是旷野里喊叫的声音。”
>
> ——路德维西《人之子》

人类几乎已经彻底地忘记了嗓音的发声效果、言语的对话意味,以及这种发声效果和对话意味同真理的亲缘性关系。当历史被编撰成关于人类的知识的教科书以后,文字似乎就成了人类知识的核心以及准绳。这还是表面上的,更为本质的是这种现象为某种不在场的“真理”奠定了基础——一种“真理”,它不再依靠声音,也不再依靠言语,它不再需要自身的在场便能将自身传达给所有它试图传达到的对象,它高高地掩藏了自己却又安然地馨享作为主宰者的地位。文字在这个环节中是最重要的技术,同

① 本文写作缘起于和郜元宝先生的数次谈话,郜元宝先生的谈话对我极富启发,但是我们在对 20 世纪中国文学的一些基本问题的看法上存在巨大分歧,后来我们作了一个对话记录《中国现代文学之发声问题》(《大家》杂志 2002 年第 2 期),但在该记录中我们双方的观点均未展开,现特专写一文予以补充。郜元宝先生也已就此撰写了专门的补充文章。

时文字也被这种需要所鼓励，渐渐地文字把“真理”对它的运用，以及在这种运用过程中所产生的效力看成是自己的效力。

二

鲁迅说：“当我沉默的时候，我觉得充实；我将开口，同时感到空虚。”[①]鲁迅试图在沉默中保有的那个“充实”是什么？而他在“开口”后感到的那个“空虚”又是什么呢？是时，《新青年》团体刚刚解散，生活中的鲁迅感到的就如同在沙漠中一样孤独寂寞，经受着没有人说话的苦楚，所以这里的“开口”实际是指用文字表达。“《新青年》团体散掉了，有的高升，有的退隐，有的前进，我又经验了一回同一战阵中的伙伴还是会这么变化，并且落得一个‘作家’的头衔，依然在沙漠中走来走去，不过已经逃不出在散漫的刊物上做文字。”[②]离开了直接的言语而感到孤独寂寞的鲁迅过着在生活中闭口不言而只能在刊物上做文字的生活，鲁迅所感到的空虚实际上是一个无法言说而只能用文字“写作”的作家的痛苦。鲁迅“开口”便感到“空虚”，实际上是在文字中感到的绝望，鲁迅非常真切地感到文字并不能真正传达他的心灵[③]，所以他会说：“我希望这野草的死亡与朽腐，火速到来……去罢，野草，连着我的题辞。”鲁迅的痛苦是他渴望文字的死亡和腐朽，但是却又不能不依靠文字的悲哀。鲁迅看穿了文字的腐朽本质，并且希望它尽快地朽腐。这和他赞成白话文代替文言文也是一致的。鲁迅的文言文功底那么好，这可以从他在《摩罗诗力说》等一系列文言文论文中对文言文的操控能力中看出来，但是他却立即接受了胡适的“白话文学”的主张，并且成为中国历史上第一个用白话文写小说的尝试者。为什么呢？鲁迅相信文字在中国已经彻底地朽腐了，他凭直觉感到白话文相比较于文言文更亲近言语，因而也就亲近了人的自然发声。正是在这样的认识基础上，他义无反顾地选择了白话文。在鲁迅看来，正是文言文，这种失去了和言语的自然联系的文字，扼杀了劳动大众发声的可能——这种文字把大众的发声当作是无意义的，而倾向于消灭这种发声。它发明了一系列巩固封建士大夫发声，让那种发声成为独一无二的发声的技术。而在鲁迅看来，这正是使漫长的封建中国成为一个“无声的中国”的一个最重要的关键点，文字是消灭“声音”的魔鬼。由此出发，鲁迅认定启蒙作家们的革命性不仅仅应该体现在思想上的启蒙化方面，还应当体现在对语言工具的选择方面。他应当选择让文字臣服于言语的白话文，而不是遮蔽言语，让言语

① 鲁迅：《野草》。

② 《南腔北调集·〈自选集〉自序》。

③ “因为那时难以直说，所以有时措辞就很含混了。”(《二心集·〈野草〉英文译本序》)

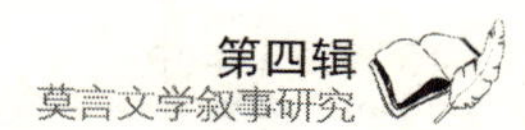

臣服于文字的文言文；他应当让“吾手（文字）写吾口（言语）”[①]。

从《野草》中的《墓碣文》中我们很容易了解鲁迅对文言文——一种死文字的恐惧和厌恶。《墓碣文》中，文言文是作为死人的语言出现的，作为死亡者的遗物刻在墓碑上。让我们看看墓碣文的内容：

> 有一游魂，化为长蛇，口有毒牙。不以啮人，自啮其身，终以殒颠……
>
> ……
>
> 抉心自食，欲知本味。创痛酷烈，本味何能知？……

这是多么恐怖的文字啊。一般意义上，墓志铭总是用比较开朗、光明的语言写成的，而在鲁迅的笔下，为什么墓志铭的内容会如此恐怖？稍稍留意，我们便会注意到，《墓碣文》主体部分用的是白话文，而墓碑上的文字却用的是“文言文”——一种在鲁迅看来是“死文字”的文字。这不是巧合而是鲁迅精心设计的结果。它表明了这样一种观点：文字已死，文言文更是死人的文字——换而言之，鲁迅把文言文赋予了死人。由此，我们便不难理解这样的死文字写出来的东西的恐怖了，这不是文言文本身的恐怖，而是鲁迅对这种文字的恐怖（使然的）。这种情况同样发生在鲁迅的小说中，在鲁迅的第一部白话小说《狂人日记》里，鲁迅对文字同样是恐怖性的，狂人在文字中看到的到处是“吃人”——这是狂人的感觉，同样也是鲁迅的感觉。

鲁迅对那种离开了、抛弃了言语（口语性）的文言文文字是绝望的、恐惧的。但这还不是全部，在许多时候，鲁迅不仅是一个反对文言文——书面化的语言文字感到失望的人，甚至他对言语也是失望的，他在《求乞者》中写道：

> 我想着我将用什么方法求乞：发声，用怎样的声调？装哑，用怎样的手势？
>
> ……
>
> 我将用无所为和沉默求乞……
>
> 我至少将得到虚无。

鲁迅，这个敏感的人，他知道通过言语，实际上“人”什么也求乞不到，不如沉默和“无所为”，这样还能得到“虚无”；否则沉溺于语言和文字的深渊，甚至连“虚无”也会化为乌有。在此基础上，鲁迅常常会寄希望于某种独特的非言语的声音，《野草》题辞中，他在对“开口”感到空虚的同时写道：“我将大笑，我将歌唱。”

这是一种无所言，而单单只有声音的沉默之音，是大笑，是歌唱。它是无辞的，是纯粹地寄寓于音调、音节的纯粹形式，以音响效果、以发声为终极的“表达”。鲁迅对这

---

① 胡适语，见《文学改良刍议》。

种表达的意味之领会,我们还可以从《立论》篇中见出。在《立论》篇中,“老师”教导给学生的最完美的表达是:“啊呀!这孩子啊!你瞧!多么……阿唷!哈哈!Hehe! he, hehehehe!”在《立论》本文情境中,就具体的“立论”问题,鲁迅对模棱两可的言说是反对的,但是它非常清楚地表明鲁迅对这种以单纯的感叹的发声效果,通过无所表达而表达的“意味无穷”的言说方式深有领会。这种情况在鲁迅的小说《铸剑》中也出现过,在《铸剑》中,鲁迅让奇怪的人和头颅唱出来的歌充满了感叹的声音,“阿乎呜呼兮呜呼呜呼!”“哈哈爱兮爱乎爱乎!”等等。为什么是如此的止于发声没有言辞的歌呢?这是否和鲁迅在《野草》中所表达的“不如沉默”而又愿意“大笑”和“歌唱”一致呢?正如鲁迅在写给日本人增田涉的信中对此作出的解释所阐明的那样,鲁迅认为这无辞的歌儿,这止于纯粹声响的歌儿中倒是有着深刻的常人难以理解的东西。

二

但是,鲁迅并没有将这种想法坚持到底。他强调文学白话化,却对中国传统白话小说不感兴趣,为什么呢?鲁迅选择的发声方法是西方式的启蒙主义的发声方法,这使鲁迅把自己的小说的模板横向地定位在了西方,那种横断面式小说,与之相关的是他对中国传统章回小说的否定。明清白话章回小说,大多有“拟话本”的形式特征,保留了小说作为“说书”的口语体式,但是,在中国小说的现代化过程中,鲁迅一方面强调小说要用“白话”、“口语”,另一方面恰恰在形式上革除了明清白话小说的“说书”特征。他开始用白话文写作,但是这白话文的“现代小说”却恰恰不再具有中国古典白话小说因“听—说”这一“说书”特征而发展起来的特殊的口语化表现技巧,而向着“纯书面/案头读物”方向发展。这至少从表面上看是个矛盾。为什么会出现这种矛盾呢?显然,鲁迅是把“书面、案头化”作为现代小说的标准之一来认识的,其来源是对由知识分子案头创作、纸面媒体印刷出版发行的西方“书面、案头小说”的观察和比附。“五四”一代人以西方小说来比附中国小说的思维定势,导致他们根本看不到中国古代白话小说特别是话本小说的口语体长处。鲁迅不仅全面否定中国古代文言文学的士大夫传统(从启蒙的动机出发,“五四人”要求文学成为宣传启蒙理念的利器,因而他们要求文学通俗化),也否定中国古代白话文学传统特别是话本小说传统(启蒙要求小说知识分子化,话本小说虽然是通俗化的,但却是非知识分子化的),其核心动机是在“西方化”上——他们需要一种完全不同于中国传统的西方式启蒙主义的发声技术。

这种发声方式的选定,使鲁迅的小说表现出与现代作家截然不同的发声方式的选择。鲁迅的小说虽然是白话小说,但是和北方小说家如老舍的语言相比,和同样是浙江籍的小说家郁达夫相比,鲁迅的语言基本上是只能用眼睛看而不能用口语读的。鲁迅虽然使用了白话文的写作图式，但是他没有和胡适、周作人等一样把大众口语作为发声模范加以仿照，而是选择了一种个人化的知识分子气的发声方式。那种活跃在民间的、喧腾的、撒欢的、顺畅的、平面的大众化发声方式并没有被鲁迅接受。也因此，他对中国民间的狂欢精神、生存意志力基本是盲视的，例如他对阿Q临刑前那种"唱戏"发声方式是绝然否定的。阿Q作为一个下等的生计都成问题的人，他坚韧地活着，还有点儿撒欢的味道，这是不是一种精神呢？不是。在鲁迅眼中，阿Q这样的人身上只有劣根性，还没有占得人的位置，根本就不配做一个人。鲁迅没有思考过，阿Q虽然是个下人，或者说完全不是个"人"，但是他也有权活着。从生存的角度讲，活着是重要的，然后才是尽量争取活得好一点儿。由此，阿Q对生活的态度不见得比启蒙主义者对生活的态度差到哪里去。阿Q身上有一种中国民间特有的笑谑、撒欢的精神，他活着不是为了验证历史功过是非，也不是为了建功立业，而是争取活下去。在可能的时候把每一个黯淡的日子过得像节日一样，有的时候浪一点儿，比如找吴妈讨点儿没趣；有的时候狂一点，比如找赵太爷攀个亲什么的；有的时候酸一点儿，比如革命；有的时候烈一点儿，比如绑缚刑场的路上，他知道自己就要死了，这个时候他当然是害怕的，但是他立即就掩饰了那害怕，唱起了大戏，这就近乎烈了。我们暂且不管他为什么死，死得是否值得，就冲他这种面对死亡的勇气(不管是出于什么动机)，也是可以钦佩一番的。正是在这里，我们看到了一种来自中国民间的笑谑精神，吃喝、唱戏、行刑以及性等正是在笑谑和狂欢的意义上被放在了生活的首位。将生活当成一场狂欢节表演，不管它是否合理，是否有意义，都要将这出戏演好。这是中国民众在数千年历史中学会的生存技术和生存精神，它在笑谑和撒欢的外表下突现着"人"这个要素的主导力量。这种精神一直在中国民间滋长着，它在中国民间人物的身上一代一代地保留着。它和儒家、道家、佛家三教合一的中国正统完全不是一回事，因而在正统的语言中一直是被压抑、抹杀的。中国现代启蒙知识分子虽然在精神气质、品位上反对三教传统，并且提倡小说、收集童谣，试图深入民间文化中汲取养料，但是他们没有发现这种民间笑谑和撒欢主义的力量，鲁迅也没有看到这种笑谑和撒欢的生存形态中渗透出来的反抗、追求、渴望的力量。

值得注意的是，莫言最近完成的《檀香刑》可以看作是鲁迅《阿Q正传》的戏拟。这部小说有着《阿Q正传》式的情节，但是其发声方式却和《阿Q正传》绝然不同。如果说鲁迅用的是一种启蒙化的言语方式，那么莫言的《檀香刑》用的则可以说是一种反启蒙的言语方式。他采用的是一种"前启蒙"的言语，没有受到"五四"启蒙话语的熏染，而是来自民间的、狂放的、暴烈的、血腥的、笑谑的、欢腾的语言；他模仿的对象是"猫戏"，是民间戏曲。莫言的这种"前启蒙"语言把经过"五四"文学革命改造后受到遮蔽的声音再次发掘了出来，例如赵甲这个人物的声音，放在鲁迅笔下可能就会变成

《药》里面的康大叔或是《阿Q正传》里的阿贵，变成受批判、谴责的对象，而不是发声者。莫言的声音效果和鲁迅式样的“文人”言语——一种半文半白的语言不同，它更恣肆、更狂放、更自由。在《檀香刑》中，我们会听到各种各样的来自民间的大众的声音，如媚娘的浪语、钱丁的酸语、赵甲的狂言等等。它基于中国说唱艺术语言、戏曲艺术语言，颠覆了“五四”对民间话本小说、戏曲语言的拒绝乃至仇恨。这种声音不同于西方式的启蒙主义的知识分子气的声音，它是猫戏式的、顺口溜的、犀利的、高亢的、昂扬的、悲凉的、唱腔式的声音。这种韵律来自汉语自身，它不是莫言本人的，它是我们民族在数千年的生存历史中逐渐找到的，它在民间戏曲艺术中隐现着，莫言发现了它。当然，莫言向声音的回归并不简单地指他的语言是唱腔式的，有语调可以真实发声的，而是指莫言在文学发声学上拥有了另一种立场。如果说，启蒙作家的发声方式是西方式的，是理性的、大写的“人”的发声方式，是一种统一于启蒙主义意识的单一的声音，那么，我们可以说《檀香刑》发出的是另一种声音，一种由杀戮者的发声效果、受刑者的发声效果、狂浪者的发声效果、观众的发声效果等等糅合而成的综合的多声部的声音。这种发声在启蒙话语的理性主义思路中是受到遮蔽的，包含了许多非理性的成分，包含了把生活看成表演的仪式主义的成分，死的欢乐、施虐的快感、受虐的痛楚、表演的雄心等等掺杂的形式感的成分。即使无价值也要把生命延续下去的成分(这些东西可能愚昧却是任性的、狂欢的、坚韧的)，在猫戏这样的民间戏剧中藏身，但也正是这种声音使忍受了内忧外患、压抑的惨痛、饥馑的折磨、专制的苦难的民族得以延续下来。但恰恰在20世纪以后，这种声音在小说中几乎绝迹，20世纪的中国多的是赵树理式的发声，是士大夫气的发声，是文人式的发声。在这个角度上，我非常欣赏莫言。他并没有延续“五四”维度上的文人做出来的理性的发声效果，而是回到民间的唱腔式的语言中去。莫言让语言再次亲近了言语以及比言语更本原的“人的声音”，他让语言拥有了一种纯粹的声响效果。

三

人类是如何遗忘了自己的嗓音以及言语？文字又如何获得了超时空的、无所不在、无所不及的力量？真理何时变成了语言文字学而不是言语发声学？人类又如何改变这种现象，让真理重新亲近它作为发声效果和对话言语的本源？按照索绪尔在《普通语言学教程》中所阐明的观点，文字与语音的内部系统其实是无关的，文字不仅没有彰显语言的力量，而且掩盖了语言的面貌，它没有表达语言而是歪曲了它，文字和语言的联系是肤浅的和人为的，但是，异乎寻常的是文字僭越了它的地位，颠倒了自己和言语的关系，篡夺了主导作用。

言语和文字是两种不同的表现系统，后者只有建立在尊崇前者的基础上表现前者才有价值，而不是相反；在两者的关系中不是声音从属于文字，而是文字从属于声音，应当重新确立的是声音在文字面前的特权。由此，索绪尔说："语言学的对象不是书写的词和口说的词的结合，而是由后者单独构成的。"此说实在是非常有道理的。

从发生学看，我们很容易知道声音较之言语、文字，是最为始原的；言语和文字相比，言语又是始原的；文字只是声音和言语的后产品。但是，正是这简单的道理，在人类"文明化"之后却被全盘遗忘了。渐渐地人们把文字看得高于声音和语言，"文明时代"人类认为文明的条件是会使用文字，而言语和发音则只是区别蒙童和成人的标志。一个不会说话的哑巴、一个不会发声的先天失聪者，只要他学会了文字，他便依然是一个"文明人"。的确用自己嗓子发出声音，婴儿状态的人就能够做到；用人的言语和人交流，一个稍稍受到人的训练的少年便能完成；而文字则需经过长期训练，只有那种所谓的知识分子才能做到。但是，人类恰恰是在这里犯了非常严重的错误，何为本原？表音法的推广、文字的发展是为了保留不在场的说话主体的原话，是作为保留言语的手段而发展起来的，但是，在当代人的生活中，人言却从属于文字。当代国人对语录体文本的顺从、对"文件"的顺从、对发展成书面文字的讲话的尊崇，就是如此，人们无条件地顺从着那些不在场的言语——转换成了文字的言语，用他们对文字的臣服表明自己作为言语对文字的从属地位，而无限地蔑视身边的亲在的言语及其对话性，他们渴望的不是那种对话性的言语而是冰冷的以绝对真理面目出现的文字，他们对文字的信赖远远地超越了对言语的尊崇。

如何分析这种"对文字的尊崇"？实际上它应当更深地被追溯到对文字下层所积淀并反过来支撑了文字的形而上学的自维护系统、自生存技术上来。但是，这种追溯其实早已被利用以支持这种尊崇而不是来反对这种尊崇。要知道，这种尊崇有的时候是以革命的面目出现的，甚至是以打破形而上学存在的面目出现的，这种貌似激进的面目妨碍了我们对它的内里进行扫描，例如"革命的"德里达在这个过程中便扮演了非常重要的角色。德里达说："对一般声音的看法更适用于语音，正是借助语音，主体通过听/说——一个不可分离的系统——影响自身，并通过理想性的因素而与自身相关联。"[①]他这样说的时候实际上没有错，但是他是在反义上说这段话的，因为这正是德里达要反对的观点。从这个角度说，德里达是前黑格尔的，他比黑格尔的观点倒退了。黑格尔曾经十分明确地指明声音在概念的形成、主体的自我显现过程中所具有的特殊地位，认为单纯的主体性、物体的灵魂似乎是通过它的共鸣而在这种理想的运动中表现出来，耳朵以理论的方式领会这种运动，就像眼睛以理论的方式领会形状和颜色，并

① ［法］德里达：《论文字学》，上海译文出版社 1999 年版，第 16 页。

由此把对象的内在性变成内在性本身。[①]

长期以来,人们把对真理的探寻变成了对文字——这种符号的研究,人们把视线集中在对有限的经典的阐释、挖掘、注疏、整理之上。[②] 这个工作不仅仅围绕着这些经典的文字本身进行,甚至还围绕着这些经典的文字在历史过程中的传播进行,在此文字学作为一种技术的技术被发展了起来,成了“真理”这个公司中最为显赫的部门。人们已经习惯于认为意义、真理、显现、存在等等都存在于这些历经久远而依然没有湮灭的文字符号之中。真理那原初的作为旷野上的呼号的属性被彻底遗忘,那种原初的在历史的荒原上首先作为人性的呐喊的属性已经被遗忘,留下来的是呼喊的躯壳和遗迹,但是如今这些遗迹本身被理解得比它们所代表的那个已经消失了的声音更为重要。在能指和所指的冲突中,人们无一例外地站到了能指一方,而把所指本身看成是能指的副产品。真理在这个过程中被看成是能指本身,或者能指被看成了真理——能指恬不知耻地篡夺了所指的地位,所指黯然隐去,无所不在的文字能指登上了真理的宝座。就如同大地上的人们在太阳落山以后,对着太阳的偶像崇拜,而忘记了太阳本身。

现在,我们要指明的是这样的途径并不适应于对先于文字符号、外在于符号之物的探求,文字的明晰性并不是真理所必需的,而这种明晰性恰恰是牺牲了真理本身得到的。要知道在充满声音的旷野中,声音不是一种而是无数种,它们杂然纷呈;要知道在声音的始原景观中,声音[illegible]带着表情,声音是某种音调、某种语气、某种表情在自然状态下的微妙结合,它不仅仅是音节。卢梭把语言看成是呼喊向音节过渡后的产品,这实在是不错的。的确,声音先于音节,是某种呼喊——对真理的呼喊。文字的丰碑只能镌刻在历史的书卷中,而这种呐喊和呼唤的声音却将永远缭绕在人类的心中。尽管人类因不断地丧失而变得缺乏谛听这种声音的力量,但是这种声音并没有抛弃人类,它依然处在可以感知的范围之内(尽管它只对谛听者开放)。

我们要知道,那个自然地亲近了生命的原生状态,那个自然地听从了自我本能的呐喊的呼声才是本原的。它简单、原始、含混,听者不能从中听到明确的意见、观点、立场,于是便抛弃了它。但也正是它的简单、原始、含混才和那沉沦于幽暗深渊中的人类本性相契合,才和那始终没有彰显自己,至今依然处于晦暗不明中的真理投缘。语音的本质直接贴近了这样一种东西:它的作为性是直接的、对话性的;它创造意义,接受意义,表示意义,又把这意义的真理性限定在可对话的范围内,限定在即时和当下的在

① 参见[德]黑格尔:《美学》第3卷,商务印书馆1995年版。

② 在当代生活中批评学正不断僭越自己所谓阐释和解读者的地位,不断地寻求自身发言的渠道。这种关于文字的文字被越来越高估的情况在其他领域也是如此。

场中；它让真理莅临，亲缘性地呈现自身，而不是相反。正是它的这种属性保证了真理作为“到来”，本然地就是“到来”的——也就是说它不能在“不到来”中“到来”，而必须在“到来”中“到来”。

（原载《中国现代文学研究丛刊》2003 年第 3 期）

一个可逆性的文本

——《丰乳肥臀》的语言文化解读

◇赵奎英

距莫言推出他的《丰乳肥臀》已有数个年头，在这期间，莫言又有大大小小的佳作产生，当人们已经沉醉于新作之时，我似乎还没有走出初读《丰乳肥臀》时的震动。《丰乳肥臀》那深厚莫测的文化意蕴，无与伦比的语言风格，近乎"极乐文本"（巴尔特）的令人震撼的审美效果，使它无论对于莫言个人还是对于中国当代文学界来说都堪称一部具有标志意义的天才杰作。[①] 但人们对于这部重要的、为莫言本人也极为推重的天才杰作，似乎还远没有充分地认识。正是在这一背景下，本文尝试从语言文化研究的视野，对其进行更为冷静的解读，以期发现这一杰作如此震撼人心的秘密。

一、宗教情感与对神性的亵渎

莫言这部曾经颇招争议的小说，从它的标题开始，就以一种不同寻常的语言刺激着人的感觉。但与煽情的题目相关的，却是一部伟大的涉及人类存在的一些奇谲莫测的深刻主题的天才著作。在这里，母性崇拜和男性中心、不朽情结和死亡冲动、雄性的张扬和对男权的解构、神圣的宗教情感和对神性的亵渎、深刻的历史意识和戏谑性的历史叙述、恒定意义的消解和对终极价值的追求、原始的族类经验和现代性的个体化表述等一系列对立的、异质的因素得到了惊人的混合，创造出一个真正的自拆台脚、相互瓦解、具有深度可逆性的"话语宇宙"。这种可逆性的话语通过"把矛盾性置于同一

① 莫言在与王尧先生的对话中谈到："在修改的过程中，我更加明确地意识到，《丰乳肥臀》是我的最为沉重的作品，还是那句老话，你可以不看我所有的作品，但你如果要了解我，应该看我的《丰乳肥臀》。"（莫言、王尧：《从〈红高粱〉到〈檀香刑〉》，《当代作家评论》2000 年第 1 期）

性之中”，把否定性向度置于肯定性向度之中[①]，达到对和谐的“一体化”的语言关系的瓦解和对既定的经验秩序的颠覆，而我们那些精细化、文明化到几近僵硬的感觉，也在颠覆中被震荡得七零八落。我们可以具体看一下，莫言的《丰乳肥臀》如何从第一页开始，就以这样一种可逆性的话语，实施着“间离”和“更新”的惊人效果：

> 在光滑整洁的宇宙中，数不清的天体穿梭般运行着。它闪烁着温馨的粉红色光芒，有的呈乳房状，有的呈屁股形。它们好像是随意运动，其实却遵循着各自的轨迹。吱吱哇哇，各唱各的调；横冲直撞，各走各的道。目睹着这伟大的和谐，马洛亚牧师热泪盈眶地高呼着：“至高无上的上帝，只有你，唯有你！”他被自己的喊叫声惊醒了。[②]

不同凡响的用语，出人意表的想象，陌生怪异的感觉，创造出一种难以名言的新鲜的艺术世界。我们透过马洛亚牧师神秘的注视和深沉的感叹，感受到上帝那“至高无上”的威力和一种神圣的宗教情感。但小说从第一段开始，和谐之中就跳荡着不和谐音符，对神圣的言述对象进行着非常规的“不当”言述。“至高无上的上帝”创造出来的“伟大的和谐”，竟然呈现出“乳房状”和“屁股形”的性感特征，从而解构着纯粹的宗教情感和宗教价值的形成。并且这种不谐和的言语方式又体现到对于“圣母和圣子”、“牧师马洛亚”、甚至“基督耶稣”的描写中：

> 马洛亚牧师静静地躺在炕上，看到一道明亮的红光照耀在圣母玛利亚粉红色的乳房上和她怀抱着的光腚圣子肉嘟嘟的脸上。因为去年夏季房屋漏雨，这张挂在土墙上的油画留下了一团团焦黄的水渍，圣母和圣子的脸上，都呈现出侏儒般痴呆凶狠的表情。[③]

“红光照耀”中的“圣母”和“圣子”理应更加温和圣洁，但由于房屋漏雨浸黄了挂在土墙上的油画，现在“圣母和圣子的脸上”却“都呈现出侏儒般痴呆凶狠的表情”。而被“伟大的和谐”感动得热泪盈眶，在梦中高呼着“至高无上的上帝，只有你，唯有你”的牧师马洛亚，醒来时却“脑子里闪烁着那些乳形臀状的天体，伸出肿胀的手指，抠了抠眼睛上的眵”[④]。天使和基督耶稣的处境在莫言的言说中也好不到哪里去：

> 马牧师住房的后门一开，便直接进入教堂。墙上悬挂着一些因为年久而丧失了色彩的油画，画上画着一些光屁股的小孩，他们都生着肉翅膀，胖得像红皮大地

① 参见赵奎项：《试论文学语言的可逆性》，《文学评论》1996年第3期。

② 莫言：《丰乳肥臀》，作家出版社1996年版，第5页。

③ 莫言：《丰乳肥臀》，第5页。

④ 莫言：《丰乳肥臀》，第5～6页。

瓜,后来我才知道,他们的名字叫天使。教堂尽头,是一个砖砌的台子,台子上吊着一种用沉重坚硬的枣木雕成的光腚男人,由于雕刻技术太差,或者由于枣木质地太硬,所以这吊着的男人基本上不像人。后来我知道这根枣木就是我们的基督耶稣,一个了不起的大英雄、大善人。除此之外,教堂里还凌乱地摆着十几根条凳,上面落满了灰尘和鸟粪。[①]

据后面另一处描写,这“灰尘和鸟粪”还落满了天主耶稣的身体。更为不堪的是,作为圣地的教堂,最终成为“鸟枪队”喂养“二十八匹黑驴”的驻地。更让人不能容忍的是,就在上官鲁氏来到这教堂圣地,为她与马牧师的私生子女上官金童和上官玉女施行洗礼的神圣日子里,就在天主耶稣的注视之下,遭到了“鸟枪队”养驴小组全体成员的奸污。如果说马洛亚牧师纵身跳下钟楼,使人在某种程度上得以挽回神圣的宗教情感,而在他“宛若一摊摊新鲜的鸟屎”的脑浆面前,那刚刚激起的神圣情感又险些消解于这“不合时宜”的比喻。它让这起悲壮的殉情,既庄严崇高又微不足道。

但马洛亚牧师“新鲜的鸟屎”一般迸溅的脑浆,上官鲁氏在教堂遭受的蹂躏,天主耶稣身上的“灰尘和鸟粪”,圣母和圣子脸上的“痴呆凶狠”表情,还只是来源于一种外在力量和外在环境。尽管它也是一种否定性力量,但它对肯定性的宗教神权和宗教情感还构不成摧毁性的解构。那最强烈、最深刻的可逆性来源于作者把否定性置于内在的心灵之中,来源于马洛亚牧师和上官鲁氏本身。小说对宗教情感的介入主要是以这两个人物为载体的,无论是通过他们的言行,还是通过他们的内心。但上帝的这两个迷途的羔羊、主的两个虔诚的信徒,他们之间的沟通不仅通过灵魂而且通过肉体,神圣的宗教情感一开始就关联着一种世俗的“奸情”(或许这也正是作品在上官鲁氏遭受蹂躏和分娩时都戏剧性地安排“驴”出现的原因)。

在《圣经》里,人类的始祖亚当和夏娃在伊甸园偷吃禁果,构成了人类的“原罪”。正是这种“原罪”,人类才受到上帝的惩罚:男人要土里刨食,终生劳碌;女人则要承受巨大的分娩的痛苦。也正是这种与生俱来的“原罪”,人的灵魂才需要救赎。但在小说里,马洛亚牧师和上官鲁氏救赎灵魂的方式,恰恰是对“原罪”的重历。他们正是在对原罪的重历中,获得了自我的“实现”和对自我的“超度”。与这种经历相关联,马洛亚牧师在上帝创造的伟大和谐中,看到“乳状臀形”的天体,让他感动得热泪盈眶的不仅是“至高无上”的上帝创造的“伟大的和谐”,也是女性无以伦比的蕴含着生命本原的身体。而对上官鲁氏这个曾因不堪无子的虐待、徘徊在死亡边缘的迷路人来说,拯救她的不仅是教堂钟楼天启般的钟声,也不仅是马洛亚牧师慈父仁兄般的悲悯眼神,而且

① 莫言:《丰乳肥臀》,第77～78页。

还来源于马洛亚牧师对她身体的礼赞，来源于槐树林中与马洛亚牧师纵情欢爱的场景。这一幕竟是如此深刻地烙入她的意识，以至成为她抵抗分娩痛苦的源泉和所有愉快回忆的中心。当她承受着分娩的巨大痛苦、绝望和恐惧时，这一场景不断地从一个遥远的深处浮现出来。她祈祷着"中国的至高无上的神"和"西方至高无上的神"，布下"阳光雨露"，拯救她的灵魂。但她虔敬的祈祷却令人震惊地滑向了渎神的耻辱的中心："她在绝望中满怀希望地祈念着，祈求着中国至高无上的神和西方至高无上的神，心灵和肉体的痛苦似乎减缓了许多。她想到红头发蓝眼睛、慈父仁兄般的马洛亚牧师，在春天的草地上他说中国的天老爷和西方的天主是同一个神，就像手与巴掌、莲花与荷花一样。就像——她羞愧地想——鸡巴和屌一样。"①

面对"至高无上"的神圣性对象和虔敬的内心祈念，在一种正面的肯定性情感中却滋生了如此不敬的想象，使用了如此不洁的类比，意义的可逆性可谓达到了无以复加的程度。也正是在这种无以复加的意义逆转中，在这一令人震惊的类比中，"中国的至高无上的神"和"西方至高无上的神"都受到了史无前例的亵渎，神圣性的宗教情感和宗教尊严都受到了摧毁性的解构。而我们的"守法"的感觉，也在这种由可逆性语言创造出来的渎神的快感和颤栗中，受到强烈而持久的冲击。

二、男性中心与对男权的解构

与神权相关的是男权（父权、夫权）。这无论是在中国的封建文化中还是在西方的基督教文化中都是如此。在西方，这一男性中心思维就具现在他们的宗教经典《圣经》之中。根据《圣经》中的"创世"神话，世界万物都由上帝所创造，由男人亚当所命名。女人的始祖夏娃，则是在亚当命名完万物后，由男人亚当的一根肋骨所生，也就是所谓的女人是男人的"骨中骨，肉中肉"②。这样一来，《圣经》就赋予了男人类似神的主体性、创造性，确立了男性的中心地位，让女人成为男人的绝对附庸。在中国的传统文化中，从阴阳思维和道家文化来看，的确有过"阴性中心"倾向，但这"阴性"倾向却在某时发生了转换，尤其是在儒家文化取得统治地位时，通过儒家文化确立起来的"男权"秩序，比起基督教文化来显得更加不可理喻。在莫言的小说中，上官家八个女儿的相继出生，上官鲁氏所遭受的非人的待遇，正是这种"夫为妻纲"、"不孝有三，无后为大"的封建男性中心文化的生动写照。上官鲁氏的婆婆上官吕氏说得很明白："没有儿子，你

① 莫言：《丰乳肥臀》，第43页。

② 《旧约全书》，"创世纪"第三章。

一辈子都是奴;有了儿子,你立马就是主。”[①]上官家之所以会有如此多的女儿,正是因为他们不希望有如此多的女儿,而是渴望得到一个能够维系香火的男性后裔。上官家对男孩的渴望使她生出这么多的女儿,产生出了这么多的故事。也可以说,正是这种体现男性中心的渴望构成了《丰乳肥臀》潜在的叙事中心和叙事动力。上官来弟、招弟、领弟、想弟、盼弟、念弟、求弟这一连串的名字,标明了上官家使用的是一种典型的男性中心话语。

但事情并非如此简单。在这里,我们又遇到了可逆性的意义,因为上官家族这一男性中心话语的标准使用者,又是男权秩序的最大解构者。这一解构首先来自婆婆上官吕氏。极端渴望孙子的上官吕氏,既对不生儿子的儿媳妇进行疯狂的虐待,也对没用的丈夫和儿子拳脚相向、嗤之以鼻。其夫上官福禄、其子上官寿喜,在她凶狠的木杈下屁滚尿流,在她威严的呵斥声中觳觫颤栗。所谓的“夫权”和“父权”都在这个钢铁一般的女人面前威风扫地,父亲不像父亲,儿子不像儿子,倒像一对可怜的“难兄难弟”。上官寿喜这个一心想要儿子,在妻子面前滥施夫权淫威,残忍到能够烙伤妻子下体的丈夫,却是一个缺乏生育能力的不完全的男人。更可悲的是,上官家的九个孩子竟然没有一个是真正姓“上官”的。他的“夫权”尊严,被他自身的缺陷、被他为了生一个男孩到处疯狂“借种”的妻子从根部挖空。上官家那个经历了“千难万险”终于被求到世间的宝贝儿子——上官金童,从出生的那一天起,就把他的双生八姐上官玉女变成了“多余人”,把其他七个姐姐变成“外围”,让自己成为上官家的绝对中心。但就是这个宝贝金童,这个地地道道的处于中心地位的“男性”,作为上官鲁氏和马洛亚牧师的私生子,由于他从瑞典籍马洛亚牧师那里遗传来的明显的洋人特征,使得他作为上官家的男性“后裔”显得底气不足。更甚的是,这个母亲的心肝宝贝,上官家的众望所归,是一个从来没有长大的“婴儿”,一个一无用处的永远立不起来的男人。上官金童患有一种奇怪的终生难愈的“恋乳厌食”症(或者说是一种“恋乳情结”、“恋母情结”)。他对母亲或者说是对母性乳房的迷恋达到了不可理喻的程度,对乳房的使用和幻想构成了他的全部生命。对他来说,“有奶便是娘”,他必须吊在女人的乳房上才能生存。也就是这个“渴望跪在全世界美丽的乳房面前,做他们最忠实的儿子”的上官金童,彻底粉碎了上官家对男性“后裔”的希望,也打破了与上帝的创世神话相关的、女性由男性所生的“男权”神话的迷梦。透过这破裂的碎片,母性的伟大被凸现出来,和女性的身体相关的创造力被空前地发掘出来。这破裂的碎片似乎打开了一条通向原始意识的通道,让我们恍惚回到那个遥远的“母系氏族社会”,看到人类的那个共同的“母亲”原型。

① 莫言:《丰乳肥臀》,第 17 页。

三、历史意识与对历史理性的颠覆

按照西方女性主义者的解释，神权、男权和逻各斯是一个完整的相关体系，神权中心、男权中心和逻各斯中心一脉相承。所谓逻各斯中心，实际上也就是理性中心，是一种与极权主义相关的本质主义。与对既定的神权和男权秩序的解构相一致，《丰乳肥臀》那可逆性的语言还指向了历史的理性化和单向度性。以前，人们总相信历史有其必然性和某种规律，仿佛它有一个明确的预设的框架或目的。近来，这种所谓“目的论”遭到了怀疑和批判，人们把历史划分为“事件的历史”和“叙事的历史”。前者是客观的、无法更改的、可见的历史事实本身，它类似于福柯所说的“可见物”；后者则是不断变化着的、人们对这些历史事实的话语叙述和分析，它无法避免主观性成分，它类似于福柯所说的“陈述物”。根据福柯的观点，“可见物”不同于“陈述物”，看不同于说，词与物之间总是存在着断裂或差距。[①] 与此相类似，“事件的历史”也不同于“叙事的历史”。我们相信存在着历史事实和真相，但与“历史事实”完全密合无间的“历史叙事”是不存在的。而历史又必然是用语言叙述出来的东西。任何事实物件要想被我们理解和接受，它都必须转化为语言性的东西。从尘封的地下挖出的器物，那些目击者拍下的照片，固然是历史的证据，但它要真正进入历史的链条，还必须依赖于考古学家和历史学家的语言性解释。正是这种语言性解释，使历史（话语的历史）和事实（事实的历史）之间出现了或大或小的、或蓄意或无奈的断裂或差距。也正是因为此，历史成为可以被误解、被歪曲、被捏造，可以被用于不同的目的的一种不断变化着的东西。因为任何人的语言都不能摆脱个人的、社会的、政治意识形态的偏见，并且语言也不能摆脱语言自身的线性结构，不能摆脱它作为思想有序化的标志。也就是说，当事件被组织进话语之中的时候，它也就被纳入了一个先行预设的结构，被按照一定的时间顺序、一定的因果关系逻辑地必然地组织起来，成为一种可以理解的、连续性的、有序化的线性秩序（叙事）。因此，不管历史本身的头绪多么纷杂，不管历史本身的意志多么盲目，也不管历史本身的线索存在着如何的断裂，我们所看到的被叙述出来的历史总是清晰的、一义化的、理性的、连续的。仿佛历史总是按照一种明确的预设的框架有目的地向前发展的。而可见的事实本身那些纷杂的、多义的、混沌的一面（有时也是最本身的一面）便被压抑下去，归于沉寂。福柯指出，就传统形式而言，“历史从事‘记录’过去的重大遗迹，把它们转变文献，并使这些印迹说话”，而今天的“历史便是将文献转变成重大

① 参见林贤治主编：《福柯集》，上海远东出版社 1998 年版，第 573～578 页。

遗迹”,让众多的素材呈示。① 也可以说,过去的历史,是把“事实”转换成“话语”(文献),今天的历史是要从“话语”(文献)返回到沉默的纷繁的可见的“事实”。而我们看到的莫言的小说,或许可以看作这种新历史观更加深刻、更加直观的演示。

莫言这部小说,其故事时间历经清末、民国、抗日战争、解放战争、新中国成立初期和改革开放以来的漫长时期,并用了长达40多万言的煌煌篇幅来叙述,无疑是具有一种鲜明的历史意识的。亦即作者想通过上官家族的变迁写出中国历史演进的某些特点。但我们看到的莫言的小说,解构了那种经过大脑精心过滤的历史,放弃思想对历史的虚妄评判,抽掉语言对历史的蓄意组织,把历史交给了一双迷茫的、无忌的眼睛,让历史从话语的水平返回到可见的视觉性的阶段。他试在揭示历史的真相,以更加切近事实的本质。但莫言并不仅仅依靠眼睛,凡是眼睛不够用的地方,凡是需要思想和判断的地方,他都运用了“幻觉”和“想象”。这便使得莫言的视觉又是不纯粹的,它总是与怪异的幻觉和神奇的想象交织在一起。加上对历史事件的戏谑性叙述,使得莫言所揭示出来的历史“汇集了不可思议的奇迹和最纯粹的现实生活”,让历史那驳杂的色彩、纷繁的头绪、感人的激情和魅人的罪恶,让历史的混沌和汹涌都几近原生态的、又是魔幻的方式呈现出来,产生出一种“似是而非”又“似非而是”的惊人效果。这使得莫言的小说,不仅对“叙述的历史”(话语)而且对“事件的历史”(事实)都是解构性的。莫言以“视觉”解构了“叙述的历史”,又以“幻觉”解构了“事件的历史”。它让历史呈现为喧嚣的宇宙和沉默的大地。

在这里,我们与其说看到了历史发展的清晰脉络和面貌,不如说看到了历史模糊不清的生长和蔓延。我们与其说看到的是上官家族的历史变迁,不如说看到一个“吱吱哇哇,各唱各的调;横冲直撞,各走各的道”,存在着“深刻的混沌”和“伟大的和谐”的“复调性”宇宙。在这个宇宙中,找不到绝对的中心,找不到固定的焦点。上官家的八个女儿曾经像“蒜瓣簇拥着蒜莛”一样簇拥着上官鲁氏,但长大成人后,她们的魂儿先是一个接一个被各座山头、各条道路上的抗日英雄勾走,让她的母亲成为除了给她们继续养育后代外谁也指挥不了的光杆司令。她们每个人的婚姻都一无例外地遭到母亲的抗议,但她们都一无例外地义无反顾地走向自己的选择,就像遵循着各自的轨迹穿梭运行的“天体”,没有统一的“调”,没有统一的“道”,做着偏离中心或无中心的自由运动。所谓战争的历史,不仅是一场对外战争的历史,而且更像是上官家族内部的女儿女婿之间的一场你来我往、翻来覆去的既受民族感情、也受个人私欲支配的充满可逆性的争斗。生的意志与死的冲动一次次痛苦悲壮地交锋,英雄主义的激情夹杂着个人主义的本能。母亲对于战争、对于历史的评价标准,是她获得的现实的恩惠和遭受

① [法]福柯:《知识考古学》,谢强、马月译,三联书店1998年版,第7页。

的现实的苦难。亦即这些英雄队伍如何让上官家在困难中度过了难关(让她们生),这些英雄战争又如何让上官家付出生命的代价(让她们死),而不是站在固定一方的立场上进行偏激的褒贬。尽管这每一方都是曾经受到过她无谓的反对和抗议的。小说正是以"母亲"这个"非中心化"的中心,作为历史叙事的一个主要视点。也就是说,我们从小说中所看到的历史的面貌,部分上是透过"非中心化"的"母亲"那"客观"而"实际"的眼睛看到的。但母亲还不是这部小说叙事的中心视点。小说的中心视点来自于上官家的"中心"——上官金童。但上官金童的眼睛最关心的是乳房的形状、乳汁的产量、乳房的命运和乳房的去向。因此,对于上官金童来说,历史意味着对母亲乳房的一系列不同的影响,以及由之而来的他的身心所体验到的欢乐和所遭受到的创伤,他既亢奋又忧郁、既绚丽又恐怖、既神奇又实际的幻觉和想象。透过这样一双奇怪的眼睛看到的历史,被涂上了焦灼的色彩,更加没有固定的焦点。

透过这对母子既相互补充又相互消解的"非聚焦式"的奇特视点,历史好像是整个宇宙弹奏出来的"交响乐",是所有生命都参与了的"狂欢节"。在混乱的战争年代,沙月亮的"鸟枪队"、司马库的"司马大队"、鲁立人的"爆炸大队",轮番占据主角的地位。在"文化大革命"时期,各方势力,更是翻来覆去,你来我往,"乱哄哄你方唱罢我登场"。在这里,没有谁解释事情的原委,也没有谁说明行为的意义,只有一双迷茫、焦灼的眼睛和盲目、机械的行为。凡是视觉不够用的地方,凡是需要进行价值判断的地方,视觉就求救于"幻觉"和"想象"。于是,我们在《丰乳肥臀》中看到了历史的斑驳色彩和缤纷构图,看到了历史中汹涌澎湃的激情和蠢蠢欲动的欲望,看到了那些为人类所"忘却了的罪恶"和"所背叛了的梦想"(马尔库塞)。这种存在于小说之中的"历史"虽然也必然存在于话语之中,是一种名副其实的"叙事",但它力图以一种非焦点式、戏谑化的叙事,打破语言结构化的偏见和线性特征,回复到视觉化的纷繁的沉默的历史事实本身。它是一种从"有名"到"无名",从"话语"到"事件",从"有序"到"混沌"的返归过程。但这也并非纯粹的可见的历史,并非通常意义上的历史的"真相",它以高度个人化、主观化的想象与幻觉,赋予历史以奇迹般的魔幻的特征,创造出一种与人们日常经验迥异的新秩序,构筑了与现实真实不同的另一种真实。这种视觉化、魔幻化的历史,对于读惯了清晰的、合理的历史话语的感官来说,那一套单向度的、理性化的价值标准显然已不适用。这种否定性效果无情地冲击着人们已经结痂了的被单向度的历史和现实所同化了的思维,彻底打破单义化的"逻各斯"或"理性"中心主义,解放出人类存在的复杂多义性,在令人震惊和诧异的间离效果中促成一种"新意识"和"新感觉"的诞生。

四、不朽情结和死亡冲动

如果说宗教情感和对神性的亵渎，男性中心和对男权的解构，历史意识和对历史理性的颠覆，作为一系列相互关联、充满可逆性的文化价值，成为《丰乳肥臀》实施震撼效果的文本基础，那么，《丰乳肥臀》那震撼人心的力量或许还来自于它穿透了种种文化表象的纠结，触及了人类存在的最底层，用一种可逆性的语言揭示出人类存在那个最深刻、最内在的悖论不朽情结和死亡冲动。

柏拉图在《会饮篇》中曾谈到，人都有“追求不朽的欲望”，追求不朽是爱情或人生的目的。而人要达到这一目的则要依凭“身体的生殖力和心灵的生殖力”。身体的生殖力孕育出肉体的子女，心灵的生殖力孕育出“思想智慧以及其他心灵的美质”的子女。柏拉图认为，“孕育和生殖是一件神圣的事”，正是依靠孕育和生殖，“可朽的人具有不朽的性质”。[①] 在“身体”的生殖者和“心灵”的生殖者之间，柏拉图显然更偏爱后者，“因为他们生育的子女比寻常肉体子女更美更长寿”，那些“产生伟大作品或孕育无穷功德的人们”更能留下不朽的“荣名”。[②] 与柏拉图的这一点相类似，儒家也有“立功，立德，立言”的不朽观。不朽也是所有宗教关注的中心。道教讲“长生”，佛教讲“无生”，基督教讲“永生”。但无论是柏拉图的“心灵的生殖”，儒家的“立功，立德，立言”，还是基督教宣扬的在彼岸世界中“永生”，那毕竟不是凡人所能达到的。前者为人在“现世”中设置了过于理想的要求和过于沉重的目标，后者又因为寄希望于“来世”显得过于虚幻。因此，这就使得人类追求不朽的欲望最终体现到对肉体生命的延续上。或者说，对肉体子女的生殖和孕育成为人类追求不朽的最根本形式。通过生育繁衍，使得生命自体在老朽和灭亡之后，下一代的生命能够对前一代的生命进行接续，从而达到绵延不朽的目的。为了达到“不朽”而进行的“生育繁衍”也因此具有了最根本性的意义。而在中外文学史上，或许还没有哪一部成熟的作品能像莫言的《丰乳肥臀》那样，如此突出而深刻地关注与“不朽情结”相关的“生育繁衍”这一人类存在最为深厚、最为本原的问题。

“丰乳肥臀”这一与生育力相关的女性身体特征，被作为小说的标题加以极端地凸显，并作为一个核心意象在小说的各处反复出现，使得它成为一个与原始的生殖崇拜或母性崇拜相关的原始象征符码。“大地”的意象也具有类似的象征意义。“母亲”和“大地”都是生育繁衍的原型，都是生命的本原。用莫言的话说，只要有“母亲”和“大

① ［古希腊］柏拉图：《文艺对话集》，人民文学出版社 1963 年版，第 265 页。

② ［古希腊］柏拉图：《文艺对话集》，第 270 页。

地”存在，只要有“丰乳肥臀”存在，就会有不竭的生命孕育出来。作为“母亲”原型的上官鲁氏，生下了八个女儿，她的女儿被养育成人后，又成为下一代的“母亲”，一群新的生命(来弟之女沙枣花、招弟之双生女司马凤和司马凰、领弟之双生子大哑和二哑、盼弟之女鲁胜利，还有来弟之子鹦鹉韩)又接连降生。当这些只管生不管养的女儿们把一个个嗷嗷待哺的婴儿包括非亲生的司马粮都扔给上官鲁氏的时候，看着由于缺衣少食已不堪生命之重的上官鲁氏在难以想象的艰苦条件下想尽一切可以想象的办法养育一群后代的情景，我们不禁感叹母亲的伟大和生命的韧性，不禁感叹那潜藏着的让人类得以延续下去的强大的不朽本能。不管自然条件多么恶劣，人们总能找到一些活口的办法；不管生存环境多么艰苦，也抵挡不住生育繁衍的进程。《丰乳肥臀》为我们提供了一幅有关生命存在的最为纷繁多彩、最为生机勃勃的动人场面。

但如果一个人只看到人类具有不朽的欲望，或许他还没有真正地认识人性。因为人性中不仅具有一种“不朽情结”，还具有一种“死亡冲动”。这种“死亡冲动”并不是指内在于生命有机体之中的自然生理进程，而是更像弗洛伊德后期学说揭示出来的那种“死本能”，它是一种与生俱来的内在于人类本能之中的毁灭生命本身的势力或冲动。这种死亡冲动下的死亡与生命的自然死亡(由于疾病和衰老造成的死亡)采取不同的死亡形式，那就是它从来不会让人寿终正寝，用莫言的话说就是它让人“死不在炕上”。就像在中外文学史上还没有哪一部作品能像《丰乳肥臀》那样把不朽情结支配下的生育繁衍放在如此突显的位置，似乎也没有哪一部作品能像莫言的《丰乳肥臀》那样如此突出地展示人类的死亡冲动。战争、饥馑、暴力、自杀、不顾后果的追求高潮体验的色情以及与母性生育力相对的男性不育症等，都是死亡冲动的表现形式和变种。莫言以其独特的个性和偏嗜，写出了死亡最丰富多彩、最惨烈恐怖的形式和最出其不意的可能性。有些作品或许也突出地展示了死，有些作品或许也成功地展示了生，而莫言的深刻之处在于，他把“死亡冲动”置于“不朽情结”之中，让这两种强大的力量直接对垒和交锋，揭示出人类存在的那个最深刻、最内在的悖论。

在中国当代作家中，莫言是少有的“残酷的天才”。他的残酷和西方小说家中同样有“残酷的天才”之称的陀思妥耶夫斯基不同。陀思妥耶夫斯基的突出之处在于，他总把异己的声音置入人物的内部，以没完没了的相持不下的可逆性对话摧毁任何一个坚强的神经。而莫言则喜欢为对抗的人性设置可逆性的外在情境，把内在世界的分裂搬到可视的外在舞台上，具象化为激烈对抗的、血淋淋的毁灭性行动。这使得莫言热衷于战争题材的描写。这里与其说战争是莫言热衷的一种题材，或许不如说战争是莫言热衷于借用的一种场景。因为战场和刑场一样，都是实施杀人的最好场所，最便于表现人类的死亡行动。从这个意义上说，战争(饥馑以及其他形式的暴力)，和母亲(大地)一样，也是一种古老的象征性原型，它具有一种和丰乳肥臀相对抗的死亡特征。母亲孕育生命，战争摧毁生命。母亲让生命一代一代地孕育，战争却像割韭菜一样让生命一茬一茬地死去。生命与死亡就在母亲大地不竭的生育繁衍与摧毁性的战争之间来回游移。小说一开始，就让生命的诞生笼罩着浓重的死亡气息，就在上官金童和上官玉女降生的同时，大批的生命包括上官福禄和上官寿喜正在日本人的屠刀之下肝脑涂地。在莫言的这部小说里，没有人能知道到底有多少人死亡，上官家的人和司马家的人都曾"多得像羊圈"一样，最后剩下的却都寥寥无几。司马家的那二十余口、上官家那八个漂亮女儿、六个著名女婿、两个外甥、四个外甥女，还有众多的有名或无名的人物最终都以不同寻常的死亡作为生命的结局。战争、饥馑以及各种恶行和暴力，让孕育生命的大地变成了可怖的充满死亡的地狱。

在这里，我们看到生命个体一次次地诞生又一次次地死亡，人类一次次地破坏又一次次地建设，不朽的情结和死亡的冲动做着永无休止的交锋，我们无法判断哪个是最后的胜利者，生活在这场永恒的战争夹缝中，也许是人类的宿命。只是有些意识形态会倾向于掩盖这种事实，让人误以为自己生活在一个无矛盾冲突的世界之中。但只要人类意识到这种存在的悖论又从来不愿接受这个事实，也就永远不会摆脱夹缝之中的痛苦，正是这种痛苦，促成了一切伟大艺术的诞生。伟大的艺术试图用一种可逆性的语言，描绘出存在于人性中的天堂和地狱的图景，让我们在一种深深的惊诧、恐惧和颤栗中看清人类自身的处境，以颠破一切虚饰的关于美好人性的盲目肤浅的乐观考虑。

五、返归母体与走向神圣

如果说莫言的《丰乳肥臀》仅止于颠覆和否定，我们或许可以把它称作"一个解构主义的文本"。而"可逆性"文本和"解构主义"文本的不同之处在于，它不仅在意义上通过把矛盾性置于同一性之中，造成意义在两个极性概念之间的往复运动，从而粉碎人们对终极意义的幻想；它还在形式上通过话语反复，在时间在向前发展的向度中置入一个不断向后"回溯"的向度，从而以一种可逆性的时间表现出对本原、对同一性的执著不渝的追求。

按照人们的通常理解，时间是在一个方向上伸展的单行道，一个不可逆的、川流不息的过程。在时间中呈现的话语也同样具有一种不可逆的线性特征。但对于小说家来说，人虽不能让时间停止，虽不能从根本上超越存在和语言那种单向度的时间性，但却可以通过特殊的叙事策略，通过一种话语反复，让文本时间和故事时间向前发展的过程中，叙事的话语和叙述的事件都不断地向原点回复，从而象征性地打破线性时间的不可逆结构，让时间具有一种非时间性。我们实质上是看不见时间的，时间总是通过时间之中的事物的变化流逝来显现的。如果一种事物虽存在于时间之中，它却并不随着时间的流逝而流逝，而是“针对吞噬一切，把一切都卷入生成变化之中，卷入短暂性之中的时间”还能够“始终如一，坚持到底”、保持着自身的“同一性”的话①，那么，时间对它来说，也就停止了作用，成为一种非线性发展的“可逆的时间”，具有了“非时间性”。而在时间流逝中能够“坚持”下来的具有“同一性”的事物，也就具有了某种“永恒”的价值。而莫言的这部小说，也正是通过那些“坚持到底”的东西，以一种可逆性的时间，免于单一的否定和纯粹的解构，表现出了对某种永恒价值的追求。而这一追求正集中体现在上官金童这一具有多重象征意义的人物形象之中。

上官金童是那种典型的超越了时间变化的、能够“坚持到底”的人物。这不仅是指，到故事结束之时，上官金童是上官家族几乎唯一活着的人，他的八个姐姐、七个有着血亲的外甥和外甥女（除鹦鹉韩被判刑入狱之外）以及他的母亲，都以不同的方式相继死去；而且还是指他患有“终生不愈”的“恋乳厌食症”，是一个在心理甚至生理上都始终没有长大的“老婴儿”。书中反复描写他对乳房的热恋、幻想和焦虑，写他艰难的断奶过程，写他短暂好转之后的旧症复萌。也正是在这种反复描写和叙述中，上官金童的反常心理和行为被赋予了某种潜在的象征意义。因为这并不是一个简单的病理学问题，而且还是一个哲学问题。从哲学心理学的角度看，人的出生，即意味着和母体的分离，意味着从此打破和母亲天然一体的和谐关系，从一个熟悉的、安全的、熨帖的环境被抛到一个陌生的、动荡的、充满刺激和变数的嘈杂世界当中去，这也是海德格尔把人的出生看成“被抛的在世”的意义。当个体被抛到这个世界上之后，要重获失去的幸福，继续维系与母亲的血肉联系和亲密的身体接触，主要依靠吸食母乳。而婴儿断奶，实际上是婴儿和母体天然联系的最终斩断，它内在地剥夺了婴儿继续栖身于母亲怀抱的根基和理由。因此，它会在婴儿的心灵上造成一个巨大的缺口，使他终生期望着重新获得失去的乳房，以回到母亲的怀抱，重温已失的与母亲、与生命本源之间那种天然一体的和谐。因为在世界上没有比母亲的子宫、比母亲的怀抱更为安全的栖身之所。从这个意义上看，上官金童那种为作者所反复渲染终生难愈的“恋乳厌食症”，正可以解作是以象征的方式表现了人类共同的、潜在于灵魂深处的返归母体、复归婴儿的永恒情结。

同时，从另一个角度看，在人一生所摄取的食物中，母亲的乳汁也许是最细腻、最纯净的。婴儿能够离开母乳，摄取其他粗粝食物的过程，也是一个在生理、心理上逐渐成长的过程，是一个使消化系统和神经系统都逐渐坚强起来，并能够接受母亲之外的人和物，逐渐融入到复杂的社会之中去的一个社会化、世俗化的过程。但小说中的上官金童，到了13岁还拒绝消化“动物的尸体，植物的纤维”，把乳汁之外的任何食物都

① ［德］瓦尔特·比梅尔：《当代艺术的哲学分析》，商务印书馆1999年版，第208页。

看成污浊的令人厌恶的东西，而成年期的每一次旧症复发，都让他“吐尽身体中的所有污秽”，不断返回到那个吸取母乳的幼儿阶段上去。这种非常态的病理现象，在它的反复重现中，同样获得了某种象征意义。它预示着上官金童对个体的成长、对个体在成长过程中被污浊的社会所同化的本能的抗拒。就像他柔弱的胃消化不了母乳之外的粗粝食物那样，他那始终没有成熟起来的、偏执但也纯真善良的性格，使他不具备在这个“粗粝”的社会中生存的能力。他被一直宠爱着他的母亲赶出去闯荡世界，先是被他母亲式的情人独乳老金炒了鱿鱼，后被他的外甥媳妇耿莲莲逐出了“东方鸟类中心”，最后又被他稀里糊涂娶来的妻子汪银枝骗走了产业赶出了家门。在黑夜中流落街头的他，最终竟然连身上的一套行头也没保住，被一群小流氓剥了个精光，成了一个真正的无产者，一个上帝的迷途的羔羊，一个无家可归的孤独的游魂。也正是在这里，莫言这部看似浑然天成、不事雕琢的小说，显示出他在文本结构上刻意的匠心。因为在这里，上官金童即将重历她母亲的精神历程。当年上官鲁氏走投无路的时候，她听到了教堂天启般的钟声，来到了教堂；在小说临近结尾，经历了沉重的精神磨难的上官金童，背着年迈的母亲也来到了重新整修过的教堂。当上官鲁氏在教堂的那棵大槐树下“坐化”，满树的槐花纷纷坠落之时，被上帝同时启悟了心智的上官金童和在这里主持教务的马洛亚牧师的长子，他的同父异母哥哥相遇。当年马洛亚牧师对上官鲁氏说的话在这里重新响起：“兄弟，我一直在等待着你！”[①]上官金童最终走上了神圣的皈依上帝之路，“要把自己的风烛残年献给上帝”[②]。于是，“乳房”（母亲）、“天体”（天空）、“山峰”（大地）和“上帝”（神、父亲），这些被混同在一起的意象呈现出了它的象征意义，它预示了“沉入深深的水底”和“升上无限的天空”，“返归母体”和“走向神圣”两种不同的具有本体性的精神体验和文化价值被亲密地结合在一起。

于是我们看到，《丰乳肥臀》这部具有强烈解构倾向的小说，在经历了一番激烈的颠覆和反叛之后，似乎画了一个“圆”，回到了它的原点。小说开头和结尾呈现出来的巨大的呼应，使这首嘈杂轰鸣的“复调性”音乐，奏出了出其不意的“和声”，成为一个真正的“可逆性”文本。这个可逆性文本，让我们在解构之中看到了的一些永远解构不了的意义，在时间的流逝变化中看到了一些“坚持到底”东西。它通过一系列对立的、异质的因素的混合，让我们看到潜存于宇宙之中的那种深刻的悖论和奇异的秩序。这，或许就是“杰作的秘密”。

（原载《名作欣赏》2003 年第 5 期）

① 莫言：《丰乳肥臀》，第 603 页。
② 莫言：《丰乳肥臀》，第 617 页。

论 1985 年以后莫言中短篇小说的“我向思维”叙事和虚构家族传奇

◇王西强

一、“我向思维”叙事

莫言对故乡往事和童年记忆的书写，几乎贯穿他小说创作的始终，他曾说过：“我与农村的关系是鱼与水的关系，是土地和禾苗的关系。当然，从另一方面看，也是鸟与鸟笼的关系，也是奴役与被奴役的关系。”①浓厚的人文关怀意识和底层民间文化情结、对故乡的魂牵梦绕和故乡生存记忆，使莫言无论在创作心理还是在文化皈依上都习惯性地选择第一人称“我”作为小说的叙事切入点。在“我向思维”叙事语境中，他感到了叙事情感上的亲近和飞扬想象的便利。

“我向思维”指作家、艺术家在表现客观世界时，以自我的审美价值尺度为标准，主观地把自我的情感色彩、艺术感悟和生存体验投射到艺术创作的客体身上，通过客体的种种艺术表现形态来表达创作主体即作家、艺术家的思想感受和审美诉求。具体到小说创作，作家常会选择使用第一人称叙述视角来结构故事。当我们从“我向思维”叙事角度来考察莫言 1985 年以后那些用第一人称“我”讲述乡村故事的中短篇小说时，就能够发现与莫言早期小说写童年苦难生活记忆的悲剧性沉重和压抑相比，它们多了些诙谐幽默、轻快明朗的调子。同时，第一人称叙述者的情感形态也由童年期孩子的忧郁自闭、孤独内向和超常态，向青少年(或成年)期的心理相对开放、舒朗、达观转变。莫言把他被时间“诗化”的乡村生活记忆以颇具才情的笔调和追忆性叙述视角艺术地再现出来。莫言的这一转变是有其心理动因的，正如斯坦尼斯拉夫斯基所言：“时间是一个最好的过滤器，是一个回想和体验过的情感的最好的洗涤器。不仅如此，时间还

① 莫言：《故乡往事》，《写给父亲的信》，春风文艺出版社 2003 年版，第 1 页。

是最美妙的艺术家,它不仅洗干净,并且还诗化了回忆。由于记忆的这种特性,甚至很悲惨的现实的以及很粗野的自然主义的体验,过些时间,就变得更美丽、更艺术了。”①

在莫言1985年以后写作的67部中短篇小说中,以第一人称“我”作为叙述视角的有41篇(含以长篇“家族小说”形式出版的《红高粱家族》和《生蹼的祖先们》中的11个中篇)。借助这一视角,莫言营造了独特的“我向思维”叙事的文本艺术世界。

1. 乡村往事和生活想象里的“我”

在《野骡子》、《一匹误入民宅的狼》、《嗅味族》、《三十年前的一次长跑比赛》、《司令的女人》、《牛》、《白棉花》、《天才》、《你的行为使我们恐惧》、《罪过》、《草鞋窨子》、《梦境与杂种》、《初恋》等十余个篇什中,莫言使用“我”或“我们”等人称叙述其亲历、耳闻或虚构的乡村故事。在莫言早期小说中,他总尝试通过运用叙述技巧(视角转换、人称变化)把一个个简单的故事叙述得跌宕起伏、充满悬疑;在叙述的过程中,他总在推延展示故事的走向,但叙述的指向性很明确,叙述者甚至提前向读者预告故事的结局、人物的命运。而在1985年以后的中短篇小说中,叙述视角不再频繁变换,故事时序虽时有打乱,但叙述时空和故事时空不再有很大的差异,莫言转而注重保持故事情节的连贯性和趣味性,并尽量在叙述中加入与故事人物或人物性格相关的故事,使叙述和故事都呈现出枝蔓性特征。叙述的指向性不再像前期作品中那样明确,小说的结尾往往采用传统的“抖包袱”式或营造出新的故事悬疑,小说的叙述却戛然而止。叙述的近乎无指向性在一定程度上取消了故事的完整性,从而造成了一种敞开式的结尾和全新的阅读审美感受。

在莫言早期的小说中,第一人称“我”,或者以故事人物的身份担当叙述者,或者以故事参与者的身份参与自己所在故事部分的叙述,并兼有叙述者和被叙述者、看者与被看者的双重身份,且这两种身份相互转换,造成一种叙述与被叙述的对立。1985年以后的第一人称叙述者“我”基本上仍是以故事人物的身份叙述故事,但为了叙述的方便,作者在小说中时而采用第一人称单数“我”,时而采用第一人称复数“我们”作为叙述的人称视角。这一复数人称的使用使得莫言小说的人物数量较其早期第一人称叙述小说有所增加,并拓宽了叙述者的知域范围。“我们”在故事层面上能够感知、思考的内容大大增加,这无疑增加了叙述涉及的人物数量和故事容量,为此类小说的枝蔓性叙述和相关故事的添加创造了条件。因此,莫言小说的叙述者“我”往往在叙述过程中不断加入新的故事或临时性地把叙述权转让给叙述对象——某一个故事人物,让他添加一个新的故事。这样,叙述本身就具有了一定的故事性,而不像其早期创作中表

① 鲁枢元:《论文学艺术家的记忆》,赵丽宏、陈思和主编:《得意莫忘言:〈上海文学〉50年经典理论批评》,华东师范大学出版社2003年版,第159页。

现的那样：人为割裂原本情节完整的故事，然后重新排序，把它一部分一部分地讲出来。

在莫言1985年以后以第一人称“我”为叙述视角的小说中，“我”由早期小说中沉默、忧郁、神经质的“儿童”成长为调皮、捣蛋、能说会道的青少年，故事时间里童年的“我”呈现出向叙述时间里的青少年甚至成年的“我”过渡的倾向。“我”或“我们”在小说中是作为次要故事人物出场的，是故事的见证人，很少以具体的故事行为推动故事情节的发展，却以其感觉的敏锐推动叙述的前进。同时，莫言也塑造了一些在现代工业文明和乡村农业文明的冲撞中性格变异的人物，如《司令的女人》中的司令、《天才》中的蒋大志、《你的行为使我们恐惧》中的“骡子”等，他们满怀离乡的兴奋或悲凉，多是悲喜剧人物，形象都比较丰满，让人笑，让人怜，这多少也是莫言在城乡文明的夹缝中苦闷挣扎的心理体验的文本折射。

2.奇幻的成年故事中的“我”

在莫言的第一人称叙述视角小说中，叙述者除了以青少年“我”的故事人物身份来叙述乡村故事和少年记忆之外，还以成人“我”的视角叙述成年世界的故事或站在成年人的立场上回望青少年时光。这些小说多诙谐幽默或多有奇思妙想，计有军旅题材的《革命浪漫主义》、《苍蝇·门牙》、《战友重逢》等，关于农村旧观念遗存的《弃婴》、《灵药》等，关于农村奇人异事的《养猫专业户》、《白棉花》、《姑妈的宝刀》等，也有较为纯粹的为讲故事而展开叙述的《藏宝图》。在此我们选取较有代表性的《战友重逢》和《藏宝图》来作叙事文本分析。

《战友重逢》是一个比较独特的文本，小说讲述了一个阴阳两界、人鬼异处的战友“重逢”的故事：少校赵金在回乡的路上遇到了十三年前牺牲的战友钱英豪。小说奇就奇在这对阴阳两界的战友却能同坐在河边柳树梢头回忆往昔，小说的叙述就在他们如梦如幻的对话和对往事的追忆中展开。第一人称叙述者“我”用现在性视角(讲述“我”与钱英豪的奇遇)和追忆性视角(叙述“我们”过去的故事——参军、受训、参加“对越自卫反击战”等)，并不时把叙述权交给钱英豪，让他以第一人称叙述他牺牲后发生在“阴间”——南国烈士墓地的故事。在叙述中，叙述者又引入新的故事人物——战友郭金库，由他的加入而引出“我”和郭金库的上一次颇具喜剧意味的“战友重逢”以及牺牲了的钱英豪何以会出现在家乡河边的原因——钱英豪的父亲屡屡梦到儿子，于是千里跋涉去南国烈士陵园偷挖儿子的骨殖。故事的叙述权又一次转让给钱英豪，让他以第一人称讲述自己的返乡之路。小说的叙述最后聚焦到“战友重逢”现场的一个老实巴交的战友张思国身上——他和继子在看水防洪。

一个穿行在过去与现在、阴间与阳界的奇异的战友重逢的故事让莫言讲述得妙趣横生。第一人称“我”、“我们”的使用让一个荒诞不经的故事平添几分真实。小说的艺术魅力在于:现在性视角和追忆性视角的交替使用,使得现实的"真"与梦幻的"真"、合理的"真"与荒诞的"真"、生活的"真"与艺术的"真"一时真假难辨。第一人称叙述者"我"时而是赵金,时而是钱英豪,时而是郭金库。通过叙述视角的转换,莫言把这个在时间上横跨十三年、在空间上出入阴阳界的荒诞故事讲述得"煞有介事"。这种"虚实相生"的叙述结构,显露了莫言的叙事奇才。

《藏宝图》的叙事结构也很独特,小说开篇就告诉读者:"这个故事从头到尾只有一句真话——这个故事从头到尾没有一句真话。"[①]它采用单线串珠式叙述结构——一个个几乎不相干的故事,被叙述者以某个线索或某个人物的叙述珠串起来,而叙述的目的,不是要结撰一个情节完整、矛盾冲突具体的戏剧性故事,而只是连接一个又一个的故事。叙述的指向性几近于无,故事与故事在人物关系、情节设置等叙事要素上几乎没有什么相关性。表面看来,《藏宝图》是以第一人称讲述"我"与小学同学马可在街头相遇、带他去吃饺子、席间听他神聊,"我"是听众,基本充当了叙述传声筒——"我"在通过自己的叙述转述马可讲给"我"听的一个又一个异闻趣事。在每个故事的开头,"我"都要加上一个"他说",而"我"只是在叙述"我们"的相遇和"他"滔滔不绝讲述的故事,"他"既是叙述对象又是"隐在(潜在)"的叙述者。这样,作者就把"信口雌黄"的"恶名"推给了"他",而不必承担读者在阅读时可能会因为混淆作者和第一人称叙述者"我"而对作者产生的偏见和拒斥。"因为无论在现实生活里,还是在虚构世界中,人们本能地厌恶自我中心者,对于那些大言不惭、盛气凌人的家伙总是退避三舍。"[②]而当"我"作为一个听众式的故事人物在转述"他"信口开河讲述的故事时,"我"与读者在情感上对"他"一致的贬抑和讽刺却可以赢得读者的情感认同。

3."煞有介事":莫言小说叙事艺术的美学风格

在莫言这类小说中,叙述者"我"多是口若悬河、信口雌黄的故事参与者和讲述人,"我"的叙述东拉西扯、枝蔓不清,有时甚至故意以玄虚的方式结束故事。通过这样一群叙述者,莫言把一个个连接现实与过去、真实与虚构、甚至阴间与阳界的故事叙述得妙趣横生、惊艳动人,这也就造成了莫言小说叙事的一个重要美学风格——煞有介事。莫言小说里的故事,有些有其生活原型,但大多都是纯粹的虚构和大胆的想象。在他"煞有介事"的叙述腔调中,他将一个个亦真亦幻的故事叙述得真实可信,达到了艺术真实的良好效果。同时,这种叙述腔调还表现在他在叙述荒诞的和丑的故事和细节时的那种认真劲和幽默、诙谐,夸大其词时的一本正经。正是这种"煞有介事"的叙述腔调成就了莫言独具魅力的"滚珠落玉"的小说叙事风格和"泥沙俱下"的语言浊流。

---

① 莫言:《藏宝图》,《莫言文集·透明的红萝卜》,当代世界出版社 2003 年版,第 83 页。

② 徐岱:《小说叙事学》,中国社会科学出版社 1992 年版,第 278 页。

以第一人称"我"、"我们"担任叙述者的小说往往真实可感,具有"鲜明的主题性与浓郁的抒情性","在结构上的开合自如,能给叙述者在叙述时间上的转换提供更大的方便,和对叙述手段的更自由的调度"。[①] 但是,这类小说中作为次要人物和第一人称叙述者的"我",在故事中的形象都较单薄,性格不够鲜明,甚至叙述的声音和腔调也很相似,有模式化之嫌。作为一个具体人物,第一人称叙述者"我"受到这一人称规定的知域和视域的限制:一方面,"我"不能深入叙述对象的内心,也不能有过多的自我表现,以免给读者留下自我中心和自我表现的坏印象;另一方面,第一人称"我"的"鲜明的主体性"使"我"总是在故事中"在场",一切都是被"我"主观地叙述着的,从而很难营造出一种自然客观的故事场面。对此,莫言总是想法化解,如《战友重逢》、《藏宝图》等小说叙述视角的巧妙转换就是较成功的尝试和突破。

为进一步提高"我向思维"叙述者的叙述能限,扩大其叙事空间和情感自由度,莫言又创造性地使用了"我爷爷"、"我奶奶"、"我父亲"、"我母亲"等"类我"复合人称视角,并以此结构起他叙事风格独特的虚构家族传奇小说谱系。

二、虚构家族传奇小说中的"类我"复合人称视角及其叙事功能

"我爷爷"、"我奶奶"等"类我"复合人称视角最早出现在《秋水》中,"高密东北乡"这一文学地理概念最早出现在《白狗秋千架》中。"类我"复合人称和"高密东北乡"的创造性使用为莫言的家族传奇叙事和故乡历史虚构做好了叙事的人称视角和叙事空间准备。从 1986 年的《红高粱》开始,莫言就在他的"文学王国"——"高密东北乡"尽情挥洒他卓越的虚构家族历史的才情。1986 年的《红高粱家族》(含《红高粱》、《高粱酒》、《狗道》、《高粱殡》、《奇死》等 5 部中篇),1987 年、1988 年的《生蹼的祖先们》(又名《食草家族》,含《红蝗》、《玫瑰玫瑰香气扑鼻》、《生蹼的祖先们》、《复仇记》、《二姑随后就到》、《马驹横穿沼泽》等 6 部中短篇),以及《野种》(又名《父亲在民夫连里》)、《人与兽》、《我们的七叔》、《蝗虫奇谈》和《祖母的门牙》等 16 部中短篇小说,共同构成了莫言的虚构家族传奇小说谱系。

1."我爷爷"、"我奶奶"等"类我"复合人称的语法界定

《红高粱家族》小说是以系列中篇的形式创作并相继发表后结集出版的,小说故事之间有一定的承接性和照应性,在叙述视角和人称上也呈现出连续性和变化性兼有的特点,小说的叙述对象即故事的主要人物和事件也是不断变化的。"我爷爷"、"我奶奶"、"我父亲"、"我母亲"等叙述人称因为前置性人称代词"我"的存在而被想当然地视

① 徐岱:《小说叙事学》,中国社会科学出版社 1992 年版,第 276 页。

为第一人称。但仔细分析，我们会发现在使用了这类叙述人称的小说中，叙述者的知域和视域并没有限定在第一人称限知视角“我”的知域范围内，叙述所及远远超出了“我”的所知所感、所作所为，而具有了全知视角的知域特点。这类家族小说多是以后人崇敬自豪的语调在追述虚构的家族传奇和先辈的奇行伟绩，叙述者“我”是先辈故事的局外人，总试图依据传说和自己的想象，再现经过自己的经验世界和审美理想加工过的“过去”，以自己的文化价值取向复述历史，从而得以进入“爷爷”、“奶奶”的第三人称全知视角的知域范围。

《红高粱家族》小说的叙述者是“我”，一个具有了全知视角的知域能力的第一人称叙述者。“我”作为先辈故事的局外人和叙述者，总是在强调自己的叙述者身份：“为了为我的家族树碑立传，我曾经跑回高密东北乡，进行了大量的调查”，“我查阅过县志，县志载……”[①]而且，“我”还总试图告诉读者，经过这样的查访，“我”具备了全知的叙述视域和知域，以增强故事的真实可感性，如“父亲不知道我的奶奶在这条土路上主演过多少风流悲喜剧，我知道。父亲不知道在高粱阴影遮掩着的黑土上，曾经躺过奶奶洁白如玉的光滑肉体，我也知道”[②]。同时，这种对“我”(我向思维)的叙述者身份的强调也是为了获得第一人称叙述所天然具有的主体性特点和自由调度叙述结构的权力。

从人称的叙事功能上看，“我爷爷”、“我奶奶”等复合人称综合了第一人称的亲切真实和第三人称的全知全能。“我”是叙述者存在的表征，“我”出现在“爷爷”、“奶奶”等亲缘称谓的前面，一方面，暗示故事的时间是过去时，给叙述者在结构故事时以很大的自由；另一方面，也拉近了作者和读者间的距离，造成了阅读感受的亲切，达到了艺术真实的效果。从语法上讲，“我爷爷”、“我奶奶”这些“类我”人称是偏正结构，短语中心词是后面的第三人称称谓“爷爷”、“奶奶”，属于第三人称“他”的范畴，这就使得“我”对“爷爷”、“奶奶”的过去时态故事的追忆和全知全能的叙述显得自然，同时又可以避免叙述外在于故事、与情节相脱节的间离感。

2.“我爷爷”、“我奶奶”等“类我”复合人称的叙事功能及其美学效果

在《红高粱家族》中，“我”是故事的导演，任意穿行在“我爷爷”、“我奶奶”、“二奶奶”和“罗汉大爷”等人的过去，“我父亲”和“我母亲”的过去，“我家”的三条狗的过去和“我”的现实之间，叙述者“我”有意将上述时序的故事打乱，重新剪辑拼贴，以造成叙述的内在张力，这与莫言早期小说的叙事努力是一致的，也与作者创作时的体裁选择有关。《红高粱家族》是一个系列中篇小说集，而非一开始就以长篇的体制来结构故事和预设情节矛盾。因此，当莫言试图把它们集合成一个长篇的时候，其内部结构和内在

---

① 莫言：《红高粱家族》，南海出版公司2000年版，第10～11页。

② 莫言：《红高粱家族》，第4页。

故事冲突处理上存在的某些问题，就给读者造成了叙述者强行干预故事进程的阅读感受，但“我爷爷”、“我奶奶”等对象性叙述人称所具有的第一人称的亲切感和读者对家族故事叙述者“我”的认同感，也多少抵消了叙述干预故事连贯性的突兀。在作者有意通过叙述割裂故事时空完整性以造成新的叙事秩序的情况下，这部由 5 个中篇组成的长篇能保持故事的连贯性和可读性，而没有让读者过多地感觉到阅读接受的困难，无疑要归功于第一人称“我”自由调度故事的人称优势。

同时，“我”(异故事人物)、“我父亲”、“我母亲”、“我爷爷”、“我奶奶”(故事人物)等叙述人称的使用，使故事时态呈现出多维性：“我”的现在时、“我父亲”和“我母亲”的过去时、“我爷爷”和“我奶奶”的过去完成时、相对于“我爷爷”和“我奶奶”的时态的“我父亲”的过去将来时。叙述者“我”有意将四种故事时态交错杂陈在叙述之中，以造成一种“叙述缠绕着故事，叙述时间缠绕着故事时间，叙述者的活生生的感觉缠绕着人物的死去的经验”[①]的叙事美学效果。

莫言利用“我爷爷”、“我奶奶”等“类我”又“类他”的复合叙述人称来造成叙述时间和故事时间之间的交错与间离，通过现实与历史的穿插对比，来造成近乎矛盾的历史沧桑感和亲切感。同时，又因为这种新颖的叙述人称的使用，我们看到了被莫言从权力话语霸权下解构并重构的历史的崭新姿态：“我”在满怀崇敬地追述土匪先辈们的杀人越货、精忠报国。通过赞美土匪抗日、高粱地野合，大写特写人狗大战、狐仙救人、奇死等故事来颠覆传统的非善即恶、非美即丑的两分法话语模式。莫言创造了“最美丽最丑陋、最超脱最世俗、最圣洁最龌龊、最英雄好汉最王八蛋、最能喝酒最能爱”[②]的内部二元对立的叙述话语模式，并以此作为其小说叙述的理论指导，塑造了一系列新颖独特、丰满生动的人物形象和故事性格。通过使用这种新的叙述人称和内部二元对立的叙述话语模式，莫言开始以民间的——与庙堂相对立的——叙述视角来反思历史，并试图重塑历史，而他的这种叙事努力恰恰合上了“新历史主义思潮”的叙事节拍。莫言在《红高粱家族》中的人称视角所达到的叙事功能和美学效果可以用下面的公式来表示：

> “我爷爷”、“我奶奶”等复合人称＝第一人称“我”＋第三人称“爷爷”、“奶奶”＝第一人称限知视角的亲切、鲜明的主体性与强烈的抒情性和结构的开合自由＋第三人称全知视角出入不同人物内心和穿越时空的自由＝抒情自由＋结构自由＋叙述自由

① 孟悦：《历史与叙述》，陕西人民教育出版社 1998 年版，第 95 页。

② 莫言：《红高粱家族》，第 2 页。

在这种叙事视角模式的帮助下，莫言为读者“提供了我们在以往的文学文本和当代的历史文本中都无法看到的历史场景，历史的丰富性在这里得到了前所未有的复活……把当代中国历史空间的文学叙事，引向了一个以民间叙事为基本框架与价值标尺的时代”[①]。

与《红高粱家族》五个中篇之间在故事人物和情节上的紧密联系不同，《生蹼的祖先们》中的六个中短篇之间的故事连贯性不大，几乎没有贯穿始终的人物和中心情节，但这几个中短篇在创作心理和审美气质上却具有较强的一致性：“在形式上它们各自独立，但在思想上却是统一的。”[②]此外，莫言还让第一人称“我”参与故事，让“我”穿行在五十年前和现在的时空之间，来叙述一个《食草家族》充满传奇的历史。作者在叙述中加入大量的荒诞和魔幻书写，发展了“我向思维”叙事小说中已经使用的“煞有介事”的叙述风格，把一个个离奇、虚幻的故事讲述得熠熠生辉。此外，小说中还出现了大量近乎无节制的“丑”和“怪诞”的审丑描写，这是莫言对传统审美范式一种较为极端的颠覆努力。但他使用的第一人称叙述视角和第一人称叙述所独有的强烈的主体性，让读者很容易就把作为故事人物和叙述者的“我”与小说作者等同起来，在不够理智且囿于现实主义阅读思维定式的读者和部分评论家那里，作品中“丑”的“我”就成了现实中作者的化身。这样的误读，显然要归咎于误读者自身对形式主义叙事学理论和艺术真实与生活真实的差异性的认知的不足。

（原载《当代文坛》2011 年第 5 期）

① 张清华：《境外谈文》，花山文艺出版社 2003 年版，第 55 页。

② 莫言：《圆梦——〈食草家族〉跋》，《食草家族》，花山文艺出版社 1992 年版。

自由的诉说:莫言叙事的天籁之声

——莫言新世纪10年的小说

◇黄万华

新世纪伊始,面向全世界华人的颇有影响的香港《亚洲周刊》评选“20世纪中文小说100强”,鲁迅小说仍雄踞榜首,莫言的《红高粱家族》则名列十八。这份具有文学史价值的书单肯定了莫言小说的地位和价值,而这对于莫言创作而言,仅仅是开始。新世纪11年中,莫言的小说,尤其是其长篇小说,呈现出“五四”以来中国作家中罕见的创作潜力和爆发力。《檀香刑》获台湾联合报年度文学类最佳图书奖和第一届鼎钧双年文学奖,入围第六届茅盾文学奖;《四十一炮》获第二届华语文学传媒大奖——年度杰出成就奖和第七届茅盾文学奖最终入围作品;《生死疲劳》获日本福冈亚洲文化大奖和第二届世界华文长篇小说首奖——红楼梦奖;《蛙》获第八届茅盾文学奖……几乎没有一部小说不是中外好评如潮。在20世纪80年代涌现的所有中国作家中,莫言当是创作后续力最丰厚、艺术爆发力最强盛的一位,他的90年代超越了80年代,而他的新世纪更超越了90年代。

“在西欧文学压倒性的影响下和历史传统的重压下,展示了带领亚洲文学走向未来的精神”,从而“不但是当代中国文学的旗手,也是亚洲文学和世界文学的旗手”。[①]当日本文学界这样评介莫言的创作时,我们会更深切感受到,莫言30年的小说以其孕成于“高密东北乡”的独特创作,展现出足以与世界文学对话的中国文学世界。而他新世纪的小说,则以其展示的大抱负、大精神、大气象奔涌出更旺盛的创造力。如果说,莫言在“红高粱”时期已经充分表现出他对于人的自由精神的追求,那么,如今的他,又有了更大的自由空间,那就是他对于作家自由“诉说”的更为自觉而自然的把握和拓展。他甚至在写作长篇小说时抛开电脑,重新回到手写的状态,也是出于避免电脑字

① 2006年日本第17届“福冈亚洲文化奖”对莫言的授奖词。

库等的干扰，全身心浸入以心中的语言自由“诉说”的境地。

莫言写小说，“向来以没有思想为荣”①（自然，莫言的小说并非没有思想，当他拒绝制造思想而不以思想说教时，他的小说反而有丰富而深刻的思想），他将创作看作作家“在诉说中求生存，并在诉说中得到满足和解脱的过程”②，他看重的是语言，是诉说。这种从自身创作自然生发，又被大彻大悟的意识使莫言的创作获得极大的自由，由此发出的是莫言叙事的天籁之声。而这种自由在他 2003 年完成《四十一炮》后显得更为充沛。他在《四十一炮》的“代后记”《诉说就是一切》中说过这样的话，《四十一炮》的问世，使他的“所有类型的小说，在这部小说之后，彼此贯通，成为一个整体”。《红高粱》之后，莫言没有停止过艺术创新，不同的小说类型不断出现在其笔下，《十三步》的魔幻写实、《酒国》的浪漫传奇、《红树林》的跨时空叙事等等，都在耳目一新中让人感觉到莫言拓展其小说类型的苦心和努力。而《四十一炮》的完成，沟通了莫言所有类型小说的艺术血脉，那足可表明莫言小说世界的自足丰满，也是一个作家成熟的重要标志。《四十一炮》可视为一部成长小说，但小说主人公“炮孩子”（喜欢且善于说谎的孩子）罗小通却是个拒绝“成长”的人（《酒国》中的余一尺、《丰乳肥臀》中的上官金童也都是“拒绝长大”的孩子），他已成年，但他似乎要把自己永远留在少年时代，于是他用“炮腔炮调”诉说自己少年时光的方式来挽留时间的流逝。任何优秀的作家都会找到抗衡个体生命在直面宇宙本体之无限与人生之有限时的“焦虑”、“恐惧”等的方式，而我们渴望好作品也在于我们在“生命有涯”的感受中存在的审美天性不能容忍充斥短暂人生的作品。莫言在《四十一炮》中找到的方式就是罗小通滔滔不绝的诉说，他让罗小通的“信口开河”成为一股无法阻挡的“语言浊流”，打破了种种界限，冲决了种种堤坝，诉说成为罗小通的生存状态、成长方式。最终，不是罗小通在诉说，而是“诉说”在诉说罗小通。于是，语言的诉说成为小说最重要的内容，诉说自己推动着自己，小说的故事似乎没有了叙述者，叙事也就可能摆脱任何叙述者立场的制约。罗小通在诉说中得以成长，他也由此抗衡了短暂人生、有限生命。如果说，以往莫言的小说在人物塑造上充盈着自由精神，那么，此后莫言的小说更着力于自由的表达。只有在自由的表达中，作家才可能展开独立思考，展示独异个性，自由的表达作为一种生命之美在莫言笔下得到实现。

“诉说”由此构成莫言小说的核心，贯通了其全部艺术血脉。以往分流的写法——或运用潜意识感觉、意象来表现政治年代的，如《透明的红萝卜》；或注重地域的、历史的因素开掘，如《红高粱》等；或着力超现实的、实验性的形式探索，如《酒国》等——会

---

① 莫言：《诉说就是一切——代后记》，《四十一炮》，上海文艺出版社 2008 年版，第 401 页。

② 莫言：《诉说就是一切——代后记》，《四十一炮》，第 401 页。

自然汇合，难分彼此。《檀香刑》这部被认为是21世纪中国文学的第一部重要作品的长篇小说，有意识"保持比较多的民间气息"，追求"比较纯粹的中国风格"，"猫腔"这一民间传统俗艺更成为小说的叙事线索。但作者围绕女主人公眉娘与她的亲爹（民间艺人孙丙）、公爹（刽子手赵甲）、干爹（知县钱丁）之间的恩怨、悲喜、生死展开小说情节时，以人物诉说的不同方式——"眉娘浪语"、"赵甲狂言"、"小甲傻话"、"钱丁恨声"等构成小说的"凤头"，同样以人物诉说的不同方式——"赵甲道白"、"眉娘诉说"、"孙丙说戏"、"小甲放歌"、"知县绝唱"等组成小说的"豹尾"。整部小说对"猫腔"的"诉说"的追求占了主导，地方传统戏曲成为对历史和人物展开深入开掘的新形式，种种现实的、"超现实"的因素都被容纳进来，相反相成的审美感受也被兼容在一部作品中，从而在20世纪初中国内外忧患重重的背景上，将"高密东北乡"一场反抗德国人修建胶济铁路和袁世凯镇压山东义和团的抗争在回肠荡气的描写中不断深入到民间历史的深处和人物内心的隐秘，民族文化的自觉激活和对民族文化的深刻反省相辅相成，构成小说叙事的一个以往中国小说难以企及的高度。作品中关于"檀香刑"的令人毛骨悚然的描写，由于是在人物"诉说"中完成，淡化了官能刺激的炫耀，而成为剖开人物心灵和中国传统刑罚文化的利刃。莫言所说的"受刑者、观刑者、施刑者"的"合谋关系"自然有着鲁迅小说的影响，但鲁迅小说的重点在"看客"，而《檀香刑》深入到了受刑者和施刑者之间的"共谋"。受刑者和施刑者是儿女亲家，孙丙被囚禁后本可以逃脱，但他为了自己的"名节"，"盼望着"临刑时能"走马长街唱猫腔"，"五丈台上高台上显威风"，宁可让前来救他的乞丐们惨死官府刀下，也要成就自己凛然刑场的英名；而赵甲的刀剐功夫"出神入化"，又将"檀香刑"锤炼得万无一失，孜孜以求的就是"人过留名，雁过留声"，成就自己"刽子状元"的"一世英名"。戕害自己和他人生命的悲剧就是在这种心灵的"共谋"中完成的。《檀香刑》化入众多口语、唱腔，二者的节奏协调配合，在民间叙事中将历史背反的命运悲剧表现得刻骨铭心。

到了《生死疲劳》等作品，自由的"诉说"更糅合各种艺术因素，使莫言的小说越发有"胸中的大气象"。《生死疲劳》采用了传统的章回体小说形式，但和章回体说书人的旁知视角不同，《生死疲劳》以置身其中的多视角而达致的"全知"来返回历史现场，深入开掘人性。而这种叙事视角的获得又来自他"重回"传统思想。《生死疲劳》中，"六道轮回"这一东方思想是莫言自由想象力又一次大爆发，也使得中国的魔幻现实主义再次展现其独特魔力和魅力。小说对土改后中国半个世纪的历史的重新书写表现出作者对于苦难的直面和对于真相的洞见，会引发人们冷静深入的历史反思，但小说着力的仍是自由的"诉说"。土改时被枪毙的地主西门闹被判入畜牲道，50年中轮回为驴、牛、猪、狗、猴子，始终无法割舍与土地的感情，也不甘心轮回的命运，最后又转世为人。本来，"六道轮回"中什么都会发生已经提供了极大的叙事空间，而小说完全从"另类”人和动物的眼光来展开叙述的方式更使《生死疲劳》成为莫言自由表达的极大空间，从而使得小说不仅深刻揭示传统道德伦理和阶级革命道理之间的矛盾冲突，而且在“土地和人性”这一中国农村历史的核心问题上获得了深入的开掘。西门闹的土地其中一部分分给了农民蓝脸，从农业合作化到人民公社，在土地公有化的汪洋大海中，蓝脸始终忍受孤独，坚持单干，他不愿也无法断掉自己的根——土地。他的“一亩六分像大海中的礁石一样永不沉没的私有土地”默默倾吐着农民天长地久的唯一心愿：“只有当土地属于我们自己，我们才能成为土地的主人。”在“西门驴”、“西门牛”、“猪十六”、“狗小四”等家畜的叙事眼光中，蓝脸一家与土地的恩怨纠结，得到淋漓尽致的表现。而作者在小说扉页上题下佛教的谒语——“生死疲劳，从贪欲起，少欲无为，身心自在”，一方面暗示出从土改、“文革”的狂热到经济开放后的贪婪，其实都是人的欲望过分膨胀，另一方面未必不是作者的夫子自道，他所追求的自由表达实现于“少欲无为，身心自在”中。

语言的无可替代在莫言创作中一直被视为小说的命根子，而语言的“狂欢”一直是莫言自由的言说的重要内容，成为抵御外部“暴力”剥夺语言的生命意味、质地的重要方式。《生死疲劳》将这种“狂欢”发挥到某种极致，“西门驴”、“西门牛”、“猪十六”、“狗小四”各自将自身丰富的感觉、奇特的想象力灌注于语言，戏谑与狂欢的氛围中，言说的种种界限、禁忌被打破，新中国农村 60 年间的种种严肃性、重大性被消解。例如第三部题为《猪撒欢》写那个“养猪就是政治”的饥饿年代，“报纸、广播，全是假话空话”，而“猪”撒欢般的语言(从“刁小三”身上蓬勃的野性到“猪十六”难以泯灭的“童趣”)却在无所顾忌的表达中体现了语言中“人”、“人性”的主体性，不仅撕开了假话空话的真相，反抗了那个年代主导性意识形态的压制，也再次作为“知音”理解了农民蓝脸“天下乌鸦都是黑的，为什么不能有只白的？我就是一只白乌鸦”的心愿。“猪”撒欢般的语言还与小说中“莫言”的书面叙事语言构成强大的张力，使表达有了更大的空间。《生死疲劳》中不时出现的“莫言”是那个狂热而饥饿年代的文学少年，作为“地狱情景的亲历者”，他将自己丰富的感觉倾注于对那个年代的描写中，而小说同时以“猪十六”撒欢般的语言去重读莫言在过去年代的写作，其口语化表达与莫言小说语言构成艺术张力，同时暗示出一种更自由自在的言说。以往莫言小说还主要是一股语言的潮流不停顿地涌动，向前推动着情节的展开。而《生死疲劳》则有了不同的语言潮流的涌动，互相撞击，这使小说获得了深入历史、深入人物内心的叙事力量。

语言的狂欢自然还表现为莫言语言的杂糅，民间口语、传统说书人语言、文言文、翻译作品语言等都被莫言得心应手糅合在小说中，这也是莫言艺术创造力丰厚的表现。尽管有时莫言语言的狂欢挑战我们传统的审美经验、情趣，而使得一些人难以接受，但由此我们也可以理解莫言语言的力量。

《生死疲劳》向章回体形式的“回归”被视为作者向中国叙事传统表达的敬意，但如同莫言向拉美魔幻现实主义致敬的同时“告别”魔幻现实主义一样，莫言在成功起用中国章回体后，也“告别”了章回体。其实，莫言不断在“敬意”中告别，他早早就“特别小心”地“减少对自己的重复”[①]，这使他的小说创作在非断裂中不断创新。从早期以艺术直觉浑然而成的《透明的红萝卜》，到成名的地域英雄史诗《红高粱》，随后到多人称复杂结构的《十三步》、戏仿结构的《酒国》、着力情感世界的《丰乳肥臀》等等，艺术探索都完全是崭新的，而无论在哪一阶段，他都会生发出不同的艺术探索方向。这种“敬意”中告别的创作后续力在中国作家中是罕见的，它伴随着莫言不断得以舒展的自由心灵。

不管是什么样的艺术探索，写“非在苦难中煎熬过的人才可能有的命运感”和“建立在人性无法克服的弱点基础上的悲悯”[②]，始终是莫言长篇小说展示的过人胆识和罕见勇气所在，是他自由言说的天地。他直逼生活苦难和人性弱点，甚至闯入某些创作“禁区”，挣脱历史功利、意识形态等种种羁绊，以大悲悯展示中国人的现代历史和生命历程。他 2010 年的新作《蛙》以“蛙”与“娃”同音，人类始祖女娲的“娲”也同音的隐喻讲述中国乡村计划生育的传奇历史，“国策”高压下的计划生育和乡村传统中的生育习俗激烈冲突，一个个生命由此夭折殒灭。莫言的眼光从不屈从于压力而从生活苦难上移开，《蛙》以“我姑姑”，一个乡镇产科女医生在自己家乡实行计划生育的经历，写尽了中国乡村一桩桩残酷、荒诞的对生命的扼杀，原本减少人口、造福人类的计划生育却使“姑姑”接生喜悦中的母性一点点被扭曲成无情的革命性。小说中人物大多“以身体部位和人体器官命名”，如陈鼻、袁腮、王胆等，这看似地方古老的习俗，却构成一种生命的隐喻，人物命运也成为生命煎熬的象征。“姑姑”是天生的妇产科医生，脑子的灵感、手指的感觉都与生命的诞生息息相通，接生近乎完美，在百姓中成了“送子娘娘”、“活菩萨”。可她后来却坚信“不搞计划生育，江山要变色，祖国要垮台”，“对她从事的事业的忠诚，已经到达疯狂的地步”，为此她入魔似的，要“赶尽杀绝”非法生育者，破坏计划生育者更以“现行反革命论处”。为逃避“人流”，张拳的老婆跳河身亡；“我”媳妇怀了二胎，藏匿在娘家，左邻右舍也要遭拔树拆门毁屋，而最终“我”媳妇死于“人流”；为了抓住身高仅 70 厘米的怀孕女子王胆，全村凡是能走路的都被派去搜查，王胆最终在“抓捕归案”中死于非命。小说中那场木筏追击的场景惊心动魄地揭示了“姑姑”的一双手，“将数千名婴儿接到了人间”，也“将数千名婴儿送进了地狱，姑姑的手上沾着两种血，一种是芬芳的，一种是腥臭的”的悲剧。小说对现实的揭露是大胆的，例如讲

① 莫言、刘颋：《我写农村是一种命定》，《钟山》2004 年 6 期。

② 莫言：《捍卫长篇小说的尊严——代序言》，《生死疲劳》，上海文艺出版社 2008 年版，第 3 页。

到王胆用生命换来的女儿陈眉，降生后成了没有户口的“黑孩儿”；“那时候有多少这样的黑孩儿”，“为此收取的超生罚款也是个天文数字，但这些钱到底有几成进了国库，也是无人能算清楚的糊涂账”，一下子将“国策”在官僚体制中成为地方敛财工具的恶性循环揭露无遗。

但作者的悲悯并不停留在悲剧的揭示上，而是去理解悲剧的发生。对于在计划生育中抗争的人，地方的土政策是“喝毒药不夺瓶！想上吊给条绳！”为什么如此野蛮？“姑姑”回答很清楚：也许在别的地方，“用不着这样野蛮”，“可我们是中国的农村，面对着的是农民……人口不控制不行，国家的命令不执行不行，上级的指标不完成不行，你说我们怎么办？”“人是环境的产物”，悲悯也无法脱离环境。理解了悲剧的发生，也就有了救赎。“姑姑”60岁退休的那个夜晚，她听到的“蛙声如哭”，“仿佛是无数受了伤害的婴儿的精灵在发出控诉”，又被无数愤怒的青蛙袭击，却由此“脱皮换骨”。嫁给捏泥娃娃的郝大手后，通过他的手，把一个个当初被她毁了的孩子捏成一个个泥娃娃，因她的供奉得了灵性，再投胎降生。“姑姑”由此赎罪，“罪赎完了，才能一身轻松地去死”。文学让人在心灵的释放、解脱中获得救赎。莫言始终深谙此道。

《蛙》在叙事方式上由剧作家蝌蚪（“我”）写给日本友人杉谷义人的四封长信和一部九幕话剧《蛙》组成。杉谷义人对父辈的侵华战争的深切忏悔和“我”在“人人都在演戏”的年代的何以自处形成对照。“我”当年为了自己的前途，将妻子送上不归路。在得知陈眉烧伤毁容后“代孕”怀上了“我”的孩子后，“我”心安理得于“我是孩子的父亲”，甚至在家大摆“金娃满月盛宴”。在这样一种对照中，小说完成了“建立在人性无法克服的弱点基础上的悲悯”。《蛙》的形式再次成就了莫言的“内容”。为什么是《蛙》，而不是别的作品，让莫言进入了诺贝尔奖评委视野？《蛙》的题材在（山东）现实中其实是个禁区，也为世界所关注。《蛙》将文学的力量发挥淋漓尽致，以作家的胆识和勇气戳破现实，大胆揭露“国策”在官僚体制中的“恶”，但更以文学的悲悯使“恶”得以救赎，将完整的中国以文学力量传达给世界。

莫言将一个作家有没有创造一种独特的文体，视为一个作家才华最重要的标准，为此，他一直对鲁迅、老舍等怀有深深的敬意。同时，他也一直寻找自己的声音。莫言曾经讲过，故乡情结、故乡记忆之所以是一个作家的宝库，是因为故乡与母亲、童年、大自然紧密相连。而“故乡”对于莫言而言，已超越了具体实在的“东北高密乡”，成为他想象力源泉的“原乡”。他不断将“母亲”、“童年”、“自然”（这三者含有最多的自由因子）糅合成作品情感世界的酵母、想象力驰骋的诱发力，构建自由表达的空间（他强调每个作家都有与大自然交流的方式，他写话剧《霸王别姬》都视项羽为“童心未泯的英雄”，他认为每个男人都有“恋母情结”，这些都反映出他对母亲、童年、大自然的极端看重），无拘无束地释放着自己孕成于故乡的感觉、体验、想象，在极其丰厚的民间实感中形成其小说的深层次意蕴，远远超越了当年冰心创作依恃的“母亲、童心、自然”三位一体。从莫言的小说，我们可以一次次感受到，他与“母亲”、“童年”、“自然”所代表的“故乡”对话的方式之多、途径之多，这就是莫言的自由，他一直保持天籁之声的根本缘由。

总之，在1980年代涌现的作家群中，莫言是创作后续力最丰厚的一位，这无疑得益于他丰沛的想象力。莫言的魔幻想象始终围绕其社会思考展开，而莫言“莫言”，知道有时无声胜有声，他只用他的想象力来回答，看看《酒国》注明“写于1989年9月——”，就知道“吃孩子”的象征意义了。新世纪十年来莫言的自由言说，确实让人对他的创作前景抱有更多期待，也预示出中国小说的一个重要方向。

（原载《东岳论丛》2012年第10期）

知识分子的民间想象

——论莫言《红高粱家族》故事叙事的文本意义

◇宋剑华

1986年,《红高粱家族》的闪亮登场,成功开启了新时期作家的艺术想象,其文学史价值也备受国内学界的高度关注。论者从《红高粱家族》当中,惊奇地发现了中华民族的"生命意识"和"性格底蕴"①,深深感受到了"人性的富美与丑陋、善良与邪恶"②;他们认为作者以"草莽英雄儿女,江湖恩仇血泪"③的家族历史,生动而真实地揭示了"中国农民的血气与精神"④;《红高粱家族》这种去"精英"化的叙事倾向,是莫言回归"民间社会和民间生活"⑤的情感体验,它充分反映了中国现代"知识分子的民间价值立场"⑥。其实,《红高粱家族》与所谓的"农民血气"或"民间立场"全然无关,它是1985年国内学界"主体性"大讨论的直接产物,是知识分子自由意志的隐喻表达或精英意识的另类言说。用莫言自己的话来说,是他本人在"经历了人生大转折以后",以超越现实道德规范与外在生活形态的审美视角,于"特定时空"⑦里去营造"一个久远的梦境"、"一种感伤的情绪"和"一种精神的寄托"⑧。这应是对《红高粱家族》创作主题的最好诠释。

---

① 雷达:《游魂的复活——评〈红高粱〉》,《文艺学习》1986年1期。

② 季红真:《忧郁的土地,不屈的精魂——莫言散论之一》,《文学评论》1987年6期。

③ 王德威:《千言万语,何若莫言》,《读书》1999年3期。

④ 吴炫:《高粱地里的美学——重读莫言的〈红高粱〉系列》,《文科月刊》1988年11期。

⑤ 张清华:《叙述的极限——论莫言》,《当代作家评论》2003年3期。

⑥ 陈思和:《莫言近年小说创作的民间叙述》,《钟山》2001年5期。

⑦ 莫言:《与莫言一席谈》,1987年1月17日《文艺报》。

⑧ 莫言:《我的故乡与我的小说》,《当代作家评论》1993年2期。

一、自然、自由与自为:知识分子的灵魂家园意识

《红高粱家族》故事叙事的第一个显著特征,就是它时空概念的模糊性与开放性。"陶罐头老太太"那段模糊不清的破碎记忆,使得1923年和1939年这两个具体的历史时间点,完全成为了一种难以考证的主观想象。[①] "高密东北乡"这一空间地理位置,虽然具有"乡土"与"民间"的意义指向,但却因其脱离现实农村生活的真实状态而变得远离尘世。"我爷爷"和"我奶奶"被作者人为地置放于一望无际的"高粱地",让他们在这原始混沌的旷野意象中自生自灭,尽情去演绎超凡脱俗的爱情故事和英雄本色;这一奇特的时空设计,直接决定了《红高粱家族》非"乡土文学"的艺术品质,而集中体现了现代知识分子渴望生命自由的人文精神。

解析《红高粱家族》的文本意义,我们首先必须去直面"高粱地"意象。"高粱地"在作者新颖独特的艺术构思当中,明显被赋予了一种源自于宇宙万物的自然灵性,它与余占鳌和戴凤莲骨子里的"野性"浑然一体,共同构成了一个远离现实且美妙绝伦的生命空间。由此可见,莫言对于"高粱地"的确存有一种十分强烈的情感冲动。然而,"高粱地"却并非是出自于莫言童年的情绪记忆——"我确实不曾看到过如此浩瀚的高粱地","小说中的世界是我创造的"。[②] ——而是作者对生命起源的主观遐想。众所周知,"高粱"曾是我们祖先赖以生存的基本食粮,是中华民族繁衍生息的物资保障:它挺拔辉煌象征着民族种群的伟岸身躯,它枝繁叶茂象征着民族种群的生命活力,它色泽鲜红象征着民族种群的精气血性,它纤维粗硬象征着民族种群的不屈性格。作者之所以有意将"红高粱"与"中国人"紧密地联系在一起,其目的就是要热情讴歌融入自然的生命现象与朴实无华的民族精神。阅读《红高粱家族》,我们难以忘却这样一个细节:从"奶奶"伤口中流出来的汩汩鲜血,弥漫着"一股浓烈的高粱酒味",它既暗示着"高粱"与"奶奶"的无法分割,同时也寓意着作者天人合一的生命意识。回归自然去重塑民族自我与民族人格,这绝不是莫言个人随心所欲的虚妄幻想,而是自西方启蒙运动以来知识分子所共同追求的思想信仰。仅此一点就足以证明,《红高粱家族》的民间叙事,仍旧没有摆脱知识分子的精英立场。

作者有意将"我爷爷"和"我奶奶"从传统的家文化中剥离出来,使家族历史叙事在火红火红的高粱地里重新展开,进而以祖辈先贤绝对的精神自由,来深刻反思现今生活的文明制约。"我爷爷"在荒郊野外的高粱地里,以既不道德也不光彩的抢掠方式得

① 参见[德]叔本华:《叔本华论说文集》,商务印书馆2004年版,第188页。

② 莫言:《与莫言一席谈》,1987年1月17日《文艺报》。

到了"我奶奶",他们灵肉一体火山爆发般的生命燃烧,终于播下了"我"爸爸那个"野种"。从此以后,"高粱地"就变成了"我"祖先的诞生之地,"红高粱"就变成了"我"祖先的生命食粮,"高粱酒"就变成了"我"祖先的精神象征。而吃着红高粱、喝着高粱酒、徜徉于高粱地里的爷爷、奶奶和父亲,他们在脱离社会融入自然的过程当中,也获得了前所未有的人格自由。在莫言的笔下,"我奶奶什么事都敢干,只要她愿意。她老人家不仅仅是抗日的英雄,也是个性解放的先驱,妇女自立的典范"。戴凤莲英姿飒爽、行为不拘、情感放纵、思想前卫,在广阔无垠的田野上逍遥自在、为所欲为,谁也无法阻挡。戴凤莲张扬恣肆的狂野个性,既征服了"爷爷"也影响了"父亲":"爷爷"在"奶奶"面前变得俯首帖耳,"父亲"被"奶奶"熏陶得野性十足。这种歌颂生命创造母体旺盛活力的女性崇拜意识,多少带有点对原始母系社会的眷恋怀念情绪。而"高密东北乡"的父老乡亲,也都因红高粱和高粱酒的充足养分,而呈现出与"我爷爷"和"我奶奶"完全相同的生命活力与精神状态:他们大块吃肉,大碗喝酒,无拘无束;他们喜怒哀乐尽情发泄,口无遮拦;他们潇洒自如,心胸开阔,待人真诚;他们恩怨分明,敢爱敢恨,绝不虚伪。论者往往将作品人物这种高度自由的生存状态,误解为作者对农民生活或民间社会的人性"写真",其实完全是捕风捉影的无稽之谈。诚如"高密东北乡"的"高粱地"并不代表着中国农村一样,"我爷爷"和"我奶奶"也并非是中国农民的艺术象征——他们只不过是作者借助于"高粱地"这一荒原意象,强烈抒发新时期作家反抗政治束缚、寻找灵魂家园的时代情绪。

我们必须充分注意到,"我爷爷"和"我奶奶"的精神自由与行为放纵,几乎都是在脱离社会制约的前提下实现的。在"高粱地"的艺术世界里,没有什么道德,也没有什么法律,更没有什么政府体制的权力意志,党派政治与政府权力始终是处于一种边缘状态。不可否认,在《红高粱家族》的故事叙事当中,也曾出现过两个具有行政权力的人物形象,其中一个是任副官,另一个就是曹县长,可他们却都莫名其妙地消失于读者审美的视线之外。任副官文质彬彬,学识渊博,一身正气,从严治军,就连放浪形骸、玩世不恭的"我爷爷"余司令余占鳌,也知道"任副官八成是共产党,除了共产党,很难找这样的纯种好汉"。问题恰恰就出在"这样的纯种好汉",很难同"高粱地"里的"野种"共生共存,所以作者想出了一个让人意想不到的解决方式:"只可惜任副官英雄命短,他在昂首阔步,走出了大英雄八面威风之后的三个月,竟在擦洗那支勃朗宁手枪时,自己走火把自己打死。"曹县长"是一个相当复杂的人物,很难用'好'、'坏'等字眼来评论"。"他禁赌、禁烟、消匪,执行两年,颇有成效。"他集"正气"与"邪气"于一身,既能智慧断案,又能糊涂捉匪,虽然谈不上是什么包龙图在世,但"较之'文化大革命'期间的高密县要员却要出色得多"。民国官员身份的曹县长其政治觉悟自然不会比任副官高,故他出局的方式也就多少显得有些狼狈——自从"被花脖子三颗子弹打得灵魂出窍,回家生了一场大病”,以后他再也不敢到“高密乡”去行政问事了。从此,余占鳌和“高密东北乡”的那些大小土匪们,各自以其人格魅力和武装实力相继成为“高粱地”的命运主宰——他们蛮横霸气而呼风唤雨,他们惩恶扬善而伸张正义,他们拒绝诱惑而远离政治,他们群体自为随心所欲。《红高粱家族》里还有过两次失败了的“收编”交代:余占鳌既不接受国民党的行政改编,也不接受共产党的政治领导,在他治下的“高密东北乡”里,到处都弥漫着“无为而治”的无政府主义情绪。

我当然不是说莫言具有无政府主义的思想倾向,但《红高粱家族》中色彩浓重的“自为”意识,的确容易使人联想起巴金早期作品中的某些无政府主义思想因素。莫言则追求以艺术想象或艺术幻觉去重构知识分子的灵魂家园。灵魂家园意识赋予了《红高粱家族》以崇高的人文精神,同时更唤醒了新时期作家的反叛欲望。叔本华曾呼唤说:“按照你自己的意愿去改变环境吧!”[①]莫言笔下的“高粱地”世界,正是作者以自己意志去改变人类生存环境的一种大胆尝试。

二、匪气、侠气与正气:知识分子的完美人格构想

《红高粱家族》对于精神自由与思想解放的激情抒写,采取了一种完全有悖于常规叙事的粗俗语气:“一九三九年古历八月初九,我父亲这个土匪种 14 岁多一点。”作品开端这句出人意料的表述形式,几乎彻底颠覆了中国现代文学的传统话语。

“我”父亲之所以是“土匪种”,与“我爷爷”当土匪的人生经历有关;而“我爷爷”之所以当土匪,又与传说中“东北乡”的民俗民风有关:“高密东北乡土匪如毛,他们在高粱地里鱼儿般出没无常,结帮拉伙,拉驴绑票,坏事干尽,好事做绝。”作者似乎有意将“高粱地”、“家族”历史和“土匪”文化,人为地构成一个脉络清晰的完整意义,并借助于民间神话传奇的演绎功能,赋予“家族”传说以民族种群的普遍性质。小说显然是想以民匪一体的个人看法,去纠正官匪一家的世俗偏见,进而去寻找民间土匪文化与民族英雄气概之间的渊源关系。因此,无论是余占鳌或花脖子的杀人越货,还是余大牙或冷麻子的巧取豪夺,他们都在作者笔下得到了“绿林好汉”般的形象定位。莫言对于余占鳌乃至“高密东北乡”的“土匪”文化,明显抱有一种欣赏心态。其叙述“我爷爷”成就霸业时那种溢于言表的喜悦神情,于无形之中弘扬了“弱肉强食、适者生存”的强者理论。在作者那迥异于常人的奇特想象中,“我爷爷”虽然是个“土匪”,但他更是个“英雄”:“土匪”属性泛指他缺少规范的行为方式,“英雄”属性泛指他超凡脱俗的内在气质;两者合二而一的完美组合,则无疑表达了作者对于重建民族完美人格的丰富联想。

① [德]叔本华:《叔本华论说文集》,第 188 页。

余占鳌虽然为"匪"却非真"匪",他骨子里那股威武不屈的豪放之气,使其与一般意义上的胡子或响马截然不同,侠气才是莫言赋予"我爷爷"真实的性格特征。比如,余占鳌待人之道讲求侠肝义胆,故他在允诺九儿为罗汉大爷报仇后,便身先士卒浴血奋战殊死拼杀;余占鳌处事原则讲求光明磊落,故他在解决因情结怨的矛盾纠葛时,能心胸坦荡,公平决斗不下黑手;无论他与冷支队还是江大队存有何种政治成见,一旦大敌当前却能深明大义,同仇敌忾,携手杀敌。亦"匪"亦"侠"作为余占鳌的完整人格,既表现着"高密东北乡"的悍野民风,也反映着作者心目中的英雄崇拜。余大牙酒后糟蹋了民女玲子姑娘,余占鳌震怒之下"大义灭亲"的悲壮场面,就最能展示他荡气回肠的江湖道义。其实,"高密东北乡"的父老乡亲,每一个人都具有同余占鳌一样的通透"侠气",如刘罗汉忠心耿耿看家护院、曹县长秉公执法除霸安良、"我奶奶"女中豪杰不让须眉、花脖子面对死亡毫无惧色,他们讲求诚信、"义"字当先、一诺千金、绝不食言的江湖意识,无疑被作者凝聚成了"高密东北乡"最优秀的人格素质和最高尚的文化传统。莫言不仅为此而感到无比自豪,同时还使他发现了这样一个客观事实:《红高粱家族》离经叛道的语言风格,与祖辈先贤们的血性气质,有着千丝万缕的密切关系。[①]

侠气固然是一种个人的小义,但它也可以因外界环境所刺激,进而转化为一种民族的大义。情节的叙事主体,是"高密东北乡"父老乡亲的抵御外辱。作者无意去复述已经发生过的历史往事,而只是在借助于历史去伸展他的艺术想象。如此一来,《红高粱家族》的历史主体,已不再是那些叱咤风云的政治人物;"高密东北乡"父老乡亲的匪气与侠气,则构成了中华民族的不屈精神与坚韧性格。在铺天盖地的"高粱地"里,在墨水河边的伏击战中,"我爷爷"带领乡亲们用最原始的自卫武器,上演了一出出惊天地、泣鬼神的悲壮故事。莫言并没有赋予余司令他们以崇高的政治觉悟,这些吃着红高粱,喝着高粱酒,浑身匪气性格,"侠义"的乡野之人,只是以其不可磨灭的生存意志和民族气节,在齐鲁大地上展示了中国文化的另一侧面。且不说"我奶奶"、王文义、哑和方家兄弟死得是何等悲壮,就连白胡子老头都大声喊道:"哭什么?这不是大胜仗吗?中国有四万万人,一个对一个,小日本弹丸之地能有多少人跟咱对?豁出去一万万,对他个灭种灭族,我们还有三万万。"几乎所有论者都注意到了政府体制或党派政治在"高密东北乡"抗战中的边缘状态,我个人认为这种边缘状态并不是作者对于历史事实的有意疏忽,也不是作者"对历史题材的创新突破"[②],更不是什么"现实的民间精神本质的某种体现"[③]。以余占鳌为表现主体,以"高粱地"为展开背景,以打日本为叙

① 参见莫言:《能安心、静心写小说就是过大年》,2005年3月1日《文汇读书周报》。

② 朱向前:《深情于他那方小小的"邮票"———莫言小说漫评》,1986年12月8日《人民日报》。

③ 陈思和:《莫言近年小说创作的民间叙述》,《钟山》2001年5期。

事线索，其主观动机是要超越意识形态的陈腐观念，去弘扬一种民族精神与民族正气。只有从这样的认知基点出发，我们才可能理解“匪气”、“侠气”与“正气”的组合意义——“匪气”象征生命活力、“侠气”象征人格魅力、“正气”象征民族意志。莫言正是以此为切入点，彻底打破了红色经典的创作模式，使其在民间色彩的庇护之下，顺利实现了新时期文学启蒙话语的再度转型。

三、人性、兽性与野性：知识分子的现代人文追求

《红高粱家族》寻找灵魂家园，再造民族人格，其本身就体现着莫言对生命退化现象的忧患意识。莫言既不满于人性的社会因素，同时也拒斥兽性的嗜血本能，所以他在“高粱地”的理想世界中，人为地培育了一种具有完美人性的生命形态。

人们通常谈论的所谓“人性”，一般是指人在历史生存环境中所逐渐形成的社会文明因素，是指人之所以成为人的道德行为规范。人性作为人与兽的本质区别，其历史进步意义自然不可否认。然而，莫言在作品里，却对文明与人性之间的因果关系，表现出了一种十分强烈的情感焦虑：人曾是社会的绝对主体，而现今社会却成了人的绝对主体；文明导致了人类进化，但人性却出现了背离初衷的严重异化。《红高粱家族》对社会人性的严肃思考，主要是体现为莫言对党派政治的蔑视与丑化。以“高粱地”文化与党派政治文化相对照，以余占鳌同“冷麻子”和“江小脚”相比较，如此情节设计虽有先祖崇拜的成分因素，却更有人性批判的理性精神。

忧患文明社会的人性“异化”现象，并不意味着作者主张人类必须回归自然，从原始生命状态中去重新获取“野性的魅力”①。“兽性”描写场面固然是小说故事叙事的一个重要组成部分，但却强烈地折射出作者潜意识里的极端恐怖情绪：日本鬼子活剥刘罗汉的整张人皮，固然是一种兽性十足的动物本能；而“我爷爷”割下鬼子生殖器塞进他们嘴里的疯狂之举，也是一种失去理智的嗜血行为。特别是《狗道》这部作品，莫言将狗的世界与人的世界同时展开形成比较，并以狗的凶残去影射人的野蛮，进而揭去了文明赋予人性的多彩光环。“我”父亲对“我爷爷”从盲目崇拜到产生狐疑的变化过程，就是莫言本人“恐惧”情绪与“拒斥”心理的直接反映：“我”父亲终于从“我爷爷”虐杀日本伤兵的冷酷眼神里，看到了他与野狗觅食时完全相同的贪婪目光——手臂摔折了的日本马兵，掏出夫人与孩子的合影照片哀怜求饶，可早已丧失了人性的“我爷爷”，却冷酷无情地挥手一刀将照片劈成两半。从那以后，爷爷的“人性即使能在某一瞬间放射出璀璨的光芒，这光芒也是寒冷的、弯曲的，羼杂着某种深刻的兽性因素”。

① 吴炫：《高粱地里的美学——重读莫言的〈红高粱〉系列》，《文科月刊》1988 年 11 期。

爷爷在"我"父亲心目中高大完美的英雄形象,也因他虐杀伤兵的嗜血兽性而被大打折扣。其实,"我"父亲的观察视角正是"我"的批判理性,它表明作者虽不赞成社会对于人性的道德约束,但却更难接受兽性对于人性的全面取代。所以,兽性作为人性的补充描写,同样使作品具有艺术审美的感染力与震撼力。

《红高粱家族》最大的思想亮点,就是作者在"高粱地"的原野意象中,创造了一种具有全新生命意义的民族种群形象:他们游离于文明社会与原始动物之间,兼有人的情感智慧与兽的勇猛强悍;由于这种人性因素与生命状态生成于广袤原野,故我个人倾向于将其称之为是人的野性意识。而作者用土匪身份去对他们进行形象定位,恰恰又人为地强化了这种野性意识的人文理想。在"高密东北乡"的荒野之地,父老乡亲的生存法则是意志与力量的结合,是智慧与野蛮的统一,一切文明社会的价值体系都失去了它的存在意义,一切文明社会不可能发生的事情都可以发生。在这里,野性使杀人不需要任何借口,也不需要什么理由。为了爱情可以杀人,为了复仇可以杀人,为了正义更可以杀人,根本不会触犯文明社会的法律条款与道德尊严。在这里,野性使欲望不需要任何遮掩,也不需要什么伪装。睡女人是"情欲",做土匪是"物欲",而打鬼子则更是"生欲",完全是生命意识的赤裸表达,绝不矫揉造作。作者并不掩饰他对荒原野性的顶礼膜拜:"回溯我家的历史,我发现我家的骨干人物都与阴暗的洞穴有过不解之缘,母亲是开始,爷爷是登峰造极,创造同时代文明人长期的穴居记录。"莫言在这里所强调爷爷和奶奶的"穴居"历史,当然不是指茹毛饮血的荒蛮时代,而是意指"高粱地"的生命意象;故"高粱地"里"穴居"的那群"土匪",也因其人与自然的高度融合,构成了作者理想中的野性意识。尤其是"我"在分析爷爷当土匪前的精神状态时,更是精辟论述了土匪与野性之间的辩证关系:"他虽然具备了一个土匪所应具备的基本素质,但离真正的土匪还有相当的距离。他之所以迟迟未入绿林,原因很多,概而言之——他的人生观还处在青嫩的成长阶段,他对人生和社会的理解还没有达到大小土匪那样超脱放达的程度。"这段文字的深刻寓意性就在于:土匪因其弃绝了文明的束缚故能"超脱",土匪因其没有道德的制约故能"放达"。"我爷爷"、"我奶奶"、"我"爸爸之所以能够获得精神上的空前解放,自然也是与他们"高粱地"里的土匪生涯密不可分。这种即游离于文明世界又游离于动物世界的野性意识,无疑是莫言创作《红高粱家族》的情绪冲动与力量源泉。

德国现代哲学大师列维·斯特劳斯有句名言:"只有走出历史,历史才能通向一切。"文学与历史无关,它只忠实于艺术想象。《红高粱家族》正是因为没有拘泥于历史,所以才使莫言取得了艺术上的巨大成功;而《红高粱家族》同样也没有局限于民间,所以才使莫言获得了精神上的绝对自由。事过境迁我们再去重读这部文学经典,作者那种源自于现代知识分子的人文关怀与生命律动,依然因其寻找灵魂家园的生命执著而熠熠生辉、发人深省。走出历史与走出民间，这无疑体现着莫言自己的人生信念与创作追求；而创造历史与创造民间，则更加显示出了《红高粱家族》这部作品在中国现代文学史上的存在价值与存在意义。

（原载《广东社会科学》2009年第2期）

酒国的虚实

——试看莫言叙述的策略

◇周英雄

莫言爱说故事，故事不但要说得过瘾，而且还要曲折有致、有新意。这其中原因何在？除了一再推陈出新之外，莫言透过说故事，想做的又是什么？我想在此谈谈我看莫言的心得。所得的结果不一定与客观的现实符合，但即使有所误读也无害，读者不妨视我的读法为《酒国》之外一章。

有人做过调查，发现儿童最喜欢的文学形式是故事，而20世纪三大文类之中，小说的活力远超过诗与戏剧。也就是说，说故事是人类的本能，也更是一种层次很高的艺术形式。英国剑桥大学学者柯木铎（Frank Ker-mode）在他的 *The Sense of an Ending* 中，就从宗教的观点谈说故事的动机与结构。根据他的看法，《圣经》以《创世纪》开宗明义，讲上帝如何无中生有，一个星期之内创造了这么一个万物俱备的世界。《创世纪》之后接着是《旧约》诸篇章，然后接着是《新约》。这点不用再说明，不过值得一提的倒是贯穿《圣经》中的时间压迫感，以及它造成的焦虑，这种焦虑恐怕也要大过我们中国“逝者如斯”的感叹。柯木铎进一步推论，说西方人的原罪感，与时间带翼的马车匆匆赶至恐怕不无关系，而《圣经》的完结篇《启示录》（*Revelation*）更预告世界末日的来临。这一来，人们惶恐之状不言自明。于是小说乃应运而生，希冀在我们的有生之年，利用自己的想象，塑造另外一个天地宇宙，而这个人造的宇宙有头有尾，完全操纵于我。这便是西方小说的哲学基础。

柯木铎的理论固然有其见地，但不免令人觉得陈义太高，在形而上的层次上谈小说似也令人有格格不入的感觉。一来小说是小老百姓的史诗，属于街谈巷语，与形而上的终极意义不一定相干；二来小说往往入世多过出世，所以用基督教的时间轴来看小说的肇始与结构，即使说通了也无济于事。更何况莫言说故事，恐怕与他所处的社会体制关系更加密切。依我看，莫言说故事最主要的动机，无非是要透过各种艺术手段的中介，把他周遭所见的“混乱和腐败”（引自《酒国》之丁钩儿墓志铭）加以演习一番。从心理分析的观点，乌七八糟的事一一加以复述，其中令人焦虑的内容就会一涤而净。莫言的小说写作因此也不妨视之为一种语言治疗。

也正因如此，莫言小说的对象不是形而上的人生大道理。举个例子吧，《酒国》写腐败的干部吃红烧婴儿，描写的无非是这道名菜如何美观与可口，而尽管它的烧法神乎其神，与《西游记》相形之下，它并无任何出奇、神怪之处。我们都知道，《西游记》万寿山上五庄观镇元子种的一棵人参，三千年结果一次，一万年只生三十个果子，果子的外表就像出生三天的婴儿，四肢俱全、五官端正，闻一闻那香可活三百六十岁，吃上一个可活四万七千年；相形之下，莫言的肉孩就是一般的小孩，谈不上什么神效。可是话说回来，莫言的《酒国》也并非实有其事的这么一个地方，尽管有人或许会把莫言归类为有写实倾向的作家——有别于有现代派倾向的残雪、马原等——可是他对写实常常施加压力，使其扭曲、变形。肖尔斯（Scholes）曾经提出这么一个小说写作的二分法：一种比较传统的写法侧重写实，而另一种比较新的写法采用寓言。而詹明信（Jameson）也认为第三世界的现代文学写的往往不是个人的经验，而是民族寓言。如果我们根据他们两人的看法，莫言的归类可能就比较麻烦，因为他的手法既非写实又非寓言，他描述的对象既非纯属个人，也非全写国家民族。我们只消仔细阅读《酒国》的种种脉络，即可发现莫言所处心积虑经营的正是这种虚实互补的写作模式。

不过未谈虚实互补的写作模式之前，我们有必要看看莫言笔下的世界，看看这个世界与我们的世界有何差异，也看看这个世界的内在逻辑。因为唯有如此才能了解莫言的做法、用心，以及他这种写法的优劣处。顾名思义，《酒国》的以太即是酒，因此酒无所不在；人身体中有酒，大自然有酒，地上有酒，太空也有酒；而中国历史大事无一件不与酒发生关系（如屈原写《离骚》，主因是食无酒）。我们也都知道，中国人不能有酒无菜，于是莫言笔下也自然而然涌现了一道道的名菜。其中最值得一提的是全驴宴，先上十二道冷盘，然后接着上驴脑、驴目、驴肋、驴舌、驴筋、驴喉、驴尾、驴肠、驴蹄、驴肝等等，底下二十几道菜色如何，我们不得而知。总之，李一斗与友人求饶之下，余一尺的餐馆减少菜式，不过用驴雌雄性器官烧成的“龙凤呈祥”这道“缺德菜”仍然大受欢迎，个个举箸，风卷残云，吃个精光。全驴宴是个体户烧出的菜，量多质不见得好到哪里，而“龙凤呈祥”固然缺德，却并未做出伤天害理的事体。可是一提到官僚的饮宴，问题可就来了。老官僚为了以形补形，专门找胎盘吃。女司机堕胎五次，原因是要供应胎盘，供腐败官僚使用。这且不说，有些官僚竟然吃起人来，专吃红烧婴儿，特地在外搜购婴儿，并在酿造大学设立特食研究中心，传授如何处理婴儿这道名菜的办法（包括如何杀婴、放血等）。这种事当然法所不容，丁钩儿因此奉命前去查案。无奈这期间发生了种种波折，查案查不下去，而侦察员弄得狼狈不堪，末了把一条命丧在茅坑里。也就是说，酒固然喝多了容易乱性，可是酒是人类由自然迈向文明的过程中一个很重要的触媒，而酒更可以说是代表人类文明最高的成就。可是谈吃的，问题就来了，中国人几千年来绞尽脑汁研究吃的艺术，结果做出了若干天理、法令所不能容忍的事情，如活剜驴肉、红烧婴儿等。至于说中国人的口腔文化如何在《酒国》中体现，由于牵涉甚广，此处不谈。

古人说“食色，性也”，因此有食必有色。不过莫言似乎是说，食与色往往互成反比，饮宴多则性事少。严格说来，《酒国》写性的地方不多，似乎只有三处：婚外情（丁钩儿与女司机）、乱伦（李一斗与岳母）与意淫（岳父以酒为妻、岳母饮“西门庆”以解性欲）。尽管如此，性比食似乎来得重要，透过性人们可以建立自我意识（婚后人变成人父、人母等）。而不幸的是，《酒国》中的人物往往在性事关头丧失了自我。丁钩儿首次与女司机缠绵难分之际，给女司机的丈夫金刚钻捉奸逮个正着，后来丁钩儿与女司机去到一尺酒店，自己的新妻子却又转化成余一尺的第九号情妇。丁钩儿不堪女司机与余一尺偷情，于是开枪杀了二人。这种反客为主的情况充分说明性与自我意识关系密切。

说到自我意识，《酒国》最刻意凸显的便是人我之分。莫言在《十三步》一书中，已对此作充分的探讨，不过《十三步》中的人物关系比较工整，仅处理比邻而居的两户人家，殡仪馆化妆师偷天换日，将死人的头安到活人身上，因此引发一出阴错阳差的闹剧。《酒国》的人际网络无疑来得更加复杂，而人我之间的扑朔迷离也更值得令人再三思考。上述丁钩儿与女司机就是很好的一个例子。两人初在路上见面，女司机自称盐碱地，丁钩儿以肥田粉自居，两人萍水相逢，打情骂俏一番了事。第二次见面，女司机带他回家，丁钩儿觉得自己俨然是她的丈夫。经女司机一番勾引之后，二人遂如干柴烈火。这时有人前来捉奸。丈夫原来是丁钩儿专程前来侦察的金刚钻，可以说仇人见面分外眼红。故事一番铺陈敷衍之后，丁钩儿与女司机似已成夫妻。而两人到了一尺酒店时，女司机透露她的底细，说她原来是侏儒余一尺的第九号情妇。两人关系逐步变坏，丁钩儿因私忘公，把查案的事全给置之脑后，他一心一意要去捉奸，而此时他与昔日的金刚钻可以说易位而处。丁钩儿捉奸成双，眼见女司机坐在余一尽的膝头调情，遂一枪射杀了二人，并接着四处逃命，末了落得个命丧茅坑的悲惨下场。当然，人际关系因时而变，丁钩儿与女司机的关系很可能由路人演变为情人，再变为夫妻，这种程序毫无出奇之处，可是故事有意不加交代。上述情节以片段出现，之间完全没有衔接。莫言的用意恐怕不是要节省篇幅，而是要显示人际关系瞬时千变万化，自我意识不容易保持稳定不变，也不轻易可以掌握。

谈自我意识，我们不免要问：到底莫言与李一斗有何关系？两人都是作家，都想借写作而对世界与自我作一番体认。就题材言，两人都写酒，因为酒能令人展现真性情。

话虽如此，二人各说各话：莫言讲丁钩儿的故事，李一斗写有关酒国的传奇故事。不管是年龄、辈分、居住地点，甚至有关写作的方法，两人都有相当的差别(莫言比较讲究章法，而李一斗往往饭饱酒酣之际一挥而就)。不过两个人都识酒、好酒，对酒都作过礼赞。莫言的《高粱酒》与李一斗的《酒城》也都受到读者赞赏，这是第一个共同点。此外莫言与李一斗都热爱文学，并深知文学与现实不必有必然的关联。就以《高粱酒》为例吧，故事中的名酒“十八里红”产地明明是高密东北乡，却给河南上蔡人(戴九儿的娘家)拿去注册为商标。莫言只好自我解嘲，说故事中的人物其实子虚乌有，因此谈不上版权归谁所有。换句话说，文学不一定与现实贴得紧紧的。事实上，文学与酒(即灵感)关系更加密切。对莫言与李一斗而言，无酒即无艺术可言，而在这种天马行空的创作模式中，故事中的人物往往不听作者使唤。李一斗在《肉孩》与《神童》中虚构出来的红衣小妖精，竟然从烹饪学院的阴沟中逃了出去，他不服从作者的调遣，从小说中叛逃出来，加入了余一尺的侏儒队伍，并在一尺酒店里当伙计。李一斗又说故事中的人物甚至可以伤害作者，这都是作者写作之初，始料所不及的情况。

莫言与李一斗嗜酒好文，两人可以说是惺惺相惜(两人除了书信往返频密之外，莫言末了同意李一斗之邀去酒国一行，并与李一斗合作替余一尺作传)。说他们二人是一体之两面其实也无妨。而从叙述的策略来看，两人说的故事一实一虚，虚实相辅，虚实贯串，替中国大陆新时期小说走出一条新路，也替30年代以降的写实主义文学增添了新的气息。

莫言这条实线的故事上面已加摘要，此处不赘。丁钩儿生存在一个官僚充斥的世界，奉命办案困难本来不容小觑，不幸的是他到的是酒国。人一到酒国如同陷进迷宫，心神恍惚，疑虑重重。丁钩儿一头栽进这个奇幻的世界，只顾应付女人，忘了他原来的任务不说，还把命都断送掉。幸好他阴错阳差发现有人在船上吃红烧婴儿，因此落水没顶，算是因公殉职。故事始于写实，故事轮廓也大致清晰可辨，它之所以有魔幻的结局，多少与小说的另一条线有关。相形之下，李一斗这条线是虚线，起初与莫言无关(莫言只是它的读者，无法见其中之真谛)，也与丁钩儿无关，甚至与现实的世界都无多大关联。李一斗与莫言通信，信中先后附上九个短篇(九代表整数)，请莫言替他转投《国民文学》。文章虽未登出，我们身为《酒国》的读者却先睹为快。此外我们也等于无意中获知莫言与李一斗的私人秘密与当时的时代背景。与丁钩儿的世界相形之下，李一斗的世界虚幻多了。可是虚幻归虚幻，李一斗笔下的宇宙幅度要比我们的世界大得多了。

前面说过，莫言写丁钩儿查案的故事大抵以实笔下手。相反的，李一斗的九个短篇大抵以虚笔拟就。而作者(管漠业)透过李一斗的中介，大量使用寓言，写的包括远如妖精少年、近如自己的岳父岳母。李一斗酒酣耳热之际，驰骋想象，谱出一个有别于我们这个世界的新天地，这个新天地里充满了特异的现象与人才。《酒精》描写金刚钻幼年身怀异能，能十里闻香，嗅出酒味。《肉孩》以“严酷现实主义”的笔触写成，描写村民为餐厅收购而生小孩，因此婴儿是特殊商品，而婴儿当中有一个全身生有鳞片，是个异人。《神童》属于“妖精现实主义”，写鱼鳞小子领导肉孩造反，逃出特食研究中心。《驴街》中李一斗身体力行，带我们去游驴街，介绍一尺酒店的全驴宴，并说起街上夜半偶尔会见到一匹黑驴来访，并驮走凌空跃起的一位小侠(此位小侠疑是鱼鳞少年)。《一尺英豪》可以说反客为主，描写侏儒余一尺如何清楚莫言之为人，说他不自量力，正写《酒国》。原来余一尺就是鱼鳞少年，早年酒功超人，但自从酒蛾逃出他腹中之后，酒力可就大不如昔了。这时余一尺讲了一个类似《酒国奇事录》的故事，描写某少年有一天碰上一个奇俊的卖艺少女，善变魔术，少年迷上少女，回家之后茶饭不思，后来跋涉千山万水，终于投进少女的怀抱。李一斗后来找到同一个故事不同的版本，情节大同小异，但结局略有增添：两人事后共享状似男婴的仙果以及美味无比的猿酒。我们都知道这两个情节的重要性：前者延续丁钩儿侦查的食婴案，后者预示李一斗岳父上山寻找仙酒。《烹饪课》属新写实主义，写李一斗岳父母关系不谐，岳父以酒为妻，岳母难耐寂寞，故事此时又一转进入母题，谈烹制婴儿之道。《采燕》写岳母的家世。《猿酒》再重提《酒国奇事录》，说岳父上山拜群猴为师学做猿酒。第九个故事《酒城》写酒国的历史，也写岳父袁双鱼的家学渊源，并预告猿酒终于酿就。根据莫言的看法，《酒城》写得甚具规格，可当酒国的旅游手册。

九篇短篇宛如魏晋南北朝的志怪小说。不过虚亦有道，九篇主题环绕食与色，并凸显二者的反比关系。余一尺自幼身怀绝技，代表正义，对抗官僚，无奈余一尺酒功晚年全废，沉溺女色，誓言要睡遍酒国的美女，这与《酒国奇事录》所载有相当出入，因为这个传奇中的少年，一心一意倾心于善变魔术的少女，虽经多番波折，二人终能团圆，并共享仙果，共进猿酒，食色俱有。当然，这个故事真伪很成问题，很可能是余一尺的伪作，借此投射出一个心目中的乌托邦，超越余一尺的现实世界，超越了李一斗短篇九篇的传奇世界。而与莫言笔下的丁钩儿，相形之下，境界之高低真有天壤之分。

管谟业(莫言)是个典型的山东汉子，写东西讲究劲头儿，段段要求过瘾，言人之所未言，因此难免有过火之笔触，甚至恶心的细节。可是根据我的观察，莫言的这种写法也是无可奈何的作法。因为过了1985～1986年的寻根热，把中国边缘的民族特性作一番史诗性的处理之后，作家势必要另辟蹊径，有人走新写实的路子，如王朔、余华写身边琐事。莫言身为乡下人，目睹改革开放，市场经济冲击根深蒂固的官僚体系，社会不免发生各种光怪陆离的现象。莫言用讲史的方法写过《红高粱家族》(1986)，描写种的退化；用心理分析的笔法写《天堂蒜薹之歌》(1988)，剖析人性懦弱与残忍之两面；他也试用过主体移位的办法写《十三步》(1989)，看主客相换之后会产生什么后果。《酒国》可以说是继前面三个长篇之后的一部力作，企图说故事中的故事，透过写实与寓言相互为用，强迫我们面对生活中最基本、最原始的欲望。纯写实的东西不难写，也不难读，因为作者与读者心目中都有数，知道外头有那么一个世界，与小说的世界大致契合，即使有所出人，恐怕也只是为了达到某种特殊效果。纯寓言的东西比较不容易领悟，因为作者使用的语码，读者不一定能化解，而作者如果使用多种语码，那问题可就更大了。《酒国》既写实又寓言，难度因此大大增加。表面上，作者与读者似有共识，接受小说指涉的这么一个世界，可是写实一经过寓言加工，作者与读者的认知空间可就不一定全然契合，二者之间往往不免产生张力，甚至矛盾。我们也甚至可以说，虽然虚实互用的写法，传统小说早已广加采用，而小说评论也都通常认为，要有虚实相辅，才能烘托出小说的境界。不过在此莫言却将两种笔法加以二极化：实则极实（故事写到一半甚至停止叙述，介绍饮食的专业知识，情形不逊于梅尔维尔《白鲸记》中有关捕鲸行业的论述），虚则极虚（故事地点只有北京是实的，酒国的建筑物建在地下，搭电梯宛如进入冥界，而李一斗写的天方夜谭的故事，说它荒诞无稽也不妨）。而更独特的是，莫言用千变万化的手法，将二者合并，并以崭新的编织方式推出，令读者阅读之际不得不打足精神，注目于章节之间的魔术。

有幸先睹为快，对《酒国》的读后感是：恐怖、过瘾。

（原载《当代作家评论》1993 年第 2 期）

论《丰乳肥臀》的生殖崇拜与狂欢叙事

◇谭桂林

一

1996年是作家莫言的又一个亮点年，这个亮点就是长篇小说《丰乳肥臀》的出版。在80年代中期的“红高粱”家族系列名声大噪以后，莫言虽然颇为多产，但基本上是对自己早期作品的同一层次上的重复。重复包括艺术风格，也包括主题叙事。一个比较长的时间内，莫言创作的风格，主要表现为出色的感觉捕捉、斑驳陆离的意象堆砌，在主题叙事上则集中表现为对原始生命力与酒神精神的赞颂。“我爷爷”、“我奶奶”之类的叙事模式，使莫言的小说具有一种独特的艺术魅力。当然，在这期间莫言也确实想突破自己，如他为靠拢现实主义所作的《天堂蒜薹之歌》。这部作品的失败说明，每个真正有天赋的作家对于题材都有自己独特的兴奋点；离开这个兴奋点，作家才华与思想的发挥就会受到极大的限制。所以，作家对自我的重复其实并不可怕的，因为重复本身也是一种积累。可怕的是作家找不到自己，或者在一种没有意义的情况下丢失自己。在这种意义上，1996年1月出版的《丰乳肥臀》，对莫言的创作生涯来说乃是一件划时代的作品。一方面，这部小说一如既往而且非常典型地体现了莫言在艺术风格与题材兴趣方面的特点，另一方面这部小说深厚的文化意蕴与大胆的主题创意，也说明莫言在确证自我的同时又一次完成了对自我的超越。如果概括地来说，莫言在其“红高粱”时代侧重于写男性的生命力的勃发与雄强，那么，《丰乳肥臀》仅从字面上就可以体味到这是一部侧重于写女性的作品。小说以这么扎眼的词汇作为标题，有不少批评家痛斥为故意用挑逗的字眼来哗众取宠，诱引读者。我认为这是批评者没有真正读懂这部作品的文化内蕴，没有真正理解作者在这部作品中倾注的文化苦心。这两个扎眼的词汇当然包含着性的意义，容易促成性的联想，但是这两个词的本质含义并不是性，而是生殖。“肥臀”象征着生产的繁衍不息，“丰乳”象征着哺育的绵延不断。生殖来源于性，却比性更为宽泛、更为博大。在这里，“丰乳肥臀”这两个最俗的词汇表达出来的无疑是一种最深刻的意念、一个最古老的仪式、一段最原始的情感，这就是人类已经暌违许久的生殖崇拜。

以人类学的眼光来考量，生殖崇拜应该说是在人类懂得怎样赓续文明之前就已经具有的一种精神与情感活动。在生产力十分低下的原始社会中，人还只是使用着十分简陋的工具来获取自己的生命补给。面对大自然的有期而至的灾害，面对比人凶猛十倍的走兽，人的生命是十分脆弱的。恐惧种族灭绝的原始本能使人类将生育看作至高无上的事情。于是，从事生育的女性在原始社会中具有很高的社会地位，而掌管生育的神往往最容易成为人的崇拜与敬畏的对象。原始社会中大都出现过的母系制度，无疑就是以这样一种生殖崇拜的情绪为基础。但是，随着人类生产力水平逐渐提高，人在抵抗与征服自然方面的能力的逐渐加强，人不再为种族灭绝的担忧而恐惧时，男性就凭借着自己的体格方面的优势颠覆了原始社会的母系制度，将女性变成了男性的私有财产。父权中心社会的建立当然标志着人类的文明进步，但同时它彻底遮蔽了生殖在人类原始生存中的诗性意义。在父权中心的宗法家长制度下，生殖降格为仅仅只是一种保持私有财产承袭的手段。这样一种降格在民族的文学中也有所反映，在远古时期的神话中，中国有抟土造人的女娲，印度有在大地上舞蹈以生殖万物的湿婆，古希腊有大地之母盖亚，但是一旦父权中心得以建立，女性的地位就一落千丈，哪怕贵如西王母也被俗世的皇帝招来挥去。在印度教中，十月怀胎是人尚未出生就在水深火热之中的有力证据；而在基督教文化中，分娩则不幸成了女性因原罪而获致的惩罚。古今中外父权中心话语写作的文学中，鲜有例外地都对生殖本身表现出了相当的冷漠与忽略。

正是在这一文学史状况下，《丰乳肥臀》生殖崇拜的主题创意是独特而有价值的。小说中的主人公之一上官鲁氏也就是小说中的“母亲”是一个多产的妇女，她一共生下八个女儿、一个儿子。为了表现生殖崇拜这一主题，小说突出地描写了上官鲁氏那深厚博大的母性。这种母性当然包含着具有人文意味的牺牲精神，而且这种精神在父权中心文化中被强调到了无以复加的地步，父权文化以这种牺牲精神将女性定位在生育工具的地位上。在《丰乳肥臀》中，最有深意的是作者并没有像通常一些作品写母爱时那样侧重写女性的牺牲精神，而是突出地表现她作为一个母亲的本能意义上的舐犊之爱。她不仅用自己硕大的乳房哺育了自己的儿女，而且在非常的时刻也用乳汁哺育了自己女儿的儿女们。这样做并不单纯是因为这些小家伙们与自己有血缘的关系，也不单纯是出于做母亲的一种义务，而是出于一种母性的舐犊本能。大女儿来弟在随丈夫沙月亮投奔日本人时，将刚出生的女儿交给了母亲；后来五女盼弟在被司马库的军队赶出高密东北乡时，也把刚出生的女儿强塞给了母亲。从理性的角度来看，母亲是极不愿意接下这些婴儿的，因为大女儿随丈夫投奔日本时，正是自己拖家带口逃难之时，多了一份累赘就少了一分生存的希望；而在后者，母亲在心里从来就没有接受过鲁立人作为自己的女婿。母亲最初是将沙枣花弃在教堂的门口，将盼弟与鲁胜利关在门外，但最终还是接纳了她们，这就是母性的舐犊本能战胜了理性的思考。后来，来弟在一个深夜带着一帮卫兵偷偷地来到被鲁立人监视了的老家，希望把女儿接走，母亲嘣出来的话却是："我只知道枣花是我养大的，我舍不得给别人。"来弟被捉后对母亲说："娘，要是他们枪毙我，这孩子就要靠您抚养了。"母亲回答说："他们不枪毙你，这孩子也得由我抚养。"对女儿的这种态度，确实有点不合常情，只有从母性的舐犊本能来理解，母亲与来弟的拼抢情节才真正显示出它的意蕴。值得注意的是，小说中的母亲与女儿虽然同属女性，但她们明显地构成一种意义对比。母亲和女儿们由于血缘的联系，都具有冲动、激情、不顾虑后果的性格特征，但母亲是一个典型的旧式女人，小脚曾在方圆几十里都很闻名，一次又一次的生殖给她带来的是一次又一次的痛苦与侮蔑，她依然无怨无悔地、专心致志地养育着自己的孩子们。她的女儿们秉承了她的特性，具有强旺的生殖功能，但她们显然已被异化，宁愿为着一些本属男人的事情东奔西走，也不会将生殖与养育当作女性的责任来担承。这是时代的变化使然，更是现代女人母性本能的退化所致。这个对比性的意义结构，潜隐着作者的一种文化焦虑：现代的女人总想撑起那半边本来不属于她们的天空，但到头来得到的结果则是本来属于自己的那半边天空也失落殆尽。也许正是这种思考促使莫言狠心地为这些体态优美的上官女儿们设置了一个又一个的悲剧，上官家的女儿们没有一个得到善终，而母亲则活到九五高龄。母性的发扬实际上是女性本质力量的显现，是一条自然欲望随意显现的渠道，母亲的一生是顺其女性本性的一生，其高龄也就不足为奇了。当然，在目前的文化语境中，莫言的焦虑未必符合时尚，但这种焦虑的意义不在于它正确与否，而在于它发人深省，在于它用一种独特的表达方式揭示了民族可能要面临的问题。

小说以抗日战争与国共内战为主要背景。这是一个苦难的年代，生命就好像风中的蒿草那样脆弱，那样没有价值。一个莫须有的罪名，一次偶然的不巧遭遇，一种本来不由自己决定的血缘关系，都可能使生命不幸毁灭。既然生命不再珍贵，既然生命的价值不再为人所重视，生殖的诗性意义就不可能被人们所认识。所以，小说中的生殖是与苦难紧密联系着的。小说一开始就在一片兵荒马乱中尽力地描写了母亲的第八次分娩，这是一对双胞胎，也是一次难产，婴儿的脚已经先拱出了母腹。母亲在"一阵急似一阵地嚎叫"，赤裸的身体"陷在血泥中"。极具讽刺意义的是，与此同时上官家的驴子也发生了难产，兽产师樊三正在那里忙活，上官家的男人都围在那边帮助，而同样难产的上官鲁氏却独自躺在血泥中痛苦地煎熬。当小骡驹终于生下来后，婆婆上官吕氏竟要请樊三又过去给难产的儿媳接生，直到樊三坚决拒绝，上官吕氏才想着应去请接生婆孙大姑。如果说日本人的入侵与杀戮给中国千万人极大的苦难与灾害，那么，人的生殖意义在人的心中竟然不如兽的生殖意义，这就是小说的开头昭示给我们的是另一种民族不幸。作者让这两条线索平行（上官家的几位女儿躲在河沿上看游击队与日本人的交火）、交叉（上官寿喜与孙大姑被日本人杀害，日本军医为上官鲁氏接生）地进展，其目的就在于将人类的生殖活动置于一个苦难深重的环境中，以此来突出地展现作者对于生殖的崇拜。一方面是屠戮生命，一方面是养育生命，屠戮生命者因为他们并不承担生殖的痛苦，并没有尝到过在生殖新的生命过程中的生命丧失的恐惧，所以他们能够为了主义、理想或者某个荒唐的意念，抛出自己的生殖的艰辛。亲身体验过生殖过程中的生与死的脆弱的界限，亲身体验过流血的恐惧与剥离的伤痛，所以她们在一种母性的强烈本能上珍贵生命，不管这个生命有着什么样的阶级印记，不管这个生命有过什么样的功勋或劣迹，她们都一视同仁，无偏无袒。从个人的遭遇来看，母亲确实是命运悲惨的，她养育的那些女儿们除了盲女八姐，一个个都离开了她，在这个动乱流离的年代里各自选定的自己道路，挥霍着自己的青春、美丽与生命。同胞成了对头，亲戚变为仇敌，大女婿沙月亮死在五女婿鲁立人的圈套中，而鲁立人与二女婿司马库的斗法则演绎了高密东北乡十几年的血泪史。作为母亲，她十分痛苦，因为她的心被一次又一次的悲剧与死亡所刺伤，但她也无比的坚毅与博大，她超然于女儿女婿们的纷争之外，她想做的只是用自己的母性的胸怀，尽可能地保护每一个受到威胁、遇到危险的生命。在她的意识中，生命是第一位的，其他的纷争并不重要。各种时事的纷争有输有赢，你来我往，今天是仇敌，明天又可能是朋友，时来运转，轮回不已。而生命对每一个人却只有一次。珍惜自己的生命，同时也珍惜别人的生命，这才是生殖崇拜的真正含义，也是作者通过母性本能的发扬所要表述的主题。

二

生殖包含着生产与养育两个互相联系的环节，有生殖就必然有成长。在人的生命过程中，生殖只是提供种族血缘的趋向，而成长则必然地有历史、文化与地理环境等等因素的参与，所以生命的成长过程也就是种族血缘基因与历史、文化、地理环境等因素的碰撞和渗透的过程。在现代长篇小说中，成长是一个很常见的主题，因为长篇小说是要精心构筑情节的，而从19世纪批判现实主义的文学理论以来，小说中的情节一直被视为人物性格成长与发展的历史。但是，由于意识形态对文学的制约，血缘这一生理问题被视为唯心主义观念，因而在现代长篇小说的成长主题中，历史、文化及时代风尚的因素往往是作者所着重展示的，血缘则有意无意地被忽略。其实，随着现代生物科技的日益发达，血缘的观念已经有了相当大的变化。过去人们只是隐隐约约地感觉到在一个家族中间似乎有一种相同的东西在控制着家族成员的命运，而今天的生物科技已经能够通过实验告诉我们，这个血缘其实是一种非常微妙却有形状的物质，也就是人类基因。基因当然是可能发生变异的，但是，人在自己的成长过程中可以拒绝或者逃离历史、文化与地理环境等等外在的影响，却没有可能拒绝也拒绝不了血缘的制约。人常常是在血缘的命运之井中呼号扭动，无力自救。《丰乳肥臀》中的另一个主人公上官金童就是这样一个无力自救者。如果说小说中的母亲的形象是从正面的刻画来表述生殖崇拜的主题，那么，上官金童的形象则是从血缘与历史文化的碰撞中来展示生殖崇拜中的精神异化的问题，这就是形上的生殖崇拜向形而下的乳房崇拜的降格性转变。

生殖的行为完成不仅在于怀胎、分娩，而且包括了养育的过程，所以生殖崇拜的图腾在远古的神话与造像中不仅有女性的外生殖器，而且包括女性的乳房。随着人类文明的逐步发展，生殖从纯粹的生理性逐渐增强了它的人文含义，生殖崇拜的图腾也就呈现出了由女性乳房逐渐取代女性外生殖器的趋势。正是在这个意义上，《丰乳肥臀》对生殖崇拜在女性的性征方面主要表现为乳房崇拜。从全书的意义结构来看，小说是采用两种手段来表现乳房崇拜的：一种手段是直接描写、刻画与礼赞女性乳房，一种手段则是写上官金童的恋乳癖。这两种手段经常混在一起。恋乳，这是上官家唯一一个男孩上官金童唯一的嗜好，这种嗜好的养成是与上官家的血缘相关的，正如上官家被人领养后以乔其莎的名字出现的七女儿所说的，上官家的人都透着一股“邪气”。这股“邪气”看来就是上官家的血性使然，在上官家的女儿们身上体现为敢作敢为、不计后果、激情迸发不能自己，在上官家的儿子身上则体现为恋乳癖。这种癖好深深地渗透到了上官金童的血液中，就好像毒深深地渗透到了瘾君子的血液中，一有机会，一到时候就会自动爆发。上官金童的恋乳癖有三种表现：一是以乳为食。金童到了 10 岁的时候仍然叼着母亲的奶头过日子，对五谷、菜蔬全没有兴趣。成年之后，金童因罪坐了 14 年牢。出狱的头月即大病一场，所有的方法都使用过了，病却越来越重。最后还是母亲懂得儿子的品性，将 50 岁又生儿子的独乳老金请来救命。果然嘴里一含着老金的独乳，吸着老金的乳汁，金童就病体康复了。所谓的病不过是在牢房中未能吸乳，郁积而致，又岂能是一般的药物所能治？二是以乳为性。金童在成长过程中，所有的性冲动、性幻想都是对着女性的乳房而发的。三是以乳为美。小说构思了一个名叫“雪集”的风俗仪式，以此来刻画金童对乳房有不同寻常的艺术感觉。在这样一种仪式中，金童是把它作为一种美的欣赏来进行的，没有任何性的欲念。正是因为他对乳房的这种审美的态度，所以他对那糟蹋、蹂躏乳房的行为充满着厌恶与仇恨。

在当代小说中，北村《施洗的河》也写到了主人公刘浪的恋乳，他 14 岁以前必须要叼着母亲的乳头，捂着母亲的乳房才能睡觉。刘浪的恋乳来之于他对自己可能被父亲阉割的恐惧，一旦他已长大成人，这种恐惧感不再存在，恋乳癖也就不治自愈了。金童的恋乳癖也与童年时代的饥饿情结有关，在这个动乱的时代里，母亲不仅要哺养自己的孩子们，而且还要哺育女儿们扔下的“野种”，所以二女婿司马库杀回来的时候，母亲只是叹了一口气说，“你给我囤几担粮吧，我是饿怕了。”上官金童生下来（他还有一个孪生姐姐）就处于一种竞争状态中，他一直担心别的小孩会抢走母亲的乳汁。这种饥饿的恐惧感长期地积压在童年时代的精神深处，当然会对他的恋乳癖的形成与保持造成影响。不过，更深层的原因无疑是来之于上官家的血性。在阅读《丰乳肥臀》的时候，我曾经长时间地思考着一个问题：上官家的血性究竟是什么东西？在读完最后的第七章与“补记”，我终于相信上官家的血性基因就隐藏在上官家里的那个秘密中。上官家的儿女们在血缘上原来没有一个是婚生，虽然法定的父亲上官寿喜是一个十足的窝囊汉，但这些女孩们的血缘上的父亲，如于大巴掌、高大健壮的赊小鸭的外乡人、以打狗肉为生的高大膘子、鹰嘴鸦眼的江湖郎中等等，却都是一些强梁。正是这些强悍的血缘与私生子的出身赋予了上官家的女儿们一种充满激情的生命形式与人格特征。相反，如果从血缘的角度来看，上官金童的血缘父亲马洛亚牧师却是一个弱者。他虽然是一个洋人，但他在高密东北乡已经生活了几十年，他能够说一口地道的高密东北乡的方言，他的血性实际上已经发生了变异。既不是纯粹的洋人，也不是纯粹的中国人。马洛亚的死起因于与鸟枪队员发生的冲突。马洛亚抗议鸟枪队员对他的侮辱和侵占他的教堂时的理由是“我是洋人”，而这一理由马上就遭到了鸟枪队员的嘲弄：“洋人？你们听到了没有？洋人还会说高密东北乡土话？我看你是个猴子与人配出来的杂种。”作者在为上官家的女儿们寻找血缘父亲时，个个都是精悍强梁，为什么偏偏为金童设计了一个是洋人又不是洋人、不是中国人又是中国人的马牧师呢？而且，作者特地在作品文本中将马牧师的这一特点突出出来，我认为其中意图就在于通过马洛亚的血性变异来揭示出金童的恋乳癖最深层的原因。

强调家族的血缘承继，呼唤雄强阳刚的男儿血性，这是莫言从《红高粱家族》系列以来就一直着意表现的一个主题。在《丰乳肥臀》中，这一主题有了进一步的深化。因为在此前的一些作品中，莫言侧重从正面来刻画阳刚雄强的男儿形象，强调这种形象的民间文化渊源。而《丰乳肥臀》中着力刻画的上官金童则是一个在精神与人格方面没有长大成人的恋乳者。在上官家的子女之间有一个潜隐的对比结构，上官家的个个优秀的女儿们的血缘父亲有农民、流浪汉、和尚、郎中，包括溃败的大兵，可就是没有一个读书人，几乎都是来自民间，而上官家的这位男性的血缘父亲却是一位洋牧师。这位洋牧师的血性变异造成了金童成长中的障碍，这是莫言在作品中精心构筑的一个文化寓言。马牧师作为一个传教士，将西方文化带入高密东北乡并且力图让上帝之光普照中国。但是，正如所有西方文化进入中国之后的命运一样，由于中国本土文化的巨大的同化力,进入中国的西方文化要想在中国这块领地上扎下根来,都必须同中国本土文化取得一种妥协、一种迎合,而这种妥协与迎合的发生,也就必然导致西方文化自身的畸变。马洛亚就是这样一种文化畸变的典型例子。现代语言学的理论告诉我们,一个人的言说方式往往决定了说什么。“洋人?洋人还能说高密东北乡土话?”鸟枪队员的质问确实一针见血,马洛亚虽然有着洋人的血统,但他只有在十分危机的情况下才会记起他的母语,他已经习惯了说高密东北乡土话,也就说明他已经习惯了高密东北乡人的思维方式与文化习俗。文化的认同逐渐酿成血性的变异,所以即使是西洋血统与中国血统的杂交,从优生学的角度来看是一种最为理想的远距离杂交繁殖,但得出的结果却是令人沮丧的。上官金童徒具一副西洋人的体形模样,西洋文化中的好胜勇斗、积极进取的精义,在上官金童那里异化成为对母亲乳房的自私占有。这是上官金童的悲剧,也可以说是中国社会在现代化过程中引进西方文化所遇到的一个最大的尴尬。

在这个文化寓言中,我们还要特别注意到作者对中国文化传统的一种暗讽。中国文化传统是建立在宗法家族制度上的文化传统,中国文化对于生殖行为的重视出之于一种实用功利主义的考虑,即承袭家族利益。所以在这种文化传统中,“不孝有三,无后为大”,生殖的目的归根到底是使家族代代相传。并不是所有的生殖活动都被视为神圣的,而只有生下男婴的生殖活动才备受家族关注。而且,西方文化是一种幼者本位文化,倡导个人的自由与独立,因而每一个年轻人都在自己的成长过程中梦想着能够早日离开家庭过上自主的生活,仰仗父母的荫蔽在这种文化传统中被视为耻辱。相反,中国的文化是老者本位文化,倡导群体的融洽与和谐,父母辈含辛茹苦,总希望儿孙满堂,绕膝而欢。而年轻人则将有家族的荫蔽与眷顾视为骄傲与幸福。上官金童可以说是这种文化传统的一个牺牲品。他的恋乳癖,一方面与他的血性本身有关,另一方面则是这种文化传统养成的结果。他是上官家唯一的男孩,所以他有吃母乳的特权,鲁胜利与沙枣花甚至同胞出生的上官玉女也只有吃羊奶的份。而他也就在母亲的这份纵容与溺爱中,永远地将精神人格定位在自己的童年。

三

无论东方文化还是西方文化,生殖与创造的主题总是充满活力,充满生机,就像春苗在淋漓的春雨中破土而出一样,没有拘束,没有阻拦。在西方古希腊神话中,生殖是与酒神狄奥尼索斯联系在一起的,他的醉态,他的迷狂,展示着人类与万物的生殖活动冲毁一切人世间规矩习俗的巨大魔力。在印度神话中,宇宙万物的生长乃是在梵的舞蹈中生生不息的,而梵的舞蹈本身就是一种生命创造的狂欢。由此可见,生殖崇拜本质上是酒神精神的发露，是人类狂欢情景中的基本主题。我认为，莫言的小说创作一开始就表现出对酒神精神的极大热忱，正如有的批评家所指出的，莫言在他的“红高粱”系列中，“一方面，他仍怀抱着文化启蒙的热忱与责任感，另一方面，他又致力于用尼采式的‘酒神精神’对民族传统进行重新发现和文化重构，扬弃了传统中那些‘日神’意味的道德理性因素，而对那些具有感性和非理性生命冲动的因素加以放大”①。如果说莫言的早期作品对酒神精神的赞颂还比较单纯，其主旨与时代的启蒙主题结合在一起，体现着作者对民族传统进行重新发现与重新构建的文化理想与激情。那么，到《丰乳肥臀》时，小说的内涵已经复杂多了。生殖崇拜母题的意义建构已经远远超出了一般性的文化启蒙思考，它深入到人类生命流程中最隐秘的河道，触及到人类生命结构中最隐秘的内核。与这种意义的深化相联系，小说的叙事在过去的感觉集束爆炸的基础上，实现了狂欢化叙事的风格建构。

所谓狂欢化叙事，按照巴赫金的界定，主要是指用诙谐的文体来把握一种独特的生命体验，在言语方式上则是逻辑颠倒，不拘形迹。用中国自己的诗学语言来说，就是戏谑的方式，寓庄于谐，亦庄亦谐。巴赫金说：“狂欢节不需要虔诚和严肃的调子，也不需要命令和允许，它只需要发出一个开始玩乐和戏耍的简单信号。”②我认为《丰乳肥臀》对这种狂欢化叙事理解得很透彻，如小说开头写鸟枪队与日本人的作战，这是一个很悲壮的事件。莫言对这场战争的描写是通过上官来弟的眼睛进行的，一个刚刚成年的女孩子面对这样残酷的、危险的场面，无疑会有许多的迷惑、许多的惊惶，反映在她眼睛中的战争场面也被涂上了一些魔幻的色彩。“她的眼睛枯涩，眼皮发黏，眼前模模糊糊地出现了许多稀奇古怪的、从来都没看到过的景象，有脱离了马身蹦跳着的马腿，有头上插着刀子的马驹，有赤身裸体、两腿间垂着巨大的马屌的男人，有遍地滚动、像生蛋母鸡一样咯咯叫着的人头，还有几条生着纤细的小腿在她面前的胡麻杆上跳来跳去的小鱼儿。最让她吃惊的是：她认为早已死去的司令竟慢慢地爬起来，用膝盖行走着，找到那块从他肩膀上削下来的皮肉，伸展开，贴到伤口上。但那皮肉很快地从伤口上跳下来，往草丛里钻。他逮住它，往地上摔了几下，把它摔死。”这些描写中，落地的人头在咯咯叫，脱离马身的马腿在蹦跳，人把身上削下来的皮肉摔死等等，都是一种戏谑式的描写，亦庄亦谐，颠倒逆反，既写出了战争的残酷，也讽刺了人类行为的荒谬可笑。这种写法，就是巴赫金所指出的“把历史过程视为游戏的狂欢节式的接受方

① 张清华：《中国当代先锋文学思潮论》，江苏文艺出版社 1997 年版，第 111 页。

② [前苏联]巴赫金：《弗朗索瓦·拉伯雷的创作与中世纪和文艺复兴时代的民间文化》，《巴赫金文论选》，中国社会科学出版社 1996 年版，第 217 页。

式”[1]。小说在写鲁立人主持的斗争大会运用的也是戏谑手法，斗争大会是替穷人申冤报仇的大会，过去写革命斗争历史题材的小说无不把这种场面写得慷慨激昂、正义凛然。莫言在这部小说中表面上似乎也要把这种场面写得轰轰烈烈，但小说在更深层次的意义揭示上运用了戏谑的方式，用张德成的小题大做(控诉秦二先生给他取了个“磕头虫”的绰号，使他娶不上老婆)、徐仙儿的具有报复意义的胡搅蛮缠(请求枪毙司马库的小儿女)将这个轰轰烈烈的场面变成了一个闹剧。在这样一种小题大做与胡搅蛮缠面前，鲁立人愈是把自己装扮得大义凛然，愈是把自己装扮成正义的化身，就愈是显出了他的滑稽与荒谬。这就是戏谑手法的艺术效果，就好像狂欢节里人们喜欢在一个弱小的身躯上带上一个硕大的面具，或者将一个人装扮成稀奇古怪的野兽一样，突出的是内容与形式的滑稽对比。

狂欢节是西方文化中的一个重要节日。在很多地方，这个节日是为纪念酒神狄奥尼索斯而创设的。狂欢节上人们被允许打破一切等级界限，毁弃一切日常生活中的道德规范，率性而行，不拘形迹，让人们暂时从各种人为的规矩法则中解放出来，自由自在地展露自己的人性本能。这是狂欢节的真实含义。在这种意义上，我认为小说中的狂欢叙事不仅指戏谑化，而且应该包括小说叙事中对于世俗道德与法则的背叛与突围。

小说中的乱伦描写也是狂欢化叙事的一个典型例子。也许是出自于母亲的血统的影响，上官家的人几乎都具有一种乱伦意向。小说对乱伦倾向的兴趣，我认为主要是来自于这两方面的思考：一方面，乱伦行为是最具有冲击力的，最能够体现出狂欢节对于世俗道德规范的叛逆性质，也最能够体现出人的本能欲望在冲决理性约束方面的力度。世界各民族的具有狂欢化叙事意向的小说，几乎都会涉及乱伦的描写。另一方面，乱伦意向是人类的一种集体无意识。在基督教文化中，人类的始祖就是在兄妹的乱伦中繁殖了人类，所以乱伦本身也与人类的生殖相关，是人类最初始的生殖活动中不可或缺的行为。在世俗文明的意义上，乱伦是被法律与道德所禁止的，但在诗学的意义上，只有写出人的乱伦意向，写出人类最隐秘的这块无意识黑暗大陆，才能真正体现出生殖崇拜的热情，揭示出生殖崇拜的诗性本质。

最后要指出的一点是，母亲生下的八女一子没有一个是合法婚生子，这也是小说狂欢叙事的一个最富意蕴的情节。如果说母亲的第一次婚外生育还处于一种被动状态，那么，生下来弟之后的一次次婚外生育几乎都是在主动状态下完成的。母亲之所以要这样做，一方面是自行证实，她要让人们认识到她作为一个女性具有值得骄傲的

---

① [前苏联]巴赫金:《弗朗索瓦·拉伯雷的创作与中世纪和文艺复兴时代的民间文化》,《巴赫金文论选》,第201页。

健康完整的生育功能，不仅能生育女儿，而且能生育男孩；另一方面则是一种反叛，这种反抗无疑是诗性的，狂欢性的。值得注意的是，当宗法家族制度下的男性中心权力在自己已经丧失生育能力的情况下，将不能承袭香火的责任强加在女性头上时，母亲索性用婚外生育、偷梁换柱的方式解构这个家族，这实际上已经发生了巨大的异变。被封建宗法家长制规定的男性血缘主干被女性主干所替代，在血缘的意义上，父亲只剩下一个虚名，真正维系着这些子女们的是母亲的血统。这种血缘模式似乎回到了人类原始社会中的母系制度，而那时，恰恰是人类对生殖无限崇拜的时代。无论莫言是否已经意识到了这一意义，《丰乳肥臀》确实用母亲婚外生育的情节把狂欢叙事同生殖崇拜紧密联系起来，以此完成了对中国传统的宗法家族血缘体制的解构，对人类一种最原始、最古老也最深刻的情感方式的呼唤与契合。

（原载《人文杂志》2001 年第 5 期）

莫言：反讽艺术家

——读《丰乳肥臀》

◇张　军

毫无疑问，我们的时代，在某种意义上讲，已经进入了一个反讽的时代。在这样的时代里，反讽作家层出不穷，较老一代的如王蒙、张贤亮、张洁等人，后起的如莫言、残雪、马原、贾平凹等人，新起的如陈染、王朔、孙甘露、韩东、述平等。这些大大小小的反讽艺术家，以各自不同的言说方式，反讽着社会和人生，为我们的时代提供了丰富的精神参数。而在这些反讽家当中，我觉得，莫言作为一个一直保持着旺盛创作劲头的并不年轻的青年作家，他的反讽艺术有着不同寻常的意味。

莫言的反讽生涯，我以为始于《红高粱》系列。在《红高粱》时期，反讽的意味几乎难以找到，可以找到的只是物化的感伤和泥沙俱下的浪漫。然而到了“梦境”时期，也就是《怀抱鲜花的女人》、《红耳朵》、《战友重逢》、《模式与原型》、《梦境与杂种》等作品时期，反讽就开始了，这可能与他此时偏爱蒲松龄有关。在这时期，他除了仍保持着过去的浪漫感伤之外，是“梦境”横生，荒诞离奇，充满寓言色彩。若仅就这时期莫言在“反讽”上的表现做些文章，估计做它几万言没问题。然而，若以后来相比，此一阶段的“莫言式反讽”只能是小巫见大巫。这个大巫，就是他的长篇近作《丰乳肥臀》。有人说，《丰乳肥臀》是一部史诗。我认为，与其这么说，不如说是一部“反史诗”来得准确，因为无论从哪个角度来看，它都有一种强烈的反史诗，或者说颠覆史诗的味道。这种味道，或许就是这部长篇得以成立的根本。这个根本可以包含以下几个方面：言说方式的爆炸性、情境构成的魔幻性和结构策略的戏仿性。而这些，则构成了《丰乳肥臀》的总结性反讽——浪漫反讽。

一、言说方式

莫言的言说方式，一贯泥沙俱下，可是在过去也就是泥沙俱下而已，并无更多的预谋。然而到了《丰乳肥臀》，就不一样了。以前的东西保留了下来，同时，掺杂进去的东西像无数的炸弹将浪漫变成了鬼哭狼嚎，将过去那种充满天地间的豪气变成了烟尘弥漫的雾气。在这里，"泥沙"仅作为一种表象而存在，骨子里是另一回事。这就涉及一个表象与事实相对照的问题。我们知道，这个问题是"反讽"得以建立的基本要素之一。在这里，对照的双方越强烈，反讽的意味就越鲜明。在此，我们先拿出众说纷纭的题名进行一番分析。

无疑，莫言在这部长篇的题名上是严肃的。他发表于《光明日报》上5000多字的解释性文章，便说明了这一点。在那篇文章里，他说，之所以用了"丰乳肥臀"这四个字作题名，并无借此"艳名"以哗众取宠之意，而是有着极为认真严肃的思考的：一是寻找人类庄严的根本，二是唱一支母亲之歌，三是将母亲和大地用一种象征的物化形态联结起来。[①] 说实话，我读过这篇解释性文章后，很失望，我感到他的这三方面用意并无多少新鲜的东西。说句不太客气的话，这些东西早已被人言说过多少遍了，是个老掉牙的主题。我以为，题名的新鲜之处不在这里。那么在哪里呢？就在题名本身。"丰乳肥臀"这四个字，乍看起来，是够媚俗、够扎眼的啦。读者也确实对这种"媚俗"和"扎眼"作出了迅速的反应。这我们暂且不谈，我们单就从首届"大家文学奖"评委们的评语中来看，就颇有意味。评委们在肯定的同时也大多颇有微词，比如"书名似欠庄重"（徐怀中）、"题名嫌浅露，是美中不足"（谢冕）、"小说篇名在一些读者中会引起歧义"（苏童）、"书名不等于作品"（汪曾祺）等。这些，说明了什么？说明莫言刺痛了国人。我以为，莫言当初在写下"丰乳肥臀"这四个字时，不会想不到这一层。他肯定会想到。想到了而又故意这么去做，这除了他的自我辩解性文字所提及的用意之外，我想，还会有另一层用意：故意刺激你们！实际上，莫言事后的一番愤慨之言，也确实证实了我的这种猜测："如果觉得扎眼，恰好说明了我们的文化把两个非常朴素的词赋予了某种异化的性质。如果觉得很受刺激的话，那说明我们每个人都被现代社会的这样那样的思想给异化了。"[②]这，实实在在是在玩弄着一个大反讽的把戏。反讽者莫言在此像苏格拉底在雅典街头一样佯装天真，嘲弄神经脆弱的芸芸众生，让他们被表面现象所蒙蔽，自以为高明，夸夸其谈，然后给他们致命一击说："你们异化了！"你们这些自以为是的

① 参见莫言：《丰乳肥臀解》，1995年11月22日《光明日报》。

② 莫言：《莫言在开什么玩笑了》，1996年1月2日《北京青年报》。

正人君子感到扎眼,原来是你们自己心里龌龊,见不得美的阳光。这确实让人开心,让人感到莫言充满智慧。然而,令人遗憾的是,莫言没能就此“智慧”到底,像苏格拉底那样一直佯装下去,泰然下去,而是在一片唏嘘声中,慌了神,乱了阵脚,急忙跳出来,声泪俱下地“解”了它一番。这又实在是把事情颠倒了过来,造成了反讽的“反讽”,令人啼笑皆非,这说明莫言在这个问题上还不那么自信。

与对题名的不自信相比,在文本的言语运作中,莫言则是自信无比了。地毯式的言语轰炸,是自信的表现之一。读这部作品总的感觉是:莫言像个疯子,或者言语狂。他从头至尾,沿着中国百年历史的海岸线一路轰炸下来,让你没有喘息的机会。你在其中感到的,不是愉悦和享受,而是痛苦、绝望和恶心,你疲惫不堪,认为是一场灾难。然而,若让你逃离这种灾难,你又不能,因为灾难中魅力无穷,就像《荷马史诗》中俄底修斯路过人头鸟身怪物所居的塞壬妖岛时所遇到的情形一样,你被莫言这妖怪的歌声迷住了,你不愿堵住自己的耳朵,甘愿把自己绑在桅杆上痛苦地倾听。那么,莫言这妖怪的歌声的魅力到底在哪里呢,以至于使得你如此痛苦又如此不舍?我以为,在于他的口语轰炸的高超技巧——杂语共生。在不协调中寻找协调。在这里,莫言根据不同地段和地势的需要,运用了型号不同的炸弹,让它们炸开不同的花朵。具体讲,就是文学语言与日常用语、脏话、隐语、政治术语、商业用语、流行歌曲、谚语、民谣等杂糅相交,共铸于一炉,这就如同将一群要求安静的大熊猫同一群喧闹不止的猴子以及嗜血成性的豺狼和专食腐肉的秃鹫关在同一个笼子里,彼此互相矛盾、争吵和厮咬,充满着喧哗与骚动。比如在第六章第八节就有这样的例子:“我们是要嚎叫的一代,嘶哑的喉咙镶着青铜,声音里掺杂着古老文明”,“黄鹤一去不复返,待到黑天落日头,让你亲个够。啊欧啊欧啊欧欧”,“我是一个兵,来自老百姓。我是一张饼,中间卷大葱。我是一个兵,拉屎不擦腚”。这种喧闹,让你浑身不自在的同时,似乎又让你想到很多,又似乎什么也想不起;你是被愚弄了,还是被赋予了某种权利?说不清楚。作者本来也没想让你清楚,他只是以这种似乎不可能的组合方式,将不可能的然而又是最最可能的东西组合起来,像交响乐一样构成一张言语的巨网,将你网进去,让你在其中挣扎,在命名与价值判断之间晕头转向,去体味言语狂欢背后所蕴涵的某种只可意会不可言传的反讽意味。

二、情境构成

说《丰乳肥臀》的情境构成具有魔幻的反讽意味,这很容易让人想到拉美的魔幻现实主义,尤其马尔克斯的《百年孤独》。的确,莫言的创作深受拉美的影响,这无须赘言。需要指出的是,到了《丰乳肥臀》,莫言的“拉美”味儿就更浓了。这么讲,并不是说莫言在一味地模仿马尔克斯，一味地食洋不化。不是这样的，若如此，莫言也就不成其为莫言了。莫言之所以是莫言，就在于莫言经过一段时间的囫囵吞枣之后(这包括吞马尔克斯和吞蒲松龄之两颗枣)，已经将拉美的魔幻同中国的魔幻结合起来了，弄出了一个“莫言式的魔幻”。我们看到，在《丰乳肥臀》这部“莫言式的魔幻”作品里，莫言一方面将拉美的魔幻“中国特色化”了，另一方面又将中国的魔幻“拉美化”了。在这个过程中，拉美魔幻中古老的神话和传说色彩被消解掉了，代之而起的是一种现代意义上的神奇和恶作剧；而莫言所选中的蒲松龄，失去了那种特有的理想境界。在蒲松龄那里，花妖狐魅和幽冥世界所提供的超现实力量，往往可以帮助弱小的“正义”达到一种理想的美好境界，即所谓善有善报、恶有恶报。然而到了莫言这里，美丑善恶本身就难以分辨，似乎也无须分辨，“报”就更谈不上了。所谓美好的结局，所谓理想的境界，若要谈起，就是无稽之谈。莫言正是这样，借着蒲松龄的鬼魅魔影和马尔克斯的神奇现实，演起他自己的戏。在他这里，开端是没有的，结局也是没有的，有的只是一个个如灵魂出窍般非人非神的男女，他们一个个溜出来，一次次跳着狂欢的舞蹈，直至精疲力尽，直至殒命——很显然，这种极尽反讽意味的魔幻，只有莫言才能弄出来。

首先，我们看到的是莫言关于人类命运的魔幻式反讽。黑驴鸟枪队队长沙月亮以一个抗日的草莽英雄出场，却以一个日寇走狗的可耻形象下场；上官吕氏本来是上官家的统治者，是强力的象征，却在强力的作用下跌到连狗都不如的地位，最后惨死在当初被统治的上官鲁氏的手中；上官领弟当初从鸟儿韩那里接受鸟的时候，仅仅是为了活命，不料自己竟中了鸟的邪气变成了鸟仙；日本鬼子进村本来是又杀人又放火的，却在进了上官家门之后放下屠刀立地成佛，救了上官鲁氏的命等等；不一而足。在这里，人的命运像被施了魔法，幻化出种种出人意料的变化和结局，让人感到命运的无常和人类的渺小的可怕处境：你尽管勇敢，尽管十八般武艺样样精通，尽管挣扎，但是你最后还是逃不出如来佛的手心。

其次，是关于历史的魔幻式反讽。在这部长篇里，历史似乎不像我们从教科书上学到的历史，不是什么前进与倒退的问题，也不能用什么螺旋式上升的模式来框定，而是一摊烂泥，一片混乱，一江滚滚东去永远流不尽的黄河水。历史的外部力量，日本人也好，德国人也好，土匪也好，国民党也好，似乎只是一种表象，它们与历史事实之间，似乎有一种距离、一种紧张状态、一团无法破译的迷雾。历史是什么？是战乱、饥饿、抗击外敌、革命，还是自相残杀？似乎都是，又似乎什么也不是。也许，只有从上官鲁氏在炮火中带领全家返回家园的壮举中，才体现出历史的深邃意味。荒原、黑夜、硝烟、头顶上飞来飞去的炮弹，以及在荒原上惊慌失措的上官一家——是一幅极富象征意味的图画。如果说这就是历史，那么历史就是巨人们的怒吼和小人物们的颤栗，巨人们的怒吼体现着一种游戏的快感而小人物们的颤栗则是绝望的表征。实际上，上官鲁氏一家在战火中的境遇就是一个绝望的历史反讽:为躲避战火逃离家园,他们失去了历史(家园就是他们的历史);为找回历史,他们返回家园。而此时,他们看到的却是正处在一片炮火中的家园。

再次,是关于社会生活的反讽。在这里,只需要一个例子就足以说明问题,即上官一家的社会构成。毫无疑问,构成上官家族的核心因素,应该是血缘,是宗法制以男性为中心的血缘。血缘既是家族的纽带,也是家族的结构,它是神圣不可侵犯的,容不得半点虚假。然而不幸的是,莫言让我们看到的却不是这样的家族结构,而恰恰相反。在这里,女性成了中心,家族的构成因素完全取决于上官鲁氏。上官鲁氏为了取得表面上的"家族火种",遍寻野汉,结果弄出了一批完完全全的假冒伪劣、完完全全的"杂种",尤其上官家寄予最后希望的上官金童更是一个杂种里的杂种——洋杂种。我们知道,中国的社会,说到底,是一种家族式的社会,也就是说,家族是这个社会的基本结构和本质所在。在这个问题上,莫言让基础和本质都出了毛病,那么,基础之上的大社会是否完美就可想而知了。可见,莫言在这个问题上,用心是何等的良苦。

三、结构策略

如前所叙,我以为,莫言《丰乳肥臀》的结构策略的根本,在于对史诗的反讽式的戏仿和颠覆。

我们知道,莫言的这部作品发表后,许多人认为它是一部史诗式的作品,实际上刊发该作品的大型文学杂志《大家》在编者按中,也是这么引导读者的:"作家极为清醒明确地对长篇小说的意义所在进行了一次冷静深入的阐释,无论从小说的思想内涵、历史跨度、故事内容,还是时空容量等都进行了匠心独具的架构,使这部具有史诗品格的作品终于与读者相见了。"然而,我却不这么认为,我认为它不是一部史诗,也不具备史诗的品格。它实际上是戏仿了史诗,颠覆了史诗,以一种表面上看极似"史诗"的规模,表达着一种非史诗的构想。

其一,就史诗的定义来看,莫言的这部作品不是一部史诗,而是"仿史诗"。所谓史诗,乃是一个民族童年时期的百科全书。它以古代传说和具有重大意义的历史事件为内容,记述着有关天地形成、人类起源、民族迁徙、民族战争等民族的故事和神话。它结构宏大,英雄形象赫然耸立,充满着幻想和神秘色彩。可见,它是人类或民族幼年时期的童话。既然是幼年时期的童话,那么也正如别林斯基所说的,谁"要是认为古代史诗在我们现代是可能产生的。那荒谬的程度就跟认为我们人类能由成年再变为儿童一样"。这就是说,古代的史诗,在我们的今天,是绝对不可能再产生出来了。

其二,就结构本身而言,这也不是一部"史诗品格"的作品。毋庸置疑,莫言这部作品的结构是够庞大的了，洋洋50万言，以战乱开端，到动乱结束。然而，这只是一个准史诗式的结构，因为史诗往往表现一个民族从开端经战乱最后抵达辉煌的境界，而《丰乳肥臀》则只是一个劲地表示战乱和动乱，开端没有，结局也没有，更不用说什么辉煌了，有的只是混乱、空虚、灾难和无序。这与其说是一种线条清晰的史诗式结构，不如说是个神秘莫测的魔圈，表达着一种东方式的黑色幽默。这种黑色幽默无疑是对读者阅读这种貌似史诗的作品时所自然产生的辉煌期待的戏弄。它只能让读者产生滑稽的幻灭感。

其三，莫言在这部长篇中，很明显地采用了另一种结构方式，即戏仿《圣经》。我们知道《圣经》(尤其《旧约》)是希伯来人的史诗，它的主导思想，是一种"救世主"的思想，具体表现为上帝耶和华的儿子耶稣的"降师——布道——受难——升天"模式。这个模式，让莫言非常巧妙地用到了他的《丰乳肥臀》之中。然而，莫言在运用此模式时，却不是像在《旧约》里那样是为了显示救世主的奇迹的荣耀，而是如同戴维·洛奇在他的小说《小世界》里对圣杯模式的戏仿一样反其道而行之。在戴维·洛奇那里，"圣杯"代表的是一种危机的含义——爱情的危机和世界的危机；同样，在莫言这里，"上帝"也代表着一种危机——生存的危机和意识的危机。二者都表达着强烈的荒原意识：旧日的文明和传统的道德在一次次的历史演变中衰落了，而新的价值标准又没建立起来，一切都还处在骚乱与喧闹之中，其中充满着种种的丑行、肮脏、病态和绝望。这样，就需要一种信念、一种拯救的力量。于是，在戴维·洛奇那里，就让安吉丽卡这位漂亮的女神充当了拯救的力量和信念，而在莫言这里，拯救的力量和信念则是上官金童。上官金童的出世，颇像耶稣的出世，他的苦行也颇似耶稣的苦行，他们身上都带有同样的灵光和某种似是而非的幸福，他们都给人造成一种幻觉——人类就要得救了。他们让我们激动，尤其上官金童。然而，当静下心来。仔细思考，我们就会惊呼："不对，莫言这小子把我们耍了！"莫言在他写下马洛亚牧师同上官鲁氏在荒原上在"感恩戴德的泪水"里野合并孕育着上官金童的时候，他就在马洛亚牧师"凉爽的精子"里暗藏下了一支毒箭，待日后读者沉浸在拯救模式里时一箭就将读者射中。很显然，上官金童这位"圣子"来到人间不但没能拯救任何生灵于水火，反给人们增添了数不尽的麻烦。他是一个白痴，一个永远长不大的恋乳癖，一个白日梦患者。他是一个克星，老处女尤姑娘就是在他的相克下殒命身亡。总之，他本身就是一片荒原——无水的荒原，生命在他身上仅仅表现为一种令人窒息的荒凉。当然，他也受难，但不是耶稣式的受难，也不可能像耶稣那样成为民族的首领。他无"道"可布，更不可能因布道而激起既得利益者的憎恨。他遭人憎恨和迫害，仅仅是因为他的愚蠢和无能。所以，他同样也不可能像耶稣那样最后回到天国去，尽管莫言为他安排了一个与他同父（象征"上帝"）异母兄弟相聚的场面。他只能像戴维·洛奇的安吉丽卡一样，让人失望以至绝望——戴维·洛奇的“圣杯”消失了,莫言的“圣婴”也消失了。

总之,通观莫言先生的这部近作,我认为,它实实在在是一个世纪反讽,它从素朴的情感、母亲的歌唱和大地的意象等浪漫情结出发,以光怪陆离的社会生活作为一种感伤的表征,给人以幻觉,让人以为一个没有人烟的荒原终于经过痛苦悲壮地演变成了一个天堂般的繁华市镇,生长在这片土地上的儿女们流了滔滔大河的血泪后终于得到了回报。然而错了,事实是,这里还是一片荒原——精神的荒原。无可否认,物质上的荒原确实是消失了,但代之而起的确是精神上的荒原。物质和精神这两个相对的概念,让莫言在激情的掩盖之下偷换了,他恶作剧般地把逻辑颠倒了过来,而这一切,他又是做得那么坦然,装聋作哑,简直就像苏格拉底转世。当然,他没有像苏格拉底那样被国人所不容,他生活在 20 世纪末,国人尽管对他说三道四,但还是把 10 万元大奖给了他,这说明很欣赏他,就像欣赏王蒙、王朔等人的反讽那样。

(原载《文艺争鸣》1996 年第 3 期)

“胡乱写作”,遂成“怪诞”

——解读莫言长篇小说《生死疲劳》

◇王者凌

莫言在小说《红蝗》里借人物之口说,“总有一天,我要编导一部真的戏剧,在这部剧里,梦幻与现实、科学与童话、上帝与魔鬼、爱情与卖淫、高贵与卑贱、美女与大便、过去与现在、金奖杯与避孕套……互相掺和,紧密团结,环环相连,构成一个完整的世界”。在寻找表述这一系列对立冲突的词语时,我们大概就该推出“怪诞”这个词了。

一、“怪诞”与莫言的怪诞小说系统

“怪诞”原出意大利语即 gcotteso,意为各种奇形怪状的山洞和钟乳石洞。1800年,德国浪漫派理论家弗里德里希·施莱格尔曾对“怪诞”加以论述,这些论述后来被德国批评家沃尔夫冈·凯泽尔概括为:怪诞是由形式与内容之间产生的一种强烈冲突和对照而构成的;它是由性质截然不同的因素构成的不稳定的混合体;它是具有悖论性质的一种爆发力,既滑稽可笑,又令人恐惧。“怪诞”经常表现为生理上的畸变、精神上的怪癖。如《山海经·海内东经》中,雷神被描写成“龙身而人头,鼓其腹”的怪物,女娲被描绘成“人首而蛇身”神力无边的女神形象;《西游记》中各种妖魔鬼怪,《聊斋志异》中各种神鬼狐仙,鲁迅《铸剑》中的三颗人头在开水锅内追打、撕咬,以及莎士比亚《麦克白》中跳舞的女巫和荒诞派戏剧中能下蛋的嘴等等,都是借助于怪诞想象的魔力进行艺术整合的结果。由此看来,怪诞最突出的特征是“非和谐”。当代美学家桑塔亚纳也指出:怪诞是有形非形,混乱不清,仿佛畸形的东西。

1817年,法国浪漫派作家维克多·雨果在剧本《克伦威尔》的序言中对怪诞作了重要论述。雨果认为,怪诞的审美本质是美和丑的结合,美的表现范围借助怪诞得以无限地扩大。雨果不仅把怪诞和幻想联系在一起,而且还把它和现实联系在一起。这

就清楚地表明：怪诞不仅仅是一种艺术手法或范畴，而且它就存在于自然界和我们周围的世界之中；怪诞并不是幻想艺术特有的手法，与幻想艺术相对立的现实主义同样可以运用怪诞。也就是说，怪诞具有让人们以一种全新的眼光来重新认识现实的功能，尽管这种眼光可能是怪异的、令人不安的，但却是清醒的、真实可靠的。俄罗斯文艺理论家巴赫金将民间文化所特有的形象观念称为"怪诞现实主义"，联系怪诞风格以及它的理论的发展，系统地说明了"怪诞"这个术语的历史：从现成性、完成性的古典美学角度来看，"怪诞"是指民间诙谐形象所具有的"畸形、怪异和丑陋"的特质，所强调的是怪诞风格本质属性中的未完成性、变化性。

20 世纪 80 年代中后期，中国小说产生的现代派、"寻根"小说不仅在手法上，更在创作理念上表现出怪诞特色，如残雪的《黄泥街》、韩少功的《爸爸爸》、魏明伦的《潘金莲》(戏剧)等。1987 年后，这种实验和探索已渗透到文学艺术的所有方面，即使在具有现实主义风格的作品中，怪诞也变成作家们表达自己的独特方式。如贾平凹的《废都》、阎连科的《受活》等，均呈现出怪诞风貌。

在中国当代小说中，莫言小说已形成蔚为大观的怪诞系统。莫言通过使用一种与当代汉语写作格格不入的句法结构去摧毁汉语，以一种近乎毁坏性的意图来创作小说，以语言暴力摧毁文学传统，以怪诞叙事湮没经典叙事。与一般意义上的文学不同，莫言将生活还原为最为基本的形态，即吃、喝、生育、性爱、暴力、死亡等等与生命本身密不可分，甚至可以说，就是肉体生命，关注的是生命的物质形态，比如人的肉体需要和人性的生命力状况等，而不是文化的观念形态，诸如善、恶文化原型之类。莫言戏称自己的创作是"胡乱写作"，从《透明的红萝卜》、《红高粱家族》、《欢乐》、《红蝗》、《丰乳肥臀》、《檀香》，到《生死疲劳》，莫言在不断地探索和实践着"怪诞"。莫言小说世界的二元对立日趋明显，恨与爱、美与丑、善与恶、生与死形成了矛盾的交织，他的作品大规模呈现出"怪诞"的特征。童年孤独中的幻想、青春虚掷的痛苦、"文革"的荒诞、传统文化的熏陶、西方文化的冲击，矛盾地融合于莫言的心灵，为其"怪诞"意识的张扬作了铺垫。莫言很少关注平静安逸的日常生活，更多地描写暴力、性、罪孽、激情和广袤的时空变幻，这些脱离了常轨的生活事件，如《红高粱家族》中荒诞的战争、血腥的杀戮、疯狂的野合、神奇的死亡、隆重的殡葬，《酒国》中的盛宴，《天堂蒜薹之歌》中的骚乱，《生死疲劳》中的六道轮回等等。这些脱离常轨的日子总是令人迷狂，因为它使人们暂时获得了欲望的宣泄和满足。莫言小说的怪诞倾向主要表现在这种破坏和颠倒之上，崇高与卑下、精神与肉体、英雄与混蛋、美好与丑陋、生命与死亡，诸如此类的对立价值范畴在一个完整生命体中共生。莫言还十分善于叙说狂暴、怪异的传奇故事和渲染浪漫、残酷的场面。从某种意义上说，这种怪诞文体才真正是莫言在小说艺术上最突出的贡献。

莫言小说的人物往往具有怪异色彩。小说中的人物多有神、鬼、怪、魔等的功力。

因不满换婚，嫁给麻子的燕燕在新婚之日突然飞走(《翱翔》)；过度饥饿而能够吃铁筋、枪竹和铁锅的孩子(《铁孩》)；回家探亲的军人突然遇见了已死的“赵二大爷”(《奇遇》)。作家叙述手法的变化、人物“非人性”的表现，增加了作品的神秘、怪诞色彩。莫言在许多作品中涉及了丑，尤其为所欲为、毫无顾忌地描写和刻画了秽物的丑、恐怖的丑，其独特的眼光和个性的视角，令人叹为观止。莫言小说有许多“丑”的描写，如人物的丑：女人“嘴唇……像一个即将排泄稀薄粪便的肛门”(《红蝗》)；女人“翘着屁股在两个虾酱桶中各撒了半泡尿”，大家齐赞“好鲜”(《草鞋子》)；60 多岁的乐岳母放屁有“糖炒栗子的味道”(《酩酊国》)；“九香妇”每天扭着屁股能放“九阵香气”，皇帝被熏得“晕乎乎”的，而其姐“十香妇”能放“十阵香气”(《复仇记》)；“高等人放的是香屁，低等人放的是臭屁……香屁臭屁，混合成一股五彩缤纷的气流”(《欢乐》)。恐怖的丑在莫言作品中也是不缺少的，尤其是酷刑。罗汉大爷被剐成“肉核”的全过程(《红高粱》)，孙丙被施“檀香刑”的场景(《檀香刑》)都是作者挑战人类心理极限的怪诞之笔。

莫言小说中的“怪诞”声音充满力度，非常厚重，这声音能穿透形式，穿透语言，直抵人的心灵——这是与命运搏斗的声音。在他的声音里，你能听到粗重的喘息、嘶哑的喊叫、愤怒的斥责、痛苦的呻吟，以及对社会的深思和叹息，一种对人的生存和生命关切的悲怆感受由此而来。这种悲怆是对故土的执著眷恋，这种悲怆不是悲悲切切，而是悲怆里有人，有历史，有沧桑，有大自然，有生命的亲切呼唤和心灵震颤，有周而复始的更替和对人类的潜移默化的铸造，莫言的悲怆是一种悲天悯人的大情怀。所以，莫言自释“胡乱写作”道：“我认为，当以‘高雅’的姿态写作、以‘优雅’的姿态写作、以庄严的姿态写作变成一种时尚的时候，像我这样胡乱的写作就具有了革命的意义或者反革命的意义……我对自己胡乱写作的解释是：所谓胡乱写作就是直面自己灵魂的写作，就是不向流行的道德观念、价值观念妥协的写作，也就是写出自己心里想说的话而不是自己嘴里想说出的话的写作。”①

二、《生死疲劳》的“怪诞”

1. 怪诞的叙事角度

长篇章回体小说《生死疲劳》继续《檀香刑》的路数，从中国传统文化中吸取营养，从中国古典小说和民间叙事传统中吸取经验，突破了《四十一炮》罗小通独自诉说故事的方式。小说以大头儿、蓝解放、莫言这三者构成三重对话关系，每章都是以回忆的方式在进行讲述，蓝解放和蓝千岁交替叙述故事，提供给读者的想象和思考的空间更广

① 莫言：《胡说与“胡乱写作”》，2003 年 6 月 11 日《文汇报》。

阔,为小说的多义性提供了可能。小说浓墨重彩地再现了半个世纪中国乡村的历史,通过大头儿、蓝解放、莫言三个亲历者新奇的叙述手法,讲述了农民蓝脸一家,以及地主西门闹一家复杂多变的生活境况。小说的主人公“西门闹”是西门屯的地主,在土地改革时被当成恶霸给枪毙了,但是他认为自己很冤枉,便不断地在阴间喊冤。然后他就开始了六道轮回,一辈子为驴,一辈子为牛,一辈为猪,一辈子为狗,一辈子为猴,这样轮回下去。所以,小说是通过他的眼睛,或者说是通过各种动物的眼睛来进行观察的。而观察到的,是中国农村从1950年直到2000年这五十年的历史。蓝千岁化身为西门闹、驴、牛、猪、狗、猴,以内视角的方式展现了自己的内在意识,而蓝解放和莫言基本上是以外视角的方式展现自己看到的世界。叙事者中,大头儿是全知全能的叙述人,蓝解放是常人,是日常经验水平上的有限视角,小说中的人物莫言不但成为小说中一个重要的人物,而且不断引导蓝解放和蓝千岁两人讲述故事。在小说中,人物莫言也是一个作家,他也在写作,例如《黑驴记》、《养猪记》、《杏花烂漫》、《撑杆跳月》。小说人物“莫言”的贡献在于创造了《生死疲劳》的另外一个文本,与蓝解放和蓝千岁所创造的文本互相解构。这两个文本叙述的都是西门闹轮回的故事,在文本中都在互相攻击对方的真实性,有意暴露叙述行为,反倒突出了故事讲述者亲历般的真实。小说人物“莫言”的作品弥补了其他两个叙述者视角的域限,真正的对话是在大头儿声音的内部展开的,驴、牛、猪、狗、猴,每一次转换都是新视角、新阐释和新发现。大头儿蓝千岁,是蓝开放和庞凤凰这对堂兄妹乱伦所生,“他身体瘦小,脑袋奇大”,“生来就有怪病,动辄出血不止”,却是“唯一由于爱情受胎的婴儿”。作者选择了怪异儿童大头儿作为小说的主要叙述人,就等于选择了“怪诞”。

2. 怪诞的人物设置

在《生死疲劳》中,作者给我们塑造了一系列病态、畸形、怪诞的人物形象。这些人物形象不再是以人之常情可以被理解、被接受的人物,其人格、心智极其偏执而奇特。这类“怪诞”的人的经历实际上超越了个人的范畴,而上升抽象成为一种历史,即中国半个世纪以来经历的极其痛苦、极其残酷的进步历程。莫言迫不得已地接受了这个不可逆转的历史趋势,但又用充满质疑的笔触写出了这一进程所带来的巨大社会灾难和精神痛苦。西门闹、蓝脸、蓝解放等都是这种灾难和痛苦的浓缩和最触目惊心的体现。

莫言小说中的怪诞形象往往构成一种象征,蕴藏着许多不同的层次和言外之意。如蓝脸,全中国唯一的单干户,其怪诞的言行就是一种纯粹的人类孤独的象征。但莫言笔下更多的怪诞形象的象征,不仅是一种纯抽象的象征,更多的是具体的象征。莫言塑造的西门闹形象,无疑是一个“传统的化身’,不过作者并没有简单地把他当作一个象征,而首先是一个多层次的、极富个性的形象。借助这一怪诞矛盾的形象,作者抒发了种种冲突的情感。

最重要的人物首先是地主西门闹，在他被镇压以后，先后转世为驴、牛、猪、狗、猴及大头儿蓝千岁，见证了中国农民五十多年的当代历史进程。作者开篇就以被镇压的地主西门闹在阎罗殿喊冤的形式，揭露了特定的历史条件下农民斗地主、打土豪的过火行为，显示出与五六十年代作品中所记叙的历史迥异的个性化特征。土改时，西门闹被新政府冠以地主恶霸之名遭到枪毙，此后的两年多时间内，他在阴曹地府受尽了人间难以想象的酷刑，为的就是要替自己伸冤。“想我西门闹，在世间二十年，热爱劳动，勤俭持家，修桥补路，乐善好施。高密东北乡的每座庙里，都有我捐钱重塑的神像；高密东北乡的每个穷人，都吃过我施舍的善粮。我家粮囤里的每粒粮食上，都沾着我的汗水；我家钱柜单的每个铜板上，都渗透了我的心血。我是靠劳动致富，用智慧发家。我自信平生没有干过亏心事……像我这样一个善良的人，一个正直的人，一个大好人，竟被他们五花大绑着，推到桥头上，枪毙了……我不服，我冤枉，我请求你们放我回去，让我当面问问那些人．我到底犯了什么罪?”这番连珠炮般的话语，最终问得阎王都无可奈何，只好敷衍道:“好了，西门闹，知道你是冤枉的。世界上许多人该死，但却不死；许多人不该死，偏偏死了。这是本殿也无法改变的现实。现在本殿法外开恩，放你生还。”在西门闹与阎王爷的这番怪异对话中，一个真正热爱土地的劳动者的悲惨下场浮出历史的地表，反照了历史的荒谬。

小说中最执拗的怪人莫过于蓝脸、蓝解放和蓝开放祖孙三人。蓝脸解放前是西门家的养子和长工，解放后则成了中国唯一的单干户。在特殊的年代，他遭遇着常人不可想象的痛苦和厄运，弄得众叛亲离、妻离子散，连相依为命的老牛都被别人硬拉着入了社。但孤家寡人的他还是默默地挺了过来，靠的是简单地守着做人的根本，守着他的土地。蓝脸简单、朴素地坚持认为“亲兄弟都要分家，一群杂姓人，混在一起，一个锅里摸勺子，哪里去找好人?”凭着对农业社会的理解，蓝脸本能地拒绝一次次的人民公社、大炼钢铁等极“左”冒进运动，哪怕以死相抗。他坦然而固执地坚持着，“我要好好活着，给全中国留下这个黑点!”连蓝脸的儿子蓝解放也不由得感叹:“我爹的存在，既荒诞，又庄严；既令人可怜，又让人尊重。”蓝脸是冷漠、凶悍、莽撞、执拗的，但头脑明白。当人民公社运动高涨时，他也懂得其中的利弊，为给家人留条活路，他让全家人入社避开冲击，而他自己却要坚持单干到底，在政治运动的夹缝中艰难生存。蓝脸坚信“只有当土地属于我们自己，我才能成为土地的主人”。因此，他最终获得了作为一个农民的最完满的结局。

年轻时抱怨过父亲的蓝解放，人到中年也开始犯执拗。为了追求爱情，他放弃了副县长的职位和有可能更远大的前程，背负着妻儿、父母谴责怨恨的目光，以及人们的讥讽嘲笑，背井离乡，孤独地走上私奔的旅途。多年之后，当蓝解放终于获得前妻的谅解，重返故里，准备堂堂正正地开始新生活的时候，亲人们却一个一个地离他而去。他失去了前妻，失去了父亲，失去了心爱的妻子春苗和即将出生的孩子，失去了岳父，失去了儿子、儿媳、同母异父的兄长……但所有的苦难非但压不垮他，反而使他悟出了生命的真谛。到最后，他经常要说的话就是：“死去的人难再活，活着的人还要活下去。哭着是活，笑着也是活。”蓝解放的儿子蓝开放深得爷爷和爸爸的执拗基因，而且发扬光大，苦恋庞凤凰，非她不娶，甚至为一句戏言冒死整容。当庞凤凰怀了他的孩子才知道他们本是堂兄妹，无意间伤了天理，蓝开放羞愤难当，自杀身亡。

蓝脸的对立形象洪泰岳，貌似革命的代言人，实际上代表了农民的狭隘、保守、短视，他也有着农民的油滑、狡黠。在“大养其猪”运动中，他有意将这场闹剧的政治意义扩大拔高。改革开放时期，已习惯了极端年代搞运动、搞斗争、讲政治、讲阶级思维模式的他，无法接受社会变革的事实。他的一生不可避免地成了一个历史悲剧，痴迷于人民公社，不满冤假错案的平反，不满家庭联产承包制，翻来覆去地呼唤着无休无止的政治运动，不自觉地站到了自己历史地位的反面。但他骨子里也是一个地道的农民，当西门金龙以开发旅游的方式毁掉农民依赖与膜拜的土地时，他愤怒了，大闹县政府，不惜同归于尽。

3. 怪诞的表现方式

不只人物是奇怪的，《生死疲劳》中的光怪离奇的生活情景也极为丰富，表现方式也堪称新奇。比如人与事物的并置罗列，“文化大革命”作为一场席卷全国，让八亿人疯狂十年的严肃的红色革命，在广袤的乡间却以别样的热闹与另类的幽默进行着。批斗县长陈光第时，“大喇叭发出震天动地的声响，使一个年轻的农妇受惊流产，使一头猪受惊撞上墙而昏厥，还使许多正在草窝里产卵的母鸡惊叫起来，还使许多狗狂吠不止，累哑了喉咙”。特别是红卫兵的口号声，“经过高音喇叭的放大，成了声音的灾难，一群正在高空中飞翔的大雁，像石头一样噼里啪啦地掉下来”。于是，批斗会演变成了抢雁会，“集上的人疯了，拥拥挤挤，尖声嘶叫着，比一群饿疯了的狗还可怕。最先抢到大雁的人，心中大概会狂喜，但他手中的大雁随即被无数只手扯住。雁毛脱落，绒毛飞起，雁翅被撕裂了，雁腿落到一个人手里，雁头连着一段脖子被一个人撕去，并被高高举到头顶，滴沥着鲜血。许多人按着前边人的肩膀和头顶，像猎犬一样往上蹿跳着。有的人被踩倒了，有的人被挤扁了，有的人肚子被踩破了，有的人尖声哭叫着……”结果混乱变成了混战，混战最终又变成了武斗。这个怪诞场面是从大雁掉下来开始的，作者以接近联想的思路，把同类事物无限夸张，罗列又总是步步升级，给人无限膨胀以至疯狂的印象。在这段文字中，各种话语的碎片相互嵌入、混杂，在同一平面上展开。卑俗与崇高的等级界限消失，这种混响的声音、杂芜的文体、开放的结构，形成了一种典型的怪诞风格。政治学意义的严肃批判运动，在人类的物欲面前轰然倒塌。

还有行为的模拟罗列。“文革”初期，“屯子里人都蠢蠢欲动，但不知道这命如何革法”，后来西门金龙到县里去取经后，才知道原来“文革”就是“像当年斗争恶霸地主一样斗争共产党的干部！”但是，小小的西门屯并没有多少干部可斗，于是，“文化大革命”在西门屯只能以一场又一场别出心裁或有意无意的闹剧进行。先是西门金龙为了达到“全国一片红，不留一处死角”的政治宣传目的，硬是把单干户蓝脸的脸用红漆涂成了红色。油漆入眼后，疼得蓝脸“蹦得老高，哇哇乱叫。蹦累了，遍地打滚，身上沾满了鸡屎……鸡都被这个红脸人吓得神经错乱，不敢进窝归宿，飞到墙头上，飞到杏树上，飞到屋脊上，鸡爪子沾了红漆，走到哪里就在哪里留下红色的爪痕”。这种描述，从语言学角度讲是采用了拟人格，虽然这些性质判断是虚假的，但在语言形式上却和真实的判断并无两样，因而当它与真实的判断混杂在一起时，读者往往难以辨别。这样眼前就会出现一个既理解又不理解、既真实又虚假、既逼真又夸张、既恐怖又可笑的怪诞世界。所以，对同类事物的罗列和进行无限夸张和性质判断的真假混杂，就成为《生死疲劳》的一大怪诞特色。怪诞虽然是一个古怪的世界，但它本质上却是一个真实的世界。莫言运用怪诞手段，将生活中的普遍性问题加以高度的提炼甚至变形，使《生死疲劳》更为深刻地揭示出当代历史的底蕴。

《生死疲劳》中“怪诞”的另一主要构成方式是移位互变与异化。西门闹魂魄离体依次附着在驴、牛、猪、狗、猴以及大头儿身上，整部小说以这种奇特的手法来结构，正是形成全书怪诞特色的关键。宏大复杂的精神历程由此展开轮回。作为陈旧而顽强的东方想象，轮回在中国古典小说中是一个基本的世界模式，它来自佛教，也来自《易经》，来自灵魂不灭和万物有灵的古老信念。时间与世界如轮回转，循环往复。在《生死疲劳》中，莫言用怪诞的叙事风格，坚定地叙述着农民与土地的冤缠孽结、生命与爱情的喧嚣悲歌、苦难与悲悯的深沉厚重。所谓入社、人民公社、“文革”、毛主席逝世、改革开放，对应着驴折腾、驴恋爱、猪吃醋、野猪保卫战、狗卫兵等等，“闹”和“欢”才是小说的主旋律。《生死疲劳》里的一切人、一切生灵都是被这种欢闹的激情所支配，他们争吵、流泪、爱慕、仇恨、贪婪、狂热，折腾不休。

如果我们来看这些怪诞的特征，首先一个特点是戏谑。文本中戏谑比比皆是，随手可得，颇令人难忘的一例是，西门猪和舍命追随它的小花猪逃难时被野猪群袭击，小花临终前无限深情地说：“大哥……我幸福……我真的好幸福！”西门猪哭泣着喊道：“妹妹啊……”然后站起来，“抱着必死的决心，像乌江边上的项羽，一步步逼向那些猪”。这情景活脱一幕霸王别姬，又恰似宝玉哭黛玉。紧接着，西门猪绝处逢生，野猪王刁小三替它解了围，不仅如此，刁小三还把“王位”让给它。这种戏谑的手法所包含的，无疑是对伦理秩序和语言秩序的否定，是积极的和对生命力的肯定。特别是它对那些制度化的文体所进行的戏谑性模仿，更有充满颠覆性的力量。比如蓝金龙为西门猪成功接生后，激动万分地说：“从今以后，公猪就是我的爹，母猪就是我的娘！”这是所谓的政治伦理对通常社会伦理的破坏的绝妙比喻。从这样的角度看,《生死疲劳》整体上就是一个“戏仿”的文本。故事的主线是对家族历史小说的戏仿,作品中的人物“莫言”创作的各种散文、小说、顺口溜,则是对现代汉语小说各类文体和主题的戏仿。戏仿以一种与母本相似的形态出现,却赋予它一个否定性的本质。可以说,戏仿的文本包含着至少是双重的声音和价值立场,它使文本的意义空间获得了开放性。从这一角度看,戏仿就不仅仅是一种怪诞美学策略,它同时还是一种新的世界观念和价值原则。

三、“怪诞”之成因

莫言出生在50年代中期,如此一个中国社会大变迁的时代,是他的痛苦,亦是幸运。面对沧桑变幻,加之饥饿孤独的童年,他充满了困惑与忧虑。这一切将他冲出原来的生活轨道,使他不得不用新的眼光来面对现实,而最终他透过传统的迷雾看到了中国历史发展的特殊性。莫言一方面处于高度活跃、痛苦、不平衡的非常精神状态里,另一方面又本能地被现代主义思潮所吸引,在小说创作中或隐或显地积淀与保留了超越现实、反抗权威、模拟表象等游戏因素与游戏精神,因此形成了与现代派文学一脉相承的怪诞色彩。他独辟蹊径地借“怪诞”曲折地反映了现实,并批评社会,针砭现实,体现了“裂变”中的种种痛苦。他写怪诞并非意在宣扬、认可现时社会中的畸形、变态现象,而是为在此处境中生存的人类深感忧虑;他不仅是病态社会存在的受害者和敏锐感知者,亦是此弊端的反对者和批评者,而怪诞之作正是他渴望一个更合理、更美好未来的精神产物。

在《生死疲劳》中,我们看到的是莫言“怀抱华美颓败的土地”,自吟自唱般述说着农民艰窘的生存步伐。小说中主人公作为卑屈命运的主要担当者,为应付沉重的生活总在疲惫地喘息,以自己朴实厚道的人格及对命运的忍耐精神,默默夯筑着他们人格建构的基底,所显示出来的是一种不怕肉体毁灭而永恒的精神价值。作者抓住了中国当代历史几个富有特殊意义的历史名词——土地改革、入社、“四清”运动、“大跃进”、“文化大革命”、改革开放展开自己纵横恣肆的想象。甚至为了强调历史性,莫言给作品中的不少人物都取了一个能够标明社会历史发展进程的名字,如“解放”、“合作”、“互助”、“改革”、“开放”等,让读者体悟到生命谱系在历史中的延续,也感受到了历史对生命的捉弄与反讽,形成了一种客观上与现代派文学一脉相承的怪诞特征。莫言那来自自身及祖上的刻骨铭心的困厄体验与对故乡的忧患意识,扩大了他的创作视角和精神视野,使他的乡恋情结深深地注入他的作品之中。于是,一种丰厚的现实理解、历史理解与文化理解就自然融入了作家的叙写,而从中升腾起来的悲怆感受也就真正具有了文学意味的沉重。这种沉重更具有强烈的亲证性,融贯着与乡土骨血相连的亲情

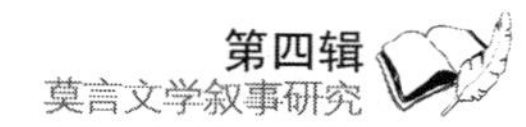

意识，因而自然见出一种深厚的精神根基性。

《生死疲劳》中，人物都是在激情和欲望的驱使下，内心充满了矛盾与痛苦，在生活中演出一幕幕生动的悲喜剧。这是因为作家对自己笔下的人物，对当代中国社会有着特殊的、不同寻常的感情，并对本土文化传统沉重的失败情绪以及由此而来的种种忧虑和失落感有切身的体会。正是这种感情和体会，才驱使他描绘出一幅幅奇异怪诞的当代中国社会的世俗风景画。莫言的“怪诞”表现了人在自己亦难阐明的历史中极其痛苦地摸索前进的状况。的确，历史的每一个进步总是残酷而又曲折的，就如同一个人的一生，总是得不断地付出代价。莫言小说中的怪诞所体现的那种病态的痛苦就是这代价的一部分。《生死疲劳》借着一系列动物形象的夸张、嬉笑和讽刺建构了怪诞的形象系统，毫不掩饰地将五十年来中国人的生老病死、衣食住行、爱情、战争、排泄等一一以大众狂欢式的“笑文化”形式呈现出来，因此怪诞无疑是小说典型的美学样态。按照巴赫金的说法，民间的节庆与狂欢文化具有强烈的游戏成分，其对秩序的颠倒，对自身存在方式的自由展示，组成了大众以诙谐形式出现的原生状态的生活，显示了生活与艺术、艺术与游戏原初的一体性。“使虚构的自由不可动摇，使异类结合，化远为近，帮助摆脱看世界的正统观点，摆脱各种陈规虚礼、通行伦理，摆脱普通的、习见的、众所公认的观点，使之能以新的方式看世界，感受到一切现存的事物的相对性和有出现完全改观的世界秩序的可能性。”①概言之，正是“怪诞”将作家谦称的“胡乱写作”提升到了美感与艺术的创造之境。

当然，或许有读者会对这种怪诞的艺术价值表示疑问，但你不得不承认，莫言的“怪诞”创造了一个世界。《生死疲劳》讲述了当代中国乡村五十年的历史，五十年的“百感交集的苦难经验”，而且讲得这样如诗如歌，如喜剧而更像悲剧，这不能不说是他的才华与信念的再度展露。土地曾经是乡土中国的意义中心，是世界的起点和归宿，莫言知道这个中心已经瓦解，但他确实选择了一个至关重要的文学命题，他怀抱着这颓败的土地，把它重放回中心，看着它在历史中渐渐荒废，让它在荒废中重新庄严。正如小说中的“莫言”给蓝脸写的墓志铭一样：“一切来自土地的都将回归土地。”不仅是对于他，而且对于所有人物乃至小说的全部意义来说，这都是起初的，也是最后的回答。

辽远而阔大的悲剧诗意与境界也是由此而生。

（原载《当代作家评论》2006 年第 6 期）

---

① ［前苏联］巴赫金：《拉伯雷的创作与中世纪和文艺复兴时期的民间文化》，钱中文主编：《巴赫金全集》第 6 卷，李兆林、夏忠宪等译，河北教育出版社 1998 年版，第 40～41 页。

轮回·暴力·反讽
——论莫言《生死疲劳》的荒诞叙事

◇吴耀宗

多次翻译莫言小说的美国学者葛浩文曾指出“这位小说家对官方历史与记录在案的‘事实’不感兴趣，而是惯于运用民间信仰、奇异的动物意象及不同的想象性叙事技巧，和历史现实（国家和地方性的、官方和流行的）混为一体，创造出独特的文学”①。莫言的《生死疲劳》洋洋洒洒约50万言，在延续过去通过书写高密东北乡探掘生命欲望的深层本质的同时又见新开拓，倾力演义生死轮回，叙述在土地改革时遭枪毙的地主六道转世，经历了中国自1950年以后整整半个世纪的农村改革变化，重新体验生命的残酷与苦痛。莫言虚构轮回，造设情节，不无呼应章回体、发扬古典小说传统的企图，但更意在揭示历史荒诞暴戾的面目，披露生命抑扬不越的困境。是故，书中处理死生兴衰，往往铺衍以血腥暴力，一次又一次以受难的姿态去演绎20世纪后半叶中国农村那动荡曲折的发展史。有鉴于此，本文审视《生死疲劳》中的荒诞叙事，阐释莫言如何结合轮回、暴力与反讽，使叙述者和读者重复回到同一块土地上，去参与集体欲望介入、戏弄与肆虐个体生命的过程，思索质疑历史既有的想象，使小说在叩问生存意义的层面又见崭新的风貌与深度。

一、轮回受难：秩序与逻辑

《生死疲劳》讲述山东西门屯自土改经“文革”、改革开放迄新千年三代人之间生死纠缠的故事。第一代人西门闹继承家田，翻值三倍而发迹，成为高密东北乡首富。其娶妻白杏儿，无嗣；纳婢女迎春为二妾，生龙凤胎西门金龙与西门宝凤；再纳吴秋香为

① 葛浩文（Howard Goldblatt）：《莫言作品英译本序言两篇》，吴耀宗译，《当代作家评论》，2010年第2期。

三妾，又无所出。1947 年，地下党员洪泰岳借土改之名，命佃农之子、民兵队长黄瞳枪毙西门闹，并充公其家产田地。西门闹人亡家破，迎春改嫁家中长工蓝脸，于 1950 年诞下一子蓝解放，而吴秋香则改嫁黄瞳，生双胞胎姐妹黄互助与黄合作。进入 70 年代，第二代长大成人，西门金龙和蓝解放分别娶了黄家姐妹。前者无嗣，宠爱养子西门欢，并与庞抗美私生一女庞凤凰；后者有独子蓝开放，却因发展第二春而导致家庭破裂。这最后一代男女是同一祖母（迎春）所出，却阴差阳错相爱结合，更于新千年产下染有怪病的大头婴蓝千岁。三代人的命运紧随中国翻天覆地的政经社会变化而起伏荣枯。综言之，1950～1970 年这前三十年基本上是人民公社和单干户之间的尖锐对立，由洪泰岳所领导的公社获得西门屯家家户户的响应支持，唯独蓝脸死守其分获的八亩六分田，坚持不入社，以致众叛亲离，受尽骚扰和羞辱。1980～1990 年这后二十年，第二、三代子孙在同一块土地上奋起急追市场经济发展的脚步，迷失于权利爱恨之中，各逐其欲，各食其果。

就结构而言，整部小说由西门闹五度为畜后复返人道的大头婴蓝千岁“用北京痞子般的口吻”[①]讲述，唯其讲述再分出五大部，包括五十三章又五节，各部分别由转世的驴（50 年代）、牛（60 年代）、猪（七八十年代）、狗（1990 年代）配搭蓝解放或其村友莫言（与作者同名的小说人物，取代出现在 2000 年的猴子成为叙述者）叙述各自与彼此的故事，合为六世书。值得注意的是，这六世书开篇即呈现人鬼受难的暴力场面。首先叙述西门闹在滞留鬼道的两年多期间，由于深感前生枉死，不断向阎王喊冤而招致种种严惩，“受尽了人间难以想象的酷刑”。鬼卒们为了逼其认罪服输，更施以油炸之刑，情况惨烈：“他们使出了地狱酷刑中最歹毒的一招，将我扔到沸腾的油锅里，翻来覆去，像炸鸡一样炸了半个时辰，痛苦之状，难以言表。鬼卒还用叉子把我叉起来，高高举着，一步步走上通往大殿的台阶。两边的鬼卒撮口吹哨，如同成群的吸血蝙蝠鸣叫。我的身体滴油淅沥，落在台阶上，冒出一簇簇黄烟。我焦干地趴在油汪里，身上发出肌肉爆裂的噼啪声头颅似乎随时会从脖子处折断。”[②]

如此暴戾痛苦，已经超出阴魂所能忍受的极限。然而小说家莫言并未就此打住，而是将笔锋转向人间，让小说主人公继续向阎王投诉生前惨遭戕害的详况：“像我这样一个善良的人，一个正直的人，一个大好人，竟被他们五花大绑着，推到桥头上，枪毙了。他们用一杆装填了半葫芦火药、半碗铁豌豆的土枪，在距离我只有半尺的地方开火，轰隆一声巨响，将我的半个脑袋，打成了一摊血泥，涂抹在桥面上和桥下那一片冬

① 莫言：《生死疲劳》，作家出版社 2004 年版，第 217 页。

② 莫言：《生死疲劳》，第 3 页。

瓜般大小的灰白卵石上……"[①]

不管是冥府之公惩,抑或人间之私刑,两界受难,同样遭遇蛮横强施之暴力,读者既感震撼,又怎会不期待作者在接下来的故事中进一步交代人物冤死之来龙去脉?

事实上,莫言既以轮回转世作为小说的结构,其笔下各世畜牲自然以死亡来宣告退场,否则无以下启另一世。关键在于生命有善终,有恶死,而综观西门闹五次在畜道投生,除了第五世西门狗以年迈"素食主义者"[②]的姿态追随老耄的蓝脸入殓土坑,称得上是寿终正寝之外,余者皆突遭飞来横祸。如第二世西门驴竟让人民公社社员给活杀分食,第三世西门牛惨遭西门金龙折磨至死,第四世西门猪遇大水灾救人而溺亡,第六世西门猴被派出所副所长蓝开放用枪击毙,无不枉死告终。

莫言描写前二畜惨遭群杀,尤其详尽。在小说第一部结束前,西门驴自述本想"为主人再卖几年力气",不料遇上1959年的大饥馑,西门屯"人变成了凶残的野兽。他们吃光了树皮、草根后,便一群恶狼般地冲进了西门家的大院子",眼中射出"可怕的碧绿的光芒",口中高喊"抢啊,抢啊,把单干户的粮食抢走","杀啊,杀啊,把单干户的瘸驴杀死",情势危急。就在主人蓝脸抵御无从,惊惶逃跑,"女主人和孩子们的悲号声中","浑身颤栗,知道小命休矣"的西门驴"脑门正中受到了突然一击,灵魂出窍,悬到空中,看到人们刀砍斧剁,把一头驴的尸体肢解成无数碎块"。[③] 小说紧接着进入第二部,先不谈西门牛出世的情况,而让大头婴言之凿凿地证实牛的前生遭受杀戮一事:"你作为一头驴,被饥民用铁锤砸破脑壳,倒地而死。你的身体,被饥民瓜分而食。这些情景,都是我亲眼目睹。"[④]作者从自述和他述两个不同的叙述视角去核实惨案,不仅说明西门驴在光天化日下死于公众之手是真有其事,更暗示集体暴力在桥头枪毙案后再度施诸西门闹这本体之上,惨痛的记忆难以磨灭,竟而延续数代,连最终投生为人的第七世蓝千岁亦历历在目,为之悸怖。

在小说第二部,西门闹由驴转世为牛,替蓝脸犁田耕地,结果竟被视为人民公社的公敌,加入公社反对继父蓝脸的西门金龙硬将怨气发泄在其身上,成就了书中最详细、最震撼的公众暴力事件:西门金龙先是猛抽牛二十鞭,以至"卧在地上,下巴触着地面,紧闭着双眼,流着滚滚的热泪"。接着又"狂暴地吼叫着,两脚轮番踢着牛的头、脸、嘴巴、肚腹"。其后七八个公社汉子围上来,"一个接一个,比赛似的,炫技似的,挥动长

---

① 莫言:《生死疲劳》,第4页。

② 张闳指出狗在莫言小说中多为肉食动物,只有年之老者才会失却凶残的本性,而近乎素食主义者。依此说法,《生死疲劳》和《白狗秋千架》中的老狗皆属这例外的一类。见张闳:《感官王国—先锋小说叙事艺术研究》,同济大学出版社2007年版,第62~63页。

③ 莫言:《生死疲劳》,第87~88页。

④ 莫言:《生死疲劳》,第91页。

鞭”，打得牛身“鞭痕纵横交叉，终于渗出血迹脊梁、肚腹，犹如剁肉的案板，血肉模糊”。“他们终于打累了，揉着酸麻的手脖子，上前查看”，牛“紧紧地闭着眼睛，腮上有被鞭梢撕裂的血口子，血染了土地。大声喘息，嘴巴扎在泥土里。肚腹剧烈颤动，仿佛临产的母牛”。西门金龙不甘罢休，又“把连接着西门牛新扎铜鼻环的缰绳拴在了蒙古母牛套索后边的横棍上”，然后猛擂母牛一拳，母牛“扭动着往前蹿去……西门牛的鼻子，伴随着一声脆响，从中间豁开。昂起的牛头，沉重地砸在地上”。末了心更狠，索性“跑道沟边，扛来了几捆玉米秸秆，架在了牛的屁股后边……点着了火”烧牛。可是西门牛“宁愿被烧死也不站起来为人民公社拉犁”，其“皮肉被烧焦了，臭气发散，令人作呕……嘴巴拱到土里……脊梁骨如同一条头被钉住的蛇，拧着，发出啪啪的声响”，躯体“后半截，已经被烧得惨不忍睹了”。[①] 牛被活活虐待至死，可说是代替那与社会主义集体生产制度相颃颉的蓝脸受罪受难。因此，与其说暴力迫害是来自人民公社，不如说是来自那热火朝天推广集体生产的历史大趋势。

相对于前二畜，莫言对西门猪和西门猴受难的叙述似乎要简略得多，但仍然离不开血腥。在第三部收篇处，西门猪为拯救被大水冲远了的村中小孩而毅然潜入河中，不料水“上方是厚厚的冰层，水底氧气匮乏”，拖着男孩上浮，“猛撞冰面，没有撞破。再撞，还没有撞破。急忙回头，逆流而上，上行，浮出水面时……感到眼前一片血红”[②]，于是命归九泉，并在第四部投生为狗。至于替庞凤凰戏要挣钱的西门猴，则在第五部结束前忽然“疯了一样地扑”向前来找其女主人的蓝开放，以至“他忘了警察的纪律，他忘了一切。他一枪击毙了猴子，使这个在畜牲道里轮回了半个世纪的冤魂终于得到了超脱”[③]。

小说写六道轮回，由人投生为离人道最远的四足驴子，一路发展到“离人已经很近了”的“灵长类”[④]猴子，再投生人道，整体已见逻辑秩序。再看畜道，四世之中既有因天灾(即大饥馑与水灾)而夭亡者，亦有因人祸(遭到集体或单独谋杀)而猝丧者，各占二次，机会均等，且以遭天灾者在前，遇人祸者在后，如此重复一回而成，显示天灾人祸亦有其规律次第，冥冥中自有平衡的力量在运作。至于交代猴子受难，寥寥数语，似乎过分简略，其实如此处理，别有用心，旨在呼应小说开端西门闹的冤死。西门闹与西门猴纵使人畜殊途，下场并无二致，都是被罔顾纪律的执法人员(一为民兵，一为派出所警察)猝然枪毙的。虽然前者是由人转畜，后者则由畜转人，但都以同样的受难方式来

---

① 莫言:《生死疲劳》，第 183～186 页。

② 莫言:《生死疲劳》，第 367 页。

③ 莫言:《生死疲劳》，第 537 页。

④ 莫言:《生死疲劳》，第 513 页。

结束同道,开启异道,完成由人至畜再归复为人的轮回过程。由以上齐整均衡的结构,可知《生死疲劳》中的暴力叙述是有规划、有步骤经营出来的艺术成果。

二、因暴叙暴:理据与焦点

书写暴力一直是莫言小说的特色。试看成名作《红高粱家族》,写余占鳌谋杀酒庄单廷秀父子,手起剑落,弃尸河中,何其冷酷;写日军逼屠户孙五将刘罗汉活生生剥皮示众,哀嚎震天,何其悚怖。① 在《食草家族》中,阮书记暴力执法,令民兵将七老头吊高跌地而死,再放到大锅里煮烂当肥料,抓到偷地瓜、花生、萝卜充饥的小孩,立刻拉去枪毙;天与地兄弟俩残杀大爷爷夫妇,肢解七奶奶,活埋七爷爷然后枪毙,简直是任意妄为,草菅人命。②《丰乳肥臀》中十七团士兵炸教堂围剿司马支队,处决司马库;上官来弟因奸情被撞破而用木凳击杀丈夫孙不言,被捕正法,情夫鸟儿韩在前往服刑地途中企图逃跑被火车轧成了两半。③ 可说是满纸血迹斑斑,慑人心魂。迨《檀香刑》,更是极尽渲染之能事,写刽子手向小太监施"阎王闩",或腰斩偷银的皇家银库库丁,或凌迟反袁世凯的义士钱雄飞,或对孙丙使用"檀香刑",都在追求血腥残忍的极致,字字挑剔神经,凌迟感官,令人难以卒读。④ 对于这些考验读者忍受力极限的暴力叙述,莫言在 2007 年 12 月 9 日受邀到山东理工大学演讲"我的文学经验"时曾向提问的学生作出以下解释:"我们曾经生活在一个充满暴力的年代,这个暴力不仅仅是指对人的肉体的侵犯,也不仅仅指人与人之间互相的残杀,也指这种心灵的暴力、语言的暴力……我们回头看一下'文革'期间的报纸社论,包括当时的艺术作品,都充满了这种进攻性的暴力语言。我想我们之所以在作品里面有暴力描写,实际上是由生活决定的,或者说是由我们个人生活经验决定的。"⑤

这一段话强调暴力时代造就了暴力叙述。换言之,倘若没有残酷的历史,何来血肉模糊的暴力文字?莫言还继续指出建构现代文学暴力叙述的另一要素——中国人特有的看客传统:"鲁迅先生在他的小说里面批判了这种看客文化,像他的《药》和《阿Q正传》里面都描写了这种处死人的场面,有很多人围着看……我觉得中国封建社会里面这种看客文化,实际上是三合一的演出,一方面是刽子手,一方面是被杀的罪犯,

---

① 参见莫言:《红高粱家族》,人民文学出版社 2007 年版,第 30～32,93～98 页。

② 参见莫言:《食草家族》,上海文艺出版社 2005 年版,第 276～279,315～333 页。

③ 参见莫言:《丰乳肥臀》,洪范书店 1996 年版,上册,第 250～251 页;下册,第 424～429,473～478 页。

④ 参见莫言:《檀香刑》,作家出版社 2001 年版,第 58～65,117～120,252～270 页。

⑤ 山东理工大学《理工青年网》,2008 年 6 月 10 日 http://www.lgqn.cn/whmrbg/2008/0610/content_18530.html。

一方面是看客。这三个方面缺了一方面都是不行的,刽子手和这种被处死的人是表演者,他们表演得越精彩,观众才越感到满意,成千上万围观的老百姓,实际上里面都是善良的人。但是为什么,在这种时刻,他们每个人都把这个当作一种巨大的乐趣来观看?我们讲“文化大革命”期间,像我这种年纪的人都知道,我们要枪毙人,都要搞这种“万人大会”、“万人公示”,用汽车拉着这个罪犯在全县的各个乡镇游街示众。目的和封建社会一样,就是来警戒老百姓,或者吓唬老百姓,不要犯罪,犯了罪就是这样的后果。在封建时代刑法的特点就是,越是这种重大的罪犯,越是让他不得好死,把这个行刑的过程尽量地延长,让这个罪犯在这个过程中忍受最大的痛苦。”[①]

在这双重条件之下,诉诸暴力既是时代最鲜明的标志,也成为莫言小说叙述不可或缺的内容。诚然,如果我们稍作比较,会发现莫言的暴力叙述在《檀香刑》之后有所收敛。《生死疲劳》就不如前述诸作的连篇累牍,巨细靡遗。此外,全书始终只写“惨死”,未若旧作搜索枯肠似地描绘“奇死”。但是熟悉莫言文字的读者也清楚,以莫言天马行空、纵横捭阖的才气和《生死疲劳》足够铺张扬厉的篇幅,要在这方面超越旧作、造新里程碑并不困难,其竟而减省笔墨,可见志不在进行另一场文字表演以飨读者。笔者以为,莫言在《生死疲劳》着重赋予暴力叙述一种深层的隐喻功能,这使描绘之详尽与否变得次要了。写西门闹六道轮回而竟有五世罹难,反复以暴死收场,这其实是对于同一本体、数代生命的一种变相凌迟,尽量在历史的长河中延续血腥痛苦的过程。再者,尽管暴力书写如同莫言所说的涉及施、受、看三方[②],但其旧作多写极刑示众以发挥震撼耳目的效果,侧重描绘“施”暴者何其飞扬跋扈,随心所欲,“看”的群众事不关己,纯粹为刺激而围观,而《生死疲劳》则倾向强调“受”的一方何其无辜冤屈,“按部就班”地经历肉体和精神上的强大冲击,且又在看客名单上增添最重要的成员——西门闹,使其眼睁睁看着自己如何一再横死,痛上加痛。反复受难,并由受难者亲眼见证,其用意在于配合轮回的叙述结构,暗示生命不断重复,痛苦亦不断重复,说明受难是一早命定的,在历史必然的发展中不容逃匿闪避。

三、荒诞如戏:历史与命运

中国在解放后推行土地改革,重新分配土地,或使许多贫农受益,赢得丁玲《太阳照在桑干河上》中的极力称颂,但也导致干部伺机妄为,大批无辜地主家破人亡,招来

① 莫言:《檀香刑》,作家出版社 2001 年版,第 58～65,117～120,252～270 页。

② 这“三合一”的说法亦见于洪治纲《刑场背后的历史——论〈檀香刑〉》一文。见孔范今、施战军主编:《莫言研究资料》,山东文艺出版社 2006 年版,第 303～306 页。

张爱玲《秧歌》和《赤地之恋》中的尖锐讥讽。由 1958 年大跃进、三年大饥荒而至十年"文革"期间的种种文批武斗及全国性上山下乡,群体暴力渗透到社会的各个层面,这在 1980 年代相映生辉的"伤痕文学"与"寻根文学"中亦有详细的省思。然而这些叙述似乎不曾将相关的历史摆放到生死轮回的结构中去思考和陈述,故见《生死疲劳》的独特之处。

不过,倘若以为《生死疲劳》和前者的不同仅仅止于运用了跨越日常现实的魔幻写实手法,则不免肤浅浮泛之见。读者会发现此书虽然以受难为命定,且在扉页援引《八大人觉经》,指出贪欲乃生死疲劳之根本[①],但由始至终并没有真正阐发佛家配合轮回转世的因果报应之说。且看小说开首,西门闹对着阎王频喊"不服",称诉"在人间三十年,热爱劳动,勤俭持家,修桥补路,乐善好施",却无端被绑缚枪毙,为此冤屈请求放还人间,"去当面问问那些人"自己究竟犯了何罪而死于非命。说是要"问问那些人",其实是质问阎王,追讨公道。至于后者,则回应如下:"好了,西门闹,知道你是冤枉的。世界上许多人该死,但却不死;许多人不该死,偏偏死了。这是本殿也无法改变的现实。"[②]

明言命当绝者而未绝,命不该绝者而竟绝,可见连专司人间寿夭的地府主宰也深感无奈,承认是非不明,善恶乱套,生死吉凶全不由那因果报应,而是任凭变化无常的历史现实来定夺。再看西门闹生前多善行,收养几乎冻死于关帝庙的小孩蓝脸,长大雇为长工,但其在死后连番转世,倒反过来成了蓝脸(或蓝家)的"家奴"(此说较"家畜"贴切),既供驱遣为之卖力,更赔上性命,如此安排又是不符善有善果、恶有恶报的逻辑。据此可知,暴力叙述在《生死疲劳》中不过是一种书写策略,控诉历史的荒诞才是文本真正的焦点所在。

在小说前三部中,面对中国走向社会主义发展的滔滔历史巨浪,西门金龙与蓝解放两兄弟先后和父亲蓝脸划清界限,响应号召加入人民公社,在西门屯大队支部书记洪泰岳的领导下积极参与集体生产,如火如荼"大养其猪","向毛主席表忠心"。[③] 可是到了第三部,毛泽东逝世,"四人帮"倒台,局势有了大逆转。生产大队开始土崩瓦解,人民公社名存实亡,农村生产恢复分田到户的方式,农民自行决定所种植的植物。[④] 这对洪泰岳来说简直是晴天霹雳。其被迫卸任,在农村改用"包产到户责任制"

① 陈思和从西门屯第一代人的生死疲劳中追溯贪欲之因,从第二代和第三代人的贪欲中推导出苦相之果,认为生死疲劳从贪欲起、少欲无为身心自在乃是小说最隐蔽的主题。见陈思和:《人畜混杂、阴阳并存的叙事结构及其意义——试论〈生死疲劳〉的民间叙事(之二)》,《当代小说阅读、五种》,三联书店 2009 年版,第 222～229 页。

② 莫言:《生死疲劳》,第 4 页。

③ 莫言:《生死疲劳》,第 195 页。

④ 参见莫言:《生死疲劳》,第 327 页。

时不禁跳着脚斥问是否就要取消人民公社。眼看“大包干责任制”发展起来，则整个人崩溃下来，借酒消愁，冲着欺压了半辈子的蓝脸号啕大骂：“什么‘大包干责任制’？不就是单干吗？‘辛辛苦苦三十年，一觉回到解放前’。”为此高喊“不服”：一不服铁打的红色江山从此变了颜色；二不服三十年来忠心耿耿，辛辛苦苦，流血流汗，反倒成了错误；三不服执拗单干的蓝脸“明明是历史的绊脚石，明明是被抛在最后头的”，如今“反倒成了先锋……是先知先觉”[①]。洪泰岳这三“不服”，自然令人回想起小说开首西门闹直面阎王，频喊“不服”的情况。两者都是无法面对现实人生的遽变，都在苦苦追问历史何以如此荒诞无端，如此变化莫测。

在莫言看来，历史之荒谬在于如同“儿戏”，否则分明是地主合法累积而得的土地，不会突然被强行没收，否定了拥有权；分明是实践了数十年的集体社会生产制，不会说改就改，完全抹杀先前万众一心劳动的成果，颠覆、辜负了半世纪在意识形态上的虔诚信仰。不仅如此，历史还如同“演戏”，所有摆上舞台（公共空间）的都是演出，都虚幻不实，只有观众才（或佯装）信以为真，不管在现场或离场后都努力陪着哭笑打闹，甚至落得丧身害命的下场。新中国成立以后，西门屯村人热情投入群众运动：抄西门家时严厉拷问白氏；大炼钢铁、兴修水利时强拆西门大院的大门，扒挖祖坟，毒打白氏，力夺西门驴；为了消灭村中唯一的单干户，使西门屯成为全国集体生产的模范，乃不断威迫利诱，造谣中伤，连那曾为三妾的吴秋香也污蔑西门闹“强奸了她，霸占了她，说她每天都要遭受白氏的虐待，她甚至当着众多男人的面，在清算大会上，掀开衣襟，让人们看她胸膛上的疤痕”[②]；搞“四清”时写大字报、唱革命歌曲——“运动就是演戏，运动就有热闹看，运动就锣鼓喧天，彩旗飞舞，标语上墙，社员白天劳动，晚上开大会”[③]。一旦改革开放，西门屯立刻改换另一种热情与时并进，“在高密东北乡复辟了资本主义”[④]（洪泰岳语），人人忙于满足飞黄腾达的欲望。在紧跟党的“四化”（革命化、年轻化、知识化、专业化）方针下，吴秋香开了家酒馆；西门金龙取代洪泰岳担任支部书记，生活纸迷金醉，还勾结公社党委书记兼情妇庞抗美，欲将西门屯开发成旅游区，从中牟取暴利；蓝解放亦平步青云，从县供销社政工科长一路升上副县长。改革开放前三十年间集体欲望纷纷扬扬介入个体生活的事情仿佛不曾发生，积极参与过的血与泪的演出居然如过眼云烟，了无记忆。

---

① 莫言：《生死疲劳》，第337～338页。

② 莫言：《生死疲劳》，第23～24页。

③ 莫言：《生死疲劳》，第121页。

④ 莫言：《生死疲劳》，第501页。

四、深度反讽:叙述与解构

了无记忆或佯装无事发生,是荒诞的历史所导致的荒诞反应。莫言对此十分介怀,故“历史是促动他创作的基本力量”①,而《生死疲劳》就通过不同的叙述者来强调有必要还原那些消失的历史记忆。如第二部,“牢记不忘”西门牛暴死的蓝解放向前者叙述事件的经过时说:“金龙是那样的变态,那样的凶狠,他把自己政治上的失意,被监督劳动的怨恨,全部变本加厉发泄到你的身上……你已经在牛世之后又轮回了四次,阴阳界里穿梭往来,许多细节也许都已经忘记,但那日的情景我牢记不忘,假如那日的整个过程是一株枝繁叶茂的大树,我不但记得住这株树的主要枝杈,连每一根细枝,连每一片树叶都没有忘记。西门牛,你听我说,我必须说,因为这是发生过的事情,发生过的事情就是历史,复述历史给遗忘了细节的当事者听,是我的责任。”②

迨第三部,则借西门猪一口否定莫言(书中人物)小说《撑杆跳月》中所记载的蓝黄二家联婚过程,否定了历史的既定叙述:“如今那刁小三说不定早已轮回转生到爪哇国了,即便他转生为你的儿子也不能像我一样得天独厚地对忘却前世的孟婆汤绝缘,所以我是唯一的权威讲述者,我说的就是历史,我否认的就是伪历史。”③这种对抗性表述出现在莫言的其他小说时,或如论者所说是来自边缘、针对中心而发挥的想象力与话语④,但在《生死疲劳》中却是以历史为锁定的目标,因为不管中心如何叙述历史,其意图动机尚可揣测而得,但历史本身之命定与暴戾却是难以预料,不容推衍逻辑的。是故,以复述历史细节的重任自许,自认是历史的唯一权威讲述者,并非针对中心而言;一方面设置生死轮回架构以盛载历史命定的进程,另一方面又反复对此架构进行深度的反讽,正是为了见出历史荒诞吊诡的本质。

《生死疲劳》之反讽轮回,如前文所提及,首见于拒绝以因果报应作为生死转世必然的理据。这使阎王所允准安排的六道转世失去了其应有的合法性。再者,进一步讥嘲整个轮回概念在实践运作上的失衡与落差。且听蓝解放如何劝慰枉死的西门牛:“就算金龙是你的儿子,但那也是你为驴为牛之前的往事,六道轮回之中,多少人吃了

① 王德威:《千言万语,何若莫言:谈莫言的小说》,《众声喧哗以后——点评当代中文小说》,麦田出版社2001年版,第209页。

② 莫言:《生死疲劳》,第182页。

③ 莫言:《生死疲劳》,第276页。

④ 参见张文颖:《来自边缘的声音——莫言与大江健三郎的文学》,中国传媒大学出版社2007年版,第146~147页。

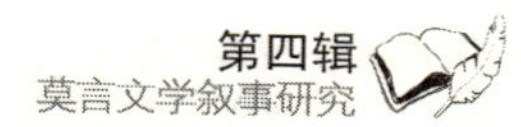

父亲，多少人又奸了自己的母亲，你何必那么认真？”[1]

在西门闹转世之后最荒谬、最违反伦理的安排莫过于弑父：让西门金龙去虐杀西门牛，并率领社员展开剪灭野猪（包括西门猪在内）的运动，让蓝开放去枪毙西门猴，一次又一次做出“吃了父亲”的不肖行为。不仅如此，莫言还使畜道各世在投胎以后依然“牢记”前生是西门闹，念念“不忘”在人道曾经有过的种种因缘关系，借此否定“味道古怪，似乎是用蝙蝠的粪便和胡椒熬成”的孟婆汤所具有的消除前世记忆的绝对功能，挑战轮回转世的权威性，同时暗喻人类经历了半世纪的改革岁月而竟可失忆，倒连畜牲还不如，简直荒诞可笑。

不过，莫言最深沉的反讽还是嵌置在对反历史潮流行为的叙述中。例如写蓝脸在知悉农村恢复个体生产后，其回应洪泰岳的说辞是何等的理直气壮，何等的慷慨激昂：“我不是圣贤，毛泽东才是圣贤，邓小平才是圣贤……圣贤都能改天换地，我能干什么？我就是认一个死理：亲兄弟都要分家，一群杂姓人，硬捏合到一块儿，怎会好得了？没想到，这条死理被我认准了。”[2]又如写西门牛临死前竭力站立起来，“一步步地向……走去。牛走出了人民公社的土地，走进全中国唯一的单干户蓝脸那一亩六分地里，然后，像一堵墙壁，沉重地倒了下了。西门牛死在……的土地上，它的表现，令在“文化大革命”的浪潮中晕头转向的人们清醒了许多。”[3]其画面何其悲壮，何其撼动人心。

表面观之，叙述蓝脸始终不放弃单干，孤苦至死，似乎是在歌颂其独立固守原则，意志坚定不移，鞭挞群众之盲从潮流，疯狂无耻。但只要回顾第三部蓝脸对毛泽东逝世的反应，加以比照，便知此非莫言书写的真正意旨。西门屯男女老幼在得悉毛泽东的死讯后莫不放声悲号，唯独蓝脸默默在门槛上磨镰刀。因为西门金龙咬牙切齿地责备，蓝脸才吭声回答：“他死了，我还要活下去。地里的谷子该割了。”当洪泰岳也严厉批评时，读者这才看到：“蓝脸的眼睛里慢慢地涌出泪水，他双腿一弯，跪在地上，发愤地说：‘最爱毛主席的，其实是我，不是你们这些孙子！’众人一时无语，怔怔地看着他。蓝脸以手捶地，号啕大哭：‘毛主席啊——我也是您的子民啊——我的土地是您分给我的啊——我单干，是您给我的权利啊——”[4]莫言这一段文字看似平平无奇，其实蕴含的反讽尖锐无比，直指历史最荒诞的本质——祸福同源，两无差异。蓝脸终于流泪，是因为体悟到个人与群众都深受历史的戏弄。其半生坚持单干和洪泰岳等人坚持集体生产其实同出一辙，是同一领袖在政治经济上运筹帷幄的结果。不管蓝脸是如何义正

---

① 莫言：《生死疲劳》，第182页。

② 莫言：《生死疲劳》，第338页。

③ 莫言：《生死疲劳》，第186页。

④ 莫言：《生死疲劳》，第312页。

词严地说明自己作了正确的选择，西门牛是如何悲壮地摆出为单干户赴汤蹈火的姿态，洪泰岳在局势逆转后又是如何的落魄潦倒，与西门金龙同归于尽，历史所造成的是两败俱伤的局面。正反是非丧失其价值与意义，不管是站在历史浪潮起伏的哪一端，择何者固执而行，都无从幸免于历史的荒诞暴力，都为此付出了巨大沉重的惨痛代价。

五、结语

诚如论者所言，"《生死疲劳》并不是一部反共题材小说"①。莫言近乎密集地想象高密东北乡，就是要摆脱意识形态的束缚，从而勘探历史记忆的可信度，发掘生命的真实情态。在其笔端，西门闹辗转于人鬼畜三道，通过不同叙述者的十二双眸子和读者一起端详，一起见证历史命定的荒谬与暴戾。《生死疲劳》中的暴力叙述或不及旧作的缤纷变态，但是结合轮回结构与深度反讽，却似庖丁临俎挥刃，对那半世纪长肌骨筋脉纠结的中国农村史作了细致精彩的解构。

(原载《东岳论丛》2010 年 11 期)

---

① Jonathan Spence, "Born Again," in "Sunday Book Review," *The New York Times*, May 4, 2008. [美]史景迁:《重生——评〈生死疲劳〉》，苏妙译，2008 年 9 月 5 日《当代中国文学网》，http://www.ddwenxue.com/html/sjwx/hwhx/20080925/2519.html。

诺贝尔文学奖获得者莫言

莫言研究三十年

青年时代的莫言

莫言在书房

穿军装的莫言

莫言与妻子杜芹兰伉俪情深

莫言与父母在一起

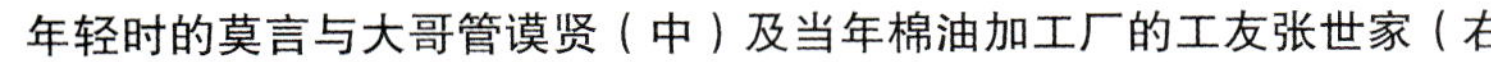

年轻时的莫言与大哥管谟贤（中）及当年棉油加工厂的工友张世家（右）

拍摄电影《红高粱》时，莫言与演员巩俐、姜文，导演张艺谋合影

拍摄电影《红高粱》时的莫言与导演张艺谋合影

莫言研究三十年

莫言来山东大学讲学时与师生的合影

莫言在山东大学与《青年思想家》杂志部分学生编辑在一起

莫言在指导外国朋友中国书法

莫言与诺贝尔文学奖得主、日本学者大江健三郎先生在一起

莫言在为读者签名

莫言研究书系
总主编　张华

Mo Yan Study:
From 1980s to 2010s

莫言研究三十年

（上）

主编　杨守森　贺立华
执行主编　丛新强　孙书文

山东大学出版社

图书在版编目(CIP)数据

莫言研究三十年/杨守森，贺立华主编.
—济南：山东大学出版社，2013.4
(莫言研究书系/张华总主编)
ISBN 978-7-5607-4764-4

Ⅰ.①莫… Ⅱ.①杨… ②贺… Ⅲ.①莫言—小说研究
Ⅳ.①I207.42

中国版本图书馆 CIP 数据核字(2013)第 068113 号

责任编辑：董付兰　李孝德　武迎新
封面设计：牛　钧

出版发行：山东大学出版社
社　址　山东省济南市山大南路 20 号
邮　编　250100
电　话　市场部(0531)88364466
经　销：山东省新华书店
印　刷：山东新华印务有限责任公司印刷
规　格：720 毫米×1000 毫米　1/16
73.25 印张　1384 千字
版　次：2013 年 4 月第 1 版
印　次：2013 年 4 月第 1 次印刷
定　价：150.00 元

《莫言研究书系》编委会

《莫言研究书系》总序

◇张　华

我们谋划编辑出版《莫言研究书系》可谓由来已久。

早在1986年，创刊《青年思想家》杂志的时候，我们就注意到了当时的青年先锋作家莫言；1988年由《青年思想家》杂志牵头，在莫言的故乡山东高密召开了全国首次莫言文学创作研讨会；会后出版了全国第一部《莫言研究资料》(山东大学出版社出版)；同时莫言成了《青年思想家》的栋梁作者，他写故乡的许多短篇作品集中发表在《青年思想家》里；2000年后，莫言被聘为山东大学教授和研究生导师，更成了我们重要的教学科研合作导师……与莫言交往二十多年，可谓知根知底，友情笃厚，持续关注。我们一直想编辑出版一套莫言研究系列丛书。

近三十年来，海内外研究莫言的论文和专著众多，从表层到深层，从宏观到微观，从文学领域延伸至边缘学科，研究的视角不断拓展，研究的水平也不断提高。这些研究成果对莫言小说的创作主体、审美意识、主题内涵、艺术风格、人物形象与意象、语言特色等都有广泛的探索，在影响研究、比较研究、叙事学研究等领域也提出了诸多有价值、令人耳目一新的见解和观点。莫言是从山东高密走进他的文学世界的，他笔下的"高密东北乡"是一个"文学的幻境"，也是一个"中国的缩影"，他说："我努力地要使那里的痛苦和欢乐，与全人类的痛苦和欢乐保持一致，我努力地要使我的高密东北乡的故事能够打动各个国家的读者，这将是我终生的奋斗目标。"(莫言《小说的气味》)因此，莫言是山东的，是中国的，也是世界的。莫言获得诺贝尔文学奖之后，国内外一股"莫言热”正在持续升温。无论是大众读者，还是研究者，都在以更大的热情和更新的眼光去欣赏、解读、探索莫言的文学世界。特别是在研究者中，将在已有研究基础上，出现更多更新的理论、方法、范畴和观点。无论是什么，有一点是可以肯定的，那就是以一种更加宏阔的“世界眼光”去审视、解读莫言的文学世界。

正是基于以上想法，我们现在推出这套《莫言研究书系》。这个书系的作者群，既邀请了莫言的家人和莫言的学生们加入，还有国内外重要的研究学者，这无疑拓宽了莫言研究的视界，丰富了第一手研究资料。我们希望面向大众读者和研究者两个群体，给他们提供各自或共同感兴趣的作家生活点滴和作品阐释。我们努力在本套书系的可读性和学术性之间找到某种恰当的结合点。

《莫言研究书系》是一个包容国内外研究莫言成果的集中地，是一个开放的书系。首先推出的第一批书是:《莫言研究三十年》、《莫言弟子说莫言》、《乡亲好友说莫言》、《莫言研究硕博论文选编》、《海外莫言研究》、《莫言与世界》等六种。敬请方家指正。

本书系是个开放的书库，今后还将陆续推出莫言研究的其他成果，欢迎国内外学者加盟支持！

(张华，山东社会科学院党委书记、教授、博导，原《青年思想家》杂志第一任社长)

莫言研究三十年述评(代前言)

◇丛新强 孙书文

从1981年发表第一部作品至今,莫言的文学创作道路已经走过三十余年。从1985年正式引起学界关注至今,对莫言创作的研究也已经接近三十年。据不完全统计,三十年来关于莫言的研究文章有千余篇,相关著作10余部,系统性传记1种,硕士与博士学位论文150余部。当然,仅凭数字不能全然说明问题,但却不能不说明一个事实:莫言是当代文学研究的"富矿"。同时,一个有意味的现象是,诸多研究者注意到研究莫言的难度。把这一难度描述得极为"痛彻"的是张清华,他的《叙述的极限——论莫言》以"诉苦"开端:

> 我感到徒劳的危险。
>
> 用什么样的词语和概念可以概括他的写作?任何一种企图都会因为这个作品世界的过于宽阔、巨大和生气勃勃而陷于虚飘、苍白和支离破碎。我甚至找不到一个差强人意的题目,因为他太综合了,他的江河横溢和泥沙俱下,他的密密麻麻与生机盎然,他的粗粝奔放又精细入微,他的庞大理念与泛滥感性,他的来自泥土大地的根根须须原汁原味,他的横移于欧风美雨的形形色色洋腔洋调,他的民间的丰饶野性与芜杂欲望,他的人文的大雅情趣与磅礴诗意,他的杂花生树繁缛富丽肢体横陈汪洋恣肆……使任何题目都失去了譬喻的意义。尤其是在《丰乳肥臀》和《檀香刑》之后,莫言已不再是一个仅用某些文化或者美学的新词概念就能概括和描述的作家了,而成了一个异常多面和丰厚的,包含了复杂的人文、历史、道德和艺术的广大领域中几乎所有命题的作家。[①]

① 张清华:《叙述的极限——论莫言》,《当代作家评论》2003年第2期。

莫言给文学研究者们出了许多难题,这也正是莫言的价值所在:一个作家的价值和意义,固然要看其作品的量与质,但一定程度上还要看他在文学史中提出了什么样的有价值的话题与问题。莫言的创造性、开创性、自由性和他的驳杂丰富了中国当代文坛。从另一个意义上来讲,莫言以自身的独特性,提供了一个载体,在他身上所凝聚的问题,反映了时代的困惑、探索、痛苦和思考。

一、对莫言的综合研究

莫言研究的三十年间,诞生了为数不少的莫言综论。对一位处于创作旺盛期的作家作整体性的判断,给他写一个综论,是出力不讨好的事。也正因如此,这些以"莫言论"命名的研究成果,大都不是判断性的,而是带有鲜明的描述性。这些描述重在揭示莫言创作历程的阶段性以及创作的特点。

莫言创作已历三十余年。黄发有将这一历程形象地概括为"变形记",其中最为显著的表现是从烈焰到暗火:莫言作品的叙事情感曾是熊熊燃烧的烈焰,90 年代以后则变为被幻灭的灰烬所包围的暗火,其作品的叙事情感变得隐忍而内敛了。在价值层面,莫言也从早期的反叛走向了不直接表态的反讽。① 贺立华则把这一过程描述为三度跃迁与三重境界的提升。作为第一部《莫言研究资料》的主编,贺立华的莫言研究始终伴随着莫言创作。他认为莫言创作的主体意识经历了三度跃迁,小说创作也跨越了三重境界,即:《红高粱》时期,莫言的天马行空般的自由,完全是一种无意识的自发状态;《檀香刑》时期,莫言以平民姿态在大地上行走、边走边唱,完成了从"为老百姓写作……"到"作为老百姓写作……"的境界提升;《蛙》时期,从"作为老百姓写作"转移到"把自己当罪人来写",开始了悲天悯人和对人类生存困境更深度的思考。② 这些研究揭示出莫言作为一个作家的根本特点是,不愿意重复别人,更不愿意重复自己,以蓬勃的创造激情反抗着强大的艺术成规的束缚,不断开拓新境。

在这些综论中,同行的作家们对莫言的研究,具有特殊的借鉴意义。毕飞宇认为莫言是让他茅塞顿开的两位作家之一(另一位是马原):"如果说,马原为我们的新小说提供了新语法,那么,莫言为我们提供的则是语言的对象。这个对象就是外面的世界。"③王安忆以《三十年前的一次长跑比赛》为蓝本,在莫言与刘庆邦的比较中解读莫言的文学世界。她认为"刘庆邦的世界是人道的世界,而莫言就有些神道了",颇有些

① 参见黄发有:《莫言的"变形记"》,《当代作家评论》2006 年第 6 期。

② 贺立华:《童年记忆 文学境界 男性视角——艺术内外说莫言》,《山东女子学院学报》2013 年第 1 期。

③ 毕飞宇:《找出故事里的高粱酒》,《钟山》2008 年第 5 期。

道家的味道，不因循着规律办事。文人相轻，自古而然。但莫言却入了中国当代文坛这两位重要作家的法眼，且颇有惺惺相惜之意。毕飞宇干脆说莫言所写正是自己想写的，“阅读这样的文字对我们是一个考验”。王安忆则“小心谨慎”地说：“我试着描绘莫言的小说世界。”“试着”表达了描绘莫言的难度。有意思的是，两位作家又把莫言与其他中国当代作家作了对照，如此，作为作家的作者、莫言、与莫言相较的作家，形成三重互动，很有些小说的味道。

黄发有的《莫言的启示》、雷达的《莫言是个什么样的作家》、洪治纲的《莫言是个奇特的存在》，都因莫言获得诺贝尔文学奖有感而发，立足点是一样的：揭示莫言创作特点及其启发意义。黄发有评价莫言“一个无法复制的作家才可能成为一个伟大的作家”①；雷达认为“莫言就是这样一位具有主体性，创新性，民间性，叛逆性的作家”②；洪治纲则对自己所钟爱的四部作品（《红高粱家族》、《丰乳肥臀》、《檀香刑》和《生死疲劳》）进行了文本细读，从作品中发现莫言的奇特在于“创作主体绝对自由的精神状态，以及毫无顾忌的叙事姿态”③。他们共同的指向就是莫言的独特性。

二、莫言文学的“世界性”研究

莫言是中国当代文坛最具世界影响力的作家，这是从莫言作品在国外的翻译数量、文学影响等各个方面所作出的综合判断。莫言是世界的莫言，其中包含两个方面的问题：一是世界文学对莫言的影响，二是莫言文学走向世界。

每一个走向世界的作家，无疑都受到世界文学的影响。张学军认为：“莫言在福克纳和马尔克斯的影响下，逐渐开辟了属于自己的艺术疆域。”④福克纳和马尔克斯的成功，对莫言有着深刻的启示，他要开辟一个属于自己的艺术领地，把自己的故乡——高密东北乡作为自己的艺术世界。同时，莫言对西方现代主义文学的借鉴是广泛的，并非仅仅局限于福克纳和马尔克斯。海明威、卡夫卡、结构主义、新感觉主义、意识流小说、弗洛伊德等方面的因素，在莫言的创作中都能找到回响。在众多因素中，对莫言影响最深的是审丑的美学观念。他把丑的艺术形象作为正面反映的对象，扩大了艺术感觉的空间，也表明对人类自身认识的深化。其中对丑的描写，还有着以回归自然来排拒都市文明的倾向。莫言受西方现代主义的影响，但他并没有跟在别人后面邯郸学

① 黄发有：《莫言的启示》，《东岳论丛》2012 年第 12 期。
② 雷达：《莫言是个什么样的作家》，《百家评论》2012 年第 1 期（创刊号）。
③ 洪治纲：《莫言是个奇特的存在》，《百家评论》2012 年第 1 期（创刊号）。
④ 张学军：《莫言小说与西方现代主义文学》，《齐鲁学刊》1992 年第 4 期。

步,而是有着强烈的民族文化主体意识。他的作品中贯注着民族的灵魂和气质,对民族文化精神有着自觉的追求,比如对人的尊严和个性精神的呼唤,对现世人生的执着探索。莫言的阅读量极大,大江健三郎、川端康成等作家都对他产生了影响。可以说,对中国当代作家产生过重要影响的世界作家们,莫言都有意从他们那里汲取营养。

莫言深受世界文学影响,同时,他也影响了世界文学。刘绍铭分析了莫言作品在英美两国的译介情况,称莫言作品“入了世界文学的版图”[①]。姜智芹对其中原因作了探析。她认为,莫言的现代气质,使他的作品容易在西方读者中产生共鸣,西方世界对他的看好也就在情理之中。西方读者喜欢莫言在叙事技巧上的革新,莫言说故事的神奇天分尤其令西方文学界倾倒。莫言有着出色的文学想象力,不管是写历史还是写现实,都充满了丰富的想象。另外,莫言对历史、对人物的传奇化处理方式也是其吸引力的重要溪泉。“中西文化在最高境界上是相通的,莫言的作品表现了人类相通的领域,表现了人类在精神上、物质上的向往和追求。他在借鉴外国文学时对‘化境’的追求,既表现了中国人的气派,也是他的作品对外国读者有难以抗拒的魅力之源。”[②]

这些研究当然不仅仅要找出莫言创作之源与莫言小说在世界上的欢迎度,而且还要找出世界性的莫言之于文学创作的意义。要通过这个标本,来看中国文学如何走向世界。王德威从海外的视野,对莫言的《生死疲劳》与海外作家朱天文的《巫言》进行比较,其意不是要比较两者的高下,而是提出三个问题:第一,小说创造“自由”的意义。《生死疲劳》卷首不讲自由,而讲自在——“少欲无为,身心自在”——尤其耐人寻味。第二,小说表达“悲悯”的能量。第三,如何重新看待小说和历史与记忆的辩证。[③] 麦永雄指出,从边缘性的当代东方文学与以“中心”自居的西方文学的关系看,大江与莫言有一个鲜明的共同点:既深受西方文学及理论影响,又富于创造性地将自己的小说创作立足于边缘性的东方大地上,分别创造了“森林峡谷村庄”和“高密东北乡”,从而展示出“边缘文化”丰富的历史意蕴和别具一格的艺术魅力。[④]

在中国当代文学进程中,伴随着世界性的焦虑,“诺贝尔文学奖情结”是这种焦虑的一个体现。这与中国后发达国家的地位有关,要求奋发直追,紧跟国际潮流。也正因为这种焦虑,中国当代作家自觉不自觉地有着向西方作家看齐、赢得西方认同的心理。莫言的意义在于,他在融入世界的过程中,立足于民族传统的根基,立足于文学的根基,坚守着自己的道路。也正因为如此,他赢得了世界的认同。

---

① 刘绍铭:《入了世界文学的版图——莫言著作、葛浩文译文印象及其他》,《作家》1993 年第 8 期。

② 姜智芹:《西方读者视野中的莫言》,《当代文坛》2005 年第 5 期。

③ 参见王德威:《狂言流言,巫言莫言——〈生死疲劳〉与〈巫言〉所引起的反思》,《江苏大学学报》2009 年第 3 期。

④ 参见麦永雄:《诺贝尔文学奖视域中的大江健三郎与莫言》,《桂林教育学院学报》1999 年第 2 期。

三、莫言文本叙事研究

莫言以“讲故事的人”自称，他是个讲故事的大师。他多姿多彩、富于变幻的叙事方式给中国文坛带来惊奇。张闳探讨莫言小说叙事与生理学、伦理学、政治学等经验形态之间的关系，其中尤其以对文学叙事中的生理学探究最为深入。他认为，消化器官这个粗俗的、卑下的和令人难于启齿的器官系统，在莫言那里却获得了与身体的其他器官（无论其为“高贵”或是“卑贱”）平等相处的权利。莫言如此关注所谓“力必多”的口腔阶段，意味着他对人的“自我意识”基础的原初性和肉体性的关注。“在莫言的笔下，发达的感官所提供的是贪婪经验，在这些经验的背后，却隐藏着一个匮乏主题。从这一角度看，贪婪的经验在莫言那里则又被推到了一个悲剧性的高度。贪婪是饥饿对人的本能的侵犯，而生命则通过其代偿性的机能（‘通感’等），对自身（首先是对肉体的欲望）做出了悲剧性的肯定。这是一种欲望匮乏经济学。”[①]身体，是中国当代文学中的一个话题。中国古典文学中，身体被有意识地遮蔽，而当代作家重新发现了这一重要资源。莫言的独特之处在于，他在“吃”与叙事的结合上达到了令人难以企及的高度。

李洁非与季红真分别关注到莫言创作的寓言和神话。李洁非认为，故事必定得告诉旁人一点反常的东西或寻常看不见、想不着、摸不透的东西，总之是要使人听与读后大吃一惊，隐约有所悟。莫言的创作在其手法、题材屡有变化的同时，始终如一地坚持了他对小说的寓言性的总体追求。他对莫言的这种追求作了极为传神的描述：

> 作为一个作家，莫言与其说是通常意义上的写小说的，毋宁说是换了一种方式的做梦者。他的手一旦摸上了笔，其实只意味着他又一次灵魂出窍、神游八极，那些犹如鬼魅的影子从他的心底一个个无声无息地溜出来，然后就疯狂地跳着怪异的舞蹈，直到精疲力尽为止。[②]

莫言自成名以来或者说自他找准了自己的艺术特点以来，他的小说始终就是在写同一个东西：主体悟性（莫言本人称此为“天马行空”）。莫言属于那种习惯于用小说向世界发问的人。莫言的小说，情节都不是封闭的系统，在它们背后隐藏的提问远比它们的故事内容更具实质意义。季红真认为，神话是人类第一个叙事样式，也是最基本

① 张闳：《感官的王国——莫言笔下的经验形态及功能》，《当代作家评论》2000年第5期。

② 李洁非：《回到寓言——论莫言及其近作》，《当代作家评论》1993年第2期。

的样式，其他样式都可以看作是它的变体。而神话则是莫言小说最基本的结构，这种结构是以儿童的心理与想象力为胚胎孕育成长起来的。这使他的神话思维不仅借助已有的各种神话及其变体，而且呈现出神话不断被接受和创生的心智模式。莫言笔下的神话千姿百态，创造出各种叙事的外部文体。[①]

莫言是个会讲故事的高手，研究者们深入到其叙事的各个方面。王西强分析了其独特的叙事视角，称之为"我向思维"，即作家常会选择使用第一人称叙述视角来结构故事，比如乡村往事和生活想象里的"我"，奇幻的成年故事中的"我"，"煞有介事"的玄虚故事中的"我"；莫言还大量运用如"我爷爷"、"我奶奶"、"我父亲"、"我母亲"等"类我"复合人称视角，进一步提高"我向思维"叙述者的叙述能限，扩大其叙事空间和情感自由度。这种"我向思维"叙事形成了叙述时间和故事时间之间的交错与间离，通过现实与历史的穿插对比，来造成近乎矛盾的历史沧桑感和亲切感。[②] 王者凌关注莫言作品的"怪诞"[③]，吴耀宗、张军分析了莫言作品的反讽[④]，谭桂林研究了《丰乳肥臀》中的狂欢叙事，认为狂欢植根于生殖崇拜[⑤]。黄万华用"天籁之声"来概括莫言的自由的诉说。[⑥] 他认为莫言长篇小说展示的过人胆识和罕见勇气，是他自由言说的天地。莫言叙事的天籁之声既来自他大彻大悟的心灵自由，更来自他在不断的艺术探索中获得的自由表达。他对母亲、童年、大自然极端看重，由此糅合各种民间艺术因素，无拘无束地释放着自己孕成于故乡的感觉、体验、想象，使其叙事一直保持天籁之声。

讲故事，是小说家的看家本领。在中国当代文学探索中，曾经有一段时间降低了叙事的地位。叙事，不是小说的一切；但连叙事也不圆满的小说，也一定不是精彩的小说。莫言从中国传统文学、世界文学中汲取养分，善于把故事讲得深入、曲折，又创造了自己独特的叙事文体，这是他的价值所在。

---

① 参见季红真：《神话结构的自由置换——试论莫言长篇小说的文体创新》，《当代作家评论》2006 年第 6 期。

② 参见王西强：《论 1985 年以后莫言中短篇小说的"我向思维"叙事和虚构家族传奇》，《当代文坛》2011 年第 5 期。

③ 参见王者凌：《"胡乱写作"，遂成"怪诞"——解读莫言长篇小说〈生死疲劳〉》，《当代作家评论》2006 年第 6 期。

④ 参见张军：《莫言：反讽艺术家——读〈丰乳肥臀〉》，《文艺争鸣》1996 年第 3 期；吴耀宗：《轮回・暴力・反讽——论莫言〈生死疲劳〉的荒诞叙事》，《东岳论丛》2010 年第 11 期。

⑤ 参见谭桂林：《论〈丰乳肥臀〉的生殖崇拜与狂欢叙事》，《人文杂志》2001 年第 5 期。

⑥ 参见黄万华：《自由的诉说：莫言叙事的天籁之声》，《东岳论丛》2012 年第 10 期。

四、莫言文本意蕴研究

在关于莫言的文学世界研究中，对文本意蕴的关注和探讨是最为基础性的内容。早在1985年，莫言的老师徐怀中先生就以《透明的红萝卜》为中心，充分肯定莫言创作的特色。他认为莫言反映了荒谬年代的农村生活，收到了强烈的艺术效果，已经初步形成了自己的色调和追求。① 童年时代的生活，给莫言带来了不可磨灭的记忆，也对他的文学创作产生了决定性影响。程德培就从莫言创作中的童年视角出发，探讨那个"被记忆缠绕的世界"。② 在缺乏抚爱和物质的极端贫困状态中，不幸福的童年记忆作为心理积淀表现出来，才产生了独有的创作底色。莫言的小说，常常是一个植根于农村的童年记忆中的世界，是一种儿童所独有的看待世界的全新眼光。

对于莫言早期创作的文本世界的意蕴把握，杨守森的《魔鬼与天使》③作出了集中概括和价值判断：中国当代文学中的"恶之花"、人性哲学的冷静沉思、种的退化与力的崇拜。文章明确指出，莫言的作品在刻意发掘人性丑陋与邪恶的同时，力图通过独特的人物造型，张起一面强力追求的旗帜，给人以振奋生命的活力。从人性意义看，这正是莫言不同于西方现代派和国内"伪现代派"的独特所在。与杨守森的观点不同，杨联芬在《莫言小说的价值与缺陷》④中认为，莫言小说的价值在于他独特的思维方式、复杂的审美情趣和个性化的价值判断，从而呈现出独具一格的鲜明特色。比如，以色彩负载情感、以意象制造喧嚣，冷静的修辞、陌生的语言。而莫言小说的缺陷，则表现为感觉铺陈的泛滥与浮华、语言运用的单调和写丑的失控，这都在于他过分沉醉于感性描写而忽略了理性的引导与选择，结果走到造作的极端，因而也失掉了感性描写的真诚。因此，莫言需要的远不是形式缺陷的补救，而是真诚的现实主义精神之理性的灌注。

对莫言小说的研究，"种的退化"构成其中的一个关键词。赵歌东的《"种的退化"与莫言早期小说的生命意识》具有代表性。⑤ 文章指出，莫言早期小说的人物谱系是一个具有理论上的血缘关系的部落群体，这个部落群体的轴心是由祖父（余占鳌）祖母（戴凤莲）、父亲（豆官）、"我"祖孙三代组成的，这个祖孙三代的家族人物谱系在理论上构成了莫言早期创作中的"《红高粱》系列"（以《红高粱》为中心）和"食草家族"（以《红

---

① 参见徐怀中等：《有追求才有特色——关于〈透明的红萝卜〉的对话》，《中国作家》1985年第2期。

② 参见程德培：《被记忆缠绕的世界——莫言创作中的童年视角》，《上海文学》1986年第4期。

③ 杨守森：《魔鬼与天使》，杨守森、贺立华：《怪才莫言》，花山文艺出版社1992年版。

④ 杨联芬：《莫言小说的价值与缺陷》，《北京师范大学学报》1990年第1期。

⑤ 参见赵歌东：《"种的退化"与莫言早期小说的生命意识》，《齐鲁学刊》2005年第4期。

蝗》为中心)的创作原型,以"《红高粱》系列"到"食草家族"的历史颓败为参照,莫言1980年代的小说创作演绎了一个"种的退化"的生命寓言。从某种意义上说,"种的退化"的寓言不仅构成了莫言早期小说的生命意识,而且也在整体上构成了其创作的生命基调。对祖辈与父辈生命形态的不同表现,基于他对中国传统文化背景下民间社会生命异化现象的切身体验和深入思考。审父意识在文化批判层面上构成了其小说苦涩的生命底色,面对"红高粱精神"的退化和父辈生命形态的萎缩,莫言小说对民族原始生命驱动力的丧失表现出某种忧患意识。

莫言在《捍卫长篇小说的尊严》一文中提出:"长度、密度和难度,是长篇小说的标志,也是这伟大文体的尊严。"文本研究是文学研究的基础和本质,对莫言极为重视、最费心血的长篇小说,众多研究者拿出了卓有成效的成果。李掖平用"激情·狂放·魔幻·诡奇"来重新解读《红高粱家族》[①],她认为这部写于20世纪80年代的小说以横空出世的强势姿态,挥动奇艳决绝、汪洋恣肆之笔,全力张扬乡野民间的雄强勇武之气和中华民族蓬勃旺盛的生命力,字里行间涌动着难以阻遏的炽热激情,在恣情任性中腾舞起力的旋涡和诡奇的魔幻,表征了中国小说的昨天已然古老。《红高粱家族》不仅是莫言最具代表性、象征性的作品,而且是莫言最优秀、最出彩的作品,堪称当代文学史上划时代的史诗精品。《酒国》问世之后,曾经一度遭受冷遇,经过时空间隔,继而佳评迭出。李珺平的《换一只眼睛看莫言——〈酒国〉印象三则》是其中最见功力的文本解读,也是获得作家本人高度首肯的评论。[②] 文章用"走不进的城堡"来比喻《酒国》:阅读《酒国》,就像阅读卡夫卡的《城堡》一样,作者欲叙述的本来事件以及由叙述所构成的事件,都给人以扑朔迷离、难以接近之感。这又包含两层意义:一是主人公、高检院侦察员丁钩儿,似乎一直没能走进所要调查的案件,始终在外围徘徊,始终被困在酒山、肉海和性勾引之中,始终在义愤和堕落之间挣扎,最终湮没于污秽,就像那个土地测量员费尽心机,也没能走进城堡一样;二是接受者似乎也没能接近本来事件(包括本事和情节),即案件本身的真相、原因、初始过程及继发过程等,这些基本被遮蔽,充其量在既是作品人物又是独特视角的李一斗的拙劣、夸张、荒诞、神话般的叙述中,或明或暗予以显现。这样,阅读者始终如坠五里雾中,无法自明。文章用"穿越象征的森林"来阐释《酒国》的本质,作品拥有莫言创作上的所有优点,那汪洋恣肆的想象、五颜六色的通感、奇妙的隐喻,都使象征意蕴更加深厚、迂徐。最富寓意、发人心窍的是:市委宣传部长"金刚钻"与侦察员丁钩儿的较量和吃肉孩活动。这里深刻指出,象征的突出特征是"似非而是"(Paradox),此词绝不能译作似是而非,因为其侧重点在于,所描

① 参见李掖平:《激情·狂放·魔幻·诡奇——重读莫言小说〈红高粱家族〉》,《山东文学》2012年第11期。

② 参见李珺平:《换一只眼睛看莫言——〈酒国〉印象三则》,《湛江师范学院学报》2002年第1期。

写、叙述的事物好像是假的，其实是真的。《酒国》的描写、叙述是假的，而救救孩子、救救民族、救救人类的祈求、寓意，却是真的。于是，自然也就揭示出蕴藏于《酒国》内在的悲凉基调。黄善明的文章《一种孤独远行的尝试》[1]，对《酒国》的解读同样异常的细致。他从试图摆脱“合谋”的创作心态、多重文本叠加的叙事模式、荒诞变形的形象设置和涵容深藏的主题话语四个方面全方位阐述《酒国》对莫言小说创作的创新意义，具有整体认识价值。

不论题材触及还是艺术探索方面，莫言总在进行创新，最近的长篇小说《蛙》即是明证，这部获得第八届茅盾文学奖的佳作再次掀起当代文学评论的高潮。最有代表性的当属李衍柱先生的解读，他用“生命的文学奇葩”来形容《蛙》：这是中国文学史乃至世界文学史上出现的一部谱写人的生命的喜与悲、善与恶、负罪与救赎的文学奇葩。[2]作家在小说中艺术地向读者诠释和展示出文学与生命这一深邃的美学意蕴。其中，书名《蛙》具有人类学、美学的隐喻与象征；万心（姑姑）是世界文学史上出现的一个新人典型；作品博采众长，锐意创新，结构独特，具有原创性；作品是作家生命的聚光镜。尤其是，李先生细致分析了《蛙》中的“负罪”与“救赎”意识的萌发与形成，认为这是作者热爱生命、尊重生命的本我潜意识的自然流露。在中国走向现代化的历史进程中，这一主题具有历史的和现实的永恒价值。在《蛙》中，具体是从四个层面深化这一主题的。第一个层面是国际性战争（第二次世界大战）中早已存在的“负罪”与“救赎”问题。侵华日军司令杉谷在中国土地上犯下罪行，他的儿子杉谷义人内心中仍然认为自己应去承担“救赎”的义务。杉谷义人在给蝌蚪的信中，就表示他要代表他过世的父亲向中国人谢罪。第二个层面是以万心（姑姑）为代表的中国践行“计划生育”的妇婴医生，因实行“土政策”强制实行人工流产而产生的“负罪”与“救赎”意识。第三个层面，以陈眉为代表的“地下代孕”而产生的“负罪”与“救赎”感。这个形象提出了科技发展（试管婴儿）与市场经济大潮中产生的新的“负罪”与“救赎”意识。第四个层面是作家蝌蚪的“负罪”与“救赎”感，他认为是自己把妻子王仁美和她腹中的儿子送进了地狱。作品描写的这四个不同性质、不同层次人群的“负罪”与“救赎”，有一个共同点，那就是对人的生命的尊重，对人的生命的终极关怀。作品所揭示的丰厚意蕴，不仅对文学的发展有所启示，而且对当下社会现实也有重要的意义。《蛙》所显示出的强大的文学生命力和艺术感染力，来自于作家旺盛的生命力。莫言旺盛的生命力与创作力，在于作家的根深深地扎在自己的家乡——齐鲁大地高密东北乡这块文化的沃土上。

---

① 黄善明：《一种孤独远行的尝试》，《当代作家评论》2001年第5期。

② 参见李衍柱：《〈蛙〉：生命的文学奇葩》，《山东师范大学学报》2011年第6期。

五、莫言的“历史写作”研究

在陈晓明看来，今天的中国文学，总体上可以说是以现实主义历史叙事为基础，以乡土文学叙事为主导，以民族国家建构的自我想象为创作冲动的文学。那么，在众多表现20世纪中国历史的作品中，莫言何以独树一帜？在《以个人风格穿透现代性历史——莫言小说艺术特质漫议》①一文中，陈晓明以“历史主义”的眼光阐释莫言小说的艺术特质。从《红高粱》的华丽绚烂，到《丰乳肥臀》的厚重广阔、《檀香刑》的冷峻凝重，再到《生死疲劳》的强力投胎变种、《蛙》的痛楚与救赎，这几部作品可以说贯穿了20世纪中国现代性的历史，前三部作品可以说是中国现代性的三部曲。它们几乎是一个整体，也可以把它们的顺序作一个调整：第一部是《檀香刑》，第二部是《丰乳肥臀》，第三部是《生死疲劳》，它们的时间线索就更清晰了。20世纪中国历史贯穿下来，这三部曲无疑是20世纪中国现代性历史书写最为厚重深刻的作品。《蛙》则以多种文本的缝合形式，重新建构当代史，它是重构历史叙事的一个启示性文本。莫言的个人风格吊诡多变，其每部作品都极鲜明地以个人风格去表现20世纪中国历史的深重创伤与疼痛。莫言的小说为小说叙事向着个人经验、向着语言和感觉层面转向提供了一个杠杆。他把中国现代性经历的大事件、大变局转化为个人的深切创痛，并以个人化的语言风格和叙述方式表现出来，使历史与人性被一种独特的生存状态绞合在一起，当代中国小说从思想意识到文体及其语言都获得了一次自行其是的解放。

立足于中国现代小说和中国历史现代转型之关系的文化语境中，温儒敏、叶诚生通过“写在历史边上的故事”来阐释莫言小说的现代品质。② 作者认为，莫言小说虽然不乏“讲史”的冲动，但绝少对现代性的简单认同，在他的小说叙事中，截然对立的新旧模式失效了，习以为常的历史主体也不再是不证自明的显赫存在，以往隐没在历史角落或者退缩于历史边缘的人物反而频频走向前台，小人物甚至“历史反角”的出场不时搅动起历史长河的大小波澜，讲史者角色的替换实际上改变了历史演进的主人公，如此被重述的历史已经变得歧义丛生而又多姿多彩、面目含混而又意味深长。莫言始终将叙事聚焦于不同历史情境中的人的挣扎与沉浮，并且完成了从强力到原罪、从反抗到宽容、从解放冲动到救赎忏悔的精神蜕变，这也意味着莫言小说完成了某种现代小说的伦理建构——在失去神灵佑护和规范伦理的混乱的现代社会，现代人如何在失范状态和种种新的压抑中解脱出来？这与其说是某种具体的现实批判和政治困境，是一

---

① 陈晓明：《以个人风格穿透现代性历史——莫言小说艺术特质漫议》，《山东文学》2012年第11期。

② 参见温儒敏、叶诚生：《“写在历史边上”的故事——莫言小说的现代质》，《东岳论丛》2012年第12期。

个民族的困境，毋宁说是一个现代人的困境。

莫言的“历史写作”一直伴随争议，张清华的文章《莫言与新历史主义文学思潮》以其对典型“历史”文本的学理性分析而具有总结性和反思性。[①] 作者认为，《红高粱家族》是新历史主义文学思潮的滥觞之作，《丰乳肥臀》是新历史主义小说的扛鼎之作，《檀香刑》则是现代中国文化语境下“重返历史主义”的代表作。这三部小说，成为莫言所贡献出的一个至为重要的系列。它表明，莫言不仅是当代作家中最具历史主义倾向、一直最执着地关注着20世纪中国历史的一个，而且这种关注还体现了强烈的人文性和当代性，对当代文学的精神走向起着重要的影响作用。洪治纲则进一步分析了《檀香刑》“刑场背后的历史”，认为这既是一部汪洋恣肆、激情迸射的新历史主义典范之作，又是一部借刑场为舞台、以施刑为高潮的现代寓言体戏剧。它以极度民间化的传奇故事为底色，借助那种看似非常传统的文本结构，充分展示了作者内心深处非凡的艺术想象力和高超的叙事独创性，张扬了作者长期所崇尚的那种生命内在的强悍美、悲壮美。同时，在这种强悍和悲壮的背后，莫言又以其故事自身的隐喻特质，将小说的审美内涵延伸到中国传统文化的内部，并直指极权话语的深层结构，使古老文明掩饰下的国家权力体系和伦理道德体系再一次受到尖锐的审视。[②]《檀香刑》的巨大成功，正是建立在对人性内在的丰富性与复杂性的有效表达中。它以人性撕裂的尖锐方式，将叙事不断地挺入深远而广袤的历史文化中，在挞伐与诘难的同时，表达了莫言内心深处的那种疼痛与悲悯的人文情怀。

对文学与历史的研究，往往会产生双面效应。有的学者看来的最具价值之处，恰恰是另外的学者认为的创作局限所在。与上述的肯定性评价不同，在《论莫言历史小说的创作局限》[③]一文中，胡湘梅在指出莫言创作个性的同时，以最负盛名的《丰乳肥臀》、《檀香刑》、《生死疲劳》为例着重阐述对其历史写作的看法：从整体上看，作品中作者所寄托的精神家园的理想是脆弱的；在描写历史的时候，作者迷失在自己的主观臆想中，暴露出过多的丑陋与野蛮，并缺乏一些应有的人文关怀，表现出作者精神上的迷失。

六、莫言文学的“民间性”与“乡土性”研究

对莫言的文学世界，研究界常常以“民间性”作出概括。殊不知，脱离了具体而丰

① 参见张清华：《莫言与新历史主义文学思潮——以〈红高粱家族〉〈丰乳肥臀〉〈檀香刑〉为例》，《海南师范学院学报》2005年第2期。

② 参见洪治纲：《刑场背后的历史——论〈檀香刑〉》，《南方文坛》2001年第6期。

③ 胡湘梅：《论莫言历史小说的创作局限》，《理论与创作》2011年第2期。

富的“肉体经验”而谈论“民间”则往往陷入概念的圈套。张柠的文章《文学与民间性——莫言小说里的中国经验》以“莫言小说里的中国经验”为基点阐释“民间”，有的放矢，得以窥见莫言文本精髓，是关于这一话题的典型论述。[①] 理论家笔下复杂而丰富的“民间”概念，不过是现成的、僵死了的东西，它成了一种隐喻或者象征，并且被先入为主地赋予了一种“崇高”的性质。于是，“民间”成了特定意识形态(国家政治、市场经济)的工具，或者成了那些寻找“终极价值”而不得的人的暂时替代品。而在莫言的整个创作中，我们似乎看到了一个巨大的胃在“欢乐”地蠕动，就像他笔下经常出现的驴骡、马牛的胃一样。一种反刍的经验在这种蠕动中铺天盖地向我们涌来。人与自然、与故乡、与他人就这样在食物中痛苦地、绝望地、欢乐地相逢了。莫言文本中的民间话语因素大致包括如下内容：辱骂，贬低，同归于尽或返回自然；遗忘，反历史或记忆边界的丧失；滑稽，狂欢或心血来潮；批判性或肉体现实主义的代价；反抒情或对残酷经验的“迷恋”；死亡与复活，欢乐与信念。莫言用自己独特的文体超越了故乡这个狭义的乡土概念，超越了故乡日常生活的简单的自然主义，超越了转瞬即逝的、空洞的、无意义的琐屑形象，超越了“怪诞现实”的物质形态，也超越了历史时间的盲目乐观(进化)和悲观(末世论)，并赋予这些被超越的东西以真正的民间气质、信念和意义。

与张柠的基于中国经验的民间话语分析相类似，李刚、石兴泽的文章《窃窃私语的“镶嵌本文”——莫言小说的民间性》则通过莫言作品中的镶嵌性文字来深化说明其文学的民间品性。[②] 文章把那些写在卷首或卷中的民歌、歌谣、信笺、民间故事或传说等仿佛点缀物般镶嵌在小说中的文字称为“镶嵌本文”，它的存在使文本分化为内、外两个部分，内本文是小说主体的叙事单位，承担小说主要的叙事需要；外本文是镶嵌在小说题首、卷尾或卷中的叙事单位，在整体上是外故事叙事链上的一环。小说的主题和感觉色彩是通过内、外两层本文的题旨综合表现出来的，两者构成一个自足的经验世界，互为视角，构成一个和谐的“二声部”合唱，使作品进入一个艺术和哲理的世界。“镶嵌本文”的意义表现在以下几方面：第一，虽然在小说中占的篇幅通常都不多，甚至难以作为一个完整的本文从原文本中分离出来，但是镶嵌本文的存在，不仅体现了另一种声音，体现了作者对虚构的故事的超越，使读者注意的中心不仅仅停留在虚构的叙事表象上，而且将读者的阅读延伸到了文本之外，可以进一步对小说故事本身、叙事者与接受者之间的关系等问题进行更深的思索，起到仿佛布莱希特戏剧一样的间离效果，使读者不耽于叙事文字本身。第二，先锋小说的形式实验常规化了以后，莫言想要

---

① 参见张柠：《文学与民间性——莫言小说里的中国经验》，《南方文坛》2001年第6期。

② 参见李刚、石兴泽：《窃窃私语的“镶嵌本文”——莫言小说的民间性》，《中国社会科学院研究生院学报》2007年第2期。

创立自己的艺术特质和风格，就必须突破常规，在时间和历史上作出自己个性化的设置。莫言叙述的是民间故事，但民间的故事并不是单纯地要告诉我们所谓“民间”的这另一种存在，通过镶嵌本文，莫言将神秘色彩和时间哲学引入文本，在高密东北乡这块有限的土地上呼风唤雨、谈古说今。第三，莫言在使用镶嵌本文这一写作手法的时候引用的多是民间说唱的艺术，这不仅构成了莫言独特的时空体，同时也已经孕育着莫言后期民间叙事形态的萌芽。镶嵌本文作为一种成规化的写作手法在莫言的创作实践中生发出新的生长点，并一度获得了文学和市场的双重效应，这不能不说是当代文坛的一个奇迹。如何在技术性的操作中不失人文意识和人类精神，莫言或许已经给了我们一点启示。

对莫言文本“乡土性”的研究，罗关德的文章《人类学视角下的民族文化观照——莫言乡土小说的文化意蕴》[①]较为系统和深入。作者认为，在20世纪的乡土小说创作中，莫言是一个独特的存在。他不像茅盾、韩少功等乡土作家侧重于对农民群体的理性审视；也不像沈从文、贾平凹等对农民更多地采取情感上的认同；更不像鲁迅那样在理性上对农民“怒其不争”，在情感上对农民“哀其不幸”那么泾渭分明；也没有刘震云式的对农民文化的调侃和戏谑。莫言的特殊处在于，他与农民的关系始终保持在不即不离之中，即如人类学家所做的那样。莫言对农民及其农民文化的审视是定位在“原始的他”和“现代的我”之间的相互关系上的。莫言的乡土小说是感性的，也是理性的；是历史的，也是当下的；是形而下的，也是形上的。从语言学的角度上看，莫言乡土小说的语言，既不是赵树理式的农民语言，也不是汪曾祺样的现代知识分子的腔调，与同一时期同一地域的张炜的浓厚的学者语调也不相同，他是现代语汇与民间俚语的拼凑，庄严得令人发笑，粗俗中蕴含哲理，显示了其农民出身的知识分子的根性。莫言的乡土小说，依时间的嬗递，呈现为人类学角度的三种走向：第一，《红高粱》：“种”的意识。他以人类学的观点观察和思考中国乡土社会，于是发现了农民文化的本真意义以及与中华民族的灾难深重和强悍的生命力的内在关系。第二，《丰乳肥臀》：“族”的生命力。这部作品建立了文化人类学的正确观点，他把所有人都看成是同等单位的客观对象，从而摆脱了以一个文化观点来批评另一个文化观点的片面性，建立了“我在”和“他在”之间互为主体性的文化关系。第三，《檀香刑》：中华文化的人类学考察。这部作品以民间猫腔戏语言和传统的凤头、猪肚、豹尾的结构形式，把中华传统的官方文化和民间凄美的猫腔文化连缀了起来。通过多视角的文化观照，尤其是把它放在东西方文化碰撞的特定历史语境中，展示了中华传统文化的残酷和美丽以及民间旺盛的生命意志。从而以人类学的观点对中华传统文化与国民性进行了深入的透视。正是莫言

---

① 罗关德：《人类学视角下的民族文化观照——莫言乡土小说的文化意蕴》，《东南学术》2005年第6期。

小说的人类学视界和方法，使他的描写超出了文本中的经验世界，而具有了普泛的人性内涵，亦使得莫言小说获得了民族性和世界性的双重意蕴。

与前述的“民间性”和“乡土性”相关联，贺仲明的文章则集中探讨莫言的创作立场及其意义。在《为什么写作？——论莫言的创作立场及意义探析》[①]一文中，作者把莫言的文学世界大致分为“为乡村写作”和“为人类写作”，而后者又是前者的自然延伸，二者的统一又在艺术表现上体现得最为典型。莫言的创作立场对他的文学创作也有着非常重要的影响。首先，深入的乡村立场使他没有像许多作家一样产生先入为主的文化优越感，而是能够以平等的身份，带着心灵的认同和投入去对待乡村。而强烈的认同感和深厚的乡村积累，使乡村成为莫言创作“不竭的源泉”。更重要的是，依靠故乡乡村的生活和文化资源，莫言形成了深刻而具有创造性的文学思想。在关注乡村的立场上深入乡村、融入乡村，吸取其文化精神，并对之作了独特而丰富的表现。而且，依靠乡村文化的智慧，莫言也避免了与政治之间的简单关系。一方面，他始终坚持对现实的批判态度，具有在同时代作家中并不多见的精神与勇气；但另一方面，他又能巧妙地规避现实，不让自己与现实构成直接对抗。莫言文学立场的转换是其文学思想深入的体现，其意义当然不仅仅是为了规避现实，而是更有深意。从根本上说，这种立场调整是莫言文学创作的自然转型，是他创作发展的必然趋势。因为作家能够真正深入地坚持一种立场，必然会形成深刻的自我认识，对自我缺陷和局限产生深切而清醒的意识，并萌发超越的愿望。莫言就是如此，他从乡村立场的拓展，正是他对创作自我深刻认知上的一种发展，对其创作价值也是一种提升。

七、莫言研究的另一种形态

对莫言及其文学世界，除了精英学者的职业关注外，还存在一种更为难得的研究形态，这就是兼具“专业”与“民间”特性的亲朋好友的近距离透视。其中最有代表性的当属莫言的大哥管谟贤和最早编选《莫言研究资料》的贺立华、杨守森的研究。

贺立华先生在最近的文章《莫言文学创作背后的人》中，专门谈了对管谟贤的印象：“他是莫言文学上路的重要启蒙者，他中学时的作文和课本是少年莫言的开蒙读物；他曾是青年莫言早年选择走文学道路的反对者，又是后来莫言文学创作的坚定支持者；他是莫言早期作品的第一个读者，又是莫言小说最严厉、最权威的批评家……他就是莫言的长兄——管谟贤先生。”从20世纪80年代末开始，管谟贤就陆续写作了一系列关于莫言创作的文章：《莫言小说中的人和事》、《莫言家族史考略》、《读“牛”说

① 贺仲明：《为什么写作？——论莫言的创作立场及意义探析》，《东岳论丛》2012年第12期。

牛》、《我们哥仨的当兵梦》、《莫言和他的“高密东北乡系列”小说》等，从“知人论世”出发阐释莫言文学世界的来龙去脉，既有鲜为人知的原型交代，更有逻辑缜密的学术见解。在莫言获得诺贝尔文学奖之后，管谟贤再度谈及《莫言小说创作背后的故事》，首次提及“四个莫言”的归纳：“天才的莫言”、“勤奋的莫言”、“高密的莫言”、“世界的莫言”。在山东大学“莫言文学创作学术研讨会”上的发言中，管谟贤谈到对莫言获奖的感想。他认为莫言能获得诺奖，是中国文学的进步，是中国社会的进步，是人类的进步。在谈到莫言作品的定位问题时，他认为，莫言不属于魔幻现实主义，而属于中国本土的、传统的现实主义，用“幻觉的现实主义”来表达更为确切。莫言确实受过拉美魔幻现实主义的影响，但早就有意识地进行了逃离。事实证明，在此后的写作实践中，莫言树立起了自己对人生的看法，开辟了一个属于自己的文学领地——高密东北乡文学王国，建立起了属于自己的人物体系，形成了一套自己的叙述风格。一句话，形成了自己独特的莫言风格。而且莫言的幻觉的现实主义，是从中国古老的叙事艺术中来的，这是莫言对中国神话、民间传说尤其是齐文化的传承和创新。美在民间，民间有“宝”，莫言对民间的东西所进行的挖掘和继承，具有世界意义。所以，研究莫言应该从齐文化里寻根。再者，莫言作品中几乎所有的人物或事件，在现实生活中都有原型或事实，有的甚至是其亲身经历的事件，只不过进行了文学的演绎而已。莫言坚持写人，写人性，他宣称自己是在“作为老百姓写作”，是“把好人当坏人写，把坏人当好人写，把自己当罪人写”，总之不离一个“人”字，直刺人性的深处，既弘扬人的大善，也挖掘人的大恶。

最早编选《莫言研究资料》并出版《怪才莫言》的贺立华和杨守森二位教授，是莫言的知己好友。贺立华 1992 年发表的《红高粱歌者的履印》[①]，对莫言的生命历程和前期创作进行了细致梳理。文章着重探讨了莫言文学创作的外因和内因：高粱地里的挣扎和祖父的启蒙，对命运的抗争和长兄的砥砺，从《莲池》的起步和孙犁的赞许，解放军艺术学院徐怀中主任的慧眼识才，故世魂魄的召唤与天国精灵的求索。作为与莫言一起培养研究生的合作导师，贺立华教授对莫言的为人处世和文学创作有着更为深入的体会。在山东女子学院所做的演讲[②]中，贺立华通过“童年记忆”、“文学境界”、“男性视角”三个向度来阐释莫言的艺术成就。作者认为，童年记忆是莫言文学创作的丰富宝库，其中包含的关键词有饥饿、孤独、屈辱、恐惧、从多言到莫言。难能可贵的是，他从不重复自己，每一部小说都是力图选取独特的题材领域、创造独特的结构、塑造独特的人物形象。粗略梳理莫言三十多年的创作之旅，从《红高粱》到《檀香刑》再到《蛙》，

① 贺立华、杨守森等：《怪才莫言》，花山文艺出版社 1992 年版。

② 参见贺立华：《童年记忆 文学境界 男性视角——艺术内外说莫言》，《山东女子学院学报》2013 年第 1 期。

实现了“作为老百姓写作”到“把自己当罪人来写”的伟大的跨步。创作三十年来，宗教般的忏悔意识出现在莫言作品中。还有一点，莫言文学世界里塑造了众多女性形象，以其生花妙笔毫不吝啬地赋予女性以宽厚、善良、美丽、多情的胸怀和品性，这些女性几乎都产生于民间乡村，却以既质朴又妖娆的独特气度丰富了中国文学中的女性形象画廊。她们在经历太多坎坷、磨难之后，人最本质、最深处的生命力和丑陋也会一并出现。莫言站在永恒的人性高度，以苦难、原始的状态，表现着人们各自的生存本相。由现实生活中莫言对女性的尊重和爱，再看莫言小说对女性礼赞般的描写，我们发现，莫言的小说文本强烈地表现出了作家主体的男性视角，以弗洛伊德心理分析理论来看，这是俄狄浦斯情结中的恋母情结视角，在孤独、屈辱、挫折中成长的莫言有着更为强烈的对母爱温情的向往。这种情结的萦绕，总是使莫言的文学世界里潜含着一种女性的温情暖意和对爱的渴望。

作为莫言的同乡和研究者，杨守森教授直接撰文《我的高密同乡莫言》[①]。文章独辟蹊径：“现在想来，离开故乡之前的莫言，没有被有关方面发现，没有为人赏识，没有被收拢进当时的文学创作学习班，这当是他不幸中之大幸。这样一来，自然也就使他没有受到当时诸如‘三突出’之类的非文学观念的恶劣训化，没有误入过从红头文件出发进行创作之类的歧途。”“莫言很小失学，这对他的文学创作来说，未尝不是又一幸事。由于较早就远离了政治意味很浓的虚泛的学校正统教育，这就使莫言更容易直接汲取来自于民间的包含原始生命活力的文化影响。”还有就是，莫言开始文学梦不久，即离开了高密，这自然也是走向成功的重要契机，这就使他能够拉开距离，冷静地审视自己的故乡。在另一篇文章《作家莫言与红高粱大地》[②]中，杨守森进一步探讨莫言文学世界的文化资源。从“人格形态”和文学的“现实性”、“超越性”视角作出论析，深入阐释莫言创作的源于故乡而又超越故乡的独特性。莫言虽然眷恋着故乡的土地，在故乡大地上获取着创作灵感，但他绝不是一个普通意义的乡土作家或寻根作家。在那汪洋恣肆的笔墨背后，在那梦幻与现实融为一体的想象创造中，透射出来的是对人性、人的历史、人的价值以及人的生命之谜的求索与探寻。他笔下的神秘色彩、奇人异事，也已不再是这片土地上固有的原始形态的、不可理喻的灵物崇拜与民俗信仰，更不是一种夸张、拟人之类普通意义上的表现手法，而是作者从宏阔的现代文化视野与宇宙情怀出发，对人与自然之关系的忧虑与沉思。显然，又正是这些，使莫言笔下的芸芸众生，已不只是高密人，不只是山东人，也已不只是中国人，而是伟大、神圣却又不无邪恶与丑陋的“人类”。他小说中的艺术世界，自然也就已决然不同于地理空间的“高密”和

① 杨守森：《我的高密同乡莫言》，《时代文学》2001年第1期。
② 贺立华、杨守森等：《怪才莫言》，本书所收《作家莫言与红高粱大地》是在原文基础上的修改稿。

“高密东北乡”了，而是属于莫言自己创造的具有世界性意义的“文学王国”。

八、并未完成的结语

莫言研究的成果丰硕，也伴随明显的问题，最主要的就是“错位阐释”和“阐释不足”。前者表现为用宏观的“文化”、“理论”、“主义”来归纳具体而又有差异的作品，文本往往成为脚注；后者则表现为微观的研究并没有超出莫言本人对自己创作的认识和理解。莫言借助自己所做的大量演讲和访谈，非常细致地谈起过自己的创作经历和几乎所有重要的作品，这为研究者进入莫言文学世界提供方便的同时也设置了相当高的阐释门槛。要避免上述两种研究的倾向，就必须真正回归文本细读。只有从具体文本入手，通过细读的研究，方能超越“宏大叙事”和“莫言叙事”带来的阐释焦虑，从而实现莫言解读的多种可能性，真正开拓莫言研究的多元空间。

此外，由于莫言及其文学世界一直处于备受争议的状态，所以如果把研究对象提升到“莫言现象”的整体层次或许会更为有效。莫言的作品往往一面世就会引发争议，恰恰说明触及的是敏感问题，或者提供的是一时难辨是非的思想。如果围绕“争议”而展开，考察“争议”发生的来龙去脉与本质内涵，从而做出历史的与美学的判断，这对中国文学乃至中国文化的反思与发展，无疑具有重要意义。处于民族性与世界性结合点的“莫言现象”研究，也是文学自身跨越时空边界、建构新的中国与世界的文学想象的必然需要。如今已经成为诺奖得主的莫言，更是伴随其长久以来的不断争议而重新构成海内外文化论争的焦点。所以全面审视“莫言现象”的发生与发展，必然成为海内外莫言研究的自然趋势。

毫无疑问，莫言研究方兴未艾。

2013 年 2 月 6 日

目 录

第一辑 莫言生平与创作

第二辑 莫言创作研究

第三辑　莫言谈创作

第一辑　莫言生平与创作

红高粱歌者的履印

◇贺立华

红高粱尚未成熟的季节，我们来到高密东北乡。同行的还有瑞士和奥地利的两位莫言文学爱好者。洋人来到高密农村，一切都觉得好玩。当然，高密人也觉得他们好玩。

莫言正趁暑假从北京赶回家来，忙着为老婆孩子盖屋。他对我们要去拜访他的父母和家人非常高兴。

“非常欢迎！我爹娘除了在日本鬼子进攻中国的时候见过外国人（指日本人），还没见过别的外国人呢。”莫言眯缝着友好的双眼望着金发碧眼的两位外国朋友说。

我们也学莫言的样子盘腿坐在那著名的胶东大炕上，同莫言的家人唠家常。

莫言的妈妈好奇地盯着瑞士朋友左耳朵上挂的那枚明晃晃的金耳环，以手掩口，悄悄问我：

“那她？他？是个男人还是个女人呀？”

“您说呢？”我高兴地反问。

莫言的妈妈认真地思索猜测，自言自语道：“要说是男人吧，怎么还戴耳环？要说是女人吧，怎么还长胡子哩？”

当我们把老人家的疑惑公开之后，大家笑得前仰后合。

戴耳环的瑞士朋友约立克操着洪亮的男中音笑得很开心：“啊哈！男人的一半是女人嘛，哈哈哈……”

我们观赏了莫言家碧绿的农家庭院，又去瞧了瞧莫言出生的那间老屋，还转了转莫言家后面那条干枯的河道，看了看村外那无边的庄稼地——这里到处充溢、弥漫着浓厚的高粱地的气息，仿佛可以触摸到它的温度，闻到它的芳香。

也许是因为我们是山东老乡，也许因为我们是同辈人，也许因为我们都是从高粱地里摸爬滚打“混”出来的，所以同莫言一起回到高密东北乡，坐在寂静的庄稼地头上抽烟,回想那过去的事情,颇有与莫言感同身受难以言传的心情;说不清是爱还是恨,说不清是眷恋还是惆怅……我们可没有西洋朋友那般轻松愉快。

同莫言的交往使我感觉到,他在小说中表现的那潇潇洒洒、风风火火、自由自在的精神,在现实的莫言身上根本看不到。他好像在默默地眯起双眼冷静地看取生活,好像在细细地品味这平凡的日子,我每次在高密见到莫言,似乎总是感觉到他的复杂与沉重。现实中的莫言同其他一些上进的青年一样,正在攻读硕士研究生,准备拿硕士学位、"混"文凭;同其他人一样须修房造屋,成家立业,生儿育女。尤其在当今世界里,莫言须同其他人一样,要尽量学会处理好上上下下方方面面的关系,以便使自己和家庭更好地生存。

谈起高密,莫言充满深情地说:"尽管我骂这个地方,恨这个地方,但我还是爱这个地方,我没有办法割断与这个地方的联系。生在这里,长在这里,我的根在这里……我一直湮没在这种生活里……"也许对世俗的人生体味越是真切平静,作家的笔墨越是尖酸刻薄吧?也许越是现实的复杂沉重,越能造就精神世界里自由翱翔的小说家吧?

高粱地里挣扎与祖父启蒙

1955年农历正月二十五,山东省高密县大栏乡平安庄管氏家族大院里响起一个婴儿响亮的哭声,管氏老祖母拍着手笑嘻嘻地告诉邻人:"嘿!俺家又添了个拉小车的!"瞧瞧这个"拉小车的":好丑呦,细嫩通红的小脸上有一层细细的茸毛,额头上还有几条皱纹,一双小眼紧闭着,好像不愿睁开眼睛看这个世界。谁也不会想到,连他娘和他奶奶也不会想到,这个"拉小车的",后来能长成这样一位身高马大、白白胖胖、会写小说的作家。他就是莫言。

莫言在管氏家族排"谟"字辈,所以老人家给他取名叫管谟业。当年,时兴"阶级分析",根据财产多少划成分,管家生活比较殷实,家产不算少,所以被定为中农。这是一个典型的勤劳忠厚的农民家庭。成员有莫言的爷爷、奶奶、父亲、母亲、叔叔、婶婶以及大哥、姐姐、二哥和堂姐。莫言出生几年后,叔叔婶婶又为他生下三个堂弟。管家除了莫言的叔叔在供销社工作,大哥在外读书之外,全都务农为业。莫言的父亲支撑着门户,爷爷奶奶是一家之主。全家14口人,都在一口大锅里舀饭吃。那时候,是管氏家族祖孙三代家丁兴旺的鼎盛时期。直到1971年,莫言的奶奶去世,莫言的父亲和叔叔才分家单过。

有人说,莫言成为作家,他的第一个启蒙老师是他的大哥——华东师大中文系毕业的高才生管谟贤。

我们在高密县一中校长办公室里见到了莫言的大哥——管谟贤老师,他现在任副校长，一位朴朴实实、和和气气的中年人，穿一件普通夹克衫，个子比莫言高半头，大概有一米八〇，长得也比莫言漂亮，尽管头发有点谢顶，但仍能看得出来，他是从英俊的青少年时代走过的。在管谟贤老师的家里，我们见到了他青年时代的照片，证明我们的猜想是对的。莫言的大嫂热情地沏茶倒水，这是位面目和善清秀的好嫂子，也在一中任教，她是管老师大学时代的同学，如果不是别人介绍，还真难猜到她是上海复旦大学教授的女儿，因为她朴实得使你相信她就是地道的高密人。她那双单纯的眼睛和文静坦诚的话语，使你感觉到：她有良好的教养，虽人到中年，却是位从小到大始终在校园里生活、还没有受到社会污染的好人。

我们把感觉告诉了莫言，莫言眨巴着细眯的眼睛俏皮地打趣说："要不，怎么会被我大哥'骗'来高密呢？"

管谟贤老师憨厚地笑着。当谈到他对莫言的影响，管老师否认他是莫言启蒙老师的说法。

"要说莫言的启蒙老师，应该是我爷爷。"管老师很动情地讲了许许多多管氏家族酸甜苦辣的往事：

莫言的爷爷并不是《红高粱》里"我爷爷"那样的土匪，而是一个典型的中国优秀农民，他以忠厚、善良、心灵手巧闻名乡里，他种的庄稼打粮食比别人多，他的木匠活儿做得比别人漂亮，他会砌墙盖屋，也会打野鸭、捉螃蟹。虽然不识几个字，却能打一手顶呱呱的好算盘儿，而且还有满肚子的野史学问：上至三皇五帝，下至满清民国，改朝换代，兴衰更迭，明主昏君，忠臣良将，误国奸佞，他能讲得头头是道；名人轶事，神仙鬼怪，他能讲得活灵活现。有些戏文唱词，他能一段段地背诵出来。在夏日纳凉的打谷场上，在冬天夜晚的热炕头上，小莫言常常听爷爷讲故事。爷爷的故事为小莫言展现了一个五彩缤纷的神奇的世界，使他百听不厌，永世难忘。这些故事有不少已被作家莫言写进了小说中。的确可以说，莫言走上文学创作道路的第一个启蒙老师是他爷爷。

1978 年夏天，莫言 84 岁的爷爷去世了，在部队当兵的莫言知道后，悲痛万分。他在家信里说："祖父的死，使我感到悲痛！他老人家一生含辛茹苦：农忙则辛劳耕作于田间，农闲又持斧操锯在作坊。他以刚直不阿的性格和娴熟的木工技艺博得乡里的敬重，他为我们留下了很多值得学习的品质和精神。我至今不能忘记祖父带我去割草的情景以及他那戴着花镜用青筋暴露的手挥动斧凿的形象。他这种吃苦耐劳的精神，正是我最缺乏的。……前几年我在家时，经常和他拉一拉，故意请他讲古今轶事，所以颇得他的欢心，我也受益匪浅……"

莫言的奶奶虽不及《红高粱》中"我奶奶"那么"大胆地往前走"，但却也是坚强能干的人，不只是家务劳动样样内行，而且很多被农村妇女视为高难度的营生，诸如接生、剪窗花、办理红白喜事,她都能干,因此赢得了人们的尊重。从奶奶那里,莫言受到了浓重的高密乡土文化的影响。

莫言的父亲与爷爷不同的是上过四年私塾,因为有这点文化,所以共产党一来,就干上了村里的记账文书之类的差事。合作化后,就当初级社会计,一直干到1983年退休。前后40多年,他经手的账目物资笔笔清,样样清。干起活来不要命,虽然当会计,但出工干活比一般社员还多。吃亏的事揽给自己,有利的事先让别人。由于出身中农,成分偏高,所以他始终是个"团结教育的对象",虽算是个大队干部,却也是惨淡经营像个奴才一样,窝囊气受了不少。这些气没处撒,回到家就常常撒在小莫言这些孩子们的身上。

莫言的母亲不如莫言的奶奶有本事,体弱多病又是小脚。但在繁重的家务劳动面前,在公婆、妯娌、子女、侄儿面前,却是任劳任怨,埋头苦干。莫言至今都记得母亲给他讲的那些情景:吃食堂挨饿的年月里,母亲为了挣几斤麸皮,与邻居王大娘一起为人民公社推磨,一盘大石磨,像一座小石山,两个小脚妇女,绕着那没有尽头的磨道转圈圈,从日头出推到月亮明,要磨出百多斤粮食,腿脚红肿地像发面饽饽,饿了就偷偷抓把磨上的生粮食塞到嘴里……

作为管氏大家庭里第十一个小成员的小莫言,当时小毛孩子一个,确实是没什么地位,是无足轻重的,是很难感受到父母之爱的。并非像有的评论家猜想的那样父母根本不爱他,事实是兄弟姊妹太多,父母之爱平均到小莫言身上的时候就不多了。

大跃进给童年的莫言留下的印象极深,那是他刚刚有记忆力的时候:炼钢铁;放卫星;插红旗;拔白旗;军事化;食堂化;轴承化;人有多大胆,地有多大产;跑步进入共产主义……莫言一家包括哥哥姐姐都大炼钢铁去了。莫言家的房子成了共产主义大家庭的房子,住满了民工,走一批,来一批,铁锅砸碎了炼铁。小莫言和堂姐跟随着奶奶在敬老院、幼儿园到处转移"打游击",吃的是公共食堂里领来的难以下咽的饭菜,姐弟俩天天哭着要妈妈。上初中二年级的大哥管谟贤星期天回家经常找不到家里人,好端端的家庭四分五裂,难得团圆。

莫言一家同全村人一样从1959年春天开始挨饿。已经60多岁的莫言的爷爷又挑起了生活的重担。每天推着车子去割青草,有时带着小莫言。爷爷把青草晒干,送到国营农场换回几斤豆饼或瓜干,作为全家的救命粮。刚开始读小学三年级的大姐被迫退学,专门负责挖野菜,一天必须割满两大筐。将野菜洗净切碎、泡去苦味,掺上一点玉米面或地瓜面熬成糊糊,这就是一家人的饭食。每次做饭,莫言的母亲总是先想到老人和小孩,给爷爷奶奶、小莫言和他堂姐每人做一个菜少面多的窝窝头。说来也怪,人越穷,粮食越少,反倒吃得越多。那时候,莫言的饭量出奇的大,一个窝窝头到手,往往几口就吞下肚里,再想吃,已经没有了。那又苦又涩的菜糊糊,又难以下咽,于是就围着饭桌哼哼唧唧地哭。见此情景，奶奶也哭，母亲也哭，爷爷也抹眼泪，有地瓜的时候，煮两块地瓜给莫言，他简直狼吞虎咽，让大人常常担心他会噎着，常常需要大人关照他“慢慢吃”，有时会招来“饿死鬼转世”的笑骂。在那年头，不知有多少人水肿，多少人饿死，莫言能活下来也算他命大了。

1961年，莫言饿着肚皮上了小学，当他背着哥哥姐姐用过的打着补丁的蓝书包和石板、石笔去上学的时候，长得是一副营养不良的黄豆芽样儿，穿得是一身洗干净了的破衣裳。奶奶看了心酸，帮莫言整了整衣衫，嘱咐说：“孩子，好好念书。”书，是念得不错的，如果不是赶上“史无前例的无产阶级文化大革命”，莫言和他的二哥肯定会像他的大哥管谟贤那样考上大学的，因为管家兄弟姐妹读书的天分都不错。

1966年“文革”开始，莫言上小学五年级。寒假，在上海华东师大上学的大哥管谟贤回家探亲，当时的管谟贤也是一位对文化大革命满腔热情的红卫兵，他带回家来的礼物是毛主席最新指示和“革命方知北京近，造反倍觉主席亲”的时髦口号。从大哥那里，刚满12岁的莫言懂得了党中央毛主席光靠8341部队保卫还不够，现在需要全国人民都起来保卫，保卫的办法就是造反。毛主席他老人家说“造反有理”，于是就造反，先造老师的反，罢课，长征，串联……小莫言约了几个赤胆忠心干革命的战友，结伙步行到胶县城，在一个接待站里睡了一夜，每人给人家褥子上“画了个大地图”(尿床)，第二天赶紧跑了回来。老师批评他们不遵守学校纪律。莫言不服，骂老师是“奴隶主”。班主任和校长一起研究，要处分莫言。班主任发誓说，该生非开除不可，否则不足以杀一儆百。幸亏有一位姓王的老教师说，这孩子学习成绩不错，每次搞文艺会演都少不了他的节目：鼻子底下粘一撮棉花，手持大烟袋，弯腰弓背表演《老两口学毛选》，很有阶级感情，很受贫下中农欢迎。有时还会自编文艺节目。现在到处都要建立毛泽东思想文艺宣传队，如果把他开除了，这样的人才不好找。再说，这次造反，主要是受了他在上海读大学造反的哥哥的影响，我们可以给上海写信向大学里反映。至于这孩子嘛，品德并不坏。王老师还举例说：一次下雨天午休，莫言来迟了，怕脚上穿的大人的雨鞋发出声响影响别人休息，于是就轻轻脱下鞋子提在手上，光着脚悄悄走到自己位子上睡下……不知王老师讲的哪一条理由发生了作用，学校最后决定从宽处理，给予莫言警告处分。但这已足够了，为这，回家挨一顿打是小事；以后，到了贫下中农管理学校，上中学也要贫下中农推荐的时候，尽管莫言学习成绩很好，作文很出色，却是一次又一次失去了被推荐上学的机会，一下子沉到了社会的最底层，成了一个地地道道的真正农民。这年莫言12岁。

12岁的农民莫言，耕锄薅割从头学起。在那极“左”的“文革”年月里，父亲是中农出身，莫言自然就是中农的儿子，自然同父亲一样也是一个“团结教育的对象”。一天到晚累死累活，能吃饱肚皮就好。但莫言仍然喜欢读书。大哥谟贤留在家里的初中、高中的课本,小说杂志,甚至是大哥的作文本,他看了一遍又一遍。读书能使莫言忘记饥饿,忘记疲劳,每到干活回来,就立即捧起书本,有时因为读书忘了吃饭,忘了出工。《海岛女民兵》、《林海雪原》、《吕梁英雄传》是莫言最早读过的几部小说。

读书不能当饭吃,只有干活挣工分才能分粮食。莫言虽小,但和大人一样拼命干活儿。一次割麦子,一望无际的麦田里,几十个人一字排开,身强力壮的小伙子、大姑娘、小媳妇都"噌噌"地赶到前边去了,麦个子在他们身后成捆地倒下,小莫言被远远甩在后面,别人已割到地头休息了,他才割了一半。他心里多急呀,急得直想哭。只有当队长的善良的四叔来接应他,帮他割,他才能捞到休息一会儿。

这位曾帮莫言割麦子的四叔,1984年秋天赶着牛车到县城送甜菜,被一个帮公社书记盖房无照开车的司机喝醉了酒压死了。噩耗传到正在北京解放军艺术学院读书的莫言耳朵里,他悲愤满腔,无法听课。他深情地回忆说:"我从小辍学在家,跟四叔在生产队里干活,前后近十年,四叔有超乎常人的吃苦耐劳精神,有着对后辈的宽厚怜悯之心。因我家是中农,父亲常受人歧视,但他对父亲是尊重的,对我是很爱护的。想不到他正当壮年,刚刚过上了好一点的日子,竟丧身在一个酒鬼和走狗的车轮之下,我真想和他打一场官司!……一个小小的公社书记,芥菜子儿一样的官儿,竟敢如此猖獗,视人命如同儿戏,真令人怒发冲冠!人和牛共赔了3000元了事。我感到一种沉重的痛苦和愤怒!3000元竟能买到一条人命,竟能使肇事者逍遥法外!?"……在后来莫言的《天堂蒜薹之歌》里,我们感到莫言淋漓尽致宣泄的正是他那满腔的悲愤和痛苦,我们仿佛看到了那位勤劳善良的莫言四叔……

在莫言童年和少年的苦难岁月里,我们看到了《透明的红萝卜》的影子,回忆那苦难岁月里的故事,使我们更深切地品味到了"红萝卜"的原汁原味:

一年秋天,小莫言在地里干活,又累又渴又饿,他忍不住跑到生产队萝卜地里拔了一个胡萝卜吃,那萝卜真香真甜呀!不幸被革命干部发觉了,于是莫言就被押解到地头上,罚莫言站到宝像(指农民干活带到地里去的毛泽东画像)面前,向伟大领袖请罪……在一起干活儿的莫言的二哥看到小弟受此奇耻大辱,心中又疼又气,放工的路上忍不住对他拳脚相加。回到家里,母亲、父亲接着再打。要不是莫言的爷爷出面保护,那一天非把莫言打死不可。一生正直处世、谨慎做人的莫言父亲不能容忍自己的孩子为他丢脸。莫言回忆当年这段情景时对我们说:"说来也怪,不管怎么打,我都不觉得疼、没有任何痛苦感。"

就这样,日复一日,年复一年,莫言在不觉得疼、不觉得痛苦的岁月中长大了。夏天可以像成年人一样穿短裤、光着膀子披一块"披布"[①]了,可以拿到整劳力的工分了,

① 高密县一带农民,干活儿时习惯在肩上披一块白布或蓝布,约几尺许,既可用来蔽体,又可用来擦汗。

推车挑担，有力气你就干吧，农业学大寨，活儿永远干不完。每年干到腊月底，大年初一接着干，名曰“过革命化的春节”。修胶莱河那年，莫言被派上了工地。修胶莱河干什么？不知道！为什么偏偏寒冬腊月要大干？不知道！滴水成冰的季节，莫言离家几十里，吃住在工地，住草棚、睡地铺，早晨起床穿鞋，鞋底冻在地上，拔都拔不起来。几天几夜不合眼，干着干着活儿，“扑通”一声摔倒，就睡着了，爬起来，还得干。人不是人，鬼不是鬼，连男女都分不出来，还是干。否则就要挨打挨骂，甚至罚你脱了衣裳在冰天雪地里冻，不给饭吃。这是在“文革”中农民革命干部发明的自己整自己的土政策。这一切深深刻在少年莫言的记忆里……

农村太苦了，莫言家太穷了。有一次莫言的母亲生病，无钱买药，父亲只好忍痛把母亲结婚时的首饰、大哥二哥小时候戴的小银锁拿出来，让莫言到县城变卖。莫言家这些最值得珍藏的最值钱的物件共卖了 20 元钱，抓了几服中药就用光了。莫言一家在贫困中苦熬着，挣扎着。

一个令当时莫言无比兴奋激动的好运气到来了，在供销社棉油加工厂工作的五叔终于给莫言找到了一个干临时工的差事——帮会计过磅，扛棉花包，每天能挣 1 元多钱。这比起在农村干活不但轻松多了，收入也高了。在这里干一个月挣的钱，等于在农村干一年的收入。

酷爱读书上进的莫言已经进入青年行列，个头长到一米七六，肌肉变得结实饱满，他那不甘心被命运摆布的欲望也变得越强烈，他不甘心当一辈子农民，也不甘心当一辈子扛棉花包的临时工。当时的莫言能干什么呢？像大哥那样去上大学？已不可能。那年头(“文革”中)上大学要靠推荐，他，连上中学都没人推荐的中农子弟，想上大学不是痴心妄想吗？唯一的出路，只有当兵去！死了也算个烈士，为家里挣一份烈属待遇，也算父母没有白养活一场；死不了，拼命也要混出个人样儿来。

中农子弟，当兵就那么容易吗？从 18 岁开始，每年征兵，莫言都抢着去报名，跟支书、武装部干部、来接兵的解放军黏糊。每次体检都合格，每次都被部队看中了，但每次都被干部子弟或贫下中农子弟挤了出来。中农子弟，只是“团结教育的对象”，靠边站吧！莫言看着人家穿上绿军装走了，只好干瞪眼。

1976 年，莫言已经 20 岁了，如果再走不了，这辈子就当不成兵了。这一次全家总动员，莫言的父亲、二哥齐上阵，总算打通了关节，莫言终于当兵入伍了！这是莫言命运的一个重大转折。当莫言穿上了崭新的绿军装，告别他为之流血流汗的高粱地的时候，他的心中默默念叨：“再见吧，可爱的故乡！再见吧，野菜地瓜干！我这一去，不混出个人模狗样儿，就不回来了！”

命运抗争与长兄砥砺

十二年之后,1988 年高粱红了的时候,莫言回到了故乡。这次,可以说是衣锦还乡。他是被故乡人民请回来的,他为故乡带来了荣誉。莫言,成了高密人的骄傲。伴随着莫言创作的《红高粱家族》等一系列小说在中国文坛上炸响,莫言编剧的电影《红高粱》在国际影坛获得金熊大奖……由《青年思想家》牵头发起的全国首次莫言作品研讨会在故乡高密县召开了。来自山东大学、山东师大、中国社科院、新华社、《文学评论》、《光明日报》、《文史哲》……全国各地的专家学者、社会名流、新闻记者云集高密县城,默默无闻、贫困落后的高密一下子成了国人耳熟能详的地名,成了国人注目的焦点。县长、书记为莫言敬酒,莫言成了高密人家的座上宾。

莫言作品研讨会隆重热闹,专家学者争相发言,气氛热烈活跃,而莫言静静地坐在一隅,默默无言。莫言的大哥管谟贤老师也是静静地坐在一边,默默无言。后来,我们才发现,管谟贤老师才是对莫言作品了解最真切,把握最准确、最有权威性的评论家。在莫言成长的路上,始终有大哥谟贤的影子陪伴。如果说莫言的爷爷是莫言的第一位启蒙老师,那么莫言的大哥应是莫言的第二位启蒙老师。这位启蒙老师是从谟贤中学时代的作文被莫言不断翻看开始的,这位老师的启蒙贯穿在谟贤反对弟弟搞创作到竭力支持弟弟创作的过程之中……

此时此刻,谟贤、莫言兄弟二人都默默无言……

……十二年前,莫言入伍来到新兵连。也许因为在新兵连表现出色的缘故,他被分配到山东黄县总参某下属部队当警卫战士。这里伙食极好,天天精米细面,鱼肉不断,这对从小吃糠咽菜长大的莫言来说,等于上了天堂。但他并没有满足,一天站几个小时的岗,迎着渤海上吹来的海风,倾听着大海的涛声,望着天上飘动着的朵朵白云,他感到生活单调,前途渺茫。在这种官多兵少的单位里当一名警卫战士,站几年岗就得复员,入党提干的机会是很少的。尽管如此,莫言还是立志当一名好兵,认真地站岗,积极地出公差,争着打扫厕所,做好人好事,不到一年当上了副班长。

粉碎"四人帮"之后,部队里读书学文化蔚然成风,莫言更是刻苦用功。恢复高考后的 1978 年 1 月的一天,教导员通知莫言说,上级为他争取了一个上大学的名额,让他报考郑州大学无线电专业。单位领导特许莫言每天只占两个小时的岗,其余时间自由支配复习功课,准备应考。多么激动人心的消息!但是名曰"复习"功课,这对只有小学肄业文化程度的莫言来说,实际上就是要在短短的半年时间里学完全部高、初中六年的课程。政治、语文还好说,数理化呢?光课本就是厚厚一大摞。但无论如何也得啃下来,机不可失,时不再来啊!他请一位技师帮助,开始向数理化进攻。到了 6 月中旬，高考在即，领导突然通知他，因为莫言的年龄超了一岁，所以报考资格被取消了。这对孜孜以求、奋力向上的莫言来说，不啻于一个晴天霹雳，使他一下子跌入了绝望的深渊。半年来，莫言学得很苦，每天只能睡几个小时的觉，拼尽全力攻克数理化，已经拿下了高、初中的数学、物理课程，攻下了初中化学的大部分。但是，现在全无用了！苦恼的莫言曾想提前退伍，回家继续复习功课，以社会青年的身份报考大学。但又想到，一旦回家当农民，哪里还有复习功课的时间呢？他只好打消了考大学的念头。1979 年，对越自卫反击战打响了，不甘寂寞生活的莫言，积极写请战报告，要求上前线，但没有得到批准。

莫言在走投无路之机，决定进行文学创作的尝试，莫言一腔无处诉说的苦闷，要找一个宣泄的缺口。开始，他根据大哥管谟贤提供的素材写了一个大跃进农村动乱生活的短篇小说。小说显得幼稚，没能发表。不久，莫言又写了一个六场话剧《离婚》，寄给了《解放军文艺》，稿子寄出，便如泥牛入海……他沮丧地给大哥写信说："我的文学创作，连战连败，使人丧气得很，看来我没有这方面的天才。不过，我总不死心，还是想继续尝试下去，今年搞一年，实在不行，就只好偃旗息鼓了。"这一年，1978 年，莫言加入了中国共产党。

经过拨乱反正的部队掀起了学文化高潮。领导让莫言这个小学肄业生给战士们教初中数学，他硬着头皮上阵，一边自学，一边教人，费时费力，但几次课上下来，战士们居然说他"教得很棒"。莫言只好再教下去。

只要能抽出时间，莫言仍忘不了写小说。小说每每写完，先寄给大哥谟贤看，请大哥提意见。他知道大哥的意见最中肯实在，大哥从不会笑话他。大哥管谟贤，这位中文系毕业，又历经"文革"多次政治运动磨难的中年知识分子，深感中国文艺界斗争的险恶可怕，虽然已经拨乱反正，但仍然是心有余悸。所以，他虽知道弟弟莫言有写小说的才气，但还是忍疼割爱给弟弟泼冷水，告诫莫言："世上道路千万条，就是不能走文学这一条！"一向很听大哥话的莫言，这时候居然不听了，居然我行我素，着迷似的苦苦写作下去。

部队领导认为莫言能写能讲又能干，是个人才，所以 1978 年 9 月，调莫言到河北省保定帮助搞新兵训练。训练结束，上级又决定将莫言留在保定，担任训练大队的政治教员兼保密员。部队驻扎在山沟里，出门就可以看到狼牙山烈士纪念塔。深秋季节，山上的柿子树上挂满了红灯笼般的果实，实行了责任制大包干的农民正满怀丰收的喜悦，忙着收获。但是莫言的情绪却振作不起来，他担任着部队学员的政治课，每天备课到深夜，还是抽空写小说，可是小说一篇篇寄出，收到的却是雪片般飞回来的油印退稿信。莫言的精神受到了沉重的打击，身体健康受到了严重的伤害，才二十几岁的人，头发就开始大把大把地脱落。提干无望，复员随时都有可能，莫言苦恼至极。他写信问大哥:“我该怎么办?怎么生活下去?请大哥帮我设计一条路吧!”大哥心疼自己的小弟,此时此刻如果再对弟弟那烈火般的创作热情泼冷水,无异于对亲弟弟的杀害了,只有支持他创作,才能支撑起弟弟的精神,只有支持他创作,才能让默默无言的弟弟有苦有处诉,心情舒畅地活下去。大哥谟贤劝弟弟安心在部队工作,鼓励莫言继续文学创作的尝试。

莫言在与命运抗争。终于,1981 年 10 月,他的一篇习作《春夜雨霏霏》在保定《莲池》上发表了。这是莫言公开发表的第一篇小说。这篇处女作以第一人称写一个新婚的妻子怀念着海岛带兵的丈夫。小说以心理描写见长,文笔婉约细腻。莫言自己这样评价他的这篇作品:“这是瞎猫碰上死耗子,这篇东西费力最少,一上午写成,竟成功了。有好多‘呕心沥血’之作,竟是篇篇流产了。”

从 1979 年赴保定到 1983 年进京为止,莫言每年所写小说不下几十篇,但发表的除了《春夜雨霏霏》之外,只有《丑兵》、《因为孩子》、《我和羊》、《雪花、雪花》、《售棉大路》这几篇。这些小说除了《售棉大路》被《小说月报》同年第 7 期转载之外,其他几篇几乎没有引起人们注意。这些作品还没有显示出莫言的怪才来,基本上是以传统手法写成的。但在他细腻的笔触之中,却也能窥见莫言的创作潜能。需要说明的是,这些作品都是在莫言工作十分繁忙的业余时间完成的。那时期,他先后担任训练大队 1979 级学员的政治课、预提干部学员的政治课、三个区队的政治课教学工作等,给连职干部讲过近代史,给在职干部讲过哲学、中共党史,每周上课多达 12 节,还兼着保密员工作。讲课所使用的教材大都是高校教材,这对只有小学文化程度的莫言来说,担子之重、工作之艰辛是可想而知的。莫言在拼命工作,有时,为了上好课,不得不中断创作。那时,提高理论素养,用莫言的话说,“是当务之急,我啃了不少马列的原著,获益匪浅”。尽管有时痢疾、感冒、鼻窦炎同时发作,但他仍在拼命,不管是成功还是失败,他毫不懒惰,每天都是挑灯苦干到深夜。

远在千里之外的大哥管谟贤时刻关心着弟弟的身体,也时刻注意弟弟创作的进步和变化,有尖锐的批评,有热情的鼓励。莫言保留了这期间大哥写给他的信:“弟弟,创作要注意形成自己的风格。要想成为名作家,必须具有自己独特的风格,跟在别人(不管是中国人还是外国人)后边走老路,是不会有出息的。”谟贤既是莫言的兄长,又确是莫言的良师益友。

《莲池》起步与孙犁赞许

莫言是 1982 年夏天被批准破格提干的。1983 年 6 月,他被调到位于北京八达岭下的上级机关任宣传干事,负责理论教育工作。莫言赴京之前感慨甚多:想到要离开自己文学创作起步的地方，要离开曾悉心指导过自己写作的《莲池》杂志的老编辑，要离开培养自己成长的首长和为自己提干而奔走呼号的战友，心中无限惆怅。再说，到北京大机关，担子更重，能人更多，自己能胜任吗？

但莫言毕竟是莫言，他是条不服输的高密汉子。为了提高自己，他参加了北京市组织的党政干部基础学科自学考试。十门功课，学一门考一门，全部合格，即可拿到大专文凭。调到北京后的当年底，他的哲学、逻辑学考试合格。第二年春天，又通过了中共党史及政治经济学两门功课的考试。

1983 年 9 月，河北省《莲池》第 5 期又发表了莫言的新作《民间音乐》。这篇小说风格独特，显示出了莫言独特的才华，他一改过去的传统写法，而致力于营造某种意象。不久，这篇小说得到了独具慧眼的老作家孙犁的赞许。老作家的赞许，对青年莫言鼓励很大。莫言自己这样谈他的《民间音乐》："我这篇东西刚开始写时是有文艺商品化倾向的，写着写着又掺进了新的思想。小瞎子和花茉莉都在追求人格的独立化，追求内心世界的自由和解放。总之，我是想把这个人物塑造成脱尽俗气的人物。花茉莉未能完全脱俗，她本身是个处于脱俗过程中的人物。当然，这种人在生活中实际上是不存在的，是一种观念的化身，是寄托着我的人生观的人物，这些人物一个也站不起来，我故意使小说时代感淡薄，增添神秘朦胧甚至是荒诞的气氛，目的就是让读者不要用传统的审美观念来看待我的人物。……我现在确实是正在折服于拉美的'爆炸文学''魔幻现实主义'的创作方法，认为必须用动荡不安的语言，反传统的形式来形成自己的风格。"由此，我们可以看出，莫言是从《民间音乐》开始新追求、新探索的。尽管那时期他一方面忙工作，一方面"混"文凭，一方面要创作，三路并进，体力、脑力都不支，但还是没有忘记创作的探索和创新。

1984 年上半年，莫言又连续发表了《岛上的风》、《雨中的河》、《金翅鲤鱼》、《放鸭》、《黑沙滩》等中篇小说。其中《黑沙滩》一篇具有较强的艺术感染力与思辨力，荣获《解放军文艺》1984 年的小说奖。

莫言本是山东人，但他却是在河北起步和成名的。《春夜雨霏霏》首先是在河北《莲池》发表，《民间音乐》又是在《莲池》奏响了，引起了文坛的注意。河北人的确待他不薄，1991 当我把《怪才莫言》这本书寄给河北花山文艺出版社的时候，长相乃至声音都酷似作家莫言的编辑兰小宁先生表示："莫言的书，我们赔钱也出。"在这期间，河北省文联和《长城》杂志在省会石家庄召开"河北省青年作者笔会"以及在任丘油田召开"河北省青年创作会议"，都特别邀请已赴京的莫言参加。在会上，莫言见到了很多著名作家，与他们交谈，莫言受到很大鼓舞，决心再拼一番，争取突破。

莫言说，我的确没有什么天才，只是有时庆幸自己机遇不坏。自从踏上燕赵大地，好像有点时来运转。也许莫言说得对，到北京之后，莫言在创作的道路上，出现了突破性的转机——他考入了解放军艺术学院中文系。

“徐怀中主任改变了我的命运”

解放军艺术学院是军内最高的艺术学府，原来并没有中文系。1984 年由著名的军队老作家徐怀中出任文学系主任组建文学系。别人早在 5 月间就已经得到准考证开始了复习。直到 6 月中旬，莫言才从一位战友那里得到消息，战友积极鼓励莫言报考，莫言决心一试。6 月 19 日上午莫言接到准考证，6 月 21 日开始复习，7 月 1 日考试，中间只复习了十天。考试结果：语文、政治、史地三门考了 216 分(其中语文 90 分)。三门课考试占 40%，交一篇作品占 60%。徐怀中主任很欣赏莫言的《民间音乐》，结果，莫言以较高的分数被录取。同时被录取的有李存葆、钱钢、宋学武、朱向前、崔京生等 35 名在文坛上崭露头角的部队青年作家。令莫言遗憾的是，鼓励莫言报考的那位战友当年没能考中。莫言谦逊地说：“真是秀才未中，书童中了。”莫言为“终于扔掉了一个小学肄业的帽子而高兴”(莫言语)。但真正值得莫言实实在在庆幸的是，他考入军艺，为他成为一名真正的作家打下了坚实的基础，为他真正步入文坛铺平了道路。

文学系主任徐怀中思想解放、学识渊博，他对莫言全力栽培，钟爱有加。莫言深情地说：“徐怀中主任改变了我的命运。”

第一学期来军艺讲课的老师有王蒙、丁玲、刘白羽、张承志、邓友梅等当代著名作家。

莫言如饥似渴地听讲，潜心刻苦地读书和写作。他回忆这段时光时说：“这一学期收获很大，方知文学是怎么回事，决心搞出一点名堂来……那时似乎已经成癖，一天不写东西，感到对不住自己，创作欲极强，恨不得将文坛炸平！”

莫言终于放了一颗重磅炸弹，一篇《透明的红萝卜》震动了文坛，给当时的文坛带来了新鲜空气，被评论家们誉为“建国以来农村题材小说中不可多得的精品”。这篇小说在《民间音乐》的基础上继续进行，又有了新的探索，无论是从截取生活的角度，还是从艺术手法上，都是别具一格的。读了它，人们得到的是一种说不清、道不明的艺术享受。主人公黑孩始终都是默默无言，没说一句话，但却给读者留下了极深刻、极难忘的印象。莫言的这篇小说，是从他的一个梦得到启发写的。莫言做了一个梦，梦见一个红衣少女挑着一个红萝卜迎着太阳向他走来，那萝卜是透明的，里面流动着液体。同室的同学兼战友崔京生怂恿他写成小说。小说尚未发表，即得到徐怀中主任和同学们的赞扬。从 1984 年开始，到 1986 年，在解放军艺术学院学习两年，是莫言创作的第一个繁荣期。中篇小说《白狗秋千架》、《枯河》、《秋水》、《三匹马》、《老枪》、《金发婴儿》、

《球状闪电》、《石墨》,散文《马蹄》……一篇接一篇发出,一发而不可收,令人目不暇接。以至有的同学开玩笑说莫言"写小说像拉肚子一样容易"。

莫言并非像拉肚子那样毫不费力地写小说,而是呕心沥血般地探索追求,不仅在形式技巧上刻意求新,而且很想在题材上来一番开拓和突破。1985 年 9 月,莫言在创作《红高粱》之前,在给他大哥谟贤的信中,曾这样表述他的创作心态:"一种想写抗日战争题材的欲望,使我彻底失眠,脑子里常出现幻觉。"由此可知,莫言的追求和探索已经达到了着迷发狂的程度。

莫言如痴如狂的结果——1986 年 3 月《人民文学》推出了他的中篇小说《红高粱》。这实在是莫言蓄积已久、呕心沥血之作。此篇一出,文坛轰动。老作家丛维熙首先以《五老峰下荡轻舟》为题在《文艺报》上发表文章极力称许。随后,全国不少文艺刊物纷纷转载。《红高粱》是目前莫言的代表作之一,它在抗日战争题材的作品中开了新生面,它呼唤着壮美的人生,召唤着抗日的英魂,讴歌着中华民族的英雄主义和桀骜不驯、博大雄浑的英雄气质;它塑造出了新的人物形象;它洋溢着一股前所未有的蓬蓬勃勃、潇潇洒洒的酒神精神……不同的读者和不同的评论家可以从不同的角度来欣赏和评论它的思想内涵。《红高粱》在艺术技巧上又有了新的探索和突破,在视角上分了三个层次:"我"的视角(现在),文学的视角(过去),"父亲"的回忆(过去的过去)。叙述方式打破了传统的时空观念,以全新的格局展现了抗日战争高密东北乡广阔的舞台和高粱地里波澜壮阔的悲喜剧。1986 年,莫言闪电般地写完了《红高粱家族》中的其他几个中篇《高粱酒》、《高粱殡》、《狗道》、《奇死》。同时,还发表了《爆炸》、《断手》、《苍蝇·门牙》、《草鞋窨子》、《筑路》等中短篇小说。

1986 年 3 月,莫言被中国作家协会吸收为会员。

故世魂魄的召唤与天国精灵的求索

创作之余,莫言又一次研读了诺贝尔文学奖得主肖洛霍夫的《静静的顿河》,激动得流泪。莫言打算以《静静的顿河》的规模和气魄来继续写他的"《红高粱》系列":除了五个中篇组成的《红高粱家族》之外,再写三部长篇(其中最后一部由系列中篇组成)。"系列"全部完成,大约需要 100 多万字。莫言打算把红高粱家族的故事从抗日战争开始一直写到中华人民共和国成立后的"三年最困难时期",史诗般地展现高密东北乡这"地球上最美丽最丑陋、最超脱最世俗、最圣洁最龌龊、最英雄好汉最王八蛋、最能喝酒最能爱的地方"30 多年的风云变幻、世态炎凉,展示父老乡亲们所创造的惊天地、泣鬼神的光辉业绩和所经受的大喜大悲、大苦大难,弘扬中华民族的优秀传统和精神。

1986 年暑假,莫言从解放军艺术学院毕业,被分配到总参政治部文化部工作。总参没有房子给他，只好住在一间仓库兼办公室里。在这里，他继续不懈地笔耕。

这些年，莫言跑遍了国内不少地方，湖南索溪峪、江西井冈山、临潼兵马俑坑、大连、丹东、伊犁、玉门、敦煌……足迹遍布大江南北、长城内外，饱览了祖国大好河山和文物古迹。1987 年出访了联邦德国。1990 年，又受到了法国的邀请，邀请莫言参加法文版的《红高粱家族》和《天堂蒜薹之歌》的发行仪式并访问、法国。此后，莫言还到香港、新加坡、马来西亚等地讲学、访问、考察，拓宽了视野，增长了见识。

此后几年，莫言又发表了《欢乐》、《罪过》、《红蝗》、《凌乱战争象》、《猫事荟萃》、《飞艇》、《弃婴》、《玫瑰，玫瑰，香气扑鼻》、《生蹼的祖先们》等中短篇小说以及《天堂蒜薹之歌》、《十三步》等长篇。组合长篇《食草家族》也即将面世。

综观莫言的作品，我们发现，作为军人作家的莫言，写军事生活题材的文学作品并不多；作为居住在京都闹市的作家莫言，写城市题材的作品也不多；作为周游列国的作家莫言，写异域风情的大作品尚未看到；莫言写的最多的还是高密农村生活的作品。除了莫言的童年和 20 岁以前的青少年生活之外，莫言就不再是农民莫言了，以后也不可能再去当农民。当农民的时候，他曾千方百计要摆脱高粱地，要摆脱农民的命运。而如今，成为军人职业作家的莫言，却又时时刻刻想念着农民，仍然把自己想象成一个农民，与农民兄弟共同呼吸，始终关心着农民的命运，不停地写农民，写农民的过去，写农民的现在，写农民的未来……由此可见，童年、少年期的遭遇对作家的成年乃至终生的创作有着多么巨大的影响。痛苦的童年是作家的摇篮。从这种意义上说，莫言永远是个农民。

透过莫言的小说，我们发现莫言有着多副笔墨，有中国古典文学的技法，也有西方现代派小说的叙事，有古朴原始民间的讲说，也有魔幻与荒诞的表达，独特的感觉，丰富的想象，展现了一个万花筒般扑朔迷离的艺术世界。透过莫言的小说，我们又发现，莫言在弘扬优秀的中华民族精神的时候，同时又具有一种高屋建瓴的批判意识，莫言无情地批判民族的劣根，批判那种不知何年何月弱化成的羔羊般的奴性人格。透过莫言的小说，我们还发现，莫言对过去(原始勇武的中华精神)的召唤，深情地召唤“归去来兮”；对未来的向往，热烈地向往那自由、美丽、透明的世界；对现在的批判，辛辣地批判现实中的假恶丑。正像在高密召开的首次全国莫言作品研讨会即将结束时，莫言答记者问时所说的：“爷爷奶奶那种精神，我相信过去曾经有过，我也相信将来还会有，但现在，没有。”

莫言和谟贤毕竟是亲兄弟，正当莫言创作取得了很大成绩，文坛一片喝彩声的时候，正当莫言踌躇满志继续探索前行的时候，莫言的大哥谟贤坦率地对莫言说：“弟弟，还是要沉住气，不要受东南西北风以及掌声、喝彩声的影响。批评的声音，倒是不妨听一听，看是否真有道理。”同时，还中肯告诫弟弟：“我鼓励支持你探索创新，形成你的独

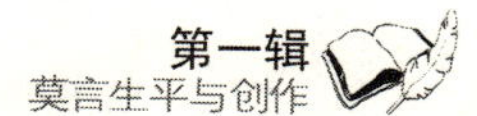

特风格。但也要注意，不要探索得连我这样的人也看不懂了。”

1988年9月，莫言考入了北京鲁迅文学院硕士研究生班，继续深造。这期间，他又读了大批古今中外的名著，而且啃下了英文。鲁迅文学院两年研究生生活无疑将是莫言又一个新的台阶 。我们期待莫言创作的又一个高峰期到来！

（如果说该文披露了许多鲜为人知的第一手资料，那么应归功于莫言的长兄管谟贤先生——编者注）

1988年初秋

（原载《怪才莫言》，花山文艺出版社1992年版）

莫言小说中的人和事

◇管谟贤

莫言成名之后，尤其是电影《红高粱》柏林得奖之后，人们对莫言及其作品的研究很是热闹了一阵子。有人称莫言为“怪才”。似乎莫言本身就是一个谜，一夜之间不知从哪里冒出来杀上了文坛；也有人把小说与现实混为一谈，凭主观想象或道听途说，把小说中的某些情节强加在我们家庭成员的头上写成论文发表，使得我们这样一个普通得不能再普通的农民家庭也蒙上了一层神奇的色彩。近几年来，一些旧日的同学、朋友或不相识的人来信询问我们家庭的情况，国内外一些文学界的朋友甚至不远万里来我们家乡考察。其实，莫言是极普通的一个农民的儿子，甚至可以说直到现在他还是一个农民。他爱农民之所爱，恨农民之所恨，与农村有千丝万缕的联系。他的作品不管怎么“现代”，如何“魔幻”，在我看来都是再现实不过的东西。它既不是历史，更不是神话，都是普通的、真正的小说。莫言的作品多用第一人称来写，其中不但有“我爷爷”、“我奶奶”、“父亲”、“母亲”、“小姑”，而且有时竟将真人姓名写进作品中去，如《红高粱》中的曹梦九、王文义；《筑路》中的来书；《草鞋窨子》中的于大身、枯链子张球。对此，我曾经提醒过他不要用真人姓名以免引起纠纷，他的解释是，用真人姓名在写作时便于很快地进入角色，易于发挥。从近两年的作品看，莫言已经注意了这个问题，把真人姓名写入作品的事已不多见了。值得一提的是，尽管莫言作品中有时用了真人的姓名，但往往是真名之下无真事（历史人物除外），真事往往用假名。人与事之间张冠李戴、移花接木，或干脆“无中生有”，似乎是联想或想象而已。

总之，小说只能是小说，绝不能把小说当作历史或报告文学。

为了给研究莫言作品的同志们提供一点资料，也为了澄清一些事实，应山东大学贺立华同志之约，写了如下文字。

爷 爷

我们的爷爷管嵩峰，名遵义，生于1895年，1978年病故，享年84岁。我们的爷爷既没有《秋水》、《红高粱》里的“爷爷”那般传奇式的英雄豪气和壮举，更没有那般痛快淋漓的风流韵事。我们的爷爷是一个忠厚老实、勤俭持家、聪明灵巧的农民，与《大风》中的爷爷庶几近之。爷爷一生务农又会木匠手艺，种田是一把高手，木匠活也做得漂亮，所以日子过得不错，爷爷一生乐善好施，亲友、邻居来借钱、粮、柴草，有求必应，而且从不登门讨账。最多到年关时对奶奶说：“某某还欠着什么没还呢。”有很多就是白送。人家要还，他就说：“算了吧，多少年了，还提它做什么？”小时候我有一个印象，似乎那些找爷爷借东西的，压根儿就不想还。加上还要抚养我三爷爷、三奶奶死后留下的三个孤儿（我们的三叔、四叔、六叔），又经常接济穷亲戚、穷朋友，日子也总是富不起来。土改时爷爷被定为中农。爷爷是文盲，但却十分聪明，称得上博闻强记，他能打一手好算盘，再复杂的账目也可算清。过去村人买卖土地，不管地块多复杂，他都能很快算出它的面积。不少复杂的家具、器械看过一遍他便可做出来。从三皇五帝至明清民国的历史变迁，改朝换代的名人轶事他可以一桩桩、一件件讲个头头是道；不少诗词戏文他能够背诵。更令人奇怪的是，他虽不识字，却可以对照药方从大爷爷（爷爷的哥哥）的药橱里为病人抓药。至于那满肚子的神仙鬼怪故事、名人名胜的传说，更是子孙辈春日河堤上、冬季炕头上百听不厌的精神食粮。我有时候想，爷爷要是有文化，没准也会当作家，准确地说，爷爷才是莫言的第一个老师。莫言作品中绝大多数故事传说都是从爷爷那儿听来的。如《球状闪电》里举子赶考救蚂蚁；《爆炸》里狐狸炼丹；《金发婴儿》里八个泥瓦匠庙里避雨；《草鞋窨子》里两个姑娘乘凉，笤帚疙瘩成精；《红高粱》里綦翰林出殡；等等。如果把爷爷讲过的故事单独回忆整理出来，怕也要出两本厚厚的《民间故事集》呢。

爷爷一生务农，对土地有深厚的感情，他相信世界大同，却反对合作化，尤其是对1958年“大跃进”深恶痛绝。他曾预言，人民公社不是好折腾，折腾来折腾去，非饿死人不可。果然，三年困难接踵而来，村里人人浮肿，天天死人，爷爷一手拉扯大、为其成了家的三叔因饥饿而病死。生产队里只有干不完的活，却分不到足够的粮，一家人靠爷爷度过荒年。当时他已年过六十，不去队里干活，冒险偷偷地去边远地方开小块荒地种地瓜；春秋两季，去田野割草，晒干后，等第二年春天送到农场，换回大豆、地瓜干。刚刚四五岁的莫言因野菜难以下咽而围着饭桌哭闹时，爷爷弄来的地瓜干无疑是比今日之蛋糕、饼干更为甘美的食品，给他幼小的心灵留下了难以磨灭的印象。

爷爷19岁、奶奶20岁才成的亲，这在当时已是晚婚年龄，二人艰苦创业，勤俭持家，省吃俭用,劳作一生。生有一女二男(我们的父亲和五叔),在乡里享有很高的威望。

奶 奶

我们的奶奶姓戴,如同旧社会的劳动妇女一样,没有自己的大名,在世时,农业社的社员名册上,称作"管戴氏"。奶奶比爷爷大两岁,1971年去世,终年79岁。

尽管《红高粱》里的奶奶也姓戴,但我们的奶奶却远没有九儿那般泼辣风流,也没有《老枪》里的奶奶那般杀伐决断。我们的奶奶是一位极普通的老式家庭妇女,奶奶的娘家也是极普通的农民,因为她的父兄会竹器手艺,所以生活过得比一般农户强。小时候曾听奶奶发牢骚说,她和爷爷成亲后,爷爷的以及后来子女们的衣服全是奶奶家负责的,我们家一概不管。我们奶奶虽然极普通,但确实很能干。直至去世,奶奶是我们家实际上的大总管。那时父亲和叔父没有分家,一家十几口人的吃穿,全由奶奶安排,尽管那些年月生活极艰难,奶奶勤俭持家,精打细算,一家人也未受冻馁之苦。奶奶的手极巧,我不止一次地听我的大爷爷、外祖父夸她做的饭菜好吃,针线活漂亮。村里有人家结婚,窗花、馒头花常找她剪,喜丧事也找她去操办。奶奶还会接生,解放后虽说新式接生已经推行,但找她接生的仍很多。可以说,我们村现在40岁左右的人有一半是她老人家接到这个世界上来的。

奶奶胆子比爷爷大。听奶奶说,有一年,日本鬼子在外边砸门,爷爷去开门,鬼子进门一脚将爷爷踢倒,刺刀对准爷爷胸口,"呜哇"一叫,吓得爷爷面如土色,倒是奶奶走上前去扶起爷爷。爷爷出门想跑,那鬼子一勾机枪,子弹从爷爷身边飞过。从此,只要听说鬼子来了,鬼子影未见,爷爷就先跑了,往往是奶奶留守。我问奶奶当时怕不怕,奶奶说:"怎么不怕?一有动静就想上厕所!"即使如此,凡与兵们打交道的事,爷爷再不敢出面,哪怕后来的八路军、解放军来了,开大会都是奶奶去。

奶奶一生未出过远门,一生未见过楼房。20世纪60年代初,我到上海读大学。放假回来告诉她我们住在楼上,她不止一次问我人怎样上得楼去,用梯子爬吗?我当然回答不是,并且给她解释怎样一层层走上去,还说高层楼可乘电梯,等等。谁知奶奶越听越糊涂,叹口气道:"看不到真楼,越听越不明白!"当时,整个高密县只有县城有两座二层小楼,乡下一律是平房,所以她老人家至死也没弄明白楼是怎么回事。

父 亲

我们的父亲管贻范,今年69岁。旧社会上过四年私塾,在我们乡下已经算是知识分子了。所以,家乡一解放就担任了各种社会工作,记账、扫盲,从互助组到合作社,到生产大队，到国营农场耕作区，再到生产大队，一直担任会计，直至1982年才退休。几十年的会计当下来，积累的账册、单据成捆成箱。他可以自豪地向村里的老老少少说，他没贪污过一分钱，没有错过一笔账，没有用过手中的权力为自己办过一次事，连记账用的一支竹杆圆珠笔都是通过书记批准再买的。父亲担任大队会计20多年，一年四季白天和社员一起干重活，下雨、阴天和晚上记账。每逢大队偶尔摆酒席，他总是借故推辞，拒不参加。

父亲教育子侄十分严厉，子侄们甚至他的同辈都怕他。我们小时，稍有差错，非打即骂，有时到了蛮横不讲理的地步。他担心我们“学而不成，庄户不能”，对我们的学习抓得很紧。我读小学时，父亲经常检查我的学习。有一次。居然要我将一册语文书倒背出来，背不出就打。等我读了中学，一方面离家远，每周回家一次，另一方面我读的东西他不懂了，所以不再检查我的学习，但每学期的成绩单必看。三年困难时期，我读高中，同学中有的饿死，有的逃往东北。我也想去闯关东，回家一说，父亲大怒，说：“供你上了十年学，什么结果也没有。要走，就别再回来！”父亲希望我们走正道，望子成龙心切，加上生活困难、心情不好，所以很少给子女笑脸。莫言小时顽皮，自然少不了挨打。有一次，小莫言下地干活，饿极了，偷了一个萝卜吃，被罚跪在毛主席像前。父亲知道了，回家差一点把他打死，幸亏六婶去请了爷爷来才解了围。父亲自己清正廉洁，容不得子侄们沾染不良习气，败坏管家门风。有一年，我叔父的二儿子十来岁时，去队里瓜地里偷了几个小瓜，虽然偷瓜摸枣是农村孩子常干的事，而且又是侄儿，但也是一顿好揍。后来我的这个叔兄弟不但考上了大学，而且研究生毕业，获得硕士学位。

父亲不是党员，但一直跟党走，在乡里很有威信。父亲孝敬爷爷奶奶，爱护弟弟——我们的五叔。我们的五叔在供销社棉花站工作。当年，区里让我父亲脱产出来工作，父亲把机会让给了五叔。婶婶和叔叔的四个孩子在家里和父母一起生活，直到奶奶去世才分家。分家后，父亲还像过去一样照顾叔叔的孩子，上大学的还不时寄钱去资助。

父亲至今仍在乡下，农忙时下地干活，赛过青年人；农闲时做木匠活，一刻不闲。

母　亲

我母亲姓高，没有大名，我们填表都写管高氏。母亲缠足，是典型的农村妇女，没有文化，今年已经70岁。因劳累过度，患有哮喘、肺气肿等多种疾病。母亲是17岁嫁到我们家的，母亲的亲生母亲在母亲两岁时就去世了。来到我们家50多年，当媳妇的时间比当婆婆的时间长，一直没过上好日子，现在过上好日子了，又老生病，母亲常叹自己命苦。

母亲生过七八个子女，活下来的只有我们兄妹四人。除我之外，莫言还有一位二哥和姐姐。莫言是母亲最小的孩子，到莫言出生时，我们这个大家庭里已有四个孩子。后来，我婶婶又生了三个儿子。莫言在家里的位置无足轻重。本来穷人的孩子就如小猪、小狗一般，这样，就不如路边的一棵草了。母爱是有的，但要懂事的孩子自己去体会；天下父母哪有不爱自己的孩子的。但母亲为了这个大家庭，为了顾全大局，必须将爱藏在心底。记得困难时期，全家吃野菜，莫言和他堂姐（我叔父的女儿，仅比莫言大半岁）吃不下。母亲单独为他俩煮两个地瓜或蒸一个不加野菜或加少量野菜的玉米面饼子。小莫言饭量大，但他也只能和姐姐“平分秋色”。半个饼子姐姐吃了已饱，可小莫言却不饱，尽管如此，也不能多分给莫言，结果是小莫言吃不饱还要挨骂。

最让母亲难过而又难忘的一件事发生在1961年春节。积攒了半年的几斤白面蒸了五个饽饽，摆在院子里当供品。过完年要休息了，奶奶让母亲去把五个饽饽收回来。母亲去收，五个饽饽却不翼而飞。除了自己家里的人外，只是过年时来过两个“送财神”（讨饭）的。于是我和母亲紧急出动，碰到“送财神”的就看人家的篮子，哪里还有半点影子？五个大饽饽，白面的，是爷爷和小弟弟们半个月的好口粮，全家人舍不得吃，不见了，心疼，气恼，还背着偷吃、储藏的嫌疑。我和母亲哭了半宿，母亲像生了一场大病。此事我也终生难忘。莫言刚开始写作时，我写信把此事告诉了他，鼓励他写成小说。他写了题为《五个饽饽》发表了，现在这篇作品收在小说集《欢乐十三章》里。

母亲干得最苦、最重的活是推磨，那也是困难时期，村里还吃食堂，母亲为了得几斤铁皮，去给食堂推磨。那时牲口都饿死了，只好用人推。母亲瘦得体重不足70斤，和大娘婶子们合伙，两人一帮推，推着推着就晕倒在磨道里，抓一把生粮食吃了再推，生粮食也不敢多吃，磨却要推下去。一天下来腿肿得好粗，人都走不动了，这一情景，莫言也写过一篇小说，题为《石磨》，但那毕竟是小说，很有些浪漫和诗意了。

曹梦九

此人在小说《红高粱家族》中多次出现，许多情节取材于此人真实事迹或流传于高密民间关于他的传说、轶闻。曹系河北人，为冯玉祥将军部下。30年代初曾随冯玉祥将军驻守湖南常德。1935～1937年10月任国民政府高密县县长，在职期间颇多政绩，被高密百姓视为清官，许多关于他的传说、轶闻至今尚在民间流传。小说中的曹梦九惩罚恶霸强占农妇母鸡的马屁精即其传说之一。其著名政绩之一即小说中提到的消灭土匪一事。据县志记载：民国初年，县内一些无赖、兵痞纠合成若干小股土匪，到外拉驴绑票，拦路抢劫，社会极不安宁。曹梦九任县长期间，经常缉捕严惩，有所收效。1936年春，曹和韩复榘共谋，宣称在济南成立特别侦察队，凡枪法超群、骁勇剽悍、杀过人、愿意接受招安立功赎罪者携带长短枪两支到县里报名，则不咎既往，录用为侦察队员，一切待遇从优。仅两个月即诱捕土匪 80 余名，武装押解济南枪决，为高密人民除去心腹大患。县内一时比较太平，百姓得以安居乐业。曹梦九在高密抓赌、禁烟、奖励农耕，兴学校、修县志，做了一些好事。他对违法乱纪、败坏纲常的不法之徒往往以鞋底打之，因此得一外号“曹二鞋底”。作为一名旧政府的官员，能如此实属不易。

王文义

我们村确有王文义其人，现已 60 多岁，仍健在。王文义个子不高，貌不惊人，严格说还有点丑陋。在小说《红高粱》中，王文义虽然胆小，但最终还是抗日而死。现实生活中的王文义没有打过鬼子，却当过几天解放军，因胆小不干了。小说中有一个情节与王文义当兵的经历相似：鬼子打枪，以为自己脑袋已不在颈上一节。据说王文义刚当兵时参加了一次战斗，敌人开枪之后，子弹如蝗虫。从头上飞过，王文义大叫：“我的头没了，我的头呢？”气得班长破口大骂，踹了他一脚。撤退时他竟将大枪丢进水沟，班长下水捞上枪来，王文义的兵也就不再当了。此人解放后一直务农，老实本分，其妻是一细高身材的农村妇女，自然也没有为抗日部队送饭光荣牺牲的事。

大老刘婆子

小说《红高粱》中还有一个叫大老刘婆子的女人，是余府的女管家，后来还和“爷爷”余占鳌有那么一段浪漫史。现实生活中，在我们邻村沙口子确有一个叫大老刘婆子的女人，解放时已 50 岁左右了，早在大跃进年代即已去世。此人是一个以乞讨为业的女叫花子，整日破衣烂裳，蓬头垢面，手持打狗棍，提着篮子挨家挨户要饭吃，令人望之生厌。谁家的小孩不听话或哭闹，只要说一声：“大老刘婆子来了！”马上吓得乖乖的。此人是个寡妇，政府教育她好好劳动，她不肯。有一年，大概是朝鲜停战之后，有一批残废军人下来找对象。其中有一个叫老范的，虽然不缺胳膊少腿，但缺少心眼，大姑娘、小寡妇都不肯跟他。不知有人撮合还是二人自愿，大老刘婆子居然与老范同居了。但不久，大老刘婆子又出来要饭了。据大老刘婆子自己说，是因为老范年轻力壮，吃他不消。但人们分析，肯定是大老刘婆子骗光了老范的钱，因为不久老范也就由政府召回去了。

大老刘婆子在世时莫言尚小，即使见过，也不会有什么印象，所以在小说中只是借用她的名字用用而已。类似人物《红高粱》中尚有许多，限于篇幅，不再一一列举。

孙家口伏击战

小说《红高粱》写爷爷和父亲去伏击日本鬼子的事是有其故事原型的。这事是发生在1938年4月16日的孙家口伏击战。据县志记载，当时胶(县)沙(河)公路上常有日本汽车过往孙家口。4月16日晨，国民党游击队曹克明部400余人，在冷冠荣部、姜黎川部配合下，埋伏在村内村外，截击日军。上午10时许，满载日军的5辆日本军车由村北向南疾驶。尖兵车上载重机枪一挺，驶至村南拐弯处，轮胎被预先埋在路上的耙齿扎穿，动弹不得。曹部伏兵立即投弹炸死车内日军。后驶进村内窄路上的日军汽车，前进不能，后退不得。村内伏兵四起，围击日寇，并以高粱秸引大火烧汽车，车上日军无一逃脱。村外汽车上的日军企图负隅顽抗，亦遭围歼，仅一名逃跑。此战歼灭日军39名，内有日军中将中冈弥高，缴获汽车一辆(其余被烧毁)，轻、重机枪各一挺，“七九”式步枪30余支，子弹数万发，军刀3把(其中将级军刀一把)，文件一宗，游击队伤亡30余人。后驻胶县日军至孙家口邻村公婆庙(现名东风村)报复，杀害群众136人，烧民房800余间，造成“公婆庙惨案”。

1987年夏天，电影导演张艺谋率《红高粱》剧组来高密拍外景戏，孙家一带老百姓事先专门种了大片高粱，电影中不少镜头就在此地拍摄，使当地老百姓重温了当年历史。老百姓看到巩俐等人在高粱地里钻进钻出，从驴背上爬上爬下，累得昏倒在地，不由得感叹：“拍场电影真不易啊！”

四叔之死

莫言作品中写到的真事不止一件，有些已经经过艺术加工(如孙家口伏击战)，有的则简直如同现实事件的翻版。长篇小说《天堂蒜薹之歌》中的“四叔”因车祸而死就是其中之一。《天堂蒜薹之歌》这部作品，明眼人一看就知道莫言是受了1987年发生在山东苍山县的蒜薹事件的启发写成的。其中四叔因车祸而死这件事，在现实生活中就有一件。死者就是我们的四叔。那是1984年10月，我们的四叔赶着牛车往离家40里外的县糖厂送甜菜。走至中途，被一汽车当场轧死，牛也轧伤，车也轧坏。肇事司机是酒后无证驾驶，但因为是公社书记的朋友，车是给书记家盖房子拉砖的，所以事情发生后迟迟得不到处理，更有那众多的说客登门威胁、利诱，结果赔偿3500元了事。

我们这位四叔，自小没有了爹娘，是我爷爷、奶奶一手拉扯大并为之成家立业的，生有四子一女，生活一直很困难，刚刚要过上好日子，竟遭惨死。四叔一生勤劳能干，吃苦耐劳，公社化时，担任多年生产队长。莫言在队里干活时，得到了四叔多方面的指导和关照，二人感情很深。四叔死时，我在湖南工作，莫言在北京。我们得到消息后，一致认为有必要回家乡告状、打官司，但被父亲制止了。父亲说："人死不能复生。咱宁叫一家冷，不能叫两家寒啊！"事情就这样了结了。但这件事对我和莫言刺激很大。所以当写作《天堂蒜薹之歌》时，莫言情不自禁地要借题发挥一下。当然，除了四叔遭车祸而死之外，小说中发生在"四叔"、"四婶"身上及他们家庭中的其他故事都是虚构的，与我们的四叔、四婶没有关系。

高密东北乡

高密东北乡在莫言的许多小说里出现过，莫言称之为"地球上最美丽最丑陋、最超脱最世俗、最圣洁最龌龊、最英雄好汉最王八蛋、最能喝酒最能爱的地方"。可见，高密东北乡已不是一般地理学上的名词，它只不过是莫言某些作品的一种文学背景的代名词。对此，莫言在《红蝗》的后记中专门说明过。尽管如此，莫言笔下的高密东北乡与现实中的高密东北乡仍有着许多相似的地方。

真正的高密东北乡是指现高密县东北隅的河崖乡、大栏乡这一片广阔的土地。高密东北乡是用了明、清、民国时的叫法。这里地势低洼，是一马平川的平原。胶河从这里弯弯曲曲地流过。我们的家就在胶河南岸一个叫平安庄的村子里。这里与平度、胶县接壤，南有顺溪河、墨水河。从解放前直到60年代初期，我们村子南边的顺溪河与墨水河之间都是一片低洼的沼泽地。春天，这里一片汪洋，芦苇丛生，野草遍地。水里鱼游虾跃，天上水鸟飞翔。秋季芦花飞舞，枯草遍野。大雁在这里栖息，狐狸、野兔在这里出没。这样一块地方，解放前无疑是土匪活动的好场所；解放后，便成了儿童的乐园。春天，孩子们在这里捞鱼、摸虾；秋天，猎人们在这里打兔子、猎雁。小时候，我就多次吃过爷爷打的野鸭子、野兔。待到莫言长到能够割草、拾柴火的时候，这里的景物已不及从前。二十多年来沧桑巨变，随着气候干旱、胶河农场的建立，如今这里已经成为一片良田，往日景象连一点痕迹也没有了。

从20世纪70年代往前，整个高密东北乡一直贫穷落后。乡亲们面向黄土背朝天，祖祖辈辈在这块土地上刨食，从来都是半年糠菜半年粮。仅以我们平安庄为例，解放前仅有两户地主，也基本不住在村里，地主和其子女多住在县城或青岛。很多人出外讨饭或闯关东。有民谣说："平安庄不平安，十年倒有九年淹。"胶河年年发大水，十年九涝。尽管如此，人们还是不愿离开这一方热土，不愿意离开胶河。老辈人说，我们这里"十年九不收，收了吃十秋"。此话确有道理。每逢胶河发大水决了口，河水夹带着大量腐殖质和泥沙，把地里淤上厚厚的一层肥泥。秋天种上小麦，不用施肥，来年也可收一季好小麦。所以老辈人都说胶河是一条"富河"，更何况胶河水清澈甘甜，鱼鳖虾蟹取之不尽、食之不竭呢。我们小时候,春天在河里游泳、打水仗,捞鱼、摸虾。秋天,“秋风响蟹脚痒”,成群的螃蟹顺流而下。夜晚,爷爷还带我们到河里扎“梁子”抓螃蟹,即用高粱秸编成的“梁子”截断螃蟹的路,在河的一边留一通道,放一盏马灯,那螃蟹便不断地游来,一抓一个准,一宿便可抓几百个。夜深人静,听着哗哗的流水声,看着一个个螃蟹成了俘虏,实在是一件很有诗意的事。后来,胶河上游修了王吴水库,螃蟹没有了,再后来,到了70年代后期,气候干旱,胶河水干鱼净。现在,只剩下一条干涸的河床,死气沉沉地躺在那里。

但是,现在乡亲们的生活却富起来了。高密东北乡因为地广人稀,所以成为高密粮食和棉花生产基地。春季,田野里翻腾着金色的麦浪,打的小麦堆成山,一年打的三年吃不了。秋天,大豆摇铃,棉花含笑,高粱红了脸,谷子弯了腰:好一派丰收景象。我爱高密东北乡,喝胶河水长大的莫言也时刻眷恋着这块地方!

(原载《青年思想家》1992年第1期)

淹没在水中的红高粱
——莫言印象

◇赵 玫

莫言又走神儿了。

有个朋友说，你不服不行了。

又有个朋友说，想象得到嘛，他来自地地道道的农村。

他来到大都市并将永远置身于此。他见了女孩子腼腆得连头也不敢抬。但我相信他胸腔里有一股活鲜鲜的热血和一颗掏出来也会怦怦颤跳的心。一下子蹦出来个莫言，谁也不知道他是从哪冒出来的。从《透明的红萝卜》开始，他的小说几乎是轰炸式地覆盖了文坛，他吓了人们一大跳，人们开始议论他，而他却依旧悄悄地龟缩在解放军艺术学院那个大而冷的屋子里。

那个寒冷的深秋。语调太平淡了。没有热情和冲动。灰蒙蒙的黄昏的阴影遮盖着你。看不清你那张平常且并不生动但是见过一次却能记住的脸。你那小说怎么写的？那些读过之后让人神经末梢都起鸡皮疙瘩的场面是怎么炮制出来的？你能给我们写点什么吗？你能和我们谈点什么吗？你能谈谈自己吗？

那片土地上长满了野草和红高粱，那红高粱像浸染着血流进远方的云里，红高粱淹没在水里了，水也涂满了血一样的红，村前是老树。你看见了吗，我的家乡。莫言说。

那分明是北京郊区的一个有点阴暗的黄昏。莫言愣怔地望着那黄昏却偏说那是他故乡的红高粱。那老树上确曾有一个男孩儿的精灵在轻轻地游动过。是真的吗？是真的。莫言，我也看见了。

是吗？那红高粱和血红的雾包围着我，是吗？可你的眼里怎么既没有火花，也没有泪水？太扫兴了是吧。我终于想起了那个心思常常不知要想到哪去的“黑孩儿”。

我可以给你描述莫言。如果你只想通过一句话就了解他的外形，那么我告诉你：一个地地道道的农村兵。你失望了吧？连我也失望了。莫言太不像了。你见过阿城刘索拉吗？见过他们再去读他们的小说你会说像，像极了。你会信他的气质，信他的天赋，信他的调侃与自嘲，你会觉得他就是。可信莫言的人太少了。尽管他能奇妙地幻化出许多令人眼花缭乱的世界，尽管在他的骨子里充溢着令人折服的艺术感觉和才华，但他看上去却也太土、太老实了。他坐在你面前，是那么不和谐地统一不起来。

如果你还是执拗地探寻他心中的奥秘，那我愿意再给你一把钥匙，那就是再去读一读那个“黑孩儿”(《透明的红萝卜》中的主人公)。莫言不爱讲话，不爱笑，习惯在各方面包括在面部表情上节制自己。那一天我突然想到，“黑孩儿”也是这样的。总是走神，总是没有表情，总是冷漠。“黑孩儿”当然不是莫言，但看着莫言总让人联想到“黑孩儿”。后来我终于明白了，你懂了“黑孩儿”，也就是懂了莫言。

莫言的血统在农村，这是一个无法改变的存在。他的血管里流着红高粱的液体，尽管他置身于喧嚣的城市。于是他存在，于是他抗争，于是他背负着一个沉重的现实。他顽强地进去和拼搏，他希冀着摆脱那个农村的困扰，他构置出一个美丽的红高粱的世界，他要拼命地借以出人头地，他不讲话也不抬头，他恨他的家乡也爱他的家乡。

莫言是深重的。

那个黄昏，他到底还是说了很多，连他自己也没想到，这是他在后来的信中告诉我的。

……一个男孩出生在山东高密，那是个很穷很苦的地方。太阳直射在裂开的土地上，什么色彩都蒙着一层尘埃。那里有个人口很多的农村大家庭。兄弟姊妹四人，那个男孩儿最小，可他还是感受不到人世间的温暖。后来有一天，他终于知道他父亲是爱他的，可惜这爱只能在最深刻的时候才能发现。他就在那个没有爱的氛围中悄悄地长大，像所有农村孩子一样，好歹上了几年学，就赶上了一场大灾难。于是他只好破碎了童年的梦，重新回到干裂的土地上劳作，在他的记忆中，从没有童话的世界，尽管他徒然地存有过那么多美丽的幻想。“黑孩儿”说是被扭曲的。连美丽的幻想也破碎了。心灵的扭曲所导致的是人生观的压抑，是对于生存的灰色的认知，是逃避现实向自我龟缩的痛苦。“黑孩儿”于是终于逃离了人世的困扰而一心一意生活在自己心灵的王国里。童年的状况能决定一个人一生的生存态度，在那个男孩儿看来，年龄越大，忧伤越长。

我望着莫言，再也说不出话来。太灰了是吧。莫言难得地笑了笑，我至今猜不出来那笑是什么意思。

莫言是沉重的。

你就没有欢乐的时候？

你想那红高粱上倘若蒙着一层尘埃，那干裂的土地本身就会产生出仇恨和痛苦，那痛苦是深刻的、切肤的、镂骨铭心的，就像那干河床里一碰就冒烟的黄沙。

五彩的氢气球谁也不要去碰，只大气的压迫就能使之爆炸。生存本身就为你构置了一个命运的世界，你是渺小的，那世界在冥冥中操动着你。

太悲观了，不是吗？

当然，我也认为过多地咀嚼自我痛苦不是一件光彩的事。但你没看出来，这潜意识也把我的作品涂抹得昏天黑地了。几年来我一直试图使我的作品多一点亮色和人世的温暖，用编制的五彩花环去补偿现实的枯竭和贫乏。当然，当然了，生活再贫困、再落后，也不会没有太阳和温暖，有太阳就有欢乐、有理想，尽管每一天太阳都要沉落。

太阳沉落的时候，月亮升起的时候，星光熄灭的时候，那男孩儿就化作幽灵轻轻飘在村后的河堤上，那幽灵也在那弯弯的树顶挂着，也在那温柔的黄麻丛中。后来那河床干涸了，太阳贴近着河底的黄沙，切近的痛苦升腾着神秘的世界到了尽头——

——当然，不论是多么严酷的生活，都会有浪漫的情调。

所以，你又虚幻了一个想象的家乡？

你说对了，这是我的想象。我的家乡有红高粱，但却没有血一般的浸染。但我要她有血一般的浸染，要她淹没在血一般茫茫的大水中。我的这个家乡是谁也不能侵入的。她不受任何地域的限定，不受任何语言限定、风土人情的限定。我不习惯被强烈、具体的地方色彩所束缚。那血红中第一位的是你自由的感觉，你千方百计地描述，千方百计地渲染，不过是为了你心中的那个真实。这也是一种文化。

也是一种文化？

我想起了贾平凹的商州、韩少功的湘西、郑义的黄河，那么鲜明的地域文化色彩，可莫言你呢？这也是一种文化，你说。我有点茫然且一时得不出结论。莫言似乎超越了什么，什么呢？

后来我就强烈地希冀逃离那片干裂的土地。我就是想逃离那个真实而只把真实的印迹带走。为了能当兵，我想尽了办法，我们全家想尽了办法。庄稼人的想法很简单，以为当了兵，离开了这片土地，就准能够改变生存的状况。结果 1967 年就真的当上了兵，那时只有 20 岁。第一个境况的改变又燃起了一个 20 岁青年的梦，结果又破碎了。我的岗位是站兵岗，你见过吗？站在一个大门口，背着枪，要脸上没表情，要纹丝不动，要像雕塑一般。其余的时间依旧喂猪、种菜，就像除了造雕像仍旧没有逃离家乡的土地。于是就更想改变这种处境，就拼命写了一篇小说《春夜雨霏霏》，且在保定的一家小刊物《莲池》上发表了。那个发表并没有刺激我，只是觉出好像在悄悄脱离着厄运的摆布。那时候根本就没想过要当青年作家什么的，只关心到底能不能提干，提了干才算彻底摆脱厄运。后来遇上了一个爱才的干部科长把我调到训练大队当政治教员，他们叫我教政治、教哲学、教党史，说这样就能提干，所以我全干。后来他们认定我是“高中毕业”，我就在履历表的文化程度一栏填上了“高中毕业”，再后来你怎么辩解说你连高小都没毕业也没有人相信了。再后来又发表了那个《民间音乐》并天赐良机提干了,又考上了解放军艺术学院文学系……

再后来呢?

再后来……

你就开始在这个大房子里寻找自己。再后来你就写了《透明的红萝卜》、《枯河》、《老枪》、《秋千架》、《爆炸》、《红高粱》什么的。再后来,什么再后来再后来的,我最讨厌写这个履历表,可有的读者热衷于这些,他们就是想知道你从哪里来要到哪里去,还想知道你是不是会使他们失望。

他和颜悦色地说,从你开始走上了一条平坦的道路,你已经十分感谢命运了,链条上无论哪个环节错了位都不会有你的今天。

我终于写完了那个"再后来",抬起头来看了看暗影里的莫言。那个流水账一样的"再后来"终于卷走了你的青年、少年和童年。

后来又问起你怎样收拾起遗落在童年的印迹,怎样把那异想天开的男孩儿变成了一个飘浮的精灵。你在阴影里又难得地笑了笑,不知道那笑又意味着什么。然后是永恒的平静,永恒的没有冲动和热情,你又小心翼翼地节制了你。

我的写作动机一点也不高尚。你说。

我愕然。

当初就是想出名,想出人头地,想给父母争口气,想证实我的存在不是一个虚幻。

你和你的小说一点也不像。

起点太低了是吧,太不值得了是吧,那个"小黑孩儿"被村子里的人瞧不起,被周围的人说没出息,他上不了学,他恨,于是他就想拼命地表现自己。

莫言你居然也想表现自己,太看不出了,我一直以为你……

那个《枯河》里的男孩儿死了,以死使人震惊,以死证明了他并不弱小可欺。死使他升华,死使他升腾,死使他如精神的幽灵压迫在人类和宇宙之上,死使它成为一种不容忽视的存在。

如果不是死呢,莫言,如果是生存呢,你又能证明什么?

"黑孩儿"生存着。他凭什么就拿起了那个滚滚烫烫的钢钻子?他凭什么就任那手被烫得滋啦滋啦响?他凭什么就不慌不忙,脸上茫然而冷漠?他根本就不想在小铁匠面前逞英雄,他只是想告诉你,他生存着。

莫言我懂了,你便是那样的生,那样的死,那样隐忍着证明你的存在。我原以为你这样的人,我是说像你这样长相的人是不会有这种意识的,后来我发现我错了。人,并不是一个表面的存在:他不喜怒形于色,他不冲动,他不神经质,他不自我扩张,并不等于他不想强烈地表现他自己。

上小学的时候，我就纠结过一伙人反对老师，还办过一张小报儿，我按捺不住，全部的动机就是为了突出自己，也许是由于境况太糟、心情太压抑……

也许是天性。

莫言惊愕地望着我。

天性与环境、天性与状况之间的距离在你心上投下了巨大的阴影。你惧怕那阴影，你想逃理它，于是一簇簇、一团团怪而奇的野草就从那阴影下滋生了出来，染绿了一片荒芜心灵的生机。你于是蜚声于文坛，你于是令人刮目相看，但在那所有的喧嚣热闹之外，仍旧是那一刻荒芜的心灵，是那稍一触动就会渗出鲜红鲜红血珠的伤口。

大而冷的屋子，依旧是那一片黄昏的阴影。

莫言是沉重的。他背负着自己的十字架，他终于成为了自己。

你成功了，你骄傲吗？

这回莫言没有笑。

但是，我从来没有自卑过，这也是真的。小时候，我曾经把一只羽毛未丰的小鸟塞进一个草洞，第二天早起竟看见一群蚂蚁把那小鸟吃成一团漆黑。从那时候起我就训练出了一种变异的感觉，我知道那感觉迟早要发生些什么，所以我永远不会自卑。

那个黄昏你还是说得太多了，后来我们一道吃了饭。吃饭的时候不用背负什么，他谈起了小说，眼睛里居然也会闪烁出蓝幽幽的光斑：

……《秋千架》我得力于川端康成，从一只河边舔水的老狗引发出一个有点伤感的故事，为了那故事的完美我拼命重视语言。这时候我发现只有语言能帮助我，我就拼命追求语言的洋化，结果就找到了那个调子。你能感觉出来吗？我知道有些小说有某些借鉴的痕迹，有时候读书读得多了，借鉴也成了一种潜意识。这或许是我的一个弱点，我愿意承认这个弱点。真的，我读的外国作品太杂了。我喜欢的作家是因着年代和我个人心绪的变化而异的，开始我喜欢苏联的，后来是拉美、是马尔克斯，再后来是英国的劳伦斯，再后来又喜欢起法国的小说来。我看了他们，喜欢他们，又否定他们，否定了喜欢过他们的我自己。你看我钦佩福克纳，又为他把自己固定在一个地域一个语言系统中而遗憾。这种经常变更的崇拜肯定影响了我作品的风格。这也许并不是坏事。我讨厌千篇一律，希望在每一篇作品中都有不同层次的变化。要想变化就得反叛，不断地反叛家长权威、过去的规范，连同你自己。我考证过伟大人物的性格里都有反叛的因素。在成为英雄之前首先要成为叛逆。敢于叛逆才会想到创新，如果没有对辉煌完美艺术形式的叛逆，艺术也就没有了未来，便是……

莫言依旧在黄昏的阴影中，眼睛里放着青的光。你怎么说起来没完了？这么滔滔不绝。忘记了？那水正悄悄地漫上来，最终淹没了那血一般浸染的红高粱——

莫言是沉重的。

后来一直没见过莫言。但约他的几篇稿子却是当即就动手写了,并很快寄了来。莫言他做事、应允别人都很认真,从没有玩儿着看待过人与人之间的感情。后来我知道他一直寻求人与人之间的理解,一直想把“黑孩儿”拉回到一种温暖的情感中。他始终渴望能做一个别人所需要的朋友并为别人祝福。他的感情很美好,但那是一条遥远的路……

(原载《北京文学》1986 年第 8 期)

作家莫言与红高粱大地

◇杨守森

高密，是中华人民共和国版图上一个普通县（市）区的名字，是一片有着古老文明和独特“红高粱文化”的土地。这片热土，曾经养育了齐国名相晏婴、东汉经学大师郑康成，以及以刚正无私、足智多谋著称的清代内阁大学士刘墉等这样一些中国政治史、文化史上的一流人物。在上世纪 80 年代，又正是从这片土地上，走出了现已产生了重大世界性影响的作家莫言。出生于高密，成长于高密，18 岁参军入伍方离开高密的莫言，没有辜负故乡大地的养育之情，走上文坛之初，在短短几年之内，即以凝重的地域文化为背景，以涌泉飞瀑之势，创作发表了震动当时中国文坛的《透明的红萝卜》、《红高粱》、《红蝗》、《天堂蒜薹之歌》、《十三步》等一系列奇异瑰丽的篇章，继而又以《酒国》、《檀香刑》、《丰乳肥臀》、《生死疲劳》、《蛙》等长篇小说，为中国当代文学增添了炫丽与厚重。

高密，赋予了莫言以聪敏与灵性；高密，亦因莫言而蜚声海内外。是高密文化孕育了莫言，是莫言使高密大地闪耀出新的光彩。透过高密文化，你会看到莫言小说的秘密，在莫言的文学王国中，你亦会领略到高密文化的风姿与神韵。

一、高密文化与人格形态

高密，东邻胶县，南接诸城，西与安丘隔河（潍河）相望，北与昌邑、平度毗连，位于一望无垠的昌潍大平原与山峦起伏的胶东半岛交接之处，是胶济铁路干线上的一颗明珠。据《史记·乐毅列传》及《汉书·地理志》记载，早在春秋战国时代，作为地理称谓的“高密”就已存在。早在秦朝，即已立“县”，至今已有 2200 多年的历史了。

从生态环境来看，高密虽系平原地带，但因地势低洼，河道密集，每逢夏季，常常水涝成灾，由是高秆作物受宠，形成了著名的高粱之乡。高粱维系了高密百姓的子孙繁衍,高粱酿出了叫人心跳眼热的烈酒;高粱,为历代英雄好汉们提供了理想的活动舞台,也为土匪窃贼提供了杀人越货的屏障;也正是高粱,造就了高密大地特有的神秘与朦胧、庄严与肃穆。

与地理环境和传统脉绪相关,高密文化有着明显的个性特征,最为突出的便是刚健不屈、侠肝义胆、豪放旷达,以及泛神论色彩的动、植物崇拜意识,等等。至今,在高密人的文化观念中,受到尊崇的仍是"冻死迎风站,饿死不弯腰"、"穷得直实,死得直立"、"人敬我一尺,我敬人一丈"之类的人生信条;至今,在高密民间,刺猬、狐狸、黄鼠狼、蛇虫、蜘蛛、喜鹊、古树等,仍常被人们视为灵异之物,受到小心翼翼地敬奉。就其本原特征来看,这类高密文化,体现出的是典型的齐文化的个性风范。值得提出的是,时至当今,在中国文化界,许多人在论及"齐鲁文化"时,往往统而论之,将二者视为一体,甚或将其简单化为与孔子"儒学"相关的"鲁文化"。在山东文化界,时常被人提及的所谓弘扬"齐鲁文化",也往往主要是指以孔、孟儒家学说为核心的"鲁文化"。而实际上,虽同属山东大地,齐文化与鲁文化是有本质区别的。从文化渊源来看,齐文化的主要脉绪是东夷文化,而鲁文化承袭的则主要是周文化。从历史形成来看,齐、鲁一开国,实施的就是不同的治国方略。与因循周礼、恪守旧制、封鲁之后采取"变其俗,革其礼"方略的鲁开国者周公之子伯禽截然不同,齐开国者太公望吕尚,自身就是一位开放型的政治家。据《史记》载,太公为"东海上人"(即东夷之士),这说明,这位开国者个人的文化血统原本就与内陆的周文化大不相同,故而封齐之后,能够"因其俗,简其礼",即并不强制推行周礼,而是顺应民情,尊重东夷人的土著文化。后世管仲治国,进一步继承和发展了这样一种开放的文化政策,采取的亦是"俗之所欲,因而予之;俗之所否,因而去之"(《史记·管晏列传》)的治国方略。从地理位置来看,齐国东部、北部均邻茫茫无际、奔腾咆哮的大海,这不仅使之最早得鱼盐之利,也有利于齐人自由不羁之壮阔胸怀的培育、想象力的拓展,以及对神秘事物的敏感。正是与之相关,与鲁文化相比,齐文化显得更为刚劲放达、不拘传统,更富于想象力和创造力。从当年齐国稷下学子们洒脱无羁、异说纷呈的学术活动中,我们即可以看到齐文化自由开放的程度。据史料载:"齐辩士田巴,服狙丘,议稷下,毁五帝,罪三王,五伯,离坚白,合同异,一日服千人。"(裴注《史记·鲁仲连传》)另如邹衍空阔迂远,异想天开的"海外九州"说和"五德终始"论,显然也正是这种文化自由的产物。此外,灵物崇拜、术士巫风的世俗信仰也要比规整严谨、"不语怪、力、乱、神"的正宗鲁文化显赫得多。从这个意义上看,多谈花妖狐魅、举世闻名的《聊斋志异》产生于齐国故地,也就绝不是偶然的了。

作为古代齐国腹地的高密,作为齐国名相晏婴出生地的高密,自然会更多地承继齐文化的神韵。也许正是得力于齐文化的潜移默化,高密人形成了自己独特的审美眼光与艺术想象视角,其典型标志便是现已列为国家级非物质文化遗产保护名录的剪纸、泥塑、扑灰年画等三大民间艺术。高密剪纸，既不像陕北剪纸那样透射着秦汉风骨的粗犷简洁，也不像东北剪纸那样朴拙宽厚，而是奇思怪想，天马行空，取材随意，情趣盎然。老鼠娶亲，老鼠嫁女，蝈蝈出笼，群鹊噪晚，牧童骑牛，鱼跃龙门，牛郎寿星……凡人间传说、鸟兽虫鱼、生活百态、无奇不有、无所不剪。高密泥塑，材料简单，造型粗犷，色彩夸张，神态逼真，生机勃勃。在高密三大民间艺术中，扑灰年画历史最为悠久。早在明代，就以墨屏花卉及人物画行销于市，延至清代已趋完美。它以大笔挥洒与精工勾染相结合，以大红大绿靠拢的艺术手法，造成一种令人振奋的生命质感与鲜明亮丽的艺术风格。

总之，红高粱大地的庄严与肃穆，齐文化的脉绪与渊源，奇异多姿的审美目光，构成了高密大地的文化氛围。又正是这种文化氛围，孕育了高密人突出的个性形态。

高密人刚勇率性，敢作敢为。清末，已经载入民族史册的高密西乡民间英雄孙文，曾率众起事于乡野，手持大刀长矛，反抗朝廷，迫使德国人铺设的胶济铁路改道。抗战初期，高密东北乡几个僻远村庄的民众，曾以农具、猎枪为武器，配合地方武装，成功地进行了孙家口伏击战，歼敌 39 名(其中包括据信是在平型关大战中逃生的敌板垣师团中将指挥官中冈弥高)，有力地打击了日本侵略者的嚣张气焰。高密人有着顽强的生命活力。从日本人的劳工营中逃出，在日本北海道的山洞中过了 13 年野人生活，终于回归故国，早已被收入了多种名人大词典的刘连仁，就是高密县井沟乡草坡村的一位庄稼汉。高密人富于“国骂”，在民间的日常口语交流中，甚或是在亲昵、友好的表白中，你常常会听到“驴×日的”、“狗×日的”、“万人狗×日的”之类叫异乡人目瞪口呆、粗俗不堪的用语。你可以说这是一种直露的蛮性，但同时又不能不承认，这是一种不顾及任何形而上束缚的感性生命的自由张扬。高密人爱憎分明，知情重义，常常在固守着有异于某类政治意识的是非观念。民国时代，高密历史上曾出现过两任颇有政绩、深得民心的县长王达、曹梦九，高密人并未因其属于旧中国的官员而忘却，至今仍在民间口碑相传。

自然，由于中华帝国长期的文化封闭以及人类的生命本性之类原因，高密人亦不乏愚昧与鄙俗，蛮勇与残忍。在孙文率领下，乡间百姓奋起抗德的要因即是因为相信：火车经过之处，烟气飘散，会影响庄稼生长。当时，与义和团结成反帝联盟的“大刀会”、“拳坛”之类高密民间组织，亦曾像义和团成员那样真诚地相信吞下符子即可刀枪不入，与德寇对阵时常常不重防卫，往往死伤惨重。事后竟仍认为不是符子不灵，而是由于没有闭紧嘴巴造成的。在“有枪便是草头王”的战乱年代，高密大地上，豪强曾纷起于四乡八疃，比较著名的就有张步云、蔡晋康、高仁生、冷关荣等帮伙。在这些帮伙中，既有志在报国，曾与日本侵略者浴血奋战的民族好汉，亦不乏专干打家劫舍勾当的流氓无赖。尤为惨烈的是：在抗战及解放战争年代，高密曾是敌我割据的游击战场，活埋、剜眼、开膛、碎尸、切乳等花样百出的残杀手段,曾使得许多村落尸骨横陈,血腥四溢。“家家报庙,户户上坟”的悲惨一幕,曾在许多村庄屡屡上演。土改时期,这儿曾是当时极“左”路线的重灾区,扫地出门,斩尽杀绝式的“斗争”曾经造成了不知多少人间惨剧。建国以后,战乱与血腥虽日渐成为遥远的记忆,但在高密大地上,亦仍不乏邪恶与灾难的阴影。莫言的四叔,就是被与当时权势者有关的人开车撞死,却无处申诉的。正如莫言在《红高粱》、《丰乳肥臀》等小说中所慨叹的,由于各种原因,高密的人种也在退化,高密文化亦不无当代危机:大义大勇、刚健不屈的先人遗风,已渐为利欲熏心、趋炎附势所掩抑。

莫言作品中宣泄出来的大恨大爱、大美大恶,以及赤诚坦荡,无所顾忌;莫言作品中流露出来的欢乐与悲哀,抑郁与抗争,梦幻与希望,显然,便正是与高密大地的历史与现实、生存环境与社会文化,以及复杂的高密人格形态相关的。

二、红高粱大地的馈赠

新中国成立以来的高密大地,随着开河挖渠,兴修水利,加之气候的自然变异,雨量减少,涝灾已很少发生,漫若血海的红高粱,也早已成为人们回忆中的风景。故而1987年,西安电影制片厂光临高密拍摄《红高粱》外景时,不得不投放专门资金,让农民代为种植红高粱。但与红高粱大地相关的自然文化造成的人格质素,还涌流在一代又一代高密人的血脉之中。发生在高粱地里的那些可歌可泣的先人的光辉业绩,那些惊心动魄的厮杀、抢劫与掠夺,那些闪烁着奇光异彩、正义与非正义的刀光剑影,依然还活在高密百姓的口头。生于斯,长于斯的莫言,得天独厚,他不仅耳闻了大量发生在高粱丛中的英雄传奇,而且在童年时代,曾有幸亲眼目睹过已趋末世的红高粱世界令人振奋的壮阔场景;对于曲折历史与艰辛现实的生命体验,亦使他领略过甚至比先人还要强烈的这片大地上残存的愚昧、荒谬与贫穷。正是这一切,凝成了莫言的生命个性,构成了他奔涌不息的文学创作的活力之源。从他的具体作品中,我们深刻感受到的正是其文学成就与这片红高粱大地的血肉关联。

莫言正是以当年发生在高密东北乡,至今仍在当地群众中广泛流传的孙家口伏击战和公婆庙惨案为中心场面,将那场应该载入中国人民光辉史册的高密人民的抗日斗争,以及日本法西斯强盗的罪恶行径,艺术地展现在全世界人民面前,成功地创作了《红高粱》。在这部作品中的主要人物余占鳌以及英勇奋战的伏击队员们身上,知情的高密人会肃然起敬地想起这场战斗的真正指挥者——国民政府在高密西北乡组建的抗日第六游击总队的总队长曹克明以及部属们威武不屈的英姿;从惨遭剥皮的罗汉大爷身上,会回忆起当年的公婆庙村民张西德,被日本强盗刀剥额头的惨烈场面。

莫言正是立足于高密的黑土大地，将真实的人物与事件纳入了独特的艺术结构之中，从而写出了一系列有着独特的地域历史氛围和地域人格色调的佳作。曹梦九，这位行伍出身，足谋多智，敢作敢为，在高密历史上，也是山东历史上有名的县官，被作者信手拈出，作为“我奶奶”的干爹，作为“我爷爷”伺机报复的对象，不着痕迹地化成了“红高粱”艺术世界中的重要人物。毙命于高密东北乡孙家口伏击战，据说是日军中将的中冈弥高，在《红高粱家族》中，也以一个“异常干瘦的老鬼子”形象，被再现出来。这个老鬼子先是被“父亲”发现，继而被“爷爷”击毙。那位性格鲜明的土匪司令余占鳌，除了上面提到的直接本源于孙家口伏击战的指挥者曹克明之外，至少从中还可以感受到这样两个真实人物的身影：一位是在日本度过了13年山洞生活，终于死里逃生的农民刘连仁；另一位是高密东北乡的土匪郭鬼子。莫言在《红高粱》中写道：“爷爷是登峰造极，创造了同时代文明人类长期的穴居纪录。”“爷爷一九五八年从日本北海道的荒山野岭中回来时，村里举行了盛大的典礼，连县长都来参加了，来向爷爷这位给全县人民带来了光荣的老英雄致敬。”其历史本原是：被抓往日本的中国劳工刘连仁，逃亡之后一直孤身穴居隐藏于在日本北海道的山洞里。走到1957年，才被日本猎人发现。当时，曾被诬为中国间谍，成为轰动一时的国际政治事件。后经我国政府的交涉，刘连仁才得以在1958年4月15日回归祖国。当火车驶进天津车站时，刘少奇主席、周恩来总理等党和国家领导人，曾亲自出面迎接，并举行了隆重的欢迎仪式。据县志记载：当年，曹梦九曾以假招安计策，将高密地面的80多名土匪骗来，装上马笼车，拉到济南，为韩复榘下令处决，只逃跑了一个，那就是高密东北乡的郭鬼子。莫言笔下的土匪司令余占鳌，也正是这样唯一的一位死里逃生者。他是“踩着济南府警察署高墙上的破砖头，爬上了墙头，又贴着墙壁滑到聚集着破纸烂草的墙根”，然后化装混迹于纷乱的市街，才得以脱身的。另如《檀香刑》中那位被莫言纳入高密东北乡籍，率众抗德，而惨遭“檀香刑”的孙丙，原型自然即是高密西乡官厅村的抗德民族英雄孙文。综上所述，可以看出，莫言是怎样从蕴含丰富的故乡大地获取了创作的灵感和养料。

高密人顽强的生命活力和血性气质，在莫言笔下的人物身上，也得到了真切的体现。《透明的红萝卜》中的那个小黑孩，虽然瘦弱不堪，但他却能勇敢地和老蒺藜作战，“他用脚趾头把一个个六个尖或八个尖的蒺藜撕下来，用脚掌去捻；他的脚像骡马的硬蹄一样，蒺藜尖一根根断了，蒺藜一个个碎了。”当他的手被炙热的铁钻烫熟了皮肉时，他不露声色，只是把手伸进水桶里泡了泡，然后又慢悠悠地走出桥洞。在《丰乳肥臀》中，那位一次次经受了亲人罹难惨痛的上官鲁氏，曾经如此决绝地宣称：“这十几年里，上官家的人，像韭菜一样，一茬茬地死，一茬茬地发，有生就有死，死容易，活难，越难越要活。越不怕死越要挣扎着活。我要看到我的后代儿孙浮上水来那一天，你们都要给我争气！”在饱经屈辱、处于生活底层的“黑孩”身上，在身为普通村妇却刚烈不屈的上官鲁氏身上，我们感受到的正是高密人顽强、坚韧的生命活力。在《红高粱家族》中，余司令的叔父余大牙，因糟蹋民女，被判死罪。在押赴刑场时，这位余大牙却表现出一番英雄气概，他大声请求执刑的哑巴队员："打吧，哑兄弟，打准穴位，别让我受罪。"另一位土匪头目花脖子，在前来复仇的余占鳌面前，在黑洞洞的枪口面前，却镇静得令人吃惊，他站在河边的浅水里，指指心窝说："打这儿吧，打破头怪难看的。"伏击日本人的战斗结束之后，由于伏击队员们伤亡惨重，村里赶来的一些妇女们大哭起来，这时，一个黑脸白胡子老头儿高声叫道："哭什么？这不是大胜仗吗？中国有四万万人，一个对一个，小日本弹丸之地，能有多少人跟咱对？豁出去一万万，对他个灭种灭族，我们还有三万万，这不是大胜仗吗？"在《复仇记》中，当孪生兄弟找到阮书记，要砍断他的腿报仇时，老阮冷静地把尺子横放在双腿膝盖下，摆正，用铅笔画出两条清晰的黑杠，然后说："砍齐了才好看，要不一条长一条短，叫我如何见人？"这些人物，有的尽管属于"乌龟王八蛋"，但我们却均可从中感受到一种血性气质的光辉。

在莫言笔下出现的某些战乱、杀戮与血火纷争，曾因有违于某些正统的政治视角而颇遭非议，而失去荣获"某某文学奖"之机缘，甚至遭到过险恶的政治批判。但无论就莫言本人还是中国的文学事业而言，这实在又可谓"不幸之幸"，因为正是这"有违"，才使莫言作品的精神境界，在某些方面达到了超时代、超民族、超某种意识形态的世界文学的高度。如此之"不幸之幸"，固然源之于莫言本人站在人类立场上写作之类的内在追求，而从根子上说，亦乃端赖于并不肯完全认同某些意识形态的高密民间文化所赐。如《丰乳肥臀》中，那位后来成为还乡团头目的司马库，先前曾是敢作敢当的抗日豪杰，故而身为岳母的上官鲁氏对其爱恨交加，在司马库被人民政权处决之后，她这样冷静地招呼家人道："都收拾收拾，去送送这个人吧，他是混蛋，也是条好汉。"并进而意味深长地发出叹息："这样的人，从前的岁月里，隔上十年八年就会出一个，今后，怕是要绝种了。"

以浅陋的正统政治视角来看，这位被莫言视为人间最为尊贵的"母亲"之楷式的上官鲁氏，自然会被判定为太缺乏"革命"立场了。而在一位地道的高密人看来，这样一位上官鲁氏绝非是莫言的虚构，这位母亲身上承载的正乃遭受了太多杀戮与血腥的高密大地上的民间本色意识。

与同代人的作品相比，莫言作品中充满着一种异常突出的神秘意味。在《欢乐》中，当落榜的中学生齐文栋来到爹的坟墓前面时，遇上一条大蛇。这不是条一般的蛇，"不是如一般草蛇那样逐渐细下去，而是很粗的棍子般的身体，突然变细，生成一个一拃多长的小尾巴。蛇身上似乎有鳞片，映着血红阳光，显出一种高贵的华丽色彩"。在《红蝗》中，我们会看到；先是如出土蘑菇，随后发出嘭嘭的爆炸声，然后是蚂蚱四散飞溅的神秘奇观，以及数百乡民跪地祭蝗的神圣庄严之举。在《生蹼的祖先们》中，我们会看到一片常有袅袅水气上升、汇集成华盖般的云团的红树林。“红树林子究竟有多么大？谁也说不清。有好事者曾想环绕一周，大概估算出红树林子的面积，但无有一人神志清醒地走完一圈过，树林子里放出各种各样的味道，使探险者的精神很快就处于一种虚幻状态中。于是所有雄心勃勃的地理学考察都变化为走火入魔的、毫无意义的精神漫游。”《狗皮》中的老耿头，当年曾挨过日本鬼子的十八刺刀，却大难不死。用他自己的说法就是：“全仗着狐仙搭救。我躺了不知道多久，一睁眼，满眼红光，那个大恩大德的狐仙，正伸着舌头，呱唧呱唧地舔着我的刀伤……”在《天堂蒜薹之歌》中，我们会看到这样的场面：高马与鹦鹉之间展开了一场惊心动魄的搏斗，鹦鹉鸟们，“层出不穷，一群群涌上来，他奋力搏斗着，不是在杀鹦鹉，而是在汹涌的狂潮里挣命”。在《丰乳肥臀》中，鸟仙附体之后的三姐，治病救人，神通广大。一个前来求医的男人，只因多嘴，一出门就被一只从空中俯冲下来的老鹰狠狠地在头上剜了一爪子，然后抓起他的帽子腾空而去。莫言小说中这种浓郁的神秘色彩，固与外来“魔幻现实主义”的文学影响有关，但从根本上说，亦乃是源之于地处东夷腹地的高密地域文化中隐袭的动、植物崇拜之类神秘意识。

莫言对故乡的三大民间艺术亦充满厚爱，尤其感兴趣于高密的民间剪纸。他曾专门拜访过高密的剪纸艺人，曾搜集购买了许多剪纸珍品。其中的蝈蝈出笼和梅花鹿，已径直作为“我奶奶”的创作成果，巧妙地编织进了《高粱酒》中，他还曾如此深情地赞颂道：“奶奶是出色的民间艺术家，她为我们高密东北乡剪纸艺术的发展做出了突出的贡献。”“我奶奶要是搞了文学这一行，会把一大群文学家踩出尿来，她就是造物主，她就是金口玉牙，她叫蝈蝈出笼，蝈蝈就出笼，她叫蝈蝈唱歌，蝈蝈就唱歌。她说鹿背上长树，鹿背上就长出了树。”莫言作品天马行空、奇思异想的风格，显然，亦是与剪纸之类高密民间艺术的熏陶分不开的。

三、超验的文学王国

走上文坛之后的莫言，虽然身居异地，其创作却一直坚实地立足于故乡大地。正是出之于对故乡大地的血肉情怀，莫言在小说中径直采用了“高密县”、“高密东北乡”这样一些真实的地理称谓；正是缘之于对故乡大地的迷恋，他的创作视角极少游离高密。高密的历史与现实，高密的文化与风情，高密大地上发生的一切，成了莫言不竭的创作源泉。也许正因如此，有人将莫言视之为以开掘地域文化为己任的“寻根”作家，甚至断言莫言骨子里仍是个农民，他始终没有摆脱褊狭的农民意识的束缚。这类见解，显然是有悖于莫言的创作实际的。

事实上，莫言虽然立足于高密，但他绝没有局限于高密的地理空间；他虽然执着于故乡的土地,但他绝没有囿于封闭的农民意识,而是以现代性的文化眼光,小心翼翼地挑选和改装着有关的地域材料。正如他在《红蝗》中,曾借"一位头发乌黑的女戏剧家"之口所阐释过的创作主张:"总有一天,我要编导一部真的戏剧,在这部剧里,梦幻与现实、科学与童话、上帝与魔鬼、爱情与卖淫、高贵与卑贱、美女与大便、过去与现在、金奖牌与避孕套……互相掺和、紧密团结、环环相连,构成一个完整的世界。"莫言在创作中,实践的正是这种创作主张。从整体艺术境界来看,莫言笔下的"高密"及"高密东北乡",实际上又是一个子虚乌有,人间难寻,既充满神秘、传奇、象征色彩,又经由现代文明之光照彻的超验艺术空间。莫言吸吮的是故乡大地的雨露精华,用笔墨创建的则是属于自己的文学王国。

正是在现代性文化之光的照彻下,活跃于莫言笔下的许多人物,已与高密大地上人们心目中的乡土人物迥然有别。以人格的正常规则来看,杀人越货、拦路强奸,毕竟是一种邪恶。但《红高粱家族》中的土匪司令余占鳌,却放射出了敢恨敢爱、自由不羁的人格光辉。另如:青天白日之下,戴凤莲与余占鳌在高粱地里"野合",暗中与罗汉大爷有染,后来又委身于"黑眼",也都是为正统文化难以容忍的,莫言却这样深情地赞美道:"我深信,我奶奶什么事都敢干,只要她愿意。她老人家不仅仅是抗日的英雄,也是个性解故的先驱,妇女自主的典范。"对于高密大地上那些丑陋邪恶的事物,诸如兄弟相残、人兽相奸、大便、蛆虫等等,莫言也以人性探索的目光,给予了浓墨重彩的渲染,从而在作品中建构了一个大善与大恶、极美与极丑形成鲜明对比的艺术空间。

正是为了创造一个有别于地理高密的超验艺术空间,莫言在作品中,有意识地将本来只是属于精神信仰、荒诞传奇,或出之于自己虚幻想象的事物,通过特定的艺术手法现实化了,给人以确凿无疑的印象。在《红蝗》中,我们会看到:是四老爷及其他乡亲们亲眼目睹了蝗虫从爆裂的泥土中轰然出世,然后排成条条巨龙迸射着幽蓝的火花,在河堤上缓缓流动的奇异场面;亲眼目睹了蝗龙在渡河时,河中的鳝鱼们用枪口般的嘴巴向它们发动了攻击,展开了一场厮杀。在他写的《狗道》中,我们会看到:人与狗之间展开了一场扣人心弦的大战。那些狗是那样的神秘莫测,它们有着丝毫无逊于人类的灵性与智慧,它们集结成精明强悍的战斗集体,它们推举出骁勇善战的领袖,向人类发起一次又一次进攻。失败之后,它们把队伍拉出几十里远,进行了严格的整顿,然后分兵前进,迂回突击,终于冲进了人类的掩体,把王光撕成碎片,把"我父亲"咬成重伤,向"奴役了它们漫长岁月的统治者进行了疯狂的报复。在一个大雷雨的夜晚,那座埋葬着共产党员、国民党员、普通百姓、日本军人、皇协军白骨的'千人坟',突然被雷电劈开,腐朽的骨殖被抛洒出几十米远,雨水把那些骨头洗得白白净净,白得全都十分严肃"。在《马驹穿过沼泽》、《生蹼的祖先们》中,我们会看到:高密东北乡有一个令人不可思议、手脚生蹼的食草家族,这个家族的女祖先原是一匹漂亮的红马驹,这个家族曾经有过兴旺发达的辉煌岁月，但后来终于日趋败落，“恶时辰”正向他们逼近。有一天，“我”送女儿去育红班上学，因追赶一只大蝴蝶，不慎误入那片神秘可怕的“红树林”。在“红树林”中，他们先是遇见了已与外界隔绝三年之久的几位女考察队员，继而遭到一伙人的劫持，被押到了全副武装的皮团长面前。当皮团长发现“我”是食草家族的成员，下令阉割时，死去的爷爷、九老爷及时出现了，为其向皮团长求情。在莫言的这类描写中，读者已很难分清哪些是梦幻与传说，哪些是历史与现实。

在莫言的小说中，即使那些现实感极强的事物，也往往被抹上了一层神秘色彩：在《红高粱》中，罗汉大爷被剥皮致死之后，当天夜里，天降大雨，把骡马场上的血迹冲洗得干干净净，罗汉大爷的尸体也神秘地失踪了；“奶奶”中弹倒地之后，一群雪白的野鸽子突然飞来，落在高粱梢头，用宽大的笑容回报着奶奶弥留之际对生命的留恋和热爱。在《民间音乐》中，那位漂亮妩媚的酒店老板花茉莉，居然与漂泊前来的小瞎子一见钟情，她向小瞎子表白道：“我是一个女人，我想男人，但我不愿想那些乌七八糟的男人，我天天找啊，寻啊，终于，你像个梦一样的来了，第一眼看到你，我想，这就是我的男人，我的亲人，你是老天给我的宝贝……”但小瞎子却坚辞拒绝，不顾晕倒在地的花茉莉孤身一人离去了。痴情的花茉莉，醒来之后，又追寻小瞎子，去了一个不可知之处。

作为一种植物，高密的“红高粱”，与山东境内的其他“红高粱”，与河南的“红高粱”、河北的“红高粱”，实质上并没什么区别。故而有慕名而来，企图实地体验一下红高粱大地神秘氛围的好奇者，常常会失望而归。高密大地的“红高粱”，之所以神秘莫测，之所以奇光异彩，之所以诱人向往，之所以超越了物质性的植物内涵，而成为高密地域文化的品牌性标志，亦正是得力于高密人莫言的创造，它属于高密，也更属于莫言自己。是莫言，赋予了故乡的“红高粱”以“挺拔刚健”、“凄婉可人”、“爱情激荡”，“它们根扎黑土，受日月精华，得雨露滋润，上知天文下知地理”，“所有的高粱合成一个壮大的集体，形成了一个大度的思想”之类的肃穆与庄严、壮阔与神圣、不屈与灵性。莫言特别写道：与故乡土著作物的“红高粱”相比，由海南岛交配回来的杂交高粱，“好像永远都不会成熟。它们永远半闭着那些灰绿色的眼睛”。“它们徒有高粱的名称，但没有高粱挺拔的高秆；它们空有高粱的名称，但没有高粱辉煌的颜色。它们真正缺少的，是高粱的灵魂和风度。它们用它们晦暗不清、模棱两可的狭长脸庞污染着高密东北乡纯洁的空气。”从中可进一步看出，莫言在“红高粱”形象中凝铸的关于故乡人格，亦乃民族人格的忧思与希望。

莫言对高密大地的艺术再造，更为重要之处还在于：面对《红蝗》中展现的蝗虫铺天盖地而来，疯狂地吞食着大地青绿的恐怖场面，读者会不由自主地联想到人欲横流的可怕，正如作者在篇末所诘问的：“如果大家是清醒的，我们喝的是葡萄美酒；如果大家是疯狂的，杯子里盛的是什么液体？”透过那座被霹雷炸开的千人坟墓，读者看到的也绝不仅仅是自然力量的神秘莫测。面对那些“谁是共产党、谁是国民党、谁是日本兵、谁是伪军、谁是百姓，只怕连省委书记也辨别不清”、“完全平等地被同样的雨水浇灌着”的各种头盖骨，人们会以另外一种超然的历史目光，站在整个人类的角度，从更深的人性层次上，重新考辨人类之间相互残杀的因由。透过高密东北乡那个不得不遭受“阉割”噩运的食草家族，读者得到的也绝不仅仅是猎奇心得以满足的快慰，而是会深刻体验到一种人类历史的进步与人性自由之间某种宿命般的冲突。反抗压迫，向往自由，这一直被人类视为自己的美好天性，但人类却忽视了，正是为了实现和满足这种天性，有时候，又不得不表现出不自知的野蛮和残忍，以致终于会遭到可怕的报复，这就是发生在高粱地里的那场惨烈的人狗大战所给予我们的启示。

由此可进一步看出，莫言虽然眷恋着故乡的土地，在故乡大地上获取着创作灵感，但他绝不是一个普通意义上的乡土作家或寻根作家。在那汪洋恣肆的笔墨背后，在那梦幻与现实融为一体的想象创造中，透射出来的是对人性、人的历史、人的价值以及人的生命之谜的求索与探寻。他笔下的神秘色彩、奇人异事，也已不再是这片土地上固有的原始形态的、不可理喻的灵物崇拜与民俗信仰，更不是一种夸张、拟人之类普通意义上的表现手法，而是作者从宏阔的现代文化视野与宇宙情怀出发，对人与自然之关系的忧虑与沉思。显然，又正是这些，使莫言笔下的芸芸众生，已不只是高密人，不只是山东人，也已不只是中国人，而是伟大、神圣却又不无邪恶与丑陋的“人类”。他小说中的艺术世界，自然也就已决然不同于地理空间的“高密”和“高密东北乡”了，而是属于莫言自己创造的具有世界性意义的“文学王国”。

(原载《怪才莫言》，花山文艺出版社 1992 年版。本文是在原文基础上的修改稿)

莫言与我和高密

◇张世家

一

莫言与我，我与莫言，我们俩都是高密东北乡那片红高粱地上的不肖子孙。莫言比我小两岁，称我为“大兄”。小时候，我和莫言一同戳过牛屁股，一同钻过高粱地，在同一条河里泡大。那条河曲曲弯弯，从上游一直流淌到我家屋前，莫言家屋后。莫言在家排行老三。他父亲管贻范读过几年私塾，是个很讲仁义，重礼教信誉的老头儿。从合作化那天起当村会计三十余年。1980 年因年老辞职时，入社谁家交了个碌碡，谁家交了个杈耙、扫帚都记得一清二楚。为此，我在乡镇干通讯员时还给他发过一篇通讯，题目是《万笔清会计“铁算盘”》，发表在公社财务杂志上。老人三个儿子，最担心就是三儿莫言。小时候莫言就天性倔强，喜欢打抱不平，有爱多说话的毛病。为这，他没少给家里惹乱子，也没少挨父兄的揍。他的大哥管谟贤毕业于华东师范大学中文系，二哥管谟欣毕业于高密二中，唯他莫言仅上了五年小学，因给老师提意见，骂老师是“奴隶主”受过警告处分。我们俩的童年经历了 1958 年的大跃进，三年饿肚皮、吃茅草根，一上小学就赶上了那场倒霉的大革命。到现在我还记得“一月风暴”刮到我们村时，村里一夜之间成立的三支队伍，一个叫敢死队，一个叫敢抬队，一个叫敢埋队。你敢死，我敢抬；你敢抬，我敢埋。这胆量颇有祖宗遗风。一声令下，大人、孩子都像疯了一样。我和莫言的小学生涯就是在这场疯狂的大革命中结束的。莫言上了五年小学不上了，我凑合着读完了高中，后来我和莫言一起去高密的一家棉油厂当过三年临时工。记得那时莫言相当沉默，很少说话。用莫言自己的话说，他当时的心境是：“白日做梦，也是如何冲出牢笼、离开家乡。”1976 年，莫言如愿以偿。报名三年，体检三年，终于当了兵。凭直感，我认为莫言如果当初当不成兵，离不开家乡，一直待在这里，那他就永远成不了今天的名作家。同年，我也离开了棉油厂，在我家乡的党委给“秘书”当“秘书”兼土记者，专管给党委书记、乡镇长写报告、讲话稿，写典型材料，有时也在报纸上发表几篇小文章。一晃十年，莫言离开家乡，成了名震文坛的大作家，我呢，尽管写得不比莫言少，一年少说也写一麻袋，十年我写了十几麻袋。可我写的净是些千面一孔，如同一个模具造的，报告、讲话照抄照搬，典型材料就像猪八戒取经回来，介绍经验少不了“在观音菩萨的引导下，在我佛如来的感召下，在唐僧师傅的率领下，在悟空老兄的协助下，在众神众鬼的保护下”之类的套话。我写够了这样的材料，可是不这样写又通不过。

我这嘴没遮没挡，喜欢胡说八道，语言尖酸，在故乡也是有名的。莫言在他的报告文学《高密之光》里，曾几笔勾画出他这位故乡朋友的形象：“瘦如猿猴，一双锐利的眼睛深深嵌在眼窝里，嘴里两排漆黑的被含氟水毒害了的牙齿，能说能写能喝酒能吸烟不洗衣服有济公风度挺可爱的。”还有伏笔画龙点睛：“语言尖酸刻薄，靠老天爷给洗衣服。”够了！莫言老弟把我赤裸裸地捅到《人民日报》上，放在阳光下。文章发表后，不少朋友为此事找我：“你叫莫言丑化到家了。”我说：“不对，丑化是中国人的传统心理。知我者莫言也，几笔见精神，有褒有贬，小骂帮大忙，我感谢莫言，他刻画了一个有血有肉的我，正是他的这几笔使我在故乡的形象更生动、更具体、更立体化了，也使我在高密的小名气更大了。”

莫言不想做官，他认定自己不是做官的材料，而对于当作家却充满自信。任副连职马列教员时，部队首长提他当科长，他说：“当科长你提谁都行，我个人的看法是培养个科长容易，培养个作家不易。对我来说当作家比当科长有用。如果你感到莫言是个人才，就送莫言到军艺深造，只给报个名，我不走后门，凭本事考入，考上您放行就行。”莫言很自信。虽说他仅上过五年小学，但却凭着真才实学，一举考中。我知道莫言平生最反对不择手段往上爬的人，最崇拜英雄好汉，最仇恨王八蛋。交朋友他喜欢的是一见面就能把自己的全部缺点暴露出来的人，最鄙视装模作样的人，最瞧不起的是钻别人的裤裆。他说：“一个人若没有真本事，真能耐，靠钻裤裆过日子是不会长久的。尤其是搞文学创作，死猫是发不上墙头的。”

毫无疑问，莫言的选择是对的。他从一发表作品就把高密看成是一块令他梦魂牵绕并为之钟情的文学天地。他在这块土地上，整整生活了 20 年(1956～1976)。尽管这 20 年，高密留给莫言的印象是灰暗凄凉，是贫穷、愚昧、落后，是与天穷斗，与地穷斗，与人穷斗。斗来斗去，莫言尝尽了挨饿的苦头。在他的作品里，他把我们这代人的感受，人生的艰难、困苦全部化入了故土的人情事物中，借以宣泄出了他对高密这块“无疑是最美丽最丑陋，最超脱最世俗、最圣洁最龌龊、最英雄好汉最王八蛋、最能喝酒最能爱的地方”的“极端热爱”与“极端仇恨”。

二

莫言笔下的高密东北乡，位于胶河下游，在高密、胶县、平度三县交界之处，面积约有8平方公里。此处地势低洼，内有胶河、胶莱河、墨水河、顺溪河、郭杨河五河贯穿东西。每年汛期到来，下游的水直往这里灌压，时常发生涝灾。山高皇帝远，这儿也是个历来三不管的地方，颇有点水泊梁山的味道。为了生存和糊口，我们的祖宗在这里种下了一片片红高粱。每到夏秋季节，这里是一望无际的青纱帐，也为一批铁骨铮铮、土生土长的英雄好汉们提供了活动场所，他们为了改变自己的命运拉帮结伙，在这无边无际的高粱地里神出鬼没，牵驴绑票，杀人越货，劫富济贫，坏事做绝，好事干尽。连当初国民党正规部队不敢碰的日本鬼子的汽车，他们也敢抢敢烧。1938年3月15日，这群好汉汇合在一起，在我家乡孙家口桥头打了一场漂亮的伏击战，杀了30多名日本鬼子和一个叫中冈弥高的日本中将，烧了鬼子八辆汽车。3月25日，日本鬼子在这里进行了疯狂的报复，制造了“公婆庙惨案”，一早晨烧毁民房508间，杀我妇幼男女108口。这些高密县志均有详细记载。据说日本鬼子在一个桥洞就炸死18个青年男女，听老人说，凶狠的日本鬼子用刺刀挑破孕妇的肚子狂笑不止。这些，尽管我们这一代人没有亲自经历，但却像密码一样储存在莫言心里。小时候，我们就听说，高密东北乡曾经土匪如牛毛。小狮子、郭鬼子、高仁生、冷关荣都是有名的。特别是高仁生、冷关荣，他俩一个是高密东北乡东流口子人，一个是王家丘人，都带过一团以上的土匪。二人为争地盘厮杀拼打过无数次。莫言笔下的传奇英雄余占鳌是不是高仁生我不是很清楚，但冷麻子是冷关荣这个土匪是无疑的，这小子后来当了汉奸，与共产党领导的胶高支队为敌。我还听说过高仁生这个土匪，长得人高马大，双手打枪，百发百中，这一带的土匪都怕他。有一次，高仁生和他的勤务兵从高粱地旁路过，路旁沟里有两个割草的小孩，一个说：“我要有这么个干爹就好了。”另一个说：“我要有这么个干儿就好了。”西北风把这俩小孩的戏言刮进高仁生的耳朵里，高仁生当即命令他的勤务兵把两个小孩叫到跟前问道：“谁要给我当干爹，谁要给我当干儿？快说！”据说那个想让高仁生当干儿的被抽了30马鞭，打得皮开肉绽；那个想拜高仁生做干爹的因此得福，成了高仁生最贴身的勤务兵。我始终怀疑，莫言笔下那个跟着余占鳌打天下的干儿子“豆官”就是这个割草孩子的化身和原型。

直到今天，人们一提“曹二鞋底坐高密”仍然滔滔不绝。曹二鞋底，真名曹梦九，是抗战前国民党高密县长。曹梦九在冯玉祥手下当过警卫营长，当时韩复榘还是他手下的警卫连长呢。提起他的绰号有点滑稽。听老人说，他长得身躯高大，嘴上留着蜀口胡，膀子上挂着双大鞋底，遇上不养老的、抓着赌博的、逮住拦路抢劫绑票的土匪，他都是先抡起鞋底一顿臭揍。他做高密县令的座右铭是:“一阵风,一阵雨,一阵晴天;半似文,半似武,半似野蛮。”

相传,曹梦九惩治地痞无赖的手段、招数怪得出奇。当时高密有个王好善,人送绰号“惹不起”,他将别人典给他土地的契约改成卖地契约。官司打到县里,被曹二鞋底查明白之后,先打了200鞋底,又罚他在县府门前捣了三天尿罐,边捣边喊:“大家都来看,我叫王好善,因为我捣蛋,县长罚我捣尿罐。”还有一次,曹二鞋底赶集碰上一男一女争一只鸡,双方都指责对方赖鸡,有一群人正在围观,曹问:“谁能做证?”其中一人指着男的说:“掌柜的是俺邻居,我证明这鸡是他的。”女的是乡下人,找不到证人急哭了。曹二鞋底一转眼珠向男的问:“你的鸡今早喂的是什么?”男的说“谷糠”,女的说是“高粱”,曹领人当场把这只鸡杀了,扒开鸡食囊一看,里面全是高粱,曹当即打了赖鸡人和做伪证的各200鞋底,仍不解恨,又命人买了半斤蜂蜜,扒下赖鸡人的裤子,将蜂蜜涂在赖鸡人的屁股上,叫做伪证的用舌头舔干净。在我的家乡流传着很多曹梦九的轶事趣闻。曹梦九做高密县长时惩治了很多坏人,他曾用假招安计策骗去高密地面的80多个土匪,装入马笼车,拉到济南叫韩复榘枪决了,只跑了一个,那就是高密东北乡的郭鬼子。

无疑,发生在高密大地上的这些故事,有不少已成了莫言创作的契机,化成了《红高粱家族》等一系列激动人心的篇章。

三

美在民间,美在高密。高密有莫言写不完的大善、大美、大丑、大恶。凭直感,我认为莫言之所以有一种天马行空、独往独来、奇思怪想的艺术风格,是与高密的民间艺术:高密剪纸、高密泥塑、高密扑灰年画的熏陶分不开的。

高密三大民间艺术,以扑灰年画为最早,早在明朝末年,就以墨屏花卉及人物画行销于市,延至清代已趋向完美。它以纯熟的技巧、浓郁的地方色彩和独特的艺术风格博得人们的喜爱。其画法受元、明写意画影响很深,大笔挥洒与精工勾染相结合,大红大绿靠拢,以色代墨,追求的是鲜明、强烈、明快。莫言作品,特别在色彩上,与之有很多相似之处。小时候,我曾见过八仙、白蛇传、天女散花、观音送子等30多种画样。记得我爷爷在屋里边画边唱:“黑屏黑砰,案头请供。婆娘不喜,老头奉承,货卖识主,各有前程。”还有“红绿大笔抹,币上好销货,庄户墙上挂,吉祥又红火”。我爷爷为人粗鲁,扑画家堂,把一头小鹿画成大叫驴,挨了老爷爷一顿柱棒;为祖宗开眼漏掉一只眼,拿到市上销售才发现。谁知这张原认为无人要的家堂画,竟被一条汉子花四倍的钱买去,那汉子说:他爷爷就一只眼,这回叫他买着真家堂了。我把爷爷在画屋的奇闻说给莫言听，同时我还跟他开了玩笑说："如果你用第一人称再写出去，那我敢肯定，我爷爷就成了你爷爷了。"他笑了。

我同莫言经常谈论高密的民间艺术，特别是高密剪纸，玲珑剔透，淳朴浑厚，天马行空，自成风格。凡人间传说，生活情趣，无所不能，无奇不剪，这里我可唱一段，单表高密的窗花剪纸种种：

牛郎头上罩神光，脚踏行云会鹊桥。猴子架起二郎腿，学人吃烟面偷笑。
老鼠嫁女办喜事，吹吹打打碰着猫。刘海戏来金蟾女，一双娃娃玩小鸟。
花鹿驮着寿星走，和气二仙各斗宝。望香十冬哭甜瓜，世代留传为心孝。
梁祝长亭十八送，依依不舍离难熬。十八的姑娘爬墙头，越爬姿态越窈窕。
吹箫引来凤凰舞，三姐彩楼把球抛。牛王弄枪来称霸，猴子抡棍揍老妖。
瑞莲夜奔寻兰宽，井台之上情相邀。剪纸生花四季春，草虫小鸟都会叫。

高密剪纸，村姑胸中的题材不知有多少。1986 年秋，莫言回家探亲，曾约我同他一道专程去找高密的剪纸世家范作信买了 500 余条，有老鼠娶亲、老鼠嫁女、蝈蝎出笼、水浒人物一百单八将、梅花鹿昂首挺胸等。这些题材，莫言特别喜欢，他说高密民间剪纸的大胆构思，体现了高密人情感奔放、怨愤冲天、不敬鬼神不信天的狂放性格。同年我和莫言还到高密聂家庄搜集了一批泥塑老虎、叫猴。后来，高密剪纸中的蝎蝈出笼和昂首挺胸的梅花鹿被莫言选进小说《高粱酒》中，它们充分显示了村姑以物托人企图冲破封建礼教严密束缚的抗争精神，那种巧妙掩饰、内含真情的构思嚼有余味，闻有异香，莫言在《高粱酒》中借用这一民间剪纸说道："奶奶是出色的民间艺术家，她为我们高密东北乡剪纸艺术的发展做出了突出的贡献。"他说："我奶奶要是搞了文学这一行，会把一大群文学家跺出尿来，她就是造物主，她就是金口玉牙，她叫蝈蝈出笼，蝈蝈就出笼，她叫蝈蝈唱歌，蝈蝈就唱歌，她叫鹿背上长树，鹿背上就长出了树。"

莫言正是在高密大地的风物人情、民间艺术的培育下，建立了属于他自己的文学王国。

大凡人一旦出了名，就成了了不起的人物。但据我所知，莫言的苦恼并不比常人少。别看他在他的文学创作里显得那么自由潇洒，但回到现实生活中来呢，莫言还是莫言。这几年，我知道他拼命已经拼到无以复加的地步。我佩服他的才华、他的天才和他的灵气，尤其是他对生活的敏感，他的异常发达的想象力。他的长达 20 余万字的《天堂蒜薹之歌》，仅仅是在我那间乡镇党委宿舍兼办公室的屋子里，看到山东《大众日报》刊登的一则 800 字的消息引发的。他根本没有去进行实地调查、采访。还有莫言的《红蝗》，也完全是偶然的产物。那是他在《文汇报》上看到一条不到 300 字的消息，题目是《高密东北乡发生五十年来罕见的蝗灾》。当天他就从北京给父亲寄回 200 元钱，嘱咐老父亲快买粮食，别饿着肚皮。十天之后，他从北京赶回来，我是在车站碰上他的，一见面他就问我蝗虫的事，我说："你上当了，那篇报道把局部发生的土蝗写成飞蝗，弄得好多人受惊。"我一五一十地把来龙去脉告诉他后，莫言长长地松了一口气。可我做梦也没想到，就这么点线索他竟本能地想起 50 年前高密东北乡发生的那场蝗灾，由此写出了一部十几万字的中篇《红蝗》发表在《收获》上。

这几年，莫言每年两次回家探亲，每次在家乡供销社的一间小屋里都写下很多很多，我知道一条无形的鞭子正在抽打着他，像今天他抽打着我一样。脑海里一根弦绷得紧紧的，他在苦苦地思索，苦苦地写。我知道他的近作《十三步》是 1987 年春节在家里写的，除夕之夜一直写到 11 点，满街响起雷鸣般的鞭炮声才打住。我真担心这只蜡烛有一天会突然熄灭，我曾同他谈起："莫言老弟，你何苦如此玩命。"他说："没有办法，老兄。现在的读者和编辑，一方面希望莫言的作品一篇比一篇好，一方面又要莫言写得多，约稿的一大群，难啊！不写，盛情难却，写吧，又怕害了读者。为了对所有关心莫言的朋友和读者负责，我不能不拼命，直到死。"

这就是莫言，没出名时想出名，出名之后他告诉我说："我算尝到在火炉上挨烤的滋味了。"

四

1986 年，在县委办公室王继美同志的引荐下，我来到了南关。当时不少人担心我这张嘴，莫言则告诉我："树挪死，人挪活，试试看，大不了再回你的大栏。"没想到在南关我结识了王建章、高方明等农民企业家。后来我把他们俩的事迹告诉了莫言，莫言到我这里实地采访后，写了《高密之光》、《高密之星》和《高密之梦》，发表在《人民日报》上。他仍一直非常关心他讴歌过的英雄好汉，希望他们在反思中超越自我，不断地蜕变。对此，我同莫言谈过："你也需要反思，不要离开高粱地，一个真正顶天立地的汉子，首先是立地，不能立地何谈顶天？那岂不是悬在半空？悬在半空是干不了事业的，成不了大作家的。"

莫言老弟坚守你的高粱地吧！这里有你写不完的生活，作为朋友，这是我对你的忠告。因为四年前你说过，只有抢占下高密这块黑土大地，你才能在文学上有所建树。家乡父老等待你抱回诺贝尔文学奖，成为"世界性"的作家，到那时，高密会给你莫言老弟立个永恒的碑。

（原载《青年思想家》1989 年第 3、4 期合刊）

我与农村

◇莫　言

我生长在山东省高密县大栏乡平安里村，一直长到20岁才离开。故乡——农村留给我的印象，是我创作的源泉也是动力。我与农村的关系是鱼与水的关系，是土地与禾苗的关系，当然，从另一方面看，也是鸟与鸟笼的关系，也是奴役与被奴役的关系。虽然我离开农村进入都市已经十好几年，但感情还是农村的，总认为一切还是农村的好，但假如真让我回农村当农民，肯定又是一百个不情愿。所以有时骂城市，并不意味着想离开；有时赞美农村，也不是就想回去。人就是这样经常口是心非，当然也会有始终心口如一的特殊例子。

故乡留给我的印象，是我小说的魂魄。故乡的土地与河流、庄稼与树木、飞禽与走兽、神话与传说、妖魔与鬼怪、恩人与仇人，都是我小说中的内容。要想把我与农村的关系说清楚，不是太容易，我想拣几件至今令我难以忘怀、又没写进小说的事儿写写，也算向读者坦白吧。

一、滚烫的河水

我这辈子记住的第一件事，是掉到茅坑里差点淹死。那大概是我两岁左右的事。在我的印象里，那是个暴雨很多、骄阳如火的夏天，家里用砖头砌就。很深、很大的露天茅坑里潴留着很多雨水，水面上漂浮着一层草木灰，草木灰中蠕动着长尾巴的蛆虫。我记得茅坑角上栽着一根木棍子，是为我的腿脚不便的奶奶预备的。我喜欢双手抓着木棍子，身体往后仰着，一边拉一边胡思乱想。那根木棍年久腐朽，突然断了。我仰面朝天跌进茅坑里去了，喝了一肚子臭水，幸亏我大哥及时发现把我捞上来。大哥拿着一块肥皂，把我扛到河里去洗。我记得正是中午头儿，阳光特别强烈，河里的水明晃晃的，耀得别人不敢睁眼，满河里都是洗澡的男人和嬉戏的男孩。男孩们追逐着、叫嚷着,腾起一片片白色的水花。大哥把我放在河水里。河水滚烫,我嗷嗷地叫着,搂着大哥的脖子,使劲地把腿蜷起来。大哥硬把我按在水里。我哭着挣扎着。我记得大哥说:你一身屎一头蛆,不烫烫,脏死了。我还记得周围的滚水中露着一些青色的男人头颅,那些漆黑的眼珠子在蒸气中眨动着。“谟贤,怎么了?”我记得他们很尊敬地叫着大哥的学名问。大哥那时正在夏庄镇念高级中学,是村里唯一的,受着村民们的尊重。大哥说:掉到圈里了,差点淹死!我记得那些男人笑嘻嘻地问我:屎汤子什么味道?好喝不好喝?大哥往我的头发上抹了很多肥皂,肥皂泡杀得我睁不开眼睛。我闻到了肥皂味儿、鱼汤味儿,臭大粪的味儿。

我认为三十几年前的太阳比现在毒辣得多,能晒热半河流水。那样滚烫的河水我再也碰不到了。近十几年,故乡所有的河流都干得底朝了天,我的乡亲们在河底晒庄稼,搭上台子唱戏。关于在河底搭台子唱戏的事,我在一部题名《爆炸》的中篇里有过描写。

二、成精的老树

大跃进、大炼钢铁、吃公共食堂时,我已3岁,先是记得我家菜园子旁边那株数人难以合抱的大柳树被杀了,拉去当了炼钢铁的燃料。杀树时,我跟着姐姐满腔怒火地站在很遥远的地方观看。虽然农村实现“共产主义”,管什么都不要钱,但我们对自己的大树有感情了,杀它我们心疼。杀树的人有十几个,有拿斧的,有拿锯的,有拿十字镐的,有拿大锛的,噼噼啪啪,从日头冒红折腾到太阳西斜,雪白的木屑飞散在大树周围厚厚一层,但大树森森屹立,总是不倒。邻居孙二提着大斧绕着大树转着说:该倒了呀,怎么总是站着?很多遥观杀大树的婆婆妈妈嘁嘁喳喳地议论起来,说这棵大柳树有几百年的寿命,早就成了精了,不是随便好杀的。说有一年谁谁从树上钩下一根枯枝,回家就生了一场大病,何况要杀它!砍一斧没溅出一片血来就算树精遮了众人的眼。婆婆妈妈们议论着,杀树的男人们都怯怯地离了那挨了千斧万锯而不倒的老树,远远地躲到矮墙边上抽烟袋。夕阳渐下渐浓,红光像血一样,把老树映得一片辉煌,看光景杀树的男人也都害了怕,没人敢靠前了。正在这时候,大队长张平团来了。他瞪着两只呆愣愣的大眼,背着一杆长苗子鸟枪,穿着一身又脏又破的军衣,腰里扎着一条黑色牛皮腰带,很宽;腰带扣是黄铜的,闪闪发光。据说他常用这条腰带抽他的老婆,这不是我亲眼所见;我亲眼看到过好多次他打老婆,但都不是用牛皮腰带,用枪苗子戳,用疤棍子撸,用木板子砍。每次他都把他那个又瘦又小的老婆打得血肉模糊,眼见着要死的样子,但她总是能活过来,而且还能在这三日一小打、五日一大打中一胎接一胎地生孩子,净生些秃头小子,七长八短一群,五冬六夏光着屁股,都瞪着呆愣愣的大眼，一看就知道是大队长的种子。大队长昂着头，瞪着眼，像哪吒一样，风风火火地滚过来，冲着那些杀树的男人破口大骂："……磨洋工吗？十几个整劳动力，一天杀不倒一棵树，要你们干什么？都给我滚过来，杀！"

孙二弓着腰，踱过来，愁眉不展地说："大队长，不是我们磨洋工，这棵树成了精，不好杀。"他指指被砍得摇摇晃晃的大树和遍地的木片，怯声道："都成了这样了，它硬是不倒。"

"放屁！"大队长骂道，"听说过狐狸成精，没听说过柳树成精；不倒？它凭什么不倒？它敢不倒！我给你们轰它一枪，压压邪气！"说着，他把肩上的鸟枪悠下来，端在手里，吆喝一声，"小孩子闪开点！"然后，举枪单眼瞄瞄准，说，"我可是要搂火喽！"随着一勾扳机，一股小小的黄烟从枪机那儿冒出来，紧接着一溜火光窜出枪管，震天动地一声响，一大团铁砂子打在树干上，掏出了拳头大小一个窟窿。大树抖了抖，依然不倒。大队长猫着腰走到树下，转着圈看了看，说："断是断了，就是树头太重，压住了，找绳子，拴住树杈子，拉，一拉保准就倒了。"杀树的人们大眼瞪着小眼，懒洋洋地，没有一个想动。大队长瞪着眼，大声吆喝："想让我拔你们的白旗吗？孙二，你去大车棚里拿绳子。"孙二黏黏糊糊地说："大队长，天就要黑了，黑灯瞎火的，砸着人就不是玩的。"大队长道："胡说，放着它立一夜，不是又长到一块儿去了嘛，别给我蘑菇，快去。"

孙二嘟嘟哝哝地去找绳子，大队长瞅着机会，剥皮剜眼地训斥杀树的人。大家都低着头抽烟，没人吭气。大队长也觉得没趣了，吐了几口唾沫，单手叉着腰，往大车棚的方向望孙二。

孙二拖着一大捆绳子，像一条被打出肠子的狗，三步一歇地磨蹭过来。

大队长令人上树挂绳，没人敢上。张三说腿痛，李四说腰痛，王五说眼神不济。都不愿上树，用枪筒子戳着腚也不上。大队长无奈，皱着眉头想了个偷巧的法子，用绳子绑了一块砖头，往树杈上抛，三抛两抛，竟然成功了，拉紧了绳，动员起人，拽着绳子，大队长喊着号子，一、二、三，拉——说时迟那时快，只听得嘎吱嘎吱几声巨响，大树缓缓倾斜过来，有人喊了一声："不好！"众人扔掉绳子，才待要跑，那里来得及？大树挟着风、裹着月，像一团黑压压的乌云，比风还快地倒了，庞大的树冠横陈在地上，蓬松着一座小山。短墙倒到白菜地里去了，孙家的三间草屋倒了一间半。十几个杀树的民工一个也没落，全给捂在树里。他们在树里边不出人动静地叫唤。大队长站在边上喊号，看事不好，几个小箭步就蹿出几丈远，脱离了危险。到底是当过志愿军的人，反应敏锐，腿脚矫健。

先是围观的婆婆妈妈们尖声喊叫起来，继而是大队长尖着嗓子沿大街来回跑动着喊叫：救人——救人——附近土高炉那儿正在砸锅熬铁的人乱纷纷跑过来，七嘴八舌地问：人在哪儿？人在哪儿？

后来就试探着拉那树冠，哪里拉得动？一老者道："别拉！一拉两股涌(动弹——编者注)，原本死不了的，也给揉死了。"都停手不拉，但没有主意，老者道："多找大齿锯来，卸树杈子。"

众人找来几张需要两人拉动的大齿锯，又点亮几盏马灯，吱拉吱拉地锯树杈子。大队长早就不咋呼了，鸟枪也不知扔哪儿啦，煞白着脸儿，提着一盏马灯，给拉锯的人照明。

被砸在树下的人的亲属听着风来了，哭的哭，叫的叫，像死了人报丧一样。树下的人有能跟亲属对话的劝亲属不要哭，伤重的就顾不了人伦，一个劲儿呻唤，也有自始至终没出动静、亲属呼唤也不答应的，大概不死也是发了昏了。

树冠渐渐秃下去，几小时后，终于见了地皮，把树下的死人、活人拖出来，抬到卫生所里去，满地都是血。人终于散得差不多了，大队长提着马灯，呆呆地站在那儿，像根木桩子一样。

这是我们村几十年没出过的大事故，死了五个人，孙二是其中之一；其余的都受了伤，伤最轻的王四海，也断了一条腿，折了八根肋条。

我爷爷原先是痛恨杀树者的，在斧锯声中骂不绝口，事发后，他叼着那支红铜嘴儿、青铜管儿、黄铜锅儿的全铜烟袋，一锅连一锅抽烟，脸青着，一句话也不说。

三、爷爷的故事

实际上我要写的是关于爷爷的一些事情，几乎没有虚构，题目中有"故事"二字，并不意味着我要编造什么。自从我写了《红高粱家族》之后，有一些读者来信问我：你爷爷是否就是土匪余占鳌的原型？不是的，我爷爷与土匪司令余占鳌没有任何关系，他是一个真正的优秀的农民。他个头中等、人很瘦，是干农活的好手，也是心灵手巧的木匠。后来他老了，腰弯得像鱼钩一样，这是年轻时出力太过的后果。

爷爷年轻时腿上生了贴骨疽，据说病情十分严重，眼见着一条腿难保了。无奈，只得请来全县闻名的医生"大咬人"，此人医术高明，尤其是治毒疮恶疽有绝活，但极难伺候，非坐健骡拉的轿车子不出诊，食鱼肉、饮美酒，诊费要得凶狠，故称"大咬人"。雇了轿车子把"大咬人"搬来，谈起来竟是瓜蔓子亲戚，于是"大咬人"也不咬人了，给开了三服中药，十分把握地说了每吃一副药后病情的变化。我的大爷爷也是个中医，对"大咬人"原也不十分服气，所以他亲自观察我爷爷服药后的病情变化，果然如"大咬人"所预言，大爷爷十分心服。大爷爷说是三服药吃完后，爷爷的一条腿像熟透了的瓜一样，插进几十根中空的麦秆草引流，脓血流了许多，后来竟一点也没落残。据说那"大咬人"能把人头上的疮用一服药给挪到屁股上去，虽说是玄而又玄，但我基本相信，中医里确实有一些半仙样的人物。

每年的麦收季节，是我记忆中十分愉快的季节。这季节遍地金黄，为了抢时间，男劳力们披着星星下地，早饭送到地里吃。各家都把去年残存的一点点小麦磨了，擀饼、蒸馒头，犒劳镰刀。我13岁那年，第一次告别了拾麦穗的儿童队伍，提着镰刀，加入了割麦的行列。我的镰刀是爷爷亲手帮我磨的，磨得非常快，吹毛立断。我信心百倍地提着快镰，头顶着幽蓝夜空上的繁华星斗，跟随着大人们，走进散发着麦香的田野；心情兴奋，似初次上阵的新兵。

我们那地方土地辽阔，庄稼都是种成大片，无论是高粱还是小麦，都有一望无垠的劲头儿。那天早晨收割的那块麦地是最短的，但一个来回也有5里。每个人割两行，梯次排开，队长在最前头，我在最后头。割了半个时辰，前边的人就没影了。后来日头在东边冒出了红，染得地平线上的几条长云如同烂漫的绸带。早起的鸟儿在灰蓝的天空中婉转地呼哨着，潮湿的空气像新酿出的酒浆。我直起麻木沉重的腰，看到遍地躺着一排排整齐的麦个子，割麦的男人们已经站在遥远的河堤上等待开饭了，而我还在地半腰。

后来队长与几个人分段割完了我那行麦子。我提着镰刀，非常不好意思地到了地头。刚要拿碗去盛队里免费供应的绿豆稀饭，一个家庭出身很好、在队里说话很硬的小个子男人把我的碗夺过去，扔在地上，气汹汹地说：你还有脸喝汤？你看看你割的那两行麦子，茬子高，掉穗多，浪费粮食糟蹋草，该扣你们家的粮草！他的话分量太重，我委屈地哭了。

队长说：你还是拾麦穗去吧，再长几岁，有你割麦子的时候。当天中午，爷爷知道了这件事，他很生气。吃过午饭，他提着一把镰，到了割麦的地方，爷爷是不愿加入合作社的，但拗不过思想进步的我父亲。入社后，他便发誓不为生产队干活，割草卖，没草割的时候做木匠活。所以爷爷在生产队麦田里出现引众人注目。队长很客气地招呼。爷爷也不说话，拣了一块麦子长得格外茂盛的粪盘地，弯腰挥镰，“刷刷刷”一阵响，便把一个两头沉、腰儿细的麦个子扔在众人面前。那活儿自然是一流的，没人能比。训斥过我的小个子脸红了。爷爷说：你们割了几亩麦子？弄得灰头垢脸的。早年我去上坡典工夫割麦子，穿着白漂布的小褂，手提着画眉笼子，割了一天下来，衣服还是白的。

爷爷说得可能有点玄，但他的技艺的确把人们震住了，替我出了一口气。

爷爷会织网，会编鸟笼子，会捕鱼，捉螃蟹，还玩鸟枪打鸟。他是个有情趣的农民，后来的人民公社大锅饭，把人像牲口一样拢在一起，人们过着一种半军事化的生活，去赶个集都要向队长请假，农民的所有时间都不能自己支配，有情趣的农民也没有了。这几年土地分到了户，农民们比我在农村时要舒服多了，虽然干活也苦也累，但人身恢复了许多自由，人的脑袋也有了更多的用处。如果我的爷爷还活着，他一定会很愉快的。

事实上，人民公社那一套，人人都知道不灵，但谁也不敢说。上头把政策一变，饭也吃饱了，衣也穿暖了，房子也住好了。守着那么肥沃的土地，竟饿了许多年肚子，想想也不知道该恨谁。当年我爷爷就诅咒人民公社是兔子的尾巴长不了，这在当时可算是弥天大罪，现在应了验。

关于农村，可以说的话实在太多了。譬如农村的政治制度、宗族问题、农时节气、庄稼草木、土地河流、家禽家畜、蚊蝠蛆虫、风俗习惯、洪水旱魃、苛捐杂税、奇人异事……都能拉开架势写大块文章，只可惜报纸版面有限，只好草草结束这篇“四不像”的文章，读者姑妄读之吧。

(原载 1991 年 8 月 29 日、30 日、31 日《农民日报》)

也许是因为当过“财神爷”

◇莫　言

当兵十年，由于追随队伍里的时尚，也渐渐喜欢和大家一样，起初矫揉久而自然地模仿少年人的娇嗔和天真，恨不得拉住岁月的车轮，使青春如万里长城永不倒。这股妖风迷雾，使我受益匪浅，因而在感觉中一直把自己看得很小、很嫩，至今还顶花带刺犹如一掐冒水的小黄瓜，并常以此为阿Q式的借口，原谅自己的低能和无出息。去年考入军艺文艺系，有人奉承我年轻有为、前途无量，也就很舒服地接受了这奉承，自以为少年得志，鹏程万里。春节，花了3元6角钱买了一条准牛仔裤子箍住身体的下半部分，带着豆蔻花开的良好感觉探家去，下了火车上汽车，下了汽车过小桥——小桥被发财心重的汽车压断了两条桥石，形成了一个豁口。站在旁边的石条上，正好从这个豁口里打水——上小桥就看到一个妇女在打水。她留着由女八路兴过来的“二刀毛”头，上身穿一件鲜艳的大棉袄，下身穿一条盔甲一样明亮的蓝棉裤，赤脚穿一双白色的泡沫塑料凉鞋。天并非不冷，河里是一道道浅蓝色和灰白色的冰，桥洞下没结冰，水滴落在桥石上，眼见着就结了冰。我看着从白凉鞋里露出来的她的鲜红的脚后跟，心里很有点那个。在文学系里受到的教育使我往往扒着自己的眼皮，以作家的目光观察生活，所以我发现了她的通红的脚后跟。也许是感觉到背后有人看吧，她猛地转过身来，胳膊弯托着扁担，扁担钩挂着水桶，水桶淋着水在空中抡了一个圈，划出了一道冰冷的弧线。水桶“嘭”一声蹾到桥石上，她抬头看到了我的脸，我也看到了她的脸。

“是你呀，‘财神爷’！”她大声地吆喝着。

“啊呀！”我并非装模作样地惊叫一声，紧接着说，“冬妹，十年没见你了。不是你叫我，真不敢认啦！”

“可不，你怎么敢认呢！你现在是大军官，你怎么还敢认我？”

“……这是哪儿的话，”我挺不好意思地说，“你变得太厉害啦。”

“你没变？看你那一脸褶子，看你那副虾米腰！可我还不是一眼就把你给认出来了。”她轻蔑地说，“你不就是闯好了吗！不就是穿上了一条包腚裤么！

我满脸发烧，一句话也说不出来。

她野蛮地笑起来。笑过，说，“看你这副熊相！扔了二十数三十的人了，还像个小孩一样，咱姊妹的情分不是一天半天，你什么都忘了，也不该忘了我领着你去装‘财神爷’那一夜，别看我听人家说你会诌书编戏。”

“冬妹姐，我是不敢忘。”

她跺了跺脚，冻得邦硬的凉鞋清脆地响着，“走吧，”她说，“别像演《桥头会》一样戳在这儿，叫俺孩他爹看到，没准要揍我哩。那个死东西，疑心可大啦，看我跟男人说话就以为我跟男人睡觉。”

“他是爱你呢！”我把在队伍里学到的一句酸话用上了。

她吃惊地盯着我，眼睛瞪得溜圆，眼角上的皮肤绷紧，皱纹浅了一些，显出了纹底的灰白的皮肤。

“算了吧，你别膈应(恶心，讽刺——编者注)我啦！”她顿着脚说，“快走吧，我脚冷。”

“你怎么穿凉鞋？”

“怕臭了脚！”

过了小桥，有两条灰白的小路通到村子里，一条向东南，一条向西南。向西南的近，通向她现在的村庄；向东南的远，通向她过去的、我过去的也是现在的村庄。(世间多歧路，人生也多歧路。十字路口学问大，文学家对此可以无病呻吟，哲学家可以对此大发议论，我可以对此信口开河，来完成命题作文《我怎样走上文学之路》)

灰白色的小路，一条通往东南，一条通往西南。一条通向她的新家，一条通向她的旧家我的家。她说：“到俺家落落脚吧，俺那口子，不会说话心里明，佩服你了不得，我带你回家去，吓唬吓唬他。”

我犹豫了片刻，说：“不啦，今天就不去啦，等过了年，我一定去给你拜年！”

“不去拉倒，谁还敢指望你去拜年呢！贵人不踩贱地哪！”她说完，转身就走了。

她根本没有回头。我看着她那包裹在肥大的棉袄棉裤里的纤弱腰肢活泼地扭动着，听着扁担钩子与桶鼻子摩擦出的吱吱扭扭的叫声，看着沿着她凉鞋中露出的通红脚后跟一点点伸长的灰白的小路，听着她渐渐远去的粗重的呼吸声；我闻着她留在我身边的那股子村妇特有的热烘烘、臊乎乎——闻惯了很亲切——的气息，猛然想起光着屁股徜徉街头，遍身泥巴捞鱼摸虾，皮开肉绽上树捕蝉，等等等等，一系列往事。几十年光景一闪而过，犹如赤脚蹚河水，不管你掀起多大的浪花，人过水也平，河里很少痕迹，如果是了不起的浪花，自然会留在脑海里。面对着这一切，一大段可以写进《我怎样走上文学之路》的文字蓦然地从脑海里浮现出来：

你已经扔了二十数三十，再呼“我是青年”的口号时，应该有惶惶不安的感觉了。你已经把一条腿和大半截身体探进了中年的门槛，到了正儿八经地执行自我批判的年龄了。你千万不要沾沾自喜，不要被那十几篇狗屁文章陶醉，这种文章谁都能写。你现在远远不是谈创作经验的时候，好好听听人家的吧。要时刻想到防止拉清单。老师让你写《我怎样走上文学之路》，能写就写，不能写就不写。如果非要写，就写写这个在滴水成冰的早晨穿着塑料凉鞋挑水的女人吧。去年你回家时，你爹就扯着你的耳朵叮嘱你：小三，你二十八九啦，该懂点事啦！你还能让我操一辈子心吗？你从小嘴上缺个把岗哨，说一句话能毒死一个连。渐渐大啦，要长心眼，古人云：良言一句三冬暖，恶语伤人六月寒。画龙画虎难画骨，知人知面不知心。啄木鸟死在树洞里，吃亏就吃在嘴上。拳不离手，曲不离口。活到老，学到老。人之初，性本善，等等。你说：“亲爹，饶命！”

冬妹比我大一岁，我十年没见她，是因为她在我当兵后的第二年后下了关东，是因为她从关东回来后我两年没探家。正月初一，我一大早就去她家拜年，说话要给话做主嘛。年三十夜里下了一场雪，雪很薄，但还是遮掩了道路，还是因为这层薄雪，就变得很漂亮，其实雪一化，什么还是什么。我跟冬妹装“财神”那一夜也下雪，那场雪可下得邪乎，下得“河上一笼统，井是黑窟窿。黑狗身上白，白狗身上肿”。

“冬妹姐，新年发财！”我站在她家院子里喊。

冬妹在屋子里应了一声，出来迎接我的却是一个黄胡子黄眼珠的剽悍男子，他用土黄色的眼珠子恶狠狠地打量着我，一句话也不说。我猜想这必定是冬妹那个疑心极重的丈夫了，便满脸堆起解释性的笑容，说：“大哥，我是冬妹的同村邻居，小时候的朋友。”黄眼汉子对我的话毫无反应，一双眼滴溜溜地上下打量着我。在我那条价值 3 元 6 角钱的牛仔裤上停住目光，嘴唇猛地撇起，跷起一个小拇指头，在我面前急遽地晃动着，口里发出一阵令人心酸的怪叫声。我的心顿时沉了。冬妹原来嫁给了一个哑巴！她真够可怜。我更可怜，这哑巴显然瞧不起我，他用小拇指表示，我和我身上穿的牛仔裤一样，都是不值钱的次品。在哑巴的“啊啊”声中，蹿出了两个光脑袋的小男孩，同样服饰，同样高矮，同样面孔，用同样的黄眼珠子看着我。我急忙从口袋里摸出糖给他们吃。哑巴对着男孩一挥手，“啊啊”了两声，男孩紧盯着我手中花花绿绿的糖块，不敢近前，却退回屋里去。这时，冬妹才从屋里出来，她换了新装，打扮得很华丽，当然我认为很俗气。

“哟，新年大吉，‘财神’驾到！”她说着笑着，走上来，亲昵地捏捏我的手。

哑巴猛地把她拽开，怒气冲冲的样子，黄眼珠子里像要出火。他用小拇指比画着我的裤子，脸上不断变换着各种表情，嘴里不断发出各种怪声，最后，他把一口唾沫啐在雪地上，用穿黑棉皮鞋的大脚使劲踩了踩。踩得我屁滚尿流，恨不得立即逃走。冬妹对着他“欧”了一声，伸出大拇指，指指我，指指我们村庄的方向，指指我的手，指指我口袋里的钢笔，比画出写字的动作，又比画出一本本方方正正的书，又伸出大拇指，高高地举起来，脸上的表情也是丰富多彩。哑巴顿时满脸堆笑，目光温顺得像只老羊。他短促地笑着，伸出大拇指，在我的面前晃动着。他拍拍我的心窝，又拍拍他的心窝，然后就跺脚、喊叫，感动得我差点流了泪。那两个光脑袋小孩又跳出来，远远地瞅着我手里的糖。

我说：“过来，给你们糖吃。”

哑巴对着小男孩招招手，小男孩像敏捷的小狗一样蹦过来，把我手里的糖挖走了。哑巴抓住两个小男孩，按着他们的脑袋给我磕头。小男孩一齐跪下去，光头上沾满雪花后，才爬起来吃糖。

我问冬妹：“是双胞胎？”

“双胞胎？三胞胎还有哩！”她并不难为情地说，“一胎生了三个，像下小兔一样，两小一嫚，两个哑巴一个响巴。”

见她这样，我也就调侃地说：“你可真能干！”

她笑了笑没搭理我。哑巴从每个男孩手里夺出几块糖，飞跑进屋里去。

“他把糖拿去给小嫚吃了，就小嫚会说话，他也喜欢。”

女孩躺在被窝里，睁着黑黑的眼睛望着我。我把剩余的糖全摸出来，堆在了她的面前。

“这是你大舅。”冬妹说。

哑巴跷起大拇指指着我。

“大舅！”女孩很脆地叫我。

这一天，我过得很愉快。冬妹把最好的东西拿给我吃。哑巴也非常热情，使我感到了兄弟般的温暖。傍晚，夕阳照着化得斑斑点点的积雪，冬妹抱着女孩，送我出村。哑巴和两个小男孩站在门口，对着我频频招手。

她抬头看我一眼，脸上露出很悲凄的神色。我生怕她说什么，连忙说：“送得这老远啦，回去吧！”她叹了一口气，说：“再送送吧！十年不见，你成了大军官、大学生、大作家，还能到俺这一窝哑巴家里来坐坐，给面子不小啊！”

“又来啦，冬妹姐，你别醋溜我好不好？骗子最怕老乡亲，我能吃几碗米的干饭你还不清楚？你忘了我装‘财神’那夜，所有的词儿不都是你编的吗？要不是社会的原因，你肯定会成为女作家。肯定比我厉害。”

她扑哧一声笑了。她说：“过得真快啊！眨巴眼的工夫，就是20年！”

二十年前，我8岁，她9岁。我家是上中农，她家是富农。秋天遭了大水，夏天遭了大旱，春天遭了大风，庄稼没长好。春节前夕，上级发下来救济粮，我家没有份，她家更没有。为了大年五更能吃顿饺子，父亲用他那生了锈的木匠家什，把两扇破门改成两张饭桌，让我背到集上去卖。碰到了税务所里的人，把桌子没收了。

父亲打了我一顿。

母亲哭了一顿。

冬妹帮我出了个主意，要让我们两家在大年夜里吃上饺子。

那个大年之夜，冰雪遍地。半夜时分，响起了零落的鞭炮，我心里有事，早早地就醒了。没有饺子也要过年，父母起来了，点亮了油灯，给祖宗牌位烧香烧纸。趁着这机会，我拎过一个瓦罐，溜出了家门。冬妹已在门口等我，她冻得直打牙巴鼓，话都说不到一块去。她说："咱们到东村去要，东村没人认识咱。"

我们怕冷，便飞跑。我们奔跑在冰天雪地里，地上的积雪在我们脚下吱吱咯咯地响着。跑到东村时，身上已微汗。在村头上，我们歇息片刻，她问我："词儿记住了吗？"我说："记住了。"

我们奔着光明去，哪家光明哪家就是在烧火煮饺子，烧纸敬祖宗。记得我们初发利市那家有个高大的门楼，养着一条叫声粗壮的大狗。叫花子与狗是死对头，我们不是叫花子，我们是给人带来幸福和财富的财神爷。在我们家乡，叫花子有一个最荣耀的时候，就是在大年夜里。

我提着瓦罐，拉着冬妹的手，站在大门口外。鼻子里似乎闻到了熟饺子的香气，为了饺子，我高声地朗诵起来：财神爷，站门前，看着你家过大年……快开门，快开门，开门搬回聚宝盆……送出去一个水饺，跑进去一个元宝……

大门开了，一个跟我年龄相仿的男孩，端着两个饺子送出来。他擎着一个纸糊的红灯笼，当我伸出瓦罐去接饺子时，我们互相看清了，他惊诧地叫起来："是你呀，你就是'财神爷'？"他把饺子扣进我的瓦罐里，笑着跑回家去。我愣在那儿，听着他很响地喊："爸爸，'财神爷'是我的同学！"

冬妹推了我一把，说："要到了，该另跑个门啦。"

我说："我不要了，我要回家。"

她问："为什么？"

"这村子里有我的同学。"

"管他呢！"

"还有我的老师。"

"那怕什么？"

"碰上了丢人。"

"古来要饭不丢人。我没上学，我不怕丢。你提着罐子，看我要。"

冬妹没上学也比我聪明，她口齿伶俐，越唱词儿越花哨，引得一群人跟在我们后边听。

一个老头说:“国要败,出妖怪。公鸡下蛋母鸡打鸣。财神爷也成了母的了。”

第二年我上学去,大个子张老师问我:“大年夜里是你装‘财神’吗?”

“是……俺家里没饭吃……”

“你唱得很好,那个小姑娘唱得更好。词儿是你们自己编的吗?”

我点点头。老师摸着我的头说:“努力吧,你们很有才分,很有希望,自古英才出寒门。”

老师,就这样吧,我仅仅是一个文学爱好者,要写得紧扣您的题目无疑自我讽刺,只好这样装神弄鬼地绕圈子。俺爹曾经对俺说过:“常在河边走,哪能不湿鞋?瓦罐不离井沿破。跟着巫婆学跳神。”围着“文学”绕圈子久了,也许就能沾边儿上路了呢!

(原载《三十五个文学的梦》,解放军出版社1985年版)

第二辑　莫言创作研究

有追求才有特色

——关于《透明的红萝卜》的对话

◇徐怀中　莫言等

编者按：对《透明的红萝卜》的作者莫言，读者大概很陌生。他是一位青年军人，发表过一些短篇小说，其中《民间音乐》一篇受到著名作家孙犁的赞赏。本篇是莫言的第一部中篇小说，写作上有新意，艺术上有追求，是值得一读的作品。当然，《透明的红萝卜》自有不足之处，但对一个刚刚步入文坛的青年作者的追求、探索的精神，我们认为是应充分肯定的。为此，我们在刊登这篇小说的同时，发表了作者和他的老师、著名作家徐怀中，以及其他几位青年作者的对话。

徐怀中：莫言，你怎么想起这么写《透明的红萝卜》的？

莫言：我这篇小说，反映的是“文化大革命”期间的一段农村生活。刚开始我并没想到写这段生活。我想，“文化大革命”期间的农村是那样黑暗，要是正面去描绘这些东西，难度是很大的。但是我的人物和故事又只有放在“文化大革命”这个特定时期里才合适。怎么办呢？我只好在写的时候，有意识地淡化政治背景，模糊地处理一些历史的东西，让人知道是那个年代就够了。我觉得写痛苦年代的作品，要是还像刚粉碎“四人帮”那样写得泪迹斑斑，甚至血泪斑斑，已经没有多大意思了。就我所知，即使在“文革”期间的农村，尽管生活很贫穷落后，但生活中还是有欢乐，一点欢乐也没有是不符合生活本身的。即使在温饱都没有保障的情况下，生活中也还是有理想的。当然，这种欢乐和理想都被当时的政治背景染上了奇特的色彩，我觉得应该把这些色彩表达出来。把那段生活写得带点神秘色彩、虚幻色彩，稍微有点感伤气息也就够了。

徐怀中：莫言对农村还是比较熟悉的。他有一篇《民间音乐》，你们看过吗？那篇东西很精彩。莫言对农村还是有很深的感情的，写农村题材是他的优势。

金辉：这恐怕与他参军的年龄较大有关系。参军时二十了吧？

莫言：是的。

徐怀中:这篇作品恐怕是属于那种用几句话不容易概括出主题的作品。

莫言:生活是五光十色的,包含着许多虚幻的、难以捉摸的东西。生活中也充满了浪漫情调,不论多么残酷的生活,都包含着浪漫情调。生活本身就具有神秘美、哲理美和含蓄美。所以,反映生活的文学作品,也是很难用一两句话概括出主题的。

金辉:是的,生活中确有某些现象,是很难一下说出个究竟来的。像莫言刚才提到的,关于美与丑,在极端的意义上,还是比较容易说清的。譬如说杀人,基本上可以说是丑的,但也不绝对。只有在特定的环境下,你才能说,这是美的,或这是丑的。

莫言:这些美或丑,人人都能感觉到,但是很难用数学一样精确的语言把它描述出来——即使数学也还有模糊数学这一说。数学语言也有它含混的地方。

金辉:这段时间我对模糊性琢磨得比较多。莫言自己也谈到了模糊性。现在有不少理论提到了文学的模糊性,实际上还应该更拉开视野去认识。数学上出现模糊数学,是因为有许多事物无法用精确的数学语言表述。也就是说,世界上存在着能用精确的数学语言来表述的事物;也存在着模糊得只能用模糊数学语言表述的事物。如果硬要用精确表述模糊,反而失其真了。模糊数学对事物进行的是模糊概括、模糊描述、模糊把握。我觉得要谈文学的模糊,首先要从生活本身的模糊谈起,生活中的某些模糊性,决定了某些作品的模糊性。比如肖像描写,你把每根头发、每颗牙齿都进行了精确描绘,给人的印象也不一定清楚。中国的白描手法,有时仅用几笔,如"高个子、无胡须",反而给人一个较清晰的印象。除了生活本身的模糊外,还有人本身的模糊——思维过程的模糊。作家把握生活是一种总体上的感觉,不可能一二三四地几条列出来了。感受到的生活是模糊的。构思呢?构思也是模糊的。郑板桥说有三种竹子:眼中之竹——这是生活中的模糊;心中之竹——画家思维中的模糊;笔下之竹——作品中的模糊。这样比附显得有点勉强,但郑板桥说这三种竹子是不同的,每一种竹子都有自己的模糊性和精确性。生活反映到作家的头脑中,再变成文字,基本上都是模糊语言,很少有精确语言。再就是欣赏的模糊。作品模糊性越强,读者再创作的余地就越大。像《红楼梦》,不同的读者就有不同的感受,同一读者在不同时期、不同情绪下读它,也有不同的感受。这就是《红楼梦》百读不厌的原因。

莫言:生活中原本就有的模糊、含蓄,决定了文艺作品的朦胧美。我觉得朦胧美在我们中国是有传统的,像李商隐的诗,这种朦胧美是不是中国的蓬松潇洒的哲学在文艺作品中的表现呢?文艺作品能写得像水中月、镜中花一样,是一个很高的美学境界。作品应与生活有一段距离。我看鲁迅先生的《铸剑》时,就觉得那里边有老庄的潇洒旷达、空珑飘逸的灵气。站得很高、很远地观察生活,也许可以逃避很多困难。

李本深:从某种意义上来理解,功利主义和非功利主义与写实、写意的问题有相通之处,《透明的红萝卜》写意成分很浓,追求一种空灵意境,有点神秘气氛,也无可非议。

但我同时觉得，这种追求不能过了头，不能为追求神秘气氛造成玄虚。“妙不可言”是不是更好一些呢？作者有意掩饰自己的意图，也不能隔着太多层次，还是要适当考虑艺术效果，适当考虑可读性。

金辉：莫言的作品还是有可读性的。至少从语言上还是可读的。长期以来，我们的读者也养成了一个欣赏的习惯，看完一篇作品，总想很轻松地一下抓住主题。

莫言：其实我在写这篇小说时，并没有想到要谴责什么，也不想有意识地去歌颂什么。一个人的内心世界——哪怕是一个孩子的内心世界，也是非常复杂的。这种内心世界的复杂性就决定了人的复杂性。人是无法归类的。善跟恶、美跟丑总是对立统一地存在于一切个体中的，不过比例不同罢啦。从不同的角度观察同一事物，往往得出不同的甚至截然相反的结论。

我写这篇小说的时候，已经听老师讲过很多课，构思时挺省劲的，写作时没有什么顾忌，我跟几个同学讲过，有一天凌晨，我梦见一块红萝卜地，阳光灿烂，照着萝卜地里一个弯腰劳动的老头；又来了一个手持鱼叉的姑娘，她叉出了一个红萝卜，举起来，迎着阳光走去。红萝卜在阳光下闪烁出奇异的光彩。我觉得这个场面特别美，很像一段电影。那种色彩、那种神秘的色调，使我感到很振奋。其他的人物、情节都是由此生酵出来的。当然，这是调动了我的生活积累，不足的部分，可以用想象来补足。

李本深：莫言的这篇作品，是凝聚着作者的追求的，一种风格上的追求，美学上的追求。这篇东西，初看一遍，的确感到有些朦胧，好像眼前罩着一层雾。作者究竟要表现一种什么东西，究竟要告诉读者一种什么东西，一下子很难想清。但它确实给人留下深刻的印象，我把这些印象清理了一下，与其说是几个人物的个性和形象，还不如说是感受到一种很浓的气氛，一种很有色彩的调子。我总感觉到这个作品的字里行间透露出一种荒凉感，一种心灵上的荒凉感。作品中所描写的野性的情爱、传统的负荷，以及人们在穷困的、重压下的简单的追求，全都笼罩在一种淡淡的哀愁之中。作品中描写的那个地方，空气好像不太流通。萝卜地、地瓜地、黄麻地、铁匠铺、桥洞、河水，石匠、铁匠、姑娘、孩子，就呼吸着不大流通的空气，在这种色彩斑驳的环境中生活着。我想，这种气氛，这种意境是怎样制造出来的呢？我觉得作者在景物描写上也好，在心理刻画上也好，全部采用的是一种类似白描的手法，感情冲得很淡，从而造成一种看不见的距离感，这种距离感也许是使作品产生朦胧气氛的原因。

金辉：说到反映生活要有点距离感的问题，我觉得反映过去了的生活要达到艺术的真实，就必须有点距离感。如果完全没有距离，即便能写出真实情景，也只能写出表面真实，或某一个侧面的真实，写不出多面的、立体的真实。如果没有若即若离的距离感，也许能写出客观真实，但很难写出心理真实。

莫言：我倒是愿意对生活有意进行一些夸张和变形。

金辉:这也就是作品的主观色彩。现在有几种创作观点。有一种主张是作家退出小说,认为作家主观色彩隐藏得越深越好。实际上,无论怎么隐藏,作家也不可能不给他的作品加上很强的主观色彩,他的妙处就是让读者不直接感到作家在指手画脚,不代替读者思考罢了。实际上二者是融合在一起的:一方面隐蔽自己,一方面又把很强的主观色彩加到作品里去。如果小说没有作家的感受,小说就是死的,就是一堆材料。莫言是有自己的追求的,把握生活有他自己的角度,表现生活有自己的手法,作品已开始有点自己的调子了。

施放:莫言这篇作品,从他开始构思一直到写作的全过程,我都是很清楚的,我们住在一个房间。他的构思不是从一种思想、一个问题开始的,而是从一种意象开始。有天早晨去饭堂的路上,他说:老施,我要写篇小说。我要写一个红萝卜。我问:你要写一个什么样的红萝卜?他说:我要写一个金色的萝卜。接着他就把那个梦给我讲了。他就是从这个意象出发来构思这篇小说的,其他的东西都是从这儿生发出来的。这跟我们习惯的构思方法是两回事,这里边有很多东西值得思索。我们习惯的构思方式往往是这样的:阅读了一篇文章,学习了一份文件,响应了一个号召,然后用这种眼光去观察生活,然后看到这个人值得写,那件事值得写。为什么呢?因为符合中央某个精神,符合党的要求,对四化建设有利,对改革有帮助。我们从生活中观察到的、寻找到的一般都是这些东西。找到了这些东西,我们就开始构思了。这种构思方法,很难免不带上人为的痕迹。而莫言是先捕捉到一个意象,然后内心产生一种感受,使这种感受像面包发酵一样膨胀起来,所以,他构思出来的东西,都势必带着一种很独特的色彩。这种思维方式,我觉得很值得研究。是从外往里注入,还是从里往外发酵呢?我把这种由意象而生发出来的思维方式,叫作"内省型思维方式"。这种由内向外的东西,写出来一定带着明显的个人色彩,而且感情真挚。

李本深:哎!施放,你说这红萝卜象征着什么?

施放:我想,莫言在写这篇小说之前,红萝卜究竟象征着什么,他也不一定能说得清。

李本深:现在他能说得清吗?

莫言:大概意思也许能说出来,说清了难。

李本深:我突然想起艾特玛托夫的一部中篇小说,名字叫《白轮船》。中心人物也是一个孩子,住在外婆家里,外婆家邻近森林,传说中的森林中有一个"鹿母",孩子天天沉浸在幻想中,沿着河边,追寻鹿母的踪迹。后来鹿母被外公逮住杀了,孩子跳河自杀。小说以鹿母为线索,展开了人与人之间、善与恶之间、美与丑之间的复杂关系,思想的光点很集中、很强烈。《透明的红萝卜》的那种压抑感、那种震撼力都是有的,但总觉得思想光散了一些,闪闪烁烁的。朦胧、空灵都是好的,要是能想办法再把思想凝练一点是不是会更好些呢?

李本深:莫言在写作时,要尽可能地避免一点随意性,注意一下结构的紧密。

莫言:我是要认真考虑随意性的问题,往往写着写着就信马由缰了。

金辉:这样也许会有神来之笔。

施放:创作时太理智了好像也不行,莫言写东西的时候,看起来很轻松。

徐怀中:尽管他说是"天马行空",无拘无束,但实际上他还是有一定的法度。莫言是以他熟悉的农村生活这一后盾为基础的,兴之所至,是跟随着他对农村那种熟悉的程度。像小说中关于铁匠炉、关于打铁的描写,我觉得写得相当好。他把中国的那种民族传统的意念,以及那种手艺人的观念写得相当精彩。小铁匠为了学到师傅淬火的技术,硬把手伸到水桶里试水温,师傅就把烧红的钢钻子戳到他胳膊上,他被烫伤了,但偷到了技术,还是很高兴。这一笔写得很认真……

李本深:是很真实。这篇作品总的人物,有三个点吧?小黑孩是一个点,老、小铁匠是一个点,小石匠和姑娘是一个点,这三点都好像是独立的,但作者用一种淡淡的哀伤情绪把这三个点串联起来,用一种朦胧的气氛把这三个点笼罩起来,从而又使这几组人物浑然一体。我觉得这里边也体现了作者的追求。现在强调创作自由,这种自由表现在选材上,也表现在创作手法上。不可厚此薄彼,也不可薄此厚彼,只要是追求,就是可贵的。应该鼓励作家进行各种各样的尝试,应该冲击一下我们那些公式化的、单调的作品,那些作品是提取了杂质的,是过滤了感情的。《透明的红萝卜》没有过滤情感,没有提取杂质,其中有一些自然形态的东西,但并不使人有什么不舒服的地方,而是觉得很贴近生活,很有泥土气息。我赞同莫言的这种尝试。

徐怀中:写小石匠和姑娘的情感,也很真实地反映了农村中青年男女的爱情。他们既有受封建意识束缚的一面,又有自由的一面。作者把在极端贫困生活下的农民的心理变化,很准确地写了出来。尽管他在写作时把那种从政治意念出发的东西扫荡得干干净净,但因为忠实于生活,恰恰从整体上把当时农村那种氛围很真实地再现了出来。我觉得,这篇作品在一定程度上写出了中国农民的命运。作者把政治背景淡化了,但极左路线给农村带来的严重后果,还是可以从作品的气氛中感觉到的。当时普通农民的郁闷心情,苦中作乐,坚韧忍耐,都从人物的活动中表现了出来。尽管作者在写的时候,有意识地排除了政治意念,但是我觉得又恰恰达到了另一种境界。当然,如果像李本深刚才说的那样,把思想凝聚一些,使思想体现得更加深刻,更加鲜明——这里还是有它的不足之处。

莫言:我的思想还很浅薄幼稚,写作功底也不厚实,根本没形成自己对艺术和生活的固定的、系统的看法,一切都是支离破碎的。只不过是在听课中,受到了老师的启发,自己胡思乱想,胡乱地尝试尝试。

徐怀中:这种尝试是很难得的。我觉得,这是一种很难的写法,他表现了当时的中国农村的面貌,"四清"时我在农村待过八个月,我想,只有中国农村才是这个样子,外国农村我们不了解,只有中国农村才有这种特定的情景。实际上,土地给农民带来的,不过是过去认识的那样一种关系。把人集中起来,就在桥洞里边睡,在这种很苦的情况下,他们有自己的欢乐。那种民情风俗,写得味道很足,作者尽在不言中传达给别人的那种感受很多。当然,我想这个作品的读者面不会很宽,一是欣赏习惯的问题,一是如果对农村不太熟悉的人,也许欣赏这篇作品会感到距离比较远。但是,这不是太大的问题。我们每个人写东西,必然有局限性,不可能写得让每一个读者都喜欢。如果能像李本深刚才说的那样,写作时有所考虑,使得自己的作品能扩大读者面,做到雅俗共赏,那就更好了。总起来说,我对这篇作品的印象是,如果我们不管作者的主观意图如何而对作品加以分析的话,还不是不可捉摸的。在读这篇作品时,正好刚看了李存葆同志的《山中,那十九座坟茔》,我就觉得这两篇东西是两个味道,好像是从两个方向攻占了同一个阵地。李存葆的作品是反映了文化大革命时期的军队生活,莫言是反映了荒谬年代的农村生活。这两篇作品是截然不同的两种风格,两种音响。我觉得都有很好、很强烈的效果。莫言看似随意把笔撒开地去写,但他用文字还是很节约的。比如他写一个生产队长,只有那么几行,写队长晚上辛苦,白天跑到菜园屋子里睡觉,淡淡一勾,给人留下很多回味的东西,笔墨不多,但人物性格很鲜明、很自然。刚才本深说了,莫言没有对人物进行净化处理,把人物很立体的、带着人物本色地勾画出来,我觉得也是很好的。总之,从我看了莫言的《民间音乐》再加上这篇《透明的红萝卜》,我想,他已经初步形成了他自己的一种色调和追求。

(原载《中国作家》1985 年第 2 期)

莫言与中国传统文化和西方现代派

——《怪才莫言》代序

◇兰小宁　贺立华　杨守森

兰小宁：我认为，这是一部最系统、最全面研究新潮作家莫言的书，是一部很有价值的学术专著。二位是该书的主要作者，又是莫言的好朋友，我作为责任编辑很想就与本书有关的问题，与你们再谈一谈。我与莫言不曾谋面，但确实很喜欢他的作品。说句也许有些过头的话，在中国当代文坛上，虽然新潮迭起，群星灿烂，但真正令人服气、创作势头不衰的青年作家不多，莫言算是不可多得的一位。作为编辑，这也就是我对《怪才莫言》一书感兴趣的原因。

贺立华：一位作家，要保持住创作势头，不断超越自己，是很不容易的。有许多作家，往往成名作就是代表作，之后便再也难以超越自己了。而在这方面，莫言显示了卓尔不群的创造潜力。到目前为止，我觉得代表莫言成就的是他的"三红"，即《透明的红萝卜》、《红高粱》、《红蝗》。从整体价值来看，虽然很难说三部作品依次呈步步登高之势，但却风姿各异，均显示了某种独到的创作境界，均在中国文坛上引起了轰动，这对于一位青年作家来说，是难能可贵的。这里特别值得提及的是《红蝗》，虽然有些评论对这部作品非议颇多，但从笔力的奔放洒脱与社会底蕴的浑厚深刻方面而言，实在是超出了《透明的红萝卜》与《红高粱》的。

杨守森：莫言确实是中国新时期文坛上出现的奇才、怪才。他只有小学文化程度，20 岁以前是在高密东北乡的坷垃缝里度过的，骨子里是个农民，在部队生活中接受的大多也是正统文化的熏染，但在作品中，却表现了敏锐的现代文化哲学视角和鲜明的现代派文学风采。

兰小宁：所以，人们常常把莫言看作是一位现代主义作家，不知二位意见如何？我不赞成这样的简单界定。在某些思想见解和表现手段方面，莫言的创作的确得益于对西方现代主义文学的借鉴。但也许正是因其独特的个人经历，莫言与西方现代派作家又有其根本不同，他的血液中仍然贯注着中国传统知识分子"兼济天下"、积极入世的理性精神,对自己的国家和民族有着很强的责任感和使命感。莫言显然不是那类“玩文学”的,他的《天堂蒜薹之歌》便是一个明显的例证。在其他的作品中,我们也不难体味到一种深邃执着的现实主义的理性意蕴。

贺立华:西方现代派文学的突出特征之一是“非理性”。莫言在个人的言论中,虽也对“理性”多有不恭,但我们以为他针对的只是那些扼杀人性、扼杀创造力,阻碍社会进步的腐朽规范,他崇尚的是一种更高层次的“理性”精神。所以,我们在莫言作品中感受到的是一种真切的人生苦难,而不是无病呻吟。我们不相信一位失去了理性的热情的作家会获得真正的成功,尤其是作为多灾多难的中国大地上产生的作家。

杨守森:实际上,从整体上看,中国当代文学并没有形成西方现代派意义上的创作格局。中国当代作家对西方现代主义作品的借鉴仍然是表层的。例如王蒙的“意识流”并没有流进潜意识深处;北岛、舒婷们的“朦胧诗”也与瓦雷利、里尔克、艾略特等人的象征主义创作有着根本的不同;高行健、魏明伦的“荒诞”戏剧中,也仍凝聚着浓重的中国传统成分。莫言虽比王蒙他们走得更远些,远则远矣,却仍然像安泰无法离开大地那样难以挣脱中国的“高粱地”。作家们这种无法摆脱的负担,未尝不是件好事。也许正是因为这种负担,才形成了中国作家独特的现代主义特色。

贺立华:这也就是说,由于中国独特的国情和中国人的独特文化根基,企图全盘接受西方现代派是不可能的。但一个民族的发展,又必须广泛汲取外来营养。莫言的成功正是得力于此,他是以深切体味到的中国苦难、中国人的文化心态为根基,同时大胆遣用各种西方现代派艺术手法,从而成就了他的文学事业。

兰小宁:在我的想象中,莫言这个人,总有些神秘。我猜测,他一定有些什么非凡的经历,有什么非凡的家庭背景,个人的性格也一定古里古怪,从而影响了他的创作。

杨守森:我们在书中写到了,莫言在人生道路上是有一些坎坷,但作为一名处于中国社会底层的农民子弟,本是很平常的。他的家庭状况也一般,父母健在,都是勤恳能干、老实厚道的典型的中国北方农民。他有一位大哥,华东师范大学中文系毕业,现为高密一中副校长。莫言走上文学创作之路,此兄是产生过重大影响的,功不可没。莫言本人呢,看上去不苟言笑,很内向,细眯的眼睛中透露出孤傲不羁的神态。其实很豪爽,能喝酒,膀阔腰圆,算得上一条壮实的高密汉子。见过他本人之后,更会叫人疑虑:他作品中那些奇异多姿的感觉,尤其是那些女性般纤细入微的感觉,果真是出自这样一位壮汉之手吗?

贺立华:莫言作品“走红”以来,文坛上不时掀起评论热潮,随之也出现了对莫言及莫言作品的许多猜测、臆想甚至曲解。我们是莫言的朋友,知人论世,近水楼台,当然更想多说点什么。所以,从 1987 年开始,我们俩就拟定写一本关于莫言的书,力图从熟知的有关背景材料入手,从怪味构成、叙述方式、语言风格、中西文化影响等不同角度，对莫言十年来的创作进行一番较全面、较系统的评说，以利于读者进一步了解莫言，以利于莫言今后的创作。当然这只是期望而已。

兰小宁：书稿我已看过了，觉得很有特点，很有价值。对莫言本人的生平经历、创作道路；对莫言小说中描绘的地理风光、历史掌故、人物传说、文化风情，等等，书中均提供了许多鲜为人知的第一手材料。同时，该书语言生动活泼、富有理论激情，注意融传统的文学研究方法与心得研究方法于一炉，融丰富的资料与新的理想观点于一炉，从不同视角、不同侧面，对莫言及其作品进行了全方位的关照剖析，这对读者理解莫言肯定是会大有裨益的。

杨守森：我们自知，书稿不尽如人意。面对莫言包孕复杂的众多作品，要想说清楚，不是件容易事。比如，莫言作品中一些古怪的人物形象，如果用变态心理学的理论进行解释，也许会更精当一些。而在这方面，我们还欠理论准备。此外，个别章节写得比较粗疏。尽管统稿时付出了很大努力，但全书仍显得文气不够贯通。

兰小宁：莫言的许多作品涉及性爱问题，《怪才莫言》中也专门设置了“男人与女人”一章予以探讨。但莫言对此问题的敏感及其许多读者所关心的，书稿中却基本上没有谈及，不知何故？另外，关于莫言创作的缺陷，是否也该专列一章，深入探讨一下，这对莫言今后的创作也许会更有利。

贺立华：莫言对男女性爱问题的关注，当然与他个人的生活有一定关系。但那些是只属于莫言一个人的东西，目前尚不便写出来，这方面的话题，只好留待将来了，但愿读者能够理解。关于莫言创作的缺陷，本已写了一章，题目叫作“高粱地：困守与挣脱”，但因在每一个专题中，已分别对其缺陷进行过剖析，为避免重复，后来也就删掉了。

杨守森：实际上，莫言创作的突出特点，已由许多人指出过，这就是感觉放任，缺乏节制。对此，我们也有同感。莫言的有些作品，由于过分随意，跳跃性大，对于读者的接受造成了很大的障碍。比如晚近的《食草家族》与《红高粱家族》相比，情节、人物更加模糊，背景更加淡化。行文中，旁逸侧出，沿路采花，我行我素，显得更加随心所欲，作家自言自听的“内心交流”成分更重了。这样一来，虽使作品的可品味性更强了，给读者的思考余地更大了，但与读者的情感心灵共鸣却更少了，读者会感到愈来愈难理解作家的用心，愈来愈难把握作品的内涵，从而使作家与读者的距离拉远。这种距离，当然也与读者长期形成的传统审美心理结构有关，这种心理结构绝非短时期内能够改变的。在此情况下，作为创作主题的作家，是只顾“自我宣泄”的淋漓痛快，还是应兼顾一下读者的接受程度呢？在此情况下，怎样才能把自己对社会、对人生的独特感悟通过艺术作品更好地传达给世人，怎样在作品中架通与千百万读者心灵沟通的桥梁，这当然应该是作家予以高度重视的。

兰小宁:听说,莫言对自己的近作《十三步》较为满意,不知二位以为如何?

贺立华:《十三步》的蕴涵是丰富深刻的,艺术上也是更为圆熟的,但因叙述视角的交叉、转换过于频繁,以及行文与情节的散漫,读者接受起来仍是十分困难的。小说,从其本体价值来看,说到底,是写给人看的一种消遣品。通过消遣娱乐,让读者不知不觉地得到情操的陶冶、精神的升华。这就要求小说能够引人入胜,叫人愿意看。如果搞得玄妙莫测,令人敬而远之,小说的价值也就难以实现了。

杨守森:关于这一点,中国当代许多青年作家,是该认真对待的。当然也包括莫言在内。

贺立华:莫言是一位永不满足、有着执拗探索精神的作家。我们相信,他一定会不断地调整自己的步态,会走出"高粱地",会横穿"食草家族"的沼泽,会跨越"十三步",创作出更为引人注目的佳作。

(原载《怪才莫言》,花山文艺出版社 1992 年版)

天马行空

——莫言小说艺术评点

◇朱向前

创作者要有天马行空的狂气和雄风。无论在创作思想上，还是在艺术风格上，都必须有点邪劲儿。

——莫言：《天马行空》

也许，莫言的名字对于相当多的人来说，还不很熟悉。1985年以前，他总共发表了不过十几篇小说，艺术上也还缺乏明显的个性。1985年中，他突然排炮式地在《中国作家》、《收获》、《钟山》等刊物上连续轰出了《透明的红萝卜》、《球状闪电》、《金发婴儿》等5部中篇和《白狗秋千架》、《枯河》等8个短篇。而且，他创作的质量几乎和产量等高（如果可以这样比较的话）。他不仅是带着"天马行空的狂气和雄风"，而且也是带着立足继承传统而又着意打破传统钳束的"邪劲儿"，带着从中外小说艺术的融渗中脱胎出来的独异的小说风貌登上文坛的。

1."有一天凌晨，我梦见一块红萝卜地……红萝卜在阳光下闪烁着奇异的光彩。"

这是莫言曾经做过的一个重要的梦，这个梦使他如闻天籁，如悟禅机，创作发生了嬗变。从这个梦里，他获取了一个充满诗意的美丽而奇特的意象。这个意象像一段电影，一个童话，萌发了他内心一种莫名的感受，他觉得很妙，妙不可言，只有诉诸笔端。于是，这个意象不断膨胀，这种感受渐渐发酵，终于变成了一篇小说。这就是后来颇为人们称道的中篇《透明的红萝卜》。我们先不讨论小说中那种迷离恍惚的梦幻感与这个梦之间究竟有什么血缘联系，我们只想指出，这种小说的产生（或构思）方式是多么的与众不同。多少年来，我们总习惯于一种所谓"从外往内注入式"的构思方法，即往往是带着某种需要的眼光，去生活中"量体裁衣"，甚至"削足适履"。久而久之，形成了一种"大脑动力定型"。直至今天，不少的人仍然不自觉地自己禁锢自己，在制式的模子里不能越雷池半步,也是十分可怖的作家创作自由的自我丧失。而莫言则不然,他或者从一个梦境里得到一个意象,并由此产生《透明的红萝卜》、《三匹马》等,或者从川端康成的《雪国》中“一只黑色壮硕的秋田狗蹲在那里的一块踏石上,久久地踩着热水”这样一句话里,唤起一种遥远、苍凉的情绪记忆,从而捕捉到一种叙述的“调子”,写出了《白狗秋千架》。总之,都是用受到了某种激活的主题心灵去熔铸生活积累,进而显示出作家鲜明的审美个性。我们称这种方法为“由内向外放射式”的构思方法,并认为它比那种“从外往内注入式”更接近艺术创作的规律。一个作家能自如地运用它,也就获得了相对的创作自由。丹纳早就发现:“有艺术才能的人有两个特点:一是强烈而自发的印象;二是这个印象所占的优势能改变一切周围的印象。”当然,所有“意象”或“印象”都只是酵母,都必须和生活中的其他交融才能发酵。那么,在“发酵过程”中遇到生活不足的部分怎么办?莫言的经验是“用想象来补足”。

2. **“一个文学家的天才和灵气,集中表现在他的想象能力上。”**

> 女孩抱着他的衣服,仰着脸,看着白杨慢慢地倾斜,慢慢地对着自己倒过来。恍惚中,她又看到光背赤脚的男孩把粗大的白杨树干坠得像弓一样弯曲着,白杨树好像随时都会把他弹出去。女孩在树下一阵阵发颤。后来,她看到白杨树又倏忽挺直。在渐渐西斜的深秋的阳光里,白花花的杨树枝聚拢上指,瑟瑟地弹拨着浅蓝色的空气。冰一样澄澈的天空中,一绺绺的细密杨枝飞舞着;残存在树梢上的个把杨叶,似乎已经枯萎,但暗蓝的颜色依旧不褪;随着枝条的摆动,树叶在窣窣作响。
>
> ——《枯河》

很难想象,一个没有丰富想象力的作家能够写出如此精妙的文字。写人:女孩眼中白杨倾斜的感觉,男孩敏捷如猫的动作,何等传神。写物:大到“杨树枝聚拢上指,瑟瑟地弹拨着浅蓝色的空气”,小到残存在树梢上枯萎的个把杨叶的色泽和音响,以及那“冰一样澄澈的天空”,那是何等奇警。处处见出笔力的弹动,灵气的闪光。这就是想象的功用。

勃兰兑斯认为,想象力是作家的显微镜,而“通过显微镜看起来,一个蜘蛛比最大的大象还要大,组织还要复杂”。莫言正是借助这个显微镜,使自己从一个出色的观察家进而成为了一个深刻的透视家,成功地突破了一般的平面简单的描写,深入到事物内部进行主体的观测和描绘,不光写出一滴水珠的形状,甚至解剖、分析出它的光和色乃至基本粒子。因此,他往往可以在一点上无限深入下去,且写得声色并茂,情采饱满。

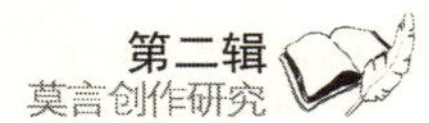

3.“把风牛马不相及的若干事物联系在一起，熔成一炉，烩为一锅，揉成一团，剪不断，撕不烂，扯着尾巴头动弹。”

谁见过“立体时空小说”？就我有限的阅读范围看，莫言的中篇《爆炸》就算是一部，小说写的是“我”带妻子去医院流产的经过，事情本来十分简单，时间也不过半天。可他在天上调来一支飞行部队，若干飞机漫天盘旋，连连打炮；在地上弄了几十个人带着一群狗拼命地撵着一只狐狸东奔西蹿，满草甸子乱蹿；还在公路上支使一对青年男女骑着一辆摩托车来回兜风。真是产房内外，天上地上贯通一气，四条线索纵横交织，立体推进。作者似乎是有意无意间把发生在这一时空内的一切人和事和盘托出，既让你觉得场面雄阔、气度恢弘，又感到千头万绪之间互有干系。是的，结构的复杂性，自然就带来了小说题旨的多义性。你可以说它反映了人口的“爆炸”，也可以说它表现了新旧道德观念矛盾的“爆炸”，甚至也不妨看作是各种时代信息的“爆炸”。见仁见智，悉听尊便。

除此之外，莫言小说还大胆实验“多角度叙述结构”(《球状闪电》)，“对位式结构”(《金发婴儿》)以及“时序颠倒”、“时序并列”等多种结构手法。或使作品增加层次感与逼真感，或使作品万象纷繁，引人入胜。总之，为了“使人物和环境获得最大可能的立体感，使故事活动起来，获得一种生命力量”(巴尔加斯·略萨语)，他怎么方便怎么来，表现了极大的随意性。这种随意性甚至还体现在他每每越出常规的闲情笔致上。如《白狗秋千架》里写部队过河的那一段，按常理可说是节外生枝，即便不全部删除，至少也可大量压缩。可他反而在这儿洋洋洒洒写下近千字。

莫言在小说结构上就是这样地随心所欲，他绝不做“单纯”、“集中”之类的规范的奴隶，而是哪儿有“味”就往哪儿写。因此也就避免了单调和呆板。

4.“高尔基说过：一切思想、事实的外衣就是语言。因此，我采撷各种丝线来编织她。”

读莫言的小说，你可以从任何一页的任何一行读起，它首先征服你的并不是故事和人物，而是那语言本身。那一个个字都像是在叫着喊着，笑着跳着，活鲜鲜、水灵灵地来拉你，拽你，不知不觉你就跟着它们扑进了那一片语言的情彩斑斓波浪，心旷神怡地遨游起来。企图用几句话来概括莫言小说的语言特色是困难的，但我们不妨分析一下他究竟采用了一些什么“丝线”来编织他的小说的“外衣”。

(1)现代通感的运用。

曾给诗人带来抒情的广阔天空的艺术通感，在这里同样大显身手。它通过比喻、夸张等，使各种信息都呈现出一种放射性传导，其速度、深度、广度和密度都不可限量，让人觉得在张开每一个毛孔，接受着天地万物间的一切色彩、线条、音响和气息。同时，又使种种最难以言传的复杂细微的感受得到最形象生动的表达。下面是《金发婴儿》里的几个例句——

听觉变嗅觉："她的叫声很响，具有一股臭豆腐的魅力。"

嗅觉变视觉："槐花的闷香像海水一样弥漫着……风吹来，把香气吹成带状。"

还有无形变有形："混沌成团的生活在洪亮的鸡鸣声中变得节奏分明。"等等。

(2)古典语言的化用。

如果说"通感"是从现代意象派诗歌里借鉴过来的话，那么他同样注重从中国古典语言里融会贯通，自铸新辞，使描情状物既精练、简约而又富于表现力。例如：

成语新用："鸟儿欢快地奔向青天白日。"(《筑路》)；"半个腮花红月圆"(《秋水》)

元曲化用："扑簌簌黄麻叶儿抖，明晃晃秋天阳光照。"(《透明的红萝卜》)

(3)"大小调"的结合。

所谓"大调"，指的是叙述部分，它采用了相对欧化的长句式，遣词造句也极为典雅，调子舒缓厚重。因此，尽管写的是乡土乡情，却仍然不失一种从容不迫、华贵优雅的风度。

而所谓"小调"，指的是人物对话部分。在这部分里，作者严格遵守人物的文化背景、地域特色以及性格的心态，采用的是地道的方言俚语，处处闪烁着中国农民式的直率、狡黠、幽默和深刻。调子清新如泥土，活泼似流水。

5."我力图用细笔写出黑孩的奇异举动……"

如果说，莫言用他那神秘、复杂、精致的才华为我们勾勒了一组农村人物的肖像，而这些人物又都用他们那谜一样的表情和诱惑人的微笑，对我们发挥了近似魔术的魅力的话，那么我认为，其中最有魅力的人物，又首推《透明的红萝卜》中的"黑孩"，而"黑孩"的魅力，就在于一个"奇"字。

黑孩一上来就奇，"有跑的动作，没有跑的速度"，就像慢镜头里的"跑"一样，恍恍惚惚，飘飘缈缈(这种感觉贯穿全篇)。愈往后便愈发奇。带弟弟，他用树枝"围着弟弟画了一个大大的圆圈"，颇似孙悟空的"画地为牢"；他还在一个夜晚，眼睛突然"变得如同光电源"，看到了一只透明的红萝卜，金色的外壳里流动着银色液体，四周还有一圈光芒。最后，他为寻找这样一只萝卜，河里摸，地里拔，把一块地的萝卜全拔光了……从令人奇怪到惊奇乃至神奇，作者用一支细致入微的笔(同时也惜墨如金，从头到尾都没让黑孩讲一句话，可谓言简神增)，给我们画出了一个童话式的人物，并让他带着神秘奇异的光彩，悄悄地流进了当代文学农村人物形象的画廊。

显然，作者绝不是为奇而奇。稍加剖析便不难看出，黑孩奇异性格产生的背景是复杂而沉重的。他出生在一个残破的家庭(有一个后娘)，长在那个动乱的岁月，经历着失爱的悲怆的童年。这些，势必在他心灵深处打上烙印，而这烙印自然就外化成为他与众不同的性格特征。正是以这样的心理和眼光，黑孩在那水利工地上从砸石子到拉风箱的短短经历中，体味到人生的痛苦和欢乐，温暖和冷酷，并始终在自己心的一隅，保存着一个金色而透明的梦。因此，他不畏严寒也不怕高温，忍辱负重却心气甚高，缄默不语却心如明镜，衣不遮体、食不果腹却坚韧顽强、无病无灾……作者着力塑造这样一种奇异的性格，在于让读者思索性格形成的背景和原因。也正是从这一点出发，他用现实与非现实相结合的手法，从中国农民之魂里抽象出了黑孩这样一个独特的艺术精灵。

由此可见，莫言不仅重视写人，写人的性格，写人物性格的典型环境；而且注意研究特殊环境里的人物和特殊性格，并运用独特手法加以独特表现。可以说，他在自觉追求深层次化的人物性格的审美把握。或许，这也正是莫言小说人物塑造的一个特色。

6.“在荒诞中说出的道理往往并不荒诞，犹如酒后吐真言。”

这句话，很自然地使我们联想起拉丁美洲魔幻现实主义作家们的一条创作原则：“变幻想为现实而又不失其真”。其实，荒诞也罢，魔幻也罢，不过是以现实为基础来进行极端夸张的创作方法，它能最大地丰富读者的想象力，“参与创作”，达到强烈的艺术效果。

按常规分类，《球状闪电》算得上是农村改革题材。它说的是青年农民“蝈蝈”和女同学毛艳合伙成为“澳大利亚奶牛专业户”的经过，以及由此引起的种种矛盾。其中“汇聚了不可思议的奇迹和最纯粹的现实生活”。一开始就描写雷电中落下了“五个乒乓球大小的黄色火球”，后又骤然合成一个“黄中透绿的大火球”，“一边滚，一边还发出噼噼啪啪的炸裂声”。最后，被蝈蝈5岁的女儿“蛐蛐”“飞射一脚”，火球穿墙进入牛棚。蝈蝈“似乎听到了奶牛们像墙壁一样倒下去”，自己的“身体轻飘飘地离开了地面”……情节由此展开，通过蝈蝈，蝈蝈的女儿、妻子、父母以及毛艳和刺猬、奶牛等不同的眼光和“意识流”，将故事不断推进。魔幻手法交织穿插其间。

小说所反映的处于商品经济生产冲击之中的农村现实和人们的心理状态，无疑是真实而深刻的。作者不过是企图用无限的想象来表达有限的现实罢了，在现实面上蒙上一层魔幻的彩衣，使其显示更为深邃的魅力。让读者在似是而非、似非而是的想象中，获得一种似曾相识而又觉陌生的审美经验，在不无困惑的愉悦中，激起追索作者创作用意的欲望。如是，作者的目的也就达到了，而他这种借鉴的经验也就值得我们借鉴了。

7.“文艺作品能写得像水中月、镜中花一样，是一个很高的美学境界。”

莫言小说的字里行间，还处处弥散着一种“东方神秘主义”的氤氲。有的作用于开头，制造一种氛围感，如《枯河》。有的给一个神话赋予某种特定的寓意，如《金发婴儿》中孙天球知道妻子与别人有暧昧关系后，在一个月夜回到了村庄，进村时，正碰上“天狗吞月”。

这种神秘气氛，加上“黑孩”那样的人物，以及荒诞和象征手法等，就使莫言小说显得背景冲淡，笔触迷蒙，轮廓模糊，整体上具有了空灵朦胧的美。又像南山之上的“迦叶尊者，拈花一笑”，形象是具体的，但含义又是多维的。

这种空灵和朦胧绝非空洞无物的空灵和故作艰深的朦胧，它“恍兮惚兮，其中有物。恍兮惚兮，其中有象”(《道德经》)，只不过是把“物”和“象”都藏得更深一些罢了。这正是吃透了生活的表现，是“深入”之后的“超越”。虽说《枯河》没有直观地描绘文化大革命如何毁灭人性，但通过那个孩子生和死的模拟感觉，却极真实地表现了那场灾难带给他(也是作者本人)的人生最深切的痛苦。空灵朦胧之中透出令人窒息的凝重和悲怆。

8.“细节的绝对真实是‘骗人’的法宝，它可以诱人走进一个大‘圈套’。”

在短篇小说《老枪》里，作者反复以油画的笔触描写落日的景象，读着它们，让你感到作者似乎不是在用钢笔，而是在用画笔，他是那样地热爱画布和光线效果，简直就是一个出色的画家。他写太阳像一个半流质的球体“终于窜了稀”：

> 浊涌的冰冷的红色流质曲曲折折地向四面八方流淌。水洼子宁静入玄，艳红的汁液从水面上下渗，水的下层红稠如汤汁，表面却是一层无色透明水，极亮极炫目。他忽然看到的竟是一只吊在一棵挺拔枯草上的金环蜻蜓，蜻蜓的巨大眼睛如两颗紫珍珠，左一转右一转地折射着光线。
>
> ——《老枪》

在惊叹这画面的辉煌准确之余，那落日余晖的朦胧和金环蜻蜓的精微，不禁令人想起白石老人的一幅名作：泼墨写意、笔致狂放的阔大芭蕉叶上，趴着一只薄翼如纱、纤毫毕现的工笔蝉，虚实相生，正是白石老人“衰年变法”之后的独特画风。如今，却被莫言借鉴来写小说了。通观莫言小说，在富于主观创造性的总体“写意”建构中，到处夯下了严格遵照现实主义原则的局部“工笔”描写的支撑点。这不仅造成了一种审美特点，更重要的是增强了作品的真实感，给了主观意象以一个坚实有力的负载物体。为此，莫言小说的不少细节几乎准确细致到了无以复加的程度。

9.“我认为，没有象征和寓意的小说是清汤寡水。空灵美、朦胧美都难离象征而存在。”

正是基于以上认识，莫言从不满足于仅仅给读者提供一个故事、几个人物，或者传达某种情绪、某种感受。他总是追求一种更为广远的深层次的象征和寓意目标，给予读者一个从整体上超越具象而又充满了暗示性的、比现实生活更丰厚深广的悟性小说世界。因此，他在筑造他的小说的内在结构形态时，不仅包容了雄浑悠长的历史感、人生感和时代感，而且还笼罩以一种充分象征化的诗意的美学氛围。就譬如在小说题目上，他也苦心经营，让其深藏一种暗示，并贯穿全篇，最后给读者一种点醒，唤起更为丰富的弦外之音和象外之象。如《透明的红萝卜》，就象征了中国农民在动荡年月里那种缥缈的追求和理想；而最后小黑孩拔光了整块萝卜地，却没有找到那个红萝卜的结尾，又寓意着这种理想和追求在当时的失落和不可能实现。再如《枯河》，则象征着蛮荒中人心隔膜，如同沙漠；感情枯竭，有似“枯河”。以至做父亲和当哥哥的竟残忍地将亲生儿子或弟弟扒掉裤子活活打死。还有《球状闪电》，它虽然以魔幻的形式出现，却是象征了今天处于巨大变革中的中国农村里飞速发展的商品经济生产，正以闪电一样的威力和速度，冲击着这块古老土地上传统的生产方式、价值和伦理道德观念，以及人们深层的心理建构等。此外，《白狗秋千架》、《爆炸》等的蕴意也都是发人深省的。

当然，莫言更注意在人物身上寄托深意。如果说，在《透明的红萝卜》中的黑孩身上，倾注了他对中国农民那种在任何严酷条件下都能够生存发展的顽强生命力的赞歌；那么，对《球状闪电》里的“鸟老人”，则是给予了深切的同情和辛酸的嘲讽，因为他们这一代农民毕竟要被时代所淘汰；他们的愿望只有在下一代身上才可能实现(最后，那个小蛐蛐不是“像鸟儿一样飞去了”吗?)。有时莫言为了强化某一种寓意，甚至连一个最小的细节也不放过。蛐蛐爸爸养的那几头“澳大利亚奶牛”曾得过一种病，那病也是“牛醋酮血病，是一种新陈代谢障碍疾病”。当然，如果这种点化过于明显，反而会失去象征的意义。

总之，这种整体灌注象征寓意的小说，它输出的具象可感性信息流虽然有限，但它输出的意蕴浮升的顿悟性信息流却是无限的；而两者在象征的笼罩下，交替迭合，无限展延，就使莫言小说蒸腾起一片辉耀着超越性的空灵、朦胧之光的美学氛围，从而成为真正的艺术小说。

当我们在以上诸方面对莫言的小说艺术进行了一番走马观花式的浏览之后，我们可以说，莫言既是一个具有强烈主观创造性的现实主义作家，同时又是一个大胆“使用一切手段，不管旧的还是新的，行之有素还是未经尝试的，来源艺术的还是来源于其他的,艺术化地交到人们手里就行”(布来希特语)的开拓型作家。但他的“天马行空”也绝不是独来独往的,他的全部经历都雄辩地证明:莫言小说艺术是一枝扎根于深广的民族文化土壤之中,最大限度地吸收外域文化的阳光雨露而结出的花实。

值得特别指出的是,莫言在继承与借鉴二者之间的关系处理上,把握得很有分寸。根据皮亚杰心理学和一般审美经验,我们认为,由于民族欣赏习惯等原因,不同民族和国度的读者都会形成一定的接受“图式”。作家们如果完全摒弃这个“图式”,作品将得不到“同化”,会失去读者;如果一味钳束于这个“图式”,艺术又难以发展。莫言创作好就好在既未脱离我们民族的审美“图式”,去搞全盘“洋化”,又没有局限于这个“图式”,把民族化变成自我封闭。这也许正是他所给予我们的最重要的启示。

最后,我们对莫言小说艺术的缺陷也不想有丝毫隐讳。应该看到,他还缺乏一种雄深高远的美学熔铸能力。对于继承与借鉴,较多的是在微观方面表现出独具匠心的精工巧技,而他更需要的是在宏观方面,进行有目的性的美学理想的试炼与艺术风格的建造。他的局部借鉴,有时也留下了过于明显的痕迹。他的艺术天平或许还应该往继承传统方面稍作倾斜,从中国小说美学(如结构、情节等)中作深层性的开掘与出新。他的艺术感觉固然颇为特异,但缺乏节制,任其泛滥,有时反而会淹没更为重要的东西,并且造成重复与冗长,丧失部分缺乏耐心的读者。他的巧妙新奇的比喻已经因为用得过滥而开始显得陈旧了。当然,我们相信莫言绝不会容忍这种不足。因为他既有“天马行空的狂气和雄风”,又有跬步以行的清醒与踏实;况且,他今年才 29 岁。尤其这后一点,对于他和我们大家来说,都同样是意味深长而又弥足珍贵的。

(原载《小说评论》1986 年第 2 期)

“五老峰”下荡轻舟
——读《红高粱》有感

◇丛维熙

也算巧合。

刚刚给《文汇月刊》写罢红高粱被杏花村酒厂酿造成酒魂，魔幻化了的酒魂，遨游人的大千世界的系列短篇《酒魂西行》；抽烟喘息之际，顺手翻开第三期《人民文学》，又见一片血浸的红高粱，便读下去，并一口气读完。

常听人言道：革命战争和抗日战争的文学题材，已成为百花中的残荷，难以再写出新鲜东西云云。似乎在新时期文苑的大海里，它是属于埋葬文学舵手的百慕大三角，作者望而生厌。但就是在这片困海中忽儿荡出一叶小舟，它逍遥自在，洒脱自如，这个驾舟人就是莫言。

读罢小说，给一个文友拨通电话，请他钻进高粱地去领略一下泥土的情挚，去嗅一下北方青纱帐血腥气息搅拌着湿冷晨露的芳香。当然，更为重要的是，观赏一下高粱米籽喂大、在高粱地旁生存，并为保卫遍地红高粱地而拼老命的人。

掩卷沉思，一个属于“五老峰”的老题材，何以能使我萌生激情？是作者的才情显圣？似不尽然；因为莫言在中篇小说《透明的红萝卜》中，已显示出他是个艺术功力上的“满月儿”。使我思考的倒是作者究竟用的甚等解数，把这类题材从困海里拖出来，并给以盎然的生机呢？

想来想去，仿佛悟出来一点道理。那就是莫言并不是泼墨于战争，使走马灯似的人物，扮演着不同角色。他用重彩描绘的是战争中的活人——人是主宰，人是上帝，人是文学圣殿中至高无上的皇后。近几年来，也断续地读到过一些这类题材的作品，其中的部分作品还停留在醉心于描写战争的过程（包括发动群众，瓦解敌人，内外配合，攻下碉堡），仿佛这些东西，已潜入作者血液，成为无法挣脱的羁绊。诚然，在国内革命战争和抗日战争年代，这些都是我军克敌制胜的法宝；但是这些东西一次次地被写进书页，一次次地被搬上银幕，久而久之使读者、观众感到如嚼木屑般乏味。特别是有的人，已把这些“法宝”视若自己的神经和血肉，从精神上和感情上都难以割舍。使这种属于绝对正确的东西，形成了一种牢固的樊篱，而无法自我解脱，无法自我超越。

综观前苏联描写卫国战争的作家作品，与我国描写国内战争和抗日战争的作家作品，在文学轨迹上，不难找到衔接点。但是到了描写卫国战争的第三代、第四代作家身上，则和我们的作家与作品明显地拉开了距离，他们已把描写战争的胜负、得失推到了次要地位，而把战争中的严酷真实，特别是战争中人的全景摄像，推到了第一位置。因而，当我们读到这些作品时，感到灵魂的震撼。飞跃的时代赋予人以更高的关注，作为社会神经的文学，主体趋向也越来越贴近了人学，这是很自然的。

从社会学的角度去透视，莫言无疑地是在把人当作描写的第一偶像。也许他熟知那些“法宝”，但由于他的年龄和经历，这些东西对他来说并不难于割舍，他无牵无挂地信笔写来，反而更接近了生活的底色。我想，这或许是莫言在老题材中开拓出新意来的思想基因吧?！但愿不仅仅是一叶扁舟驶离困海，如果那些大小船只，都能避免在百慕大三角倾舟，我们描写国内革命战争和抗日战争生活的作品，将要出现返老还童的勃勃生气，那就把文学和时代、文学和人民，拉近了距离，成为历史新时期文苑中的一枝奇葩，将是非常耐看、耐读、耐品和耐嚼的。

莫言的《红高粱》启示了我们，题材本身不能制约作品。关键的东西，还在于还原生活的本色和作者驾驭本色生活的能量，以及艺术功底的厚薄。莫言在《红高粱》中娓娓道来，从字里行间可追溯作者写作时的轻松状态。这种轻松固然首要的是才情，但能使作者才情溢于纸面，像潺潺流水源源不断、像美妙音乐悦耳动听的渊源，仍然是作为受孕于腹内，分娩于笔端的生活。我很喜欢小说中的“罗汉大爷”、“余司令”和“父亲”……其中，“奶奶”这个人物着墨不少，贴近了一幅人物灵魂的全景写生肖像；虽也算得起活灵活现，但我仍然同意那位文友读罢《红高粱》后对我说的：“奶奶”这个任务写得有些过于矫情，有失和红高粱浓醇厚重底色的和谐。如果作者再能剜去纸面上“奶奶”肖像中的不少脂粉气息(尽管奶奶脸上并没搽胭脂抹粉)，则这首乐曲就更接近了青纱帐田园诗的韵味。因此可见，作者艺术思维在本身的一马平川上自由奔驰之时，有时也还要勒一下野马的丝缰。

我尤其喜欢《红高粱》中的自然风情。它像是一幅浓淡相间——淡多于浓的水墨写意画。不具备一个艺术家的眼睛，是难以捕捉到那些幽默中蕴藏悲楚、泪滴中展示微笑的细节的。莫言在《红高粱》中，写到“罗汉大爷”被杀、猪匠孙五活剥人皮的一节，以及孙五后来变成痴、呆、疯、傻、癫的笔墨，都是用刺耳的噪音符，组成的和差相对称

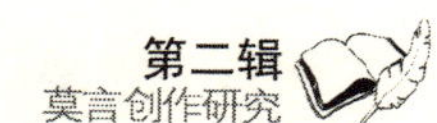

的另一组噪音谐和的旋律。读这些章节时，虽感毛骨悚然，但并不倒读者胃口。也许，在这组噪音的和谐共鸣中，展示着我们古老土地上的另一条根吧！

站在“五峰山”上看平川，见文学大潮在百川奔涌。莫言悠哉悠哉地驾舟而出，人们有理由期待着这一领域的百舸争流……

（原载1986年4月12日《文艺报》）

被记忆缠绕的世界
——莫言创作中的童年视角

◇程德培

16 世纪，意大利作家、诗人卢多维可·阿里奥斯托将《疯狂的奥兰多》献给他的保护人德埃斯特主教。诗人得到的唯一报酬是主教提出的问题："卢多维可，你从哪里找到这么多故事?"

今天，莫言终于以其《透明的红萝卜》为文坛所注目。不止于此，他其余的 4 个中篇、10 个短篇也一下子放在你的面前，这不能不使人感到惊讶。一个作家的故事(小说)从哪里来? 是对以往经历的重温，抑或是对未来的憧憬? 是对外在世界的描摹、观察与思考，抑或是内心世界的体验、记录与反省? 这当然都有可能。而且这两者又总是彼此参照、相互渗透，以致我们经常难以分清。

所以，当我们审视作品所反映的生活时，别忘了那渗透其中的主体意识；当我们注视作品的情节模式时，别忘了那深一层的心理行为的模式；当我们总结作品的社会历史内容时，也别忘了那与个人经历密不可分的情绪记忆……

此文将借助批评的眼光、感觉与推测能力，从莫言的小说世界中寻找创作心理上的种种诱惑。尽管这种寻找会带来实证上的某些困难，但我还是勉为其难，因为它本身也有自己的某种心理诱惑。

一

不知道他们从哪里来。

这是一个联系着遥远过去的精灵的游荡，一个由无数感觉相互交织与撞击而形成的精神的回旋，一个被记忆缠绕的世界。

1985 年的莫言耕耘了这样的一块处女地。这是一块生于梦中的陆地，当我们踏上这块土地的时候，感到有一种精神创造的力量使这记忆中的一切变成现实，仿佛是那个永远存在的家乡在召唤着他；他跨过平川与河流，看见佝偻的腰背着无形的包袱，看见贫瘠的土地，看见“结着愁苦的车轮轨出的血红的辙印”，看见饥饿的亲人，看见重浊的夏天与悲凉的秋天，看见人们在那儿默默地承受着生活的重压，看见在青翠的麦苗与金黄的麦浪之间生命的再次诞生……

莫言感慨人的命运。带着新婚的幸福重又回到那度过苦难岁月的农场（《黑沙滩》）；出外当兵，受到现代文明教育的“我”，重又回到家乡，与父亲、妻子的愚昧落后观念之间展开一场不可避免的冲突（《爆炸》），作者经常用一种现时的顺境来映现过去的农村生活。而在这种“心灵化”的叠影中，作者又复活了自己孩提时代的痛苦与欢乐。

“童年时代就像消逝在这条灰白的镶着野草的河堤上，爷爷用他的手臂推着我的肉体，用他的歌声推着我的灵魂，一直向前走。”

莫言的作品经常写到饥饿与水灾，这绝非偶然。对人的记忆来说，这无疑是童年生活所留下的阴影，而一旦这种记忆中的阴影要顽强地在作品中表现出来的时候，它又成了作品本身不可或缺的色调与背景。《黑沙滩》和《五个饽饽》，表现的时代特征各有不同：前者是写动乱岁月中军民之间发生的故事，后者虽不见明确年月交代，但从围绕着人与人之间的隔膜与沟通所发生的事件来看则是明显地联系着旧社会的。在一个解放军农场中，战士们收留了为饥饿所逼而来的农村母女俩，在违反军纪党纪的表层下，作者热烈地歌颂战士正气凛然的举止，并且无情地鞭挞了时代错误所带来的罪恶；而在饥饿的岁月中，发生在除夕之夜的故事则更忧郁委婉，农村常见的供神习俗，使得一家人牺牲了仅有的几个饽饽，对饥饿的进一步忍受则又表现了精神的“饥饿”，结果五个饽饽被偷而带来的怀疑则撕破了“我”——一个儿童所应有的对人的起码的信赖和尊重。

透过两则表面差异很大的故事，我们不难发现它们又都是以饥饿作为共通的情节核。写饥饿，作者常常又写到秋季，他把农村的收获季节与饥饿放进同一画面里，自然为的是加重饥饿的色调。饥饿使军民之间的鱼水关系在黯淡的岁月中变得更加醒目，它又使人的隔膜与不信任变得更加黯淡无光。饥饿离开美好那么遥远，但它有时又照亮了人心与人心间的通道。

与此同时，莫言又是经常地写到发大水：“听老爷爷辈的老人讲到这里的过去，从地理环境到童年奇闻轶事，总感到横生鬼雨神风，星星点点如磷火闪耀。”就在神秘的预感中引来了“大雨滂沱，旬日不绝，整个涝洼子都被雨泡胀了”。大水之中，人的整个希望与失望、侥幸与绝望、生与死、筋疲力尽的恐惧和面临死亡的混沌茫然都在意与象的融合贯通之中表现得淋漓尽致。

如同写饥饿都要写到秋季一样，莫言写水灾也经常写到死，这在《老枪》中亦如此。谁都会感到，在这样的背景下，童年不会是幸福的。然而，莫言的作品并不全是旨在描写一个不幸福的童年，并由此揭示出造成这种不幸福的社会根源——对某些作品来说也许是如此，例如像前面提到的《黑沙滩》——问题的另一面在于，为什么莫言的好些作品都不约而同地选择了水灾与饥饿呢？而且这种描写又总是带着一种忧郁与惧怕，这显然是反映了作者对童年阴影的一种希望摆脱而又难以摆脱的心境。这也就是为什么同是写农村，张炜却又偏偏选择庄稼成熟的田野一样。

童年生活的记忆，缠绕着莫言的艺术世界，同时又参与了这个世界的创造。

二

在一些多少真诚而非矫揉造作的小说背后，总是隐藏着作者摆脱不掉而又想极力掩饰的心理摩擦，而艺术的创造恰恰又正是在这两难之中求得生的权利。透过莫言小说的缝隙，我们将不难发现，正是这不幸福的童年记忆，作为人的心理积淀的表现，才产生了莫言世界独有的底色。

莫言做过工人，他的作品却压根也没有工人的味道；莫言当过兵，他的作品自然也有写部队生活的，遗憾的是他的《岛上的风》和《雨中的河》还缺少兵的魂。作为一个小说家，莫言骨子里面还是个农民。他的作品之所以出色，就在于他作为一个艺术家有着农村生活的根、农民的血液与气质。同是写农村，没有在农村的童年生活的印迹，其写农村总会有一道难以弥补的裂痕，只要比较一下张炜和矫健的写农村，我们是不难发现这一裂痕的。莫言笔下的“农村”是有童年的，童年的记忆在他的笔下获得了艺术的再生。

这一童年生活的不幸福，还表现在与父母间血缘关联的断裂。父母对孩子自然有一种生命延续的依恋，孩子也同样会对父母有着一种血缘上的感情依附。而莫言世界的孩提时代偏偏与父母间“没有温情，没有爱，没有欢乐，没有鲜花”。《石磨》写到的记忆中的母亲只是用推磨这繁重的劳动来使唤孩子和惩罚孩子，父亲则是“揪住我的头发狠狠地抽了我两个嘴巴”；《五个饽饽》中的母亲“罚我跪下”；《枯河》中的那位从来没有打过儿子的母亲用“戴着铁顶针的手狠狠地抽到他的耳门子上……弯腰从柴垛中抽出一根棉花柴，对着他的鼻子没眼地抽着”；《老枪》中更是因为违背了叮嘱，不好好读书反拿了墙上的枪想为父亲报仇，结果被母亲用菜刀砍下了手指。

当我们把所有这些出现在莫言作品中母亲形象的行为细节放在一起的时候，它们竟会变得如此意味深长。当然，作者也并不是因为要写出一位母亲的“恶”才如此设计的，如果这样的话，那太流于皮相了。相反，作者倒是通过母亲的种种反常行为来写出一种特殊状态的爱，这种爱的特殊方式在于一方面勾连着许多独特的时代背景内涵，像《爆炸》中描写一位老农民因一辈子为物质与精神的重负所累，到头来不曾给儿子一点温情与爱，作者不是为了简单地表现人性的丧失，而是追溯到历史重负所造成的父母情感的变异；另一方面又是在童年记忆表象不断重现的背后夹杂着一个成熟了的儿子对母亲的情结回归和理智反省。

但是，作者对这样一种父母形象的选择，是否还有其他更为深层的无意识记忆呢？为什么同是写农村、同是写童年、同是写母亲的作家，京夫笔下的母亲又总是那么慈祥、那么善良，即便是再苦再累的岁月，童年的“我”也是同样依恋着母亲，而莫言笔下的母子关系又偏偏表现出一种逆反的情感关系呢？这种差异是缘于不同的构思模式呢，还是创作上不同的心理诱惑？这是个难解之谜。

莫言笔下的农村孩子都是或多或少患有身心障碍的，他们常常和父母的关系不亲密，而父母的形象又是在历史与现实的重负面前经常地处在压抑和发泄的高峰状态。《透明的红萝卜》中的黑孩，自始至终都表现出相当严重的不安感，一种精神上的焦虑，对特定的事件、物品、人或环境都有一种莫名的畏惧。作者写黑孩：“又黑又亮的眼，脖子细长挑着这样一个大脑袋显得随时都有压折的危险，别人都说他给母亲打傻了。”当菊子姑娘怀着一种天然的母爱去保护他的时候，黑孩则猛地在姑娘胖胖的手腕上狠狠地咬了一口，而且咬出血来。这咬一口隐约地表露了黑孩的一种仇母心理。甚至作者在写到父母打孩子的行为时，不断地重复“狠狠地”这几个字，也可以看作是这种情结断裂的自然流露。

追究这种断裂的起源，自然会联系到创作上的心理根源，它可能是作家进入创作状态时灵性爆发的一种符号，也可能是一种遥远的情绪记忆在起作用，甚至包括两者间的相互交融。

三

在缺乏抚爱与物质的贫困面前，童年生活的黄金辉光便开始黯然失色。于是，在现实生活中消失的光泽，便在想象的天地中化为感觉与幻觉的精灵，化为安徒生笔下那个小女孩手中的火柴微光。这微光照亮了爷爷奶奶，亦照亮了儿时的伙伴。

微光既是对黑暗的一种心灵抗争，亦是一种补充。童年失去的东西越多，抗争与补充的欲望就越强烈。对人来说，心灵无疑是最富有诗意和神奇色彩的平衡器。人所没有的，它会寻求替代；人所失去的，它会寻求补充。于是，爷爷和奶奶的形象出现了。

莫言总是以一种特殊的感情和语调写到爷爷和奶奶。有时，他不仅用文字直接写出爷爷在家庭生活中代替父亲的作用，而且也是在字里行间充溢着对爷爷奶奶的一种深情的依恋，《大风》这篇小说就是用一种忧郁的笔调表达这种感情的。从小跟着爷爷去拉车，一次拉草回来的路上遇到大风，大风把什么都刮走了，只剩下一根夹在车栏里的草。这根草成为“我”纪念册上最宝贵的一页。是的，遗忘的风可以把什么都刮走，但却刮不走对爷爷奶奶的记忆，因为他们补充了这个失去了父母之爱的童年世界。

而幼小的生命对于老年人的选择，反过来也印证了老年人在生命将要走到尽头时有一种依恋童性的本能，孩子和老年人在年龄上相去甚远，但在生命的某一点上他们又相距最近，最容易相通。

莫言世界中的这种暖色调对冷色调的抗争和补充，还可以追溯到他写到的儿时伙伴。从《秋千架》的“我”与小姑、《三匹马》中的柱子与伙伴、《枯河》中的小虎与女孩一直到《石磨》中的一对青梅竹马等，在他们的各种各样的交往中都自有一片欢乐，哪怕是怄气、打赌、相互嘲弄甚至打架都倾注了他的全部热情和爱，只要他们在一起，便每天都用一种全新的方式重新安排和创造自己的天地。莫言作品中经常有的幻想、幻象和幻景都和这个天地有关。

这个天地不时以自己的色调涂抹着并不幸福的童年。一个男孩和一个女孩从事拉磨的劳动，只是因为两个人在一起，便自有一种幸福感；《三匹马》中的柱子，当他要在一群孩子面前维护自己的尊严，表现自己的勇气时，不管是掏螃蟹窝、黄鳝洞还是举柳条劈肥大的玉米叶，不管是逞能的吵架还是干脆来一下力的角逐，都有着孩子改造世界与表现自我的兴奋。

你看作者对打架的描写：“柱子朝着这个比他高出一巴掌的男孩子，像只小狼一样扑上去。两个光腚猴子搂在一起，满地打滚。……最后，孩子们全滚到一边，远远看着，像一对肉蛋子在打滚。螃蟹扔到路旁青草上，半死不活地吐白沫。黄鳝快晒干成干柴棍了。柱子那条蟹子腿正被一群大蚂蚁齐心协力拖着向巢穴前进。”不知怎么的，我总感觉莫言笔下的这幅打架图像，不仅反映的是儿童的生活情趣，而且叙述也是出之于一种儿童的审美视角。

四

然而，微光毕竟是微光，爷爷奶奶和儿时伙伴作为一种感情补偿毕竟弥补不了自然灾害及丧失父母之爱所带来的心灵创伤。

所以，这个童年又是孤独的。由于孩提时代所经历的特殊的境遇，加上独特的性格特征，“他”开始变得不喜欢说话了。

而莫言作品特别多地写到哑巴，显然和这有着若隐若现的联系：《透明的红萝卜中》的黑孩是个哑巴；《枯河》里的小虎像个哑巴；《白狗秋千架》中男的是哑巴，他的三个孩子也是哑巴。不但如此，如果算进那些基本上不说话的形象，那就更多了。我简直怀疑，莫言处处表现出那种对人处在无声状态的兴奋是否可以证明他本身就不喜欢

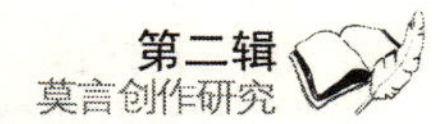

说话。

作者有一种出众的才能，即用传达感觉的方式，拆除生理缺陷所造成的交流障碍，使手势、眼神的“语言”更为丰富动人。他的一个最为与众不同的地方在于，通过个人感觉的信息传递而将听觉功能转换为视觉或其他知觉接受。例如：写“女孩的喊声像火苗一样烧着他的屁股”；写孩子与人对话，用“嘴巴咧了咧”，“牙齿咬住了厚厚的嘴唇”，“用力摇摇头”；写黑孩回答队长的询问：“迷惘的眼睛里满是泪水”，“眼睛里水光潋滟”，“泪水从眼里流下来”，“嘴唇轻轻嚅动着”……

注重非听觉的感知器官的表现力，在莫言的创作中，已经不是一个具体规定情境中的描写特色，而是整体性的一种审美境界，或者说是这个世界的底色。他有时候写得特别来神，就是因为叙述与被叙述都进入了无声状态，而写得特别糟的时候，那就是语式出现了不和谐的噪声。莫言的小说给人带来的艺术效果，简直就是无声电影，就是一场哑剧，哪里寂静一片，哪里就渗透着莫言的感觉。不知怎么的，他的作品即便是写声响，对我们来说也只是一种视觉效果。而声音则仿佛来自太遥远的地方，给人以朦胧飘忽之感。我想，莫言在小说中喜欢用“看见声音”的字眼，至少也可以看作是小小的注脚。

这或许是因为身心的过于压抑而使他改变了自己的宣泄渠道。就像那幽灵般的黑孩：他不能与常人交流，便与万物交流；他听不到常人的说话，便听“逃逸的雾气碰撞黄麻叶子和深红或是淡绿的茎秆，发出震耳欲聋的声响”；他得不到抚爱，便在水中寻求“若干温柔的鱼嘴在吻他”；凡是他在这个世界听不到的，便在另外一个世界听到，而且是更奇异的声音；凡是人世间得不到的欢乐，他便在另一个梦幻的世界中得到加倍偿还。心灵感应的对象与途径变了，感觉的方式与形态也会相应变化。莫言创作中最主要亦最重要的特色，就在于他审视世界的非常态，他总是以一种超常态的感觉把握世界、创造世界，结果又总是引起人们的超常态反应，人们总是太注意解释他所审视的对象，但却常常忽略了他是如何看这个世界的，他的眼睛到底与我们有什么不同？结果就被作品中那些反常态的描写弄得六神无主，心慌意乱。

莫言的奇怪正在于他的艺术世界应了他的名字——莫言，无声的感觉。这感觉穿过“秋天的一个早晨，潮气很重”，“村子里朦胧着一种神秘的气氛，狗不叫，猫不叫，鸭鹅全是哑巴”；穿过“夜色深沉”，穿过小镇的大街，穿过除夕日积了几尺厚的大雪……这个世界好像离我们很远，又好像离得很近。它含有一种模糊的启示，从而唤起人的一种迷蒙的感受和无尽的回忆、联想。

五

《三匹马》写了一个农村家庭的合合离离的故事，这种较为常见的故事并不见得有什么新意，耐人寻味的是在故事表面情节的演进过程背后，蕴藏着的某种特殊的心理模式。我们所要指出的是这样一种心理模式，就是导致人的情绪发展和意志行为的“暴力”倾向和死亡诱惑。

莫言几乎所有的作品都有一个类似《三匹马》这样一种表层故事模式背后隐藏着的心理模式。《石磨》中写两个人的打架，“她恼火了，扑到我身上；我恼火了，拉住了她一只手，狠命咬了一口”；《五个饽饽》中那个“我”也因为失去了五个饽饽而像一只狼一样扑上去；《枯河》中“我”因惹祸而遭哥哥发疯似的狂踢；《三匹马》中的用绝技狠命抽马……这些人因为心情的过度压抑而产生的行为发泄，几乎也都是莫言故事发展的高潮。

莫言小说的另一个发泄渠道是死亡：《金发婴儿》中“我”在极度矛盾的心理冲突中因承受不了传统观念和个人耻辱的双重压力，结果用双手扼死了妻子与别人生下的金发婴儿。除此之外，以死作结的还有《三匹马》、《老枪》、《秋水》诸篇，更有意思的是《老枪》和《秋水》的结尾几乎是雷同的，这种开枪他杀和自杀的雷同不仅仅是情节发展的相似，更为重要的是心理需求的同归。

暴力行为和死亡诱惑作为某种心理解脱的途径实际上是来自于创作心理上的双重轨迹，即叙述者的心理轨迹和叙述对象的心理轨迹。这不是两条并行的轨迹，相反，它们时常相互纠缠不清，互相排斥和渗透都是可能的。对莫言来说，暴力与死亡可能是出之于作者对传统重负的反抗，也可能是个人心理历史印痕重现的结果。

在莫言的小说中，心理行为的过程远远要大于情节构制过程。可以这样认为，对他创作灵感有激发作用的往往是心理的行为模式，他的作品总是起始于人的某种情绪状态，或孤独、或畏惧、或忧虑、或压抑，而小说叙述的推衍又每每将这种情绪状态引向高峰，这样，它的结尾又必然要为这种高峰状态寻找某种宣泄渠道才行。

六

读莫言的小说，我原以为会更多地看到一个成年人的世界，结果却是看到一个植根于农村的童年记忆中的世界，一种儿童所独有的看待世界的全新眼光。

这个“世界”不断地有色彩，不断地有光线，也不断地有各种各样变形的图象。它使人产生一种特殊的心情，使人感到忧郁、感到孤寂。一个弱小的心灵承载着超重的负荷，当他回首往事时，又流露出对少年时代这一瞬间变成历史的吃惊眼神。

这个被记忆缠绕的童年世界，使作者叙事投影的外视角和内视角呈现出一种淡淡的覆盖一切的色调，这是在一切艺术手段背后的感觉的底色。它所唤起的并不是一个绿色的、凉荫荫的、令人感到抚慰的田园记忆。而是用儿童般不同凡响的色彩，淳朴天真的幻象，屡屡被伤害的幼小心灵所具有的特殊的感觉，几近荒诞的任意表现，表现出儿童对生活的神秘感和某种程度上的畏惧心理。

莫言作品的儿童视角，不止是在于他经常地把孩提时代作为描写的对象，重要的还是他那些最为优秀的篇什都表现了儿童所惯有的不定向性和浮光掠影的印象，一种对幻想世界的创造和对物象世界的变形，一种对圆形和线条的偏好。像我们在前面略有提及的《球状闪电》，其创作上很大一部分的心理动因就来自于一位尿炕者一生梦境般的心绪：少年时代尿炕所带有的耻辱感和自卑感；长大了考大学考不上的尿迫感；婚姻的自由与不自由的纠葛所造成的压抑感、焦躁感。在这种种感觉的笼罩下，出现了许多模模糊糊似懂非懂的图像，记忆之河结了厚浊的冰，水流在冰下凝滞地蠕动着……通篇小说已不止是人的感觉的记录，而且还有着许多"牛眼看世界"和"物眼看世界"的有意味的表现。

不像读有些作家的小说，我们从他的语感中能体味到一个作家长时期对语言的锤炼和修养。莫言的语言缺乏这些，但他那种儿童般制造幻象的天赋，成功地在语言上化短处为长处。拿比喻来说，一个成熟作家的文体讲究，一般很少用比喻句，特别是明喻，而莫言不然，用得特别多，而且常常出奇制胜，自有另一番滋味。这恐怕也是和他的儿童艺术的投影分不开的。

七

对莫言创作现象的无所顾忌的感受与小心翼翼的推测，仅如此而已。这种大致的归纳并不能囊括莫言创作的全部内涵。其他的因素也绝不会因为这几种心理诱惑而变得无足轻重，相反，可能在某种程度上比这种记忆的缠绕更重要。像莫言小说中经常出现的那种对几千年封建传统所遗留下的旧习俗、旧观念的痛恨，时代进程所必然带来的几代人之间的情感撞击与裂变过程等，也都同样是莫言小说中不可忽略的一个方面。我们甚至还可以认为莫言小说的叙事体态、语式、结构模型诸形式也都是同等重要的。但是，把这些都付诸批评的实践，已不是本文所能胜任的了。

而我们对莫言创作上种种心理诱惑的感觉与推测，只是为了在某个侧面验证那句已被人重复了多次的名言——

"作家的作品只是秘密成长心灵的外在成果！"

（原载《上海文学》1986 年第 4 期）

赞赏与不赞赏都说

——关于《红高粱》的话

◇李清泉

过去读肖洛霍夫的小说，自然是深感生活色彩之浓郁、矛盾冲突之强烈与冷峻和笔力之锐利的。此外还有一点是别人所无的，便是他的嗅觉的极高的灵敏度。你能经常在他的作品中感受到各种气味。莫言的小说在感觉的范围和频率上，更要广大得多，他好像在对你的各种感觉进行着训练，因此你是难得安静和神逸的。你既不免于惊异，也不免与隔阂，产生某些吸收和消化上的障碍。他需求并获取独具风姿的表现方式，却似乎还没有一样是他满意而不予更换的。读完《红高粱》以为大概差不多了吧，谁知一转身，他的名字和他的衣着打扮又联系不起来了。这种不稳定状况，自然是叫人逡巡不前的。不过我却被《红高粱》征服过，被征服当然不是一般地随声喝彩，但要将感受缕析分明，却也并非易事，我被迫惊醒尝试。

我觉得《红高粱》是强悍的民风和凌然的民族正气的混声合唱。驰名的《黄河大合唱》的某些部分，可以和《红高粱》的某些部分在听觉和视觉上相互参照和相互辉映。我获得某种艺术满足，就像喝了小说中写到的高粱酒，而且喝得很酣畅，哪怕是恶作剧地撒过一泡尿。

《红高粱》是带着几分传奇色彩的，但并不伤及它牢固的现实性和酒中上品的醇厚。如果进行化学分解，我敢说能从中分离出盐来。盐是容易溶解的，所以看不见。但舌头是灵敏的，有滋味的东西，总是因为有盐。连我这个老头子，读完《红高粱》也觉得添了力气，精神振奋。

添力气便是盐的效应。盐又是有灭菌性能的，人们用它来防腐，作品叙述中提及“种的退化”，又在文末用黑体字祭奠于先辈之灵，自称“不肖子孙”，如此语重，似乎也是盐的化学催化作用。盐溶解于爷爷、奶奶、罗汉大爷的形象中，溶解于激扬和暴戾的情境中，溶解于笼罩全篇的红高粱的物象与意会中。

现实主义地反映，不能像小学生练字时的描红；形神兼备固然是颇为不易的了，究竟也只限于把客体写活。写活也还是主题的参与，比如艺术才力、思想穿透力等。只不过这时的主体只能和客题共生，作为客体的附着物。进入小说中的生活，不是简单的生活移植，需要主体去组合、剖析和思想聚光灯的照明；被客体所燃烧、升华而形成的生活感悟，响彻于作品中的时代的回应和召唤，都需要一个通达、明智、机敏的主体。

当我们尝过一道菜肴的时候，往往被询问咸淡如何。首肯的时候，也便是盐放够了；摇头的时候，因为寡淡无味。从这一点说，我对《红高粱》是首肯的。盐在生活中，尽管是普通的、便宜的、易得的，却是不可一日或缺的。什么是作品中的盐？大体也就是上面所说的那些主体因素。这种盐却是难得的、可贵的了。寡淡的东西总是多的。因此，强调一下主体意识，强调放盐，对于提高和改进创作现状，不是无益的。

《红高粱》的小说型制，使用一下现在已十分时髦、而且几乎无所不用的新观念，可以称之为“开放型”。它原是以余（占鳌）司令预谋着对日寇的一场伏击始，又大体以这场伏击的顺利展开并最后取得胜利结束。如果就被这个框架所限定，一切都只许可在这个特选的时空之内，那么作品势必改观。就像我们过去的工业题材演化为车间文学，军事题材演化为军营文学或火线文学，是由于思想阻塞而形成封闭所造成的结果。是对相因相成相联相通的社会生活，进行人为的宰割。各类题材，不知是由谁分封了各自的领地，井水河水各不相犯。实践早已证明这是条绝路。疆界打破以后，新的实践证明了开放的效益。何类题材之类的说法，虽继续在沿用，但已无人遵守它原先的型制，而且迟早连这名儿也会逐渐消失的。

我特别赞赏《红高粱》中的“我爷爷”和“我奶奶”先前的行状，若少了这一部分，作品的任务就会贫乏，作品也缺少了生气。我连写这二人野合的那些地方都很称道。因为它是雅的，它写得那么明朗、简洁、大方，具有思想上的挑战性。（顺便提一句，作者专写男女之情的《金发婴儿》，不客气地说，却是虚假与猥琐的混合）罗汉大爷的沉稳和令人毛发耸立的凌迟；余大牙奸淫妇女的连锁效应；雍容的处决和司令的服丧与发葬；五光十色的生活和剽悍的民气与风情。伏击战范围之内的事，使用的笔墨却并不很多，而且光彩与此外的部分相比，显然不足。囊括着如许溢光流彩的物象，与抗日题材之说虽然沾边，却并不相称。被皮包裹的是馅，味道大体都依赖于馅。

《红高粱》不属于表现方法上的意识流，虽然它有不少时空上的随机转换和穿插，因无引渡而不免常叫人愣怔。这也可以让读者自己去填补，也可以允许有一些无关紧要的模糊性。而有一些模糊性，比如用爷爷、奶奶、父亲来称呼作品主要人物的时候，“我”就不单是故事的陈述人，又好像是这一切生活戏剧的目击者，他就像探囊取物似的，都成了“我”的家里人。而实际上，父亲当时不过 14 岁，“我”尚在无何有之乡。而这种叙事方式上的技巧，予人的亲切感和信赖感，是极具成效的。这样的模糊性，自然无人去追究。

变幻莫测、风聚云散的生活际遇，多彩而罕见的世景世情，令人瞠目结舌的应变性格，爱与恨、生与死、残暴与侠义的相互交织，这一切都由作者处理得有条不紊、从容不迫，由他那支笔耕耘得神貌怡然、斑斓活脱。

要征服读者，必先有统帅的气度，去驾驭、操纵、调度自己的语言和材料，纵横捭阖、运筹帷幄、指挥若定。我常忆起一个西欧作家说过的话：“拿破仑用剑达不到的，我用笔来达到。”这话既气宇非凡，表现出昂扬亢奋的主体意识，也是对我们这个行业的这枝笔的能力的自信。一个人总得有实证在握，总得有相当的文化积累和生活积累，总得有鹫一样的锐利的目光和虎一样的捕捉力，才好把这种话说出口来。作家既然用笔来造成自己的荣誉，作家的话自然应该是兑现的，得不到物质体现的话，是令人很难堪的。我们当然都要去补自己之不足，但我也还是主张要树雄图，要立大志。我作为读者，总还是希望从作品中见识到“统帅”，世界之大有时遇到“侏儒”，也并不感到特别不幸。

1938 年，我在华北敌后将近一年。虽没有越过平汉路，到作品所写的冀中地区去，但耳闻也还是有些的。作为那一特定历史时刻，群众的民族正气和抗日豪情获得了艺术再现，我也像见到阔别日久的故知一样兴奋。它不是写得多，而是少，写好的就更少。我作为过来人，根据实践体会，对《红高粱》赞赏之余，也提点不同的看法。

日本侵略中国蓄谋甚久，步步逼近，到了卢沟桥事变，更是全面入侵的开始。从华北战场来说，国民党部队浴血奋战的也有，而八路军在平型关痛击日寇更是震惊中外。但是大部分国民党部队都是望风披靡、溃不成军，造成日寇的长驱直入，国土大量沦丧。然而由于兵力不足，日寇的消化能力甚低，一时又只能作点与线的占领，所以许多地方一度成为真空。于是八路军挺进敌后，背景复杂的各种民间抗日武装纷纷建立。这便是《红高粱》中出现余司令，又同时出现了欲收编余司令的冷支队的原因。收编未成，冷支队袖手坐视，伺隙夺取理应是胜利者的战利品。这是加进了我自己对于特定环境的具体解释。而作品却只写动作，没有一笔具体背景的表述，以致令人迷离恍惚。要紧处还在于这有碍于去认识当时现实的严峻性。与此相关，余司令和他的那支队伍，能不能仗着吃了十年拃饼，仗着出神入化的枪法，仗着抗日的原发性，抵挡得住强大的日本帝国主义。从这一点说，那场伏击战的取胜又具有迷惑作用。我不必去怀疑其真实性，然而却也难以从作品中看出致胜的必然性。就像别人夺取余司令的战利品所感到的意外和惊讶一样，还有更多的意外和更大的惊讶在等候着哩，因为余司令对所处环境、自身地位和面临的任务，是混沌而无觉悟的，他向自己的王副官举枪一击。奶奶还懂得“千军易得，一将难求”，表现出高于自发性的醒悟。王副官的身份虽然写得并不确定，但他改造部队的行为，可以确证他是党或非党的进步力量。而党所领导的进步力量，在当时的敌后已处于绝对优势。余司令举枪一击，不只是自身，也是那支部队何去何从的大事。我似乎在向余占鳌这样一个具体人物要求着“正确”，不过，既然强敌压顶，鬼蜮伺隙，余司令的不正确后面，不是归顺，便是灭亡。这是历史证实过了的实践迫切性，并非一个书斋里的客体。何况这并非是不具备客观可能性的那种历史上的农民运动。所以对于余司令这种主观与客观的严重背离，依然拃饼味十足，在新的形势面前，大模大样像个“英雄”，就不免令人产生滑稽感和辛酸感了。我觉得作者在这幅绚丽的画卷的构想和描绘中，存在着热与冷的调节失当，尊颂激扬之中，欠些理智；或者在人物活动历史环境的翻检审视中，有所疏漏。

《红高粱》当然会有血腥气，我们这个民族就是长期在血与火中冶炼，经受着煎熬，也经受着严酷的检验。作品中属于背景色彩和点染性的各种各样的死亡，不去说了，对于花费了较大笔墨，采用了专门场景，倾心刻画了奶奶、罗汉大爷、余大牙的死。总的说来，这三人的生与死，在造成恣肆汪洋的生活态势上，都起了重要作用。生活逻辑和各自性格逻辑的体现，也是合理的和生动的。我只想就罗汉大爷的死多说几句。

我在阅读到这一部分时是毛发耸立、有点惨不忍睹的。而且若不是怀着生活考察和艺术考察的心情，是不愿意读下去的。它对于人的神经刺激过于强烈，久久不能消散，以致模糊和钝化了其余的感觉。这当然不是不能接受罗汉大爷的死，而是不能接受凌迟的具体细节的过程描写。

我很惊叹作者的想象力和表现才能，因为我估量他是未曾见过这种真实场面的。我们有一些片面去追求艺术效果的人，常常不顾美学限度，去蹂躏读者或蛊惑读者，这是不能赞许的。我也运用了一下自己枯萎了的想象力，是不是由于我和罗汉大爷产生了情感联系，才难以接受这种凌迟的描写呢？因此我设想用那个带着狼狗的日本监刑官来进行凌迟。尽管我的积愤可以在战场上将他碎尸万段，也仍然不能接受对敌人零宰细割的描写。我想正常的人，一般也都应该是这样。这就是人们在实践中所体现的美学限度。

鲁迅说过，鼻涕和大便是不能入诗（广义）的，不应成为描写对象。但是现在有些文艺作品，不但表现这类东西，而且有时竟会把它们当作鉴赏物，背离了常识性的美学规范。

罗汉大爷的受刑方式，还有一个极为不利之处，因为是群众场面，在残暴的镇压下，《水浒》里可以有李逵劫法场，现在由于敌我条件的不同，不可能有这种痛快淋漓，却只有静寂和哑默，眼睁睁看着这种零宰细割的缓慢进程，连我们的主要人物奶奶和父亲都在其中。这无论在思想上和艺术上都是不利的，而且可以说是对人物、对群众的一种挫伤。当我们对笔力充满自信的时候，当我们在生活的广阔原野上纵横驰骋的时候，我们不能不权衡各方面的利弊，不能不考虑有可能落入陷阱。虽然《红高粱》对于作者自身以至对于小说创作来说，都是某种突进和发展，我们也对作者的才力满怀喜悦和信心，但我也仍然不想掩饰在某些方面、某些局部的难于赞赏。

（原载 1986 年 8 月 30 日《文艺报》）

在美丑之间……

——读《红高粱》致立三同志

◇蔡　毅

没想到吧，我们都巴望着住楼房，可一搬进新居，虽几层之差却如隔千里，真不如当初共处大杂院，或挤在桶子楼里，说话、聊天那么的便当了。为不至于这居住条件的小小变更中断我们坚持了数年的"闲聊(你戏称为"沙龙"式的漫谈和对话)，我试着把近来想找你吹吹的话题写在纸头上，送你一阅。倘若你看着以这种方式"聊天"还不错，有话时也便中掷一纸于我。如此，你来我往，则咱们的"闲聊"又可以继续下去了。

言归正题。我想谈谈莫言的新作《红高粱》。想你早已读过了。关于这篇作品，已有不少文章见诸报端。我草草地浏览一遍，觉得对这篇作品的品评，有不少值得认真思考的。比如，有文章说，《红高粱》的成功在于；第一，他实现了"对题材的超越"，"打破了描写战争题材的固定模式，把战争题材提高到一个新阶段、新高度、新水平"。第二，作者"把焦距对准于战争环境中的人"，"把笔触伸向人物的内心深处，探索人物心灵的秘密"，"写出人物情感的世界，心灵的历程"。第三，"作家艺术手法的独创性"。

乍看来，这样来评论、归纳《红高粱》的创作实绩和特点，似乎不无道理，而且，大体上也符合作品的实际情况。可认真思索，特别是结合作品的具体描写来看，恰恰在这些地方，作品却未必见佳。相反，倒是反映了作者在艺术探求过程之中步履蹒跚的艰难痕印，或者说，较为明显的闪失。而且，我以为作品在这方面存在的失误和偏颇，不是局部的，不是一般的，也不是无足轻重的，而是关系到作品的最终评价问题。

无论从哪方面说，对于莫言，《红高粱》都无疑是他的一部力作。不说别的，只要读读他写在文尾的那几行对在民族战争中故去的家乡父老，充满无限深情的和赤诚之心的话语，就足见作者创作态度的严肃和诚挚。的确，就创作来说，莫言是用心的，认真的。如果认为这篇作品是随意涂抹的敷衍之作，那是不公道的。然而，应该承认，主、观上的努力，有时未必就能获得预期的好结果。主客观本来就不可能是完全一致的。因此，我认为，经过努力，仍不免失误，这是正常的。对于作者，一方面人们不能苛求，更不要过多责备；另一方面，实事求是地予以评论，真正写的成功之处，就予以肯定，而不足之处，则明白指出。这对于作者、读者，包括评论者在内，都该有益处的。

我同意这样的看法，《红高粱》同作者的成名之作《透明的红萝卜》一样，的确显示出作家艺术感受的独特性，依然写得蛮有灵气，不少描写是很动人心魄的。至于在写作技艺上，运用了所谓“时空的交错、意识的流动、过去时和现在时两条线索既平行发展又互相交织”等等方法，这应不是《红高粱》的发现和独创，先前早有不少作家的作品这样做了，那效果也相当好。这里就不举例了。

《红高粱》的确有不少属于莫言的东西。比如，他很注意作品意境的追求。这点，很有某些散文和诗歌的特点。作品始终渲染的红高粱，那既是自然界的具象，又不仅仅是自然界的具象，而是作家从大自然之中，经过自己的主观体验，高度抽象出来的、带着浓重的主观色彩的意象，它笼罩着作品全篇，为作品造成一种特殊的气氛，一种神奇的境界，是很有诗意，很有魅力的。人们说，这作品写得很有灵气，我以为，大概不少地方就得力于此吧(当然绝不止此)。

在认识和发掘题材方面，我想，要说《红高粱》“把战争题材提高到一个新阶段、新高度、新水平”，这有点言过其实。实事求是地说，作品以一个土匪头领为主角，集中地描写了一支农民武装力量，不说其抱着怎样的目的，也不管他从什么动机出发，毕竟是真真正正地参加了一场打击日本侵略者的颇为悲壮的战斗，这在以往的反映这一历史时期的社会生活的作品中，是不多见的。这种开拓精神，应该肯定。而且，无论从当时，乃至今天的情况看，作家的描写都是符合政策的。

在人物描写上，这篇作品，仿佛更显示出莫言对我国古典小说传统的继承和发扬。借助白描，借助于人物的行动来刻画人物，是比较成功的。比如作品中的任副官，作品几乎没有直接介绍和评价他的文字，只一个处理余大牙的具体事件的描绘，便写出他的正气凛然、刚烈不阿、处污浊而不染的气质和品性，这个人物，从而跃然纸上，呼之欲出了。除了任副官，作品中还有奶奶家的老佣人罗汉大爷、王文义的女人、哑巴、豆官等人物，也都写得有性格、有生气，是很不错的。比如，罗汉大爷立劈大黑骡，那坚定不移的民族立场和爱憎分明、嫉恶如仇的性格，不言自明；王文义的女人动员并亲送丈夫入队打仗，表现了一个中国农村普通劳动妇女以国家为己任的纯洁高贵的精神世界。还有那精灵式的豆官，胆大、机智……所有这些，都让我激动不已，很难忘怀。

《红高粱》的失误也是很明显的。首先，在对战争题材的具体处理上，自然主义的倾向不能讳言。这突出地表现在罗汉大爷惨遭剥皮、零刀子剐的细致描写上。恕我不能再重述作品的那些鲜血淋漓、令人心惊肉跳的描绘吧。那是太目不忍睹了。我相信，日本侵略者当年对中国人民所犯下的罪行，是极其惨无人道的。作品无论怎么写，也不会过分。记得，二十几年前，我曾路过作品故事背景的胶东某县，那里的文化馆正好有一个揭露日本侵华罪行的展览。其中所披露的材料，比之作品的描写，甚至要残忍几倍、几十倍的案例，指不胜屈。立三，你与莫言是同乡，该知道他在作品中的描写，确非凭空杜撰。既然如此，那还有什么可说的呢？我想，问题还是有的。主要就在于如何对待和处理文学与生活的关系上。文学真实的原则又决定，文学与生活是有直接关系的，它不应该离开现实；而艺术类的原则又决定，它又不能直观地反映现实，不能采取自然主义的态度。这道理是清楚的。美必须真实，真实就是如实反映自然。而所谓"如实反映"，绝不是任何对自然的描绘，关键在于应该正确地反映和揭示事物之间的关系。正如狄德罗所说，"只有建立在和自然万物的关系上的美才是持久的美"。这就是说，如果不能正确反映客观事物的关系，便不能达到真实，因此，也就谈不上美。所以，我们说，为了求真求实，而采取自然主义，或者为了美，为了理想，而脱离生活，都不足取。而《红高粱》的问题，是前者而不是后者。所以，它不仅不能给人以美感，反而让人感到头发根发麻，喉咙里秽物翻腾，皮肤上起鸡皮疙瘩，好不舒服呢！是不是这样呢？

人们似乎很赞赏小说在人物塑造方面的所谓成绩。我甚至感到，这很可能是莫言在探索之中最失算之处。我已经说过，莫言这篇作品，绝不是随意为之。他是作为一个具有斗争传统的山东某地区的一个晚辈子孙，怀着对在民族斗争中作古的前辈的虔诚、敬仰之情，来写这篇小说的。他在作品的煞尾说：

> 谨以此文召唤那些游荡在我的故乡无边无际的通红的高粱地里的英雄和冤魂。
>
> 我是你们的不肖子孙，我愿扒出我的被酱油腌透了的心，切碎，放在三个碗里，摆在高粱地里。伏惟尚飨！尚飨！
>
> ——《红高粱》

读了这段文字，则知这小说，不啻祭奠自家先辈亡灵的墓志和诔文。在这篇近似墓志和诔文的小说里，作者作为"英魂和冤魂"来祭奠的人物，毋庸说，是他所敬重和爱戴的。可以想见，莫言这么不遗余力地歌颂的人物，定然也希望人们也像他一样，来敬重、爱戴而歌颂之。看起来，这样的目的和期望，也未必能达到。这个责任，不能怪读者，还在于作品自身。

是的，对小说中的人物，如果只看他们在民族战争中的举动，确实壮烈动人，他们流血、牺牲，在所不惜，后人应该牢记，应该仰视。然而，看看作者给我们提供的这些人物的一生行状，则又不免遗憾。甚至于会不由自主地想到，像这么一些具体的人，在那样的斗争中，能够有那样的举动，真值得怀疑。比如，作品中，被当作民族英雄来塑造的两个主要人物——一个是奶奶，一个是奶奶的姘夫、作品中成为爷爷的土匪司令余占鳌——就是这样的人。

据作品所写，奶奶的婚姻是不幸的，应该通行。小说对她的“风流韵事”描写得津津有味。如果说，截至她出嫁“回门”（即结婚后第三天）路上，被余占鳌中途劫持进入高粱深处，她“心头撞鹿，潜藏了十六年的情欲，迸然炸烈”，惊喜交加，欣然接受了余占鳌的“粗鲁”，亲身感受那“幸福磨砺”，他们“在生机勃勃的高粱地里相亲相爱”，还算得上是“追求爱情自由”而可以理解、同情的话，那么，再过三天之后，这两个情种，为了永结鸾凤，余占鳌公然抽出凶器，将奶奶刚过门的公公、丈夫这单家父子全都活活杀死，从此，奶奶成为当地首富单家财富的主人，而土匪余占鳌却成了奶奶床上的常客，这就恐怕不能以“蔑视人间法规的不羁心灵”和什么“不甘屈服的叛逆性格”来为之开脱了。单财主以他的财名和经济实力，经过合法手续为自己的病儿子娶了奶奶做媳妇。这种婚姻，奶奶可以不接受，像她在回门路上，向父亲求诉不再回单家，这要求也合理，没想到，她竟然同意余占鳌的铤而走险，行凶杀人，甚至，在三天之后，当知道单家父子尸横野外时，她并没有怎样的内疚和恐惧，却安然当起单家的主人来。

小说写道：“奶奶和爷爷在生机勃勃的高粱地里相亲相爱，两颗蔑视人间法规的不羁心灵，比他们彼此愉悦的肉体贴得还要紧。他们在高粱地里耕云播雨，为我们高密东北乡丰富多彩的历史上，抹上了一道酥红。”我不知道，那作为民族英雄的奶奶、爷爷，是否真的有此一段风流公案。如果是的，那么，我将毫不犹豫地说，这两个人物，不仅算不得什么英雄，而且还有两条人命的血债未还！我们暂时抛开这血债不说，单说她吃着、穿着、占着单家父子的全部家业财产，养尊处优，无所事事，在老佣人身上寻开心，与杀人越货者同床共寝，果真这也都是事实，那么，她即使最终在民族斗争中毅然捐躯，而在冥冥中享受着后人的焚香膜拜之际，倘她地下有知，也应感到自身的有愧而汗颜。立三兄，不知道你可算得“高密东北乡”的人？果真是的，你读了小说的这诸多绘声绘色、津津有味的描写，有何感想？是觉得光彩体面呢？还是怎么的，是不是有点那个？

如果摆在我们面前的是一部史书，我要为作者这种不为先人讳的勇气投一赞成票。但是，作家写的分明是小说，是文学，是诗，是歌，既然这样，那么，“有什么必要把不值得一写的东西写成诗呢？有什么必要把不值得歌唱的东西谱成歌曲呢？……不等于糟蹋这些艺术吗？”（狄德罗：《关于〈私生子〉的谈话》）这样说，是否言重了？而有的评论，居然将这作为这篇小说的成功秘诀来加以肯定和宣扬。此时，我不知道莫言有何想法。如果在评论面前他能保持冷静的态度，那么，他会判别这种赞扬到底怎么样。

顺便说一下，评论中对男女主人公的“风流韵事”颇为推崇。说这段“风流韵事”

“集中地体现了他们追求爱情自由、不甘屈服的叛逆性格”。又说,“他们以不合法的关系,偷偷地享受着爱情的甜蜜”,如此等等。我认为,这种看法,不免有些离谱。他们把人家杀了,居然铺裹着人家的衾被做爱,这算得什么“爱情的甜蜜”?爱情是纯洁、美妙、高尚的感情,他们的媾和,有什么纯洁、美妙、高尚可言?而有的,只能是欲望。殊不知,“美的情感和欲望相去甚远,甚至于互相排斥”。“美的特点并非刺激欲望或把它点燃起来,而是使它纯洁化、高尚化。”(库申:《论美》)那么,男女主人公的情爱会起到怎样的作用呢?

再说一下小说对另一支队伍,即由冷支队长率领的队伍的描写。作品对这支队伍,描写笔墨并不多。虽不多,但那印象奇深。简单地说,在这篇小说里,这支队伍,简直是骗人的乌合之众。特别是那个冷队长(作者给予他的姓氏耐人寻味),就是个货真价实的骗子。本来,是他先得到日本侵略者的行动消息,并主动地通过奶奶找土匪司令余占鳌共同去打伏击的。但是,战斗打响了,他却一直不出面。只是等到战斗胜利了,余占鳌杀伤惨重,几乎全军覆没时,他才大摇大摆地出来,分抢战利品。这不是骗子又是什么?冷某率领的这支队伍,到底是怎样的队伍呢?作品没有明确交代。从服装(灰布军装)看似乎是共产党领导的;从气质(“仗着旗号吓人”)看又像是国民党所领导的。如果是后者,作品的描写是准确的、精彩的;如果是前者,那就不禁令人生疑:这是共产党领导的队伍吗?照作品的描写,倒很像国民党的大兵抢占共产党打下的解放区。果真是这样,那不等于说“高密东北乡”的解放,只靠着余占鳌这样的土匪武装力量?然而历史能够这样写吗?所以,我宁可相信是后者而不是前者。

以上所述,绝不是作品的全部。仅就这些就可以看出,《红高粱》的失误,应该引起足够的重视。那么,为什么出现以上的失误呢?我考虑,除了作者急于追求一己的创造个性而忽视文学的利害原则之外,与这几年传播的一种理论,不无关系。

读莫言的作品,总觉得他的自我意识颇为强烈。字里行间,到处都能看到两个字,那就是“莫言”。这没有什么不好。问题是,不要为了追求自我的实现,而忘了其他。文学是感性的,它更带主观色彩。但同时,也应该是理智的,要注意理性观照。这一点,在作家对他的人物进行关于社会、伦理、政治、道德等描写时,尤为重要。因为,“在美中的伦理的利害之情,也应该叫作实质性的”。所以,“要把伦理的利害之情排除出美,似乎很困难”(费歇尔:《美的主观印象》)。我想,恐怕正是在这一点上,莫言多少有所忽略,才出现了以上女主人公塑造上的欠缺。当然,这种情景,并不止《红高粱》,在作者以往的作品,如《秋千架》、《金发婴儿》等中早露端倪。由于作家太注重主观意识了,常常把处在现行社会政治、伦理道德两极的问题推在读者面前,使得你简直一时不知如何是好,而且,即使经过冷静思考,也很难认同。

在人物的塑造上,强调人物性格的复杂性、典型性,避免简单化、概念化,是很应该

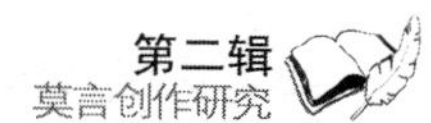

的。但是，为了追求“复杂”，而不惜将矛盾着的两极组合起来，集杀人越货、占人妻室的土匪和临难不退、大义凛然的民族英雄于一身；熔“最美丽最丑恶，最超脱最世俗，最圣洁最龌龊，最英雄好汉最王八蛋，最能喝酒最能爱”于一炉，弄得是非不分，美丑难辨，如果这就是“创新”，那么，这种“创新”，我看不值得称赏。

本来随便“聊聊”的，不料，拉拉杂杂说了这么多。就此打住吧。立三兄，莫言同志是你比较喜欢的青年作家，对他你也素有研究。你的几篇评论他的文章，我都拜读了，获益匪浅。说起来，莫言还是你第一个向我推荐的。读了他的《透明的红萝卜》等许多作品，可能是当今青年作家中，更有希望的作家之一。所以，对他，我也寄予厚望。大概是期望越高而责之越厉的缘故吧，这次我对《红高粱》讲了上边的一些看法。我知道那是很不成熟的。但我敢说，那的确是我的真实想法。愿听你高见。

（原载《作品争鸣》1986 年第 10 期）

祭奠的也应该是能复活的

——读《红高粱》复蔡毅同志

◇冯立三

蔡毅兄：

来信收到多日，一则因为生病，一则因为须看《红高粱》之后的《高粱酒》、《高粱殡》、《狗道》，未能即复，想能见谅。

兄函对《红高粱》有不少称赞，亦有不少批评，读后深受启发。我读《红高粱》的感受，有的与兄相同或相近，有的与兄不同或相左，相同相近的，不再重复和发挥，不同或相左的，略陈于下。

《红高粱》中最刺目的可能就是活剥罗汉大爷的细节描写了。兄称之为“自然主义”。还有更严厉的批评，叫“溢恶”。在中国文学中确乎没有见过这种血淋淋的、惊心动魄的描写。意大利人提香有一幅名画曰《剥玛耳息阿斯之皮》，题目耸人听闻，画面却柔和，剥皮者意态从容，被剥者不见痛苦，旁观者作欣赏状，连孩子也不大觉恐怖，好似一曲牧歌。《红高粱》不同，是大残暴、大痛苦、大紧张、大悲愤，残酷到极点。也许是我的灵魂过于粗糙，竟觉得这种描写用于表现帝国主义者的惨无人道未为不可。日本帝国主义者在侵华战争中实行灭绝人性的“三光”政策，为什么在文学中就不可以出现一个残酷的场面以求警戒于后？被活剥的肉体诚然丑陋，但令人震惊的究竟是这丑陋的肉体还是造成这丑陋的残暴？残暴也需要形象化，形象化的残暴才能造成文学上的强刺激。审美效应应该是多种多样的，喜、怒、哀、乐都为读者所需要。过去我们把审美概念界定得过于狭窄，以致许多独特的、有益的生活体验都被排斥在文学描写之外，现在实在是有必要把审美概念的内涵和外延加以扩大。只有温柔敦厚，只有哀而不伤，只有怨而不怒，只有含蓄蕴藉，只有只可意会不可言传，只是蜻蜓点水，将束缚文学向生活的广度和深度进军。这个场面也不只是具有暴露的功能，它同时也描写了人民身受万难忍受的残暴酷虐却绝不屈服，宁为玉碎、不为瓦全的刚烈和节操。“剥吧，操你祖宗，剥吧！”罗汉大爷这声吼叫，气壮山河。这个残酷的场面完全是作为民族意识、自由精神在灾难中得到强化的一个契机来描写的。“人群里的女人们全都跪倒地上，哭声震野。”我忘记是在《红高粱》系列中的哪一篇里，还曾写到余占鳌割下死了的日本兵的生殖器放在这具死尸的口里的细节，这是余占鳌对日本强盗凌迟罗汉大爷的报复。豆官曾经不忍砍杀负伤落马的日本兵，余占鳌是这样训斥的：你忘了你罗汉大爷是怎么死的了？忘了你娘是怎么死的了？这些细节都在提醒我们罗汉大爷之被虐杀的意义。《红高粱》描写罗汉大爷之死于前，展开伏击战役于后，并借豆官于战前、战中对罗汉大爷的缅怀以突现民族仇恨，更是在利用结构的力量强化罗汉大爷的形象。如果活剥罗汉大爷的场面只是轻描淡写，上述的描写都将无所附丽。由残暴的敌人、高贵的受难者、受到英雄激励而复活和强化了民族意识的人民所构成的这个立体画面，我认为有很高的文学价值。审美及其表现上的文野杂糅是莫言创作的重要特征，称颂其文而鄙薄其野，以其文而律其野，我以为或许有失明智，估计莫言也是很难接受的。

《红高粱》中令人感到难以正面评论的是余占鳌。尽管很难从人物性格逻辑上找出破绽，但人们仍然觉得他难于接受。这牵扯到文学观念问题。我一开始也有些惶惑：杀人放火的土匪怎么可以不经过脱胎换骨的改造就和抗日民族英雄连到一起了呢？后来我才感到这样提问题本身可能就是把生活和艺术简单化了。

问题或许应该这样提：余占鳌究竟是怎样的一个土匪？他的土匪气究竟是怎样的型制？他的土匪生涯是否完全泯灭了他的人性？

既已喋血沙场，是否还能以土匪视之，还须追究他往日的罪责？他的土匪气与我们素常说的英雄气有无相同之处，二者此消彼长但终究并存于一身是否贬损了抗日将士，抑或歌颂了土匪？作者是把他当作土匪加英雄来描写，还是把他当作既做过土匪又抗日有功的人来描写？他是历史的产儿还是作家的主观臆造？等等。总之，对余占鳌形象有必要以对人的具体分析代替对人的概念式划分。

土匪是个含混的概念。有各种各样的土匪。高密东北乡的土匪概念是县长曹梦九之类人物规定的。曹梦九如果采取宽松政策，其实可以把余占鳌列为绿林好汉的。在我看来，与其把余占鳌当作土匪，不如把他看成绿林好汉。他虽然也干打家劫舍的勾当，却从未滥杀无辜。您对余占鳌杀了单家父子意见很大，我也不认为单家父子该杀，却又觉得单家父子死不足惜。单父依仗财势为患麻风病的儿子讨了奶奶，自己也有揩油之念，这并不合人道。余占鳌别无他法救奶奶出水火，实现他与奶奶的结合，遂以不人道对不人道，于法不合，于情却可谅。兄以天理法制责之，我以人情爱情恕之。

莫言也没有把余占鳌看成是一个货真价实的土匪。他的土匪的行径，大多都只是类乎而已。当小说把土匪二字用于余占鳌头上的时候，往往是带有反讽意味的，那毋宁说是血性男儿、自由意识的同义语。这个基调从《红高粱》开篇那个不凡的起句——“一九三九年古历八月初九，我父亲这个土匪种十四岁多一点……”——就确定下来了。余占鳌也不认为自己是真正的土匪,但他除了本名以及余司令这个仍然容易使人想起他的土匪身份的头衔之外,也找不到其他词汇来标明自己的社会属性,有时也便随官随俗,直认不讳。这是中国社会的一个很特殊的现象。在他生活的时代,岂不真正是官匪不分、匪民难辨吗?抗日之后他就再也不认这个账了:

> 冷支队长冷冷一笑,说:"占鳌兄,兄弟也是为你好,王旅长也是为你好,只要你把杆子拉过来,给你个营长干。枪饷由王旅长发给,强似你当土匪。"
>
> "谁是土匪?谁不是土匪?能打日本就是中国的大英雄。老子去年摸了三个日本岗哨,得了三支大盖子枪。你冷支队长不是土匪,杀了几个鬼子?鬼子毛也没揪下一根。"
>
> ——《红高粱》

余占鳌是个农民英雄。当他的自由不羁的性格与朴素炽烈的民族意识相融合的时候,他就不断地摆脱着他的农民的狭隘眼界和土匪习性而一步步成为真正的英雄了。处决于他有养育之恩的余大牙在他是个很大的进步。处决余大牙之后他向任副官开的一枪是很精彩的一笔,既开枪又不真要任副官的性命,把他内心深处既要严于治军又要顾念宗法亲情的矛盾刻画得入木三分。还有一处描写也很精彩:倘若不是子弹卡壳,豆官便会击毙戏言要与他娘困觉的战士,对此,余占鳌这样称赞并告诫豆官:

> "好样的!枪子儿先向日本人身上打,打完日本人,谁要是再敢说要和你娘困觉,你就对着他的小肚子开枪。别打他的头,也别打他的胸,记住,打他的小肚子。"
>
> ——《红高粱》

这段话说得真好!见识,度量,乡情,爱情,亲子之情,都在里面了。作为一个在自发的农民武装中有着绝对的权力的农民领袖,能有这种朴素的民主作风已属难能可贵。

国民党冷支队背信弃义,致使余占鳌独立作战,结果全军覆没,奶奶牺牲,唯余父子两人,黯然相视,那个场面描写得悲壮而且悲怆。冷麻子背信弃义以坐收渔翁之利,有力地反衬了余占鳌的英雄气概。冷麻子的表现实在恶劣,余占鳌反讥他是土匪,没有冤枉他。莫言不大会写战争场面,他也无意精通此道。然而他借助红高粱的衬托、感觉化的描写,倒也写得有声有色。

我们讨论余占鳌的功过,莫言肯定不感兴趣,但如果我们说余占鳌是个完整和谐的性格,他一定会高兴,但也不会完全满意。因为他创造与无边无际的血红的红高粱联为一体的余占鳌、奶奶、豆官、罗汉大爷等形象的目的,并不在于重复前人已经讲过多次的抗日战争中的英雄传奇故事，而在于提醒我们所以产生这些英雄传奇的如今有些被我们淡忘了，因而也就难免于种的退化的民族精神素质——自由不羁的品格。“种的退化”！单看《红高粱》，我们会感到突兀，但联系到他的《枯河》、《透明的红萝卜》便会了解这四个字作为历史批判的严厉性质。这不是妄自菲薄，而是对造成农民驯顺化、麻木化、无不平、无性格、逆来顺受、无怨无怒的极“左”政治的历史批判。莫言不惜以自己的心肝祭奠那些生于高粱地、死于高粱地的先辈的英灵和冤魂，正是要他们常态的、变态的独立人格、自由精神、恩恩仇仇、敢作敢为来疗治我们麻木了的，虽有新时代的潮流鼓荡，但觉醒仍嫌迟慢的灵魂。弥漫于枯河中的血色是沉滞的，那是对种的退化的悲悯；浸透于高粱地的血色是活跃的，那是对种的进化的召唤——祭奠的也应该是能复活的。

蔡毅兄，你说《红高粱》是莫言继《透明的红萝卜》之后的又一力作，我很赞成这个论断。就其真实地表现那个充满灾难、血泪、矛盾、抗争的时代的动荡性和纷扰性而言，就其与历史、与人生肝胆相照的直率和赤诚而言，《红高粱》都应该得到如你所作的评价。不过，如果莫言此后创作懈于推敲和蔓生枝节的话，那《红高粱》还将成为《红高粱》系列的翘楚。也许这是因为作为伟大民族精神的象征的红高粱意象群的创造完成于《红高粱》，而我们又特别看重它造成的审美偏颇？后几篇你找来看看，看是不是这样。

信口开河，纯属闲聊，若有唐突，还望海涵。

（原载《作品与争鸣》1986 年第 11 期）

莫言的冲突

◇罗强烈

我一直认为，莫言是中国当代文坛上一位罕见的作家，在他那辉煌的艺术光彩下，许多二三流的作家都黯然失色了。从《民间音乐》，到《透明的红萝卜》，到《爆炸》，到《红高粱》，到《欢乐》，到《五梦集》……他以博大雄健的生命力，至少掀起过自己艺术之海的六次潮汐。仅能做到这一点的当代作家也太少了，虽然我同时又认为莫言是一位尚未达到自身极顶的鬼才，或者说是还需由鬼才升华为天才——这是我的一个执着的希望。作为小说家的莫言，和他的新作《五梦集》一样，即使我感到激动，同时也不无遗憾，在严格的文学意义上说，莫言注定了不是"辉煌的成功"，便是"悲壮的失败"！

在这篇短文里，我只能选择一个有限的叙述角度，映照莫言的总体创作，来对他的《五梦集》中的《复仇记》和《马驹横穿沼泽》进行一些分析。

神话与现实

我们最好是借助叙事人进入莫言的世界。我注意到这样一个事实：莫言的大部分作品，都是以第一称"我"作为叙事人。这个叙事人"我"的功能，不仅体现为作品中的角色，更主要是以作为进入其艺术世界的引领者的身份出现的。这种特殊的叙事者，既使作者思想情感的表现显得自由灵动，出神入化，也给我们的进入带来了方便。

在《复仇记》中，随着叙事人"我"的视角，我们很自然地就把这个艺术世界游了个遍。

末了，我们才发现，这个世界原来离我们那样遥远，全然是一个鬼怪神话世界。这是一个瑰丽奇伟的想象世界，然而想象力的惊人之处，还在于他通过叙事人"我"的叙事态度，把这个神话世界与现实人生机密联系起来的叙事效果。在《红高粱》中，莫言就这样使那棵历史深处的浪漫的"红高粱"，在"种的退化"的现实世界闪耀着奇特的光彩。

比起莫言以前的创作来,《五梦集》在他的艺术世界中开拓出一片迥然有别的新天地。在这个艺术世界中,文化的因素显然是加强了,而且,这是一种符号意义上的文化意味,而不仅仅是一些琐屑的民俗风习,换言之,莫言的艺术想象力所触及的境界,是一种超越了具象的文化精神。在《五梦集》中,莫言残酷地把人类变成"生蹼家族"、"食草家族",从而淋漓痛快地批判其丑陋与恶心,在这个家族中,充满了卑劣、奴性、懦弱、残忍、背叛……概而言之,这是一群人不人、鬼不鬼的极其令人恶心的"生蹼动物"。

莫言的故乡山东,既是中国古代文明的标志——儒文化的发祥地,又是光怪陆离的鬼神故事盛行的地方,从而有了蒲松龄的《聊斋志异》。然而,知道这一点,还不能说完全理解了莫言的鬼怪故事。我注意到《复仇记》中,现实成分,其比重占得很大,以至我们稍加删改,就可以把它看成一幅"文革"之中中国农村的现实图画。也就是说,莫言并没有像蒲松龄那样把他的鬼怪故事完全在艺术中独立起来,只以其象征寓意与现实发生联系,莫言的兴趣更在于把鬼话和现实直接融合为一体。虽然,在这种运思之中,莫言还有略显生硬的随意性,然而,这种叙事效果,却有其独特的艺术力量。

这样,我们就可以从创作心理发生的角度,去注意到莫言《五梦集》中那些鬼怪故事的现实渊源。如果没有读过莫言以前的小说,仅就读《复仇记》,也可以大致理解他的心理经验。从苦难的农村走向虚伪的都市,又目睹商品经济时代的堕落,莫言会产生这种对人性的绝望和批判,是可想而知的。正是这样一种现实心理,成为一种不吐不快的"声明",支配着莫言艺术的"话语运动",于是实现为《五梦集》这样的小说。

痛苦与超越

对于莫言深沉的痛苦我们并不生疏,它几乎构成莫言以前所有作品的深层结构,在一些作品中,如《红高粱家族》,甚至是略带神经质地表现出来。在《五梦集》中,这种莫言式的痛苦仍然存在,然而,它却在艺术表现上产生了明显的超越,变真诚的挣扎而为黑色的调侃。在具体的表现中,孰得孰失另当别论。但是,这种艺术超越,无疑具有独特的意义。记得饱经苦难的拉美作家略萨曾经说过,"爆炸"之前的拉美文学,就一味地表现自己的痛苦、眼泪和伤痕,他和马尔克斯就是要变一种叙事态度。莫言的这种艺术超越,无疑也体现了中国当代文学的进步和成熟。

一般来说,复仇者是痛苦的,也容易引起人们的同情——以前的许多小说也是这样做的。然而,莫言的《复仇记》中,对复仇者却极尽调侃和嘲弄。小说开篇,复仇者一出现,就"仓皇如丧家之狗,在绵密、生满倒钩和硬刺的灌木林里盲目地冲撞着,在陷没膝盖的泥泞里挣扎着"。而且,当面对仇人阮大头之时,两个复仇者反而显得那样猥琐、软弱，他们想砍掉阮大头的腿，却又没有勇气，当阮大头自己用斧子砍下自己的双腿要他们拿走时，他们却害怕得“撒丫子跑了”。在强大的恶的面前，莫言的这种调侃，恰好表现了他对人类的痛苦和绝望，有如“满纸荒唐言，一把辛酸泪”。

我注意到叙事人“我”在死之前后的态度变化。这正体现了莫言调侃的叙事态度。“我”死之前，还算认真地参与大毛、二毛的复仇行动，而死了之后，“我”的态度却变了，一副调侃不恭的样子。九姑本是在用巫术为大毛、二毛复仇的人，对她，死之前的“我”应该是抱有亲近感的，然而，死之后，“我”却对这一切都采取游戏态度：“……我把九姑的毯子摘掉，露出了九姑的白腚。九姑把毯子披上，我又给她摘掉，气得九姑跺着脚骂毯子。干脆扔到炕上不披啦。我对着九姑的腚打了一巴掌，呱唧！九姑蹦了一个蹦转回身，刚要骂，看到大毛蹲在灶前老老实实烧火，二毛站在板前低着头擀皮。九姑心里一定犯疑，她看不到我。我转到她背后，对准她的屁股又是一巴掌，呱唧！有鬼！有鬼！九姑从墙上摘下桃木剑，胡劈乱砍。”叙事人“我”的转变给我们的启示是：莫言无疑是强大的恶的失败者，这种深刻的体验，使他选择了现在这种调侃的叙事态度。从另一个意义上，我们也可以说，莫言对人生看得可怕的清楚。

原型与象征

和通篇恶心的《复仇记》不一样的《马驹横穿沼泽》又美丽得像一个童话。这篇小说使我们看到莫言力图从根本上去把握和认识人类本性的磅礴野心。而他所达到的层次，确实引起了看惯了缺乏想象力的同类作品的我们的惊异。

在“叙述程式”方面，《马驹横穿沼泽》选取了广泛流传于中华民族的一个故事原型，但却暗中调换了它的象征意义。

在中国的民间故事中，像《马驹横穿沼泽》这样的故事原型并不鲜见，无论是田螺姑娘、七仙姑下凡，还是那些狐仙鬼女，我们都可以感觉到，在我们民族的心灵深处，总认为人的幸福是一种神秘而意外的获得，其中都有一种一毁即失的契约。高密东北乡食草家族的祖先也一样，他的幸福来自一匹火红的小马驹，小马驹变成美丽的姑娘草香，这才繁衍出食草家族。这其中也存在一个契诺，就是不能说一个“马”字。

食草家族的小男孩产生横穿沼泽的理想，克服沼泽的艰难，最后得到幸福，都来自那匹火红的小马驹。然而，到后来，出自一种背叛的人类天性，小男孩还是说出了“马”字，一切便消失了——这种对人类的不信任态度也即对人类的背叛天性的批判，正是莫言所调换的这一古老原型的象征意义。于是，高密东北乡的食草家族进入了生蹼时代，食草家族的生蹼后代，也只有在麻木苍凉的心理中“爷爷问他爷爷我问我爷爷我孙子好奇地问我”地流传。

这里，我们应该注意叙事者所安排的小马驹故事流传的背景——生蹼时代。食草家族之有生蹼时代的命运，乃是他们的背叛天性所致；而那个"马驹横穿沼泽"的美丽的童话，又正好是对生蹼动物——人类的批判。

对比《复仇记》，我们可以看到，这里又存在着一个生蹼时代与美丽童话的冲突。这也是莫言心中现实与理想的冲突。由于对人性的绝望，莫言通过一个简单的字音游戏"Ma"，把那种热爱母亲式的理想，寄寓在一匹火红的小马驹身上。

丰富的冲突，正体现了莫言磅礴的艺术生命力。这种突破，纵贯于莫言的全部创作之中。莫言将永远被这种冲突困扰。作为一个伟大作家的成功，就看莫言能否适度地驾驭和控制这种冲突，而构成和谐的艺术世界。这也是我所谓莫言不是"辉煌的成功"，便是"悲壮的失败"的主要理由。

我们注视着大有希望的莫言。

（原载《青年文学》1988 年第 11 期）

深情于那方小小的“邮票”

——莫言小说漫评

◇朱向前

自从美国作家威廉·福克纳突然发现——“我的像邮票那样大小的故乡本土是值得好好描写的”之后，他便一头扎在那儿深耕细作，终于奉献出了一个庞大的“约克纳帕塔法”小说系列，从而取得了超越本土乃至超越美国的世界性文学成就。于今，我们借用“邮票”说来研讨莫言的小说创作，丝毫无意将他们相提并论，仅仅也是因为发现——“文学创作，不管你是哪个民族的作家……只要是真正的文学，毕竟会在某一点上相撞，会有某种共通的东西”（莫言语）——事实刚好如此：1981年迄今（主要是1985年以来），莫言发表的《红高粱》等12部中篇和《秋千架》等20余个短篇共近百万字的作品，基本上都是以他的家乡社会作为背景，用心来摹写北中国农村的风俗民情、人心世态的（只有《雨中的河》、《苍蝇·门牙》等少数几个反映军营生活的作品例外）。或者可以这样说，莫言也正是立足于他的故乡本土，用他的笔和心在有意无意地探寻、设计、营造着属于他自己的那方小小的“邮票”。

因此，当莫言正在今天的文坛被人注目时，我们着眼于他的“邮票”意识的萌蘖过程，进而探测一下他的创作发展流向，恐怕不会是毫无意义的。

莫言给他笔下那块“邮票”大小的故乡本土命名为“高密东北乡”（有时也叫“马桑镇”）。虽然这个称谓在他的作品中正式出现已是较晚的事，但他的创作之根，实际上早已命定般地扎进了那块文学的丰腴之地。因为正是齐鲁大地上那样一个既有丰厚的文化历史，又有贫乏的物质现实的小小乡村里，不仅埋葬了他祖祖辈辈无数个辛酸的梦想，而且揭开了他自己沉重坚韧的人生帷幕——他的脉管里流淌着北方农民的血液，他的眼前展开父老乡亲的世相，而那“汪洋血海般的红高粱”以及种种自然景观，便构成了他的文化摇篮（就“非典籍文化”而言）——这一切，都宿命般地决定了他日后小说创作的取向。

但且慢：莫言并非从来就是具有本土观念的作家。从他的处女作到《透明的红萝卜》问世之前的几年之中，他曾断断续续地发表过十余部小说，题材选择变动不定——既以书信体描写军人妻子对亲人的绵长思念(《春夜雨霏霏》)，也用新颖目光逡巡他刚涉足不久的军营世界(《岛上的风》)等，虽略略具备他后来作品的某些优长(如善于人物尤其是女性的心理刻画、情感抒泄等)，但并没有在整体上预示出他与众不同的题材取向和写作才华。值得一提的倒是 1983 年的两个短篇——而那都是写他所熟知的故土，《售棉大路》通过农家姑娘杜秋妹在排队售棉的一天中所遇见的凡人小事，流溢出蕴含在作者心底的农村生活的深厚储藏；而《民间音乐》则以艺术氛围的空灵缥缈博得老作家孙犁的青睐，认为“有点艺术至上的味道”。然而，乡村生活的厚实与艺术意境的空灵——尽管此后渐次构成了莫言小说的鲜明特色——在此时却只是不经意的泄漏与逸出。

1985 年春天，《透明的红萝卜》带着浓郁的泥土气息和迷蒙的童话色彩脱颖而出，莫言惊喜地发现了自己——发现了他那块“邮票”大小的故土上有写不完的人和事，发现了他那以奇异感觉为标帜的独特艺术个性。他一发而不可收了，近 20 年高粱、地瓜、玉米饼子在肚子里酿就的酸甜苦辣哗哗地如“秋水”流淌，满脑子奇形怪状、红黄绿蓝的“球状闪电”一个接一个地迸然“爆炸”——它们或者以“童年视角”观照荒谬年代里农村的愚昧落后和农民的麻木自戕(如《枯河》等)，字里行间洋溢着作者“哀其不幸，怒其不争”的复杂沉重的心绪；或者以当代意识捕捉古老土地进入现代文明时所撞击出的星星燧火(尤其好从婚姻伦理角度切入，如《球状闪电》等)，有热切的呼唤，有滞重的太息，也有谜一般的悬案和困惑。然而，不论前者还是后者，都表现出了作家对中国农民命运那种感同身受的亲知和刻骨铭心的真情——舍此而不能抒写的这般淋漓尽致、哀婉动人。

在这样一种基础上，莫言充分施展才情，张扬个性。就譬如他那特殊的艺术感觉，往往用直观方法赋予天地万物以生命，捕捉瞬间的殊异状态，加以联想生发和通感，将一个充满声、色、香、味、形的活生生宇宙和盘托出，使人如闻如见，可触可摸。哪怕是一点最微小的感触，也描绘出一个有声有色的艺术情境。这不仅使作家获得了既节省素材又反映深刻的高产高质的创作效应，还大大丰富了读者对外部世界和人类自身的感知方式与审美情趣——现实世界和感觉世界的有机融合，使莫言的创作呈现出一种“写意现实主义”风貌。

客观地说，1985 年是莫言找到自己的一年，因而也是急于表现与宣泄的一年；同时，1985 年又是莫言继续寻找自己的一年，因而又是左冲右突摸索前行的一年，他在这一年里留下的足印，既充分展示了才力，也无遗暴露了缺憾，只是宽容和尚新的艺术气氛使人们原谅了后者，爱其一点，不计其余。(譬如他有时沉溺在良好的艺术“感觉”中不能自拔，而使得“感觉”重复，甚或泛滥；又譬如他有时过于追求形式，尽管把《爆炸》这类小说写得才华四溢,却有些“曲高和寡”;再譬如他有时的借鉴过于生涩,留下了某些模仿的痕迹等,均未受到更多的诘难,即是例证)。难能可贵的是,莫言并未因此飘飘然或昏昏然,他仍在冷静执着地探寻一条更中国化的、更属于自己的艺术道路。也正在此时,他的立足故土的“邮票”意识悄然萌发——《秋千架》首先打出了“高密东北乡”的旗号;而《秋水》则写了这个村庄的繁衍史,里面的爷爷和奶奶就是“高密东北乡”的夏娃和亚当,《秋水》就是“高密东北乡”的“创世记”——莫言,在咂摸着下一个真正的“好球”。

果然,今年3月,莫言从“高密东北乡”的历史深处捧出一束沉甸甸的“红高粱”,立时就赢得了文学界更高的热情和社会上更大的兴趣——我们或可解释为莫言小说技巧的渐趋圆熟,或可目之为莫言对历史题材的创新突破等等,但在我看来,《红高粱》对莫言小说创作的发展而言,无疑标志着他的“邮票”构想的初步成功。第一,当莫言将他泛散多变的目光渐渐凝聚稳定在故土的内结构上时,实质上已表明他对中国农民命运更为深刻的思考与把捉,他已从昔日理想失落的怅惘中、从现今变革艰难的迷茫中超越出来,他沿着时间上溯,顺着祖辈的血脉寻根究源,迫近了民族精神的底蕴,他深情召唤“游魂”的复活和“人种”的回归,为今天民族性格的建造提供了一种参照。这样,虽然他扫描的视域由今而昔、由大到小,但由于有了当代意识和审美理想的光照,便获得了一种超越历史、超越现实的穿透力,一种由点到面、由小到大的辐射力。它的表相与内涵,呈现出双向逆反流向。第二,在横向移植与纵向继承的天平上,莫言不断给后者加码,他更尊重民族的审美接受心理与情趣了,对民族的审美感受“图式”,既继承又扬弃,努力把握在“图式”的边缘进行突破。《红高粱》实际上就是一个传奇故事、风俗民情与现代技巧的三结合产儿,本质上仍不失中国气派和民族风神。第三,《红高粱》系列初步展现出一种小型史诗规模,由《高粱酒》、《高粱殡》等五部中篇组成,在高密东北乡的方寸之地拉开历史风云和人物命运长卷(据我所知,莫言的下一个重要节目,就是他的高密东北乡的系列长篇)。史诗意识的苏醒,正是莫言的“邮票”构想的显著标志。

因此,《红高粱》系列更加有力地向人们昭示:莫言的小说资秉与潜质,在同龄人作家群中显得出类拔萃,因此,我们对他更加厚爱(绝不是苛刻),我们甚至宁愿把他的某些特点看作缺点。譬如他的艺术感觉很敏锐,但仅仅凭借乃至满足于这种局部的甚或是微观的,经验化的甚或是表象的“小感觉”来组构他的作品建筑群,恐怕更多的只是漾散出一种才子气,而不是真正的大家气。我们更强调一种包容思想、哲学、历史和人类意识的宏观感觉。正是从这样的高度来检测,莫言部分作品的内涵和力度还稍嫌不足。我们还注意到,当他企图在《狗道》中表达一种对战争和人的宏大哲学思考时,明显地泄漏出捉襟见肘和力不从心的窘迫。以至有人隐隐地担忧:小说怪才莫言能否超越“莫言模式”？何况，一方小小的“邮票”，容易限制作者的艺术视角，如果没有内涵地不断深化、扩展，这方邮票的艺术设计和营造，更易于落入某种窠臼。

于此，我们想到——当新时期文学头十年璀璨的结尾和第二个十年辉煌的开端联袂而来之时，一种清醒的反思氤氲丝缕而起；头十年我们开创了当代文学空前的繁荣格局，但却未能产生大家；第二个十年势将急迫呼唤和亟待产生大家。然而，当今文坛的中坚（主要是中青年作家），由于历史的原因，他们中外文学的全面准备比起五四时期那一批大师来，无疑有较大的落差，因而还少有鲁迅的哲人眼光、茅盾的史诗气魄，老舍舒展从容的风度，巴金开阔酣畅的笔墨……尤其经过了十年或几年的跋涉和喷吐之后，他们都感到了程度不同的疲惫和“内虚”，以至在历史的临界点上徘徊不前——他们将共同面临的严峻考验是，能否甘于寂寞以潜心修炼（包括思想、生活与艺术），呕心沥血以涵容万象。这关系到他们能否不断超越自己，关系到当代中国文学能否再次起飞——而对于莫言，则决定于他苦心孤诣设计营造的那方小小的“邮票”能否真正具有深广的超越意义——当然，我们所说的超越，绝不仅仅是超越“高密”，也不是超越华北，而是超越——中国。

（原载1986年12月8日《人民日报》）

莫言与马尔克斯

◇王国华　石　挺

无论从哪个方面看，1985 年以中篇小说《透明的红萝卜》而跻身于当代强手之列的山东籍青年作家莫言，都无疑是一个令人惊愕和使人钦佩的“奇才”。仅 1985 年，他就先后发表了《透明的红萝卜》、《球状闪电》、《爆炸》、《金发婴儿》等五部中篇小说和《枯河》、《老枪》等十几个短篇。1986 年更是出奇超凡、佳作连篇。到目前为止，亦先后创作发表了《红高粱》、《高粱酒》、《狗道》、《高粱殡》等中篇佳作以及《苍蝇·门牙》等短篇精品。无论从数量还是质量来说，都达到了新时期文学发轫以来许多青年作者难以达到的水平。这一系列艺术佳作，不仅为我们展示出一幅幅形式新颖、内容丰厚的文学画卷，尤为可贵的是，作者立足现实主义基础，以丰厚宏阔的中华民族文化为背景，大量地容纳和汲取了外国现代派小说的多种技法，表现出一位青年作者娴熟的技艺和令人耳目一新的创作特色。我们认为，仅就作者借鉴异域技巧而言，无论在思想上还是艺术手法上，对莫言影响最大的，使他获益最深的，同时也表现出较为明显的借鉴痕迹的，是拉丁美洲的魔幻现实主义巨匠，哥伦比亚小说大师加夫列尔·加西亚·马尔克斯。

莫言曾说过：“我在一九八五年中，写了五个中篇和十几个短篇小说。它们在思想上和艺术手法上无疑都受到了外国文学的极大影响。其中对我影响最大的两部著作是加西亚·马尔克斯的《百年孤独》和福克纳的《喧哗与骚动》。”“《百年孤独》提供给我们，值得借鉴的……是加西亚·马尔克斯的哲学思想，是他独特的认识世界、认识人类的方式。他之所以能如此潇洒地叙述，与他哲学上的深思密想不可分。我认为他在用一颗悲怆的心灵，去寻找拉美迷失的温暖的精神家园。他认为世界是一个轮回，在广阔无垠的宇宙中，人的位置十分渺小。他无疑受了相对论的影响，他站在一个非常的高峰，充满同情地鸟瞰着纷纷攘攘的人类世界。”[①]显然，莫言是深领马尔克斯魔幻现实主义的灵魂奥秘的，并成功地拿来为其所用，在民族文化的源泉中，在民族心理的“燧火”上，“熔成一炉，烩为一锅”[②]，以出新的技巧开拓了属于他自己的艺术领地。本文仅就莫言近作中所呈现出的创作特征、表现手法、结构特点以及所涉文化背景等方面与马尔克斯的魔幻现实主义创作特色，作一个粗浅的比较，意图发现其异同，寻找不同文化相互渗透的某些规律。

幻象与现实奇妙结合

拉美魔幻现实主义的一个根本原则，就是“变现实为幻想而又不失其真”，从而取得“似是而非，似非而是”的“魔幻”效果。马尔克斯说过：“魔幻不过是粉饰现实的一种工具，但是，归根到底，创作的源泉永远是现实。”[③]“魔幻现实主义允许作家采取极端夸张的手法，但首先必须以现实为基础，绝不能背离拉丁美洲的现实而任意夸张。作家的根本目的是为了借助魔幻来表现现实，而不是把魔幻当现实来表现[④]。”马尔克斯魔幻现实主义的不朽巨著《百年孤独》，“汇集了不可思议的奇迹和纯粹的现实生活，[④]”深刻地反映出哥伦比亚乃至整个拉美大陆的历史演变和社会现实。在艺术上的突出一点就是将魔幻与现实奇妙地结合起来，获得一种既真实又神奇的艺术效果。

作品中描写外界文明进入马孔多镇，既是现是的，又是幻化的：吉卜赛人莫尔斯阿德斯拖着两块磁铁，挨家挨户地走着，“人们惊异地发现铁锅、铁盆、铁钳和小铁炉纷纷离开原地，铁钉、螺丝钉由于自拔，弄得木头嘎嘎作响：长久寻觅不见的东西，居然在找过多遍的地方出现了，并且争先恐后、成群结队地跟在莫尔斯阿德斯那两块魔铁后面乱滚……”这种细节显然只有在虚构的世界中才能出现，但它却又真实可信。

在拉丁美洲，政府与美国人勾结广为人知，然而在教科书和宣传机器里是不准提到的，而《百年孤独》中用夸张的手法深刻地反映出这一现实。小说中香蕉园工人大罢工，遭到美国佬的残酷屠杀。政府把大批罢工者的尸体装上火车运到海里扔掉，那辆火车竟有两百节车厢，前、中、后有三个车头牵引。他们不但镇压了罢工者，而且为了惩罚马孔多镇，“订购”了一场洪水。结果，马孔多镇下了“四年十一个月零两天”的大雨，最后，马孔多镇被一阵飓风刮走。在《百年孤独》中，我们还可以找到类似的一幅幅

---

① 莫言：《两座灼热的高炉——加西亚·马尔克斯和福克纳》，《世界文学》1986 年第 3 期。

② 莫言：《天马行空》，《解放军文艺》1985 年第 2 期。

③ 加西亚·马尔克斯文学谈话录《番石榴飘香》，《外国文学动态》1982 年第 12 期。

④ 瑞典皇家科学院 1982 年诺贝尔文学奖授奖《公告》。

真真假假、虚实交会的画面。作者正是在这一幅幅杂糅了想象、梦幻、夸张、荒诞色彩的画卷中勾画出拉美的历史与现实。

莫言显然借鉴了马尔克斯的魔幻技法,并形成了独特的艺术特色。在莫言近作中,常出现一种幻景的世界,为了在有限的形式中表现出无限丰富的内容,让读者在“似是而非,似非而是”的形象中,获得似曾相识而又觉陌生的艺术感受,从而激起寻根溯源深究作家创作真谛的愿望。莫言常在现实生活上面蒙上一层迷离恍惚的幻象彩衣,将现实与幻象结合,从而使作品获得一种更为强烈的艺术表现力。中篇小说《球状闪电》写的是承包责任制后,回乡知青蝈蝈与他的女同学毛艳合伙组成“澳大利亚牛奶专业户”的故事。作者为了表现出处在巨大变革之中的我国农村飞速发展的商品经济生产,在以闪电般的速度和威力冲击着这块古老土地上的传统生活方式、生产方式、价值观念、道德伦理观点,以及人们深层的心理结构方式等,采用了幻象与现实交汇的魔幻手法,从雷电闪击中出现的“五个乒乓球大小的黄色火球”入笔,将蝈蝈、蛐蛐、毛艳、蝈蝈父母以及刺猬、奶牛等各自的梦态、知觉、幻觉交织穿插其中,使故事情节不断推进。那球状闪电连连跳动,进而汇成一个“黄里透绿的大火球”,“一边滚,一边还发出劈劈啪啪的炸裂声”。5 岁的蝈蝈竟对它“飞射一脚”,于是“火球”穿墙破壁,进入了牛棚,蝈蝈“似乎听到了奶牛们像墙壁一样倒下去”,而他自己的身体也“轻飘飘地离开了地面”。在作品中,刺猬、奶牛均通人语、知善恶,小蛐蛐亦能“像鸟儿一样飞去”,“鸟老人”总相信自己能升天入云。这一切既是现实的幻化,又是幻化的现实,既神秘虚幻,又真实可信。

中篇小说《透明的红萝卜》中,这种幻象与现实交相变化的特色亦体现得较为鲜明。那位通篇不说一句话的黑孩,就是一个十足的小精灵。在寒冬腊月里“赤着脚光着脊梁”,而无半点瑟缩;他能用脚捻断、捻碎蒺藜尖;能听到头发落地的声音、树叶落下来振动空气的响动;他还能嗅到水里飘上来的血腥味,看到“透明的、金色的外壳里苞孕着活泼的银色液体的红萝卜”;他抓着烧红了的钢钻,手里冒着肉糊的黄烟而不用扔掉,钢花碰到他微微凸起的肚皮会软软地弹回去。……但他又毕竟不是小精灵,他一出那座桥洞,便感到了寒冷,便再也看不到那“透明的红萝卜”了。作者要表现的是动荡的岁月对幼小黑孩的心灵扭曲。动荡的年月、残破的家庭、失去母爱的童年,铸成了黑孩对现实苦痛的坚韧和冷淡的倔强。黑孩的世界充满虚幻神秘,但又不失其真。这正是莫言借鉴魔幻现实主义手法所获取的独特艺术效果。

在对现实进行极端夸张以造成魔幻效果时,莫言与马尔克斯有不尽相同之处。马尔克斯常在夸张现实时,运用印第安传说、东方神话以及《圣经》典故等加强作品神秘虚幻之气氛。如老布恩迪亚受仇人普罗登肖的冤魂纠缠,是取材于印第安传说中的冤鬼自己不得安宁,也不让仇人安宁的说法;而俏姑娘乘床单升天的情节则是来源于《天方夜谭》;马孔多镇连续下了“四年十一个月零两天”的大雨是《圣经·创世记》中有关洪水浩劫故事的移植。而莫言在建造幻象世界时,更多的是运用童话、寓言的手法,把幻想与现实巧妙地糅合在一起。《球状闪电》中有几段关于老刺猬的“心理描述”,可算得上是精彩的童话片断。而澳大利亚奶牛的“回忆”,完全像一则精悍有趣的寓言。

象征、隐喻的出奇创新

象征、隐喻、暗示、借代等表现手法,是魔幻现实主义作家经常使用的技法。但魔幻现实主义作家运用象征、隐喻方法与传统的象征主义作家又不尽相同。传统的象征主义常常是以象征物所蕴含的抽象意义,使被描写的实体获得一种哲学的升华,但它往往受到象征实体的客观属性的框范,因而很难言简意赅地对复杂事物、对漫长历史作出全面而又准确的哲理概括。而魔幻现实主义的象征手法是在传统的象征主义基础之上增加了虚幻、荒诞、变形的成分,使象征物与被描写的象征实体的不确定性增强,而弱化其自身的确定性,因而魔幻现实主义的象征手法,较少受到象征实体的客观属性的框范,表现出了一种超表象、超现实的复合。《百年孤独》写的是布恩迪亚家族七代人百年时间的兴衰史,但它令人难以置信地完成了再现整个拉美百年历史的任务。显然,作者是将布恩迪亚家族的兴衰作为拉美百年来历史兴衰的象征,将那小小的马孔多镇隐喻为神奇的拉美大陆。《百年孤独》中曾有一段描写马孔多镇流行一种失眠症的情节:当失眠症在马孔多镇流行时,人们都得了一种会传染的不能入眠的疾病。他们整日整夜不想睡觉,在白日里恍恍做梦,并能看到别人梦里的景象。最后整个马孔多人竟然集体丧失记忆。为了生活,他们不得不在许多物品上贴上标签,注上名称和用途,譬如在牛身上贴一张标签:“这是牛,每天要挤它的奶,要把奶煮开,加上咖啡才能做成牛奶咖啡。”这种荒谬之举,虽然读来令人忍俊不禁,但其象征意义是十分明显的:作者提醒人们,要牢牢记住容易被人遗忘的历史。小说中,马孔多镇最后被一阵飓风所毁灭,同样具有象征意义。毁灭是一种警醒,正如马尔克斯在诺贝尔奖领奖台上所说,只要拉美人民记住历史,敢于斗争,打破那“百年孤独”,布恩迪亚家族“最终会获得并将永远享有出现在世上的第二次机会”[①]。

莫言深得马尔克斯创作方法的精髓,他认为:“没有象征和寓意的小说是清汤寡水。空灵美、朦胧美都难离象征而存在。”[②]因而莫言总是努力追求一种较为深层、广远的象征寓意的目标,从不满足于仅仅给读者提供一个故事、几个人物,或传达某种情

① 马尔克斯在诺贝尔文学奖授奖仪式上的讲话《拉丁美洲的孤寂》,《外国文学动态》1983年第3期。

② 莫言:《天马行空》,《解放军文艺》1985年第2期。

绪和感受，而力图建造一个从整体上超越具象而又充满暗示性的、比现实生活更为丰厚深广的哲理世界。莫言的象征是把哲理与诗融合进小说创作的一个绝妙的方法。因而使得他的小说世界笼罩了一种象征化的诗意和美学氛围。在“《红高粱》系列”中篇里(《红高粱》、《高粱酒》、《狗道》、《高粱殡》等)，莫言大量地运用了象征的手法。那一望无际的“红高粱是笼盖全篇的象征……它不是肤浅的‘兴’和‘喻’，不是为‘比附’而设的可有可无的装饰，它本身也是一个无处不在的生灵，与小说的人物平行，就像‘神话模式’之运用于小说，作为民族精神的异质同构对应。红高粱与小说人物意合为巨大意象，共同奔赴揭示民族性格底蕴的目的地”[①]。《狗道》通篇描写了兽道对人道的侵蚀，以及兽道的猖獗对人道的极大威胁。这种“狗道”正是野蛮残忍的日寇侵略者的象征。《枯河》则更是象征贯通全篇。专横野蛮的岁月里，人们绝少“自主意识”、“民主意识”，感情的河流枯竭了，人与人之间有的只是防备和冷漠。现实变成了荒凉、可怖、无声、窒息的神秘荒原。《枯河》里小黄狗的插笔，意蕴深层令人深思。它不仅象征了小虎的命运，也象征了包括小媳妇、父亲、母亲、哥哥等一切逆来顺受、卑微苟活的人们的命运。这一象征是含蓄小说主题的一道暗光，升华和扩大了莫言对中国农民的悲剧性存在方式的直接描述。显然，莫言的象征寓意手法，很少荒诞变形和梦幻的成分，而较多是力图达到一种内在意蕴整体灌注的效果，从而获取一种朦胧和空灵美。

结构、视角的随意独到

魔幻现实主义作家为了更自如地反映深刻的心理状态，超越时间与空间的限制，使读者更深入地潜入人物的灵魂，在小说结构上，通常故意打乱时间顺序，使情节颠倒、跳跃，以“心理时间”写现实，从各种视角多侧面透视现实，从而获得表现现实的最大灵活性和随意性。《百年孤独》在结构方面就具有其独到之处，小说一开头就创造了一种从将来的角度回忆现在(或过去)的新颖倒叙手法，一种几乎是别的作家所没用过的未来视角。作者写道：“许多年之后，面对行刑队，奥雷良诺·布恩迪亚上校将会想起，他父亲带他去见识冰块的那个遥远的下午。”然后，调转笔锋又把读者引回到马孔多镇初创的年代。作品中这种结构框架屡屡重复出现，环环相扣，不断造成新的悬念。使读者看了第一句，就想知道奥雷良诺·布恩迪亚上校是谁，他父亲又是谁。但是当父亲出场后，上校还是迟迟不肯露面，这就逼着读者非往下边看不可。这种结构还预先设计好了未来的结局，它要求作家要极其熟练和十分严密地驾驭全局，严谨构思，前后呼应，造成一种表面上散杂而内在浑然一体的艺术效果，给读者留有充分的想象和

① 雷达：《评〈红高粱〉》，《文艺学习》1986年创刊号。

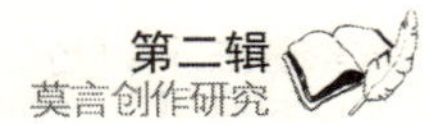

回味的余地。

莫言最为成功的系列中篇小说《红高粱》、《高粱酒》、《狗道》、《高粱殡》就明显地借鉴了《百年孤独》的这种特殊结构方式和表现视角，将“作者望而生难，读者望而生厌”[①]的抗日战争题材拖出了困海，重新赋予其盎然的生机。“《红高粱》系列小说”，故事情节其实比较简单，其大致的框架是写“我”爷爷余占鳌在墨水河对日寇的一场伏击战，以及由此引来的日伪疯狂的报复。但作者的结构方式和艺术视角尤为新奇，从一种鸟瞰式的角度，以一个晚辈的身份来追叙的经历，打破时空界限、尊卑隔膜、心理距离，仿佛“我”钻进了先辈中每个人的心里去了。奶奶坐在爷爷所抬的轿子里“心如鼓，浑身流汗”“我”知道；奶奶与爷爷在高粱地里的野合细节“我”也知道。还有“母亲”，为“枯井所困”，父亲被疯狗咬伤，“爷爷”解放后“从北海道归来”等等，“我”全都知道。“我”成了一个神秘诡谲、灵根慧悟的叙述者。这一切不能不说是借助于马尔克斯的全新的结构方式和独特视角，又的确加了莫言的创新。

莫言曾说：“无论创作思想上还是艺术风格上，不妨有点随意性，有点邪劲儿，不要害怕和别人走的不是一条路。”“想怎么写就怎么写，只要顺心顺手就好。”[②]的确，莫言的小说结构随意性较强。他常常从一点伸发开来，沿路采花，哪儿有味往哪儿写，哪儿顺手往哪儿写，因而写得情趣盎然、灵动飘逸，绝少平板单调之感。但我们应当看到莫言小说表面上写得很随便，好像“天马行空”，但仔细揣度不难看出这种结构叙述角度的“随意性”，并非完全是兴之所至，更多的是作者匠心独运后的自然流露，是一种蓄之已久的自然“泉喷”。

艺术领地的建造深入

大凡有成就的作家，都十分注重建造自己的艺术大厦，开拓自己的创作领地，从而在那有别于他人的艺术天地里施展其绝技。巴尔扎克写巴黎都市生活，达到了批判现实主义的峰巅；肖洛霍夫写家乡顿河，成了“社会主义现实主义”的楷模；福克纳写美国南方的杰弗生镇，创立了美国“南方文学”流派；加西亚·马尔克斯同样如此，他笔下的马孔多镇，使他获得了通向世界的证件，获得了“聆听宇宙音乐的耳朵”[③]。正如瑞典皇家科学院在决定授予马尔克斯诺贝尔文学奖的《公告》中所指出的：马尔克斯“创造了一个独特的天地”，即围绕着马孔多的世界，那个由他虚构出来的小镇。自 50 年代

---

① 从维熙：《“五老峰”下荡轻舟》，1986 年 4 月 16 日《文艺报》。

② 莫言等：《几位青年军人的文学思考》，《文学评论》1986 年第 2 期。

③ 莫言：《两座灼热的高炉——加西亚·马尔克斯和福克纳》，《世界文学》1986 年第 3 期。

末,他的小说把我们领进了这个奇特的地方,那里汇聚了不可思议的奇迹和最纯粹的现实生活。作者的想象力在纵横驰骋;荒诞不经的传说,具体的村镇生活,比拟与影射,细腻的景物描写,都以新闻报道般的准确性再现出来。”①可见马尔克斯是深通文学走向世界的奥秘的。他的短篇小说代表作《格兰德妈妈的葬礼》(1962)、中篇小说《不幸的时刻》(1961)以及长篇小说《百年孤独》(1967),均以“马孔多”这一虚构的小镇为背景。作者在那独特的艺术领地里深入开拓,再现出了人类灵魂家园的草创与毁弃的历史,显示了人类社会发展的螺旋状轨迹。因而他走出了拉美,震惊了世界。

莫言同样知道一个作家如果想在作品中包罗万象,势必要陷入“浮泛肤浅”的境地,因而他在努力地寻找与建造属于他自己的艺术领地。在他初露锋芒的短篇小说《民间音乐》中,他找到了一个名叫“马桑镇”的小小村镇,给读者展示了一个小小的艺术世界;之后,在他颇有影响的《透明的红萝卜》、《草鞋窨子》、《枯河》、《筑路》等作品中,这个“马桑镇”的面貌越来越鲜明了,愈来愈具有特色了。作者最令人钦佩的中篇系列小说《红高粱家族》里的“高密东北乡”,也是紧连着那令人回味的“马桑镇”的。可以说,遍地长满红高粱的高密东北乡是作家所建造的“马桑镇世界”的一隅。目前,马桑镇已有了它的今天、昨天和过去的历史,但与那光怪陆离的“马孔多镇”相比,它还显得狭小、简陋,它还没有包容那纷繁的现实生活和驳杂的历史意蕴,还缺少属于莫言的人物体系。作者已十分清醒地意识到了自己的不足,他说:“我如果不再创造一个、开辟一个属于我们自己的地区,我就永远不能具有自己的特色;我如果无法深入进我的只能供我生长的土壤,我的根就无法发达、蓬松;我如果继续迷恋长翅膀的老头、坐床单升天之类的鬼奇的情节,我就死了。我想:一、树立一个属于自己的对人生的看法;二、开辟一个属于自己的领域或阵地;三、建立一个属于自己的人物体系;四、形成一套属于自己的叙述风格。这些是不死的保障。”②可以肯定,莫言是完全能够而且也有条件达到这一目标的,尽管他目前离这一目标还有一段相当长的距离,但他毕竟已起步甚远了。

传统、现实与文化背景

从以上的比较中,我们可以清楚地看到莫言后来的创作与马尔克斯魔幻现实主义之作,有着惊人的相近之处(当然莫言这种相近并不是一种拙劣的模仿和照搬,而是一种融会和创新)。为什么这两位不同民族、不同国度、不同社会条件和不同文化背景下

---

① 趣德明:《加西亚·马尔克斯与诺贝尔文学奖》,《外国文学动态》1982 年第 12 期。

② 莫言:《两座灼热的高炉——加西亚·马尔克斯和福克纳》,《世界文学》1986 年第 3 期。

的作家，会在创作中显现出许多同一性呢？仅仅解释为由于莫言对马尔克斯的借鉴是不能说服的，因为在莫言创作《透明的红萝卜》时，马尔克斯的《百年孤独》的中译本尚未出版，说他借鉴《百年孤独》的手法，显然有些冤枉作者[①]，恐怕还得从他们各自的传统、现实以及文化背景来考察这种同一性的原因才较有说服力。

从传统与文化背景来看，莫言与马尔克斯都深受各自的民族传统文化的熏陶，他们各自都有一个奇特的童年。马尔克斯于1928年3月6日出生于哥伦比亚共和国马格达雷耶省北邻加勒比海的一个热带小镇里百父母亲都是默默无闻的普通人，他在呱呱坠地不久，便被父母送到了外祖父家寄养。外祖父是一位退役上校，晚景不佳，颇多牢骚，时常给小马尔克斯回忆那些逝水年华；外祖母是一位极富想象力而又笃信神灵的老人，她博古通今，颇富文史知识，喜欢讲些稀奇古怪的神话传说，尤喜爱绘声绘色地描述她同死去的亲人交谈的情景。那种恐怖的、神秘的故事，给马尔克斯幼小的心灵烙下了极为深刻的印记，使他养成了喜欢展开思想的双翅飞往神奇无比的幻境天地的习惯。

莫言则有幸于1956年生长在富有文化传统的孔孟之乡——山东高密东北乡。他有一个富传奇色彩的爷爷，一个满肚子民间故事和神话传说的奶奶，一个正直厚道而又家教极严的父亲和一个温柔贤惠而又逆来顺受的母亲。童年在莫言的印象中是一个缺欢少爱的"不愉快年代"。在他开始记事时，"三年困难时期"使他体尝到"黑孩"的饥饿，之后又由于生活的贫困，仅仅上了三年小学便中途辍学了。幸亏他有个读大学中文系的哥哥，使他在少年辍学之后，能有条件找到大哥的那一套教材，无师自通地初步涉猎了中外文学的基本内容以及中国古代的哲学思想。奇特的童年使马尔克斯从小就富于神奇的幻想和对魔幻传奇故事的喜爱；而莫言则是童年的苦难深深难忘，使他常常以童年的视角来表现生活，以他那在童年时期就已渗透到血液里的各种民间文化的积淀真诚自如地构造他的故事。

从莫言与马尔克斯所处的现实来看，他们都经历了一个动荡的年代。马尔克斯在他刚进入大学不久，正准备踌躇满志地在文苑墨海中尽情畅游之时，哥伦比亚的政局动荡。"波哥大事件"使得自由党与保守党之间展开了一场旷日持久的血战，几乎将首都波哥大夷为废墟。马尔克斯也只好中途辍学，转入新闻界，日后又长久任居外记者。成为一名"怀念故里的哥伦比亚流浪汉"[②]。艰难的人生历程和拉美动荡不安的社会现实，一方面使他忧虑祖国的前途，对人民精神深处的冷漠孤独深感不安；另一方面，因迫于没有言论自由，他不得不寻找一种超自然、超现实的人物、故事和情节来反映拉

① 参见莫言等：《几位青年军人的文学思考》，《文学评论》1986年第2期。

② 莫言：《桥洞里长出红萝卜》，1985年7月6日《文艺报》。

美错综复杂的历史、社会和政治情况，以摆脱政府当局对创作的钳制，加之生活在异域他邦，现代派各种文学思潮给他深刻的影响，因而他找到了魔幻现实主义这一创作方法。十年动乱的岁月里，莫言见到过许多“黑孩式”的英雄，寒冬腊月穿着单薄如纸的衣服，赤着脚在冻得裂缝的街上追逐着、欢笑着。[①] 同时，莫言也参加过类似来书、孙巴(《筑路》)那种不知修到何年何月、通向何方何地的永无休止的艰苦“筑路”劳动，家乡的山川草木、民俗风情、先辈传奇，以及童年破碎的梦都深深地激动着他早已萌动的创作春心。当他 1976 年穿上军装不久开始提笔习作的时候，正逢祖国文艺春天的到来，曾忧虑过、惶惑过传统的文化，西来之风使他目不暇接。恰巧在 1984 年，他又考入了解放军艺术学院，幸运地登上一个文学高地，“迎八面来风，观四海潮色”，他遇到了弗洛伊德和萨特，也看到过川端康成、海明威，最使他动情的是找到了福克纳和马尔克斯。魔幻现实主义的创作原则、时空意识、特殊结构方式和艺术视角使他为之倾倒，他终于找到他那“灵魂运动的奇异轨迹”，使他的“灵魂烛光照亮了未被别的烛光照亮过的黑暗”[②]。

莫言出落成一位有希望成为中国小说界大材的优秀作家。

(原载《艺谭》1987 年第 3 期)

① 参见马尔克斯在诺贝尔文学授奖仪式上的讲话《拉丁美洲的孤寂》,《外国文学动态》1983 年第 3 期。

② 莫言:《黔驴之鸣》,《青年文学》1986 年第 2 期。

融合与超越

◇王　冲　石　挺

困惑的所在

希冀在莫言的小说《欢乐》中用少数几个概念来抽象出某种明晰如线的主题逻辑发展、概括出某种隐埋在深层的思想意念来，恐怕是相当困难的。这种困难不单是出现在理解莫言的近作《欢乐》这部作品中，阅读莫言的其他作品，如《透明的红萝卜》、《球状闪电》、《爆炸》、《筑路》、《苍蝇·门牙》以及《红高粱》系列作品等，同样会遇到这种主题难以界定的困难。显然，以传统的、流行的小说观念及批评模式来评判莫言的小说，往往会使评论者陷入迷茫困惑的窘境。这也许正是莫言创作与众不同的风格特点之所在。的确，《欢乐》这样的作品很难讨人欢心，因为他写得汪洋恣肆、色彩斑斓，如天马行空，无拘无束，尤其是他将不同的人物，不同的思想、情感、意绪、感觉以及潜意识、下意识的流动等，放在同一时间、同一空间来同时表现，给人以纷繁驳杂的流动感和立体感。无怪乎有人近乎刻薄地指责他："不事考虑、不事布局、不事剪删"、"冗赘无度"，是"才气过剩、想象过剩"，"失去节制，沉浸于回忆迷狂中的表现"，"除非极有耐心的研究者，只有他们才会静下心来，推开别的紧迫事务，去梳理剔爬这一大篇类似脑电图的小说，然后写出学术论文来"[①]。显然，我们难以苟同这种近乎武断的评论。我们承认，在阅读莫言的小说时，比之阅读一般的小说更多一层"怎么读"的问题，但这并非意味着莫言小说的失败，恰恰相反，这正是莫言勇于探索的可取之点。莫言似乎在试图打通现代小说与中国古典小说的通道，在现代小说中恢复中国古典小说的某些宝贵传统，如对"意象"的营造，将写意与写实交融并举，追求一种空灵飘逸的朦胧

---

① 吴亮：《欢乐的错误》，1987 年 2 月 21 日《文汇读书周报》。

之美和一种蓬松潇洒的哲学意境等。莫言的这种追求与努力,使他能够相对完整地营造出他与任何已知的小说模式都有所区别的艺术现实,给小说界带来了一种十分新鲜而又陌生的艺术经验,同时也在一定的程度上造成了某些读者的理解困难,这正是莫言困惑之所在。

应当指出,莫言的小说创作在横向借鉴与纵向继承的天平上,更加偏重于前者。尽管他本人曾在各种场合里多次声称要尽量逃离海明威、福克纳或马尔克斯等艺术高炉①,但他的创作中借鉴的痕迹依然存在,所以,研究莫言的小说创作特征,在很大程度不能忽视他的借鉴意识。读完他的近作《欢乐》,我们很自然地联想到美国当代作家塞林格的长篇小说《麦田里的守望者》,这两部作品无论在情节安排、人物设计,还是结构手法、心理描摹、创作技巧等方面,都有着许多十分相似之处。本文拟从《欢乐》与《麦田里的守望者》的比较,来探寻莫言文学借鉴的特点以及他的小说困惑之根源,以求得对莫言创作特征研究的深入。

两个相似的情节模式

《欢乐》与《麦田里的守望者》在情节安排上有着相同之点。出版于20世纪50年代初期的《麦田里的守望者》,曾被当代美国文学史家誉之为“现代经典小说”之一。它在美国创作界与读书界,一度被视作稀有的珍宝。如同当年歌德的名作《少年维特之烦恼》出版影响了欧洲一代青年一样,《麦田里的守望者》问世,“几乎大大地影响了好几代美国青年”②。当年许多青少年模仿小说主人公的言行,像他那样倒戴着红色猎人帽,穿着“霍尔顿式”风衣,讲着“霍尔顿式”的语言。甚至到了20世纪60年代,只要外国学者与美国学生谈论文学,他们就马上提起塞林格的《麦田里的守望者》,因为这部小说道出了他们的心声,反映了他们的理想、苦闷和愿望。

这部小说的主人公洲霍尔顿·考菲尔德,是一个普通的中学生。他因四门功课不及格被学校开除了,而且这是他第四次被开除,但他并不感到惋惜。小说以主人公自叙的语气,讲述了霍尔顿被学校开除后,独自一人在深夜离开学校,乘火车来到纽约城的一天两夜的经历和心灵感受。他家就在纽约,但他不愿马上回去,因为他被开除的通知至少要等三天后才能寄到他家,于是他住进了一家旅馆。旅馆里尽是些心理变态者和痴呆疯狂的怪人,他们寻欢作乐、忸怩作态,霍尔顿感到恶心和惊讶。他无聊之极便去夜总会厮混,跟那些虚伪、势利的人讲些“让自己也笑破肚皮”的假话。回到旅馆

① 参见莫言:《两座灼热的高炉——加西亚·马尔克斯和福克纳》,《世界文学》1986年第3期。

② 董鼎山:《一部作品的出版史》,《读书》1982年第3期。

时，他烦恼透了，电梯工毛里斯介绍给他一个妓女，他糊里糊涂地答应了，但一见到那位妓女，他又紧张害怕，心里厌恶，于是给了她 5 块钱打发她走了。第二天一大早，那位妓女与毛里斯冲到他的房间，抢走了他 5 块钱并辱打了他。霍尔顿难过得要跳楼自杀，但又害怕自己浑身是血让那些傻瓜看稀奇。他于是离开了旅馆，去大街上游荡。他一路想起许多童年的趣事和许多令他讨厌的伪君子。在车站里他向修女捐了 10 块钱，又给自己心爱的妹妹菲苾买了张高价唱片，由于在酒吧喝醉了酒，把那张菲苾喜爱的唱片摔碎了。夜色来临，他悄悄溜回家中，向他妹妹诉说他的苦闷和理想。他对菲苾说，长大后要当一名“麦田里的守望者”：

> 有那么一群小孩子在一块大麦田里做游戏。几千几万个小孩子，附近没有一个人——没有一个大人，我是说——除了我。我呢，就站在那混账的悬崖边。我的职务是在那儿守望，要是哪个孩子往悬崖边奔来，我就把他捉住——我是说孩子们都在狂奔，也不知道自己在往哪儿跑，我得从什么地方出来，把他们捉住。我整天就干这样的事。我只想当个麦田里的守望者。①

为了不让他父母发现，他悄悄离开家门，半夜里去一位他所尊敬的老师的家。这位老师教给他的生活哲学使他大为失望，而且老师那性变态的行为使霍尔顿大为恼怒，他当晚就离开了老师的家，到大街上游逛。他想去西部找个活干，并装成又聋又哑的人，这样，他下半辈子就不用同别人谈话，谁也不会来打扰他，但他很快就感到“永远也找不到一个舒适、宁静的地方，因为这样的地方并不存在”。他最终没有去成西部，而是生了一场大病，住进了医院。

全书篇幅不长，仅 15 万字，情节也颇为简单，但它给读者提供了一个看不到光明与温暖，只有虚伪与欺诈、悲观与失望的社会图景。

发表于《人民文学》1987 年第 1、2 期合刊的莫言的近作《欢乐》(《中学生浪漫曲》第一部)，也是描写一位失意的中学生的荒诞故事。主人公齐文栋的经历与霍尔顿有着相似之处，他连续五年高考落第，内心万分愧疚、苦痛。家庭里的经济负担、嫂嫂对他的奚落、哥哥对他的责备、社会舆论对他的压力，以及乡村生活在他心灵里所留下的灰暗的印象，使他产生了一种自尊自卑、自艾自怨、自惜自怜的复杂心理。由于心里抑郁苦闷不能排解，他决定服毒自杀，以求得永久的“欢乐”。小说以独特的第二人称叙述角度来讲述故事，描写主人公齐文栋从农历八月初的一个下午到明月高挂的秋夜短短十几个小时里的心路历程。

---

① 塞林格：《麦田里的守望者》，施咸荣译，漓江出版社 1982 年版，第 220 页。

高考落第的消息传来，齐文栋感到“一切都完了”，“一切都晚了”。于是他拿了一瓶农药揣进裤兜，离开“苍老疲惫的家门”，来到秋天的原野。一路上，他遇到了“紫面老头”的刁横、老来风流的建仓夫妇的讪笑，以及公社退休的“白肉书记”的嘲弄。一路上，他回忆起无数的逝去的往事。眼前的一切景象使他感慨万端，浮想联翩。从遍地的“绿色”，他想到县猪种站的“配种姑娘”；从建仓以及他那“全老徐娘”的老婆，想到学校里罗老师曾在讲台上高呼要为“三仙姑”平反的趣事；从鱼翠翠的坟头，回忆起她的惨死。这位比他大 7 岁的姑娘是唯一的、真正给过他一点温暖和朦胧爱的人。他记得他刚 14 岁的那年，在一片树林里，他肯求翠翠让他看看她那对白色的乳房，翠翠姑娘为他袒露了胸怀，使他至今难忘。翠翠是追求真正的爱情而服毒自杀的，然而人们并不理解她，更不原谅她，即便是她的父亲和哥哥也是如此，他为此而感到凄寒伤心。穿行在那黑绿色的辣椒地，他回想起第五次高考的情景：赶考途中汽车受阻、临考前“高考综合征”复发，以及考完后的焦急等待，还有哥嫂、母亲的企盼等，均历历在目。从手中的药瓶，他回想起那次打“六六六”粉的经过。那天，大奶子计划生育委员和村主任等一帮人绑走了嫂嫂强行绝育，复员军人高大同疯癫叫骂，他因药粉中毒曾倒在水渠里。脚下踏着坟前的青草，他回想起鲁连山的儿子被录取时的欢乐，想起母亲为他高考祈祷，想起他最后一次进补习班的生活以及与“冬妮娅”的朦胧恋爱经过，他黯然神伤。当他坐在鱼翠翠姑娘的坟头时，他举起了药瓶，走上了鱼翠翠早已走过的道路。在死亡来临的前夕，他朦胧地想起父亲惨死的情景，想起母亲在为他再次进补习班而奔波。他询问苍天大地：什么是欢乐？欢乐的源头在哪里？……

同《麦田里的守望者》一样，《欢乐》没有一条贯穿始终的故事主线，通篇是主人公的内心独白、心理回忆。但这些回忆、独白都是在特定的时间内展开的。尽管作者采用了大量的跳跃或联想、时序颠倒与空间混淆的手法，但思维图像的波流是清晰的，读者能够从这些近乎驳杂而又倏忽即逝的思维波流中，看到一幅学校生活与乡村景象、文化现实与国民心理的全景图。

相对来说，《麦田里的守望者》的情节线索要比《欢乐》明晰得多，它基本上是以主人公霍尔顿外在活动的时序来编陈情节的，而《欢乐》则偏重于从主人公的意识流程来构织情节。

两个孤独的愤世者

《麦田里的守望者》和《欢乐》都以大量的笔墨刻画两个孤独愤世者的性格特征，再现他们各自矛盾复杂的心理特点。

霍尔顿是一位性格复杂而又矛盾的青少年典型。他有着一颗尚未泯灭的、对美好生活和崇高理想追求的童心；他乐于助人，肯帮助同学；他有一颗嫉恶如仇的纯洁之心，对学校里“一天到晚干的就是谈女人、酒和性”、“人人在搞下流的小集团”的行为极为反感，对校长哈斯先生的虚伪、势利厌恶之极。当他发现公共场所的墙壁上有下流的字眼时，便愤怒地擦去；看到修女为受难者募捐，他慷慨解囊；他不惜高价为他可爱的妹妹菲苾买了心爱的唱片；他的美好理想和崇高的愿望，就是做一名不让孩子们从悬崖上掉下来的“麦田里的守望者”。然而，在强大的现实面前，他是孤独的、寂寞的，甚至是痛苦和沮丧的。周围的世界就像一个充满了虚伪与恐怖的悬崖，人们都生活在这悬崖边的麦田里，有许许多多的人在不断地被悬崖所吞噬。他愤世嫉俗、追求光明，但现实使他难免掉下悬崖。他厌恶虚伪，但自己却大肆撒谎，像他自己所说的“你这一辈大概没有见过比我更会撒谎的人。……我哪怕是到铺子里买一份杂志，要是有人在路上见了我，问我上哪儿去，我也会说去看歌剧”；他这一辈子最厌恶电影，但又百无聊赖地在电影院里消磨时光；他憎恨没有爱情的性关系，自己却又情不由己地叫来妓女；他不喜欢庸俗虚伪的女友萨丽，但又贪恋她的姿色，与她搂搂抱抱；他无力抵抗这强大的现实，只好在生活中沉沦，悲观失望，玩世不恭，以至最后精神全面崩溃。霍尔顿的悲剧是一代美国青少年精神空虚、走投无路的可悲处境的代表。他的苦闷与不幸展示了资本主义世界精神文明与物质文化的严重分离。

《欢乐》中的主人公齐文栋，是一位已满23岁的老“复读生”。他再三补习、连年复读，为的是逃离他那个“就是把金刚石的宝刀也要生锈”的村庄。他常常臆想自己已成为一名风流倜傥的大学生：“面如敷粉，唇若涂脂，鬓若刀裁，眉如墨画”，那“洗得发白的蓝制服褂子口袋里插着一支金星牌钢笔、一支三色圆珠笔”。但一次又一次的落第，无情地粉碎了他臆想的偶像，使他自惭形秽、无地自容。生活中那希冀的一线温暖而又黯淡的亮点消逝了，他感到生是痛苦的，只有死才能解脱，才能得到欢乐。同霍尔顿一样，齐文栋是一个生活的弱者，一个悲观的厌世者。他自尊而又自卑，自爱而又自贱，自强而又自颓。他力图发奋攻读，考上大学，摆脱眼前的处境，改变自己注定要当“庄户孙”的命运，但身不由己，情不由己。当他坐在教室里的时候，常常是心猿意马、走火入魔，精神犹如一个滑溜的圆球难以在黑板上停留。女教师那金黄色的腋毛像燃烧的火苗一般烫着他的心；“冬妮娅”那丰满的背以及那薄如蝉翼的短袖衬衫里的乳罩和丰满的乳房使他着魔，想入非非，他意识到自己已不适应坐在中学课堂上听讲了。萌动的春心、性想象和羞耻感，以及驱之不去的性意识的闪念，使他无法静下心来去熟记那无穷无尽的单词、公式、定理，每当高考来临，他的“高考综合症”便复发了，要想痊愈，只有放弃高考。他多愁善感，有颗善良的同情心，对鱼翠翠寄予了深切的怀念，为人们不理解翠翠而深深不平，为她父兄的冷漠而痛心。他惋惜高大同的疯癫，但又赞同他那痛快淋漓的詈骂，仿佛从詈骂中“看到了人类世界上最后一点真诚、最后一线黯淡无神的人性光芒”。但在严峻的现实面前,他更多的是自卑、自贱、自怨和自怜。他的眼里,生活的亮色太少了,一切都是灰暗、阴沉的:灰暗的村庄、灰暗的原野,苍老疲惫的家门和他那洞穴般的黑屋子。他所接触的是他那猥琐、软弱、毫无生气的哥哥,蛮横刁泼、阴沉凶狠的嫂嫂,祥林嫂样脸色的母亲,还有那抑郁的鱼翠翠、疯癫的高大同、霸道的白肉书记……一切都显得那样凄苦、悲凉,一切都滑稽可笑、令人生厌。在他看来,那生他养他的村庄“就是把金刚石的宝刀也要生锈”,那滋养万物的大地令人憎恶,“谁赞美土地谁就是他不共戴天的仇敌”,他厌恶象征着生命的绿色,“谁歌颂绿色就是杀人不留血痕的屠棍”。他不愿看到别人对他的怜悯的眼光,但又期待得到别人的怜悯;他曾抵制“冬妮娅”的亲近,但又迷恋她妙龄女子的风姿,并打肿脸充胖子借了别人的手表去同她约会。他盼望母亲能为他筹集补习的经费,但得知母亲在沿户乞讨时,他又感到太丢人而责备他那辛劳的母亲。在一次又一次高考落第而又并非别无生路之时,他只想以死来挽回他那丢失的“面子”、来躲避眼前的现实。

齐文栋这一形象反映了特定时期的部分中学生(特别是那些高考复读生)的心理状况,具有一定的代表性。但我们认为,这一形象的意义并不在于他的性格如何具有典型性,而在于作者通过他的心理、意识的展示让人们窥见今日社会生活中某些本质的东西,发现那些隐而不见但又亟待解决的种种社会问题,并激发人们迅速改变落后现状的强烈信心。

应当指出,《欢乐》的整个色调过于幽暗,齐文栋眼里的学校生活与乡村景象亦过于阴冷。尽管这与主人公的性格以及他最终走向绝境的心理行为相吻合,但小说给读者以过于沉重的压抑感。作者对齐文栋走上轻生道路的思想根源以及社会原因尚缺乏更深入的发掘。

独具匠心的小说结构

《麦田里的守望者》与《欢乐》在结构上有着极为相似之处:它们都是在特定的时空内,通过主人公的内心独白、心理回忆、自由联想等来反映学校生活与社会风俗。故事情节的铺展常常是突破那狭小的时空而上下飞跃,在迷蒙、混沌的强烈主观意识流泻中,暗示下清晰可寻的意识流动脉络。

《麦田里的守望者》的开头,仿佛是主人公霍尔顿在给对面的朋友讲述自己的故事,又仿佛是给很远的朋友写信倾诉其逝去的往事。主人公的回忆、内心独白以及联翩的遐想构成了作品的主要情节,主人公的心绪流动过程是全篇结构的骨架。作者将霍尔顿的心绪波流置于他从潘西中学到纽约城的一天两夜的经历中展开,从霍尔顿被学校开除说起,谈到他们学校的校长、老师、同学,谈到学生的家长以及整个的校风,接着谈他梦游纽约街头的经历，从车站、旅馆、夜总会、酒吧到他的家庭、妹妹的学校。各色人物、各种场景，许许多多的童年往事，断断续续地闪现着，但接着，恍若一幅幅五光十色的画卷，给读者展示了朦胧而繁复、流动而逼真的原生态生活全貌。这种结构方式给人以十分贴切、自然之感，读起来轻松自如、真实可信，并引起人们的强烈感情共鸣。

《欢乐》选择了独立叙述角度，小说中的主人公既没有采用自述的第一人称“我”，也未运用第三人称“他”，而是一反常规地选用第二人称“你”，但这个“你”并不是“我”与“你”互诉衷肠的“书信体”，而是在静听别人讲自己的心理、思想、痛苦、欢乐的“你”。这个“你” 既是主人公，又是读者。叙述者“我”没有出场，但又无时无处不在。这种叙述角度在我国小说界是不多见的，在西方现代小说中亦为数不多，法国的“新小说”作家米歇尔·布托尔在他的长篇小说《变化》中曾作过尝试。这种叙述角度既可以描写人物的处境、心理活动，又能立刻同读者直接进行感情的交流。较之第三人称一个劲地叙述更容易打动人，比用第一人称自说自话更有效力，它有助于对主人公的情感作真实而充分的描绘，能使安然坐在靠背椅上的读者马上进入小说描写的环境中去，参与作品中人物的情感搏斗。同《麦田里的守望者》一样，齐文栋的心绪流动过程是《欢乐》的结构框架，而这种心理流程同样安排在主人公得知他第五次高考失败的消息之后，从家中逃到田野的十几个小时的“梦游”中。

与《麦田里的守望者》相比较，《欢乐》的情节结构更隐蔽、更模糊，更使人难以把握。但情节的主线仍然存在，即主人公连年高考，屡试不第，家庭抱怨，社会舆论的压力，自己的悲观厌世、颓废失望，最终走上轻生之路。莫言似乎有意识地打破这连贯的情节，将时序倒置，使空间混淆，以主人公飘忽不定的意识波流来跳跃式地组接故事。学校乡村，家庭邻里，老师同学，童年现实，考场田野，天上地下，过去未来，海阔天空，保持了生活的原生态，再现了生活毛茸茸、湿漉漉的鲜活感，给人一种生活变动不定的流动感和立体感，使作品在极有限的画面里获得了远远大于它的基本素材的艺术力量。

应当指出，《欢乐》在流泻人物感情的波流时，过多地颠倒时序、混淆空间，过于细腻地展露污秽丑恶，不讳言人世的冷漠与辛酸，因而造成了整个作品的杂芜、迷离的缺憾，一定程度上削弱了作品的艺术表现力。

心理现实主义的创作方法

《麦田里的守望者》与《欢乐》在创作手法上都注重心理描写和细节的逼真入微的刻画，而这种心理描写不同于传统的现实主义的心理描写。传统的现实主义创作方法,仅将心理描写作为刻画人物性格的一种重要手段和技巧,作家常常是站在全知全能的角度来描摹人物心理的。同时,作家主宰着作品的一切。塞林格与莫言的这种心理描写则成为作品的主要创作方法,作品完全通过心理描写和主人公的意识流程来反映时代的精神风貌,来塑造人物的性格特征,作品的主人公心理流动过程主宰着一切,是构成作品情节的主体,心理描写不再是一种手段和技巧,而是一种创作原则。这就是所谓的心理现实主义创作方法。在美国,许多评论者认为,塞林格的这种心理描写方法开了心理现实主义的先河。

《麦田里的守望者》以其细腻而深刻的笔法,细致入微地剖析了主人公的复杂心理;栩栩如生地描绘出了他的精神世界的各个方面。霍尔顿的灵警、活泼、敏感、易冲动的心理特点,在他疯狂地争夺橄榄球、听历史老师斯宾塞的挖苦谈话以及与同窗斯特拉德莱塔的打架等行为中真切地表现出来。霍尔顿意志的薄弱、情绪的波动,在他无所事事、酗酒调情的行为中表露无遗。小说中大量的关于主人公性心理的描写,十分贴合他的年龄特点。霍尔顿年仅16岁,正处于青春萌动的阶段,性成熟带来的神秘、好奇、不理解甚至想尝试的心理,在小说中较真切地袒露出来,他一方面要摆脱性意识的纠缠,"老给自己定下有关性方面的规划",但他又很快就破坏了,他看不惯旅馆里的丑态,但自己又到夜总会去调情,甚至同意和妓女过夜,而当妓女来到他的房间时,他又感到害怕和厌恶……

塞林格的这种心理现实主义手法吸收了弗洛伊德文艺观中的合理因素,如对潜意识、下意识的发掘,对青少年的白日梦的描摹,以及用自己的亲身体验关照主人公的心理(塞林格承认过他的童年与霍尔顿相似)。霍尔顿的白日梦显然是一种理想,在那种社会里,他是不可能成为一名"麦田里的守望者"的,作者的这种梦幻描写很符合主人公的心理特征。塞林格在描写心理意识流动的过程时,十分遵循人物的意识流动规律,让主人公自由想象,想到哪儿、谈到哪儿,看似杂芜,毫无逻辑,充满着随意性,实则清晰有章,符合人物的心理逻辑发展。

莫言同样采用了心理现实主义的手法,《欢乐》通篇描写的是主人公跳跃、变化的心理活动,各种往事片断若断若连地的组接,各种心绪波流时隐时现地波动,一会儿现实,一会儿回忆,一会儿梦幻,一会儿联想,意到即笔到,笔随意转。作者将主人公复杂而强烈的意识活动置于他逃出家门、梦游田野的特定环境中,既用了"生活流",又用了"意识流",并把两者巧妙地结合在一起。齐文栋的复读经历,把学校生活的片断细腻逼真地描摹出来;高考落第后的各种社会舆论,将乡村场景、人际关系、现实弊端、家庭纠葛等一一袒露出来;性意识的冲动、性想象和对朦胧的爱情的追求,将他与翠翠的往事、翠翠惨死的经过,以及主人公的性苦闷等交代给读者。

在运用人物语言来刻画心理方面,《麦田里的守望者》与《欢乐》有其相同之处,都是以心理剖白的方式在特定的境遇中叙述故事，不避琐碎、不讳隐私，用了大量的口语和土语、大段大段的引人入胜的文字细节，形成了令人惊叹的语言风格。《麦田里的守望者》完全以青少年的口吻来叙述故事，展示心理活动，语句、语气看似平易，实则绝妙之至，极为贴合人物的性格特点。《欢乐》则以流泻、奔放、幽默、调侃的语气讲述故事，语词华丽、五彩缤纷。对偶句连用，长短句交错，大量的雅词俗用、大词小用使得作品风趣、幽默，大段的细致入微的细节铺陈，给人以浑厚的放射状的感觉。

融合与超越

从以上两部作品的比较中，我们可以看到莫言创作《欢乐》时借鉴了《麦田里的守望者》的创作手法，同时融合了其他西方现代小说的技法，在人物塑造、情节结构以及心理描摹等方面作了创新的探索和尝试，建立了自己的语言风格和创作个性。

文学的发展离不开借鉴，而真正的借鉴既是一种继承，又是一种创新。正如约瑟夫·肖在《文学借鉴与比较文学研究》中所指出的，指出某位作家的文学借鉴并不意味着否认他的创新意识："许多伟大作家不以承认别人对他们的影响为耻辱，许多人甚至把自己借鉴他人之处和盘托出。他们觉得所谓独创性并不仅仅包括，甚至主要并不在于内容、风格和方法上的创新，而在于创作的艺术感染力的真诚有效。没有艺术感染力的创新只有形式主义者才会感兴趣。使读者受到真切的美的感染，产生独立的艺术效果的作品，无论借鉴了什么，都具有艺术的独创性。有独创性的作家并不一定是发明家或别出心裁，而是能将借鉴别人的东西糅进新的意境，在造就完全属于他自己的艺术品过程中获得成功的人。"莫言是一位具有强烈借鉴意识、善聚他人之长而又勇于开拓属于他自己的艺术领地的作家。不仅仅是《欢乐》这部小说，他其他的创作小说也都明显地体现出他鲜明的文学借鉴意识。

莫言的文学借鉴，有其突出的特点。首先，他的文学借鉴不是对某位作家作品的"皮毛"的袭用，而是对其创作方法和艺术精髓的吸取。无论是《欢乐》，还是《透明的红萝卜》、《球状闪电》等，都是在融合他人的艺术精华并糅进其新的意境的基础上而创作的。其次，莫言是一位具有开放意识的作家，他从来不将自己限制在一个极狭窄的艺术天地而沾沾自喜，因而他的文学借鉴也常常是多方面的、开放式的。无论是魔幻变奏，还是心理现实主义；无论是荒诞幽默，还是写意技法，只要能为其所用，他都乐于吸取，广泛融合传统与现实之精华变为自己作品中的血肉。此外，莫言的文学借鉴并不摈弃或排斥民族文学的优秀传统，而是在努力地将民族特征与其创作特性统一起来，既保持民族风格，又显示其独特的个性。

值得指出的是，莫言在文学借鉴中只是较好地融合，而未有更多的超越，他许多局部的借鉴,有时还带有明显的印记,在语言风格的建造与加深方面,他也许还需要更多向传统小说美学作深层的开掘与出新。我们虽然不同意有人批评他艺术感觉和艺术想象毫无节制,但《欢乐》中的确存在这种倾向。如何处理好想象的自由与描写的节制这种关系,如何在艺术感觉的袒露中注意适度的分寸感,这实在值得莫言去认真琢磨。

(原载《外国文学研究》1987 年第 4 期)

莫言:这也是一种文化

——评《红高粱》、《高粱酒》、《高粱殡》

◇陈　默

莫言这人是有一种奇特的艺术感觉,他自己也说他追求一种独特的、“自由的感觉”。并且他直言不讳地说他的短篇小说《秋千架》是得力于日本新感觉派的大师川端康成。——但,“莫言的意义”便是一种艺术感觉吗?!莫言就是感觉,是为感觉而感觉、有感觉而写感觉而给人以感觉吗?!就是《透明的红萝卜》中的黑孩子、《球状闪电》中的水红衫、《枯河》中不屈的幽灵和《秋千架》中一只河边舔水的老狗引发的感伤的情调和故事吗?我说:不是。

问题不仅仅在于他是否有一种奇特的艺术感觉(这一点当然是十分重要的),而且也在于他感觉到了什么,他为什么会有这样的感觉。这样,才会找到莫言的意义或者说莫言艺术世界的真正的、完整的意义。

读完了莫言的《红高粱》、《高粱酒》、《高粱殡》之后,你就一定不能停留在那种虽然奇妙但却使人莫名其妙,虽然细腻但却使你支离破碎,五光十色得使你入了迷宫的所谓感觉上。你一定要在感觉之外有所思考。你会感觉到:这是一个完整的艺术世界,一个整体,即“高粱系列”或“高粱世界”的整体。而这一整体的真正意义——也当然就是“莫言的意义”——便是:这也是一种文化。

莫言写《红》写《酒》写《殡》绝非为了写“高粱的茎叶在雾中嗞嗞乱叫,雾中缓慢地流淌着在这块低洼平原上穿行的墨河水明亮的喧哗……”这样的美得像诗的佳句,而是要写出一种历史、一种文化或一种对历史与文化的整体的感悟:“我终于悟到:高密东北乡无疑是地球上最美丽最丑陋、最超脱最世俗、最圣洁最龌龊、最英雄好汉最王八蛋、最能喝酒最能爱的地方。……他们杀人越货、精忠报国,他们演出过一幕幕英勇悲壮的戏剧,使我们这些活着的不肖子孙相形见绌,在进步的同时,我真切感到种的退化。”——你千万不要以为莫言是在说些矛盾百出、莫名其妙的话。尽管在他的小说里有不少自由的花言巧语和放任的胡说八道。但这却是真诚的、深刻的,是一种对历史的反思,对文化的感悟,对他创作的一个总结,从而也是对读者的一个启示。

否则,你还以为《红》是一个普通的抗日故事,戴凤莲、余占鳌是一对普通的抗日英雄。如果你以为《红》是对那些抗日的英魂和被日本人杀害或被日本人逼迫着互相残害的冤魂的召唤,那你就无法理解莫言的下一部小说《酒》。《红》中的余占鳌还是一个有缺陷的真正的英雄,而《酒》中的余占鳌则是一个不折不扣的土匪。如果你以为《红》和《酒》是写一个土匪怎样成为一个抗日英雄,那么你在下一部小说《殡》中又会看到这个抗日的英雄依然是一个杀人越货、视人命如草芥的野性十足的土匪——你无法把握余占鳌。他不只是一个土匪,不只是一个英雄,他甚至也不只是一个"土匪——英雄"或"英雄——土匪",而是一个独特的文化土壤上的独特的人——或者不如说是一种独特的文化现象:他将兽性或野性、匪性与人性或理性与英雄气质等多样不可统一的东西统一在一起。因而,这不只是一部写抗日的小说,也不只是一部写土匪的小说,甚至也不只是一部写"土匪——抗日"的小说或"抗日——土匪"的小说。英雄、土匪、抢劫、杀人、强奸与抗日等这些既美丽又丑陋、既圣洁又龌龊、既超脱又世俗、既英雄好汉又王八蛋的人与事都只组成了这三部小说矛盾而新奇的表象,而在这表象的背后则深深地隐含着三部小说的艺术整体的"第二项"更深层次:对传统的文化与文化中的人的整体象征。这种整体的象征是建立在对传统文化和文化中的人深深的思索与感悟的基础上的艺术的整体把握与整体表现的真正意义之所在。《红》、《酒》、《殡》组成了一个独特而完整的世界。这是一种文化的世界。

值得人玩味的是,在余占鳌看来,他杀那个与他妈妈偷情的和尚、杀单扁郎父子、杀花脖子、杀余大牙和杀日本人这都是同样的杀人,都是同样的逼不得已,因而是同样必然的与必需的,因而是具有同样的性质和意义。杀无辜的单扁郎父子与杀花脖子,在他看来都不是罪过,但也都不是什么英雄业绩,不值得忏悔也不值得骄傲。杀人是他生存的一种必要的手段,甚至是他的一种生活方式。因为这是一个杀人的世界,是一个必须杀人否则就活不下去或活不痛快的世界。他杀无辜百姓也罢、杀日本人也罢、杀同样抗日或打着抗日的旗号的八路军或国民党也罢,都只有一个并不崇高但也并不特别罪过的目的:生存下去或活得痛快些。因而,你如果只用单一的善或恶、崇高或卑下的尺子去判断余占鳌,那就真算是碰上"鬼"了:哪把尺都不合。而你如果试图将余占鳌身上的善与恶、对与错、崇高与卑下分离开来,那你就不仅不理解余占鳌,而且是将一个活着的人活活剖开而造成两种再也合不拢的木偶。因为这是一种统一的文化现象。

使人震惊的是,在《殡》的结尾戏剧性地出现了三支抗日队伍的"火并":余占鳌的铁板会为戴凤莲出大殡而遭到了共产党胶高大队的袭击,而在两败俱伤之际又遭到了国民党冷支队的袭击,因而铁板会与胶高大队这一对冤家对头立即自动联合起来对付国民党的冷支队。最后，日本鬼子来了，这三支中国人的队伍又一起联合起来对付日本人——你不能不震惊！不能不震惊于莫言的由这一伙人想起《三国演义》。而这了的确是有悖于传统抗日程式的作品，恐怕又有人会迷惘不解。

要理解莫言，要理解莫言笔下的"高粱世界"是不容易的。然而我们必须理解。《红》、《酒》、《殡》所组成的一个完整的艺术整体，首先是一种文化的整体。

具体地说，这块属于莫言的红高粱地是一个独特的文化整体。这个整体是由一望无际的红高粱(被血浸透了也像血一样红的红高粱)、默默流淌的墨河水、肥得流油同样也浸透了人血的土地和一座座散布在高粱海里、墨河水畔的封闭的村庄组成，由余占鳌、花脖子、单扁郎、罗汉大爷、黑眼、冷麻子、江小脚、戴凤莲、恋儿玲子、曹梦九、单五猴子、五乱子及赌、烟、匪、日本入侵等人与事组成，也由传统观念和现实的求生本能与求生方式之间的矛盾冲突组成。这里的确是"最美丽最丑陋、最超脱最世俗、最圣洁最龌龊、最英雄好汉最王八蛋最能喝酒最能爱的地方"。这地方的人"杀人越货"却又"精忠报国"，矛盾吗？不。一切的人与事都必须在这一独特的文化整体中才能显示出它的真正的意义。这里没有抽象，也不能抽象，没有虚幻的理想化，也不能理想化，这里是一种文化的原生形态，真实地存在着的善又恶、美又丑、既充满悲剧又充满希望、既充满着兽性又充满着人性、既人道又反人道的一切都必须作为一个整体才有意义。同是一个余占鳌，他既杀了单扁郎这样无辜的人，又去杀日本人；他杀死与他妈妈有私情的和尚是传统观念支配着的，显然是反人道的，而杀余大牙则是受现代思想影响的，保护了人性；他杀花脖子是纯粹的无意义的个人复仇，而杀日本人则又显示了一个民族的反抗与复仇……但这一切——正如我们在上面所说的——对于余占鳌来说都是一样的：迫不得已、不得不如此。另外，戴凤莲对她父亲的无情，又是因为她父亲心中把她的价值和一头大骡子的价值等同了起来。罗汉大爷去砍骡子的腿，也并不是由于民族意识的觉醒，而是由于想把东家的骡子救出去……

——为了生存！这一切都是为了更好地生存。

甚至孙五剥了罗汉大爷的皮也是……为了生存。江小脚和他的胶高大队、冷麻子和他的支队、黑眼和余占鳌及其铁板会这三支队伍共同抗日却又互相火并、残杀也是……为了生存。总之，小说《红》、《酒》、《殡》写的是生存在高粱世界里的人们为了生存——活下去、温饱、安全、性爱、荣誉、占有、理想——而斗争的文化的原生形态。这一形态的独特性表现在，它是由人的本能的追求与传统道德理想的矛盾与和谐和与现代的理想道德的矛盾与和谐这两对矛盾组成的。余占鳌的土匪部队同时又是抗日的部队，这且不去说它。有趣的是，余占鳌既有与共产党的"纯种好汉"任副官这样的现代文明与文化的使者矛盾、和谐的一面，又有与神秘的宗教团体铁板会以及具有彻底的封建意识、想建立一个铁板封建王国的五乱子有矛盾、和谐的一面。这是一个多么奇特、多么令人深思的组合啊！而“江小脚——余占鳌——冷麻子”之间的关系又是多么令人深思、多么奇特啊！追求个人幸福、爱情的体力劳动者余占鳌、杀人越货的土匪余占鳌、精忠报国的抗日英雄余占鳌这三者之间究竟谁是真正的、本质的余占鳌呢？——这一切的一切都只有在一有着独特的自然与物质关系、独特的人际关系、独特的世态与心态的文化整体中去理解。至于造酒、送殡、嫁娶……也都必须在这一整体文化中去认识其意义，因为它们都是文化的一部分。

有意味的是，这一文化的实质有其巨大的悲剧的一面，如弱肉强食的价值观念，传统封建文化的影响，烟害、赌害、匪害的不幸局面，加上日本人的侵略，而更大的悲剧则在于人本身：他们愚昧、野蛮，以致不仅是无辜百姓遭殃，而且造成了三支抗日队伍相互残杀的刀光血影，这无疑是悲剧。另一方面，在这一文化生态之中又实实在在地存在着一种巨大的希望：他们有健全的本能、强壮的体魄，敢于为生存而斗争，他们豪放、英勇、生机勃勃；在刀光血影之中，在杀人越货、精忠报国的可鄙或可敬的行为之中，充满了一种伟大的、圣洁的、朦胧而自觉的爱——对土地、对红高粱、对墨河水、对母亲、对妻子、对恋人的爱，对生活和人生的爱，对世界和人的爱！他们生存着也为生存而奋斗着，爱着也为爱而奋斗着……以致于你无法简单地看待这一文化整体。你只有像莫言一样对它极端热爱又极端仇恨，极端鄙视又极端崇敬。

这是一种不同于传统的儒、道、墨、佛或“三纲五常”的典籍文化的生命的历史文化，是一种活的文化、活的中华民族史，是一种充满悲剧而又生机勃勃的文化、充满血腥也充满爱的文化。

以上我们看到，莫言的小说《红》、《酒》、《殡》的真义是在其不言或未言的文化整体性的追求之中。而这一未言出的整体文化的感悟则又是通过言来实现的。这言当然是语言——文字，同时还包括语言的技巧、语言的艺术。

莫言的“高粱世界”不仅是一个文化的世界，而且也是一个文化艺术的世界。这一艺术世界的艺术特性首先突出地表现在对言与不言的准确把握上，即有所言而有所不言上。具体地说来，表现在作品结构空白的艺术处理上。如《红》由两条线组成：一是“一九三九年古历八月初九”，余占鳌领着他的队伍赴墨河堤伏击日本人的汽车队并战斗到只剩下两人生还；另一条线是余豆官断续的回忆及豆官的娘、余占鳌的情妇、女英雄戴凤莲的回忆。问题不在于这两条线的时态分别是“现在”和“过去”，也不在于“现在”是由作者“客观”叙述，而过去则是由书中人物余豆官、戴凤莲的“主观”叙述或思想引出，而在于这一条主观忆及的过去的线与现在发生的事没有直接关系，即形成了这两条线之间的空白。第一条线是写抗日战场的抗日的人；而第二条线则直接通往余占鳌这个抗日队伍的司令官及其情妇往昔的不平凡岁月，暗示出余占鳌的不平凡的土匪经历，但作者似乎又无意交代余占鳌的整个历史背景和风貌。这两条线之间的空白，其意义不仅是一般地“增强了表现的空间”，而是引起了人们的疑惑、思索和探究的兴趣，从而会去探究那个莫言的未完的整体世界。

《酒》中结构的空白更为明显。主线变成了过去：余占鳌与戴凤莲的姻缘原本、余占鳌在通往土匪的路上越走越远……以及更多的风土人情；而另一面却又隐约贯穿着余氏父子在河堤战斗中幸存下来的种种愤怒、悲哀、痛苦的情景。这两条线似乎更是不伦不类地纠结在一起的，它们之间矛盾、分裂的空间也更大。同样，《殡》中余占鳌为戴凤莲出殡只是一个虽显但并不主要的线，主要的线是将余占鳌十几年的土匪——抗日的生涯，与国民党冷麻子、黑眼的纠葛，与戴凤莲的爱情起伏及与使女恋儿等的多重复杂关系，与曹梦九、胶高支队等更为复杂的关系多空白地纠结在一起，形成了一个绝非平面更非直线的空间整体。而这一整体的空间则正是不言的深义所在。

其次，莫言高粱小说的艺术还表现在整个把握的统一性与具体表现的多样、自由之间的完美和谐，即内在的整体统一性与外在的开放性、自由的完美和谐。这不仅表现在《红》、《酒》、《殡》这三部小说既形成一个统一的整体并由此而形成独特的系统，而又各自独立成篇上；同时也表现在《红》、《酒》、《殡》这三部小说各自的内在整体统一与外在开放多样上——在莫言的小说中充满了自由的感觉，充漓着那种仿佛是漫不经心的随意的“散点透视”。千方百计地描述、千方百计地渲染。莫言的胆气和才气体现为一种随心所欲的自由心态、自由的创造，他敢于也善于花言巧语、胡说八道，他敢于也善于漫天撒网、随处播金。从余占鳌与余豆官在抗日战场上孑然迎来乡亲们的火把群的感人场面，到余占鳌和戴凤莲在高粱地里的合欢；从余占鳌在酒里撒一泡尿并且竟然成为一种造好酒的诀窍，到戴凤莲在酒桶里洗血而余豆官则又把这“血酒”拿去给余占鳌和冷麻子喝；从罗汉大爷随机地砍骡腿，到日本鬼子恶毒地逼着孙五活剥罗汉大爷的皮；从余占鳌的杀人不眨眼，到余占鳌为戴凤莲之死流下的充满人情的泪和看到乡亲们火把时的英雄泪；从赌、烟、匪的横被乡里，到国、共、匪的互相袭击……可以说，只要是他想得到的，他都写出来了，并且恰恰都是读者所想不到的。可以看到，莫言的创作过程不是一个顺线推理的过程或按计划完成写作的过程，而是把自己的自由感觉放在第一位，是随机的、开放的。而在上面的叙述中，我们又看到，这种随机的、仿佛是漫不经心的创作，这种开放的、自由感觉的捕捉，与描写又完全没有妨碍高粱小说世界的完整性与统一性。恰恰正是由这种随机的漫不经心的自由的感觉、这种开放的“散点透视”组成了一个内在的完整世界，一个文化与美的世界。实际上，他的一切自由的感觉，他千方百计地描述、千方百计地渲染的是那存在的家乡的红高粱和不存在的血一般的浸染共同组成的一个艺术整体：血红血红的高粱世界。这是一个完整的世界，是他感觉、描述、渲染的背景，又是他感觉、描述、渲染的世界本身。

我们不仅应该看到莫言发表《透明的红萝卜》之前有一段艰难曲折的成才过程，也应该看到他发表《透明的红萝卜》之后,在《枯河》、《老枪》、《白狗秋千架》、《金发婴儿》、《球状闪电》、《爆炸》这一系列作品中也一样显出他成长的曲折性。不能说上述作品都是成功的、成熟的作品,只能通过这些作品看到他在积极地寻找着,寻找着他自己、他自己的道路和他自己的世界。——即便是他的高粱小说的文化世界,他也不是一下子就找到的。

就《红》、《酒》和《殡》这三部小说作为各自独立成篇的小说来说,它们的思想深度与厚度是越来越成熟了。但这并不意味着它们各自艺术的完整性也越来越成熟。相反,从《红》到《酒》到《殡》,在艺术上给人的感觉倒有一篇不如一篇的感觉,即就艺术空间整体的完整性与艺术结构的和谐、艺术感觉的鲜明个性与独特性乃至艺术语言的自由与精妙上说,《红》比《酒》好,《酒》比《殡》好。为什么会这样呢?难道因为它们的传奇色彩一部比一部弱吗?恐怕不是。恐怕主要是因为《红》的写作更从容、更自由,时间更长,而《酒》则不如,《殡》则更不如。另外,也正是因为莫言沿着这条高粱地里的路走下去所感觉、所发现的更多、更复杂、空间更大、渊源更深,人也更难把握……而又不能好好地、从容地、自由地在中篇的形式框架中表现出来的缘故吧。莫言本来应该将这些写成长篇,但却先用中篇的形式发表出来了,所以要附言、要题解。

但莫言毕竟写出了他的世界:红高粱的世界。这不仅是一种文化,也是一个美的世界。

(原载《当代文艺探索》1987 年第 4 期)

《红高粱》的失误及其原因

◇潘新宁

《红高粱》无疑是一篇令人耳目一新的小说。但是,这种耳目一新又似乎是建立在某种偏颇、失误与不足之上的。已经有人指出了《红高粱》的“溢恶”倾向,认为活剥罗汉大爷一节是“剥得非常仔细”的令人“惊怖”的一幕!而当莫言调动他“神妙的语言艺术”用于这种“溢恶”时,就“产生了可怕的逆反效果,造成其情景不堪入人耳目的事实”。并指出“‘溢恶’是艺术的歧路”[①]。但是,“溢恶”为什么是艺术的歧路?艺术为什么不能“溢恶”?这一点,似乎有必要进一步分析下去,给予理论上的阐释。而李书磊同志则在他的文章中发表了另一种见解。他认为《红高粱》对这种“兽性在光天化日之下泛滥”的描写,“体现了一种把艺术世俗化了的现代美感”,并认为“现代艺术的一个重要特征就是不再有意地遮掩什么,敢于把赤裸裸的一切推进人们的眼界……这毕竟是艺术的一个进步”。这是“文体解放与观念解放”[②]。这种观点初一听,似乎有点道理。但是仔细一想,不免产生许多疑问:首先,“文体解放”也好,“观念解放”也好,小说总得能让人读下去。如果弄得人读不下去,或者硬着头皮读下去则感到心惊肉跳、作恶欲吐,这总是令人有些遗憾的。而活剥罗汉大爷一节,确实是令人不忍卒读的。连李书磊这样肯定它的人也承认“第一次阅读时甚至把这一节跳过去了”。其次,尽管李书磊认为“现代艺术一个重要特征就是不再有意地遮掩什么,敢于把赤裸裸的一切推进人们的眼界”:但这并不能从理论上证明具有这种特征的“现代艺术”就是“进步的艺术”(更何况整个现代艺术是否具有这种特征,抑或仅仅是其中一部分具有这种特征,这还是一个问题),更不能证明艺术就应该“溢恶”,就可以“溢恶”!在没有找出肯定艺术应该“溢恶”并可以“溢恶”的理论根据之前,对这样的“文体解放”和“观念解

① 李晶:《“溢恶”是艺术的歧路》,《文论报》1986年第26期和第36期。

② 李晶:《“溢恶”是艺术的歧路》,《文论报》1986年第26期和第36期。

放”，我们至少是不能抱着完全肯定和赞美的态度的。

艺术应该不应该“溢恶”？可以不可以“溢恶”？我的答案是否定的。做出这种否定的表决并不困难。问题是，艺术为什么不应该“溢恶”？为什么不可以“溢恶”？我认为这涉及艺术的本性问题。艺术就其本质属性和本质特征来说，具有双重价值：一重是认识价值，一重是审美价值。所谓认识价值，是指它能帮助我们接近、认识事物的本质；所谓审美价值，是指它是让我们在一种审美状态中接近、认识事物的本质的。它在让我们接近、认识事物的本质的同时，也具有能引起我们的审美情感、审美愉悦的功能。这正是艺术与科学的不同之处。科学只有让我们认识事物的功能和价值，只要是世界上存在的事物，科学都以它为对象，研究它，认识它。因此，一切最不能为常人的心理和生理所容忍的对象或现象，如解剖学意义上的人的生理结构和功能，乃至于狗彘、粪便等，统统都是科学的对象。但是艺术则不同。面对这样一些生活现象或对象，艺术有权利选择它们。艺术的审美价值、审美本性决定了它必须选择一些事物（或选择事物的某些方面），同时又淘汰一些事物（或淘汰事物的某些方面）。那些仅仅具有认识价值而无审美价值的生活现象或对象，就属于被艺术淘汰之列（如果人们要认识它们，可以用通信、消息、调查报告等方式去反映它们）。这并不是哪一个理论家或作家人为地规定的，而是为艺术的本性、艺术的本质、艺术的规律所决定的。

当然，从理论上指明这一点比从创作实践上把握这一点要容易得多。因为事实上，许多事物的认识价值与审美价值往往是有矛盾的、不统一的。你要张扬它的认识价值，往往要破坏它的审美价值；你要保留它的审美价值，往往又不能充分张扬它的认识价值。这就常常使艺术处于一种二难的境地。而艺术按其本性，又恰恰是在这二难境地中生活的，是在这双重价值的夹缝中生息、游动的。也就是说，艺术恰恰是追求一种认识价值和审美价值的契合点。艺术的功能也恰恰是在这双重价值的契合点上发挥出来的。优秀的作家、艺术家也往往就是把握、追求这种契合点的高手。它们往往能在对题材的选择、材料的删减、氛围的渲染、细节的描写、文字的驾驭等各个方面游刃有余地在这种契合点上作战、周旋，从而使艺术品做到认识价值和审美价值的自然结合。所谓艺术表现、艺术描写的分寸感、距离感，往往就是指作家、艺术家对这双重价值的契合点的把握。而那些优秀的小说、优秀的艺术品，也都是在对认识价值和审美价值契合点的追求上达到了较高的或炉火纯青的境界的。

拿这个标准来衡量《红高粱》的某些部分，我以为《红高粱》是存在失误的。至少像活剥罗汉大爷这样的章节，确实是失之偏颇而使人明显感到缺乏分寸感的，它的失误就在于作者只注意追求了认识价值，而忽视了审美价值。尽管这认识价值确实从另一方面揭示了战争的本质，形成了一个所谓的“全新的角度”，但光有这“全新的角度”是不行的。因为在这“全新的角度”的认识价值中恰恰完全丧失了审美价值。它的重心远远偏离了认识价值和审美价值的契合点，大幅度地滑向了认识价值一方，这种过大幅度的偏离就使它丧失了它的审美价值和审美属性。

其实，李书磊所津津乐道的所谓现代艺术“不再有意地遮掩什么，敢于把赤裸裸的一切推进人们的眼界”的特征，实际上是不可能的。因为艺术按其本性来说，它所反映的生活已经不是原来的生活，而是原来生活的一种异质形态。艺术作为原始生活的一种异质形态，它对原始生活反映必然是破缺的，存在片面性和局限性的。艺术对无限生动的原始生活的反映的这种破缺性，与艺术是用审美的方式来反映生活、认识生活是一致的、并行不悖的。正因为艺术是对生活存在破缺的认识价值和审美价值的结合体，因此，在艺术范围中，各种艺术样式就因其媒介与方式的不同，有些生活现象就能够反映，有些生活现象就不能够反映。例如，在小说中可以直接描写和渲染的东西，在戏剧舞台上或电影镜头中就不一定能够直接反映和渲染。我们要承认艺术，尊重艺术，就必须承认、尊重艺术的这种破缺性、审美性。否则，泛泛地要求艺术“敢于把赤裸裸的一切推进人们的眼界”，就像要求在舞台上或电影中反映杀人或强奸时，必须真的杀一个人或强奸一个人并将其全部过程完全暴露在观众面前一样荒唐可笑。艺术确实存在“文体解放”、“观念解放”，也确实需要解放。但是，这种解放必须以不丧失艺术的本性为前提。追求认识价值和审美价值的契合点，在艺术的审美价值中张扬艺术的认识价值，这就是艺术的本性。偏离这种契合点，以丧失艺术的审美价值为代价来换取艺术的认识价值，这正是《红高粱》产生失误的主要原因。如果面对这种失误，面对这种偏离认识价值和审美价值的契合点的“溢恶”倾向，还硬要把它说成是“文体解放”与“观念解放”，那么，这里除了剩下一片空洞而苍白的溢美之词之外，就什么也没有了。

（原载《文艺争鸣》1987 年第 5 期）

试论莫言小说的借鉴特色和独创性

◇李万钧

莫言从事创作仅七年，但他很有自己的艺术个性。从他进步的轨迹，可以看出他在借鉴外国文学方面狠下了一番工夫，具有自己的特色和独创性。

借鉴是一种选择，莫言选择了创作风格和思想倾向与他相近的作家——福克纳、马尔克斯、艾赫马托夫。这几位是现代世界文坛上成就很高的小说家，"寻根文学"最杰出的代表。他多次谈到福克纳、马尔克斯对他的影响，说他"喜欢"马尔克斯，"钦佩"福克纳，被《百年孤独》的"氛围"所吸引，要学习福克纳的"表现手法"。艾赫马托夫他谈得不多，但他创作受艾赫马托夫的影响也是明显的。

莫言小说的素材来自他的家乡——高密东北乡，那里的历史、土地、先人的传说曾使他梦魂牵绕、热血沸腾，他说："生在那里，长在那里，我的根在那里。"如同福克纳、马尔克斯、艾赫马托夫一样，本乡本土对他来说，也是有"一辈子也写不完"的题材。他把希望放在小说中的爷爷、奶奶身上，这是一种理想的寄托，和福克纳寄希望于印第安人及黑人、马尔克斯寄希望于马孔多镇的创业者、艾赫马托夫寄希望于哈萨克族的"母亲"的寓意是一致的，都是以先人为榜样来激励后人。他说："我是一个向前看的作家，我创作一种非常理想的生活，好像是往后看，实质上是向前看。"观点与福克纳、马尔克斯、艾赫马托夫相同。莫言对人类命运宏观性的思考，对故乡的历史、土地、先人的审美观念，他的浪漫主义的气质、所受民间文学的影响，均与上述作家相似，便使他作出借鉴上述作家的选择。

中国新文学本有"寻根"意识的优秀传统。鲁迅的《呐喊》、《彷徨》、《故事新编》是"寻根文学"的力作，是爱与憎的交织，是批判与歌颂的交织。莫言的"寻根"意识，正是继承了鲁迅的传统，这继承便成为他选择外来文化的内因。

借鉴，是一种影响。在选择的对象确定之后，作家的创作必然受到所选择对象的影响。莫言小说在结构上、叙事手法上、处理人物结局以及某些情节的构思上，所受福克纳、马尔克斯、艾赫马托夫的影响是清晰可见的。举其要者,莫言在《红高粱》系列中把高密东北乡写成一个"神话世界"就受到福克纳创造约克纳帕塔法县的启示:"我必须承认,我受了他的影响。"莫言小说的神话模式,还受到马尔克斯的重要影响。马尔克斯笔下的马孔多镇,更像一个神话世界,和莫言笔下的高密东北乡的氛围尤其神似。

在处理人物结局上,《透明的红萝卜》、《红高粱》、《欢乐》、《罪过》中像鱼游向大海一样消失在田野中的黑孩、与白鸽一起飞腾的奶奶、与黄麻花彩蝶一起飞舞的永乐、与河中漂现的红花一起流逝的小福子的结局,都用浪漫主义意象手法写出,包含一种光明、超脱的象征意义,是对现实生活的一种抗议,对美好生活的一种憧憬。这种写法与艾赫马托夫的《白轮般》中的小主人公变成鱼在河里游走以及福克纳的《百年孤独》中俏姑娘雷麦黛丝白日飞升的意象十分相似。

莫言在《红高粱》等小说中运用了一种使中国读者耳目一新的叙事法(顺便说一句,王蒙在《活动变人形》中也用了这种叙事法):将未来的事先行写出,这显然是借鉴了马尔克斯。中外文学中罕有这种叙事法。马尔克斯在《百年孤独》中创造了一种可称之为"过去未来式"的叙事法。用俯视人物一生的眼光,在回忆中先行将人物后来的事情写出,大大加强了人物故事的连贯性,又给读者设下悬念,增加作品的吸引力。例如小说的开头就新颖得很:

> 许多年之后,面对行刑队,奥雷良诺·布恩迪亚上校将会想起,他父亲带他去见识冰块的那个遥远的下午。
>
> ——《百年孤独》

请看莫言小说中与之写法相似的例子:

> 七天之后,八月十五日,中秋节……我父亲在剪破的月影下,闻到了比现在强烈无数倍的腥甜气息,那时候,余司令牵着他的手在高粱地行走。
>
> ——《红高粱》

莫言小说的一些情节也与马尔克斯的作品近似。他在《透明的红萝卜》中写主人公黑孩能看到阳光是蓝色的;听见头发落地的声音;能用手抓热铁,让热铁在手里滋啦滋啦地响;他能在夜晚看到一个透明的红萝卜,晶莹剔透,里面还流动着活泼的银色液体。这使读者很容易联想起《百年孤独》中魔幻现实主义的类似写法。莫言的写法是有现实根据的,可以从人物特定的情景中加以说明的,那个透明的红萝卜是放在铁钻子上烤着的,在黑夜炉火的映衬下,使黑孩产生视觉的变化。神奇的事物有生活依据正是马尔克斯魔幻现实主义的特点,他曾说:"创作的源泉永远是现实。而虚幻,或者说单纯的臆造,不以现实为依据,最令人厌恶。""在我的小说里,没有任何一行字不是建立在现实的基础上的。"莫言甚至将《百年孤独》中的某些情节化入自己的作品中,例如他在《三匹马》中写柱子和一群野孩子打架斗要,柱子手中的螃蟹被扔在路旁,"柱子那条蟹子腿正被一群大蚂蚁齐心协力拖向巢穴前进"。这使读者立即联想到《百年孤独》的结尾:布恩蒂亚家族第七代有尾巴的婴儿被一大群蚂蚁沿着花园石铺的小径尽力拖向洞穴。马尔克斯这个富于象征性的惊心动魄的情节,竟让莫言信手拈来,涉笔成趣。莫言在《球状闪电》中写"翅膀老头"从墙上一把一把抓蜗牛塞进嘴里,生吃蚯蚓,绿色的汁液不断流出嘴角,这使读者立刻联想到《百年孤独》中的孤女雷贝卡,她也吃泥土、蜗牛、蚯蚓,呕吐出绿色的液体和死了的水蛭。

莫言和福克纳、马尔克斯、艾赫马托夫都是"寻根"作家,"寻根"意识使他们作品的历史记忆的成分增加,引起结构、人物形象、风格、手法、叙事方式等各方面的变化,于是他们的作品中出现了神话模式的结构,把作品的人物故事染上传奇色彩,采用以揭示人物内心世界为主的联想手法,追踪在人的心灵中流过的历史。这说明内容决定形式的法则在这里也起决定作用。

莫言借鉴外国作家,是从《售棉大路》开始的,以后才逐渐形成了自己借鉴的特点,这就是反写和多元的综合。

《售棉大路》描写几个棉农去棉花加工厂出售棉花,但加工厂已堆满棉花,腾不出场地,棉农各式各样的车子像死蛇一样停在半路上,又遇上雷雨,停停走走,竟走了两天两夜。少女杜秋妹、腊梅嫂、马车的车把式、拖拉机手在路上相识了,发生了一些小纠葛,以后风雨共济,杜秋妹和拖拉机手还萌生了爱情。这篇小说的艺术构思、通过场面写人物关系的手法都明显模仿莫泊桑的《羊脂球》。但是,又不是单纯的模仿,是对《羊脂球》的反写。《羊脂球》写马车上的九个"上等人"与妓女羊脂球对抗性的矛盾,末尾羊脂球的哭声从黑暗中的马车内传出。《售棉大路》写棉农的互助友爱,写杜秋妹在路上越来越觉得自己是幸福的。反写,就是莫言小说的新意。莫言反写的能力在《欢乐》中大大提高了。《欢乐》写农村高中毕业生齐文栋(乳名永乐)五次考不上大学,受尽家庭和社会的冷眼,觉得人生冷酷,终于饮德国剧毒的农药"一〇五九"自杀的故事。小说以永乐在鱼翠翠坟头回忆往事而服毒的一个场面开始,通过他的意识流展示他并不"欢乐"的一生。这篇小说借鉴乔伊斯和福克纳的痕迹依稀可见。永乐服毒后幻想自己怎样离开母亲的子宫而降临人世的写法与《尤利西斯》中的斯蒂芬想象自己在母亲胎中出生的写法是相似的。但是莫言又运用反写的技巧。乔伊斯写斯蒂芬把母亲的"子宫"视为罪恶的象征:

在她的一个姐妹的拉扯下,我尖叫着诞生了,人类从无到有。……人类始祖

> 亚当的配偶，夏娃，裸体的夏娃。她是没有肚脐的。……造孽的子宫。……我也曾孕育在子宫那罪恶的黑暗中，他们不是为了生我才造我，那是一个和我的声音、我的眼睛一模一样的男子，一个呼吸中夹着死灰味的幽灵般的女人。他们紧紧地搂在一起，然后再分开，满足他们的情欲的冲动。
>
> ——《尤利西斯》

乔伊斯的这种写法表现了西方基督教的“原罪说”的观念，并不可取。莫言摈弃了这种写法，他写永乐死前对生命之源的探索，充满着对母亲的歌颂。母亲的子宫不是“造孽”的，它保护着幼小的生命，胎儿在母亲的子宫中是“欢乐”的。这是对乔伊斯把“子宫”视为罪恶象征的反写。

莫言写永乐自杀这一天主要的心理活动就是回忆他意念中的情人鱼翠翠，九次写鱼翠翠坟头的黄麻花对他视觉的刺激，黄麻花幻变成蝴蝶，服毒后的永乐追着彩蝶和光环越升越高，被蝶一样的黄麻花所包围，在蝶的河里游泳。福克纳写昆丁自杀这一天的主要心理活动也是想他意念中的情人——他的妹妹凯蒂，而昆丁对凯蒂的回忆也都是由忍冬花引起的，因为在凯蒂失身的野外，到处长满了忍冬花，昆丁就是在散发着花香的小河边找到她的。福克纳也多次描写忍冬花对昆丁回忆的诱发作用。但同是写主人公自杀前由一种花卉的诱发而回忆爱情往事，福克纳写昆丁的嗅觉，把忍冬花的香味与凯蒂合而为一，将它染上“最最悲哀”的感情色彩，着力写忍冬花香对昆丁心理的压迫。莫言则写永乐的视觉，写黄麻花化为彩蝶与鱼翠翠合而为一，将黄麻花染上“欢乐”的感情色彩，着力写黄麻花使永乐的心理得以净化。

文学史上通过反写而取得伟大的创新的例子是有一些的，例如《堂吉诃德》与《巨人传》是对中古骑士传奇的反写；《尤利西斯》是对《奥德赛》的神话模式的反写。反写是借鉴中的创造，莫言在这种创造上的进步是明显的。

从单向的模仿到多元的综合和探索，是莫言借鉴外国文学的另一个特点。《售棉大路》虽见新意，但还是对古典外国作家单向的模仿，比较死板。而《透明的红萝卜》的风格顿生变化，可以看出作者是双向的借鉴，即将拉美魔幻现实主义和当代前苏联文学结合起来。小说表现了作家独特的浪漫主义艺术个性，它已超越单向模仿阶段，是一种对外国文学多元的综合。《金发婴儿》不同于西方的性小说，没有“俄狄浦斯情节”，不为写性而写性，它所表现的，是一种社会意识，它是社会问题小说。在莫言的代表作《红高粱》中，外国文学的影响是一种多元的综合，作者已经将福克纳、马尔克斯的养料化为自己作品的血肉。在新作《欢乐》中，莫言第一次引进意识流叙事法，并同象征主义手法结合起来，用以表现主人公真实的内心世界，同时写出了主人公活动于其中的社会生活环境。《欢乐》的结尾提出：“欢乐”在哪里？“欢乐”的本质是什么？这种哲学思考在莫言过去的小说中是少见的。这种种特色都说明了莫言的多元综合与探索;看出他要在自己的作品中保持一贯的浪漫主义风格,又加强写实倾向的意图。从单向模仿到多元综合与探索,是借鉴过程从低级向高级的飞跃,说明作家打开了一个广阔的艺术天地,显示了他创作的独立性。鲁迅说得好:“此后如要创作,第一须观察,第二要看别人的作品,但不可专看一个人的作品,以防被他束缚住,必须博采众家,取其所长,这才后来能够独立。”莫言就是这样做的,也是这样成长的。

借鉴是一种手段,创新才是目的。在一个文化交流日渐频繁的开放的时代,多数作家都知道借鉴的重要性,都愿意在创作实践中借鉴外来文化,然而只有少数作家能从借鉴进入独创,作出独到的贡献。莫言,就是新时期少数具有独创性的作家之一。

第一,他开创了我国家族小说的新方向和新写法。

家族小说是近代崛起的、深受作家喜爱的体裁。从西方文学来说,18 世纪英国菲尔丁的代表作《汤姆·琼斯》以六个家庭作为线索描写并歌颂了上升时期的资产阶级,首开西方家族小说的先河。巴尔扎克一部规模宏大的《人间喜剧》反映了 19 世纪上半叶法国的历史。巴尔扎克的着眼点是写贵族阶级的没落,并喜欢用家族小说的形式来写,名著《贝姨》就是典型的例子。左拉沿着巴尔扎克的路子前进,写了 20 部系列小说,总名《卢贡·马加尔家族》,副标题是《第二帝国一个家族的自然史与社会史》。从他开始,用系列小说描写一个家族的命运的文学体裁宣告诞生,这是西方家族小说在格式上的首次突破。左拉写家族的多方面的分化,并将生物学引入小说领域,为后人提供了一个从“自然史”研究一个家族兴衰的新视角,与巴尔扎克不同。进入 20 世纪,德国托马斯·曼的《布登勃洛克一家》通过布登勃洛克家族四代人的盛衰,反映了旧式资产阶级的没落,它的副标题就是“一个家庭的没落”。英国高尔斯华绥用三个“三部曲”的形式,写了《福赛蒂世家》、《现代喜剧》及《尾声》共九部小说,描写了福赛蒂家族的盛衰,是一支资产阶级没落的挽歌。高尔基的长篇小说《阿尔达莫诺夫家的事业》也是以家族小说的形式写俄国旧式的资产阶级的死亡的。上述作家的家族小说除了《汤姆·琼斯》,都缺乏寻根意识,这是一个缺陷。《汤姆·琼斯》写上升的资产阶级,不需要寻根,因为它就是菲尔丁心目中的“根”,是希望与光明的所在。然而,其他小说是写贵族与资产阶级的没落的,他们否定了贵族和资产阶级,那么,一株民族大树的根基在哪里呢?这就要有寻根意识,才能写得深刻,上述作家的小说,各有独到的成就,但都没有回答这个根本问题。在欧洲一百多年的家族小说史上,只有《战争与和平》一部小说,表现了深刻的寻根意识。托尔斯泰尽管讴歌了卫国战争时期上升的贵族阶级,但却把希望放在农民身上,这在当时是很了不起的思想。由于《战争与和平》表现了寻根意识,描写了农民,仅此一点,其思想也高于其他家族小说。

寻根意识在欧洲文学中未能生根发芽,在美国文学中却找到了适宜的土壤。美国是一个新兴国家,在这片幅员广大的大陆上,印第安人和黑人是最早的居民,是这片土地的开拓者,是美国民族的根基。美国文学一贯有“寻根”传统,从库柏、麦尔维尔到斯托夫人、马克·吐温都写了印第安人与黑人，白人往往从他们身上汲取优美品质。20世纪美国“南方文学”派的主要代表作家福克纳以系列小说的形式描写了南方种植园主康普生家族的没落，而把希望寄托在印第安人和黑人身上。从寻根意识上说，它继承了美国文学固有的传统，从艺术创新上说，他把意识流与现实主义结合起来，用“一个故事讲五遍”的多层次结构，革新了家族小说的传统模式。西方的家族小说到了福克纳手中，又取得了形式的新突破。[①]

20世纪五六十年代，寻根意识在拉丁美洲崛起，这是民族复兴精神的昂扬，哥伦比亚的大作家马尔克斯以虚构的马孔多镇象征旧的拉丁美洲，并把寻根意识与变革意识结合起来。《百年孤独》的神话模式植根于民族的土壤，洋溢着积极浪漫主义的精神，在当代欧美家族小说史上取得了无书能与之相比的巨大成就。

在中国，家族小说的兴起还早于西方。明代《金瓶梅》是家族小说的雏形，书名就说明它以女性为中心，体现了我国家族小说重在写女性的民族特色，《金瓶梅》对女性寓怜悯于鞭挞之中，暴露了中国几千年封建社会一夫多妻制与买卖婚姻的罪恶，描写了市民家庭的黑幕，在我国家族小说史上占重要的地位。清代《红楼梦》继承与发展了《金瓶梅》写家庭、写妇女、写实的传统，描写了贾、史、薛、王四大家族的兴亡，深刻地写出了回光返照中的中国封建社会没落的必然趋势。《红楼梦》崭新的贡献在于它的浪漫主义精神和艺术手法，曹雪芹用歌颂女性的主题代替了《金瓶梅》暴露的主题，为女性树碑立传，赋予女性以理想主义的光辉。其鲜明强烈的主体意识，也是对《金瓶梅》的一个反拨。它写了神话，在一个神话框架中展开人间的故事，其开头与结尾的象征主义的意象手法，更使中国的家族小说进入一个前所未有的艺术境界。特别值得提出的是，这部小说写了农民，写了刘姥姥进大观园、王熙凤托孤。曹雪芹已经隐隐约约地感觉到农民是荣国府的根基，这是小说的亮色，是一种十分朦胧然而极为可贵的寻根意识。

新文学兴起后，鲁迅、茅盾、巴金、老舍都有志于家族小说。鲁迅先生过早地离开了我们，使他要写一部四代知识分子的小说的宏愿未能实现，茅盾的《子夜》、巴金的《激流三部曲》、老舍的《四世同堂》，都是家族小说的名著。这些小说与西方相似，写了地主资产阶级的没落，也写了家族的分化或革命的力量，但都缺乏泥土气息。在上述家族小说中，的的确确缺少了农民，而农民却是中国革命的主要动力，离开了农民去写地主资产阶级的命运，小说不论写得怎样好，也缺少一个历史的根基。纵观我国的家族小说史，直到新时期文学起来以前，只有一部《红旗谱》实实在在地描写了农民——革命的农民，表现了积极的寻根意识。

把莫言的《红高粱》系列放在中国家族小说史的系统中去考察，就立刻可以看出这

① 参见拙文《论〈喧哗与骚动〉》，《外国文学》1986年第9期。

部系列作品的新特色了。首先,莫言用家族小说的形式去表现寻根意识的创作动机十分明确,这是过去的作家所不及的。他说:创作《红高粱》系列是“为了为我的家族树碑立传”,“故乡的黑土本来就是出奇的肥沃,所以物产丰饶,人种优良,民心高拔健迈,本是我故乡心态”。莫言在小说中放声歌颂了爷爷和奶奶,歌颂了抗日的英雄,这是对《红旗谱》寻根意识的直接继承。然而,《红旗谱》是“现在式”的叙事,《红高粱》系列是写过去的事,是写先烈的英魂,它有民族之魂、历史之魂、崇高之思,这是《红旗谱》所缺乏的。小说又表现了作者极为鲜明、强烈的主体意识,就是歌颂先人与反省自我想结合的意识,是站在革命先烈墓碑前举手宣誓,表示后人要继承先人遗志的革命意识。由于莫言把后人的反省意识直接写入小说,遂使《红高粱》系列的寻根意识比《红旗谱》更为鲜明,它是一篇新的“红旗谱”、“先人祭”、“招魂曲”。莫言的家族小说所以胜于前人,是因为他以农民为主体,有农民的英魂在;还因为它有一个自我的主体,有当代革命青年的精神在,这两个主体结合起来,作为参照,寻根意识的目的性就十分明确,十分鼓舞人心。其次,莫言用革命浪漫主义的创作方法去写家族小说,他把高密东北乡设定成一个“神话世界”,“让人的生活、人的命运在神话氛围里展开”,这就拉开了历史和现实的距离;他在回忆中叙事,小说中“我”与爷爷、奶奶隔了两代,它就拉开了抒情主人公与书中人物的距离;他用意象抒情,把画意入小说,把叙事、抒情、象征的因素结合起来,使小说有壮丽的诗情。小说有民族之魄、历史之魂,崇高之恩、超越之态、诗情之韵,便有了史诗之质。这种革命浪漫主义的创作方法是植根民族文学传统的现代艺术的多元融合,形式十分新颖,又与《红旗谱》大不相同。《红高粱》系列的问世,顿使中国的家族小说出现了新的里程碑。

第二,他开创了没有经历过战争的人写战争文学的成功之路,为我国的战争文学打开了广阔的前景。

没有经历过战争的作家能否写战争文学呢?关于这个问题,当代苏联富于独创性的作家——《这里的黎明静悄悄》的作者瓦西里耶夫是持肯定观点的,他认为前苏联卫国战争文学目前正处在第六阶段——没有参加过卫国战争的人来写这场战争的阶段。他们能够写出“关于卫国战争的最真实、最好的书”,因为“在俄罗斯人民的历史上,第一部关于卫国战争的作品,也是写得最好的一部作品,就是过了数十年之后,根本没有参加过这次战争的列夫·托尔斯泰写成的”。他的精辟独到的见解为年轻一代作家解除了机械唯物论的束缚,指出卫国战争文学创作后继有人。

莫言对这个问题也持肯定的看法,因为他本人就是一个实践者,他的体会对人们富有启示。

莫言并不否定生活体验的重要性。相反,他十分重视对家乡先人们的传说的体验,他说:“它们几乎成了我生活的一部分。”“我是把爷爷、奶奶的形象和我们家族的有关英雄好汉的形象熔铸到一起的。”生活体验有直接的,也有间接的,从传说中、书本中，也能获得间接的生活体验，没有经历过战争的人，靠这种间接生活体验，也能拿起笔来，而关键就在于你有没有艺术想象能力，有没有你“心中的战争”这幅图画，它是决定你成功或失败的最重要的原因。

莫言说他写战争是要“反映人类的某种生存状态”，亦即要写人类理想的生存状态。写战争是为了写人，就是要重视塑造理想的英雄人物，这是古今中外优秀战争文学的一条共同经验。莫言笔下的余司令、奶奶、任副官，也是十分理想化的英雄人物。莫言成功的经验告诉我们：依靠先人们的传说（素材），写心中的战争（艺术提炼与想象），赋予英雄人物以“应该如此”的精神面貌，就能写出成功的战争文学作品来。

第三，莫言的小说既重视故事，又重视意象，既表现了民族传统，又吸收了西方技法，形成了独特的叙事风格。

重视故事情节，是莫言小说一个十分重要的特色，《红高粱》、《金发婴儿》、《欢乐》中的故事是可以“说书”的。即使是《透明的红萝卜》等小说，也有故事情节，有使人爱、使人动情的人物，动作是在人物关系中展开的，尤其是《红高粱》四个系列中篇的故事，是有中国传奇文学的浓重的笔法的，在某些方面肖似中国的武侠小说。莫言写余司令的枪口追踪着任副官那段文字，真是妙笔生花，叙述富于动感，在动作中活现人物的精神状态。他在《狗道》中写的游击队员与狗群的“战斗”，实在“神”了，使读者大开眼界。

然而，莫言的小说又与中国旧小说不同，除了故事外，他又写了意象，这些意象几乎都具有象征性，不仅给作品增添了诗意，而且在很大程度上，加深了作品的思想性，凝聚着作者的主体意识，爱憎毁誉，并不相同。例如《透明的红萝卜》中的透明玲珑的红萝卜，《金发婴儿》中绣着游龙戏凤的丝缎被面与金发婴儿，《红高粱》中的红高粱，《欢乐》中的黄麻花彩蝶，《罪过》中的红花与双峰骆驼都是。《红高粱》中的“红”色与《欢乐》中的“绿”色的意象已形成一个对立的体系，具有最大的象征意义，写得最为成功。

莫言在农村生活了20年，他深切地感受到土地对农民沉重的压抑。他说：“我以前反对别人歌颂土地。土地有什么好歌颂的呢？土地多残酷啊！一辈一辈地累弯了我们祖先的腰。”实际上，所有的农民都成了土地的奴隶。“绿”的意象就是表现了他这种感情。它表面上不易唤起读者相同的情绪，但细细一想，读者又无法否定这个意象反映了世世代代受土地压迫的农民对土地憎恨的普遍情绪。莫言捕捉意象的本领在于选择独特的意象，表现一种典型的心态，堪与以意象奇特取胜的西方意象派诗人比美。莫言还说过：“我曾经对高密东北乡极端热爱，曾经对高密东北乡极端仇恨，长大后努力学习马克思主义，我终于悟到：高密东北乡无疑是地球上最美丽最丑陋、最超脱最世俗、最圣洁最龌龊、最英雄好汉最王八蛋、最能喝酒最能爱的地方。”莫言对他家乡的“黑土”深沉的爱与恨，就完整地体现在“红”与“绿”这对对立统一的意象系统中。

莫言小说中的意象多半象征光明、美好的事物，表现出作者的一种理想和憧憬，但也有的意象象征黑暗、丑恶的事物，发泄作者的一种强烈的憎恨。《欢乐》中那些冷静、膨胀的"跳蚤"，就是"害人虫"的象征，它们吮吸劳动人民的热血，是毁灭生命的邪恶力量。莫言说他写到这些"跳蚤"时，"浑身哆嗦像寒风中的枯叶，你的心胡乱跳动，笔尖在纸上胡乱划动，纸上留下了奇形怪状的线条，极像你的心灵运动的轨迹。"

意象是莫言创作的一个十分重要的契机。他说："当头脑里出现一个非常感人、非常辉煌的画面时，我就会情不自禁地拿起笔，一下子想起好多好多事来。"这和马尔克斯的创作经验是一致的，当采访者问马尔克斯"具备什么条件才能动手写一本书"时，他答："一个目睹的形象，我认为，别的作家有了一个想法、一种观念，就能写出一本书来。我总是先得有一个形象。"这也说明了为什么莫言、马尔克斯小说中的意象能给读者以特别深刻的印象，因为它是作家形象思维高度集中的体现，在很大程度上为作品定下感情基调，例如"红高粱"、"绿"以及上文提及的"跳蚤"便是。

意象在莫言的小说中虽然占很重要的地位，但和小说的故事相比，还有第一和第二之分，这就是故事第一，意象第二。故事，始终是小说的主干，意象只是小说的枝叶。我们必须看到莫言小说中"意象"这个新的、十分重要的因素，但也不能把它强调到本末倒置，把话讲过了头。有的同志认为"《红高粱》的整个语符系统不在于说了一个抗日故事或写了什么抗日英雄，而在于呈现了一片血腥气十足的鲜红色彩"[①]，这就把莫言小说中的"意象"强调得太过分了。如果在《红高粱》中抽去了"抗日故事"和"抗日英雄"，那么这篇名作还剩下了什么呢？新时期的小说有一些是"情节淡化"的，在某种程度上说，也带有一定的普遍性，然而莫言的不是，情节始终是他小说的灵魂！具体说到《红高粱》，爷爷、奶奶和乡民的抗日故事始终是小说的灵魂，"红高粱"的意象是为了衬托英雄和深化故事的主题的，它离开了故事，就成了无源之水、无本之木，完全丧失了它绚丽的光彩。

第四，写性题材与社会问题相结合，摈弃"俄狄浦斯情结"的描写。

莫言不少作品都写了"性"，而以《金发婴儿》最为集中，莫言既不是《金瓶梅》式的为写性而写性，也不是《查泰莱夫人的情人》式的以和谐的性生活为人类最高的追求。莫言通过写性揭示人物的心理，把人物的性关系与社会问题结合起来。《金发婴儿》是社会问题小说，且用象征手法写出。莫言写了新型的婆媳关系，在小说中，婆媳不是对立的，而是相互谅解、相互同情，对婆媳的爱情不幸寄予深深的同情。小说中的裸体女性石塑及金发婴儿是纯洁、美、爱情的象征，是作者一种审美理想的寄托。小说有写实的层次和象征的层决；写实的层次写出了社会生活的真实，不回避，不粉饰；象征的层次由裸体的女性浮雕及金发婴儿等一系列象征系统组成，表现了小说的理想境界。小说中没有否定的人物，作者所鞭挞的不是小说的人物，而是造成婆婆、紫荆、黄毛、孙天

① 李劼：《试论文学形式的本位意识》，《上海文学》1987 年第 3 期。

球的悲剧背后的封建文化意识。这篇小说的性心理描写是十分出色的，是一种受封建文化意识所压抑的反抗。莫言自己说："《金发婴儿》……深入到人的隐秘世界里，虽然好多人不喜欢，但我个人最喜欢。"

莫言写性题材不受弗洛伊德的精神分析学说的影响，是他一个与众不同的特点。福克纳与马尔克斯的作品，大量地写了"俄狄浦斯情结"，这是众所周知的。王安忆的《小鲍庄》仿《百年孤独》，是《百年孤独》的反写。王安忆也写了拾来的恋母心理，写了"大姑"多次听见远方拾来的货郎鼓响的神秘的感觉，而这种感觉当拾来一有了对象就立刻停止了。这样的事例在莫言的作品中是找不到的。性题材可以从不同的角度去写，莫言不取精神分析学的角度。他把人与人的两性关系写得很美，例如《透明的红萝卜》中的村女与打石民工、《红高粱》中的爷爷和奶奶、《欢乐》中的永乐和鱼翠翠，都是写得很美的，表现了一种精神上的和谐关系。

莫言正在成长，他的作品并不是一切都好。他把《红高粱系列》写成四个中篇，就说明他的借鉴还缺乏独立的目光，系列小说是外国货，由茅盾、巴金引进中国。中外作者用这种形式来反映广阔的人生，力图使作品表现史诗的意识，这是小说文体的一种革新。但是，如果把一个故事分散到几部小说中去写，就流于散漫。莫言把"高粱"的内容拆开来写，致使"红高粱"系列失去了宏大之体，表明他还缺乏长篇布局的能力，或许也反映了他急于求成，他自己也意识到"犯了一个重大的错误"。莫言的《欢乐》引进意识流叙事法，并力图使之情节化，但讲的事情太多了，例如永乐嫂子做绝育手术那一节，不是写永乐自己而是写他人，其实是可以割爱的。福克纳的《喧哗与骚动》写了三兄弟对凯蒂的感情，就写一事，很集中。这说明莫言在借鉴上还应该继续努力。莫言有些文艺观念也不尽正确，例如他说："我更喜欢高更的东西，它有一种原始的神秘感。小说能达到这种境界才是高境界。"追求"原始的神秘感"的作家当然是有的，但革命作家不应该去追求那个东西。莫言作品所以取得成功，也不是因为写了什么"原始的神秘感"，而是他贴近生活——高密东北乡的生活。作家应该去探索人类的未知领域，包括精神世界的领域，这是一种唯物主义的态度，与追求原始的神秘感其实大不相同。莫言还说过他"年轻是一种假象，其实肉体老化得相当厉害了，日薄西山，百病缠身，三十多岁已是垂暮之年。我预感自己生命的蜡烛会有一天突然熄灭"。这种调子过于低沉了。莫言要去掉那神秘的"预感"，从生活中汲取无穷无尽的力量。

发扬自己的优势，向艺术的新高峰攀登吧，莫言！

（原载《当代文艺探索》1987 年第 6 期）

现代人的民族民间神话
——莫言散论之二

◇季红真

五、伦理的性与审美的性

说莫言的作品中带有现代意识，首先在于他对民族伦理规范，特别是儒教传统性道德观念强烈的批判态度，以及其作品忧郁的情绪基调中充盈着的泛性的苦闷。至于前者，上文[①]曾一再重复地有所论述，而后者则使他极真切地表现了对过往民族民间非规范伦理生存的情感容纳与高度的美学评价。正是这后一点，确定了莫言作为小说家（也是广义的诗人），而非伦理学家的存在。因此，我们对他作品中的性描写，也不应该停留在伦理的层次。

不用讳言，在莫言的作品中，可以看出弗洛伊德泛性主义精神分析学的影响。于是，我们首先遇到一个理论障碍，就是对这个学说本身的评价问题。作为一门科学，弗氏理论的可信与否，已经经历了几代人形形色色的诘问与驳难、校正与补充。譬如，在弗氏生前，英国著名的功能派文化人类学家马林诺夫斯基，通过对太平洋岛屿中尚处于母系氏族制社会的原始部族的实地考察，以第一手资料，推翻了弗氏关于仇父恋母理论的普遍性，指出弗氏得出这样的结论，主要是由于他所生活的维也纳市存在着严重的父权制，是这一社会条件造成的独特现象；弗氏的嫡派门生荣格，也从文化传统的角度，提出集体潜意识的理论，来校正弗氏的泛性主张。而历来这一学科以外的人们，对弗氏理论的取舍，大多是为我所用。这里有接受心理的一般规律，正如作为19世纪科学里程碑之一的达尔文进化学说，曾启迪了一个时代极端重视遗传的人格理论，并在这个文化心理的总体背景中，最终发展出法西斯的人种理论。理论的传播是受制于

---

① 指本文作者《忧郁的土地，不屈的精魂》（莫言散论之一），本书未收。——编者注

接受者的不同目的的。弗洛伊德的理论无疑从一个角度激发了20世纪几代人反叛的热情，并开启了20世纪艺术表现的新领域与新形式。譬如鲁迅就是从反对旧礼教的目的出发，批判地接受了弗氏的理论，并用于自己的艺术实践。他认为弗氏的理论撕去了道学先生们的伪面目，同时指出泛性的夸张则是"有饭吃阶级"的误见，赞同他"以压抑为梦的根底"，从而道出了与"社会制度、习惯之类"(《南腔北调集·听说梦》)的关联。而其作《不周山》，"原意是写性的发动和创造，以至衰亡的"(《南腔北调集·我怎么做起小说来》)。

莫言不是鲁迅，但就其对弗氏理论的接受方式来说却是相似的。他对衣冠灿然的虚伪论道者的愤怒、鄙夷，正如鲁迅对伪道德者的讥讽一样，带有20世纪中国人民族自省的基本精神。而其在艺术实践领域中，则在写实与象征两个方面，都要比鲁迅更多地受到弗氏理论的影响，这无疑与更重视本体体验的美学追求有直接关系，且忧郁的情绪基调中浓重的苦闷，本质上也只属于青年人。也就是说，鲁迅对弗氏理论的艺术借鉴，带有更为自觉的理性的扬弃，而莫言则兼有着理性认知的接受(尽管相当程度地感觉化)和感悟式的观照。

莫言的许多作品中，都有直接细致的性心理写实，他用很多笔墨写了社会与自我的双重压抑对个体心性的扭曲，以及连锁反应的恶性社会效果。他处理得最好的，是那些生活方式与情感方式都相对比较粗放直率的乡土人物的性心理与性行为。他特别长于状写人物由于潜抑的性心理所导致的异常行为，《红高粱》系列中余占鳌情迷心智，魔魔怔怔地大闹酿酒作坊，二奶奶临死前连声不绝的怒骂，《筑路》中杨六九的幻觉，都是精彩的片断，从中也都可以找到心理人类学的科学依据。莫言以人物外部的异常行为，隐蔽起人物潜在的心理逻辑，不仅使情节跌宕，笔法含蓄，而且人物超验的情感方式也带给作品以诡奇的神秘感。

此外，作为纯粹心理写实的情节，莫言也不乏精彩之笔。例如《金发婴儿》中那个由于性的蒙昧导致自我压抑，进一步人格分裂，最终在精神错乱状态中虐杀婴儿的军人，作者对其心理逻辑演进的处理是真实可信的，以及同一作品中，弥漫在紫荆与黄毛交往过程中的两性之间微妙的气氛，也含蓄动人。他也有分寸失当而损害作品的整体风格的地方。例如同一部作品中，那个原来获得作者情感肯定的紫荆搂抱公鸡的细节，固然揭示了其性饥渴的心理真实，但终究是有损人物整体形象的。又如《欢乐》中，被作者大为渲染的主人公近于歇斯底里发泄式的性心理变态，也由于过分感觉化的唯美处理，而与结尾《篇外篇》中的题旨发生了审美趣味的直接抵牾。至于《红蝗》中人驴交合的情节，作者竟贯注了那样热烈饱满的情感肯定，简直令人不可思议。这固然源于对虚伪残忍成性的食草家族尊长们的强烈义愤，但其本身终究是违背自然规律，反人性、反人道的，是对生命的亵渎，是人性在扭曲中的堕落，也是超出人正常的情感阈限与审美心理承受力的。

莫言写得最好的,是乡村青少年那朦朦胧胧的性心理。黑孩那一连串莫名其妙的外部行为中,隐藏着一条心理的逻辑线索,这条心理的线索融贯于整个身体的感觉,潜在于意识之下,而由菊子姑娘所启蒙的性心理推动着。从这个角度解释,他所有的外部行为都是合乎内在的情感逻辑的。他把头凑到最同情爱护他的小石匠手头的位置,任凭他敲打,他听任菊子姑娘抚摸他满是伤痕的背脊,甚至追寻体味水中鱼儿碰触皮肤的感觉,都是极度冷酷的亲情关系导致的皮肤(生理的)与情感(心理的)的饥饿,外显为对温情的极度敏感。他执意脱离砸碎石子的妇女圈子,去为铁匠拉风箱,并且狠狠地咬了劝阻他的菊子姑娘一口,这是男性意识的觉醒。他看见红萝卜的那个奇妙夜晚,正是石匠唱着凄婉哀怨的戏文(这段戏文最集中地体现着民族民间两性情爱的现世倾向,以及人生被情感高度升华了的苦难内蕴),小石匠与菊子姑娘两情缠绵的时候,那个幽兰的底色中金红的萝卜影像,正是他对人生中悲苦底蕴和以两性情爱为核心的幸福境界朦胧感悟的喻象(小石匠与菊子姑娘走进桥洞的时候,在炉火映照下,一个是红色,一个是黄色,而红色与黄色的调合,正是近于透明的足赤金色)。当小铁匠与小石匠争斗的时候,他反而扑向一直爱护他的小石匠身上,也正是在他发现小石匠与菊子姑娘在大麻地中幽会之后,这可以解释为对传统师徒关系的认同,但更深的心理动机,也正如小铁匠是为了对菊子姑娘的恋情,不同的只是他的恋情带有美的升华。因此,只有菊子姑娘的眼睛被石片崩坏以后,这个一直不动声色的黑孩子才抽泣了,并且那个金色的红萝卜影像再也不可复得,他被守园人扒光衣服,赤身裸体跑回来的时候,“起初他还像害羞似的用手捂住小鸡,走了几步就松开了手”。结尾那不知是谁的召唤,正暗示着一个备受苦难、但内心纯洁的男孩子,在性觉醒的初始阶段,对生活美好的憧憬的破灭。黑孩,那个充满诗意、灵感与生之欲望的小精灵,已经不复存在了。作者对这个少年的性心理发展过程的叙述,颇像鲁迅《不周山》的情节安排,只是“性的发动创造,以至衰亡”的过程,在鲁迅的笔下完全是以神话的方式完成的,莫言则主要以白描的手法实写其人物外部行为,而隐蔽在其中的性心理,则以写意的手法传达出来。

不仅这部作品,莫言几乎所有以乡村青少年为主人公的作品,都有这个特点。《大风》中的我,一听到爷爷漫不经心地唱出的古朴小曲,小鸡就翘了起来,并且那一天的感觉印象影响终生。《枯河》中的小虎,决心以死抗争,来羞耻成人世界的时候,一定要露出“布满伤痕”的屁股,而且,在听到日出前那一蛮野庄严的音乐之后才安然死去,让那屁股“布满阳光”,就好像一张“明媚的面孔”。性在这些作品中贯穿生死,融会着生命的整体感觉,其超越生理层次的内容,构成作品的象征意义。

因此,性在这些作品中,不限于纯经验的内容,还包括更广泛的本体意味。也就是说，莫言对性的理解，不仅是从伦理层次的道德探索，也不仅是心理层次的客观写实（有时是以写意的笔法），还包括哲学、人类学意义上的本体观照。它是诗意化的生命本能的抗争，是直率善良、自然美丽的人性，是高悬于民族民间生存现实悲凉底蕴之上的幻想之光。

只有在这个本体观照的诗化象征层次上，我们可以穿透《红高粱》系列作品中写实层面那惊心动魄的惨烈场面，那钩心斗角、你死我活的殊死格斗，体验到人类情感的伟大力量。同时，也遇到一个普遍的问题，当人们反抗千年古国虚伪道德的时候，常常会产生错觉，认为性解放的极致是非伦理的，这也是弗氏理论最易产生的歧义。

实际上，人类的伦理实践能力，与人类的认知能力、审美表现能力一样，都是人的本体力量的组成部分。因此，人类本体力量的实现，也包括伦理实践能力的实现，而且其实现的方式必须通过社会的道德规范来完成。这规范无论是合理的，还是不合理的，都意味着对个体情感欲望的压抑。而文学作为审美表现活动，也是人类本体力量自我实现的一种形式，而且它基本是由个体的情感所推动的。这样就出现了帕克在他的《美学原理·艺术道德》一章中提到的二律背反，即：因为艺术总是表现人的个体情感的，就势必与社会集体的规范发生冲突，因而它是不道德的；然而，艺术表现的个体情感欲望，本质上是属于人类集体的部分，因而它又是道德的。这个二律背反，与其说是艺术与社会伦理规范之间的矛盾，不如说是人类本体自身的矛盾，是本体自身的不同的形式自我实现时，不可避免的冲突。而艺术正是在与历史伦理的冲突中，承担着“未来的伦理学”（高尔基语）之职能。正是这样的认识前提，使我们有理由反对道学（无论其真伪）的批评，因为文学作为人类满足本体审美表现的需求手段之一，本身不是道德批评的对象。也正是这样的认识论前提，使我们在《红高粱》系列旧日民间伦理生存的奇异传奇中，与其说感受到对非人的旧道德激烈的反叛精神，不如说是在人必须以恶的手段达到善的情感实现这一个困境中所揭示的人类本体自身的悲剧境遇，使在扭曲中蓬勃生长的人性，带有更崇高圣洁的道德内蕴。因此，作者在这些作品中，不仅是完成了一个道德的批判任务，而且是以浪漫主义情感夸张的极致，完成了人类永恒的道德（也就是人道的）理想的情绪表达。

然而，莫言终究是一个中国人，而且是一个山东籍的中国人。这使他浪漫主义的情感夸张永难超越民族集体潜意识中伦理情感的价值取向。在他的作品中，有一个愚昧专制、卑屈麻木的父亲，就有一个善良隐忍、勤苦而耐劳的母亲；有一个反叛的英雄，就有一个忠厚的硬汉（系列中的余占鳌与罗汉大爷）；有一个工于心计的奶奶，就有一个逆来顺受的二奶奶。甚至在《红蝗》中，叙述者也极想给刘猛将军塑一个老婆。比例协调，搭配得当。这当然不一定是作者有意为之，也许仅仅是作者内在情感无意识的自体循环。也正因为如是，使这样的人物关系，更带有种族记忆中伦理情感现世倾向的原型意义。

这一原型，对于我们来说，还有另一种意义，那就是看到民族民间(特别是地域)历史文化的母体给予作者的巨大心灵负荷。这一心灵负荷，使他极敏感于民族伦理生存现状的混乱，并由此在对人类本体悲剧境遇的感悟中，陷入对自身力量的深刻怀疑。这是他晚期的两部作品(《罪过》、《红蝗》)题旨与风格都颇逆于《红高粱》系列作品的原因，以致在《红蝗》的结尾处，他特别注明作品的叙述者“我”不是莫言。

这种题旨的逆转，最直接地体现在他作品中色彩喻象系统的变动。在他的笔下，几乎所有姣好善良的女主人公服饰中都有红色的标记，一般是上衣，菊子姑娘则是一块紫红色的头巾。因此，红色首先意味着健康自然的性欲。不仅如此，水淋淋鲜红的月亮(见《枯河》)，血一样红的太阳(见《大风》)，传说中会炼丹、被众人追杀得走投无路的火红的狐狸(见《爆炸》)，“红成饶沣的血海”，“辉煌”、“凄婉可人”、“爱情激荡”的红高粱，等等。因此，由情欲推而广之，红色喻示血性、本能的抗争、激情与野性的自由。乡村景致中最浓重的色彩自然是绿色，而莫言笔下所有蒙昧勤苦人物活动着的背景中，都有一片绿色，因此，绿色与红色相对应，烘托暗示出朴野顽强的生存、耐力、隐忍、蒙昧的生殖力。其他的色彩则几乎都流于一般的象征意味，例如白色象征纯洁与悲壮(《秋水》中盲女着白衣，《老枪》中飘洒在父亲身上的梨花洁白如雪)，黑色意味残忍与死亡(《秋水》中的黑衣人)。这些色彩都分别代表着人类原欲中的不同内容。而体现着莫言价值理想的意象，常常或色彩鲜明对比，或色调和谐。作为人生苦难的感悟与美好憧憬的红萝卜影像，在青幽幽、蓝幽幽的铁砧上，放着金色的光芒，里面还有“活泼泼的银色液体在流动”。喻示着顽强蓬勃生命力的那棵“老茅草”，“不知是红还是绿”，象征民族民间遥远神秘的情感。作为反叛精神神圣图腾的红高粱，以其油亮的绿色秸秆高举着赤红的穗子，区别于暗绿色的杂交高粱。而作为作者否定性审美情感意象的，则几乎都是单一色彩的，《三匹马》中，围绕着被性的蒙昧压抑着的人，是一片密如屏障的绿色玉米地；《狗道》中，疯狂的狗群是由红、绿、蓝三条疯狗率领着对人袭击。因此，在这个色彩喻象系统的心理关联域中，疯狗对爷爷和父亲们的袭击，就不仅仅是对人物特定情感境遇的设计，也意味着人类健全的精神，在自身诸种情欲的纠缠中孤立无援的困境。那么爷爷战胜疯狗的围攻，也就象征着人类健全的精神对自身欲望的胜利。

从《欢乐》起的几部作品，这个色彩的喻象系统变得越发抽象，且其中寄寓的情绪也变得越发激愤。《欢乐》中，所有绿色的物象都是丑陋、肮脏的，主人公对自身生存环境的由衷憎恶，干脆抽象成对绿色的疯狂诅咒。《弃婴》中的婴儿被遗弃在一片密不透风的庄稼地里，绿色的背景暗示出盲目、蒙昧的生殖力。《罪过》中那朵裹挟走弟弟生命、奇怪地逆水而上的花是红色的，而作品中“我”的原罪意识，正好与花的意象彼此呼应，喻示着原欲的罪愆。《红蝗》中，先将拥挤的人群比作蝗虫，而时隔50年两场蝗灾的交叉叙述，实在是为了揭示两种伦理生存状态中非人的实质，核心仍然是性（推而广之则是欲望）。那蝗虫也是红色的，而且“红水盈大”、“绿色泛滥”，连太阳也变成了一个小小的绿色玻璃球，这些描写都难以带给人美好的联想。于是红色、绿色就如希腊神话中潘多拉的盒子，阿拉伯神话中所罗门的瓶子一样，喻示着原欲的罪愆。作者由此表达出对人类本体欲望的道德怀疑。

如此看来，从《红高粱》到《红蝗》，莫言几乎完成了从尼采到叔本华的认知转变过程。现世倾向的道德（也是人道的）理想精神，由绝望的抗争到无可奈何的诅咒嘲讽，推动着审美表现的重心，由情感的浪漫夸张，到理性的荒诞认知（也包括本体纷扰的情绪宣泄）。从这个意义上说，莫言几乎跨越了一个世纪。

六、经验的世界与神话的世界

这里所谓经验的世界，指作品中人们经验的认知方式可以领悟到的世界人生内容，也是指艺术作品中模拟客观真实的表现形式。这里所谓的神话世界，则是指人的非经验的认知方式，纯粹主体的情感意愿，以特殊的心理逻辑推动的艺术思维，对客观现象世界加以重构的虚幻世界，也就是作品中那些非写实的表现形式。[①]

莫言的艺术世界，无疑是经验世界与神话世界水乳交融的内在统一。他作品中的本事，几乎都不超出人们的经验范围，而其中对乡土社会人生世相从整体到细节的社会写实，可以说是相当逼真的，这带来了作品内容的扎实。然而，他的小说整体上却带给人神话的效果。这不仅是由于其作品中的民间好汉，颇合于中国古代“神话的历史化和历史的传奇化（人格神话）”[②]的规律，也不仅是由于争战杀伐却不给人以恐怖感的英雄崇拜的史诗灵魂，甚至也不在于穿插在人世故事中的鳖精狐怪等民间信仰。而且，农耕民族万物有灵的原始自然观，作为民族民间神话思维的心理基础，儒教规范下汉民族重视现世伦理实践成功的价值取向所造就的，充满人生神秘感及宿命的精神归宿心理内容的，因果报应、福祸根基等潜在的思维模式，都是这个带有神话的奇异世界赖以构筑的有效契机。譬如，《罪过》中鳖精的传说故事，就最集中地体现着这样的思维特征，而其在揭示主体原罪意旨的整体结构中，审美价值的特定否定功能，则是一个

① 袁柯：《中国古代神话传说·导演》中，关于神话的概念有狭义、广义之分，其广义的神话包括神话、历史传奇、民间传说。方克强在《论神话思维》一文中，在此基础上，将神话思维进一步分为神话式、魔幻式、童话式、寓言式。本文接受以上二人对神话广泛的解释。

② 参见谢选骏：《神话与民族精神》，山东文艺出版社2000年版，第242页。

价值取向的逆转。从中，我们可看到作者对民族民间文化心理，有批判，有认同，就如血缘承传一样隐秘的情感承诺。而其批判的武器与认同的契机则是一个，即20世纪人们对本体生存意义的探究，鲁迅在评论陶元庆绘画时写道："他以新的形，尤其是新的色来写出他自己的世界，而其中仍有中国向来的魂灵。"(见《而已集·当陶元庆君的绘画展览时》)这段话用来说明莫言小说的神话效果也是贴切的。20世纪人们的人性理想，现代艺术在原始艺术中寻找灵感的成功先例，激活了莫言对民族民间文化心理的情感承诺中感知方式的认同，带来审美意识的自觉。而现代人错杂的时空意识，则帮助他以独特的感知方式，将经验世界的分散材料，构筑成自己带有神话意味的世界，其中也自有其"中国向来的魂灵"。

在本文的第一节，我们曾论述过，莫言小说大多以第一人称的高调叙述，在记忆的纠缠中，间杂大量的旁述，转述且夹叙夹议。作者似乎有意打断故事的联系性(例如《红高粱》系列的作品，如果以连续的故事时序结构叙述，就是一个长篇的材料)。这样首先带来的时间与空间形式的虚幻(也就是非经验)性质。

莫言笔下的多数故事都发生在高密县，主要是东北乡(《秋水》是十八乡，其他没有注明高密县的作品，也与高密县共属同一文化地理范围，这可以从人物对话语言的一致性看出来)，而且虽年代更迭，但人物与叙述者"我"之间的关系却永远不变，都是祖孙之间的隔代故事。于是，就有一个永远长不大的我和一群永远不曾老去的爷爷、奶奶。在这种固定人物关系的演述中，有两种时间意识交插演进：其一是线性的历史时间，依着这个时间线索可以排出小说本事发生的先后年代，从开发之初(这是史前时期的记忆，可见《秋水》)，抗战前、抗战时期及至解放以后(见《红高粱》)，解放前、解放后至"文化大革命"(已改《老枪》)，"文化大革命"期间(见《透明的红萝卜》、《大风》、《枯河》等)，目前(见《爆炸》、《红蝗》)。其二，则是叙述者与主人公的特定关系表示的时间，相对于明确的线性时间，这是非线性、非逻辑、混混沌沌、无始无终、循环演进的血缘心理时间。当莫言以第一种时间为主要叙述框架时，人物与故事就具有逼真的经验性质(如《三匹马》、《筑路》等作品)；当作者以第二种时间为主要叙述框架时，人物与故事就带来虚幻的神话效果(如《红高粱》系列)；当作者以两种时间交叉完成叙述时(这时其实是以心理时间为框架)，作品的虚幻性质就进一步发展为怪诞的风格，仍属神话的效果(如《红蝗》)。

当然，时间的虚幻性质，还来自人物处理有意识的混乱，同一个"暖"，和"我"的姑侄关系并没有改变，可在《白狗秋千架》中，是一个青年农妇，而在《爆炸》中则是一个老年的乡村医生。这种有意识的混乱，与其说是作者故作神秘的智力表现，不如说是现代人在动荡的世界图像中，被自我渺小感压迫得耻于作真诚状的内心羞怯。

空间的虚幻性质，则是时间的虚幻性质带来的相应效果。作为莫言的故乡，高密县首先是一个自然地理的空间概念；记忆与转述强化的传奇人物与故事，与其说叙述了一系列的传说故事，不如说描述了这些传说故事的生成过程，而且揭示了神话赖以生成的民族民间潜在的思维特征。在这个意义上，豪强出没、传说纷呈的高密县，又是一个文化地理的空间。在这些传说故事中，容纳着多少民间传说乃至世界神话传说的母题！例如，《秋水》就极近于开天辟地的神话故事，只是主人公不是神性的英雄，而是人性的民间本色英雄，其洪水的故事相通于世界各民族洪水故事的救世神话，血亲仇杀的主要情节原型可以追溯到上古史传故事，至于长工与庄主小姐恋爱而杀人私奔，更是民族民间传说故事中常见的问题，其最古老的原型是充分世俗化了的牛郎织女故事。这样一个母题套一个母题的情节演进，借助虚幻的时间模式完成的艺术叙述，就使高密县带有超现实的神话性质。而与之有关的所有故事，在作者“种的忧虑”的议论推动下，就以忧郁的叙述基调，情绪化地概括了人类从伊甸园开始的全部生存历史，正契合于现代人对本体生存意义的探究。因此，莫言的世界，也正是在这个人类学的意义上，将经验世界的民俗材料与虚幻的时空形式统一起来，带来整体的神话效果。

从这个角度反观莫言作品中奇异的情节，就不难发现“中国向来的魂灵”，在他的笔下是极为夸张地心理化了。最典型的是二奶奶。“诡奇超拔的死亡过程”与大奶奶显赫排场的殡葬仪式，两相对应，一里一表，最形象地喻示了民族民间对生存与死亡的神秘信仰。大奶奶的尸体在坟中长埋之后，挖出时竟光鲜如初，且有香气溢出，这是把死看作生的延续；二奶奶临死前怨愤冲天的怒骂，与其说是生命奇特的消亡过程，不如说是心灵化了的祭神仪式，其所祭者是执着的生之欲望。这两个女人的死，正表现了民族民间生命意识的两个方面。其一，对生存充满了现世倾向，因此才能漠视陈规礼法；其二，把死作为生的延续，所以才有蔑视生死的本色英雄。而《筑路》中杨六九的幻觉，则正是这种集体潜意识在个体心理崩溃的瞬间颠倒所致，从而莫辨生死，心智迷乱。

莫言小说借来的形，还体现在主体感觉的强化、意识流与内心独白手法的大量运用，而且视听知觉通感形式的夸张变形，都有助于故事与人物联结在情绪饱满的心理场中。此外，夸张描述瞬间感觉，则是借鉴现代电影中慢镜头的表现手法。这无疑也加强了莫言小说的奇幻色彩，使他的神话世界在形式上也带有现代意味。

七、语义的特殊心理关联与心灵形式的协调

论述一个作家的创作，语言是不可回避的问题。特别是莫言，他的语言对于他的风格实在是至关重要。

小说语言作为艺术表现的言语活动，既不同于一般的文学语言（这里沿用国内语

言学界的惯例，指规范的书面语），也不同于口语（包括地域性方言、社会集团习惯语体，还有共时性的社会现实语汇）。同时它又明显地受制于文学语言与口语的整体符号系统。这个矛盾是由小说语言在社会语言系统中的特殊功能决定的。

首先，小说是写给人看的，其能指符号的一般指称意义，必须相关于整个语言体系，否则就超出人们的接受能力，其所指意义也就难以使人理喻。其次，小说的叙述带有对人的叙述行为的模仿，不仅其中情节少不了以对话来推动，人物性格也需要其语言特点来刻画，且真实或虚拟的叙述人，也会有特定的身份，那么与身份人格相关联的大量口语进入小说就势在必然。这样，口语的不规范性，就给规范的文学语言形式带来了超语言的剩余部分。正是这些部分带给小说以文化的关联域，使文学的基本内容在阅读过程中，连接起读者熟悉或陌生的经验世界，获得接受与理解。其三，小说语言作为艺术叙述的审美形式，它直接传达着作者的审美情感，因此，本身就是艺术选择的一个方面。特别是在现代小说中，人们力图在有限的篇幅中，尽可能多地容纳自己的思想情感，这就必须加强语言自身的表现力。这种小说对普通言语"有组织的侵害"带来了语言的陌生化效果，使意义的个性特征通过"陌生化"了的语言形式带来的新鲜感，给接受者以美学的刺激就势在必然。"当陌生的东西变为人们熟知的东西时，它就需要其他事物来取代。"[①]而陌生化的小说语言溢出规范语言和人的熟知语言之外的部分，正是作家的语言风格所在，而其形成的张力弦面，则是作者心理的关联域。

小说语言心理关联域的发现，启示我们在评价作者语言得失的时候，不能一成不变以规范语言为标准。在对文本全部能指意义的追寻中（这必须遵循陌生化的原则），必须克服自己的语感偏好（因为我们也受着自身心理关联域的无形限制）。只有在其叙事意识的整体规定中，才能准确地描述与评价其语言的得失。

针对莫言小说语言来说，本文前述各节，都已经为这一最终的叙述评价作了铺垫。反过来说，对莫言小说语言的分析，也就带有对其整体风格进行总结的意义。

首先，莫言小说的语言最使我们感到陌生的，是语词的任意性搭配。其中有大量的方言俚语，当代城市的流行熟语，诗词短句，以及生理学、心理学等学科的大量专业术语，混杂在一起，一股脑出现在文本中。对于习惯语体统一、语调纯净的读者来说，这带来了信息超载的心理冲击，产生了纷繁甚至有点芜杂的基本印象。而这正是处于接受能力最强的青年时期，承受着传统与文明双重压抑的作者最真切的情绪宣泄。因此，就莫言的叙述个性来说，它最充分地表达了主体情绪的痛苦纷扰，以及难以克服的忧郁。

这些任意搭配的语词，大致属于两个外在的语言系统。其一，是与全部乡土社会

① 特伦斯・霍克斯：《结构主义与符号学》，上海译文出版社 1997 版，第 71 页。

生活传统相关联的北方民间口语：其二，则是与城市文化相关联，浸透着现代人自我意识的当代书面语。这两个外在于文本的文化关联域，是客观存在于社会语言系统中的，当它们经由作者心理的特殊关联，获得某种内在的联系（叙述者来自乡村、生活于城市这一特定身份），以一定的语言规则组织成一个时间向度线性的小说语言的时候，就从原来所属的社会语言系统中被分离出来，形成了最基本的语义张力。而两者之间，也就在新的语码系统中，获得新的结构关系。

由于文本中基本故事的构成是由北方民间方言语汇承担的，所以，可以把与整个乡土社会传统关联的方言语汇，看作这个新的语码系统中的主格：其文本的情节是由与城市文化相关联的、浸透着现代人自我意识的语汇推动完成的，因此，可以看作是这个新的语码系统中的修辞格。而不断旁述、转述、夹叙夹议的特定演述方式，也就使这两套语汇，转换在新的的语码系统中，生成为基本的主谓关系。也就是说，莫言总是以现代人的思维感觉特征，陈述、修饰、评价着乡土社会的生存历史与传统。

由于这一基本的主谓关系，就使这两套与不同文化相关联的语汇，在文本新的语码系统中与其原有的文化关联域之间，不再是对应关系，而是对立的关系。进一步也就是说，故事与情节在陌生化了的语言形式（语词的任意搭配）中，从其原属的外在文化背景中彻底分离出来，形成了作者经过自觉的艺术选择，具有新的能指意义的象喻系统。而这又正合于作品中虚幻的时空形式所产生的神话效果。作为主格的故事，就如露出修辞格情节之上的一个岛屿，带来整体的神话意味。

主格的故事与修辞格的情节之间，得以构成基本的主谓关系，需要内在的逻辑联系（这里所谓的逻辑显然是特殊的心灵形式），否则，就会因为语言与其文化关联域的悖逆，而导致风格的缺欠，就像我们在莫言的单篇作品中常看到的那样。譬如《透明的红萝卜》中，结尾处以“湖光潋滟”来明喻黑孩眼中的泪水，就使作品整体语言的韵味，失于文化关联域的不协调。因此，我们就莫言小说语言的描述与评价，也主要是针对他的创作整体来说。

莫言小说语言的另一个特色，是指称色彩的语词概念大量出现。这些概念在文本中的能指意义，一方面与写实的状物有关（如红萝卜、红高粱），沿用着概念的基本内涵；另一方面，也带有极强烈的主观随意性（譬如狗有红、绿、蓝已属稀罕，而太阳也可以是绿的，血也可以是金黄的、蓝色的……）。而且这超自然的色彩感觉形式，不仅服务于表现人物特殊内心体验的写实需要，更多的时候，是表现叙事人强烈的主观感情指向，这使莫言的世界色彩缤纷且带有奇幻效果，难怪有人将其比作西方晚期印象派的绘画。当然外来绘画形式的借鉴是极为可能的，莫言《透明的红萝卜》之后的作品，色调明显地绚丽起来，常常带有局部的色块与整体的色调印象。但内在契机仍在于外来形式的参照激活了他对民族民间审美心理的情感承诺中视知觉方式的潜在基因，使现代人充满本体体验的情感夸张，寄寓在民族民间强烈单纯的色彩感觉形式中。正如美国著名的心理人类学者萨丕尔·沃夫理论论证过的那样，原始民族对色彩的感觉要比文明人丰富得多，然而几乎没有过渡色的概念。这显然和其粗放的生活情感方式与相应比较粗糙的知觉方式有关系。这个特点在民族民间的绘画中也充分地显示出来，人物的变形与色度的强烈对比，都是情绪夸张的特殊形式。因而，莫言晚近作品中色彩绚丽的语词概念大量出现，也是内知觉方式有意识调整的结果。

莫言摹写声音的语词则多来自民间语汇和古汉语。也如许多语言学家都曾指出的那样，人类语言中作为指称声音的象声词是相对贫乏的，而且也明显地受到文化的限制，所以同一声音在不同的文化符码系统中，常以不同的语音形式，以至于日本人与美国人所听到的同一只狗叫，声音也是不同的。从古汉语和民间口语中提取象声词语(诸如砉然、哧溜哧溜)，就突出了听觉形式的民间特征。

除此之外，莫言还长于将听觉形式迅速地转换成视觉形式(这也许是对听觉语词相对贫乏的无意识补偿)，譬如，《民间音乐》中对于盲人乐师新奏乐曲的大段视觉化感受文字，《红高粱》系列作品中，将子弹的尖锐呼啸明喻为一株绿色的芦苇上长着鲜红的穗子。而且作为两个不同时期的作品，前者的描写偏重于文人文化的色彩知觉形式，而后者则偏重于民间文化的色彩知觉形式，从中我们也可以看到其内在知觉形式的自觉调整。

主格与修辞格之间心灵形式的协调契合，显然带来了文体的诗化倾向。诗歌隐喻(包括明喻)的选择性原则大量渗透在文本中，与散文转喻的相似性原则彼此结合，就突出了语言符码能指的主观情绪意向。不仅将主格故事中人物，进一步从乡土社会的文化背景中分离出来，形成人物喻象系统，修辞格的情节中也形成了上文曾论及过的色彩喻象系统。而且，两者的有机组合耗尽两大外在语码系统原有的能指意义，再一次转换生成出一套独为其有的精神语码：红萝卜、红高粱、不知是红还是绿的老茅草、水淋淋的红月亮、鲜红欲滴的红太阳、红蝗(这是形象化了的能指符码)；爱情——性——生命的激情——欲望；种——生命的力量——反叛精神——罪恶的原欲(这是隐蔽的所指意义，也是诗化了的主体意旨)。

在一层新生成的语词系统中，原来修辞格的情节转换为主格，生成了最深一层语义，那就是对人性自身的道德怀疑和对本体生存意义的探究，完成了自身世界的人类学确立。于是这转换生成为主格的情节，就以其独特的心灵形式，构筑出作品的神话框架，而使原属主词的故事，彻底从人们以经验认知方式可以感悟的现象世界中悬浮起来，凸现了其作为现代神话的全部意蕴。

综上所述，莫言小说语言的特殊心理关联域，使他将两种外在的语码系统在特定的叙事方式规定下，经过感知方式协调，由特定的叙述方式推动着，组成新的语法关系，并以散文与诗歌相结合的修辞手段，经过不断转换生成，不断耗尽原有的能指意义，不断形成新的语码，最终完成了主体深层的语义表达。从这个意义上说，他的语言，作为其风格的骨干，是非常成功的。

然而，矛盾在于作者独特的心理关联域组成的语码系统，与时代规范基本的语言系统之间的冲突。后者毕竟是阅读接受的基础，特别是恐怕很少有人可能阅读他的全部作品，这就使单篇作品的破译接受，会遇到作品语码的障碍，譬如《欢乐》、《红蝗》这样的作品，若不是放在特殊的心理关联域的语码系统中，是极容易产生恨世的歧义的。此外，过分地夸张感觉，特别是不加节制地追求视觉化的效果，会导致艺术的浮华（当然这是奶油巧克力味以外的，新的浮华），终不免“七宝楼台，炫人眼目，拆开了不成片断”的形式主义弊端。

莫言的小说正处于风格的变动时期，这使我不敢自信对他的小说语言，乃至整个风格的描述评价可谓公允。好在笔者不是权威，本文也不过是散论而已。失当处，恳请各方教正。

（原载《当代作家评论》1988年第1期）

红色的变异

——从《透明的红萝卜》、《红高粱》到《红蝗》

◇夏志厚

如同刘索拉常倚恃其良好的乐感来弹奏她的小说那样，莫言在他的小说世界里常常表现出对于色彩的近乎完美的良好感觉。最初读他的小说《透明的红萝卜》，这一点就给我留下过深刻的印象：写小石匠和小铁匠打架，“一白一黑两个身体又扭在一起”；写并肩而立的恋人，“深红色的菊子和淡黄色的小石匠”；写黑孩看铁匠炉里的火苗，“一绺蓝色火苗和一绺黄色火苗在煤炭上跳跃着”，他“试图用一只眼睛盯住一个火苗，让一只眼黄一只眼蓝”；写那只神奇的红萝卜，“泛着青蓝幽幽光的铁砧上，有一个金色的红萝卜”，“透明的，金色的外壳里苞孕着活泼的银色液体”。色彩的调配和对比色的运用，似乎都只是信手拈来，丝毫不费雕琢工夫，却能传神醒目，横生妙趣，仿佛让人亲睹那画面，体会到内里和谐、幽默乃至神秘的意味。在我看来，新时期小说作者中具备这种良好的色彩感觉的，实在也不多见。

在丰富的色彩世界中，莫言对红色又似乎有着特殊的敏感，或者不如说偏好甚至敬畏。这不仅是因为他的第一篇成名作就选择了红色作为其主体色调，也是因为他以后比较引人注目的其他小说中，总是接二连三地出现红色的色调。继那只充盈着灵性的红萝卜以后，又有涂满血色和火焰的红高粱，以至令人心灵战栗的红蝗，三篇小说构成了一个红色的序列。在这三篇小说中，都有一个红色的意象物作为小说内涵的象征，并且总是在小说的题目中就被鲜明地标示出来。表面看来，“红萝卜”、“红高粱”、“红蝗”都只是作品情节所规定的特定物象：黑孩从萝卜地里拔来了红萝卜，发生在红高粱地里的恋情与战斗，可怕的蝗灾与扑灭蝗灾的努力，等等。可是实际上，与其说是小说的特定情节赋予了这些意象以生命，不如说正是这些意象刺激了作者的创作冲动，准确地规定了小说的总体格调和情绪流向。它们并不确凿地比喻什么，说明什么，却能够恰如其分地托出莫言心中对描写对象的那种无可名状的模糊感觉，给予对象一个有生命的总体象征。当这个象征物升起时，一切逻辑的语言都往后退去，多少不尽之意都被这象征物囊括其中。莫言则正是通过这个具体的象征物把握了小说的命脉，它不像那些抽象的观念那么干瘪枯燥，让作家的笔只能在稿纸上正步操练，而能为作家的想象和创造留下富足的余地；同时它却又是一个有形的规范物，将作家的思绪和情感投射有效地吸附在自己的光环周围。有了这个最初的意象，莫言的小说就找到了它的生命，仿佛一副骨架有了可以依附的灵魂，顿时便有了全部的生气与活力。这本来是莫言多篇小说共有的特征，但是，只有这一初始意象的选择精当、准确，莫言的才情在小说中才能发挥得越是充分。三篇红色系列小说恰恰有着这样的特色，“红萝卜”的清纯、“红高粱”的凝重、“红蝗”的混沌，都同小说的情绪氛围合为一体，而又因这情绪氛围的烘托造成越发鲜明的形象，不仅能令人感受到它们或静或动的态势，而且能清楚地分辨它们的色彩差异，成为整篇小说不可更易的确定的象征物。红色仿佛赋予了莫言的才情以一个集中的宣泄口，当红色意象从他的脑际浮起时，它对莫言便有一种神秘的召唤力，本来就对色彩敏感的莫言，会在红色信号的刺激下加倍地兴奋，常常就在这时源源不断地写下他的最佳文字。

我最感兴趣的，还不是红色何以会如此强烈地激动莫言的想象力，而是红色在莫言小说中已经发生了的变异。描写红萝卜时那种野性的圣洁，描写红高粱时那种野性的悲亢，在红蝗里却近于野性的发泄。曾经玲珑剔透的红色，曾经火一般摇曳的红色，变得腥臊污浊，涂满秽垢。在《透明的红萝卜》和《红高粱》里可以感觉到的一种冷冷的情绪性偏激，在《红蝗》里变得更为冲动且又夹杂着作者止不住的嘲讽、议论。

不知为什么，读《红蝗》，常常会使我想到《透明的红萝卜》里的黑孩。那个沉默不语的黑孩，却有着富于幻想的心灵，沉默压抑了他与周围世界的交往，却丰富了他孤独的内心体验。平时他尽力规避着周围的人群，可是积郁的心理能量也会使他在一瞬间突然爆发。他的手能够承受常人难以承受的种种苦痛，深秋时节还只穿个裤头、光着脊梁，甚至攥着烧红的钢钻眼看着手里冒出黄烟。这并非因为他的肉体和心灵已经趋向麻木，灼伤的手会使他感觉到疼痛。菊子姑娘来看他，他也会感动，他的弱小无靠使他无法采取其他的反抗途径，便以折磨自己的肉体同时也折磨着他人神经的方式去反抗自己的命运。当他捏着灼热的钢钻蹲到欺侮他的小铁匠面前，目睹小铁匠无法面对这一种冷冷的残酷时，他才能获得全部的自我心理满足。尽管后来他并没有因此而赢得任何的殊誉，只是望着西天又白又薄的半个月亮，依然面对着自己的孤独。自卑使他滋长了比小铁匠和小石匠都更为强烈的自尊，这种强烈褊狭的自尊使他冷冷地面对嘲弄和侮辱，也使他宁愿压抑住面对爱抚时的心悸，而不堪忍受爱抚中任何一点同情的目光。菊子姑娘是他心目中的美好希冀和神圣物，他把她的手帕藏在桥墩上隐蔽的石缝里，坐在她常坐的地方呆呆地瞅望。可是，他只愿意在内心深处独享这一份愉悦，当菊子在众人面前公开地表示对他的怜悯与同情时，他竟在菊子的手腕上咬了一口。在黄麻地里偶然发现了小石匠和菊子的关系以后，他事实上也不能忍受。每次黄麻地里飞出百灵鸟的叫声，他的脸上便浮起“冰冷的微笑”，当小铁匠和小石匠打架时，他出人意料地助了小铁匠一臂之力，扳倒了一直护着他的小石匠，他的恨是褊狭的，他的爱也是褊狭的。

如果说，黑孩褊狭的爱与恨还不失其纯真而大可原谅的话，那么，当莫言在自己的小说中发泄着这种褊狭的爱与恨时，就未免过分地给人以狭隘之嫌了。这种狭隘是农业文明对城市文明的狭隘，也是自然生命对自觉理性的狭隘。

莫言在《红蝗》里有一段自我辩解式的说明，他借用一位女戏剧家的口说："总有一天，我要编导一部真正的戏剧，在这部剧里，梦幻与现实、科学与童话、上帝与魔鬼、爱情与卖淫、高贵与卑贱、美女与大便、过去与现在、金奖牌与避孕套……互相掺和、紧密团结、环环相连，构成一个完整的世界。"实际上，不用莫言作出过多的解释，他在自己的小说中已经实践着这样的主张。值得注意的倒是，在描写淋漓鲜血和污秽浊臭时，莫言能令人惊讶地保持一种平静的、不动声色的自制力。这与其说是莫言的过分麻木(因为他描写这一类画面时的无动于衷)，或者过分敏感(因为他热衷于描写这一类画面)，还不如说是他的过分刻薄。他故意满不在乎地嘲弄道德，嘲弄某些不成文规则，并且以这种故意的满不在乎向嘲弄过生话本身的人们挑战。他在《红蝗》里明显地采用了对比的手法，他的视野并不仅仅停留在高密乡间，行文实际上却从城市人手。他用城市的情欲和乡村的情欲进行对比，前者的温情脉脉里隐藏着丑陋不堪的罪恶，后者的粗俗野蛮里却有着直往直来的真情。同样付出死的代价，那个黑纱裙里穿鲜红裤衩的女人是因道德忏悔而死，高密乡间的女人们却至死也不会为自己的委身脸红；讲授伦理学的教授用甜言蜜语去骗取姑娘的贞洁，高密乡间的男人们则宁愿为所爱的女人大打出手。当排泄粪便的快感和摩擦性敏感区域的刺激一起劈头盖脸地砸向读者时，莫言在等待着人们的惊讶，并且在看到这种惊讶时露出"冰冷的微笑"。

莫言自有他的深刻。他试图超越历史直接窥察人的本性，历史在他这里只提供了一种外在的刺激，他更关心人心和人性的种种反应。他不愿恪守任何关于文学的既定规范，甚至也对还在禁锢人们的道德律条产生怀疑。他极为痛恨虚伪，而宁愿用自己的笔去真实地揭示丑陋。当他借用白日梦和猜想的形式尽情地揭示着人的卑下时，确实显示了文学思维对人性的深层切入，并且，正是在这里，莫言重新展示了现实主义的追求与力度。人类生活当然并不总是美好、幸福、阳光、鲜花、欢笑、高尚，如同白昼与黑夜的轮转一样，生活还时时有着它丑陋、卑下、痛苦、悲伤、不幸的另一面。20世纪的文学，因为揭示了人的卑下的生存状态，才显示了它的全部深度。当人性的底蕴被披露出来时，高傲的人类心灵深深地震动了。人类意识到自己的残缺，意识到自己割不断动物的尾巴，意识到所有理性旗帜飘扬的地方都有着非理性本能的冲动。人改写了人的本质，人打破了对人自身的迷信，人在更深入的一个层次上追索到了人的存在，人的自觉不愿再以扭曲自身去顺从什么关于"人"的规定。曾经遭到贬抑的人的生命冲动，如今被认为是人的正常的对自然生命的追求。非理性主义的盛行，也使人们把怀疑的目光投向了把人类带入现代社会的工业文明。

但是，当他鄙夷着一切文明的伪饰，由衷地欣赏着生命的原始意味时，莫言也显示了他的狭隘。人的精神的和肉体的全部丰富性，并不是用简单的肉体生命冲动就可以还原的。生命冲动构成了人类社会运转不息的原始基质，或者如马克思所说，是全部人类历史活动的第一个前提。无视这种基质或前提，曾使我们吃够了苦头。然而，本能的生命冲动却依然有着它粗下卑劣的一面，它常常导演形形色色的历史灾难，将人引向罪恶的渊薮与歧途。在这里，人类理性又常常担当起保护人类免遭原始生命冲动毒害的责任。人的生命冲动只有经过它的现代升华，才能显示现代人类丰富的生命追求。一味地贬抑道德戒律，张扬内体本能，只能是以一种褊狭的追求去反对另一种褊狭的禁忌。

在看电影《青春祭》的时候，我曾为导演未能处理好类似的一次两难选择扼腕叹息。傣家人对美的自然追求，傣家人对爱情的自由表达，强烈地冲击了下放知青被“净化”过的心灵。古朴原始的风俗使单纯的知青得到了许多在城市生活中从未得到过的东西，甚至从中受到了人性与人生的启迪，但是，知识青年们最后还是离开了这块曾经使他们动心的土地。这里应该展示的，是两种文化背景下人的心理冲突，是古老文明与现代文明的一次冲撞与升华。知识青年们接受返璞归真的意念，只能是在另一个层次上对自身存在的观照，它并不意味着一个具有现代（或准现代）文明背景的人能轻易地被蛮荒中的一点自然人性所征服。现代文明除了要求最大限度地解放自然人性以外，毕竟还包含着更多更丰富的内容，诸如文化知识水准、工业文明所带来的劳动力的解放，以及更为丰富的精神追求等，所有这些，原始自然人性都是无法给予满足的。因此，知青们最初的一点新鲜感消失以后，随之而来的必然是失望和幻灭的感觉。可惜，导演没有捕捉住这种生活逻辑的冲突契机，一俟镜头从民俗转过来拍摄知青对生活道路的选择时，总显得太飘、太虚而无法聚焦。

莫言也在同样的选择面前露出了犹疑困惑的神色。人欲的泛滥在他的小说里并不总是那么辉煌，倒是常常会导致美与和谐的破灭：小铁匠和小石匠的一场混战最终伤害了菊子姑娘，毁坏了他们共同追求的美的偶像；高粱地里的血腥战斗洞穿了奶奶高贵的乳房；铺天盖地而来的红蝗尤其象征着一种毁灭性的崩溃。但是，对虚伪的憎恶又常常使莫言无力去谴责直露的野蛮，而且，他实在更愿意对粗犷、质朴的野性发出赞美，当那种野性的冲动跃上纸面时，莫言自己也会沉浸到对它的欣赏中去。当他由对野性的欣赏转而表露对另一种人类文明的鄙夷时，他所钟爱的红色也发生了引人注目的变异。

（原载《上海文论》1988 年第 1 期）

毫无节制的《红蝗》

◇何绍俊　潘凯雄

读莫言的《红蝗》，是一件十分难受的事情。这么说，也许莫言本人会窃窃高兴。因为他曾经说过，他无意去表现美的东西。从《红高粱》那里，人们就开始感觉到他那表现丑恶的强烈欲望。而到了《欢乐》以至《红蝗》，这种欲望更得到了尽情的发泄。可是，文学绝不仅仅是发泄，这也许便是莫言的失策。

他变得毫无节制，毫无节制地纵容自己的某一情绪，毫无节制地让心理变态，毫无节制地滥用想象，毫无节制地表现主观的意图。

再精彩的思想或艺术感受，如果毫无节制，也会令人难以忍受。这道理大概同《红蝗》中的九老妈所嘲笑的一样："大个的糊涂蛋！猪肉好吃，让你连吃一个月，你还吃吗？"比方说，莫言在《红蝗》开头没多久，突然虚晃一枪，大肆描写起九老爷、九老妈的淤泥之战，洋洋洒洒两大页犹不解恨。当九老妈从淤泥里拔出来，躺在草地上时，还要来一段这样的描写：

> 从头到尾九老妈被不同层次的彩色淤泥涂满。白色淤泥涂在她的小髻和她的脖子上，这种白色淤泥主要成分大概是鸭屎，黑色淤泥涂在她的肩膀到臀部这一段，黑色淤泥的主要成分是不是十年前的水草呢？绿色淤泥涂在她的臀部到膝盖，绿色淤泥的主要成分是不是三年前的花瓣呢？从膝弯到尖足，这是卧在草地上的九老妈最辉煌的一段，像干痂的血一样的暗红色的淤泥，厚厚地沾在九老妈的腿上，那种世上罕闻的臭气就是从这一段上发出的。
>
> ——《红蝗》

这不能不说是过分发挥自己的想象力了。

对于不再用过滤的眼光去对待生活和艺术的当今的读者来说，开始习惯了在文学作品中容纳丑恶的内容，他们满可以接受波特莱尔的“恶之花”、卡夫卡笔下那变成大甲虫的人、尤内斯库的“秃头歌女”，并且从这些对丑恶的深沉开掘中获益匪浅。因此，我们挑剔莫言的《红蝗》，倒不在于作品中对丑恶的大量描写（当然，还有一些仍希望得到纯粹美的读者或评论家会这样来指责的），而是要强调表现丑同表现美一样，同样需要一种严肃认真的写作态度，也同样需要依循一些最起码、最基本的艺术规范，并非摆脱了美的拘谨约束，进入丑的王国，就可以漫不经心，随意敷衍。尽管莫言的《红蝗》不能轻率地断定为是随意敷衍出来的，但整篇作品的确显得庞杂，任意性太大，缺少一种内在的逻辑。就像上面提到的“淤泥之战”吧，作者先是絮絮叨叨地讲述“我”在马路上疾走所遇到的事情，仿佛要讲述一个女人为什么要打“我”两个耳光。可是写到“我”要扔碎砖头时，却由“我曾经干过两件投石的事”突然引出一场“淤泥之战”，如此随意地把两件毫不相关的事情组合在一起，顶多只会使读者获得一种受骗的感觉。

出于对历来被尊为正宗的纯粹美的反叛，莫言毫不犹豫地把自己的情感倾注在丑上面，这一举动无疑是值得肯定的。尽管近年来已有不少作家采取类似的举动，冲破美的樊篱，把丑纳入艺术视野，然而恐怕都还比不上莫言那么大胆，那么彻底，那么敢于冒天下之大不韪。对此，我们固然十分钦佩。不过，在步入审丑领域的同时，还应迈出更为重要的第二步，这就是：怎样去表现丑。作为读者，随意猜度作者的创作意图，似乎意义不大，但由于阅读活动的介入，我们不能不从《红蝗》中感受到叙述者的一种强烈的夸张，一种漫无边际的敷衍，一种极端的缺少节制。

表面上看去，极端地丑化是对过去那种极端地美化的彻底否定，而实际上，这两者又是殊途同归，带有相同的毛病，这或许是作者始料不及的吧。

毛病之一便是堆砌。过去那些极端美化的作品常常是把美的词藻、美的意象无休止地堆砌。这大概是人类的天性，那些刚刚启蒙的小学生，就热衷于把自认为最动听的形容词一股脑地塞进作文本里，因而常常得到老师一句“堆砌词藻”的批语。至于曾经辉煌一时的“三突出”原则，恐怕也应算作这种天性的登峰造极的发挥吧。莫言的《红蝗》也是一种堆砌，不过不是美的堆砌，而是丑的堆砌。他恨不得把所有被人们认为是丑的东西在这里都写到，诸如屎尿、尸体、污垢、伤口、死亡等。当然，这些内容构成了《红蝗》的基调，通过对丑的强调，能够给读者造成强烈的心理效应，但是，如果毫无节制地堆砌，就只会适得其反，使读者麻木。因此，有些本来也许有意义的情节或意象就变得几乎没有什么意义了。比如几个企图糟踏四老妈的兵被锔锅匠打死的情节，就被关于撒尿的描写冲得不伦不类了：“那个兵嗓子里哼了一声就把头扎到毛驴背上，如果四老妈要撒尿恰好呲着他的脸，温柔的、碱性丰富的尿液恰好冲洗掉他满脸的黑血和白脑浆，冲刷净他那颗金牙上的红血丝。……他就一头栽到驴肚皮下去了。假如这不是匹母驴而是匹公驴，假如公驴正好撒尿，那么黏稠的、泡沫丰富的驴尿恰好冲激着他痉直的脖颈,这种冲激能起到热敷和按摩的作用,你偏偏逢着一匹母驴,你这个倒霉蛋!”一把人的温柔的尿液和驴的黏稠的尿液一股脑地堆砌在这里,除了让人拼命记起厕所里的骚味以外,还能有什么作用呢?这样说当然过于偏激,但这种毫无节制的堆砌对原有的情节所产生的意义的破坏则是毋庸置疑的了。同样,性的内容本来会使作品的主题更加深沉,像四老妈骑驴仙化的描写、四老爷与红衣小媳妇的恋情、锔锅匠的遭遇等,假如有所节制的话,一定会更加光彩,但现在被性的堆砌破坏了。从黑纱裙女人屁股上鲜红的裤衩,到小男孩用铅笔刀把生殖器割得鲜血淋漓;从说花朵散布着漂亮女人才具有的肉欲的香气,到发出关于城市里只有两个女人没有情夫的议论,便使性行为变成了堆砌在作品中的无聊的笑料而已。

毛病之二便是做作。尽管这两个字比较刺眼,但一个作者假如对自己的情绪毫无节制的话,则难免要坠入到这个陷阱里去。从文学艺术的发展来看,现代审美意识主要是针对文学艺术中越来越严重的美饰、虚假的风气而重视起对丑的表现,因此,丑的加入,往往使作品增加了真实的力量。如同罗丹的著名雕塑《欧米哀尔》一样,这尊丑陋不堪的老妓女的塑像在卢森堡宫展出时,许多女性观众因感到不堪入目而掩面而过,因为她们看惯了通过艺术家精心修饰而充满了曲线、圆润而富有弹性的裸女雕像,一旦罗丹将她们干瘪的乳房、松垮的腹部真实地展示出来,她们的心便不能不感到战栗和恐怖。罗丹的这件作品显然是对当时矫揉造作、因袭模仿的官方艺术的大胆反叛。罗丹对丑的态度给20世纪初带来一线现代审美观的曙光。我们还记得他的格言:“永勿矫揉造作,哗众取宠,要简单,率真!”因此,如果作者笔下的丑显出做作的姿态的话,也就失去了丑本身的震撼力。

《红蝗》的做作表现在作者过分地强调某一点,显出故意为之。例如描写大便吧。作品中一次又一次不厌其烦地描写大便,以不同的方式赞美大便。作品中常常发出这样的议论:“我们的大便像贴着商标的香蕉一样美丽为什么不能歌颂,我们大便时往往联想到爱情的最高形式甚至升华成一种宗教仪式为什么不能歌颂?”这种议论太多,便好像暗示人们去想起一位伟人的一段关于大便不能入艺术的话,好像要标榜自己敢于离经叛道、无视权威的大无畏精神。人们也许会得到这种暗示,但也因此而觉出这是一种做作。莫言的想象丰富、奇特,思路异乎寻常的敏捷,跳跃性很大,这使得他的小说纵横恣肆如天马行空。然而有时他不大珍惜自己的这一长处,像《红蝗》就显得泛滥成灾了。特别是在情节的自然发展进程中,突然插进一些跳跃性的意象,表达某一与主题并无内在关联的思想,这种泛滥更为明显。诸如莫言是不是疯了的故意造成胡言乱语的随写,诸如编造一段毛主席关于神仙的话,诸如知识渊博的女学者说你们村的抗蝗斗争就是抗日战争的缩影,都使人觉得是一种欲遮欲扬的发泄,这种发泄固然酣畅,但同时却陷入了做作的囹圄。

小说结尾有一段话:“总有一天,我要编导一部真正的戏剧,在这部剧里,梦幻与现实、科学与童话、上帝与魔鬼,爱情与卖淫、高贵与卑贱、美女与大便、过去与现在、金奖牌与避孕套……互相掺和、紧密团结、环环相连,构成一个完整的世界。”作品告诉我们说这是一位女戏剧家的庄严誓词。我们毋宁把这看成是作者构思《红蝗》的宏大主题。尽管这一主题的确含有丰富的内涵,从作品的构思也能看出作者在尽量实现这一意图。但遗憾的是,作者的毫无节制破坏了这一主题的实现。这不能不说是一大遗憾。

所谓节制,实际上就是指艺术描写中的分寸感,意味着作者对“度”的把握。尽管目前还很难用科学的语言对所谓“分寸感”和“度”作出严格的定性、定量分析,但有一点却是可以肯定的:文学作品总是要通过读者的阅读,也就是说要在和读者的交流中才能产生意义,因此,作为作品的创造者,就无法摆脱所谓“大众语言”而一味地去精心构建自己的“私人语言”,奥地利语言分析哲学家维特根斯坦对此曾有过精辟的分析,这或许是我们从《红蝗》的毫无节制中获得的一点重要启示,即尊重读者!尊重“大众语言”!

(原载《文学自由谈》1988 年第 1 期)

莫言及其感觉的宿命

◇大　卫

莫言很可能是不能被遗忘的。因为他的成功奇兀、鲜亮得像他笔下那片红得耀眼的高粱地。可是，几乎众口一词的溢美对于天才来说是幸抑或不幸？一定是莫言越来越怪怪奇奇的感觉把那些很不甘寂寞的批评家给镇了。于是，在某些玄秘的描述和推演中，莫言在悄悄地、迅速地升格着，以致陌生得离了谱。莫言开始遭罪了：有人语气断然却又甜腻腻地说，莫言就是一种文化，而且是一种深义的文化。

文化被一句不伦不类的比喻透明得一目了然，难道还是一种值得深思的永恒之谜吗？有心思的读者一定要犯惑，深义文化是那么好攀比的吗？

当然，很有一些人还是把莫言当作一种谜。上承神话，下接未来，似乎一切都不缺，似乎读者尽可以在莫言的笔底世界里文化个透。然而现代读者虽然无意于化身为上帝，却再也不是文学文本的零度接受者。读者当然不会对弥漫于莫言独特文体之外的幽灵般的才气无动于衷，何况莫言就那么一个，当然弥足珍贵。但是，不要忘记，读者的遗憾也是结结实实的。热心于莫言的读者似乎越读莫言，心里就越来越成了一片干干净净的空白。他们当然很不情愿这种每况愈下的体验，因为那个《红高粱》毕竟那么神妙地把人的灵魂颠得五彩缤纷、斑驳陆离。老实说，这种特异的经验除了莫言，当代文学中还有谁捣弄过？可是，接着再读《高粱酒》、《狗道》、《高粱殡》、《狗皮》以至作为《中学生浪漫曲》中第一部的《欢乐》等，景况却越来越不如意了。除了难以忍受这些作品中情绪、叙述和文体等的屡屡重复之处，读者还真想跳过那些被人称道得越来越玄乎的感觉文字，一行也不读。那些所谓的悟性实在是太唠叨、太苍白。

这里当然不是反感于莫言对时空的倒错、穿插、叠合，对生与死的感悟限度的肆意穿越，对人生尊卑的无动于衷，对陌生历史的心智激活甚至是对丑的对象的大胆玩赏……所有这一些特点非但不是莫言固有的缺憾，反而恰恰是其颇具才气的表征。它们远远盖过了他小说中频频重现的情节模式、刻意拼合的人物模式和总是要明朗一下的主题模式的美学意义。而且，读者腻味于莫言的感觉描写，也不是因为那些感觉太逼真、太不安分、太怪诞和太鄙俗，而恰恰是因为莫言的感觉模式所造成的阅读反应是相当陈旧的、传统的。因此，这里所指的主要还不是感觉内涵本身的传统色泽，而是在小说审美意识层面上的对感觉模式的属性的一种概括和评判。

谁也不能否认，莫言对于感觉（尤其是超验感觉）的痴迷和执着，几乎被浓浓地蒙上了一层固着症(fixation)的色彩。他仿佛总是在强迫自己（潜意识地强迫自己），要拼足力量把外界纷繁变异的刺激、幻化了的内心记忆和破碎的梦境经验等一股脑地还原到文字符号的媒介上。这本不是可以非议的癖性。然而，在某种意义上，把一切归于偶然化的主观感觉远比归于主观化韵偶然感觉更有价值。当创作主体通过刻意求之的努力去冲击读者同样深密而博大的感觉世界时，他究竟是只期待他们产生战栗、惊诧、惶恐等，还是更让他们神往、切入和反思呢？换一句话说，究竟是让读者充当被动综合的角色，还是让其成为自主参与的个人。这不是什么费解的问题，卡夫卡就从不煞有介事地把写小说和记日记当作两回事，他从来不想让读者不能像他自己进入日记之中那样，进入到他的小说中去。尽管卡夫卡对读者的反应并不太热心，但他的小说观念无疑又是最具现代色彩的。

莫言却颇不然。他已在无意之中把那种使读者的感觉经验既爆炸又疲惫的反应作为最高选择目的之一了。可以想象，当最美丽的和最丑陋的、最超脱的和最世俗的、最圣洁的和最龌龊的、最英雄好汉的和最王八蛋的、最能喝酒的和最能爱的东西，通通以感觉式超验感觉的形式剥离在面前时，读者还有什么动力去认同、印证、追踪、介入和反抗呢？任作者的感觉牵着走，无论读者是否意识到，都不是值得称道的，因为这样做，无异于把小说悄悄然地封闭了起来。一旦读者的参与只具有微小的意义，任何小说都会乏味至极。在这种陈旧的尴尬中，盲目地一味美言莫言笔下的那股子感觉，难道会使读者都开心吗？

看来，莫言的形而下感觉的“形而上”化也非局部为之。它是整体地扩展着、繁衍着的。然而，恰恰就是这种处理、设计使人们无法把那部《红高粱家族》当作一部名副其实的长篇来读。读者甚至不能不怀疑，莫言是不是太挥霍那些原本敏锐过人、奇异不凡的珍贵感觉？不客气地说，《红高粱家族》中有“红高粱”一章便已足矣！即使把它浓缩成一部中篇，也肯定会比现在这个长篇强上十几倍。

读者当然也不会忘记《红高粱家族》还是一部叙述历史的小说。然而，在惊讶作者想落天外、一气呵成的才力之后，人们还是不能无条件地恭维他笔下的感觉世界的审美意义。任何作家都是要征服死了的历史，在心灵中重塑历史的形象。然而当莫言任凭自己的感觉无所不在地奔突于一切情节、细节、场面和人物的隐形意识之中时，他不但排斥了读者、取代了读者，而且不自觉跨越了“理解的循环”，把历史全知全能化了。

心灵不能复合而只能趋近,读者当然不能不抱憾。

毫无疑问,把林林总总的感觉构成对读者眼睛的一种"节日",其本身并不是什么目的。有眼光的读者当然更看重于渗透在作品的每一条血脉中的文化批判或反思的能量。不能说莫言没有这方面的意识和成就。他所面对的毕竟是那么戏剧化的历史、那么色彩迥异的人物世界。然而他太偏爱无所不包的感觉,那种文化底蕴于是被冲淡、稀释。夸张过火的感觉和作品的涵量是很易分裂的东西,尤其是当感觉越来越惯例化的时候,它对思想意蕴的约束和吞噬就显得格外无情。这也许就是《红高粱家族》令人觉得越读越像传奇、一章不如一章的缘由。

莫言既然拥有独特过人的感觉优势,他就要在人性的世界里去进行属我的掘进和发现。问题在于,是不是应该相信或者确认无论在自然还是在人之心灵中,都有着一种深不可测甚或无法提取的神秘。个体的意识不管是凝固的,还是流动的、超前的,对于那个永恒的神秘而言,总是有限得可怜,或者是非常外在的。因此,以"游动视点"的文学语言去复现那份天然的神秘只能是一种奢望。作家只能是窥视、猜测直至迷惘,而恰恰又是这种现实的"无能"才真切地映现神秘的个别、有限的侧面。启悟、再生、悲剧、天堂和地狱、爱和性、欲望和机遇等总是不同程度地悸动在艺术的灵魂中,其原因正是由于它们本身是无法被彻底透视的,于是也就成了充满"奥义"的原型。创作主体对"轻松、自由、信口开河的"写作状态的过分自信和迷恋,接受者对作品含义参悟的便捷和准确,难道会是什么值得向往的境界吗?谁也不会说全懂了《喧哗与骚动》,可是谁也不会说完全不懂,这就意味着作品在向读者吁求着,而不是包罗靡遗地要把一切都充塞到读者的感觉空间中去。

因而,是过分自信地去透视感觉世界的细枝末节,还是把自己化成被感觉本身的深邃和复杂所"击倒"的对象,其中就反映着传统小说和现代小说的一种分野。当莫言兴奋得无法节制,把一束束奇特却同时又掩去了神秘性的感觉一无巨细地展示出来时,他恰恰就在走向一种有限、一种实存、一种浅白,在为自己的感觉模式制造一种盲视无限和神秘的宿命。

(原载《文学自由谈》1988 年第 2 期)

魔鬼与天使

◇杨守森

人类，曾经把自己想象得十分美好。“人是多么了不起的一件作品！理智多么高贵！力量多么无穷！行动多么像天使！洞察多么像天神！宇宙的精华！万物的灵长！”英国伟大戏剧家莎士比亚曾借哈姆雷特之口如是说。

中国当代作家莫言，在《红蝗》中，则以截然相反的视角，如此痛心疾首地写道：“人，不要妄自尊大，以万物的灵长自居，人跟狗跟猫跟粪缸里的蛆虫跟墙缝里的臭虫并没有本质的区别，人类区别于动物界的最根本的标志就是：人类虚伪！人类的语言往往与内心尖锐冲突，他明明想像玩妓女一样玩你，可他偏偏跪在你的膝盖前，眼里含着晶莹的泪花，嘴里高诵着专为你写的（其实是从书上抄的）献给你的爱情诗……”“人类是丑恶无比的东西，人们涮着羊羔肉，穿着羊羔皮，编造着狼与小羊的寓言，人是些什么东西？狼吃了羊羔被人说成凶残、恶毒，人吃了羊羔肉却打着喷香的嗝给不懂事的孩童讲述美丽温柔的小羊羔的故事，人是些什么东西？人的同情是极端虚假的…………”“人其实都跟畜生差不多，最坏的畜生也坏不过人。”

魔鬼与天使，礼赞与诅咒，竟是如此的尖锐对立，人生的本相到底是什么？

以科学的准则来看，任何情绪偏激的评判，都有失公允，也是没什么实际意义的。但古往今来，许多作家立足于自己对世事的洞察与人生体验，以文学的笔墨，对人类某些方面的本原面貌的描写，尤其是对人的“魔性”侧面的揭示，则是有着人类其他文化形态所不具备的强势“文化”功能的。这就是：可以使读者借助触目惊心的艺术形象，返观自身，重新审视自己的生命存在，进而沉思人之何以为“人”，如何为“人”的道理，以助于活出更像“人”的人生。在中国当代文坛上，与其他同代作家相比，莫言的作品之所以格外引人注目，便正是与其中充分体现的这样一种振聋发聩的价值密切相关的。

中国当代文学中的“恶之花”

莫言步入文坛之初，在《民间音乐》、《黑沙滩》、《售棉大路》等作品中，也曾进行过不无虚饰色彩的人类“天使”形象的刻画。如在《民间音乐》中，马桑镇上的那位酒店老板“花茉莉”，不仅人长得俊俏，面容“生动活泼”，有一双“娇艳而温润的双唇”，而且心灵也圣洁，竟不顾人们的非议，勇敢地收留、盛情地款待了肮脏邋遢的小瞎子，并且终于把“小瞎子”紧紧地“搂在了怀里”。《售棉大路》中那位乐施好善、见义勇为、充当了杜秋妹和腊梅嫂保护神的年轻车把式；《黑沙滩》中那位忧国忧民、心地善良、忠诚正直的“老场长”，除了性别不同之外，与《民间音乐》的那位“花茉莉”亦并无二致，同属传统道德风范中的“好人”形象。莫言初期的这类作品，虽已写得比较圆熟，其人物形象与作品意旨，亦不无值得肯定的抚慰人生、匡正世风的动人魅力，但因仍囿于“文以载道”性质的传统审美构架，在读者眼里，这时的莫言，显然还不成其为“莫言”。我们甚至可以判定，如果作者固守着这样的创作意向，中国当代文坛上，大概也就没有了今天的“莫言”。

莫言之所以成为“莫言”，其创作意向的快速转变，当是关键性的。继《民间音乐》等作品之后，仿佛平地春雷，莫言很快发表了《透明的红萝卜》、《红高粱》、《红蝗》、《天堂蒜薹之歌》等一系列“爆响”之作。像评论界业已公认的，莫言的真正成功，是始于《透明的红萝卜》。但问题在于，这篇最早给莫言带来声誉的“爆响”之作，究竟给中国文坛带来了怎样的新鲜刺激？从艺术效果来看，诸如奇特的感觉、神秘的象征之类，确是这部作品值得夸耀之处，但实际上，这部作品更为重要的与众不同之处在于：作者以超时空的文学目光，开始融进了“人是什么东西”这样一种自觉或不自觉的人性哲学意识。作品中，虽也描绘了菊子姑娘及小石匠这样善良的人格，但作品更为惹人注目之处则是对人性丑恶及人性残忍的揭露。那位对“小黑孩”施以拧、打、咬的后母；那位对“小黑孩”怒骂、呵斥、拤脖子、派重活的“刘太阳”；那位只因小铁匠用手去试一下淬火的水温，就把烧红的钢钻戳到小铁匠右臂上的老铁匠；那些对“小黑孩”嘲弄讥讽的女人们……均叫人感到人间的冷漠与可怕、人性的扭曲与沦丧。尤其是作品中的那个“小铁匠”，几乎是凶神恶煞的化身。他背后里咒骂自己师傅的凶残，而他自己亦同样凶残，他逼“小黑孩”用手捡回火烫的钻子，烫熟了“小黑孩”的皮肉之后，他还幸灾乐祸地笑道：“烫熟了猪爪子，啃吧！”“小黑孩”自己呢？当他看到小铁匠与小石匠扭打成一团时，居然恩将仇报，冷不丁冲上去，用鸡爪一样的黑手把小石匠的腮帮子抓出了两排染着煤灰的血印，然后躲到一边，偷眼望着工地上乱纷纷的人群，俨然也是一个令人恐怖的妖魔。与之相同，在《红高粱家族》中，作品既充分地展现了“我爷爷”刚勇不屈的英雄气质，同时也写了他的残忍、自私和粗俗。为了占有“我奶奶”，他毫不手软地刀劈了单家父子；为了发财，他借大出殡之机搜刮百姓，发行纸币；他自己虽然放荡不羁，要了“奶奶”之后，暗中又与恋儿苟合，与刘妈私通，但却不能容忍家母有一个情人（白面和尚），在夜幕下的梨树丛中将其截住杀死。作品既讴歌了“我奶奶”勇于追求个性自由的品格，同时也写了她的凶狠和狭隘。为了预卜“押花会”的输赢，深更半夜，她曾带着“父亲”来到“死孩子夼”中，“狠狠地把称钩子扎进小死孩肉里”。出于对“爷爷”与“恋儿”私情的嫉妒，她竟采取了卑下的报复方式：委身于铁板会头目黑眼。

在《欢乐》、《红蝗》、《生蹼的祖先们》、《天堂蒜薹之歌》、《十三步》等晚近的作品中，我们会看到，莫言表现了更为自觉、更为集中的逼视人类邪恶和丑陋龌龊境况的视角。

他这样写出了人性的残忍：《天堂蒜薹之歌》中的那位治保主任，只因高羊偷葬了自己的老母，居然“把一根生满硬刺的树棍子戳进他的肛门里一拃深”。《欢乐》中那位“嫂子”，只因丢了一根黄瓜，便凶狠地将婆婆往死里咒骂；那位紫面老头步步紧逼一只鸭子，直到用鞭子活活打断鸭脖子为止。在《红高粱》中，他径直描写了令人恐怖到无以复加程度的活剥人皮的场景。

他这样写出了人性的自私：《红蝗》中的那位四老爷，虽然熟知《本草纲目》，但在行医时，却用铁药碾子轧碎蝗虫，团成梧桐子大小的“百灵丸”出售，骗了成千上万的金钱。在《天堂蒜薹之歌》中，父亲车祸身亡之后，方家二兄弟首先关心的不是爹的后事，而是怎样剥牛皮卖钱；分家时，为了爹爹遗下的一件旧棉袄，居然争个你死我活。后来，终于用斧头一剁两半，分而有之才算了事。

他这样揭露了人性的虚伪：《红蝗》中那位专门讲授马克思主义伦理学的老教授，虽然衣冠灿烂，声称“挚爱他的与他患难与共的妻子，把漂亮的女人看得跟行尸走肉差不多”，但在暗夜中，却与一位似乎是他女儿的大姑娘频频幽会，并且曾经弄得大姑娘“发出绝望的哭叫声”。《十三步》中的那位王科长，后来的王副局长、王副市长，口头上冠冕堂皇，满嘴里马列主义词句，但却背着妻子，与“蜡美人”及其女儿李玉蝉私通；为了捞取个人政治资本，并且顺水推舟，默认记者的胡编滥造，冒称是李玉蝉的舅舅。

他这样描写了人性的愚昧和龌龊：跳蚤在“母亲积满污垢的肚脐眼里爬，爬！在母亲的泄了气的破气球一样的乳房上爬，爬！……”（《欢乐》）；那狗娃子“吃相凶恶，不讲卫生，嘴巴呱唧，嘴角挂饭，用袄袖子揩鼻涕——像抢屎的狗”（《猫事荟萃》）；他写人们满口“污言秽语”，他甚至写了“人兽相交”（《红蝗》）。

他这样描写了人的形象的丑陋：诸如“暴眼燕颔的生物教师”，“山魈般的紫面老头”，发出鸱鸮般声音的“语文教师”，以及“肥胖得如同母狐狸”、“脸像一碟子臭气喷鼻的腌辣菜”、有一双“混浊的眼睛，眼角上沾着豆青色的眼屎，薄如刀刃的嘴唇护不住满嘴细小的、破碎的牙齿”的嫂子(《欢乐》);他写九老妈“脑后的小髻像一片干干巴巴的牛粪”,九老爷有一双绿光晶莹的眼睛(《红蝗》);《十三步》中那位有着不幸遭遇的女整容师李玉蝉,本来令人同情,但作者同时也似乎又特意刻画了其丑陋之处:她“微微噘起的上唇上有一撮绿油油的小胡子”,“嘴巴也放出牛羊口腔里的热烘烘的青草味道”。

在我们以往的文学作品中,对人的丑陋与邪恶之类的描写,虽然并不鲜见,但那往往不是作为人性的本原呈现,而是使然于某种政治或道德意图。尤其是在我们中国的现当代文学中,作家们往往是以民族斗争、阶级斗争之类的政治视角,将丑陋与邪恶标签化地贴到敌对人物或否定性人物身上的,导致的是许多作品的概念化、漫画化与简单化。与之不同,莫言是以超越性的人类视角,将人性的丑陋、邪恶之类还原到“人”的范围中予以表现的。在他的作品中,我们会看到,许多人物,虽然并无民族的、阶级的或其他政治方面对立的前因,却依然在相互摧残,表现出不可思议的凶狠与残忍。如果按照简单化的传统政治视角,像《红高粱》中活剥人皮的情节,很容易得出如下结论:揭露了日本侵略者的残暴。如果可以作如是观,那么,那位为了占有“我奶奶”,刀劈了民族同胞的单家父子的于占鳌,表现出的又是哪一民族的残暴呢?如果说在于占鳌身上表现出的是“土匪强盗”之流的凶残,那么,《透明的红萝卜》中那位“刘太阳”、《天堂蒜薹之歌》中的那位治保主任,可都算得上是名正言顺的无产阶级革命干部,在他们身上表现出的凶残,又是属于什么阶级?应该如何加以政治定性呢?对于莫言笔下的这些,恐很难再用过去政治性的传统视角,去析出一个“解”了。

也许正是因其对人的残忍本性,人的虚伪自私、丑陋及其龌龊生存状态的超时空揭示,读着莫言的这些作品,我们眼前极易闪现出西方文学史上一位诗人的身影——以《恶之花》闻名的法国象征主义诗人波德莱尔。波德莱尔在《恶之花》卷首的宣言中,即曾开宗明义,宣称自己的主旨就是要揭示人性的“愚昧、谬误、罪愆、悭吝、奸淫”等。在作品中,他这样写出了对人类的整体印象:“女人乃是卑贱的奴隶,傲慢而愚蠢,/敬自己而不嘲笑,爱自己而不厌弃,/男人是饕餮、荒淫、贪婪、无情的暴君,/是阴沟中的臭水,是奴隶中的奴隶。”(《旅行》)他这样揭穿了为历代文人骚客赞美不绝的男女之爱的别一番真相:“当她把我骨髓全部统统吸干,/当我软绵绵地转身对着她的脸/要报以爱情之吻,只见她的身上,/黏黏糊糊,变成充满脓液的皮囊!”(《吸血鬼的化身》)他这样表达了对人类的失望:“唠唠叨叨的人类,自恃他们的才高,/从前曾那样发疯,现在也依然如此。”(《旅行》)而正是在对丑恶人性的揭露与鞭挞方面,莫言与波德莱尔殊为相似。他的某些作品,或者径直可以被视之为中国当代文学中的“恶之花”。

人性哲学的冷静沉思

在莫言的创作法典中，尤其在晚近的一批作品中，“真实性”显然被置于了至高无上的地位。我们知道，莫言童年经历坎坷，小学亦未能得以读竟，直到走上文坛，也不曾有机会充分接触所谓“文学理论”，这倒是在一定程度上成就了莫言，使他免受了“真善美统一”之类文论教条的束缚，使他的笔触能够及早深植于构成文学生命之根的“真”。而这“真”，亦非传统文学理论原本就扯不清楚的“生活真实”、“本质真实”之类，而是源于他在现实生活中直觉把握到的人的感性生命形态之“真”，尤其是人性的丑陋与邪恶之“真”。

在我们的文学理论中，一直特别强调，文艺作品应侧重描写生活的光明和善、美，以期给人正面的激励和熏陶。在中国当代文坛上，莫言可谓是对此类信条最早明确表明反叛姿态的作家之一。在《猫事荟萃》中，他曾这样宣称：我辈“并没有因受猫鬼猫怪们的影响而变成魔鬼，也没有因真善美猫的影响而变成天使。正如人不是天使也不是魔鬼一样，猫也不是恶的典型或美的象征，正如阴邪奸诈的猫形象与活泼美丽的猫形象可以并存一样，写人的阴暗心理与写人的光明内心的作品也未尝不可并存，谁也不会有意去毒杀孩子”。正是基于这种“真实性”原则，所以在莫言的作品中，尽管赤裸地描写了人性的缺憾，但它们唤起的却并非仇视人类的、悲观绝望的情绪，而是一种人性哲学的冷静沉思；它们表现的并非主观宣泄的诅咒，而是一种冷静客观的剖示、认知与理解。比如在《欢乐》中，作者虽曾借齐文栋之口，喊出过“我痛恨人类般跳蚤！”的愤激之词，以厌恶的笔调描写了那位丑陋不堪、将婆婆向死里诅咒的嫂子，但他同时又冷静地写道：“其实嫂子也未必就是个坏蛋，她显得坏，其实不过是把潜藏在别的女人身上的毛病淋漓尽致地表现出来罢了。”在《十三步》中，尽管作者揭露了那位王科长（王副局长、王副市长）的荒淫虚伪，但同时也以充分理解的口吻这样反诘道：“我们究竟敢不敢承认政治家的性欲、究竟敢不敢承认政治家的情人的合理存在，以及政治家的情人对历史发展的影响呢？”“人为什么要找情人呢？难道只用一句话‘道德败坏’就可以回答清楚了吗？”甚至借小说中的人物之口为王科长进行了以下辩护：“我决不在你面前对王科长进行批判，我同意李玉蝉的看法，她曾经十分真诚地对我说过：他是个好人！我们母女俩多蒙他照顾。”显然，正是得益于这样一种揭示“人性本原”的“真实性”原则，在莫言的小说中，我们才看到了一种超时空的人类视角，才形成了别一番文学境界。

以具体作品来看，他常常是将人物的言行还原为一般的“人性形式”来审视，而避开那些时代的、政治的、阶级的及职业身份、年龄层次的干扰。如《生蹼的祖先们》中的“青狗儿”(“我女儿”),虽然才不过是个刚上育红班的孩子,但在作者笔下,却是一个叫人感到几分恐怖的形象。她喜欢折磨小动物:“她曾把小鸡抓住,摔死后再用两只胖胖的小手扯着两条小鸡的腿用力一劈,小鸡就裂成两半。”“她把大雨后到地面上来呼吸新鲜空气的白脖蚯蚓抓住,用玻璃片切成碎段。”她曾寻个时机,把刚刚出世的三只羊羔“活活咬死了”。她曾挥着蛇般的鞭子,狠命地抽打红树林中的女考察队员。通过这样一个戗立着一头乱发,“小妖般”的女孩形象,作者痛心地警戒读者:“我想,一个人要是丧失了人性,哪怕是孩童,也会干出比野兽凶残百倍的坏事。”以传统观念来看,《透明的红萝卜》中的小铁匠与小黑孩,本属同一阶级的兄弟,本应有着手足相关的阶级友情,然而,小铁匠对小黑孩,仍然表现了异常的凶狠与残忍。有人曾批评《红高粱》中“抗日”与整部作品之间关系的牵强,其实,莫言本来的着眼点似乎就不仅仅在于“抗日”。在我们看来,他无论写“抗日”,还是写其他的生活内容,事件本身的展现并不是目的,目的主要在于为人性形式的呈现提供某种生活场景和氛围。也有人曾对莫言《红高粱》中不动声色地描写活剥人皮不以为然,指称为“自然主义”,或是“溢恶”,其实,只要我们意识到莫言那种超时空的人类视角,也就不可能得出这样的褊狭之论了。

这儿特别值得提及的是《天堂蒜薹之歌》。这部取材于山东某县农民反抗官员渎职真实事件的长篇,之所以没有像不少人担心的那样,沦为一部简单化地抨击官僚主义之作,而是有着浑厚深刻的思想力度,原因亦正在于,作者的初旨就不仅仅是揭露官僚主义,其重心仍是着眼于对人性的鄙俗、残忍、野蛮之类的揭示。作品发人深思地写道:那位高羊,虽然也参与了冲击县政府,但他骨子里并没有多少对官僚主义的理性反抗意识,而只不过在人潮的簇拥下,一种人性潜在的好奇与盲目冲动的结果。相反,流淌在他的血液中的实际上是一种愚昧卑下的阿Q精神。他曾这样劝导方四叔:“忍着吧,忍过来就是个人,忍不过来是个鬼。”所以,当他被捕坐进囚车后,并没有感到多大的痛苦,反而感到了一种阿Q式的自我满足。他这样问自己:你坐过这么快的车吗?没有,你从来没有坐过这么快的车。当一位女狱医为他注射时,他甚至体味到一种终生未曾有过的兴奋,他想:“哪怕立刻死在这间监室里,我也够本啦!一个高级的女人摸过我的额头。”在作品中,我们看到,不但某些政治官吏们残忍无道:那位王书记在和自己有关联的人开车撞死方四叔之后,居然泰然处之,以为不过是小事一桩;那位治保主任高金扇,可以动用任何野蛮的手段惩治高羊。在其他平民百姓身上,也同样体现了这般的残忍,如冷酷无情地面对自由恋爱的妹妹,面对死去的父亲的方家二兄弟;如在监狱中,那位中年犯人与其他犯人之间并无个人恩怨,但却凶狠地逼迫高羊喝干自己的尿液,逼迫另一位老年犯人吞下尿液浸透的馒头。显然,在这部作品中,作者通过官吏、平民、囚犯共有的愚昧、冷酷与野蛮,力图揭示的正是某些更具普泛性的人性形态。读着这部作品,你会感到:与这些令人恐怖的人性形态相比,官僚主义反倒显得无足轻重了。

在莫言小说中，随处可见的人性的丑陋与邪恶，当然不是作者对现实人生的纯粹自然形态的被动描摹，而是融进了作者对人性缺憾根源的思考。从作品中可以看出，《欢乐》中的那位“嫂子”，之所以仅为一根黄瓜便会恶毒地诅咒婆婆，《天堂蒜薹之歌》中的方家兄弟，只因一件破棉袄便争个你死我活，无疑是与物质生活资料的匮乏有关；《红蝗》中那位专门讲授马克思主义伦理学的老教授、《十三步》中的那位王科长，之所以背叛妻子，在外寻花问柳，亦与人类现存文化道德秩序对人性的压抑有关。但真正值得重视的，尚不在于作者有所涉及的这些导致人性缺憾的外在因素，而是对人性本原结构的深层探究。莫言曾在多部作品中发出过这样的感叹：“人都是不彻底的。”他在那篇类乎童话的《马驹横穿沼泽》中，曾不无用意地写及人与兽（一匹红马驹）在远古时代的结合；他在《十三步》中，亦曾这样意味深长地写道：那位站在笼中横杆上的叙述者，是人是兽，连作者自己仿佛也难以分辨清楚了：“是人为什么在笼子里？是兽为什么说人话？”所有这些，都可以引发我们如下的思绪：人与兽原本就没有什么根本区别，只要偶遇某种契机，人类随时都可以暴露出兽性的面孔。人，本来就不是宗教神话所编造的宽宏大量、无私无欲、纯洁无瑕的天使，而本质上仍不过是动物之一种，只是有时候不得不屈从于社会文化规范，装出人的模样而已；或因欲望的得以满足，某些兽性暂时掩抑、收敛了而已。在莫言笔下，之所以出现了许多与外在因素并没什么必然关联，亦超越了民族、阶级、政治之类属性的形形色色的人性丑恶，从根本上说，亦正乃这样一些深层意绪的产物。

从人类的历史进程来看，在西方，自从文艺复兴以来，随着人文主义思潮的兴起，随着压抑人性的中世纪封建规范的解体，在强烈的乐观主义、理想主义的时代情绪影响下，人类身上曾被涂上了一层不无欺骗色彩的神圣光芒。与之相关，人类亦曾经过分的自信，且曾对自身设置了过高的期望指数。那些较早觉醒，较早以犀利的目光剥去了人类五彩光环的叔本华、尼采、波德莱尔们，反而不幸竟曾成为众矢之的。然而血火交织、自相残杀的人类历史进程，尤其是20世纪以来两次大规模世界战争的爆发，以及发生在原本寄托着人类希望的一些社会主义国家的悲剧，终于彻底粉碎了文艺复兴以来许多善良思想家们幻想的人类天使形象，令人类不得不反思自身。于是，以“人性批判”为主导特征的现代文学思潮，不仅纷涌于西方国家，也超越了意识形态的框拘，波及其他国家。如1970年度的诺贝尔文学奖获得者前苏联作家索尔仁尼琴，在其代表作《古拉格群岛》中，即曾结合对自己的剖析，这样反思过人性的复杂：“人身上，既有善良的‘人性’，但也原本就潜隐着凶狠的‘狼性’血统，在一颗心的生命过程中，这两条线交混在那里，有时为得意洋洋的恶性循环所挤满，有时则为苏醒起来的善腾出地盘。同一个人，在其不同的年龄，在不同的生活处境下——可能是完全不同的人，有时接近于魔鬼,有时接近于圣者。”

与西方人相比,由于根深蒂固的“人之初,性本善”之类传统文化的长期训育,以及“雷锋精神”之类当代人格神话的影响,中国人一直缺乏正视普泛的人性丑恶的勇气,更缺乏对人性丑恶的清醒认识。这就是为什么对莫言的许多作品,至今仍有不少读者感到难以接受的原因。事实上,盲目的自信,虚饰的油彩,只能进一步导致人性的幻灭。中国人记忆犹新的人性失控的“十年浩劫”,以及现实中本已存在的人性缺憾,已经严正地表明:人类,切不可对自身的期望指数过高!也许只有从这个意义上,我们才能更好地理解莫言,才能真正意识到莫言作品在中国当代文化背景中不可低估的价值,以及有望达到的世界文学高度。

种的退化与力的崇拜

在中国当代文学中,对人性的审视以及对人的生存窘态的关注,或许可以认为已经形成一派思潮。与莫言相近的作家作品我们还可以举出刘索拉的《你别无选择》、徐星的《无主题变奏》、莫应丰的《桃园吟》、残雪的《苍老的浮云》、洪峰的《奔丧》等,但莫言毕竟是莫言,他既不同于刘索拉、徐星们的近乎“黑色幽默”,也不同于洪峰的近乎“东方嬉皮士”精神。他不仅以农民之子特有的敏感与刚勇、来自社会底层的独特阅历,以及令绅士淑女们赧颜自愧的直率笔调,充分写出了人的“魔性”,亦在作品中,追踪着人性的历史脉络,探寻着和谐的人性故园。如他在《红蝗》中这样写道:“我认为人类的历史就是一部寻找家园的历史。你看到吗?那片被冰雹敲打得破破烂烂的茅草屋顶,就是我们食草家族的家园,它离着我们好像只有数箭之地,却又像天国般遥远。”他在《马驹横穿沼泽》中,曾为我们描绘了一幅人与马驹结合之初,食草家族的历史上曾经有过的其乐融融、令人向往的“乐园图”。与之形成对比的是,在《红蝗》中,莫言对以城市为代表的现代文明表示了不无偏激的讥讽和嘲弄;在《红高粱家族》中,对以缺乏灵魂与风度的“杂交高粱”为象征的“种的退化”痛恨不已。正是追怀远古的情绪和对“种的退化”的痛切体悟,使莫言小说中充盈着另一种独到意绪:高扬人的生命活力,期冀以强力崇拜抗拒种的退化。

强力固然会时常伴随着残忍,会导致对人生秩序的破坏和私欲的泛滥,然而,对于历史的发展而言,这种强力无论如何又要比那种奴颜婢膝、蝇营狗苟、唯唯诺诺的人格更富于积极意义。实际上,历史只能在强力中才能得到发展,“种的退化”,也只有靠强力才能得以改善。故而当我们看到《生蹼的祖先们》中的皮团长在阉割食草家族的男性成员时,虽觉野蛮酷烈,却又觉得可以理解。相反,那些阉勇们的奋起反抗倒是显得有几分滑稽可笑。同理,《红高粱》中的“我爷爷”,虽凶狠残忍,但因他毕竟是一位敢作敢为、敢于为自己开辟人生道路的英雄好汉，又不能不令人生出敬意。《天堂蒜薹之歌》中那位强逼高羊喝下自己尿液的中年犯人，虽凶神恶煞，但当我们听到他"好兄弟，别难受啦！你是个能忍的汉子，忍着、熬着，让干什么就干什么，你的好日子就来啦。你从这儿出去，就再也不用到这儿来啦"之类的真诚劝慰时，又不能不为他面对人生的强势态度所感动。《秋水》中，那位被紫衣女人射中倒地之后，却又露出一个愉快的笑脸，道一声"侄女……好样的……"的黑衣豪杰，在中国的传统作品中虽并不陌生，但出现在莫言描绘的"种的退化"的整体背景上，便放射出了更为夺目的光辉。《复仇记》中的那位阮书记，本是一个鱼肉乡里的恶棍，但当我们看到大毛、二毛前来复仇时，他竟冷静地用钢笔画好位置，挥斧剁下了自己的双腿，其形象亦顿时光亮了起来。

莫言的许多作品之所以给人阴郁但不悲伤、冷漠但不消沉的感受，重要原因之一即在于作品中涌动着的这样一种强力追求的刚韧。莫言笔下的人物，之所以棱角鲜明，却又丰富复杂，很难以传统的是非观予以评判，亦便是因为，作者不是停留于对人之"魔性"的揭露与批判，而是以更为阔大深邃的文化视野，在许多人物身上，捕捉到了与魔性交织在一起的"强力"之光。

如果仅就对人的丑陋、邪恶及其生存状态的龌龊描写而言，莫言确乎有点近于以《恶之花》闻名的波德莱尔。然而，综上所述，可以看出，作为一名中国当代的军人作家，莫言与波德莱尔又是有本质差异的。波德莱尔的《恶之花》中，虽也有着令人震惊的真实，但却弥漫着令人悲观绝望的病态情绪。无可奈何，波德莱尔本人不得不时常将酒的迷醉、情妇的怀抱甚至自杀作为逋逃薮。莫言的作品中，在刻意发掘人性丑陋与邪恶的同时，则力图通过独特的人物造型，张起一面强力追求的旗帜，给人以生命活力的振奋。

从社会政治意义和历史科学意义上来说，莫言小说中的强力崇拜，当然很难说是一种正当选择，但从人性意义上来看，它的确可以给予疲惫的生命，退化的人格、消沉的精神以激励、以震撼、以向往。这一点，也正是莫言不同于西方现代派，以及国内某些被称为"伪现代派"的作家们之处。

（原载《怪才莫言》，花山文艺出版社 1992 年版）

幽闭而骚乱的心灵

——论作为一种文学现象的莫言小说

◇颜纯钧

对作家来说，读者的心灵永远是他的最后去处。他伏案疾书，一笔一画地爬格子，正是为了使自己走向那里。通过作品，他不仅期待着与读者的交流，更期待着读者对自己的承认。他不能没有他们；没有他们，自己作为作家的本质也将无从谈起。读者的存在作为作家存在的基本前提。读者的存在，才成了作家以实现自己存在的价值。在中国，文学是以沉重的代价才换来这至关重要的醒悟的。于是读者渐渐被捧上了文学的宝座。作家们尽管心里不痛快，也不得不屈尊俯就，绞尽脑汁去讨他们的欢心。通俗文学、传奇小说，成了新时期文学一时之盛事。

就在这时，当代文坛上有了莫言。

莫言以一篇《透明的红萝卜》从文坛上拔地而起。从那以后，他就一再地在读者中制造事端，引起混乱。诸如《春夜雨霏霏》、《民间音乐》那种感情缠绵、讨人喜欢的作品已不再能讨他的喜欢了。在他眼里，读者的心灵也不再是他频频献上鲜花和歌声的祭坛，而成了仇敌固守的阵地。就理论常识而言，作家每写出一部作品，在读者那里都既是联系和沟通，又是冲击和征服。在文学的审美过程中，这种由作家与读者共同建立的心理张力从来都是不可缺少的。由于心理张力的式样随着不同的时代、环境和审美关系而时常处于变动不居的调整之中，理想的中间状态也就不可能存在。创作之难，就表现在如何于这种局面中使作品处于一个恰到好处的位置。一篇《透明的红萝卜》花样翻新，古里古怪，在叫人莫名其妙之同时又叫人心中隐隐作痛。它的被接受，在读者那里更多地不是表现为清醒的意识，而是在新奇古怪的外表下所包藏着的沉重感。这篇小说对于莫言所以是一个转折点，就在于莫言从此之后便由艺匠式的惨淡经营转向更加率性由情。如果说，他过去的小说还多少有点言不由衷，多少在掩饰他自己的话，那么今天的莫言就越来越显得无所顾忌，文胆包天了。那些内心阴暗角落的袒露，某种病态的发泄，连同他在艺术上饥不择食而表现出来的杂乱无章却又新鲜欲滴的模仿,都使读者在渴求心灵撞击的审美态度中流露出好奇和倾心。然而,一般的读者自是不可能看透,其实莫言是站在和他们相对立的立场上。他恨他们的浅薄,恨他们的迷茫,恨他们的不可交流和不可造就。他在自己的作品中都包上一捆炸药,然后咬牙切齿地向那里扔去。在连番的狂轰滥炸之下,读者一个个东倒西歪,抱头逃窜,可是又因为这些震动使他们沉闷的头脑一时清醒,给他们压抑的内心带来莫大的快意,不由得在过后又恋恋不舍地围过来。此时,我们似乎看到莫言抡了抡酸胀的手臂,抬起那个大下巴,得意洋洋地笑了。

这个似乎可见的笑容显然带着某种恶毒的东西。它不是来自作者游戏人生的幽默,也不是作者对芸芸众生居高临下的藐视。他得罪了读者却更争取了读者,他远离了读者却更接近了读者。尽管这是他理解读者的地方,也是他理解艺术的地方,但这种恶毒在他的心灵深处,却有更根本也更显示着个性的原因。有一点是必须指出的:莫言与读者的对立和他与整个外部环境的对立之间有着内在的关联。这种对立就作品而言,至今没有理由被视为属于政治态度方面的。这种对立毋宁说是来自作家由惨痛的人生经验(似乎特别是在童年)而产生的某种心理障碍。有趣的是,整个文学史曾有过众多的例证来表明作家的心理障碍常常成为他创作的动力乃至才智和激情的源泉,并以其特别强烈而古怪的表现形式引起世人的瞩目。对莫言来说,指出这一点之所以显得特别重要,就在于当他在创作上愈益率性由情的时候,这种心理障碍也就愈益明显地显示出来,在这里,集中了作者创作上的优势以及由于过于放纵而走向另一个极端的弊病。

一个新的生命呱呱坠地了。他在张开嘴巴大哭的同时也向整个外部世界打开了心扉。生命带着哭声来到世界,不仅表达出各种生理的需要,更表达出爱的需要。然而,并不是每个新生儿在其成长过程中都能使诸如此类的需要得到同等的、最大限度的满足的。其中的一部分新生儿不幸地落生在缺吃少穿和缺乏爱的环境中,并渐渐长大。这种与生命的本性相对立、相冲突的环境反过来就导致了对生命的畸形培养。于是,某些儿童在得不到他们的基本需求或者得到甚少时,就悄悄地把他们曾充满着期望而打开的心扉重新关上了。这就产生了两个相关联的后果:一方面,他越来越对外部环境抱着一种对立的乃至敌视的心理;另一方面,他越来越多地和他自己交流,这就使他有可能在失去外部世界之后获得一个比在顺境中长大的儿童远为丰富的内心世界。而自恋正是这一类儿童心理发展的病态表现。心灵的大门关上了,但人并没有出一世绝尘,六根清净,并没有像那些修养很高的道士或和尚那样,在远离嘈杂的人世和拥有幽静美丽的自然环境的寺庙中去寻求心灵的平静。相反,那种因得不到满足而日渐放大,变得更加强烈的需求反倒使他们的心灵一天比一天骚动不宁,而他们的个性也就在这幽闭和骚乱的冲突中被塑造了。

在对儿童的心理发展作出如上的描述之时，总是不由使人想到莫言，想到他笔下的黑孩、小虎，以及进入青年时代的蝈蝈、永乐等人物，还有一系列军营生活小说中的大兵们和“《红高粱》系列”中篇中那个把自己的家族史讲得绘声绘色的叙述者。莫言写改革，写抗日，写大跃进、“反击右倾翻案风”、“清除精神污染”，写计划生育，写中学生高考，写灭蝗斗争……他写一个扔一个，既充分调动又草率利用他的生活经验。通过许多的诞生和死亡、爱情和复仇、父辈雄风和祖宗遗训、人生的悲凉感和调侃态度，作者所表达的，正是对生命的一种悲剧性的理解。莫言绝没有邓刚和张承志对生命的那种勃发的冲动、无比的欢欣和澎湃的激情。在莫言看来，活着就是受罪，就是没完没了的苦煎苦熬。那个与生命相对立的外部环境，那种不平等、不正常、不和谐的人际关系，使活泼泼的渴求被环境接纳的生命过早地被消磨得心如枯井，感觉迟钝。他们活得战战兢兢，活得不耐烦，活得没有一点盼头，或者默默地度日如年，或者视生命如草芥，过于草率和轻松地去毁灭它(自己的或别人的)。生与死，苦与乐，对他们来说都是那么淡淡的。好也是一辈子，坏也是一辈子；既然人总要过一辈子，那就只能如此这般地往下过。从现实人生中，莫言提炼出的就是这么一种苍凉，一种麻木。无论是好死还是赖活，无论是小孩还是女人，无论是陷于战火还是坠入爱河，都透出这苍凉，这麻木。深藏在这苍凉和麻木之中的，则是对人生的无可奈何。但生命的本性和人对生命的理解是如此的矛盾和不可协调，生命的本性在外部环境的压迫下所导致的恰恰是寻求解脱和实现的强烈渴望。所以，当生命的本性不顾人对生命的理解，不顾外部环境的压迫，顽强地表现出来或不由自主地流露出来时，我们所看到的就是种种有悖事理、不可思议的行为：在《白狗秋千架》中，暖姑一方面安然于死水般的生活，另一方面又不惜坏名节，还要个会说话的孩子；在《透明的红萝卜》中，黑孩一方面对虐待他的人处处护卫，另一方面却把关心爱护他的人视如仇敌；在《三匹马》中，刘起一方面把马当作宝贝，另一方面又发疯一般地把马打得血淋淋的；在《狗道》中，爷爷一方面杀人如麻，另一方面又因为儿子还能传宗接代而兴奋得连连朝天放枪；在《秋水》中，紫衣女子一方面帮奶奶生下孩子，另一方面又抽枪搂火，杀了黑衣人……在这生与死、爱与仇之间，在对生命的珍重与漠视之间，莫言把对人生的无可奈何与强烈渴望奇妙地结合在一起。人都是好人，人这样活而不那样活都有一定道理。但人仍旧活得不自在，仍旧鬼使神差一般地陷入罪恶或痛苦的深渊而不能自拔。

表现一种人生的困境，这是莫言小说创作的基本设计。无可奈何也好，无法解脱也好，无能为力也好，全因为人生活于一个与自身相对立的外部环境。在《狗道》中，当母亲为了逃避战火躲进枯井时，作者交代了这部系列中篇的一条线索：“回溯我家的历史，我发现我家的骨干人物都与阴暗的洞穴有过不解之缘……”在这个洞穴中，母亲度过了一生中最可怕的几天。那不仅是肉体的摧残，更重要的是经历了在求生中感到无望，又在无望中更强烈地求生这种精神上的“困兽犹斗”。这个战火中的枯井，不免使我们想到《透明的红萝卜》里的那个桥洞，《秋水》中被洪水包围的窝棚，《草鞋窨子》里凸字形的窨子，《老枪》中用高粱秸垒成的掩体，还有《金发婴儿》中那个被插上门销的房间……在这些为人物提供藏身之处，从某种程度上说是与外界隔绝的封闭性空间里，一再重复着与《狗道》中的母亲相类似的精神经历。一方面是求生的本能和使生命获得充分实现的欲望，另一方面是外部环境的误解、欺骗、凌辱、摧残和精神压迫，这就使人物在躲进阴暗的洞穴之同时深深地躲进一个自我封闭的内心世界中，在那里体验孤独、恐惧、痛苦、厌恶、悲哀乃至残忍等复杂的感情。外表的麻木、愚钝或故作轻松与内心的敏感、丰富、苦煎苦熬形成强烈的对比，更形成强烈的冲突。这种幽闭和骚乱的冲突是如此难以调和、难以克服，幽闭使骚乱着的心灵裹上一层硬壳，而骚乱的不得解脱反过来又对幽闭着的心灵造成了戕害。它只能产生两种后果：由于幽闭郁积了过多的心理能量，发泄就表现为一种破坏的本能，以突发性的、非理智的形式尽情宣泄：或者充满仇恨地折断枯树（《枯河》）；或者愤怒地抽打马匹（《三匹马》），或者把没长成的萝卜拔一个扔一个（《透明的红萝卜》）；或者扼杀刚出生的婴儿（《金发婴儿》）；或者像“《红高粱》系列”中篇里的余占鳌，在他杀人如儿戏的生涯中，那种破坏的快意大大超过了他抗日救国的民族正义感……而一旦心理能量不发泄，又往往转而产生一种自虐的倾向，把破坏对准自己的身体或性命，当我“挨”了父亲一掌时，感到的却是一股猝发的、狂欢般的痛苦感情（《爆炸》）；而黑孩则若无其事地手握刚烧过的钢钎，听凭它在手里“嗞嗞啦啦”地响（《透明的红萝卜》）；至于在《老枪》、《红蝗》、《欢乐》中写到的自杀，更是那么安详平静，甚至把死视为解脱一般的欢乐……通过这些病态的行为，我们看到的正是在幽闭和骚乱的心灵冲突中产生的心理障碍。对于批判压抑和摧残人性的年代，莫言确实找到了一个新的角度。他不是通过环境本身，而是通过环境给人的心灵所造成的恶果，表明了他在这点上有超乎别人的深入。而当他写到人物的心理障碍所造成的恶果时，在他笔下，就常常流露出一种自责的罪感。那也许是因为自身的生理缺陷而自惭形秽（如《球状闪电》中蝈蝈的尿床，《白狗秋千架》中暖姑的瞎眼，《断手》中军人的伤残）；也许是干了某件不光彩的甚至是罪恶的勾当而心中有愧（如《三匹马》中射杀马匹的张连长，《金发婴儿》中指导员锁在房间里用望远镜看裸女雕像，《欢乐》中永乐看到了翠翠袒露的乳房，《红高粱》系列中篇里父亲没能阻止爷爷砍杀美丽的日本士兵）。而在《透明的红萝卜》和《枯河》中，这种罪感则是通过作家对变态的黑孩和死去的小虎的描写，让我们感受到对这些没有得到保护的儿童社会的每一个成员都负有责任。莫言在他的小说中流露出来的罪感是极其沉重，也极其真诚的。相对于心理障碍所造成的恶果而一言，这种罪感就是醒悟，是良知，是人性的复归。它显示出人作为人的伟大，显示出感情的悲壮和理性的光辉。而当我们把心理障碍和这种罪感联系起来考察时,就更深切地感受到莫言在小说中一再唱叹的那种对人生的无可奈何。莫言说:"悲剧是世界的基本形式。"(《爆炸》)他对人生的看法一般就是如此。那种廉价的乐观主义固然有助于提高信心,却总是因为过于天真、过于完满而显出其理解的肤浅。一旦失去现实的基础,乐观主义在严酷的人生世界中就不仅变得无济于事,而且正是粉饰生活、麻醉精神的鸦片。从某种意义上说,悲观来自不满足,来自未能实现的追求,因而也就更接近生活的底蕴和生命的本性。由此看来,莫言的悲观主义自有其深刻处。这种悲观主义不仅没有导致消极颓废,反倒掩饰不住对生活的强烈渴望和无限热爱。它在冷漠中积蓄热情,在失望中酝酿希望,在对人生的无可奈何中期待着,寻找到生命更充分的实现。

这种悲观主义来自幽闭和骚乱的心灵冲突,从根本上说它就取决于人与环境的关系。然而,当莫言在《球状闪电》、《欢乐》、《金发婴儿》、《爆炸》、《断手》等小说中以之去刻画几个当代青年的心态时,他就不仅仅是在高举批判的大旗。每一个人都有和环境相对立的方面。每一个人的心里,也都有幽闭和骚乱的角落。这种人性弱点是与生命俱来、和生命同在的。这样,莫言就把幽闭和骚乱的心灵冲突提升到普遍人性的高度,把它作为人类的一种基本的心理经验来解剖和考察。借助于这个心理经验,他画出了一道灵魂的奇异而陌生的轨迹,并以此去冲击和征服读者。为了破坏读者对作品传统的读释方式和习惯性的思路,以便从中去领悟他对这种普遍的心理经验的发现,莫言一直有意地让现实的冲突和背景尽可能地模糊或使之显得无关紧要。而人物性格、人际关系乃至生活细节又时常被赋予较抽象的隐喻的内容。《狗道》中那三只争夺尸体的狗的队伍和三支自相残杀的抗日队伍;《秋水》中那儿近于诺亚方舟的被洪水包围的窝棚;《大风》中被风卷剩下的那一棵草;《金发婴儿》、《枯河》、《爆炸》中类似的困境,都超越了《球状闪电》、《欢乐》中那些类似的家庭所描写的生活本身,而具有更为普遍性的品格。在《红高粱》系列中篇里,当父亲恳求爷爷别杀那个漂亮的日本兵时,父亲就不是以一个正义的复仇者,而是以人类普遍的一员来感受这场反侵略战争的。尽管爷爷的冷漠无情要比父亲苍白无力的同情心更有人生的深度,但作者毕竟揭示了看待这场战争的新视角。反过来,当恋儿脱光衣服站在日本兵面前,求他们别动她的孩子时,在日本兵心头也曾漾起一点人性的波光。尽管恋儿还是被糟蹋了,但作者的矛头却越过了这几个日本兵的头顶,指向了这场使人性泯灭的战争本身。

在文学史上,从来没有一部仅仅反映生活的作品能真正传之久远。那些仅仅反映生活的作品总是随着生活翻开了新的一页而被读者翻了过去。作者与读者之间的交流,是以共同的生活体验为前提的。在任何时候,生活的隔膜、感情的隔膜都是读者接近作品的最大障碍。作品的生命力,不仅取决于它反映了什么时代的生活,更取决于它能超越多少时代的生活,能诱使多少个时代的读者有兴趣进入其中。为此,它就不能仅仅满足于取悦当代的读者,同时还必须为争取后代的读者准备足够的能与之交流的东西。每一部优秀的作品在反映生活的同时都包含着某些永恒的方面。作家的使命就是从特定的时代生活中去发掘这些永恒的方面，并以特定的时代风貌表现出来。既要反映又要超越，既要有时代内容又要有永恒品质，只有这样，一部作品才真正能从它产生的那个时代一直走向未来。

当然，对莫言来说，也许那种心灵的幽闭和骚乱只不过是作家的痛苦，也许他只不过是使之尽情发泄而已。而痛苦既然已经成为作家基本的情感体验，他就不仅不能回避痛苦，而且必须更有滋有味地反复咀嚼，使自己忘乎所以，沉溺于其中。这种对心灵的自我摧残是艺术不能不付出的代价。由于感受的真切，莫言的悲观主义在日趋深沉和强烈的同时也使审美感情受到了扭曲；而对心灵的幽闭和骚乱，因为洞察的细致入微，感同身受，也使自己的心灵受到了毒害。于是，当他饱含痛苦地望向世界时，目光中便带有一种病态。在五彩缤纷的生活中，他偏偏对各种丑陋和邪恶怀有极大的敏感和兴趣。那些为作家们所不取、避之唯恐不及的丑恶现象，他却恣肆写来，洋溢着展览的热情。他写数十匹盈尺的饿鼠在屋里穿梭跑动；写踩着遮没地皮的苍蝇，咯吱咯吱响，听着让人恶心反胃；写被狗撕下的卵子；写被一百万只肥胖的蛆虫吃得只剩下残肉的死尸；写被汽车辗了的小狗心平气和地拖着肠子走路：写跳蚤钻进母亲的阴道；写刀劈日本兵，花花绿绿的内脏如何活泼地跳动着，散发着热烘烘的腥臭……他使看惯了才子佳人、青山绿水的中国读者毛骨悚然，一个个作呕吐状。他把折磨读者的神经视为一种快意，好像不拖着他们去精神的地狱中走一遭，他就绝不善罢甘休似的。而那个黑色的、顶天立地的圆柱似的《大风》；那飞舞着成群结队的银色大鸟，漂浮着死尸的《秋水》；那连旱三年，只剩下一片喧腾腾沙土的《枯河》；那击翻了人和奶牛，击穿了房子的《球状闪电》；那像一片硕大无比的、贴地滑行的暗红色云团的《红蝗》……都使作为外部环境的大自然以一种与人对立的狰狞面目、企图毁灭人类的勃勃野心向读者渐渐逼近过来，叫人如临世界末日。至于莫言笔下的意象，则是洪水中的饿鼠，庄稼地里的红狐狸，军营中的“苍蝇棍子”，浑身粘满羽毛的老人，拖着肠子蹒跚而行的黄狗……这些和情节本身没有直接联系的意象，也以其令人难以接受的丑恶样式，把一种压抑人、窒息人的精神氛围强加给读者。而更为冷酷和惨烈的是，莫言时常赋予那些丑恶的现象以美丽的外表：他让罗汉大爷被割下的耳朵在瓷盘里活泼跳动，显得苍白美丽；让奶奶的尸体掘出来后，容貌像鲜花那样美丽，墓穴里光彩夺目，异香扑鼻；让四老爷在野地里拉屎，体验着种种美妙的感受；他还让虎儿血肉模糊的屁股上布满阳光，让被枪杀的金发婴儿脸上留着高贵表情；那被爷爷砍翻的日本兵，被父亲无意射倒的年轻妇人，被胶高大队队员扎死的铁板会会员，都故意给他们一个漂亮的面孔；而母亲躲藏的枯井中，癞蛤蟆和绿水都像宝物一样可爱……

中国的文学传统是美文的传统。自《诗经》以降，中国的文学历来就是风花雪月，美女如云的。即使身处动乱年代,文人们抒发忧愤和不平,也是如屈原一般,或香草,或美人,通过塑造正面的审美形象去感染和激动读者。儒家的中庸之道,老庄的虚静思想,都使中国的审美传统趋向于平和与自然。西方小说中常见的野性、神秘、阴森、丑恶,始终未能在中国文学史上占有一席之地。就连《聊斋志异》这样写鬼的故事,也通篇是才子佳人,男欢女爱,绝没有芥川龙之介那些写人的小说中弥漫着的鬼气。如今,莫言却以艺术上以丑为美、使美变丑的独特趣味,在表现出一种人格样式的同时,使小说处处显示出狞厉的美。这种狞厉的美与读者审美习惯的距离未免过于遥远。他真正与读者为敌,对读者进行冲击和征服的地方,从根本上说就在这里。尽管这种狞厉之美正随着作者在创作上愈益的率性由情而开始令人感到厌恶,尽管与读者拉开距离也因为缺乏节制而使彼此之间的张力有绷断的危险,但莫言的小说已经在当代文坛上显示出独特的价值。那不仅仅是某些艺术手法的模仿和探索,更重要的是,他为中国的读者提供了一种新的审美经验。

毕竟,莫言是幸运的。因为他的小说恰好产生和成熟于当代中国思想意识大动荡的时期、除旧布新的时期。几十年来,社会的几番风云突变不仅深刻地影响着文学,同时也极大地改造了文学的读者。那些比过去远为复杂的思想感情经历,使读者迫切需要在审美对象上获得对自身的新肯定。在这种情况下,原本极容易被接受的文学旧样式就变得苍白无力了;而审美经验的更新和丰富便成为文学进一步发展的前提。在新旧交替之际,突破往往表现在形式方面。这时候,就不是那些迎合读者旧的审美习惯的作品,反倒是那些敢于与读者为敌、敢于为读者提供新的审美经验的作品更能受到读者的欢迎。在读者那里,新的审美需求从来不是以宣言或商品订单那样的形式提出来的。在作家那里,对这种新需求的了解也不是靠民意测验或典型取样那样的形式去获得的。默契仅仅来自作家与读者本质上的一致。作家只有作为一个人深刻地理解了生活,他才能理解读者。由此,他才有那种勇气通过远离读者去接近读者,通过与读者为敌真正地走进读者心里。当然,在莫言的创作中,表现得更充分的倒是那种非理性的因素。作家在幽闭和骚乱的冲突中产生的心理障碍,与读者普遍的心理经验不仅相契合,而且是一种放大和强化的形式。这就是说,作家的成功尽管来自与读者心灵交流上根本的一致,但产生这种一致的背景却不尽相同。于是就存在着这样的可能,这种一致是两种取向不同的心理发展史程的偶然的交叉点。如果作家更多地体现着人格和个性的心理障碍继续发展下去,而读者的心理经验却随着社会改革的进程开始有良性的改善,那么这种一致也许就会渐渐疏离,甚至于分道扬镳。到那时候,莫言的优势就会消失殆尽,他对读者的冲击和征服,会因为彼此的心灵对立而被读者抛弃。这也许有点危言耸听,但在文学史上,那些更多地依靠自身的资质进行创作的作家,那些崇尚非理性的文学流派,往往异军突起,以一两部作品树起文学的丰碑,而创作的寿

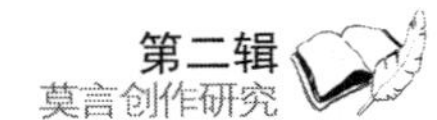

命却大多不长，这一点也是颇能令人深思的。当莫言和张承志、韩少功、刘索拉、阿城等青年作家一道，各自以不同的审美经验实现着对读者的审美启蒙时，读者审美经验的丰富和提高必将反过来对文学提出更高的要求。如今，当一个作家是很难的，以后则将更难。当然，莫言也不例外。

（原载《当代作家评论》1988 年第 3 期）

莫言对军事文学的激扬和催化

◇黄国柱

莫言的小说创作，表现出了相当强烈的独创性。如果说《西线轶事》、《高山下的花环》促进了军队作家对社会生活进行深刻的认识和思考，对军事文学在深厚的历史背景上表现真实和人性及重大社会冲突等方面带来了突破性的进展，那么莫言以《红高粱家族》为代表的一系列作品则在更广阔的历史空间里展示了战争和现实生活的丰富多彩性，并在艺术表现的视角和审美观念的革新等多方面对于军事文学产生了更大的冲击。它们的共同之处都在于打破了某些束缚军事文学创作视野和手脚的因循的框框和禁忌，为军事文学拓展了一片崭新的天地。尽管我们目前还很难确定莫言是否能进入新时期经典作家的行列，但在军事文学领域里，他显然标志着一种新的潮流，一个新的阶段的开始。

在众多的作家为革命历史题材、革命战争题材创作中的"五老峰"所苦恼的时候，莫言的《红高粱》不啻于一道晴空中的响雷，大有石破天惊的突发性。人们为他笔下的那种迷离诡谲、豁人耳目的纷乱形象所惊叹，为那种翻过来倒过去的时空秩序和结构程式所迷乱，为那些在战争的纷乱中挣扎求生的充满传奇色彩的农民形象所折服……而实际上，透过这一系列令人眼花缭乱的"感觉迷雾"，我们能够看到的重要之点，仍在于莫言对战争以及战争与文学关系的认知和感悟的独到性。而这一点显然是决定每一个战争文学作家创作走向和成败的不可或缺的前提和关键。新时期以来，革命历史战争题材创作徘徊于"五老峰"下逡巡不前，很重要的一个原因就在于许多作家仍在旧有的观念笼罩之下去表现战争，而缺乏对战争和历史的独到的认知和感悟。在莫言那里，战争一方面表现为一种民族间的仇恨和对立，另一方面又具有某种抽象的寓意，是一种被虚化了的氛围。他把他的战争小说当作一种发自灵魂深处并力图感召其他灵魂的庄严的祈祷，因此，他并不太直接地去关切、评判他们描写的战争正义与否，进步与否，乃至胜败如何，胜败的原因等以往战争文学中被强调到至关重要的地位的一系列问题(不关切、不评判并不意味着不理会、不认识,而是指关注的重心不在此)。《红高粱》被他赋予了一种"非功利性"的意义,他瞩目于"人在战争中"的种种被激化乃至被扭曲了的情感和心态。有的同志指出在《红高粱》中看不到党的领导,看不到党对农民武装的改造引导,看不到农民由自发到自觉的转变过程,实际上是沿用了衡量过去战争文学的标准和尺度,而没有看到这些标准和尺度更多的应该用在历史学著作里。文学作品的主要功能和任务,显然并不是去验证某种历史观点、某种军事思想的正确与否,并不是去总结战争成败的原因。战争,作为一种解决政治和经济问题的最高手段,必然伴随着无数生气蓬勃的生命个性的毁灭,其间布满了种种矛盾和迷雾。如果说,战争及历史科学其目的就是要剥开这层层迷雾,可以不太理会个体生命的毁灭的话,那么,战争文学则至少应该保持这迷雾的混沌性和杂呈方式,展示生命个体在战争条件下的存在方式,而不应该去追踪、显示赤裸裸的"历史规律"。这种认知使得莫言有可能从过去的战争文学模式中脱颖而出,呈现出一种崭新的格局。《红高粱》与其说是一个抗日打鬼子的故事,不如说是那个特定历史背景中余占鳌土匪生涯的兴衰史。墨水河边的伏击战,以及日军报复性地血洗村庄,不过是历史背景的依托。侵略军与各种抗日势力之间的对峙及胜败,并未构成旗鼓相当的文学角色,而始终占据在这幕历史话剧中心的显然是余占鳌及一系列和他命运攸关的人物。对于他们,重要的不是最终谁胜谁负——这个历史的定论早已人人皆知,重要的是他们当时怎样地活着或死去。

然而,在绵亘不绝的历史长河中,果真有"非功利"的战争文学存在吗?与其说《红高粱家族》摒弃了非文学的功利追求,毋宁说它在追求一种能够穿透历史的当代精神的激扬,蕴藏着更深刻的文学的、美学的、伦理的和历史的功利性。莫言在领悟福克纳的《喧哗与骚动》的时候,说过这样一段话:"过去的历史与现在的世界密切相连,历史的血在当代人的血脉中重复流淌,时间像汽车尾灯柔和的灯光,不断消逝着,又不断新生着。"(《世界文学》1986 年第 3 期)这种恢弘的时空感和历史意识使他的《红高粱家族》充满了一种轮回感。作为"不肖子孙"的"我"在回首先辈的时候,时时以一种"种的退化"的隐忧警策着自己:不要被"上流社会的虚情假意"、"被肮脏的都市生活的臭水"所污染,成为毫无主见、毫无创造精神、驯服而玲珑精致的"家兔",成为一本畅销的《读者文摘》。显然,在余占鳌、奶奶们、罗汉大爷们杀人越货、精忠报国的一幕幕悲剧背后,是另外一种功利,另外一种向往,另外一种人生的极境和美的极境。莫言企图通过历史环境的再现来摆脱那种陷入"杂种高粱"重围的浸润灵魂的痛苦和悲哀,企图去寻觅一种能够激发力量的从莽莽大地深处传来的苍凉而雄浑的音,从而最终使红高粱成为一个总体的象征——"每穗高粱都是一个深红的成熟的面孔。所有的高粱合成一个壮大的集体,形成一个大度的思想"。应该说,这种蕴含着"大度的思想"的题旨,是莫言战争小说能够启人心智的另一个重要原因，这使他的小说远远超越了比较单一和粗浅的“教育功能”，而在战争文学中第一次创造了这样新鲜而独到的意蕴和境界。

在任何一位有独创性的作家那里，作品中表露出来的“大度的思想”都有其所由滋生、发展、壮大的土壤和源泉。和其他军队作家大不相同的是，莫言的作品中表现出一种强烈的令人心醉的乡土之恋，这使他的文学世界中的那块“小小的邮票”获得了一种非凡的斑斓和迷蒙。作为一个军人，莫言的创作中几乎看不到被许多军队作家一再强调的“军人意识”，在他有限的以军旅生涯为背景的小说中，如《黑沙滩》、《苍蝇·门牙》、《金发婴儿》等，也仍然弥漫着一种对底层劳动人民的深深的挚爱和同情，一种对极左路线统治下的农民悲苦生活的魂牵梦绕的追忆和忧愤，一种难以抑制的“澎湃的悲怆”。使莫言更加不同凡响的，还不仅仅是这种刻骨铭心的乡土之恋，而是乡土之恋的另一极：乡土之恨。这就是《红高粱》里所表达的那种对故乡“极端热爱”、“极端仇恨”的矛盾态度：“高密东北乡无疑是地球上最美丽最丑陋、最超脱最世俗、最圣洁最龌龊、最英雄好汉最王八蛋、最能喝酒最能爱的地方。”于是，爱，转化为批判的赞美；恨，转化为赞美的批判。他认为：“批判的赞美与赞美的批判是我的艺术态度也是我的人生态度。”(1989 年 7 月 18 日《中国青年报》)这一点对于莫言的创作至关重要，这使他在抒写像抗日战争这场真正意义上的民族战争时，能够对民族精神、特征有着比较深刻和准确同时富于独创精神的洞察和把握，进而能对其进行淳朴的、真实的、如玉在璞的表现，从而使红高粱这个子孙后代的图腾更加庄严、凝重、雄浑，而没有流于一般化、简单化、表面化的爱国主义、民族主义的说教。应该说，直到最后，余占鳌的抗日行为也没有上升到清醒的反侵略的理性高度，而是求生存的本能作用他的集体无意识的文化积淀所采取的一种必然的选择。日本人的到来，使他们陷入了一种迫在眉睫的生存危机之中，并本能地对一切潜在的危险保持着高度的警惕。余占鳌仇视日本人，敌视冷支队，也信不着江小脚的胶高大队。历史文化的局限使他们无法去认清更大范围内的局势，他们只信任自己的聪明机智和强悍力量。墨水河之战损兵折将，余占鳌领着豆官去城里买子弹，目的不是为了抗日，而是为了“找冷支队算账”。在余占鳌式的农民身上，抗日坚定性的激发一方面是“不侮于外族”的民族传统气节观念所使然，另一方面，或者说更重要的还是奶奶被杀、二奶奶受辱、家园破败等一系列身受其劫的直接原因。罗汉大爷“怒铲骡腿”的暴烈举动则是这种报复性反抗的极端形式，他临死前的破口大骂，便淋漓尽致地表现了中华民族应有的民族气节和大义凛然的气概。而在日本人威逼下对罗汉大爷下手剥皮的孙五，带着日本人轰炸村里草窨子的成麻子则多少表现了民族性格中麻木、怯弱的另一面。在余占鳌整个生涯中，既有着狂放不羁，勇于向旧秩序、旧伦理叛逆挑战的革命性，又有着彻头彻尾封建卫道的保守性；既有着极富于创造性的机智聪明，又有着带有浓厚封建色彩的冥顽不化；既有着农民草莽英雄大智大勇的豪放本色，又有着农民身上那种目光短浅、愚昧狭隘的特征……抗战是他大显身手的一个广阔舞台，他身上的可爱之处与可憎之处都得到了淋漓尽致的发挥。这不仅避开了像《红旗谱》等革命历史题材小说描写农民觉悟的熟悉的程式、格局，同时也给作品带来了军事文学中鲜见的历史厚重感和对民族文学传统的批判意识，使莫言在深刻性上得到了多于其他对手的积分。

作为没有参加过战争的青年人，莫言写出了令许多亲身经历过抗日战争的人叹为观止的作品，这也是建国以来军事文学史上罕见的文学现象。他为青年作家去体验过去辉煌的战争业绩，用当代意识观照历史上的战争开了一个先河，更重要的是，莫言为军事文学创作注入了一种十分新鲜的历史观念，或者说是历史意识、历史感觉。他使过去的历史变得有声有色，有血有肉，而没有过分拘泥于历史真实的枝枝节节，历史事实的恩恩怨怨。正如克罗齐说过的那样："只有现在生活中的兴趣方能使人去研究过去的事实。因此，这种过去的事实只要和现在的生活的一种兴趣打成一片，它就不是针对一种过去的兴趣而是针对一种现在的兴趣的。"于是，在这种几乎完全虚构的作品中，却表现出一种十分真切的战争氛围；实质上是一种心理经验的真实，一种非凡的想象力的腾飞。在充满主体意识和主观激情的观照中，莫言的目光里又不无忧郁和悲凉，不无痛切和唤号——"六月的天气寒风凛冽，腊月的气候酷热难当；颠倒的世界混沌迷茫，不灭的人性畸曲生长。"他看到战争中被扭曲了的人性，看到人性中兽性的回光返照，作为一种训诫和矫正，他以不无夸张的笔墨渲染战争中的恐怖残忍（比如罗汉大爷的被活剥）和兽性（比如二奶奶被轮奸），渲染人兽之间的通感（比如《狗道》中惊心动魄的人狗之战），渲染作为历史见证人在回首往事时的内心的荒凉，从而透露出一种博大的人道主义的悲悯。当然，如果仅仅到此为止，那么莫言恐怕会招来更多的非议和批评。在莫言的作品中，对历史的观照无疑是立足在十分丰厚的现实主义土壤之上的，他对高密东北乡历史传奇，以及风土人情的熟悉使他的作品具有十分鲜明而深厚的历史纵深感。《高粱酒》中关于东北乡制酒工艺流程的描写，《高粱殡》中几次出殡的描写，以及作品中的江湖术士、土匪地痞的描写，民间剪纸艺术的描写……使得莫言的小说世界成为一部活生生的历史，一幅五光十色、斑斓照人的历史风情画，进而产生了极大的艺术魅力。

莫言在小说叙述语言和小说文体方面所产生的影响，当然并不限于军事文学领域。他的那种"妙在似与不似之间"的写意特征，那种爆炸式的球状闪电似的艺术感觉，那种渗透着稚拙美的童年视觉等，都已得到广泛的肯定和关注。有的评论家从莫言小说的强烈感官刺激出发把它归结为一种"表象思维"，也有人把莫言归于"感觉派"一类的新潮小说家。这种种从各个侧面、各个角度的分析证明了莫言小说本身的丰富性。但需要指出的是，对于莫言"艺术感觉"的过分偏爱和褒奖的结果，也或多或少地助长了莫言对良好自我状态的过于信赖，而在某些作品中不加节制地铺陈和滥用，一方面是重复自己在以前创作中经常出现的感觉，扩展和稀释之后则往往演化为琐冗和繁赘；另一方面，泛滥的感觉多少淹没和冲淡了作家对生活的思考的严肃性，以至于有《红高粱》系列"一部不如一部"的微词，进而有对《欢乐》更严重的批评，而失去一部分本不应该失去的读者。

尽管如此，莫言毕竟为我们提供了一种十分别致的小说样式，他以自己独特的方式创造了一种现实主义的风韵。他显然既不是一位被动的观察者，也不是一个纯粹主观的迷狂者，他是"一位洞观者，一位充满激情的洞观者。他的所有人物都秉有那种激励着他本人的生命活力。他的所有故事都深深地染上了梦幻的色彩"(波德莱尔:《论泰奥菲尔·戈蒂耶》)。莫言小说呈现的，不仅是社会的现实，也是人生的奥秘；不仅是镜中的映象，也是神秘的象征；不仅是传神的细节，也是哲学的暗示；不仅是历史的记录，也是灵魂的顿悟……他用出色的想象力为我们提供了一个可以看到、听到、闻到、触摸到的生动而真切的世界，其间不乏对意识到的历史内容的洞察和思考，这种洞察和思考又和栩栩如生的人物形象联系在一起。尤其在细节的描写上，表现了一种异乎寻常的令人发指的现实主义冷峻。在抒写战争的残酷上，莫言的感官刺激的强度显然超过了雷马克的《西线无战事》。和雷马克不同的是，莫言对战争残酷的描写，更多的出于对中庸和谐、温柔敦厚的诗教传统的反叛。他不仅对爷爷、父亲常常出言不恭，而且放肆地用审视女人的眼光去观察奶奶、二奶奶。他对丑陋、恶心的事物常常采取了"瞪圆了眼睛看分明"的正视态度，谦谦君子风受到了摒弃和鄙视，以至于常常遇到"溢恶"的责难。其实，对于一度滥觞于军事文学中的虚假的理想主义和伪善的浪漫主义来说，莫言的反叛未尝不是一件敢作敢为的壮举。莫言一方面高举起造反的旗帜，另一方面又在这旗帜下组合了一支对传统美学方法认同的队伍。《红高粱家族》固然为迷幻的神妙所包裹，而实际上又是一种十足的民间传奇，透过时空倒错的迷雾，他在讲述一个跌宕有序丝丝入扣的故事。正是在这种反叛和归顺的矛盾背反中，莫言形成了自己独特的美学风格。

莫言以自己一往无前的骁勇冲破了我们平日所约定俗成的"军事题材"的疆界，他遵循的天条只有一个，那就是文学的规律。因此，我们无法用所谓"战壕真实"、"全景文学"甚至"革命历史题材"去约束和捆缚他。他只是执着地要开辟自己的疆土，从"邮票"大小的高密东北乡开辟走向广阔的外部世界的通衢大道，他甚至痴迷于自己良好的感觉世界。但是这种顽强的执着和痴迷是否有利于我们曾反复呼唤的战争史诗呢？虽然不必拜倒在《战争与和平》、《静静的顿河》面前永远直不起腰来，但我们毕竟还没有构建如此庞大的文学大厦的气度和景观。这当然无法苛求于莫言，但我们也不能因了对莫言的褒奖而排斥他对这种艺术方式和对更高远、深邃、博大的艺术境界的追求。

对耸峙于军事文学史上的高峰的攀援，常常需要一代人的共同努力，无论如何，莫言是攀在前面的开路先锋，尽管通向顶峰的路不止他走的这一条，但他毕竟给了我们许多有力的激励和启示，值得我们钦佩。

（原载 1988 年 6 月 4 日《文艺报》）

愤怒，一种新的情感形式的探索

——读莫言第一部长篇小说

◇朱珩青

《天堂蒜薹之歌》

在一个时期里，莫言以他忧郁和痛苦的情感表现的完美，备受称赞。那忧郁和痛苦像压缩饼干一样，越是溶进读者的生命之水，就越浓香馥郁，越耐咀嚼。作家以其感情的真挚征服了他的读者。《爆炸》一篇堪称这方面的代表。它的人物个个是痛苦的化身。他们拼命压抑自己，在痛苦爆发的临界线上煎熬。像喷发前的火山，那灼热的气息已经咄咄逼人，却总还是在地下奔突、冲撞。感情的强烈，加上有力的节制，是那样的使人迷醉。

《爆炸》以后的莫言，终于不能压抑那痛苦，由它喷涌，由它爆发了。这就是《红高粱》系列里那种痛苦情感的宣泄，到了他的第一部长篇小说《天堂蒜薹之歌》(作家出版社出版，下称《蒜薹》)，连那宣泄般的痛苦也不够用了，一转而为愤怒和愤怒的喷发。当然，这愤怒的情感在过去作品中也有所见，不过那是采用压抑和无声的表达方式。《透明的红萝卜》中的黑孩，以无言的固执和对自身的伤害(被迫用手拿烧红的钢钎)来显示他人格的愤怒；《枯河》中的小虎在皮鞭下，带着无言的报复的(可怜的)愉快死去，完成了他灵魂的愤怒。

《蒜薹》可以看作是愤怒情感的总爆发。这是一部表现农民愤怒的作品。

《蒜薹》以一群老实巴交的农民(有的曾是支前模范，有的甚至相当窝囊)突然愤怒地砸毁县政府为故事的小说。一部反官僚主义的作品？不是，它远远超出了这样一个表层规范，有着十分深层的民族文化的内涵。在这点上，它与贾平凹的《浮躁》有异曲同工之处。不过《浮躁》在解剖农民的同时，也解剖了官僚，作互为补充之用。《蒜薹》对官们却光作些远远的不经意的扫视——从农民的角度、以农民的眼光和情绪。作家把主要的笔墨泼绘在农民身上，面对农民的过去和现在，面对生活本身，着意挖掘农民的历史负担，即所谓国民性的劣根性。其间又透出一种鲁迅式的“哀其不幸，怒其不争”的重重忧郁。愤怒，作为一种情感形式，它是压抑的爆发和宣泄，也是压抑的一种缓解方式和终端通道。造成愤怒的压抑一经取消，或缓解过程一旦完结，愤怒大体也就应结束了。《蒜薹》显示了造成农民愤怒的原因，并把故事结扎起来：与事件有关的人，该撤的撤了，该关的关了，但是不知为什么，这愤怒并没有结束，好像刚刚开了个头。它似乎埋在异常深厚的民族历史的根基和深层地脉之中，一时间难以测出储蓄的总量。

首先，我们看到了作品背景的时间错位。事情发生在经过了三十多年历史大变动之后的今天，人们已经进入现代生活，农民也被组织到了经济改革的大序列之中，然而在这背景上活动的人们所遵奉的“时间”，却在遥远的过去。这里的农民（一个偏僻的农村）依旧按照几千年来农业社会留下来的传统律令、清规、习惯来思考问题、解决问题。读了《蒜薹》，你会感到这好像是发生在包龙图爷爷时代的故事。一种凄凉之感油然而生：我们古老而沉重前进的祖国！改革，何其艰难！

《蒜薹》里的农民，真是“忍耐”的模范，是“中国人长于忍耐”品德的代表。他们忍受贫穷，忍受屈辱，甚至在忍耐中找到了乐趣，为忍耐哲学提供着更加丰厚的理论根据。在屈辱和战栗中活了四十年的高羊劝解别人说：你看黄书记（鱼肉乡民的乡书记），吃的是大鱼大肉，穿的是绫罗绸缎，有权有势，他怎么样了？他得了癌症！而我不是好好的活着吗？当然，一切忍耐都是有限度的（不管限度的尺度如何），总是有忍不下去的时候。提起限度，《蒜薹》里有个死囚，在临刑前嘱托牢友转告他的父母，说他死得不屈了，临死吃到了红烧肉！你看他的限度，何其宽泛！

我们来分析一下书中表现时间错位的一句典型口号（它是这次农民闹事的理论武器）：“当官不为民做主，不如回家种红薯。”这条产生于旧时代，在统治观念制约下，表现一定民主因素的口号，对农民来说，是相当苛刻的。农民被迫站在遭受统治的地位，它仅仅以农民的最后权利——退让的最后限度——来维持官与民两个对立面的暂时平衡。这最后的限度就是：当官的，为民做主！不做主，回家种红薯！在这样一种饱含农民的不满情绪和无可奈何的协调方式里，显然带着许多倾覆的因素。这实在是经不起任何震荡的脆性平衡，像盈盈的江河不胜杯水一样。当我们谈论着：中国农民“长于忍耐”的时候，实在是已经包含着许多危险的了。可见活在旧时代的官们当然不会有这方面的敏感的，所以农民的愤怒之火随时都可能燃烧起来。我想，我们为戏剧舞台上的“芝麻官”叫好，恰恰主要不是因为艺术的原因，而是在认为这个形象很有现实性的时候。包龙图爷爷时代的故事是很有可能再沿袭下去的了。

其次，我们还觅到了人的素质与改革现实的错位。这里所说的人的素质，既包括没有文化的农民，也包括比农民的文明程度高不出去多少的父母官。农民是这样看的，实际也是如此。《蒜薹》的官和民的双方，在很大程度上都因袭着旧时代的陈迹。这里的官以吃“皇粮”自居、自傲，颇有“朝廷命官”的味道，在本来就比较虚假的“为人民”思想淡忘之后，只剩下了以权谋私、以权压人了。民呢，忍让、退却。他们积历史的经验，深深懂得“民心似铁，官法如炉”的厉害，就是逼上了梁山，也还是胆战心惊的，短时间的冲动过后是长久的恐惧和惊惶。这“长久”，在小说中有很是惊人心魄的表现和暗示。

让我们看看这群人中的知识分子、胡琴手瞎子张扣在那辉煌的愤怒喷发时刻所演唱的歌词吧。它是那么哀婉凄切：

八月的葵花向着太阳
孩子哭了送给亲娘
老百姓依赖着共产党
卖不了蒜薹去找县长

仲县长你手按心窝仔知想
你到底入的是什么党
你要是国民党就高枕安睡
你要是共产党就鸣鼓出堂

乡亲们壮壮胆子挺起胸膛
手挽手儿齐闯公堂
仲县长并不是天上星宿
老百姓也不是猪狗牛羊

——《天堂蒜薹之歌》

像一只失群的孤雁，哀哀无靠，盘桓失望，最后以一死了却宿怨，此情真是我们民族、民间传统文化之精粹。有李密《陈情表》之哀哀动人，有骆宾王檄文讨伐之激越。

蒜薹烂了，公堂也闯了，又怎么样呢？据说结局是很完美的。官们收敛了，民更知道“法”的威严了。闹事者之一的高羊对前来探监的妻子说，回去好好过日子，安守本分，儿子就起名“守法”吧。这确实是不错的。那渊源于旧时代的官民对立情绪也会随之消弭的吧。人们被“定格”在这个熟识的结局上，陷入沉思。

像这样的时间、事件错位的现象，我们曾在《堂吉诃德》里见到过。在那里，那位远离现实的骑士虽然可笑，却倒也真诚，甚至留给读者许多愉快。在这里，错位是一本正经地进行着的，荒唐也是认真的，现代生活和过去思想的强烈反差，使人目眩，你即使

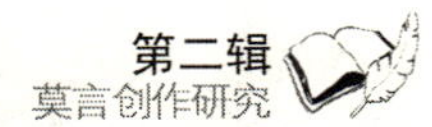

想笑,恐怕也很难笑得出来。

愤怒,作为一种情感的极端形式,它的爆发常常是杂乱而缺乏分寸感的。要表现这样一种缺乏分寸感的情感的分寸,既得热情,又得冷静。我肯定作家遇到过麻烦。不过,莫言毕竟是莫言,他避开了颇为敏感的一系列问题,把事情引入我们民族的历史文化传统中去,确也找到了非常适宜的表现天地。

《蒜薹》里,作家凭着对农民的熟悉、对事物的高度敏感和深入,恰如其分地表现了农民愤怒的特殊状态:它是近于本能的冲动,又是几千年来积累起来的生活和理性的产物;带着恐惧,又大胆赤裸;似盲目,却也坚决。这是一种以巨大的感情力量支撑起来、不可名状又无处发泄的混一的情绪。《蒜薹》主人公高马在埋葬了心爱的妻子和未出世的孩子之后,操起一把祖传的大刀,"霍霍"地磨了大半夜。他要砍,什么是他要砍的对象?终于,他砍向了四处飞蹿的鹦鹉,院子里的白杨和向日葵!这就是农民的愤怒!我还觉得它不仅表现了现实农民的感情,还显示了中华民族在历史前进中的失败、绝望、挣扎的种种精神状态。我们引以自豪的"中国人有顽强生命力",正是在这样的痛苦磨砺中产生的!

这也就是作家的愤怒,带着他自己的独特个性和审美需要。作家的心似乎再也载不动那么多负荷了,亟须宣泄出去,刻不容缓,像山洪暴发那么迅速,像泥石流那么壮观、汹涌,像火山爆发那么五光十色、灿烂辉煌!他的仍是以红色为主色调的彩色画面正是这种情绪的外化物……

莫言早几年的作品是与之完全不同的,那是些水墨画。斑驳的月影,幽幽的花香(《民间音乐》);荒凉的河滩,单调的锤声,浓雾笼罩下的黄麻地(《透明的红萝卜》),那是绝没有现在这样的火暴和热闹的,因为那时作家的情感也还没有如此强烈。

人说,"愤怒出诗人",自然,愤怒也出小说。莫言在表现农民的愤怒时,他自己也不能自已了。但是莫言的愤怒与农民的愤怒毕竟不完全相同。一是他的理智和分寸,二是表现中感情的升华有着一种在所不惜的精神姿态。如小说卷首引用的"名人语录":"小说家总是想远离政治,小说却自己逼近了政治。小说家总是想关心'人的命运',却忘了关心自己的命运。这就是他们的悲剧所在。"中国的知识分子向来就有这种如灯蛾扑火般的勇气和牺牲精神。不过,他还是要尽量抹平可能产生的误解(特别是政治上的)。作家特意用了一些章节来区分改革的失误和官僚主义,对农民的盲动也作了些批评。像法庭辩护和报纸评论等。但是,恕我直言,这些章节的文字味同嚼蜡,实在是小说的败笔,而那些蘸着农民愤怒抒写出的农民的悲歌,由愤怒燃烧起来的生活画面,却丰富极了,深刻极了。因为这是生活,而生活是无法概括、无法分析的!可见文学创作毕竟不同于政治分析。对于像莫言这样的情绪型的作家,让他到理性的王国里去找灵感,无异于叫他自杀。

其实呢,全面与片面,正确与不正确,站得高与低,都是相对的,而且它在文学的天地里,不过是作家观察生活、表述生活的一个角度而已。俄国的托尔斯泰伯爵、美国南方农奴主的挽歌手福克纳的思想无疑都不那么正确,但他们无疑又都是伟大的。当然这绝不是说思想越不正确就越伟大。

不是无懈可击,农民的愤怒确实有它褊狭的地方。当然这种褊狭完全可以理解,不过,褊狭总是褊狭。《蒜薹》里的高马谈到提干时说:“当干部就要卖良心,不卖良心当不了干部。”大有“洪洞县无一好人”之慨。莫言也有这样的执拗。他出身农民,他爱农村,爱得恨死了。《红高粱》中“最美丽最王八蛋”的议论就是证明,这无可厚非。然而他对城市的感情却是冷漠的,嘴角挂着轻蔑,一言以蔽之曰:灯红酒绿,尔虞我诈,人欲横流。对城市显然有一种天然的隔膜。《蒜薹》的高羊就把农民以外的人统统归为“高级人”,其间有忌羡也有仇恨,特殊情况下则发展为愤怒。能指责莫言和他笔下的人物吗?长期的城乡差别(有时是对立)衍生了、丰厚着这种历史性的情绪。在官与民、城市与农村这两对矛盾中,维系平衡的主动权都不在农民手中。

世界上的事就是这么奇怪,褊狭是弱点,面它恰恰是小说的特点和优点。如果小说不是莫言这样的从骨子里都泛滥着农民情绪的作家来写,这部《蒜薹》是什么样子?当然,那样的作品我们也并不陌生。政治上、政策上、行为上无不正确,然而却是令人生厌的瘪三状。高晓声笔下的陈奂生,贾平凹笔下的小水,郑义笔下的旺泉,哪一个不是带着他(她)生长的那一方土地的烙印?哪一个不有自己的不可替代的特殊个性?不论是优点,还是缺点,都是活着的人自身的,绝不外加。

农民化的情绪、气质,农民的眼光和气度,使莫言的小说获得了表现农民情感,特别是愤怒这一情感的独到的成功,占据着一袭无法变更的自己的领地。然而,世界、宇宙的巨大和丰富性与人们的局限性的差异,永远让人感到自身的狭隘。莫言在自己的文学情感活动中,对命运、对人生、对世界爆发出了自己多年积郁的痛楚和愤怒,从这点上看,莫言是幸运的。鲁迅先生曾有过这样的感叹:我毕竟还有一支秃笔“金不换”,还有多少赴告无门的人呢。莫言在对鲁迅“下死工夫”之后,获得了鲁迅式的忧愤。然而,鲁迅对农民的解剖却是基于对自己的严厉的批评和审视之后的。托尔斯泰对自己和自己的阶级的批判也是异常尖锐彻底的,他们的真诚和严格才是铸成他们的伟大的重要因素。不知莫言意识到了这点没有——起码在表露于社会的文学活动中还未曾见到。有人说:莫言骂人,还没听到他骂过自己。这句话说得好极了。我想,莫言如果意识到了这一点,他的作品会更深沉,更经得起时间和各种更加严格的考验。

(原载《萌芽》1988 年第 9 期)

反文化的失败

——莫言近期小说批判

◇王　干

《红高粱》和莫言已经作为1985、1986两年探索新潮文化的组成部分。这两年内莫言呼风唤雨，兴起了一阵阵新潮，极大可能地丰富了当今中国的文学色彩和层次。1985年和1986年无疑是文学界值得纪念和怀念的年头。也许火山爆发之后便该是沉寂，《红高粱》红了之后，莫言们便开始陷入一种因宣泄过度而造成的疲软状态，他们虽然仍以喷射之势进行写作，但早已丧失了起初那股青春的活力和饱满的气势。莫言是贯穿这几年新潮文学的一个代表人物，他近期的几篇小说几乎暴露了莫言们反文化的共同症结，因此我的批判不妨从此开始。

仍是文化的奴隶

应该说，莫言们是在反抗传统的过程中诞生的。“我要编导一部真正的戏剧，在这部剧里，高贵与卑贱、美女与大便、过去与现实、金奖牌与避孕套……互相掺和，紧密团结、环环相连，构成一个完整的世界。”《红蝗》里那位女戏剧家的话至少在一定的时候曾经代表过莫言的创作心态。他的小说《红高粱》便是这么一部“真正的戏剧”。在《红高粱》里，他以一种混沌未开的叙述形态呈现了善恶共生、美丑共存的历史形态和生命形态，洋溢着雄壮的生命气息和历史活力。余占鳌们身上的崇高与猥琐、伟大与渺小、聪明与愚昧、勇猛与凶残、善良与无知相互胶粘在一起，以其民族血性精魂里的那股原始的野性力量冲击着传统规范里的优美、崇高和典雅，获取了一种新的生命范畴和审美文化。

在《红蝗》、《欢乐》等近作中，出于一种反抗的思维惯性，莫言对《红高粱》已经形成的规范感到不满足，他要彻底摒弃文学中那优雅、崇高的审美成分，企图以“丑”取而代之。《红蝗》里这段话便是宣言：“我们的大便像商标的香蕉一样美丽为什么不能歌颂，我们大便时往往联想到爱情的最高形式甚至升华成一种宗教仪式为什么不能歌颂?”在这种“大便情结”的支配下,那些龌龊、卑贱、丑陋、残酷、恐怖、恶心一类为昔日规范所不容忍的现象和情感便充斥在莫言的小说中,“跳蚤在母亲的金红色的阴毛中爬”,“在母亲的生殖器官上爬”,“你第一次嗅到了月经的味道,你无情地剥掉了自己的假面,坦率地对着那个想知道女人身上一切秘密的正人君子说:味道不坏,有点腥,有点甜,处女的干净、纯正;荡妇的肮脏、邪秽,掺杂着男人们的猪狗般的臭气”。他似乎要把有生以来所感受到的、经历的、听到的、看到的、想象到的所有龌龊全部抛出来,竭尽刺激感官之能事,仇恨、诋毁、诅咒既有的一切文化形态,包括他曾经满怀激情所歌颂过的红高粱、土地、野性、性。他把当年的那股热情全部倾注给人间的种种丑恶,以玩赏丑恶为快事。

总而言之,莫言是以一种反文化的新姿态来操作他的小说,这一点与不久前曾经颇为时髦的朦胧后诗人(亦称“第三代诗人”)自然不谋而合。这种反抗的出现是必然的。因为我们的文学和读者在传统文化那种优雅的氛围中浸泡太久,浸泡得神经非常脆弱,经不起一丁点的刺激,长期陶醉在白日梦的幻象之中,借以逃避现实的丑恶与无情。莫言正是要折磨人的阅读期待和心理渴望,亵渎人们的优雅情感和审美惯性。20世纪的世界文学就因为正视人性和世界的负面,才使人类意识到自己有一条割不断的动物尾巴,意识到在理性的表象下藏着非理性的本能和冲动,反文化便成为人的新的生存要求。

但是,莫言却在反文化的旗帜下干着文化的勾当。莫言在亵渎理性、崇高、优雅这些神圣化了的审美文化规范时,却不自觉地把龌龊、丑陋、邪恶等另一类负文化神圣化了,也就是把另一类未经传统文化认可的事物“文化化”了。因此,虽然偶像的面具替换了,但膜拜的仪式和情感的虔诚并没有丝毫的变异,莫言那种精神被奴役的本质依然如故,依然充当文化的奴隶。出现这种悖反的原因就在于莫言是在文化的思维过程中反文化,他的筋斗云翻得再多也跳不出如来佛的掌心,就像中国历史上曾经多次出现的农民起义一样,推翻旧的王朝不过是为了更换一个新的皇帝。在这一点,莫言的反文化尚不及朦胧后诗人彻底,他们至少不承认有什么皇帝存在。

莫言近期小说中所显现出来的叙述态度将莫言的这种二难窘境暴露无遗,他在亵渎优雅的文化传统的同时亵渎了阅读和读者。亵渎读者便是传统小说文化最基本的特征。因为在传统的小说中,读者不能进入小说的语言结构之中与小说自身进行交流对话,不能获得创造性的实践,而处于一种被动的受控位置,处于一种被奴化、被灌输、被迫视听的情境。这是因为传统的小说作者是依赖于一种文化的优越进行写作的。而莫言的近期小说始终没有面对着读者,始终无视阅读的存在,那些天马行空、自作主张的叙述语流所呈现出来的是一个极度膨胀了的自我发泄狂、自我虐待狂、自我崇拜狂的形象。莫言以为充分地、自由地倾诉了自我对优雅文化的种种恐怖、仇恨、厌烦、反感、恶心之后，就算完成了反文化的历程，其实这种方式恰恰正是对传统文化的一种认同。这种自我宣泄表明的叙述方式，亦是以往那种全知全能上帝方式的表现。莫言如此无视阅读的意义，正出于潜在的文化优越感，才会居高临下地去亵渎读者、侵犯阅读。他虽不像传统的作家那样，站在圣坛上以牧师很有人情味的措辞传达上帝的旨意，但都同样以自我为中心，都处于文化的优越状态对读者进行灌输，只不过牧师是理性的教谕，而莫言是感观的轰炸。一个真正反文化的小说家，就应摆脱那种文化的优越感，与读者面对面地共同叙述，共同阅读。

真正反文化的叙述方式首先必须淡化叙述者自身的文化侵犯意识，以一种非侵犯、非亵渎、非教谕的方式面对读者。倒不是说读者读懂了小说便有了阅读性，而读不懂就没有阅读的价值，而是说在作家的心目中要始终意识到读者的存在，就像竞赛一样处处感到对手的攻防方式，读者便是作家叙述时的“假想敌”。传统小说的弱点就在于作家以一种文化的自尊自贵，封闭读者所可能进入的阅读通道，顽固地以自我的经验和自我的逻辑建起一个孤立的、保守的文化城堡。而现代小说则必须以读者为上帝，必须开放“不同的门户”，建立起一个开放的、可以多向阅读的文本世界。就像娜塔丽·萨洛特在《怀疑的时代》里说的：“让读者运用自己的丰富生活经验和所掌握的探索手段，从作者指出的深藏的事物中，发掘其中的奥秘。”

因此，莫言企图以一种优越的文化姿态来进行反文化的勾当，这本身好像一个人拎着自己的头发想脱离地球一样，作为一种先锋性的设想也许是有意义的，但实践起来便会寸步难行。在文化的张力场中反文化，最终仍然只是文化的奴隶。

感觉救不了作家

感觉在近几年内受到了新潮作家们的极度推崇，一些人也开始依仗自己的感觉大胆炮制作品，确乎也产生了一些新鲜、奇异的小说。崇尚感觉是对几十年来文学创作中理性硬化思维的反动，它在不同程度上开启了创作者们原先闭锁的情感经验，激活了他们的灵性和悟性。但不少人以为有了感觉便有了一切，就可以纵横天地、驰骋文坛了，在这种反理性的创作方法的背后骚动着的实是一股对文化的轻蔑和嘲讽。人类的理性经验主要依据文化的形式固定下来，它在不同时期，不同程度上抑制人们的感性发展，但文学创作如果真正脱离了理性经验之外，否认理性思维在创作过程中特有的意义和作用，那么最终会丧失这项精神劳动所特有的价值。莫言便是泛滥在感觉之中的牺牲品。

在新时期小说作家之中，莫言并不是靠一篇处女作成名登上文坛显赫起来的，他与王蒙、张承志等作家算是经得起折腾的。他那种良好的艺术感觉和想象能力超出了一般的作家，几年来持续不断的操作充分显示了他那特有的艺术天赋和感觉禀性，但这并不能保证一个作家的生命力始终旺盛。事实上，由于对感觉的依赖和对文化的蔑视，莫言已被折腾得近乎气息奄奄，丧失了原有的灵性和神采，文笔也开始变形。

其实，在《红高粱》之后，这种感觉疲软症便已经开始出现，他在那个时候就应该注意养气健神，以保持充沛的情感和饱满的状态进行新的创作。但他敌不住舆论界和出版界的怂恿、诱惑、逼迫，接二连三地稀释他的“红高粱”，使原先醇浓的高粱酒化为寡淡的清水。这种感觉的放纵和随意性的泛滥使莫言抑制不住已经上升的虚火，为了掩饰内在的苍白和空虚，他刻意于题材这些外在因素。莫言曾因题材的转移获取成功。从《透明的红萝卜》开始到《爆炸》，莫言几乎全是以感觉的灵敏和奇异来映射当代生活的印象，但平和的现实生活，似乎满足不了莫言灵魂里所潜藏的野性精神。于是他找到了那片勃发着生命热能的高粱地，富有传奇色彩、富有历史生命感的余占鳌的故事成为莫言奇异感觉纵横驰骋、张扬个性的自由天地。《红高粱》的成功，本是一次对光靠感觉写小说的反击。因为无论莫言那感觉如何奇异新怪，也必须寻找一个使之自由发展的故事框架，灵性和历史在互相唤醒、互相激活。而当时的舆论则普遍地将它归结于感觉的作用。因此，当莫言在《红高粱》系列中出现危机时，以为简单地改换一个故事背景和情节框架便可以重新滋生出那一灵性、那一精神。

莫言所出现的灵性衰竭、感觉虚泛，本源于内在的苍白和空虚，这种软弱和虚泛是脱离了理性文化之柱产生的。生活在现代社会的人离开了理性的支撑是不可能存在下去的，而一个作家反抗理性，进行纯粹感性写作，可能获取一次性的成功，这种成功也由于以前积累的理性的文化已转化为感性的表象，所以显得有力度、有意义。当他丧失了这种转化的可能时，感觉就会显得非常稚气，非常琐碎，非常非文学。精神病人之所以不能成为艺术家，就在于缺少理性的制约，而不是良好的艺术感觉。莫言创作中所出现的内在空虚，本应靠自身的调节来养浩然之气，重新调整好内在的情感结构方式，克服倾斜，使之平衡，依靠外在的力量来滋补反而会导致更大的倾斜和更大的亏空。而莫言选择的正是阴差阳错的外补方式，因而导致了近期小说的仓促和疲软。如果说《欢乐》由于调动了作家少年时期的情感经验和生活记忆还保存他感觉的基本外形外，到《天堂蒜薹之歌》里，莫言便彻底露馅了。且不论三十几天的时间是否适合于一部长篇的写作，也不论莫言在下坡时写作这部小说。即令早两年，莫言写作这部小说也不会超过其他作家，概括生活中刚刚发生的政治事件来组织小说非但不是莫言感应世界的方式，也不是正常小说所应有的态度。莫言也许是太过于信赖自我的感觉，其结果便是外在的社会性、新闻性非但弥补不了内在精气的虚弱，反而更加重了他情感和感觉的疲软。

为了掩饰内在的灵性感觉的纯化，莫言借用各种脱离本体之外的因素来组合、拼凑他的小说，在语言上要弄种种花招，使原先饱满的小说语言发生质变，丧失了小说特有的语言形态。一是随心所欲、莫名其妙的词语堆砌与重叠，虽然在游戏的过程中不乏惊世之语和幽默之趣，但因通篇的虚泛与空洞显得做作而有修辞之匠气。二是用大量的议论和自白来消解叙述，改变了小说叙述的基本语体特征。即令将中篇小说《猫事荟萃》那些占篇幅一半的议论和说明删掉，它也不能构成一个短篇，它在本质上已经彻底违背了小说的文体规范。议论作为一种语言思维形态是反小说的，议论大量出现在小说中，是作家丧失自信之后的表现，他已经不是在叙述世界，而是在宣谕世界，解构世界，这恰恰是理性主义者的做法，不论宣谕的是理性还是反理性。《猫事荟萃》实际上是用杂文笔法写成的小品，这种语言样式和结构形态在现代作家的散文作品里极为常见。也许把《猫事荟萃》列入当代散文的行列之中毫不逊色，但莫言把它误认作小说操作时，可见其感觉的麻木和语言的失态。

莫言的舛误终究有价值，就是良好的艺术感觉是大作家的必备条件，但仅有良好的感觉成不了优秀作家。这是极其简单的常识，可面对中国文学的现状，我们不得不从这些 A、B、C 谈起。希望作家们在卖弄感觉时莫要重蹈盲人摸象之辙。

想起了黑孩

黑孩是《透明的红萝卜》中的主人公。

那时的莫言是多么充满灵性而又蕴蓄着力量，他既不用自我的感觉去替代黑孩，也不用黑孩的感觉去侵淫读者，他自信他的这片世界里有自己的存在。在黑孩身上，也确实体现了星夜土地湿漉漉的神秘感和人的复杂的迷惘感以及文学特有的造型感，甚至还隐约透现出一股若有若无的东方感，黑孩把莫言对整个世界的积累——经验积累、语言积累全都凝练地显现出来。循照黑孩的思维方式，莫言的笔下终于产生了“我爷爷”这样惊天动地的叙述、创造。

按照莫言的才情和能量，他本应成为中国新文学的大家，然而，他近期的表现却未能尽如理想。这实在是一件憾事。莫言的这种情况是近几年反理性、反文化思潮的产物。当今天的作家和读者刚处于文化积累阶段，当我们的理性头脑尚未健全时，过早地昭示反理性、反文化，过早地去亵渎理性，亵渎文化，其结果只能导致既无理性又无感性，不但不能反掉传统文化，反而更加深了传统文化对自身的束缚。这种文化消费早熟的倾向已开始骚扰文学创作的正常秩序，以非非主义为代表的所谓第三代诗人(或朦胧后)的贸然出现，一些急先锋小说作品的超前问世，都是受控于这种早熟的浮躁心态。

早熟势必早衰。由于作家们尚未将自己的情感状态和心理结构调整到最佳状态，在这种早熟信号的干扰下，尚未创造的高潮宣泄一空，再也激不起创作的激情。这股缠绕着中国当代文学的阴影不消除，新时期文学就很难正常健康地发展。

说实在的，反文化本身并无罪过，西方20世纪以来所出现的这一倾向是碍于人身上的文化限制太多，通过反文化的方式来解放自己，更好地释放自身的能量。我并不是一个机械的文化过程论者，中国作家也没必要去亦步亦趋地走完西方近当代文化的每一个脚印，但要看实践效应如何。至少现在看来，这种反文化的做法并没有使中国作家释放出更多的生命能量，获取更多的创造自由，反而会削弱中国文学的力量，涣散了一些作家的心理结构、文化结构乃至感觉结构，影响他们潜力的充分发挥和表现。

当然，已有人怀疑这种反文化动机，是不是有人把它当作一种捷径来替代积累的艰辛呢？或者用反文化来掩饰文化的匮乏和空虚呢？

至少莫言不是这样的。有黑孩为证。

（原载《读书》1988年第10期）

鬼才写鬼事

——莫言《五梦集》之四、之五

◇李洁非

《红高粱》之后，很久没有阅读莫言的作品，直到最近看见《复仇记》、《马驹横穿沼泽》两份手稿，才知道他又写了一个新的系列小说《五梦集》。

同上一个系列《红高粱》一样，《五梦集》叙述的依然是一种家族故事。看来福克纳和马尔克斯的影响不仅继续存在，而且难以消除。这两位外国作家的共同特点正是通过家族故事紧紧扣住一种地域文化，特别是福克纳，他几乎终生写作这样的小说。我不知道莫言是否打算成为“中国的福克纳”，但《五梦集》的出现无疑为此增添了更多的可能性。就我本人而言，我期待莫言这样走下去。首先，福克纳无疑是一位最值得效法的小说家；其次，莫言本身的才赋和潜力也足以使他未来达到这样的高度，尽管他在艺术上还需要多多磨炼自己。

但是，所谓“中国的福克纳”并非指这位美国小说家在中国的翻版，而是指中国也应该有福克纳小说所代表的那一种“类型”。至于别的方面，我相信莫言不会与福克纳有太多的共同之处，他必然将富于独特性，这种必然的独特性与这种小说“类型”所孜孜钻研的文化、历史性主题是协调一致的。实际也正是如此。当莫言从福克纳等人那里获得启迪并开始编织他自己的家族故事之后，他作为小说家的艺术冲动就不再是抽象的了，他必须寻找一种使这个家族故事得以存在的时空，而人的时空则无不被文化渗透着。例如“红高粱”这个符号就竖立起一种时空，它似乎能散发出那种高粱酒的气味——中国文化中的一种气味，西方人的酒却是用葡萄或麦类酿造出来的。

当然，不能想象小说家探讨文化是用我这种方式：超然其外，条分缕析；不过目前倒确有一些号称“文化小说”的作家在这种状态中表现文化，他们一般显得对文化有“深刻见解”，明察秋毫，这反而使他们的小说与文化产生了隔膜，是评价，而非描写。莫言小说之于文化大约是唯一缺乏“深刻见解”的，这也许与他富于感觉色彩有一定关系，总之，莫言对于他的表现世界喜欢投入，陷得很深，彼此搅在一起；他设身处地地体验这一切，没工夫抽象之、概念之，于是，现象世界恣意横流，东突西奔，片刻难静，莫言在其中无以自己，如有疯魔之症。句子的分析有助于揭示莫言这种禀性：某一个句子常常平面化地无休止扩散，一泻千里；这使作品的每个自然段往往出乎寻常地长，里面充满高度密集的细节性描写，直到作者感到描写无法更细为止；莫言小说不大在乎故事意义层次的累进和转换，而是对故事的气氛更加着迷——对他来说，叙事主要是把气氛写浓，写得淋漓尽致，而不是急于揭示“主题”（思想）。

这种风格在《球状闪电》、《爆炸》、《红高粱》里突出存在，在《复仇记》里继续存在。它多少带有一点神经质，令人时时感到鬼思谲情般的力量，因此在我心中，莫言基本上是一个“鬼才”的形象。

过去，这种“鬼才”形象还仅仅同叙述语言风格联系在一起，现在却蔓延到“内容”方面，变成了彻头彻尾的“鬼才”写“鬼事”。这个演进，是莫言研究者们应该高度重视的最新迹象。在上个系列《红高粱》中，家族的故事虽非循史而录，但终究实实在在，与生活常态无异；《复仇录》、《马驹横穿沼泽》则不复如昨，牛头马面、猪狗猫蛇尽入“梦”来，忽人忽兽翻覆无踪，纯然就是一篇“鬼话”了。据作者自拟副题中知，这是“五梦集”的后二梦，前三梦未遑觅读，不知又是怎样的“鬼话”？令人神往。

作者生长于山东，本是圣人故土。“子不语怪、力、乱、神。”“未能事人，焉能事鬼？”均是夫子名言。但这未必说明古鲁之地“理性”强盛，反而可能恰恰是民间信鬼成风圣人才加以匡束。古代说苑集鬼话之大成的《聊斋》独出自淄川蒲松龄之手；现在，距淄川仅百里的高密，又有了后来者——莫言。

仔细回想，莫言小说中的民间鬼怪故事因素并不从今日始，《爆炸》中有一条神出鬼没的红尾狐狸，在小说中占有十分重要的意义；上溯到更早，他第一篇赢得声誉的《透明的红萝卜》中那个小黑孩，身上实在有一种精灵般的鬼气（人多评之为“特异功能者”，太迂阔了）。

中国作家写鬼大致就是《聊斋》那种模式：人兽交幻。人而兽，兽而人；人转生虫畜是为鬼，兽化人形乃成精。听说莫言有一种看法，说有时候“人有狗性，狗有人性”。这两种意思，在《复仇记》和《马驹横穿沼泽》里都有体现。具体地说，《复仇记》似乎着重是写“人有狗性”，《马驹横穿沼泽》则陈述了“狗有人性”的思想。

这两篇小说提出的共同问题是人性和动物性之间的界限。这是一个非常令人入迷的问题，历代作家在他们的作品里一再对此加以探讨，但探讨的结果显然大相径庭。一般来说，古典作家喜欢把它们明确区分开来并以此歌颂人性的伟大，现代作家却缺乏这种信心，他们普遍感到人性和动物性的界限是模糊不清的，究竟什么是人性，什么是动物性，好像也难有肯定、绝对的答案，因为正如莫言体会到的，人有时像狗，狗有时也像人。从这个意义上说，莫言上述两篇作品也不纯然是与中国传统鬼怪故事有联系，其思想上的现代派特征实际上是很鲜明的（试比较加缪的《鼠疫》、戈尔丁的《蝇王》等）。

《五梦集》将肯定是一个重要标志。在此之前，譬如《红高粱》系列有一种左右摇摆、痛苦挣扎的过渡色彩，虽然某些思想萌芽已经露头，例如剥人皮等细节所暴露的人性的残忍（兽性），但作者同时还寄希望于通过颂扬一种热烈的酒神精神来抵消内心深处那种关于人性的悲观主义，这种内在冲突也就造成了不少评论所指出的《红高粱》系列的歇斯底里表情。《复仇记》里的莫言却淡泊多了，成熟多了。小说虽然事迹、情节更为压抑，更为阴暗，叙述上却变得超脱，几乎有一种调侃的味道。“复仇者”竟卑微懦弱得令人好笑，复仇对象反倒闪现出一丝刚勇之气，于是这一幕历来是正义惩罚邪恶的复仇故事被有意描绘成喜剧，其中没有一个正剧角色（更不必说悲剧），无论复仇的或被复仇的一样都是使人蔑视的。试想这距慷慨激昂的酒神的《红高粱》该是多大的一步。

这或许能够表明莫言已真正看破了许多东西，确切地说，看破了许多“梦”。以《五梦集》为题的这些小说，均系叙述一种所谓来自“生蹼时代”的家族故事。细读之，可知这种生蹼人类的形象乃是蝙蝠。蝙蝠：无翅而飞，鸟形而列哺乳类动物，是较低等动物向较高等动物过渡的产物；四不像，且生性胆怯，面目丑陋，喜阴暗，行为诡秘，睹之有梦魇之怖。《复仇记》的“鬼气”多半因这种生物形象反复出现而缭绕、环护：“我们看到娘像只斗笠大的黑蝙蝠在众人的头顶上飞翔着，我们确切地感觉到肉翅膀扇起来的阴凉的风。”作为一个总的象征，蝙蝠使莫言对那个人类家族看得轻了，不再有虎狼的凶暴，甚至连野狗般的残忍也谈不上，只剩下一点“恶心”。《马驹横穿沼泽》是一个有关背信弃义的故事，却特意写得有如神话一般美丽与浪漫。这个所谓“高密东北乡食草家族的女祖先是一匹红马驹”的故事，其实产生于一次拆字游戏：“妈”与“女马”，于是“女祖先”就变成了小母驹。小母驹有着迷人的美色、纯洁的眸子，男祖先（人）信誓旦旦地爱上了她，最后则毁弃誓言——“一语未了，就听得一声巨响，犹如山崩地裂，地上升起红色的烟雾，一匹火红色的马驹被那浪涛翻滚的烟雾卷跑了……Ma！（马）Ma！（妈）”可怜的人，他们将永远这样哀鸣着。《马驹横穿沼泽》是对中国民间神话鬼事一类传说更直接的模拟，例如《田螺姑娘》、《七仙女》所代表的那种文本模式。我认为这是莫言创作中新近出现的一个非常积极的迹象，民间文学因素如此巧妙地进入到他的家族故事之中，并被注入了新的解释、新的思想。如果说早先这类民间传奇表达了人的一种美丽、梦幻的理想，那么在《马驹横穿沼泽》里，莫言却宁可以相反的意义展示梦幻世界的另一种可能——梦幻中的谎言、虚伪和背叛。

作为在想象力上有超常资质的莫言，写作《五梦集》不啻是驾轻就熟，如鱼得水。按照中国古代的一种说法，世界分为三个疆域：仙界、人界、鬼界；三界相互转化，升天之人为仙，入土之人为鬼。在我看来，莫言最不适于写人界，写仙界、鬼界及人仙鬼的演化、变幻则无人可与之相比。所以，读罢《复仇记》和《马驹横穿沼泽》不禁有种感想，似乎先前在《红高粱》系列及别的作品里是被人指摘的缺点，现在反倒成为莫言的长处，如散漫、铺张、放纵等，放在要求写实的故事中诚然是不能容忍的毛病，此刻它们却脱尽羁绊，成为“生花的闲笔”，那些大量的枝蔓窜突的信马由缰的细节描写是《复仇记》、《马驹横穿沼泽》各种意蕴最丰富的来源和对世界的最精微的体验。可惜篇幅所限，使我无法具体分析一些实例，但读者的鉴赏，必须抓住这种似无联系的细节，然后必有所悟。

对于作者，我唯一想说的就是这么一句话：鬼才写鬼事——最佳搭档。

(原载《青年文学》1988 年第 11 期)

艺术的叛逆

——评《十三步》

◇张云龙

在相对平静的长篇文学王国，莫言的《十三步》无疑是个特异的存在。尽管新时期已有几部长篇，被誉为"突破"之作，但面对遍地开花的中短篇，这种"突破"未免过于谨慎，从根本上说，还只是对现实主义模式的修正和发展，以对重大问题的揭示赢得读者(这无疑是条坚实可行的路子)，并未构成对长篇小说艺术模式的全面革新。

《十三步》是一大突破。无论内容上、还是形式上，它都具有特立独行的品格，处处充满着对传统长篇的挑战意味。作品的意义，与其说在其主题上的尖锐，不如说在其艺术模式的革新，这是一部在艺术模式上具有革命意义的作品。

奇怪的是，作品已发表三年有余，评论界却一反常态，保持了沉默，许多概评近几年长篇创作的文章，甚至没提到它，更不用说专文探讨了，这实在让人难以理解。是认为这部作品根本不值一评，还是对这部近乎疯狂的作品把握不住呢？或者是对他那冒犯一切的思想与近乎玩弄读者的艺术手法表示愤怒而有意冷淡呢？

的确，读完这部洋洋20多万言的作品，需要相当的耐力。一个短篇或中篇，无论多么难读，究竟为篇幅所限，不易使读者无法忍耐。而一部煌煌巨作，如果读起来处处碰壁，寸步难行，甚至稍有不慎，就如坠雾中，的确让人难耐。《十三步》恰恰是这样的作品。前几次阅读时，我简直难以忍受那迷离恍惚的故弄玄虚的叙述，让人眼花缭乱，奇怪的是，它又有一种独特的魅力，将我牢牢抓住。我咬着牙，一遍一遍读下去，那一层层炫人的面纱慢慢揭开了，虽然我不能马上理解它，却被它那狂放不羁的想象抓住了。这是一个全凭想象建构的艺术世界，蕴含了那么深刻的体验，那么丰富的技巧，彻底摆脱了传统模式，这需要有多大的才力！正因为它过于大胆，过于独创，超人的天才与故弄玄虚并存，才显得晦涩难解。对这样的作品批评的傲慢与逃避无济于事，我们更需要冷静的剖析与理解。

一、“关在笼子里的叙述者”

叙述者是小说的基点，是小说世界的导游，读者通过叙述者而进入小说世界，传统小说一般采用第一或第三人称。第一人称以“我”的所见、所闻、所感叙述故事，“我”是小说中的角色，小说世界只有通过“我”的感觉，才能展现在读者面前。第三人称则被称为“全知视点”：叙述者对作品中的一切，无所不知，无所不晓。乍一看，《十三步》中这位“关在笼子里的叙述者”似乎与第三人称相同，但在叙述功能上有很大差别。《十三步》的叙述者像是一个神秘的存在，你很难断定他到底属第几人称，说是第三人称吧，他却存在于作品之中；说是第一人称吧，他又凌驾于作品之上，无所不知，他甚至能窥探作品中人物的“全息梦境”，他是一个幽灵，是个鬼魂，他有非人非兽、亦人亦兽的形体，他被“关在笼子里”，喜食粉笔，与野牛、羊驼、长颈鹿等关在一起，连作者也调侃道：“你是人还是兽？是人为什么关在笼子里？是兽为什么会说话？”通过一系列神秘的渲染，这位叙述者本身就获得了令人惊奇的吸引力。

最有创造性的是莫言赋予这位神秘的叙述者以强烈的反叛意识、亵渎意识，与传统的权威叙述者对抗。他不再是普通的人，更不是正襟危坐的正人君子，而是激烈反叛的战士，有时甚至是亵渎一切、玩世不恭的无赖，他无视一切道德成规，肆无忌惮地发表奇谈怪论，把生活中的美丑、善恶，人类的兽性、虚伪、奸诈赤裸裸地剥露出来，他比狂人还要疯狂。在别人以为“从来如此”的地方，他看到了虚伪和残暴。莫言通过他的嘴，无情地撕碎了社会的假面具。他说：“做爱的习惯当然是生活习惯的一个重要组成部分，如果我们敢于赤裸裸地交流——我们不敢！——你强调着，我是说如果敢，我们就会发现，性是支撑我们生活大厦的一根重要支柱……”“我们的小说里往往把高级领导干部塑造成高度理智的人物，好像他们中无有一个大情种——这不是‘现实主义’的态度……我们究竟敢不敢承认政治家的性欲，究竟敢不敢承认政治家情人的合理存在，以及政治家的情人对历史发展的影响呢？”

“性欲”是人的本性，性欲并非不洁(鲁迅语)，我们却一直讳莫如深，私下里不知如何，正经场合却千方百计加以掩盖，唯恐与“性”沾边，这位叙述者却甘冒天下之大不韪，对“性”津津乐道，并且一针见血。他甚至洋洋得意地谈论姘头、奸夫、乳头、阴毛、避孕套之类，认为人们对这些东西的回避“是一种病！很普遍的病”。

文明是人类发展的标志，却也创造了人类的虚伪，久而久之，人们已习惯于虚伪，并视为理所当然，一旦有人透底，则很可能被群起而攻。通过这种“关在笼子里的叙述者”，莫言一方面表现了自己的叛逆思想，另一方面也起到了一定的自我保护作用。

同时，只有通过这位叙述者，作家所创造的荒诞世界才能以协调的艺术手段展现

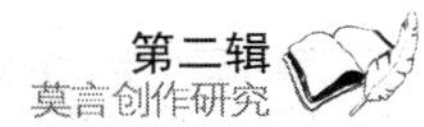

出来。荒诞世界需要荒诞的叙述者和荒诞的艺术手法。

二、“散点叙述”

一般小说，叙述人称固定，视角单一，即使偶有变化，也交代明白，绝不杂乱，我们姑且称之为“定点叙述”，而《十三步》的人称、视角却频繁转换，“你”、“我”、“他”交替使用，不作任何交代，显得迷离恍惚，若隐若现，正如国画中的散点透视一样，每个点都可作为透视点，我们姑且称之为“散点叙述”。请看作品的开头：

> 当然啦，马克思也不是上帝！你站在或是卧在一根黄色的横杆上——模糊的烟雾里时隐时显着你的赤裸的身体和赤裸的脸，铁条的暗影使你像一匹丰满的小斑马——毫无顾忌地对我们说：马克思使我们吃了不少苦！——他的话使我们感到恐怖，灰白的恐惧之云黏腻腻地糊到我们鼻子上。他抬了下脖子，一道明亮的光影横在他的喉结上，使我们怀疑他要在光明的利刃上把脑袋蹭下来——真理就像我一样，赤条条一丝不挂。
>
> ——《十三步》

要把握这段的叙述层次，谈何容易，一会儿“我们”，一会儿“你”，一会儿“他”。作品似从“我们”的回忆开始，“我们”现在回忆过去某时“关在笼子里的叙述者”向我们讲故事时的情景，开头一句虽无引号，但从前后语气可以断定，这是“笼中叙述者”的话，从这一句话，“我们”马上联想到说话人，即“笼中叙述者”的形象“像一匹丰满的小斑马”，但对叙述者形象的回忆一闪而过，接着又是对他的叙述的回忆；“马克思使我们吃了不少苦！”听到这句话，“我们”突然产生了“恐怖”情绪，并由“我们”的“恐怖”转到了对叙述者的担心：“我们怀疑他要在光明的利刃上把脑袋蹭下来。”之后，又是对叙述者叙述的回忆。

开头这段的复杂叙述已够让人头痛了。更奇怪的是，“我们”似乎不是面对读者，向读者讲述，而是向“笼中的叙述者”讲述，所以，底下才有“你站在或是卧在一杆黄色的横杆上”，“你”显然指“笼中叙述者”，在这里，读者不是“我们”交流的对象，只能作为旁听者，“笼中叙述者”才是“虚拟听众”或“虚拟读者”，可是，接下去，又称“笼中叙述者”为“他”，似乎又在向读者说话，整个作品的叙述人称始终在不断变换，“你、我、他”交替出现。

这种空前复杂化的叙述人称，有强烈的陌生化效果，别有一种魔力。人称的频繁转换迫使读者阅读时，必须精力高度集中，不能像读传统小说那样轻松，因为偶一疏忽,便混淆了人称,如入迷魂阵中,不知所以,使阅读无法进行,这就彻底改变了读者那种无所谓的、消遣式阅读态度。如果有谁想用《十三步》消遣一下,他肯定要失望。莫言就是这样,给那些无视作家艰苦劳动和良苦用心的人当头一棒——作家苦心经营的作品,竟被读者拿来消遣,这是对作家的蔑视。

高度注意的结果,使读者对作品中的所有描写都不能放过,只有这样,读者才能站在冷静的旁观的立场上,对作品有比较全面深入的理解,作家的意图、思想才能更多地传给读者,影响读者。但这种做法并非没有代价。复杂的技巧运用,频繁的人称转换,并不总是与独特深刻的内容相结合,更多的是为技巧而技巧,一旦揭开这层炫人的面纱,读者会惊奇地发现,底下空无一物,顿有上当受骗之感,如:

> 他说你叫张红球,
> 你对我们说他叫张红球,
> 这些话都是他挂着笼中的横杆上对我们说的。
>
> ——《十三步》

除了说这是故弄玄虚,作弄读者外,又能说什么呢?也许这正是作家的本意,但作家却忘了另一面:除了极有耐心的专业人员,普通读者很难有那么大的耐心,把作品读完。作家无视读者,必将被读者抛弃。

三、飘忽不定的艺术世界

时间、空间、因果律是我们认识世界的必要条件,只有通过它们,我们才能对世界中的人和事给以准确的描绘。虽说小说地界是虚构世界,但也同样离不开这些因素,需要有故事的时间、地点、来龙去脉,无论现实主义、还是浪漫主义都是如此。即使一些象征主义作品,其中没有了精确的时空观念,但也是“确是的”没有,读者虽不知故事发生在何时何地,却敢断定,它肯定发生在某时某地。但这一切,在《十三步》中都消失了。

先看时间。莫言借叙述者之口,形象地描绘了他的时间观念:

> 它一方面飞速地向前流逝着,好像汹涌的大河,它不分昼夜地奔向大海,那里是他的归宿又是它的发源地,但它并不总是向前流逝,它经常后退。它团团旋转,像一个巨大的球;蓬松着千万棵尖锐的刺,伸向所有我们知道的和我们不知道的方向——表现在平面上,它流向四面八方,比皮肤下纵横交错的血管还要复杂一万倍。它瞬息万变,它无影无形,它表现在太阳的光芒里,它附着在彗星的尾巴

上，它使鲜花开放又使鲜花凋零……

——《十三步》

一往无前的线性时间，在莫言笔下消失了，成为常人不可思议的东西，它不仅可以倒流，还可以旋转，可以伸向四面八方……时间具有了绝对的可塑性。因此，在《十三步》中，你根本找不到一个确定的时间坐标，把小说中的人、事牢牢固定在上面，它们忽前忽后，忽早忽晚，如在时间的海洋中自由飘荡，王副市长当然只能在某一时间被抬往“美丽世界”整容，但作品中却说：“时间是早上八点，时间是晚上八点，两种说法都是正确的，因此可以并在。”至于方富贵的死、李玉蝉与驯兽员的交易、屠小英的结局等一系列事件的前后次序，永远也无法弄清。一般意识流作品，尽管打乱情节、切碎时间，但基本轮廓还可弄清，但企图重建《十三步》的时间坐标肯定是徒劳的——它根本不存在。

再看空间。一定的故事总发生于一定的地点，这是常识，但在莫言看来，这或许是人类自以为是的错觉，事实不一定如此。所以在《十三步》中，尽管你可以找到无数拥挤的事件，但你很难知道故事发生在何处——起初，似乎知道，比如李玉蝉家、屠小英家、第八中学、动物园、“美丽世界”等，可是越读越模糊：他始终没给我们讲清楚第八中学的方位。它一会儿坐落在蓝色的小河边，一会儿紧傍着“美丽世界”，一会儿又好像是人民公园的近邻，而那豢养着飞禽走兽的动物园，又似乎是人民公园里的园中园。现在，又有一道立体交叉桥横在第八中学一侧，还有一家高大的豪华饭店把它的影子投到第八中学校园内，我们像弄不清田鼠的洞口一样弄不清楚屠小英和整容师家的出口，到处都是石灰池，到处都是砖瓦木料，到处都有起重机的巨臂，我们的城市在建设，在日新月异地变化，这就是叙述者告诉我们的一个确切的印象。

既然地点无法确定，作品中的故事也就永远像飘浮在空中一样，没有依托了。

最后看因果律。严格的因果律是古典现实的基础，所谓“典型环境中的典型人物”即是。但因果律并不总十分可靠，因为我们能理解的生活是微不足道的，生活中的大量事件，对于我们可能是一个永久的谜，我们自以为理解的，可能也是错觉。时至20世纪，即使在号称精确的自然科学领域，也发现混沌现象无处不在，何况在最最复杂的人类社会。对偶然事件的重视，是20世纪文艺的突出特点，中国的先锋作家、实验小说几乎无一例外地淡化故事情节，甚至取消故事情节，以混乱冲突的、无意义的情节碎片的组合创造作品，莫言在这方面走得更远，他用各种可能性、偶然性的堆积，代替了情节因果律，真可谓超前实验了。《十三步》中经常出现诸如此类的叙述：

你对我们说：这一切都是可能发生的……

假如——为什么不可能呢……

叙述者说:前边告诉你的如果不是屠小英的梦境,就一定是我的梦境……

这一切即使不是确曾发生的事情,也是完全可能发生,必定要发生的事情。它可能并不一定发生在方富贵去世后半个月的清晨,可能在别的日月里。

——《十三步》

如果说,以上叙述不直接明白的话,对屠小英、方富贵结局的叙述,就陷入迷宫式游戏了。一会儿说屠与车间主任胡搞,一会儿又说她卷入伪钞案;一会儿说她嫁给了市委纪检书记,一会儿又说她跳进了美丽的河。还有什么到处寻找亡夫,冲进烈火抢救国家财产英勇牺牲等等。对这些彼此矛盾的说法,作家并未指出是传闻还是事实,哪个对,哪个错。对方富贵的死也是这样,一会儿死在讲台上,一会儿吊死教室里,一会儿又死在办公桌上……也许作家想通过这众多的可能性表现生活的飘忽,难以把握?但我们实在难以发现其中的奥妙,我们甚至怀疑作家有意捉弄读者。在百思不得其解时,乔伊斯"让评论家瞎忙三百年"的话闯入我心里,我恍然大悟,仿佛看到莫言那得意的笑:入吾彀中矣!

世界太复杂、太难把握,表现世界的飘忽不定,自然是作家的权利,在这个意义上,《十三步》有尝试之功,然而,人们对世界的认识毕竟要通过一定的形式,离开一定的形式,走得太远,不仅无助对世界的了解,也无助于与读者交流,文学毕竟需要读者,我们能否找到更好一点的方式呢?

四、充满张力的故事

《十三步》并非没有故事,但它与传统的故事已完全不同,这不仅指故事更多地通过意识流动表现出来,而是指故事的组合形式有了根本的变化。古典现实主义的理性原则为故事设计出严格的因果关系,有故事的发生、发展、高潮、结局,作品的主题在完整的情节发展中显现出来,主题往往单纯而集中。它的最大缺陷是不能满足作家广泛自由地描写议论的要求,因为一切不能织入故事链中的因素都必须忍痛割爱,作家过多的议论和节外生枝必然导致作品结构散漫,破坏作品的有机统一。这对于"天马行空"的莫言无疑是一大束缚,于是莫言创造了自己独特的故事。

表面上看,《十三步》也有传统的故事线索,这就是第八中学物理教师方富贵猝死讲台,被送往"美丽世界"整容,方富贵以张红球之面貌复活后的痛苦经历,以及由此而引起的一系列复杂纠葛。如他妻子屠小英的痛苦,整容师李玉蝉与王副市长的关系,方富贵的同事张红球外出经商的遭遇等。书中也有几个贯穿性人物,但这几条线索本身并无太大的意义,莫言也无意将作品的意义局限在这几条线索上,而只是以这几条线索为骨架，节外之枝，打一枪换一个地方，这些“节外之枝”才是作品的精华。正如旅游，游客的目的是沿旅游线游览各个景点，而不是看旅游线终点的某一景，更不是看旅游线本身。故事间严谨的逻辑、因果关系解除了，作品前后故事没有必然联系，许多穿插如天外飞来，劈空而下，直接打入作品，全无交代照应，却深刻反映了作家对某一面生活的深刻观察。

按传统处理，方老师猝死讲台无疑是作品的中心，一切描写都必须围绕着他，把他的悲剧描写得凄惨动人，呼吁重视知识分子。莫言并非没有这样的意思，但他却时时把笔岔开，描写学生的思想混乱，教师们对社会不正之风的痛恨等。方老师在讲台上讲原子弹，学生呢？

> 可能有十几个学生想上大学读硕士然后做博士然后进原子弹工厂。可能有十几个学生想考不上大学去贩小猫呢还是贩鸽子呢？可能有十几个学生想爱情小说也许没想。可能有十几个学生睁着眼睡着了。进入高三就睡不足觉是流行性毛病，你说。
>
> ——《十三步》

《十三步》整个就是由这样的“意外”穿插构成的，因为“意外”而精彩，使读者摒弃“高潮的审美期待”，而专注于对每一穿插的仔细玩味和欣赏。

更妙的是，作品中的每一片断，往往都引人入胜，有深刻的社会意义，但彼此之间却无紧密的关联意义，即非相辅相成，也非反面衬托，更不能有统一的意义。如方富贵猝死讲台，张红球整容经商，王副市长由肥整瘦，整容师与猛兽管理员的交易等，把这些故事集中在一起，我们发现，它们彼此之间有极大的排斥力和张力，拒绝读者的归纳企图。如果我们想说清作品，那么只好把作品再读一遍。就如李金发的诗，每一句都明白易懂，合起来反而意义朦胧、混乱。

对作品的简单概括，实际上是对作品的蔑视、对作家的蔑视，莫言以《十三步》回敬了读者。莫言使读者的归纳步步落空，逼迫读者一次次返回作品、品味作品，读者可能在走投无路中恍然大悟：作品的主题就是作品本身。

五、《十三步》的意义

莫言的确是天才——疯狂的天才，他崇尚“信马由缰”、“信口开河”的写作状态，但他并非胡言乱语，而是有感而发，他对“信口开河”的崇拜，本身就是对流行的僵化创作模式的反抗。他是条文坛疯狗，到处撕咬，把整齐的小说形式撕得七零八落；他在文坛上狂轰滥炸，企图炸毁一切偶像。他把强烈的反叛意识、反叛思想、对社会丑恶虚伪的揭露和鞭挞，用玩世不恭的形式，一股脑儿发泄在作品中，他把现实主义、浪漫主义，象征派、荒诞派、拉美魔幻派、新小说派等各种创作方法运用于作品，形成技巧流派的大杂烩，在人物、情节、结构、叙述、文体、时空等各方面翻新出奇，搅动文坛。中国文坛有太多的成规、原则，太多的偶像，在传统创作方式、思维方式已坚如磐石时，莫言"天马行空"式的放肆具有冲锋陷阵的作用，没有无所顾忌的狂轰滥炸，旧偶像不会倒下，新形式也难有立足之地。因此，对莫言的"狂乱"形式首先应给以坚定的历史评价。现在的问题是，一旦失去了强大的偶像，莫言的"狂乱"还能否被人理解，他能给后来者提供多少有价值的经验呢？现在回答为时过早，但我们不妨先提出个原则问题：文学需要读者。文学总不是作家的自言自语，它总是要与读者交流。因此，作家总应或多或少地考虑读者的接受能力，尤其是读者对新形式的接受能力，走得过远，可能有"先锋意义"，但丧失了绝大多数读者，岂不遗憾。

亵渎的神话:《红蝗》的意义

◇丁　帆

一

面对一个多元的艺术世界,曲解和误解已经成为批评的必要性,它“被看作是阅读阐释和文学史的构成活动”[①]。因此,对任何一种阐释都不要太过于用心,即使这种阐释对作家本人攻击性很大。

在“文学失却轰动效应以后”,《红蝗》的问世却带来了文坛的“微澜”,当然,也有些批评大家在反顾 1987 年的创作时就干脆对它只字不提,这绝不是忽略,而是忌讳着文学描写领域内的一个“禁区”(这绝非单纯是内容意义上的指向)。因为鲁迅先生就明确指出过大便是不能写的,因为它不能引起美感。而莫言在整个《红蝗》中将大便描写得如此辉煌美丽,真可谓“毫无节制”。这不能不说是对近一个世纪以来中国新文学精神的一种反叛。时空交错的《红蝗》是莫言制造的一个“神话”,它充满着一种对旧有审美观念的亵渎意识。

如果中国现代文学史上还有“以丑为美”的典范之作的话,那么,闻一多的《死水》便是一朵奇葩,然而,人们从他的诗中确确实实地体味到一股强烈的反讽的气息,强烈的诅咒从反语的语境中折射出来,给人一种鲜明的主题感受。而莫言似乎是消解了这种“反讽”的意向,尤其是“我”的高频率出现(尽管莫言一再强调文中的叙事主人公“我”并不是作者莫言)使得审美的客体很不能适应审美转换的超规约性。

倘使简单地阐述艺术的美与丑和自然的美与丑是两码事,这种现成的理论是人所

① [德]H. R. 姚斯、[美]R. C. 霍拉勃:《接受美学与接受理论》,周宁、金元浦译,辽宁人民出版社 1987 年版,第 449 页。

周知的。正如罗丹所言:“俗人往往以为现实中他们所公认为丑的东西都不是艺术的材料。他们想禁止我们表现他们所不喜欢的自然事物。这其实是大错。在自然中人以为丑的东西在艺术中可以变成极美。”[①]问题的复杂性就在于《红蝗》中作为传统意义上的审美中介的“我”并不把读者引向一个明确的主题阈限,哪怕是一个较为模糊的总体意向,也不至于使读者看不清作品的审美判断。作者似乎很不经心地切割了形象与阐释之间的逻辑联系。这变成理解《红蝗》的难点。

二

在《红蝗》中,作为叙述态度的“我”一直保持着中性立场,其实作者的这种态度在《透明的红萝卜》和《红高粱》中已经很清楚了。问题是到了《红蝗》,人们就不能容忍在美丑的强烈对比反差下,再保持这种冷静的绅士风度了。甚至更不能容忍作者对丑的礼赞情绪。因为美是常态的,而丑是变态的。

莫言小说中往往是在美丑的反差中滋生出一种与别人相反的艺术感觉来。你看,在九老妈被拖上渠畔草地时,作者用大段的文字描绘了腥臊恶臭的身体各部分后,已使人感觉到一种极度“丑”。然而,作者却笔锋一转:“我朦朦胧胧觉到了一种恐怖,似乎步入了一幅辉煌壮观的历史画面。”(其实,以后的叙述亦并不“辉煌壮观”)这种变态的感觉,把美与丑的界线给混淆了,把变态作为常态来叙述,一点都不动情,丝毫不露出反语的“表情”来,确实使经过几十年现实主义叙述态度熏陶的读者难以接受,真是比自然主义还要自然主义。这类句式的大量出现,使《红蝗》变得可憎、可怕,循规蹈矩的读者受不了这等刺激。您看,“她轻盈地扭动着在黑色纱裙里隐约可见的两瓣表情丰富的屁股”,它引起的不再是那种静态的被净化和圣化了的女神之美,而更多的是引起一种性欲的冲动。“因此高密东北乡人大便时一般都能体验到磨砺黏膜的幸福感。——这也是我久久难以忘却这块地方的一个重要原因。”“我像思念板石道上的马蹄声声一样思念粗大滑畅的肛门,像思念无臭的大便一样思念我可爱的故乡。”极美的词句与极丑的词句的排列组合,怎么也不能将读者导入“我”的审美判断的意向中,而且你根本看不出作者有丝毫的调侃和反讽的意思,他的叙述态度是一本正经地严肃而认真。“家乡”这个名词,在中国人的眼里永远是和美丽相连的,而莫言的亵渎却意味着什么呢?!莫言笔下要表现的是:“红色的淤泥里埋藏着高密东北乡庞大凌乱、大便无臭美丽家族的过去、现在和未来,它是一种独特文化的积淀,是红色蝗虫、网络大便、动物尸体和人类性分泌液的混合物。”原来,作者是要表现一种变态的“独特文化的积

① 转引自朱光潜:《朱光潜美学文集》第1卷,上海文艺出版社1982年版,第142页。

淀”，那么，没有一种特殊的感觉做它的对应物，是不能引起人们的警醒和思索的。作者对描写对象的选择是颇有用心的，什么丑我就写什么，几乎是作者故意的夸张。猫头鹰在中国人眼里是不祥之物，是丑陋之怪，而在莫言笔下，“它的眼睛圆得无法再圆，那两点金黄还在，威严而神秘”。它变成了独尊的形象，因为它能“洞察人类灵魂”。就连自己的老祖宗，“我”也带着分不清哪是亵渎、哪是崇敬的情绪来看待。那一对手足上生着蹼膜青年男女的近亲通奸，被家族活活烧死的情景写得何等壮观、何等美丽。对丑的美化，使传统的人伦道德黯然失色，当今读者的心理承受力也未必就可以接受。尽管莫言庄严地宣布：“这场轰轰烈烈的爱情悲剧、这件家族史上骇人的丑闻、感人的壮举、惨无人道的兽行、伟大的里程碑、肮脏的耻辱柱，伟大的进步、愚蠢的倒退……已经过去了数百年，但那把火一直没有熄灭，它暗藏在家族的每一个成员的心里，一有机会就熊熊燃烧起来。”然而，文明与野蛮，进步与落后的人伦审美价值的临界点却消失了。作者给读者出了一个尴尬的难题。作者对传统的封建人伦的抨击似乎就隐含在这种已被认定的丑恶之中：四老妈与铜锅匠通奸后被四老爷休掉，作者不惜用大段大段描写来抒写四老妈“美丽的肉体”和“美丽的灵魂”：“那两只大鞋像两个光荣的徽章趴在她的两只丰满的乳房上……绽开了一脸秋菊般的傲然微笑，泪珠挂在她的笑脸上，好像洒在菊花瓣上的清亮的水珠儿。……母亲第九百九十九次讲述这一电影化的镜头时，还是泪眼婆娑，语调里流露出对四老妈的钦佩和敬爱。”作者继而描写四老妈骑在毛驴上脸上出现的“一种类似天神的表情”。如果说这象征着一种不可侵犯的人道主义的力量，那么，用它去冲撞那个象征着神圣的封建礼教的“祭蝗大典”的话，现代读者是可以理解和接受的，而作者偏偏不把它单纯地导入这一主题内涵，而是很随便地用“我”的主观臆测进行价值判断，断定“四老妈脸上的表情与性的刺激有直接联系”。因为“驴背摩擦和撞击着的、大鞋轻轻拍打着的部位，全是四老妈的性敏感区域，四老妈因被休黜极度痛苦，突然受到来自几个部位的强烈刺激，她的被压抑的情欲，她的复杂的痛苦情绪，在半分钟内猛然爆发，因此说她在一瞬间超凡脱俗进入一种仙人的境界并非十分的夸张”。本来这段描写完全可能进入常人的审美判断的阈限之中，变成一种历来被认为是深刻的主题内涵。而作者却偏偏脱离这个审美判断的轨迹，将它完全“弗洛伊德化”。这就超越了传统的审美情趣的范畴，给现代读者带来了阅读的障碍。

不可否认，《红蝗》充满着“丑的堆砌”，诸如“我被她用一根针剜着血管子，心里幸福得厉害”、“老沙把嘴噘得像一个美丽的肛门”、“家族里有一个奇丑的男人曾与一匹母驴交配”、“我多少年没闻到您的大便挥发出来的像薄荷油一样清凉的味道了”、“多食植物纤维有利健康，大便味道高雅”、“嘴唇搐动着，确实像一个即将排泄稀薄大便的肛门”……这种毫无节制的意象、想象、情绪、感觉的堆砌和宣泄，使得“有些本来有意义的情节和意象就变得几乎没有什么意义了”①。我以为,倘使我们抑制住某种审美意识的规约性,从作者美与丑对比的高反差中,是能够体会出有意义的内涵来的。借用《红蝗》里的一句话来说就是:“裸体的女人与糟朽的骷髅是对立的统一。”前者给你的是愉悦、快感;后者给你的是恶心和不快感,那么“自然丑”在一定的语境范畴内是可以被赋予特定的内涵的,它的美感的转换,在莫言的笔下就是用高反差的刺激作为“媒介”的。这种意义不是也被另一些评论家所推崇吗?如:“他似乎敏悟到人类的毁灭将无可置疑地来自人类自身的自我作践和相互残害,文明对人感性的抑制和生命的窒息乃是同胎而生。因此他感到了荒诞,感到了‘我是社会直肠中的一根大便’。死亡反衬出人生的虚脱和贫血,赞美‘像贴着商标的香蕉一样美丽’的大便也就不足为奇。”②王斌看到的是“死亡意识”意义上的《红蝗》,而我看到的更多的是“生命意识”和生存状态意义上的《红蝗》,因为正如马尔克斯曾经说过的那样“孤独的反义词是团结”,于是,我便看见了“生命意识”河流中人类的生存状态。其实《红蝗》最后一段便是作者的自白,是整个小说主题内涵的抽象物,读到最后你可能会在作者意识的统摄之下走进作品内部。这一点似乎无须多说,重要的是作者用“一位头发乌黑的女戏剧家的庄严誓词”来阐释了自身的创作观念:“总有一天,我要编导一部真的戏剧,在这部剧里,梦幻与现实、科学与童话、上帝与魔鬼、爱情与卖淫、高贵与卑贱、美女与大便、过去与现在、金奖牌与避孕套……互相掺和、紧密团结、环环相连,构成一个完整的世界。”正是这种掺和、团结、相连,才构成了一个令人瞠目结舌的新的艺术世界,才具有了莫言的独特语言风格。这种新的尝试并不完全归结于作者的一种发泄欲(当然我不否认作家有发泄欲,没有发泄欲的作家并不能称之为一个优秀作家),恐怕还在于作者对于长期以来形成的一种道貌岸然的犹抱琵琶半遮面式创作风度的反叛,是对作家们“人格面具”的亵渎。在莫言的小说里,随着一个“严肃”的叙述者的形象消失,使得读者的审美判断失却了平衡,价值的标准再也找不到一台天平得以确证。叙述者变得诡计多端,不偏不倚又似偏似倚,漫不经心中又偶冒出惊人之语。总之,你压根就找不到主题学意义上的“脉搏”。

《红蝗》带来的不是“看不懂”,而是传说的审美经验的失灵;是审美意识的惶惑。像是在甜腻的苏式酒席上端来了一只刚剥皮的带血的鲜活的生老鼠一样,它无疑更引得许多吃客和看客恶心而反胃。然而,这种最丑恶的“自然”,能否进入美的“第二自然”呢?我以为这最粗俗的描写与最高雅的描写的组合所形成的高反差,正是把生活中的原生状态(或曰“原色”)与经过文明圣化、净化、洗礼的生存状态进行比较,呈现出

① 转引自贺绍俊、潘凯雄:《毫无节制的〈红蝗〉》,1988 年 3 月 26 日《文艺报》。

② 王斌:《一九八七:回顾与思考》,1988 年 3 月 5 日《文论报》。

人类的二重性——自然属性与社会属性的对立统一。这种构图的方法使美与丑的落差加大，且作者并不在构图的空白处进行“补白”和注释，而是需要读者突破阅读的障碍，自行“补白”和注释，使小说在多维多元的空间领域内展开。因此，它给读者传统的审美心理的依赖性（依赖叙述者的现成审美判断）带来了巨大的惶惑。

《红蝗》的意义便是在于它打破了这种传统的审美定势，企图以一种亵渎的姿态，来促使人们审美心理的演变、递嬗。

三

人们通常是将丑作为美的衬托物来接受它的，一旦丑变异成美，便会使人不可接受。然而，“更真实的理由应该是，普通知觉目之为丑的东西，往往是最高贵的艺术中十分突出的东西，深深地灌注着不可否认的美的品质，以致不能解释为只是同丑自身明确区别开来的美的要素的衬托物”[①]。是的，如果你在读《红蝗》时没有超越普通知觉的敏悟，看不到其中灌注着的不可否认的美的品质——这种美的品质需要读者从反义的视角来理解，而仅仅把其看作一种衬托物，则是远远不够的，也就不能深刻地理解作品本身，只有把许多丑的线条、团块、色彩与整个作品的总体意象连接起来，你才能得到完整的感觉和印象。就连对丑有着偏执解释的罗森克兰兹也不否认丑对艺术的贡献。

> 如果艺术不想单单用片面的方式表现理念，它就不能抛开丑。纯粹的理想向我们揭示的东西无疑是最重要的东西，即美的积极的要素。但是，如果要想把具有全部戏剧性深度的心灵和自然纳入表现中，就绝不能忽略自然界的丑的东西，以及恶的东西和凶恶的东西。希腊人尽管生活在理想之中，还是有他们的百手怪、独眼巨人、长有马尾马耳的森林之神、合用一眼一牙的三姊妹、女鬼、鸟身人面的女妖、狮头羊身龙尾的吐火兽。他们有跛脚的神，并且在他们的悲剧中描写了最可怕的罪行（如在《俄狄浦斯》和《俄瑞斯特》中），疯狂（如在《阿雅斯》中）、令人作呕的疾病（在《斐洛克特蒂斯》中），还在他们的喜剧中描写了各种罪恶和不名誉的事情。此外，基督教是要劝人们认识罪恶的根源并从根本上加以克服的。因此，丑终于也随着基督教在原则上被引进到艺术世界中来。所以说，由于这个缘故，要想完整地描写理念的具体表现，艺术就不能忽略对于丑的描绘。如果它企

① ［英］鲍桑葵：《美学史》，张今译，商务印书馆1985年版，第516页。

图把自己局限于单纯的美，它对理念的领悟就会是表面的。①（着重号系原文所有）

我之所以不惜大量篇幅引用这段话，目的是在说明，一切自然丑只有在一定的理念统摄下才能进入艺术世界，成为具有美感意义的审美客体，忽略这种丑的艺术开掘正是我们自新文学运动以来的一个描写弊端。我以为《红蝗》是有一个理念的幽灵笼罩全文的，正如前文所言，它是“死亡意识”的反义词“生命意识”在生存状态中的挣扎现象。因而，被描写的客体所呈示出的种种丑恶的、粗俗的、令人作呕的现象，正是作者描述的与众不同的“独特的文化积淀”，至于读者从中可以看到什么，这无须作者论释，现代阅读方式叫我们自己去感悟和理解。问题可能出在这里：作者时时流露出来的对丑的真诚的礼赞又作何解释呢？首先，我以为作者是想以这种写法来向传统的审美观念挑战，打破审美趋向的单一性和同一性，造成美与丑在艺术世界内的“生态平衡”；其次，把丑的意向和形象与美的意象和形象作一个尖锐的对比，这种掺和、团结，不仅是审美领域内的撞击后果，它也带来了语言学领域内语言色彩由于强烈的高反差所形成的修辞手法的突破，像“老沙把嘴噘得像一个美丽的肛门”这样的句式究竟在修辞学领域内有何新的意义？再者，便是作为小说叙述者的“我”的存在意义怎么去把握的问题。

这三个问题，第一个问题前文已作简略阐释；第二个问题理当语言学家作出阐释；第三个问题我只能作一些很不周延的论证。无论古今中外的小说，其叙述方式基本上采用三种视角模式：叙述者＞人物（“后视角”）；叙述者＝人物（“同视角”）；叙述者＜人物（“外视角”）。

倘使我们运用一下排除法，那么，《红蝗》显然不属于第一种叙述视角模式，它表面上的叙述形态与这种模式相似，但作者又不是全知全能的，《红蝗》中有大段大段的“我”的议论（或曰插科打诨），但作者莫言一再表示这不等于莫言，甚至文中的“莫言”也不是“我”，“我”是作为小说中的一个“童年视角”和“成人视角”（即“过去的视角”和“现在的视角”）出现的。作为叙述者的莫言似乎是作为一个“隐身人”而存在的，叙述者通过“我”来叙述，但“我”又不能替代作家的观念；那么，它是否与第二种叙述模式相同呢？结论应该说仍是否定，“同视角”也就是巴赫金的著名“复调”小说理论，叙述者只叙述人物所知道的事情，而《红蝗》的叙述者超越了人物的意识，有一个隐性的作家意识在统摄着人物意识，小说中的“我”是全知全能的无所不知的人物，其中又似乎渗透着作者莫言的叙述视角，就是说，在叙述事件时，莫言似乎与“我”画了等号；而在“表

① 〔英〕鲍桑葵：《美学史》，张今译，第516页。

白”时，作者又悄悄地隐退；那么，用第三种叙述模式“外视角”来衡量《红蝗》，显然也不能得出肯定的结论。“外视角”是叙述者比人物知道得少，他像一个不肯露面的局外人，如上所述，莫言作为叙述者并没有做“局外人”，作者用一种宏观的意识把握着“我”，当然作者牵动的这根线你只能感觉到而不能清晰地看到。也就是说，“我”与作者之间有时是相交的，有时是不相交的，在小说中有可能找到他们之间的交点，有可能找不到两者之间的交点，这种现象就像月食、日食一样，当你看到现象时，那只是阴影的相交。莫言就是这部小说叙述者的一个虚幻的阴影。

如果说，莫言在《红蝗》中对叙述模式有所突破的话，也就是说，他作为一个“隐身人”，对丑的描写是呈现出什么样的审美心境呢？这可能是一个很难回答的问题。

倘若说莫言推翻了前人的审美规律性——那种仅仅把丑看作是美的衬托物而存在，那么《红蝗》的意义可能就局限于使丑转化为美的轨迹中去了。然而，正是作者用不可知论的哲学观念来观照美与丑，使美与丑失却了价值判断，才使人们认识到美与丑的判断原是人为的。那种独特的与众不同的感觉正是莫言否定一种人为的做作美和肯定一种原始的本色美的逻辑起点。这可能便是一种对现代物质文明下的变态美学观念的反讽和对原始生存状态的美学精神的眷念的“后工业社会”人的超前审美意识的裸现吧。如果将丑作如下的定义是远不够的：“丑是这样的事物的审美特征，它的自然的(天生的)条件在社会发展及其生产的现代水平下具有消极的社会意义(虽然对人类没有严重威胁)因为包含在这些对象里的力量已被人掌握并从属于人。”[①]如果丑的内容一旦重新被发现和认识(我是指描写的内容)，它成为一种富有新的历史观的内容，那么，丑必然会向美的方向转换，也许，另一种审美价值观念随着时代的前进而改变其运动的方向，这就是美与丑的倒错与互换。

出于历史的和现实的种种原因，莫言不敢也不能够用一种明确的叙述模式将这种审美价值判断的迁移表示出来，于是他才采取了“隐身人”的叙述形态。

四

毋庸置疑，从《透明的红萝卜》开始，乃至文学界公认的佳作《红高粱》，一直到《红蝗》，莫言逐渐把丑的描写当作一种无可阻挡的强烈欲望，发展到了“毫无节制”的地步。他把遍布于自然界的丑作为一种神圣的炫耀，使一般阅读者感到的不是滑稽与可笑，而是恐怖与恶心。究竟是作者的错？还是读者的错？我以为只要阅读思维方式加以改变，转换一下视角，从丑的负面来观察丑，也许会得出另一种感觉和印象。“因此

① [前苏联]鲍列夫：《美学》，乔修业、常谢枫译，中国文联出版公司1986年版，第149页。

看来，通常参与美的丑只是我们不妨称之为表面上的丑的东西，换言之，只不过是乍看之下使毫无经验的知觉感到吃力的一种相对的复杂性或狭隘性而已。看来，在一个能够正确欣赏的人看来，它在事实上永远不作为丑而呈现出来。”①需要强调的是，使我们对这种新鲜的审美经验感到吃力的原因就在于几十年来甚至上千年来，我们习惯了一种单向的对美的审美经验感受知觉，而对一种新的相反的审美经验出于狭隘性和保守性而表现出巨大的排拒力。这是现代审美观念不断进步中的可悲现象。你如果不能感受到丑的转换——这种转换需要读者自行完成，你就不可能进入整个作品的特定氛围和境界。相反，如果一旦你感受到了丑的转换——这种转换依靠你自己开拓审美思维的空间，那么，对于作品的理解，你就可以超越原有的审美经验，走上一个新的飞跃，同时，你也超越了作品本身，也超越了作者所提供的形象与意象的范畴。丑是美的变异，你只有在阅读过程中不断转换，才能得到最后审美价值的确证。

这个“毫无节制”的莫言确实闯进了一个既涉及内容亦涉及形式的“禁区”内，他似乎带着“嬉皮士”式的亵渎意识走进了文学的神圣殿堂，像孙猴子那样，吃了仙桃还要拉出一泡漂亮的屎来摆在蟠桃宴的供桌上。他塞给读者的究竟是什么？难道就是“高密东北乡庞大凌乱、大便无臭美丽家族的过去、现在和未来”吗？我似乎从“我清楚地知道我不过是一根在社会的直肠里蠕动的大便”的宣告声中感觉到“莫言现象”的来临并非偶然的现象，诸如赵本夫亦一反过去的常态，在《涸辙》中对自然丑表现出一种貌似很虔诚的颂扬。少鸿的《梦生子》里对丑表现出的一种惶惑的审美意识……这些是否孕育着一个审美价值判断的整体迁移的风暴？

《红蝗》这个亵渎神话的出现有历史的必然性吗？它的意义可否作为文学史的一个有意义的现象存在呢？

（原载《文学评论》1989年第1期）

① ［英］鲍桑葵：《美学史》，张今译，第552页。

莫言小说的价值与缺陷

◇杨联芬

莫言小说的价值何在?

纵观几年来莫言的小说创作,从标志其风格形成的《透明的红萝卜》起,他反反复复咏叹和描绘的是两类人物形象——被贫困和愚昧世代困扰的农民(如《爆炸》、《弃婴》中的父母、妻子,《老枪》、《白狗秋千架》中的男女主人公,《透明的红萝卜》、《枯河》中的农民群像),以及在现代文明与愚昧野蛮的夹缝中痛苦挣扎的知识分子(如《球状闪电》中的蝈蝈,《爆炸》、《弃婴》、《红蝗》中的"我")。描写这两类人物生活的困境和心灵的纷扰,以此表现古老民族蜕变时期的痛苦,是莫言切入题材的方法;对"民族生存状态的关注"和忧虑,成为贯穿莫言作品的主题。

这样的人物和主题,在有着"为人生"精神传统的中国新文学小说创作中,早已不是首创。莫言两类人物的精神谱系,前一类可上溯至鲁迅和"乡土作家"笔下的"老中国儿女",从赵树理到柳青,从浩然到韩少功、贾平凹,新文学一代又一代作家在不懈地思考和挖掘;后一类形象,则早已在巴金、老舍、路翎的笔下排列成变革期的中国"多余人"。因此,若以"内容"裁夺莫言的作品,只能得到"泯然众人"的结论(《红高粱家族》除外)。莫言之崛起于新时期文坛,绝不仅仅在于其慷慨悲凉的《红高粱》,似乎更取决于他与众不同、瑰丽奇谲的表现形式——这体现着他独特的思维方式,反映着他复杂的审美情趣,灌注着他个性化的价值判断的艺术形式,使其作品呈现出独具一格的鲜明特色,它才是莫言小说的价值所在(才是莫言对中国当代文学作品的独特贡献)。

"形式"在莫言的创作中,已不仅仅是一种材料的剪贴、人物的塑造、情节的安排等"外部组织"、"结构手法"的概念,而是一种与内容密不可分的艺术思维方式的直接再现。在当代作家中,莫言的创作思维方式似乎具有与众不同的地方,它不是以理性的逻辑判断驾驭形象和情感,而单纯是形象(通常具有象征意义)在头脑中的呈现和流动,通过对形象的感知直接达到对事物和生活本质的认识以及评判。莫言的创作就是将思维过程中这种直觉的形象用语言直截了当地再现出来，读者则在感受、欣赏作品的形象描绘过程中体味其中蕴含的生活哲理。莫言这种直觉的思维方式和思维方式的直接呈现化，使其作品呈现出“悖论”的形态：它充满强烈的主观气息，却出之以冷静的客观描叙。生活的主观感觉化、感觉（实为直觉）的客观呈现化，使莫言小说的内容与形式在相当程度上达成统一，形式就是内容，内容就是形式。而语言的使用在这里大大超出了通常表情达意的媒介范畴，它以特殊的组合、结构，造成特殊的视知觉心理反应，因此也形成了莫言特殊的语言艺术形式。

一、以色彩负载情感

中国新文学作家中，除闻一多，没有谁比莫言更敏于感觉和使用色彩。莫言的思维世界（感觉世界）是意象流动、色彩“辉煌的画面”（通常具有象征意义）。意象和色彩，在莫言的意识中仿佛纸的两面不可分割，他对形象的捕捉，总是连同着色彩：

> 一天彩云照着水，红的红，黄的黄，云彩模糊地在混水中漂……忽闪忽闪飞舞着成群结队的银灰色大鸟……翅羽上涂着霞光。爷爷看到它们从水中衔接上一条条白色的鱼……
>
> ——《秋水》

《白狗秋千架》中男女主人公邂逅时，女主人公的“蓝褂子、黑裤子，乌脚杆子黄胶鞋”先于“女人”这一完整形象首先印入男主人公眼帘。《透明的红萝卜》中主人公黑孩是这样出场的：穿着“白底带绿条”的大裤头，裤子上缀满的污点“像青草的汁液，又像干结的鼻血”，赤裸的小腿上布满“闪亮的小疤点”—— 不用交代，读者一望便知这是一个生活在贫困环境、没人疼爱的小家伙。

莫言对色彩的运用，最初像普通人一样主要作为修饰意象、点缀艺术画面的手段，继而，他以色彩参与形象的塑造，油画一般展示生活、表现情感，这超出了一般作家，只有闻一多的诗可与之媲美。《秋水》结尾的儿歌，莫言用一串色彩各异的事物——绿蚂蚱、紫蟋蟀、红蜻蜓、白老鸦、蓝燕子、黄鹡翎、绿草梗、紫荞麦、红虫虫——加以排列组合，形成错综复杂的关系，像大千世界迷离纷繁的状态和人类世界矛盾百结的生存现实。

《老枪》写一个青年农民为饥荒所迫，违背母训摘下墙上悬挂了多年的猎枪，到收割之后洪水弥漫的高粱地打野鸭子，不幸走火身亡。猎枪是祖传的遗物，凝聚着这个家庭神秘而悲怆的故事：奶奶曾用它毙了赌钱败家的爷爷；贫朴刚烈的父亲冒犯了土霸王柳公安员，用它自戕；母亲为促他念书成才，喝令他不得动枪，并将他的食指剁掉，以残酷得令人战栗的“母爱”寄托她殷切的期望。作品以主人公在高粱地等候、举枪、扣动扳机的简单过程为叙述线，以惨痛往事在主人公心中断断续续的再现为情节内容，用大量凝重、深沉、辉煌而显得昏晦的红为基调的色彩，渲染出一种浓郁的悲剧氛围，展示主人公悲怆困惑的内心世界：一轮西沉的太阳给棕色的原野抹上一层灿烂而沉郁的色彩，水汪子被阳光染成鲜红，向朦胧的暮色里伸展，残剩的高粱穗露在水面擎着暗红色的头，他举着红锈斑斑的猎枪在等待……太阳在西沉，色彩在变幻，伴随着人物苦涩的回忆，时而金黄，时而暗红，时而射出绿幽幽、紫灿灿的光线，时而焦黄无力似一根油条横躺在地平线上。红色和黄色，被作者析去热情、明朗、富丽、鲜活的成分，混以不同程度的暗色，给人造成心理上的疲乏、悒郁、焦躁和隐隐的不祥预感。主人公眼中一切景物的色彩及其变换，也以红色为基调，自然而有力地烘托其内心复杂的情绪。譬如那些被阳光射着的水汪子，在他看来总是“像冰冷的艳红流汁”，“向四面八方流淌”，人世间的苍凉，惨烈往事的血腥，都通过这冷艳的红色诉说。人类每以“人为情死，鸟为食亡”来赞颂人性的崇高，然而《老枪》的主人公却恰恰是鸟兽般为食而亡的人，其死，又是那样的平凡和偶然：在高粱地里瞄准扣动扳机十几次而枪不响，当他彻底绝望准备回家之际，因纳闷它为何不响而对着枪口摆弄扳机时，枪响了！卑微得命同禽类的小人物，悲怆得令人心酸的命运！作品画面浓重渲染的辉煌而沉滞的红色，宛如一曲悲怆雄伟的交响乐贯穿作品始终，使人物并不崇高的悲剧命运兼有了一种崇高悲壮的意味。这是莫言放弃了旁观者的地位，以本体论的人道主义意识，到小人物平凡而黯淡的生活、命运中，去体味这个生命价值无情贬值的不合理现实所蕴含的悲剧实质，从而产生出崇高的悲剧感。这使莫言小说在美学意境上有别于鲁迅、台静农等新文学第一代乡土作家。他赋予这种“小”人物、“小”题材以这样一种崇高的美学特征，除了色彩，似乎找不到比它更简便、更自然、更富艺术魅力的表现途径。奇特的莫言的感觉！奇瑰的莫言色彩！奇妙的莫言色彩的效力！它们使莫言在新时期乡土作家中脱颖而出，熠熠夺目。

红色，是莫言使用最多的色彩，单看《透明的红萝卜》、《红高粱》、《红蝗》这些篇名，即可略见一斑。它包含了太多的意义、太丰富的情感、太复杂的象征。它有时是心灵苦痛的感觉，有时又是希冀温暖的梦幻，如《枯河》中遭毒打而孤独等死的小虎，他望见的月亮超出了常态，是“鲜红”而“巨大”的一轮，“水淋淋”地往上爬；它有时是悲壮历史的抽象凝缩，如那血海一般的红高粱（《红高粱》）；它有时又是生存压力的主观幻象，如那铺天盖地的“红色淤泥”与“红色沼泽”（《红蝗》）。如果说莫言在前期创作中的色彩使用，主要还是用于渲染气氛、烘托情感，那么到后来，莫言经常将“原装”的色彩作为形象，构成环境。这样的用法，仅有闻一多《红烛·色彩》作先例。不过，闻一多将颜色拟人化,仅仅借用了色彩的感性特征以作抒情的桥梁,而莫言则更深了一步,他将主体的心灵感觉抽象化为色彩,同时也将深刻的抽象感受具象化为可观可感的色彩。《红蝗》中那超客观的红色蝗群,那并不存在却始终困扰着主人公的"红色淤泥"、"红色沼泽",使作品画面被红色涂得严严实实,单调、厚重,将人推进心跳窒息、沉闷焦虑的情绪泥潭中。这就是莫言借"红"要表现的情绪,也是读者被"红"玩弄产生的感觉。莫言主观化的色彩运用,更是闻一多所没有的。在莫言眼中,太阳有时是绿的,月亮常常是红的,他惯于服从自己的主观情绪而任意改变、夸张事物本身的颜色。在莫言这里,色彩已经脱离了点缀装饰的轻松高雅的差事,而充当人生痛苦感受的载体与象征。

二、以意象制造喧嚣

面对复杂莫辨的人类心灵世界,语言本身的客观指向总是显得力不从心,"书不尽言,言不尽意",几乎是古往今来一切作家的苦恼。正如苏珊·朗格在《艺术问题》一文中所指出的:"在我们所感受到的所有东西中,有很多东西并没有发展成为可以叫得出名字的'情绪'。这样一些东西在我们的感受中就像森林中的灯光那样变幻不定、互相交叉和重叠。而"诗人当然不能发明新字眼",深入的表达只能"在对语言的使用中获得"(伊奥乃斯柯语)。于是作家们另辟蹊径,竭力从客观世界中寻找一种与情感相似的事物或关系的名称来描述它或称呼它,即通过对主观情绪的"客观对应物"的描绘,激起读者某种情绪,而这种情绪正是作者要表达的。这种将主观情感通过对客观事物的描绘而传达的方式,被西方艺术哲学家称为表现的"转化"或"转换"(直接描写转化为间接描写)。转化的方式是现代文学艺术表现形式的重要特征,是人类思维和艺术实践进步与深入的体现。莫言小说大量使用这种转化的技巧,淋漓尽致地传达他泉涌如注的情感与丰富难辨的感觉,对色彩的使用即是一例。此外,莫言还通过意象描写表现喧嚣的心灵纷扰。

《爆炸》、《弃婴》两部连续作品,圈绕节育与生育的矛盾,描写农村家庭关系及现实生活的种种矛盾和烦恼,通过在城市工作的"我"与其父其妻的矛盾、隔膜,展现文明与愚昧的纠结、冲突。作品中包括主人公父母、妻子在内的广大农民,终年躬耕垄亩,却依然贫困相煎;愚昧与封闭,更带来人种的退化与畸形。在他们苦难而委顿的心灵中,生存的唯一欢欣与寄托仿佛仅仅是生息繁衍,可"计划生育"却使这千年古训横遭践踏,于是生存变得无保障、不安全。"计划生育"对传统生活信条的扼制,带给他们的,无疑是比物质生活的贫困、艰辛大得多的心灵的痛苦与愤懑。从肉体到精神的重重压抑,使他们宛如置身于一张无形的巨网中,不得自由,又挣扎不脱,心力交瘁,苦恼不堪。这样一种生存状态下,"爱"只属于"有闲阶级"的余欲,在作品中的人们中间是不存在的。哪怕父子、夫妻，也只有隔膜、怨艾和自虑的愁苦；生存的困厄磨钝了他们人性的感觉，明亮的阳光下有被丢弃的女婴，“我”因捡了她而招致摆脱不掉的麻烦甚至灾难……为了表现这种生存的愤懑与焦虑，莫言使用繁重的意象、重浊的色彩，首先从文学的视觉印象上给人以拥挤、嘈杂、压抑之感。例如《弃婴》开头的环境渲染：明亮的阳光“灼烧着大地”，葵花地如“一片黄云浮在遍野的青翠中”，“赭红的野蜂子”在飞旋冲撞，“黑蚂蚁”“熙熙攘攘”来往穿梭，电话线上排排家燕无精打采地缩颈“注视着平滑流淌在绿色原野上的灰色河流”，蝈蝈在“忧郁地尖声鸣叫”，庄稼地“升腾着燠热的水气”，刚下长途汽车的“我”从葵花地里捡起红布裹着的弃婴，被葵花茎叶割锯过的皮肤“毒虫蜇过般痛楚”……充满“物”的空间，充满躁动和压抑的环境，富有刺激感的色彩和字眼，从视、听、触等各方面综合造成一派焦灼与疲乏的感觉。这两篇作品，我们到处感觉到的是“恶毒”的阳光，湿热的气流；金黄的麦芒与葵花，使人似乎感到皮肤被蜇痒；干燥的白沙与黄土，令人觉得嗓子干痛、眼睛酸涩。清净的河流、绿色的生命被淹没在这一片焦躁的氛围中，没有幽远与清新，只有令人心烦蹙眉的累。作品充满喧嚣之感，这种喧嚣不是现代工业文明带来的城市的喧嚣，而是充满麻烦和阻碍的生活给人带来的感觉到而说不清的尘嚣之感。莫言以感觉世界的空间描写表现这种情绪，将繁多的形象与缤纷的色彩组合成富有质感，力度、密度相当大的意象群，汇成流动不息、蜂拥变幻的河流，加上语义丰富的长句子如倾似泻，形成繁急的音响与急湍的节奏，宛如汹涌而来的洪水，又像铺天盖地的泥石，将人置于窒息、拥挤、焦灼的心理世界。而这，恰恰是为生存疲于奔命、被四面八方的困扰所驱遣的现实生活中的人困顿不堪的内心感受。

三、冷静的诗

以感觉的方式体验和表现人生，使莫言小说带上极浓的主观色彩；但莫言的主观情感不像浪漫主义作家那样直接说出，而是奇妙地融化在一组组相当“客观”的写景状物句子中，使其主观宣泄式的作品，也呈现出异常冷静的语调，这种风格使莫言像个冷静的诗人。《枯河》写小虎遭书记及父兄毒打，尽管是以小虎为感受主体和观察视点，可描写却非常安详，仿佛一架没有血肉的摄影机在客观记录着这场惨无人道的虐待。小虎死去了，围观的乡亲“面如荒凉的沙漠，看着他布满阳光的屁股，好像看着一张明媚的面孔”——作者难以遏制的悲愤，则常以这种冷嘲表达。莫言小说的“客观”冷静，显然造成了与郁达夫式的主观表现截然不同的形态，他几乎不用直抒胸臆的词语，而努力从感知世界中寻找那些最能说明某种心情，最能激发某种情感的“客观对应物”及其关系，以此表达自己的感情。这种“转化”的艺术效力是奇特的，既较细腻和熨帖地表达了情感，又造成作品客观、冷静的效果，给读者以新鲜、真实的艺术享受。

修辞格上的隐喻和象征，既是间接表现常用的手法，也是莫言惯用的技巧，更是莫言思维方式的一个特点。莫言前期作品刻意寻求喻体或象征物的痕迹是明显的，如那枚晶莹美丽的红萝卜(《透明的红萝卜》)、那只肠子拖地的小黄狗(《枯河》)、那令人惊惧的神秘的球状闪电(《球状闪电》)；到后来的《弃婴》、《红蝗》等，则使人感到这些隐喻和象征，不仅仅是实现“转化”的途径，而且常常是作者思维形式隐喻化、象征化的直接呈现结果，莫言说过，“生活本身就是象征的”。他笔下那片鲜血浸染一般的红高粱，不正是先辈强悍风流的生命力与悲壮可泣历史在他脑中的神话“图腾”？那一群群目光滞呆如鱼类、额上布满皱纹的村中孩童，不是黯淡而退化的人生、人性的象征？那红色淤泥统领的世界，不正是人类社会状态或某一本质的象征(经济、交通、能源、人口、战争、疾病、人性弱点等相互作用构成的种种与文明、进步、健康、美、和谐相随的丑恶、畸形、危险、阴谋、诱惑……)？至于《爆炸》中那只轻捷机智的红狐狸，则具有多重象征含义。作者赋予这只亡命的狐狸以美丽的毛色与超然的敏捷，它奔逃而不狼狈，“像一团贴地飞行的红火”，飘飞在绿草地与玉米林之中，二十几条大汉兴奋中发出嗷嗷叫声，与狂吠的猎犬一起哄扑围追，狐狸走投无路却从容而逃，以“傲慢”的神情“蔑视”眼前的人类，追捕者则显得蠢笨而被嘲弄。这只狐狸，寄寓着作者对自由生命的礼赞、对自由人性的某种美化；而狐狸被围追堵截的遭遇，则暗示着现实人类无法摆脱的不自由；而自然状态的狐狸一旦被逮住，它活泼的生命力便消逝在动物园“阴暗潮湿的石洞里”，懒洋洋，臭熏熏，“尖削的下巴使它们满脸荒诞愚蠢”——这，不是某种程度上象征着人性的异化吗？

尽管莫言秉有“自由”表现知觉感受的艺术天赋，但他依然感到表现的困窘。他愈是企图以明晰、具象的事物描述他复杂的人生感受，这种感受就愈难具状；他“无法找一个这样的象征来寄托”他的感受和忧虑，“葵花？蚂蚱？蚂蚁？蟋蟀？蚯蚓……都非常荒唐，什么都不是生活的本来面目”(《弃婴》)，以至他无法辨清自己发出的“是哭还是笑”(《弃婴》)。这绝不是莫言一个人的困惑和苦恼，而是人类社会永恒的缺憾——语言的有限与思维、感觉的无限，表达的确切明晰要求与情感的复杂莫辨之间不可解决的矛盾。

四、陌生的语言

除了以通感造成直接的感觉效应，莫言还充分利用语言自身结构的功能，以独特的语义组合方式，使其纤敏而丰富的情感得到宣泄：

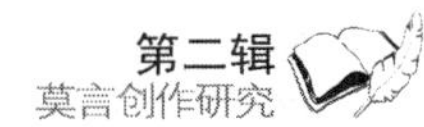

高密东北乡无疑是地球上最美丽最丑陋、最超脱最世俗、最圣洁最龌龊、最英雄好汉最王八蛋、最能喝酒最能爱的地方。

——《红高粱》

这场轰轰烈烈的爱情悲剧，这件家族史上骇人听闻的丑闻、感人的壮举、惨无人道的兽行、伟大的里程碑、肮脏的耻辱柱、伟大的进步、愚蠢的倒退……

——《红蝗》

这滔滔奔泻的长句子，包容着如此丰富的语义对立、情感矛盾，既酣畅淋漓地表达了作者郁积既久、爱恨交织、悲怆激荡、复杂难辨的深挚感情，又形成一种慷慨悲歌的回荡之气，其间所蕴含的复杂而多层次的价值判断，是美丑相伴历史的诗意概括。他的作品常有修饰关系不合理、不和谐的句子，以表现生活本身的荒诞与不和谐。如《枯河》中小虎"愤怒地看着这个金色的世界"，金色，使人联想到人间的富足温暖与童话的美好境界，然而小虎生活的环境何尝有这些？写小虎之死不以寒风萧瑟烘托其悲凉，而让"太阳冉冉升起，砉然奏起温暖的音乐"，也许，死对于小虎意味着苦难与虐待的结束而进入永恒的安宁？这太阳与温暖，是作者抚慰小虎亡灵的手，还是他对人道与文明的含泪呼唤？

《红高粱》写余占鳌向任副官开冷枪："子弹在低空悠闲地飞翔，贴着任副官乌黑的头发滑过去"，用从容舒缓的笔调写惊心动魄的场面，像电影中的慢镜头，于生死激烈的瞬间抒壮志悲歌的悠情，潇洒的浪漫情调陶醉人心。写奶奶中弹牺牲："父亲眼看着奶奶欢快地叫了一声，就一头栽倒"。惊惧悲壮的事件却简促而安详地交代，像抛出一枚原子弹，悲剧的震撼力量与感情波澜是爆炸之后的云烟和冲击波，恣意弥漫和激荡。这种不同寻常的语义结构与语言用法，不仅造成陌生化效果刺激我们在习惯中趋于麻痹的感觉，而且使情感表现的空间大大拓宽，更接近人类生活和感性世界多维、辩证的状态，给读者展示了一个新鲜而奇瑰的艺术世界——一个心灵感受的人生世界。

莫言的创作个性、莫言的艺术形式，无疑给中国当代文坛增添了一种新鲜的色调，给人们提供了一个相对陌生而充满艺术魅力的审美感知世界。诗意的思维方式和流畅的表现能力，使莫言在属于自己的创作之路上逐渐感到了"驾轻就熟"的惬意。作家风格的形成固然可贵，然而作家若从此不求突破而沿着风格的圆圈循环往复，则风格便失去价值而成为束缚手脚的镣铐，甚至致命的绞索。莫言小说的危机正是面临着这种"突破—新生"与"循环—衰竭"的选择。人们常说真理和谬误只有半步之隔，这简直就是莫言小说创作成就与缺陷的哲理概括，他作品缺陷的产生，根源于重复没有突破，其症状简而言之便是"沉醉"——丰富敏捷的直觉思维、语言的运用自如、对丑的洒脱表现，使他风格卓著而得以"独领风骚"；但是当其过分沉醉于自己的艺术个性而不自觉陷入玩赏甚至卖弄时，这些优长也便像画人时一高兴添了一条尾巴，“真理”即走进“谬误”的那一边。

譬如，语言的陌生化效果在于其风格的与众不同。这个“众”，既可以是莫言之外的作家作品，也可以是莫言自己全部作品的语言风格，还可以是莫言具体某篇作品中普遍的语言模式。当莫言只注意了自己与别人之间的陌生化效果而忽略了自己创作中一般与个别的区别，从而沉醉于自己的语言风格，将曾经显得陌生化的语言作为其作品的基本语言模式大量使用时，陌生化即告结束。《红蝗》前半部分将那种语义结构层次复杂的叙述性长句，作为基本语言运用于一切场合（写景状物、内心独白、人物对话等），因繁复的单调令人产生烦闷感。也许这是作者企图利用语言形式达到的效果，但因其生活感受是虚假的（后将论及），使这样的语言在丧失生命力的同时也失去了美感。有的语句，如“她眼神渐渐如河马的眼神一样流露着追思热带河流与沼泽的神秘光芒”，显然不是由情感的冲射自然形成的语言之流，而是缺乏真情、故作神秘的造作；“我假如就是莫言”、“我假如不是莫言”，则是借狂人的谵语进行的文学游戏，油滑而无价值，当为莫言警觉。

又如写丑。莫言对人生丑恶和人性缺陷的触及和揭露，从早期《透明的红萝卜》、《枯河》、《白狗秋千架》等到稍后的《爆炸》、《弃婴》、《红蝗》，经过了由外部现实的揭露深入到人性微观的细腻描绘过程，立体地再现了人性的复杂性和人生的悲剧性，体现出莫言敏锐而辩证的思维特征，写丑也成为莫言艺术形式之一特点。尽管丑作为独立的审美范畴，早在近百年的欧洲文学艺术中司空见惯，但在中国，它的摆脱美的陪衬地位而独立于艺术描写中，却似乎在鲁迅的某些创作之后再无来者。莫言（以及新时期一批青年作家如韩少功、王安忆等）迎着“溢恶”的误解，开垦起这块充满蒺藜的荒园，取得了可贵的收获，当然也留下了稚拙的痕迹甚至畸形的果实。莫言的失误不在于他写了丑，而在于其固执的沉醉而无节制地渲染。《红蝗》写九老妈陷进臭水沟，竟以百字篇幅细腻描绘九老妈身上沾满的污物，条分缕析、色彩逼真，可谓详尽。这样的描写与揭示人物性格、反映生活本质、渲染生活情趣都毫无关系，若作者企图以这种方式暗示人物心灵的丑陋与肮脏，表达对她的憎恶，则无异于脸谱化、贴标签。这样描写丑，并不能使读者在审丑的痛苦感受中唤醒心灵、反省现实；它没有将现实人生中丑的本质加以形而上的艺术表现，而堕入低级的感观刺激的恶作剧中。莫言写丑堪称杰作的是《红高粱》活剥罗汉大爷一场（尽管有的读者不能接受这样的描写，那是审美心理机制的问题），虽然残酷，却是美的，它使读者在“远距离”（非现实）的震撼与强烈的恐惧中宣泄悲愤，从而达到情感的净化，升华出振兴民族的强烈意识。但是，《红蝗》津津有味地写食草家族的大便，写教授的大蒜味与工程师的放屁，则使人产生生理的厌烦和排斥，丝毫上升不到艺术的美感。莫言创作中出现的这种不分良莠的丑渲染，虽可以从他的经历与心态中找到这种“癖好”的理由，却仍然是不容迁就的缺憾。

有人将莫言的思维方式称为“摆脱了理性重负”的感性思维，如果这里的“理性”是指长期以来形成的作家创作时难以摆脱的教条、观念，则莫言的创作的确体现了新时期作家对这种理性桎梏的自觉挣脱。莫言小说的成功之处也证明，他听凭“自然的灵气与生命的骚动”牵动一管水墨，便能在自由的挥洒中宣泄郁积的情感，以自由的心灵向生活母亲倾诉赤子的衷肠，向大地万物索取精神的慰藉。这种主体精神的大解放、大张扬，还是在“五四”个性解放时代的浪漫主义潮流中才爆发过。但是文学毕竟不是哭笑无常的小孩，它不能脱离理性的调节与控制。莫言似乎过分欣赏自己的感性知觉而走过了头，对理性矫枉过正的挣脱，却导致“怪圈”的产生：他非但没有因此在感性描写上充分自由，反而陷入另一种造作的“理性”圈套，即他的感性描写因缺乏理性驾驭而失之冗杂，又出现为文造情、为“情”造意象的变态追求形式的虚矫之迹。莫言创作的这种致命缺陷，不仅仅是内容的虚假、做作，也招致形式的苍白、浮肿。《爆炸》中这种缺陷已露端倪，如作品开头写主人公挨父亲一记耳光时的感觉，冗赘的间接描写显出理性太强的制作痕迹，不符合人物刹那的感受。

《红蝗》前半部分对城市喧嚣、都市人紧张心理的铺陈描写，其语言的繁复枯燥与感受的过分夸张，皆源于作者的“做”。如果说《爆炸》、《弃婴》乃至《红蝗》后半部分，其对农村传统形态生活的描写所反映出的喧嚣、纷扰，是一种具有本质真实的中华民族生存状态及情绪的写照，那么《红蝗》前半部则是“为赋新诗强说愁”，它所揭示的都市人的苦闷、焦虑与失落感，即使具有局部、表面的真实，却还不具有本质的真实，更没有典型性。主人公精神分裂的内心感触、黑衣女人的苦闷自杀，无论形态还是程度，都不是中国内地今天的现象，倒似乎与福克纳《喧哗与骚动》描绘的西方社会情景相似。不可否认，现代社会局部文明的高度发达与有序所导致的社会另一部分的紧张与混乱，是当今世界普遍存在的现象。但在中国内地，无论物质文明发达的程度、生活形态的现状，还是深厚顽强的民族文化传统决定的民族性格、心理定势，都不可能使西方现代派描述的精神特征成为中国的社会心理状态。因此，《红蝗》前半部分的都市情绪描写，是在模仿的形式中表现一种不真实的情绪。由此想到残雪等人的现代派作品，大多与莫言《红蝗》的缺陷一样，是一种从主体意识到表现形式都在刻意模仿的“伪现代派”之作。这种现象在五六十年代的台湾、香港文学中也曾出现过，陈映真、宋泽莱这些著名乡土写实作家，都是从模仿西方现代派起步的；然而经历史淘汰而仍闪耀生命之光的艺术作品，却断然不是这些以模仿为源的“准现代派”之作，而是真切表现中华民族的情绪、命运，具有强烈的现实主义精神的优秀作品。这种现象也许是经济落后民族开始起飞、中西文化交融之初不可避免的学步代价。

莫言思维方式所决定的作品形式与内容的同一性，更苛刻地规定了其创作成败的阈限：根源于现实的真挚情感，才能酿出艺术的醇酒；生活源泉枯竭的为文造情，绝对诞生不出艺术。莫言小说的缺陷，无论是感觉（直觉）铺陈的泛滥与浮华，还是语言运用的单调，或者写丑的失控，都在于他过分沉醉于感性描写而忽略了理性的引导与选择，结果走到造作的极端，因而也失掉了感性描写的真诚。因此，莫言需要的远不是形式缺陷的补救，而是理性的灌注——真诚的现实主义精神之理性。

（原载《北京师范大学学报》1990 年第 1 期）

说梦：人生之谜的沉思

——《食草家族》序

◇杨守森　贺立华

《食草家族》是莫言的第二部家族系列小说。

与《红高粱家族》及其他作品相比，这是作者的又一部更富于现代哲学意蕴和艺术追求的作品。作者更为成功地运用天马行空、汪洋恣肆的艺术笔墨，在高密东北乡的凝重背景上，以食草家族各色人等的际遇兴衰、悲欢离合为线索，创造了一个深藏着人生之谜、浸透着作者对人生本原意义的探寻与思索的梦幻世界。

在中国当代文学中，随着文艺思想的解放，人性及人的生存状态问题已经成为文学创作的热点之一。作家们或者以人性批判的目光，重新审视已有的现实生活；或者以人的本能欲望为线索，摹写着人类惶惑不堪的精神世界。在中国当代文学中，这固然有其特定的开拓意义，但因许多作家信守的是或感性或理性的截取生活的单向尺度，人们仍会感到表现生活的浅显，或者不满于作家应有的理性人格的丧失。莫言在前期创作中，对人性及人的生存状态，虽然已经给予了充分的关注，但这种关注，也往往表现出单侧面的倾向。比如在《金发婴儿》、《球状闪电》等作品中，我们感受到的更多还是人的本能情感的宣泄；在《透明的红萝卜》、《红高粱》等作品中，不论对“小黑孩”的同情，还是对“刘太阳”的嘲讽，不论对“我奶奶”个性解放的赞美，还是对日本强盗活剥人皮的揭露，体现的也仍然主要是社会的政治、道德评判的鲜明色彩。相形之下，在《食草家族》中，作者展示给我们的，则是另一番更为浑厚深刻、撩人心弦的艺术天地。

在这部作品中，作者以梦幻与现实、科学与童话、过去与现在、呈现与剖析等错综交织的艺术视角，通过感性文明与理性文明、乡村文明与城市文明、原始文明与现代文明的尖锐对立，深刻地揭示了人生宿命般的悲剧困境。

从理论上来讲，人类理想的社会生活的尺度应该是感性与理性的统一，但实际上，这种统一往往要以牺牲人的某些感性利益为代价。《食草家族》深刻揭示的，正是这样一种二难选择的人生痛苦。作品中写道：为了保证人类的正常繁衍，由皮团长领导，对手脚生蹼的食草家族的男性成员进行了阉割，这无疑闪射着现代优生学意义的理性光辉，但这做法本身却又显得十分野蛮和残酷，终于招致了食草家族成员的奋起反抗。“我”明知梅老师同属生蹼的食草家族的成员，但却禁不住感性情欲的诱惑，与之发生关系。“我”虽然享受了本能宣泄的自由，但在女儿的指责面前，却又感到无地自容。按照肯定人欲的感性尺度，作为食草家族成员的 A 青年与 B 姑娘的自由结合，或许是无可非议的；但因违背了近亲婚配的理性法规，这一对青年男女却被剥光衣服，活活烧死在高粱秸秆搭成的祭坛上。在感性与理性对立的双重尺度面前，谁是谁非，难以言喻，正如作者用愤激的语言所写道的：这是一场“轰轰烈烈的爱情悲剧”，又是一件“家族史上骇人的丑闻”，是“感人的壮举，惨无人道的兽行、伟大的里程碑、肮脏的耻辱柱、伟大的进步、愚蠢的倒退”(《红蝗》)。人类的生存状态，就是这样的尴尬，就是这样的进退维谷。

在城市文明与乡村文明、原始文明与现代文明的尖锐对立面前，作品同样表现了选择的艰难。作品中写道：城市中虽然灯红酒绿、车水马龙，有着优越的物质条件，但却令人时时感到挤压和恐惧。食草家族虽然居于蛮荒村野，食物粗糙，但却绝无城里人便秘的痛苦，而可以尽享便畅的愉悦。与城市的嘈杂和喧闹相比，故乡的青石条官道上响起的清脆马蹄声才是令人迷恋的美妙音乐。城市标志着现代文明的程度，但却又隐藏着丑陋和虚伪：那位专门讲授马列主义伦理学的老教授，虽然道貌岸然，衣冠灿烂，声称“挚爱他的与他患难与共的妻子，把漂亮的女人看得跟行尸走肉差不多”，但在暗夜中，却与一位似乎是他女儿的大姑娘频频幽会，并且曾经弄得大姑娘“发出绝望的哭叫声”。而食草家族的那位四老爷，当晚辈或其他族人当面谈及他为争夺一个小寡妇，与九老爷持枪相搏的风流韵事时，他不仅不觉赧颜自愧，反倒颇有几分洋洋自得。由此可见，与城市的虚伪粉饰相比，乡间赤诚刚勇的原始人性倒是显得更为可爱。然而，当“我”急不可耐地逃离城市，回到梦寐以求的“家园”时，虽然感到“像睡在子宫里一样的安全”，但那“野草枯萎，远处的排水渠道里发散着刺鼻的臭气，近处的一堆人类也发散腥臭”的景象，却又令人“失望”。在“我”记忆中出现的九老妈身陷其中的那条水渠，也令人恐怖：九老妈搅动的绿色淤泥中，散发着令人恶心的气味，“我坚信在中国除了我和九老妈、九老爷外，谁也没闻过这种臭气”。

与这种人生选择的茫然无措密切相关，在对世界及人生的感知方面，作品中漫布的也是一种模糊朦胧，剪不断、理还乱的情绪。《玫瑰玫瑰香气扑鼻》中的“黄胡子”，到底是不是“小老舅”的爹，连“小老舅”自己也说不清楚；《复仇记》中的“小屁孩”，本来就是一个来无踪去无影的精灵，因协助大毛、二毛复仇，遭阮书记枪毙之后，复又化为精灵；《生蹼的祖先们》中的“腊八老爷”，死而复生，生而复死，生死失去了应有的界限；粪便是令人厌恶的，作品中却写成“像是贴着金色商标的美丽的香蕉”(《红蝗》)；“我们看到一朵花，红色，有香味，大家都这样说。”作品中却这样反诘道：“难道这朵花果然就是红色，果然就是有香味吗？”（《生蹼的祖先们》）是是非非，真真假假，生生死死，一切就是这样的变幻莫测。总之，在《食草家族》中，莫言以批判和怀疑的视角，试图粉碎已为人类的语言符号以及有关的政治、道德、审美意识规范化和秩序化了的既定世界，使其还原为原始的混沌状态。

显然，莫言在《食草家族》中触及的是一个更富于历史意蕴和现代意义的哲学话题。人生的本相到底是什么？人生的出路究竟何在？在西方，文艺复兴之后，随着压抑人性的中世纪封建规范的解体，人类曾为自身涂上了一层“天使”般的神圣光泽，人的理性、人对世界的把握能力，在理论上均被推向极致，人类曾为自己设想出了一条光辉灿烂、通向和谐之境的坦途。正是在这种欣喜若狂的时代情绪面前，较早痛切地反思现代文明和现代理性的卢梭、休谟等人，曾经显得多少有几分可笑。然而，历史是无情的。20 世纪以来，人类这种自足平衡的心态，终于受到了来自两个方面的毁灭性冲击。一是理性失控的自相残杀的大规模世界战争的爆发，终于首先彻底粉碎了文艺复兴以来许多天真的思想家精心构画的富于理性的人类“天使”形象；二是爱因斯坦的相对论、量子力学领域的测不准原理、皮亚杰的发生认识论等现代科学成就，使世界在现代文明面前反而愈加模糊起来，人类深深感到了自身能力危机的悲哀。于是，以疑虑、茫然、孤独、不知所措为情绪格调的作品首先成为 20 世纪西方文学的主流。这种灰暗的情调散布着人生的悲凉，荡尽了传统意义的审美效应，但无疑却标志着人类自身的进一步成熟，标志着人类主体意识的真正觉醒。

在我国，由于特定的文化背景和历史进程的制约，这种觉醒显得迟缓了些。近些年来的对外开放，才仿佛天赐良辰，为中西文化在现代哲学意识层面上的沟通提供了机遇。莫言，也许由于个人独特的生命历程（比如对乡村文明与城市文明的强烈对比体验），以及与人类历史发展有着特殊关联的军人意识的潜在影响，在对这种现代哲学精神的了悟方面，也就显得比同代其他作家更为敏感、更为深刻。

毋庸讳言，在对人生的选择与世界的把握方面，《食草家族》表现出与西方现代派文学相近的悲观情调。但从人类宏观的历史进程来看，这种悲观情调中蕴含的怀疑精神，无疑比盲目乐观和机械认可更富于积极意义。何况，与西方现代派作家不同，莫言绝不是一个非理性主义者，或者崇尚原始的蒙昧主义者。面对“红蝗”一般泛滥的人欲，莫言这样警示读者：“人吃人，人即非人，人非人，社会也就是非人的社会，人吃人，社会也就是吃人的社会。如果大家是清醒的，我们喝的是葡萄美酒；如果大家是疯狂的，杯子里盛的是什么液体？”（《红蝗》）也正是出于对失却理性的人的野蛮、贪欲行径的谴责，作者愤激地声称：“人，其实都跟畜生差不多，最坏的畜生也坏不过人。”（《红蝗》）对于那些代表着原始文明、原始人性的祖先们（生蹼的或不生蹼的），作品也并非一味表现其娇艳与美好。那位四老爷为了与邻村的小寡妇通奸，竟借治病之机，谋害了小寡妇的公爹。而当他捉住与四老妈通奸的锔锅匠时，竟用带刺的槐树杈子对其进行了野蛮、残酷的报复。也正是这位四老爷，虽然熟知《本草纲目》，但却用铁药碾子轧碎蝗虫，团成梧桐籽大的“百灵丸”出售，骗了成千上万的金钱。这原始的色欲和私欲构筑的罪恶，使晚年的四老爷本人，都感到了灵魂的颤抖。那位手脚生蹼、自称“老姑奶奶”的二八女郎，虽然粉脸丹唇，细眉修目，但她却令“我”恐惧。她把“我”引进水中，扑到“我”的身上，用手抓，用脚踢，用牙咬，直至折磨得“我”垂头哭泣。对此，作品中也曾这样直率地写道：“不容讳言，我们食草家族的历史上，笼罩着一层疯疯癫癫的气氛；食草家族的绝大多数成员，都具有一种骑士般的疯癫气质。追忆食草家族的历史，总是使人不愉快；描绘祖先们的疯傻行状，总是让人难为情。”(《红蝗》)总之，作者虽然不满于现代文明的缺陷，但对原始人性、原始生存秩序，同时又持有清醒的批判和警惕的态度。

就艺术形态而言，在莫言的整个创作中，《食草家族》也是殊为别致、富于创造性的一部。作者已不像在初期的《球状闪电》、《爆炸》等作品中那样，侧重于对外来的某种艺术手法的简单借鉴，而是以自由洒脱的笔调，纵横汲取，将“意识流”、“魔幻现实主义”、“童话”、“传说”以及中国传统文学中的“意象”营造等艺术手法组接改装，融为一体，从而使作品呈现出变幻莫测、奇异多姿、蕴含丰富的色彩。

“意识流”的主要特征是展示人物纷纭复杂的心理意识的流程，呈现于作品中的是人物意象的自由组合，贯穿始终的是人物意识运行的线索。而在《生蹼的祖先们》中，风雨声中突然出现的那位持火把的女子，以及在其导引下，“我”所进入的那个有着大浴池的房间，以及在浴池和房间中，那位女子(她已自称是“我”的老姑奶奶)对“我”的抓扯和勾引，以及“我”所闯入的皮团长正在主持会议的那座灯火辉煌的大厅，以正常心态来看，这也许都不过是“白日梦”(“意识流”)。但在作者的叙述格局中，却又在设法力避这种梦幻的感觉，而是通过清晰完整的故事形态、真实人物的介入(比如青狗儿在皮团长会议厅中的出现)以及“我”对“似梦非梦”的冷静评析，更多地制造出了“魔幻现实主义”的气氛。在作品中，作者正是借助这种“意识流”与“魔幻”手法相互交融、自由洒脱的手法，呼风唤雨，蔑视秩序，遣使隔代人物同堂相聚。从而使作品具有了单纯的“意识流”或单纯的“魔幻”所难以企及的艺术张力。

从整体艺术效果来看，与莫言的其他作品相比，《食草家族》的确更富于“魔幻现实主义”色彩。但作者这儿已不是简单的模仿，除了上述与“意识流”手法的融会、沟通之外，其创造性还表现在这样几个方面。第一，在拉美的“魔幻现实主义”作品中，其“魔幻”内容往往是零乱地编织进作品中的，而莫言则设法将“魔幻”内容与中国文学传统中的“意象”营造相结合，从而给予读者集中、强烈的印象。比如那神秘莫测的“红树林”，那反复出现的“纺锤”比喻，那轰然出土、席卷大地的“红蝗”等，除了给人“魔幻”感之外，同时还可以给人中国美学中所特别看重的能够给人强烈印象的“意象”造型特征。第二，在拉美的“魔幻现实主义”作品中，其“魔幻”内容往往更富于超越人世的神话色彩，而在莫言的笔下，则更多地体现为现世隐喻性质的童话特征。那匹漂亮的红马驹与人结合之后，竟繁衍了一个一度和谐美好的家庭。然而，当那位“小哥哥”违背了当初的诺言，不慎说出一个“马”字时，悲剧便降临了。令人从中感悟到信义的价值、真诚的隐忧以及理性与蒙昧的冲突等复杂的人生况味。第三，在拉美“魔幻现实主义”作品中，对那些神奇怪异的人物与事件，作者往往是以旁观者的视角予以叙述的，而在《食草家族》中，更多的则是叙述者“我”身临其境的所见所闻。“我”亲眼看见了蝗虫的长龙在渡河时遭到鳝鱼攻击的壮观场面；“我”随女儿一道，误入了那神秘的“红树林”，与困居其中的女考察队员进行了接触；“我”遭到了皮团长手下人的绑架，亲眼目睹了生蹼家族的男孩惨遭阉割的酷烈场面。正是通过这种直接叙述方式，作品进一步沟通了“魔幻”与“现实”的界限，进一步增强了作品真切感人的艺术魅力。

在艺术结构方面，与《红高粱家族》相同，《食草家族》也是由一系列可以独立存在、其间又有某种内在关联的中短篇连缀而成，这无疑是有创新意义的。但与《红高粱家族》相比，我们会感到，不论在人物还是情节方面，《食草家族》各篇之间的关联更为松散一些，这便增加了读者将其作为一部长篇来接受的困难。此外，正如有的批评家已经指出的，在《食草家族》的某些部分中，作者喜用的旁枝逸出、沿路采花的随意笔调，显得更为漫无节制。莫言本人显然也已意识到了这一点，这次整理出版时，已进行了一定程度的删节。

中国新时期文学的十年，是充满着开拓与创造气氛的幸运的十年，也是面对着世界文坛挑战的艰难的十年。如何既“迎八面来风，观四海潮色”，又不为“风潮”侵吞，确立自我本色，以求夺姿于世界文坛，这是每一位中国当代作家应有的清醒态度。我们欣喜地感到：莫言，是在不懈地努力着。

（原载《食草家族》，花山文艺出版社 1992 年版）

《红高粱家族》演义

◇(香港)周英雄

我们不妨对故事的细节作一项重新的读法。除了认识作者对细节的精心经营,对其玩世不恭地处理事物作个别的注意与诠释之外,我们不妨在细节当中稍加推敲,找出其中的组织,甚至挑选其中若干主要的修辞程式(master tropes),并研究它们如何将故事某些脉络结合起来。这里我想谈两个意象:高粱与狗。尽管两者都相当卑微,可是它们却无形之中支配了故事与人生命运的发展。

高粱与人息息相关,人以高粱止饥,也以高粱取乐,它象征苦难中国百姓的生命力。从叙述的层次看,高粱起初可以说仅提供叙述的背景,可是到末了,高粱却成了人类生命的终极意义。也就是说,高粱地由起初人类喜怒哀乐的舞台,演变成人类的图腾(指人类之先祖乃为高粱)。先说前者,故事发生的地点,不是在高粱地,就是在村子或县城里头。村子里固然有自发性的抗日活动,不过基本上,村子与县城里有法治的体系,曹梦九(曹青天)凭用厚底布鞋打人屁股或嘴巴,而声名大噪,可惜他的司法观念落后、狭窄,因此他的司法固然可以还人公正——如开鸡膛验明乡下女人为吴三老所冤——可是他禁烟、禁赌、杀土匪的律法,在当时内忧外患的中国,对百姓毫无帮助。而曹梦九末了甚至用计消灭了各个地方势力,无形中给予抗日大业很大的打击。相反,高粱地海阔天空,生命有最卑微的层次——如奶奶出嫁途中,匪徒拦路遭轿夫击毙,雨后尸体在高粱地发烂;又如野狗在高粱地里抢食人尸,父亲率众杀狗。可是高粱地里发生的,却都是顶天立地、轰轰烈烈的大事,衬托出人类的活力与尊严。罗汉大爷跟爷爷家的两匹骡子有相当的情感,他们一起在日军枪口下被迫修路。罗汉爷爷逃亡之后,一片爱心,想把两匹骡子也带走,没想到骡子不认旧人,踢了他一脚,罗汉爷爷无名火起,用铁锹把一匹杀了,把另一匹伤了。为了这件事他被捕,并被凌迟示众,过程可以称得上触目惊心。人性于此已沦为兽性,处理手法也与西方自然主义中的生物决定论相去不远。

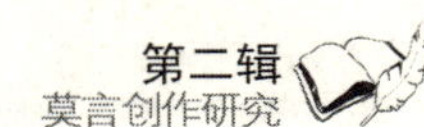

尽管如此，在场的女人“全都跪倒地上，哭声震野”。而“当天夜里，天降大雨，把骡马场上的血迹洗得干干净净，罗汉大爷的尸体和皮肤无影无踪。村里流传着罗汉大爷尸体失踪的消息，一传十，十传百，一代传一代，竟成了一个美丽的神话故事”。

诸如此类的神话故事，在奶奶中弹临死之前也出现过。奶奶临终前张眼望着头上的高粱与高粱顶上的青天，青天里有一群白鸽飞翔而下，奶奶与它们说着话，表示不愿意离开它们。这时她又感到：

> 最后一丝与人世间的联系即将挣断，所有忧虑、痛苦、紧张、沮丧都落在了高粱地里，都冰雹般打在高粱梢头，在黑土札杷上开花，结出酸涩的果实，让下一代又一代承受。奶奶完成了自己的解放，她跟着鸽子飞着，她的缩得只如一只拳头那么大的思维空间里，盛着满溢的快乐、宁静、舒适、和谐。奶奶心满意足，她虔诚地说：“天哪！我的天……”①

高粱地不啻人间天堂，而一群年轻女人把奶奶身体抬走时，“高粱地恍若仙境，人人身体周围，都闪烁着奇异的光”。

当然，这并不表示高粱地就等于乌托邦。尽管爷爷与奶奶在高粱地里野合，“为历史抹上一道酥红”；尽管高粱嘲弄奶奶，而高粱可以酿酒，奶奶的血液也带有很重的酒味，高粱可以当药，高粱救了爷爷父子二人的命，可是高粱本身也是苦难的象征。奶奶的死也就是高粱的死。奶奶临死之前耳闻日军机枪扫射，“高粱齐声哀鸣，高粱的残破肢体成直线下落成弧线飞升……”高密东北乡的乡民打游击，往往以高粱田为掩体，日军因此厌恶高粱田。有一次爷爷与父亲躲在高粱田里，日军骑着洋马横冲直撞：

> 父亲看到他用马刀把高粱穗子劈下来，有的高粱无声无息地头颅落地，连站立的棵子都纹丝不动；有的高粱哗哗乱响，被砍折了的穗子喑哑地哀鸣着歪向一边，悬挂在茎叶抖颤的秸秆上，有的高粱则以极度的柔韧顺着刀前倾，又随着刀后仰，像粘在刀口上的一捆麻线。

高粱的命运与人的命运似乎已结合为一体，而随着人种的退化，纯种高粱也逐渐为杂种高粱所取代（据云，张艺谋拍《红高粱》电影时吩咐用纯种高粱，但底下的人偷工减料，用的种子有一半是杂种高粱，杂种高粱高度不够，无法配合情节需要，也无法衬托出高粱的象征意义，张艺谋只好用另一半的高粱田当实景）。这时“我”感慨系之，“我”再也看不到往昔八月中秋高粱谱成的一片血海。现在包围着“我”的竟是一片杂

---

① 本文引文全引自《红高粱家族》，以下不再注出处。

种高粱：

> 它们像蛇一样的叶片缠绕着我的身体，它们遍体流通的暗绿色毒素毒害着我的思想，我在难以摆脱的羁绊中气喘吁吁，我为摆脱不了这种痛苦而沉浸到悲哀的绝底。

高粱控制人的思想，也多多少少控制历史的发展；高粱可以说已植根于中华民族的民族意识里。这时叙述人听到一个声音，像是他祖先的声音，对他“发出了指示迷津的启示”，要他净化他“可怜的、孱弱的、猜忌的、偏执的、被毒酒迷幻了”的灵魂，并说：

> 在白马山之阳，墨水河之阴，还有一株纯种的红高粱，你要不惜一切努力找到它。他高举着它去闯荡你的荆榛丛生、虎狼横行的世界，它是你的护身符，也是我们家族的光荣的图腾和我们高密东北乡传统精神的象征。

高粱其实超越人的历史，它永远维持着它那原始的甚至是反文明的生命力，不受人类盛衰、兴亡的影响：

> 多少年后，这些地方的土壤还是无比肥沃，种在这里的高粱长势凶猛，性格鲜明，油汪汪的茎叶上，凝聚着一种类似雄性动物的生殖器官的蓬勃生机。

如果人的植物性与高粱相通，那么他的动物性可就常常与狗相通。当然，书中的动物除了人与狗之外，另有兔子、虱子与黄鼠狼等。兔子、虱子是作者自嘲，指我们这一代软弱无能、思想干瘪，两者与狗类相形之下有所不及。至于黄鼠狼，我们都知道它与狗同类，何况它出现的时间与日军奸辱二奶奶这件事几乎是同时穿插进行。1931年，二奶奶去高粱地里挖苦菜时，看到一只黄鼠狼，站在坟顶上挥动前爪向二奶奶叩拜，二奶奶因此神志昏迷，倒地乱叫，村里的人都说她给黄鼠狼魅住了。事后黄鼠狼竟然找上门来滋扰二奶奶，因此给打死了，血液也溅满了门扉。后来日军攻入咸水口村子，破门进入二奶奶房中，二奶奶两眼注视着那道门，看着血迹，想起黄鼠狼的旧事。不过所不同的是这次她不能幸免于难，失了清白不说，末了还旧病复发，死得非常狼狈。作者毫无疑问想用黄鼠狼来影射日军野兽不如的行径。

至于狗类，它的意义可就复杂多了。狗的表面意义当然是负面多过正面。日本人在作品中常被比喻为狗，甚至狗杂种。再说《狗道》一章写的无非是狗的劣根性，写狗虽然有攻击人类的集体意识，可是相互之间不信任、不合作，相互偷对方的伴侣，相互勾结、离间等。可是话又说回来，狗类如此，人类又何尝不如此？上述的狗类劣根性，在书中人物身上都可以一一找到例证。比方说，抗日的精神中国人人都有，可是让其合作可就困难重重，爷爷与江小脚、冷支队长相互之间无法推心置腹，以致为曹梦九所乘，并为日军个个击破。而人偷情的故事中也不乏其例，大抵都与奶奶有关。（电影中罗汉大爷离开制酒场，即与爷爷得宠有关）这么一来，人兽之分也就微乎其微了。

当然，人既是“最王八蛋”，也是“最光荣”的，狗也有它光辉的一面。首先，狗与人的命运休戚相关。人的历史与狗的历史也同样无法分割：

> 光荣的人的历史里掺杂了那么多狗的传说和狗的记忆，可恶的狗可敬的狗可怕的狗可怜的狗！

1939年中秋节晚上的大屠杀，“使我们村几乎人种灭绝，也使我们村儿几百条狗变成了真正的丧家之犬”。

由于无家可归，人与狗的主从关系也就结束了，而早期爷爷与他养的两条忠心耿耿黄狗的忠诚关系也就不再有了。有意思的是，爷爷家的三条新狗——红狗、绿狗与黑狗——从此与主人反目，偷食死尸，对传统极大不敬不说，它们还攻击人类，并甚至差点将余家的香火给弄断了。

不过，狗有狗光荣的历史，奶奶在世时狗不比人差，狗与人共葬一穴。而即使与父亲斗争的狗群，它们躲闪人类致命的武器，也有相当的一套本领，并善用各种策略。而在反奴役的“报复”战役中，“我”家三只狗更“把这种原始的朦胧行动上升到理论的高度……对这一系列行动进行理性思维……”它们的进攻循的是“辩证法”的战法。

当然，狗忘恩负义，翻脸不认主人，吃死人肉等都值得批评，可是作者对它们的态度也并非全然否定，比方说父亲病后完全靠吃狗肉滋补来恢复元气。而狗吃人，人吃狗，人狗岂非不分？（情形与鲁迅笔下的狂人相同）父亲后来变成个彪形大汉，杀人不眨眼，据说与吃狗肉有关。而父亲与爷爷穿了狗皮，“白茬子朝里，毛儿朝外，三分像人七分像狗”。这都证明作者视人狗等同，无意塑造人为万物之灵的理想形象，而“狗道”与“人道”也并非黑白判分。

拿高粱与狗类来与人相喻，基本上属于夸张的修辞，若干读者可能不以为然，不过作者似有他的苦心，希望以奇喻正，用夸张甚至不合常理的情节、意象来点出社会建制的腐败无能（包括司法不公正、军事混乱无能、财政岌岌可危等），这点稍后再与历史演义相提讨论。此地再回到修辞的问题，夸张可分两类：比喻与换喻。作者以高粱、狗类比喻人类的苦难与人类的劣根，这种做法即属前者。相反地，作者偶尔也会穿插若干出人意表的写实情节与意象，如爷爷在酒坛中撒尿——电影中父亲被埋在路面下，往当作陷阱的酒坛中撒尿——目的乃要以出奇的手法达至目的。说得更明确些，爷爷骇俗的行动，从象征层次上言，乃是要彻头彻尾改变单家世代相传，因为单家到了末代业主得了不治的麻风病，家道眼看就要无以为继了，这时爷爷以土匪的行径出现，篡了单家家业不说，还以令人错愕的行动，有意无意之间，中兴了奶奶的家业。另一个换喻的实例描写奶奶有一次带父亲去村里扔死小孩的地方，事先奶奶做了一杆秤，秤上刻了押花会(即一种彩票)的三十二个花名,到了之后,奶奶就找了一个死婴秤重,然后看秤砣放在哪个花名上,当夜奶奶押了一笔钱在"牡丹"上,可惜开了奖却是"腊梅",奶奶因此生了一场大病。这些情节、意象往往骇人听闻,可是作者透过爷爷、奶奶的口,认为这一切都是天意、天命,个人的行为不论如何怪异,也都为天意所容。

也就是说,个人行为不论如何乖异,广义而言也只是率性而行,因此符合天意,与当时历史上社会政治之建制,以及他们的倒行逆施、日军蹂躏之中华河山相比,书中人物的独立特行,严格讲,并无任何出轨之处。

谈轨迹,我们不能不谈谈历史演义。所谓历史演义当然有异于客观的历史——姑不论历史是否有客观这么一回事。西方的历史小说往往把着眼点放在次要人物的身上,看他们的遭遇如何反映时代的总体变迁,中国的历史演义小说却往往着墨于大人物的行为与思想。它与正史最主要的差别,乃是正史为人物个别立传,而历史事件则另立条目处理;相反的,历史演义小说比较侧重人物与历史事件的整体动态关系。相形之下,历史演义小说比较侧重个人对事件整体的影响力。而谈个人,历史演义小说一方面固然神化英雄人物,如诸葛亮神谋远算的形象,即比较接近平话本里撒豆成兵的师傅,而与《三国志》中鞠躬尽瘁的诸葛亮有相当的出入——《三国志》的诸葛亮主要功劳乃是他与刘备共同筹划出来三分天下的计谋。可是小说着墨人物,往往也勾勒出人物罕为人见的一面。夏志清论中国古典小说,即曾指出罗贯中笔下的关羽,为人忠心耿耿,但心胸往往不够开阔,往往为名而草率行事。

《红高粱家族》不妨从演义的观点来读。书中的笔触不乏说话的风格。

爷爷谈不上什么"铁板王",而"天下粗定"这回事也没能实现。事实上,从政治的观点来看,爷爷的一生可以说是失败的,可是从"人性的光辉"来看,作者认为爷爷是成功的。爷爷不折不扣称得上是个英雄人物。同样,奶奶巾帼不让须眉,撰写她自己的历史。到了父亲的一代可就稍稍逊色了,父亲厌战,父亲只会带头打狗,而母亲只有困坐井底受苦,与爷爷、奶奶一代人相比,不可同日而语。而到了叙述人与作者的这一代,也就更谈不上豪爽的英气了。"我"这一代人也唯有回到过去,才能获得勇气,才能不人云亦云,成为一本畅销的《读书文摘》。

《红高粱家族》无论在内涵或在形式上都相当奇特,令人耳目一新。可是要了解其中的真谛,我们不妨从历史演义的观点,看这部小说如何处理过去与现在的关联,如何应用意象的对比来描写人与历史的关系。总体而言,《红高粱家族》表现的是现代精神,使用的也不乏现代技巧,可是小说的哲学基础中也充满了反现代的历史观,暗示所谓"种的退化",令人不免掩卷长思:到底文明的发展指向何方?而理性、爱情、礼教、国家民族等观念,是不是比我们想象的要来得复杂,值得我们再三思考?

(节选自 1988 年 8 月 17～23 日《中时晚报·时代副刊》)

莫言与福克纳

◇［美］托马斯·英奇　王林铧译

威廉·福克纳是一国际文学现象。早在 30 年代，当福克纳的短篇和长篇小说同时以法语、西班牙语、意大利语、德语和俄语频频问世的时候，他的作品已相继被世界上所有的大语种和大部分的小语种翻译过去，以至几乎没有哪个角落不知道他的名字，没读到他的作品。他的小说具有巨大的魅力，翻译家们尽管困难重重仍不辞辛苦地将他的作品，连同那复杂的文体与句法一道翻译过去，而不是简单地对其情节、人物和主题加以概括，这使福克纳遐迩闻名。

福克纳的作品到处都在读，除了这个事实之外，也许更重要的是他作为现代小说名匠在文学界这个更大的范畴内所产生的影响。无论是在美国还是国外，已经声明受其影响的作家有：威廉·斯蒂伦(William Styron)、尤多拉·韦尔蒂(Eudora Welty)、弗兰纳里·奥康纳(Flannery O'Connor)、乔伊斯·卡罗尔·奥茨(Joyce Carol Oates)，法国的克劳德·西蒙(Claude Simon)、意大利的塞扎·帕维锡(Cesar Pavese)、西班牙的胡安·贝尼特(Juan Benet)、日本的福长竹彦(Takehiko Fukunaga)、阿尔及利亚的凯特布·亚希恩(Keteb Yacine)、墨西哥的卡洛斯·富昂塞斯(Carlos Fuentyes)、前苏联格鲁吉亚的范齐尔·伊斯康德(Fazil Iskander)、智利的克劳迪奥·贾科尼(Claudio Giaconi)、阿根廷的霍黑·卢斯·博杰斯(Jorge Luis Borges)和哥伦比亚的加布里埃尔·加西亚·马尔克斯(Gabriel Garcia Marquez)，这里仅列举了几位。

福克纳的声名在中国得以扩大，是靠了几位有眼光的评论家和翻译家，他们一马当先，担负起把这样一位复杂的作家介绍给对激进的现代主义小说尚不习惯的民众这一重任。早在 1934 年，《现代杂志》的编辑施蛰存和一位投稿人赵家璧，便开始发表评论福克纳的文章，并发表了他的译作《艾利》。此后，又出现过几篇文章。但是，直到 50 年代晚期才又出了两篇译文——《胜利》和《不许死亡》，发表在《翻译》(*Translation*)1958 年 4 月号上。到 1979 年 6 月，《外国文艺》才用中文发表了《纪念爱米丽的一朵玫瑰花》、《干旱的九月》和《烧马棚》。

“文革”前后发表的评论文章都打上了那个时代的政治烙印,尽管几乎所有的人都清楚福克纳所具有的天才作家的才能。1980 年出版了《福克纳评论集》,售出 3 万多本;1984 年出版了李文俊译全本《喧哗与骚动》,并有注释和说明,其中部分于 1981 年已开始发表。初版 87500 本很快销售一空,在读者和评论家中引起轰动,使之热切期待着后来更多译文的出版。这两本书的出版,使福克纳获得了更为广泛的尊敬和更多的读者。

福克纳作品的可获得性对青年作家很快就产生了效应,其中有位读他读得兴致勃勃的年轻人,名叫管谟业。他于 1956 年生于山东省农村一个农民家庭,先是干些农活、砌砖或是其他杂七杂八的活。1976 年,他入伍当了解放军军人,之后任教员,1984 年成为军事文学文化部会员。1981 年他以笔名莫言开始写作短篇小说《民间音乐》,于 1983 年 1 月发表。《民间音乐》讲述了一个神秘的陌生人来到小镇后对镇上的人们产生了深远的影响这样一个主题。衣着埋汰的乐师小瞎子,想在镇上借宿,被其他店主婉拒。妩媚的酒店女老板花茉莉把他领回了家。他的到来和他的器乐演奏很快便给酒店带来了好处,比其他各店吸引了更多的生意,令其他各店的掌柜十分不满。于是,小瞎子离开了小镇,不顾一切爱上他的花茉莉追随他而去。他留下了一个更加美好的小镇,小说里这样写道:“小瞎子已经成了马桑镇上一个神秘莫测、高不可攀的人物,人们欣赏畸形与缺陷的邪恶感情已经不知不觉地被净化了。”这是一个动人心弦的田园短诗般的故事,在形式和感觉上更像是一个民间传说,而不似一个虚构出来的故事,其结局是由不可避免的命运所决定而不是出自艺术设计。在小说中,农村的经历与习俗对莫言的影响,较之其他作家的作品更为清晰可辨。

莫言一旦找到自己将农村生活的记忆写成为小说的创作道路,大量类似的怀乡小说便涌出笔端。例如《大风》,写一大学生在爷爷死后回家所引发的回忆,对老人的力量和坚忍不拔的精神进行了回忆,特别是追忆了小时候有一次跟爷爷去荒草甸子割草遭遇大风的经历。《白狗秋千架》是一部更为复杂老练的小说。还是那个回乡的学生,现在已经成为教师,回山东老家探望,见过了少年时期悄悄迷恋过的女友。她由于辛苦劳作而变得形体粗糙,嫁给一个聋哑人,成了三个同样又聋又哑的三胞胎的母亲,这一残酷的现实使他震惊了。他半惭愧地认为是由于自己小时候荡秋千不小心,才造成她破相,失去一只眼,没法嫁个好人家。当他要离开村子时,她在高粱地等着他,让她的白狗把他领进去,想和他要个日后能做伴说说话的正常孩子。她认为早年的事故是命里注定的,如今他回来使她能获得一生中些许的安慰也是命中注定缘分未断,正如她最后所说:“你答应了我就是救了我了,你不答应就是害死了我了。有一千条理由,有一万个借口,你都不要对我说。”

这些小说除了在对农村的经历和家史的运用上，以及对现在的叙述和叙述者对过去的回忆交相转换，以表现过去对现在的影响方面之外，很少使人联想到福克纳。然而，《北京文学》1985 年 8 月号发表的又一部小说的确在文体与结构上显示出了福克纳的痕迹。《枯河》是一部情节简单、内容辛辣残酷的故事，讲述了一个不招人喜爱的男孩受到村书记女儿的挑战，上树折树杈，好用它削一管枪。不料他从树上掉了下来，正砸在女孩身上，女孩当场丧命。小说用相当的篇幅描述了男孩的家里人及村里人对他的野蛮虐待。后来，他从家里逃了出来，投冰河而死。

像福克纳在《喧哗与骚动》中“班吉的部分”所做的那样，莫言将自己限定在男孩小虎的视觉范围内，而小虎“总是迷迷瞪瞪的，村里人都说他少个心眼”。因此，他被一团令他困惑的景象、声音和气味所包围，这些困惑以他的智力是理解不了的。由此，读者须反复地读，才能读出连贯的含义，每读一遍都加深了对作品的理解。整个故事的情节在第一段里就全交代下了，但只有读完了整部小说才能弄懂故事的意义。这是典型的福克纳手法，福克纳在《喧哗与骚动》、《我弥留之际》、《押沙龙，押沙龙！》及其他作品里都使用过，它要求读者在听完叙述者从几个角度讲述的同一个故事后再来领会故事的真谛。所以说，读者又是这一创作过程的参与者。当我们读到小虎在摔下来之前，从树上往下看全村及整个大人世界，象征着下面被暴力与不忠所笼罩的邪恶、腐朽的世界时，我们想起了《喧哗与骚动》里的一个画面——还是小孩子的凯蒂·康普生爬上梨树观看奶奶的葬礼，她衬裤上的斑斑泥迹被树下的孩子们看见了，预言了贞洁、优雅的凯蒂日后的堕落。当小虎投身“难以忍受的寒冷”的河水时，我们再次想到昆丁·康普生亦绝望地跳进了马萨诸塞州剑桥的查尔斯河里。

我认为莫言写《枯河》时已读过福克纳了。他的文体以意识流的形式展开，丰富的想象似乎要把读者淹没。小说反映出某种超现实主义的意象，运用外部世界的具体细节将我们带入内心情感的困惑与焦虑的现实中来。这不是模仿福克纳，而是莫言在艺术手法上成功的创造性运用。

当然，莫言也明确承认过这一借鉴。他在 1987 年的一次采访中曾说：“我甚至有点儿崇拜福克纳……”在更早些时候的 1986 年题为《两座灼热的高炉——加西亚·马尔克斯和福克纳》这篇短文中，他作了更详细的解释：“我在 1985 年中，写了五部中篇和十几个短篇小说。它们在思想上和艺术手法上无疑都受到了外国文学的极大影响。其中对我影响最大的两部著作是加西亚·马尔克斯的《百年孤独》和福克纳的《喧哗与骚动》。”加西亚·马尔克斯受福克纳的影响很深，依据福克纳的约克纳帕塔法县的系列小说，他如法炮制出南美的马贡乡镇系列长短篇小说，莫言这里谈到的是同出一曲的文学传统和艺术手法。

给莫言深刻印象的，他说，是福克纳在时间和意识流方面的文体创新；对他更为重要的是福克纳的训示:“过去的历史与现在的世界密切相连,历史的血在当代人的血脉中重复流淌,时间像汽车尾灯柔和的灯光,不断消逝着,又不断新生着。”他还引用艾伦·塔特的格言:“地区主义在空间上是有限的,在时间上则是无限的;地方主义在时间上是有限的,在空间上则是无限的。”并评论说,加西亚·马尔克斯和福克纳都是地区主义,因此都“生动地体现了人类灵魂家园的草创和毁弃的历史,都显示了人类社会发展的螺旋状轨道”。他重申了福克纳的信条,过去不会过去,它永远是影响人们现在的行为的一部分。

莫言很快又补充道,他觉得自己就好像是这两座“灼热的高炉”中间的冰块,必须逃离这两个高炉,回到自己“邮票大的故乡小镇”,像福克纳那样描绘自己灵感的火花。“要想不死,”莫言说,“我必须坚持以下几点:树立一个属于自己的对人生的看法;开辟一个属于自己领域的阵地;建立一个属于自己的人物体系;形成一套属于自己的叙述风格。”换言之,他绝不能模仿他们,而是通过他们发现自己的“用以观察大宇宙的微观世界”。随后的作品也表明了莫言要成为有自己风格的人的决心,这在他的代表作《红高粱家族》里明晰地反映出来。

《红高粱家族》最初是在1986年以独立的五个部分发表在文学杂志上的,1987年结集成一部长篇小说,受到了中国老百姓和评论界的欢迎。巧合的是,莫言与福克纳走的是同一种模式,福克纳也常分别发表小说,然后把它们修订成长篇,比如《没有被征服的》、《去吧,摩西》、《村子》等。西方对这部小说的了解始自于1988年张艺谋导演的电影《红高粱》剧本,写这个剧本,莫言主要用了小说的前两章作素材。电影《红高粱》在第三十八届西柏林国际电影节上被授予金熊奖,并获得了世界各国评论界的好评。由霍华德·戈德布拉特(Howard Goldblatt)翻译,瓦伊金/企鹅(Viking/Penguin)出版社出版的小说《红高粱家族》英文版(*Red Sorghum*:*A Family Saga*)将在美国出版。

《红高粱家族》较其短篇小说,更为完整地表现出莫言对在中国偏僻的农村,人的本性如何面对生活中存在的残酷磨难与悲剧环境所表现出的深刻的洞察。正如迈克尔·S·杜克总结的那样:

> 莫言笔下的中国农村是一个梦魇般的无知、贫穷和残酷的世界,充满被些微临时的善良、友谊和爱情所减轻的痛苦、忧伤和灾难,无理性的暴力渐渐将他的主人公吞没,并引领他们走入不幸或死亡。

曾有人引用莫言自己曾说过的话:“对我来说,人生只是一个痛苦的故事。”虽然福克纳的小说因其主人公的幽默和浪漫而痛苦感有所减轻,但是两位作家都有一种悲剧的视觉，都描画了人类在不可抗拒的自然的与社会的环境力量下面，在沉沦之前，为能抓住几缕尊严和自尊所作的绝望的抗争。

两位作家都把他们的家史及个人经历写进悲剧结局的寓言故事里。莫言的朋友刘毅然（音译）这样说起他：

> 小时候他挨饿……长大后干地里的活，给人砌砖和打零工，饱尝人间疾苦，中国农民所受的苦他都受了。……他被扭曲了的生活使得他的写作不合常规，赋予它强烈的现代性和典型的中国农村风味。莫言的命脉与养育他的多灾多难的土地息息相连，深植于这土壤里的根养育着他也折磨着他。

他们同是农民出身，都理解种田的艰辛和面对自然界最残酷面时的不易，理解躬身在地里创造并得到季节所赐予的礼物时的那种收获感和美感。这种态度在作品中表现了出来。莫言在小说开始时这样写道："故乡的黑土本来就是出奇的肥沃，所以物产丰饶，人种优良。民心高拔健迈，本是我故乡心态。"和福克纳一样，他尊敬这块土地和在这块土地上耕作的村民。

但是，《红高粱家族》远不是只反映种田生活的艰难与美好，它是一部从1923年到1976年跨越半个世纪的史诗，描述了那些年里中国社会大动荡——军阀与当权者的争斗、共产党的逐步掌权、抗日战争和文化大革命，对山东省高密县一家三代的冲击。故事不是按年代顺序展开的，而是通过几位叙述者的感受在时间上前后跳跃，读者需要自己将各个事件有序地连接起来，但猜不出后面将要发生什么。

举例来说，在第一章"红高粱"里，叙述者是那个无所不知但又常常什么也不懂的孙子，他深居父亲豆官的心灵深处，与还是小孩子的父亲一起经历了上述事件。既然叙述者不可能真知道当时他父亲在想些什么，只能根据父亲告诉他的进行再创造，因而，在某种意义上叙述者是小说的作者，又是参与者，同样意义上昆丁·康普生在《押沙龙，押沙龙！》里对他的哈佛同屋施里夫·麦康恩起了同样的作用。对叙述者的相信程度就要根据我们自己而定了。

莫言的叙述者以1939年他们家发生的事件为导火线，那时他父亲14岁，跟着他那不合法的爷爷所领导的队伍，去胶平公路伏击入侵的日本鬼子，保卫家园。随着对家乡的杂牌军奔向指定的集合地点、奔向死亡的描述，叙述者由印象主义的自由联想具体详细地描绘出了农村高粱地的美。历史与现在像一张没有接缝的网合在一处，将主人公带向不可抗拒的命运。莫言和福克纳笔下的土地都曾受到外族入侵，当地的人民奔赴前线英勇捍卫家园的尊严。第一章的主角是戴凤莲——叙述者的奶奶，她在村民与鬼子的交战中被打死。她是个现实、自由、精力充沛的女人，逐渐挑起了神话般的女当家的责任。人们怀疑她有许多情人，她被说成是“抗日的英雄，也是个性解放的先驱，妇女自立的典范”。她“蔑视着人间的道德和堂皇的说教，表现着人的力量和人的自由，生的伟大爱的光荣”。她丰满的形象不仅仅存在于她活着的三十年里，她赋予后辈生命的力量，其影响绵延了几代人以至她的孙子——小说的叙述者。虽然福克纳小说里没有她的对应形象，但福克纳确实在其作品中描写了许多强有力的、有着自由精神的女性，如《没有被征服的》里的米勒德夫人，她做贩马生意，在与歹徒作最后一笔愚蠢的交易时丧生；还有女扮男装参加内战并且引诱继子的德鲁希拉·霍克斯；或者《八月之光》里的人间女神莉娜·格罗夫，怀孕或情人的背叛都不能阻止她去阅历人生。女性在两位作家的创作世界里都起着举足轻重的作用。

如果说奶奶是第一章里的主角，那么爷爷便是第二章“高粱酒”里的主要人物。余(占鳌)是一个狂放不羁的反叛人物，在他身上，勇气和鲁莽常常超过理智。他自小一人长大，13岁那年杀死了与母亲私通的天齐庙里的和尚，母亲也在悲痛中上吊死了。他给人打零工，后来成为技术精益求精的赌徒，被县长抓住，再后来便进赁行当了轿夫。在抬奶奶成亲的途中，路遇劫路人挡道，瞥见了轿中的奶奶并爱上了她。他收拾了劫路人，在高粱地里占有了奶奶，杀死了她患麻风病的丈夫和丈夫他爹，进了烧酒作坊，成了奶奶的情人，保护她，和她有了孩子。土匪花脖子将奶奶绑走后，他冒死施诡计将土匪全部打死。余是那种传奇小说中的人，具有反传统的无所畏惧的勇气，对此，充满敬佩的孙子写了这部小说，旨在呼唤逝去了的英雄岁月。福克纳笔下的许多人物，最值得注意的是《八月之光》里的雷维恩德·盖尔·海托华。虽然他们生活在不同的时代而且毫不相干，莫言和福克纳似乎找到了他们民族的英雄岁月中的辉煌和令人刮目相看的残暴，这些正是我们不得不居住于此的苍白的现代社会所没有的。余将尿撒进酒坛子里，恰巧酿出了醇香无比的高粱酒一节，代表了福克纳所欣赏的那种乡下幽默。

时间和篇幅都不允许对《红高粱家族》的后三章做详细解释了。每一章都以其精湛的叙述技巧和情节转折令读者惊叹不已。如第三章“狗道”，我们进入的是群狗的情感世界，为了活命，它们与日军袭击村子后活下来的幸存者展开了殊死搏斗。第四章“高粱殡”，我们目睹了奶奶大殡的日子里的激烈枪战以及家谱关系的进一步复杂化。第五章“狗皮”，其中讲述了叙述者的二奶奶被黄鼠狼精魔怔住了，直至请来山人驱邪后才咽下最后一口气的故事。最后，叙述者回到了家乡，重访故乡“最英雄好汉最王八蛋”的历史，使自己能够面对微不足道的现实世界。

莫言以其叙述技巧和结构手法反映了福克纳的影响，他描写的悲剧主人公陷在对往昔的眷恋之中，他的叙述者们善于从自家的家世史中创造出他们对过去的英雄岁月的阐释。也许，即使不遇到福克纳，莫言也会如是写，写许多，因为他们共同有着受到

20 世纪政治和工业入侵粗暴冲击的以农业为本的社会圈子的背景。交融也好，影响也好，对莫言来说，对其他世界级作家也一样，重要的是福克纳的榜样，而不是直接对其主题或技巧的采纳。福克纳对传统叙事手法的挑战和再创造的精神，他将自己直接、局部的经历和情感现身说法使世人皆知的能力，他认为无论是男人还是女人都能经受住人类历史长河中发生的最悲惨、最具破坏力的事件的态度，所有这一切，都在召唤着各国的天才作家们，其中就有中国的莫言。

魔幻现实主义地描写中国农村

◇[日]藤井省三　胡以男译

一、莫言——中国的加西亚·马尔克斯

《早稻田文学》曾经编辑过一本《现代中国小说》的特辑(1985 年 4 月号),评论家铃木贞美给此特集寄来了随笔,介绍了他前年秋天访华时与青年作家郑万隆的谈话。

我询问了中国的郑先生这一代人对文学关心的状况。

他回答说消化 20 世纪文学的方法是我们的课题,还提到了乔伊斯的名字。当谈及加西亚·马尔克斯时,郑先生说:"听起来也许是豪言壮语,但我认为像加西亚·马尔克斯那样的作家,不远的将来在中国也会出现。"

1985 年 2 月,莫言发表《透明的红萝卜》以后,又以势不可挡的气势连续发表了长篇小说《红高粱家族》、《十三步》、《爆炸》、《欢乐十三章》以及中篇小说《红蝗》等,深受人们的关注。《红高粱家族》几年前在日本也博得好评,它的日文版分上、下两册,超过了 500 页。这个故事是以莫言的故乡、位于山东半岛西部胶莱平原中部的高密县东北乡为舞台,当孙子的"我"讲述的一个家族半个世纪生死存亡、动荡不安的故事。

莫言这一笔名大概是根据真实姓名管谟业所起的吧。不管怎么说,这位具有旺盛写作能力的作家自称为"莫言"的确是意味深长。所谓莫言究竟是什么意思呢?

以前《人民文学》(1987 年第 1、2 期合订本)发表中篇小说《欢乐》时,作品末尾曾有过一段奇妙的作家介绍。我想首先引用它来介绍一下莫言的简历:

> 莫言　山东省高密县人。生于 1956 年。自小热爱共产党,热爱祖国、热爱人民、热爱劳动。当一名光荣的解放军战士是他终生的愿望,当兵后他又想加入共产党,入党后他又想当官,当官后他又想写小说混入中国作家协会。现在他想认

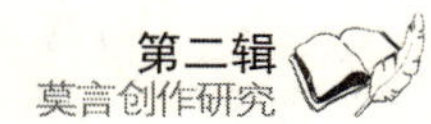

真攻读马列主义，全心全意为祖国服务。生活困难时期，他饿坏了脑子，神经系统不太健全，喜欢胡言乱语，但说过就忘。他富有批评和自我批评精神，勇于向真理投降，欢迎批评，从不记仇。

这简历大概出自莫言本人之手。不过，想要得到他本人的证实大概很难，因为"神经系统不太健全，喜欢胡言乱语，但说过后就忘"，所以莫言本人也许会回答说记不得了。

二、人民共和国的村落

在莫言作品里我们发现"与从宣传性文艺作品中出现的农民形象大不相同"的中国农民的天性，这的确很有意思。农民"政治上被愚弄，经济上被剥夺"的人民共和国史，究竟是怎样一部历史啊？

1. 从解放到压抑。

在中国，人民革命被接受为解放的期间，可以说是1949年中华人民共和国成立之后的仅两三年时间。进入50年代，城市里相继进行了"三反"(1951)、"批判胡风"(1955)、"反右斗争"(1957)等，先后有许多知识分子被开除公职，或被送到劳改收容所改造。

在1966年至1976年的"文革"中，知识分子遇到了更大的灾难。在文艺界，老舍、赵树理等许多知名作家惨遭杀害或被迫自杀。尽管如此，只要给城里的知识分子一点儿机会，他们还是能够亲自动笔写文章。"文革"期间，城里的知识分子和下放到农村的城市学生所尝受的苦难记录，在日本也广为人知。

但是，人民共和国的最大受害者还要数占人口80%的农民。

革命前的中华民国时期，不到农村人口10%的地主和富农拥有全部耕地的70%～80%。1935年，在共产党内掌握政权的毛泽东，将地主的土地无偿没收，实行了土地归农民所有的政策。人民共和国成立前后(1946～1952)又进行了土地改革。当时，农村的阶级划分为地主、富农、中农、贫农、雇农等五种，中国阶级的中农根据其雇人的情况再划分为上中农和下中农两种。而且，下中农以下被定为好出身。收进本书的《白狗秋千架》中，有一个场面就是由村长"郭麻子大爷"代表贫下中农去慰问来村里的解放军团干部的。

1952年底，土地改革结束，全国诞生了3亿自耕农，产生了小农经济，农业生产也得到了顺利发展。

但是，随着1953年第一个五年计划的开始，为了用农产品和工业产品不等价交换得来的资金促进重工业化,在实施了农产品的义务收购制后又实行了农业的快速“社会主义集体化”。因此,农民的生产积极性大大减退。1956 年,刘少奇、周恩来建议缩小集体化计划,但是第二年,毛泽东开展了批判“右倾保守主义”运动,将此政策进一步推行。1958 年,共产党实行大跃进政策,在全国组织了 24000 个人民公社(平均 500 户一个),完成了集体化。但就在大跃进期间,推测中国全国共饿死了 1500 万~2500 万人,据说大部分是农民。由于大跃进的政策,农民被动员去搞大规模水利建设,没有去搞本来的农业生产。与此同时,人民公社的共产党干部却将农业产量浮夸为天文数字向上级报告。虽然城里的粮库里从农民那里征收来的粮食堆得满满的,但还是发生了农民沿街乞讨甚至饿死的事情。

中国的历史是农民起义的历史,但在大跃进期间,为什么没有发生农民造反呢?

一个重要原因便是,能够成为造反活动的核心人物已从农村消失。这些核心人物便是富农、中农等自耕农。

但是,在人民共和国里,通过土地改革,这些人已经没有势力了。

2.经济改革下的农村危机。

1976 年毛泽东去世,紧接着逮捕了“四人帮”,“文化大革命”结束了,70 年代末建立了邓小平体制(以 1978 年 12 月第十一届三中全会为标志)。邓小平体制为了解除 70 年代中国经济明显的停滞,对内实行经济改革,对外实行开放政策。为了解除农村的经济危机,着手进行农业改革,大幅度提高了粮食收购价格,接着引进了生产责任制,把生产资料分给农民,农田再次分配到户。到 1984 年,中国原有的人民公社全都解体了。

以前在农业集体化政策下经过数年建成的全国性的人民公社化,可以说是进行了 30 余年宏大实验的结果,只在一瞬间便消失了,中国又回到了人民共和国建国初期的小农制。但是,既然传统的小农经济已经解体,“农民与大地之间那种衣食父母般的感情”被割断了,那么要恢复原来的小农制是极为困难的。加之随着经济改革,在农民中间涌现出一大批弃农经工、经商、搞运输的人们(个体户)。

现在呢,人民公社解体了,原来的村落共同体也未能重建,中国的农民失去了社会连带关系,农村面临着新的社会问题。收入本书的《金发婴儿》中和婆婆一起留在村里的那位解放军军官的年轻妻子,私下里爱上了村里的青年黄毛,最初两人关系迅速发展的舞台,就是农村经济改革之后,从事农活的人不断减少、“看到人影还以为是遇到妖怪”的田野。

一直伸展进天地相接的帷幕中去的田野上好像只有他和她两个人,泥土的腥气撩人心弦,生命的搏动声充斥天地。

“以前,在生产队干活时,男人和女人在一起,可比现在热闹多了。”正如黄毛叙述

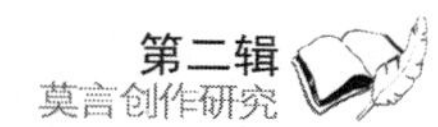

往事所说的那样，近几年的经济改革，给中国农村带来了前所未有的、完全不同的空间。

三、关于寻根文学

在中国，1985年，青年作家们一起开始倡导“寻根文学”。韩少功、贾平凹、阿城、郑义等寻根文学派的大多数作家们从十几岁到二十几岁的青春期是在“文革”中度过的，都具有数年下放或流浪的经历。他们以故乡和下放的农村为舞台，开始写展现当地的风俗和传说的作品。郑义的《老井》、阿城的《棋王》等可以说是其成果吧。

许多文学评论家阐述说，寻根文学派抗衡了儒家的正统文化，他们从曾经在乡土中开花的传统文化里寻求自己的根。例如：郑义寻的是山西太行山派的文化，韩少功寻求的是湖南省西部的楚文化，李杭育寻求的是钱塘江的吴越文化。但是，在中国，汉文化已经融合在秦汉以来两千年的历史长河之中。当然，有人对他们所寻求的根是否果真存在抱有疑问。

中国文学自19世纪末20世纪初诞生以来，直到现在，主要体现的是城市知识分子的心声。中华民国期间，虽然包括鲁迅的《故乡》在内，有许多农村题材的名作问世，但其作者都是农村和小城市里的富豪子弟和在故乡受了几年教育后，去大城市上学或就职的新兴知识阶层。就连在革命战争时期被称为“人民文学”之星的赵树理也具有师范学校的学历。现代寻根文学派的郑义、阿城也都是出生在北京等大城市里。

在这样的中国文学格局中，莫言实是少有的例外。他在农村只读到小学五年级，便被迫退学了后来一直是自学。他作为一名士兵加入解放军时才20岁，直到1984年，才终于进了解放军艺术学院文学系。莫言正是以对农民的真切体验，真实地表现了高傲不羁的自耕农民自由奔放的天性，以及现代后裔们的黯淡情念。

四、危险的文学——莫言的魔幻现实主义

加西亚·马尔克斯曾这样说过：

> 作为我个人来说，我认为我自己是十足的唯美主义者。但是，决不会因为是唯美主义者写的文学，而削弱文学在社会中的影响力。……不管是不是唯美主义者，如果在拉丁美洲是一位诚实的作家，那么其所依据的基础仍然是拉丁美洲的现实。

那么所谓拉丁美洲的现实是什么呢？那就是包括从原始到现代的人类生活方式在内的、具有强大力量的社会和历史所展开的现实。如果想要完全抓住这个现实，那在学问上不要去碰它，而不得不借助于完全与此相反的小说。从那里将产生出这样一种风格，虽然着重于对美的描写，但是不能违背社会现实。

我想要说的就是，一位诚实的作家如果要现实地描写自己的国家，那就应该自然地将政治和社会的传言写进去。

莫言本人在本书末尾附录的《我的坟墓》这篇不可思议的作品集序中自白道：

> 今天我如果要哭，就是哭我倾注到小说里的感情掺了假，感情一旦掺假，就变得一文不值，而长期的盛情掺假，就会成为一种心理惯性，就会连自己也分辨不出什么是真感情，什么是假感情，最后连自己是类人猿还是类猿人也搞不清楚了。

莫言作为一名诚实的小说家，在现实地描写从中华民国到人民共和国，一直到现在的中国农村时，采取了魔幻现实主义的手法，从而写出了充满时空感和生命感的世界。而且正是这种充满想象力的文学，对传统意识形态的批判是深刻的。

（原载莫言短篇小说集《来自中国乡村的报告》，日本ICC出版局1991年版。本文在译介时，曾略有删节）

英文版《爆炸及其他故事》引论

◇[英]加内斯·威克雷　杨守森译　季广茂校

莫言(原名管谟业),是一位富有冲击力和独创性的作家,他的作品对中国农民灵魂的剖析入木三分,他的获得国际性声誉的作品是长篇家世小说《红高粱》,依据作品改编的同名电影,已荣获1988年度柏林电影节大奖。地处山东的高密县东北乡,构成了莫言《红高粱》和其他大多数作品的背景。在对高密县的描述中,历史线索、家庭故事、民间传说、民歌民谣和幽默感等,交融一体,浑然天成,勾画出了乡村中国的缩影,"毫无疑问,那是地球上一片最美丽最丑陋、最超脱最世俗、最神圣最龌龊、最英雄好汉最王八蛋、最能喝酒最能爱的地方"。

正如莫言所说,这是一个什么事情都可能发生,也常常会发生的地方,这本小说集表明了这一点。对于中国农民粗犷生命中的豪放不羁和优美纤巧,作者均以敏锐的感觉、冷峻的目光、辛辣而又幽默的笔调进行了深入揭示。在中国当代,有不少描写农村生活的作家,是"文革"期间上山下乡接受过贫下中农再教育的"知青"。莫言则不同,他本身就是一个地地道道的农民。1956年,他出生于高密农村,他就是他作品中所描写的农民的一分子,他曾亲身体验过农民的希望与梦想、情欲与凄苦、失败与沮丧。时行的现实主义讨论不怎么关心他,因为在这些作品中,他既没有写改革的必要性,也没有写改革的艰难,没有写经济上的倒退或政治逆变,甚至也没有写文化方面的危机景象,而只是写了特定社会的人类情绪和行为。当然,这个社会也是上述诸因子交融的产物。这些人物不是消极无为的,为了自由,为了主宰自己的命运,为了从繁重的体力劳动、既有关系网络、性压抑,以及传统道德习俗中解放出来,他们行动,他们期待,尽管采取的方式是多么有限和扭曲。经过了与世隔绝的几十年之后,莫言这一代作家接触了琳琅满目的当代外国作家作品的汉译本,对于莫言来说,其中最重要的是福克纳和马尔克斯。莫言生动想象出来的小说世界"高密县",就很近似于福克纳笔下的那个"约克那柏陶伐郡",发现这一点不必大惊小怪。莫言锐不可当的语言气势,无标点语言的使用,以及强烈的主体性,也时时激发人们想起美国作家的语言和文体。1984年,马尔克斯的《百年孤独》在中国翻译出版,也极大地影响了中国的整整一代作家。而马尔克斯本人,也是深受福克纳影响的。

无疑,从福克纳到马尔克斯,从马尔克斯到莫言,文学影响的主流并没有终止。迈克尔·伍德曾经说过,拉丁美洲的"爆炸"文学(西班牙和中国人称之为"魔幻现实主义")作家,"不仅使自己摆脱了天真幼稚而又认死理儿的现实主义,而且还把其他作家和读者从有关束缚中解救出来。其中,马尔克斯最为重要,因为他闻名世界"①。对于这种开放模式,中国作家作了敏锐的回应。莫言就讲过他阅读《百年孤独》时所受到的"认知冲击"。莫言适时地富于创造性地借鉴了魔幻现实主义。莫言关注能使他达到目的的外来影响因素,同时也注意将其与民族传统因素,诸如民歌和具有超人力量的传奇故事等熔为一炉。莫言把现已为人熟知的魔幻现实主义技巧和他本人的文体风格完美地统一在一起。莫言的文体风格包括强烈的主观色彩、语言上的诗歌质素,以及人类与动物、自然界的互渗交叉等。因此,莫言的作品特别适合于西方读者。这部小说集中的作品,大多发表于1985年到1988年之间,它们充分证明了作者的创作才能,也能解释为什么他的作品会被描述为"既有很强的现代性,又有典型的乡村中国风味"②。

这部集子中收进的两部较长的作品(指《爆炸》和《金发婴儿》——译者注)的风格和语言,都相当新颖别致:对话的标志省略了,对话、情绪和描写等,往往交融为一种多层次意义网络,其精致缜密的肌质通常体现为冗长的复合句,以及形容词的连篇累牍的运用。莫言镂金错彩、繁华奢侈的语言,与通常描述对象和情形时使用的普通的、干枯的、令人生厌的语言恰成鲜明对比,这无疑赋予它们一种具有讽刺效果的高贵感。大自然的五颜六色与人们日常生活的单调乏味,也几乎构成了令人窒息的对比。光明和黑暗是如此分明;连气味和声音也有了形体和色彩;一只公鸡,也在向人类投以轻蔑的一瞥。

莫言是在20岁那年离开家乡参加了中国人民解放军的,但像他《爆炸》中的主人公一样,他受到了作为一个儿子、丈夫和爸爸的多重身份的束缚,他正是要通过写作,来探讨他被异化的程度和无可逃避的状态,来探讨高密乡村百姓生活的挫折和罕见的成功。《爆炸》的主要情节是:主人公(即小说中的"我")坚持要妻子将第二次怀孕的胎儿流产,而他的家庭则希望传宗接代。但情节冲突的焦点是,丈夫极力维护自己独立行动的权利,他要打破传统血缘和不幸婚姻的羁绊。在贫穷落后,有着愚昧习俗和传

① Michael Wood, *Garcia Marquez: 100 Years of Solitude*, Cambridge University Press, 1990, p. 104.

② 刘毅然:《我所知道的莫言》,《中国文学》1989年第4期。

统伦理关系的农村，流产，是这位丈夫个人决定的一种行动。对此，作者的态度也显得异常矛盾和复杂，作品自始至终都交织着生与死的意象，而作品中包括医生在内的其他人，对是否赞成流产则没有任何暗示。随着故事的展开，一只狐狸在作品中出现了，一群人在田野上欢叫着追逐它。狐狸不时回头轻蔑地扫视着捕猎者，终于逃掉了。读到这儿，人们会产生这样一种感觉，那就是人的失败，至少部分地归因于：他力图获得自由的方式是残忍的。

在《爆炸》中，没有标志的对话，过去与现在、真实与幻想共存的非线性叙述，构成了作品中精细的现实，一幕又一幕，真切自然，荒诞不经和日常生活难分轩轾。那些精细的现实不时又被各种各样的“爆炸”粉碎了：一阵隆隆的声音，一段回忆，出没于街头巷尾的爆玉米花者（虽无姓名，但却有生动的描绘），以及狐狸的从天而降。甚至连丈夫第一次称呼妻子的姓名都引起了一阵冲击波：他们两人都吃了一惊。

在这部小说集中最长的作品《金发婴儿》中，感情与性的压抑，以及社会对人的精神限制和人际关系的困窘等主题，再一次被表现了。在《金发婴儿》中，莫言采用的仍是他所熟悉的农村生活和部队生活。小说主人公叫孙天球，是部队的一名政治指导员。因家中双目失明的老母需要有人照料，他不得不娶了一个农村姑娘做妻子，但他对妻子却没有什么感情和欲求。他从感情上被扭曲了。后来，他在故乡的一处风景点看到了一尊年轻妇女的裸体雕像，这尊雕像深深地吸引了他，他的欲望终于被渐渐唤醒了。于是他试图把这种情感转向妻子，但不料，他竟发现妻子正与一位年轻农民关系暧昧。随着他对那尊“无生命”的裸体女像的迷恋加深，他也越来越虚伪。作为一名部队的政治指导员，他试图以道德和政治主宰者的身份，禁止普通战士们观看那样的雕像——一瞥都不允许。

在《金发婴儿》中，自始至终，自由与“文化”限制、本能与社会规范也时常构成鲜明的对比。孙天球的妻子紫荆与她的农民情人之间坦诚自然的感情，对于孙天球自己虚伪压抑的复杂感情而言，恰好构成一种讽刺。与《爆炸》中的冲击强度相比，《金发婴儿》显得更为严酷，充满了不可回避的宿命色彩。这儿没有狐狸，没有什么得以逃脱了。

像孙天球一样，莫言笔下的男主人公，不是肉体的无能者就是精神的畸形儿，却在某种程度上疏离社会。相反，他笔下的女主人公，即使那些正在遭受着病残之苦的女性，像《断手》中的留嫚，也很少疏离生命的本性，反而更能表现真诚的情感。像留嫚，像《金发婴儿》中的岳母，都能挣脱传统习俗的、男性权威的，以及社会期待的束缚，尽管这可能只是暂时的。

《金发婴儿》中的某些描写虽然有点儿散漫和离题，但却提供了一系列感情压抑和性压抑的鲜明生动的画面。在中国，这篇作品因其性内容和悲观色彩，曾经受到过粗暴批评。也许正因其苛刻的批评,作者将其视为个人特别喜爱的作品之一。

在这部集子中另外一些较短的作品中,也可以看出作者的艺术笔力,也在很大程度上表现了作者抑制不住的幽默感和尖锐的讽刺才能。以真正文学的眼光来看,《老枪》是最为成功的,因为作者用一些他长篇作品中惯用的密集叙述的段落,巧妙地表现了一个不可抗拒的命运的故事。《苍蝇》和《飞艇》,则突出表现了作者的幽默风格。《苍蝇》写的是上级前来检查部队生活时的欢闹场面;《飞艇》表现的是,一架坠毁的飞机,在贫穷闭塞的乡下人的生活中所引起的反响。《断手》中,描写了一个中国对越战争中伤残的老兵的故事,它又一次使用了莫言部队生活的材料。这篇作品富有积极意义的结尾,在莫言的作品中是一个少有的例外。

依据语体和内容,对莫言作品丰富性进行任何概括,都是危险的。一旦对某一作品进行概括,往往会令读者得到这样的结论:那就是作者对生活持有冷漠悲观的见解。然而,不管莫言提供给我们的关于农村生活的画面是否感伤,是否凄凉,他作为一位作家的天才,他的真诚、幽默,以及异常生动丰富的语言,都使他的作品有一种令人愉悦的可读性。

感谢我的翻译研究中心的同事们,他们是:伊娃·洪、楚驰裕(音译)、邓肯·休伊特、D. E. 波拉德和哈丽雅特·柯劳姆斯。是他们,对本书的翻译出版提供了大力的支持和帮助。这里,特别要感谢邓肯·休伊特,是他成功地翻译了本书中的《老枪》和《苍蝇》。

(原载《爆炸及其他的故事》,香港中文大学出版社 1991 年版)

纵向剖析与立体透视

——谈理论专著《怪才莫言》与《莫言论》

◇张军锋

莫言的小说创作给当代文坛带来了强烈的审美震荡。人们惊奇着：这样一位侧身行伍的农民子弟为什么会骤然间腾空而起，爆发出如此旺盛的创作活力？是什么赋予了他的作品那样狂放的情感、浓烈的色彩和奇异的想象？他的“怪味”源自哪里？

伴随着莫言一系列作品在文坛上连连爆响，莫言一度成为评论界关注的热点，除了见诸报刊的大量评论文章之外，目前已有两部研究专著问世，这就是张志忠著的《莫言论》①和贺立华、杨守森等著的《怪才莫言》②。两部专著的问世，标志着莫言研究的日趋深入。

正是在综合了近几年来莫言研究的成果基础上，两部书稿对莫言创作进行了更为深刻、更为全面的理论剖析，更为系统地阐明了莫言创作的背景、特点及对当代文学的贡献。两部书稿在透视莫言的角度、把握莫言的方法以及整体构架方面虽各不相同，但均达到了相当的理论深度。

《莫言论》作为莫言研究的第一部专著，主要是以莫言的创作历程为线索，并将其置于当代中国文学乃至整个当代文化的大背景上，给予了深入、全面的考察，从全书的内容与结构可以看出，论者以敏锐的理论眼光准确地把握住了莫言创作的艺术核心——生命感觉和生命意识，并以此作为透视莫言创作的理论突破口，这可谓切中了莫言创作的特质。论者由莫言压抑的人生体验，探究了其独特的艺术视角；透过生命意识、感觉爆炸的表层，精细剖析了以“红高粱”为中心的艺术世界。并在中国农民文化的宏观背景上，对莫言所营造的“高密东北乡神话”、蓬勃洋溢的“酒神精神”作出了独到的价值判断。论者还以这种生命意识的探究为中心，逐层剖析了莫言营构的生命

---

① 张志忠：《莫言论》，中国社会科学出版社 1990 年版。

② 贺立华、杨守森等：《怪才莫言》，花山文艺出版社 1992 年版。

世界的各种形态:诸如生命感觉、生命欲望、爱情与死亡,以及生命的图腾、悲剧形式等。此外,论者还注意分析了莫言与贾平凹、阿城、韩少功等作家的差别,以及与富有生机的民族传统,与福克纳、马尔克斯等西方现代主义作家的关系等,从而多方面探讨、论证了莫言作品的丰富意蕴和独特的审美价值。

对莫言融历史与生命为一体的审视历史的角度以及对莫言创作感觉—生命—艺术的生命形式的探索,无疑是《莫言论》中最富创见的部分。论者称莫言的创作展示了生命的历史,展示了历史长河中腾挪变化、浮浮沉沉的生命之潮,这不同于常见的文学作品中那种历史—人物—历史的叙述视角,即把人物放在经理性分析之后的历史中进行描述的视角。莫言突出的是生命的个体存在和个人在历史中的活动阈限,是在生命的盲目性的奔突涌流中探究生命底蕴的。他的高密东北乡的神话世界,就是对民族文化心理积极的同化和改造。这种见解深刻而直观地概括出了莫言的创作特点:即以生命感觉营造他的艺术世界,生命以其感觉而存在,并且由这感觉转化而为美感。正是透过这样的转换,论者把握住了莫言创作的艺术贡献,因为在这样的转换中,艺术地掌握世界的方式变化了,艺术的表现范畴也就拓展了。因此可以说,莫言不仅仅是给当代文坛增添了一些优秀作品,而且是在文学创作的本体论和方法论上,都给了人们以新鲜的启示。该书还以两章的篇幅对莫言的艺术感觉进行了详细探讨,从微观角度研究了莫言创作的时空变化、感觉重构和文体特征,这都是对莫言创作经验富有创见的总结。

要正确地评价一位作家,首先要把握住理解作家的基点,这一基点把握的准确与否,往往是决定作家论成功与否的关键。张志忠在《莫言论》后记《对农民文化的思考》中明确提出,生命感觉和农民文化是理解莫言的两个基点,也是莫言创作最突出的特征。他就是以生命感觉为引线,透过其生命世界,把握莫言农民文化的内在意蕴,因为莫言是中国文学史上罕见的来自农民而又始终保持着农民的情感方式和思维方式的作家。对这一论断可能引起的不同意见,徐怀中先生在该书序言中早有评价和预感:"……他以莫言为观照点,辐射到整个农民文化的传统结构,并由此透视出莫言创作的优长及局限性,特别是他对中国农民文化带给莫言创作的消极因素的分析,可谓见人所未见,尽管这一点也许并不是所有人都可以认同的。"生命感觉和农民文化的理论概括,的确触及到了莫言创作中的一些本质问题,但把它们作为理解莫言的两个基点,并由此推论出莫言创作内在气质上的农民文化品格,今天看来似乎在理论上是有点儿偏颇的,恐怕曲解了莫言创作的文化特征。因为我们越来越清楚地看到莫言创作本质上是与现代主义相通的,这在他的《红蝗》、《十三步》等作品中体现得尤为明显。而恰好这些作品是在《莫言论》书稿大部分已完成的情况下面世的,可见论者在构思全书时,是没有来得及把这些在莫言创作中出现的新的美学倾向纳入自己的理论视野的,因此

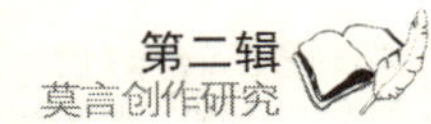

出现上述偏颇也是完全可以理解的。

张志忠在该书后记中还提到:由于论述上以生命感觉为引线,使书稿在内容上具有一种内在的脉络贯通和整体意识的同时,也必然会“舍弃许多与本文论纲联系不密切,却又是莫言研究中不可或缺的方面,造成无法避免的残缺不全”。

相比之下,贺立华、杨守森等著的《怪才莫言》,则刚好弥补了这一不足。该书对莫言研究中几乎所有重要的理论问题都设立专章,进行了深入探讨。由于每章视角专一,论题集中,因此,该书在理论上较为透辟地提出了许多具有创见性的见解,澄清了不少莫言研究中的是非与偏颇。两位主要作者曾四下作家的故乡高密县,亲临这块养育了作家的丰沃土壤,搜集了许多第一手珍贵材料,使得论者能够从感同身受的高密地域文化气息中,探求莫言文化人格的渊源,达到对莫言创作更深的理解(详见第一、二章)。

莫言创作强烈的现代主义气息和艺术上的叛逆风格,先在地决定了莫言研究也必须运用相应的新方法。该书最鲜明的特色就在于论者选取了多元的评论视角和文学研究的新方法,既以宏观的美学、哲学、文化学、人类学的文化视角,追溯了莫言文化人格形成和创作道路的发展,考察了莫言创作美学风格的演变及其意义,又从纵向和横向的文化承继与浸染关系上深入研究了莫言创作与民族传统的血缘关系和西方现代主义对其创作的深刻影响,并对莫言创作中对现代人生存状态与精神危机的焦灼反思和沉重的忧患意识进行了全面的梳理、研究。

论者正是自觉地站在东西文化大融会和人性反思的文化背景上,对莫言给予高度的文化评价和艺术肯定的。论者认为莫言绝不是一个普通意义上的乡土作家或“寻根”作家,更不是一个农民作家;他虽然是一个地道的农民之子,但他表现出的却是一种博大的现代文化眼光,流露出来的是与世界性的现代文化意识相通的脉绪(见第七章)。相对于把生命意识和农民文化作为理解莫言两个基点的莫言观,把现代文化意识作为理解莫言的基点,更切中了莫言创作的实际,我们认为这为评价莫言提供了正确的理论前提,从而也为我们准确地判定莫言在中国当代文坛上的意义提供了一个角度和准绳。

评价一部学术著作归根结底并不仅仅看它提出了一个怎样正确的观点或结论,更重要的是要看它是否以深刻的学术眼光令人信服地对新提出的观点作了充分合理的阐述和论证,从而加深人们对论述对象的价值的理解,使其发扬光大。该书正是在这一点上不负众望,显示出较高的学术水平。

莫言作品中沸腾的生命意识、放纵的情感、浓烈的色彩和奇异的想象究竟源自哪里,它与我们民族传统文化有没有血缘的承接关系?这是莫言研究中无法避开的重要问题。论者认为,祖先审美文化的生命密码已经渗入到民族的血液中,是无法逆转的,莫言所表现出的新的审美态度，是祖先审美文化在当代人身上的映射与延伸，是传统文化意识与现代审美观念双向作用下的复合体，他一改过去对祖先文化的审美批判，独具慧眼地挖掘并表现出祖先身上曾经激荡的酒神精神，带着生命蜕变的痛苦与忧患，在蓬勃悲壮的生命壮剧里寻找失落的民族英魂，在审美意趣上也表现出皈依古典的倾向(见第四章)。这一论述不仅使我们看到莫言创作与传统文化无法斩断的血缘关系，更使我们看到民族精神中那些潜在的生命力量的现实意义和莫言创作独具的审美价值。该书对西方现代主义对莫言创作的影响也作了深入探讨，分析了马尔克斯、福克纳等西方现代主义作家对莫言的启示与影响，同时也指出了莫言与他们的本质区别。莫言揭示的是荒谬的时代、贫困的生活和传统道德观念对人性的扭曲，他没有颓废绝望的色彩，充溢着一种坚忍、顽强的乐观主义精神(见第五章)。这种区分有利于我们对莫言创作的世界性意义有一个较准确的理解。

对于莫言曾遭非议与误解的文化和审美上的叛逆精神，尤其是他对传统美丑观念的肆意亵渎，对人类种种丑恶和兽性的直陈和揭露，本书都以当代深刻的文化精神加以阐释和肯定，在这里也最显示出本书的学术锐气。该书认为莫言就是要通过对美的亵渎，通过“恶之花”的创造，打破人们种种美的幻想，以振聋发聩的警钟唤醒麻木的人们，在一个新的哲学高度上反思人、人性及人类生存的困境。莫言受人非议与误解之处，正是他的独特与深刻之处，表现了他对人类前途的深深忧虑和沉重而痛苦的责任感与使命感。在这一点上，他融合了也超越了西方现代主义，在中国当代作家中也是独特的。性与性爱是莫言把握人类本质和社会关系的重要渠道，也是评论者研究莫言审视人与人性的重要切入口。论者指出，莫言通过对现代家庭的解剖、透视，完成了他性爱世界的立体构造，从而把人的生存现实放在一个更广阔的背景上考察，向人们呼唤新的性爱道德(见第六章)。莫言对人性认识的深刻是令人震惊的，他毫不留情地揭露人类的残忍、自私、虚伪、龌龊与丑陋，但他并非要唤起人们仇视人类、悲观绝望的情绪，而是以超时空的人类视角，表达他对人性冷静客观的哲学思考与剖析。对种的退化的现实，莫言在作品中注入了雄健的生机和活力，给人以振奋生命的力量(见第七章)。这些观点对纠正人们对莫言创作的偏见，帮助人们认识和理解莫言的叛逆精神与偏激的审美态度的文化意义，无疑是十分中肯的。

莫言创作给当代文坛带来的强烈的审美震荡，首先是从他创作的外在形态对传统的叛离开始的，他以感觉作为自己独特的思索方式，在语言和叙述方式上也有令人瞩目的艺术创新，众多的评论文章和《莫言论》对此都有过论述，但多是与莫言创作的生命意识和审美变化在一起分析，还没有把这些问题独立到创作文本中去作专门的研究。而《怪才莫言》最富创见的内容之一正是对莫言创作文本的微观研究，从而填补了莫言研究中不可或缺的空白。

感觉和感觉爆炸，是进入莫言文本世界的关键所在，感觉对于莫言非常重要以至于成为他独特的艺术思维方式，论者由莫言的感觉深入到莫言与创作的情绪体验，触及到了莫言与创作的一些本质规律：莫言形象怪异的感觉由痛苦的情绪体验支撑着，情绪浇灌了感觉，使感觉变得浓艳稠密；感觉又强化了情绪，使情绪变得饱满而富有生机，由此看出，莫言的创作既不是从理性到感性，也不是从感性到理性，而是从感性到感性，从非理性到非理性。莫言前后美学风貌的变化，从感觉与情绪的角度看，实际上就是建构意境到解构意境的过程（见第八章）。叙述模式是建构莫言艺术“迷宫”的筋骨，论者运用结构主义方法对莫言小说叙述主体的分化、叙述视角的更迭、叙述结构的复合和叙述基调的对立四个方面进行剖视，指出这种复杂多变的叙述模式使他的小说充斥着多重声音和感觉，呈现出多元复合状态，产生出忧悒与欢乐并存、惨烈与悲壮共生的审美效果，从而大大强化了艺术结构的内在张力（见第十章）。语言的缺乏节制和怪异是莫言的小说与读者拉开距离并受到批评的主要原因，论者从语用学观点分析了莫言的语言特点，认为莫言的语言是一种非规约化的内向交流，本来就没有把迎合读者的审美要求和欣赏习惯放在首位，而读者以惯有的尺度来衡量，不懂或不满意就难以避免。但莫言的知音者在细细品尝浸透作家真情的涩果之余，一定会唤起自己对命运、人生和世界深切而冷峻的感受。这不仅表现了论者对莫言的理解，也表现出宽容的理论态度和寻求作家与读者之间相互沟通的善意（见第九章）。

由上述分析介绍可以看出，《怪才莫言》一书显示出论者在现代文化和当代审美高度上对莫言的充分理解，它的立意并不在于对莫言创作作出最终结论或简单地指出其不足，而是要对莫言创作的文化价值、艺术价值进行深入的挖掘探讨，对由此引起的美学和文化的思考进行冷静的沉淀，并由此扩展开来，进入对当代文化的整体思考。也正是因为这样，我们相信这部专著的学术价值将是持久的，有穿透力的，并且也是在《莫言论》的基础上，将莫言研究推向了更深层次的一部佳作。

两部著作各有特色，也各有短长。至于它们是否或者在多大程度上存在着由于评论者和评论对象之间的“短距离”而导致的“近视”现象，则只能由未来的历史作出回答了。

近年莫言小说评论漫述

◇灌　林

近年来，在小说创作领域里，那种足以让人刮目相看、聚讼纷纭、有幸被众多的评论家集中议论的作家和作品日渐减少了。然而，莫言似乎是个例外。他从高密东北乡带来的“萝卜”、“红高粱”，竟引起了颇为广泛的瞩目，成为评论界为数不多的研究热点之一。

评论者在初涉莫言的小说时，几乎或多或少地都会感到一点困惑：小说给人的那种奇异陌生的审美体验、那种流贯其中却又沉潜不显的内在意蕴，不免让人感到有些眼花缭乱、把握不定；以至最初的评论未能如庖丁解牛般地剖析其作品，作出透彻的令人信服的阐释。但随着研究的深入和莫言在各种场合发表的有助于人们理解他作品的言论，人们已逐步掌握了探寻他小说奥秘的钥匙，甚至能够自如地拆卸构造其小说艺术的部件而不至于陷入无从下手的窘境了。

一、对莫言艺术感觉的研究

由于莫言的小说具有一种能强烈地触动人的每一根神经末梢的艺术效果，使你不得不惊叹他那对奇异感受的表现能力，这就使得研究者较多地把审视点投向莫言的艺术感觉。有人认为，莫言的小说所以具有强烈的艺术感染力，首先在于他有着奇特的艺术感觉，它能化熟识为陌生、化熟视无睹为拍案惊奇。的确，阅读莫言的小说，你不是被曲折的情节、传奇的色彩所吸引，而是惊叹于作者赋予事物的新鲜奇异的色彩；不是被小说中客观的描述所打动，而是受作者在描写时那种春潮拔闸、汗漫而出的主观情绪所感染；不是为常态的描写动情，而是震慑于种种非常态的变异、荒诞、夸张和超验的感受的渲染。很显然，正如人们指出的那样，莫言的艺术感觉具有产生通感的能力，它能够容纳荒诞事物并产生荒谬的感受，从而制造一种透明的幻觉、荒诞的真实，全方位、全感知的艺术氛围。他写主观感受的特点在于将极端的主观化与冷峻的客观性相沟通，善于把生活的明晰感和生活的混沌感整体地表达出来。也就是在对情节和细节进行放大、变形，表现其清晰性的同时，又在整体的组合结构中造成一种扑朔迷离的感觉。这种分析已从表层把握了莫言艺术感觉的特点，阐明了莫言小说在外部形态上所具有的特征，但还未能作深入底蕴的分析。有人则认为莫言的感觉世界是通过超常的、变态的感觉建立起来的，具有超阈限的、同幻觉杂糅的、心理变态下的感觉的特点。这种看法具有较大的普遍性。许多评论尽管说法不一，意思都与此相仿，并把它作为莫言小说的主要特征加以阐发。显然，这种阐释还停留于表面，缺乏足够的说服力。对此，有人提出不同意见，认为莫言小说的主要特点不是人们称赞的充满生命意识的艺术感觉，而首先是他对人物心理常态与变态的绝妙挖掘，对人物的隐秘激情和欲望的抒发，特别是注重对人的本体的哲理思考。这就抓住了莫言小说的艺术内核和深层机制，探明了其艺术感觉背后的支撑物。但不可否认，莫言的艺术感觉是很有特色的，对构成他小说的风格起了重要作用。事实上，艺术感觉是通往莫言小说艺术内核和深层机制的必经之路，不对它进行透彻的分析，就难以真正把握莫言的小说。

二、对莫言艺术创新的探讨

莫言的小说能够异峰突起，除了他独特的艺术感觉之外，还与他艺术上一系列的创新分不开。

在农村题材的处理上，他竭力避开前人走过的路，一反以往作家在写此类题材时遵循的通俗化、大众化和民族化以及现实主义深化的传统，而是大量借鉴了西方现代派的手法，把西方重表现的现代派艺术与我国传统的重再现的现实主义艺术结合起来，用最典型的现代派手法表现最民族化的生活，塑造出具有深刻的中国民族文化心理结构的人物形象，创造了一个新鲜生动的审美世界。在这一点上，莫言小说具有开拓性的意义。这种见解是切中腠理、符合莫言创作实践的，比起那种只是停留在小说给人新鲜、独特感觉的层面上去推测、分析莫言的创作受某一现代派作家的影响要更为深刻和有意义。莫言在思想上是浸透了农民的精神和道德的，尽管他有强烈的创新意识，但在精神实质上他是与民族文化一脉相通的。其实就莫言来说，他更多的是杂糅和改造了现代派的手法，硬是要把他和某一现代派作家联系在一起显然是徒劳的。从借鉴的角度看，莫言的实践是成功的。人们已经注意到，莫言用了现代派手法而又使作品不失为真正的民族风格，关键在于他在小说中所渗透和积淀着的是既有悠久的历史渊源，又纯然是中国血统的民族文化意识。

在革命战争题材的处理上，莫言也表现出与众不同的风格。莫言的历史小说（主要是《红高粱》系列)所具有的历史真实,不是建立在客观冷静的历史描述上,而是建立在主观的刻意改造和渲染之上。有人把他笔下的历史描绘为是一种陌生而异样的、留着创造主体猛烈燃烧过的痕迹、充满了奇思遐想的历史真实。的确,他不相侔于那种客观真实地绘状一幅生动恢弘的历史画面,把读者放置在欣赏者地位上的传统写法;而是要把你吸引进他所构造的生气四溢、充满灵性的历史氛围里,使你直接去感受和呼吸历史的空气。人们认为,这种独具一格的手法,是基于作者对主体与历史关系的独特见解,其笔下的历史真实是主体与历史关系的变化以及文学把握历史的思维方式的变革的结果。这种见解撇开了人们津津乐道的艺术感觉,从宏观上透视了《红高粱》系列小说之所以令人耳目一新、具有巨大艺术魅力的内在动因,真正触到了关键所在:这就是作者在把握历史题材上具有独到的审美视角和审美方式。

在其他方面,人们也注意到了莫言的独创性:在叙述手法上由“焦点透视”变为“散点透视”(如《球状闪电》);在创作方法上最大限度地发挥创作主体带有强烈个性特征和自我感情色彩的主观创造精神;结构上具有随意性特点;他的艺术创作不是来自“形象思维”和“逻辑思维”,而是来自“表象思维”;在莫言那里,艺术不是依附于对象之上,而是赋予对象以意义……这些观点虽然有的尚缺乏深入的阐发,但都从不同的角度对莫言小说进行观照,无疑有助于我们深化对莫言小说的研究。

三、对《红高粱》系列小说主题内涵、象征意蕴的阐释

莫言小说在主题内涵上常令人感到扑朔迷离、难以捕捉。许多人感到他的小说好读却不好说。的确,你很难一下就触摸到它的主题意向和内在精神实质。这显然与作者有意识地追求含蓄蕴藉的艺术效果有关。在莫言看来,“没有象征和寓意的小说是清汤寡水”。人们常常感到他的小说具有整体象征意味的魅力,但却很难明说这种魅力是什么。特别是对《红高粱》系列小说究竟表现什么,就难以看到令人信服的说明。对此似乎只有雷达的看法较为准确明晰。他认为,流贯在《红高粱》系列小说中的主题内涵是推崇和讴歌一种中华民族的酒神精神;整部作品就是作者追寻“纯种红高粱”的精神跋涉的记录;其哲学命意在于肯定着这样一种积极的精神:生命,只能在斗争中创造和延续——这才是作者所推崇和张扬的人生境界和美学境界。而这一切都是通过“红高粱”这一代表着广阔而深潜的民族精神的整体象征来体现的。但具体的则是通过人物形象来表现。处在这样一种命意之下,就使莫言的人物塑造也具有与众不同之处:他不是注重揭示农民背负的因袭重担和“国民的劣根”,而更多的是激赏和扬厉农民身上民族的英雄品德、生命的炽热和人性的张力,塑造出具有独特精神气质的农民形象。这同样有着创新的意义。显然,对人的生命潜能和民族精神的思考,是莫言《红

高粱》系列小说的艺术支撑点。这与莫言其他小说的总体命意似不太相同。莫言自己说:"统领这些作品的思想核心,是我对童年生活的追忆,是一曲本质是忧悒的,埋葬童年的挽歌。"但笔者以为这种对已逝事物的追忆之情同样渗透于《红高粱》系列小说。莫言面对"人类正在用自身的努力,消除着人类的某些优良的素质"这一严峻的现实,有一种深广的忧患感。与其说他在追寻着红高粱精神,倒不如说他更多的是对红高粱精神的追怀和忆念,就像他对童年生活的追忆一样。

综观近年莫言小说的评论,除了上述提到的问题外,我以为至少还有两个问题没有得到深入的阐发和探讨。其一,人们普遍确认莫言具有浓厚主观色彩的小说颇富有艺术感染力,但并没有深挖这种艺术魅力的深层动因。事实上,莫言在后期的创作中一直在追求一种主观的真实。他承认他所渲染的有血一般红色的高粱是他的想象,是为了他心中的那个真实。对于作家来说,重要的不是他经历了什么,而是这种经历在他心灵中留下了什么。当作家把这种心灵体验到的东西真实地表现出来时,最能唤起读者相关的情感体验和情绪记忆,从而使作品具有强烈的感染力。其二,莫言在小说创作中出色地运用了艺术辩证法。他常常用微笑来表现愤怒,用丑恶来表现善良,用炽热来表现阴冷,用轻松和谐来表现紧张惨烈。这种相反相成的表现手段,往往能把所表达的东西推向极端,达到一种更高层次上的真实。

参考文献

[1]张志忠:《论莫言的艺术感觉》,《文艺研究》1986 年第 4 期。
[2]朱向前:《莫言小说"写意"散论》,《当代作家评论》1986 年第 4 期。
[3]钟本康:《现实世界、感情世界、童话世界》,《当代作家评论》1986 年第 4 期。
[4]李洁非、张陵:《莫言的意义》,《读书》1986 年第 6 期。
[5]雷达:《游魂的复活》,《文艺学习》1986 年第 1 期。
[6]雷达:《论创作主体的多样化趋势》,《文学评论》1986 年第 1 期。
[7]雷达:《历史的灵魂与灵魂的历史》,《昆仑》1987 年第 1 期。
[8]金汉:《再现与表现的结合》,《昆仑》1987 年第 1 期。

(原载《福建论坛》1987 年第 2 期)

莫言小说研究概述

◇白　烨

自中篇小说《透明的红萝卜》发表之后，莫言便成为文学评论界众人瞩目的追踪与审视对象，这种情形发展到《红高粱》时期达到了高潮。据不完全统计，三年来评论莫言小说创作的论文已近百篇，这尚不包括正在出版中的研究专著。青年作家中，像莫言这样得到评论家如此广泛而持续的关注的，实属罕见。

如果我们把关于莫言的评论梳理一番，就不难发现，莫言得到评论家的重视是不无缘由的：第一，作为一种文学评论对象，他给人们提供的可供分析、评说的东西，确实是新异而丰盈的；第二，在这一个独特的评论对象面前，每一种评论都可获得解说的角度，从而也使评论家获得一试身手、肯定自己的机会。这些也势必造成有关莫言的评论众说不一、所见纷纭的情形。

因此，我们只能选取几个相对集中的问题，对《红高粱》之后莫言小说评论的大致情况进行概述。

一、莫言小说的独特意蕴

莫言的小说给人们震撼最大的是《红高粱》系列作品，而它们获得如此作用的内在力量到底是什么，不同的评论家在对同一问题的思考中，得出的结论却不尽相同。

李陀在《读〈红高粱〉笔记》[①]一文中认为，莫言的《红高粱》的"核"在于"人格美"。他指出，《红高粱》中的人物几乎每一个人都给人以深刻的印象。他们似乎都算不上什么英雄，这不仅是因为他们与我们概念中的英雄形象相去甚远，而且莫言在描写他们时丝毫不掩饰每个人身上那些不光彩甚至阴暗的东西。然而，他们几乎每个人都光彩

① 李陀：《读〈红高粱〉笔记》，《小说选刊》1986年第7期。

照人，都有一种内在的魅力。这魅力不是别的，正是潜藏于这些普普通通的人身上的崇高的人格力量。他还认为，莫言在《红高粱》中流露了一种充满封建伦理的人格主义，但因为他把笔下的人物作为一种生命活力的象征，作品归根结底还是反对和批判封建文化的，实际上作家是在以怀念的形式向往着一种能够真正摆脱旧的价值观念的新人。

同样也着眼于莫言对人的描绘，周政保却认为《红高粱》的独创性在于把抗战生活“作为整个民族的性格历程来建构和抒写”：莫言写了他所理解的“土匪抗日”，但也写了人，写了人的命运与人的价值，写了历史之所以涌动不息的内在力量——他以一种颇具现代色泽的审视眼光，观照了属于历史真实的民族之魂，以及其中的精诚与污浊。从这些精微而细密的描写中，我们深深地感到了一个具有古老文明史的民族的真正面貌：它的广博与渺小，它的伟大与狭隘，它的崇高与可叹，它的慷慨与悲哀——小说正是以这种奇异的方法描写了民族性格的脉络与民族品格的观念基础，从而使我们的灵魂在“种的退化”的叹息中感到了苏醒的战栗。[①]

雷达先后在《游魂的复活——评〈红高粱〉》[②]和《灵性激活历史》[③]两篇文章里，详述了他阅读《红高粱》的感受。在前一篇文章里，他认为理解莫言这部作品的根本枢机在于“那血痕及血痕中伟大的‘支撑’”的“民族性格的力与美”。在后一篇文章里，他进一步深化了自己的感受，指出，《红高粱》根本别于以往的战争文学的，是作家不再把历史作为心灵的外物，而是把自己活动、能动、善感的主体整个溶化在历史之中，敢于把历史主体化。雷达接着论述了作家的主体怎样激活历史的问题，认为关于“种的退化”等议论性语言，是作者激情和冲动的由来，作品中激情澎湃的生死歌哭和震耳欲聋的灵魂激荡，都是被这种对现实的批判燃起的。扬厉民族正气和强韧精神，构成了《红高粱》与现实的“精神联结”，也使莫言的体验与描写，充满了历史的灵性。

陈墨也认为必须透过奇特的艺术感觉更深地去把握莫言，但他却更多地着眼于文化方面的意义。他认为，莫言在《红高粱》等作品中，将兽性或野性、匪性或人性、理性与英雄气质等多样不可统一的东西统一在一起，在新奇的表象背后深深地隐含着艺术整体的“第二项”更深层次：对传统的文化与文化中的人的整体象征，从而组成一个独特而完整的文化的世界。在这一文化生态中，既实实在在地存在着巨大的悲剧的一面，如传统封建文化的影响、弱肉强食的价值观念及人本身的愚昧、野蛮，又实实在在地存在着巨大的希望的一面，如健全的本能、敢生敢死的豪放，对土地、生活和人生的爱恋，等等。这是一种不同于传统的儒、道、墨、佛或“三纲五常”的典籍文化的生命的历史文化，是一种活的文化、活的中华民族史，是一种充满悲剧而又生机勃勃的文化、

① 参见周政保：《〈红高粱〉的意味与创造性》，《小说评论》1986 年第 6 期。

② 雷达：《游魂的复活——评〈红高粱〉》，《文艺学习》1986 年第 1 期。

③ 雷达：《灵性激活历史》，《上海文学》1987 年第 1 期。

充满血腥也充满爱的文化。莫言小说的真义,就是在这种不言或未言的文化整体性追求中。①

就莫言小说某一方面的独特意味的认识上,也出现了许多颇有见地的看法。如程德培提出的“被记忆缠绕的童年世界和童年视角”问题②,夏志厚提出的“红色意象的偏好”与“变异”问题③,吴俊提出的性描写的潜意识内容中的“恋母情结”问题④等等。

二、莫言小说的文体追求

莫言在小说的文体追求方面同样是不拘一格和多姿多彩的,这也使得评论家们对其有各种捕捉与把握,既不无道理,又各有千秋。

朱向前在莫言的艺术实践的跟踪中,发现“他给我们提供了更为丰富典型的小说‘写意’实证”。这种“写意”追求表现在三个大的方面:一、天马行空的创新精神——手法的多样性、结构的随意性、语言的独创性;二、奇异超人的艺术感觉——生理感觉、心理感觉、感觉互通和感觉变形;三、朦胧空灵的美学意境——形象的具体与寓意的暧昧,从而构成整体上的空灵神秘。⑤

季红真更为看重莫言小说中表现着充分矛盾的内在纷扰的感知方式,她指出:在莫言的作品中,一方面是凄楚、苍凉、沉滞、压抑,另一方面则是欢乐、激愤、狂喜、抗争,这极像交响乐中两个相辅相成的旋律,彼此纠结着对话。前者是经验性的,后者则是超验性的,前者是感受、体验,是对外部生活的情绪性概括,后者则是向往,是追求,是灵魂永不止息的呐喊。这两种节律的情绪常常在他的作品中呈现出超常的强度状态,由此而产生出痛苦纷扰的总体特征。⑥

陈思和通过对莫言小说与传统战争题材作品的比较研究,看出了莫言小说在叙事形式上的特征——历史与现时的二元对话。他认为,莫言笔下的“我”,部分地代表着读者,部分地代表着叙事者。借助于这个“我”的思绪、梦幻、神游、插话,才使历史借着今人的回忆断断续续地显现出来。这是今人与历史的对话,让人们在今人的思维中感到历史的存在。这种特殊的时态使莫言的小说形式发生了一系列的变化:首先,传统的时空观被打破了;其次,带来了厚今薄古的历史态度。这些都有助于人们站在今天

---

① 参见陈墨:《莫言:这也是文化——评〈红高粱〉、〈高粱酒〉、〈高粱殡〉》,《当代文艺探索》1987年第4期。

② 参见程德培:《被记忆缠绕的世界》,《上海文学》1986年第4期

③ 参见夏志厚:《红色的变异》,《上海文论》1988年第1期。

④ 参见吴俊:《莫言小说中的性意识》,《当代作家评论》1987年第5期。

⑤ 参见朱向前:《莫言小说“写意”散论》,《当代作家评论》1986年第4期

⑥ 参见季红真:《忧郁的土地,不屈的精魂——莫言散论之一》,《文学评论》1987年第6期。

的高度审视历史、分析历史以至于嘲讽历史，与现代读者取得融洽的感情交流。[①]

张志忠由可供人效仿的“其言味”的寻索，找出了莫言小说基本的文体特点，这就是：感性直觉、淡化理性的描述性文字、充分开放的广采博取的语言、对各种进行时态自由调度的叙述方式。[②]

李洁非和张陵更感兴趣的是莫言小说语言的老到与丰厚。他们认为至少有三个叙事角度同时对作品的句子以及由句子构成的段落直至通篇“本文”发生作用，使作用的叙事能够组成一种“共时态”结构。比如，文中有一个纯粹的叙述事件过程的叙述者，保持着一种客观的冷静和逻辑的清醒；同时，又有一个纯粹为满足心理欲望的叙述者，它需要强烈的主观色彩和非逻辑的冲动；第三个叙事者似乎是个调节器，他通过一些技巧的操作，来使句子保持平衡，既不损害传统故事的完整性，又尊重心理学对事件的变形。由于这几个叙事者的共同作用，作品形成了自己独特的叙述语言。[③]

同是分析莫言小说的语言特征，朱珩青注重其对语言常规的超越：奔放、急促的遣词用句与高度生活化、形象化的比喻。[④] 而季红真则注重其“陌生化”的效果，她认为，“语词的任意性搭配”，“指称色彩的语词概念的大量运用”，“长于将听觉形象迅速转换成视角形式”，是造成这种效果的重要手段。[⑤]

三、莫言小说个性的由来

莫言的小说何以具有独树一帜的艺术个性，是批评界关于莫言研究的又一种较为集中的话题。

季红真认为，莫言作为一位敏于感觉而又富于想象力的作家，不仅仅是个人的才分问题，而与他独特的生活经历密切相关。首先，从农人、士兵到文人迅速更迭的外部经历给作家带来的心理负荷，使他必然表现出一种孤独忧郁的感受；其次，家族统治与民风朴悍这样存有内在矛盾的独特文化形态，又自然激发出作者纷扰的主体情绪；其三，作家的童年贫困与沉寂，这些沉重的记忆势必造成敏感的作家对人生悲剧底蕴的诗意感受。正是这种浸淫在整个人格中的乡土社会的文化心理背景、时代的矛盾与民族的情绪，加上先天的禀赋与外部的际遇，造就了莫言的叙事个性。而20世纪现代艺术重本体体验的美学浪潮，又契合于他的感知方式，启示他更为自觉地表现自己的体

① 参见陈思和：《历史的二元对话》，《钟山》1988年第1期。

② 参见张志忠：《莫言文体论》，《文学评论家》1987年第6期。

③ 参见李洁非、张陵：《小说叙事观念的调整》，1986年11月29日《文艺报》。

④ 参见朱珩青：《情绪·情感·文体意识——读莫言的小说》，《文学自由谈》1987年第1期。

⑤ 参见季红真：《现代人的民族民间神话——莫言散论之二》，《当代作家评论》1988年第1期。

验,从而成为当代小说家中最早以艺术实践甩掉理性重负的作家之一。[①]

关于莫言的独特创作在生活、心理及文化上的准备,张志忠在《莫言:走上文坛》[②]一文中,作了更为翔实的描述与论证,使人们更为深切地看到了作家的艺术追求和人生际遇的内在缘结。张志忠从作家的家庭谈到作家的乡土,由作家的童年谈到作家的青年,通过许多生动而丰富的实例,令人信服地揭示出了莫言走上自己的创作之路的诸多奥秘:独特的生活经历和读书自修,敏感而内向、耽于幻想的气质,超越自卑、出人头地的心理动力,反叛性地对待以父亲和老师为代表的权威,以及亵渎权威所增强的个人自信,终于可以不避污秽地直感鲜活也是沾满污垢的生活的人生态度,古齐文化、乡土文化的熏陶和自学所获得的现代文化,为他登上文坛和独具个人风姿,作了多方面的准备。

一些同志也注意到了莫言受现当代外国作家作品的影响的情形。王国华、石挺在《莫言与马尔克斯》[③]一文里,具体分析了莫言的小说在幻想与现实的结合、象征与隐喻的出新等方面所受到的马尔克斯创作风格的影响,并认为,这二者之间的惊人相近,不能仅仅理解为莫言对马尔克斯的被动借鉴与模仿,而应去从"各自传统、现实以及文化背景上的某种同一性"上寻找原因。张志忠认为,莫言曾多次表示,他读过的外国文学作品很庞杂,事实上莫言对外国文学的浏览和借鉴也是浅尝辄止、不拘一格的。因此,不能认为他主要取法于某一个或某几个外国作家的创作。现在人们普遍认为他受马尔克斯和福克纳的影响最大,但从《红高粱》的余占鳌身上,也分明可以看到肖洛霍夫《静静的顿河》里的葛利高里的印记。在他的其他作品中,人们可以分别看到霍桑、川端康成、麦克勒斯和艾特玛托夫的许多手法。可以说,庞杂的借鉴与庞杂的感官印象一齐构成了他的作品的纷纭万状、色彩缤纷。[④]

四、莫言小说的不足所在

莫言的小说既有着连篇累牍的好评,也伴随着从不间断的批评。

莫言的《红高粱》发表不久,李清泉就在题为《赞赏与不赞赏都说——关于〈红高粱〉的话》[⑤]的文章里,就作者在"绚丽画卷的构想与描绘中","热与冷的调节失当,尊颂激扬中,欠些理智"等提出了不同的看法。对于作者对罗汉大爷的死的描写,李清泉特别表示不满意,认为这种"凌迟的具体细致的过程描写",是令人"毛发耸立"、"惨不

① 参见季红真:《忧郁的土地,不屈的精魂》,《文学评论》1987年第6期。

② 张志忠:《莫言:走上文坛》,《当代文学研究资料与信息》1988年第2、3期。

③ 王国华、石挺:《莫言与马尔克斯》,《艺谭》1987年第3、4期。

④ 参见张志忠:《莫言文体论》,《文学评论家》1987年第6期。

⑤ 李清泉:《赞赏与不赞赏都说——关于〈红高粱〉的话》,1986年8月30日《文艺报》。

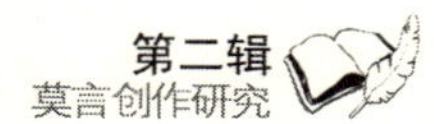

忍睹”的，“背离了常识性的美学规范”。

中篇小说《欢乐》和《红蝗》发表之后，也遇到一些颇为严厉的批评。贺绍俊、潘凯雄在《毫无节制的〈红蝗〉》[①]一文里，断然指出：莫言变得毫无节制，毫无节制地纵容自己的某一情绪，毫无节制地让心理变态，毫无节制地滥用想象，毫无节制地表现主观的意图。他们还具体论述了莫言在“极端地丑化”方面的失当：堆砌和做作，认为作者因毫无节制，破坏了作品主题的实现。

对于短篇小说《断手》，也有人提出批评意见，如常智奇认为：由于莫言的理论准备不足，他对中华民族传统的道德观念缺乏应有的哲学熔炼，所以在传统的道德逼使“病态的灵魂”“涅槃”时，在急功近利的情节性的推动下，忘记了对传统道德中历史惰性和积弊的扬弃与剔除，因而给作品艺术触觉的延伸带来极大的障碍。[②]

莫言从不避讳生活中的不幸，真实地用自己的笔去揭示丑陋，这是为许多人所称道的，但夏志厚却指出了问题的另一面，即莫言在鄙夷一切文明的矫饰，由衷地欣赏着生命的原始意味时，显示了自己的狭隘：一味地贬抑道德戒律、张扬肉体本能，以一种褊狭的追求去反对另一种褊狭的禁忌。[③]

关于莫言那独特过人的艺术感觉及其在创作中的运用，大卫也在《莫言及其感觉的宿命》[④]一文里提出了自己的不同看法，认为莫言任凭自己的感觉无所不在地奔突于一切情节、细节、场面和人物的隐形意识之中，他不但排拒了读者，取代了读者，而且不自觉地跨越了“理解的循环”，把历史全知全能化了。由于他对自己无所不包的艺术感觉的过分偏好，他的作品深层血脉中的文化底蕴被冲淡、被稀释。论者认为，当莫言对艺术感觉无所节制和任意挥霍，把一束束奇特却同时又掩去了神秘性的感觉不分巨细地展示出来的时候，他恰恰就在走向一种有限、一种实存、一种浅白，在为自己的感觉模式制造一种盲视无限和神秘的宿命。朱向前在《天马行空——莫言小说艺术评点》[⑤]一文中，也同样认为莫言的感觉缺乏节制，除此而外，他还提出了“巧妙新奇的比喻因用得过滥已开始显得陈旧”、“尚缺乏一种雄深高远的美学熔铸能力”等问题。

莫言虽已在创作上力作不断、名重一时，但从他的潜能、才力和年龄看，他的文学创作历程才刚刚走完了头几步，他的更大的发展还在后头。他的高度个性化的创作，使他过去、现在和将来，都很难远离评论的旋涡。因此，有关莫言的评论，也仅仅是他的全部研究的一个序幕。莫言的创作和有关莫言的评论，都有着更为远大而光辉的前程。

---

① 贺绍俊、潘凯雄：《毫无节制的〈红蝗〉》，《文学自由谈》1988 年第 1 期。

② 参见常智奇：《理论准备不足将使莫言没言——读〈断手〉有感》，《文学自由谈》1987 年第 1 期。

③ 参见夏志厚：《红色的变——从〈透明的红萝卜〉、〈红高粱〉到〈红蝗〉》，《上海文论》1988 年第 1 期。

④ 大卫：《莫言及其感觉的宿命》，《文学自由谈》1988 年第 2 期。

⑤ 朱向前：《天马行空——莫言小说艺术评点》，《小说评论》1986 年第 2 期。

几位青年军人的文学思考

◇《文学评论》记者

接连发表了《透明的红萝卜》、《金发婴儿》、《球状闪电》等新颖作品的莫言，是个不满30岁的小伙子。刘再复一见到他就笑着谈起了《透明的红萝卜》中的小铁匠，在大家的欢笑声中，莫言的发言也就从这篇作品谈起。他说：

有的评论《透明的红萝卜》的文章，说我无疑受到《百年孤独》的影响。这是个小小的冤案。我写《红萝卜》的时候，马尔克斯这部名著的中译本尚未出版。评论家的自由联想唤起了我的联想自由。此时此刻，全世界的各界人士中，正不知有多少一辈子也不会相识的人却思考着相同或相似的课题呢。文学创作，不管你是哪个民族的作家，不管你用什么样的创作手法，不管你是现实主义者还是现代派，只要是真正的文学，毕竟会在某一点上相撞，会有某种共通的东西。当然我不敢说自己搞的就是真正的文学。中国文学和外国文学从来就不是完全不相及的风马牛，好像冥冥之中有一个本质的东西操纵着不同民族作家的创作，那就是作家对人类的思考，对世界的认识，对自我的认识，以及在艺术天地里的探索。同中有异，异中有同，变化无穷，经常也会相撞。因此，斤斤计较创作方法的异同，有意义却也不大。一个作家的创作方法不会一成不变，他完全可以用各种各样的方法。而且各种方法之间绝对没有铜墙铁壁，也许我在攻击现代派的时候，我自己就在现代派的手法武库里大发横财。也许我在攻击朦胧的时候，我的眼里原本就罩着一层迷雾。即使在我们呼之为现代派的作品中，也仍然有现实主义的成分。谁也不能永远保持不变的风格，也就不必标榜我是什么派，你是什么宗。我看，艺术方法无所谓中外、新旧，写自己的就是了，想怎么写就怎么写，只要顺心顺手就好。上学期的上学期，我的一份答卷题目是《天马行空》。我主张创作者要多一点天马行空的狂气与雄风，少一点顾虑和犹疑。无论在创作思想上还是艺术风格上，不妨有点随意性，有点邪劲儿。不要害怕和别人走的不是一条路，敲锣卖糖，咱们各干一行。你是九天箫韶，绕梁三日不绝，那是你的福气；我是鬼哭狼嚎，牛鬼蛇神一齐出笼，晦气我认了，反正也算一招儿。

我怀疑有没有文学观念这一说。如果有的话，它应该是指作家对自我的认识，对自我的剖析，应该是指作家对宇宙对、人生的一些基本看法。比较高级的文学，应该是作家灵魂的淋漓暴露。应当承认人与人之间的差异。前些时候，我和同学展开过一场小争论。同学说我的作品调子太冷了，应当给世界带来点温暖。这意见很好、很诚恳。不过，改变过来却并不容易。对世界的感觉是冷还是热，是冰凉的或是灼热的人生际遇打在每个人灵魂上的深刻的烙印。童年的印象特别深刻，终生难忘。要想去掉这烙印，只有连同那块肌肉一起割掉。割去肉的疤痕又是烙印。作家可以保持他的自我感觉，这样，作品的感情色彩才会强烈。热烈的爱和强烈的恨，都是创作的能源。可以爱到十二万分，也可以恨到咬牙切齿，目眦皆裂。就看你爱什么和恨什么了。

我读福克纳的《喧哗与骚动》，服气了。他写得真棒，他有上帝般的魅力。他为自己的创作寻找到最大的内在自由，他敢于胡说八道，善于撒谎。我们的创作，毛病之一是“太”老实，把真实误解为生活的原样照搬，不敢张开想象的翅膀去自由翱翔。什么是文学创作？创作就是突破已有的成就、规范，解脱束缚，最大限度地去探险，去发现，去开拓疆域，其中包括把可能存在的“谎言”说得比真实还真实。这就要求创作者敢于折腾，善于折腾。那股折腾劲儿，犹如猛虎下山、蛟龙入海，犹如孙猴子钻进铁扇公主的肚子里拳打脚踢、翻跟头，折腾个天昏地暗、日月无光、一佛出世、二佛涅槃，蝎子窝里捅一棍。如是，作品就有所谓作家自我个性的灵气了。失去了作家的自我特征，也就失去了动人的灵魂。

作品不一定是作者生活经历的实录性自传，但它应是作者心灵上情感经历的自传，是一种潜意识的发泄。当作者在生活中受到压抑，各方面都得不到满足的时候，他会有很强烈的创作欲望，笔下也真诚。如果一个人在各方面都很舒适，家庭幸福，高官厚禄，一切都很美满，我怀疑他滴在稿纸上的眼泪是鳄鱼之泪。苦难的童年的确是作家最好的学校。只有和下层人民保持广泛的、深厚的联系，深感他们的痛苦，作品才有力度。存葆的《高山下的花环》把下层人民的善的一面写得那么深沉淋漓，就是因为他真正知道沂蒙山区人民的痛苦，他写的是他自己感受到了的痛苦。

文学是偏颇的，面面俱到是机关部门的年终总结。作家们的立论更可能是偏颇的，也无法不偏颇，所以，在某个作家的发言里或是表达他的文学见解的一些文字里，极其方便地便可找出许多漏洞。如果真要认真地逻辑辩证一番，一般来说作家准会丢盔卸甲。大度宽容，不存畛域，让自己吃饭也让别人吃饭。一场晚会，大家出节目，南腔北调大汇合，于是丰富多彩，香臭皆扑鼻，于是俱做开颜笑，拍手言别，互道再会。

（摘自《文学评论》1986 年第 2 期）

全国首届莫言创作研讨会纪实

◇房福贤

一

金秋九月，正是成熟的季节，全国首届莫言创作研讨会在莫言的故乡高密县城举行。

这次研讨会，是由山东大学、山东师范大学、山东省青年社会科学工作者协会、《青年思想家》杂志社和中共高密县委宣传部共同发起的，时间三天(1988 年 9 月 6 日～8 日)。来自全国各地的五十多位专家、学者、青年文学工作者和新闻工作者以及莫言本人出席了研讨会。

莫言是当代文坛上的一个奇才。虽然他小学未毕业即辍学回家放牛种田，在贫瘠的土地上滚爬了 20 年，但他却在参军后不久就走上了文学之路，并且以突兀之势迅速崛起于文坛，成为一位成就斐然的青年作家。他创作的《透明的红萝卜》、《红高粱》、《红蝗》、《欢乐》、《猫事荟萃》、《天堂蒜薹之歌》等小说，以其独特的风采和追求，引起了广泛的反响。尤其是《红高粱》系列中篇小说被改编成电影、在西柏林电影节上获金熊大奖之后，更是轰动全国。“我爷爷”、“我奶奶”的故事不胫而走，一向偏僻的、鲜为人知的高密东北乡也成了令人向往的神秘之地。

高密人民为有莫言这样优秀的儿子而骄傲。开幕式那天，中共高密县委、高密县政府的主要负责同志都出席了会议。县长王德辉同志代表县委、县府向大会致了贺词。其后，王县长又专门向与会代表介绍了高密县工农业的发展情况，并组织与会者参观了莫言在《高密之光》、《高密之星》、《高密之梦》三篇报告文学中写到的乡镇企业，还参观了高密民间艺术展览。大家深为高密县飞速发展的工农业和悠久的民间艺术而兴奋。

会议期间,高密的一些同志还分别向与会者介绍了莫言及莫言作品在高密的一些情况。高密县文化局文学创作研究室的李观行同志说,莫言是高密人最喜欢的当代作家,许多人都爱读莫言的小说,谈莫言的小说,莫言的小说在高密有着广泛的影响。尤其在 1986 年以后,莫言几乎成了无人不晓的人物。当电影《红高粱》首先在高密县城放映时,影院门前,人满为患,出现了"四方传说管谟业,满城争观《红高粱》"的热烈场面。高密县的莫言热说明,莫言是和人们息息相通的作家。

莫言青少年时代的好友、高密兴华总公司政工科的张世家向与会者介绍了莫言的家庭、青少年时代的生活、家乡的文化环境等,引起了大家的浓厚兴趣。他介绍说,莫言出生在高密东北乡一个地地道道的农民家庭。父亲是一典型的农民老子,朴实而正直。但是这个农民家庭并不乏文化气氛。莫言兄弟三人,大哥大学中文系毕业,二哥高中毕业。莫言虽小学未毕业即辍学,但在务农期间,却遍读了两位哥哥读过的所有书籍,这大大提高了他的文化素养,为他以后的创作打下了基础。张世家说,高密东北乡是一个很特殊的地方。它的地理很独特,八华里的范围内,就有五条河。过去,每年秋天都要发水灾,所以不能种别的庄稼,只能种高粱,因此人们生活很苦。莫言参军以前的最大愿望,就是期望有朝一日能美美地吃一顿肥肉。这种底层的生活,使莫言对农民有了深深的理解。高密东北乡的语言也很独特。它们带有一种野气。"文革"期间,成立了三个红卫兵组织,就分别叫作敢死队、敢抬队、敢埋队。这种不羁的语言,也深深地影响了莫言的思维方式。高密东北乡的历史也很独特。这里曾经是绿林好汉们出没的地方,出现过小狮子、郭兔子,高仁生、冷关荣等著名土匪。高密县长曹梦九也是一个非常人物,他曾计杀东北乡 80 条好汉,并且他打人的鞋底也很有名。这里的土匪们,还于 1938 年 3 月 15 日,联合在孙家口桥头伏击八辆日本军车,消灭 30 多个日本鬼子,而日本鬼子也施行了疯狂的报复。这些富有传奇色彩的传闻逸事,日后都成了莫言创作的素材。高密的民间艺术也很独特。尤其是高密的剪纸、泥塑、扑灰年画,构思大胆,色彩绚丽。莫言《高粱酒》中奶奶剪的"蝈蝈出笼"、"梅花鹿"等,就是出自高密剪纸世家之手。莫言之所以有那么多天马行空、独往独来的奇思怪想,是与自小受到这些民间艺术的熏陶分不开的。张世家认为,正是高密东北乡这块独特的土地培养了莫言,使他创造了一个只属于他自己的文学王国。

三天的高密之行,是令人兴奋的。唯一感到些微遗憾的是未能见到那蓬蓬勃勃、有着强烈生命力的红高粱,虽然这正是高粱红了的时候,据高密的同志们讲,由于地理环境和气候的改变,这种粗粮已经逐渐淘汰了。电影《红高粱》中大片令人神往的高粱,是高密农民为拍电影而特意种植的。但是,些微的遗憾,不是更能激发人们美丽的遐想吗?

二

这次研讨会，是一次气氛活跃、热烈的学术讨论会。与会者怀着极大的兴趣，畅抒己见，互相辩难，就莫言创作的成就、特点、美学追求、困惑和矛盾等一系列问题，进行了广泛的讨论。

1.莫言的历史地位和价值。

中国社会科学院研究员王行之认为，莫言是一位有勇气、有胆识、感觉敏锐而独特的作家。在他的作品中，充满着对传统文化、传统道德的反思与挑战，充满着对现代意识的探求与弘扬。他真诚地表达着一个痛苦灵魂的思索和困惑，他燃烧着自己的激情与才华，渴望惊醒仍在睡梦中的人们。莫言的痛苦是中国几代有良知的知识分子的共同心态，他的痛苦理应被人们、首先是中国知识分子所理解，然而，很不幸，中国的封闭时期太久远了，历史的积淀太凝重了，以致人们面对莫言的作品，感到有些惊讶，感到很不习惯，甚至感到不能容忍。比如，莫言在作品中所表达的强烈的生命意识，本来是对传统文化中善恶观念的超越，是对生机勃勃的现代精神和现代品格的向往，是面向未来的深沉思考，但遗憾的是，他的苦苦探求，他对民族命运的热切关注，却被人斥责为是宣扬丑恶。这种独特的莫言现象，应当引起人们的注意和深入的研究。

山东师范大学中文系教授李衍柱说，我们对莫言在文学史上的价值还未予以足够的估价。他认为在新时期的文学创作中，莫言是具有转折性的一个。他的小说具有三个不同以往的特点，即反叛性，敢于离经叛道，恢复人的本来面目；批判性，敢于大胆表现丑恶的愚昧，流贯着鲁迅的血液；现代性，有着强烈的现代意识和人生哲学。因此，对莫言的研究和评价，应当上升到一个新的高度和层次上。

2.莫言创作的基本特性。

作家出版社的朱珩青从三个方面分析了莫言的创作特性。首先是莫言的感觉。她认为莫言在感觉方面的发展主要有三点：一是从城市到农村。以往的感觉小说描写的都是快节奏的城市生活，如战后日本的新感觉派和中国上海的新感觉派；而莫言写的却是农村生活，他以自己独特的感觉，把以往平稳、压抑、保守、恬淡、被动的农村，变得新鲜、奔放、热烈、活泼和主动了。二是感觉范畴广。莫言几乎调动起了所有的感官，因此，他作品中的声音、色彩、味道等特别丰富。三是感觉特别丑。莫言的作品中充满了生老病死和血污，但这不是低级趣味，而是对传统审美趣味的反拨。其次是莫言的情感和情绪。朱珩青认为，莫言的情感和情绪主要是忧郁和痛苦，这种痛苦在莫言作品中主要有三种表现形式。一是被压抑的痛苦；二是处于临界点上的痛苦；三是爆发出来的痛苦。它们既是个人痛苦的诉说，又是民族和群体痛苦的表述，也是人生痛苦的反映。最后是莫言的创作方法,她认为莫言的创作方法是个三重奏,即民间的、民族的传统创作方法和现实主义创作方法、现代主义创作方法上有侧重、时隐时现的往复变奏。

3.莫言小说的生命意识。

山东大学美学研究所的陈炎认为,《红高粱家族》的深层意蕴就是对生命意志的弘扬,对酒神精神的赞美。这种不可遏止的生命意志自然具有伦理上的反叛精神,无论是儒家的"君君、臣臣、父父、子子",还是道家的"知足常乐"、"能忍自安",都无法约束这批活脱脱、赤条条、"一人敢走青杀口,见了皇帝不磕头"的蛮夫勇士。因此,莫言笔下的《红高粱家族》有着重新估价美、丑、善、恶的伦理意义,他要把野蛮人的血液重新注入我们老态龙钟的躯体,使我们兴奋起来,年轻起来,好在当今世界的舞台上与别的民族争夺生存的权利。

山东师范大学中文系的李掖平说,莫言小说由蛮野粗豪的美传达出的狂傲刚勇的生命元气和强力源自他所着力强化、表现和弘扬的深沉而强烈的生命意识。在众多小说尤其是《红高粱》系列中,他把性爱作为衡量和考察生命与人性的具体样本,渲染、夸饰着"爷爷、奶奶们"毫无遮掩的生命欲望和原始本能,并努力把这种直率粗朴的领会生命的方式,概括提升为一种人生经验和历史精神,借以宣泄他的人生大悲哀、大痛苦,借以抒发他在爷爷、奶奶生存中体验到的回复原生状态、回复人性如初的生命的大喜悦、大幸福,从而实现在现实中难以实现的灵魂对本体生命内在苦闷的积极超越。

4.莫言小说中的"祖宗崇拜"。

山东大学中文系的谭好哲从文化的角度,批评了莫言的"祖宗崇拜"意识。他认为"祖宗崇拜"情结的升华,虽然赋予了莫言小说独特的情韵和魅力,但把它当作自己独特的救世良方,却表现了莫言在文化选择上的偏执。偏执之一是重传统,轻现实。由于他对过去的人生有着近乎宗教徒之于上帝般的崇拜、迷恋和颂扬,而对现实人生和现在的中国人有着几乎无以复加的鄙视、厌恶和仇恨,这种情绪上的"偏激"使之既不能对往昔的生活作出真实的描写与呈现,又难以对现代的中国人及其现实生活作出客观的、冷静的艺术解剖。偏执之二是重乡土文化,轻都市文化。这种偏执导致莫言对乡土文化和乡土生活作了过多的美化,而不能对之采取一种分析的批判态度。偏执之三是重感性人生,轻理性人生。莫言一味张扬肉体的本能冲动,而完全否定了自觉理性精神对于人、对于人生的作用。尽管莫言强调生命本能或生存意志的扩张、张扬个性,是对规范儒教的有益反拨,但仅仅是感性人生的狂放,挽救不了生存危机,不会给中国人带来真正的幸福与自由。

山东大学《青年思想家》杂志社、《文史哲》编辑部的贺立华不同意这种批评。他认为在莫言的作品里,的确痛恨、诅咒杂种高粱,热情地赞美和呼唤纯种的红高粱。但如果从优生学角度观“杂种”比“纯种”优秀而推断出莫言仇恨现代文明的陈旧农民意识来，却是一个错误。艺术世界不能等同于现实世界，如果硬作机械的比附就会曲解艺术。深入作家的全部作品考察，就发现作家所讴歌的“纯种”，恰恰是人生命的原色，它虽然野蛮，但却具有蓬蓬勃勃、生生不息的活力。千百年来的所谓文明和近代的所谓“革命洪水”使红高粱变成了丑陋的“杂种”，缺少了高粱应有的“辉煌的颜色”和“灵魂风度”。作家在作品里痛惜人的异化，鞭挞扭曲的人生，尤其是鞭挞当今中国高羊(《天堂蒜薹之歌》中的人物)般的宁肯吃屎喝尿也要苟活下去的奴性人格。他写历史，写已作古的“爷爷”、“奶奶”，只不过是“借尸还魂”，还人真正的风采和灵魂。呼唤那些“历史上可能有过，将来也许还会有，而今天没有”(莫言语)的东西。作家在他历史题材的作品中完全打破了中国传统人格的秩序，“爷爷、奶奶”们敢爱敢恨，蔑视人间的一切法规，敢作敢为，敢为天下先，自由自在，无拘无束。艺术将人类原来有的、应该有的东西大胆地还给了人类。他的作品可以说是在强化中国的人格。贺立华还反驳了谭好哲关于莫言创作“偏激”情绪的观点，他说：作家、艺术家不是理论家、社会活动家，主观、“偏激”、感情用事、不冷静，正是艺术家、作家区别于其他家的优秀素质，不要用理论家、社会活动家的规范去框驾作家的感情和艺术想象。可以说，没有“偏激”，就没有《红高粱》；没有“偏激”，就没有怪才作家莫言；没有“偏激”，就没有整个文学艺术。

5. 莫言小说中的丑。

山东大学美学研究所的仪平策认为，从美学的角度看，莫言大写丑是对“以和为美”的传统审美价值的巨大嘲弄和自觉否弃。但是，这种否弃在莫言那里并没有走到西方现代主义的本体之丑上去，并没有让丑成为笼罩、浸透、规定和吞没个体的世界和本质，而是始终被主体所自由地观照、检视、超越和批判的对象。因此，这种丑的内涵是人道和理性的，它一方面破坏着旧的美学体系，另一方面又追逐和激励着一种新的美，那就是以对立为核心的崇高。所以莫言作品始终贯穿着一个美与丑、善与恶、灵与肉、兽性与人性、感性与理性在二元对立和冲突中加以动态组合的基本构成模式，这一模式使莫言形成了既具有浪漫主义的感性张扬，又具有现实主义的理性批判的双重审美态势。在他偏于浪漫主义的作品系列中，“丑”的出现以特有的方式和强度激扬了一种个性独立、生命满足、情感释放、人性自由的奔放热烈的酒神精神和浪漫主题；而在他偏于现实主义的作品系列中，“丑”的描写则表现为对历史之恶、现实之丑的透心彻腑的感受、厌恶和仇恨，凝聚了作者深刻的、冷峻的、自觉的文化重估和理性批判意识。莫言小说中的“丑”现象以及作者对它的双向把握方式，构成了作品奇谲丰富、恢弘浩荡的审美意蕴，在深化“五四”精神、创造崇高境界方面成为新时期文学的主导性美学潮流。

山东师范大学中文系副教授杨守森则从人性的角度分析了莫言的“丑”现象，说明了他是中国当代文学中的“恶之花”。他认为，长期以来，由于“人性善”的哲学错觉，由于“万物之灵长”的自我欺骗，人类曾经被设想得过分美好，人，曾经过分地相信人。人类生活中许多大大小小的悲剧正是由此酿成。莫言作品特别值得珍视之处正是在于：以波德莱尔式的冷漠笔触，以超政治、超现实的文学目光，对人性的残忍、丑陋和邪恶进行了无情的揭露，以提醒人类：不要对自身人性指望过高。有人曾对莫言在《红高粱》中不动声色地描写活剥人皮不以为然，其实，如果我们意识到了莫言那种超时空的人类视角，也就用不着大惊小怪了。当然，在人性哲学的冷静沉思方面，莫言作为一名当代中国军人作家，绝不像波德莱尔那样表现了极度绝望，也不像同代人洪峰们的“东方嬉皮士”精神、刘索拉们的近乎“黑色幽默”，他在揭露人性丑恶的同时，又充分表达了对“力”的憧憬与追求；塑造了集“残忍”与“强力”于一体的“我爷爷”、“我奶奶”、“小铁匠”、“中年犯人”等一系列丰富复杂的人物形象。从政治意义上来说，“强力崇拜”自然很难说是一种正确的选择，但从人性意义上来说，它的确又可以给予疲惫的生命和正在日趋消沉的民族精神以震撼、向往。这一点，也正是莫言超越了西方现代派及国内被称之为“伪现代派”作家们之处。

6.莫言小说中的不足。

《光明日报》著名编审潘仁山向莫言奉送了五味苦药。其一，莫言在哲学观念上缺少科学的辩证法，没有准确地运用对立统一规律塑造人物性格。其二，莫言在美学观上有为写丑而写丑的倾向。其三，回避政治，淡化政治。其四，看不到一个鲜明的、优秀的共产党员形象。其五，有向数量进军而不是向质量进军的苗头。

山东师范大学中文系的李江宁则对莫言缺少伦理意识感到遗憾。他说，莫言作品表现了政治意识和生命意识，但却缺少了一种伦理意识。这种伦理意识，也就是托尔斯泰式的博大的仁爱精神，能够超越阶级、阶层、国家、民族，像耶稣基督一样拯救整个苦难的人类。莫言明显地缺乏这种胸怀，他的生命意识基本上是通过个体宣泄、升华而得到的。这些作品因完全失去伦理意识而忽略了起码的道德判断；而在其政治性较强的作品中，因缺了这一层伦理意识，也让人感到作者激愤的情绪有些褊狭。

7.莫言是否应走出“高粱地”。

朱珩青认为，莫言基本上是民族的，是在自己土地上成长起来的。他对城市有一种隔膜。如果不能从大城市意识审视农村就会妨碍作家的视野。因此，对莫言来说，当务之急是如何迅速走出“高粱地”。

莫言的高密朋友张世家则认为，莫言应坚守高粱地，失去了高粱地，就没有了莫言。王汝清说，莫言作品所以受欢迎，就是由于莫言敢于说实话。因此，高密老乡愿意莫言留在“高粱地”里。

除上述问题外，与会者还就其他方面的问题，广泛地发表了意见。

三

莫言自始至终参加了会议，认真听取了同志们的发言，并于最后发表了自己的看法，回答了一些同志的提问。

莫言在发言中主要谈了以下几点：

首先是农民意识问题。莫言说：

评论界和创作界对我批评最多的是农民意识向题。那种认为出身农民家庭的作家必然的具有农民意识，必然的不具备现代的无产阶级意识，必然的更多的具有一种落后的小生产的狭隘心理的话，我非常反感，而且是痛恨的。我觉得对我国的农民意识应该进行客观的实事求是的分析。按马克思主义来说，经济地位决定政治地位，我们划分阶级成分也是从经济上来考虑的。建国之后，工人比农民生活好，政治地位也高得多，整个社会存在着对农民的歧视，农民被解放了吗？中国现在无所谓农民阶级，也无所谓工人阶级，也很难说有什么市民阶级。大家都是国家主人翁嘛。再来看我们的军队，主要组成成分是农民，也就是刚刚穿上军装的农家子弟，这在战争年代表现得更充分。我们一部新民主主义革命史，实际上是农民战争史。我们历史上所有的农民起义，同我们共产党领导的二十八年的革命战争是有血缘关系的。我们教材上所说的是工人阶级的领导，是无产阶级的领导，我觉得这种领导是脆弱的。也可以说，在我们的军队里封建主义的东西占的比重很大，尽管从古田会议就开始反对军队里的封建主义思想，但始终反不干净。建国以后，我们的军队成分发生了一些变化，我们军队的干部战士文化素质有所提高，但基本上还是农家子弟兵。大家看看老山前线，真正在老山前线浴血奋战、献出生命的大都是我们农家子弟。

中国的城市是否必然的具备无产阶级意识呢？我们中国最大的城市首都北京，究竟有多少无产阶级意识？很多人都说一进北京就感觉到一种非常堂皇的帝王气象。上海也没有多少无产阶级意识，资产阶级意识倒有一些，但也变了种。它更多的是由农民意识变种而来的小市民的意识。因此，我认为许多作家、评论家是用小市民的意识来抨击农民意识，这是一个偏差。而用出身来给作家戴上一个什么意识的帽子就更不合适了。难道出身高干家庭的干部子弟，他身上没有农民意识吗？

我出身农民家庭，还在农村待了二十年，说我有农民意识，我不敢也不愿否认。问题在于当代中国，除了农民意识还有什么别的更先进的意识吗？既然没有，那么，农民意识中那些正面的、比较可贵的一面，就变成了我们作家起码是我个人赖以生存的重要的精神支柱。这种东西在《红高粱》里得到比较充分的发挥。当然，对农民意识里落后愚昧的一面我也进行了批判，而且也不比出身工人家庭的或知青出身的作家肤浅。用一句现成的话，就是马克思所说，任何一个阶级都是它内部的叛徒充当了它本阶级的掘墓人。那么农民意识里面最落后的东西依靠谁来埋葬呢？我看还是靠我们农民阶级的叛徒。我们一方面是农民最可信赖的儿子，另一方面我们还应是农民的掘墓人。

其次是写丑的问题。莫言说：

这也是批评的重点。我在去年5月写的一篇文章里，引用了马克思引用过的埃思库罗斯悲剧里的一段话，普罗米修斯说，我痛恨天下地上的一切神灵。在我们这个很独特的社会里，我们一味地歌颂真善美，能不能准确地表现出我们社会的面貌来？有人说我是现代派作家，我有时候也为自己辩护，我认为我是一个最现实的作家。我所有的作品都充满了非常浓郁的现实主义的气息。既然承认了现实主义，我们就可以做一个简单的文字游戏，既然建国以来现实主义应是我们创作的主流，要真实地再现社会、反映社会，源于生活、高于生活，实际上还是要把社会客观地表现出来，如果一味地歌颂真善美，恰好变成了一个独轮车。我认为人性、兽性问题，在恩格斯《家庭、私有制和国家的起源》一书中论述得很充分，人就是一半天使，一半魔鬼，每个人身上都潜藏着很多兽性。

我为什么觉得应该把丑写得淋漓尽致呢？就是为了张扬个性。我们曾经有过长期的造神运动，把毛泽东看作凌驾于我们头上的上帝。现在，我们的思想解放运动一个最起码的低层次上的起点，就是敢亵渎所有的神灵，打破一切价值和标准。而任何道德价值都是历史的产物，有它进步的一面，也有它缺陷的一面，所以我们对所有的道德价值都要重新评价。过去认为好的、善的、美的，反过来看也许都是非常恶的。现在我们社会道德价值标准里面是否也有很残忍的一面呢？任何进步的确都是伴随着牺牲一些有价值的东西。社会主义制度当然要比资本主义制度先进，我们如果真正用良心来说话，而不是用马克思主义清教徒的口吻来说话，我们说社会主义也有扼杀人自由发展的天性的一面。任何集体都是在牺牲个性的基础上才存在的，没有个性的弘扬，社会怎能进步呢？于是就产生了一个巨大的悖论，我们既要高度统一，建立一个集权社会，当然从生产力的发展上，在社会历史方面是进步的，但从人性的角度来衡量，它就未必没有失落。

不管怎么说，我们在某些方面，在生产关系的结构形式方面是进步了，但在个性解放上却是退步了。我们在向更高层次的社会形式进步时，该补的一课是什么呢？不是要继续强化那种集体意识，不是强化集权，而是要强化个性，发扬个性。个性发展的阻碍有两个方面：一个是来自社会的压力，没有发扬个性的条件和机会；另一个方面来自我们个人，因为我们在长期的禁锢之后，就像鲁迅说的那样，假如一只鸟长期关在笼子里，一旦放出来，翅膀麻痹了，不会飞，如果飞走了，还会飞回笼子里来。因此，要想解放自我，要想搞创新，就要敢于亵渎神灵，亵渎神灵最好的办法就是佛头著粪，大佛不是金光反照吗，就给它头上撒上一泡尿，事实证明也没有怎么着嘛。还所有的人本来面目，没有神灵，也没有上帝，上帝就是我们自己。

再次就是关于拯救人类意识的问题。莫言说：

有人说我是农民阶级的代言人，我觉得应该有一批为民请命的人，在目前的情况下，为民请命的人是很可贵的。但是，如果从更高的角度上来讲，作家应该俯瞰世界，从全人类的高度上来拯救人类，从文化结构、从心理上来疗救我们的民族，这是非常艰巨的任务。从鲁迅以来一直在做这个工作，不断地暴露我们民族性格中那种懦弱的、软弱的、黑暗的一面。我觉得鲁迅最缺少的是弘扬我们民族意识里面光明的一面。一味地解剖，一味地否定，社会是没有希望的。这就与我前面说的相吻合起来，我们分析了中国的社会形态，无产阶级意识在中国是变种的，是烙着封建主义痕迹的，资本主义在中国是被改造过的。在这种情况下，我们民族之所以还有希望，在中国发展的唯一健全的意识恰恰是农民意识，我们不把农民意识光明的一面弘扬起来，那社会是没有发展前途的。

至于说到我对社会人生的认识，我觉得农民意识中光明的一面也是不能使中国跻身于世界民族之林的，这恐怕是一种兴奋例，是一种暂时现象。在所有人都说我们民族没有希望的时候，当前是一个过渡时期，也是一个非常困惑的时期，旧的道德价值被粉碎之后，新的道德价值还没有建立起来，作家怎样确定自己的人生观、世界观呢？我的确非常困惑。我有没有对世界的基本看法呢？有，但这种看法是变化的，是动荡的。有时我觉得可能靠农民意识中光明的一面来给中国指出一条道路，使中国的文化有个大体的取向；有时又觉得这是不可能的，这样发展下去，又是一个恶性循环，又回到原来的起点上去了。我目前是痛苦的，也是矛盾的。

其实，对作家来说，重要的不是拯救万民的灵魂，而是拯救自己的灵魂。怎样拯救自我呢？怎样从痛苦中挣扎出去呢？这与前面的问题是一致的。我个人痛苦的挣扎过程如果一旦解决了以后,我作为作家也就不存在了。只有在痛苦的挣扎当中,才可能显示我的价值。我这种困惑与矛盾,也就是说,如果我的这种旧价值向新价值过渡时期的痛苦徘徊与整个民族的痛苦与徘徊产生一种共鸣的话,我可以断定我还是有发展前途的。如果我个人这种痛苦与民族的痛苦产生游离的话,我是没有任何前途的。我不想解决我的矛盾,我想深化我的矛盾,我想靠我的矛盾来生存。我非常希望、非常渴望我的痛苦矛盾与民族的痛苦矛盾产生一种合拍。如果我的痛苦与民族的痛苦是一致的,那么,无论怎样强化我的个性意识,无论怎样发泄我的个人痛苦,无论怎样把我的一切都喷吐出来,我的个性都得到一种更大的共性,发泄的越厉害,爆发得越厉害,我就越了不起。只怕我做不到这一点。

莫言发言之后,又回答了一些同志的提问。

有人问,什么是我们民族的最大特点呢?莫言说:“我们民族最大的特点是忍受苦难的能力。他们没有受不了的罪,适应能力也非常强。这是非常可贵的。因为忍受苦难也是一种英雄行为,是反抗的一种方式。卧薪尝胆,忍的过程也就是斗争的过程,是对人的生命力更加严峻的考验。我个人认为,这也是我们应当弘扬的光明面。”

有人问,你如何看待为民请命的创作?莫言说:“为民请命的作品非常可贵,并且在当前尤为需要。但我个人并不想成为一个纯粹的为民请命的作家。我也写这类作品,但只是一种试验。”

有人问,你看的最多的是哪一类书?莫言说:“看的最多的是马克思的书。”

第三辑　莫言谈创作

天马行空

◇莫　言

作家在进入创作过程之前和创作过程中，最艰苦也最幸福、最简单也最复杂的劳动就是想象。没有想象就没有文学。没有想象的文学就像摘除了大脑半球的狗，虽然活着但没有灵气，虽然是狗但也是废狗。因此，没有想象的文学作品虽然不缺零件但缺少最重要的灵气，所以不能叫真正的文学作品。

生活是创作的唯一源泉，这无疑是正确的。但仅有生活还是不够的。因为人人都在生活，但并不是人人都能写作，写作的人中不少也是凑热闹，写不出真正意义上的文学作品，关键的问题就是缺少天才和灵气。一个文学家的天才和灵气，集中地表现在他的想象能力上。浮想联翩，类似精神错乱，把风马牛不相及的若干事物联系在一起，熔为一炉，烩成一锅，揉成一团，剪不断，撕不烂，扯着尾巴头动弹，这就是想象的简单公式和一般目的。

作家在进入创作过程之后，必须借助于想象给原始的生活素材插上飞动的翅膀。能飞起来的当然好，飞不起来的正是要淘汰的渣滓。这种想象也是对原始素材的加工和蒸馏，升华和提高。只有经过了想象的东西才是非常灵动、非常活泼、只可意会不可言传的东西，否则就会僵化、老化、固定化和程式化。

创作需要生活，更需要想象。想象可以弥补生活的不足，当然想象也必须借助于生活中的表象，利用从生活中得来的知觉和感觉，运用从生活中学来的逻辑思维形式。但想象毕竟是富有创造性的，想象的过程是个“化学”的过程，它能化出全新的东西。

“百闻不如一见”并不是绝对真理，从某种意义上说，想象出来的景色比亲眼看到的景色更加波谲云诡。没到过海的人写出来的海也可能美。因为这个海是他的海，是他在海的基本知识基础上经过想象高度理想化了的海，这个海不能不带来强烈的神秘气氛和童话色彩。没谈过恋爱的人可以成为编撰罗曼史的高手。没结婚的人可能写出天下第一流的美满姻缘。写熟悉的东西呀，写亲身经历的事情呀，如果强调过了头，有可能锁住我们的手脚。

要想搞创作，就要敢于冲破旧框框的束缚，最大限度地进行新的探索，犹如猛虎下山，蛟龙入海；犹如国庆节一下子放出十万只鸽子，犹如孙猴子在铁扇公主肚里拳打脚踢、翻筋斗，折腾个天昏地暗、日月无光，手挥五弦、目送归鸿、穿云裂石、倒海翻江，蝎子窝里捅一棍。然后，平心静气休息片刻，思绪开始如天马行空般驰骋，天上人间，古今中外，坟中枯骨，松下幽灵，公子王孙，才子佳人，穷山恶水，刁民泼妇，枯藤昏鸦，古道瘦马，高山流水，大浪淘沙——把各种意象叠加起来，翻来覆去，去粗取精，去伪存真，由此及彼，由表及里，一唱雄鸡天下白，虎兔相逢大梦归。

创作过程中，每个人都各有高招，有阳关大道，也有独木小桥。如果非要统一，多半会装腔拿势、作牛头马脸、吐虚情假意。因为有些东西是说不清道不白的。当头打你一狼牙棒，你说，哪儿是痛点？

一篇真正意义上的作品应是一种灵气的凝结。在创作过程中可以借鉴，可以模仿，但支撑作品脊梁的，必须是也不会不是作家自己那点点灵气。只有有想象力的人才能写作，只有想象力丰富的人才有可能成为优秀作家。主题先行，也有可能产生好作品，先有主题，后编故事，而且编得有鼻子有眼，连眼睫毛都忽闪，这也是一种本事。文学应该百无禁忌(特定意义)，应该大胆地凌云健笔，在荒诞中说出的道理往往并不荒诞，犹如酒后吐真言。

创作者要有天马行空的狂气和雄风。无论在创作思想上，还是在艺术风格上，都必须有点邪劲儿。敲锣卖糖，咱们各干一行。你是仙音缭绕，三月绕梁不绝，那是你的福气。我是鬼哭狼嚎，牛鬼蛇神一齐出笼，你敢说这不是我的福气吗？

也可以超脱时空，至大无外，至小无内；也可以去描绘“碧云天，黄花地，北雁南飞”；也可以去勾勒“风声紧，雨意浓，天低云暗”；泼墨大写意，留白题小诗，画一个朗朗乾坤、花花世界给人看。

有了这样的本事，不愁进不了文学的小屋。

(原载《解放军文艺》1985 年第 2 期)

与莫言一席谈

◇莫　言　陈　薇　温金海

创作，实际就是一个不断发现自我的过程

记者：通常你在什么情况下进入创作？

莫言：当头脑里出现一个非常感人、非常辉煌的画面时，我就会情不自禁地拿起笔，一下子想起好多好多事来。

记者：这画面是一个灵感呢，还是一个记忆？

莫言：是生活中留给我深刻印象的事物，倒不一定是亲眼目睹的。譬如红高粱的画面。我确实不曾看到过如此浩瀚的高粱地，但是老人们经常讲起的传说，却不知在我的头脑里熔铸了多久。每次听，都要产生联想，都要在脑子里成像。

写作开头的时候，我常常并不清楚自己究竟要写些什么。等到快一半时，眼前才会一下子豁然开朗。噢，知道大概要写些什么了。

记者：这如何解释你的创作冲动呢？它是无意识的？还是有意识的？

莫言：它是一种画面。譬如《红色淤泥》。那一群飞蝗，铺天盖地，把太阳都遮没了。一个阴惨的画面。下面还有一块红色的沼泽地。里面生长着形形色色的植物，奔跑着各种各样的动物。一匹红色的小马驹，在沼泽地里十分艰难地跋涉。这画面让人痴迷。

记者：它们作为一种契机，触发了你的想象和记忆？

莫言：更多的是调动起我所听到过的传说。

记者：这可以解释为什么你的小说主观色彩特别强。

莫言：文学，我以为都是主观的，不主观怎么行呢？

记者：不过，有些作家的主观色彩表现得曲折一些，乍看起来纯粹是在描写一种客

观世界，只是其中潜伏着某种主观意识。

莫言：那些人似乎是非常客观性的，其实还是主观性的。作家观察生活本来就是主观的。

一个作家理所当然地应该完整地表达自己的所有观点，完整地宣泄自己的所有感受。也许这种极端的主观反而会导致一种极端客观的效果。

记者：谈谈你对艺术感觉的看法吧。我们以为，你将艺术感觉发挥得比较充分是从《透明的红萝卜》开始的。

莫言：创作上的追求是很痛苦的。创作实际上就是一个不断发现自我的过程。可能在创作起步时，你会遵循小说作法，或者模仿某位作家的风格。但是，当你逐渐发现自我之后，本来是什么样子就会呈现出什么样子。

记者：一旦找到自我，创作就是驾轻就熟的了吧？

莫言：是的，我感到非常轻松。而当我一旦离开这条路子的时候，倒感到特别特别困难，觉得不是我了。

记者：什么时候想到过离开这条路呢？

莫言：经常想离开啊。当你写一篇作品时，是不能那么大量地去铺陈那种感觉的。这样做会使读者疲劳。但一旦想离开它，换一种笔调写，以把那种感觉减弱一点，即所谓客观一点的时候，就感到特别累，仿佛不是我在写。

记者：你觉得作家的艺术感觉受哪些因素影响呢？

莫言：不应该孤立地去看艺术感觉。我以为，艺术感觉的形成主要决定于作家的人生态度和特定时空下的心情。但有时，作家的感情是以矛盾的形式呈现出来的。我很爱一个事物，也许却会很愤怒地去写它。

没有偏激就没有文学。

再说象征。生活本身就是象征的。而你刻意追求它的时候，写出来的也许就是败笔。要写出事物的象征，首先要做一个象征的人。在欢乐的情感下，绝对写不出荒诞。经历了人生大转折以后，才能站在较高的层次上。所谓手法、风格的不同，实质上是人的本质的不同。

记者：引起你最初的创作冲动的事物是什么？

莫言：坦白地讲，是功利心。当时，别人都有手表而我却没有，我最初的创作动机也许就是为了赚些钱买块手表。

我想，任何人最初的写作都可能基于一定的功利心。但到了一定时候，就该超脱一些。搞文学，人格起决定作用。一个小人绝不会写出高尚的作品。

我恨透了这地方，也爱透了这地方

记者：为什么对于家乡、对于农村，你会写得特别好？

莫言：这恐怕与我在农村生活了20年有关系。尽管我骂这个地方，恨这个地方，但我没有办法割断与这个地方的联系。生在那里，长在那里，我的根在那里。尽管我非常恨它，但在潜意识里恐怕对它还是有一种眷恋。这种恨恐怕是这样的，我一直湮没在这种生活里，深切地感到了这地方的丑恶，受到这土地沉重的压抑。所以，我以前反对别人歌颂土地。土地有什么好歌颂的呢？土地多残酷啊！一辈一辈地累弯了我们祖先的腰，实际上，所有的农民都成了土地的奴隶。

但一离开农村，离开土地，进入都市，将都市与农村进行参照，于是就产生了一种眷恋。

记者：有人认为你的小说表现出对旧文化的眷恋，你以为如何？

莫言：我是一个向前看的作家，我创造一种非常理想的生活，好像是往后看，实质上是向前看。

当人一旦具有了一种强烈的感情时，总要找个地方发泄的

记者：据说你的童年很不幸。你的作品里不断出现爷爷、奶奶的美好形象，似乎是对苦难生活的一种补偿。是这样吗？

莫言：很难说。真正的爷爷、奶奶对我并不好。我的家庭挺大的，很迟才分家，父亲和叔叔一共有八个孩子，我是生得最丑、最淘气、饭量最大、最懒惰的一个。我还特别嘴馋，常偷爷爷、奶奶的东西吃，所以他们特别不喜欢我，经常拿白眼看我。

恐怕一般人总是把作品与作者联系起来。

记者：确实有点关系的。

莫言：可能有这种关系。童年的生活贫困难道不是我们这批30多岁年轻人的共同命运？你看我，1956年出生，刚有点认识能力，1958年大跃进乱糟糟的场面开始了。紧接着是“文革”。我家出身不太好，是上中农，属于可以教育和团结的对象，稍微不小心就可能被划到敌人那边去。全家始终在胆战心惊中过日子。我父亲那时还当着大队干部，在外面惨淡经营，像当奴才一样，受了好多窝囊气，回到家里就把气撒到我们头上。我确实没有感到人间有什么爱。我始终认为，家庭对任何孩子来讲，绝对是种痛苦，父爱、母爱非常有限度。所谓的父爱、母爱只有在温饱之余才能够发挥，一旦政治、经济渗入家庭，父爱、母爱就有限得、脆弱得犹如一张薄纸，一捅就破。当然可以歌

颂母爱，歌颂父爱，但极端的爱里就包含了极端残酷的虐待。

记者：可你作品中的爷爷、奶奶是如此美好……

莫言：我崇拜爷爷、奶奶早年的光荣历史。我爷爷是个木匠，结实能干，劳动绝对是一把好手。割小麦，无论有多少人，他都永远是第一名，力气大得惊人，我是把爷爷、奶奶的形象和我们家族的有关英雄好汉的形象熔铸到一起的。但我爷爷确实没有当过土匪。所谓高密东北乡也不是原来的那个样子。小说中的世界是我创造的。

记者：就像福克纳创造了密西西比州的约克纳帕塔法县。

莫言：我必须承认，我受了他的影响。但没有福克纳我也会这么做的。

记者：你一而再地写故乡，写爷爷、奶奶，写家族，这种感情为什么如此源源不断?

莫言：因为还是有一种潜在的爱。但我刚才说过我写的不是原来的家乡，仅仅是借助了高密东北乡这个名称。活动的人物，生长的植物，都不是那里的。这是我理想中的地方。

记者：那种强烈的爱憎来自哪里?

莫言：很可能来自现在的生活，这很难说。总之，当人一旦具有一种强烈的感情时，总要找个地方发泄的。

当我拼命将深情倾注于奶奶的时候，没准儿我正爱着一个小姑娘。这你可别往上写，打个比方嘛。当我在一个作品中痛骂这个女人或那个女人时，没准痛骂的是别的什么人。

评论家根据自己的人生经验来消化作品，得出的印象肯定是正确的，但不能说是唯一正确的

记者：有人说《红高粱》讴歌爱国主义，是这样吗?

莫言：那我很高兴，对我评价很高。

记者：我认为，你的一切创作的出发点都基于你对人类生存状态的关注。

莫言：这当然很准确，因为这个概念的内涵非常大。现在任何人对于我作品的任何解释，我都同意。有时候，评论家不但引导读者，而且引导作家向某一方向走。

评论家也是一个人，他应该首先作为一个读者来读作品。根据自己的人生经验来消化作品，得出的印象肯定正确，但不是唯一正确的。即使把一部作品贬得一无是处，也没什么奇怪。还是一句话，没有上帝，作家不是上帝，评论家也不是上帝。

记者：有人觉得《红高粱》的题材分散开写很可惜，如果写成一部中篇或长篇小说，效果会非常强烈，但你现在分散成几个中篇，效果给稀释了，情节、结构、人物又不断重复。而且你的元气在《红高粱》里投放得太多，后劲就不太足，有疲弱之感。

莫言:我已经知道我犯了一个重大错误,如果写成一部长篇就好了。

如果没有这个场面,后面就没法写

记者:《红高粱》中,罗汉大爷的凌迟场面被普遍反映过分了些。

莫言:那样神经也太脆弱了。我最大的遗憾是我写得还不够冷静,篇幅还太短。

记者:这种场面你亲眼见过?

莫言:没有。但我剥过一张兔子皮。

记者:写那个场面时你有什么感觉?

莫言:我没有感觉。如果我后退一步,用完全现实主义的"真实地再现生活"的标准来评判一下抗日战争、解放战争,是否发生过这种事情?那我可以肯定它是有过之而无不及,更加残酷透顶。

记者:这样详尽的描述,与你的构思有什么关系?

莫言:如果没有剥皮的场面,那么后面就没法写,爷爷他们对日本侵略者的刻骨仇恨就很难解释。一般说来,中国农民是很麻木的,不触及他们的根本利益,不真把他们惹火的时候,他们绝对都是羔羊。有些人就是叶公好龙,一方面要求再现历史本来面貌,要写真实,真的真实了,他们又受不了了。

我更喜欢高更的绘画,小说能达到那种境界才是高境界。我现在知道如何走向高更了

莫言:谈到我的文字,我相信一句话,文学是一种分泌。真正属于每个人的文字与每个人的气质一样。我的文字乱七八糟,我的情感、思维也从来没有清晰过。

记者:你一定看过福克纳的小说吧?

莫言:看得并不多,顶多十万字。我这人看书一向不认真。

记者:那对作家岂不是件悲哀的事?

莫言:作家写的书不是给作家看的,而是给一般读者看的,要编故事难道还得借助人家的书吗?我看书主要看他的表现。

记者:你喜欢哪些作家?福克纳算一个吧?

莫言:福克纳的我自然很喜欢。我喜欢的确实挺多,比如托尔斯泰、肖洛霍夫、霍桑、棱茨、怀特、川端康成,等等。

记者:其他方面呢?绘画喜欢吗?

莫言:我特别喜欢后印象主义凡·高、高更的作品。凡·高的作品极度痛苦、极度

疯狂；相比之下，我更喜欢高更的东西，它有一种原始的神秘感。小说能达到这种境界才是高境界。我现在知道如何走向高更了。

对这块土地的历史的了解，主要依靠先人们的传说

记者：听你刚才说，你写高密东北乡主要是借助了想象？

莫言：对这块土地的历史的了解，主要依靠先人们的传说。任何传说都经过了一代两代以上的艺术加工，带上了相当的夸张成分，本身就具备一种传奇性。认识的历史是这样，写出的历史也必然是这样。我没有见过我的作品中的高粱地，就可能写得更漂亮。我把一般的生活上升到神话世界，让人的生活、人的命运在神话氛围里展开。

记者：所以，你的小说具有超越时空的特征。人是永远的年轻、美好、崇高、充满魅力，没有沾上一点历史的灰尘。人被从历史的具体时空中解放出来，进入永恒。

莫言：可能是这样吧。

记者：那些传说故事对你的创作影响深刻吗？

莫言：它们几乎成了我生活的一部分。劳动之余干什么？就是讲故事。而且讲的、听的总不厌烦。同样一个故事，每个人说的又都不一样，听哪个都津津有味，一个故事听了五遍还是感到兴致盎然。故事讲一遍就加工一遍，提高一遍，夸张一遍。我父亲是讲故事的高手，讲土匪打仗，放枪，放得枪筒都软了，一拉，可以拉长两寸。

写战争不必非要写真实的战争过程，那是拼战争史料。我想达到的目的是反映人类的某种生存状态

记者：不少人主张军人作家应写战争题材，有些作家写来就挺吃力，你没有经历过战争，写起战争却那么轻松自然，这是为什么？

莫言：他们是为了再现人民战争的壮丽画卷。我觉得写战争不必非要写真实的战争过程，那是拼战争史料。我根本不是写历史，只是把我自己的感情找个寄托的地方。小说根本没有界限，历史小说、现代小说、军事题材小说、农村题材小说，都没有界限，完全可以打通。干吗非要熟悉当时的环境？按你心中的战争去写就行了。

记者：有些评论家认为，你这样写看不出清晰的历史轮廓。

莫言：我就要达到这个目的，反映人类的某种生存状态。哪怕是地球上过去和现在从来没有人那样生存过，那更好，那才是创造，才是贡献。

记者：“高粱”系列里的爷爷、奶奶是否反映了你渴望的生存状态？

莫言：也不一定是我渴望的生存状态，是我想象的一种生存状态。也可以说是我

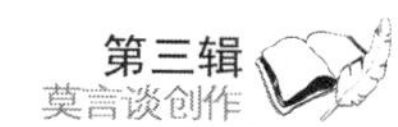

想象的过去的人就是那样生活的，也可以说是我想象的将来有一天人们可能会那样生活。

一个人发了一两个中篇就成了作家，也太容易了

记者：谈谈你的其他创作，好吗？

莫言：1981 年的《春夜雨霏霏》是我的第一部作品，之后又写了一些，1985 年 3 月至 1986 年 3 月发表了《透明的红萝卜》、《球状闪电》、《红高粱》、《高粱酒》、《高粱殡》、《奇死》等六部中篇和《秋千架》、《枯河》等十余个短篇。一个人发了一两个中篇就成了作家，也太容易了。

记者：哪篇作品你比较偏爱？

莫言：《金发婴儿》。它更像一篇小说，深入到人的隐秘世界里。虽然好多人不喜欢，但我个人最喜欢。

记者：听说你签了很多合同，已经签到 1990 年了。

莫言：是啊。我现在必须抓紧时间写，要不就写不完了。

记者：你还这么年轻，怎么就有一种紧迫感？

莫言：我的年轻是一种假象，其实肉体老化得相当厉害了，日薄西山，百病缠身，三十多岁已是垂暮之年。我预感自己生命的蜡烛会有一天突然熄灭。

记者：这样写作恐怕很累吧？

莫言：是累。出名之后是痛苦的，有时身不由己，你本来想这样，却必须按别人的意见去写、去改，此外也没有时间像以前那样精雕细琢了。

记者：出名后有何感觉？

莫言：更加瞧不起自己。我认为社会是不公道的，那么轻易地把荣誉给了我。我不愿做一个浅薄的名人。

（原载 1987 年 1 月 10 日、1 月 17 日《文艺报》）

十年一觉高粱梦

◇莫　言

从小在黑土里打滚、种高粱、锄高粱，打高粱叶子、砍高粱秸子、剪高粱穗子，吃高粱米、拉高粱屎、做高粱梦，满脑袋高粱花子，写高粱红，所以我恨透了红高粱，所以我爱极了红高粱。文化大革命期间，我们那个公社书记，从海南岛弄来一种杂交高粱，产量特高，味道苦涩，公鸡吃了不打鸣，母鸡吃了不下蛋，人吃了便秘，乡民们去找书记诉苦，书记说："你们为什么不用肉汤泡着吃呢?"那十年里，我吃了3000斤杂交高粱，所以一接到入伍通知书，我就想：去你妈杂种高粱，这下我不用吃你了。在那十年里，我和我的父老乡亲们，十分怀念地地道道的红高粱。

我认为一个作家——何止是作家呢——一个人最宝贵的素质就是能不断回忆往昔。往昔就是历史，历史是春天里的冬天，秋天里的夏天，夏天里的春天，冬天里的秋天。秋天，我坐在一条弯弯曲曲的河堤下，看着堤岸上的柳树不断地把一片片细眉般的黄叶抛掷到水面，黄叶在忧郁的瓦蓝河面上缓缓漂流，那时候，我的眼前腾起一阵阵轻烟般的薄雾，在薄雾中显出了一条条纵横交错、通往过去的羊肠小路，沿着这些小路往里走，无数曾经在这块土地上甜蜜恋爱过、辛勤劳动过、英勇斗争过、自相残杀过的人们，一个个与我相遇。他们急急忙忙地向我诉说，他们认认真真地为我表演，他们哭、笑、忧、惧、骂、打，他们播种、收割、偷情做爱、生儿育女……幻想再现历史……追忆逝去岁月，是一种创造性的思维。

最近，我比较认真地回顾了一下我近年来的创作，不管作品的艺术水准如何，我个人认为，统领这些作品的思想核心，是我对童年生活的追忆，是一曲本质是忧悒的、埋葬童年的挽歌。我用这些作品，为我的童年，修建了一座灰色的坟墓。

《红高粱》是我修建的另一座坟墓的第一块基石。在这座坟墓里，将埋葬1921～1958年间，我的故乡一部分父老的灵魂。我希望这座坟墓是恢弘的、辉煌的，在坟墓前的大理石墓碑上，我希望镌刻上一株红高粱，我希望这株红高粱成为我的父老们伟

大灵魂的象征。

《红高粱》是在比较的意义上超越了我的生活经历和感情经历的作品，我的追忆跨过了我的门槛，进入了一个广阔的天地，那里是红得如血、浩瀚得如海的高粱世界。

郑万隆老师在一次讲课中曾提出过“第三种生活”的概念，我进入的高粱世界，就是“第三种生活”的世界。

我的“第三种世界”是在我种高粱、吃高粱的基础上，是在我的祖父祖母、父亲母亲喝过高粱酒后讲的高粱话的基础上，加上了我的高粱想象力胡乱捣鼓出来的。

我赞成寻“根”。每个人都有自己的根，每个人都有自己的寻法，每个人都有自己对根的理解。我是在寻根过程中扎根。我的“红高粱”是扎根文学。我的根只能扎在高密东北乡的黑土里，我爱这块黑土就是爱祖国，我爱这块土地就是爱人民。

本文开头提到“杂交高粱”，之所以提到这个狗杂种，是因为我想到，对土地——乡土——的热爱，绝对不能盲目。爱的第一要素是残酷地批判，否则便会因了理智的蒙蔽，导致残酷的游戏。

我准备用十年时间做一场高粱梦。

我准备做十年高粱梦。

1986年3月5日

（原载《中篇小说选刊》1986年第3期）

《奇死》后的信笔涂鸦

◇莫　言

匆匆翻了一遍《红高粱》、《高粱酒》、《狗道》、《高粱殡》、《奇死》这五部姑名之为“抗战题材”的小说，除了有一种吐出卡喉鱼刺的轻松感外，更多的是一种无法弥补的遗憾。本来我是可以把它们拾掇得像个好孩子的样子之后再赶出家门的，但我没能够这样做。我就让它们蓬头垢面地、鼻涕一把泪一把地走进了封面都很高贵漂亮的期刊里去了。我的这群孩子不干不净地走进它们的共和国，是为我增光呢？还是为我丢丑？是为它们的家庙刷新油彩呢？还是拆它们家庙的墙基呢？正应了“儿大不由爷”，发表了的作品由不得作者。你们这五个“高粱畜生，小杂种”，有人骂你们的时候，你们尽管装聋作哑就是——要不就把责任推到你们的家长身上——不要推责任也是我的。随人家怎么说你们去吧。但我的态度是认真的，也就勉可自慰了。

这五部中篇小说，是我向读者的一个短暂的投降——也可能是投降了真理，也可能是投降了谬误。我尽力地向“现实主义”靠了一下拢，没有像人家说我的那样故弄神秘。其实什么是“现实主义”什么是“现代派”，我委实搞不清楚。我只是猜想怎样写才能让读者比较喜欢一点我的作品。但实际上进入创作过程之后，哪还有一个作家脑海里还移动着一张张读者的脸？轻松、自由、信口开河的写作状态我认为是一种值得作家怀念和向往的状态，一旦进入这种状态，脉络分明的理性无法不让位给毛茸茸的感性；上意识中的意识无法不败在下意识的力量下。下意识的机器不轰隆作响，写作可就真正变成了一种挤牙膏皮的痛苦过程了。

我在写这五部中篇时，尝到了挤牙膏皮的滋味，可真是不好受，满脸哭相，谁见了我也不会喜欢我。当然，也有坏了水龙头开关的时候，挺过瘾，也不累。不过，谁要是坐在我身边可就倒了血霉了，因为每逢这种时候，我的两条腿就直劲地抖，碰得桌子腿直着劲响。我们家乡有一个琴师，拉琴入神时，鲜红的舌尖像雨点般地乱舔嘴唇，怪吓人的。也许，也许那就是进入“忘我”的高尚境界了吧？

我为了讨好读者，在这些小说里编织着故事的连环套。为了把故事编圆，不得不牺牲了许多宝贵的“优点”；为了故事的连贯性，不得不插入一节节干巴巴的柳木棍子般的叙述。这样干了，我知道我得到了什么，也知道我失掉了什么。我清楚我这五部小说对我自己的意义，所以，尽管我没洗净它们的脸庞，但也就不过多地去自我批评了。自我批评才真叫痛苦呢。孙五能剥掉罗汉大爷的皮，但剥不掉自己的皮；我想我被逼急了也许能去剥人家的皮，但我绝没有力量（不是没有勇气）剥我自己的皮。自我批评就是自我剥皮。

但我总有一天要剥掉我的皮的。

写创作谈之类的文章是一桩痛苦不堪的事情。其实，不具备自我剥皮精神，“创作谈”就是一件自欺欺人的买卖，就是赚完大钱之后又赚小钱。

其实我也是个“最英雄好汉最王八蛋”的家伙，你看我一边骂着“创作谈”，一边又在创作“创作谈”，不是“最英雄好汉最王八蛋”又是什么呢？

高密东北乡确实是个很有特色的地方，那里的历史充满着尖锐深刻的矛盾，揭示这些矛盾将是我今后的重要任务。我在小说里曾提到过“种的退化”，读者和批评家不要深究，也许改成“种的异化”更贴切些。那里血海一样的红高粱几十年前确实存在过，但现在连一棵红高粱也找不到了。现在农民种植小麦、大豆、玉米。这些作物都比高粱的营养丰富，由主食高粱发展到杂食小麦、玉米、大豆，这肯定是个进步，是生活水平提高的表现。把暄腾腾的白面馒头和硬邦邦的高粱面饼子摆在一起让我挑选，我当然也不会去吃高粱面饼子。可是一想到在高密东北乡广袤的黑土地上曾经存在过的波澜壮阔的高粱图画，我的心里总是浮起一阵酸溜溜的感叹。这也算是高密东北乡诸多矛盾中的一对吧？

另外，我在小说中还或多或少地涉及一点伦理道德，说坦率点就是有一些关于性爱的描写。我深知这不是一颗好啃的果子，但还是战战兢兢地啃了一牙。山东是孔孟故乡，是封建思想深厚博大、源远流长的地方；尤其是在爷爷、奶奶的年代，封建礼教是所有下层人的尤其是下层妇女的铁的囚笼。小说中奶奶和爷爷的“野合”在当时是弥天的罪孽，我之所以用不无赞美的笔调渲染了这次“野合”，并不是我在鼓吹这种方式，而是基于我对封建主义的痛恨。我觉得爷爷和奶奶在高粱地里的“白昼宣淫”是对封建制度的反抗和报复。极度的禁欲往往导致极度的纵欲，这也是辩证法吧！伦理道德具有阶级性，这是不大会被人否认的；但伦理道德的超阶级性则不一定被所有的人都接受。这不得不扯远一点，扯到“文化对人类的制约”上。我对小说中的爷爷和奶奶这一对藐视封建法规的“九段情种”的爱情行为的批判和赞美的分寸缺乏准确的把握。问题的要害在于我是用感情评判生活而不是用理性评判生活。问题的要害是我也受着文化的制约，而我们目前的文化又是我们传统文化（灵魂是孔孟之道）的变种和延续。因此在理性上我们反对封建主义,但在感情上却亲近着封建主义——在感情上反对封建主义,在理性上亲近封建主义,同样可以说得通。这是一个类似二律背反的游戏,又不完全是。一个寻花问柳的男人绝不容许妻子背着他偷情,同样,一个情夫成群的女人也无法容忍丈夫的一个情妇。在中国,起码有99%的人是如此,如果看到这里有异议,那么,请你具备一点点自我剥皮精神,剥出你那颗美丽的灵魂自我欣赏一下。

也许我们的传统文化里有许多东西就该发扬光大呢,如果一个人能够真正地恪守孔孟之道,我想,会有相当数量的人(现代人)会对他表示敬重。

对封建文化的徘徊不定的、下意识的骑墙态度,是我内心深处的一个绳结,我武断地猜测,持和我相同态度的人成千上万,只不过并不是每个人都愿意认账罢了。

人的"良心"是个什么东西?我本来想用这些小说来探求一下这个问题,但我没完成构想。

好歹我还在这五部中篇里留下了好多"挂钩",好歹我小说中的人物都可以自由出入冥府和阳世,好歹我牢牢地记着血海样的高粱地,这就有了改头革面的机会。

(原载《昆仑》1986年第6期)

黔驴之鸣

◇莫　言

小说作到如今，我个人感觉几近黔之驴，虽跳踉叫嚣，技实穷矣！

去年《百年孤独》、《喧哗与骚动》与中国文学界见面，无疑是极大地开阔了一大批不懂外文的作家们的眼界。面对巨著产生惶恐和惶恐过后蠢蠢欲动，是我的亲身感受，别人怎样我不知道。蠢蠢欲动的自然成果就是使近两年的文学作品中出现了类魔幻或魔幻的变奏、大量标点符号的省略和几种不同字体的变奏。从一方面讲这是中国作家们的喜剧，从另一方面讲这是中国作家们的悲剧；事情的一方面说明了中国作家卓越的模仿能力和群起效尤的可贵热情，事情的另一方面说明了中国作家有不少肠胃功能低下和囫囵吞枣的牺牲精神。本人自在受益、受害之列。

我现在恨不得飞跑着逃离马尔克斯、福克纳。这两个小老头是两座灼热的火炉子，我们多么像冰块。我们远远地看着他们的光明，洞烛自己的黑暗就尽够了，万不可太靠前。这其实是流行的真理，说个不休是因为我浅薄。中国人向以宽容待人为美德，不酷评别人也就免去了别人对自己的酷评——因为高级一点的中国人除了宽容的美德往往还兼有睚眦必报的美德，所以一般情况下少说话总能比较更得便宜。当然我内心里总希望作家们能够像凶猛的狼一样互相咬得血肉模糊，评论家们像勇敢的狗一样互相撕得脱毛裂皮，评论家们和作家们像狗与狼一样咬得花开鸟鸣，形成一种激烈生动的“咬进”局面。但这是不可能的。这不符合中国国情。“咬进”既然无法实行，大家就该互相宽容，不但宽容别人，而且宽容自己。我们拜倒在马尔克斯和福克纳脚下，虽然显得少骨头，但崇拜伟人是人类的通俗感情，故而应该宽容；我们不去学人家的精髓而去学人家的皮毛，虽然充分地表现了我们的天真可爱，但仿造的枪炮也可以杀人，故尔应该宽容；我们以中国的魔幻与拉美的魔幻争高低虽然是一种准阿Q精神，但毕竟形象地说明了外国有的我们也有而且早就有，从而唤起一种眷恋伟大民族文化的高尚情操，不但故尔也在宽容之列，甚至该给予某些适度的奖赏啦。但宽容是有限度的，对别人、对自我都是。在充分宽容之后,真该想想小说该怎样写了。

伟大作品给予我们的真正财富,我个人认为,不是坐着床单升天之类诡奇的细节,也不会是长达一千字的句子,这些好像是雕虫小技。伟大作品毫无疑问是伟大灵魂的独特的、陌生的运动轨迹的纪录。由于轨迹的奇异,作家灵魂的烛光就照亮了未被别的烛光照亮过的黑暗。

马尔克斯的时空意识与我们一样吗?海明威的恋爱观与福克纳一样吗?卡夫卡的人生观与萨特一样吗?他们的思想当然可以用上进步与反动的标签,但他们的作品呢?我觉得,小说作美给人看,而只要传达了真情实感就具备了相当充分的美的因素。我觉得小说愈来愈变为人类情绪的容器,故事、人物、语言都是造成这容器的材料。所以,衡量小说的终极标准,应该是小说里包容着的人类的——当然是打着时代烙印、富有民族特色,普遍性与特殊性矛盾统一的——情绪。

《草鞋窨子》是个处在伪小说与真小说之间的东西,它除了说明在寒冷的冬天人钻进地洞能够得到一些温暖,除了说明鬼神怪异对人的警示作用,究竟传递了、包容着多少人类的情绪呢?

这种草鞋窨子在我的故乡已经没有了,它存在的主客观条件是:贫困+优雅。

(原载《青年文学》1986 年第 2 期)

也算创作谈

◇莫　言

我对小说技巧的探索是失望的——我对我自己曾经进行过的小说技巧“探索”是失望的，其实我也从未特别着意地探索过，有人说我探索过，我一直很麻木，因为这基本上不关我的事。

小说有无技巧？当然有，但技巧是无法脱离内容存在的，这一点我坚信马列主义教科书上有关“内容与形式”的论述。小说技巧挺像盛饭的器皿——比喻都蹩脚，碗里的肉和盆里的肉味道都一样，也可以说小说技巧像烹调技术，红烧和干炸的肉不一个味，但从营养学上说，也差不到哪里去。盆啦碗啦红烧啦干炸啦大概都是为了胃口或者说为了眼睛，与肠道没有关系。不能排除略萨式的技巧大家，就像不能排除好厨子一样。我一直不敢认为自己是作家，因为作家是人类灵魂工程师呀，我知道我不是，我顶多是个如天津大学的老龚先生所说的“戴着‘作家’桂冠的幽灵”，只可惜我连这都不配。幽灵多好呀，多逍遥呀，《共产党宣言》开篇就说：“一个幽灵在欧洲徘徊……”我哪里配是个幽灵，我顶多不过是个如天津大学老龚先生所说的佛头著粪的“畜生”。畜生多好啊，畜生为人役使，为人提供衣食原料，完全无私，完全无怨言；畜生多好啊，我的道德水平较之“畜生”还差不少。真是遗憾。

我说我对技巧失望，意思是有时候技巧就是作者，有时候创作就是流淌，技巧就如流淌的后果一样。这么多人都在流淌，流淌出个相似的形状也不为奇。近读《北京文学》第 8 期桂青山同志的文章，他很真诚地写道：“再比如莫言的《红高粱》，作品一出，赞誉四起。更有论者一再强调莫言艺术家的独创性。我也承认《红高粱》写得不坏。但是否真如评论者所云：这种手法是莫言的‘艺术家的独创’呢？去读一下前苏联当代作家瓦·米哈尔斯基的中篇小说《炉子》[1]便会发现从篇章组织、人称变换,到情节穿插、意识流动,《红高粱》对"炉子"都作了大量的模仿、借鉴,当然,这只是借鉴,并非抄袭。("袋"字是否"袭"字之误。多半是排字工的错误,但我拿不准,因为'抄袋'也不是绝对不通,而且富有幽默感。)……《红高粱》里,莫言也只模仿了《炉子》的表现手法,在内容上,则完全是自己的,起码是中国的东西。因此,虽用前苏联的'炉子'煮中国的'高粱',总没有冒出马铃薯的味道来,作品也便获得了成功。"

我轻易不敢引用别人的文章,生怕引不好割断了人家文章的前后联系,产生歧义。譬如天津大学的老龚先生在《清除文学垃圾》一文里引用了我的文章,就有点不那么什么,他把我小说里一个神经病患者的话和一个被各种力量挤兑得神经不太好的中学生的某些"潜意识"引出来,赋予最坏的解释后,然后运用严密的逻辑、推导、分析、批判,我只有投降,屁也不敢放一个。当然天津大学的老龚先生那颗伟大的父亲之心是高贵的,天津大学的老龚先生嫉恶如仇的精神我也是钦佩的。"言者无罪,闻者足戒",即便我内心里认为天津大学的老龚先生的断章取义法不太那个,但我还是把天津大学的老龚先生的文章看成是对我的鞭策,我愿高悬鞭策自警,在干好本职工作的前提下,写一点让天津大学的老龚先生满意的文章。同样我也不太敢传别人说过的话,因为传话没有个不走样,即使不走样也破坏了原来的语言环境,跟断章差不多。因为我知道这传话的厉害,譬如就有人传话说:莫言在某次会议上说"要把老作家们打翻在地,再踏上一只脚,踩得他们两头冒屎汤子!"老同志一听,个个怒发冲冠,还有的可怜巴巴说:打翻了也行,踏上一只脚也行,就别踩得俺两头冒屎汤子啦!——消息传到我的耳朵里,我只好暗中叫苦:老天在上,我哪有那么大的胆量,敢说这种天打五雷轰的话!我从小就胆怯,躲人还躲不及,还去挑战?那么多老作家,每人吐口唾沫就能把我淹死啦。不敢再写啦,要不碰上个天津大学的老龚先生一类的高手,把此章一断,我可真就倒了血霉啦。

看了桂青山同志的文章,我又叫了一句"苍天"。这意思并不是要感叹"天网恢恢,疏而不漏",而是感叹小说技巧真好像没多少花样啦。我给桂青山同志写了一封信,我对他说我确实至今还未看这篇《炉子》,我还说:如果《炉子》的技巧真和《红高粱》一样,那么您的文章是立于不败之地的,货比货,有嘴难辩,但的确您冤枉了我。(原话意思如此)其实,桂文并没完全否定我的《红高粱》,我只是惊叹,自惭。评论家夸我"艺术家的独创性",我就真的认为自己有了"独创性"了呢。但比人家洋人晚了十年,人家早就玩过了。

---

① [前苏联]瓦·米哈尔斯基:《炉子》,郭家用、王守仁编:《苏联七十年代中篇小说选》,春风文艺出版社1985年版。

所以小说技巧可以休矣。我写《红高粱》时想到的是那片高粱地，为了表现我的想法就怎么顺手、怎么自由怎么写。那么，即便是“独创”技巧消失，但毕竟较好地流淌了我的血或是什么别的不干净的东西，因此对《红高粱》我还是满意的。固然，即便是单纯比较技巧，我认为《红高粱》也不如《欢乐》，但《欢乐》是被天津大学的老龚先生当“垃圾”清除了的，《红高粱》得到的赞扬就足够了。

小说的主要血肉还是技巧外的东西，当然有技巧最好，没有技巧也不必上吊，不会红烧猪肉，不会干炸猪肉，放到锅里加水煮就是。没有金盘，没有银盆，找个泥钵子就是。

只要有了肉。只要有了火。

1987 年 8 月 20 日

（原载《钟山》1988 年第 1 期）

还是闲言碎语

◇莫　言

去年年底，久违的张艺谋很费劲地找到我，想让我把他看中的一部小说改成电影。我看了那部小说，感到很难改出什么新意来。他让我想想看有没有比较适合在电影里表现的、既好看又轰轰烈烈的大场面。我想了半天，那种大场面第一是战争，像淮海大战、平津大战之类，但已经有了八一厂耗资亿万的《大决战》，别人再怎么有招，也比不过八一厂了。第二就是历史上的战争了，如楚汉争霸、赤壁鏖兵之类，这种片子肯定也是花钱的，但由于历史与艺术之间的复杂关系，一般人很难讨出好来。和平时期的大场面我首先想到1958年的大炼钢铁，又想到大修水利，但也很难弄成电影。后来便想到了我的故乡那些一望无际的棉田；想到每年的秋季，农民排着长队交售棉花，棉花加工厂里白棉如山，一片洁白里，活动着一些穿红穿绿的、为了挣点钱托亲告友进了棉花加工厂当临时工的姑娘。在洁白的棉花垛里有爱情悲剧，有死亡事故，有打架斗殴，有钩心斗角。在短短几个月的时间里，前来加工棉花的农村姑娘其实被棉花加工了。经我添油加醋地一煽乎，张艺谋当即表示“有意思”，让我赶快写。我说我要先写成中篇小说给他看。如果好，再改成本子，他很赞成。于是便有了《白棉花》。我写完后，复印给他一份。他很快回话说：由于故事以“文革”为背景，不好拍，希望以后再合作。我跟张艺谋有过一次相当成功的合作。这一次却流产了。但我还是要感谢他，如果没有他的约稿，我是不会放下手头的长篇来写《白棉花》的。

1973年至1976年，我在故乡高密县的一家棉花加工厂里做临时工，学过棉花检验，当过司磅员，干过杂活。这一段“亦工亦农”的生活使我开阔了眼界，这一段生活对我是十分珍贵的。在此之前，我在村里也跟棉花打了好多年交道，对于棉花，我有着一种说不清楚的感受。我的红高粱是梦幻中的东西，白棉花却是实实在在的。对于我个人来说，随着红高粱时代的结束，那种充满激烈感情的心境也结束了。我越来越强烈地感觉到浪漫和激情是十分奢侈的东西，它不应该属于我。当然《白棉花》不可能标志

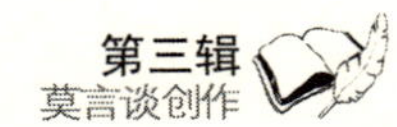

着一个苍白的时代的开始，尽管这部小说与我个人目前的状态很相似。

由于有着明确的目的，所以我不得不特别注意这部小说的故事性，遗憾的是这故事极其平常，幸好结尾处有一个小小的“包袱”，才部分地弥补了整篇小说的枯燥无味。

（原载《中篇小说选刊》1992年第1期）

两座灼热的高炉

——加西亚·马尔克斯和福克纳

◇莫　言

我在1985年，写了五部中篇和十几个短篇小说。它们在思想上和艺术手法上无疑都受到了外国文学的极大的影响。其中对我影响最大的两部著作是加西亚·马尔克斯的《百年孤独》和福克纳的《喧哗与骚动》。

我认为，《百年孤独》这部标志着拉美文学高峰的巨著，具有骇世惊俗的艺术力量和思想力量。它最初使我震惊的是那些颠倒时空秩序、交叉生命世界、极度渲染夸张的艺术手法，但经过认真思索之后，才发现，艺术上的东西，总是表层。《百年孤独》提供给我的值得借鉴的、给我的视野以拓展的，是加西亚·马尔克斯的哲学思想，是他独特的认识世界、认识人类的方式。他之所以能如此潇洒地叙述，与他哲学上的深思密不可分。我认为他在用一颗悲怆的心灵，去寻找拉美迷失的温暖的精神的家园。他认为世界是一个轮回，在广阔无垠的宇宙中，人的位置十分渺小。他无疑受了相对论的影响，他站在一个非常高的高峰，充满同情地鸟瞰着纷纷攘攘的人类世界。

而《喧哗与骚动》这部同样伟大的著作，最初让我注意的也是艺术上的特色，这些委实是雕虫小技。后来，我才醒悟，应该通过作品去理解福克纳这颗病态的心灵，在这颗落寞而又骚动的灵魂里，始终回响着一个忧愁的、无可奈何而又充满希望的主调：过去的历史与现在的世界密切相连。历史的血在当代人的血脉中重复流淌，时间像汽车尾灯柔和的灯光，不断消逝着，又不断新生着。

去年一年，在基于上述认识的基础上，我认为我的作品中对外国文学的借鉴，既有比较高级的化境，又有属于外部摹写的不化境。

现在我想，加西亚·马尔克斯和福克纳无疑是两座灼热的高炉，而我是冰块。因此，我对自己说，逃离这两个高炉，去开辟自己的世界。

真正的借鉴是不留痕迹的。福克纳对邮票大的故乡小镇——他的杰弗生镇，加西亚·马尔克斯之于马孔多镇，都是立足一点，深入核心，然后获得通向世界的证件，获得聆听宇宙音乐的耳朵。一个作家如果想在作品中包罗万象，势必肤浅。地区主义在空间上是有限的，在时间上则是无限的；地方主义在时间上是有限的，在空间上则是无限的。加西亚·马尔克斯和福克纳都是地区主义，因此都生动地体现了人类灵魂家园的草创和毁弃的历史，都显示了人类社会发展的螺旋状轨道。因此，他们是大家气象，是恢弘的哲学风度的著作家，而不是浅薄的、猎奇的、通俗的小说匠。

我想，我如果不能去创造一个、开辟一个属于我自己的地区，我就永远不能具有自己的特色。我如果无法深入进我的只能供我生长的土壤，我的根就无法发达、蓬松。我如果继续迷恋长翅膀老头、坐床单升天之类鬼奇细节，我就死了。我想：一、树立一个属于自己的对人生的看法；二、开辟一个属于自己领域的阵地；三、建立一个属于自己的人物体系；四、形成一套属于自己的叙述风格。这些是我不死的保障。

（原载《世界文学》1986 年第 3 期）

圆　梦

——《食草家族》跋

◇莫　言

自1987年至现在，一晃就是五年。这期间我写了一些十分清醒的小说，也写了像《食草家族》这样的痴人说梦般的作品。这部作品由六个梦境组成，原名拟为《六梦集》，后改为现名，是尊重了朋友的意见。

虽然本书是断断续续写的，但我个人认为它是一个完整的长篇。在形式上它们各自独立，但在思想上却是统一的。

"六梦"的结集出版，了却了我个人一桩大事。因为"六梦"是我整个创作中的一种特殊现象，是我自己也难以说清的现象。这实际上是一大堆纠缠着我的问题，是很多无法解决的矛盾。我承认本书中很多思想是混乱不清的，我可能永远解不开这些混乱。这本书里，处处都有我个人的影子，是我把自己切出了一个毫不掩饰的剖面。本书肯定没能给读者提供指导生活的准则，也不会给读者以阅读的快感，这是我深深歉疚的。

不少聪明的评论家从我的"六梦"中读出了一些疯狂的倾向，我想我必须坦率地承认，在创作本书的某些章节时，一种连我自己都感到可怕的情绪经常牢牢地控制着我，使我无法收束自己的笔墨。所以本书也是疯狂与理智挣扎的纪录。所以本书除是一部家族的历史外，也是一个作家的精神历史的一个阶段。所以读者应在批判食草家族历史时同时批判作家的精神历史，而后者似乎更为重要。

在目前这种形势下，花山文艺出版社肯出版本书，令我感到激动。我能走上文学之路，是与河北文坛上诸多师长与朋友的扶持、帮助分不开的，现在当我个人的诸多方面又面临着重重困难的时候，慷慨悲歌的河北又伸出一只厚重的大手扶住了我的腰，他们说：挺住！

是的，我应该挺住，因为我的任务还没完成。

1991年7月26日

（原载《食草家族》，花山文艺出版社1992年版）

莫言研究书系
总主编　张华

Mo Yan Study:
From 1980s to 2010s

莫言研究三十年

（下）

主编　杨守森　贺立华
执行主编　丛新强　孙书文

山东大学出版社

《莫言研究书系》编委会

目　录

第一辑　莫言文学意蕴研究

第四辑 亲属、弟子、好友说莫言

第一辑　莫言文学意蕴研究

“种的退化”与莫言早期小说的生命意识

◇赵歌东

莫言早期小说的人物谱系是一个具有理论上的血缘关系的部落群体，这个部落群体的轴心是由祖父（余占鳌）、祖母（戴凤莲）、父亲（豆官）、“我”祖孙三代组成的，这个祖孙三代的家族人物谱系在理论上构成了莫言早期创作中的《红高粱家族》（以《红高粱》为中心）和《食草家族》（以《红蝗》为中心）的创作原型，以《红高粱家族》到《食草家族》的历史颓败为参照，莫言 20 世纪 80 年代的小说创作演绎了一个“种的退化”的生命寓言。从某种意义上说，“种的退化”的寓言不仅构成了莫言早期小说的生命意识，而且也在整体上构成了莫言小说创作的生命基调。

作为高密东北乡的生命图腾的象征，“红高粱”在莫言创作中体现着“最美丽最丑陋、最超脱最世俗、最圣洁最龌龊、最英雄好汉最王八蛋、最能喝酒最能爱”的生命原生态。读《红高粱家族》，我们不能不对余占鳌、戴凤莲们威猛不屈的生命力度和自由奔放的生命激情所震撼。作为“红高粱家族”的祖先，余占鳌、戴凤莲们是敢爱敢恨、敢生敢死的一代，他们的生命信念是：“人生一世，不过草木一秋，豁出去一条命，还怕什么？”带着这样的淳朴豪迈的人生誓言，“红高粱家族”的祖先们生得辉煌，死得壮烈。在《秋水》中，“我”爷爷余占鳌杀了两个人、放了一把火，带着“我”奶奶戴凤莲从河北保定府逃到高密东北乡，成为那里的拓荒者。当时，余占鳌、戴凤莲们面对的是一片荒草没膝、水汪子相连的蛮荒之地，在这种恶劣的自然环境中，生与死几乎具有同等的机会，因而活着意味着必须战胜死亡，而死亡在某种意义上则意味着对生命的超越。当余占鳌、戴凤莲们以《秋水》中孕育的朴素的生命信念来看待现实人生时，生死早已经被置之度外，他们的人生因此而保持着原始意义的强力冲动，从而使他们能够在荒原上开拓出高密东北乡那一方生命的热土。在《红高粱家族》中，余占鳌、戴凤莲以惊世骇俗的姿态在高粱地里相爱，把那种象征着原始生命力度的“红高粱精神”发挥得淋漓尽致。

余占鳌、戴凤莲们所代表的是高密东北乡那片土地上的生生不息的原始性的生命冲动,洋溢在他们周围的那股蓬勃狂放的生命力,那种无所畏惧的“红高粱精神”,正是我们民族赖以自立的源远流长的生命之源。在莫言看来,历史发展到今天,那种被爷爷奶奶那一代人挥洒得淋漓尽致的“红高粱精神”已经枯竭了。在“我”的父辈们身上,那种“像甜蜜黏稠的暗红色甜菜糖浆”一样的原始生命力已经淡化了,“我”的父亲和兄长们生活在物质性的贫困和道德化的束缚之中,他们的生命已经失去了色彩,他们的人格已经丧失了力度,他们的生与死都变得无奈而苍白,他们的生命在无可挽回的流失中表现出种种退化的迹象。我们看到,在莫言早期小说中,作为一种社会化的生命符号,父辈形象所显示的已经不再是祖辈形象所体现的那种原始冲动的生命意象,而是生命在特定生存环境中的社会化、道德化的异化和变态。如果说余占鳌、戴凤莲们对死亡的超越激活了他们对生的欲望,使他们敢于求生,也勇于就死,他们以“白昼宣淫”的方式向禁欲的人伦道德宣战,甚至以“奇死”的方式显示其豪迈奔放的生命价值。相比之下,由于丧失了祖辈们身上那种豪情奔放的生命原动力,父辈们的生命已经失去了那种耀眼的亮色,他们苟且偷生、随遇而安,根本不敢对生命抱有过高的期待,他们的生命是苍白的,他们的生与死都只能证明活着是一种无奈和屈辱。在《爆炸》和《枯河》中的父亲身上,自卑与傲慢、怯懦与残暴、愚昧与专断以悖反的方式组合在一起,显示出生命中“不灭的人性畸曲生长”的异化状态,暴露出父辈一代人懦弱而苍白的生命世界。贫困使他们丧失了余占鳌、戴凤莲们强悍的体魄,传统的道德束缚使他们的生命被重重的陈规戒律所限制,无形的等级秩序把他们挤压在社会的底层,使他们只能怀着卑屈的生命信念认同自己艰难而无望的人生宿命。在余占鳌、戴凤莲们那里,人生的奋斗与抗争表现为一种热血沸腾的义气之争,而在《枯河》中父亲与支书之间、《欢乐》中母亲与冬妮娅母亲之间,那种基于原始生命张力的血性冲动已经被以等级秩序为基础的尊卑关系所代替,余占鳌、戴凤莲们“豁出一条命,还怕什么”的行为原则在这里已经被“民心如铁,官法如炉”的社会认同心理所代替了,祖辈与父辈的人生选择因此而显示出完全不同的风格和境界。在莫言看来,祖辈形象与父辈形象之间生命格调的巨大反差实质上是特定文化背景下民族生命基因的退化现象,他从生命存在的原始意义上把这种民族化的生命退化现象称为“种的退化”或“种的异化”。

莫言早期小说对祖辈与父辈生命形态的不同表现,基于他对中国传统文化背景下民间社会生命异化现象的切身体验和深入思考。从种族生命力退化的角度聚焦“红高粱家族”与“食草家族”的生命状态,使莫言早期创作的生命意识获得了某种超现实性的文化内涵。以“食草家族”为背景,莫言早期小说中父辈们的“生”事实上处在“死”的恐惧和压抑中,一方面,物质贫困、肉体饥饿以及道德的压抑和屈辱,使父辈们的生命彻底丧失了自由和冲动的力度,他们的人生仅仅能够维持动物式的生存,他们的生命冲动是变态的或扭曲的；另一方面，生命意志的压抑和扭曲又使他们自觉不自觉地将自身的不幸和屈辱转嫁到弱者身上。为了自我的生存需要或心理平衡，父辈们往往以牺牲弱者的利益甚至是生命为代价，他们的生命力的“爆炸”常常表现为某种毁灭性的破坏行为。在《金发婴儿》中，孙天球在极度的现实压迫中失去了理性，疯狂地施虐于无辜婴儿；在《枯河》中，父亲潜意识中对支书的权威感到莫名的恐惧，最终以暴力的方式将这种恐惧感发泄到小虎身上。在这里，生命的冲动与超越在父辈们身上已经因为自卑和恐惧而处于攻击性的异化状态，其生命力的爆发不是生命自由的张扬，而是人性的扭曲和生命的毁灭。

以“种的退化”的生命寓言为背景，莫言早期小说表现出一种强烈的审父意识。可以说，审父意识在文化批判层面上构成了莫言早期小说苦涩的生命底色。历史地看来，莫言早期小说中父兄辈主人公表现出双重的生命品格：他们一方面在余占鳌、戴凤莲们“丰碑般的”生命雕塑面前感到无法超越的自卑；另一方面，物质的贫困和精神的匮乏又使他们无力在后辈面前树立自己的尊严，从而导致这一代人精神的萎缩和人格的错位。与余占鳌、戴凤莲们对生命冲动的崇拜和放纵相比，父辈和兄长们的形象群体是一个萎缩干枯、毫无生机的生命世界，“一代不如一代”的生命异化显示出“红高粱家族”的生命基因在畸形的演变过程中的扭曲和变态。应该说，莫言小说创作的审父意识并非空穴来风，早在“五四”时期，鲁迅就已经发出了“我们现在怎样做父亲”的追问，并由此开辟了反抗父权文化的启蒙主义的新文化思路。在这个意义上看来，莫言早期小说通过对“种的退化”的解读揭示了历史、社会、道德诸种因素对家族或种族的原始生命冲动的压抑和扼制，从而使他在某种意义上继承了五四时期反抗父权文化的启蒙思路，同时也使他早期小说中“种的退化”的生命寓言在生命层面上获得了“改良国民性”的现代性的启蒙意义。

五四新文学中的审父意识是与儿童本位意识相对应的，鲁迅曾经对父权文化对儿童成长的压抑和扭曲给予了猛烈的抨击，并期待着父辈们能有人站出来“肩住黑暗的闸门”，放孩子们到宽阔光明的地方去。在莫言早期小说中，儿童本位构成了其生命意识的道德底线，《金发婴儿》、《弃婴》、《筑路》等作品中揭露了种种弃婴、虐婴现象，对儿童死亡或受虐事件的表现是莫言早期创作所关注的一个重要课题，童年视角也是莫言审视“种的退化”现象的一个重要标志。在《罪过》中，聪明天真的小福子死了，而弱智低能的大福子却活了下来。作为某种象征性的生命符号，小福子是一个令人惋惜的未完成的童话，而大福子则是社会异化中的一种病态的生命存在。这里的悲剧意义在于，死去的是聪明可爱的小福子，存活下来的却是弱智低能的大福子，二者的对立状态显示出“好人不长命”的生命异化，暗示着“红高粱家族”无可挽回的“种的退化”的历史宿命。

面对“红高粱精神”的退化和父辈生命形态的萎缩，莫言早期小说对民族原始生命驱动力的丧失表现出某种忧患意识。在《透明的红萝卜》中，莫言通过对黑孩这一形象的塑造，表达了重塑“红高粱精神”的创造冲动。从某种意义上说，黑孩这一形象的象征寓意为莫言早期小说创作奠定了一种新的生命基调，从而使“红高粱家族”有可能走出“种的退化”的历史宿命而走上生命进化的道路。从黑孩抓住烧红的钢钻的举动中，我们可以看到一个新生命所表现出的强烈的征服欲望，从黑孩一棵一棵拔起红萝卜对着太阳寻找那只透明的红萝卜的痴迷中，我们可以看到一个新生命对某种全新的世界景象的渴望和期待。但从整体意义上看来，莫言对“红高粱家族”由“种的退化”向生命进化状态的转换是困惑的，或者说，莫言早期的创作对于“红高粱家族”走出“种的退化”的历史宿命而完成生命形态的创造性转化缺乏必要的自信心。我们看到，黑孩这一形象在很大程度上所表现的是莫言心灵深处深刻而又辛酸的童年记忆，在饥饿状态中成长起来的莫言从小就体会到生的艰难和爱的寂寞，“童年”这个字眼在莫言的记忆中并不意味着阳光和鲜花，而是意味着对饥饿、冷漠和痛苦的超现实的承担。黑孩因为在家受到父母和哥哥的虐待而具有超常的承受痛苦的能力，他能够握着烧红的钢钻任它在自己手里“嗞嗞啦啦”地冒着青烟而不动声色，最后为了找到那只透明的红萝卜，他把整片的红萝卜拔出来扔在地上而毫不顾及自己会因此而遭到毁灭性的打击。在《枯河》中，小虎与村支书的女儿“打赌”爬树，因为爬得太高而从树上摔下来，不幸砸伤了支书的女儿，因此遭到父亲的毒打，在父亲“打死你也不解恨”的暴虐中，小虎高喊着“狗屎”直到付出了生命的代价。莫言认为，儿童挑战父母的反抗性是一种天才的素质，因此，黑孩和小虎那种纯真而又倔强的叛逆性格寄寓着莫言对生命进化的人生希望。在这个意义上，黑孩、小虎们的叛逆性格继承了余占鳌、戴凤莲们身上那种“杀人越货、精忠报国”的叛逆性的生命意志和生命意识，因此，黑孩、小虎们成长的挫败或生命的夭折在莫言早期小说创作中表达了对“红高粱家族”生命退化的忧患与焦虑。

在生命进化与退化的矛盾中，莫言早期小说中父辈的生命状态呈现为一种悖论结构：他们一方面不具备抚养后代的能力而完全放弃了对儿童成长的责任感，另一方面又在生命深处怀着“绝后”的恐惧感而表现出对后代生命的绝对占有欲和统治力。在祖辈一代人身上，生命进化的冲动具有绝对的优势，而到了父辈一代身上，“绝后”的恐惧与焦虑则是生命进化的一种精神障碍，因此也可以说是“种的退化”现象的一个心理标志。余占鳌一方面肆意放纵自己的生命冲动，另一方面又本能地把男根看作是崇拜的对象。在《狗道》中，“我”父亲被狗咬伤了生殖器，但最终又得以复原。这一事件的结局对余占鳌和“我”父亲来说具有不同的意义：对余占鳌来说，儿子损伤的生殖器得以复原不仅是一种心理上的安慰，而且也是一种生理上的延续生命的保障。但是，对“我”的父亲来说，被狗咬伤了生殖器暗示着父辈们的生命已经伤了元气，祖辈们身上那种强盛的生命力在他们身上开始萎缩，生理受伤为父辈们心理上“绝后”的恐惧与焦虑埋下了“种的退化”的伏笔。在莫言早期小说中，父辈们对“绝后”的恐惧在社会层面上表现为对男婴的崇拜和对女婴的歧视和遗弃。在《爆炸》中，当已经有了一个女儿的“我”决定将让第二次怀孕的妻子绝育的想法告诉父亲的时候，父亲愤怒地打了“我”一个耳光，绝望地提醒“我”：他已经 70 岁了。在《筑路》中，孙巴子夫妇为了能再生个儿子，不惜放弃了人格的尊严，以最下贱的手段维持生活。在《弃婴》中，全家人最大的愿望就是等待“我”跟妻子生下儿子，这种欲念“毒汁般地”毒害着家里人的情绪，以至于每个人都用“秤钩般的”目光撕扯着“我”的灵魂。因为“我”没有生下儿子，却从野外拣回一个被抛弃的女婴，于是“每逢我在大街上行走时，我就感觉到一种深深的恐怖。人们都用异样的目光打量着我，好像我是一个精神病患者，抑或外星球上降落下来的人形怪物。我酸苦地瞅一眼虔诚地为我祝祷的母亲，连叹息的力量也没有了”。如果说对“绝后”的恐惧在“红高粱家族”中是一种生命“退化”的隐患，那么对“食草家族”来说，不能生下男婴则是一种毁灭性的生存危机。以“种的退化”为背景，这种“绝后”的生存危机本质上是历史颓败的一种证明。

在莫言的创作中，“种的退化”不仅是生命异化的忧患意识，而且在某种意义上已经成为无可回避的历史事实。在《老枪》中，那杆代代相传的“老枪”本身是一个生命寓言：奶奶曾经用这杆枪打猎护院并亲手击毙了败家的爷爷；父亲为了捍卫自己的尊严，用这杆枪打死了无理的挑衅者然后自杀；到第三代人大锁那里，母亲为了不让他再使用那杆老枪而剁掉了他扣动扳机的手指，后来大锁在饥饿中试图去打一次野鸭，却在装火药时发生爆炸与老枪同归于尽。一杆“老枪”的历史演绎了三代人的命运，给人以一代不如一代的印象。在《弃婴》中，“红高粱家族”的后代已经成了“种的退化”的标本：“我以前总以为我的故乡是个人杰地灵的地方，几天的奔波完全改变了我的印象。我见到了那么多丑陋的男孩，他们都大睁着死鱼样的眼睛盯着我看，他们额头上都布满了深刻的皱纹，满脸苦大仇深的贫雇农表情。他们全都行动迟缓，腰背佝偻，像老头一样咳嗽着。我更加深刻地体会到了人种的退化。”同时，随着人的退化，那象征挺拔向上的强健生命力的红高粱也异化成了像狗尾巴一样的杂种高粱：“杂种高粱好像永远都不会成熟，它永远半闭着那些灰绿色的眼睛。……它们空有高粱的名称，但没有高粱挺拔的高秆；它们空有高粱的名称，但没有高粱辉煌的颜色。它们真正缺少的，是高粱的灵魂和风度。它们用它们晦暗不清、模棱两可的狭长脸庞污染着高密东北乡纯净的空气。”在《红蝗》中，甚至连《红高粱》中那象征热情奔放的原始生命力的纯种的高粱红色也已经变质了，成了“红色蝗虫、网络大便、动物尸体和人类性分泌液的混合物”。在莫言看来，失去了那种蓬勃强悍的“红高粱精神”，高密东北乡的生命世界已经走完了“红高粱家族”辉煌的生命历程，生命退化的“食草家族”不得不面对一个蝗虫肆虐的荒凉世界。在《红蝗》的结尾，莫言表达了对“食草家族”异化状态的忧虑：

> 亲爱的朋友们、仇敌们！经年干旱之后，往往产生蝗灾，蝗灾每每伴随兵乱，兵乱蝗灾导致饥馑，饥馑伴随瘟疫，饥馑和瘟疫使人类残酷无情，人吃人，人即非人，人非人，社会也就是非人的社会，人吃人，社会也就是吃人的社会。

应该指出，“种的退化”在莫言创作中是一个具有原创性和文化原型意义的创作情结。如果说莫言20世纪80年代的创作以“红高粱家族”和“食草家族”为原型演绎了高密东北乡生命退化的历史，那么莫言90年代的《丰乳肥臀》、《檀香刑》、《四十一炮》等作品则揭示了高密东北乡从“种的退化”的生命异化到“人非人”的社会异化的历史进程，莫言90年代以来的创作对种种“人非人”的变态和病态现象的揭露和批判实质上是其早期创作中“种的退化”的生命寓言在社会、历史、文化各个层面上的展开。在这个意义上，确认莫言早期小说中“种的退化”的生命寓言的文化批判意义并不意味着对莫言90年代创作选择的否定，而是对莫言创作的连续性和整体性的一种历史性和本质性的概括。在人类文明不得不面对种种异化危机的今天，我们的文学所需要的正是莫言创作中的那种对生命退化和社会异化现象的清醒而严肃的批判意识和反思精神。因此我们认为，莫言在本质上是一个叛逆性、批判性的启蒙主义作家，而不是一个大众化、通俗化的时尚作家。我们不应该片面追求莫言当下写作的轰动效应而忽略了其创作深层结构中的批判性意向和启蒙主义精神内涵。

（原载《齐鲁学刊》2005年第4期）

人性探索路上的心灵相逢
——沈从文与莫言比较研究

◇周黎岩

沈从文是20世纪20年代走上文坛的现代作家，他以散约恬淡、温婉抒情的笔触向我们展示了他故乡湘西朴野纯真的民风民俗和人情世态。莫言则是20世纪80年代以一部红高粱酒般芳醇醉人的《红高粱家族》享誉文坛的当代作家。他以张扬奇诡、神秘超验的艺术感觉建构着“高密东北乡”的神话天地。表面上看他们俩似乎缺乏可比性，但其实他们都是站在知识分子的民间价值立场上，以生命力为支点，阐释着丰富的人性，抒发着对原始生命强力及生命母体之源——女性的崇拜和礼赞之情。

一

文学源于生活而高于生活，而生活经历又决定着一个作家的创作视野及创作心态。沈从文和莫言的生活经历有着惊人的相似，我们能从“湘西”和“高密东北乡”两个文学王国里发现相同的民间价值立场。

沈从文和莫言都是生不逢时，经历了时代和社会的大灾难，“湘西”和“高密东北乡”给他们留下很多苦难的回忆，但恰恰又是这黑暗和苦难的乡村生活赋予了他们创作的文学资源与灵感冲动。他们都是因创作了大量以故乡为题材的作品而著称文坛的多产作家，且归属于鲁迅开创的“乡土文学”一派。由于近似的原因，他们都曾丢开了课堂里的小书，步入了赋予他们无限想象力和创造力的大自然课堂，都未接受系统的正规教育，都有过军旅生涯，都以北京为人生转折地开始文学创作。他们都是在尝尽人生百味后，从农村走向都市的现代知识分子，但骨子里却又是农民的知识分子。后来虽身居都市，但骨子里却是农民的他们在感受到了现代物质文明的弊病后，都本能地把自己视为都市的“边缘人”。在灵魂深处,他们都曾经历过一番逃离家乡——追忆家乡——神归家乡的痛苦精神游历。

1933 年,身居北京的沈从文有了世俗的名誉,也获得了梦寐以求的爱情,但他还是“准备创造一点纯粹的诗,与生活不相粘附的诗”[①],这“纯粹的诗”就是《边城》,它是沈从文为遥远过去的湘西所抒写的一首挽歌,是用来祭奠他所熟悉和热爱的湘西的过去。此时的沈从文虽身在北京,但他的灵魂却生活在对过去湘西的回忆中。正如他曾表白的那样:“我人来到城市五六十年,始终还是个乡下人,苦苦怀念我家乡那条沅水和水边的人们,我的感情同他们不可分。虽然也写都市生活,写城市各阶层人,但对我自己的作品,我比较喜爱的还是那些描写我家乡水边人的哀乐故事。”[②]“我想的是过去农村和未来远景,对一个当前完全隔膜了。”[③]而莫言也曾说过:“我虽然身在异乡,但我的精神已回到故乡;我的肉体生活在北京,我的灵魂生活在对于故乡的记忆里。”[④]对于乡村,他们生于斯,长于斯,爱于斯,恨于斯;对于城市,他们只感到冷漠和隔膜。初来都市的他们都曾积极地想跻身于都市文化,但在深切地感受到了都市物质文明的弊病后,都不由自主地把自己放在了都市的对立面,以“乡下人”和“老百姓”的超脱心态来静观都市的喧嚣和浮躁。在对都市文明彻底绝望后,他们欣慰地发现自己的灵魂与故乡的一切是那么的契合相通。此时的故乡对于他们来说,无疑是“一个久远的梦境,是一种伤感的情绪”[⑤],但却又能为疏离都市文明的精神游子带来莫大的慰藉,故乡成为他们“一种精神的寄托,也是一个逃避现实生活的巢穴”[⑥]。

神归故里后的他们更加明确地坚守着他们的民间价值立场,以“老百姓”的创作心态自居,纵情恣肆地抒发着对家乡的热爱和赞美之情,表达着对家乡人事的无限人文关怀情绪,对家乡的“进步处”和“堕落处”都发出了由衷的赞叹和忧虑。相对于家乡的现实丑陋,他们着墨更多的是对家乡人事美好的赞美。毕竟身居都市的他们还是活在对家乡的回忆中,他们“和真正现实的一切,已十分隔离”[⑦],面对弊病丛生的城市文明,他们更加眷恋家乡的一切,憎恶着都市“阉寺病”和“种的退化”的现实。

20 世纪 90 年代的文学研究和文学批评,“民间”是一个热门话题。“民间”理论最早是由上海的陈思和在《民间的沉浮》这篇论文中提出来的,后来王光东在他的《民间

---

① 沈从文:《水云》,《沈从文全集》第 12 卷,北岳文艺出版社 2002 年版,第 110 页。

② 沈从文:《自我评述》,《沈从文全集》第 13 卷,北岳文艺出版社 2002 年版,第 397～398 页。

③ 沈从文:《抽象的抒情》,复旦大学出版社 2004 年版,第 309 页。

④ 莫言:《我的故乡与我的小说》,《当代作家评论》1993 年第 2 期。

⑤ 莫言:《我的故乡与我的小说》,《当代作家评论》1993 年第 2 期。

⑥ 莫言:《我的故乡与我的小说》,《当代作家评论》1993 年第 2 期。

⑦ 沈从文:《自我评述》,第 309 页。

与启蒙》一文中在对陈思和的“民间”理论作出补充和修正的同时，提出了学术界公认的“民间”理论，他把“民间”分为“现实的自在的民间文化空间”、“具有审美意义的民间文化空间”和“知识分子的民间价值立场”三个层次，而前两者之间相联系的中介环节则是“知识分子的民间价值立场，有了这种民间的价值立场，才能使知识分子从民间的现实社会中发现民间的美学意义”[①]。沈从文和莫言就是彻头彻尾地站到了王光东所指的知识分子民间价值立场上，用知识者的视角和老百姓的思维揭示出民间的“富美”与“丑陋”，但却丝毫没有知识分子装腔作态的矫情做作。莫言认为，“所谓的民间写作，最终还是一个作家的创作心态问题”，“你是‘为老百姓写作’，还是‘作为老百姓的写作’”，“所谓的‘为老百姓写作’其实不能算作‘民间写作’，还是一种准庙堂的写作”，“从某种意义上说，‘为老百姓写作’也就是知识分子的写作”。“也就是当作家站起来要用自己的作品为老百姓说话时，其实已经把自己放在了比老百姓高明的位置上，我认为真正的民间写作就是‘作为老百姓的写作’。”[②]这种真正的民间写作“就要求你丢掉你的知识分子立场，你要用老百姓的思维来思维。否则，你写出来的民间就是粉刷过的民间，就是伪民间”[③]。应该说，莫言作为创作者自身对自己的民间立场会有着更为自觉和深刻的认识。

莫言始终保持着自己高贵的民间心态，保持着老百姓的立场和方法，完成了一部部的出彩之作。在他的成名作《红高粱家族》中，“我爷爷”余占鳌虽然是一个匪气十足、杀人放火、越货劫掠的土匪，他身上有着粗暴、鲁莽、卑劣等缺点，但莫言却没有用知识分子的道德尺度，居高临下地去评判爷爷土匪式行为的野蛮丑陋，而是很善于“审丑”，总能从爷爷现实生活的丑态中发掘优美，从其粗俗污秽的放荡行为中发现崇高，并极力赞美他身上的原始自由的生命强力和酒神精神的英雄气概。莫言没有把“爷爷”写成一个符合官方主流文学审美标准的“高大全”式的政治革命英雄，而是塑造了一个生命原欲强烈、崇高与卑贱汇聚于一身的民间土匪英雄。自《红高粱家族》开始，莫言把他的民间价值立场贯穿到相继推出的《丰乳肥臀》、《四十一炮》、《檀香刑》等一系列优秀作品中。

至于终其一生都以“乡下人”心态自居的沈从文更是一个不折不扣立足于民间的作家。莫言曾谈道：“沈从文的创作，在他的早期作品中，保持着真正的民间立场和视角。他写那些江边吊脚楼里的妓女，如果是知识分子立场，那就会丑化得厉害。但沈从文却把她们写得有很多可爱之处。因为他对这些妓女的看法与那些船上的水手对

---

① 王光东：《民间与启蒙》，《当代作家评论》2000年第5期。

② 莫言：《文学创作的民间资源》，《当代作家评论》2000年第5期。

③ 莫言：《文学创作的民间资源》，《当代作家评论》2000年第5期。

她们的看法是一样的。”[①]“民间”本身就是一个崇高与卑贱共存、美丽与丑陋共生的地域空间和文化空间，至于偏远贫瘠落后的边城湘西无疑就是这样一个藏污纳垢的民间地域。那里的下层民众酗酒、骂人、打架、劫掠，个个粗暴野蛮，有着龌龊、卑鄙、淫乱的性格，但沈从文却站在和这些“乡下人”同等的位置，用自己的心去接近他们的灵魂，深切地理解他们的那份人事哀乐，从残忍、阴暗、龌龊的现实生活背后发现湘西人豪放、仗义、慷慨、勇敢、葆有真性情的自然人性。在《边城》、《柏子》等作品中，我们可以看到妓女放荡不羁的丑态，却又能感到她们是那般地痴情守节，“这种畸形的爱情形态仍然比上流社会‘没有爱情的接吻’纯洁真挚得多，因而也高尚得多”。“她们是一群‘圣洁而被污辱的玛利亚’，有着自己‘生命的严肃感’。”[②]在《一个戴水獭皮帽子的朋友》中，沈从文没有用知识分子的写作立场，把他写成一个十恶不赦的大流氓，而是浓墨重彩地渲染他爽朗、勇敢、热情、风趣的人性闪光点。沈从文自觉的民间写作立场或许就如他自己曾表白的那样：“接近人生时，我永远是一个艺术家的感情，却不是所谓的道德君子的感情。”[③]

歌德曾在他的《浮士德》中说过：“美与丑从来就不肯协调”，“却又挽着手儿在芳草地上逍遥”。这或许也就是沈从文和莫言为何总能从“丑恶”中鞭挞出“富美”，从“野蛮”中见出“豪放”，从“卑贱”中见出“崇高”，从“龌龊”中见出“圣洁”，从“粗野”中见出“雄强”，从“剽悍”中见出“诚实”，从“淫荡”中见出“庄严”的客观外在原因吧。但我想，沈从文和莫言之所以有着“审丑”的创作意识，归根结底还是因为他们坚持着“乡下人”和“老百姓”的创作心态和民间价值立场。

二

人性是文学的经典话题，也是许多作家表现的重点。作为客观存在的人性具有多种表现形态和丰富复杂的思想内涵。沈从文和莫言这两位20世纪中国文坛上的人性抒写大师却对人性内涵的理解和态度有着惊人的相似。

“湘西世界”是沈从文构筑的理想希腊小庙，这庙里供奉的就是“人性”，也就是一种“优美、健康、自然而又不悖乎人性的人生形式”(《沈从文习作选·代序》)。在沈从文的小说中，那些下层民众都有着优美、自然、健康的人性。如虎雏、柏子、会明等虽然近乎原始人般的蛮横粗野、放纵不羁，却又自然地迸发出豪放、强悍、勇敢、自由的蓬勃

① 莫言：《文学创作的民间资源》，《当代作家评论》2000年第5期。

② 宋剑华：《论沈从文小说的美学追求》，《文化视角中的现代文学》，南海出版公司1999年版，第219页。

③ 沈从文：《从文自传》，《沈从文全集》第13卷，北岳文艺出版社2002年版。

生命朝气。他们的生活"一切皆为一个习惯所支配",法律、道德在他们的生存法则之外,他们爱恨自由,生死自然。

性,作为一种生命本能,也被视为沈从文小说中自然人性的表现形式,得到了肆情的渲染。在《夫妇》、《雨后》、《阿黑小史》、《龙朱》、《月下小景》等作品中,作者毫不掩饰地对他们以莫大的勇气去完成的神圣"野合"给予了充分的肯定和赞美。他认为这种有悖于世俗人伦的野合,没有"正人君子"的虚假道统,也没有大家闺秀的扭捏做作,它健康、自然,是生命碰撞的火花,是自然人性的美好延伸。从这些湘西山村野民的自然野合中,我们"不是发现了性的放纵,而是在情欲的奔放中发现了'健全的人性',发现了生命力"[①]。但湘西人性也并非只是"美"的代名词,时隔十余年后返乡的沈从文也发现了原始湘西文化中存在着一些人性的阴暗面,例如迷信、愚昧、保守、笃信因果报应等。

湘西人性是"美"的自然,也是"丑"的自然,湘西人生命情感的纯真、裸露、张扬又无不影射着那些体面的"城市人"的自私、懦弱、虚伪、猥琐的性爱观。如夫妻间相互欺瞒、男盗女娼的绅士、太太(《绅士的太太》),阳刚血性之气消失殆尽、生命力委顿衰弱、终日沉溺于"爱情游戏"的知识者的"阉寺性"(《八骏图》)等等。沈从文用湘西人的自然野性对城市人的"阉寺性"进行了有力的反拨,无情地批判了城市文明病造成的人的本质的退化和丧失。

而"高密东北乡"则是莫言尽情恣肆地导演他所理解的人性内涵的艺术舞台。用他自己的话说,这个舞台上的人民没有完人,不论男女都是有缺点的,正因为他们与她们有缺点,才显得可爱。这里的历史是被传奇化的历史,没有阶级观念,甚至没有明确的是非观念,而有着英雄崇拜和命运感,衡量历史和英雄的标尺,是那些有着非凡的意志和非凡的体力的人,哪怕是技艺高超的盗贼、胆大包天的土匪、音貌绝伦的娼妓,都能得到人们"赞赏的语气"和"心驰神往的表情"[②]。这个所谓的"地球上最美丽最丑陋、最超脱最世俗、最圣洁最龌龊、最英雄好汉最王八蛋、最能喝酒最能爱的地方"[③],也是让莫言深刻全面地领悟到了人性的丰富内涵的地方。这里的人一如湘西世界里的人,爱恨自由,生死自然,生命的原始本能和冲动、敢爱敢恨的自由精神也同样折射出了他们优美、健康、自然的人性。

《红高粱家族》中"我爷爷"余占鳌是杀人放火、越货劫掠的土匪强盗,但却又是有胆识、有良心、有正义感的非凡英雄。世界上的万事万物都有阴阳两性,人性亦是如

---

① 赵园:《沈从文构筑的"湘西世界"》,王珞:《沈从文评说八十年》,中国华侨出版社 2004 年版。

② 莫言:《小说的气味》,春风文艺出版社 2003 年版。

③ 莫言:《红高粱家族》,当代世界出版社 2004 年版。

此。自然本真的人性有高贵圣洁的一面,也有阴暗龌龊的一面。正是在这个意义上,莫言才会热情洋溢地讴歌高密东北乡的先辈们,赞扬他们,把他们升华为具有酒神精神的神性英雄。

孔子有性善论,荀子有性恶论。人性是善还是恶?我想,莫言在他的小说《檀香刑》中借杀人无数的刽子手赵甲之口已经给了我们明确的回答:"所有的人,都是两面兽,一面是仁义道德、三纲五常,一面是男盗女娼、嗜血纵欲。"[①]如果说《红高粱家族》展示更多的是自然人性的"善",那么《檀香刑》则向我们揭露更多的是人性本真的"恶"。在《檀香刑》中,莫言通过对一场场惊天动地的刑罚的酣畅淋漓的描写,将人性中应有的道德、良知都义无反顾地推向了刑场。虽然在这个人性展示的大舞台上,我们也能看见周身洋溢着血性阳刚之气的"我爷爷"余占鳌的影子——抗德英雄孙丙,但他虽身居舞台的中心却不是"教育"大众的典范,而是满足上至皇帝、官宦,下至黎民百姓这些看客们人性内在邪恶的快乐需求的"看资"。莫言在这里用了反讽的视角,借英雄主角的"中心"地位更好地凸显了看客的"边缘"位置,在这"看"与"被看"的背后隐藏的却是作者那深邃锐利的目光,莫言有意地淡化了英雄就义时的凛然正气,凸显了看客们令人彻骨绝望的"集体狂欢"。"如果说刽子手是对人的肉体进行了虐杀,那么,看客的行为则可以视为是对人类精神的虐杀。""行刑者和看客的心态和嘴脸,它们共同构成了一台戏,一台以人性为内容的大戏,它的上演,使人性的各个秘密角落都被照亮。""中国的人性,我们不知道该惊叹还是心酸。"[②]其实对中国人性洞见深刻入骨的文学大师鲁迅曾在五四时期就已对中国人性作出了深刻的揭露:"群众,——尤其是中国的,——永远是戏剧的看客。牺牲场上,如果显得慷慨,他们就看了悲壮剧;如果显得觳觫,他们就看了滑稽剧。"[③]莫言继承了鲁迅的批判精神,"通过《檀香刑》这种方式把人性中病态的,阴暗的东西揭示出来"[④]。因为他意识到了我们的民族千百年来还在重演和重现着鲁迅笔下"杀人"和"吃人血馒头"的血腥历史场景。

沈从文和莫言都看到了人性的复杂性和丰富性,并让他们笔下的人物言说着这种自然人性的"美"和"丑",从他们的创作中,我们看出他们对人性的态度和理解有着心灵的默契感!

---

① 莫言:《檀香刑》,当代世界出版社 2004 年版,第 240 页。

② 谢有顺:《当死亡比活着更困难——〈檀香刑〉中的人性分析》,杨扬:《莫言研究资料汇编》,天津人民出版社 2005 年版,第 277~280 页。

③ 鲁迅:《坟·娜拉走后怎样》,《鲁迅全集》第 1 卷,人民文学出版社 1981 年版,第 163 页。

④ 周罡、莫言:《发现故乡与表现自我——莫言访谈录》,《小说评论》2002 年第 6 期。

三

“人性”是沈从文全部文学理想的基石，也是他在创作中极力追求和表现的艺术精髓，而他尤其崇尚的是自然人性中近乎本能的原始生命力冲动和豪放不羁的自由精神。他曾说:“我崇拜朝气，喜欢自由，赞美胆大的，精力强的。”因而，他笔下湘西世界里的男女都是生命力旺盛，且不受世俗伦理道德约束的自然之子。在那里，男人个个野性十足，强健如虎，血性与阳刚之气浑然一身，通身散发出原始蓬勃的生命强力之美，女人也“腰腿劲健，胆大心平”，个个敢爱敢恨，自由不羁，这些人是未受现代物质文明熏染的原始野蛮的乌合之众，也是我们整个民族原始生命动力的象征。

因而，沈从文一面赞叹着水手柏子旺盛的生命精力，健壮如公牛的体魄(《柏子》)，一面又为虎雏难以驯化的野蛮气性、强悍正直的禀性而倾倒。在《夫妇》、《雨后》、《阿黑小史》、《龙朱》、《月下小景》等作品中，作者醉心地把青年人那种自然强悍的原始生命冲动淋漓尽致地展现出来，它犹如强悍不驯的山洪暴发，势不可当地决开一切虚伪的世俗伦理之堤。如《月下小景》中描写男女主人公忘情地享受鱼水之欢的那段，虽然是原始生命欲望的冲动，却丝毫没有给人猥琐肮脏的感觉，反而给人一种超凡脱俗的美的享受。沈从文之所以要把它写得那么美，就是因为他欣赏湘西人敢于大胆追求爱情的自由精神，也赞叹他们能顺乎生命的本能冲动，用自然健康的方式宣泄强大旺盛的生命力。

其实，沈从文描写湘西人身上强悍粗犷气质的意旨所在，也就是苏雪林曾经在《沈从文论》中所指出的那样:“就是想借文字的力量，把野蛮人的血液注射到老态龙钟、颓废腐败的中华民族身体里去，使他兴奋起来，年青起来，好在 20 世纪舞台上与别个民族争生存权利。”“他很想将这分野蛮气质当作火炬，引燃整个民族青春之焰，所以他把‘雄强’‘犷悍’，整天挂在嘴边。他爱写湘西民族的下等阶级，从他们龌龊、卑鄙、粗暴、淫乱的性格中，酗酒、赌博、打架、争吵、偷窃、劫掠的行为中，发现他们也有一颗同我们一样的鲜红热烈的心，也有一种同我们一样的人性。”[①]由此可见，沈从文崇尚湘西人身上散发出的原始生命强力，是因为他强烈地感受到现代文明弊病造成的整个民族生命力衰弱和蜕化的现实矛盾，他想用野蛮人的生命力强音唤醒沉溺于物质享乐的都市人的民族复兴意识，并期望着最终能实现整个民族品德和性格的重造。

20 世纪 80 年代莫言的出现和创作，可以说是对沈从文原始生命强力艺术精神言说的延续和深化。他先是以《透明的红萝卜》中具有原始生命力的精灵古怪的黑孩爆

---

① 苏雪林:《沈从文论》，王珞:《沈从文评说八十年》，中国华侨出版社 2004 年版。

炸文坛，随后就一发不可收拾，原始的生命强力辐射到大量作品中人物身上，如《红高粱家族》中的“我爷爷奶奶”，《丰乳肥臀》中的母亲、司马库，《食草家族》中的四老妈，《檀香刑》中的孙丙和孙媚娘等，这些人物都有着强悍的个体生命力和自由奔放的狂妄热情。

其实，《红高粱家族》中对“我爷爷”余占鳌和“我奶奶”戴凤莲的书写，就已经把这种原始生命力凸显到了极致，那有着顽强生命力的红高粱不仅象征着“我爷爷奶奶”的生命力，而且也是我们整个民族精神和生命活力的象征。爷爷余占鳌肆无忌惮地杀人放火、越货劫掠，纵情豪放地与奶奶野合于高粱地里，奶奶则不屈服于现实命运的安排，顽强地与生活屈辱抗争。“爷爷奶奶”这些蔑视人间道德礼法、放荡不羁的淫乱行为，正是他们身上原始自由生命强力的自然迸发。但是，莫言在张扬生命力强悍的同时，却痛苦地发现先辈们自由昂扬、生命勃勃的生命强力已在高密东北乡的“不肖子孙”身上消失殆尽，展现给我们的现实是活着的不肖子孙“在进步的同时”的“种的退化”。在《食草家族》中，莫言鲜明地写到了高密东北乡的后辈们完全失去了食草家族原始祖先的伟大与神奇，而在《红高粱家族》中，作者开篇就沉痛地发出了“在进步的同时，我真切地感到种的退化”的忧虑和喟叹。莫言对这种“种”的退化的现实批判色彩越来越浓重，不自觉地回应了 20 世纪 30 年代沈从文的文明批判主题。这就不奇怪莫言为何也会无可奈何地发出类似沈从文的“阉寺病”的“种的退化”的感叹和忧虑。

四

女性是人类生命之源，是人类美丽生命的原生母体，女性又是一切苦难和悲剧的承载者和消融者，她们是美和苦难的化身。讴歌女性，赞美母亲，抒写母爱，是文学和人生的永恒主题。沈从文和莫言都是生命力的崇拜者，更是女性的崇拜者。在他们的文学创作中，有意无意地都流露出了女性崇拜意识。这种意识主要是通过对女性人性美的赞美和对其命运悲剧美的抒写来凸显展示的。

女性在沈从文心中是至美的圣物，是美的生活理想，是生命的活力。他曾在写给妻子张兆和的情书《废邮存底》中毫不掩饰地表达了对女性的崇拜之情，他说：“我们若都相信崇拜首领是一种人类自然行为，便不会再觉得崇拜女子有什么稀奇难懂了。”正因为沈从文对女性有着如此深厚强烈的崇拜之情，所以他笔下的湘西女性才都是真善美的化身。既有天然质朴、清纯如玉的自然之女，如萧萧、翠翠、三三、夭夭；也有忍辱负重、敢爱敢恨的妓女暗娼，如老七、妇人、女人、黑猫。但无论是朴素天成的美丽少女，还是“被侮辱与被损害”的健美妓女，她们最终的命运都是以悲剧而告终，因为悲剧总是与美同在！

《边城》中俊秀、天真的翠翠是美的化身，却也是悲剧的承载者。她为人天真烂漫、淳朴善良，有着纯洁无瑕的本真童心，通身自然地散发着“美”的光晕。但悲剧就是要将美的东西毁灭给人看。这样“美”的圣洁之女最终还是要接受宿命的悲剧性安排。其实，翠翠命运的悲剧性不仅是她个人的，也是所有湘西女的。《边城》中有一句极为重要的解码：“老水手似乎在孙女身上看到她母亲的影子。”这其实是隐喻着所有湘西女的命运归宿。沈从文眼中所有湘西女的命运都应该是这样的结局。他似乎意识到了女性生命本身仿佛就是一种悖论：她们是美丽本身，且孕育着美，而在现实生活中，她们又似乎必然地要承受外在的苦难。美丽因为本身的原因总是遭遇迫害。沈从文正是意识到了女性的生命意义的悲剧性，所以他写女性力透纸背，不遗余力，字里行间渗透着对湘西女性的崇拜之情和对其命运的无限悲悯情怀。

至于莫言，大多数学者还不曾注意到他流露在作品中的女性崇拜意识。其实，莫言早年就曾说过：“我觉得这个世界的秩序是女人建立的。男人只是一群顽童……”[①]自《红高粱家族》开始，他的很多作品中都有着光辉的女性形象，直到母亲去世，莫言的女性崇拜意识才在《丰乳肥臀》里被彰显到了极致。多年来作者内心深处积淀的对女性、对母亲的崇拜之情才汪洋恣肆地喷涌而出。《丰乳肥臀》是莫言告慰自己母亲灵魂的祭奠之作，也是献给天下所有母亲的礼物，更是为天下所有女性高唱的赞歌。正如他自己说的：“我笔下的母亲……是大家的母亲，几乎集中了中国所有母亲的苦难。集所有的苦难于一身，也集所有的美德于一身。”[②]在谈到《丰乳肥臀》的创作意图时，他曾说过：“当然她们也有幸福和欢笑，她们伴随着人类的步伐在付出沉重的代价之后也在缓慢地进步，每前进一步都要用血泪把脚下的土地浸透，但毕竟是在前进。只要大地不沉就能产出五谷，只要有女人就有丰乳就有肥臀就有母亲人类就能生生不息……但……乳丰臀肥、花容月貌的女子能在这个星球上繁衍不息就是大自然的奇迹就是宇宙的至高无上的幸福！……这一切都是我在这部小说中力图表现的。”[③]“母亲具有大地的品格，厚德载物，任劳任怨，默默无言，无私奉献”[④]，母亲是美和苦难的化身，天下所有的女性都会成为母亲，讴歌母亲，就是讴歌女性，天下所有的女性都是伟大而值得崇拜的。由此，我们就不难理解为何莫言笔下的女性形象都是内外皆美的圣洁美神。

正如法国史学家兼批评家丹纳所说：“一个艺术家的许多不同的作品都是亲属，好像

① 唐韧：《百年屈辱、百年洪荒——对〈丰乳肥臀〉的文学史价值质疑》，杨扬：《莫言研究资料汇编》，天津人民出版社2005年版，第436页。

② 唐韧：《百年屈辱、百年洪荒——对〈丰乳肥臀〉的文学史价值质疑》，第436页。

③ 莫言：《〈丰乳肥臀〉解》，第53页。

④ 莫言：《〈丰乳肥臀〉解》，第52页。

一父所生的几个儿女，彼此有显著的相像之处。”[①]正因为如此，莫言作品中的女性形象虽然千变万化，但个个却都是花容月貌，风情万种，女性魅力十足，她们都有着旺盛的生命力，敢爱敢恨，敢想敢为。但命运似乎又有意捉弄着她们，无论她们怎么爱恨，最终都逃脱不了苦难和悲剧的命运怪圈。

《红高粱家族》中的戴凤莲就是这类女性典范。“我奶奶”刚满十六岁就出落得丰满秀丽而富有生命力，但却要面对嫁给麻风病人的现实，后来又要接受爷爷感情不忠的背叛，最后无辜地死在抗日战场上。奶奶虽然死得很伟大、很辉煌，但终究是悲剧的承载者。她一生也是经历很多挫折和苦难，她是美和苦难的化身。莫言在作品中也给了奶奶一个评价：“我深信，我奶奶什么事都敢干，只要她愿意。她老人家不仅仅是抗日的英雄，也是个性解放的先驱，妇女自立的典范。”[②]由此可见，作者对“我奶奶”这样的女性充满着由衷的敬仰和崇拜之情。莫言在他后来的很多作品中也塑造了很多光辉的女性形象，比如孙媚娘、四老妈、上官鲁氏与她的女儿们、女市长林岚等。莫言笔下的女性命运最终都以悲剧告终。莫言自觉地意识到女性的人性美及女性命运的悲剧美，这正体现了他的女性崇拜意识，即对女性人性美(包括外在的自然美)的赞美，和对女性悲惨遭遇的愤恨与同情，及对女性解放、独立自主的期许。

沈从文和莫言都是生命力的崇拜者，也是女性的崇拜者。他们为女性伸张，为女性呐喊，渗透着人道主义情怀的作品为女性文学的繁荣作出了贡献。

通过对沈从文和莫言的比较，可以看出莫言的创作在民间价值立场、自然人性、原始生命力、女性崇拜意识等方面对沈从文的继承和发展。同时，也看到了20世纪中国文坛“乡土文学”、“民间写作”创作派别和某些重要的文学表现主题的发展趋势与轨迹，以及它们在中国作家身上的传承和演变。

(原载《海南师范大学学报(社会科学版)》2007年第3期)

① [法]丹纳：《艺术哲学》，傅雷译，安徽文艺出版社1990年版。

② 莫言：《红高粱家族》，当代世界出版社2004年版。

生命起源的追索与文化涅槃的重现

——论莫言小说中的“白衣盲女”意象

◇翟传鹏

“白衣盲女”[①]这一意象在莫言小说中出现的频率并不高，长期以来也不为学界所关注，然而这一意象本身所具有的丰富性、复杂性和言尽意远性却不容忽视。如果将莫言建构在“高密东北乡”的诸多小说看成一个系列或是一个体系的话，那么这一意象便有其“根”的定位与作用，它包含着生命的起源、成长和涅槃等诸多命题。

一、白衣盲女：真与美的双重变奏

用神话原型的理论去反观希腊神话中的诸多盲人形象，我们不难看到，他们大多都是智慧与先觉的化身。他们身上体现的是一种具有超拔感与超验性的大彻大悟，是一种常人所不能及的高超洞察力与非凡感受力。他们往往披着神秘的面纱，以一种先觉先慧者的形象出现，所代表的是一种永恒的真与包容一切的善。

因无意中窥见雅典娜出浴而被判失明的忒拜先知忒瑞西阿斯（Tiresias）便是一例。在他身上，充分体现了上古文化对盲人超验能力的建构。忒瑞西阿斯是七雄攻忒拜时期能与神直接对话的最伟大的预言家之一，正是他预言了俄狄浦斯杀父娶母这一“必然事实”。而其女曼托（Manto）亦成为她那个时代最伟大的女预言家：“在她所主管的神庙里，人们常常看见一个老人时来时往。她教给他充满活力、甜美和光辉的诗

---

① 《秋水》(1985)中的白衣盲女形象，《丰乳肥臀》(1996)中的白衣盲女以及上官玉女形象堪称代表，本文拟以这两个文本为范例来展开论证。

歌,这些诗歌不久便传遍希腊。这老人便是迈俄尼亚的歌者——荷马(Homer)。"[①]这样的一种承传关系真实地反映了原始初民对盲人以及其所代表的巨大超验能力与高超智慧的崇拜,因为正是这样的人才能对自我心灵进行审慎观照,才能与超验神祇进行深层次对话,从而达到一种常人所不能及的状态。

莫言笔下的白衣盲女形象亦是如此。在《秋水》中,当黑衣男人与紫衣女人间的关系达到白热化的剑拔弩张之时,白衣盲女却依然不为之所动所惊,依然在唱着一曲颠来倒去、古朴却又稚嫩的儿歌。动与静、纷扰与内敛构成了鲜明的对比,白衣盲女也正是在这种特立独行的表现中加重了其业已具有的神秘感,愈发使人捉摸不透。而这种神秘面纱背后所掩盖的,是一种沁人骨髓的真实感与深刻感,它折射出的是社会现实的荒诞与麻木,是道德沦丧与人心不古。白衣盲女的内敛、审察与古希腊神话中的预言家和先知者有着异曲同工之处,那种不为外物所役、直指内心的处世态度与行为方式是一脉相承的,也正是这样的人才有可能将真与善的理念推演至极致。

《丰乳肥臀》中盲女上官玉女的形象与之休戚相关。与上官金童因遭际纷繁多杂而造成的喧哗与骚动相比,玉女虽一生亦是坎坷多磨,然其身上体现更多的则是一种静谧与安宁。因其盲目,玉女一生都处于弱势地位,在她身上充分体现了历史伦理对个人尤其是弱势群体的压抑与戕害。玉女一生都未能有效地发出自己的声音,但在她生命的最后一刻,她以她的"沉水自溺"表达出了对社会现实的强烈不满和对人性真情的热切呼唤。玉女虽是一盲人,但"不睁眼看破了世上风情,人都说盲人心如明镜"[②]。她虽感情细腻却拙于表达,"二十年里沉默寡言,心中长存着愧疚,饭不吃饱你认为自己是家中的拖累,衣不穿新大家以为你不清新旧。其实盲人也有爱美之心,你心中有我们凡夫俗子看不见的风景"。这是一个感恩的人,有一颗至纯至真的心,一个纯洁而伟大的灵魂。她以她的沉默寡言,她以她的自尊自爱,她以她的内敛与善感,抗拒着这个浮躁而急功近利的世俗世界。现实的纠纷与她无关,众生的喧哗与她无扰,世人的骚动与她无染。她与这个世界始终保持着一种貌合神离的关系。这种距离感,使得她能"出淤泥而不染",始终站在他者的立场上,对这个世界进行审慎的观照。玉女这一形象的建构,实际上是作者以批判的态度为读者揭示出了历史、现实的种种荒诞不稽,历史伦理、集体意志对个人、个性的压榨与巧取豪夺。玉女始终以一种微笑的超脱态度来看待历史与现实,她是凌驾于现实之上的,是一种更高的真与善,因此,在某种程度上说,玉女未尝也不是理性与智慧的化身。

与这种超验的智慧与真相关的,是白衣盲女身上所表现出的美感。

---

① [德]斯威布:《希腊的神话与传说》,楚图南译,人民文学出版社 1978 年版,第 261 页。

② 莫言:《丰乳肥臀(增补修订版)》,中国工人出版社 2003 年版。以下此书皆引自该版本,不再另注。

《秋水》中的白衣盲女给人一种仙风道骨、超尘脱俗之感："五官生得靠，鼻梁如一条线，双唇红润小巧，双眼大大的"，"悠悠飘飘，似梦幻中人"。[①] 不唯此，她还"童音犹存，天真动人"。细读此文，黑衣男人与紫衣女人间的冲突来源于二人的世仇（紫衣女人的父亲老七为黑衣男人所杀），而这种世仇归根结底又是源于白衣盲女。在作者隐晦而又奇谲的叙述中，我们可以想象出白衣盲女在黑衣男人与老七错综复杂的关系之间所产生的作用，佐以同一时期莫言大作《红高粱家族》，"情仇"这样的一种脉络就更加分明。[②] 如文本中所暗示的，这种"情仇"产生的根源不外乎白衣盲女的美貌，由此，白衣盲女的这种美貌理所当然地成为故事建构的根基。令人赞叹的是，莫言将这一建构充分地背景化，直到小说的最后，我们才于朦胧中窥豹一斑。更令人击节称赞的是，文本中的白衣盲女这一"麻烦制造者"置于矛盾的旋涡中却似乎毫无体察，以一种超脱事外的"深沉神秘"见证着人世间的纷扰与繁芜，俨然成为先知者与女神的化身。

《丰乳肥臀》中的上官玉女亦是作者塑造的貌美理想女性形象："鼻梁高耸，脸皮白皙，一头柔软的金发，脖子细长，像戏水的天鹅"，"额如蟹壳，目如深潭古井，鼻挺嘴阔，双唇娇嫩如玫瑰花瓣"，"亚麻色头发如光滑的丝绸，眼睛仿佛水晶石"，"双乳像小红马的玉蹄"，"她的美丽的身体倾国倾城"。并且她的美"是未经雕琢，自然天成的，她不懂得梳妆打扮，更不解搔首弄姿，她是南极最高峰上未被污染的一块雪。雪肌玉肤，冰清玉洁，真正的，不掺假的"。

如同《秋水》中的白衣盲女一样，上官玉女的美也是自然天成的，这种未经雕琢的美还原了美的原生态，是一种真实而又质朴的美。这种朴素无华的美背后，是一种未经世俗异化的、天真的性情。这种真性情之美，舒缓而沉稳、久而弥淳，给人以蔼如之感，平淡兴远。

值得注意的是，白色调在莫言的色彩感觉狂欢中占据一特殊的地位。如果说红色调在莫言小说中构建出一个个壮美意象的话（以《红高粱》、《红树林》为例），白色调的基点则是优美的（这在《白狗秋千架》、《白棉花》中皆有体现）；前者以动见长，后者以静取胜；前者是炫目多彩、众生喧哗的，后者是质朴无华、小径通幽的；前者是暴烈的、激动的、催人奋发的，后者是平和的、波澜不惊的，甚至带点淡淡的忧伤。两种色调相较，充分显示出了直与曲、刚与柔之别。

---

① 莫言：《秋水》，《白狗秋千架》，上海文艺出版社2005年版。以下此书皆引自该版本，不再另注。

② 从更广阔的视角来看，《秋水》未尝不是莫言以《红高粱家族》为代表的家族史叙事的重要一环，其精神内核也与莫言所建构的充满生命活力与野性张力的"红高粱精神"相一致。

二、白衣盲女:时间的雕琢与生命的起源

时间意识是任何一部伟大的作品都不可或缺的。中国古典诗学中的“伤春悲秋”主题及其所代表的佳作,无一例外地都有时间意识浸染其中。现代意识流小说也对时光进行着细致入微的刻画与雕琢。时间意识所带来的,是读者自身体验与文本独特经验的完美契合,是一种在时间向度上对种种纷繁存在与杂乱思绪的深层次思考。这种时间中的经验与体验亦是作者与读者寻求精神避难与救赎的场所所在。

《秋水》予人的首先是一种时间上的蛮荒感,作者借助这短短的篇幅,分明演绎了“创世记”与“诺亚方舟”两大神话。“那时候,高密东北乡还是蛮荒之地,方圆数十里,一大片洼涝,荒草没膝,水汪子相连”,就是在这样一种类似史前文明的环境中,因“淫奔”而至此的“我爷爷”、“我奶奶”开始了他们的“创业史”。这一历程,是对伊甸园神话的反讽式运用。《秋水》“创业阶段”的蛮荒却又自由、祥和的精神指向与伊甸园的自由祥和的精神主旨可谓是异曲同工。如若说亚当、夏娃因受欲望的指引而被逐出伊甸园的话,那么“我爷爷”、“我奶奶”同样是由于欲望的唆使——“我父亲”的降生而遭遇到前所未有的挑战。这种力量雄大、视野宏阔、造境奇特的戏仿给人一种耳目一新的感觉。若从一个较为宏阔的视角来反观莫言“高密东北乡”文化地理的建构与“红高粱”家族史建构的话,我们可以发现,《秋水》处在一个“根”的位置:正是在这里,“高密东北乡”的第一批生民开始扎根、生存乃至“创世”。以此文写作的1985年来观,其时“文化寻根”与“寻根小说”正发展得如火如荼,莫言的此篇小说亦应归入“寻根小说”的大潮之中。与其他寻根小说相较而言,莫言这个短篇毫不逊色,这种寓言式的写法有其自身特色,而这种寻根的取向与对西方文化的反思与借鉴亦是独出心裁。

白衣盲女的出现,又是对大洪水与诺亚方舟神话的借鉴与戏仿,亦是继“创世”之后,对生命、文化起源的又一隐喻。洪水在莫言那里,一直是挥之不去的历史记忆,在这个短篇中,莫言将这种历史记忆成功地转化成审美意象,在白衣盲女这一形象身上,寄寓了无比丰富的内涵。作品将洪水的到来与父亲的降生融合在了一起,极富戏剧性。而父亲诞生时的场景又与耶稣之诞生有极大的相似之处,换句话说,莫言在“父亲”身上,反讽式地上演了耶稣诞生这一场景,这一象征奇崛而简洁,极富艺术张力。在《秋水》的叙事中,“我爷爷”、“我奶奶”所居住的草棚,成为不折不扣的生命与希望的载体,成为物种起源的又一“根”之所在。在这一现代的诺亚方舟之上,人们仍然免不了勾心斗角,在新生命(“我父亲”)诞生的同时,依然不能排除凶残、暴烈与杀戮。在作者笔下,这些场景的讽刺意义昭然若揭。

需要注意的是,白衣盲女乘瓮而来,她的出现与维纳斯的诞生有极大的相似之处。

她们都来自于水,是水给予了她们生命,同样也是水使她们的生命承受了考验与锤炼。白衣盲女诞生于瓮,而维纳斯诞生于蚌,其相似性一目了然。作者在"盲女—女神"这一意象建构上,可谓用心良苦。这又是作者在生命起源问题上的一大建构。

《丰乳肥臀》中的上官玉女一生坎坷而凄美,诡异而神秘。她的身上充满着灵异与静穆:"八姐神秘,与几十年前从滔滔的洪水中坐瓮漂来的白衣盲目女人有相似之处。那个女人繁衍了司马亭、司马库这样的古怪新奇的后代,她坐瓮漂来,又乘风而去,活不见人,死不见尸,身世如同死谜,何人能猜破?谁也猜不破。"由莫言的人物谱系来观,那个"几十年前从滔滔的洪水中坐瓮漂来的白衣盲目女人"显然就是《秋水》中的白衣盲女,在人物的建构上,上官玉女与白衣盲女两人具有内递性与一致性。而事实上也是如此,生命体征与性格特征的相似性姑且不论(盲目、美貌、内敛、慎独),上官玉女最后的归宿——沉水自溺就充分表达出了这一意象内里的一致性与完满性。上官玉女以其沉水自溺完成了"白衣盲女"这一人物意象结构宿命般的生命轮回,关于生命起源的建构在玉女身上戛然而止。

莫言在《秋水》中所描绘的白衣盲女的那种不知来自何方,不知去往何处的生命的无助与苍凉感从那时一直延续到了《丰乳肥臀》那里。作者反复地运用这一意象,其含义也是极为深刻的:白衣盲女代表的是一种对生命本原的苦苦追寻与探问,一种对人的存在方式与存在状态的形而上的思索。这是一种生命的本体论,同时也是一种美学的本体论。白衣盲女的意象显然是对潜藏在人们心中的对大洪水所带来的恐惧感的审美性体验与表达,是远古人逃避灾难,保存希望种子的审美性再现与现代性阐释,是对诺亚方舟神话的审美性的颠覆与重新建构。

而这种生命的无助与苍凉感之所以能发人深省、感人至深,是与作者对时间的细致雕琢密不可分的。《秋水》的前半部分描绘了"创世记"的艰难,寥寥数语,艰辛与快乐并存、困难与救赎并重的场景活灵活现。洪水的到来使得原先洋溢着的一股生气、一丝愉悦消解殆尽,取而代之的,是一种无可奈何的苍凉宿命感与肃杀之气。在"诺亚方舟"上所展开的惊心动魄的斗争,在时间的刻度上被丝丝缕缕地雕刻得淋漓尽致;在时间的向度上所演绎的"生死疲劳",被描绘得丝丝入扣,从而给读者留下了一个深邃的想象空间。经时间向度洗礼的故事别有一番情致,这种叙事解构了叙述内容的严肃性与崇高感,而以一种反讽的面貌出现,但在这其中所交织的感情却是实实在在的,是超越于文本之上的。这种感情平稳而深厚,凄冷而沉郁,荒诞而又辛辣,呈现出一种丰富性与异样的美感,使读者在感觉酣畅淋漓、入木三分的同时,进入一种对历史与未来的反思与警策之中。

《丰乳肥臀》中对上官玉女的描绘也是如此,作者意绪和历史记忆与想象完美地结合在一起,呈现出历史的宿命感、高洁而彻骨的孤独感与义无反顾的崇高感完满统一。

在一段大跨度时空中,作者缓缓注入了其源于苦难而沉潜凝聚了的悲情,使得这部浑然天成的作品具有了一种沉思历史和人生的沧桑感,使得读者在痛苦、迷茫与抉择之后,能进入更深层次的思考与体察。

三、白衣盲女:“种的退化”之反照与“女神再生”之建构

莫言从《红高粱》起,一直在努力营建一种狄俄尼索斯式的“红高粱精神”,呼唤一种原始的生命力。他笔下的女性大都有悖于传统的温柔敦厚之美,而是敢爱敢恨、能生能死,既叱咤风云,又风流多情,张扬着一种原始野性,高扬着鲜活的生命力。她们一般都有着超出常人的欲望,有着常人所不能及的魅力与魄力。她们是民族血性的真正延续,也是民族精神强有力复兴的希望所在。相形之下,男性形象则大打折扣,多多少少地被渺小化、边缘化,所塑造的人物或苟延残喘,或懦弱无能,或安分守己、听天由命,或醉生梦死、得过且过。他们往往在现实生活中消磨尽了生命的力量与热情,只剩下行尸走肉般的虚空的躯壳,所能做的,也只是在虚幻的意象中去寻求光和热。

与之相关的是“种的退化”的观念。莫言在《白狗秋千架》中第一次提出了“纯种”的概念,此后“纯种”与“杂种”这一对概念多次出现在其作品中。《红高粱家族》整部作品充斥着对“杂种高粱”的厌恶之情。“纯种”被“杂种”所取代,种的生命力的退化由此可见一斑。张志忠在《莫言记》中指出,“莫言的作品,总是要写到两代或者三代人的,总是要在几代人之间探讨其遗传变异的”,而且家族成员总是一代不如一代。新生的一代,较之他的父辈、祖辈总是负担过多,总是显得老气横秋,缺乏生命的张力。《秋水》中对于生命起源的描绘也可以看作关于“种的退化”命题的追索与前奏。作者对于蛮荒时代的热情讴歌,是建立在对现实“种的退化”不满的基础之上的。

“种的退化”命题的提出,显然是与当时的文化寻根热潮须臾不可分的。在莫言那里,男性形象的猥琐与“种的退化”休戚相关,二者是正题、反题之分,而二者的合题则指向国民劣根性的批判与中华古老文化的重建与涅槃。正如梁漱溟所说,中国母性文化有着“幼稚、老衰、不落实、消极和暧昧”等种种弊病,中国人身上缺少西方新教伦理影响下的那种“理性主义整体发展的一部分”,“具有伦理色彩的”开拓、“劝世”精神①,“种的退化”因而成为中国母性文化影响下的必然产物。作者借助这一命题,批判了中国文化固有的种种弊病、中国人身上所展现的种种劣根性,从而完成了其对自我“寻根”体系的建构。

若莫言的作品只局限于“揭伤疤”,或无甚可观之处。在与西方文化进行充分比较

---

① 梁漱溟:《中国文化要义》,上海人民出版社2005年版,第250～254页。

的同时，莫言也在探索中国古老文化的重生之路，而“女神再生”正是题中之义。

红高粱系列小说所引入的“红高粱精神”是一种充分张扬个性与野性生命活力的精神，这种生命狂欢精神在莫言此后的小说创作中一以贯之，并得到逐步完善与发展。这种生命的野性与狂欢，是人类童年时代记忆的反观与重现，是先祖生活面貌的原生态还原。这种野性与狂欢剥离了文化的种种规约，褪去了社会所赋予的种种道德伦理价值，探讨的是生命的本体存在。如上文所及，这种野性与狂欢在众多的女性形象身上体现得淋漓尽致，作者试图以此来还原中国母性文化的史前面貌，并以此来完成其自我文化认同。以神话原型来看，莫言笔下的这诸多女性则未尝不是女神形象的重新营造（这种情况在《丰乳肥臀》里就变得更为明显，作者显然是以母亲来隐喻大地母神）。作者就是在这样一种女神的营造上寄寓了解决“种的退化”问题的希望。

《秋水》中“盲女—女神”的建构，代表的是一种对生命与文化起源的追索与叩问，以及对返璞归真的文化状态的向往。那种蛮荒状态下人们所表现出的野性与生命力，是“积淀”已久的中华文化所欠缺的，也正是其所要更正之方向。《丰乳肥臀》中的上官玉女与其孪生弟弟相比，更多地继承了中国文化中更富生命力的一面。她沉默寡言却又心如明镜，她虽纤弱无力却又坚强刚毅，她敏感聪慧而又善解人意。与上官金童相比，她经历了更多更沉重的苦难：饥饿，病痛，颠沛流离。她虽终生生活在黑暗中，眼中却总能闪耀出悲天悯人的光芒。在她身上，见证了中国文化所不能承受之生命之重与死亡之轻。正是她继承了其母的伟大人性品格：博爱无私、勇敢坚毅、顽强不屈以及柔韧忍耐。而这，也未尝不是当下所要承袭的中华文化的精髓。

在《秋水》中，白衣盲女可视作是维纳斯女神在现实中的重生与再现。她所带来的是新生，是希望，是古老文化所未有的异质因素，即狂热的生命与原始的野性。《丰乳肥臀》中的情形也一样，白衣盲女繁衍了司马亭、司马库这样古怪新奇的后代，而司马家的后代所具有的，恰是上官家的男人们所欠缺的——血性与阳刚。这种古怪新奇是司马家后代的魅力所在。这种古怪新奇是对上官家的男人们而言的，也是对民族精神而言的。民族精神所需要的，亦即莫言在文本中所大声呼唤的，正是这种代表着血性与阳刚的古怪新奇。这样，况味就出来了，上官玉女既然与白衣盲女极为相似，她也就具有白衣盲女所具有的符号特征，她也就具有繁衍古怪新奇的血性男儿的能力。作者就是在这一人物身上，寄寓了“种的改良”的希望，并希求从中找到一种途径，即一种生命的涅槃与文化特质的重建。上官玉女以其沉水自溺，完成了这一过程。

我们知道，男性的生命历史是线性的，具有代代相传的呈递性；而女性的生命历史是圆形的，具有循环往复性。生—死在女性的圆形历史那里，本就无特殊的界限。玉女的沉水自溺，实际上是对母亲子宫的执著回归。她的充满了庄严感与崇高感的死亡，实是一种理性的涅槃与再生。在这一过程中，她涤去了生命的异质成分，涤去了文化的劣质成分，涤去了现实生活的丑恶成分。她以死亡完成了耶稣式的生命轮回，也开启了新的生命希望。作者借她的死亡，隐喻了解决“种的退化”、“父亲死亡”问题的有效途径与方法，从而使得整部作品悲凉却不悲观，失望而不绝望，产生了浓郁的悲剧美。

白衣盲女这一意象在《秋水》与《丰乳肥臀》那里，由生命、文化的起源到生命、文化的涅槃，完成了一个宿命般的轮回。作者正是借助这一微小却又古朴简练、畅达有致的意象，寄寓了对真善美的渴望与追求，对生命、文化的深入思考，其幽微绵缈的情致、静逸明秀的意境、言尽意远的叙述，令人能于纷乱中息心静虑、凝神观照，产生别样的功用与美。

参考文献

[1]莫言、王尧:《莫言王尧对话录》，苏州大学出版社 2003 年版。

[2]莫言:《在京都大学的演讲》,《说的气味》，春风文艺出版社 2003 年版。

[3]张志忠:《莫言论》，中国社会科学出版社 1990 年版。

[4][德]马克斯·韦伯:《新教伦理与资本主义精神》，于晓、陈维纲等译，陕西师范大学出版社 2005 年版。

(原载《南华大学学报》2008 年第 4 期)

以肉为本，体书"莫言"

◇乐 钢

一、肉体和文体：一种书写范式

中国文人常用"呕心沥血"来形容身体与写作的关系。20世纪的作家中，将写作定位于肌体血脉的，最有名的应属鲁迅。先生自比为牛，吃的是草，写出的字是奶，是血，后来被毛泽东继承发扬，于《在延安文艺座谈会上的讲话》(下称"讲话")中号召文艺工作者以鲁迅为榜样，甘当人民的孺子牛。人民是衣食父母，文艺工作者当报养育之恩，为物质生产者提供精神食粮。围绕着牛这一意象便出现了一条关于文化生产的"食物环"。若寻根溯源，对牛的崇拜从一开始便浓缩在炎帝身上。这位尝百草、播五谷的神农，就常以牛面显灵。而古代统治术中的一个核心概念，就叫"牧民"。"牧"字从牛，鞭声，两者正好与神农的"农"和炎帝的"帝"呼应，形象地揭示出古代社会的权力关系。为政者若不善牧子民，替"牛"行道，被牧者便可以"牛"的名义揭竿而起夺回"鞭子"。从创世神话到鲁迅、毛泽东，"牛"这一经典意象构成了一个多层寓意的元叙事。

围绕着"牛"的经典化和普及化，随着物质生产与文化生产的主从关系的确立，物质生产者(在中国首先是农民)被置于想象的主体地位，而作为实际主体的写作者就必须依此想象原则而转化角色。其结果就如在毛泽东《讲话》后延续了近四十年的实践那样，文化生产者必须首先通过体力劳动以至衣食住行的农民化解决有关个人身体经验的感性问题，进而由身及心解决立场和世界观等等相对抽象的政治与意识形态问题，最终完成向"牛"这一想象主体的转变。鲁迅的孺子牛精神毕竟是一种文人的(也主要是针对他同时代那些"帮闲文人"的)道德意识与姿态，他倒不必真的去吃草，更无必要按毛泽东号召的那样以脚上沾满牛粪为"牛化"的标记。到后来"文化大革命"中的"牛棚"、吃的忆苦饭，前者虽指"牛鬼"却也不乏意义转化的象征意义，后者则可以说是对“牛食”的复归。讨论现代汉语写作的问题，就得关注这一物质实践对话语实践的规范制约。所谓“体书”首先是指这层意思。

莫言的多数作品写的都是华北的农民，而且常常通过吃喝拉撒来写肉体的存活和变形。我们甚至可以用他一部书的题目作出主题学的概括：从早期的《透明的红萝卜》、《红高粱家族》，到《天堂蒜薹之歌》、《食草家族》，这些题目本身指涉的就是农民这个庞大的、牛一般的“食草家族”。如果以《红高粱家族》这部给莫言带来世界性声誉的作品为界标的话，他前期的作品虽也不乏社会批判的锋芒，但总的来看还是侧重主体性的文化重建和张扬。也就在寻根热开始式微时，莫言尝试超越自我，将社会批判的触角伸向现实。尽管他初始在《天堂蒜薹之歌》等作品中为了社会批判而付出了艺术创新方面的一定代价，但内容的批判性和形式的实验性之间并不必然存在非此即彼的对立关系。不久，他就推出了二者近乎完美结合的《酒国》。也只有在阅读了《酒国》之后，我们似乎才可能理出一条关于“食草家族”被鱼肉、宰割、吞噬的叙事主线。

莫言没有从正面去写“牛”，而是倒过来把这一理想化身还原为现实中的具体物质形态。食草家族奉献了一世的辛勤劳作，最终它们的肉体还得作为“剩余价值”被屠宰加工，不折不扣地履行食物供应者的职责。鲁迅早逝可说是因呕心沥血，但食草毕竟是个姿态；而莫言笔下的农民能填饱肚子就算是登天了。先生及其男性后代以挤出的奶自比文字时，似乎也忘了简单的性别差异；而莫言笔下的母亲，如曾引起争议的《欢乐》、《酒国》中的“肉孩”一章，及至《丰乳肥臀》所描绘的那样，简直就是一头被吮干嘬尽的母牛。这条线索若放在血缘家族的伦理传统中考察，是对“舐犊之情”的性别与代际颠覆；若置于土地、历史的时空框架内，则是对以“牛”为主要文化符号之一的国族神话的修正。革命文艺中的被想象的主体，又一次悲哀地以食草家族的身份复归于现实的屠宰场。

现实批判的解读是不能回避的，尤其在这个屠宰场的生意越做越大、越来越有效益从而更加“合理化”的今天。但在进一步讨论这一问题之前，让我们还是先考察一下“体书‘莫言’”的具体特征。

《红高粱家族》在正文之前有这样一段题记：

> 谨以此书召唤那些游荡在我的故乡无边无际的通红的高粱地里的英魂和冤魂。我是你们的不肖子孙，我愿扒出我的被酱油腌透了的心，切碎，放在三个碗里，摆在高粱地里。伏惟尚飨！尚飨！

作者“呕心沥血”的姿态比鲁迅的牛更为具象。在广袤厚重的乡土祭坛上，小说写作以祭血牺牲的形式又一次升华为农神崇拜的典仪。不过，在这一片古老庄重的祭祀氛围中却隐蔽着诡谲荒诞。作者没有再去歌颂那头圣牛，而是以“不肖子孙”的身份将食草家族的肉体烩成一桌“人肉宴席”。这个“不肖子孙”不仅在《红高粱家族》中通过对“杂种”(叙述人血缘身份认定)和“杂交”(以尿酿酒)的讴歌来改写道德化的革命神话,而且他的题记本身更在无意间直指始于鲁迅的“吃人”这一经典叙事。莫言当然不会去复制“割股疗亲”这一被鲁迅斥为野蛮的孝道传统;他把自己的心置于高粱地里祭祖,是为了召唤那些被排斥摒弃于古今道统之外的只能称为“杂种”的生命状态。他对“种的退化”的焦虑和揶揄,与“割股疗亲”迥异,也没有多少《三国演义》里夏侯惇拔箭啖目,大呼“父精母血,怎忍丢弃”的味道。但是若置于鲁迅以来关于文明进化的语境中考察,莫言的姿态既有承袭的一面,如关于“退化”的书写,但更多的是游离甚至反讽,后者当然到了《酒国》才清晰地表现出来。他在游离于革命的“食草”话语的同时,也告别了“吃人”的现代性经典叙事,从而在身体和小说写作间开拓了一条奇径。

为进一步分析身体和文体的关系,我们不妨对“体”字做点解剖。从“体”字的渊源与构词看,身体同文体间存在着主从和借代关系。《说文》指“体”从“骨”,但在更早的《睡虎地秦墓竹简》和《老子》甲乙本中则均从“肉”。骨也罢,肉也罢,以亲族血缘关系为核心的儒家文化强调的是“骨肉至亲”,正如《礼记·祭仪》讲的,“身也者,父母之遗体也”。相对于儒家的血缘承袭,“体”在《易·系辞下》里则指对自然物象的体现:“阴阳合德,而刚柔有体,以体天地之撰。”当“体”成为动词而“体现”天地造化时,叙事的基本要素便出现了。《文选·陆机〈文赋〉》讲“赋体物而浏亮”,李善将此注解为“赋以陈事,故曰体物”。一种文体(赋)及其功能(陈事)在被“体”字规范的同时,也将“体”的意义从血亲伦理和自然物象的范畴延伸到文化书写的领域。当然,这里的“文体”还仅仅具有分类学意义,指的是所谓“体裁”,尚未进入个人化的“风格”层面。有趣的是,“体”的意义嬗变还有一条更为形式主义的线索,以舞蹈的表演形式为发端,经文字的书写形体(书法)而至文章的体裁风格。在所有艺术形式中,舞蹈不仅仅是最古老的形体艺术,也是以人体为首要“书写”符号的。由于舞蹈可以不借助象征性符号媒介而自行表意,是人类最古老的“行为艺术”,因而为个性化的风格保留了无限的表现空间。《文选·陆机〈文赋〉》便如是指出:“体有万殊,物无一量。”顺便提一下,在现代中国将艺术的个性化视为西方现代性的产物,可说是一种以私有制为核心的意识形态对历史的篡改。

简体的“体”字则为我们提供了一个再简单不过的拆字游戏。尽管“人本”一词现代味太浓,但这个词也可以使我们联想起《十日谈》这样的文本,与后来被标为“主义”而日益形上化的意识形态毕竟不同。大概是文字改革的专家灵机一动吧,这个简化的“体”字竟借用了一个同形同音的古字,好像冥冥间早已注定了“骨肉”即“人本”的形下本质,使传统文化难以也不必以抛弃肉体为前提去寻求纯粹的超验出世。佛教的引入和传播便很能说明问题。被本土世俗文化吸纳改造的一个极端例子,就是释伽牟尼舍身饲虎的传说后来竟蜕变成割股疗亲这样的习俗。立地成佛和孝敬父母都得献出肉体,前者是以神的姿态俯救苦难众生,后者则要求以受众的虔诚回馈"遗体"的一部分。鲁迅的《狂人日记》里"礼教吃人"的诅咒和"救救孩子"的呼唤,竟可以绕这么一个大弯把普度众生的神话典故扯进来,的确是有关肉身的一段奇案。[①]

而处于另一极端的则是精英文化对身体的"非肉化"。前面曾提到也造出以"肉眼凡胎"、"肉身"、"肉感"、"肉欲"等等为标记的文化解剖谱系。除了佛教的肉食禁忌影响之外,性禁忌的强化无疑使人身进一步与肉体分家。到了现代,公开讲性感、性欲虽也不甚体面,但在特定场所尚可以科学的名义讨论。"肉感"、"肉欲"等词则只能用于粗鄙下流的东西了。

"文革"期间有一对夫妇行房事时总要在女方的阴道口放置一块肉,据说是受了《红楼梦》中"入肉"的启发。[②] 读过《红楼梦》的人,应该说教育水平不会很低的。另一方面,性禁忌对民间特别是下层社会的影响毕竟要弱些,种种关于"肉"的表达方式便得以保留。张贤亮《绿化树》中的女主人公马樱花,听不惯章永璘文绉绉地称她"亲爱的",便要他们之间以"狗狗"和"肉肉"互称。我们很难把西北方言中的"肉肉"按"食"或"色"进行语义切割,在《绿化树》里"饮食男女"就更是一个浑然一体的主题(尽管作者按文人道德要把两者强行分开)。其实,"肉"的话语场与"体"的文化无意识重叠交叉,"吃肉一顿不如进肉一寸"这类民间俗语是很难用英文的"meat"或"flesh"来分类翻译同时又保留其原味的。民间语言这种拒绝"理性化"的特征,对我们分析莫言的作品是一个极为有用的参照。

以上对"体"字作这点简析,是想突出两个相关的问题。首先,莫言小说中大量对身体细节的描写,尤其是那些关于肉体功能的片断,既不能仅作为题材进行现实主义再现式的解读,也不可单纯视为文本游戏而用于编织种种后现代主义的理论神话。这两种方法虽在理论上摆出对立的姿态,但是它们的逻辑支点却奇怪地相似,都要在物质实践和话语实践间作非此即彼的选择,要么忽视书写的意义建构过程,要么将后者同物质实践割裂。而"体"的物质本体性和意义多元性,正好将身体和文体视为一个整体的两面,高度浓缩于"体现"一词间。我们甚至不妨进一步发挥,强调"体现"所蕴含的认知模式,为步出"本体"和"现象"的两元对立标明了一个方向。

第二个问题则更为具体。莫言的小说在将身体作为文字解剖对象的同时,也自觉

---

① 关于"割股"的宗教史籍考察,详见 Chun-fang Yu, "Filial Piety, Iratric Cannibalism, and the Cult of Kuan-yin" (paper presented at the annual meeting of the Association for Asian Studies, April, 1995, Washington, D. C).

② 参见 Jianying Zha(查建英), *China Pop: How Soap Operas, Tabloids, and Bestsellers Are Transforming a Culture*, New York: The New Press, 1995, pp. 151-152.

地将这一解剖过程揭秘，为我们"导读"小说写作本身提供了种种话语试验和想象的可能性。也就是说，他为我们这个感知世界的肌体或机体所推出的文字实验，为种种未曾命名或不可言说（即"莫言"）的身体经验寻找、创造了一些前所未有的书面语形式，将现代汉语小说的虚拟想象空间拓宽了。莫言的文体特征，可以通过对本文标题的澄清概括为：将肉体同时作为写作对象与文本范式，以体现文字疆域的禁忌与无限。再看《红高粱》的题记，那颗腌制切碎的心指涉的也许是作者呕心沥血的修辞姿态，但也为我们提供了一个解读莫言小说的原型。

最后，即使从出版体例的技术角度讲，《红高粱》的题记与作者的献身（心）也生动地体现了身体与文体的关系。题记（dedication）这种形式，与流行于学术出版物间的"鸣谢"（acknowledgement）相似，是要表达作者不便在正文中说明的题外话。英文常把"正文"称作"the body of text"，从此意义上讲，"题外"的话也就是"体外"的东西。我不知道这种出版"体例"是从什么时候开始成为规范性的"体制"的，这一问题值得从事出版史工作的人研究一下。有趣的是，将正文与题记分剥的体例大大早于福柯、巴特等解构大师，从其出现始就隐隐预示着"作者的死亡"。但《红高粱》的题记对象并非现实中的真实人物，也没有作出个体化的命名，而是通过虚拟的剖心祭礼将作者的肉体与文本进行意义真实的缝合。这一姿态在现有体例的规范内却又超越了规范的意义：它不再追求个体化命名的不朽形式，而是使创作的意义在"血肉相连"中化入无名与无限。

二、肉食与食肉：《酒国》中的杂烩

自"五四"以来以大众名义登台的新小说，其大众性一直令人怀疑，无法同传统写法的通俗小说相比。若说革命化了的小说真正实现了某种程度的大众化，一是在以赵树理为代表的农民作者出现以后，二靠解放后比较成功地以扫盲识字为目标的普及教育，三要讲特定意识形态背景下小说超常的政治代言功能。《酒国》出现的前后正是大众消费文化在中国崛起，小说也同时告别革命、退守正常归属的转折期。现代汉语小说就像它的古代前身一样，再一次成了名符其实的"小说"。对还有兴趣和时间读长篇小说的人讲，《酒国》并不是可以躺在沙发上随便翻翻就能看懂的；能正襟危坐认真读完的人，多数恐怕也难以在感情深处接受这本邪恶有加的末日寓言。倒是海外汉学界正不遗余力地翻译评介莫言的作品。莫言只要好好写下去（当然不能为了应付差事老写《红树林》这样的作品），是有可能获诺贝尔文学奖的。所以，若要讲《酒国》在现代汉语小说中的地位，考虑到时下的潮流可是各领风骚三五年，而它又未曾在学术圈外真正风骚过，这就从反面预示了《酒国》是一部无法以三五年为时尚标记的奇书。这样的评价已经接近“划时代”的意思了。[①]

奇首先奇在想象,按莫言的话讲就是“吹牛”的本事。《红高粱》的题记里,那个“不肖子孙”只能玩玩小花招,为祭奠江湖大盗祖宗奉献“赤子之心”却不曾玩假。《酒国》的确实现了一次作者期盼的自我超越,这回借虚拟的小说框架把个真实的“莫言”给杂烩了进去。“莫言”在继续承当法定作者的同时,又于文本中一分为二,既是丁钩儿破案故事的叙事人,又是与李一斗通信的“自传体”式的故事人物。最后竟把一切既成体例打破搅乱,让同是作者、叙事人、故事人物的“莫言”粉墨登场,醉倒在酒国的全驴大宴上。更有甚者,最后“莫言”出场的目的竟是为了设置一个马后炮式的叙事圈套,为的是给在粪坑里淹死了的英雄侦察员丁钩儿寻找安排一个稍可以让人瞑目的结局。整个小说的架构,集志怪传奇与魔幻写实于一身,将侦探破案、官场揭秘、淫私猎艳、乡间逸事等书写形式融会穿插,互为指证又相互消解,在文体层次上将意义的本质还原为众声喧哗。

将诸多叙事要素杂烩于一体的结构性符号,最关键的还是“莫言”及其自我体书。把《酒国》的结构作为“后设小说”来解读,无疑合乎后现代主义的理论规范。[②] 不过,学院式的精巧分析之余,却少了点儿血肉。我宁愿把这个亦真亦假的“莫言”看作孙猴子的再版。不同的是,能七十二变的猴子仅仅是讲故事的对象,真假猴王的假设前提毕竟是真假有别。莫言则把这个真真假假的辩证法玩到了极致,真实的叙事人同时又是虚拟的叙事对象,讲故事和讲的故事,还有讲的故事中的故事,全然成了分身有术的文本见证。猴王也有技穷的时候,最后还是被二郎神慧眼识破,捉住了尾巴。莫言好像要干脆把那根冒充旗杆的尾巴高高地晃荡着,说:反正是吹牛嘛,就别那么遮遮掩掩扭扭捏捏的了。

不过,这牛吹起来,说得又像是血肉横飞的真事。酒博士李一斗写的九篇“故事中的故事”,从极度饥饿及其欲求幻觉写起,通过“肉孩”的生产、加工和消费,到以后的全驴宴与燕窝的滥采绝迹,完成了一个对整体生态系统的暴殄自食的灾难寓(预)言。在这九篇故事中,“肉孩”这章表面上看最少色彩,叙事人甚至像冷血动物一般不露声色,但它却是全书中对主题最有揭示意义的一篇。小宝的母亲在劝阻丈夫不要打孩子时,其理由竟是打重了会在孩子身上留下痕迹从而降低它的出售等级。她进一步罗列为了生产这个肉孩她吃了多少饲料,语气就像一个精明的管家婆打算盘一样冷峻。在这

---

① 《酒国》最早以繁体字版在海外出版(洪范书店有限公司,1992),后改名为《酩酊国》在大陆再版,作者同时也作了部分修改。本文以台北版为参考本。

② 参见 Kenny K. K. NG, “Metafiction, Cannibalism, and Political Allegory: Wineland by Mo Yan,” *Journal of Modern Literature in Chinese*, 1.2 (January 1998): 121-148.

种叙事间离效果下，人们看到的更像一个家庭承包制下商品生产的真实报道。而制造这种间离效果的神来之笔，首先得算作者生造的“肉孩”一词。躲在背后的莫言好像在窃笑，对我们说，你们城里的读书人别大惊小怪的，这就是今日农家的真实，这就是正常化的市场逻辑。乡下的食草家族为有钱有势的肉食者生产肉猪、肉鸡什么的，最后不就得把自己的肉体拿到城里的“人肉市场”上去换口剩饭吗？与其那样，咱们靠充分调动自己身体的“生产力”来制造肉孩，消费者饱享口腹之乐，生产者也多了条活路，这不就是自由市场承诺的双赢结果吗？不是讲“原始积累”吗，还有什么比靠贫苦女性的肉体（我指的是“饮食”，结果又把“男女”扯上了）更能实现低投入、高产出的边际效益呢？按这一逻辑进一步推论，种种关于人口爆炸、资源匮乏、生态系统崩溃的焦虑也实在是文化人的忧天，反正别的没了还有的是人肉资源嘛。按严格的食物链逻辑讲，“食草家族”的自然使命自古不就是给肉食者提供自身的肉吗？

莫言当然没这么明说，他仅仅是叙述而已。但他在不露声色中却把一部关于“吃人”的文化史改写了一遍，其中的文学史线索须一一分析。

以“食用孩”为题材来讽刺时政的作者，写过《格利佛游记》的斯威夫特可能是最著名的。他写《谦卑的提议》（*A Modest Proposal*）是站在爱尔兰人的立场上攻击英国统治者，当时的一个背景是大饥荒。沈从文在20年代末写过一篇不算十分成功的长篇小说，叫《爱丽思中国游记》，用《格利佛游记》的叙事框架来改编移植爱丽思的故事，其中有些冷嘲热讽的地方若按今天的标准看，可以说是中国现代文学早期对“东方主义”的批判了。[①] 在《爱丽思中国游记》里，沈从文就借用了《谦卑的提议》的写法，主张将部分穷孩子加工成肉制品，既可减少贫困人口又能提高肉类供给，对改善中国的经济社会状况可谓一举两得。同样，大饥荒是沈从文写作的历史背景之一。不过故事中的叙述人（一位受过教育的乞丐）在给当局提“谦卑的提议”的过程中，却没有把握好讽喻的分寸，结果越说越火，到最后就差高呼革命了。这种“阶级觉悟”的爆发在沈从文的作品中是少见的，但想想始于“救救孩子”的中国新小说，十年后还能从对鲁迅并不十分崇拜的沈从文嘴里又一次听到，倒也足见“呐喊”的力度。莫言写的“肉孩”并没有重复从斯威夫特到沈从文这条讽刺的路子，或者说他的反讽深藏若虚，化入一种黑色幽默般的诡谲中。莫言的叙事风格倒更接近沈从文真正写吃人的小说《夜》，白描中隐藏

① 《爱丽思中国游记》收于邵华强、凌宇编《沈从文文集》第1卷，三联书店、花城出版社1984年版。这部长篇小说作于1928年，分两部，原连载于《新月》。

着杀机,血肉模糊间透出大胆吹牛的惬意(但却没有沈氏的不安)。①

几乎是《酒国》在海外出版的同时,刘震云以大饥荒为材料创作了中篇小说《温故一九四二》。刘的叙事开始时也是充满自嘲和讽喻,但后来写到食人时又一次被鲁迅式的"呐喊"所消解。② 刘震云小说中"呐喊"的内容不同于沈从文的阶级意识,而是基本复制了鲁迅的民族寓言,勇敢的自笞间透出病态的自虐。但与郑义在同一时期写作的《红色纪念碑》里的歇斯底里相比,刘震云毕竟还是小巫见大巫。20 世纪的中国作家,无论出于何种动机或运用什么文体,只要一触到吃人的话题,就像任何哺乳动物触电一样,反应绝对一致,谁都绕不过鲁迅。

莫言是个例外。其实要讲饥荒,讲个人长期经历过的饥饿,讲灾难中个别的人相食事件,莫言在同龄作家中应该是最有资格讲述的了。在《忘不了吃》等纪实文章里,我们读到了许多细节,如野狗扑食因饥饿将死而未死的人。若无亲身经历而仅靠吹牛,想就算能想到,但那种表面上把玩苦难的叙述快感,只有曾经沧海的人才能准确地捕捉到。③ 但在莫言的纪实及自传性作品中,我却没读到过饥馑中人相食的记载。而他似乎却又并不忌讳在小说里描写具有现实可能性的(与《酒国》这种纯粹虚拟的故事相对而言)"吃人"情节。短篇小说《灵药》就是围绕着食用人胆的药用功能而写的④,让人联想起鲁迅的《药》和沈从文的《厨子》等早期作品中的类似情节。但《灵药》的叙事结构,是将《药》里省略的中心事件——杀人取血——还原放大,同时将其余内容全部省略:全篇描述的"仅仅"是盗尸者等待行刑的心理、他们眼中血淋淋的行刑细节以

① 根据金介甫的考证(Jeffery Kinkley, *The Odyssey of Shen Congwen*, Stanford: Stanford University Press, 1987, p. 411),在沈从文以《夜》为题目发表的两篇短篇小说中,讲食人的这篇是第一篇,作于 1930 年。凌宇编的 1982 年版《沈从文小说选》收有该篇,编者并注明原刊于 1930 年出版的《石子河》。但邵华强、凌宇编的十二卷本《沈从文文集》却没有收这篇,在《石子河》篇目下收的是另一篇《夜》,与食人无关。这不知是由于编者的疏漏还是出于别的原因。有趣的是,讲食人的《夜》早在 40 年代就被翻译成英文出版(见 Chi-chen Wang, trans. *Contemporary Chinese Stories*, New York: Columbia University Press, 1944)。这篇《夜》是该选集中沈从文的唯一作品,编译者在序言里专门指出,他编译这部集子的目的是为了暴露现代中国社会的黑暗面。

② 《温故一九四二》中最重要的历史线索和叙事依据是美国《时代》周刊战时驻华记者怀特晚年出版的长篇回忆录(Theodore H. White, *In Search of History: A Personal Adventure*, New York: Harper & Row, 1978)。这位因"同情红色中国"而在麦卡锡时代倒过霉的记者,晚年说起在中国的这段经历时仍不改初衷。怀特在回忆录中确曾谈到大饥荒中的个别人相食事件,但他本人只是"听说"(第 48 页),而非如小说作者将其作为目击者引用的那样。

③ 莫言:《忘不了吃》,《天涯》1997 年第 5 期。

④ 参见《莫言文集》第 5 卷,作家出版社 1995 年版,第 430～438 页。《灵药》由 Howard Goldblatt 译为英文并收入由他编选的 *Chairman Mao Would Not Be Amused: Fiction from Today's China* (New York: Grove Press, 1995)。这篇以政治暴力和"药用食人"为对象的小说,虽在莫言的短篇创作中未必是出类拔萃的,但它以莫言唯一的作品入选一部权威的、由主流出版社出版的当代中国小说选,其选用动机与接受预期和前面提到的沈从文的《夜》的选译十分相似。

及最后剖腹取胆的场面。最有意义的是，莫言对场景进行的“自然主义”投视，排除了整体性本质主义解读的可能：那个从鲁迅在日本（被迫）观看杀人与“旁观”（那些表情麻木的人本质上是陪绑者）开始的现代叙事，那个后来在关于“吃人”的呐喊中迸出的民族寓言，那个由人血馒头堆成的埋葬“华（小栓）夏（瑜）”的坟场，这一切莫言都回避了，与同时代的刘震云、郑义相反，走的是一条创新的路子。

我相信莫言不是不能写饥馑中的人相食故事，他即使没有亲眼见过，也会像同龄人那样多少听说过。他也不是不能继续以“药用食人”为话题，制造巫术和理性、蒙昧与文明的戏剧冲突。莫言也许是从个人创作的得失考虑出发，不想重复前人。他也许怀有更深的忧虑和关切：那些无名的旁观者，那些无助的暴力见证人，甚至那个别盗食同类尸体以自救或盗取他人器官以救命的蠢物，虽无人的尊严可言，却为何一次又一次被当作历史的元凶来承担强权的罪恶？

《酒国》里饥饿仅在李一斗的童年记忆中出现过，而与“肉孩”生产消费的大背景正好相反，是享有繁荣盛世的权贵们的胃口升级需求推动了“肉孩”的供给。同样，“美食食人”的传说虽也不乏升斗小民的参与，但其神话原型却是那个要巴结权贵而宰烹亲子的易牙。以这条线索为脉络分析《酒国》的意义，我们便又回到“肉”的讨论。关于社会的盛世与腐朽的陈述，用“酒池肉林”来概括是再恰如其分不过了。而关于权力的道德表述，我们自古以来就不乏残暴腐败的“肉食者”如何鱼肉百姓的记载。这一话语传统与现代关于“吃人”的叙事最大的区别就在于，前者的表意范围要大得多，囊括了我们今天必须区分为“吃肉”和“吃人”这两种意义结构。倒是佛教素食禁忌的假设前提，即轮回观蕴含的现代生态学“食物环”这一核心理念，使“吃肉”与“吃人”的逻辑分野显得自相矛盾。同理，在艺术想象层面，《酒国》使我们联想到的首先是《西游记》里的妖魔鬼怪吃人的故事。

就是在叙事立场、话语拓展、想象“复古”这三方面，《酒国》以肉为本，穿插杂烩，步出了“五四”以来种种关于吃人的写作范式。由于“吃人”在新文学中的经典性话语结构功能，我们不能不进一步分析这一构建现代性的真理表述形式。

鲁迅当年写《狂人日记》的一个重要思想背景是他基于进化论的文明历史观，“吃人”提供了一个不言自明的、关于野蛮的话题。但为什么偏偏选择“吃人”做文章呢？除了个人经历和“时代精神”等大的因素外，一个具体甚至有点偶然的阅读事件导致了后来成为经典隐喻的诞生：在写作《狂人日记》和《药》这段时间，鲁迅正在阅读《资治通鉴》和《波洛尼西亚神话》。[①] 后者的作者叫乔治·格雷（George Grey），在19世纪先后

① 参见《鲁迅全集》，人民文学出版社1981年版，第1卷，第327～328页；第11卷，第353页。

当过英国驻南非和新西兰的总督，后来为了便于同土著打交道而修习当地的语言文化，成了研究南太平洋地区的专家。格雷在讲述土著的食人传统时相当节制，语调更像现在的人类学者，毫无比他早近百年的库克船长那种歇斯底里般的大惊小怪，比《资治通鉴》的陈述也更为简约。① 大概正是这种学院式的冷静为鲁迅从事阅读中的“国民性”比较设置了一个代表现代文明的叙事基点：你看，文明的标记不仅仅在于不吃同类，甚至表现为它那面对野蛮时绅士般的节制和理性。《狂人日记》作为一个重要的话语事件，的确就如由它开始的那个文学史一样，首先是个阅读与书写的事件，而吃人作为某种“既成事实”，鲁迅在小说里则不必作细节描述。这个中国现代小说的“第一篇”就是个关于文本的文本(首先指《资治通鉴》和《波洛尼西亚神话》)，作者引用的几个证明“礼教吃人”的例子就变成了这个文本的脚注——自始就反对人相食的儒(孔、孟)法(管仲)便成了冤大头。进一步讲，从文本阅读转化而成的历史诠释也同时出现于故事中：狂人的夜读将历史转换成一本只标有“吃人”两字的大书，其后的话语史是可以从“吃人的旧社会”等“自然表述”中略显一斑的；至于用文言作的序和日记体的小说正文，则是多层次的文本形式对历史内容的浓缩与构建。总之，“吃人”对鲁迅而言仅仅是个文本符号，但其诠释历史的真理性却是不容怀疑的，因为它早已被(别人的)文明进化证明了。

无论莫言有意与否，《酒国》以多层次交叉的结构将“吃人”的真理假设前提叙事化，从而使真实与虚拟在相互指涉中又彼此消解。李一斗写的肉孩，到了丁钩儿这条线上竟成了美食杰作；用各类食物精心仿制的“麒麟送子”，令这位历练的侦察员也看走了眼。本来真真假假的圈套是为侦探小说制造情节的材料，但关于真假的逻辑前提是不容置疑的。发现或披露真相就是破案的目的，追求真理与张扬正义就是侦探小说的“超验所指”。所以丁钩儿的失败并不能理解为他个人的无能，这中间的秘密就在于我们的正常逻辑被打乱了：也就是说，使我们得以在正常状态中以正常人思考活动的真理逻辑被釜底抽薪了。正是在这种历史疯狂中，“肉孩”这篇故事中的故事，一个双重虚拟的文本，高度概括地揭示了“时代精神”中一个极重要的秘密：我们通常称为“市场理性”的疯狂本质。

对真理假设前提的瓦解并不反过来证明一切现象都是虚无的，就如我们不能因酒精可以制造幻觉而将两者等同一样。我们通常称为幻觉的一类精神现象，其实可以算是正常状态中出现的瞬间精神分裂，其本质是心理的，其形而上学的真理建构通常使

① 参见 George Grey, *Polynesian Mythology and Ancient Traditional History of the Maori as Told by Their Priests and Chiefs*, Auckland: Whitecombe and Tombs LTD, 1956.

用的隐喻主要包括"镜域"(柏拉图、禅宗)和"梦境"(庄子、弗洛伊德)等视觉意象,尽管不同文化间对这类视觉现象学的诠释逻辑不尽相同。鲁迅的狂人也属这种精神分裂患者,作者序中借用的就是梦幻意象,正文则完全是靠视觉与光线来结构正义与邪恶、文明和愚昧等主题叙事的。但《酒国》是借用酒精来切入历史性精神分裂状态的,甚至作者创作的直接原因也是源于金刚钻的生活原型——一位专司赴宴职责替上司挡酒的小官吏。狂人式的诗意隐喻借用的是"世人皆醉吾独醒"的主体道德立场,但《酒国》则将丁钩儿的英雄落难定位于"世人皆醉胡不醉"的历史逻辑。当主体被历史消融、个体幻觉成了整体性疯癫的症候时,关于真理、正义的演出便只能走向自己的反面。

丁钩儿后来竟成了个落魄的逃犯,亡命中甚至为救一位看守烈士灵园的老革命而将其误杀。考虑到革命仅仅保留在烈士陵园里,甚至它的最后一个看守者竟在被救的名义下暴死枪下,丁钩儿的结局也就算相当合乎逻辑了。作者让丁钩儿在疯癫状态中去扑救一个幻象中的"麒麟送子",结果自己跌进粪池,以吞食酒国人上吐下泻出来的酒肉而"舍身"。"狂人救孩子"的这般结局,标志着现代中国小说从救孩子于被吞噬的呐喊声始,于《酒国》走到了道德英雄主义的尽头。经典叙事中的诗人狂狷与礼教吃人之对抗,就这样被那属于生态物质并污染社会生态的酒精而稀释剥离了。这是酒疯对诗狂的瓦解,是告别文化道德整体观重返物欲底线的又一次离经叛道。《酒国》的"低"视角所还原的是一个远为古老的对人类生存状态的瞩目,其创新就是"复古":肉食者,食肉而自食耳。

丁钩儿的死合乎小说逻辑,甚至也不妨说与历史逻辑一致。不过掉到粪坑里给灌死,这种死法的确太残忍了,以我的有限在中外文学间未曾耳闻过。难怪小说里的"莫言"会觉得不安呢。我想现实中的作家莫言恐怕对自己"吹牛"吹到这一步也会战栗的,起码偶尔走神间会感到人心的可怕。我在阅读他的作品时常常难以摆脱作者身上存在的某种令人毛骨悚然的阴暗,特别是对没挨过饿的城里人的仇视。这种以饥饿画线的态度有些像《棋王》里的王一生。当然,书香门第出身的阿城信手给王一生贴上了儒道的标签,而饥饿的"食草家族"好像永远只能在顺民或者暴民间选择其一,要么当"牛",要么夺"鞭"。更有意义的比较应是张承志的"清洁的精神"。莫言可以说是通过"污秽的肉体"来写汉民族"心灵史"的。张承志的完美主义用的是神的语言,这对一个向来不信神、又刚刚走出神的时代的知识精英群体来讲,是有点吓人,尤其是当他的宗教救世情怀与历史形成的族群仇恨交织于市场理性的疯狂演出的今天。不过,崇尚"自由"的精英们不必过虑,老式的理想主义已经随着英雄侦察员一道死了。《酒国》所揭示的是:今天的"时代强音",其实是那个潜藏在粪坑里的魔鬼的诅咒和狞笑,是那只把英雄侦察员和神一块儿拉下去的"看不见的手"。

话又说回来,莫言小时候曾掉进村里的粪坑,差点儿淹死[①],在一个偶然的细节中我们也看到了他是如何以肉为本、体书"莫言"的。

(原载《今天》2000 年第 4 期)

① 参见莫言:《我的故乡和童年》,《新华文摘》1995 年第 1 期。

激情·狂放·魔幻·诡奇

——重读莫言小说《红高粱家族》

◇李掖平

莫言写于20世纪80年代的小说《红高粱家族》(包括《红高粱》、《高粱酒》、《狗道》、《高粱殡》、《奇死》五部中篇),以横空出世的强势姿态,挥动奇艳决绝、汪洋恣肆之笔,全力张扬乡野民间的雄强勇武之气和中华民族蓬勃旺盛的生命力,字里行间涌动着难以阻遏的炽热激情,在姿情任性中腾舞起力的旋涡和诡奇的魔幻,表征了中国小说的昨天已然古老。《红高粱家族》不仅是莫言最具代表性、象征性的作品,而且是莫言最优秀、最出彩的作品,堪称当代文学史上划时代的史诗精品。

从故事层面上看,《红高粱家族》讲述的是"我"的祖先在抗战时期上演的一幕幕敢活敢死、敢爱敢恨的轰轰烈烈、英勇悲壮的舞剧——"我"的爷爷、奶奶、父亲、姑姑等先辈们,在赢得一次次抗击残暴的日本侵略者的胜利的同时,也收获了让我们这些子孙后代愧叹不如的传奇爱情。从审美层面上看,在这个极为独特的文学王国"高密东北乡"里,超出中国传统文化冲淡、平和、雅静、悠远等审美常规的异质之美,以排山倒海之势覆盖了一切——这里的土地是燃烧着愤火的狂暴的海洋,这片土地上所发生的一切搏战,都呈现出惊心动魄的残酷和原始性的野蛮,生存在这方水土中的人们,大都敞开着一种自由放纵的原朴生命形态,挥洒着火山暴突一泻千里的激情,甚至连这里的自然景物,也都散溢出一种浑莽粗犷的野性气息……即使是时隔20多年后的今天,当阅读并审视着莫言"红高粱家族"提供的这些艺术景观时,我相信,每一个读者都仍然会深切而强烈地感受到由这种野蛮粗粝的美所传达出的生命元气和强力,是那样的狂傲刚勇,又是那样的酣畅淋漓。正是这种充盈的生命元气和强力,构成了莫言《红高粱家族》小说生命意识的个性表现形态,引领我们以整个身心去一次次欣然呼应这个世界中灿烂喧闹着的一切生命律动,进而去激情拥抱这一段段布满创作主体奇思狂想的

"历史真实"。

莫言的《红高粱家族》所着力表现和强化的生命意识,侧重于对性与爱这一生命自然性的发掘。莫言之所以要坚持以民间自身的主题模式来讲述抗日战争故事,就是为了逾越政治意识形态的限制,对生机勃勃的民间激情和狂野不羁的野性生命力进行一种直接的观照与自由的表达。因此,莫言始终把性爱作为考察和衡量生命与人性的具体样本,渲染描绘着由那种毫无遮掩的生命欲望和原始本能冲动所释放出的生命能量、生命元气和生命强力。这种表现的深刻之处不仅在于展示弘扬了一般心理层次上和理性意义上的人性解放和个性自由,还在于它对人的深层结构中爱欲本能和潜意识的大胆肯定和张扬。"五四"小说家郁达夫就曾坦率地宣称过:"种种情欲中间,最强有力直接动摇我们的内部生命的,是爱欲之情;诸本能之中对我们的生命最危险而同时又是最重要的,是性的本能。"(《戏剧论》)尽管这种表述自身是一种片面选择后的抽象理论阐释,但至少我们应该承认,情欲本能是感性生命的最重要的驱力,爱欲之情是生命意识中最深层、最基本的生存欲望。正是这种生命本能冲动构成了人类社会运转不息的原始基质,因此被马克思称为"全部人类历史活动的第一个前提"。"红高粱家族"是从这一层面入手,绘制出一幅幅故土高密东北乡人事景物的生命图画,弹奏着北方农民蓬勃生力的热情礼赞,以此来鄙弃一切传统文化的文明的伪饰,呼唤和激策着在传统理性禁束下与现代生存困扰中逐渐衰弱的广大国民感性生命力的复活。

莫言从《红高粱家族》中那些情感热烈狂放、气性强悍坦荡的爷爷、奶奶们身上,发现了未受虚伪文明桎梏的原朴鲜活的生命激情。"我"的爷爷余占鳌,每每被生命对自由的渴想驱动得不能安生也不肯安生。面对各种压制和束缚他奋起反抗,凡事总是要斗勇争强。在爱欲冲动的支配下,他近于狂暴地抢占了奶奶的肉体与灵魂,并进而杀死了奶奶原先的丈夫和胆敢侮辱奶奶的土匪白脖子。这种直率而粗鲁的领会生命的方式,固然体现了一种最朴素的人之尊严,但更体现了一种强烈的人类情爱本能冲动的勃勃活力和一种痛快淋漓、自由放浪的人生态度。而奶奶们的形象则无疑更为迷人,她们仿佛是草泽山林的精灵,真率而放浪,柔媚而刚强,焕发着勃郁强旺的野性之美。"我"的奶奶戴凤莲,无论是"渴望着躺在一个伟岸男子怀抱里缓解焦虑消除孤寂","痴迷地呼吸着这男人的气味",还是为了维护爱情,赶走了恋儿的争风吃醋,或是那许多在"我"看来浪漫美丽无比的"花花事儿",显然都源自一种强烈的对性爱渴求的生命激情;也是出自同一原因,"我"的二奶奶才为爱情负屈忍辱而义无反顾……这种对情爱、性爱大胆热烈的追求,以一种巨大的力量,支撑起了爷爷奶奶们在艰难困苦境遇中不断提升自我人性的一种原动力。而当这种追求的实践融入了当时、当地的文化、生活形态而成为一种社会化行为时,爷爷、奶奶们生命自然性的实践行为(对性与爱的追求),便升华成一种人性的价值和民族性格的意义,闪烁出生机勃旺、自由不屈的民族灵魂之光和崇高神圣的人性之光，张扬着辉煌灿烂的力之美。

当莫言把爷爷奶奶的爱情行为抽象概括为一种人生经验和历史精神时，显然寄寓着自己对现实中人们日渐虚弱的生命意识的理性反省。他正是从对爷爷奶奶形象的激情创造中，体验到从社会的扭曲中回复原生状态、回复人性如初的“原来的自己”生命的大喜悦、大幸福，从而实现了在现实中难以实现的灵魂对自我生命内在苦闷的积极超越。这才是一种真正的别无选择。莫言非此无以抒发他只能是“现在的他”的人生大悲哀(这种悲哀实际上是被广泛的人生所共同感受着的，当然也包括我)，无以宣泄他被传统伦理和现代文明压抑的活泼热辣的生命激情。

莫言出生于山东高密农村，家境贫寒，从小就浸泡在吃苦劳作之中，深切体验到了农事的艰辛和生活的磨难——春天的饥饿、冬天的严寒和年复一年的贫穷，密密笼罩在他和乡亲们头上，一种巨大的忧郁和压抑感，在他幼小心灵中扎下了深厚的根基。莫言幼年时曾听乡亲们讲述关于北方农民、关于家族历史的传奇故事——在这片民风悍野、盗匪丛生的北方原野上，历来多慷慨悲歌之士，多复仇雪耻之举，曾经演绎出一桩桩惊天地、泣鬼神的英雄业绩。这又使幼小的莫言生发出一种英雄崇拜情结，对雄强勇武、血性方刚的原朴民风民情充满了渴望与神往。但他在现实中每每看到的却是乡亲们的保守、麻木、愚昧、驯顺、沉默坚忍的无奈情状，这使他对乡村现实产生了一种既爱又恨的复杂情绪。莫言十几岁时离开乡村，先是做工后又参军，开始了城市生活。封闭、保守、落后的乡间生活与开放、繁华、文明的城市生活的巨大反差，使莫言承载着沉重的心理负荷——他既为乡亲们深感委屈和悲凉，又强烈地反感于城市文明的混乱和虚伪。由焦虑着从乡村到城市普遍呈现出的“种的退化”，他逐渐生成一种清晰的理性——要从历史烟尘中寻找古老民族的激情与雄性，来重新激活现实人生的生命热情与元气，重铸中华民族精神品格。对此，莫言曾写下一段极为精彩的概括性文字：

> 我终于悟到：高密东北乡无疑是地球上最美丽最丑陋、最超脱最世俗、最圣洁最龌龊、最英雄好汉最王八蛋、最能喝酒最能爱的地方。生存在这块土地上的我的父老乡亲们，喜食高粱，每年都大量种植。……他们杀人越货、精忠报国，他们演出过一幕幕英勇悲壮的舞剧，使我们这些活着的不肖子孙相形见绌。在进步的同时，我真切地感到种的退化。

这段看似矛盾百出、莫名其妙的话语，正是莫言的一个庄严宣告，也是莫言一个非常明晰的创作目标——他要用文字复活祖辈先人们在历史烟尘中闪烁着的血性钢骨的史诗灵魂，复活其高扬于僵死虚伪的伦理形式之上的在扭曲中蓬勃生成的人性和由此标示出的性情的真与生命的善，复活其超越苦难、抗击绝望的英勇无畏气概与精神，给自己也给所有被伦理纲常、被文明虚饰所禁锢逐渐失去了生命雄风血性的现实中人,一个警醒、一个召唤、一个激策。

正是这种生命意识的激情挥洒和英雄血性的恣肆飞扬,赋予"红高粱家族"小说以博大深邃的生命厚重感和明亮澄澈的人性自由度。它引发我们从形而上的深层精神截面,对人生真谛、对民族机体中蕴藏的强悍内聚力的深入思索探求,并引发我们去把握和领悟莫言由此种历史感悟所标示出的一种文化的审美的深刻独特性。

就像生命没有简单的重复一样,莫言的小说在结构方式上,所全力追求的就是章无定法、节无所限、文无约束、天马行空、无拘无束,只为自由自在而又自然妥帖地表现乡野民间自由随意的生存方式和生存状态。于是,"红高粱家族"的结构形态呈现出一种多元杂糅、诡奇魔幻的恢弘气象:《红高粱》、《高粱酒》和《高粱殡》既是历史与现实、主观叙述与客观叙述的二元对话结构,又是第一人称、第三人称不断交叉变动的多视角叙述结构,同时还是心理意识流结构;而《狗道》和《奇死》则既是意象意绪结构,又是江湖传奇结构,同时还是限制视角与全知视角复杂交织的立体时空交叉结构。似乎只有这种探索性、实验性和个人化色彩极为鲜明的"耍魔术"的结构方式,才能更有利于作家主观情绪酣畅淋漓的发挥,也才能真正地还原生命力之永恒的新鲜和活跃。它不仅挑战文学叙述的极限,更一步步向读者的审美极限挑战。

《红高粱家族》的小说世界,是一个鲜活丰盈的艺术感觉世界,其中跳荡着经由声、光、色、形全面呼应表现的感性生命形象。其间涂抹出来的高密乡土的景物风情——那一望无际的翻腾着绿涛红浪的高粱,那闪烁其间的璀璨阳光,既是宇宙大灵的幻化,更是民族生机的表征,充满着狂放恣肆、热烈奔放的自由生命的色调和气势。它显然是被情绪化、魔幻化、人格化了的诗性形象,早已不再是单纯的自然景观。在个性与气质上,它已成为人物精神的外延,甚至成为人物灵魂和血肉躯体的一部分,呈现出厚重充实的生命质感,并指向象征中的精神价值——象征英雄主义,象征决绝复仇,象征坚韧不屈,象征我们中华民族雄强勇武的精神气质。

还是和特别推崇鲜活的生命力相关,莫言特别重视表现人物的感官印象。他常常敏捷地捕捉住人物在特定情景下的主观感受和印象,组织进人物心理过程和感情生活的描写反映中,使之成为人物生命现实的一部分。《红高粱》中爷爷和奶奶在高粱地里相亲相爱的欢乐和神圣,是由奶奶的感官印象体验传达给读者的:

> 余占鳌把蓑衣脱下来,用脚踩断了数十根高粱,在高粱的尸体上铺上了蓑衣。他把我奶奶抱到蓑衣上。奶奶神魂出舍,望着他脱裸的胸脯,仿佛看到强劲剽悍的血液在他黝黑的皮肤下川流不息。……奶奶心头撞鹿,潜藏了16年的情欲,迸然炸裂。奶奶在蓑衣上扭动着。余占鳌一截一截地矮,双膝啪挞落下,他跪在奶奶身边,奶奶浑身发抖,一团黄色的浓香的火苗,在地面上哔哔剥剥地燃烧。余占

> 鳌粗鲁地撕开我奶奶的胸衣，让直泻下来的光束照耀在奶奶寒冷紧张、密密麻麻起了一层小白疙瘩的双乳上。在他的刚劲动作下，尖刻锐利的痛楚和幸福磨砺着奶奶的神经，奶奶低沉喑哑地叫了一声“天哪”就晕了过去。

在这段纯描述性的文字中，对我奶奶感官体验的强调描写，不仅有力地凸显了人物狂傲而自由的生命气概，更充满了人物瞬息万变而又奇特荒诞的感官直觉印象，它们以明丽的色彩感、清晰的绘画感、抑扬交错的音乐感和飞扬激越的运动感，带给读者一种生命感觉的激活、复苏和由此产生的心驰神摇的审美快感，因为这是鲜活丰盈的生命元气与活力的自由喷涌。

莫言的语言永远带着生命的鲜活和生动，永远喧嚣着激情的沸腾和飞扬。无论写实无论抒情、无论想象无论联想，也无论警策无论嘲骂、无论笑谑无论揶揄，更无论夸饰无论渲染、无论强调感官印象或放纵感觉爆炸，点笔运语总是奇峭而洒脱、刁诡而绚烂，选词构句都极力保持生活的原生形态与情味，同时又杂糅拼接了许多词赋式的语句以及典雅的文言甚至欧化句法，真正是魔幻诡奇无拘无束。如：

> 八月深秋，无边无际的高粱红成汪洋的血海。高粱高密辉煌，高粱凄婉可人，高粱爱情激荡。秋风苍凉，阳光很旺，瓦蓝的天上游荡着一朵朵丰满的白云，高粱上滑动着一朵朵丰满白云的紫红影子。
>
> ——《红高粱》

> 从八月底开始，秋雨绵绵，高粱地里黑土成泥，被雨水沤烂了的高粱秸有一半倒在地上，脱落的高粱米粒都扎根发芽，高粱穗子上的米粒也一齐发芽，在衰朽的灰蓝色和暗红色的缝隙里，拥挤着娇嫩的新绿，高粱穗子像蓬松的狐狸尾巴一样高扬着，或是低垂着。夹杂着大量水分的铅灰色乌云从高粱地上空匆匆忙忙飘过去，高粱地里滑动着一团团朦胧的暗影。坚硬的冰凉雨点打得高粱秸秆刷啦刷啦响。一群群老鸹困难地扇动着湿漉漉的翅膀，在村前的洼地上空盘旋。在那些日子里，阳光像金子一样珍贵，洼地里整日笼着黏腻的雾气，有时稀薄一些，有时厚重一些。
>
> ——《狗道》

> 狂热的、残酷的、冰凉的爱情＝胃出血＋活剥皮＋装哑巴。如此循环往复，以至不息。
>
> ——《高粱殡》

> 爷爷信心坚定，胸有成竹地沿着垄沟，笔直地向前走。黑骡子不断地用被高粱叶子割得泪珠滚滚的眼睛，时而忧郁时而愤恨地瞅着强拉着它前进的主人。
>
> ——《高粱酒》

这种融书卷气与口语化为一体的语言风格，既天马行空又脚踏实地，既暴躁凌厉又沉厚绵软，既灵动飞扬又凝重黏滞，既狂浪粗粝又敛约细密，既朴拙俗白又雅驯精致，既远兜远转、旁敲侧击又开门见山、鞭辟入里，将许多本不协调的审美元素奇妙地杂糅一体且浑然天成，直读得你激情澎湃、手舞足蹈，甚至忘乎所以、若醉若迷。只能在心里一遍遍赞叹：好一个激情狂放的莫言！好一片魔幻诡奇的“红高粱”！

（原载《山东文学》2012 年第 11 期）

“极品”莫言

——以莫言的两部长篇小说为例

◇吴义勤

莫言获得诺贝尔文学奖改写了中国文学史，为中国文学赢得了巨大荣誉。在我看来，他的获奖是实至名归。在诺奖宣布的前一天在接受《齐鲁晚报》记者关于“有人说莫言以及中国作家要再等10～20年才能得到诺贝尔文学奖”的问题时，我就明确地说，不存在“等待”的问题，以莫言为代表的中国作家的水平早就达到了得奖水平，过去就该得，现在更应得，“得与不得”不是时间问题，而是“运气”问题。在新时期以来的中国文坛上，莫言无疑是一朵文学奇葩。从《透明的红萝卜》到《红高粱家族》，从《红蝗》到《酒国》，从《丰乳肥臀》到《檀香刑》，从《四十一炮》到《生死疲劳》，他的几乎每一部作品都能以其诡异的想象、汪洋恣肆的语言引起巨大轰动。他是一个有纯粹小说理想的作家，这很大程度上避免了思想、意识形态、历史、现实等对他小说的“污染”。我觉得，如果小说也能如烟、酒、茶一样从品格、境界上分出等级的话，那么莫言的小说则无疑属于小说中的“极品”。

正是从这样的认识出发，与一段时间以来诸多“唱衰”莫言的声音不同，我一直是一个坚定的“唱多”莫言者。当然，这种“唱多”态度不仅仅针对莫言一个人，而是他所代表的一批中国当代作家以及整个中国新时期文学。我不认同以顾彬为代表的一些人评价中国当代文学时那种否定一切的虚无主义姿态，更对他们那种以“终极性”的、乌托邦化的文学标准来比照中国当代文学的做法不以为然。我觉得，现在很多人的眼光“永远在别处”，永远看不上眼前的作家与作品，长此以往，我们已经不知道他们究竟想从文学中得到什么了。一部作品呈现了A，他们会要求B；呈现了B，他们又要求A；如果同时呈现了A或B，他们会要求其他。难道文学领域还真的有符合所有期待的“经典”？我不知道，我相信他们也未必知道，只不过很多人需要保持一种质疑的姿态来证明自己与众不同罢了。在莫言的问题上,我们遭遇的就是这样的语境,一位作家能够以一种“魔术气质”呈现于中国文坛,能够把中国式的魔幻主义表现得像魔术一样,能够让自己的作品总是以千变万化、摇曳多姿的想象、匪夷所思的炫技和灿烂的思想火花给挑剔的读者带来意想不到的艺术惊喜,这样的作家还不够经典、不够伟大?其实莫言这样的作家早已是刀枪不入了,任何毁誉应该说都早已于他无损,更是无须别人饶舌去替他辩护、抱不平。这里,我想以莫言的两部长篇小说为例,谈谈对莫言作品的看法。

一、《四十一炮》

长篇小说《四十一炮》在我看来就是一部“极品”中的“极品”。这是一部光芒四射的小说。我们几乎在其每一寸空间的驻留,都会被那种令人目眩的艺术光芒震撼,小说中的每一人、每一物、每一语词、甚至那一块块“通灵”的肉,都无一例外被艺术之光笼罩着。

《四十一炮》的艺术魅力首先来自于它奇特的叙述方式。主人公罗小通坐在五通神庙里对大和尚的倾诉是小说的中心情节,而他的回忆、他的想象、他对现实的倾听与窥视则是小说故事的主要根源。在罗小通的叙述里,小说的故事呈现出三条线索:一条是“我”的回忆,这条线索叙述的是20世纪90年代“我”的家族史、屠宰村村史、“我”的成长史;一条是“我”想象中兰大官传奇性的爱情史和性史;一条是“我”在五通神庙里向大和尚讲故事时双城市正在发生的一切:肉食节的表演、黑白两道的争斗、市长权贵的粉墨登场、老兰的“新戏剧”,等等。表面上,小说由一个人叙述,难免视角局限、内容单调,但实际上这却是一部异常丰富、庞杂、近乎无所不包的小说,在小说的三条线索里包含了你阅读一部小说时所期待读到的所有东西。这里有历史,有现实,有原始的乡风民俗、人情世故,也有商场、政界的勾心斗角,有传奇性的人物、传奇性的故事,也有爱恨情仇、生老病死,有性,有欲,也有“肉”,有现实的批判,也有对自我和历史的反思。但这一切在小说中又不是写实的或具象的,事实上这是一部充分寓言化和写意化的小说。作家追求的不是对90年代以来中国社会现实进行精雕细刻的描绘或“全景式”、“史诗性”的反映,而是要捕捉这段历史或现实的本质性的、精神性的氛围与片断。正因为这样,在小说中欲望的疯狂、财富的占有与追逐、官商的勾结、原始积累的血腥与残酷、权力的泛滥等等批判性主题都是以夸张的、写意的、荒诞化的意象呈现的,它们都非真实的现实具象,而是一种象征性的精神化影像,而这种影像对这个时代本质的切入无疑又是准确而深刻的。也就是说,《四十一炮》的“现实主义”是一种把现实虚拟化、荒诞化的“现实主义”,这种虚拟和荒诞,没有把读者推离时代与现实,反而使得时代与现实变得更为真实。某种意义上，小说中的“肉神节”、“吃肉比赛”等等情节其实就是对于我们时代肉欲本质的一种隐喻。而反复写到的“雨水”，对“五通神”和“肉神”的狂热，也都是当今时代欲望泛滥的一种象征。莫言说他的小说没有“思想”，实际上所谓“没有思想”，是指对那种说教的、理念的、常识性的、没有生命和活力的“伪思想”的拒绝，而不是反对“思想”本身。从《四十一炮》这样的小说来看，不是没有“思想”，而是“思想”丰富、复杂得无法总结和归纳，是“思想”自己具有生命和活力，它长着双脚在小说中四处游走，我们无法逮住它。

其次，《四十一炮》的艺术魅力还来自于他笔下的人物。小说刻画了众多人物形象，这些人物无论是浓墨重彩、精雕细刻的，还是几笔勾勒、匆匆而过的，都以其鲜明的性格内涵、复杂的人性面貌，给人留下了深刻的印象。罗小通是一个名副其实的“肉神”，对肉的感情，对肉的痴迷、崇拜以及与肉之间的那种呼应、通灵都决定了他看待世界与人生的眼光。尽管小说中他以对老和尚坦白自己故事的方式企图皈依佛门，但他一只眼睛其实却一直在盯着“红尘”不放，他对雨中女人肉体和乳汁的迷恋，正是他“肉欲”本性的自然流露。而少年时代他对老兰的崇拜、对权力的陶醉、对注水肉的特殊才能也都显示了他人性的复杂性和内在的人格矛盾。父亲罗通是小说中一个很有深度的人物形象，他是一个乡村“知识分子”，他有个性，有追求，敢爱敢恨，与老兰较劲和跟野骡子私奔是他的壮举。但野骡子死后，他回到家乡，“英雄气”却荡然无存。跟着老兰干是对他尊严的挑战，他的痛苦无人能知，甚至“我”也不能理解。最后在种种谣言面前的精神崩溃，是他真正失败的标志。他的杀人行为，算是他血性的一种回归，但不幸的是他却杀了他不该杀的人。老兰是小说重点刻画的一个人物，他的性格非常复杂，内涵也非常丰富。对叙述者来说，他先是一个偶像，后是一个仇人。在屠宰村，他有着现实的不可一世的“权力”，又有着足可炫耀的“家族历史”，他一言九鼎，权力、财富、女人应有尽有，有着巨大的精神优越感。但是在与父亲的较量中，他却一直处于下风，在吃辣椒比赛和野骡子的爱情争夺中他都输给了“父亲”。但在父亲私奔之后，他却不计前嫌地帮助“我们”母子，父亲回来后又宽宏大量地重用父亲。在“我”的眼中，他既有风度，又有魄力，与“父亲”的委琐、窝囊形成了触目的反差。然而，他真的是一个慈祥、善良、大度的圣人吗？小说没有正面回答我们，但如果“我”父母的死真的是他的阴谋的话，那么他就是这个世界上最阴险、最奸诈、最残忍的恶魔，他不动声色地作恶的能力令人恐惧。小说用他成为“我”仇人后四十一炮都打不死他的情节以及他在“肉神节”上越来越风光的情节，隐喻了这个封建性怪胎、这个“土皇帝”的令人恐怖的生存和再生能力。此外，母亲杨玉珍、野骡子、姚七、苏州，甚至兰大官、秃顶市长、沈瑶瑶也都是令人过目难忘的形象。作家不对笔下的人物进行道德评价，而是极力挖掘人性深度，读来既有人性震撼，又有隐隐忧伤。

《四十一炮》的魅力还来自于它的语言。这是一篇以"诉说"为主体的小说，是一个不折不扣的语言盛宴，缤纷多彩的语言，既赋予小说复杂的意味，又使语言本身获得了再生。莫言是一个语言的奇才，语言使他自由，使他放松，他的语言汁液横流，他的细节饱满生动。语言赋予其小说以奇异的激情和想象力，使他笔下的一切都具有了生命和性格，奇思妙想接踵而至，一草一木，甚至一块肉都会跳舞。小说通篇以罗小通的准儿童视角叙述而成，记忆与想象、现实与虚构相交织，童性的感觉、成人的狡猾、自恋自怜的语调与夸夸其谈的炫耀熔于一炉，营构出了一种亦真亦幻的"复调式"氛围。罗小通无疑是一个语言天才、一个"炮孩子"，是莫言诸多"儿童视角"小说中的儿童的一个首领。从叙事身份上看，罗小通的"儿童"身份显然是不纯粹的，他是精神性的"儿童"，是对成人世界绝望后向儿童世界的精神回归，因此，他的视角就是一种复合视角，他的身份就是一种复合身份，他的语言就是一种天真和沧桑相融的语言。不仅如此，莫言在《四十一炮》中追求的不仅是对语言魅力的展示，同时还是对语言力量的一种证明。作为一个"炮孩子"，罗小通的语言难免夸张。题目"四十一炮"既是四十一个谎言，又是真正的四十一发炮弹，作家借此传达出一种隐喻，即语言就是"炮弹"。他用语言"复仇"，用语言进行自我想象和自我拯救。然而，语言的力量究竟有多大呢？小说没有正面回答我们，但正如罗小通的炮弹没能打倒仇敌一样，他的倾诉也不能真正拯救他。

二、《蛙》

《蛙》是又一部能代表莫言创造力与想象力的厚重之作，那种强烈的现实批判精神，那种繁复却新颖的艺术创新能力，那种惊心动魄的思想力量，呈现给我们的无疑是莫言不断被刷新的"可能性"。

《蛙》是一部对中国当代乡村的现实看得很深、思考得很透的作品。"蛙"到底象征着什么呢？那些不断鸣叫、有着旺盛繁殖能力却又"低贱平常"的生物，承载着莫言对计划生育国策以及中国当代农民生命史、精神史的思考。在这思考背后，是对中国现代性命运的忧虑反思。小说的题材有着相当的敏感性。计划生育作为基本国策，在中国既具有合法性和必然性，又是发展中国家实现现代化转型的无奈之举。在新时期以来的文学作品中，计划生育一方面被作为中国现代化进程的"进步事业"得到充分肯定；另一方面，则成为20世纪90年代以来主旋律乡土文学突出乡村基层政治尴尬现状的点缀情节。于是，被群众撵得到处跑的乡镇干部形象，就在几分黑色幽默的喜剧色彩中，将计划生育政策与人性冲突，轻松嫁接为"分享艰难"的主旋律阐释。莫言的《蛙》显然不想漫画化处理这个题材，也并不是要理论性地探讨、评判功过是非，而是要把计划生育处理成一个精神事件，以此来表现其对国人的生存及灵魂的影响。

在《蛙》中，莫言对计划生育政策的思索是通过几个典型人物来实现的。主人公姑姑，是一位复杂的女性形象，她是英雄，又是“罪人”，她活人无数，她又害人无数。小说没有简单赞扬或否定计划生育，而是用知识考古学般的勇气，挖掘计划生育政策所呈现出的历史细节，反思其间沉痛的人性代价。如果说计划生育所带来的生命之痛具有原罪性质的话，那这种原罪也是现代性之罪，正如任何战争都有原罪一样，但这种原罪不应由姑姑承担。姑姑是将计划生育作为一种“信仰”来执行的，她是高度符号化的时代英雄，其实也是受害者和牺牲者。在那些匪夷所思的计划生育措施面前，我们发现，计划生育已成了某种“战争思维”的替代物。而姑姑本人其实并不是一个的“冷血动物”，她内心的柔软在“为牛接生”一章中有生动表现：

> 那母牛一见到姑姑，两条前腿一屈，跪下了。姑姑见母牛下跪，眼泪哗地流了下来。

如此感人的场景在莫言的小说里少见，但在姑姑这儿莫言却是水到渠成、自然而然。在作家笔下，姑姑的人性是单纯的，即使在“文革”那样的荒诞场景里，在县委书记杨林为求生而“变节”的情况下，姑姑依然坚定捍卫自己的清白：

> 上来一个矮小敦实的女红卫兵，手提两只破鞋子，一只挂在杨林脖子上，一只挂在姑姑脖子上。姑姑后来说，反革命，特务，这些罪名都可以忍受，但绝对不能忍受“破鞋”的称号。这是无中生有，奇耻大辱！姑姑立即把脖子上的破鞋摘下来，用力撇去。那只破鞋，竟像长了眼似的，落在黄秋雅面前。

在“文革”那样的黑暗岁月里，能有姑姑这种感人操守与品格的人能有多少呢？然而，王仁美的死却终成了其内心沉重的枷锁。姑姑最终嫁给擅长捏泥娃娃的郝大手，幻想用泥娃娃来平息内心的不安。很难说，这种赎罪的梦想真正安妥她的灵魂，但是她至少在虚幻世界里实现了对历史和现实的某种超越。

艺术层面上，《蛙》所创造的“互文对话性文本”也有魔术的光亮。有批评家曾指出，莫言的语言具有“文本可逆性”，可以在同一文本中将内在冲突的叙述声音和叙述姿态融会为一体，呈现出一种互文性的“深刻的混沌”。例如，小说《丰乳肥臀》、《檀香刑》等，可以将不同的意识形态和人性观念演化成一股泥沙俱下却恢弘无比的“语言流”。不过，这种互文性的处理固然可以更为客观地表述历史，传达细微的人性感受，但是，在形成文本的多声部的同时也容易削弱文本的现实批判力量和叙事的硬度。比如，《檀香刑》中眉娘、赵甲、孙丙等不同人物对同一历史事件的不同描述，具有多声部的“互文”效果，但对酷刑的“过度展示”某种程度上也导致了“认同酷刑”的心理弱势。

而在《蛙》中又有创新。小说以解放初期、“文革”、改革开放、新世纪这四个不同的历史空间作为小说展开的背景，围绕“计划生育”的不同叙事，努力使这四个时空的计划生育故事形成互文参照性，从而达到历史反思和人性高度的统一。同时，小说中也镶嵌入了不同的文体，例如，每个章节都以主人公蝌蚪和日本友人杉谷义人的通信形成对下面故事情节的某种“预叙”，又能从一个比较超然的现在进行时角度，对这些历史中发生的故事进行审视。而在小说结尾，莫言则用戏剧的形式，对整部小说的某些故事构成某种程度的“补叙”。小说结尾九幕剧《蛙》更是出彩，它不但再现了小说中陈眉和陈鼻的悲惨遭遇，而且让陈眉打破时空限制，打破舞台的限制，以古代人的口吻出现在现代派出所，以现代人的身份出现在了电视剧中的民国大堂，在历史痕迹的缠绕互文中，以一种朴素的民间道德姿态，既控诉了袁腮之流不择手段的当代物质崇拜，也反思了中华民族为繁荣和富强所付出的巨大人性牺牲，批判了在中国充满悖论的现代化进程中顽固的国民性痼疾以及由此而来的人性悲剧宿命化的延续性。

《蛙》的叙事和语言对比于莫言过去的作品无疑是干净而内敛的，莫言放弃了他最为擅长的泥沙俱下的描述性语言流，也没有利用众声喧哗的民间口语，而是力求返璞归真用超然的第三者视角朴素、简洁、干净地讲述催人泪下的故事。这也许是莫言在批判与质疑声中的自我改造与升华吧！小说开篇第一段家乡孩子把身体器官命名的“土名”改为“雅名”的举动，在我看来正是莫言语言风格改变的注脚。《蛙》无疑也是一部“雅名化”之作，唯愿莫言不是被顾彬之流以及某些标准很高的批评家“被雅名”。但说实话，我还是不太习惯一个文质彬彬、西装革履的莫言，而是更喜欢那个粗野的、狂放的、不按常规出牌的、充满“土气”的莫言。好在，《蛙》还是贯穿着一片嘹亮的具有穿透力的蛙声，在蛙声中我可以不去想象莫言形象的改变，而是专注地触摸其中华丽却锋利的思想刀锋并久久地感动并沉思。

（原载《山东文学》2012 年第 11 期）

换一只眼睛看莫言

——《酒国》印象三则

◇李珺平

《酒国》出版，是莫言最受冷遇的波谷。此前的“三红”(《透明的红萝卜》、《红高粱》、《红蝗》)后的《丰乳肥臀》，都掀过高潮。评论者趋之若鹜，生怕赶不上捧或杀的机会。唯独《酒国》，无人置喙，好像要消逝于无声无息之中。我不想仔细分析其中的原因，也不知莫言本人怎么想[①]，只想谈谈个人对《酒国》的印象。

《酒国》寂寞地存在了七八年之后，重新提起并讨论它，最起码有两个好处。首先，我可以把它当成纯粹的文本，客观地观察。涤除了文坛的众声喧嚣，依然关心莫言的读者，也能冷静下来，从容地打量。其次，我可以把它作为一个点，在比较中确定其坐标、价值、优劣。也就是说，我既可以从纵的方向，把它与莫言此前此后的作品简单比较，也可以从横的方向，与其他作家或作品简单比较。

我采用的方法是，追记印象并评述。

所谓“追记印象”，是追踪记录两次阅读的印象和感受。[②] 两次阅读的时差有五六年，但令人惊奇是，其印象与感受却差不多相同，区别仅在于，最近一次的阅读，沧桑感增添了很多。所谓“评述”，是对两次阅读印象和感受的适当评说。在追记中，有的印象可能叠加，有的感受可能互相渗透，但我将尽量用理性的标尺来衡量、判断、分析，以显示个人的褒贬态度。

---

① 我和莫言并不熟悉，偶然和他吃过一餐饭。当时可能正因《丰乳肥臀》触霉头，同桌六个人，都未讲话。我知道他，他根本不认识我。

② 第一次见《酒国》，是几年前一个无聊至极的夜晚，独逛小书店，于武侠小说丛中发现的。以为莫言开始写武侠小说，阅读之，约一小时，比较震惊。前不久，《文汇读书周报》刊登梗概，引发大学生兴趣，找我约谈。我亦有兴趣，打算组织讨论，连忙向朋友索要一本，认真阅读，又震惊。两次阅读，时间相隔五六年，但印象、感受未变。

一、走不进的“城堡”

走不进的“城堡”，可能是一个蹩脚的比喻。其意为，阅读《酒国》，就像阅读卡夫卡《城堡》一样，作者欲叙述的本来事件以及由叙述所构成的事件，都给人以扑朔迷离、难以接近之感。这又包含两层意义：一是主人公、高检院侦察员丁钩儿，似乎一直没能走进所要调查的案件，始终在外围徘徊，始终被困在酒山、肉海和性勾引之中，始终在义愤和堕落之间挣扎，最终湮没于污秽，就像那个土地测量员费尽心机，也没能走进城堡一样。二是接受者、如我这般的读者，似乎也没能接近本来事件（包括本事和情节）。即，案件本身的真相（What to be）、原因（Why）、初始过程（Primary process）及继发过程（Secondary process）等，这些基本被遮蔽，充其量在既是作品人物，又是独特视角的李一斗的拙劣、夸张、荒诞、神话般的叙述中，或明或暗地予以显现。这样，阅读者始终如坠五里雾中，无法自明。

由于本事和情节都被放在缥缈的、海市蜃楼一样可望而不可即的情况下处理，所以整部小说涂抹着梦幻般的色彩。也就是说，小说（尤其是丁钩儿活动）的每一个细节、场景、场面，都极为具体、清楚，甚至异常明晰，但所构成的叙述，其整体效果却朦胧、似真似假、让人摸不着头脑。犹如做梦，每一个事件、细节使梦者欢喜、恐惧或发悸，却是水中花、镜中像，无法直接触摸。梦者想抓的人、事，常常越来越远，消逝于无涯，而要逃避的人却粘在背后，只要回头，就看到他。梦者像踩在软沙或软棉花上，竭尽全力，却寸步难行；也常常从非常“真实”的梦境惊醒，回味之，却不得要领，虚幻得好像在另一个世界。阅读《酒国》，便时常有这种感受。读者不仅在体验卡夫卡，还像在体验罗伯—格里耶（例如《橡皮》）。其间，叙述那样真实、清晰又模糊、无奈，那样平板、冷静又跌宕多姿，那样晦涩、无聊又耐人寻味。

从叙述策略上讲，这可能得之于如下技巧的运用。

首先，最令人挠头，又最令人新奇的，是整个故事的主导情节，即丁钩儿的调查活动，不断被打断、被搁置，而插入许多其他叙述。第八、九两章，主导情节从开头移至末尾，更使其地位下滑，变成附庸。从格式上看，此类延宕，反复推迟结果的到来，以收一波未平、一波又起之功。作为小说叙事的基本格式“延宕”，广泛见于世界各地的民间故事。例如牛郎第二次见到织女之前，所生发的许多子事件，都增强了叙述的趣味性。从效果看，这样做危险很大，因为可能降低读者的阅读热情，但好处是可以吊胃口，被搁置处选择在欲罢不能之时，让人心旌神摇，以收“且听下回分解”之功。

《酒国》搁置情节虽有延宕作用，但其意并不在此，因为延宕指主导情节内小事件的层出不穷，而“莫言”与李一斗的信件、李一斗的小说等，似不属主导情节，而是用来印证、参照、比较、丰富的。另外，搁置虽有“且听下回分解”之效，但其意也不在此，因为以悬念引起下文，适用于复杂多变、脍炙人口的故事，而丁钩儿的调查活动，倘若单纯作侦探小说看，是非常枯燥、乏味，缺少惊险刺激的。

既如此，搁置情节有什么意义呢？

唯一的解释是，阻碍并破坏读者对主要事件及其过程，乃至对丁钩儿实际调查活动的浓厚兴趣，而将注意力引开，使之集中于形式化了的“叙述”本身，以细心地品味那调查活动由崇高走向滑稽、由正常走向荒谬、由真实走向虚妄的个中三昧，并体察、理解作者的良苦用心：一个嗜酒的侦察员如何被酒所迷，成为肉孩筵席的饕餮者——侦察者成为犯罪者，可怕的酱缸！

其次，最令人眼花缭乱的，是多种视角齐头并进，又圆融为一。搁置，只是将主导情节打断，使猎奇心理受挫、冷却，但叙述的实现，则借助多种视角。《酒国》至少并存着四个视角：作为总叙述者、讲述丁钩儿故事的作家的视角，作为小说人物“莫言”的视角，莫言的崇拜者、业余作者李一斗的视角，还有就是李一斗习作中一会儿第一人称、一会儿第三人称的视角。除第 10 章大收束外，这四个视角在每一章都作为四个独立的部分出现。

问题不在于视角多少，而在于分立的特殊。莫言小说常有多种视角，服从于总视点（即叙述人）辖制，从不同侧面解释或烛照主导情节的内在隐微之处，但《酒国》多种视角却是分立的，很难被统进第一（即主导）情节或视点。如果没有第 10 章，小说从头至尾的四个视角全是独立发展，自成体系。然而，后三个并不完全游离在外，而以渗透、协助等方式，圆融于整体。

视角分立所呈现的怪诞形态，是莫言创作的独特景观。看来，莫言试图将真与幻、描写与想象、叙事与抒情融为一体，从崭新的角度予以突破。应该说，这是有意义的尝试，最起码无意造成的梦幻氛围，就是以前作品所没有的。

第三，最关键的是，“弄虚”手法。“弄虚”，即叙述对现实的背叛和逃离，以达到恍兮惚兮的效果。莫言从来不以现实主义为荣，以描写真实环境、真实人物为能事。他最反对这样做，理由是，艺术需要主观真实、情感真实和感受真实，而不是现象真实。叙述中，莫言时刻警惕着疆界、理想，一旦对现实的模仿接近到让人信以为真时，便立刻荡开一笔，向虚幻处走去。以第 1 章为例，丁钩儿奉命侦察、去矿山，非常真实，顺畅发展时，出现了看门人被枪击又复活、门房里“热得发冷”的场面；平头接待丁钩儿、引见领导，也非常真实，顺畅发展时，又穿插了进圆木林、葵花林绕不出来，稀里糊涂走到矿长、党委书记办公室的场面。这就像给江山万里图上不时撒落几团水，使之洇开，现出迷蒙。似真似幻，似幻似真，不知何处是幻，何处是真。

这一切，都需要阅读主体诸心理机能的呼应，既需要想象、联想，又需要感受、理解，还需要不断地回顾、唤醒，对普通读者来说，无异于受罪，是一种艰难的跋涉。可以肯定地说，这是《酒国》受冷落并缺乏“卖”点的重要原因。自20世纪90年代以来，以叙述故事见长的《平凡的世界》、《废都》、《白鹿原》、《最后一个匈奴》等陆续抢滩，王朔热、琼瑶热、金庸热持续不减的情况下，有谁肯费心吃苦去索解它呢？

二、穿越象征的森林

有人喜欢把莫言叫作“中国的福克纳”、“中国的马尔克斯”，却较少人从其他角度透窥他，这没有什么不对，也没有什么不好。因为其作品颠倒时空秩序，交叉生命世界，极度渲染夸张，将过去的历史和当下的现实相连等，是一贯的，也确实受意识流、魔幻现实主义影响。但如果永远这样看，便是一种形而上学，把问题简单化。似乎莫言只是西方文学的中国代理人，其作品只是具有“中国特色”的西方翻版、“克隆”者。显然这不是事实，也对莫言不公。这是有意吹捧下的无意贬低，抹杀了莫言的艺术追求。莫言最担心这种事。《酒国》出版前六年，人们交口称赞时，莫言已意识到这是陷阱，包含着莫大危险。他把马、福二氏比作“灼热的高炉”，把自己比作“冰块”，害怕被融化；他不断地提醒自己，要“开辟”新“地区”，并信誓旦旦地从人生看法、写作领域、人物体系和叙述风格等四方面，提出有约束力的“保障”，来维护自己的独立性、创造性。①

莫言是性情中人，更是痴情者。他说：“我相信一句话，文学是一种分泌，真正属于每个人的文字与每个人的气质一样。”莫言从来没有放弃自己，而是真诚地追求理想，其所有作品就是明证。至《酒国》(含《丰乳肥臀》)，追求趋于白热化。其内涵的深厚、人物设置的巧妙、叙述策略的讲究等，都让人刮目相看。尤其是那化解不开的忧患意识、“入世”(干涉社会、人生)情怀和那浮想联翩、余味无穷的象征，更让人拍案惊奇、思之再三。无疑，《酒国》是莫言给自己矗立的新里程碑，是“逃离”前辈并超越自身的杰作，是“林中的响箭”，在当代文学史上应占一席之地。

象征，此前也多有所见，但从来没有像《酒国》那样浓厚、那样深刻、那样别出心裁，那样以总体特征呈现出来，那样耐人寻味。在当代文坛，很少有莫言这样对人性、对中国文化的深刻认识，知道自己想说什么，并敢于而且巧于把它说出来的人。如果说《丰乳肥臀》主要表现两大创作主题“最能喝酒最能爱”中“最能爱”的侧面，将“乳房(性与死)文化”撕开给人看，《酒国》则表现“最能喝酒”的侧面，将“酒文化”展开，让人琢磨。两者都用象征手法达到。乳房似象征大地、女性的忍辱负载之功，阴柔而坚强，富于生

① 莫言在《两座灼热的高炉》(《世界文学》1986年第3期)中提倡地区主义而不是地方主义，并阐释了自己的创作主张。

命力，恋乳似象征男性的无能；那么“酒国”象征什么呢？

酒，亦是中国文化特点之一。远古，先民就发现了酒。出土文物，相当一部分是酒器。酒，使人癫狂、亢奋，也使人萎靡、堕落。当然，《酒国》不是考据酒的历史与作用，而是用一个子虚乌有的城市（酒国市）所发生的子虚乌有的故事（吃肉孩），表达对现实、对民族文化的思考。酒国，以酒名市，故所有生活都与酒有关。酒国市拳头产品是酒，为研究名酒设置大学、研究所，招收博士研究生，为佐酒开发新食品，创全驴宴，饲养并烹制肉孩。喝名酒、吃驴肉，是酒国市民的日常生活；而品佳肴、食肉孩，则是市领导迎来送往的正常工作。食饱生淫欲，像余一尺那样玩遍酒国美女的怪物，应运而生。莫言之笔触，让人惊骇。

《酒国》是莫言少有的抛开农村的作品，讲述的是一个十分丑恶而又荒诞的城市故事，似乎存在于另一个星球上，又似乎存在于身边。前几年民谣“革命的小酒天天醉”虽不新鲜，但至今耳熟能详。今天，被送上审判台的大人物，哪一个不是从酒、色浸淫开始的？莫言说：“我是一个向前看的作家，我创造一种非常理想的生活，好像是往后看，实质是向前看。”①“理想”，应理解为“有想象力”。也就是说，写出非常有想象力的、荒诞的生活，目的是对现实有所警觉，以清醒地走向未来。考虑到这一点，便不能不钦佩莫言的志向和远见，不能不同情其一腔忠愤之气。这是一个热血作家！由此，也不能不把《酒国》看成一个大象征，它象征着当时的整个社会。小说的生活固然夸张得变了形，但仍能窥见现实的影子，就像阅读《西游记》能窥见人间万象一样。

《酒国》拥有莫言创作上的所有优点，那汪洋恣肆的想象、五颜六色的通感、奇妙的隐喻，都使象征意蕴更加深厚、委曲迂徐。

最富寓意、发人心窍的，也许是下述两点：

一是市委宣传部长“金刚钻”与侦察员丁钩儿的较量。金刚钻就是酒，就是欲望的表现。好狐狸斗不过好猎手，好侦察员也斗不过好酒，斗不过欲望。豪气十足、机灵过人、欲勾出事实真相的丁钩儿，一摸到枪就清醒，一遇到金刚钻，却遇到了克星，几杯下肚，便软成一摊泥，不但参与了人肉筵席，而且最终败走麦城，淹死粪池。这说明酒的可怕，也说明不能抵制欲望的公务员更可怕。酒是万恶之源，“喝坏了党风喝坏了胃”，也喝掉了自己的小命儿。

二是吃肉孩活动。“吃肉孩”，就是一个象征。莫言的想象力惊心动魄！肉孩，据说是为了高级消费而专门生产出来以供烹调的小动物。在酒国大学、在市委宴会上，教授、官员们不厌其烦地教导人们说，肉孩拥有人的一切特点，活泼、可爱、天真，知痛知痒，包括语言、思维能力，却不是人，而是高蛋白、高营养价值的食物。然后举杯举

① 莫言：《也算创作谈》，《钟山》1988 年第 1 期。

箸,共尝美食。这一活动的荒谬性在于,人人都知道被吃的是小孩,但人人又都以各种理由拒绝承认,解脱自己。读至此,不由得想起鲁迅先生“救救孩子”的呐喊。也许。莫言想借此告诉人们,腐败者吃掉的不是酒、肉,而是整个社会风气、整个下一代,这种不负责任的、无人性的享受,是犯罪!

可怕的不仅是“吃”的行为,更是那背后熟视无睹、冷漠到极点的心态。如果做官的每天责骂腐败,但又不能抵制美食的引诱,是否无意间也参与了肉孩盛筵?——莫言笔底,是化解不开的沉重。

象征的突出特征是“似非而是”(Paradox),此词绝不能译作“似是而非”,因为其侧重点在于,所描写、叙述的事物好像是假的,其实是真的。《酒国》的描写、叙述是假的,而救救孩子、救救民族、救救人类的祈求、寓意,却是真的。

象征作为手法,中西方古已有之,但将其发展为一种创作理论和世界观的,是法国诗人波德莱尔。波德莱尔以忧郁的眼光看世界、看人类,认为人所生存的现象界是一片象征的森林,象征着虚无;虚无本来是真理,但人不愿承认,说是丑恶;虚无用理性“看”不见,只能借助直觉;由于人的各种感官与理念世界、现象界之间是互相感应的,所以人可以运用通感,透过现象界的一草一木、一鳞一爪洞悟真相;真相虽丑,但因为包含着真,所以是真正的美,是大美;文学要写美,就应将真相、丑揭示出来,显现恶之美(即恶之花)。这种理论对西方现代派各种流派,特别是表现主义、荒诞派、意识流、魔幻现实主义等,产生了根本性的影响,卡夫卡、福克纳、马尔克斯等,都是受惠者。

莫言受惠于象征主义,其直接来源不是波德莱尔,而是福克纳和马尔克斯。《酒国》的象征特点,虽颇得波德莱尔真谛,但其性质更近于马拉美,即不仅把象征作为手法,更把它作为小说的整体寓意。莫言说:“生活本身就是象征的。……要写出事物的象征,首先要做一个象征的人。在欢乐的情感下,绝对写不出荒诞。”莫言体验非常深刻。《酒国》主导情节就是由不断醉酒的酒徒眼光阅世,并粘连起来,穿插又是由玩世不恭的“莫言”、李一斗的通信及其后者的习作构成,这都使象征在细部和总体上凸显出来,给人以不灭印象。

三、悲凉之雾遍及华林

卡夫卡(含罗伯一格里耶)的梦魇与波德莱尔的忧郁相融合,使《酒国》笼罩着一团悲凉而又浓重的雾气,透露出压抑不住的愁绪,“把栏杆拍遍,无人会,登临意”。小说仅有的亮色——看守陵园的“老革命”,竟被饿鼠啃光头颅,饱含寓意:腐败无孔不入,守成者正在被咬啮、蚕食、消灭。

《酒国》之前,莫言喜欢的是福克纳、马尔克斯、托尔斯泰、肖洛霍夫、霍桑、棱茨、怀特、川端康成、凡·高、高更，也见他提到卡夫卡、罗伯一格里耶、波德莱尔、马拉美等人，但换一只眼睛看莫言，《酒国》给人印象更深的不是前者，而是后者。[①] 这说明，仅凭贴标签的方式，并不能探究一部作品的细微之处，更不能揭开作家这个“小宇宙”的奥秘。

《酒国》的悲凉基调，也许可从创作动机入手予以剖析。莫言的动机很复杂，但试图将直面现实、引起疗救的意见潜藏在嬉笑怒骂、呼风唤雨、荒诞离奇的“故事”之下，却是可以轻易感受到的。正是这一点，保证了此作在思想上的制高点，也迫使作者采取了不同寻常的写法。应用一句俗语来说，不是莫言写作《酒国》，而是《酒国》写作了莫言。

从进入文坛那天起，莫言就不是吟风弄月者。对人生、社会的关怀，对自然、宇宙的关注，一直萦绕在他的心头。他是安泰，离不开高密东北乡，离不开祖宗社稷、中国大地。他所抒写的高密东北乡这张小小“邮票”，就是缩微的中国大地。其血肉源于斯，力量源于斯，痛苦源于斯，情感源于斯。这使他从根本上与那些玩弄技巧的“先锋”派划开了界限。如果先锋作品是纸扎的花，精致、漂亮，符合理念，却无生命，莫言作品则是从泥土中抽出的花，可能不十分完美，却有生命、有香气，是“活”花。

不管别人怎么看，我始终认为，从莫言崭露头角起，就是抒情的而不是纯叙事的，这一特点是从那个与红萝卜相关的孩子开始的。他睁着一双忧郁的眼睛看人生、看世界，小说所描绘的也是用情感浸透的、变形的事件，而不是照相机拍摄下来的事件。《红蝗》、《生蹼的祖先们》、《天堂蒜薹之歌》、《食草家族》等，把忧郁转化为忧虑，叙述的情感性基本上淹没了事件的客观性。即使那久负盛名的《红高粱》，同样是在强烈的情绪中，怒其不争地映衬当代人精神的萎缩，而张扬、讴歌前辈蛮荒却富于生机的生活。莫言常用鲁迅的话，说生命力这种东西，我们民族过去有，将来也会有，唯独现在没有。这充分说明他忧之深，也说明“忧”有可能把“愤”转化。

我始终认为，莫言“新”在情感，不在技巧，是情感支配着技巧，而不是有意地选择技巧。他曾说，关于技巧，“有人说我探索过，我一直很麻木，因为这基本上不关我的事”。顺便指出，我的意思是，莫言不任由技巧牵着鼻子走，并不是说他对技巧没有任何主体性。所谓“魔幻现实主义”、“意识流”、“梦魇”、“象征”等，无非适应了表达需要而已。如果当时这些东西没有被介绍进来，莫言可能会在暗中多摸索一段时间，但绝不意味着他永远寻找不到。

---

① 为防止武断，必须指出，在创作谈里没有提到不等于没有读过、想过，或从别人口中听到过；也许读过、想过、从别人口中听过，当时心里一动，但未予以重视，但这些东西，在潜意识中留下的痕迹可能更重。如果真是从来没有接触过，那只能是如本文所揭示的这两种可能：间接影响或本人的天才颖悟。

据他说，写作《红萝卜》前，似乎并不知道福克纳、马尔克斯为何物。这是不是大话？我认为不是。事实上，庄子“方生方死”、“梦蝶”哲学，何尝不是更深邃、幽渺的象征主义世界观？又，唐宋传奇，明清小说、笔记，尤其是民间故事、传说、说唱艺术里，也四处弥漫着意识流、魔幻式叙述和荒诞性表现。据研究者披露，莫言幼年、童年、少年时代，嗜好的就是民间的和民族的剪纸、泥塑、故事等。说良心话，在边远、偏僻、荒凉的农村，对少不更事的孩子来说，除了这些，还有什么？《酒国》出版，也许印证了这些看法。

我奇怪的不是《酒国》的无技巧，而奇怪的是太多、太熟的技巧。我曾多次废书而叹、而思，远远超过阅读这薄薄小书所花的时间。我揣摩，一向鄙薄技巧的莫言，为什么故意使用？——我说“故意”，是因为构造方式太突兀。一下子接受不了，给人有意为之的感觉。

我想，关键原因仍在于，“入世”之心太重，社会责任感太强。莫言想反映中国人乃至整个人类的生存状态，以反叛性笔触描绘地球上过去和现在从来没有过的生活，用荒诞映衬“正常”，从而使“正常”显得荒诞。这种重压使他永远“玩”不了文学(而是文学“玩”他)，也使他永远写不出空灵的出世之作。这不是莫言的缺点，而是最大优点。那一颗赤诚之心翻江倒海，敢想、敢恨、敢怒，却不能痛快发泄(即使发泄，又有多少人明白，多少人愿意明白?)，挟带着情感的材料壅塞内心，成为块垒，一种大悲从中而来，荡气回肠，迫使他只能以曲折、变态的方式，表达无法言说的痛苦。因此，与其说《酒国》是莫言在叙述策略上的探索与进步，不如说是内在蕴藉的一次古怪喷涌。

必须声明，我并不认为《酒国》只是针砭时弊、鞭挞现实之作，它有着更为深广的人类学意义，但我觉得，在全社会都关注腐败、腐化问题的今天，重读它，更有助于沉思。而在不同文体之间穿梭，打通诗歌与小说的表达方式，突破机械现实主义重围的尝试，亦是《酒国》不可埋没的功绩。

令人高兴的是，年初已知悉，《酒国》法文译本获2000年度卢尔·巴泰雍(Laure Bataillon)奖。作者谦逊地说“不是什么大奖”，但我认为，这来自另一民族、另一文化的褒扬，也许更能从另一侧面说明它的普遍价值。

编后记

上文是全国较早评论莫言《酒国》的文章。2000年6月写就后，曾寄给作家本人看过。莫言认为，此文是“批评《酒国》的文章中最让我满意的一篇”。与此同时，他抨击了文坛的一些不良现象，很有现实意义。本刊特此配发莫言回信，以飨读者。

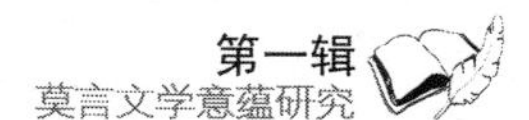

附莫言复信：

珺平兄：

守森兄转来的文章收到并认真拜读了。这是批评《酒国》的文章中最让我满意的一篇，只有兄之文章才算勘破了我的“狼子野心”。春节前读到这样的妙文，令我心情格外愉快。现在批评界那些领袖们，喜欢的是“优雅”和“高尚”的东西，我的作品不符合他们的标准，所以他们不谈《酒国》，另外，我也很少去向他们献媚。尽管他们侈谈先锋，但基本上是叶公好龙者多，当然，被他们夸奖也不是光荣。

我回忆了一下，大概是1996年盛夏的一个中午在北师大，与守森、立华、童庆炳先生等一起吃过餐饭，您是否是那次与我同座呢？你的名字很熟，常在《青年思想家》上看到。

十分抱歉的是，《文集》出版多年，当时购的书早已送完。书店中也难寻觅，出版社也没有再版的意思了。只好等春节过后新作《檀香刑》出版后，到时再寄上请教！

即颂

教安！

莫言

2001年元月17日夜

另外，犹豫了一下，还是告诉您，《酒国》的法译本获得了2000年度的卢尔·巴泰雍(Laure Bataillon)奖，虽不是什么大奖，但也算是对喜欢《酒国》的朋友一个安慰吧。

(原载《湛江师范学院学报》2002年第1期)

盛大的衰颓:重论莫言的《酒国》

◇杨小滨

相对于《丰乳肥臀》来说,莫言的前一部长篇小说《酒国》(后改名为《酩酊国》)似乎从未存在过。这个事实多少意味着20世纪90年代美学趣味的不可靠。在我看来,《酒国》远比《丰乳肥臀》更令人震惊地体现了这样一种写作态度:严格意义上的再现历史灾难而不去探究社会与个人生活的日常性腐败将是一种政治上的幼稚和道德上的不负责,因为正是这种腐败一方面决定性地包含了种族的命运,另一方面拒绝任何对于邪恶事实的直接呈现。值得注意的是,《酒国》首先是对社会文化的颓废性的自我反思。这里,莫言用风格上的颓废性来测量时代精神的颓废。也就是说,只有通过观察整个民族都在遭受/享受的内在颓废才能把握那种施加在它头上的社会历史的外在暴力。小说的主要篇幅描写了"特别侦察员"丁钩儿去酒国市调查当地官员烹食婴儿的案件。同时,小说不断插入作者莫言和文学青年李一斗的通信,以及李一斗频繁寄给莫言请求帮助发表的九篇短篇小说。由此,整部小说的结构显得错综复杂:它不但讲故事,也讲作者(莫言和李一斗)对这些故事的想法;它不但是莫言所叙述的单个故事,也是由李一斗帮助完成的多层文本;并且,如果李一斗的故事可看作是关于他周围人的真实记载的话,由于他把现实不断带给莫言,莫言的具有自我意识的叙述则不但创造了虚构和想象的场景,而且也混合了已经发生的、应当发生的以及可能会发生的事件。以上论断基于这样一个事实:酒国不仅是一个李一斗居住并写作的真实城镇,也是莫言所虚构的小说故事发生的场所(显然莫言在信中多次暗示了小说的虚构性)。这类结构的复杂性必须从小说的叙述层次上去理解,在不同层次上"莫言"这个名字的功能是不同的。从文本内的层次上看,尽管莫言的小说始于他接到李一斗的第一封信之前,他的写作似乎已经是对李一斗"纪实"写作的一种(先知先觉的)回应,因为到最后,我们就会发现二者之间众多重叠的人物和事件。然而,我们又绝不能把莫言的写作归结于李一斗的启发,因为说到底,从文本外的角度看,李一斗也不过是莫言整部小说里的一个人物罢了。换句话说，是作者莫言使李一斗似乎独立于小说中的叙述者莫言的。这种对作者莫言和叙述者（人物）莫言的权宜的区分当然或多或少解析了小说的晦涩，但也影响了小说的魅力，因为小说结构的反讽性正是要呈现二者的不可区分。正是作者莫言陷在他所制作的文本中不可自拔并且无法控制叙述的进展，在这个意义上，《酒国》对写作自我的内向批判并不比对社会现实的外向批判来得少。《酒国》于是可以看作历史意识发展的寓言，准确地说，是历史意识的混乱发展的寓言。即使李一斗和莫言之间的通信是对话，也许可以看成是自我与超我之间的寓言式对话，那种心理结构的层次是无法清晰辨认的，因为莫言的风格并不比李一斗的清醒多少。这里，在涉及风格的颓废性之前，我们不妨先看一下与之平行的一面：历史的颓废性。

莫言/丁钩儿的历程：颓废的寓言

如小说序言作者周英雄指出的，《酒国》同整个中国小说的传统具有极为丰富的文本间联系。在它同《西游记》的众多关联中，主题上的关联似乎并不显见然而意义重大。《酒国》的主要部分和《西游记》一样是有关一次使命性的历程。唐僧和他的弟子们的任务是经过九九八十一难到西方取得真经，而丁钩儿被派遣去调查骇人听闻的案件，同样经历了诸多磨难。不过，二者之间有着质的差异：一次宗教性的远征基本上是向上的，怀有神圣的使命；而丁钩儿的侦探任务却是为了猎取一个恶魔般的目标。尽管是以正义的名义，丁钩儿的历程经过了高度的放荡和腐败：通奸、酗酒和暴食。因而，如果《西游记》中的灾难最终引向了凯旋的或至少是喜剧的尾声，丁钩儿的放浪的寻欢却是他正义使命的颇为荒诞的惨败的前奏。他最终和“理想、正义、尊严、荣誉、爱情等等诸多神圣的东西”一起令人作呕地沉入了茅坑。丁钩儿的反英雄主义历程从这个意义上说是对《西游记》古典传统的重写，因为在《西游记》里我们至少可以找到顽皮而快活的英雄孙悟空，依靠自己或神的力量将人们从困境中解救出来。这样，《酒国》似乎就成为一次对原型历程的误喻（catachresis）式的重述。这里，误喻意味着相应功能的媒介体永恒地缺席：丁钩儿是一个猪八戒式的人物，被诱惑并沉溺于食色之中，却被置于孙悟空的地位上，委以重任而担负起关键的使命。这种身份的分裂，或者说在实际和名义间的裂痕成为荒诞性的所在。丁钩儿显然担不起他的身份应起的作用：他同女司机的持久关系使他酒国之行的真实意图日渐模糊甚至被忘却，并且时时将他置于尴尬的境地中；他对婴儿宴的参与决定性地将他的角色从侦察员转换成罪犯的一员。在《西游记》最后一章，“五圣”终成正果，均被授予佛的称号以表彰他们的业绩。丁钩儿却成为甚至没有悲剧光环的牺牲品。在同样充满诱惑的旅程里，丁钩儿丧失了揭示罪恶的能力，几乎被迫放弃应有的责任。一系列事件使他的旅程越来越具有反讽性:当他和女司机的奸情被她的丈夫金刚钻当场逮住时,侦察员和罪犯的角色恰好对换;当他出于妒忌杀死女司机和余一尺而逃跑后,他彻底地从缉捕罪犯的人变成被通缉的人;最后,当他几乎要抓住吃人的罪犯时,他不合时宜地掉进了茅坑。

欧洲20世纪末的颓废美学来自对传统基督教时间观的反动,也是对包括马克思主义在内的总体化历史观的质疑。莫言关于衰颓的观念早在他的《红高粱家族》中就已初有表露:比较"我爷爷"、"我奶奶"一代和"我"这个"被肮脏的都市生活臭水浸泡得每个毛孔都散发着扑鼻恶臭的肉体","证明了两种不同的人种"。同社会达尔文主义的演进观念正好相反,这是严格意义上的退化,预示了《酒国》对现代个体和集体腐化的直接展示。小说描写丁钩儿道:"有人走向朝阳,他走向落日。"那么,如果杨子荣因为"胸有朝阳"而充满自信,丁钩儿则甚至失去了确定的目标:"他怅怅地面对夕阳站着,想了好久,也不清楚想了些什么。"作为一个无能的侦察员,丁钩儿是世俗救星的反面形象,无法推动历史的进步,反而注定堕落到血腥和恶臭的黑暗中甚至连自己都无法拯救。他的行程蓄意颠倒了从20世纪20年代中期鲁迅《过客》到80年代中期张承志《九座宫殿》和扎西达娃《西藏:系在皮绳扣上的魂》一以贯之的宏大主题。《酒国》显然没有以描写丁钩儿的堕落以及金刚钻等人的罪恶而成为批判现实主义的作品。它的元叙述的框架反而避免了叙述和再现的同一。当再现的过程被呈现时,小说就不再仅仅描述丁钩儿的侦探历程,而同时描述了莫言的叙述历程。它最终呈现了莫言小说叙述的无能。这样,莫言的叙述历程继续并重复了丁钩儿的肉体历程。刁诡的是,莫言在最后一章中出现在李一斗的真实的和丁钩儿的虚构的酒国市,加入了丁钩儿曾经吃过的宴席,只是红烧婴儿未曾出场。莫言用醉来重复丁钩儿的角色(他在昏沉沉中终于意识到"醉死在酒国竟跟丁钩儿一样了"),使整部小说结束于他们各自使命的绝对深渊中:醉倒,或丧失精神和肉体的拯救能力,成为唯一的真实。

从美食文化到吃人文化

在酒国,酒起着社会生活中决定性的作用。不过,这种社会功能是悖论式的,正如莫言给李一斗的信中所讲的:"人类与酒的关系中,几乎包括了人类生存发展过程中的一切矛盾及其矛盾方面。"一方面,酒通过醉把人从现实的、正常的、理性的生活中拖曳出来带进幻觉的、反常的、非理性的世界。在《红高粱家族》里莫言便展示了酒的这种解放功能,酒成为打破社会枷锁或反抗侵略者的勇气的源泉。"自我酣醉"表明了驱除社会意识压抑的愿望,因为正如弗洛伊德所说,酒可被用作"最有效"、"最有趣的转换痛苦的方法……作用于我们的机能上”。[①] 而另一方面,通过醉而获得的暂时的疯狂也标志着自我意识的丧失,标明了外界力量(表面上是自然的但根本上是社会的力量)的彻底支配。在这里,醉就不能被看作是积极的、自律的,而必须看作消极的、他律的行为,是对自我意识的被迫放弃。于是,同《红高粱家族》里余占鳌(“我”爷爷)相反,丁钩儿和莫言的醉决然不是自愿和预料的结果。他们在宴席上被迫饮酒而醉,成为酒的受害者,更准确地说,成为供酒者的受害者。尽管不是出于自愿,他们不得不加入到这个酗酒的社团中去,抛弃了社会的秩序和心理的完整。丁钩儿酒醉后甚至分裂了灵魂和肉体,在第一人称和第三人称之间摇摆不定,丧失了自我的同一性。酒于是由享乐的源泉转化成道德沦丧和历史衰微的源泉。孟德斯鸠大约是最早阐述颓废/衰败观念的人。在他 1734 年出版的《对罗马兴盛和衰亡的思考》一书中,直接提出了精神颓废与历史式微之间的关联。他把来自伊壁鸠鲁的享乐哲学看作是罗马帝国崩溃的一大原因,因为享乐主义“玷污了罗马人的心灵”。[②] 酒国的哲学文化基础当然不是伊壁鸠鲁,而是中国版本的享乐主义——美食,其中饮酒也是极重要的部分。学者们早已指出,很少有其他文化像中国文化那样以饮食为主导。于是饮食便在《酒国》中成为文化颓废的缩影。而酒作为精神颓废的标志,既是对现状的拒绝又是对自我意识的逃离,显示了颓废美学的基本特征:它是一种过度,因为它既不解渴也不充饥,而是满足适量之外的口腹之乐。《酒国》正是在这样的意义上描绘了欲望的过度:美食和通奸。在小说中,已婚男子丁钩儿同婚外的女人发生性关系,而这个已婚的女司机,也同更多的男子调情做爱。这种性的过度成为种种灾祸的根源:丁钩儿因为被女司机的丈夫金刚钻捉奸而陷入落魄中,而女司机也因为同另外的情人余一尺通奸而被丁钩儿射杀。同时被杀的余一尺则自述为“市个体户协会主席,省级劳模,一尺酒店总经理,与酒国市二十九名美女发生过性关系”。同样,美食无疑也是正常饮食之外的活动,丁钩儿陷入婴儿宴中就被灌醉,以至于眼睁睁看着生鳞的小妖精掳去了衣物而无法制止。小说对饮食过度的描绘并没有到暴饮暴食为止,更为惊人的是,美食自然地转化成污秽和吃人的境域,似乎污秽和吃人本身就是美食的一个有机组成部分。作为不寻常的吃,美食就很自然地包括了吃动物的生殖器和人肉。这里,孙隆基提出的中国文化内的“口腔文化”和“肛门文化”在《酒国》中牢牢地结合在了一起。

李一斗故事中的“龙凤呈祥”一菜,也就是全驴宴上的公母二驴的生殖器,揭示出

---

① Sigmund Freud(弗洛伊德), *Givilization and Its Discontents*(《文明及其不满》), New York: W. W. Norton, 1961.

② Charles Louis de Secondat Montesquieu(孟德斯鸠), *Considerations on the Causes of the Greatness of the Romans and Their Decline*(《对罗马兴盛和衰亡的思想》), Ithaca, New York: Cornell University Press, 1965.

中国优秀文化包装里的无耻和堕落。《酒国》中最骇人听闻的主题当然是吃人:在酒宴上吃红烧婴儿,在烹饪学院卖肉孩,在课堂上教授如何杀婴做菜。吃人的传统在中国也有漫长的历史。甚至在史前,考古学家发现,北京猿人就已经会在自己的同类身上敲骨吸髓,并用火烧烤自己的兄弟了。[①] 我们当然不能肯定北京猿人的吃人动机是饥饿、复仇,还是美食,但是学术研究表明,由于饥馑所造成的吃人并不是中国人吃人传统的主要因素,有意识的吃人肉显然更值得注意。小说在莫言的醉语中也提及了易牙烹子给齐桓公、李逵和刘备吃人肉的记载。从这条线上看,郑义披露的"文化大革命"中广西吃人事件正是悠久的中国吃人史的一个最近的章节。《酒国》的吃人是源于食物的过剩,而不是短缺,源于一代代中国人竞相追求的世俗享受。这种享受在主流文化里并不遭排斥,相反,它被纳入主流文化内,和社会秩序、道德修养结合在一起。《论语》中就有不少关于饮食与礼的讨论,饮食往往是作为礼的一部分来理解的。这样,中国文化似乎可以看作一个中庸的整体,既是享乐的又是道德的。正如李一斗企图阐明的:"人为什么要长着一张嘴?就是为了吃喝!要让来到咱酒国的人吃好喝好。让他们吃出名堂吃出乐趣吃出瘾。让他们喝出名堂喝出乐趣喝出瘾。让他们明白吃喝并不仅仅是为了维持生命,而是要通过吃喝运动体验人生真味,感悟生命哲学。让他们知道吃和喝不仅是生理活动过程还是精神陶冶过程、美的欣赏过程。"如此动听的美食哲学恰恰是整篇《酒国》所要质疑的。酒国市,这个以美酒、美食闻名的城镇,绝不是一个道德纯粹的乐园,而正是一个腐败的社会。女人们怀孕仅仅是为了作为食品原料出售孩子,当然母爱也蜕化得荡然无存:当小宝(被出售的孩子)因被打和水烫而大哭起来的时候,母亲所关心的竟然是皮肤烫坏或打坏会影响出售的价格。在这里作者似乎提醒我们一个残酷的事实:吃人的文化并不能简单归咎于吃人者,每个文化基质都是其中的一部分,而受害者有时甚至也很可能是帮凶。美食和吃人的同质性表现在烹饪学院教授"我岳母"的课上,这堂课企图在伟大的教育传统和先进的科学文明的基础上解释制作人肉的方法。既然美食横跨了科学与吃人,文明和野蛮的距离被彻底取消。本雅明的名言在这里一语中的:"文明的记录无一不同时也是野蛮的记录。"[②]颓废/颓败于是不仅仅可以理解为欲望的过度,更可以作为文化/文明的过度,理解为欲望的异化。《酒国》的美食主题应当放在中国当代和历代的文学传统中去考察。举例来说,吃在阿城的《棋王》里是作为人的自然活动来描述的,用以抵制社会政治的压抑或机巧。这种非文化的角度当然是从道家或佛家的文化哲学中得来的,它成为"文化大革命"后

---

① Richard Cunningham(康宁翰), *The Place Where the World Ends*: *A Modern Story of Cannibalism and Human Courage*(《世界终结之处》), New York: 1973. pp. 93-94.

② Walter Benjamin(瓦尔特·本雅明), *Illuminations*(《启示》), New York: Schocken Books, 1969. p. 256.

反思潮流中的一剂精神止痛剂。而在刘恒的《狗日的粮食》里,饥荒年代的粮食成为集体心灵中象征性的文化客体,尽管是暂时空缺的客体。两篇作品各自以负面的方式涉及了美食文化,而美食文化都潜在性地起着正面的作用。无疑,在所谓的“新时期”文学中,陆文夫的《美食家》最直接地触及了我们的主题。《美食家》所表达的显然是20世纪80年代初的文化乐观主义,以至于政治乐观主义。主人公朱自冶的美食史似乎也是共和国的政治风云史,我们可以通过他的味觉来测量政治气候。作为口腔文化的出色代表,朱自冶时时传达着平民的喜怒哀乐,这些情感无不包含在口腹的满足或失望中。历史与烹调就这样奇异地交接在一起用以提供一个理想的社会,一个由美食家(即使不是饕餮)组成甚至统治的社会。对于政治动荡中社会文化的沉思就这样让位给文化精华论,从而导致民族的、集体的享乐主义欣快症。从这个意义上说,《酒国》正是对这一类欣快症的中断,在华美的文化旋律中穿插了极为刺耳的音调。它是对80年代中期以来文化乐观主义潮流的警醒,这股潮流忘却了文化实体作为历史形态(而不仅仅是作为精神或感性的抽象现象)的内在噪音。对于美食文化的颓废性的展示似乎至少可以追溯到《金瓶梅》。作为一本既展示又批判市民享乐生活的小说,《金瓶梅》颇为热衷于罗列有关饮食文化的场面。此后的小说经典中,《红楼梦》也写了绝不逊于酒国的排场的大大小小的宴会聚餐。比如史湘云发起的蟹宴(第三十七到第三十九回),贾珍中秋节煮的全猪全羊(第七十五回),都可与酒国的“全驴宴”相媲美。《金瓶梅》、《红楼梦》与《酒国》的亲和性在于这些惊人的美食景观似乎都不过是结构性下倾中间的高潮。当然这两部小说并没有走得太远,相比之下,《西游记》同《酒国》就更为亲近,因为在《西游记》中,吃人的主题几乎一直萦绕在整个情节中。由此可见,李一斗当然完全有理由将他的作品称作“残酷现实主义”或者“妖精现实主义”。妖精千方百计要吃的唐僧肉既鲜美又能延年益寿,成为《西游记》美食文化的集中体现。和《酒国》更有联系的是,《西游记》也多次提及了童子肉的鲜美,甚至有吃一千一百一十一个童子的心肝可以长生的说法(第78回)。正如在这二者之间的另一篇杰作——鲁迅的《狂人日记》一样,《酒国》和《西游记》都可以读作吃人和反吃人的历史。不过,孙悟空的“救救孩子”和救救师父的功绩是《酒国》中的丁钩儿或李一斗无法企及的。李一斗尽管自称是《狂人日记》的继承者,也不能自已爱上岳母——红烧婴儿的发明者。丁钩儿尽管不愿对宴席上的婴儿下手,却一旦听到“这不是婴儿”的承诺,便“扎起一片胳膊,闭闭眼,塞到嘴里。哇,我的天。舌头上的味蕾齐声欢呼,腮上的咬肌抽搐不止,喉咙里伸出一只小手,把那片东西抢走了”。显然,如果鲁迅的狂人是害怕被吃的妄想狂(paranoid),那么丁钩儿则以无法保持一贯的、精神分裂(schizophrenic)的姿态加入了吃人的社团。这里我们可以看到吃人的主题在古典主义、现代主义和后现代主义的作品中的不同处理。在东方式古典主义的《西游记》中,吃人的种种罪恶都最终遭到消灭,人们都最终在危难中获得救助。而现代主义的视点却始终看不到逃离威胁的可能:鲁迅的狂人成为吃人社会的永恒对手,用没有回声的对拯救的呼叫传达终极的理念。那么,莫言的后现代主义版本则不涉及任何目的论的终点,并且拒绝将罪恶看作仅仅是外在的恐吓。丁钩儿和李一斗如此轻易地同吃人社会不可分割,说明了最可怕的危险也许并不来自可感的暴行,而在于暴行的不可触及或难以认知,在于对自身的潜在暴行的一无所知。也就是说,吃人,或任何其他集体或社会暴行,首先必须从个体那里内向地以自我解构的方式去追踪。不然,正如《酒国》所显示的向外寻找罪犯的无效性,消除暴行的努力最终变成对暴行的参与。丁钩儿在沉入茅坑前在吃人宴席上依稀看见自己的面孔,但为时已晚。篇首所引的丁钩儿墓志铭写道:"在混乱和腐败的年代里,弟兄们,不要审判自己的亲兄弟。"我们可以推论,应当审判的只有自我,这个吃人的兄弟社团中的一员。在李一斗所写的短篇《神童》中,小妖精成为反抗吃人社会的暴动领袖,甚至呼吁绝食抗议。然而,小妖精远远没有被描写成英雄式的人物。相反,他是另一个暴君,软硬兼施地在婴儿群体中建立起自己的权威,甚至禁止别的孩子插话。他用同样的残忍咬去不听话的婴儿的耳朵,用手挖出敌人的眼睛。于是在《酒国》里,我们惊人地看到了野蛮的反抗者和受害者(丁钩儿、李一斗、小妖精及其随从者、金元宝及其妻等)的野蛮。严格意义上的自我审判或自我审视意味着没有人能够逃脱对吃人社会的责任:当你计数罪犯的时候,你总会发现另一个多余的人——你自己,正如丁钩儿在淹死前终于发现的那样。

话语的过剩

我已经指出,多余或过剩是《酒国》颓废风格的主要特征。这种多余当然不仅仅是内容上的——诸如暴饮暴食、通奸乱交——也同样是形式上的。从某种意义上说,叙述话语的过剩——或用莫言自己的话说,不节制——成为小说修辞上解构力量的决定性因素。根本的颓废是话语的颓废。"龙凤呈祥"一菜并不仅仅指示了美食文化的污秽性,更重要的是揭示了传统象征话语中自我消解的特质。李一斗所称的用"中华民族的庄严图腾,至高至圣至美之象征"来"化大丑为大美"实际上反而是化大美为大丑。他误用成语来形容龙与凤"含义千千万万可谓罄竹难书",倒显示了无意识中对象征话语的罪恶性的暗示。象征的光彩同成语的贬损互相拆毁了话语性,用语言恶化的方式拒斥了貌似理性的话语统治。我们可以发现小说的整个叙述成为主流话语的极端的冗赘化、无聊化,通过戏仿(parody)的方式使话语的有效性变得十分可疑甚至滑稽。李一斗的《酒精》中对童年金刚钻的描述就充满了这一类的误用、滥用的陈词滥调,用高昂的、颂词般的语言垃圾来解构整个话语体系:

> 那里的一山一水一草一木都将唤起我们对金副部长的敬仰，一种多么亲切的感情啊。想想吧，就是从这穷困破败的村庄里，冉冉升起了一颗照耀酒国的酒星，他的光芒刺着我们的眼睛，使我们热泪盈眶，心潮澎湃……童年时期的痛苦与欢乐、爱情与梦想……连篇累牍行云流水般地涌上他的心头时，他是一种什么样的精神状态？他的步态如何？表情如何？走动时先迈左脚还是先迈右脚？迈右脚时左手在什么位置上？迈左脚时右手在哪里？嘴里有什么味道？血压多少？心率快慢？笑的时候露出牙齿还是不露出牙齿？哭的时候鼻子上有没皱纹？可描可画的太多太多，腹中文辞太少太少。

很明显，主流话语在这里汇成漫无边际的胡言乱语，尽管还带着高尚的辞令。话语性远远溢出了它应有的含义，用可怕的多余性刺痛了我们。同样，某种主流话语特殊的抒情风格一旦与恐怖相应，也更清楚地揭示了话语的罪恶。当丁钩儿到达金刚钻等人的办公楼前时，他在花园里看到的是“葵花朵朵向太阳”，梓木散发出“特有的、甜丝丝的醉人气息”；甚至婴儿市场坐落在有喷泉和啼鸟的地方，金元宝带着他要出售的儿子“如踏入仙苑，周身的每一个细胞都在幸福中颤抖”。而当男婴以特等价格售出时，“元宝激动万分，眼泪差点流出眶外”。毫无疑问，正是高度的话语性使我们在野蛮面前加倍地毛骨悚然，似乎恐惧并不来自野蛮，而是来自话语的过度的文明。这里的过度必然是叙述的夸张（overstatement），它揭露了主流话语的内在功能。如果对于马克思来说，商品的剩余价值是资本主义生产从真正的、创造性的劳动那里的反讽式游离，那么话语的剩余价值便应当看作是语言从真实/真理那里的反讽式出轨。夸张就是话语的剩余价值的修辞特征。总起来看，《酒国》正是一篇话语不断增生的叙述，制造或复制了无数永无可能适应客观现实的话语因子。然而，《酒国》恰恰要处理这个话语的现实：话语的无限繁衍展示为历史衰颓的形式基础。也就是说，历史衰颓结构于话语颓废之中，这种颓废被理解为话语病毒引起的发烧和扩散。这里，主流话语的伟岸风格蜕变成高调的废话、无耻的谎言，它既过于虚弱，又过于强壮：它的虚弱在于它的叙述没有能力把握客观现实，而它的强壮在于它的意识形态优势有能力感召大众。《酒国》中最令人疑惑的可能是金刚钻酒宴上的婴儿一直没有确定是真是假。是莫言在炫人耳目，玩弄花招，或者是在批判的力度前犹疑吗？必须明确的是，莫言在这里恰恰触及了写作的深度：再现（representation）的绝对困境或无能。当莫言不展现给我们一个肯定的、真实的婴儿宴的时候，对罪恶的简单再现便转移为对罪恶的不可再现性的表达，转移为对掩盖罪恶的话语的罪恶性的暗示。这是一种有意的脱漏，避免了现实主义对辩证法的粗陋挪用：没有什么可以通过简单的揭示、否定或清除而达到一个无瑕的更高境界。相反，这种相信罪恶能够被轻易展示而全面规避的倾向恰恰是我们永恒的危险。很明显,罪恶的话语性本身就拒绝了最罪恶的简单认识,因为这种简单认识必然也是同一种话语系统之内的,是罪恶的一部分。只有从话语内部展示出话语自身的形式罅隙,才有可能窥视到罪恶的可憎面目。似真似假的婴儿正是在话语的缝隙中所透露的,指示了话语的无耻和无能。一方面,金刚钻在酒宴上用某种准则、标准的话语站在吃人的对立面从而使吃人的活动变得合理;另一方面,李一斗的岳母在课堂上能够惊人地用同样的话语将吃人的观念纳入话语系统之内。这种话语自身的断裂正是《酒国》的叙述所要提供的:只要话语具有掩饰、移置的功能特权,历史的真实就不可能现实地或再现式地揭示于话语系统之内。叙述便必须转向它自身:演示它自身的话语性,尤其是它在话语内部指认真实的努力的惨败。这就是元叙述的意义。这也就是元叙述为什么必须理解为反叙述,或自我瓦解的叙述,一位叙述自身必须意识到它再现的话语限度和困顿,而不是它的全能。这样,现实就成为不可比拟的,也就是说,不可用话语规范去把握的,这种不可比拟性提醒了我们现实中的持久危险。这是一种没有能力处理现实的危险,因为话语横断了现实和把握现实的愿望之间的通道。李欧塔(Jean-Francois Lyotard)的所谓的"崇高"——相对于和谐的"美"——就存在于这种不可比拟性的概念中,混合了痛楚和快乐:阅读的快感正是来自某种痛楚的因素——对真实的不可再现性、对话语的篡改性的意识,来自话语在压制意识过程中自身的倾覆、失效。这正呼应于周英雄在《酒国》序言末尾的总结性评价:"恐怖、过瘾。"对于李欧塔来说,崇高(sublime)和升华(sublimation)是相反的,后者企图逃避现实与意识之间的不可调和。而这个差异也就存在于《红高粱》的莫言和《酒国》的莫言之间。在《红高粱》里,那种不可再现的东西还是一种怀旧的理念:甚至野蛮和暴行也能转化成悲剧性的和肯定性的。真实的暴行在《酒国》里却变得无法捕捉:它被认知为话语性的,并且过于话语性以至所有的人都被驱动——或更准确地说是迷惑——到这兽行的历史中而无法自我解脱。这似乎就是《酒国》对我们内在历史性的根本洞察。

(原载《上海文化》2009 年第 3 期)

百年苦旅:“吃人”意象的精神对应
——鲁迅《狂人日记》和莫言《酒国》之比较

◇张　磊

一个紧张的身体千百次地重复一个动作:搬动巨石,滚动它并把它推向山顶,但巨石在到达顶峰的瞬间又向着下面的世界滚去——他于是又向山下走去。

——加缪《西西弗的神话》

1918年5月,鲁迅的《狂人日记》一发表就引起当时文坛的轰动,不仅源于《狂人日记》是中国文学史上第一部真正具有现代意义的白话文小说,也在于它是一部“前无古人的文学作品”(沈雁冰语),无论是“表现的深切”还是“格式的特别”(转引自《〈中国新文学大系〉小说二集序》)都堪称中国现代小说的典范。时至80年后的今天,莫言长篇小说《酒国》似乎难觅《狂人日记》当年的那份殊荣,除却封面上一句“一部无法评论的作品”的搪塞之语,我们似乎再也找不到关于这部小说的只言片语;是人们忘记了这部小说,还是这部小说忘记了人们,我们不得而知。然而当我将《酒国》和《狂人日记》齐案并放时,却发现两者在文化背景、意义指涉等方面惊人地相似,就作品本身而言,这两部作品都是我们观照整个20世纪中国小说史投射出来的精神历程不可或缺的一部分,因为从《狂人日记》到《酒国》代表现代知识分子一种艰难的精神传承和跋涉。

一、文本的设置:恶的意向性

背景低调式、场景晦暗化、意境否定性倾向成为《狂人日记》(以下简称《狂》)和《酒国》(以下简称《酒》)文本环境设置的共同取向。《狂》中“狂人”的出场是在一个“全没月光”的阴晦的晚上，人们连同赵家的狗都用异样的目光看“我”，于是“我知道不妙”。这显然是一个生气全无的死相的世界，人们的眼神连同杀气腾腾的凶相一开始便将“我”抑或“狂人”预设性地置入无以复加的叙述环境，忧惧、恐慌、不安和疑虑从这里开始。《酒》中虽然没有设置一个封闭性的叙述环境，但对主人公“丁钩儿”出场作了效果相似的渲染和铺设。酒国“吃婴”的骇闻、检察长神秘的嘱托、儿子莫名的冷淡以及对未来一种无可把握的惶恐将“丁钩儿”拖入了故事的圈套中。“（丁钩儿）身体感受着包围着他的向日葵送给他的威胁。向日葵威胁凉森森的，生着白色的毛刺。”生疏的自然环境包围着特级侦察员丁钩儿，使他分明感到一种来自外界的“凉森森”的威胁。《狂》和《酒》都是以内在的心理环境与外在的客观环境的冲突形式展现文本设置的意向性。即“我”的不安、惶恐、不适来源于自身对周围环境的否定性体认，并由这种否定性的“个人认同”强化对周围环境的否定性情感，从而形成了背景设置的“恶的意向性”。在这里，“恶”不涉及“性恶论”的认识论范畴，而只是作为对《狂》和《酒》中文本环境和故事背景的一种现象学描述，是对人物关系、故事进展所依托的低调场景的一种否定性的说明，因而也就不涉及善恶等价值判断。而这种“意向性”的前提是个体（更确切地说是觉悟的生命个体）的自觉意识的萌生和张扬。也就是说，没有个体的敏锐和觉醒也就不可能有个体对周围环境的否定性认同。《狂》中“我”“不见他，已是三十多年……才知道以前的三十多年，全是发昏”，对既往的否定使“狂人”获得了清醒的意识，并以“审他”的理性形式出现：“赵贵翁的眼色便怪：似乎怕我，似乎想害我。还有七八个人，交头接耳的议论我，又怕我看见。一路上的人，都是如此。……我便从头直冷到脚跟，晓得他们布置，都已妥当了。”《酒》有所不同的是，文本环境的预设（检察长的指示）使主人公“丁钩儿”一开始便以审视者的眼光注视文本的行进——“平头”的殷勤、矿长和书记的热情并没有使“丁钩儿”掉进“共谋”的陷阱：“我是奉同志的命令，前来贵矿调查红烧婴儿事件的，此案事关重大，绝密。”主人公依然以鲜明的“自我”间离“他者”，使之在距离化的条件下保持完整而清醒的个体意识。尽管《狂》中的“狂人”是通过对过去的反省和否定来获得对现实的觉醒和肯定，《酒》中的丁钩儿则是以现实的清醒保持自我的“同一性”，但是两者都以维持自我的主体意识为指归，并以主体意识的观照显示出文本的精神流向，使主体具有了前所未有的怀疑精神，这是对于“恶”的否定性批判意识。正如有的学者指出的，“狂人”作为一种隐喻形象实际上是“怀疑者”。他对阴险的社会环境的质疑、对沉闷的家庭氛围的质疑无不显示出“狂人”的怀疑精神，这种决绝的怀疑精神在《酒》中被移植到了丁钩儿身上。深入酒国“虎穴”之后，无论“吃婴”真假与否，他都保持着高度的警惕，他试图拒绝饮酒，并把酒国的一切人都先验地视为“吃婴”的共谋者或参与者。那把“真正的手枪”在这里具有了真正的抽象意义，它作为一种警示的力量而存在，并在“自我”最犹豫的时刻执行着道德训诫的功能。所以每次醉酒，丁钩儿只要摸摸包里的手枪就会摆脱道德的自责进入精神的安宁。“手枪”作为主人公保持怀疑精神、避免精神堕落的最后手段穿行于文本之间。无论《狂》还是《酒》，怀疑精神不仅是“自我”对“他人即地狱”背景环境的判断能力，更是对自我“生存危机”的体认。“生存危机”无论在《狂》还是在《酒》中都不是以群体意识形态的方式出现的，而是个体的生存危机；群体意识是作为个体意识的反面参照而出现的，即正是有了“个体意识”对“群体意识”的回避和逃逸，才有了“个体生存危机”的产生（当然，前提依然是个体意识的觉醒）。《狂》中“狂人”试图摆脱别人异样的眼光却无法避免“被吃”的危机；而《酒》中的丁钩儿时刻提醒着自己，却“宿命般地感觉到：我的真正的敌手出现了”。所以他们不约而同地陷入了同一种境地：当他们以决绝的怀疑精神质疑周围世界时，他们本身就已经置身于被质疑者的行列中了。一方面他们是怀疑者，另一方面又是“自我怀疑者”；一方面在“他审”中完成自我的确立，另一方面又要在“自审”中消解自我的确立。这是一种否定之否定的理性批判精神，高扬了一个“人的神话”——“狂人”：“吃人的是我哥哥！我是吃人的人的兄弟！”他（丁钩儿）的“意识和肉体背道而驰，意识高叫：不准喝！手却把酒倒进嘴里”——这种两难的现实境遇将“狂人”和“丁钩儿”置于无法自救的深刻危机中，抛向“恶的无限性”的边缘，陷入生命的二元背反中。

二、文本的建构：生存悖论模式

“吃”（看）与“被吃”（被看）是《狂人日记》和《酒国》共有的文体结构模式。《狂》依照狂人的心理流动将十三则“语颇错杂无伦次”的日记连缀起来。“狂人”的清醒是从发现自己面临“被吃”的境地开始的，“我也是人，他们想要吃我了”是狂人震破天宇的呐喊，也是对自身境遇的清醒的认识。伴随其自省意识的不断澄明，狂人也越来越深刻地认识到自己又掉入了“吃人”的陷阱，“四千年来时时吃人的地方，今天才明白，我也在其中混了多年”。既是“被吃”也要“吃人”，既是“被吃”的对象，也是“吃人”的主体，这种二元背反模式又被莫言平移到《酒》中。酒国盛传官员吃掉无数婴儿。侦察员丁钩儿奉命前往酒国调查。尽管精明干练而富有经验，丁钩儿还是抵御不住“金刚钻”的凌厉攻势，在似醉非醉中“误食”了“红烧婴儿”，彻底陷入了“吃人”的尴尬中。与《狂》的不同之处在于，主人公丁钩儿的“被吃”不是以具象化的直接形式表现出来，而是通过背景的渲染、关系的设置隐喻在“酒国”的人情世故中。后者的“被吃”较前者而言更具有抽象的意义。或者说，这里的“被吃”意味着一种意识形态（以“金刚钻”为代表)对另一种意识形态(以丁钩儿为代表)的同化作用。实际上丁钩儿的“吃人”同时也意味着“被吃”,“吃人”只不过是“被吃”的前奏和必要仪式。由此可见,《狂》中狂人的清醒是从“被吃”→“吃”,而《酒》中丁钩儿的迷沌则是从“吃”→“被吃”,两者成背向流动状态。前者是对后者的正面导引,后者是对前者的反面确证;前者是后者的自然原因,而后者又是前者的必然结果。两部作品在文体结构上相反相成,共同构成意义互补的态势,从而构成“看与被看”潜层悖论模式(相对于“吃与被吃”的显层悖论模式而言)。狂人总是生活在他人的眼光之下,“自己想吃人,又怕被别人吃了,都用着疑心极深的眼光,面面相觑”。在别人的注视中,狂人明白了“被吃”的必然和“吃人”的无奈,“我未必无意之中,不吃了我妹子的几片肉”。无论是赵贵翁的眼色,还是别人的议论,无论是女人“咬你几口”的话,还是一伙“青面獠牙”人的笑,都将狂人置于对象物的境地上,无论愿不愿意都是“他人”观照的对象,所以在狂人看来,“他们似乎别有心思”。在《狂》中“我”或“狂人”既是“看”的主体,也是“被看”的对象,自我和他人都被放在同一坐标轴内,仿佛是关于原点对称的两个对应点,可以随时被置换和更替。《酒》中丁钩儿是以“看者”的形象出现的,他要以自己的眼光判断酒国“吃婴”案的真伪。然而随着文本的演进,他却在一次醉酒后因误食红烧婴儿成为被嘲笑、讽刺和审视的对象,成为地道的“被看者”。正如金刚钻所说的:“如果我们是吃人野兽,那么,你也是吃人野兽了!”“酒肉计”、“美人计”使侦察员丁钩儿陷入万劫不复之中,所以他要逃避,“他的感觉沿着墙壁飞翔”。然而正如狂人一样,丁钩儿也逃不出生命的悖论。从“吃”与“被吃”到“看”与“被看”,两种文本都从浅层背反模式进入深层背反模式;从“逃”到“逃逸不出”就进入了生存的背反模式中。如果说前两者是从文本层面上来理解的,那么后者则是从精神层面上来阐发的。这是生存的悖论,更是历史的悖论。一方面,一个独立的个体或意识是无法孤立存在的,他需要对象化的肯定,只有在对象的映照下才能确认自己的存在,只有在他人的关系中才能使个体的存在显现出来。如果没有大哥、赵贵翁、陈老五的存在,狂人不可能成为狂人;没有金刚钻、矿长、书记的对照,丁钩儿的存在也就毫无意义。另一方面,“他人”的存在也是对“自我”存在的最大威胁。大哥、赵贵翁等一干人的最终目的就是“吃掉我”,而金刚钻、矿长等酒国官僚的“善意热情”也因带有“同化”的意图而显得假意和虚伪。这是狂人和丁钩儿对自我生存环境的体认,也是对“他者”生存环境的规避。同时这又是一种“共在”的生存悖论模式,就像自然界的生物链,既相互依存又相互排斥,共同构建了一种具有象征意味的氛围,含有着极大的包容性。

需要指出的是,这种共在的生存模式——“吃与被吃”、“看与被看”在鲁迅的《狂人日记》中既发生在民众与启蒙者之间,也发生在落后的民众之间。“吃人”的“人”从表面意义上来理解不仅仅指“我”或狂人自己，也指“我妹子”一样的普通人；或者说最可悲的正是普通人之间的“吃与被吃”、“看与被看”，他们如久入鲍鱼之肆，已经“久而不闻其臭”了。麻木不仁、呆讷已经成为这些人最普遍的精神状态。生存的这种普范性精神状态之下的狂人便具有了高标独立、卓尔不群的精神指向，他要唤醒的是整个人群，所要反抗的是布满“死相”的精神世界。鲁迅以一个单一的人物形象承载起反抗“绝望”的历史使命，既是一次大胆的文本尝试，也是无可奈何的选择。这使得“狂人”作为“叛逆”和“另类”更具有了社会批判者的内涵，富有了“立意在反抗，指归在动作”[①]的摩罗精神。从思想内涵来看，无论《狂》还是《酒》都是建立在对现实批判和否定的基础上的，莫言笔下的丁钩儿似乎也具有某种反省精神和批判思维，像对“吃婴”的深恶痛绝、对使命的高度负责、对金刚钻等人的心理戒备以及临危不惧的气概的渲染，作家也在试图以丰满人物形象的技法显现某种精神的“在场”，以达到统摄整部作品精神流向的目的。但是我们看到，由于文本对这一人物形象的人性“同一性”（七情六欲皆有于我哉）过多关注，人物在不断丰满自我形象的同时，其背后的意义却在不断流失。鲁迅创造了不完整的“人”（狂人）却建立了人物背后完整的意义，而莫言塑造了一个完整的“人”（丁钩儿）却失却了一种完整的意义。从这个层面上讲，鲁迅的“狂人”要比莫言的“丁钩儿”的哲学和人本内涵更加深远和浓郁。这也许是鲁迅和《狂人日记》永远无法超越的意义所在。

三、文本的颠覆：反讽的演练

《狂人日记》不仅以内容而且以形式对中国旧文学进行了一次整体性的颠覆。白话文的正式应用、视角的多重并进以及反讽的演练都为以后的现代白话文小说开创了良好的范例。尤其是反讽手法的应用。所谓“反讽”，简单地说就是言在此而意在彼，形成互相嘲弄的文本氛围。《狂》开篇使用文言文，而“我”或狂人的自我陈述是用白话文完成的。一文一白，两种语言系统前后呼应、互相嘲弄。有意思的是，与文言文对应的陈述主体是痊愈后具有“正常人”理性思维的“某君昆仲”，而与白话文对应的则是“语颇错杂无伦次”的意识混乱的狂人。如果说狂人意象是对“昆仲”意象的反讽，那么狂人的“发昏”便是对“昆仲”“清醒”的反讽。表面上是以狂人的“发昏”衬托某君的“清醒”，实则是讽喻某君及其代表的社会意识形态的“发昏”，并以此反衬出狂人先知先觉的清醒意识。这种小说表现手法的运用，确实使小说收到了事半功倍的效果。应当指

① 《鲁迅全集》，人民文学出版社 1981 年版，第 66、417 页。

出的是,“反讽”的前提依然是“反省”(自我意识的反省),没有立足自身的深刻“反省”也就不可能有“反讽”的成功运用。因为任何反讽都是以主体意识与客体意义的背反形式出现的。也正如《酒》中对反讽手法的运用,主要从两个方面着手:一是采用意象反讽,二是采用结构反讽。前者主要是从意象的选择和使用入手,挖掘意象的象征意义,形成反讽倾向。“酒国”这个题目的设置本身就体现了这种意象反讽的意图。“国”无疑是意识形态具象化的体现,而“酒”作为一种饮食文化的载体却戏剧性地纳入了意识形态的范畴,小说第五章借“矮人酒店”掌柜余一尺的嘴道出了酒的“意识形态”身份:“你知道酒是什么?酒是一种液体。屁!……酒是国家机器的润滑剂,没有它,机器就不能正常运转!”“酒”已经挣脱出特种角色的限制,被抽象为某种意识形态的代言人。在这里,“酒”和“国”及其背后的文化内涵构成了一种反讽结构,并作为整部小说的背景设置张溢在文本之后。

如果说《酒》的意象反讽是从反讽的微观结构功能出发的,那么结构反讽则是就反讽的宏观结构功能而言的。莫言在《酒》中依然显示着其强烈的主观创造性,大胆“使用一切手段,不管旧的还是新的,行之有素的,还是未经尝试的,来源艺术的,还是来源于其他的,艺术化地交到人们手里就行”(布莱希特语),突出表现在结构的大开大阖上,采用了“故事圈套”的叙述策略。《酒》的文本行进依托三个环环相扣、相互兼容的故事框架或者说是叙述框架。最基层的故事框架是省人民检察院特级侦察员丁钩儿到酒国市调查市里官员吃“红烧婴儿”案件的过程。在这个框架中,丁钩儿、金刚钻、矿长等人物构成了故事的关系网,并以丁钩儿的个人遭际勾画出酒国的基本生活状态。套在这个基本故事框架之外的是酒国酿造学院勾兑专业博士李一斗创作的九篇小故事。这九篇故事构成一个大的叙述框架和结构,作为基层故事框架的补充说明而潜行其下,揭示出酒国基本生活状态的背景;最外层故事框架(叙述框架)是由“李一斗”和“莫言”的以直接交流形式(书信往来、相约会面)完成的文本对话结构。在第三层框架中,“李一斗”和“莫言”都超越文本,自由地穿越其间。他们的对话形成了对一、二叙述框架的批评态势,起到了监督、解释和评论的作用。从第一层故事(叙述)框架到第三层故事(叙述)框架,前者均是后者的“虚像表达”,后者又均是前者的“实像再现”。像第一故事层中的丁钩儿始终缠绕在“吃婴事件”的有无上,以致陷入了自我毁灭的境地。而在第二故事层中,李一斗的《肉孩》一文已经交代得确定无误。再如第二故事层的《一尺英豪》中“一尺英豪”是以多重身份出场的,“一会是酒店的伙计,一会是神出鬼没的鱼鳞少侠,一会是杂耍班子里的小丑”,一会“又是威风凛凛的酒店经理”——“真真假假、变化多端”。而在第三叙述层中,“一尺英豪”现身为酒店经理。故事(叙述)与故事(叙述)之间的这种“虚实相对”的模式就形成了《酒》中的结构反讽。这里的结构反讽不同于意象反讽，不是以反向对照的形式出现，而是以正面兼容、互为补充的方式（故事圈套）展现出一种荒诞与真实。

无论是“意象反讽”还是“结构反讽”都是对反讽结构的一种新的阐释和开拓。它使叙述者不再站在“文本统一”的基点上俯视整部作品，而是通过叙述者的“不在场”（多结构、多视角）谋求文本意义的“在场”（多元化、多角度），不仅使文本结构由扁平走向立体，也使文本阐释的可能性由单一走向多元，并由此带来了视角的多重性。《狂》中采用了包括作家本人在内的三重视角（鲁迅、“余”、“我”），而《酒》的三层故事（叙述）结构的划分实际上也代表了三重视角的划分，只不过一、二故事（叙述）层在第三层中合而为一，相互弥合。从这个意义上讲，谋求文体的多元化，形成现代小说独有的叙述张力，“使人物和环境获得最大可能的立体感，使故事活动起来，获得一种生命的力量”（巴尔加斯语）是《狂》和《酒》的共同追求。

四、文本的超越：现代性的思考

海外学者李欧梵先生认为，所谓的“现代”是“与过去相对立的一种当代的时间意识”[①]。我所理解的“现代性”在历时态上至少要保持“现代”的内涵，在共时性上主要指民族和社会的现代化——建设更新、更美好的未来社会，而思想意识的现代性是“现代性”的前提和核心。从这个意义上讲，对现代性的思考，追求民族、国家和社会的现代化是《狂》和《酒》超越文本之外的共同价值趋向。《狂》和《酒》中对现代性的思考都是以反思和改造的方式进行的。“反思”是对历史和现状的反思，“改造”是对历史和现状的改造。无论在《狂》还是《酒》中“反思”都是作为一种坚定的行动来完成，“改造”又都是作为一种良好的愿望来表达。前者是物质操作层面的，后者则属于精神理想层面；前者是后者的必要前提，而后者又是前者的必然结果。狂人以自己异于“族人”的“反常”方式进行社会和自我的反思，“救救孩子”是反思之后的强烈呐喊；丁钩儿的反思不是以意识猛醒的方式进行，而是表现为一种“自我提醒”式的精神“常备态”，无论醉在那里，他都能溢出自我的躯体进行理性的辨识（如“遭遇惯偷”、“逃脱肉弹”），而最终的“妒忌杀人”和“陷入疯狂”是这种长期精神积淀的必然结局。需要指出的是，尽管《狂》和《酒》的“反思”与“改造”在精神指归和意义认同上具有大体的一致性，但两者的立足点却大相径庭。就“反思”而言，前者是对传统的反思，而后者则是对现实的反思。《狂》诞生于“五四”前夕，这是一个新旧交替的时代，以西方现代文明烛照中国传统文

① 李欧梵：《现代性的追求》，三联书店2000年版，第234页。

明成为一代知识者不约而同的情感价值取向。作为新时代的第一篇白话文,《狂》自然地承担起了这一历史重任,“反思传统”成为《狂》最鲜明的时代特征。小说借狂人的眼睛发现中国的历史“满本都写着两个字是——吃人”,于是发出了“从来如此,便对吗”的历史质疑。这既是对传统的质疑和批判,也是建立在理性基础上的清醒意识。《酒》的批判对象已经由传统平移到了现实之中。人物的现实身份、场景的现实设置、文本的现实对话都具有了最现实的内涵,使整部小说像一个巨大的象征体呈现在读者面前。这种象征性来源于文本和现实在真实与荒诞之间的意义置换。即文本是荒诞的但却是真实的,而现实是真实的但却是荒诞的;文本的真实来源于现实的真实,而文本的荒诞也来源于现实的荒诞。文本与现实形成互证的意义结构,使文本“反思现实”的价值凸显出来。君不见现实世界中觥筹交错,喝坏了党风、喝出了腐败的现象比比皆是吗?《酒》正是作家以强烈的责任感发出的对现实最深切的忧虑之音。就“改造”而言,鲁迅将《狂》的基点置于改造国民性上,而《酒》则在改造社会现实的基点上。鲁迅在《呐喊·自序》中说:“凡是愚弱的国民,即使体格如何健全,如何茁壮,也只能做毫无意义的示众的材料和看客……所以我们的第一要著,是在改变他们的精神……”这种精神“要著”也就成为《狂》的创作初衷。《狂》中最可怕的不是“我”的“被吃”,而是众人陷在“吃”和“被吃”的生存危机中却浑然不觉,依然麻木地做着“吃人”的刽子手和“被吃”的牺牲品。这种病态的人性意识、畸形的人格倾向构成了数千年积淀而成的国民性格的主体,“仁义道德”是它的核心。所以《狂》将社会批判的目光鲜明地指向了掩藏于历史表象之下的虚伪的伦理道德,使这种批判意识带有鲜明的伦理价值色彩。《酒》由于一开始就将反思定位在现实基点上,因此在批判国民性的问题上并没有鲁迅走得那么远。莫言依然我行我素地用“改造”的神话给现实编织一个玫瑰色的梦。作家在《酒》中进行的社会批判不是以精神批判的面目出现,而是依然遵循着当下文坛“社会—政治”的批判模式行进。也就是说,莫言更关心的是社会政治现状,而不是诸如“国民性”等形而上的问题。从这个意义上讲,莫言又是“最民间”的。我们可以打个简单的比方,莫言的《酒》可以改编成电影或电视剧,捧个“戛纳奖”,而鲁迅的《狂》却不能。因为我们可以演绎社会政治剧,却无法编排一个抽象的伦理象征剧。需要指出的是,莫言在《酒》中也试图像鲁迅那样涉及国民性改造的问题,但进行的依然是早期(《红高粱》)的“种”的改造的神话。《酒》第七章旁逸斜出的《采燕》叙述了一个家族(李一斗岳母袁美丽的家族)不畏风险采集燕窝的生活历程。从作家在这里极尽渲染“采燕”的危险和“采燕人”不畏艰险的精神,我们也似乎寻到了某种精神重建的气息,然而故事似乎刚开始便戛然而止,不仅没有达到预设的目的,反而破坏了文本的完整。正如小说中李一斗的自我解嘲:“这是一篇远离政治、远离首都的小说。”正道出了作家的思想尴尬。这种文本尝试的失败虽然存在，我们却不能因此而忽略了整部小说的价值和意义。

《狂》和《酒》虽然在社会批判反思和改造的具体路径上不同，但两者都是以中国社会的现代化为旨归的。前者寻求的是"国民性"的改造，以期建立健全国民性格；后者则是注重社会政治现实的转变，以期建立健全合理的社会体制。前者着眼于人，后者则着眼于社会。前者追寻的是人的现代化，后者重视的是社会的现代化。虽然道路不同，但目标却是一致的。鲁迅和莫言作为真正现代意义上的作家，不断地以个性化的体验进行现代性的思考，如同其他有责任感的作家，他们像西西弗一样不断地重复着同一种劳动，以求以自身的行动生发出深刻的现代启示，呈现出一种精神跋涉的姿态。

（原载《鲁迅研究月刊》2002 年第 5 期）

一种孤独远行的尝试

——《酒国》之于莫言小说的创新意义

◇黄善明

2000年初，在完成对十年前旧作的整体性修改后，莫言推出长篇小说《酒国》，小说在创作心态、叙事模式、形象设置和主题话语等诸多方面表现出创新意义。然而。近一年来，这部颇为作家本人看重的作品始终未获可以期许的解读和令人信服的阐释，陷入无人问津的尴尬境地。本文试就这一现象切入思考并在上述相关方面对小说作出论述。

一、《酒国》的创作心态：摆脱“合谋”的企图

回顾世纪末中国文坛，小说家莫言的创作生命力似乎特别坚韧：无论是作为“新潮”小说卓尔不群的开路先锋，还是作为“新潮”还俗后名利赫然的文坛大腕，莫言都以丰硕而独特的小说创作显示了自己不可或缺的存在价值和样板意义。也许正是因为这种双重的作家声望和创作资历，莫言和他的小说始终成为评论研究的重点课题、媒体报道的跟踪热点和书商、编辑的追逐对象。显然，在娱乐业、评论圈、新闻界和出版商“合谋”制造文学事件已经成为公开秘密的今天，莫言的“投资价值”是无可挑剔的：急需观众的影视导演常常能挖到足以“煽情”的题材故事，嗅觉灵敏的评论家可以轻易获得印证研究的理论“话语”，渴望轰动效应的新闻记者也不难找到令读者痴迷的“兴奋点”，而期待畅销热卖的出版商更看好莫言小说带来的丰厚利润。当王朔以走上影视的方式一举成名以后，莫言的出现便有了更为从容不迫的“合谋”技术，之后苏童、刘恒等人的崛起更是这种“合谋”的成功翻版。由此而后，“莫言现象”应运而生，成为当下中国作家走向成功的经典标志；同时，它也使“合谋”合法化，成为作家获得声名和资

历的“生存法则”。时至今日，莫言身后的追随者们大都如醉如痴地实践着这样的生存策略，而且“合谋”的手法也迅速变得直接露骨：从签约出书到挂名出书，从旧作改版到一稿多版，花样多变，手法各异；许多被“合谋”推出的文坛新人甚至已经可以娴熟自如而且心安理得地用自己的青春玉照来充填“小说”的文本内容！我难于断定这种文学游戏对于现在已经变得越来越年轻的小说家们究竟意味着什么，也无法推测它还能维持多久。但游戏的结局不难想象：一旦“合谋”破产，留给小说家们的必定是被读者抛弃的失落和创作力衰退的辛酸。

我不知道作为“莫言现象”缔造者的莫言本人对于“合谋”的追随还有多大兴趣，但可以肯定的是摆脱这种追随相当艰难：他之委身为张艺谋的“写作妃子”，显然缘于对“影视情结”的痴迷；而旧作改版的出书策略，也不无来自“畅销情结”的诱惑。[①] 但令人欣慰的是，莫言显然已经意识到“还俗”的冒险和危险，有意地调转了创作方向。他坦言近年来“写作时的心境发生了很大的变化”[②]，重新确认“现在小说确实变成了生命的重要组成部分”[③]。如果我可以就此断言莫言近阶段创作心态的转变，那么“莫言现象”的另一个“同谋”者刘恒的宣告或许更为直接明了：“只图就近一变，尽早把自己从井里捞出来。”[④]从这个意义上来说，2000 年初莫言推出长篇小说《酒国》(包括同期出版的中篇集《师傅越来越幽默》)，大约可以算作这种“转变”的尝试。

但颇具讽刺意味的是：这部为作家本人十分看重、在出版时显然还进行了精心“包装”的长篇，并没有获得文学界的认可和接受，甚至连最起码的“畅销”效应——这也许是凭借莫言于当下中国文坛的“腕”级声名可以享受的最低待遇——也没有得到。尽管《酒国》确实在某种程度上表现了作家“勾勒汉民族的‘心灵史’”(见小说封底语录)的企图，而且在更深广的意义上，它代表了作家颠覆“合谋”、寻求艺术创新的尝试——关于这一点，下文将给出实质性阐述——但是，《酒国》问世一年来，包括评论圈、新闻界和读者层在内的整个“接受系统”对它始终表现出惊人一致的冷漠和隔阂。显然，按当今文坛的“市场行情”来推断，《酒国》已经陷入一个无法破解的“悖论”：它要么是一次完全的失败，那么我有理由看到对于它的批判；要么是一次成功的创新，那么我不难找到对于它的褒扬；要么又是一次无谓的“合谋”，那么它至少应该享受“热卖”的礼遇；但一年来除了令人尴尬的沉默，我什么也没有发现。

在此我无意纠缠《酒国》的困境，我更感兴趣的是这种困境对于莫言小说创作的

---

① 参见吴义勤：《中国当代新潮小说论》，江苏文艺出版社 1997 年版，第 448～449 页。

② 莫言：《师傅越来越幽默・后记》，解放军文艺出版社 2000 年版。

③ 《在写作中发现检讨自我——莫言访谈录》，《艺术广角》1999 年第 4 期。

④ 刘恒：《拳圣・后记》，解放军文艺出版社 2000 年版。

"启示"意义。在我看来,使《酒国》陷入困境的根本原因,正在于小说文本所显明的叙事模式的怪异、主题话语的诡秘、人物形象的荒诞和体式语言的奇峭,而所有这一切"创新"之举,实实在在地表明:莫言已经"触犯"了"合谋"所规定的游戏规则。这就意味着:不管这种"触犯"是有意还是无意,莫言和他的《酒国》被抛弃的命运已经无法逃脱。如果说"莫言现象"代表了当下中国作家普遍认同的生存形态,那么对于"合谋"的参与和配合无疑已经成为他们必须遵守的游戏规则。而任何对于这一规则的背叛与颠覆,必将遭遇被冷落、被抛弃的命运。在这个意义上,莫言及其《酒国》的困境,也许代表了莫言试图摆脱"合谋"游戏必须付出的代价。

我无法给予莫言的创作以更为深远的预言,但我敢于断定《酒国》之于莫言的"非常"意义:作为一部"不合时宜"的作品,《酒国》恰恰代表了莫言创作心态的新变——一种摆脱"合谋"的企图,一种孤独远行的尝试。

二、《酒国》的叙事模式:建构崭新的"把握方式"

谈到莫言小说,多元合一的叙事模式大约可以算作他作为"新潮"作家最具"革命"意义的独创性成就。"红高粱系列"中历史与现实交错、时间与空间融合的追溯方式,曾倾倒无数读者,而《丰乳肥臀》里将叙述者、经历者、评判人合而为一的铺叙手法,至今使人回味无穷。有人将这种多元合一的叙事模式追认为"民间叙述",断言莫言"以一种'民间身份'去叙述乡间社会中的人物和所发生的事件"①;或者凭了莫言"素有讲'奇'述'怪'的习惯"而确信他采用了所谓"传奇之笔法"②。

事实上,对于研究者们一直十分看重的表现于莫言笔下的"历史"(人物事件),莫言未必在意;即使顾及,那也只是他纯粹一己方式的"个人心目中的历史"③。对于莫言来说,重要的不是人物、事件,而是由那些人物、事件所激发的在个人心目中萦绕腾涌、挥之不去的历史体验和感受。因此,莫言笔下的"历史",不过是一种由历史蜕变而成的心灵史、情感史和体验史。当莫言沉浸于历史的追溯中,他既是历史的叙说者,又是历史的见证者,更是历史的审判者。他所追求的,远非历史(人物事件)的复活或还原,而是一种历史的形而上的超越,超越的目的仍然在于对"今天"的诉说。

但问题还在于,历史就其本质而言恰恰又意味着十分有限且过于狭隘的经验,意味着束缚心灵的羁绊,意味着超越的艰难。因而所谓的超越,只能以历史审视角度与

① 王光东:《民间的现代之子》,《当代作家评论》2000 年第 5 期。
② 周春玲:《变化中的莫言》,《当代作家评论》2000 年第 5 期。
③ 李子顺、庚钟银:《在写作中发现检讨自我——莫言访谈录》,《艺术广角》1999 年第 4 期。

书写方式的变换来实现。至此,我们不难理解莫言笔下多元叙事的真正"奥秘"所在:在莫言那里,历史的叙述仅仅是一种假借的手段,历史的摆脱才成为最终的目的,正如他自己说明的那样:"故事的意义崩溃之后,一种关于人生的、关于世界的崭新的把握方式产生了。"①关于这一点,莫言的同路人余华甚至有过更为露骨的表白:"人类自身的肤浅来自经验的局限和对于精神的疏远,只有脱离常识、背弃现状世界提供的秩序和逻辑,才能自由地接近真实。"②

从莫言的创作历程考察,"红高粱系列"无疑代表了多元合一叙事模式的成熟。《丰乳肥臀》则可以算作它的定型,而到了《酒国》,我们可以发现它的新变:

第一,时空背景的多元化。多元合一的叙事策略,就是从根本上消解叙述过程中时空背景的制约功能,让时态的切换和场景的转移完全服从于"叙事人"(实即包括了叙述者、经历者和评判者三重叙述身份在内的创作主体)的精神活动。追究起来,这种抛弃时空背景的做法固然可以获得叙述的绝对自由,但对于阅读的抗拒和伤害是不可回避的。在《酒国》中,莫言似乎急于"补偿"此前的忽视,竟用了三个完整的时空结构(形成三个互相关联的文本系统)来支撑小说的叙事模式。

结构一:叙述省人民检察院高级侦察员丁钩儿在酒国市的办案经过。这一系统代表酒国市的外在(表层)生活状态。

结构二:叙述以专业作家身份出现的莫言和酒国市业余作家李一斗的通信来往。这一系统代表了作为生活和艺术"中介"的创作主体(作家)的内外在生活状态。

结构三:以李一斗的九篇小说进一步补充系统一、二中相关人物和事件的背景、细节。这一系统代表酒国市内在(深层)生活状态。

这三重时空结构在小说中互相穿插、互为补充,立体化刻画出"酒国"市真假难分、正邪莫辨的世态人相,恰如其分地传达出一种"荒诞的真实"。

第二,"叙事人"角色退出,代之于相对完整的情节线。"叙事人"角色的设置和强化,原是新潮小说叙事策略的身份"标签",后来被广泛运用。时至今日,几乎成了小说家们用来对付故事的看家本领——好像孙悟空手里的金箍棒,战无不胜,所向无敌。我甚至怀疑如今究竟还有多少人能够心平气和、从容不迫地编写故事、设计情节。虽然在很长一段时间里我一直为新潮小说的叙事革命而欢欣鼓舞——那种质态鲜活、神韵飞扬且高度个人化的历史意识到今天仍让人回味不已——但现在,不能不对此怀有深深的介意。显然,对于已经变得越来越琐碎直观的当下生活形态而言,小说已经难于躲避时间和空间的确定性。这就意味着:用人物故事的充分历史化和高度戏剧化来

① 莫言:《会唱歌的墙·清醒的说梦者》,人民日报出版社1998年版。
② 余华:《我能否相信自己·虚伪的作品》,人民日报出版社1998年版。

营造的“叙事人”角色，从根本上难于承担叙说“今天”的使命。据此而言，长篇小说《天堂蒜薹之歌》里高度“纪实化”的叙述笔法的采用，绝非偶尔为之，当是出于作家的自觉选择。

但《酒国》让我们重新领略了编织故事的技巧和魅力。在小说中，作者彻底舍弃了“叙事人”的角色。用两条情节线来串联故事、刻画人物。第一条情节线(主线)出现在小说的第一时空结构即第一文本系统，这条情节线写高级侦察员丁钩儿在酒国市的办案经过：“大名鼎鼎”的“王牌侦察员”丁钩儿接上级命令，赴酒国市调查“杀食婴儿”的重大案件。他搭乘一辆运煤卡车来到位于酒国市郊的罗山煤矿着手调查。小说通过丁钩儿波澜起伏的破案经过，写出了一个个妙趣横生的故事，如：恶斗门卫——糊涂入席——被骗食婴——醉倒矿山——遭遇惯偷——跌入艳遇——现场捉奸——逃脱肉弹——游荡街头——妒忌杀人——陷入疯狂。第二条情节线(辅线)出现在小说的第二时空结构即第二文本系统，这条情节线写专业作家莫言和酒国市业余作家李一斗的交往经过：文学青年李一斗倾慕莫言的才华和声名，写信拜师求教，寄上自己创作的小说，希望获得莫言的指点和推荐。小说通过他们的书信来往，表现了李一斗起伏不定的都市生活境遇和专业作家莫言在体制内外徘徊游离的生活状态，即李一斗“拜师——还俗”和莫言“收徒——下山”的情感移位历程。

值得注意的是，莫言在小说里以真实姓名和身份加入了叙述过程。这种叙事策略，原本就是新潮作家的叙事“专利”：它的成熟和定型，大概应归功于马原和洪峰；就莫言而言，用来并不顺手。追究起来，一如大汉绣花，看的比用的还累。《酒国》里的“莫言”，也只是一个身份的标签，换上张三、李四一样有意义。作家用这个“莫言”，代表一种位于《国民文学》的“编辑老爷们”与业余作家李一斗之间的自由作家身份，以此和李一斗形成一种“离间效应”。这样做的目的，无非是为了营造莫言所谓的“古怪的感觉”①，烘托小说封面言称的那个“真实与虚幻迷宫”。

第三，叙事结构的匀称和工整。一位研究者盛赞《酒国》拥有“艺术上的完美性”(见小说封底语录)。而在我看来，把这样的称誉给予文本的叙事结构或许更有意义。莫言一贯的叙事策略，即是对于结构的把握采取一种信马由缰、无为而治的态度。即如他的成名作《红高粱》，用系列小说的形式串联一方土地的生活史，结构上的松散随意已初露端倪。到了《丰乳肥臀》，以上官金童的特定视角展现高密东北乡大栏镇近百年“丰乳肥臀们”(上官家三代女性)的生活史，前半部的血肉丰满和后半部的仓促草率形成了鲜明的对照。结构上的缺憾一览无余——就像一个丰乳肥臀的女子长了一双令人恶心的罗圈腿。相比之下，《酒国》的结构不可同日而语：小说以三个相对独立的

① 李子顺、庚钟银：《在写作中发现检讨自我——莫言访谈录》，《艺术广角》1999年第4期。

文本系统构建起一个叙事空间，展现酒国市的表层、深层和精神三个生活面；让两条情节线穿起相关人物、事件。每一个时间单元搭载一个生活片断，两线分头演进、环环相扣，最后双线合一，从容煞尾——如此精致地“打磨”结构，在莫言小说创作过程中几乎绝无仅有。

从叙事模式考察，莫言小说的创新意义是不言而喻的：时空背景的多元化，用情节线替代叙事人的叙事策略和叙事结构的精心设计，无一不是作者的首次尝试。在某种意义上，它们或许代表了莫言所苦苦追求的那种“崭新的把握方式”。

三、《酒国》的形象设置：寄托现在的“思想感情”

就人物形象的艺术价值而言，将来的文学史无疑应该记下莫言笔下那些“历史的‘边缘性人物’”。作为一群“被历史主流排斥在外”的“野蛮族群”[①]，莫言对他们生命意志的开掘和生存方式的描写，显然具有开创性意义。但应该看到，莫言小说的人物从根本上来说是一种历史人物，与我们今天的生活相距甚远。如果说历史的距离感和模糊感确实给莫言提供了“虚构历史”[②]的方便和机会，那么我相信，随着莫言对当下生活表现的贴近，如何塑造人物仍然是一个不容忽视的课题。从这个意义上来说，《酒国》中以丁钩儿和李一斗为首的形象群体，是值得玩味的。

丁钩儿的形象出现在小说的第一文本系统中，作者通过丁钩儿的破案经过，让他完成了自己言行、心理的“表演”。

大名鼎鼎的“王牌侦察员”丁钩儿接上级命令，离开省城赴酒国市调查杀食婴儿的重大案件。他搭乘一辆运煤卡车来到位于酒国市郊的罗山煤矿，他先是遭到一个有着“狗毛一样粗硬黑发”的看门人的凶恶阻拦，随后被煤矿保卫部一个会劝酒的秘书连灌三杯，及至终于见到长得像“孪生兄弟”的党委书记和矿长，却又被他们“慈祥”而“宽厚”的微笑打消了“冲进门时的勃然浩气”，几乎来不及争辩“就被推进了宴席”，丰盛的酒席、热情的款待和高档的服务很快让丁钩儿酩酊大醉。等到主凶金刚钻——酒国市委宣传部副部长入席，惊人的酒量和周到的礼仪使丁钩儿跌入一种“富有诗意的感情”。他“无法抵御这个人的魅力”，再次举杯痛饮起来。酒醉朦胧中，“红烧婴儿”端上来了，但意识的反抗已经抵挡不了食欲的进攻，掏枪开火的举动在金刚钻的哄骗面前显得那样可笑。他吞下一段胳膊，“舌头上的味蕾齐声欢呼”。“王牌侦察员”终于喝得不省人事，住进了罗山煤矿高级招待所；在招待所，他竟被一个惯偷洗劫一空。最后，

---

① 张闳：《莫言小说的基本主题与文体特征》，《当代作家评论》1999 年第 5 期。

② 李子顺、庚钟银：《在写作中发现检讨自我——莫言访谈录》，《艺术广角》1999 年第 4 期。

一无所获的丁钩儿狼狈不堪地离开了罗山煤矿。

然而丁钩儿的厄运才刚刚开始。虽然他在迷迷糊糊中认定发生在罗山煤矿的一切“多是巧妙的骗局”,但在离矿进城的路上,他“巧遇”前番搭车相识的女司机,又被她“生动活泼的脸蛋”迷倒,鬼使神差地跟到了她家,苟且之中,被金刚钻当场拍下了风流照片——在精心布置的陷阱中,丁钩儿被这个酒量无边的对手再次灌醉。酒后醒来,他咬牙切齿,试图离开这个当了金刚钻肉弹的堕落女人,可面对女司机满眼“晶莹的泪水”、在“悲恸欲绝”中悔恨不已的姿态,丁钩儿开始怜香惜玉,感到“温暖的感情在肚子里回旋”。在“发誓”相爱之后,这对“好搭档”一起到酒国市驴街的“一尺酒店”侦查。在酒店,丁钩儿吃惊地发现:让他心动不已的女司机竟然是店中侏儒总经理余一尺的“第九号情妇”。怒不可遏的丁钩儿无法想象漂亮动人的女司机和一个侏儒同床共枕的情景,竟然“像一个热恋中的青年一样”痛苦不堪,甚至不得不用流氓无赖的办法才摆脱女司机的纠缠,逃出灯红酒绿的一尺餐厅,又饿又冷、爱恨交加的丁钩儿游荡在酒国街头,先是被两个巡警严厉盘问,狼狈不堪;随后为一碗馄饨“瘫倒”在小贩面前,尊严扫地,继而挨了一个“老革命”一顿痛骂,终于明白“这世界上谁也救不了谁”的道理。在酒醉后的极端妒忌中,他返回一尺酒店,开枪打死了女司机和她的情夫。但丁钩儿因此被惊恐、痛苦和悔恨压垮,陷入疯狂而难于自拔,跌进“一个露天的大茅坑”——“几秒钟后,理想、正义、尊严、荣誉、爱情等等诸多神圣的东西,伴随着饱受苦难的高级侦察员,沉入了茅坑的最底层。”

丁钩儿的“不幸”显然来自他个人性格中的致命弱点。贪杯、好色和刚愎自用,本来被“王牌侦察员”的特殊身份以及在“省城”立下的赫赫功绩所掩盖。来到远离体制外的酒国后,终于不可抑制地暴露出来,并且迅速使他变得不堪一击。显然,在酒气冲天、色欲横流的酒国为他设下的“酒肉计”和“美人计”面前,丁钩儿这方面的“功夫”简直不值一提。酒量齐天的金刚钻略施小计,他已经醉得连端上桌的罪证也识别不出;一个甘做肉弹的荡妇稍稍勾引,便足以让他妒忌杀人。至此不难看出,丁钩儿的形象,蕴含了双重的“反讽”:从表层看,通过“高级侦察员”的失败直接暴露了“酒国”官员的腐败;从深层看,通过“高级侦察员”的堕落寄托了对于所谓体制化生存的某些忧虑。

如果说丁钩儿的形象因其个人性格的致命弱点尚显得“有案可据”,那么出现在小说第二文本系统中的李一斗形象,可谓深藏不露。

酒国酿造大学勾兑专业博士生李一斗倾慕“莫言”的才华声名,立志献身文学。他写信拜师求教,寄上自己的作品,希望获得莫言的指点并推荐到《国民文学》发表。李一斗栖身于宣传部副部长金刚钻、暴发户余一尺、高级教授袁双鱼夫妇等人组成的上层社会,对杀食婴儿的事件耳闻目睹。他清高自诩、发愤创作,对沧桑世态予以剥皮剜疮般的暴露,并一度以此为自己的理想和使命。但与此同时,李一斗始终摆脱不了权势和财富的诱惑。他与凭借金钱纵情声色的余一尺称兄道弟，对手握权力、名利双收的金刚钻羡慕不已；而献身文学的理想就像始终拒绝发表他作品的《国民文学》一样虚无缥缈，加之上下悬空的生存困境和混乱不堪的情感纠葛，李一斗终于迅速“还俗”——混进酒国市委宣传部开始了“搞宣传报道”的新生活。

从表面上看，李一斗“拜师——还俗”的生活变迁似乎传达了作家对于文学的讽喻：理想化的文学事业从来就不存在；但联系前述不难发现，李一斗“拜师——还俗”的生活变迁时时牵动着专业作家莫言在体制内外徘徊不定的生活状态。小说结尾，莫言走向《酒国》，最终完成“收徒——下山”的情感移位，从而传达了作家关于文学的另一个更为深刻的讽喻：作家的出路，就是走向被《国民文学》抛弃的尘俗生活。

与丁钩儿和李一斗生活命运紧紧相连的，则是小说中的“群丑”形象及其言行。这里有金刚钻神秘莫测的身世、阴险狡诈的心理和卑鄙毒辣的手段；有女司机沉迷权钱的贪婪、甘做肉弹的麻木和放浪变态的私欲；有侏儒英雄余一尺灰暗的童年、暴富的劣迹、纵情声色的糜烂生活和大红大紫的显赫前程；有教授夫妇神秘的身世、离奇的关系和疯魔的个性等等。小说通过他们的种种劣迹丑行，揭示了“酒国”污浊不堪的世态人相。

以子虚乌有的人物描写如此触目惊心的恶行丑态，对于莫言的批评者们来说，无疑又是“丑化人类”的最好证据。我难以断定莫言是否真有“欲与天下所有爱美之人较劲”①的恶趣，只是在读完文本后感到一种莫名的焦虑和压抑，一种关于现实和未来的沉重忧患。莫言曾经对于过去的创作有过这样的自白：“通过讲述某几个故事、某一段事件，然后来寄托我现在的思想感情，把我今天对过去的思考融合进去。”②那么，酒国里的这一群，或许就是作家“现在的思想感情”的某一方面？

四、《酒国》的主题话语：寻找“哲学上的突破”

当下文学研究的一个突出问题，就是我们一方面看到了文学的“边缘化”生存现状，另一方面仍然在有意无意地固守“边缘化”之前的理论壁垒。比如一谈到真善美合一的历史审美法则，就机械地认定真实度、理想精神和审美要求三者同生共灭、缺一不可。其结果往往是在理想化和审美化的口号下消解了真实度的作用。也许正是出于这种思维定式，有人苛责莫言小说充斥了“逼面而来的血腥、污秽、肮脏和恐怖”，表现出“欲与天下所有爱美之人较劲”甚至“丑化人类”的极端倾向。与此相反，有人肯定莫

① 王金城：《从审美到审丑：莫言小说的美学走向》，《北方论丛》2000 年第 1 期。

② 李子顺、庚钟银：《在写作中发展检讨自己——莫言访谈录》，《艺术广角》1999 年第 4 期。

言小说以“一个本色的民间叙述人”身份展现了“善中有恶、美中有丑”的“复杂文化形态”，传达出尼采式的“自由的生命精神”①。

在我看来，抱残守缺的批评和避实就虚的赞美一样无益于对莫言小说的真正解读。阅读的经验告诉我，试图从某种现在的美学法则和理论模式解读莫言小说将劳而无益。对莫言来说，重要的不是叙述的方法(即所谓“丑化”)，也不是叙述的视角(即所谓“民间”)，而是他之“丑化”人类、他之立足“民间”的心理动因。正如他自己强调的那样：“(我)通过讲述某几个故事、某一段事件，然后来寄托我现在的思想感情，把我今天对过去的思考融合进去。”这就是说，是现实的感悟以及由这种感悟产生的逼迫和挤压，“迫使”莫言选择了“丑化”笔法和“民间”视角——正是在莫言心目中那萦绕不已、挥之不去的现实情怀和人生意识，使我们看到了莫言小说里“文明的压抑机制和文明与生命力之间的冲突”②。如果说《红高粱》是这种“冲突”的历史形态，那么《丰乳肥臀》可以算作它从历史走向现实的过渡形态。而《酒国》的出现，无疑表明了这种“冲突”的当代形态的出现。在小说中，作家通过荒诞变形的人物故事和文本叠加的叙事模式，表现了一个森然逼人的主题话语——“食婴”。

从表层寓意分析，“食婴”主题显然概括了“酒国”大小官员疯狂追逐权钱酒色的腐败行为，但联系小说整个故事情节可以看到，“食婴”主题从根本上连着作家强烈忧切的人生感悟和生命体验。

其一，“食婴”的隐匿化。《酒国》里有一个十分显明的情节，即杀食婴儿的事情明明存在，可“大名鼎鼎”的丁钩儿就是查不出来：他先是被金刚钻的热情蒙蔽，在酒香美食中失去警惕；继而受女司机的姿色诱惑，陷入荒唐恋情不可自拔；等到清醒过来，却发现自己反倒成了应该被抓捕的罪犯。这一情节深深地印证出“食婴”主题的深刻寓意：一方面，“食婴”已经成为“酒国”制度化的生活现象，成为一种被人守护的信仰和理想，对于它的任何触动或冒犯，必将遭到严重的甚至是致命的腐蚀；另一方面，即使像丁钩儿这样来自省城的高级侦察员，也早已对“食婴”的诱惑和腐蚀失去抵抗力。正是在这个意义上，“食婴”主题传达了作家对于体制化生存的深切忧患。

其二，“食婴”的破坏性。在我们的文学话语中，以孩子喻指将来，已经成为一种普遍认同的思维定式。据此，《酒国》里“食婴”主题的喻指意义不难获得解释：“食婴”意即“吃掉”将来——恰恰是在这里，“食婴”主题表现了作家关于未来生存的焦虑。显然，对于“酒国”里以金刚钻为代表的大小官员们来说，“吃掉”的不仅仅是山珍海味、美酒佳肴，而是酒国的未来和希望。

---

① 王光东：《民间的现代之子——重谈莫言的〈红高粱家族〉》，《当代作家评论》2000 年第 5 期。

② 张闳：《莫言小说的基本主题与文体特征》，《当代作家评论》1999 年第 5 期。

其三,“食婴”的深广度。与上述两方面相连,“食婴”的可怕性在于:作为一种罪恶,它不但被“制度化”,而且已经被“程式化”和“规模化”。从小说里可以看到,“酒国”的所有人们按照“红烧婴儿”的制作过程划分成了三个阶层:这里有提供者,如郊区农民金元宝;有制作者,如酒国酿造大学的袁双鱼夫妇;有食婴者,即宣传部副部长金刚钻、暴发户余一尺及在他们身后大大小小的食婴者们。这三个阶层互相勾结、互为依存,将酒国的“食婴”事业推向兴旺。

考察莫言创作历程,“食婴”主题的创新意义不言而喻。在我看来,这种意义是双重的:作为一种文本操作手段,“食婴”主题给作家提供了一种写“非常”题材的可能性;作为一种文本创作方法,它大大增加了题材的涵盖面和深厚度。在小说中,高度荒诞化的“食婴”主题,不仅涵盖了暴露和批判的内容,更以一种反讽的形式,传达出了作家关于人生、关于生命的“形而上”的思考和追问。如果剥开这种思考和追问的内核,见到的还是作家关于现实和未来的深切期待。因而,从根本上来说,《酒国》的创作仍然缘于“希望小说中描述的现象在现实生活中再也找不到样板”①的创作心态。莫言曾说:“当代小说的突破早已不是形式上的突破,而是哲学上的突破。”而“食婴”主题的深刻性正在这里。

综上所述,《酒国》在莫言小说中有着不可忽视的“非常”意义,它表现在:试图摆脱“合谋”的创作心态、多重文本叠加的叙事模式、荒诞变形的形象设置和涵容深藏的主题话语。据此,迄今为止读者层和评论界对这部长篇的冷漠和疏远,正是对于作家莫言的无谓“误读”。

(原载《当代作家评论》2001 年第 5 期)

① 莫言:《愤怒的蒜薹·自序》,北京师范大学出版社 1993 年版。

“现代化”刺激下的欲望疯狂病

——《酒国》、《受活》、《兄弟》三部小说的批判指向

◇刘再复

一

《酒国》、《受活》、《兄弟》三部长篇小说的作者莫言、阎连科、余华，是中国内地当代文坛最富有灵魂活力的作家(除了这三人之外还有贾平凹等)。所谓“最有灵魂的活力”，是指他们具有文思泉涌、不断创造的特点，即作品一部接连一部，一部超越一部，既不重复他人，也不重复自己。这是五四新文学运动以来少见的现象。深刻影响美国精神的大散文家爱默生说过一句话：唯一有价值的是拥有活力的灵魂。如果说，高行健在西方表现出汉语写作的活力，那么，莫言、阎连科、余华、贾平凹等作家的价值，则在于他们呈现了中国内地当代写作的活力。

二

三部小说的历史语境：《酒国》于 1989 年开始写作，1992 年完成。这之后莫言又出版了《食草家族》(1993)、《师傅越来越幽默》、《丰乳肥臀》、《檀香刑》、《生死疲劳》、《蛙》等，最后一部完成于 2010 年。阎连科的《受活》完成于 1994 年。这之前他已出版了《日光流年》、《坚硬如水》等七部长篇。这之后他又出版了《丁庄梦》、《风雅颂》、《四书》等长篇。余华的《兄弟》出版于 2005 年，这之前他出版过《活着》、《许三观卖血记》、《鲜血梅花》、《战栗》、《现实一种》、《世事如烟》、《黄昏里的男孩子》、《温暖和百感交集的旅程》等。

莫言、阎连科、余华出现于 20 世纪八九十年代，又在 21 世纪头十年续领风骚。他

们生活和写作的年代是中国现代化进入高潮的时期。这个时期中国不是发生一般性的变动,而是整个社会在大转型。所谓“大转型”,是指基本存在方式和基本价值观念的大转换。这三十年,中国打开国门,随之而来的便是中国社会产生了千年之裂变:中国从乡村时代进入城市时代,开始了一个被称作“现代化”也可称为“全球化”的急速城市化历史裂变时期。国家精英转入城市,工商业空前兴盛,整个时代的主题是“发展”两字。但是“发展”所付出的巨大代价则是“道德”的崩溃。十七八年前李泽厚(中国当代最卓越的哲学家)和笔者共著的《告别革命》(已有韩文版)早已指出,历史总是悲剧性地前行,即总是在历史主义与伦理主义的二律悖反中前行。历史主义讲的是“发展”,伦理主义讲的是“善”(道德),发展中付出道德代价是无法避免的,人们可做的只能是尽量减少代价。这是思想者理性的认识。但是作家的认识却往往偏于感性,他们往往只对时代作出伦理评价并通过自己的作品呈现历史发展中血淋淋的代价。上述三部小说所呈现的正是中国急速城市化之后,城市中所发生的人性变态和道德沦丧的罪恶。这种罪恶骇人听闻,充满狂热病毒与血腥味。作者在作品中不设道德法庭,只是冷静地描述,但其笔下所展示的情景却让读者看到中国整个伦理体系的瓦解,道德边界即良心边界的倒塌。为了达到享受现代生活的利益目标,现代化的先锋们不择手段,无所不用其极,以至不惜“吃人”、“吃婴儿”。肮脏、污浊、卑鄙、无耻,这些历来责骂不道德的字眼,已经不足以批评城市的黑暗,只有对“真实”社会状态的呈现能说明一切。莫言、阎连科、余华共同揭示的一个基本事实是,在物质的强烈刺激下,人已变成另一种生物。这种生物乃是欲望的动物,金钱的动物。这种动物除了拥有语言之外,与禽兽没有任何区别,如果有区别的话,那就是比禽兽更贪婪,更疯狂。随着人的变质,城市也发生变质,即如巴尔扎克所说的“世界已变成一部金钱开动的机器”。这种生物的口里念念有词,甚至还标榜什么,而实际上崇奉一种伪宗教,这就是“金钱拜物教”和“本能拜物教”。

这三部小说揭示的“现实”均非常“片面”,几乎完全看不到历史发展中的光彩,但都获得一种“片面的深刻”,这就是都深刻地见证现代工业文明的发展造成了人性的巨大病态甚至人性的整体异化。这种深刻的警告带有普世意义。西方物质文明的发展也带来人性的堕落,只是速度似乎没有中国这么快速。

三

莫言的《酒国》写的是一个叫作“酒国”的城市。这个城市在现代化的激光照射下,完全变成了一座花天酒地的奢侈王国。酒国中人,从上到下皆用烈酒主宰生活。酒让每个人的欲望充分燃烧,并直接成为“酒国”的血液与灵魂。这个城市的劳动模范是个身高仅有七十五厘米的侏儒余一尺，他之所以发财是因为他的大酒店发明了一道菜，叫作“婴儿餐”。这种婴儿开始时是用莲藕、银白瓜、猪肉和火腿肠等原料制作的，后来城市的居民进而在“一胎”之外另生产真婴儿而让这道奇菜名副其实。于是，酒国变成了吃人国：在酒席上吃红烧婴儿，在烹饪学院贩卖婴儿，在课堂里教授如何杀婴炒菜。吃人国里的女人再次怀孕仅仅是为了提供美餐原料即出售孩子，当被出售的孩子因水烫而哭闹的时候，妈妈所关心的并非孩子的痛苦而是担心被烫伤的孩子会影响售价。人性灭绝到如此程度，恐怕不是“现实”中的实有情节，但为了金钱而榨取童工的廉价劳力和造成孩子心灵方向的迷失倒确实是工业文明发展曾有的产物。

四

阎连科的《受活》产生于《酒国》之后大约十年，此时中国的现代化进入了新的高峰，整个社会的价值观也进一步颠倒混乱。小说中的主角之一，双槐县的县长刘鹰雀，在“现代化”的刺激下变成一个妄想狂，他为了让自己的“子民”发财致富，竟构想出一个古怪的巨大工程，决定在本县受活庄附近建造一座列宁纪念馆，并组织代表团，准备到莫斯科去把列宁遗体买回来安放在山上的纪念馆里，以吸引全国以至全世界各地的人们前来瞻仰，从而收取数不尽的入场参观费。为了建造纪念馆，他又把受活庄上百个残疾人组成绝术表演团，在各地巡回演出并引起轰动效应。列宁，这一共产主义运动的最高领袖，他的遗体及其所象征的最高价值，也成了中国现代化运动中的一种可作买卖的商品，一种可以骗取钱财的工具。

企图以购买列宁遗体而实现发财梦，可能只是作者虚构的故事，并非“写实”，然而它又反映出现代化狂热中的一种铁铸的“真实”，这就是列宁的名字所蕴含的理想、信仰完全被物质的巨大潮流席卷而走，一切价值理性包括最高的精神价值已变成了赤裸裸的金钱交易。商业潮流，不仅使“斯文扫地”，而且使昔日的伟大偶像也一概扫地。

五

《受活》产生十年后才是《兄弟》出场。21世纪初期的物质追逐已进入到了白热化程度。此时不仅俗气的潮流覆盖一切，而且俗到了“史无前例”，即中国数千年历史上未曾有过的程度。《兄弟》写了两个时代，一个是“文化大革命”的时代，一个是现代化大潮流汹涌澎湃的时代，两个时代都使人性丧失。前者用棍棒剥夺了人的尊严与生命，后者用金钱剥夺了人的品格与灵魂。在后一时代里，主角即兄弟之一的李光头变成了暴发户。这个本有窥伺女阴恶习的“幸运儿”，发大财之后从人还原为纵欲的动物。在欲望的驱使下，他走向疯狂，竟然举办全国处美女比赛，然后以验证是否真处女为名，奸污了一个个应征比赛的女子，而所有应征的女子为了钱财，也心甘情愿地充当泄欲的器具。在比赛过程中，骗子制造的假处女膜竟然成了最畅销的商品，男男女女全不知人间有“羞耻”两字。小说的情节虽属虚构，但一种真实却完全令人信服：在金钱的强烈刺激下，遗忘道德的男人和女人，变成失去基本行为规范、没有灵魂的肉人。买卖肉体成了光天化日之下的正当行为，不仅出卖肉体的女儿心甘情愿，而且女儿的妈妈也完全认可。只要有钱赚，礼义廉耻是可以不要的。初期的、粗糙的城市时代，从某种意义上说，乃是“不要脸”的时代。

六

有些批评者说，《兄弟》等作品是对中国国民性的批判。这种论点过于笼统，似是而非。实际上，这三部小说都写了一些守持道德底线的淳朴的中国人。以《兄弟》为例，一兄一弟就分道扬镳，和李光头不同，宋钢的传统人性并没有消失。这三部小说的锋芒恰恰不是指向传统国民性，而是指向非传统的病态现代性。小说所揭示的是，现代化的魔鬼般的诱惑力，使当下中国人成为欲望的人质，连中华民族传统的表面道德功夫（如仁义廉耻）都不顾了。中国国民性中确实有许多弱点，如世故、圆滑、精神胜利等，但从未落入“无耻”。被欲望所激发出来的无耻，完全是“现代化”的副产品。

七

《酒国》、《受活》、《兄弟》三部长篇对现实的批判均带彻底性，因此不约而同，三位作者所采取的文本策略都是把自己的社会感受和病态发现推向极致，其对现实与人性黑暗面的见证也都超越一般的现实主义。三位作家均把“魔幻”、“半魔幻”、极度夸张、黑色幽默等方式带入文本，以突出现实的荒诞属性。西方20世纪的荒诞戏剧与荒诞小说均取得举世瞩目的成就，这些荒诞作品大体上可分为两种类型：一类是侧重于对荒诞的思辨，如贝克特的《等待戈多》；另一类是侧重于揭露现实的荒诞属性，如卡夫卡的《变形记》、《审判》。无论是高行健还是莫言、阎连科、余华，其作品都是侧重于批判现实的荒诞属性。而且，批判得极有力度，让人读后惊心动魄。其艺术效果不是让人感动，而是让人震动。

（原载《当代作家评论》2011年第6期）

“土地”与“轮回”：解读《生死疲劳》的两个关键词

◇王恒升

2006 年 1 月，莫言出版了他的第九部长篇小说《生死疲劳》。该小说一如他以往的长篇小说，语言汪洋恣肆，结构宏伟庞大，主题呈多向度，表现出了少见的艺术膂力。按说，能够获得很大的反响，但是，也许是人们尚沉浸在不久前莫言制造的《檀香刑》、《四十一炮》的艺术享受里，也许是人们对莫言惯用的语言轰炸感到有些疲劳，尽管在小说的封底，莫言引用了四段别人对他这部小说的溢美之词，但是，小说并没有像《红高粱家族》、《丰乳肥臀》、《檀香刑》等刚出版那样绚烂夺目、大红大紫，相反，有些落寞，这实在与《生死疲劳》本身所蕴含的思想艺术价值不相吻合。其实，《生死疲劳》无论在莫言的创作中，还是在新时期的长篇小说创作中，都具有重要的地位。我们可以从“土地”、“轮回”这两个关键词入手，解读这部长达 49 万字的皇皇巨著。

一、土　地

土地是我们解读《生死疲劳》的第一个关键词。之所以选择这个词而不是其他，是因为莫言在《生死疲劳》中非常郑重地写了一个普通农民与土地的凄美故事，或者说，写了一个农民关于土地的一场“保卫战”。中国是一个农业大国，农民占人口的绝大多数，应该说，农民与土地的故事，在当代文学中并不鲜见。远的可见李准在 1953 年写的短篇小说《不能走那条路》，其中写了一个农民宋老定在土改后，因为勤劳能干有了闲钱想买同村人张拴土改分得的好地“一杆旗”的故事；近的有 1980 年何士光创作的短篇《乡场上》，写了一个因为改革开放承包了土地，终于挺起了腰杆，堂堂正正地做了一回人的农民冯幺爸的形象；再近的还有关仁山在 1996 年写的《九月还乡》，写了一个农村青年妇女九月为了帮助村里讨回被乡镇企业主无偿霸占的 800 亩土地而出卖肉体的故事。然而，这些小说虽然写了农民与土地的故事，但是没有一部是从农民的真实情感和心理出发，去写农民与土地的恩怨情仇、矛盾纠葛的，它们所表达的无一不是作家的主观意识形态，是作家主观感情在农村人物形象上的灵魂附体。换句话说，尽管上述小说有一定的现实意义，塑造的农民形象也有一定的典型意义，但其意义仅仅在于帮助作家阐明了一种道理，就农民本身来说，远没有表达出农民的真实的内心诉求。《不能走那条路》阐述的是农民在土改之后，不能走个人发家致富的老路，否则，就会重新走上人剥削人的老路；《乡场上》阐述的是农民在重新获得土地后，精神上的扬眉吐气，实际上歌颂了改革开放的政策；虽然《九月还乡》多多少少表达出了农民对于土地的一丝依恋，但由于小说的故事是架构在九月这一曾经在城里干过皮肉生意的女性身上，所以依恋中又不可避免地带上了黑色幽默的影子，冲淡了土地对于农民的意义。相比较而言，唯有《生死疲劳》讲述的是发生在农民和土地之间的纯粹的故事，不带有作家任何主观的私心杂念。

农民和土地的关系是什么？或者说，土地对于农民来说究竟意味着什么？这似乎是一个不需要回答的问题。其实，这里面充满了奥妙。翻开中国任何一个朝代的历史，都会发现，中国的历史实际上是一部农民和土地的关系史。无论是朝代的更迭，还是内部纷争，都与土地密切相关。当农民最朴素的理想“耕者有其田”得以实现的时候，时代就平稳，社会就发展，人民就会安居乐业，执政者就会安享太平。而农民的理想一旦遭到破坏，社会就会动荡不安。说白了，土地是农民的命根子，一旦命根子遭殃，农民就会拼命。《生死疲劳》的可贵就在于莫言成功地诠释了农民和土地的关系，塑造了蓝脸这样一个视土地为生命的农民形象，并且通过蓝脸与洪泰岳等人之间的矛盾冲突，形象地揭示了半个世纪的中国农村史和农民史，展现了党的农村政策的成败得失。

蓝脸是中国当代文学史上一个独一无二的农民形象，是一个极具“这一个”特征的艺术典型。单凭这一点，《生死疲劳》就可以立足中国当代文坛。遍览当代文学作品，我们可以发现一些对土地抱有深厚感情的农民，但是达到蓝脸对土地的迷狂程度者，绝无仅有。也许有人说，这是莫言的虚构，在大一统的“左”倾路线时代，不可能存在蓝脸这样一个另类的农民，这样的农民也不会有生存空间。事实的确如此。在行为上的确不可能存在蓝脸这样的人物，但是谁又能否认在农民的心灵深处不会存在蓝脸那样的心理想象呢？从现在披露出来的许多材料中可以看到，20 世纪 50 年代初期的农民并不是对合作化运动，对走社会主义集体致富的道路一呼百应，他们有着心理上、性格上乃至于骨子里面的小农意识的巨大障碍，否则，就不会出现《三里湾》中的“马家大院”、《创业史》里的“蛤蟆滩三大能人”了。要知道，无论是《三里湾》还是《创业史》，都是当下时代的创作，具有不可置疑的真实性。可惜的是，“马家大院”的人和“蛤蟆滩三大能人”后来都在作家主观创作观念的指挥下，向合作化运动投诚了，显示出了那一时代文学创作的局限性，也影响到了人物形象的典型意义。这是作家作品的悲哀，更是时代的悲哀。莫言写作《生死疲劳》时，已经远远地超越了那个时代，完全可以用一种反思的态度反顾那段农村时光，将久压在农民心底的心理想象变为可视可观的人物形象，赋予农民敢说敢做的行为，因此，从这个意义上说，莫言对蓝脸的塑造，实际上反映的是农民的心灵史、思想史。蓝脸对那在土改中分在自己名下的一亩六分土地的顽固坚守，道出了也许是几亿农民在长达几十年的生命历程中的共同心声。蓝脸的理想是朴素的，蓝脸的行为也不高尚，但是它是真实的，是有代表性的。

如果说，蓝脸代表的是中国农民对土地的依恋，那么改革开放之前的洪泰岳代表的就是党的农村政策。农民对土地的深厚感情和党的政策不允许农民表达感情之间的矛盾，构成了一部喧嚣而又沉重的当代农民史。不可讳言，在新中国成立后相当长的一段时间里，尤其是在土改之后，党的农村政策是与农民的要求严重脱节的。尽管党的主观愿望是为人民谋利益，而且这一宗旨从来没有动摇过，但是，由于对政治形势判断失误，加上犯了极“左”冒进的错误，造成的客观事实是不可避免地伤害了农民的感情。在小说中，洪泰岳总是颐指气使、盛气凌人，以社会、阶级、时代、政党的代言人的身份，对别人评三道四，不可一世，但实际上，他越飞扬跋扈，离党的宗旨越远。总之，洪泰岳也是一个极具认识价值和典型意义的人物形象，他和蓝脸一起，恰恰处在农村现实生活的两极。

二、轮　回

毫无疑问，对于《生死疲劳》，人们更感兴趣的是它的“六道轮回”式的表达方式。一个关于农民和土地的世俗故事，用这样一种极富想象力的形式讲述出来，可谓天才式的创造。因此，“轮回”势必会成为人们解读《生死疲劳》的又一个关键词。“轮回”本是佛教语词。佛说：“一切众生，沉沦三界之内，由其所造作之罪业不同，因而轮回六道当中。”“六道”是指天道、人道、阿修罗道、畜生道、饿鬼道、地狱道，它们与佛、菩萨、缘觉、声闻“四圣”相对，又称“六凡”。佛家将“四圣”、“六凡”统称“十法界”。“四圣”是圣者的悟界，“六道”是凡夫俗子的迷界。“六道轮回”的意思是指凡夫俗子在灵魂升天后根据前世的造化转世的去向。佛教讲究因果报应，重视前世修行，因而佛理中又有了“善念生三善道，恶念生三恶道”的说法。不过，莫言的“六道轮回”，并没有这样复杂与深奥，他只是在技术层面上借用了这一方式，而在内涵上，却没有佛教“善有善报，恶有恶报”的佛理教义。据莫言自己说，他之所以采用“六道轮回”的方式来讲述这个故事，是因为他在一次去参观承德避暑山庄的时候无意中听到了这个词，并且粗浅地了解了其中的含义，觉得“六道轮回”的方式完全可以用来写小说，从而为自己的小说创作开辟一个全新的写作视角。在新时期作家中，莫言是一个永不知疲倦的创新者，有一种不创新毋宁死的决绝态度。从早期《春夜雨霏霏》式的主观倾诉，到后来《透明的红萝卜》、《红高粱》式的童年视角，再到《檀香刑》式的复调小说，莫言在不同的写作时期，分别留下了一些写作视角和写作方法极为独特的小说。不能说这些写作视角和方法是莫言独创，但是莫言的创作的确为这些写作视角和方法走红新时期文坛，引起人们广泛注意，起到了重要作用。“六道轮回”式的讲述方式，其实就是莫言在创作《生死疲劳》时，在写作方法上的又一次大胆的创新，而且是一次成功的创新。

莫言笔下的“六道轮回”和佛教中的“六道轮回”是不一样的。莫言笔下的“六道轮回”只是在“畜生道”里打转，在一个层面上简单轮回。西门闹死后先后托生了六次，前五次分别是驴、牛、猪、狗、猴五种动物，到了第六次，才托生成了一个人，完成了一个人托生为人的轮回循环。而且，西门闹的轮回毫无“因果报应”之说，他是阴界阎王爷的胡闹之举，带有恶作剧的味道。西门闹是《生死疲劳》中的又一个重要的艺术形象，但他不是一个自然人的形象，而是一个鬼魂，一个阴魂不散的冤魂。西门闹原本是西门屯最有势力的人，靠劳动致富，靠智慧发家，而且很有慈悲心，但是没有想到，一场轰轰烈烈的土改运动让他掉了脑袋。他被无情地打成了地主，从而成了人民的敌人。是敌人就要被镇压，于是他被残酷地枪毙了。他死后，他的一切财产充了公，两个姨太太成了别人的老婆，儿子、女儿也跟着别人改了姓。他觉着冤屈，就到阎王爷那儿喊冤。阎王爷也觉得他可怜，于是就准许他投胎轮回。但是又没想到，他托生成了一头驴，从此开始了驴眼看世界。应该说，阎王爷对西门闹的第一次轮回还是比较当回事的，起码他这样郑重其事地开导过西门闹：“好了，西门闹，知道你是冤枉的。世界上许多人该死，但却不死；许多人不该死，偏偏死了。这是本殿也无法改变的现实。现在本殿法外开恩，放你生还。”但是到了西门闹轮回为牛、猪、狗、猴等动物时，阎王爷就有点不耐烦了，变得草率了。然而，恰恰是因为这种不耐烦，透露出了阴界其实和阳界一样荒谬透顶的实质。同样掌管着生杀大权，同样是草菅人命，阴界和阳界表现出了惊人的一致，这种黑色幽默不仅制造了强烈的艺术效果，而且表现出了强大的现实穿透力。西门闹无论是轮回为驴、牛，还是猪、狗、猴、千岁婴儿，实际上都是西门闹的灵魂。无论是驴眼看世界，还是牛眼看世界、狗眼看世界，实际上都是西门闹在看世界。因此，从这个意义上说，西门闹是《生死疲劳》这部长篇小说的主要叙述视角，担负着传达莫言思想的主要功能。莫言曾经说，想“通过一群动物的眼睛来把我所要表现的人和事用故事讲述出来”，应该说这个目的他圆满地实现了。至于说莫言为什么没用一种动物贯穿始终而是用了五种动物更迭轮回，我想主要是因为需要展现的时代太长而一种动物的自然生命又太短的缘故，另外，多种动物的更迭轮回也会增加视角的变化，加强艺术效果。

由于西门闹是一个灵魂，是一个超越了当下人的全能全知的艺术形象，所以他轮回成的驴、牛、猪、狗、猴、千岁婴儿等艺术形象，也就具有了超越时空、俯瞰一切的能力。在西门闹的视野中，中国当代50年的社会政治史和农村变迁史，就被详细地反映了出来。尽管其中纠缠着西门闹的愤愤不平，充斥着西门闹的个人好恶，但是，当代中国的农村变迁和农民的心灵颤动，还是得到了形象的展示。第一部《驴折腾》，写的是1950年至“三年自然灾害”时期的农村生活，主要写了入社、“大跃进”、大炼钢铁、大饥馑等对农民生活造成严重影响的几个大的事件。熟悉莫言创作的人都知道，对“大跃进”、大炼钢铁、大饥馑等事件的书写，莫言并不是第一次，但是描写农民入社，显然是第一次。正是因为小说比较形象地描写了蓝脸对农民集体入社的强烈反感，义无反顾地坚决走私有化道路，成为农村集体化时期唯一的单干户，才深刻地揭示出了土地对于农民的重要性，确立了蓝脸这一艺术形象的典型性。第二部《牛犟劲》，写的是60年代前期直到“文化大革命”全面爆发时期的农村生活，主要写了“四清”运动、红卫兵造反、造反派夺权等事件。在越来越残酷的现实政治面前，蓝脸身边的亲人纷纷倒戈，加入了农业社，蓝脸成了孤家寡人。然而尽管这样，蓝脸依然不改初衷，真的成了全中国唯一的单干户。第三部《猪撒欢》，写的是“文革”中后期到80年代初期的社会生活。在这一部里，中国从大乱走向了大治，不仅“文革”结束了，而且改革开放开始了。中国农村革命在走过了一段弯路之后，又重新回到了它的起点上，历史以惊人的事实证明了蓝脸几十年前发出的预言的准确性。蓝脸终于可以不用在月光下种地了，可以在太阳底下种地了。至此，蓝脸作为小说主人公的历史使命似乎已经完成，因为在接下来的几部里，年轻一代如西门金龙、蓝解放俨然成了生活的主角儿。第四部《狗精神》，写的是改革开放时期的社会生活。宽松的社会环境，解放了的思想，不仅使得农村经济获得了巨大的发展，而且也使得人们的价值观念、道德底线遇到了前所未有的挑战。这是一个机遇和风险并存的时代，也是一个欲望泛滥的时代，就像打开了潘多拉的盒子，各种诱惑的魔鬼处处在向人们招手。西门金龙想使西门屯变成河边明珠，蓝解放当上了副县长却陷入了婚外恋的泥淖，庞抗美打着改革的旗号疯狂敛财，洪泰岳死抱着“左”倾思想故步自封，总之，每个人都站在自己的立场上，上演了一出出令人唏嘘不已的活报剧。从狗眼看世界的缝隙里，我们体味到了莫言对改革开放的社会生活的沉重反思。这里面，有赞美，有感慨，更有批判。第五部《结局或开端》，描写的历史时段很短，篇幅也很小，主要是通过西门闹轮回成的猴和千岁婴儿，反映了世纪末情绪对现代人的影响。面对茫茫前路，已经失去了传统价值坐标体系但又尚未建构起新的价值坐标体系的中国农村和农民，到底向哪里去？他们又一次站在了十字路口上。

尽管在这部小说中，莫言还虚构了一个“莫言”形象，作为一个叙述视角，同时，又利用蓝解放的自述，制造了另外一个叙述视角，其实真正的叙述者是西门闹，或者说，是西门闹的灵魂轮回成的驴、牛、猪、狗、猴等动物和大头儿蓝千岁。唯有西门闹的视角，是一种全面的、深入的甚至是带有反思性质的艺术表现。“莫言”的插科打诨，有些胡闹，多多少少冲淡了西门闹视角表现出来的主题的严肃性和艺术表达的统一性。

莫言的艺术想象是非常神奇的，莫言的语言表达也是无所顾忌的，想象所至，笔锋亦至。但是对于一个作家来说，有的时候真的是成也萧何、败也萧何。莫言在创造了一个充满了想象力的艺术世界的同时，也留下了语言水分过多的瑕疵。

“土地”和“轮回”，真的是解读《生死疲劳》的两个关键词。读懂了它们，也就读懂了《生死疲劳》。

（原载《山花》2008 年第 17 期）

极刑背后的空白

——论《檀香刑》的主体和主题缺失

◇徐兆武

《檀香刑》自问世以后一直好评如潮，甚至有很多评论家为之与第六届茅盾文学奖的失之交臂而扼腕痛惜。

也许与出版界出于商业动机的广告策划有关，也许与部分职业批评家的竭尽吹捧有关，更有可能是这二者所形成的合力，使《檀香刑》这部原本粗糙但有着极大讨论空间的尝试性的小说在一般读者面前呈现出了模糊不清的印象。许多读者在没有完全走进文本的世界时就已经被一种预设性的评价介入了，并获得一种虚假的先验的阅读经验，这种先入为主的经验使读者丧失了独立评价的能力。在传媒时代的今天，这是对个体阅读的伤害，更是一种逐渐将个体体验置换为公共经验的施暴行为。我们可能无法对这样的读者指责什么，因为他们自身也是受害者。但我们却不能不对这样的批评界和借以产生的文化空间作出应有的回应。

《檀香刑》的确是一部内涵丰富复杂并富于大胆尝试性的作品，文本从形式到价值指向上有意向“民间俗艺”的撤退，汪洋恣肆的想象及语言表达，对民间曲艺和西方现代小说技法的化用等等，都有值得称道的地方。但这种尝试是否真取得了极大的成功？其效果是否真的如依附体制的职业评论家们所说的连伟大都压不垮呢？

对文学作品的考察固然会涉及创作者的动机和一切构成文学作品意味的有价值的外在因素，但我们并不能因此凭借已有理论的框架刻意套用作品，更不能完全按照作者或同流批评家附加给作品的内涵来解释。我认为回到文本自身，通过文本的形式和意味层面作深度考察并不作过度阐释是良性评价所遵循的应有标准。

下面笔者从两个方面谈谈个体的阅读感受。

一、主体缺席的民间写作

我们首先来考察莫言自己对民间写作的看法：

> 我认为所谓的民间写作，最终还是一个作家的创作心态问题。这个问题的一个方面是为什么写作。过去提过为革命写作，为工农兵写作，后来又发展成为人民写作。为人民的写作也就是为老百姓的写作。这就引出了问题的另外一个方面。那就是，你是“为老百姓写作”，还是“作为老百姓的写作”。
>
> “作为老百姓的写作”者，无论他是小说家、诗人还是剧作家，他的工作，与社会上的民间工匠没有本质的区别。一个编织筐篮的高手，一个手段高明的泥瓦匠，一个技艺精湛的雕花木匠，他们的职业一点也不比作家们的工作低贱。我还想特别地强调一下，作家千万不要把自己抬举到一个不合适的位置上，尤其是在写作中，你最好不要担当道德的评判者，你不要以为自己比人物更高明，你应该跟着你的人物的脚步走。①

在作家看来，这种区别是十分重要的。因为“为老百姓的写作”是一种居高临下的态度，自以为是“人民的代言人”和“时代良心”，实际上是一种狂妄自大；而“作为老百姓的写作”是把自己放在与老百姓平等的位置上，“永远不会忘记自己是个普通的老百姓”，永远不会狂妄地想充当“人民的艺术家”，因此作家的工作与别的民间工匠的工作就没有什么两样。并且，莫言认为只有在这样心态下的创作，才可能写出伟大的作品。前者是一种“准庙堂的写作”，而后者是真正的“民间写作”。

这里暗含的信息显然是没有学院背景的作家对那些“众人皆醉而我独醒”的“启他人之蒙”的精英知识者心理的不满。进一步说，莫言们可能更深恶痛绝的恰恰正是这些所谓文化英雄们的启蒙话语构成了对民间世界的长期遮蔽。否则，他所说的撤退就没有所指。

显然莫言不但混淆了这些概念，就连自己到底应以一种什么样的立场来写作也是模糊的。对自己的写作身份也缺乏理性而明晰的把握——我指的是在精神向度上。《檀香刑》中塑造了一个个“复杂”的但却充满矛盾（指缺乏统一性的人物性格而非指人物自身性格具有的复杂性）的人物形象就是作者因缺乏统一的精神向度而在人物的塑造上失去分寸感的例子。这些人物形象既使读者觉得不真实，又让人产生厌恶的感觉。

---

① 莫言：《文学创作的民间资源》，《当代作家评论》2002 年第 1 期。

这种对民间写作的狭隘定位同时还潜藏着一个陷阱，那就是要么把民间理想化和神化，要么把民间粗鄙化和丑化，这不但导致作者自身的无法自我定位，也容易将“民间立场”与“人类高度”对立起来，而事实上这两者之间并不存在矛盾。一个缺乏从人类高度去审视的作品毕竟不可能成为伟大作品。那种对非人性和野蛮的暴力缺乏道德批判，对人类普世性的苦难缺乏悲悯和深切关怀的作品不可能是伟大的——即使手法多么翻新。一个缺乏思想穿透力和精神向度把握的作家，即使想象力和语言多么绚烂都不可能是伟大的作家。莫言缺少的就是这些。正是由于缺乏这样的一种精神向度和应有的道德判断力，导致了《檀香刑》中对人物处理和情节安排失去了应有的分寸。一幕幕原本悲壮而复杂的历史事件在小说里变得像闹剧一样浅薄，那个横空出世的爱情没有任何的精神性因素，在作者的宣泄下变成了肉欲的展览；对暴力的恣意想象和一味赏玩终因缺乏应有的道德审视而彰显出创作主体的先天性道德感缺失；由于一味对自我想象能力和语言能力的迷恋，使得小说前后缺少文气上的贯通，原先的一点理性审视随着作者情感的泛滥（对性和暴力的赏玩和对语言、想象的自我陶醉）而逐渐迷失，最终演绎为一场语言和想象狂欢的游戏，作者自己也在这场“大戏”中迷失了。连那所谓复调式的文本结构也显得杂乱无章，在声音的狂欢中唯独没有作者自己的声音，这种将民间猫腔和西方现代小说技法两相结合的模仿的结果是传统不传统，现代不现代。

二、极刑和狂欢背后缺少一双悲悯的眼睛

《檀香刑》中“最精彩”和最具想象力的，也是作者最想表达的当然是对极刑的展示。小说总共讲述了六次行刑的过程，演绎了五种不同的刑术：赵甲目睹了刽子手处决“舅舅”的场景，此时用的是“斩首”；刽子手余姥姥惩处偷盗国库金银的库丁，用的是“腰斩”；余姥姥和赵甲联手处死太监小虫子，使的是“阎王闩”；赵甲给戊戌六君子执刑，用的是“斩首”；赵甲给刺杀袁世凯未遂的钱雄飞执刑，用的是“凌迟五百刀”；赵甲告老还乡后再度走上刑场，给孙丙上惊天动地的“檀香刑”。而这样写的目的是：

> 刽子手向监刑官员和看刑的群众展示从犯人身上脔割下来的东西，这个规矩产生的法律和心理的基础是：一、显示法律的严酷无情和刽子手执行法律的一丝不苟。二、让观刑的群众受到心灵的震撼，从而收束恶念，不去犯罪，这是历朝历代公开执刑并鼓励人们前来观看的原因。三、满足人们的心理需要。无论多么精彩的戏，也比不上凌迟活人精彩，这也是京城大狱里的高级刽子手根本瞧不起那

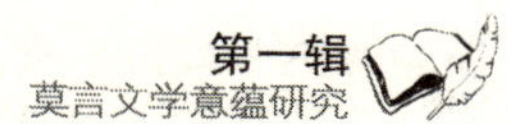

些在宫廷里受宠的戏子们的根本原因。①

在小说中前两种作用早已被刑术自身的特殊性质所消解，人们像赶集一样涌向刑场的真正目的就是最后一种——满足人性内在的邪恶需求。这里本可以深化出有价值的主题，但作者在不动声色但竭尽想象的叙述中也只是满足了读者感受同类相残的恶趣。最后作者真正要展示的却是：

> 中国什么都落后，但是刑罚是最先进的，中国人在这方面有着特别的天才。让人忍受了最大的痛苦才死去，这是中国的艺术，是中国政治的精髓。

为将这一出大戏演绎得“色彩浓重、主题鲜明”。作者以天才的想象能力精心为赵甲，更是为读者设置了“檀香刑”。莫言自认为他笔下的酷刑“纯出想象，无典可凭”，具有独特的创造性：“用一根檀香木橛子，从那人的谷道（肛门）进去，从脖子后边钻出来，然后把那人绑在树上。”此刑法不伤内脏，却能让受刑人受尽非人折磨和痛苦并不会很快死去——并竭尽所能地将时间推延得越长越好。莫言浓墨重彩描写的刽子手赵甲，其杀人手艺高超到了出神入化的境界，他制造行刑用的檀香木桩，犹如雕琢一件精美的首饰，在虐杀同类中，他获得极大的职业自豪感并让看客获得极大的心理满足。关于为什么要这样描写，莫言在不同的场合作了统一性的解释：

> 问：请谈谈你在《檀香刑》里为什么要描写那么多酷刑？答：酷刑的设立，是统治阶级为了震慑老百姓，但事实上，老百姓却把这当成了自己的狂欢节。酷刑实际上成为了老百姓的隆重戏剧。执刑者和受刑者都是这个独特舞台上的演员。因为《檀香刑》的写作受到了家乡戏剧的影响，小说的主人公又是一个戏班的班主，所以我在写的时候，感觉到自己是在写戏，甚是在看戏。戏里的酷刑，只是一种虚拟，因此我也就没有因为这样的描写而感到恐惧。另外我在《檀香刑》中，有大量的第一人称的独白，那么我写到刽子手赵甲的独白的时候，我就必须是赵甲，我就必须跟随着赵甲的思维走笔。赵甲是大清朝的第一把刽子手，在他们这个行当里是大师级的人物，他是一个真正的杀人如麻的人，当我试图着描写他的内心世界时，我就感到，杀人，在他看来，实际上是一次炫耀技巧的机会，是一次演出。因此，我之所以能够如此精细地描写酷刑，其原因就是我把这个当成了戏来写。②

---

① 莫言：《檀香刑》，作家出版社 2001 年版。本书所引皆据此版本，不再另注。

② 莫言：《文学创作的民间资源》，《当代作家评论》2002 年 1 期。

作者之所以要把这个当成戏来写,是因为:

> 我还想特别地强调一下,作家千万不要把自己抬举到一个不合适的位置上,尤其是在写作中,你最好不要担当道德的评判者,你不要以为自己比人物更高明,你应该跟着你的人物的脚步走。
>
> (问及为什么如此描写酷刑)我也想,是不是太残酷了一点?其实中国的老百姓一向把酷刑看成是一种最隆重的戏剧。而刽子手在施以酷刑的时候,本身也认为是进行了一次戏剧表演,对于他们来说,执行完一次大刑就像完成了一次艺术上的创作,就像赵甲那样。所以我感觉我是在写戏,而不是面对一个非常真实的酷刑。所以我可以写得很华丽、流畅。当然,在很多的时候,写到那些残忍的细节,我的神经也是很受刺激的,只想把它尽快写完。我很痛苦。但对作品来说,这样的描述又是必要的。[①]

莫言以他恣肆华丽的语言,尽情抒发了他描写血腥虐杀的欢乐,给酷刑以诗意的赞叹,唯独缺少沉痛的道德追问与悲悯情怀。我们在华丽的文辞背后并没有看到一双悲悯的眼睛(这和作家把自己当成道德的评判者并不是一回事)。正因如此,这种对极刑毫无节制的恣意描写并没有形成有价值的主题。

托尔斯泰曾说他那个时代的"内容贫乏、形式粗陋"的艺术"为了满足上层阶级的要求"的几种方法之一,是"对外在感官的影响,往往是纯生理的影响,也就是我们所谓的惊心动魄或给人们深刻印象的方法。……主要是描写或描绘会引起淫欲的种种细节,或者会引起恐怖的有关痛苦和死亡的种种细节,例如,在描写杀人时,精细地描写组织的破裂、肿胀、气味、流血量和血的样子"。[②]《檀香刑》就是一个很好的例证。在这部"夸张"而"华丽"、"流畅"而"浅显"的作品里,除了混乱的话语拼凑,就是可怕的麻木与冷漠。就是没有庄严的道德感和丰富的人性内涵。

2002年获诺贝尔文学奖的匈牙利作家凯尔泰斯指出:"大屠杀是一种价值,因为它在无法估量的痛苦中引入了无法估量的认知,其中蕴含着无法估量的道德资源。"在中国历史上到处弥漫着比大屠杀还要血腥的酷刑,如剥皮、车裂、凌迟、穿肠、烹煮、插针、灌铅、梳洗……还有莫言发明的檀香刑,这些酷刑的背后往往都站着一群木然的看客。这些已汇成了浩瀚的道德资源之海。但问题在于,莫言并不能从这个道德资源中取一瓢水,哪怕一点质疑都没有。这在一味沉浸于语言狂欢游戏的同时,也逐渐丧失了创作主体的人文立场和应有的道德审视。在这背后我们看到的只是作者思想的贫

---

① 李潘:《真不容易》,西苑出版社2002年版,第278页。

② [英]雪莱:《为诗辩护》,《西方美学家论美和美感》,商务印书馆1980年版。

弱和毫无精神内核的虚弱的心灵世界。这同样只能满足思想贫弱的读者的心理对恶趣欣赏的快感。从这个角度上看,对今天的中国读者来说,《檀香刑》其实是一本很合时尚的书,甚至是媚俗之作。

（原载《文艺争鸣》2011年第14期）

《蛙》:生命的文学奇葩

◇李衍柱

《蛙》一书使我感到震撼。我为作者莫言的艺术勇气和创新精神叫好。此书的问世,标志着莫言在向世界文学峰巅攀登上又跨上了一个新的台阶。《蛙》获得中国第八届茅盾文学奖,是理所应当,也是众望所归。

《蛙》是中国文学史乃至世界文学史上出现的一朵谱写人的生命的喜与悲、善与恶、负罪与救赎的文学奇葩。作家在小说中艺术地向读者诠释和展示出文学与生命这一深邃的美学意蕴。

一、书名《蛙》:人类学、美学的隐喻与象征

《蛙》这部小说的名字,寓意深远,别开生面,既给人以陌生感,又使人产生新奇感。小说明明写的是一个乡村女医生从事计划生育的故事,为什么又要以"蛙"来命名?作者说:"这部小说酝酿了很长时间,夸张一点说从来到人间的时候就开始孕育了。"2002年春节莫言在家乡高密与来访的诺贝尔奖得主、日本作家大江健三郎谈话,触动了作家以姑姑为原型写一部小说的灵感。对小说为什么叫《蛙》,莫言是经过反复的思考、选择,最后才定下的。作者在做客正义网时说:"我这个小说,第一稿叫《蝌蚪丸》,1958年《人民日报》曾经发表过一条新闻,这个新闻就叫蝌蚪避孕法,50年代的时候已经在倡导人口要有节制生育,当时乡村医生发明蝌蚪丸,在夫妻房事之前,吞吃十只活蝌蚪可以起到避孕的效果。但事实证明这很荒诞,所以一开始叫蝌蚪丸,后来觉得不太好,换成了《蛙》。"中间编辑们曾希望作者用《姑姑与蛙》为书名,莫言思考再三,最后还是决定用《蛙》为小说的名字。

《蛙》,小说书名起得好。大爱无言,画龙点睛。整部小说的意蕴和美学价值,尽在"蛙"字中。作者在小说中,多处对书名作出解说:当姑姑(万心)问蝌蚪(万小跑、作家)

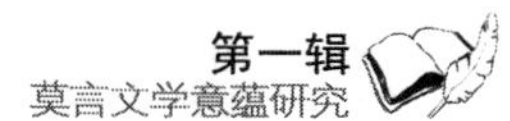

写的作品的题目是什么时，二人之间有段对话：

> 姑姑：……（指着蝌蚪手中那摞稿纸）这就是你写的剧本？
>
> 蝌蚪：（谦恭地）是。
>
> 姑姑：叫什么题目来着？
>
> 蝌蚪：《蛙》。
>
> 姑姑：是娃娃的“娃”，还是青蛙的“蛙”？
>
> 蝌蚪：暂名青蛙的“蛙”，当然也可以改成娃娃的“娃”。女娲造人，蛙是多子的象征，蛙是咱们高密东北乡的图腾，我们的泥塑、年画里，都有蛙崇拜的实例。①

在小说第四部，小狮子也明确向蝌蚪说：“人跟蛙是同一祖先。她说：蝌蚪和人的精子形状相当，人的卵子与蛙的卵子也没有什么区别。还有，你看没看过三个月内的婴儿标本？拖着一条长长的尾巴，与变态期的蛙类几乎是一模一样啊。”“蛙”与“娃”同音，“蛙”与“娲”也同音。“这说明人类的始祖是一只大母蛙，这说明人类就是由蛙进化而来。”②作品中写了娃、蛙、泥娃，故事的中心是写娃的生与死，书名却不用娃，也不用泥娃，而是蛙。这里体现了作者的审美理想和艺术匠心，体现了作者对人的生命和价值的尊重与关爱，体现了作者对生命的艺术与艺术的生命高度统一的执著追求。

蛙在作品中是自由的，是多子的象征、生命的象征。它对人娃的生命、对死去的人娃同情、怜悯，要为他们讨还血债。而这也恰恰是小说主人公万心（姑姑）听到蛙声便产生恐惧感、负罪感的根源。作者最终不是在现实的社会政治生活中，而是在艺术美、文学美的创造中找到了作品中所写的你、我、他的赎罪方式。“蛙”，在整部作品中是一个言有尽而意无穷的艺术符号。它既来自现实生活，又高于现实生活。它以隐喻和象征的形式，蕴含了作家莫言对生命美、社会美、艺术美的执著追求和对人类命运的终极关怀。

二、万心（姑姑）：世界文学史上出现的一个新人典型

“天地之大德曰生。”③

“天地氤氲，万物化醇。男女构精，万物化生。”④

---

① 莫言：《蛙》，上海文艺出版社 2009 年版，第 308 页。

② 莫言：《蛙》，第 223 页。

③ 周振甫：《周易译注》，中华书局 1991 年版，第 256 页。

④ 周振甫：《周易译注》，第 266 页。

有生命的人在地球上出现，这是宇宙演化而出现的奇迹。莎士比亚在《哈姆雷特》中就赞颂人是“宇宙的精华，万物的灵长”。

人赤条条地来到世界上，如何生存下去，首先遇到的一个问题，就是自己能不能掌握自己的命运，能不能使自己的生命不断地繁衍生息、自由幸福地生存在大地母亲的怀抱。

阅读《蛙》，给我的第一个感觉，就是作品尖锐地提出了人类自己能不能掌握自己命运的问题。人类的历史是一部人类自己创造自己的历史。它既是人类创造世界文明的历史，也是人类自己毁灭自己的历史。生态的破坏、气候的变暖、原子弹的爆炸、人口的重压……难道不是人类自己在毁灭自己吗？看看中国这个拥有13亿人口的大国，人的生产问题直接影响着中国人的生命价值和未来。中国共产党和中国政府根据中国国情，制定出“计划生育”的国策，就是希冀在中国解决世界上普遍存在的这个“人的生产”的问题，让中国人自己掌握自己的命运，使自己的生命成为更有价值的存在。作家莫言敏锐地抓住这个关系中国、影响世界的每一个家庭、每一个生命的个人的关键性问题，生动地在艺术上展现出中国人在“人的生产”中遇到的问题和走过的艰难曲折、惊心动魄的历程。作品最大的艺术成就，是生动地塑造出了一个肩负着“人的生产”重任的万心(姑姑)“这一个”妇婴医生的典型形象。莫言在答记者问时说：“我觉得《蛙》塑造了在我过去的小说里从来没有出现过的人物，就是‘姑姑’这样一个女性形象，不仅在我过去的小说里没有出现这样的女性形象，在我有限的阅读范围中也没有看到出现像‘姑姑’这样一个立体的、正面的女性人物形象，如果能够树立起这样一个人物形象，我想小说就基本及格了。”①

莫言成功地实现了自己的创作初衷。他以自己的生命体验，经过长期的孕育而创造出的万心(姑姑)“这一个”女性形象，不仅在自己的创作历程中竖起了一块新的路标，而且为中外文学史的艺术画廊，增添了一个熠熠生辉、性格鲜明的新人肖像。

万心(姑姑)是《蛙》的主人公。对生命的爱是万心(姑姑)的灵魂，是这一个典型性格的支撑点。在姑姑看来，从事计划生育工作，这是一项真正伟大的事业、高尚的事业、甜蜜的事业。在她看来，“人类世界最庄严的感情，那就是对生命的热爱，与此相比较，别的爱都是庸俗的、低级的”②。姑姑对自己从事的接生工作非常自豪，认为“我是活菩萨，我是送子娘娘，我身上散发着百花的香气，成群的蜜蜂跟着我飞，成群的蝴蝶跟着我飞”③。直到晚年，她仍不断地对人说：

---

① 《第八届茅盾文学奖获奖作家媒体见面会实录》，2011年8月29日《文艺报》。

② 莫言：《蛙》，第265页。

③ 莫言：《蛙》，第89页。

> 俺叫万心，今年七十三，当妇科医生，整整五十年。即使是退休之后，也日夜不得闲。经俺的手接出来的孩子，统共是9883……（仰起脸，看看那些空中悬挂的孩子）孩子们，你们哭得真是好听啊！听到你们的哭声，姑姑心里就踏踏实实；听不到你们的哭声，姑姑心中就空空荡荡。你们的哭声，是世界上最好听的声音，你们的哭声，是姑姑的安魂曲。真可惜早年没有录音机，没能把你们出生时的哭声录下来。姑姑活着的时候，每天放你们的哭声；姑姑死后，在葬礼上，也放你们的哭声。9883个孩子一齐哭，那该是多么动听的音乐……（无限神往地）让你们的哭声感天动地，让你们的哭声把姑姑送入天堂……[①]

这段自白，是万心（姑姑）最真挚、最纯洁的爱的情感的自然流露。她把婴儿出生时的哭声看作是宇宙间最动听、最美的音乐，她把对生命的无限热爱看作是宇宙间最大的爱。姑姑对生命的赞颂和热爱，如同印度大诗人、诺贝尔奖得主泰戈尔所引的一位中世纪印度女诗人写的一首礼赞生命的诗：

> 我礼赞宛如一粒正在萌芽的种子的生命，
> 它一只手臂伸向太空，另一只沉入大地；
> 那外部形式与内在活力同一的生命；
> 那不断出现又不断遁去的生命。
> 我礼赞来临的生命，以及逝去的生命；
> 我礼赞显现的生命与藏匿着的生命；
> 我礼赞悬着的生命，静立如山峰，
> 以及汹涌的大海中的生命；
> 那柔嫩如莲花、冷酷似雷霆的生命。
> 我礼赞心灵的生命，一面黑暗，一面光明。
> 我礼赞居家的生命，也礼赞在异乡的生命，
> 那充满欢乐的生命以及痛苦地消沉的生命，
> 那深刻沉寂又爆发为惊涛骇浪的生命。[②]

泰戈尔说，生命对于这位女诗人来说，“这恰如空气之于飞鸟，鸟儿在它翅翼的每一次拍击中都感觉得到空气的存在。女人比男人更亲切地在她的孩子身上领悟到生命的神秘。诗人身上的这种女性气质，感到了遍及全世界生命的深沉的激动。她晓得

---

① 莫言：《蛙》，第293页。

② 倪培耕编选：《泰戈尔集》，远东出版社1998年版，第160页。

它是无限的——这倒不是通过任何推理过程,而是通过她的情感的启示"[①]。对生命的爱,是超越时空的。莫言在《蛙》中以一位乡村女医生万心(姑姑)的视角和体验,使读者深切感受到女性对新生婴儿的生命的爱是何等的深沉,何等的神秘、无限和永恒。对生命的爱与万心(姑姑)的生命完全融为一体。

莫言笔下的万心(姑姑)是一个立体的、有着七情六欲的鲜活的人物形象,是一个像爱·摩·福斯特所说的那种给人以新奇而又令人信服、具有强烈艺术感染力量的"圆形人物"。她具有亮丽、开朗、泼辣、刚毅果断的鲜明突出个性,是一个将乡土性、民族性、人类性、党性与个性完美统一于一身的艺术典型,是中国社会主义初级阶段的时代环境中孕育出来的一个"典型环境中的典型人物"[②]。

万心(姑姑)在小说中一出场,作者对她肖像的描写,就很有乡土气的地方特点和民族特点,说明万心是齐鲁大地上的高密东北乡飞出的一只金凤凰,也只有在高密东北乡这个历史形成的"高氟区"特定的环境中才能飞出万心这样一只色彩斑斓的金凤凰。请看作者对万心(姑姑)肖像的描写:

> 姑姑的容貌也是出类拔萃的。不说头,不说脸,不说鼻子不说眼,就说牙。我们那地方是高氟区,老老少少,都龇着一嘴黑牙。姑姑小时在胶东解放区生活过很长时间,喝过山里的清泉,并跟着八路军学会了刷牙,也许就是这原因,她的牙齿没受毒害。我姑姑拥有一口令我们、尤其是令姑娘们羡慕的白牙。[③]

作者用"一嘴黑牙"与"一口白牙"的鲜明对比,点明了万心的出生地与生活经历的地方性与独特性。在万心(姑姑)这个人物身上,闪耀着女性美的光辉。作者以崭新的视角,描绘出女性身上所独有的母性、母爱这一人性的多面性、多层次性和复杂性。莫言在不同场合反复说过,他是女性崇拜者,女人在某些历史关头,越是在艰难困苦的时候总是表现得比男人更加勇敢,因为女人多了一层母性,母性可以让弱的女人变得像豹子一样。女性可以在面临危机的时候保护她的儿女,会焕发出超人的力量,也能够忍受最大的苦难,能够在苦难岁月中产生活下去的最大勇气。我觉得正是因为女人比男人多了一层母性,所以女性总是成为这个世界上最后的拯救者。《蛙》中写了万心(姑姑)、王仁美、小狮子、王胆、陈眉等众多个性鲜明的女性,她们的爱与恨、生与死无不与母性、母爱联系在一起。而人类伟大的母性、母爱最集中地体现在万心的爱生、负罪与赎罪的心路历程之中。

---

① 倪培耕编选:《泰戈尔集》,第 160 页。

② 《马克思恩格斯选集》第 4 卷,人民出版社 1995 年版,第 683 页。

③ 莫言:《蛙》,第 16 页。

在计划生育工作的过程中，万心顶住各种传统的与现实的、政治的、伦理的以及亲人朋友的阻力，坚定不移地践行党和国家关于计划生育的国策。即使在被骂、被打、被批判、围攻的最困难的处境中，她仍然信誓旦旦地说："姑姑生是党的人，死是党的鬼。党指向哪里，我就冲向哪里。"①她还说："我不怕做恶人，总是要有人做恶人。我知道你们咒我死后下地狱！即便是真有地狱我也不怕！我不下地狱，谁下地狱！"②从她的言行中，充分表现出了一个身上流贯着革命传统血液的农村女医生的高度党性。但她作为一个无限热爱生命、关爱妇婴生命的女医生，内心中又始终存在着一个接生与杀生（人工流产），执行国策与乡情、亲情的矛盾。她懂得"计划生育"国策的正义性与合理性，但在生产力低下、经济相对落后、文化水平不高且又残存着一些封建的、愚昧迷信习俗的农村推行"计划生育"，仅从宣传教育上促使群众自觉执行国策是难以实现的。因此，她又不得不违背自己的意愿而去推行一些强制甚至是野蛮的"土政策"——"喝毒药不夺瓶！想上吊给根绳！"③万心在与女记者对话中，说得很明白，她就是用自己这双普普通通的手将数千名婴儿接到了人间；她又是用这双普普通通的手，将数千名婴儿送进了地狱。她说："我这辈子，亲手给人家流掉孩子，已经有两千多个了！"④万心对于经自己的双手将两千多个婴儿送进地狱的事，虽是践行国策，但内心一直认为这是"伤天害理"的事，有一种巨大的不可抗拒的"负罪"感。小说在这方面作了精彩的描写。正是在这种"负罪"的潜意识驱使下，使万心产生了严重的"青蛙恐惧症"。每当她听到蛙声时，就仿佛有成千上万的初生婴儿在向她发出控诉，在向她讨债。在小说以话剧的形式演出万心人生旅途最后一幕时，万心（姑姑）对蝌蚪说：

> 我是医生！我告诉你，这不是病，是报应的时候到了。那些讨债鬼们，到了他们跟我算总账的时候了。每当夜深人静时，那只猫头鹰在树上哇哇叫的时候，他们就来了。他们浑身是血，哇哇嚎哭着，跟那些缺腿少爪的青蛙混在一起。他们的哭声与青蛙的叫声也混成一片，分不清彼此。他们追得我满院子逃跑。

姑姑最后说：

> 一个有罪的人不能也没有权利去死，她必须活着，经受折磨，煎熬，像煎鱼一样翻来覆去地煎，像熬药一样咕嘟咕嘟地熬，用这样的方式来赎自己的罪，罪赎完

---

① 莫言：《蛙》，第 87 页。
② 莫言：《蛙》，第 130 页。
③ 莫言：《蛙》，第 121 页。
④ 莫言：《蛙》，第 212 页。

了，才能一身轻松地去死。[①]

万心(姑姑)的性格是丰满的。作者在给日本友人杉谷义人先生的信中，就说万心(姑姑)已在国际友人的脑海里形成了"一个骑着自行车在结了冰的大河上疾驰的女医生形象，一个背着药箱、撑着雨伞、挽着裤脚、与成群结队的青蛙搏斗着前进的女医生形象，一个手托婴儿、满袖血污、朗声大笑的女医生形象，一个叼香烟、愁容满面、衣衫不整的女医生形象……这些形象时而合为一体，时而又各自分开，仿佛是一个人的一组雕像"[②]。万心(姑姑)的医术高超精湛，有着丰富的行医经验，她的手柔软而温暖，只要一接触产妇的皮肤就可给产妇以安全幸福的感觉；她以白求恩大夫为榜样，完全彻底为病员服务，在病员急需输血救命时毫不犹豫地奉献出自己600CC的鲜血；她工作上雷厉风行、严肃认真、一丝不苟；她对敌、对友、对亲人，在救死扶伤、面对病员和产妇时，一视同仁，毫无阶级的偏见，充分体现出人文关怀和人道主义精神。在爱情婚姻生活上，青年时期与王小倜的爱情关系带有浪漫主义色彩，与杨林的关系又显出她的严肃正派的一面；最后与泥塑工艺美术家郝大手结合，则从一个现实的力的王国进入了一个艺术的美的王国的人生最佳境界。

万心(姑姑)在中国文学史上是一个全新的女性形象，在世界文学史上也未曾见到这样的妇女艺术典型。万心从《蛙》中站了起来，以她的音容笑貌、悲欢离合和她所特有的思想行为方式，走到了读者中间，从高密东北乡走向了全国，走向了世界。这是中国文学走向大发展、大繁荣的一座新的里程碑，也是中国作家莫言对文学事业作出的新的卓越贡献。

三、博采众长，锐意创新，结构独特，具有原创性

在当代中国文坛上，莫言是一位有思想的作家，也是一位善于学习、锐意创新的作家。在写什么的问题上，他能以思想家的敏锐去选择那些最易触及民族、社会和个人心中痛处的题材，提出一些令读者坐卧不安、痛定思痛的重大问题；而在怎样写的问题上，他又特别重视艺术形式、艺术技巧的革新。在长篇小说创作中，他对作品结构的营造与创新尤为重视。他每写一部作品，总要努力去吸取国内外优秀作家成功的艺术经验，同时又力避与他人、与自己已写出的作品雷同。《蛙》在艺术上创新之处也恰恰是在作品的艺术结构上。

---

① 莫言：《蛙》，第338～339页。

② 莫言：《蛙》，第3页。

《蛙》的艺术结构独具匠心、别具一格，极具原创性和创新性。在创作过程中，作者认真学习和研究了书信体、叙事体和话剧三种不同文体的特点与长处，在博采众长的基础上独步文坛，决意实行长篇小说结构的创新。书信体、小说、话剧三种文体互换、多层次的有机结合，构成了《蛙》这部长篇小说独特的艺术结构。莫言原创的这一多种文体交互构成的小说结构形式，在笔者对中外小说的有限阅读范围内还是第一次见到。整部小说共分五大部分，每部分都由作者（蝌蚪）给杉谷义人的书信作引子。这一书信体的运用，在长篇中既阐明了作者的创作理念和创作任务，同时又起着联结和推进作品各部分之间的纽带和承上启下的作用。采用第一人称，以我与你通信、对话的方式，引出了她、他的故事。这样，作品一开头就把我、你、她（他）联结在一起。这种处理方式不仅拉近了与读者的距离，而且将整部作品纳入一个有机的层次分明而又相互联结的艺术整体之中。

小说的第一到第四部分，由第一人称的书信体引出长篇叙事体裁，讲的是姑姑的故事、我的故事、王胆的故事、陈鼻一家的故事、郝大手的故事等。时间结构采取了进行时的方式，以姑姑的功绩、负罪与救赎为中心线索，展现出众生群像和社会变迁，将历史与现实、生与死、罪与罚、文学与生命交织在一起，构成了一个相对独立的小说叙事文本。空间结构上，则将个人与社会、乡土与世界、国际与国内有机地统一起来，立体地、全方位地把姑姑生活的时代与社会环境展现在读者面前。《蛙》的第六部分，以话剧形式高度概括地为小说作了别开生面的结局处理，将时空结构融合在一起，采取了未完成式的方式，展示出人物思想性格的升华和故事发展的现实与未来，提出了“人的生产”面对的新形势、新问题，如试管婴儿、无性生育以及市场经济大潮中出现的新问题。这种艺术形式，是与中国正处于社会大变革、大转型时期的社会生活相适应的。

在《蛙》最后的话剧第九幕中，姑姑与蝌蚪有一段对话，值得读者认真地加以思考。

姑姑：睡不着的时候，我就想，想自己的一生。从接生第一个孩子想起，一直想到接生最后一个孩子，一幕一幕，像演电影一样。按说我这辈子也没做什么恶事……那些事儿……算不算恶事？

蝌蚪：姑姑，那些事算不算“恶事”，现在还很难定论，即便是定论为“恶事”，也不能由您来承担责任。姑姑，您不要自责，不要内疚，您是功臣，不是罪人。

姑姑：我真的不是罪人？

蝌蚪：让东北乡人民投票选举一个好人，得票最高的一定是您。

姑姑：我这两只手是干净的？

蝌蚪：不但是干净的，而且是神圣的。[①]

如何认识和评价姑姑的一生？如何认识和评价姑姑所从事的计划生育工作？她执行的那些“土政策”算不算“恶事”？姑姑是人民的“功臣”，还是人民的“罪人”？往事如烟，历史总归是历史，这是任何人也不能改变的。爱与恨、善与恶、生与死、功与罪，这些问题一直在姑姑的头脑中搏击，翻来覆去地煎熬着姑姑的心。怎样才能使姑姑平下心来，好好地活下去，无愧地走完自己的一生？在作品中，姑姑自己是无法回答自己头脑中的问题的，姑姑自己是无法判断历史向她提出的“善与恶”、“罪与罚”的问题的。在作品的结局处理中，莫言采取了向魔幻现实主义大师加·加西亚·马尔克斯学习的路径。马尔克斯说：“解决的办法是让讲故事的人自己出场(我生平第一次出场了)，使他能在小说的时间结构上笔意纵横，奔放自如。”[②]这样，我们就看到讲故事的作家蝌蚪亲自出场，去回答和解决姑姑所困惑的历史与现实问题，进而使作品有了一个令人深思的艺术结局。

过去的历史应当反思，现实中存在的问题应该面对。社会上已出现的“试管婴儿”、“代孕公司”如何认识？人类的命运将走向何方？人类真的能够自己掌握自己的命运吗？莫言通过万心(姑姑)这个人物的塑造，在小说结局中提出的诸多问题，确实值得广大读者深思。作家、艺术家对“人的生产”问题，对个人、家庭与社会，对人类的过去、现在和未来等人生哲理问题，都还需要继续体验、感悟和再创造。

四、作品是作家生命的聚光镜

《蛙》中有一句话说得很好。小说借小毕之口说：“每件成功的作品，都是艺术家的孩子。”[③]这句话准确地说明了生命的文学与作家的生命的关系。《蛙》是一部专写人的生命的作品。一部生命的文学，毫无疑问是作家生命的延伸，是作家的生命体验、生命感悟的聚光镜。

《蛙》在创作上有一个突出的特点，是作家直接成为作品中的主人公之一。他不仅以一个蹲在荷叶上的小蝌蚪冷眼看大千世界，看人间万象，而且将自己的生命体验、生命感悟，自己亲历的爱与恨、生与死，融入作品的内容之中，并与第一主人公万心(姑姑)的负罪与救赎的主线有机地联结在一起。

---

① 莫言：《蛙》，第338～339页。

② [哥伦比亚]加·加西亚·马尔克斯：《番石榴飘香》，崔道怡、朱伟等：《“冰山”理论：对话与潜对话》(下)，工人出版社1987年版，第703页。

③ 莫言：《蛙》，第199页。

莫言在答记者问时曾说:“几十年来,我们一直关注社会,关注他人,批判现实,我们一直在拿着放大镜找别人身上的罪恶,但很少把审视的目光投向自己,所以我提出了一个观念,要把自己当成罪人来写,他们有罪,我也有罪。当某种社会灾难或浩劫出现的时候,不能把所有的责任都推到别人身上,必须检讨一下自己是不是做了什么值得批评的事情。《蛙》就是一部把自己当罪人写的实践,从这些方面来讲,我认为《蛙》在我 11 部长篇小说里面是非常重要的。”①

作家(蝌蚪)在给杉谷义人先生的信中,进一步阐明自己将以最真诚的态度,去触及心中最痛的地方,去写人生最不堪回首的记忆,去写人生最尴尬的事,写人生最狼狈的境地。他要以小说话剧的形式,去“忏悔自己犯下的罪”。他认为,作家一定“要把自己放在解剖台上,放在聚光镜下”②。与此同时,他还认为,一个作家不仅应为自己赎罪而写作,“还应该为那些被我伤害过的人写作,并且也为那些伤害过我的人写作”③。作家蝌蚪的第一个妻子王仁美和她腹中儿子的死,深深地震撼了、刺痛了作家的心,由此作家不由自主地走上了一条“负罪”与“救赎”的不归路。在小说第五部开头,作家在给杉谷义人的信中坦言:

> 我原本以为,写作可以成为一种赎罪方式,但剧本完成后,心中的罪感非但没有减弱,反而变得更加沉重。王仁美和她腹中的孩子——当然也是我的孩子——之死,尽管我可以用种种理由为自己开脱,尽管我可以把责任推给姑姑、推给部队、推给袁腮,甚至推给王仁美自己——几十年来我也一直是这样做的——但现在,我却比任何时候都明白地意识到,我是唯一的罪魁祸首。是我为了那所谓的“前途”,把王仁美娘儿俩送进了地狱。④

“负罪”与“救赎”意识的萌发与形成,这是作者热爱生命、尊重生命的本我潜意识的自然流露。在中国走向现代化的历史进程中,这一主题具有历史的和现实的永恒价值。在《蛙》中,具体是从四个层面深化这一主题的。

第一个层面是国际性战争(第二次世界大战)早已存在的“负罪”与“救赎”问题。这以杉谷和杉谷义人为代表。侵华日军司令杉谷在中国土地上犯下的罪行,他的儿子杉谷义人内心中仍然认为自己应去承担“救赎”的义务。杉谷义人在给蝌蚪的信中,就表示他要代表他过世的父亲向中国人谢罪。

---

① 《第八届茅盾文学奖获奖作家媒体见面会实录》,载 2011 年 8 月 29 日《文艺报》。

② 莫言:《蛙》,第 179 页。

③ 莫言:《蛙》,第 179 页。

④ 莫言:《蛙》,第 281 页。

第二个层面是以万心(姑姑)为代表的中国践行“计划生育”的妇婴医生,因实行“土政策”强制实行人工流产而产生的“负罪”与“救赎”意识。

第三个层面是以陈眉为代表的“地下代孕”而产生的“负罪”与“救赎”感。这个形象提出了科技发展(试管婴儿)与市场经济大潮中产生的新的“负罪”与“救赎”意识。

第四个层面是作家蝌蚪的“负罪”与“救赎”感,他认为是自己把妻子王仁美和她腹中的儿子送进了地狱。

作品描写的这四个不同性质、不同层次人群的“负罪”与“救赎”,有一个共同点,那就是对人的生命的尊重,对人的生命的终极关怀。作品所揭示的丰厚意蕴,不仅对文学的发展有所启示,而且对当下社会现实也有重要的意义。

《蛙》所显示出的强大的文学生命力和艺术感染力,来自于作家旺盛的生命力。莫言旺盛的生命力与创作力,在于作家的根深深地扎在自己的家乡——齐鲁大地高密东北乡这块文化的沃土上。

美国著名作家、诺贝尔文学奖得主威廉·福克纳(William Faulkner,1897~1962)在其创作生涯中发现,自己“家乡的那块邮票般小小的地方倒也值得一写,只怕我一辈子也写它不完,我只要化实为虚,就可以放手充分发挥我那点小小的才华。这块地虽然打开的是别人的财源,我自己至少可以创造一个自己的天地吧。……我总感到,我所创造的那个天地在整个宇宙中等于是一块拱顶石,拱顶石虽小,万一抽掉,整个宇宙就要垮下”①。莫言以福克纳为榜样,也在自己的家乡——高密东北乡,开掘出一口很深很深的井,这口井的水源取之不尽、用之不竭,直接通向波涛汹涌的太平洋,通向繁星闪烁的宇宙天河。“高密东北乡”是莫言的文学王国,如他自己所说:高密东北乡是地球上最美丽、最丑陋,最超脱、最世俗,最圣洁、最龌龊,最英雄好汉、最王八蛋,最能喝酒、最能爱的地方。高密东北乡,生我养我的地方,尽管你让我饱经苦难,我还是为你泣血歌唱。莫言从“高密东北乡”这个属于自己的文学王国,走向中国,走向世界,卓尔不群地自立于世界文学之林。根深才能叶茂。莫言正是从生活的海洋中,获得了不竭的创作源泉和动力。我们深信,莫言在今后的岁月中,一定会在高密东北乡这块丰厚的文化沃土上,继续耕耘、开掘、发现,创作出更为绚丽多彩、为世人惊叹和赞美的艺术珍品,以顽强的毅力攀登上世界文学的珠穆朗玛峰!

(原载《山东师范大学学报》2011 年第 6 期)

① [美]威廉·福克纳:《创作源泉与作家的生命》,崔道怡,朱伟等:《“冰山”理论:对话与潜对话》(上),工人出版社 1987 年版,第 109 页。

人，在历史与伦理的旋涡中
——论莫言的长篇小说《蛙》

◇丛新强

“现实主义文学”总是通过再现公共记忆和塑造独特的艺术形象来透视人性世界的复杂状态。从这个意义上说，莫言的《蛙》是一部真正的现实主义的杰作。作品创造了当代中国文学中的独特的女性形象——姑姑，这是一个处于历史语境与伦理叙事裹挟中的悲剧式人物。姑姑本是接生过无数新生命的妇产科医生，而在当代中国计划生育国策的历史叙事中，姑姑的角色却成为不断限制甚至扼杀新生命的计生主任。在巨大的反差和深刻的悖论中，姑姑的错位人生呈现无遗，始终存在于历史与伦理的纠结状态。而转换了的历史语境和伦理叙事又最终让姑姑“脱皮换骨”，与民间泥塑大师郝大手联姻而携手创作泥塑娃娃，从而实现自我生命的终极救赎。从迎接生命者到剥夺生命者再到还原生命者，姑姑的命运在历史与伦理的旋涡中展开。《蛙》以姑姑为中心，铺陈各色人物，展开当代世界独具特色的中国生育史的画卷。生育本是再平常不过的自然事件，是人类存在与发展的根基，而在当代中国，却成为异常醒目的政治事件和全民轰动的社会事件。历史与伦理的巨大悖论，人在历史与伦理的旋涡中的生存状态，于中国特色计划生育国策的宏大叙事语境中体现得最为淋漓尽致，而这亦是《蛙》对于当代中国文学的独特贡献。

“食色，性也”，《蛙》就从“食”开始切入历史和伦理。在当代中国的饥饿年代，最深刻的事件大都与吃有关。当学校伙房前的煤堆渐渐高起来的时候，“我们”都不约而同地嗅到了一种奇异的香味。“仿佛是燃烧松香的味儿，又仿佛是烧烤土豆的味儿。我们的嗅觉把我们的目光吸引到那一堆亮晶晶的煤块上。”[1]接下来的自然是吃煤的场

① 莫言：《蛙》，上海文艺出版社 2009 年版，第 7 页。

景：陈鼻、王胆、王肝乃至于所有同学进入吃煤的盛宴。先用舌头舔一下，再用门牙啃下一点，然后又咬下一块，猛烈地咀嚼着：

> 兴奋的表情，在他们脸上洋溢。陈鼻的大鼻子发红，上边布满汗珠。王胆的小鼻子发黑，上面沾满煤灰。我们痴迷地听着他们咀嚼煤块时发出的声音。我们惊讶地看到他们吞咽。……陈鼻大公无私，举起一块煤告诉我们：伙计们，吃这样的，这样的好吃。他指着煤块中那半透明的、浅黄色的、像琥珀一样的东西说，这种带松香的好吃。……我们每人攥着一块煤，咯咯崩崩地啃，咯咯嚓嚓地嚼，每个人的脸上，都带着兴奋的、神秘的表情。①

面对此情此景，伙夫老王惊呆了：他手上竟然沾着面粉跑出来了。面粉是供给校长、教导主任和公社干部的，而孩子们却在吃着煤块。黑色煤块和白色面粉形成巨大的反差，莫言对于苦难的展现触目惊心。而且第二天吃煤的场景继续上演，转换到课堂，一边听课一边吃煤，满嘴乌黑地朗读课文。伙夫老王的女儿却吃得最欢，"现在想起来她大概患有牙周炎，因为吃煤时她满嘴都是血"。这是怎样的历史情境？即便没有牙周炎，也一定会满嘴是血！莫言对于苦难的表现深入骨髓。

在饥荒的岁月里，紧随饥饿而发生的便是国民生育能力的下降。而在地瓜丰收之时，也就自然出现了一批"地瓜小孩"：

> 在饱食地瓜两个月后，村子里的年轻女人几乎都怀了孕。1963 年初冬，高密东北乡迎来了建国之后的第一个生育高潮，这一年，仅我们公社，五十二个村庄，就降生了 2868 名婴儿。这一批小孩，被姑姑命名为"地瓜小孩"。②

莫言的叙事总是力图回归人的本性：饥饿，带来生育率的降低；而饱食——哪怕是饱食地瓜——也会带来生育高潮。抓住了"食"与"色"，也就抓住了有限生命存在的根本。

全民饥荒刚刚过去，全民"文革"就来了。在"文革"历史语境中，人性之扭曲、人性之恶劣充分表现。"文革"只是创造了环境机会和诱因，而"恶"却是永恒的。运动初期，姑姑亦曾十分狂热。对保护过自己的老院长毫不客气，对自己敬佩的黄秋雅更是残酷无情，其实原因只有一个，那就是内心恐惧，只想以这种方式来保护自己。事与愿违，老院长因不堪凌辱而自杀，黄秋雅则揭发出姑姑的两大罪状：一是国民党特务，二是与走资派通奸。"群众中蕴藏着丰富的创造力，也蕴藏着邪恶的想象力。"如果说"反

① 莫言：《蛙》，第 8 页。

② 莫言：《蛙》，第 50 页。

革命"和"特务"的罪名还可以让姑姑忍受的话，那么"通奸"的罪名和"破鞋"的称号是绝对不能让姑姑容忍的。然而，人民群众最为感兴趣的却不是前者，而恰恰是后者。"反革命"这样的流行罪名已经无法吊起人们的胃口，而"通奸"才能最大限度地满足人们的内心渴望，这是所有参与者释放自己的恶念的最为正大光明的渠道。姑姑的结局可想而知，她被打趴在台上，并被脚踩着背——所谓的"把阶级敌人打翻在地，再踏上一只脚"。这不禁让我们想起铁凝的《大浴女》中的"捉奸"场景和"吃屎"场面。[1] 这是人性罪恶的释放与暴露，更是人性遭践踏的沉痛和悲剧。人是一切社会关系的总和，更是自己的选择的总和，"我们必须学会真实的生活，否则就根本没有生活；我们必须选择心中的善，否则就会被周围的邪恶吞蚀"[2]。人类在历史发展中已经由无知之罪而变成故犯之罪行，文学便是探究人类的罪性和罪行。

中国社会进入了计划生育国策主导下的全民计划生育的时代，同时也是造成姑姑人生转折的特殊阶段。由于姑姑坚决摒弃野蛮、愚昧的"老娘婆"式的获利性接生，而采取新式的、科学人性的接生方法，尤其是屡次拯救母亲和婴儿于危难之际，故而名声大振，成为新生命的救星。然而在计划生育作为国策主导中国社会的历史中，姑姑转而变换为人见人怕、人见人恨的计生主任。在历史与伦理之间，在国家与个体之间，姑姑其实一直作着艰难的选择。正如她所自况的那样："现在有人给姑姑起了个外号叫'活阎王'，姑姑感到很荣光！对那些计划内生育的，姑姑焚香沐浴为她接生；对那些超计划怀孕的——姑姑对着虚空猛劈一掌——决不让一个漏网！"[3]为此，在威胁甚至剥夺他人生命的同时也不惜奉献自己的生命，用姑姑的话来说就是"血债用血还清了"，这就是姑姑在历史与伦理旋涡中的分裂状态。计划生育高潮的时代，没有规范的政策可言，一切手段都是合理的，都是可行的，甚至根本不问手段。全民动员，株连九族，家庭残缺，把生命扼杀在萌芽状态，更有甚者是母子双亡。《蛙》对于"计划生育故事"的讲述触目惊心然而真实，唯其真实才触目惊心。"计划生育"的出发点本是为着人类更好地生存，然而却是以生存权的被剥夺和人性的被践踏为手段。"计划生育"及其对国人的影响，是当代中国最为重要的事件，不仅仅是个体的，更是民族的。直到今天的诸多社会问题仍能从中找到渊源，比如独生子女问题、老龄化问题乃至传统文化问题甚至涉及"生前身后"的个体信仰以及大而化之的全民信仰的问题，在在凸显出来。在《蛙》之前，还鲜有文学作品如此聚焦这一关乎个体与民族未来发展命运的宏大叙事。这不仅是文学表现，更是历史还原。历史是只看结果而忽略手段的，而伦理却总是要

---

① 参见拙作《人性的勘探——读铁凝新作〈大浴女〉》，《名作欣赏》2001 年第 2 期。

② [美]戴维斯·麦克罗伊译：《存在主义与文学》，春风文艺出版社 1988 年版，第 85 页。

③ 莫言：《蛙》，第 87 页。

永恒地追问手段的合法性问题,中国人用最极端的方式终于控制了人口暴增的局面。然而,“如果人人都能清醒地反省历史、反省自我,人类就可以避免许许多多的愚蠢行为”[①]。计划生育高潮的历史场景已经过去,然而承载于其中的人性与伦理展现出来,这无疑是优秀作品对于时代的超越。

顺应历史潮流的姑姑,其实不断地在历史与伦理的旋涡中做着自己的忏悔。《蛙》的第三部,实际是姑姑及其相关者的“忏悔录”。首先是王肝的忏悔。王肝由于狂热地喜欢姑姑身边的搭档小狮子而多次为姑姑提供计划外生育者的信息,致使包括“我”的妻子王仁美在内的多人受到伤害,并累及无辜:

> 我已经是废人了,王肝道,我是来向你道歉的。你没发现王仁美坟前有烧化的纸灰吗?那是我烧的。因为我的出卖,才使袁腮锒铛入狱,才使王仁美母子双亡,我是杀人凶手。
>
> 这绝对不能怪你!我说。
>
> 我也试图以堂皇的理由安慰自己,什么“举报非法怀孕是公民的职责”啦,什么“为了祖国可以大义灭亲”啦,但这些理由都不能使我安宁,我没有那么高的觉悟,我是为了自己的私欲,为了讨小狮子的欢心。为此,我得了失眠症,刚刚一闭眼就会看到王仁美举着两只血手要挖我的心……我只怕没有几天活头了……
>
> 王肝,你思虑太多了,我说,你并没做错什么,你不要迷信,人死如灰飞烟灭——即便人死后有灵,仁美也不会追着你不放,她是个心地单纯的好人。
>
> 她的确是个好人,王肝道,正因为她是个好人我良心才更加不安。小跑,你不必同情我,更不必原谅我……[②]

历史的负面效应总是落到个体身上,总是由个体来痛苦地承受。在接下来的围追堵截即将临产的王胆的过程中,小狮子、秦河、姑姑实际都在以自己的独特行为做着内心的忏悔,也是在以伦理意识默默对抗着历史的沉重使命。为了拖延时间,小狮子冒着被淹死的危险跳入水中,并对着河中的神灵祈祷孩子赶快出生,因为这即将是一条鲜活的生命。就在小狮子被救上机船之时,开船的秦河却将机船弄熄了火,满头大汗,一遍遍地发动机器。其实这一切都瞒不了姑姑,她的脸上浮现出悲凉的笑容,像一个末路的英雄。“她坐在船舷,低声对秦河说:别装了,都别装了。”[③]就在王胆面临早产的危急时刻,姑姑和小狮子重新伸出援手,全力施救。当被呵斥“把你的魔爪缩回去”

① 莫言:《蛙》,第 78 页。
② 莫言:《蛙》,第 162 页。
③ 莫言:《蛙》,第 173 页。

的时候，姑姑平静地说："这不是魔爪，这是一只妇产科医生的手。"尽管船载着王胆和新生婴儿疾驰返航，但终究也未能挽救王胆的生命。在姑姑和小狮子的精心护理下，婴儿终于度过危险期，活了下来。虽说不尽如人意，然而伦理就是这样艰难地战胜并超越着历史。

总是神圣地迎接新生命也曾经剥夺过、限制过新生命的姑姑，在退休之后趋于平静，她在寻找着自我救赎的方式。《蛙》的第四部，实质是姑姑的赎罪历程。没想到一向胆大包天的姑姑，最害怕的却是青蛙。在一个醉酒的夜晚，在蛙声一片中，姑姑体会到了痛彻肺腑的恐惧与战栗：

> 常言道蛙声如鼓，但姑姑说，那天晚上的蛙声如哭，仿佛是成千上万的初生婴儿在哭。姑姑说她原本是最爱听初生婴儿哭声的，对于一个妇产科医生来说，初生婴儿的哭声是世上最动听的音乐啊！可那天晚上的蛙叫声里，有一种怨恨、一种委屈，仿佛是无数受了伤害的婴儿的精灵在发出控诉。……姑姑沿着那条泥泞的小路，想逃离蛙声的包围。但哪里能逃脱？无论她跑得有多快，那些"哇——哇——哇——"的凄凉而怨恨的哭叫声，都从四面八方纠缠着她。……姑姑说她跪在了地上，像一只巨大的青蛙，往前爬行。……无数的青蛙跳跃出来。……它们波浪般涌上来，它们愤怒地鸣叫着从四面八方涌上来，把她团团围住。姑姑说她感觉到了它们坚硬的嘴巴在啄着她的肌肤，它们似乎长着尖利指甲的爪子在抓着她的肌肤，它们蹦到了她的背上、脖子上、头上，使她的身体不堪重负，全身趴在了地上。姑姑说她感到最大的恐惧不是来自它们的咬啄和抓挠，而是来自它们那冰凉黏腻的肚皮与自己肌肤接触时那种令人难以忍受的恶心……
>
> 姑姑一边嚎叫一边奔跑，但身后那些紧紧追逼的青蛙却难以摆脱。姑姑在奔跑中回头观看，那景象令她魂飞魄散：千万只青蛙组成了一支浩浩荡荡的大军，叫着，跳着，碰撞着，拥挤着，像一股浊流，快速地往前涌动。而且，路边还不时有青蛙跳出，有的在姑姑面前排成阵势，试图拦截姑姑的去路，有的则从路边的草丛中猛然地跳起来，对姑姑发起突然袭击。姑姑说那天晚上她原本穿着一条肥大的黑色绸裙，被那些偷袭的青蛙一条一条地撕去了。姑姑说那些撕得了一长条绸裙的青蛙，便一口口吞食下去，直噎得举前爪挠腮，打滚露出了白肚皮。[①]

姑姑惊恐万分，几乎赤身裸体地相遇郝大手。冥冥之中，姑姑找到了自己的赎罪之路。"脱皮换骨"的姑姑与郝大手携手制作泥娃娃，凸显了自我的终极救赎。姑姑闭

① 莫言：《蛙》，第215～216页。

着眼睛，对同样闭着眼睛、手握一团泥巴的郝大手描绘出一个个娃娃的形象，直到创造出两千八百个泥娃娃。姑姑将他们一个个安放在墙壁上的木格子里，焚香供奉。这是姑姑将她引流过的那些婴儿一一再现出来，以此方式弥补心灵的歉疚。历史行为显然不是姑姑能够左右，但伦理责任却由姑姑自愿担当。历史现实中被毁掉的生命，在艺术创造中获得再生。现实生活中生命诞生的人为限制，转化为艺术生活中的无限创造。

其实，姑姑自我救赎的契机在作品第二部的"计划生育故事"的历史讲述中已经通过郝大手的"泥塑娃娃情结"而埋下伏笔。作为祖传的泥塑艺人，郝大手只捏泥娃娃。当卖家用模具刻出同一模样娃娃的时候，郝大手却是完全用手捏出来，一个一个模样，绝不重复。"他不到锅里没米时是不会赶集卖泥娃娃的。他卖泥娃娃时眼里含着泪，就像他卖的是亲生的孩子。"这就是对于生命的虔诚尊重和谦卑敬畏。

> 乡里人都说，买郝大手一个娃娃，用红绳拴着脖子，放在炕头上供奉着，生出来的孩子就跟泥娃娃一个模样。但郝大手的泥娃娃是不允许挑选的。邻县那些卖泥娃娃的，是将泥娃娃摆在地上，一大片，任人选。郝大手的泥娃娃是放在车篓里，篓上盖着小被子，你去买他的娃娃，他先端详你，然后伸手从篓子里往外摸，摸出哪一个，就是哪一个。有人嫌他摸出的娃娃不漂亮，他绝不给你更换，他的嘴角上，带着几分悲苦的笑容。他不说话，但你仿佛听到他在对你说：还有嫌自己孩子丑的父母吗？于是，你再仔细端详他递给你的孩子，渐渐地就顺眼了。那孩子，渐渐地就活了，有了生命似的。他从不跟你讲价钱。你不给他钱他也不会跟你要。你给他多少钱他也不会跟你说个谢字。慢慢地大家认为，买他的泥娃娃，就如同从他那里预定了一个真孩子。越说越神。说他卖给你的泥娃娃，如果是个女的，你回去必定生女的。他卖给你的是男的，你回去必定生男的。如果他摸出两个孩子给你，你回去就生双胞胎。这是神秘的约定，说破了也就不灵了。①

每个孩子都是唯一的，都是不可替代的。面对人的有限性、理性的有限性和语言的有限性，必须确认"奥秘"的真实性。在历史与伦理的旋涡中激荡浮沉的姑姑，冥冥中已经铺就了自己的救赎之路。一直追随姑姑的秦河，也通过泥塑娃娃大师身份的获得而实现了同样的生命救赎。经受历史的折磨和心灵的煎熬，"罪赎完了，才能一身轻松地去死"②。

姑姑与郝大手包括秦河在内创作泥塑娃娃的场景，和姑姑深陷蛙声一片的场景，

---

① 莫言：《蛙》，第91～92页。

② 莫言：《蛙》，第339页。

简直构成作品的神来之笔，显示出创作的人气、灵气与神气。两个场景出神入化，表层神奇、魔幻而不可思议，实则是真实的内心和隐秘的灵魂。而且，通过这两个场景，作品“蛙”的意旨得以确认并深化。“蛙”，是青蛙，是青蛙的祖先蝌蚪，是哭声的“哇”，是孩子的“娃”，是女娲的“娲”，说到底，为什么叫“蛙”，“蛙”就是人啊！莫言的创作，总是关注于人类本体。《蛙》体现莫言以一贯之的浓重的生命意识，不过在此更加本源、沉潜、深厚了。

历史是什么？就是“许多当年做梦也梦不到的事物出现了，许多当年严肃得掉脑袋的事情变成了笑谈”[①]。然而，唯有苦难如影随形：陈鼻从少年的“吃煤”到老年的“堂吉诃德”式的出卖身体，女儿陈眉从诞生的凄惨到青春的悲苦。生之艰难、悲凉与辛酸，无疑也是历史的永恒存在状态。叙述苦难，乃是站在人类立场上的沉思。剥开人类的弱点，本是为着人类趋向完美。唯此，艺术才有了更高的价值，艺术家的苦心才能获得报偿。[②]

伦理是什么？“其实是以某种价值观念为经脉的生命感觉，反过来说，一种生命感觉就是一种伦理，有多少种生命感觉，就有多少种伦理。”[③]伦理叙事，就是讲述个人经历的生命故事，探究生命感觉的真实意义。莫言讲述的《蛙》的故事，是最为真实的内心表达，而且，体验本身就具有穿透历史的力量。人本来是禽兽的变种，真正优秀的作家总是在从人间找兽性，从兽性里找人性，从人性里找神性。

（原载《时代文学》2012 年第 9 期）

① 莫言：《蛙》，第 242 页。

② 参见史铁生：《她是一片绿叶》，《史铁生作品集》第 2 卷，中国社会科学出版社 1995 年版，第 484 页。

③ 刘小枫：《沉重的肉身：现代性伦理的叙事纬语》，华夏出版社 2004 年版版，第 3 页。

重新拾起“人的忏悔”的话题
——试论《蛙》的忏悔意识

◇罗兴萍

一

当代作家中，莫言是最自觉地站在农民的立场，表达着农民在整个国家农业政策运行下受侮辱与损害的愤怒情绪的作家。以新世纪的创作《生死疲劳》为代表，莫言写出了一部半个世纪来中国农村的苦难史，疯狂与罪恶、革命与经济、开放与造孽，几乎是混淆在一起不可分辨，历史把农民推向了走投无路的绝望境地。在莫言的创作里，作者无论怎样机智地虚构布局，幽默地遣词造句，总也掩盖不了绝望与愤怒的情绪。但是，忏悔的意识是没有的，因为疯狂与愤怒都不属于理性的感情范畴，不可能含有忏悔的因素，而且，中国的农民（包括底层的人群）基本上是被启蒙的对象，与“忏悔”这一高层次的精神现象还差得太远。

那么，当代中国文学里有没有忏悔意识？这个话题在20世纪80年代已经被广泛地讨论过。那是在“文化大革命”浩劫被否定并且被痛切反思的特殊背景下产生的。较早地提出忏悔话题的是陈思和，他在1986年撰文指出：中国传统文学缺乏忏悔意识，这个来自西方基督教传统的触及灵魂的概念，直到“五四”时期才通过鲁迅的《狂人日记》，在文学的意义上表达出来。[①] 他进一步分析了五四新文学中的忏悔意识有两种不同的指向：一是以鲁迅为代表，通过《狂人日记》对人性之完善的价值提出了质疑，反映出“一种人对自身恶性的深刻忏悔”，“这是建立在进化论的科学基础上，对‘人类

① 陈思和：《中国新文学中的忏悔意识》，《上海文学》1986年第2期。

原罪'所含的象征意义的一种解释"。[①] 鲁迅的《狂人日记》之所以是一部"伟大的忏悔录",是因为鲁迅对于"人性中恶的因素的深恶痛绝与无情谴责,远远超越了题材、环境以及现实意义",是一种充满了"沉重的现代色彩的忏悔",那是一种关于"人"自身的忏悔,也叫作"人的忏悔"。[②] 二是在俄罗斯文学民粹派的影响下,五四新文学中出现了知识分子对于自身身份的忏悔,似乎知识分子具有一种与生俱来的原罪感,在革命思潮风起云涌中,知识分子从先进理论的"盗火者"和"播种者",变成了需要忏悔的阶级异己者,这就出现了所谓的"忏悔的阶级"或者"忏悔的人"。也就是说,五四新文学中忏悔意识有两层含义:一是对人自身罪孽(人性固有弱点)的深恶痛绝和无情谴责,是富有现代意识的对人的自身价值的质疑;二是对人类社会中某一族群进行自觉贬低,在社会人群中分出上下高低,让一部分人在自觉忏悔中追求崇高。陈思和认为,五四新文学的忏悔主题从"人的忏悔"到"忏悔的人",是一种精神退化的现象,但是即使是退化,也是人类不可忽视的重要精神现象。"文化大革命"后的文学中最突出的是巴金老人的《随想录》,他的忏悔面对的是"文化大革命"惨痛的经验和正在觉醒的时代,勇敢地忏悔自己在历次运动中自觉或者不自觉地犯下的错误,巴金真诚的忏悔产生了巨大的精神力量。但是,巴金的忏悔还是停留在"仍然是一种'忏悔的人'的忏悔,并未达到现代层次上的'人的忏悔'"[③]。

接着,刘再复发表了《论新时期文学主潮》一文,在反思"文化大革命"后朝气蓬勃的文学现状时,提出了尖锐批评:"无论在政治性反思还是文化性反思中,我们的作家主要的身份还是受害者、受屈者和审判者。因此,主要态度是谴责与揭露。但是,从总体上说,在成功中也包含了一个目前作家还未普遍意识到的弱点,这就是谴责有余,而自审不足。"[④]刘再复没有对新时期文学中出现的张贤亮、高晓声等作家作品中的忏悔意识进行分析,也没有区分"人的忏悔"和"忏悔的人"之间的差异,但他把巴金的《随想录》看作是"与民族共忏悔"的典范。20 世纪 90 年代,刘再复漂流海外,与留在国内的林岗再度合作,继续讨论文学的忏悔意识,于 2002 年完成一部学术著作《罪与文学》,副题是"关于文学忏悔意识与灵魂维度的考察",其实还是一部相关主题的论文结集。书中讨论了文学中忏悔主题的四种基本形态:(一)作家直接作为忏悔主体的身份自叙(如卢梭的《忏悔录》、巴金的《随想录》);(二)作品主人公替代作家承担忏悔主体的灵魂告白(如托尔斯泰的《复活》);(三)具有忏悔主人公但非灵魂自传的忏悔文学(如左

① 陈思和:《中国新文学的整体观》,上海文艺出版社 2001 年版,第 351 页。

② 陈思和:《中国新文学的整体观》,第 352 页。

③ 陈思和:《笔走龙蛇》,山东友谊出版社 1997 年版,第 175 页。

④ 刘再复:《论中国文学》,作家出版社 1988 年版,第 265~266 页。

拉的《克洛特的忏悔》、张炜的《古船》);(四)一般文本(非忏悔主题)中的忏悔意识。[①]刘再复描绘的这四种忏悔文学形态中,独独缺少了“人的忏悔”的伟大主题,如鲁迅的《狂人日记》、戈尔丁的《苍蝇王》、萨特的《苍蝇》等等,只有这样一种触及了人自身的内在恶的揭发与忏悔,才达到了“人的忏悔”的高度。

刘再复这部著作在境外出版,在国内学术界基本上没有产生影响,关于忏悔的主题也没有引起进一步的检讨。到了20世纪90年代,主流文学开始进入民间领域,作家们开始发掘民间的草根力量,排除了知识分子沉重的忏悔主题,民间属于远离国家意识形态控制的边缘领域,其美学形态是通过藏污纳垢的特征来完成的,因此,其无法展现启蒙与忏悔这一对立范畴。新世纪的到来,随着社会财富的急剧增长和一部分社会矛盾的尖锐凸显,中坚作家们都不约而同地站在底层的立场,对社会现实进行了批判与讽刺。但他们对知识分子自身的处境描绘,基本上也混同于市民阶级的成员,停留在物质生活的层面上进行描述,缺乏的是灵魂维度的挖掘和精神向度的拷问。这是新世纪以来文学创作中最匮乏的一个精神领域。正是在这样的前提下,我们面对莫言的新作《蛙》,才有机会重新捡拾起“人的忏悔”话题,用来讨论在今天的中国人如何面对历史、现状的自省态度,这样一来,财富与精神的对话[②],在我们的日常生活之中又确立了人的主体意义,值得我们去探讨。

二

长篇小说《蛙》[③]的小说文本是以剧作家万足(笔名蝌蚪)写给日本作家衫谷义人的四封长信(外加的说明)和结尾的一部话剧组成,讲述的是一个乡村妇产科医生万心(姑姑)的漫长人生经历,展示了中国乡村六十年波澜起伏的人口政策史。这个题材在当代文学创作中几乎没有人涉足过,其难度不言而喻:中国政府自1949年以来人口政策几经反复,先是学习苏联卫国战争以后鼓励生育的经验,采用了鼓励人口增长的政

---

① 参见刘再复、林岗:《罪与文学——关于文学忏悔意识与灵魂纬度的考察》,(香港)牛津出版社2002年版,第59~87页。

② 关于财富与精神的对话,指的是在近年来文学创作中出现了一种新的现象,如卢新华的随笔集《财富如水》、张炜的长篇散文《芳心似火》,都讨论了财富与精神之间的关系。复旦大学当代文学创作与批评中心在2011年7月5日举办“财富·精神”论坛,作家韩少功、张炜、卢新华、蒋子丹、林白、徐兆寿,批评家李建军、王晓明、陈思和、王尧、张新颖,学者张汝伦、李鹏程、王振耀、张文江等都参加了会议,正式提出这个话题(参见2011年7月9日《文汇读书周报》)。笔者没有参加这个会议,但看到有关报道,直接启发了关于本文主题的修改。

③ 莫言:《蛙》,上海文艺出版社2009年版。本论文所引用的有关《蛙》的段落,均出自这个版本,不再一一注明出处。

策，以至于经济学家马寅初的新人口论被野蛮批判；到了 20 世纪 70 年代又威慑于人口的无政府式疯狂增长，转而采取了严厉的人口控制政策，计划生育作为一项基本国策推行，一直坚持至今。由于这一政策是在“文化大革命”专制时期开始推行的，必然带有全民运动、摧残人权的专制时代的特征。一种正确的成功控制人口的政策，却采取了难以想象的强制性的迫害行为，这里面包藏了极其尖锐的社会矛盾。[①] 莫言生活在儒家传统的滋生地山东地区，在那里，农民们把传宗接代视为极其重要的人生大事，“不孝有三，无后为大”，这种祖祖辈辈正常的伦理观念现在遭遇了重大挑战。移风易俗的时代观念的进步，伴随着野蛮的行政手段推行，国家政策所体现的强硬理性与民间淳朴的人性良知之间的严峻冲突，对作家莫言来说，也是一个具有高难度的挑战。在这样的前提下，忏悔意识就成为莫言克服并且超越难度的有力武器。

忏悔意识是一个内涵复杂的概念。根据《辞海》解释，“忏”是梵语 Ksama 的音译，“忏摩”的略称，“悔”是它的意译，合称“忏悔”。原为向人发露自己的过错，求容忍宽恕之意。佛教制度规定，出家人每半月集合举行诵戒，给犯戒者以说过悔改的机会，遂成为专以脱罪祈福为目的一种宗教仪式。[②] 西方文化中的忏悔意识与基督教的原罪说有密切的关系。基督教认为人类始祖在伊甸园里违背上帝命令，偷吃禁果所犯之罪，祸至后世子孙，成为人类与生俱来的原罪，并且是人类一切罪恶和灾祸的根由。因此，人类生而有罪，这种罪过是无法弥补的，唯有时时悔过求得上帝的宽恕和谅解。我们这里使用的忏悔意识综合了佛教、基督教的含义，认为忏悔是人类对以往铸成的无可挽回的既成错误和罪恶的深刻认识，同时伴随着感情上的痛苦和心灵上的巨大折磨的一种深刻的自我谴责。

莫言《蛙》中借用饱满的笔墨，淋漓尽致地描绘了农村计划生育中惊心动魄的迫害事件，但是他的笔墨又并非直指计划生育政策，而是通过这种政策的执行者万心（姑姑）晚年深刻忏悔自己从事计划生育工作中的强硬态度及其铸成的后果。这样就巧妙地用个人的忏悔意识来取代了对于具体政策的指控，这两者既有关联又不能完全混同，换句话说，在中国各地（包括城市和农村）落实执行计划生育政策的过程中，既可以有万心这样的执行者来采取非人道的措施，导致她个人的忏悔，也可以有不是万心这样的强硬执行者，采取其他更人性的方式来推行国家计划生育政策。而作家莫言仅仅

① 据报载，在 2011 年 7 月 11 日世界人口日纪念大会上，中国国家人口计生委主任李斌宣布：“中国占世界人口的比重从改革开放初期的 22%下降到 2010 年的 19%。中国成功改变了人口发展轨迹，为世界人口与发展作出了重要贡献。”（新华社天津当日上午电）中国是一个人口众多的农业大国，农民人口占了重要的比例。在没有发生大规模战争、内乱、饥荒、自然灾害和迫害事件的情况下，在经济增长、人均生产值不断提高的情况下，能够如此下降人口比例，可以证明计划生育政策的有效性，但同时也可以想见其推行的严厉性和残酷性。

② 参见《辞海》（缩印本），上海辞书出版社 2000 年版，第 1190 页。

是检讨了像万心那样的执行者的行为方式,通过“这一个”具体的人和事件来检讨当年的农村计划生育政策的执行,因此忏悔意识也是一个具体的个案。但《蛙》所体现的忏悔意识是相当生动和深刻的,它通过三个层面来传达:一是小说所指涉的许多人物都是有罪或者有过错的(忏悔的普遍性);二是这种罪或过错是无法弥补和挽回的(忏悔的具体性);三是伴随着强烈的感情和心灵上的痛苦和折磨(忏悔的个人意义)。而其中第一个层面最为重要,是《蛙》对于忏悔意识的独特的理解和展现。

我们打开《蛙》,弥漫于字里行间的就是莫言所渲染的忏悔意识。小说的结构布局乍看有些故弄玄虚:为什么剧作家万足(蝌蚪)要把四封描绘姑姑故事的长信写给一个日本人而不是另外一个其他身份的对象?即便这里隐含了作家本人与诺贝尔奖获得者、日本作家大江健三郎的关系,似乎也看不出有什么必要性。其次,又为什么最后还要安排一个剧本作为小说文本中的文本?从文本细读的角度看,这个作品的文本相当混乱,既有剧作家写给日本人的信件(文本 A),又有专门写给日本人看的关于姑姑故事的长信(文本 B),还有剧作家创作的剧本《蛙》(文本 C)。A 仿佛是 B 的楔子,C 又似乎是 B 的后续。但叙事人却始终是同一个人,没有变换。如果仅仅是叙事技巧上的花样,那确实有故弄玄虚之嫌,然而我们把这部小说确定为忏悔主题来解读,这个文本结构就变得很关键,即作家通过三个不同的故事,揭示了人类忏悔意识的普遍性,就是说,忏悔不仅仅是姑姑个人所有,也不是在特定的历史时期才会出现忏悔意识,而是在任何时空里都有可能发生、也需要产生的人的心理意识。

当作家设定讲述这个故事的对象(听众)是一个日本人,而且是一个曾经侵略中国的日本军人的后代,那么,某种巧合一定是为了主题服务的,即那个叫杉谷义人的日本人,正是当年在中日战争中与姑姑的父亲牺牲直接有关,并且关押过姑姑本人的侵略军杉谷司令的儿子。杉谷义人的出现,不是给姑姑一家带来仇恨,反而是给杉谷一家带来了忏悔意识。又因为杉谷义人是个作家,研究法国存在主义文学(这些因素都影射了杉谷形象里杂糅了大江健三郎的因子),所以他把这种忏悔意识普遍化了,从一开始出现在读者面前的信件里(文本 A),就出现了萨特的《苍蝇》和《肮脏的手》的样板,也就是说,这个小说的忏悔意识是以萨特的作品为榜样,探讨人类带有普遍性的忏悔意识,即人的忏悔,而非中国现当代文学中经常出现的“忏悔的人”的主题。这样,忏悔的主题就不再是姑姑的身份(计划生育政策的执行者),而是人人身上都可能具有的邪恶,只是这种邪恶在某种名目的掩盖下,被蒙上了具体性的特征。

为了进一步凸显“人的忏悔”的主题,作家在小说的最后一部分别出心裁地设计了一个剧本,用幻想的形式进一步突出了这样的观点:即使在没有强硬推行计划生育政策的时候,人心的邪恶照样存在。文本 C 的剧本《蛙》作为小说的一部分暗示了故事的现实性——即使在“文化大革命”结束以后三十年,中国社会已经非常富裕的状况下，计划生育的人口政策开始被金钱所腐蚀、瓦解和破坏，民族的精神性从“文化大革命”时代的罪恶性高扬到今天现实的罪恶性堕毁，完成了一个自我毁灭的循环，但是罪恶依然存在，忏悔依然存在。不仅杉谷义人要忏悔父辈在中国战场上的邪恶罪行（消灭人口），姑姑要忏悔自己在执行计划生育政策过程中的强暴行为（戕害人口），就连同“我”（叙事者蝌蚪）以及与我相关的一切人（第三代）也将在金钱的罪恶下继续侮辱和损害人的生命和尊严，即使在“人工代孕”这样一个现代化高科技的施行中，仍然包藏了权力阶层通过金钱连接起来的恶行。莫言所揭示的忏悔意识绝不是指向个别人的具体罪恶，而是揭示出人类自身与生俱来的罪恶的无意识，这种无意识在一定的有利滋生的环境下就会以堂而皇之的形态出现，戕害人类自身的生命和尊严。

于是作家对于忏悔主题进入了对于人自身恶行的思考。作家通过叙事人的思考和推理，把人类对自身恶性的忏悔着力往前推进，忏悔的内涵从人类自身推向了人类所伤害的一切生灵。蝌蚪晚年退休回乡，在经历了一场莫名其妙的袭击之后，突然意识到人类的可怕，对人的价值产生了怀疑，进一步忏悔人对这个世界中其他生命的侵害。小说写道：

> 我想起了自己童年时，甚至成年之后还玩过的恶作剧：将那种青色的或者绿色的虫子，用图钉或者荆棘，将它们的尾巴扎在地上或者墙上，然后看它们挣扎，看它们想爬行逃命的意识与不听指挥的身体如何搏斗。当时我毫无怜悯之心，甚至感到愉快。与虫子相比，我是强大的，强大到虫子无法感知我的形貌，对于虫子来说，我就是制造一切灾难的神秘力量，它甚至感受不到我那只行凶作恶的手，它只能感受到那枚图钉，或者那根棘刺。现在，我体验到了那些曾经被我戕害过的小虫们体验的痛苦。小虫们，对不起了，实在对不起，I am sorry!

这段文字中，叙事人由自己被打伤、不能支配自己身体的无奈中，联想到过去对虫子的伤害，实际是由人类而推演到自然界的其他生命形态，反思人类对自然界中比自己弱小的生命形态的伤害，进而从一个更为广阔的意义上忏悔人类的罪过，重新确立生命的价值和意义。莫言在《蛙》中通过对人性中自私、懦弱、残忍等弱点的反思，进而推广到对人类自身的罪过的忏悔，对生命——人的生命和地球上其他的生命——价值进行新的确立。从整个文本来看，前两者是通过叙事人转述出来的，而最后一个忏悔则是由叙事人自己之口讲述出来，换句话说，这个文本所传达的忏悔意识，就是叙事人的忏悔。正如莫言在《蛙》的台湾版序言中所说的“他人有罪，我也有罪”[①]，和鲁迅《狂

---

① 《莫言谈文学与赎罪》，2009年12月27日《东方早报》。

人日记》中“人人吃人，我也吃人”一样，达到了对整个人性的反思。

三

因为莫言是站在了“人的忏悔”的高度重新捡拾起忏悔话题，所以当这个话题重新观照具体事件时，它出现了丰富的忏悔层次。首先要问的是：以万心姑姑为代表的计划生育政策执行者在哪个层面上出了问题？他们执行国家政策，为计划外怀孕的妇女做流产手术（传统说法是堕胎），本来是造福于人类与社会的神圣工作；但按叙事者的夸张说法，双手上沾满了鲜血——是杀害人的生命，这不过是一般农村愚夫愚妇的落后想法。人类堕胎本来就是有争议性的。照佛教说法这是罪孽深重，照天主教的说法这是犯了教规，即使从唯物主义者的立场上看，也是面对已经成形的生命的毁灭（中国传统计算人的年龄以结胎算起，所以农历年龄比公历年龄大一岁，现在所谓的“虚岁”，其实母胎中的婴儿已经有了生命，所以不能说“虚”，没有脱离母亲子宫的胎儿仍然是有“实”生命的），但是从现代社会进步而言，人类盲目生育下不断增长的人口，与人类可能提供自身生存的资源必然发生尖锐冲突，人类自我控制生育是一项现代社会保证生活提高、社会进步的必要措施，随着现代社会人类生育观念的不断进步，自我节制逐渐取代传统传宗接代的观念，人类自我控制生育、避孕、节育都是可以得到合理的运用和接受的。但是文明的观念必须用文明的措施来实施，而问题在于中国国情（农业大国）与控制人口的迫切性，以及“文化大革命”专制政治体制的影响，必然把这种矛盾激化起来，以至于硬性的执行计划生育政策，使怀孕六七个月的妇女仍然得不到法律保护，必须去冒生命危险。在当时的社会环境下，对于执行政策者来说，政策远比生命重要。正是在这样的背景下，叙事人描写了姑姑晚年内心的深度恐惧、忧伤和悔恨，才是合情合理的。

万心姑姑这种忏悔具有个人性因素在内。在叙事人的讲述里，主要有王仁美和张拳的妻子的惨死过程。王仁美已经是大月孕妇，躲藏在父母家里，姑姑为了逼孕妇现身，悍然采取野蛮的连坐制度，先要毁及邻家的房子和树木，让邻家去逼迫当事者自首。本来邻家没有犯法也没有超生，只是因为邻居超生遭到无妄之灾。这种野蛮的连坐法不见于任何计划生育的政策文件，但是峻急推行政府政策，必然会导致执行人员无视法律践踏人权的现象。这种时刻，执行者内心的邪恶因素必然抬头，借了合法的名义释放出来。借题发挥是人类邪恶因素释放的主要渠道。姑姑执行的计划生育工作本身具有某种合法性，但是为了实现这样的合法性的目的，采取了非正义甚至非法的措施和行为，这部分的行为的最终责任，究竟应该由合法目的来承担，还是由执行人的非法行为来承担？如果说这个案例还仅仅是体现了执行者的鲜明的目的性，那么处理张拳妻子案例的过程中问题则显得更加复杂：张拳的妻子是五个月的孕妇，而且患有严重的心脏病，为了躲避计划生育，她在被押解过程中跳河潜逃，姑姑乘船追赶时明明已经发现她在潜水，却故意尾随着她，逼着她在水里拼命游泳，结果导致了孕妇的死亡。在这场玩猫捉老鼠游戏的过程中，姑姑在船头稳操胜券，却在无意中犯下了害人性命的罪行。尽管在犯案过程中谁也没有发觉姑姑内心的阴暗可怕的心理，甚至姑姑本人也没有清楚认识到这一谋杀行为，但事实上，这一过程表明了，执行者往往在合法的幌子下，主观上控制不住自身犯罪无意识的冲动，客观上已经触犯了法律。莫言在小说里描写这两个案例都无疑是来自于生活的丰富性，对于我们今天认识现实生活中的许许多多执法过程中的突发事件，有着极为重要的警示意义。

然而莫言还没有停留在这个层面上描写姑姑的忏悔心理，他继续朝着深层的心理去挖掘。除了犯罪无意识而外，姑姑在长期的生活经历中还有更加深层的恐惧感和自我保护机制。从表面上看，姑姑有着非常正面的光辉历史：父亲是白求恩的弟子，是牺牲于战场上的英雄，她本人七岁就被日本侵略军作为人质关押过，很早就入党、学医，成为一个新时代的农村产科医生。但是，从叙事人给杉谷的信中可以隐约了解到，其实姑姑的光荣历史叙述中还存在多种暧昧的因素（如她们作为人质期间受过日本人的款待），其父亲之死的真正原因也存在着多种假设的可能性。小说中还有一个情节我们不能轻易放过：姑姑的男友飞行员王小倜竟叛逃台湾，姑姑因此受到牵连。叙事人讲述了他在孩提时代记忆中姑姑的自杀：“我逃出医院以后，姑姑切开了左腕上的动脉，用右手食指蘸着血，写下了血书：我恨王小倜！我生是党的人，死是党的鬼！”也就是说，姑姑曾经用死来表明自己对当时执政党的忠诚和信仰。这样我们就可以理解，在执行计划生育政策的过程中，姑姑为什么会出现不徇私情，甚至有点狰狞残忍的面目。她要用她的狂热工作热情和出色工作成绩来保护自己，掩饰害怕被组织抛弃、被划入“敌人”阵营的恐惧。如果说她的极“左”思维逻辑的背后也深藏私心的话，那么作家的挖掘和批判是直接指向人性深处不可告人的自私和懦弱——姑姑的许多表面上冠冕堂皇的行为里，并非没有更深的邪恶隐藏在里面。姑姑的忏悔，其实包含了极为丰富的内涵。由于姑姑的狂热行为并非出自天真和革命热情，而是在恶行背后埋藏了邪恶的动机和本能，所以唯有她本人才明白她内心是罪恶的，即使别人以天真和善良原谅了她，她自己仍然不能回避自己的灵魂，这才是她感到恐惧而忏悔的真正原因。

姑姑虽然是一个医务人员，可她没有受过很好的教育，她的基本文化素养仍然是一个村干部的水平，与一般农民没有本质上的区别。所以她本人并不能真正认识自己忏悔的意义，她到了晚年，在忏悔自己早先行为时又重新堕入因果报应的迷信之中，于是就出现了“泥娃娃”与“蛙”的复仇意象。

姑姑晚年选择了用供奉泥娃娃的方式来赎罪。小说写道：

东厢房里的光线很暗,一股阴凉潮湿的气息扑鼻而来。姑姑拉了一下墙上的灯绳,一盏一百瓦的灯泡亮起,照耀得厢房里纤毫毕现。这是三间厢房,所有的窗户都用砖坯堵住。东、南、北三面墙壁上,全是同样大小的木格子。每个格子里,安放着一尊泥娃娃。姑姑将手中的泥娃娃,放置在最后的一个空格里,然后,退后一步,在房间正中间的一个小小的供桌前,点燃了三炷香,跪下,双手合掌,口中念念有词。

叙事者告诉我们,姑姑供奉在木格子里的泥娃娃,正是她一生为人堕胎而毁灭的小生命的代表,对那些逝去的生命的供奉是姑姑内心赎罪愿望的表达。作者还设计了一个情节,就是对这些当年失去生命的孩子,姑姑焚香祈祷,帮助他们重新投胎,转世为人,也许这样才能使姑姑内心平静,不再恐惧。但是从科学的角度来看,生命是一次性的,转世为人是不可能的,所以姑姑的罪孽其实无法可赎。同样,蛙的意象也是如此。小说设定了一个惊心动魄的场景,阴历七月十五,姑姑工作几十年以后终于退休。那天晚上,她喝醉了酒独自回家。阴历七月十五是中元节,民间风俗中是一个孤魂野鬼的节日,又称为“鬼节”。[①] 民间传说中这一天阎王给小鬼们放假,鬼魂们可以回家,也可以出来四处游荡。作者暗示,这是一个孤魂野鬼乱窜的日子。退休,意味着一个人事业的终止;酒精,可以使人陷入一种迷狂状态。于是姑姑出现了幻觉——水边,洼地,月光,芦苇,此起彼伏的蛙鸣,无数碧绿的、金黄的、大大小小的青蛙,鼓着两只眼睛跳在姑姑的身上、背上、耳朵上四处乱爬,“冰凉黏腻的肚皮”与人肌肤接触时产生令人难以忍受的恶心。于是,姑姑内心的潜意识中的罪感被唤醒,产生幻觉,她听到的不是普通的蛙鸣,而是“无数受了伤害的婴儿的精灵在发出控诉”,她看到的也不是普通的青蛙,而是婴儿的冤魂来向她讨债,成群结队的青蛙追着姑姑,拦住她的去路,袭击她,姑姑的衣服也被青蛙们撕碎。姑姑内心的恐惧和罪感被激发出来,吓得疯狂逃窜。显然,姑姑的恐惧不是来自青蛙本身,而是来自她内心的罪感。蛙就成了“娃”的隐喻。在水边活跃的青蛙那是数不清的死去的婴儿的冤魂(民间有河水鬼的传说,也与此相似)。很显然,莫言用这样的隐喻,来表现人物内心的恐惧和忏悔。

---

① 中元节,民间俗称“鬼节”。这天,家家祭祀祖先,有些还要举行家宴,供奉时行礼如仪。酹酒三巡,表示祖先宴毕,合家再团坐,共进节日晚餐。天黑之后,携带爆竹、纸钱、香烛,找一块僻静的河畔或塘边平地,用石灰撒一圆圈,表示禁区。再在圈内泼些水饭,烧些纸钱,鸣放鞭炮,恭送祖先上路,回转阴曹地府,作为对祖先的缅怀和纪念。

四

为了体现“人的忏悔”的普遍性，莫言没有按照一般的对立模式来展示计划生育政策执行者与生育者之间的冲突，而是将忏悔意识泛化。在这部小说里，不但姑姑和小狮子这样的计划生育工作人员在罪感压力下痛苦万状地忏悔，而且几乎所有人都逃脱不了有罪的感觉。首先是那些计划生育的受害者：叙事者“我”（万足、剧作家蝌蚪）、陈鼻（一个地主的儿子）都属于这一类。万足是个下级军官，妻子王仁美因为超计划怀孕被迫引产，大出血后母子两人均死在产床上。陈鼻的妻子王胆超计划怀孕，在逃脱姑姑们追捕的过程中，早产一女婴后也失血而亡。万足和陈鼻都为此伤心不已。他们在受害者身份掩护下，表面看来是无辜的，但是小说进一步追问他们妻子的死因时发现：万足曾参与到姑姑强迫妻子流产的行列，原因是害怕超生影响自己在军队里的前途；陈鼻为了要一个儿子传宗接代，不顾妻子王胆的身体状况不适宜再生育，冒险使之怀孕。他们为了自己的某种私欲，不顾妻子和孩子生命——他们其实也逃不脱参与戕害生命的罪行。其次是王肝、肖下唇等告密者。他们或者是为了个人的爱情动机，或者是为了自己的财产不受损失，都出卖自己的朋友和亲人——间接地参与了杀人行为，所以他们也是有罪的。第三类是那些人数众多的普通群众，如私自为人取环的袁腮、王仁美父母家的邻居们，甚至“我”的母亲——她认为没有孙子是一件令人忧虑的事——这也是王仁美计划外怀孕的动因之一。这个庞大群体的背后是强大的民间生育伦理。中国传统的婚俗中，都有在喜床上撒上桂圆、花生、红枣等吉祥物的习俗，传达的是民间的生育愿望——所有的婚姻目的，就是传宗接代。费孝通在他的名著《乡土中国生育制度》中指出：“中国的家扩大的路线是单系的，就是只包括父系这一方面……在父系原则下女婿和结了婚的女儿都是外家人。在父系方面却可以扩大得很远，五世同堂的家，可以包括五代之内所有父系方面的亲属。”[①]在父系文化制度下，儿子的意义就是传承香火，多生儿子为幸福是人们普遍的观点。这些都是与国家的计划生育政策中宣传的“只生一个好”、“时代不同了，男女都一样”是冲突的。当国家意识形态与民间生育伦理冲突的时候，民间生育伦理的传播者——广大的民众与国家政策的执行者——姑姑、小狮子们，都参与了这场本来可以避免的生命虐杀。因此，从小说文本展示的内容来看，政策的执行者、受害者、无名的群众其实都是有罪或有过错的。无可否认的，这是构成小说里忏悔意识的一个前提。

这部小说给我们传递的忏悔意识是相当深广、相当复杂的。它几乎无所不包，也

① 费孝通：《乡土中国生育制度》，北京大学出版社 1998 年版，第 39 页。

无时无刻不在。只要这个世界有罪恶存在,忏悔的心理也将会永存下去。尤其在小说的后半部分,中国进入了改革开放时期,社会财富的迅速积累并没有同样迅速改变人们的精神素质,在人口问题上的冲突依然存在,而且有了金钱的介入其变得更为复杂和隐晦。小说别出心裁地用夸张手法写了人工代孕的民间业务,人们可以通过雇人代孕的方式来传宗接代。人工代孕与计划生育一样,本身无所谓善恶,但是一旦有了金钱的介入,社会各色人都利用这个生财之道来分享金钱利润。很快的,原来在革命至上时代中受到侮辱与损害的弱势群众,在金钱至上时代依然受到侮辱与损害。所以,一切忏悔仍然无法抵消现实的罪孽。小说结束部分,剧作家蝌蚪创作的一个剧本,把他在生活中的遭遇以及内心的痛苦挣扎表现了出来。剧本中姑姑自感罪孽深重,决定上吊自尽,但又被救起来,于是她又新生了。但是,这个世界那么的龌龊和罪孽深重,她一旦活过来,又回到这个世界,就不得不重新进入罪恶的轮回。结尾(既是文本的结束,又是文本C剧本的结尾)中姑姑被救后与蝌蚪有一段话:

蝌蚪:(扶起姑姑)姑姑! 姑姑!
姑姑:我死过了吗?
蝌蚪:可以这样理解,但像你这样的人是不死的。
姑姑:这么说我再生了?
蝌蚪:是的,可以这么说。
姑姑:你们都好吗?
蝌蚪:都好!
姑姑:金娃好吗?
蝌蚪:非常好。
姑姑:小狮子分泌奶水吗?
蝌蚪:分泌了。
姑姑:奶水多吗?
蝌蚪:非常旺盛。
姑姑:旺盛成啥样儿?
蝌蚪:犹如喷泉。

这是一个意味深长的结尾。姑姑和蝌蚪的对话里所隐含的,正是剧本里所描写的一个新的罪恶故事:代孕制度下生母在精神上承受的罪恶感。陈眉为蝌蚪小狮子夫妇代孕孩子以后,因痛失孩子而精神失常,但整个社会各阶层(代孕公司的老板及其所雇用的打手、自恃有正义感的剧作家、曾经是计划生育政策执行者的姑姑和小狮子、一些社会有钱阶级和有闲阶级、各种媒体、帮凶帮闲,等等)都参与了造假的罪恶行径,他们联成一气，而弱势者陈鼻和陈眉父女却告状无门，天地不容。姑姑因忏悔以往的罪恶而死去又活来，所谓“再生”了，但是与再生同步发生的是，她立即投身于新一轮的罪恶怪圈。剧本里写的“金娃”是人工代孕的产物，“娃”通“蛙”，可以暗示为金钱做成的“蛙”，而已经绝经的小狮子获得“金蛙”后奶水如喷泉，重新激活了生命汁液。这无疑是一个隐喻，似乎暗示了当年万心姑姑怪异的生命力又通过小狮子恢复。因此，人的忏悔也不会停止，将长期与罪恶纠缠下去。所以说，莫言小说《蛙》中传递出的忏悔意识，不是仅仅针对某一种职业或者某一类人，而是对人性复杂性的重新认识，对人性恶行以及激发这种恶行的社会环境的反思——这是对一种普遍人性的忏悔。它真正接通了五四新文学的血脉，继承了自鲁迅《狂人日记》所开创的现代忏悔意识——人的忏悔的传统。

（原载《当代作家评论》2011 年第 6 期）

第二辑　文学·历史

以个人风格穿透现代性历史

——莫言小说艺术特质漫议

◇陈晓明

2012年10月11日，对于中国文学来说，是一个值得祝贺的日子。中国作家莫言获得诺贝尔文学奖，这对于促进中国文学与世界文学的交流，国际社会关注中国文学，客观全面地评价中国文学都提供了一个很好的契机。中国当代有一批作家相当出色，放在世界文坛上也是响当当，不只是莫言，我以为张炜、贾平凹、阎连科、刘震云都是相当出色的作家。莫言此番获奖，既是他个人的艺术成就和艺术天分使然，也是中国文学的整体实力作为基础和后盾，也是这一批同代的杰出作家共同努力互动的结果。中国现代以来的文学，无疑是在中国的历史文化中产生的文学，中国现代以来的文学也必然是以表现中国现代历史历经的剧烈变革为主导内容。我们看今天的中国文学，总体上可以说：是以现实主义历史叙事为基础，以乡土文学叙事为主导，以民族国家建构的自我想象为创作冲动的文学。当然，文学毕竟是文学，最终还是要从文学的意义和价值上来判定作家作品。诺贝尔文学此番奖项当然是就文学上的考量，其颁奖词就明显偏向于文学的艺术特征。诺贝尔委员会给莫言的颁奖词为：莫言"将魔幻现实主义与民间故事、历史与当代社会融合在一起"。这一评价整体上的把握是到位的，也是富含深意的。但莫言的小说具有相当鲜明的个人风格，我们要看到，在那么多表现20世纪中国历史的作品中，在如此繁复茂盛的乡土中国文学叙事中，莫言何以独树一帜，独占鳌头？他如何以个人风格穿过20世纪中国现代性的历史？写出民族和中国人最深重的情感和最为内在的精神状态？

从《红高粱》的华丽绚烂，到《丰乳肥臀》的厚重广阔、《檀香刑》的冷峻凝重，再到《生死疲劳》的强力投胎变种、《蛙》的痛楚与救赎，这几部作品可以说贯穿了20世纪中国现代性的历史，前三部作品可以说是中国现代性的三部曲。它们几乎是一个整体，也可以把它们的顺序做一个调整:第一部是《檀香刑》,第二部是《丰乳肥臀》,第三部是《生死疲劳》,它们的时间线索就更清晰了。20世纪的中国历史贯穿下来,这三部曲无疑是20世纪中国现代性历史书写最为厚重深刻的作品。但我们依然要看到,莫言的个人风格吊诡多变,其每部作品都极鲜明地以个人风格去表现20世纪中国历史的深重创伤与疼痛。

莫言在叙事上大起大落,笔法粗犷凌厉,涌溢而出,无拘无束,洒脱豪放,而反讽穿插于其中,使莫言的小说始终洋溢着一种宣泄式的快乐。莫言的小说为小说叙事向着个人经验、向着语言和感觉层面转向提供了一个杠杆。他把中国现代性经历的大事件大变局转化为个人的深切创痛,并以个人化的语言风格和叙述方式表现出来,使历史与人性被一种独特的生存状态绞合在一起,当代中国小说从思想意识到文体及其语言都获得了一次自行其是的解放。

尽管莫言的写作还带有很强的社会意识,与时代精神也有着相当紧密的关系,但他的作品确实与作家的主体意识,与他的山东高密的乡村经验与民间文化有着更为紧密的内在关系,但这一切都融入他个人的感受和语言表达方式。莫言的创作是在“寻根”后期发轫的,他的小说也带有某些“寻根”的流风余韵,但他一开始就有很强的个人风格,正是这种个人风格,使他的作品打上了他的经验的印记,而不是客观的社会意识形态的印记。有力量的作家就是能在自己的意识中透示出时代意识,他的个人意识永远有穿透时代意识的地方;而没有力量的作家,只是直接反映时代意识,或者直接充当时代精神的传声筒。莫言在90年代以后,成为中国首屈一指的作家,正是由于他始终具有自己的文学观念,这种观念不是外在概念,而是发自他内心的激情,与他的文学才华完全融合在一起。他的写作总是从个人经验出发,去穿透现代中国历史,体现出自己的文学力量。

莫言小说有着鲜明的个人风格,这种风格来自他的家乡高密的土地,但他有能力穿过这片土地,向着世界性延伸。既写作最典型的乡土,乡土又从来不能规驯他。90年代后期,莫言出版《丰乳肥臀》,这部小说魅惑人心的书名,并不能掩饰它穿透乡土中国现代历史的那种力量。莫言的叙述总是在惨痛中透示出神采飞扬的感觉,那是一种自虐的快感。这部小说的开篇堪称汉语文学的杰作。在第一卷,前九章34页的篇幅里[①],容纳了这么多的内容,且如此紧张兴奋,作者在焦灼不安的氛围里,有条不紊地写出一个家庭、一个民族、一个人的命运,生与死如此鲜明地同时发生于这一时空,实在令人惊叹!小说开篇就是一个关于生产的故事,上官福禄家的母驴要生产,上官家的媳妇上官鲁氏要生产,在这样的关头,日本鬼子打进村庄,生与死在这样的时刻一起

① 参见莫言:《丰乳肥臀》,中国工人出版社2003年版。

出场。一部小说的开头写得如此丰富充沛,如此多的重大事件一同发生,如此众多的相关人物迅速出场,交代得如此有层次感却又自然流畅,显示出莫言小说的高超技巧。

这部书写乡土中国历史的作品放弃了书写简单的历史正义,而是把历史正义还原为人的生命正义。小说开篇在生与死、民族国家灾难与家庭灾难之间,呈现出的是家庭的惨剧,个人的生命最终成为民族灾难的承担者。上官鲁氏这个丰乳肥臀的女人,最终成为上官家生存下去的精神支柱。是女人、母亲养育了儿女,坚守了生命的历史,捍卫了生命的尊严。小说后来变成上官金童的第一人称叙述,这个屈辱的生命被历史和政治蹂躏,他本是一个无比软弱的个体,却要承担那么深重的历史谬误。小说的深刻之处在于,把个体生命置入惨痛的历史之中,这样的历史并无正义可言,也不再是具有神授本质的某些正义事件。在这里我们看到的只是个体生命被历史的大小事件所瓦解。

小说的主要叙述人是上官金童,这是作者有意采取了童稚的和荒诞化的视角。莫言小说在艺术上最突出的特点就是游戏精神:它在饱满热情中包含着恶作剧的快感;在荒诞中尽享戏谑与幽默的狂欢;在虚无里透示着后悲剧精神。莫言所有小说的视角几乎都是荒诞与反讽,这在长篇小说叙述中实在是高难度的动作,但是莫言做到了。这部小说洋洋洒洒近60万字,叙述始终是那么精神饱满,那么富有激情,那么充满乐趣,这就是尼采式的游戏精神,也是尼采式的美学意义上的虚无和永劫回归。

2001年,莫言推出了他历经五年磨砺的长篇小说《檀香刑》。在这部关于刑罚的小说里,讲述的是中国近代民间社会与官府和德国列强之间的冲突,由此描写近代中国民间社会遭受的深重灾难,揭示在西方列强压迫下中国艰难的现代性转型。这部作品透示出浓厚的民间气息,莫言返回到乡土记忆深处去发掘写作资源,写出了乡土中国历史与生活中最朴实本真的状况。这部作品也是莫言主动撤退到民间文化里去的一种尝试。莫言吸收民间文学和艺术的血脉,融合到自己的语言风格中,戏剧的情景始终贯穿在情节中,具有很强的现场感。戏剧性场景使得莫言的戏谑反讽得到最大限度的表达自由,不再是作家一个人的眼睛观看他人,而是每个叙述人都在看他人,在反观自己,因而充满了戏谑反讽的快感。正如莫言自己所说的:“制造出了流畅、浅显、夸张、华丽的叙事效果。”[①]

在这个意义上,莫言的《生死疲劳》(2006年)是一部值得重视的作品。莫言的叙述一如既往的无拘无束,对乡土中国半个世纪的历史书写采取了全部戏谑化的表达,那种黑色幽默渗到骨子里,欢笑嬉闹中却又悲从中来。这部作品描写了中国乡村自土改解放以来到改革开放的半个世纪的历史,革命与变迁、历史与暴力、理想与衰败都被

① 莫言:《檀香刑》,作家出版社2001年版,第517~518页。

整合在一起,表现得淋漓尽致。其全部叙事是通过一个地主投胎为动物驴、牛、猪、狗来表现的。这是一个变形记的故事,卡夫卡的形而上的变形记,在这里被改变为一种历史的变形记,一个阶级的变形记,人在历史中的变形记。动物人格化了,人也动物化了。在这个意义上讲,莫言是把卡夫卡本土化了。当然,这部作品依然依靠历史框架在叙述中起作用,莫言经由动物变形记的戏谑来打破历史的线性固定和压制。这些动物走过历史,它们的足迹踏乱了历史的边界和神圣性,留下的是荒诞的历史转折和过程——那是从驴到牛,再到猪和狗的变形记。尽管这段历史被无数次书写和改写,但莫言选择动物变形记的视角还是展示出了非常独特的文学图景。尽管说,人们可能会对莫言玩的花样有所非议,但不能否认的是,莫言以他的特殊方式打开了历史之门,看到了历史的荒诞性和悲剧性。

莫言的那些语言的挥霍并不是毫无理由,那些狂放暴发的叙述把当时的历史情境、把人物的关系、把隐形的叙述人的历史和现状都端出来了。叙述的节奏感强烈,语速快捷,看似混乱,其实效率很高。这比那些看似精练的慢吞吞的叙述效率要高多了。而重要的是,一种叙述中所包含的审美效果非常显著,审美要素丰富,既有叙述事件、故事,又有叙述人自我的性格呈现,也有叙述情境的戏谑和快感。如果要说到小说叙述的狂欢化和黑色幽默,莫言的这部小说理当推为汉语小说最极致、最精彩的表达。

这部作品可读解的地方异常丰富,在看似非常具有莫言个性特征的艺术表现上,隐含着与传统和众多的经典文本的对话。莫言的胆大妄为绝不是胡作非为,而是建立在对传统和经典的真正领会上。他的历史变形记也是魔幻色彩十足的后现代叙事,那不只是对当下的后现代魔幻热潮的回应,也是对中国本土和民间魔幻的继承。例如《西游记》、《聊斋》等名著的人兽同体,人鬼同形。事实上,魔幻现实主义何尝只是拉美现实主义的专利呢?中国四大名著《西游记》不用说,《水浒传》、《三国演义》何尝没有魔幻色彩?那些英雄的传奇,那些恶魔的超能量,动辄力举千钧,有万夫不当之勇,何尝不是魔幻呢?《红楼梦》的警幻仙境,前生前世的穿越轮回,虚无的世界观,不是魔幻/仙幻又是什么呢?中国的传统文学的魔幻资源更为丰富复杂些,不只是魔幻,还有仙幻,可能仙幻传统是一个有待开发的资源,如今在网络的穿越小说中得到光大。总之,中国传统和民间的这种魔幻资源十分充足,莫言的运用得心应手,源于他的自信心。在这个意义上,《生死疲劳》是一个艺术杂种,一个艺术上的人兽同体,是魔法小说的历史化和当代化,这也是小说的魔法,对小说施魔。这个变形记也是莫言对乡土中国的当代史和乡土中国文学的双重施魔记。

事实上,该小说在历史、阶级与人性的叙事上,依然具有很强的实在内容。这样一个漫长的半个世纪的乡土中国的历史,经历转折、断裂、重叠和重复,最终不得不说是一个悲剧性的历史。悲剧的动力机制根本上是来自阶级对立的谬误,以及这种谬误的诸多变形。当然，从小说中也可以看到对这种历史情境中人性的深刻揭示。

莫言本人并不是一个对历史多么眷恋的人，他从来就不是一个苦大仇深的人，而是一个要在文学中找寻快乐、创造快感的人。因为动物视角，莫言摆脱了重建历史的责任，他从历史中拾掇起人性的碎片，不时地击打这些碎片。叙述一段历史，却又能避免重新历史化，莫言似乎保持着“去历史化”的游戏精神。莫言更感兴趣的是用他的叙述制造戏谑，在这里，游戏精神使他的语言表达获得了最大的解放。叙述中所包含的审美效果非常显著，审美要素丰富，既有事件、故事，又有叙述人自我的性格呈现，也有叙述情境的戏谑和快感。

2010年，莫言出版《蛙》，叙述转向更为沉静内敛，但内在的那种讲述在公社医院从事助产士工作的姑姑的故事。姑姑的形象刻画得相当充分，那些别无选择的疼痛写得逼真而深切。莫言并不是在静态的和目的论的观念下来塑造姑姑的形象，他让人物处于自己故事的自然发生过程中，人物的性格是在那些故事、事件和行动中逐渐丰富起来的。姑姑有着隐约可见的革命史，又有与空军飞行员王小倜耀眼的恋爱史，但这些本来可以带来荣耀的前提，都逐渐瓦解了，姑姑要靠她自己的行动去建立现实的生命轨迹。我们可以清晰地感受到姑姑的复杂态度，作为一个女人，她与乡里的所有女人甚至所有家庭展开了一场斗争，几乎放弃了也是遗忘了她个人的幸福。

莫言用人物的器官来给人物命名，这当然也是他给小说增添戏谑成分的手法。莫言的小说叙述从不枯燥，他时刻都在追求诙谐的情调。莫言写实功底原本就非常精当，那些故事过程被他刻画得细致而自然，那些生活的困苦和戏谑的欢乐始终洋溢于其中。

即使在写万小跑的两个妻子时，一死一生，他都能让悲伤和风趣恰到好处，文学功力就体现在这种分寸上。例如，万小跑在与小狮子去登记结婚的路上，突然又想起亡妻王仁美，道路两旁是玉米田，自行车链条断了，“我”提着链条像前妻王仁美提着蛇。在这样的时刻，他强行地把两个女人并置在一起，生活就是这样，生者与死者，存在与不在，总是要交织在一起，而道路就在脚下，能走向前方吗？

从总体上来看，莫言这部小说与他过去的汪洋恣肆的语言挥洒式的叙述大相径庭。显然，他用稚拙的书信体穿插其中，再以荒诞感十足的戏剧重新演绎一番姑姑的故事。原来压抑的激情和想象，以荒诞剧的形式表现出来，给人以难以名状的冲击。

书信、叙述和戏剧多文本的叙述方式使小说的结构富有变化，也给予莫言与历史、现实的对话更为自由的空间。在对现实的直接表现中，他要介入我的当下感受，我的当下性与现实对话。很显然，不管是以“蛙”来命名小说，还是在实际叙述中选择了蛙这样贴着大地的视角，或者他伪装成一个初学写作者给日本作家写信，这样的叙述为的是真正摆脱全知全能的自以为是的权威性。我只是一个初学写作的人，不会写的人。没有对历史的完整规划,只是我记忆的历史,而且,我最终只能把它戏剧化。

《蛙》以多种文本的缝合形式,重新建构当代史,它是重构历史叙事的一个启示性的文本。莫言的《蛙》通过多重文本表演,力图逃避强大的历史逻辑,我(蝌蚪)的经验,"我姑姑"的经验要凸显出来。莫言从"我爷爷"、"我奶奶"到"我姑姑",这是一个深刻的变化,不只是叙述的角度,而且是小说叙事的基础也完全改变了。"我姑姑"的历史终究是虚空的,不再有家族史的意义。

《蛙》最后一部分的戏剧是对前面的叙事文体的重构,它如此大胆地把文本撕裂,让悲剧的历史荒诞化。《蛙》里的叙述人蝌蚪,那是很低很低的叙述,他作为一个偶然的生命,游走于历史的间隙。或者他只是一只蛙,趴在田地里,看世界与人,他充当了一个编剧者,只能是编织出荒诞杂乱的戏剧。如此低的视角,却胆大妄为地做出这样的戏剧。莫言在低处运气,像一只蛤蟆在低处运气,这就是老到的自信和胆略!从容而自由、机智且幽默,显示出莫言在小说叙事上的强大能力和不懈的创新精神。他终究还是要顽强地保持住自己个人的风格,并以此来穿行那些现实的伤痛和人的生存困境。

(原载《山东文学》2012 年第 11 期)

“写在历史边上”的故事

——莫言小说的现代质

◇温儒敏　叶诚生

中国现代小说的发生与发展一直与中国社会历史的现代转型相伴生，二者相互催发、互为表里。然而，置身百年来跌宕不已的历史大变局中，中国小说究竟是生逢其时还是身陷泥淖，这又是难以一语道破的文学史论题。作为当代文学中的标志性人物，莫言及其文学实践为我们重新思考现代小说与历史叙事之间的复杂关联，同时也为我们通过文学话语重识历史与人性的多义性提供了新鲜的艺术经验与思想材料。

悲悯视角下的历史观察

莫言小说所面对和处理的历史当然主要是中国的“现代历史”，而“现代”也正是一个多世纪以来笼罩中国社会实践和文化建构的关键词，因此，包括小说在内的纷纭复杂的话语活动首先是一种“现代叙事”。现代性的叙事法则直接建立在线性时间观的基础上，即时代有新旧之分，历史有进步与保守之别，从日常生活到国家与民族的命运，都将维系在与革命、进步、直线发展等理念相关联的历史主体的现代性实践之中。可以说，与时代同步，向现代看齐，这不仅是一种主流意识形态的反复申说，也早已成为中国文学讲述现代历史的主要方式。在此背景下，我们可以见出莫言小说虽然不乏“讲史”的冲动，但绝少对现代性的简单认同，在他的小说叙事中，截然对立的新旧模式失效了，习以为常的历史主体也不再是不证自明的显赫存在，以往隐没在历史角落或者退缩于历史边缘的人物反而频频走向前台，小人物甚至“历史反角”的出场不时搅动起历史长河的大小波澜，讲史者角色的替换实际上改变了历史演进的主人公，如此被重述的历史已经变得歧义丛生而又多姿多彩、面目含混而又意味深长。

《红高粱家族》作为莫言历史叙事的最早代表,不仅在时间意义上体现出莫言小说创作的初期实绩,而且确立了莫言特有的重构历史的叙事立场和叙述策略。“战争”是讲述现代中国故事的焦点史实,莫言成长与写作的年代却早已远离那些真正的战争岁月,来自正史的记述和既有的革命历史题材的文学记忆一方面为作家提供了历史认知的可能,另一方面也形成某种认识局限和创作上“影响的焦虑”。莫言用“我爷爷”、“我奶奶”式的叙述视角重新讲述“高密东北乡”的抗战传奇和痴男怨女的聚散离合,土匪强人与抗日英雄、多情女子与烈女村姑、烈火金刚与野地狂欢、历史真实与主观情思等等原本难以兼容的叙事对象在莫言笔下水乳交融、连成一气,一段似乎司空见惯的战争岁月被讲述成另外一种浓墨重彩却又虚实不定的激情年代,正如小说中东北乡民酿出来的浓烈而怪异的红高粱酒。可以说,《红高粱》式的“讲史人”所在意的并非历史主潮中作为革命正义化身的“英雄儿女”,而是激烈年代里不失生命野性的本色男儿和敢爱敢恨的醉人肺腑的乡间奇女子。面对厚重的红色文学传统和更加厚重的民族历史,莫言的确是把自己逼到悬崖边上——放弃对历史的正面书写,转而从历史的边缘与夹缝中寻找被遗落的真实,让那些长久无声无息的粗粝灵魂放声高歌,让雨水泥地里默默疯长的红高粱纵情摇曳,在原本的历史之光所照耀不到的天地间挥毫泼墨,这种称得上“险处弄笔”的小说书写反而在弃绝成规之后获得大更生,历史在失去人造的神圣光晕之后却又意外地获得了固有的朴野之美,讲史人卸去了历史代言人的重负,自由变身,眉飞色舞,甚而手之舞之、足之蹈之,与小说人物一样成为构筑历史新景观的陌生化角色。

对现代史的重新书写实际上一直是莫言小说的叙事重心,尤其是在几部代表性的长篇《丰乳肥臀》、《檀香刑》、《生死疲劳》等作品中,晚清以来一百多年的历史变幻或者被聚焦于某一时段,或者得到相对完整的呈现。然而,真正值得注意的是,莫言笔下的百年历史并没有整一的演进步伐,也缺乏确定的“客观历史规律”,更没有习见的历史主人翁,舞台上的角色甚至无法只画一张固定的脸谱。由于莫言小说的叙述者转换频繁而且往往与小说人物交汇重叠(《檀香刑》、《生死疲劳》最为典型),所以莫言的历史讲述是在一个众声喧哗的嘈杂情境中不断展开的。如果说《红高粱家族》时代的莫言还在叙述者身上寄托着民族强力和生命激情的历史正剧色调,那么在随后的一系列长篇小说中,莫言设定的叙述者身份则越来越复杂多变,而且常常褪去了英雄气,代之以正邪纠结、善恶难断、亦喜亦悲、进退无着的各色人物。在叙述者莫衷一是的纷扰讲述中,历史的另一面或皱褶处得以舒展开来。在清王朝大厦将倾的剧烈动荡中,我们听到的是高密东北乡奇女子眉娘的浪语与歌哭、情理与义利煎熬下的钱知县的绝唱、民间艺人兼义和团头领孙丙的高亢惨烈的猫腔、晚清第一大刽子手赵甲阴郁的喃喃自语。在土地革命直至改革开放的风云时代,地主西门闹在一次次轮回中讲述的不再是

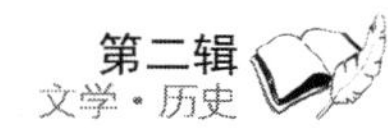

高歌猛进的历史，而是有血有肉的个体磨难，特别是集叙述者和主人公于一身的西门闹的阶级身份，给小说叙事带来了颠覆性的历史观感和深长的伦理反思。这也正是莫言历史叙事的驱动力和最终旨归——回归历史的丰富与复杂，凸显人性的明暗与善恶，历史的讲述者不再同时是一个立法者，而是一个充分体验着人性得失与生命样貌的悲悯者。

抵达历史的敏感细微之处

莫言的历史叙事可以说是“写在历史边上”的故事，这种独具只眼的历史认识如何从经验层次上升为“完成的内容，也就是形式，也就是艺术品本身”[①]，这当然更是小说家需要面对的根本问题。严格说来，莫言的讲史姿态本身就是一种形式策略，所谓“另一种讲述方式”也正与另一面目的历史相互发明。“莫言”这一符码一方面是指每一部小说的作者，也就是真正的叙述者，同时也常常是小说中的人物，甚至是小说中的“剧中人物”，连环的“戏中戏”式的角色。“莫言”的这种多重叙述者的身份在《蛙》中尤其突出，他是写小说的隐含的叙述者，也是“姑姑”接生的众多孩子中的一个，而且一直伴随着“姑姑”的故事，最后还成为最后一章的话剧中的一个人物。这是借鉴“后设小说”叙述策略的一种结果，莫言化为己用，同样打破了现实与虚构的某种界限，出入于文本内外的人物自然地沟通着现实与想象、过去与当下，小说中的生命沉浮与悲喜歌哭同样延伸和回荡在现实人生之中，那种特有的混杂与戏拟的笔调又常常令读者的心绪百味杂陈而又不知所之。形式即内容，这种摇摆不定的叙事色调正与历史本身的不确定性同构。《檀香刑》中的多重叙述更是达到极致，小说主人公轮番登场，各自言说，又间以第三人称的全知叙述，整个叙事恰似层峦叠嶂，胜境频现，又如猫腔大戏，一唱三叹，摇曳多姿。从这种视角多变的叙述方式中固然可以发现福克纳《喧哗与骚动》等现代主义文学对莫言小说的影响，但更值得关注的是莫言赋予这种现代小说技法的本土神韵，特别是当现代主义手法早已成为某种新的艺术规条之后，莫言的中国民间的叙事底色和气韵生动的中国魂魄反过来又为现代主义文学灌注了新的文化内涵和艺术活力。可以说，如果没有莫言这种多重交织的叙述，晚清大变局中的激烈而混乱的现实和国人所遭遇的各种历史力量的撕扯与戕害也无从传达。进而言之，莫言整个的小说叙事也正是凭借这种“有意味的形式”抵达了历史的敏感细微之处，同时也获得了尽情言说的叙事快感。

莫言小说的文体风格和文化底色也一再体现出作家对民间艺术和野史传奇的浓

---

① ［英］戴维·洛奇编：《20世纪文学评论》（下），葛林等译，上海译文出版社1993年版，第32页。

厚兴趣,这一方面是一种独特的艺术趣味,另一方面也隐含着作家在“大历史”与“小历史”之间的自觉选择。在中国传统文化秩序中,实际上存在两种来历不同的小说样式:一种是作为史传附庸的实录叙事,一种则是包含想象与虚构的娱人故事。前者一直可以追溯到史传文学的集大成者《史记》乃至更早的《国语》、《战国策》和《左传》,后者的真正发端应是唐传奇。[①] 可以说,莫言在很大程度上复活了小说与志怪传奇、野俚幻语之间的本来联系。莫言虽有历史大叙事的宏观视野,但落笔之处却常常语涉稗官野史之说、引车卖浆之徒、刍荛狂夫之议、神魔鬼怪之灵,正是不见经传、惯被遮蔽的富饶充盈的民间“小历史”。特别是已成莫言文学巨大意象的“高密东北乡”,那里疯长的红高粱、勾人心魄的猫腔、风水传说的奇异验证、古朴乡民的神鬼信仰等等,都不仅仅是小说叙事的风俗点缀,而且是与人的生存血肉相连的现实的一部分。《生死疲劳》中西门闹在轮回中化身为驴、牛、猪、狗、猴直至转生为一个怪异的大头婴孩,人与各色动物间的区隔被独特的叙事所击破,阴阳两界、人畜分殊不再截然两样。小说中的人物如蓝脸、白氏等似乎从未丧失万物有灵的信仰,也在莫言新奇大胆的叙事中展示了他们与牛马相通、与死魂对话的自然能力。《蛙》中的“泥娃娃”意象更是摄人心魄,姑姑的一生纠缠着生命的“诞生与扼杀”的悖谬,现实中拥有无比强大的政治理性的姑姑却始终不能摆脱“泥娃娃”梦魇般的追逐。莫言正是通过征用民间风俗和朴素信仰的方式,将处于历史主义与伦理主义夹缝中的姑姑所代表的现代中国的创痛记忆淋漓尽致地书写出来。莫言迷醉民间文化,那种生生不息缭绕在一代又一代普通子民生活中的文化,并不是字面上或庙堂里张扬的那些文化,他对文化的感觉几乎是原生态的。在他的文化的体认中又常伴随对人性的挖掘,包括对潜意识、集体无意识的挖掘。由此可见,莫言并非借离奇故事简单炫人耳目,他对民间资源的艺术重构实际上达到了双重的叙事效果:一方面,走出了传统小说对经史的依傍(在当代文学语境中,这种以靠近各式现代“经学”与史传而邀宠的小说多见于窄化的或庸俗化的现实主义文学),莫言小说就是一种文学对历史的言说,这种文学的方式所见到的历史也就能够容纳原生态的未被政治过滤的生存现实,能够给“历史中的人”更多的关切与怜悯,审美话语特有的“复义与含混”也避免了以单一意识形态立场为是非的机械眼光,小说不再是排斥性的,而是极具包容性的话语实践;另一方面,由于克服了严肃的史传叙事的强势影响,小说的文体本性如虚构与想象有可能得到认真的对待,特别是像莫言小说所焕发出来的具有浓郁狂欢气息的艺术神韵实际上已经更新了中国小说的文体气质。

① 参见石昌渝:《中国小说源流论》,三联书店 1994 年版,第 5 页。

叙事解放与自由伦理

从成名作《透明的红萝卜》到集个人风格之大成的代表作《生死疲劳》再至创空前体式与格调的《蛙》，莫言的小说题材丰富、手法各异、雅俗互见、文体多变，称得上难以归类的小说文本，莫言本身也无法简单划归某一文学风格与流派。莫言真正的现代文学启蒙来自拉美魔幻现实主义，不过，在1985年读到马尔克斯的《百年孤独》之前，莫言1984年便完成了《红高粱》的写作。当然，现代主义文学标榜的直觉、生命、异化、迷狂、欲望乃至主观化叙事和想象性修辞确实令彼时的莫言豁然开朗，但莫言对现代主义文学的接受方式非常个人化，他没有紧紧拥抱马尔克斯或者福克纳这些经典作家，而是转身投入自己的童年记忆和生命原乡，正像莫言感悟到的，幼年的饥饿与孤独早就激发过他的儿时幻想，苦难带来的恐惧也会产生想象力，“饥饿和孤独是我创作的财富”①，《透明的红萝卜》中的黑孩儿正像莫言对自己童年精神奇遇的一次纪念。莫言准确地找到了属于自己的文学藏宝地，其实也正是深深体验过的生命原乡，可以说，莫言与“高密东北乡”相互建构、意义互生，莫言小说的现代质也就成为充分本土化的原创物。

事实上，莫言获得文学上的现代自觉的同时，也就意味着他获得了叙事解放的充分空间和极大可能，莫言式的语言修辞可谓这种叙事解放的显在表征。也许有语言洁癖的读者不能接受莫言语体的毫无节制，然而离开莫言小说里那种泥沙俱下、汪洋恣肆、狂放迷乱、戏谑荒诞的特定语言，莫言小说的整体叙事效果也就不复存在，何况，莫言的文学语言也并非一味地俚俗鄙诞，每每语涉儿女细密的情思或人物极致的心理时，莫言都会呈现动人的抒写，即使《生死疲劳》中畜道轮回着的动物之间，莫言也能写出缱绻迷人的感情呼应。当然，莫言始终不唱牧歌，他的未加节制的语体风格其实也源于莫言不甘心止于某种浪漫主义者的田园迷思。作为一个植根乡土的作家，莫言并非没有现代人普遍具有的“怀乡病”，他对土地的深沉感思、对万物有灵的反复呈现、对自然人性的亲和与守护乃至对如歌如泣的男女情爱的一次次表现，都带有浓重的浪漫主义者的诗性情怀；然而，莫言又自觉越出了乡土抒情小说的藩篱，他亲近乡民，却从未将“高密东北乡”写成桃园世界，他宁愿写出那片土地上的愚昧贫弱甚至罪恶暴行，因为人性的强弱与善恶永远并存。

至此，一个在文学世界里善于主动取舍的莫言越来越清晰可辨。整体而言，莫言小说挣脱了新文学革命以来现代汉语小说的文体清规和伦理约束，他所讲述的历史不

① 莫言：《饥饿和孤独是我创作的财富》，《小说的气味》，当代世界出版社2003年版，第167页。

再是一条直线发展、新胜于旧、后胜于前的客观因果组成的链条，失去确定无疑的规律和明晰单一的意义之后，世界变得难以辨识，人物越出阶级规范，得到凸显的却正是现代世界的矛盾本性。可以说，莫言的历史叙事彰显的是现代性的悖反而非自足，在此意义上，莫言小说也逃离了统摄中国现代文学的“现代性叙事”——这种叙事以现代性作为价值终点，莫言通过历史重述将它重新拉回言说与阐释的起点。实际上，这也正是审美现代性所要完成的使命。对比作为审美现代性之一种的浪漫主义，莫言虽然暗合了其反省现代历史创伤的人文情怀，但又不愿做一个纯粹的浪漫主义者。而对比更为激烈也更为复杂的反抗现代异化的现代主义文学，莫言同样是一个反求诸己的行动者。

忠实于自我生命感悟和艺术取向的莫言的确获得了书写的自由。莫言式的感觉、色彩、气味、语调、反讽乃至他的故事、人物、自然与超自然的奇幻世界都只属于莫言自己。他自由出入于历史与当下，将异域的魔幻现实与本土的神鬼志怪熔为一炉；他可以是一个善讲故事的说书人，在小说中复活章回演义与民间戏曲的无穷魅力(《生死疲劳》、《檀香刑》)，他又是一个不断创制新异小说结构的先锋派，《蛙》的书信体与现代话剧相结合的长篇体例更是达到极致。如果我们将视野扩大至整个中国现代小说的文体建构与文化伦理，那么莫言小说的伦理解放意义就会更加凸显。一个世纪以来，如何表达国人的现代经验和情感心理始终是现代文学的课题，小说被用来构筑现代民族国家的共同体认同，被用来呼应新文化运动的启蒙理念，被用来高扬阶级革命的血与火的真理，被用来书写民族救亡的炎黄大合唱，直至被用来印证和传达现实政治的实际需要。莫言一代作家普遍开始寻求挣脱和解放，而莫言自主的艺术选择和鲜明的文学个性确保了他的自由之路的有效性和持久性。《红高粱》时代的力的浩歌、《食草家族》开始的“种的退化”的忧思、《生死疲劳》展开的冷峻的人性审视、《蛙》所传达的痛彻反省与忏悔，莫言始终将叙事聚焦于不同历史情境中的人的挣扎与沉浮，并且完成了从强力到原罪、从反抗到宽容、从解放冲动到救赎忏悔的精神蜕变，这也意味着莫言小说完成了某种现代小说的伦理建构——在失去神灵佑护和规范伦理的混乱的现代社会，现代人如何在失范状态和种种新的压抑中解脱出来？这显然不仅仅是某种具体的现实批判和政治困境，也不仅仅是一个民族的困境，毋宁说是一个现代人的困境。经历了步入“现代”之后的种种乌托邦冲动，文学所带来的审美救赎能否是一条走得通的自由路径？莫言小说的文体大解放和自由的精神求索至少提供了某种言说的可能。

(原载《东岳论丛》2012 年第 12 期)

莫言与新历史主义文学思潮

——以《红高粱家族》、《丰乳肥臀》、《檀香刑》为例

◇张清华

一、缘　起

大约是在 2000 年举行于台湾的两岸作家大会上，莫言发表了一篇题为《我与新历史主义文学思潮》的演讲。这篇演讲后来贴于网上，并且很有些反响。而他的这个演讲题目，又缘起于我发表在 1998 年《钟山》第 4 期上的一篇《十年新历史主义文学思潮回顾》的文章。莫言在演讲中引用了此文中的一些意思，大约表示了一种"有保留地同意"的态度：一方面对"袋子"式的概念无可奈何；另一方面又觉得它可能对他的一部分具有明显历史叙事特征的作品作了有意味的解释，特别是有关《丰乳肥臀》所受到的误读，在这篇文章里可能得到了一点矫正，因而略感到了一些欣慰。

这里重提此事，倒不是对作家莫言表达什么唱酬之意，说到底，无论是什么"主义"都是言不及义的比喻，作家不会认真，批评家也不能傻到只认死理。职业的缘故有时需要"袋子"，而我之所以使用这样一个词来概括当代文学中的一类写作现象，也是出于对当代思想文化进程的一种比附。不过这里之所以下决心重写一篇东西，有这样几个原因：一是我在那篇文章中，对于莫言的小说之于"新历史主义文学思潮"的意义的阐述，还限于片段和蜻蜓点水的提及；二是反思此文，有武断和短视之处，如我当时对这一思潮的未来趋向的评估，就认为是已经"走向衰落"，认为以几个青年作家（苏童、格非、北村、赵玫、须兰）同时写了几部《武则天》为标志，认为新历史主义小说已经陷入了商业化的"游戏历史主义"写作。现在看，这样的结论也还是为时尚早和失之简单的；三是就莫言本人来讲，他的具有"新历史主义"特征的小说写作并没有结束，相反，在 2001 年他还推出了《檀香刑》，这部作品和他十多年前作为新历史主义文学思潮之

滥觞的《红高粱家族》、1995 年作为新历史主义小说扛鼎之作的《丰乳肥臀》一起，成为莫言所贡献出的一个至为重要的系列。它表明，莫言不仅是当代作家中最具历史主义倾向、一直最执著地关注着 20 世纪中国历史的一个，而且这种关注还体现了强烈的人文性和当代性，对当代文学的精神走向起着重要的影响作用。

还有一个理由——我以为这也可能是最重要的一点，即“新历史主义文学思潮”无疑构成了当代文学主潮的一个核心。这不但是因为“文学的历史叙事”在中国的文学中有着久远的传统，在当代的文学史中一直有着重要的地位，而且就当代的思想乃至社会政治而言，关于“历史”的观念的变化，一直是一种敏感的信息，是“现实”的变革的一个起点和前提。历史观念中的新的思想资源，直接推动着当代文学乃至思想文化的变革，或者就是当代文学文化与思想变革的一个隐喻。所以某种程度上，文学中关于历史的叙述，是当代知识界人文思想的一个重要来源，是当代知识分子人文主义精神实践的一部分。事实上，在 80 年代后期以来的几乎所有的重要的和优秀的文学作品，都可以与这一思潮联系起来。

基于这些理由，我想，很有必要对莫言的几部作品作一个联系起来的系统考察。考察它们可以有助于了解中国当代新历史主义文学思潮的整体发展脉络，对其特点有一个更深入的认识，因为它们的确可以称得上是这一思潮在不同发展阶段的标志性作品。

显然，将“新历史主义文学思潮”作联系的考察，还有一些新的佐证，比如 2001 年问世的另一部李洱的长篇小说《花腔》，也是一个很好的代表。在此前后问世的类似作品还有不少，像尤凤伟的《中国 1957》对当代历史的一种书写，荆歌的《枪毙》对“文革”历史的讲述，特别是还有格非在 2004 年的新作《人面桃花》对现代中国历史的别一样态的民间化叙述等等，它们对 20 世纪中国血色历史的描写，都采用了鲜明的个人化、民间化和边缘化经验的方式，讲述了被通常的历史叙事与历史结构所忽略、删节、遮蔽和扭曲的那些部分。从叙述的本体到叙述的方法，它们可以说都打上了新鲜的思想印痕，可以看作是对“历史本原”的一种复归和找寻的努力，对国家化和政治化历史叙述的超越的尝试。它们表明，新历史主义文学思潮作为一种有浓厚的人文与启蒙主义思想的文学思想运动，还远未结束。更何况，每一个时代实际上都是处在对历史的不断“重写”和解释的过程中。所谓“历史”，在根本上就是“常新”的。

关于“新历史主义”的概念也还需要作一些说明。有一种看法，总是把“新历史主义”这一概念与当代西方的新历史主义思潮作等量齐观的理解，这样的看法未免过于机械了些。实际上对中国人来讲，新历史主义不但很“新”，同时也很“旧”，在小说中的“新历史主义”的出现，也比在理论界出现得更早。这个问题我认为需要从两方面来加以澄清：

一方面，中国人传统的历史观念中有很多与当代西方的新历史主义理念相通的东西。比如“野史”和“稗史”中所隐含的非主流或反正统的历史构造理念。又如在“文史一家”的习惯中所蕴含的“历史诗学”的理念——中国的史传文学传统可以说同时影响了历史和文学两种学科，使它们彼此失去了界限，彼此成为互相评价的标准，即“诗”所具有的“史”的品格，以及“史”所具有的“诗”的境界，完全“文学化”了的“修史”方法，即所谓“演义”、“外史”、“志异”、“秘史”、“别传”等等。再如在“仿写”和“续写”的“寄生性写作”习惯中所蕴含的“解构主义”理念，包括俞万春改《荡寇志》、金圣叹“腰斩”《水浒》，还有在四大奇书和《红楼梦》之后产生的大量仿作、伪作、续作等等，它们本身就构成了一种“解构主义”的活动。还比如，在传统讲史小说中包含了对历史必然论、终极性和绝对真实性等观念的质疑，如《三国演义》开篇“是非成败转头空”，“古今多少事，都付笑谈中”的说法，与此相联系的还有文人的生命本体论哲学思想所延伸出的一种历史观，它从个体生命经验的角度对历史施以消解和“中性化”的处理，对道德历史主义的主流价值方式予以“中和”——历史并不存在“进步”之说，而是与感伤主义和生命本体论一体同构的“循环论模式”，即“天下大势，分久必合，合久必分”，“滚滚长江东逝水，浪花淘尽英雄”。生命本体论的世界观导致的感伤主义哲学和美学，成为小说家衡量历史的基本价值尺度。所有这些，都同当代的新历史主义理念构成了内在的和“巧合性”的联系。特别是在经过了一个意识形态化的历史叙事和政治的主流历史观念处于绝对统治的时代之后，更“旧”的古典传统的历史叙述方法及其叙事美学，本身就具有了某种“新意”。

另一方面，虽然作为理论形态的“新历史主义”在当代中国的出现基本上是 20 世纪 90 年代的事情，但是作为“新历史主义”的方法论基础的“结构主义”和“后结构主义”的出现，却是在 80 年代。中国当代的知识分子当然可以借用结构主义、后结构主义、存在主义、精神分析学等等理论来改革他们的历史叙事，而不必要等到现成的“新历史主义”理论输入之后。比如 80 年代中期的“非非主义”诗人早就在诗歌中开始了他们的解构主义写作实践。而这时对理论界来说，结构主义还只是一种遥远的“知识”；在同时期的小说中也可以找到一些例证，比如在 1980 年问世的王蒙的《蝴蝶》中，其实就已经有“词语决定命运”、“语言即权力”之类的丰富体验和自觉反省了——所以毫不奇怪，在理论界还不大知道新历史主义为何物的时候，其实小说家们早就开始了“新历史主义小说”的写作了。

二、《红高粱家族》和新历史主义小说的兴起

关于“莫言与新历史小说”话题的出现是非常早的，浙江的小说家和批评家王彪

1993年就在他编选的《新历史小说选》(浙江文艺出版社)的序言中指出了《红高粱家族》"作为新历史小说滥觞的直接引发点之一"的意义。他同时还强调了乔良的《灵旗》等作品的作用。但在这里,我想特别补充一点,几乎所有的论者都把一个不应忽视的作家忽视了——这就是扎西达娃,早在他1985年问世的西藏系列小说中,有的就已经堪称是非常成熟的"新历史主义"叙事,如《西藏,隐秘岁月》就是典范的例子。在这个小说里,他用完全不同于"现代历史"的思维方式,用藏族人自己的时间观与生命意识,叙述了藏族人自己的文化概念中的历史。所以在此意义上,作为"滥觞"的作品应该还不仅限于莫言。

但我之所以重视《红高粱家族》(1987,作为中篇系列大都发表于1986年),是因为它典范地体现了一个必然和重要的过渡——从"启蒙历史主义"到"新历史主义"的过渡。从历史联系的角度看,《红高粱家族》显然与刚刚落潮的"寻根文学思潮"有应和关系,但由于莫言接受了更多"新知"的刺激,使得他比之寻根思潮又有了许多"新"意。后来莫言的一些言论也说明,他这时已经意识到了寻根文学的困境,即目的承诺与写作内容之间发生了先在的不可解决的冲突,他们所热衷寻找的难免带着"落后"和"愚昧"色彩的民俗文化本身,实在无法成为"改造和重铸当代文化"的摹本。莫言说,原指望用这些东西"为中国指一条道路,使中国文化有个大致的取向",但"又觉得这是不可能的。这样发展下去,又是一个恶性循环,又回到原来的起点上去了"。[①] 的确,在韩少功的"灿烂的湘西文化"中、贾平凹的"商州古风"里、李杭育的往日的"葛川江"的清流中,还有阿城笔下的"现代道家传人"王一生的人格构成里,人们都实难找到兑现他们的承诺的依据。

在这种情况下,降解庄严的文化启蒙使命和改用纯粹诗学的眼光来审视历史,便成为寻根小说之后"文化历史主义"写作潮流的一个出路。"红高粱系列"就这样应运而生了。与寻根小说家们热衷于追寻"风干"了的"文化风俗"的兴趣有明显的不同,莫言在这些作品中表现出了强烈的历史倾向,可以说,从"文化主题"转向"历史主题"。《红高粱家族》是一个标志,而且它所讲述的民间抗日故事,可说是这类小说中第一部刻意与"官史"视角相区分的作品。

作为具有"新"的历史主义倾向的小说,《红高粱家族》的特点首先表现在对正统历史的改写上。这可以简单地概括为三个方面:一是人类学视野对社会学历史观的彻底取代,将一切历史场景还原为人类的生存斗争,性爱、生殖、死亡、战争、妒忌、仇杀、神秘主义甚至异化……这些生存的原型母题,瓦解了以往正统的道德意义上的二元对立的历史价值判断,一个"生命的神话"取代了"进化论的神话"。二是历史的主体实现了

① 莫言:《我的农民意识观》,《文学评论家》1989年第2期。

“降解”，原来的“中心”与“边缘”实现了一个位置的互换，“江小脚”率领的抗日正规部队“胶高大队”被挤到了边缘配角的位置，而红高粱地里一半是土匪、一半是英雄的酒徒余占鳌却成了真正的主角。对应着这样一个转换，“酒神”也取代了“日神”的统治地位而成为历史的灵魂。莫言也因此确立了他的以酒神意志为核心的生命本体论的历史哲学与美学。这一点和寻根小说热衷于发掘中国文化中的“非主流”的“地域文化”（比如说韩少功热衷的“楚文化”、李杭育热衷的“吴越文化”等等）可以说是有一脉相承之处，但显然又超出了“地域文化”的范畴。三是民间历史空间的拓展，它用民间化的历史场景、“野史化”的家族叙事，实现了对现代中国历史的原有的权威叙事规则的一个“颠覆”，在历史被淹没的边缘地带、在红高粱大地中找到了被遮蔽的民间历史，这也是对历史本源的一个匡复的努力。

与寻根文学相比，莫言的小说在历史意识与美学精神上也体现出了民间化的倾向，这是一个微妙的转折。在寻根作家那里，虽然所写的内容与对象是比较边缘和民间的，但他们写作的目的和态度却是相当主流和正统，所以有评论者曾说，寻根文学是当代中国作家“最后一次”试图集体影响并“进入中心”的尝试。而莫言小说中所体现的鲜明的反正统道德倾向，则是他告别这一企图的表现。莫言选择了民间的美学精神，而且这种精神的方向并不指向对所谓“终极真实”的追求；相反，它所要体现的，是个人生命意志对历史的投射——用一句常用的话来说就是，他书写了“个人心中的历史”和“生命美学”的历史。

在具体的历史叙述的方式上，《红高粱家族》表现了非常多的“新”意：一是由“两个叙事人”所导致的“现在与过去的对话”的叙事效果。“父亲”这一儿童叙事角色，以他童年的眼光和角度来看“爷爷”“奶奶”的生活与历史，既造成了“亲历者”的现场感，同时又留下了“未知”的叙事盲点。另一个叙事者“我”则是“第二讲述人”，一个对话者与评论者，一个“历史的局外人”，但他却充当了一个“全知”的角色，他的讲述中充满了对当代文化的愤激的反思，对遥远的传统文明的追慕，他隔岸观火，评述、自省、检讨、抒情……这样就造成了“两个声部”的历史叙事效果，打通了“现在”与“过去”之间的时间阻隔，将历史变成了“当代史”。其次是由“东方主义”与“民族主义”心理驱使下的跨文化概念的历史叙事风格，这典型地体现了80年代中国作家“西方中心主义”理念加“民族主义神话”的矛盾：刻意地夸大小说内容的民俗文化色调，一方面使用了“巫术”、“仪式”、“习俗”以及“东方传奇”等内容，来凸显其民族性与地域性；另一方面又以“酒神”、“人类学”等跨文化概念暗示出一个国际化（全球化）的背景与语境，虽然80年代关于“东方主义”、“后殖民主义”、“全球化”等还是相当遥远的知识概念，但在这里，作家既要构造出自己的民族主义历史神话，同时又要造成“与西方文化的对话”、让西方世界能够看得懂的动机，却是非常明确和意味深长的。

《红高粱家族》在一定程度上弥补和矫正了以往"专业历史叙事"和"文学历史叙事"两个领域中所共有的偏差。可以说,它提供了我们在以往的文学文本和当代的历史文本中都无法看到的历史场景,历史本身的丰富性在这里得到了前所未有的复活。它的"野史"笔法、民间场景的杂烩式的拼接,无意中应和了米歇尔·福柯式的反正统历史的和暴力化修辞的新历史主义的"历史编纂学",把当代中国历史空间的文学叙事,引向了一个以民间叙事为基本构架与价值标尺的时代。从这个意义上,说它推动了当代新历史主义文学叙事的兴起,应该是不过分的。

三、《丰乳肥臀》:新历史主义小说的扛鼎之作

关于《丰乳肥臀》,我在另外的文章中已经反复强调了它的重要,这里另外要强调的是它作为当代新历史主义叙事的一个集大成者的意义。由于它问世以后遭到了太多的浅薄的曲解和粗暴的中伤,所以反复地阅读它之后,我提出了截然相反的看法,我以为这是新文学诞生以来迄今出现的"最伟大的汉语小说之一",因为它不但最典型也最充分地体现了莫言汪洋恣肆泥沙俱下的写作风格,而且就我的目光所及,它对20世纪中国历史的充满血泪和诗意的波澜壮阔的书写,对底层人民和知识分子命运的深切关注和感人叙述,在所有当代的文学叙事中都堪称是首屈一指的。这部作品无论其所达到的历史深度与精神高度,还是在艺术手法上的丰富与新颖程度,在思想与艺术上的感染力,都是20世纪汉语新小说诞生以来最罕见的。我们可以充分地肯定先锋作家的新历史主义小说实验,肯定余华、格非、苏童、叶兆言等人的作品中丰富而新异的历史理念与叙事方式的探求,但同样也不要忘记,更具有"历史的建构"意义的、不仅是强调"怎么写"而且更注重"写什么"的,可能还要数莫言以及几位出生于50年代的作家。

在1995年《丰乳肥臀》问世之际,先锋新历史小说已有沉落的趋势,在此前1992年问世的苏童的长篇小说《我的帝王生涯》中,历史小说已经差不多达到了"虚构的极限",历史本身在叙事之中已经完全被虚拟化了。而在稍后相继问世的苏童、格非、北村、赵玫、须兰等人的同题"竞卖"小说《武则天》,则更有陷入商业化陷阱的嫌疑。所以我曾据此判断新历史主义文学思潮已经堕入了"游戏历史主义"的末流。但由于长篇小说的写作周期要更长一些,所以在90年代中期以后,仍然不断有典范的长篇新历史主义的作品问世。而在《丰乳肥臀》中,此前新历史主义小说的各种特点又得到了一次全面和淋漓尽致的发挥。

我之所以把《丰乳肥臀》看作是新历史主义的"总结性作品",首先是看重这部作品中的历史含量,以及它纯粹民间的历史立场。如果说先锋新历史小说是在努力逃避历

史的正面，而试图去它的角落里找寻碎片的话，莫言却是在毫不退缩地面对并试图还原历史的核心部分。从这个意义上说，莫言的历史主义是更加认真且秉持了历史良知的。在最近的一个演讲中，莫言有一句话令人震动，他说，一个真正的作家并不是“为老百姓写作”，而是“作为老百姓写作”，他本身就是人民和老百姓，“真正的民间写作就是作为老百姓的写作”[①]，这种写作伦理和立场的转变对当代中国作家来说可能是意义深远的。《丰乳肥臀》正是把这部小说当Z作一个真正的“民间的历史文本”来写作的，他几乎是全景式地再现了一个世纪的历史——并把它完整地交还给了民间和人民，这很重要。虽然我们对“人民”这类“关于存在的形而上学”的集合式概念也应该保持德里达式的质疑，但我依然坚信，当我们在面对一段历史——尤其是一段具有一个完整的“历史段落”的意义的历史——的时候，“人民”，作为历史的主体的意义，仍然是历史正义性的集中体现。这是另一边缘意义上的历史伦理学。上述完整的历史段落是通过“母亲”——上官鲁氏走过了一个世纪的生命历程来建立和体现的。莫言用这一寓言的形象，完整地见证了这个世纪的血色历史，而母亲无疑就是“人民”的集合和化身。这一人物因此具有了结构和本体的双重意义：她既是历史的主体，同时又是叙述者和见证人，莫言十分匠心地将她塑造成了大地、人民和民间理念的化身。作为人民，母亲是20世纪中国苦难历史的真正的承受者和收藏者，她不但自身经历了多灾多难的童年和少女时代，经历了被欺压和凌辱的青春岁月，而且还以她生养的众多的儿女构成的庞大家族，与20世纪中国的各种政治势力发生了众多的联系，因而也就被无法抗拒地裹卷进了20世纪中国的政治舞台。所有政治势力的争夺和搏杀，最终的结果只有一个——那就是由她来承受和容纳一切的苦难：饥饿，病痛，颠沛流离，痛失自己的儿女，或自己身遭摧残。在她的8个女儿中，除了三女儿“鸟仙”是死于幻想症，是因为看了美国飞行员巴比特的跳伞飞行表演（这好像和“现代文明”有关），而试图效仿坠崖而死之外，其余7个女儿都是死于政治的外力，死于各种政治势力的杀伐争斗。最后只剩下了一个“残废”的儿子上官金童。显然，“母亲”在这里是一个关于“历史主体”的集合性的符号，她所承受的深渊般的苦难处境，代表了作家对这个世纪里人民的命运的概括和深切悲悯。

同时，这还是一个“伦理学”和“人类学”双重意义上的母亲：一方面她是生命与爱、付出与牺牲、创造与收藏的象征，作为伟大的母性化身，她是一切自然与生命力量的源泉，是和平、人伦、正义和勇气的化身，她所永远本能地反对的是战争和政治，因此她代表了民族历史最本源的部分；另一方面她也是人类学意义上的“大地母亲”，她是一切的死亡和复生、欢乐与痛苦的象征，她所持守的是宽容和人性，反对的则是道德和正

① 莫言：《文学创作的民间资源——在苏州大学“小说家讲坛”上的演讲》，《当代作家评论》2001年第1期。

统。她个人的历史也是一部"反伦理"的历史,充满了在宗法社会看来是无法容忍的乱伦、野合、通奸、杀公婆、被强暴甚至与瑞典籍的牧师马洛亚生了一双"杂种"……但这一切不仅没有使她的形象受到损伤,反而更显示出她伟大和不朽的原始母性的创造力,使她变成了"生殖女神"的化身。正是这一形象,使得莫言能够在这部作品里继续并且极致地强化了他在《红高粱家族》时期就已经建立的"历史与人类学"的双重主题,使母亲变成这一主题的叙事核心与贯穿始终的线索。

这还是一个作为"民间"化身的母亲。她固守着民间的生命与道德理念。她包容了政治,也被政治所玷污。所有的军队和政治势力都是不请自来,赶也赶不走地住进她的家。在她身上,莫言形象地阐释出了20世纪中国主流政治与民间生存之间的侵犯与被侵犯的关系。她无法选择自己的生活,只能用民间的伦理和生存观念来解释和容纳这一切。这是她作为民间母亲的证明。如果说母亲在她年轻时代亲近基督教,是因为她经历了太多的"夫权"的虐待的话,那在她的晚年,则是因为她经历了太多的苦难与沧桑。她认同了"乡土化了的"基督教文化。基督的思想并非是她的本意,但她需要用爱和宽恕来化解她的太多的创伤,而这正是人民唯一和最后的权利。莫言诗意地哀吟和赞美着这一切,饱含了血与泪的心痛和怜悯。这是伟大的民间,被剥夺和凌辱的民间,也是因为含垢忍辱而充满了博大母性的永恒民间。从这个意义上,母亲也可以说就是玛利亚,但她是东方大地上的圣母。

显然,母亲这一形象是使《丰乳肥臀》能够成为一部伟大的小说、一部感人的诗篇、一首壮美的悲歌和交响乐章的最重要的因素,她贯穿一个世纪的一生,统合起了这部作品"宏伟历史叙述"的复杂的放射性的线索,不仅以民间的角度见证和修复了历史,同时也确立起了历史的真正主体——处在最底层的苦难的人民。

但《丰乳肥臀》的意义还不止于此。它的另一个重要的人物也同样具有强大的象征与辐射的意义,这就是遭受了更多误读的上官金童。这个中西两种血缘共同孕育出的"杂种",在我看来实际是20世纪中国知识分子的化身。他的血缘、性格与弱点表明,他是一个文化冲突与杂交的产物,而他的命运,则更逼近地表明了知识分子在这个世纪里的坎坷与磨难。他身上的一切都是矛盾着的:秉承了"高贵的血统",但却始终是政治和战争环境中难以长大的有恋母癖的"精神的幼儿";敏感而聪慧,却又在暴力的语境中变成了"弱智症"和"失语症"患者;一直试图有所作为,却始终像一个"多余人"一样被抛弃;一个典型的"哈姆雷特式"和"堂吉诃德式"的佯疯者,却被误解和指认为"精神分裂症者"……

理解上官金童这个人物,需要更加开阔的视界。在我看来,由于作家所施的一个"人类学障眼法"的缘故,这个人物身上的一些"生物性"被夸大和曲解了,实际上作家所要努力体现的是他身上文化的二元性。这是20世纪中国知识分子的普遍的"先天"

弱点的象征。仅仅是他的出身,他的文化血缘就有问题,有"杂种"与怪物的嫌疑,这已经先天地注定了他的悲剧。来自西方的"非法"的文化之父,在赋予了他非凡的气质(外貌长相上的混血特征)、基督的精神遗传(父亲马洛亚是个瑞典籍的牧师)的同时,也注定了他的按照中国的文化伦理来讲的"身份的可疑"。20世纪中国知识分子的不幸困境正是源于这种二元分裂的出身:是西方现代的文化与思想资源造就了他们,但他们又是生存在自己的土地上,对本土的民族文化有一种近乎畸形的依恋和弱势心理支配下的自尊。他们还要启蒙和拯救自己的人民,却遭受着普遍的误解,这样的处境和身份,犹如鲁迅笔下的"狂人"所隐喻的那样,他本身就已经将自己置于精神深渊之中,因而也必然表现出软弱和病态的一面——他们没有像俄罗斯知识分子那样的下地狱的决心,却有着相似的深渊般的命运。其实从"狂人"到"零余者",到方鸿渐、章永粼,再到上官金童,这是一个连续的谱系。他们和俄罗斯文学中的"多余人"有相似之处,却更为软弱和平庸。

上官金童注定要成为一个悲剧人物,他的诞生本身似乎就是一个错误,这是文化的宿命。他所经历的一切屈辱、误解,贬损和摧残,非常形象地阐释着过去的这个世纪里中国知识分子的惨痛历史。但他在小说中还有另一个作用,即形成了另一条叙事线索和另一个历史的空间——如果说母亲是大地,他则是大地上的行走者;如果说母亲是恒星,他则是围绕着这恒星转动的行星;如果说母亲是圣母,他则是下地狱的受难者……如果说母亲是第一结构的核心,他则是另一个相衬映、相对照的结构的核心。小说悲剧性的诗意在很大程度得益于这一人物的塑造,他使《丰乳肥臀》变成了一个"民间叙事"与"知识分子"叙事相交合、"历史叙事"与"当代叙事"相交合的双线结构的叙事,两条线互相注解交织,从而极大地丰富了作品的历史与美学内涵。

"历史的人类学视野",或者说"历史与人类学的复调叙事",是《丰乳肥臀》作为一部新历史主义小说的最重要的特征。这是莫言与其他新历史主义小说写作相比最具独创性的特点,也是他一贯的方法。人类学的视角打破了历史的伦理学与社会学视野的框子,使莫言构造了他的反伦理的、甚至是"反进化论"的生命本体意义上的历史诗学,这和他在《红高粱家族》中所构造的"酒神化的历史"是一脉相承的。在小说的开头,这种"人类学的历史诗学"就生发出了令人惊心动魄的磅礴诗意:上官家的黑驴和上官鲁氏同时临产,而且都是难产,这时日本鬼子就要打进村庄,司马库正在大喊大叫让村民撤退,而后就是上官家七个女儿在河边目击的惊心动魄的战争场面……莫言堪称是一个诗意地描写人类大戏的高手,战争和生殖、新生的喜悦和死亡的灾难同时降临到一个家庭之中。这样的开头在所有历史或文学叙事中都堪称是史无前例的,它造成了历史的传奇化、民俗化、神话化的叙事效果,以及生命本体论意义上的历史诗学的波澜壮阔、诗意磅礴的风格与基调。

但仔细考察,《丰乳肥臀》和《红高粱家族》也有区别:《红高粱家族》是人类学倾向大于历史倾向,其重新解释的“酒神化的历史”仍然具有历史乌托邦的诗性倾向,在感性、自然、酒神和生命构造的历史的乌托邦中,莫言寄寓了激情与乐观的力量,甚至可以说是豪情万丈的;但在《丰乳肥臀》中,莫言则表现了更加现实和谨严的历史主义倾向,以及深沉的悲剧情怀,特别是没有回避当代历史的情境和各种复杂危险的政治险境。可以说。在他的“历史与人类学的交响”中,人类学同时也可以看作是一个“历史的障眼法”,它的介入使得莫言的现代历史叙事获得了超越阶级和政治伦理的可能。同时也中和与整合了这段历史,诗化了这段历史。

《丰乳肥臀》中的“人类学的历史诗学”还突出了另一个要素,即叙述主体(本身也是小说中的人物)的丰富敏感的潜意识活动,通过上官金童——“我”这一畸形的拒绝长大的人物,获得了一个观察历史的边缘化视角。通过放大他身上的“生物性”,来对历史的伦理学与社会学内容进行“减裁”,同时强化和突出人类学的内容。躲避政治化的历史结构,拓出一个受难者、弱者和知识者的心灵化了的历史空间。另一方面,作为叙事者的主人公的“弱智化”倾向,也增加了小说的“寓言”色彩。

《丰乳肥臀》的另一个特点,是历史的整一性与历史的“拼贴法”的结合。与60年代出生的先锋新历史主义小说家常常采用的“历史的缩微叙事”不同,50年代出生的作家由于其经验的特殊性,而更钟情于“宏伟的历史叙事”,莫言即是典型的一个。《丰乳肥臀》试图完整呈现一个世纪的历史的巨型构架与宏大线索,它用了上官家族众多的人物的命运和遭遇。同20世纪中国所有重大的历史事件——如德国入侵、民国新政、日军侵华、国共斗争以及共产党夺取政权之后一系列的政治运动,一直到90年代的市场经济——一一挂起钩来,同各种政治力量、文化因素联系起来,外国列强、江湖势力、国民党、共产党、美国人、基督教、汉奸草寇以及民间巫术文化等等,他们构成了一个宏伟的、开阔和纵深的历史构架,影射出长河滚滚沧海横流般的五光十色的历史图景。另一方面,上述巨型的历史构架又是通过个体和历史的边缘景观来构造和呈现的,它通过历史场景的拼贴法、以丰富的边缘化事件或民间化文本的拼接,改造了以往主流政治的宏伟叙事的修辞手段,形成了为美国新历史主义理论家朱迪丝·劳德·牛顿所说的“交叉文化蒙太奇”的效果。这一点主要是通过两种拼贴或并置法来处理的:一是纵向的交错设置,在上官家族的农家小院里,各种政治势力像是走马灯一样地换来换去,成为拉锯式变动的政治舞台。一会儿是司马库赶走了鲁立人,一会儿鲁立人又俘虏了司马库;一会儿司马库又作还乡团杀了回来,一会儿鲁立人又代表人民政权枪毙了司马库,而且他死了之后还不断地被各种传言和宣传改编着,变成豺狼动物,如此等等。在第五章中,上官家一会儿是“六喜临门”,一会儿则是惨剧不断。第六章中,上官金童一会儿从囚犯变成老金的宠物,一会儿被作为废物踢出家门;一会儿成了鹦鹉韩夫妇的座上宾，一会儿又一文不名流落街头；一会儿因为外甥司马粮的巨富而扬眉吐气，一会儿又因为破产而无立锥之地……历史像一只巨手翻云覆雨。有一个堪称最妙的例子是关于司马库“还乡团”的一前一后“官方”和“民间”的两种叙事：公社“阶级教育展览室”的解说员纪琼枝刚刚对着宣传画，对司马库作了妖魔化的解释，把他描述为一个杀人不眨眼的魔鬼，接着又让贫农大娘郭马氏现身说法，而她所讲述的故事恰恰瓦解了前面的说法——司马库不仅不是一个魔鬼，反而表现出了通常的人性，正是他的及时出现，才从“小狮子”的手中解救了她的生命，这可以说是富有“解构主义”意味的一节。另一种是横向的并置法：莫言常常用共时性的交错叙述来隐喻历史的多面性，如巴比特的飞行表演与“鸟仙”兴奋地坠崖而死，司马库与来弟的偷情同巴比特电影里外国人的恋爱镜头，哑巴的“无腿的跃进”和鸟儿韩与来弟的通奸，还有在农场中对右派知识分子的改造与对牲畜进行杂交配种等等，都是刻意地采用了并置式的叙述，这样两种修辞手法所达到的效果，一方面充分影射出20世纪中国历史的沧桑翻覆与变动不居，另一方面又生动地隐喻出其历史因素与景观的丰富、矛盾与多元。

“家族历史叙事”的视角还带来了小说的悲剧美学风格，因为家族叙事一般都会按照一个“由盛到衰”或“由聚到散”的线索来展开。这在某种意义上更符合中国人传统的历史意识。一个家族的兴衰会造成历史的段落感与闭合感，形成沧桑轮回的悲剧美学效果，上官家族曾几何时“人多得像羊圈一样”的兴盛，最后只剩下孤儿寡母的凄凉，这既是历史本身，同时又是中国人对历史的一种悲剧性的认识和体验。

四、《檀香刑》：重返历史主义？

用“既生瑜，何生亮”来比喻《檀香刑》和《丰乳肥臀》之间的关系可能是妥帖的，如果没有《丰乳肥臀》，那么《檀香刑》便可能像有的评论家所说的那样，已是一部“伟大的小说”了，因为它确实有极大的艺术含量，而且它还继承了莫言一贯的“奇书”风格，显示了他在艺术上已达到日臻娴熟圆润的境地。但这一切和《丰乳肥臀》的磅礴而壮丽的气概与风神比较起来，还是要“轻”了一些。某种意义上，是因为《丰乳肥臀》书写了一位伟大的母亲，而使它具备了无与伦比的资质与境界，甚至它的粗粝和庞杂也成了它作为天籁之响的一个部分，这似乎是没有办法的事情。在作家本人的心目中前者的分量也超过了后者：“我坚信将来的读者会发现《丰乳肥臀》的艺术价值，这两年其实已经有很多批评家发表了让我欣慰的评价……在修改（再版）的过程中，我更加明确地意识到，《丰乳肥臀》是我最为沉重的作品……你可以不看我所有的作品，但你如果要了解我,应该看我的《丰乳肥臀》。"①

但是,《檀香刑》所显示的意义是前者所不能替代的,因为我们从中看到一个并不新鲜的主题的全新意义的展开——鲁迅曾经描写过的吃人和嗜血的主题,前人所揭示的刑罚文化的主题,在这部作品中又再次得到了淋漓尽致的体现。在关于历史的叙述体现了愈来愈商业化和消费化的趋向的今天,莫言却在其天然的戏剧性与荒诞气质中,保持了"老百姓写作"的喜剧外衣下严峻的历史主题、人文立场与知识分子情怀,不能不令人肃然起敬。我不知道这样说是否有悖于作者的初衷,《檀香刑》提供了一个使我不敢过分轻巧和简单地理解"新历史主义"的概念的文本范例。因为我们在其中看见了庄严的悲剧与荒谬的血痕,看到了"五四"启蒙历史主义主题的重现。某种意义上,它可以视为是《狂人日记》和《药》一类作品的延伸。因为也是在最近的演讲中莫言说:"酷刑的设立,是统治者为了震慑老百姓,但事实上,老百姓却把这当成了自己的狂欢节……执刑者和受刑者都是这个独特舞台上的演员。"这分明是"吃人"和"人血馒头"的主题的更戏剧化了的重现,《檀香刑》实际上就是写了一部由吃人者、被吃者和观众一起合作上演的刑罚大戏。

不过,如果我们再把目光放远一点,就会发现这其实也是中国古老的"刑罚主题"的一个延伸,早在《尚书·皋陶谟》中,就有了关于古代中国的经典刑罚——"五刑"的记载,曰:"天讨有罪,五刑五用哉,政事懋哉懋哉!"此五刑曰:墨、劓、刵、宫、大辟(处死)。这一时间,要上溯到夏禹的时代。可见"刑罚文明"创立之早、花样之丰富、功用之齐全,恐令全世界的统治者欲望其项背而不能。这还不包括在后代的统治者那里又"发扬光大"了的无数种变换花样的刑罚,像车裂、腰斩、凌迟、活埋……还有此小说中堪称旷世奇闻的"檀香刑"。正像德国总督克罗德所说的,"中国什么都落后,但是刑罚是最先进的,中国人在这方面有特别的天才。让人忍受了最大的痛苦才死去,这是中国的艺术,是中国政治的精髓"。为什么会将刑罚变成了艺术,是什么东西使刑罚变成了中国人特有的"艺术"?《檀香刑》正是试图解答这样的问题。

莫言的叙事才华不但表现在他最擅长戏剧性结构的设置,更在于他能够将结构这样的形式要素变成内容和思想本身。《檀香刑》的故事,用最通俗的话来说可以概括为"一个女人和她的三个'爹'的故事",这样的结构本身就会产生出强大的叙述动力。但在这里作家的意图却不仅限于叙述的戏剧性的构造,而是要生动地实现一个"历史的纠结与缠绕"的主题。在这个关系中,杀人者与被杀者、统治者与其工具、权力与民间、帮凶和知识分子,这些不同的社会势力纠结到了一起,成为盘根错节甚至血肉相连的

① 莫言、王尧:《从〈红高粱〉到〈檀香刑〉》,《当代作家评论》2002年第1期。

因素，它们共同构成了“将刑罚变成狂欢”的力量。通过这些关系，中国文化和西方文化、现代文明与民族情结、权力阶层的利益与知识者的良知等等观念性的东西，也产生了尖锐多向的冲突与矛盾纠结。犯案的是孙眉娘的亲爹孙丙，而行刑的是孙眉娘的公爹赵甲，断案监斩的又是孙眉娘的“干爹”兼情人县令钱丁，这样一个关系，把孙眉娘这样一个乡村女性推上了血与火、恩与仇的情感的焦点之上，也把一场集杀人的悲剧与看客的狂欢于一体的喜剧处理得更加集中。“甲”、“丙”、“丁”，从这些名字不难看出都是中国人的芸芸众生的“代称”，他们就是整个狂欢与“吃人”群体的化身，包括孙丙，他自己既是这场荒唐悲剧的受难者，同时也是导演者，什么样的文化自然会导致出现什么样的结局。正是这样的杀人者和被杀者之间千丝万缕的血缘亲情的联系，这场悲剧才有了看头，有了令人激动和狂欢的乐趣，有了发人深省的深意。

不过，比之鲁迅的“吃人”主题，莫言的小说中又增加了“当代性”的思考——他要试图揭示东方的民族主义是以怎样的坚忍和蒙昧，来上演这幕民族的现代悲剧的；它要见证乡土与民间的“猫腔”同强大的钢铁的“火车”鸣笛混响在20世纪中国的土地上，上演了怎样的滑稽的喜剧；它要揭示在民族文化和民族根性的内部，是什么力量把酷刑演变成了节日和艺术……即使在强烈的喜剧叙事的氛围中，也掩饰不住这样一些庄严的命题。在孙丙这个人物身上，我们可以看出一种“结构性的文化力量”，他的猫腔戏的生涯，杂烩了民间艺术、农民意识、传统的侠义思想、半带宗教神话半带巫术迷信的中国式的思维方式，将他杂糅成了一个文化的怪胎。这样的一个怪胎，在没有民族文化冲突的情况下，便表现为一种民间自由文化的力量。它既反对正统的专制，同时又与之构成沆瀣一气的游戏。在具有了民族文化冲突的背景下，它就成为一种集崇高与愚昧于一身的可怕的“民族主义”。统治者在需要的时候，会利用这种力量，但在真正面临外来的强力压迫的时候，又非常轻巧地牺牲了他们。这正是义和团运动的悲剧所包含的深层的文化因由，它揭示出中国传统文明在面对西方现代文明的强大的侵犯力量时，所必然显现出的虚弱、悲哀与丑陋。一部中国的近代历史，不出这样一个基本的逻辑，到头来受难和因这受难而狂欢的，不过都是底层的百姓们自己——请注意，在这一点上，莫言的文化态度发生了微妙的变化，在《红高粱家族》中他所勾画的传统文化的壮丽图景与民族生命精神的神话，在这里化为了更为清醒的思考，他试图告诉我们，孙丙所“扮演”的猫腔戏和他所真正“上演”的身受酷刑的大戏，是基于同一个原因，这是一个民族所无法逃避的宿命。莫言极尽所能地表现了面临现代文明挑战的传统文化与民间文化的命运，这与“五四”作家单向度地批判中国传统文化、张扬西方文化的神话的态度相比，显然是更为复杂和矛盾的。

任何艺术都源于“看客”的期待，杀人的艺术也不例外，这不但是袁世凯这样的统治者的需要,也是克罗德所代表的“西方文化权力”的需要,同时更是中国的底层民众自己的需要,应该说是他们共同创造了“檀香刑”这登峰造极的艺术。作家非常精彩地描写了赵甲这样的“职业刽子手”的形象,在古今中外可以说是绝无仅有的,他们令人惊异的“发明”能力和出神入化的精湛“技艺”,可以令一切杀人者汗颜,令一切看客叹为观止,这也是中国文化的特殊产物。可以这么说,《檀香刑》所揭示的是这样一个“结论”:在面对西方强势文化的时候,中国文化的悲剧在于,它是用它自己内部的完美的统治来维持它的“文明”地位的,形象一点说就是,它是靠了“刑罚的艺术”来遮饰它的腐朽、延续并证明它的“文明”之存在的。

在把《檀香刑》当作一部“新历史主义”作品的时候,我感到犹豫,因为这部作品中坚实而尖锐的历史感使我感到惶惑。固然,新历史主义也是严肃的历史观念,而且是在历史领域里面的反权力反知识专制的“左派”思想,但《檀香刑》中的严肃的历史命题,令我联想到了现代知识分子的相当“正统”的启蒙历史观。它不像《丰乳肥臀》那样有一个世纪的时间跨度,单就其小说叙述中所“模拟”的时间看,只有短短的几天时间,虽然它在叙述每一个人物的身世与经历的时候,也包含了一定的时间长度。作为一部“新历史小说”来讲,我想它也许更像是一个历史的“平面展开”,属于路易斯·蒙特鲁斯所说的那种“文化系统的共时性文本”,在一场关于刑罚的奇特戏剧中展开了中国的历史与中国近代社会的结构。它没有致力于描摹历史的漫长路程,而是试图要呈现历史的生动断面。在这个断面上,他集中了末日狂欢中的各色人物,他们用高度的“默契”共同演出了一台狂欢戏剧。莫言用“一场真正的戏”(行刑的过程)和“一出虚拟的戏”(小说的叙事方式),一个重大而又边缘、一个似乎有案可稽又近乎荒诞野史、一个在正史中曾被极端丑化或完全美化的事件(义和团),用野史的笔法,不只勾连影射出一部近代史,而且也引申和隐喻出一部漫长的“作为刑罚的历史”。

将“刑罚”作为历史的核心部分,这本身也是一种新历史主义了,历史的堂皇与文明在这里化为了铁血的专制——一切人专一切人的制,有的人是用残忍,有的人是用冷漠和麻木,有的是借用了“艺术”的名义,有的则是用狂欢。总之,刑罚纠结起了中国特有的文明与历史的链条,解释出中国传统社会的统治的奥秘。

在叙事中,历史的“自在”和历史的“声音”是两个不同的东西,但通常作家不会在同一个叙述中把它们分开处理,因为这样做的难度是很大的。但如不分开,历史便可能成了某种“沉默的东西”,只是作家在无声地模拟演示。莫言不但将它们分开,而且还大大地强化了“声音”的部分,其“凤头”和“豹尾”两部,均是以人物的独语或道白的形式来展开的,它象征着“身在历史中的人”对历史的感受。对一个写作者来说,这可能是最难的,它是戏剧的写法,但又比戏剧语言更驳杂,比戏剧对话更多变。但因为

"戏剧"的形式在某种意义上更接近"历史"本身,所以莫言这样做实际上是力求对历史的更逼真,更具"现场感"的模拟。这需要才华、力量和勇气,而莫言成功了。"猪肚"部分,可以看作是一个关于背景和历史的"自在"的交代,它放在中间,有效地勾连出事件的前前后后与人物关系。这一部分可能作家认为是一个可以把一些比较驳杂的内容"装"进来的,所以它似有点游离和漫不经心,但其中对赵甲行刑钱雄飞以及"戊戌六君子"两节的描写,也足以称得上是惊心动魄的,它将"传奇的历史"和真实的历史事件并置于一起,以民间的眼光和刽子手亲历的角度来写,使这历史格外有一种触手可及的具体和直感。

用戏剧化的场景与氛围来写历史,这也算是一种"文本中的文本",仿佛不是莫言在写小说,而是在阐释一部已经"存在"了的戏剧文本,在为这部猫腔戏作注。这样,历史在两个文本中呈现了一种被激活的状态。戏文中作为"民间记忆"的历史,同叙事者所仿造的"正史"之间形成了一种"应和"或"嬉戏"的状态。在以往莫言的小说中,总是作家自己憋不住出来表演一番,而在《檀香刑》中,他有了众多可用以操纵的"叙事的玩偶",来代替他的"现场道白"。这在很大程度上"使历史戏剧化"了,这种历史的戏剧化修辞方式。在以往的小说中似乎还很难找到第二个例子。

语言的问题也是非常值得讨论的,我想莫言可能是下了决心要用"土语"——纯粹的民族话语,来写一部近代中国的历史,要"土到底"。在过去他一直是在用一套比较西化的话语方式来写作,现在随着阅历和年龄的增长,他可能更希望尝试用"真正的母语"写作的滋味。不过这样做并非容易,因为这种土语需要一种再处理,所以莫言最终又选择了高密东北乡的"猫腔戏"的语言,它可以说是文雅的文人文化与粗鄙的民间文化相杂糅的产物,它代表了一个感性而古老的庞大的"过去"与"民间",既是民族的历史的本体,同时又是他们赖以记忆历史的文本方式。但是这样一个话语系统正在日渐强大的钢铁的声音——火车的轰鸣所代表的现代文明的压迫下,渐渐销声匿迹。一个书写历史的作家用什么来唤起人们对历史的记忆?我想,他最需要的首先是语言,用一套现代人的话语系统、一种在"西方的话语霸权"所攫持下的叙述中,大约是很难找回自己的历史的。而莫言用两种声音来比喻这种对抗,既是对被淹没的历史本源的寻找,同时也是对习惯的历史方法的反思。从这个意义上,莫言的"新历史主义"似乎正变得越来越庄严和深沉了。

当代作家清理历史的任务还远远没有完成,这至少有三个层次:一是历史本身就是处于不断被"重写"的过程之中,而新历史主义的理念正为当代作家提供了源源不断的重新认知历史的思想资源;二是按照知识分子的人文理念,历史的正义性在很多情况下仍然处于被删削、扭曲和遮蔽的状态下,而历史的悲剧和荒谬也还需要不断的反省和再认识;三是在“全球化”的文化背景日益逼近的情势下,对民族历史与文化的认识可能会出现新的参照视角与价值尺度,《檀香刑》所表现出来的文化反思与民族情感的复杂性已经预示了这一点。基于这样的考虑,我以为当代中国的“新历史主义文学思潮”还会继续延展下去。而莫言在这一写作思潮的发展深化中所起的作用,我们也应该给予充分的认识。

(原载《海南师范学院学报》2005 年第 2 期)

刑场背后的历史
——论《檀香刑》

◇洪治纲

莫言的长篇小说《檀香刑》既是一部汪洋恣肆、激情迸射的新历史主义典范之作，又是一部借刑场为舞台、以施刑为高潮的现代寓言体戏剧。它以极度民间化的传奇故事为底色，借助那种看似非常传统的文本结构，充分展示了作者内心深处非凡的艺术想象力和高超的叙事独创性，张扬了作者长期所崇尚的那种生命内在的强悍美、悲壮美。同时，在这种强悍和悲壮的背后，莫言又以其故事自身的隐喻特质，将小说的审美内涵延伸到中国传统文化的内部，并直指极权话语的深层结构，使古老文明掩饰下的国家权力体系和伦理道德体系再一次受到尖锐的审视。

一、从形式开始

《檀香刑》的叙事形式是分裂的。这种分裂，不是文本结构上的相互分离与脱节，而是作者通过极致化的审美法则，将种种二元对立的审美理想推向各自的巅峰状态，从而在叙事上形成某种两极化的审美效果。一方面，作者在审度民间话语的潜在力量时，对非主流性的集体智慧表现出狂热的崇拜和彻底的膺服，从而自觉地袭用着传统故事中的种种表达形式；而另一方面，他又不想（也不可能）抛弃他那与身俱在的独创气质和艺术秉赋，不想囚禁自身灵动翻飞的审美感觉和奇特吊诡的艺术想象力，因而在话语表达的过程中，大肆地挥霍着自身独有的各种艺术才情。一方面，他着力于一场又一场酷刑的叙述，精心地演绎着一幕幕惨绝人寰的暴烈场景，话语之间充溢着令人魂飞魄散的血腥之气；另一方面，他又不断地强化语言的诗性品质，运用大量的想象、通感对种种残烈情景进行灵动的描绘，使叙述不时地闪动着诗性的魅力。一方面，他极力展现着一场来自民间的、自发的抗辱卫家、视死如归的民族主义正义史，慷慨悲歌之中呈现出明确的悲剧意味；另一方面，他又不断地调动民间文化中固有的一些戏剧化成分(譬如斗须、比脚、找虎须、设神坛等)，强化叙事自身的喜剧性质和狂欢场景。他试图以一种刚烈剽悍的叙事方式，在重新激活民间生活艺术质感的同时，将生命真正地推演到种种极致状态，推演到作者内心深处渴慕已久的精神高度。这使得《檀香刑》不仅在叙事形式上呈现出传统与现代、民间与个人、残酷与诗意、悲剧与喜剧等二元共生的奇妙状态，而且还通过这种形式自身的整合，透示出作者对于传统文化和生命本源的某种深邃而复杂的理解。

莫言是一个对乡村社会有着特殊敏感气质的作家。只要他将自己的审美理想投向大地，投向那一片自由、放达而又充满血性的田野，他的所有艺术感觉似乎在一瞬之间便获得了完全的释放，各种刁诡的想象就像肆虐的洪水一样四处漫延，一切都显得不可收拾。这种来自民间的深厚情感在激活他的审美创造力的同时，也使他不自觉地体悟到民间文化中生生不息的内在活力，感受到生命在自然状态中的勃勃生机。因此，在《檀香刑》中，莫言自始至终都非常自觉地恪守着民间的文化立场，保持着平民化的叙事格调。他不仅十分诚实地将"凤头、猪肚、豹尾"这一经典的传统叙事理论作为整个故事的框架结构，而且还将来自山东高密的猫腔、富有音律感的自我倾诉以及大量的俗语、俚语、民谣、谚语作为叙事的话语基调，使得整篇小说仿佛是一部民间艺人的唱词或者乡间流传的话本，质朴，率真，神秘，悲情，有着浓郁的戏剧意味，保持着民间叙事的一些重要特点，如自娱化、民谣化、传奇化等。作者力图以理性手段将文本控制在口语式的诉说和复述式的演义状态中，展示自己心目中所感受到的那种民间文化的鲜活特质。在具体的叙事过程中，莫言又通过孙丙、眉娘、小甲等重要人物以彻底的民间立场不断地进行自我叙述，借助他们的文化视角、社会身份和伦理背景，还原传统意义上乡村社会的生存场景，以便在话语内部也同样建立起某种原汁原味的"传统叙事风格"。

但是，在这种传统形式的背后，又分明地隐藏着作者强大的现代艺术情结。这种现代情结常常以不自觉的方式，不断地跃动在传统叙事的肌理之中，隐蔽在声势浩大的民间话语深处。从话语的表达方式上看，作者致力于维护人物自身的文化角色，努力让人物以自己的口气叙述，譬如眉娘的浪语、赵甲的狂言、小甲的傻话、钱丁的恨声、孙丙的说戏，每个人物都有自己独特的声音，都有符合自己性格逻辑和生存际遇的言语方式。但是，当这些叙事进入到事件内部，尤其是进入到细节的复述之中，便会出现大量的极致性、梦态抒情般的感觉化言语。这些话语明显地超越了人物自身的感受能力，呈现出创作主体的个性禀赋。特别是那些喷薄于字里行间的奇特的比喻和意象，各种超验性的感觉化描述，都暴露出一个先锋作家在瞬间挥发才情的灵性能力。从叙事方式上看，《檀香刑》不断地调动叙述视角进行相互切换，既有人物的第一人称叙事，又有叙述者的第三人称叙事。在风头部和豹尾部，作者严格依照人物视角进行心理叙事，从而形成巴赫金所言的复调式文本结构，让不同的人物演绎各自的生活情状，在时空拼缀中形成多声部共鸣的审美效果；而在“猪肚部”，作者则采用第三人称的上帝视角对故事进行较为全面的历时性补充。这种视角的频繁转换以及视角之间的内在转接，本身就带着鲜明的现代小说叙述技法。同时，在每个人物视角的自我独白中，又存在着各不相同的话语体系和故事体系，譬如眉娘的浪语重在情感，赵甲的狂言重在权威，钱丁的恨声重在道义，小甲的傻话重在蒙昧，孙丙的说戏重在尊严。这使得他们在讲述故事事件时自然而然地出现了某些叙事的重叠，只不过这种重叠是针对客观故事而言，而在不同的人物身上则体现出不同的叙事效果。其实，这正是莫言所要追求的叙事目标——故事里套故事，故事与故事在片断上不断地重复与衔接，从不同的侧面对故事进行立体式的展示。这种叙事方式，明显地含纳了现代叙事的结构特征，无疑是莫言自身现代艺术理想自然而然地渗透与折射。

如果从叙事策略上进行审视，我们会发现，《檀香刑》的主体结构是十分内敛的。它将创作主体真正的审美意图彻底地潜藏到话语的背后，将民族命运、人格尊严、亲情道义等宏大主题退缩到人物命运的纠葛之中。就其主旨而言，《檀香刑》无疑是演绎了一出撼天动地的生命悲剧。小说中的每一个人物，无论是孙丙、媚娘、钱丁、钱夫人，还是赵甲、小甲以及猫腔班子里的芸芸众生，甚至包括那位超越于皇权之上、显得不可一世的袁世凯，都是一些无法主宰自我命运的悲剧性人物，他们被域外强权势力所震慑，或不想反抗，或不敢反抗，或盲目反抗，最终都免不了为奴为仆的命运。他们的生与死，表面看来轰轰烈烈、生机勃勃、有滋有味，甚至还颇有几分殉道的意味，实则是以颠覆伦理亲情、人格操守为代价，进行着无望的相残与相害。但是，这种悲剧意蕴并不是以外显的方式呈现在小说的叙事主线中，活跃在叙事表层的，而是一场场历史酷刑的盛大表演，一场场民间游戏的狂欢场景，它显得毫无节制、纵横捭阖、恣肆汪洋，张扬得无以复加，充满了某种喜剧化的色彩，幽默、夸张、奔放，有着锣鼓般的热烈与喧闹。而在这种喧闹的背后，在喜剧化的话语深处，我们又明确地感受到一幕又一幕强悍生命的悲壮史、尊严道义的溃败史、人伦情感的毁灭史，拓示出莫言尖啸而疼痛的内心，折射出他对中国传统文化中某些痼疾与沉疴的深刻洞悉，以及毫不留情的鞭笞。可以说，这部小说完全是以一种喜剧性的话语方式来展示悲剧性的精神内涵，且悲与喜在小说中都叙述得浓彩重抹、登峰造极。这种两极化的高度整合，不仅体现了莫言高超的叙事技能，也表明了《檀香刑》绝不是一般意义上对传统小说创作模式的复归，它是莫言在沉入民间之后，以自己特有的艺术生命在激活民间话语的过程中所暴发出来的独一无二的声音，是莫言对中国当下先锋文学的再度开拓。

二、刑术的文化指向

《檀香刑》所迸射出来的审美特质无疑是极为惨烈的。这种惨烈，与其说是源于作者对各种酷刑的酣畅淋漓的精妙叙述，还不如说是道出了中国传统刑术文化的血淋淋的真实本质。莫言之所以狂热地钟情于对各种刑术进行津津乐道的叙述，固然有他自身对残酷美的特殊爱好和痴迷(他的很多小说都是通过残酷的方式烘托出人性内在的强悍美)，但也绝不能忽视中国传统刑术内在的种种近乎荒诞的文化内涵。实质上，正是这些刑术中所包含的种种繁富驳杂的文化内涵，决定了《檀香刑》所蕴藉的那种深远的悲剧力量。因为这些刑术，已远远超出了法律的惩戒意义，失去了皇权正常发挥的历史作用，沦为统治阶级以生命取乐的重要手段，也成为民众激活贫乏生活的一种特殊庆典。它们所体现出来的真实意图，既是对法律本身的嘲讽和消解，也是对某种人性变异后所产生出来的文化痼疾的尖锐反诘。

小说总共讲述了六次行刑的过程，演绎了五种不同的刑术：赵甲受母亲幽灵的引导来到京城，目睹了刽子手处决“舅舅”的场景，此时用的是“斩首”；刽子手余姥姥惩处偷盗国库金银的库丁，用的是“腰斩”；余姥姥和赵甲联手处死太监小虫子，使的是“阎王闩”；赵甲给“戊戌六君子”执刑，用的是“斩首”；赵甲给刺杀袁世凯未遂的钱雄飞执刑，用的是“凌迟五百刀”；赵甲告老还乡后再度走上刑场，给孙丙上惊天动地的“檀香刑”。每种刑术，都以追求残忍的极致境界为目标，它的精致、考究、细腻，都是为了在实施过程中最大限度地体现受刑者在肉体和精神上的双重痛苦。这些刑术，作为中国历史上极权统治人性沦丧的一种高度象征，它所隐喻的不只是统治阶级那种近乎疯狂的非人道性、残忍性的专制本质，还折射了中国人在某些方面极为高超的集体智慧。就像女人的裹脚是中国传统男权变异后的产物一样，这些酷刑的发明与创造，同样也是封建权力阶层变态后的自然产物。它以肉体作为政治权力的演练对象，试图验证皇权的无限性，实质上却暴露了这种极权的变异本质。

这些刑术，用赵甲的话说，就是“代表着朝廷的精气神儿。这行当兴隆，朝廷也就昌盛；这行当萧条，朝廷的气数也尽了”。尤其是在“重视祖宗先例胜于重视法律”的大清王朝，“无论是什么样子的陈规陋习，只要是有过先例的，都不能废除，不但不能废除，还要变本加厉”。在这种病态的政治文化背景下，刑术的“繁荣”也就不可避免。它的特点是，回避或者拖延刑术的真正目的，有效地阻止犯人的迅速死亡，由摧残犯人的肉体上升到摧残犯人的精神意志，以人犯在走向死亡过程中所表现出来的各种非理性的、残忍而乖张的状态作为目的，使刑术从法律意义演变为审美意义——让统治者充分欣赏到施刑过程中的种种惨烈之美。譬如，皇帝在看完太监小虫子被酷刑“阎王闩”

折磨而死后，就开金口，吐玉言，十分满足地说道："还是刑部的刽子手活儿做得地道！有条有理，有板有眼，有松有紧，让朕看了一台好戏。"

将观刑比喻为看戏，这种心态的变化，表明了中国传统刑术已从一个极权淫威的政治符号，一个维持社会机体正常运转的权力代码，而逐渐变成一个统治者自行取乐的病态方式。它在颠覆法律的历史作用的同时，实际上也颠覆了权力的历史作用。因此，莫言在叙述这些刑术时，总是不断地进行蓄势和铺陈，竭尽所能地对每一种刑术进行精到的描绘，尤其是在展示施刑过程的精妙和玄奥时，更是费尽笔墨。这实质上是作者借助反讽的手段，对权力与历史文明进行了全面质疑。

当然，《檀香刑》中最为辉煌的、也是最能体现中国皇权文化变态特征的，还是那种令人发指的檀香刑。这种刑术，依靠一根极简单的檀木棒子，从下到上直穿人体，却可以让人保持数天而不绝命。这种酷刑，不仅以无招胜有招——用一根小木棒来达到很多烦琐的刑具所无法达到的境界，隐射着中国传统文化中某种"道"的境界，还使酷刑成为一种精妙绝伦的审美过程——让统治者可以尽情地领略到某种施恶过程的无限快意。檀香，在中国传统文化中原本是一种高贵气质的象征，是高雅文化的喻体，诚如钱丁所言："檀木原产深山中，秋来开花血样红。亭亭玉立十八丈，树中丈夫林中雄。都说那檀口轻启美人曲，凤歌燕语啼娇莺。都说那檀郎亲切美姿容，抛果盈车传美名。都说是檀板清越换新声，梨园弟子唱升平。……都说是檀越本是佛家友，乐善好施积阴功……"但是，现在，它却成为一种空前绝空的刑术中的重要道具，成为残酷与阴毒的文化符码。所以钱丁也感到不可思议，并愤愤地骂道："谁见过檀木橛子把人钉，王朝末日缺德刑。"这种"缺德刑"，无疑暗示了一种文化体系和权力体系的全面崩溃。

刑术文化的全面展示，当然离不开刽子手的高超表演。刽子手的技术高低，不仅关系到刑术在实施过程中的直接效果，还关系到观赏者的审美效果，也关系到权力意志的完美体现，而后者将更直接地影响着刽子手的生存地位和存在价值。因此，赵甲作为刽子手的代表，无疑是小说中的一个核心人物。他不仅是中国传统酷刑的集大成者，而且完全将施刑的过程上升为某种人生的理想境界。小说从一开篇就通过眉娘的自叙道出了他的身份："他是京城刑部大堂里的首席刽子手，是大清朝的第一快刀、砍人头的高手，是精通历代酷刑，并且有所发明、有所创造的专家。"在眉娘看来，"公爹偶尔上一次街，连咬人的恶狗都缩在墙角，呜呜地怪叫。那些传说更玄了，说俺的公爹用手摸摸街上的大杨树，大杨树一个劲儿地哆嗦，哆嗦得叶子哗哗响"。莫言以先声夺人的方式，首先将一个非同寻常的高级刽子手推到了读者面前。紧接着我们便看到赵甲以"狂言"出场，得意洋洋地表白自己行刑数十年、杀人近千例的辉煌历史。在赵甲的精神人格中，我们可以清晰地看到中国刑术文化的发展脉络。一方面，他十分虔诚地接受着恩师余姥姥的点滴教诲，并不断地在实践中反复揣摩、领悟师傅的这些教导。

师傅说:“一个优秀的刽子手,站在执行台前,眼睛里就不应该再有活人;在他的眼睛里,只有一条条的肌肉、一件件的脏器和一根根的骨头。”“天才的刽子手,如皋陶爷,如张汤爷,是用心用眼切割,而不是用刀、用手。”在师傅的眼里,行刑者面对的不是活生生的生命,而是一堆纯粹的肉体。而赵甲不但全部领会了这些刑术的精髓,甚至还青出于蓝而胜于蓝——他能够把受刑者的凄厉尖叫看作是高明的乐师制造出的动听音响,他砍头时能感觉到刀人一体,他凌迟时能根据犯人的性别和体质准确地设计下刀的位置、间隔,他能意识到不同肉体的不同质感影响到行刑的完美与否,当檀香棒打进孙丙的身体时,他眼睛笑成一条缝,他听孙丙的尖叫,像听人唱戏。同时,在另一方面,他又积极地调动自己作为一个刽子手的想象力和创造力,在传统刑术的基础上不断地推陈出新,并有所创造。檀香刑就是他的又一个杰作。为了使自己的这一杰作成为一生的经典,他从制作刑具开始,一直到施刑过程,其考究程度、精致程度、完美程度,完全可视为一种行为艺术,充满了诗意化的至高境界。

但是,赵甲也并不是一个得意忘形的一介愚夫,他虽然有着某种自觉的权力意识(如他行刑时用鸡血涂脸,不用给皇帝下跪;在钱丁差遣他时,他抬出皇太后和皇帝来羞辱钱丁),但他毕竟穿行于官场数十年,对封建皇权的本质有着十分清醒的认识:“咱家在衙门里混了一辈子,知道海比池深、火比灰热的道理。咱家知道,树高高不过天,人高高不过山,奴才再大也得听主子调遣。”为此他亦步亦趋,为自己的地位与声誉而苦苦钻营,最后终于受到了皇太后和皇上的召见与赏赐,并官封七品。这是一个刽子手所能达到的辉煌人生。连深谙宦海之道的钱丁都觉得不可思议,并向袁大人辩解:“大人,卑职以为,礼不下庶民,刑不上大夫,皇上、皇太后万乘之尊,怎么会召见一个刽子手,并且还赏赐了这些贵重物品,因此卑职心存疑惑。”这不是钱丁的幼稚,而是一个腐朽王朝在社会伦理秩序全面坍塌之后所暴露出来的丑陋而乖张的现实。《檀香刑》的重要艺术价值就在于,莫言成功地塑造了赵甲这样一位极为丰满的刽子手形象,在他的精神内质中,蕴含了巨大的历史文化内蕴。

如果我们承认,文明的终极本质就是为了恢复人类应有的尊严,让生命回到自由、平等与关爱的理性层面上来;如果我们承认,文明的基本方式就是解除精神的重重羁绊,为人类在迈向理想的途中创造一种公正、宽容、和谐的社会生存秩序;如果我们承认,文明绝不是以某种近乎麻木的癫狂形式,来标榜某种极权专制的威慑力量;那么,我们在看到一场场有关酷刑的至高境界时,在看到一场场有关人性的溃败场景时,我们就有理由怀疑,这种文明是否是一种假相?是否是一种外衣?它是否潜藏着另一种更为深层的强权、愚昧和歹毒?读完《檀香刑》,我仿佛看见莫言那双深邃的眼睛,在传统文化最为幽暗的部位专注良久,且不停地击柱浩叹。在小说中,莫言借助德国总督克罗德的口气,曾经说出了一句极为精辟的话:“中国什么都落后,但是刑罚是最先进

的,中国人在这方面有着特别的天才。让人忍受了最大的痛苦才死去,这是中国的艺术,是中国政治的精髓。"这也正是《檀香刑》所要表达的真实内核。

三、刑场与戏台

如同戏剧表演离不开戏台一样,刑术的最终完成当然也离不开刑场。刑术中的一切历史价值和文化内涵,都必须通过刑场上的一举一动展示出来,都必须通过刽子手和犯人的联袂表演,才能真正地得以实现。因此,在《檀香刑》里,刑场与刑术一样,都有着非同寻常的历史作用,都是一个巨大而丰硕的审美意象,都隐喻着深邃而厚实的文化内涵。就刑场而言,由刑术本身的独创性、刽子手天才般的表演欲以及看客的狂欢式心态共同营构出来的独特的行刑氛围,决定了它有着极为特殊的历史地位,即它已不是一般意义上公开处决人犯的场所,也不是普通的显示国家专政机器的仪式场所,而是由一些特殊角色联合汇演生与死的人生大戏的舞台,是万人空巷、争相欣赏生命庆典的文化广场,是统治者满足病态的人性之乐、刽子手实现艺术化理想、犯人展示生命最后辉煌的剧场。它带着强烈的表演性质,只不过这种表演不是为了震慑人们,而是为了供人们欣赏。刑场就是戏台。这是积淀了数千年封建文化精髓和专政经验的大清王朝在"推动历史前进"过程中的创举,是统治阶级真正地实现"与民同乐"的特殊场所,也是莫言极力推演历史真相、揭示传统文化沉疴的重要叙事载体。作者非常自觉地遵循着民间戏剧的思维方式,将刑场化为万众欢腾的剧场,演示出一场场盛大的戏曲汇演。

在《檀香刑》中,国仇、家仇、情仇,以种种戏剧化的方式紧密地交织在一起;爱与恨、荣与辱、道义与亲情,在人物的内心深处反复盘旋;尊严、良知、道义,构成了上至知识精英、下至黎民百姓的精神隐痛。他们挣扎,呼告,反击,最后都无一例外地被送上了刑场,在一种又一种超越想象力的刑罚过程中化为灰烬。莫言牢牢地扣住刑场,以刑场为契口,不断地打开了沿袭数千年的封建皇权的病态本质,展示出皇权背后血淋淋的吃人真相。在小说中我们看到,那个操纵着所有社会秩序的皇权体制,不需要任何恩与德的外衣,只需要借助一场场盛大的酷刑,以无与伦比的残忍、近乎夸张的仪式显示着自身的潜在力量。他们轻而易举地将残忍上升为展示皇权的神圣仪式,将刑场改装成皇权表演的盛大剧场,这是中国几千年文明历史背后最为沉重的一笔。曾几何时,我们总是面对历史积淀中的丰厚遗产而沾沾自喜,将文明视为华夏文化的一种历史主脉,将文明奉为华夏先祖智慧的最高体现,尽管我们也知道,这些文明的产生与发展,同样是伴随着鲜血而来,闪耀着无数冤魂的灵火。但是,我们却忽视了与这种文明相生相长的"另一种文明",那是一种变态式的残忍,是对人性的赤裸裸的褫夺和扼杀。

它甚至远比我们所认识到的文明更加丰实繁茂,更加博大精深,更加源远流长,也更具现实作用。在那种历史境遇中,不可能每一个人都能享受到造纸术、火药、印刷术之类的好处,因为它们并不是与每一个人的生活息息相关。但是,皇权却是每个人都必须每天面对的,它像空气一样无处不在、无时不在,并随时随地地让你饱尝一下它的滋味。《檀香刑》的意义,不是为了津津乐道地向人们展示某种刑罚的惨烈过程,而是通过这种过程,向我们透示了另一种常常被历史的虚荣心所湮没的强悍的“文明”遗迹。它与鲁迅笔下的狂人,实质上属于异曲同工。

刑场上的主角是施刑者和受刑者。在这对冲突关系中,处于被动地位的受刑犯人又显得尤为重要,因为无论怎样特殊的术刑,无论怎样高超的刽子手,如果失去了犯人的“必要呼应”,失去了犯人种种意想不到的“通力表演”,这场大戏就不可能带来狂欢的气氛,也不可能在看客的心中留下经典的意味,对于刽子手而言,也就不可能成为他的人生杰作。因此,莫言在面对这种刑场中的戏剧冲突时,几乎是投入了所有的叙事热情,他极尽铺陈之能事,淋漓尽致地发挥着自身特有的审美想象力,不仅生动地展示了刽子手的微妙动作和复杂心态,还将一个个站在刑场上的犯人在面对死亡时的种种不同表现叙述得活灵活现,惨烈无比。于是我们看到,在腰斩国库库丁时,被砍成两半的库丁,“用双手撑着地,硬是让半截身体立了起来,在台子上乱蹦跶。……最奇的是那条辫子,竟然如蝎子的尾巴一样,钩钩钩钩地就翘起来了”。在对小虫子实施“阎王闩”时,小虫子的惨叫“胜过了万牲园里的狼嗥”。在斩首“戊戌六君子”时,“刘大人(刘光第)的头双眼圆睁,双眉倒竖,牙齿错动,发出了咯咯吱吱的声响”。在凌迟钱雄飞时,“钱的舌头烂了,但他还是詈骂不止……那残破的嘴巴里发出像火焰和毒药一样的嗥叫”。

最为震撼人心的,当然是遭受檀香刑的山东高密马桑镇猫腔戏班班主、民间抗德英雄孙丙。他以自己独有的人格魅力,将刑场彻头彻尾地演变为一场壮怀激烈的人生大戏的戏台。为了全面展示这场人间罕见的刑罚,为了在刑场上推出一部人间的经典剧目,也为了将小说全力推向真正的高潮,莫言一步步地进行蓄势和铺陈,直到天台般的刑场出现在人们眼前,叙事才进入真正的高潮。于是我们看到,面对受刑数天而不能死的刑术,孙丙自比岳飞,高唱着民族正义的理想大调走向刑场。在受刑刚开始,他又高唱着哀绝人寰的猫腔,愤怒地控诉袁世凯之流的卖国嘴脸。在遭受酷刑之后,他改唱为骂,痛斥专权者的奴性与凶残。他既充分地袒露着一个民间英雄的人格与骨气,又不时地暴露出肉体生命的自然本性。连冷酷无情的刽子手赵甲也不得不赞叹说:“孙丙,亲家,你也算是高密东北乡轰轰烈烈的人物,尽管俺不喜欢你,但俺知道你也是人中的龙凤,你这样的人物如果不死出点花样来天地不容。只有这样的檀香刑,只有这样的升天台才能配得上你。孙丙啊,你是前世修来的福气,落到咱家的手里,该着你千秋壮烈,万古留名。”同时,刑场在这里又成为人物之间较智较勇的角斗场。眉娘的悲痛欲绝，猫腔演员的壮烈送行，钱夫人的绝望自戕，最终导致了一直在夹缝中屈辱求存的知县钱丁开始了反抗。他将反抗的目标牢牢地锁定在刑场，以杀死表演主角孙丙为手段，使这场大戏提前中止，彻底地粉碎了权力阶层期待已久的戏剧高潮。这既是十分狠毒的一招，又是无比快意的一招。由此，刑场终于从污秽不堪的历史深处走出，成为真正意义上的正义与邪恶较量的场所，成为屈辱与尊严搏斗的见证，成为悲与喜大交合的历史舞台。

如果说支撑刑术的主体是刽子手和犯人，那么支撑刑场的主体则是看客。他们是刑场价值的实现群体，也是刑术仪式的表演目的——刑场设立的意义，就是要通过刑术的公开实施，让看客们受到某种教育。在《檀香刑》中，这些刑场上的看客包括了上至皇帝官宦下至黎民百姓，但他们已完全不是为了来"受教育"，也不同于鲁迅笔下的看客那样的麻木和愚钝，他们表现出来的，却是强烈的快乐，是满足于种种怵目惊心的刺激场景，就像赵甲在京城目睹舅舅的死刑时看到的那样，所有观看的闲人面对即将斩首的犯人不停地喊叫着："汉子，汉子，说几句硬话吧！说几句吧！说'砍掉脑袋碗大个疤'，说'二十年后又是一条好汉！'"在一场场酷刑的表演过程中，看客们总是保持着这种心态，他们没有悲悯，没有仇恨，没有冷漠，也没有震慑，有的只是欣赏中的刺激、惊喜、狂叫、欢呼，以及日后无穷无尽的回味。这是莫言的另一种人性发现，也是小说中颇为尖锐的一笔。它将刑场彻底地还原为一个戏台，并借此凸显了人类生命中许多兽性的本能。对此，刽子手赵甲曾有相当精辟的分析："刽子手向监刑官员和看刑的群众展示从犯人身上脔割下来的东西，这个规矩产生的法律和心理的基础是：(一)显示法律的严酷无情和刽子手执行法律的一丝不苟。(二)让观刑的群众受到心灵的震撼，从而收束恶念，不去犯罪，这是历朝历代公开执刑并鼓励人们前来观看的原因。(三)满足人们的心理需要。无论多么精彩的戏，也比不上凌迟活人精彩，这也是京城大狱里的高级刽子手根本瞧不起那些在宫廷里受宠的戏子们的根本原因。"其实，前两种作用早已被刑场和刑术自身的特殊性质所消解，人们像赶集一样涌向刑场的真正目的就是最后一种——满足人性内在的邪恶需求。如同赵甲的师傅在执刑数十年、杀人数千之后，才悟出的一个道理："所有的人，都是两面兽，一面是仁义道德、三纲五常，一面是男盗女娼、嗜血纵欲。面对着实刀脔割下来的美人身体，前来观刑的无论是正人君子还是节妇淑女，都被邪恶的趣味激动着。"这一点，连傻子小甲都已发现："俺看到，校场的边上，站满了老百姓。有男有女，有老有少。有的还保持着本相，有的变化回了人形，有的正在变化之中，处在半人半兽的状态。"面对庄严的刑场，看客的存在仅仅是为了满足自己病态的生理需要，仅仅是为了展示自身的兽性本能，这同样是对刑罚的一个巨大的历史嘲讽，对权力意志的一种有效的颠覆。因此，《檀香刑》中的刑场，既是看客们满足自己生理欲望的一个戏台，又是莫言瓦解腐朽的权力意志的一个有力的道具。

四、人性的撕裂

《檀香刑》在一次次剥示中国传统刑罚变异本质的同时，又以浓郁的体恤情怀激活了人性中许多丰富的内质，并将这些丰富的内质投置在中国传统文化的政治背景和伦理背景之中，以种种撕裂的方式，使它们不断地处在自我煎熬与自我折磨的矛盾状态，从而使这部小说对生命内在的种种精神禀赋也构成了某种深邃的观照与审视，在人性的层面上展示出许多同样惨烈的审美特质。它表现在作品中的，是一个个鲜活异常、性情勃发的生命个体，面对着严重异化的皇权体制和道貌岸然的伦理体系，进行着一次又一次的突围表演，闪耀着质朴亮丽的纯天然质色，最后却无一例外地遭受到一次又一次的毁灭性的打击。它的终极指向，依然是对中国传统文化中的权力体系和伦理体系进行深刻的质疑与反诘。

这种人性的撕裂首先表现在亲情之中。小说中的三个重要角色孙丙、赵甲和钱丁，通过眉娘这一特殊的纽带，分别变成了亲爹、公爹和干爹。尽管这“三爹”在一定程度上还显得有些暧昧，但是这种特殊的角色身份，使他们无疑构成了某种特殊的伦理关系——一种传统意义上的亲情关系。这种关系，意味着他们至少在客观的伦理秩序中存在着十分亲密的情感成分、礼仪成分和道义成分。尤其是在我们这个极为崇尚伦理道德的“礼仪之邦”，一个是熟读经史子集的进士，一个是受宫廷礼仪熏陶了数十年的刽子手，一个是民间文化的重要代表，这三者之间的亲情关系即使没有多少情感的真实成分，在道义上也应保持着许多特殊的情感状态。事实上，在小说中，他们也的确不时地体现出这种亲情意味。譬如，钱丁在薅了孙丙的胡须后，慨然给了他五十两银子，让他开个茶馆营生；钱丁一次次地放走孙丙，固然心存一份民族正义的信仰，但也不能否认其中亲情的作用。赵甲给孙丙精心地实施檀香刑，虽然有着权力的强大盘压，有着自我刑技标榜的意味，但他临刑前对孙丙的那番话，也确实暴露了他内心深处的某些真情实感。这些情感，都有着深厚的民间文化基础，都浸润着传统伦理观念的价值取向，呈现出人世间自然而质朴的温馨力量。

遗憾的是，这种情感的生发不是处在日常生活的状态下，而是被极权势力逼压后的被动分裂。因此，在政治强权的伦理背景下，他们又是一种不折不扣的敌对关系，一种你死我活、凸显自我人生价值的利用关系。赵甲企图通过孙丙来完成自己作为大清第一刽子手的完美形象，钱丁希望利用赵甲的特殊身份和孙丙的生命代价，来保全自己的生存之位。在他们的生命际遇中，社会的角色身份已完全扼杀了伦理上的角色身份。无论是钱丁还是赵甲，放在人生第一位的，都是被极权政治所同构了的社会角色的责任和义务。他们看起来“铁面无私”，实质上却是以牺牲亲情的道德力量，自觉地行使了皇权的帮凶角色。莫言的独到之处就在于,他并不是以平面化的方式来草率地处理这种关系,而是让人物不时地处在种种亲情的撕裂过程中,使他们一方面不断地寻找着伦理道义上的种种安慰,另一方面又不得不亲手扼杀这些道义的生长。尤其是在钱丁的性格中,这种撕裂实际上构成了他最后走向反抗的一个重要因素。这种亲情的毁灭,体现出来的实质是强权盘压下的人性溃败,民间伦理力量的脆弱不堪。

伴随着这种亲情撕裂的过程,还有人性欲望上的撕裂。莫言以饱满的激情叙写了眉娘与钱丁之间的爱情,它充满了情与欲的力量,展示出生机勃勃的自然人性状态。在眉娘身上,它是风情万种、天然率真、无所畏惧、执著不懈。眉娘是一个鲜活无比的人物形象,莫言发挥了他塑造成熟女性的巨大特长,将眉娘塑造得风风火火、敢爱敢恨,展示出一个民间女性最为原始的生命风貌。为了爱,她舍尊严,受嘲讽,上求神仙,下求屈辱,完全是一副无怨无悔的野性之美,是民间文化培植下的、没有遭受任何世俗污染的天然的生命之态。在钱丁身上,它是食、色、性的高度融合——肥美的狗肉、醇香的黄酒、漂亮的少妇、销魂的性爱,将他全部的生命打造得青春焕发。小说非常精细地描绘了他们在欲望状态下煎熬的情形:眉娘一次次地在月光下赤身游走,通体都散发着情欲的热气;钱丁在得不到眉娘时,便病倒在床,而眉娘一旦出现在眼前,又立即复活过来。他们依托着坚实而强大的欲望基础,以非理性的方式和手段不断地冲击着极为森严的道德律令和伦理规范,冲击着官与民之间严格的等级秩序,带着某种叛逆者的意味。但是,当真正的灾难来临时,当权力的淫威胁迫到自我生命的存在时,这种非理性的、闪耀着生命最为生动的光华,便迅速被理性之手反复地遮蔽。眉娘由爱而生恨,变得爱恨交加;钱丁也同样是欲爱不能,欲罢不休。两人都彻底地被推向生命的两难境地,被推向无奈而又无助的情感刑场。而造成这种情感撕裂的幕后黑手,却依然是强权体制的独断与专横,是权力意志对人性本能的摧残。

从创作主体的审美观念上看,莫言在很大程度上将小说的某些主旨定位在一种大众共通的价值观念上,譬如对大到民族尊严、小到个人人格操守的极力维护,对生命内在的英雄情结的张扬,对个体欲望本能的不顾一切的追求等。应该说,这些价值观并不具备某种深刻的理性发现,但却有着强大的伦理基质。它们的存在,自古以来就是所有生命始终寻求的理想境界,是体现人之为人的最为基本的精神依据和价值规范。正因如此,它们的被摧残和被毁灭,才显得更为惊心动魄和更为惨无人道。《檀香刑》在展示一场场刑罚时,实际上也通过一些重要的犯人,将人性中应有的道义与尊严义无反顾地推向了刑场。从“戊戌六君子”、钱雄飞到孙丙以及义和拳成员、朱八等猫腔戏班子成员,他们都表现出某种舍生取义、视死如归的英雄气概,他们的所作所为都是为了民族的尊严、个人的道义、正义的复归,他们代表着一批民间精英分子的人生理想——对良知和气节的极力维护。这无疑也构成了小说内在的强大的精神主题。但是,他们的行为,在虚弱的历史面前,在病态的看客面前,却只是一种血色的记忆,一种难得的谈资,既失去了其自身所应有的历史作用,也失去了道义与尊严的本质力量。这种道义与尊严的撕裂与溃败,体现出来的是权力话语对伦理话语的强制性盘剥,是被颠覆了的伦理价值对人性理想的无情嘲弄和疯狂吞蚀。

这种情形在钱丁的生命际遇中表现得尤为突出。作为一个在封建传统文化强力浇铸下的一个知识分子代表,他既能文又能武,既有深厚的传统智慧,又有一定的开放胸襟。因此,他在高密县任知县可谓是游刃有余。可悲的是,腐烂的政治机体不仅没有给他提供这种人生的诗意空间,反而将他推向了另一种刑场——一种良知和道义的刑场,使他不断地遭受着各种精神的酷刑,忍受着各种人性价值被撕裂的痛楚。他对大清朝的皇权体制有着清醒的认知,认为"这大清的气数,已经到了尽头。太后擅权,皇帝傀儡,雄鸡浮卵,雌鸡司晨,阴阳颠倒,黑白混淆,小人得志,妖术横行——这样的朝廷,不完蛋才是咄咄怪事!"但是,忠君思想与效命朝廷的理想又迫使他无法做出反抗。他的内心中有着强烈的道义力量和为民请命的生存理想,然而,他那在皇权体制中培养出来的胆小怯懦的个性,又使他不可能旗帜鲜明地展露自己的人生信念。所以,当他无可奈何地看到孙丙被送上刑场时,情不自禁地叹道:"余不得不承认,在这高密小县的偏僻乡村生长起来的孙丙,是一个天才,是一个英雄,是一个进入太史公的列传也毫不逊色的人物,他必将千古留名,在后人们的口碑上,在猫腔的戏文里。"与民间土生土长的孙丙相比,他只能自叹弗如,羞愧交加。他是另一种意义的悲剧代表,体现出理想与正义被强权掏空后的尴尬和绝望。袁世凯曾一针见血地指出:"你(孙丙)是一个坦率的人,一个正派的人,一个不趋炎附势的人,一个有情有义的人,但也是一个不识时务的人。"这种"不识时务"恰恰表明他那心灵深处尚未泯灭的人性之光,也是他最后终于在绝望中走向反抗的一种伦理支撑。

小说是一种叙述生命的艺术,犹如劳伦斯所言,哪怕是一棵雨中的白菜,都必须成为一个鲜活的生命实体。对于沉浸在强大的民间文化氛围中的《檀香刑》来说,这种生命内在的鲜活与丰富,显得更为至关重要。因为它不仅关系到小说自身的艺术质感,还直接关系到作者审度传统文化的深度与广度。事实上,《檀香刑》的巨大成功,也正是建立在这种对人性内在的丰富性与复杂性的有效表达中。它以人性撕裂的尖锐方式,将叙事不断地挺入深远而广袤的历史文化中,在挞伐与诘难的同时,表达了莫言内心深处的那种疼痛与悲悯的人文情怀。因此,莫言的《檀香刑》看似残酷,但在这种残酷的背后,却有着强烈的体恤之情——那是对生命中血性之美的关爱,对人类永不朽灭的伟岸精神的慕拜。

(原载《南方文坛》2001 年第 6 期)

论莫言历史小说的创作局限

◇胡湘梅

莫言近三十年的辛勤创作，使他成为作品最多的当代作家之一。在喧嚣与骚动的中国当代文坛上，莫言以其旺盛的创作精力和鲜明的创作个性，成为文坛上一个独特的存在。他的作品也颇具特色，给新时代文学增添了很多亮丽的色彩，他的三部长篇历史小说《丰乳肥臀》、《檀香刑》、《生死疲劳》为作者带来了巨大声誉，但在细读之下，三部小说存在着不容忽视的缺陷。从整体上看，作品中作者所寄托的精神家园的理想是脆弱的；在描写历史的时候，作者迷失在自己的主观臆想中，暴露出过多的丑陋与野蛮；并缺乏一些应有的人文关怀，表现出作者精神上的迷失。这样就暴露了作者在创作指导思想、艺术思维、人文关怀等方面存在着一定的局限。

一、脆弱的精神家园

恋乡情结也许是人类普遍具有的一种集体无意识。在讲究天人合一的中国，抒写乡愁更是成为我们文学中一个自觉或不自觉的传统，对故乡的渴望也渐渐升腾为精神家园的寻觅，为灵魂寻找栖息地。

1984 年，在中篇小说《白狗秋千架》里，莫言第一次将“高密东北乡”作为故事的舞台，演绎时代的沧桑巨变。从此，莫言开始构建自己的文学地理版图，同时也开始了漫长的精神回归之旅，从家园来，到家园去。在以后的创作中，莫言以高密东北乡为基点，展现了故乡人们的世俗风情，为他们唱出了一曲曲挽歌和赞歌，也为自己漂泊不定的心灵寻找精神的安慰。

在莫言的三部长篇历史小说《丰乳肥臀》、《檀香刑》、《生死疲劳》中，那些高密东北乡的男男女女们寄托了莫言的乡情。在作者饱蘸感情的刻画背后，存在着理性的盲区。作品中弱势的贫困者，如上官鲁氏、蓝解放等，他们盲目地与万千苦难抗争，奔向不确定的未来,在勤劳、善良、淳朴的光环下,他们顽强的生命力无目的、无方向地肆意流逝着。同样,作者着意刻画的民间枭雄们,如司马库、孙丙等,因着一个自由率性,张扬着"生命的粗蛮冲动",粗狂、强悍、野性的外表更掩不住其根本上的盲目性与随意性。无论是弱者还是民间枭雄,他们被动、盲目地依附于历史的发展,在历史的旋涡中迷失了自己的方向。然而作者在感叹与盛赞的同时,并未能给他们指出一条属于他们自己的真正的方向,显示了作者对历史留恋的一些盲目性,对未来的空虚与不确定性。

费孝通曾说:"从基层上看去,中国社会是乡土性的。"费孝通以此为切入点,概括了乡土社会的特性尤其是孤立、隔阂、土气、落后、闭塞的一面。陈思和在论述"民间"理论时,认为民间是"民主性的精华与封建性的糟粕交杂在一起,构成了独特的藏污纳垢的形态"。无论是费孝通的"乡土性"的概括,还是陈思和的民间理论,都说明了中国的乡村在过去、现在也许将来都并非是一方净土。莫言以主观化、个性化去写历史,写高密东北乡,虽写出了乡村的一面,但在泥沙俱下的语言里,在个人的感官中,遮蔽了民间的痼疾,也没有写出历史和当下乡村生活的真实场景。

在一曲曲挽歌、赞歌的合音中,在高密东北乡这样一个想象的文学历史空间,莫言迷惘的灵魂重温了久违的安全感和归属感。随着时间的远去,故乡已物是人非,莫言仍以乡村为精神的归宿,以乡村作为灵魂拯救的据点,表现出作者在面对物欲横流、精神异化的汹涌大潮时,潜意识里的精神孱弱性、道德自信的脆弱性,这也注定了其精神家园的脆弱性,成为其生命永远的痛处。敏感抑郁的卡夫卡将巴尔扎克手杖上的"我能摧毁一切障碍"的格言改成了"一切障碍都能摧毁我",在物质膨胀、传统价值信仰解体的当下,莫言脆弱的精神家园又何以抵挡澎湃而至的"一切障碍"?

时间是一味强劲的消解剂,随着时间的推移,农村的乡土气息,对于莫言来说,渐行渐远,然作为农村出身的他,却有着根深蒂固的农村思维方式、价值观念、情感趣味等;从社会现实来说,却又不得不生活在城市,适应城市。两种不同的生活方式,一方面丰富了其创作的生活体验,另一方面也带来了精神的漂泊感和无所皈依感:虽然生活在城市,固有的农村特性,使他对城市文明的污垢极为反感,总是有意无意地将原来的生活空间美化,并作为自己的精神寄托。龚特尔·安德尔在评价卡夫卡的尴尬的精神处境时说:"作为犹太人,他在基督徒中不是自己人;作为不入帮会的犹太人,他在犹太人当中不是自己人;作为说德语的人,他在捷克人当中不是自己人;作为波希米亚人,他也不完全属于奥地利人;作为劳工工伤保险公司的职员,他不完全属于资产阶级;作为资产者的儿子,他又不完全属于劳动者;但他也不是公务员,因为他觉得自己是作家;而就作家来说,他也常把经历花在家庭方面;但在自己家里,他比陌生人还陌生。卡夫卡什么都不是,但他又什么都是,无所归属。"

在中国城乡二元结构的体制下,莫言的身份处境和精神归属的尴尬性与卡夫卡有着相似性，不同的是，卡夫卡用“甲虫”、“城堡”等表达了自己的精神苦闷，而莫言在自己创造的高密东北乡中找到了精神栖息所。在谈到故乡与创作的关系时，莫言曾说：“故乡对我来说是一个久远的梦境，是一种伤感的情绪，是一种精神的寄托，也是一个逃避现实的巢穴。那个地方会永远存在下去，但我的精神却注定了会飘来飘去。”莫言盲目地以乡村为灵魂的寄托，这种寄托注定是一种无望的寄托，也注定了“飘来飘去”。

二、过多的丑陋野蛮

对我们民族劣根性概括最为准确、揭露最为彻底的莫过于鲁迅，他倾其一生关注着“国民性”，并孜孜不倦地寻求着改造国民性的途径。当代的一些作家，如赵树理、高晓声等，接过鲁迅之棒，继续挖掘国民性尤其是农民性格中的劣根性。他们对于国民性的揭露点到为止，恰到好处地引导读者进行理性的思索。

新时期的莫言，在揭露民族性格方面，继续着前人的脚步，在其作品中展现了我们民族的劣根性，展示了落后、野蛮、丑陋的一面。《丰乳肥臀》中上官鲁氏为传宗接代，与姑父乱伦，与赊小鸭的、江湖郎中、卖肉的光棍、智通和尚、外籍牧师马洛亚等私通，揭露了封建思想在农村的根深蒂固；《檀香刑》通过对几次刑法的逼真描写，展示了袁世凯、钱丁、赵甲等国民思想中的奴性，麻木、不觉醒的精神状态，以及中国百姓的看客心理；《生死疲劳》展示了农民对土地的盲目的眷恋和对权力的敬畏。他的这些揭露或展示一定程度上有利于更好地认清我们民族的性格。

莫言对于国民性的揭露，有值得肯定的一面。但在描写的程度上，他忘记了适度原则，存在着不容忽视的缺陷：莫言过多地描写野蛮，没有挖掘其背后的文化沉疴。《丰乳肥臀》中上官鲁氏与几个男人私通，作者没有从心理上揭露其内心的痛苦与无奈，而只写其主动与马洛亚私通时的性爱满足的意识流，更是消解了作品的力度，在有意无意的叙述中，这些私通仿佛成为上官鲁氏值得炫耀的资本，而不是愚昧、麻木，从而模糊了是非善恶的界限，消减了批判的尖锐性和深刻性。

《檀香刑》则津津乐道于刑法细节的逼真描述，渲染感官的刺激性、官场道德的沦落，而未能引导读者在更高的层次上对国民的奴性、看客心理及其形成原因进行深度的思考。作品既缺乏对权力及体制背后所蕴含的不合理性的挖掘，又缺乏对权力造成的巨大的民族心理伤害的深远探析。

更令人遗憾的是，在《檀香刑》中，莫言沉醉于惨绝人寰的血腥场面，在毫无节制的叙述中，表现出欣赏的态度。在央视“读书时间”节目中，女主持人李潘曾问莫言：“您写酷刑的残忍令人毛骨悚然。您为什么要如此不厌其烦地、精细地刻画描写那种残酷的施刑细节？这样的感官刺激有必要吗？”莫言回答说：“很多人都这么说，我也想，是不是太残酷了一点？其实中国的老百姓一向把酷刑看成是一种最隆重的戏剧。而刽子手在施以酷刑的时候，本身也认为是进行了一次戏剧表演……但对于作品来说，这样的描述又是很必要的。”适度地描写刑罚能说明封建统治者的残酷、不人道，分析刑罚对百姓的肉体、精神的伤害以及酷刑对人性的扭曲，这才是作家应该追求的方向。鲁迅对于刑罚的描写总是点到为止，也不影响其对国民劣根性的揭露。而莫言注重于酷刑的细节及残酷性，《檀香刑》也可以说是几种刑罚大展览，过多的刑罚描写，对作品的主题来说，是多余的，不必要的。

然而作家不只是一个看客，作者的责任是，应引导读者认清美丑。无论是对苦难的描写，还是对酷刑的描写，莫言给读者的感觉总是以一种看客的态度去叙述，去把玩。在《檀香刑》中，作者更像把刑罚“看成是一种最隆重的戏剧”来描写，而不是所谓的零度写作，有的只是对伤害和痛苦的麻木、冷漠。鲁迅在揭露封建统治者刑罚的目的时说：“奴隶们受惯了‘酷刑’的教育，他只知道对人应该用酷刑。”“酷”的教育，使人们见酷而不再觉其酷，例如无端杀死几个民众，先前是大家就会嚷起来的，现在却只如见了日常茶饭事。人民真被治得好像厚皮的、没有感觉的癞皮一样的了，但正因为成了癞皮，所以又会踏着残酷前进，这也是虎吏和暴君所不料及，而即使料及，也还是毫无办法的。

莫言津津乐道的血腥描写，对大众来说，更麻痹了他们，使读者或人们“见酷而不再觉其酷”，使他们在人道主义的相反方向上越走越远。不仅不能去掉民族的劣根性，反而加深了。《檀香刑》的血腥描写，也许是为了追求感官，吸引读者的眼球，也许是作者潜意识中的看客意识不自觉地流露。它不是撤退，而是竭力所作的一种掩饰。

《生死疲劳》中西门金龙与黄互助、黄合作姐妹的私通，蓝开放与庞凤凰的乱伦，作者更多注重其情欲的冲动，而没有作出道德的评价和对情欲背后的心理、文化的挖掘，同样缺乏批判性和深刻性。

实现民族的自救，只有找到国民精神萎缩的根本原因，对症下药，我们的民族才有疗救和进步的希望。莫言的本意也许是想揭发国民劣根性和民族精神的创伤，进而实行民族的自我审视与批判，但莫言迷失于对野蛮的描写，仅止于表面的揭露，与莫言的本意是相背离的，从读者方面来说，更多感受到的是血腥和愚昧。莫言缺乏对读者美的引导和思考，由此看来，莫言做得还远远不够。

三、缺失的人文关怀

艾布拉姆斯在《镜与灯》中提出作者、世界、作品、读者为文学创作的四要素，作者是把自己对客观世界的印象和感受物化为作品的人，作品是主客观的统一体。在创作时，作者需要客观地理性约束内在的激情，要爱憎分明，更要有悲天悯人的胸怀，普照作者喜爱或不喜爱的人物。

《丰乳肥臀》、《檀香刑》、《生死疲劳》无论是人物形象的塑造，还是一泻千里的语言，都让人感觉到莫言饱满的激情。莫言声称《丰乳肥臀》是为母亲、为大地写的赞歌，通过忍辱负重的母亲形象的塑造，讴歌了母亲的朴素与无私。《檀香刑》的“眉娘浪语”宣示了对情欲的渴望，也表达了作者对自由性爱的热切肯定。《生死疲劳》“写出了农民对生命无比执著的颂歌和悲歌”，也写出了莫言对故乡、对土地的深深眷恋。

随激情扑面而来的同时，三部历史小说也暴露了激情有余、理性不足的缺陷，更显露了作者人文关怀的缺失。比如在《丰乳肥臀》中，为了突出生活的苦难，作者两次写了上官鲁氏杀公婆的情节。第一次是用砒霜毒害未遂，第二次则是虚构上官吕氏欲加害玉女而被上官鲁氏失手打死。为了张扬上官来弟不可抑制的性欲生命力而让她打死孙不言。《檀香刑》中作者细细描述杀人细节和过程，《生死疲劳》中为了突出蓝解放与庞春苗匪夷所思的爱情，让蓝解放抛弃黄合作。作者在描写这些暴力或抛弃时，缺乏合情合理的道德行标准。莫言不仅没有谴责，反而字里行间显现出一种赞美欣赏的态度，或轻描淡写地掠过。莫言太局限于主观的情绪或个人的好恶，缺少作家深厚、稳重的情感力量和德行力量，缺失一种普世关怀，缺乏平等、博爱等现代人文意识。

作为一个小说家，应有客观、慎重、清醒、内敛的主体素质，抛却个人杂念，从人类命运的高度出发，关注人类的本质存在和情感体验，心系人类是否诗意地生存着，更应“以悲悯之心怜恤人心的阴暗、权谋的肮脏、暴力的血腥的，以光明之心照耀人心的阴暗、权谋的肮脏、暴力的血腥的，以仁爱之心拯救人心的阴暗、权谋的肮脏、暴力的血腥的，——我们需要的是这样的作家，我们需要的是这样的作品，我们需要的是这样的灵魂”。在经典作家中，无论是含泪微笑的契诃夫、热情洋溢的狄更斯，还是冷眼旁观的福楼拜、“怒其不争、哀其不幸”的鲁迅，他们在刻画人物、描写历史苦难时，不管他们离作品人物的远与近，都能感觉到作品之外的他们的“悲悯”、“光明”、“仁爱”之心、晶莹的泪花。莫言的作品不乏鲜明的政治意识与昂扬的生命意识，但缺失了一种温情的人性意识。

莫言声称“站在了超越阶级的高度，用同情和悲悯的眼光来关注历史进程中的人和人的命运”。但在三部历史小说中，莫言虽部分地超越了阶级的高度，却未能跳出激情、主观的圈界。为了突出主要人物形象和故事发展的需要，以及个人的喜好，莫言所注重的是上官鲁氏、司马库、孙丙、西门闹、西门金龙等人的命运，而对作品中那些来去匆匆的小人物，总使其草草收场。莫言缺乏像福楼拜、鲁迅等那种海纳百川的博大胸怀，读者也难以体会到那种超越阶级、阶层、国家、民族的博大的仁爱精神。

在这个世界上，只要文学存在，就有所谓的人文精神、文学道德、终极关怀、批判意识、作家使命等等，它们促使作家去面对、寻解人类的困惑。仅局限于一己的喜怒哀乐、自己的一方水土，只能映出自己的渺小，是不可能进入人类文学的历史长廊的。

（原载《理论与创作》2011 年第 2 期）

第三辑　文学·民间·乡土

莫言近年小说创作的民间叙事*

——莫言论之一

◇陈思和

这篇论文是我在两年前开始着手写作的。当时呈现在我面前的莫言新发表的作品主要有三部中篇《拇指铐》、《牛》和《三十年前的一次长跑比赛》，分别发表于1998年的《钟山》、《东海》、《收获》三份杂志，因为莫言发表小说时从来不标记创作日期，很难判断其创作时间的先后。但在《拇指铐》的附录《胡扯蛋》里，莫言把他的创作比作母鸡下蛋，声称这篇作品是他"歇了两年后憋出的第一个蛋"。

这里所谓的"两年"当是指《丰乳肥臀》引发的风波后莫言转业和停笔的时间，于是《拇指铐》似可以看作是他近年创作的第一部作品，是一个界限。在以后的两年里，莫言的小说创作进入了又一个高潮，仍然是以他的磅礴的语言气势制造了泥沙俱下的高产量，几乎让读者喘不过气来，直到今年长篇小说《檀香刑》问世，评论界对莫言创作的关注热情又达到了当年《丰乳肥臀》的沸点。我想借此机会暂作一了断，把《檀香刑》的发表作为本文所考察的"近年"的下限。莫言自己对《檀香刑》的创作风格也寄托了变法求新、继往开来的意思，他明确地说《檀香刑》是他"创作过程中的一次有意识的大踏步撤退"，即比较自觉地弃魔幻现实主义的手法而走上土生土长的民间创作道路。

我想说的是我并不赞成莫言所用的"撤退"的概念，这不符合莫言的实际创作情况。在1999年出版的短篇小说集《师傅越来越幽默》的后记中，莫言这样解释他近年来的创作："从去年开始，我写作时的心境发生了很大的变化。过去我写得很努力，就像一个刚刚出师的工匠、铁匠或是木匠，动作夸张，炫耀技巧，活儿其实干得一般但架

---

* 本论文是我正在撰写中的《莫言论》的第一部分，许多观点还未及展开，将会在以后的系列论文里论述。

子端得很足。新近的创作中我比较轻松,似乎只使了八分劲,所以新近的作品看起来会不会像轻描淡写呢?”

这似乎是一个创作心理的变化,莫言的创作风格一向强调原始生命力的浑然冲动和来自民间大地的自然主义美学,这一点没有什么变化,所变的仅是作家创作心理:紧张、轻松的分野。与此相关联的是努力(出全力)、八分劲,夸张技巧、轻描淡写的分野,创作态度的变化又带来了艺术境界上的分野,用一个不很妥帖的比喻来形容,那就是从“为赋新诗强说愁”到“却道天凉好个秋”的境界转换。如果以莫言创作中的民间因素来立论,莫言在上世纪80年代的创作就是一个标志。从《透明的红萝卜》到《红高粱》,莫言小说的奇异艺术世界有力解构了传统的审美精神与审美方式。他的小说一向具有革命性与破坏性的双重魅力,但是80年代中国的理论领域笼罩着浓厚的西方情结,不能不套用西方理论术语来概括莫言小说的艺术世界。这种削足适履的后果之一就是把莫言纳入“魔幻现实主义”的行列中,却无视莫言艺术最根本也是最有生命力的特征,正是他得天独厚地把自己的艺术语言深深扎根于高密东北乡的民族土壤里,吸收的是民间文化的生命元气,如此才得以天马行空般地充沛着淋漓的大精神、大气象。这对莫言本人似乎也造成了影响,误以为“魔幻现实主义”既是来自于拉美文学,它必定是西方的艺术方法。其实中国文学史上从来就没有纯粹的“西方”,且不说“魔幻现实主义”出现在中国作家面前时它是以中文译本的形态,莫言接受的是汉语的“魔幻”,已经属于中国语言及汉字形态的文学因素,而且马尔克斯获得诺贝尔奖的事实,正是启发了中国作家可以用本土的文化艺术之根来表达现代性的观念,当时寻根文学的掀起正源于此。由于理论不成熟,人们才把中国作家对世界性因素的回应看作是纯粹的舶来品。但对莫言的创作心理而言,其境界的分野还是存在的。当企图效仿拉美作家创作“魔幻”时,他不自觉地开掘了民间的创作源泉,“魔幻”技巧对他来说还是一种外在的、学习而得之的因素,于是他才会感到紧张、吃力和夸张;而90年代开始,当一大批优秀作家的创作里呈现出明显的民间化倾向时,莫言开始对自己的艺术世界中含有的民间性作了自觉探索。《天堂蒜薹之歌》里,作家围绕一个官逼民反的案件反复用三种话语来描述:公文报告的庙堂话语、辩护者的知识分子话语和农民自己陈述的民间话语。虽然尚不成熟,但这种叙述语言的变化与小说叙述的多元结构却是莫言所独创。《丰乳肥臀》更是一部以大地母亲为主题的民间之歌。这以后,莫言在创作上对原本就属于他自己的民间文化形态有了自觉的感性认识,异己的艺术新质融化为自己的生命形态,这对莫言来说就像是回归母体,他感觉到轻松、省力和随意,一切师法自然。

因此,在我看来,莫言近年来小说创作风格的变化,是对民间文化形态从不纯熟到纯熟、不自觉到自觉的开掘、探索和提升,而不存在一个从“西方”的魔幻到本土的民间的选择、转换，也不存在一个“撤退”的选择。但莫言对自己的创作有他特殊的理解与表述，在《檀香刑》的后记里，他这样解释自己所追求的艺术境界：

> 就像猫腔不可能进入辉煌的殿堂与意大利的歌剧、俄罗斯的芭蕾同台演出一样，我的这部小说也不大可能被钟爱西方文艺、特别阳春白雪的读者欣赏。就像猫腔只能在广场上为劳苦大众演出一样，我的这部小说也只能被对民间文化持比较亲和态度的读者阅读。也许这部小说更合适在广场上由一个嗓子嘶哑的人来高声朗诵，在他的周围围绕着听众，这是一种用耳朵的阅读，是一种全身心的参与。……民间说唱的艺术，曾经是小说的基础。在小说这种原本是民间的俗艺渐渐地成为庙堂里的雅言的今天，在对西方文学的借鉴压倒了对民间文学的继承的今天，《檀香刑》大概是一本不合时尚的书，《檀香刑》是我的创作过程中的一次有意识的大踏步撤退，可惜我撤退得还不到位。

我们基本上可以明确莫言的所谓“撤退”是什么意思了，它究竟“到”还没“到”位，我们另当别论，但由此可以看到：一、莫言对民间形态的艺术风格的追求是自觉的、理性的，上面那段话里出现了“庙堂”“广场”“民间”等关键词，而且“民间俗艺”虽与“庙堂雅言”相对立，与广场上的民众狂欢却相得益彰，自成一体，这样的自我定位是符合莫言创作特色的；二、莫言把小说艺术追溯到古代的民间说唱传统，并与现代小说的西方形态相对立，即以猫腔与歌剧、芭蕾相对立，由此建立起一套自成一家的现代小说叙述体系。这与莫言的艺术追求也是相吻合的，他的作品里从来就不曾有过西洋歌剧与芭蕾的因素，他的一切魔幻的、变异的、荒诞的因素，都与民间的文化形态紧密关联，而正是这些民间因素吸引了包括西方世界在内的大量读者。这两个问题，前者是民间立场，后者是民间叙述，正是本文需要深入探讨的问题。

近年来，关于如何看待文学创作中的民间文化形态的争论层出不穷，最主要的分歧在于对民间文化形态的价值评判，却忽略了民间之所以成为文学的形态，除了价值取向外还有民间的审美价值，而真正使文学产生其不朽价值的构成因素，是其审美形态，因此讨论文学中的民间就不能不讨论它的审美性。而这一领域正是“五四”新文学以来文学批评与文学研究的最大空白。在 20 世纪中国追求“现代性”的主旋律中，“五四”新文学传统之所以成为其标志，正是因为赖由文学革命，中国人才从审美的意义上理解了“现代性”或曰“世界接轨”究竟是怎么一回事。我一向认为在民族接受的层次中，审美接受是最根本也是最有效的接受。而在这样一种以西方文化精神为主要审美趣味的传统里，本土的、民间的文化形态完全被否定或者被遮蔽起来，它只能在变形状态下，如在政治意识形态的利用和歪曲下才得到曲折的表现；或者在完全不被注意的状况下隐形地在文学创作里散发艺术生命。只有到了 90 年代，它才在文学艺术中成为一种显著的创作现象,刚刚开始形成这个新鲜世界血肉模糊的生命轮廓。因此,我们研究文学创作中的民间,寻找这种艺术形态的审美规律,无法从传统的遗产(即那些变形的或潜隐的)中去寻找,更不能在所谓大众化运动的历史陈迹中去找,只能在当代作家的创造性的精神世界和审美世界中去寻找,与当代作家们一起去探索新世界的美学意义和特征。某种意义上,这也是“五四”新文学传统的异质融会。在这一前提下,我把莫言的小说作为一个自觉的民间艺术形态的探索者和创造者的文本来解读。

在分析莫言小说的艺术特征时,我愿意先引用王光东在《民间与启蒙》一文中把“民间”分为“现实的自在的民间文化空间”、“具有审美意义的民间文化空间”和“知识分子的民间价值立场”三个层次,而前两者之间相联系的中介环节则是“知识分子的民间价值立场,有了这种民间的价值立场,才能使知识分子从民间的现实社会中发现民间的美学意义”。王光东特别强调的是,知识分子的民间价值立场并不是与“民间自在文化”的完全契合,而是在民间状态中获得独立、自由、不受外在规范制约的个性精神,它仍然保持着知识分子应有的精神品格。这些阐述应该说把近年来关于民间的理论又往前推进了一步,我赞成这样的划分与理解,尤其是在理论界对民间的价值评价纠缠不清的时候。但我想补充和修正的是,把这三个“民间”都引进文学的范畴中时,它们应该是呈现在文学创作中的一个不可分割的整体,并通过民间的美学形态完整地表达出来。知识分子的民间价值立场并不是虚拟的,不是说现实的民间社会藏污纳垢毫无价值,知识分子降临此岸,才用彼岸的光环照亮了它,赋予了它审美价值。如果是这样的话,民间就没有实在的意义,它仅仅是一个空洞的所指,被用来寄寓知识分子的理想;而知识分子也没有改变自己的立场,只是根据自己的价值取向创造了一个审美的新空间。如果是这样的话,中国普通民众的实际日常生活就一无价值,需要知识分子来点铁成金,从而知识分子的所谓民间价值立场也无从谈起。王光东在论述这三个层次的民间时,无意中套用了文学创作的外在规律,即“现实生活—作家中介—艺术审美”的模式,而我在《民间的浮沉》一文中所论述的“民间”,仅仅是指“20世纪中国文学史上已经出现,并且就其本身的方式得以生存、发展,并孕育了某种文学史前景的现实性文化空间”,它没有离开文学和文学史的范畴。有许多批评我的民间理论的论者都没有注意到这一点,他们总是用现实政治意识形态下的民间叙述或者现实生活中民间实际存在的阴暗面,来取代我所指陈的文学形态的民间。我所归纳的民间的三个特征,也都是指文学中所体现的民间文化形态。现实的、自在的民间只是我们讨论民间文化形态的背景与基础,比如我们说秧歌剧的民间形态与现实的农民生活情绪存在着密切关联,但民间原始状态的秧歌剧里所反映的民间情绪与现实的民间生活毕竟不是一回事,与政治权力作用下的“民间形态”更不是一回事,不能混淆不同范畴的民间。又如五四时期知识分子受俄罗斯民粹运动影响提倡“到民间去”,这固然是知识分子的民间立场取向，但与本文所讨论的知识分子民间价值立场也没有直接的关联，两者也没必要联系在一起。王光东把现实社会中的民间日常生活与文学艺术中的民间审美空间相区别就解决了这一含混之处，但是在我们所讨论的民间审美空间内，同时也深刻包含了现实民间场景的生活内容。因此，我在关于民间的三个特征的归纳中，第一条所说“它是在国家权力控制相对薄弱的领域产生的，保存相对自由活泼的形式，能够比较真实地表达出民间社会生活的面貌和下层人民的情绪世界”，当是指文学形态下的民间，而非指现实社会中的民间。所谓“国家权力控制相对薄弱的领域”，也是指文学和文学史的范畴领域，它包括来自民间的文学样式、文艺参与对象以及文学创作中的内容(题材、语言等)，我始终把关于民间的讨论严格限定在文学和文学史的范畴里进行，所以要说明知识分子的民间价值立场，也只能通过作家的具体创作及其风格来证明。所谓现实中的民间文化空间与知识分子的民间价值立场，只有当它们成为一种文学性的想象以后，才是我们讨论的对象。

民间的审美形态并不是一个脱离了现实民间生活或者完全是与之背道而驰的纯理想境界，否则，民间就成了当代知识分子的乌托邦。无论是悲怆、激越或者乐观、幽默的审美风格，都是现实的民间精神本质的某种体现，只是在日常生活的沉重压抑下，人们感受不到这种激动人心的力量，反而在审美活动中才表现出来，这就是艺术的真实性所在。我们一边听着中原田野上锁呐声响彻云霄，一边看到眼前被劳作与饥饿折磨得奄奄一息的农民，很难把两者联系在一起；但在精神世界里，唢呐正是生命在高度压抑下迸发出来的血泪之声，如果没有中原地区农民世世代代承受的非人的压迫，也就很难想象唢呐这种高亢、激愤之声背后的精神力量。许多传统的民间审美形态都与民间面对现实苦难及其长期抗争有关，只是它不是知识分子所理解、所描绘的那种形态。在文学创作中，所谓的“国家权力控制相对薄弱的领域”常常是相对而言的，国家/私人、城市/农村、社会/个人、男性/女性、成人/儿童、强势民族/弱势民族甚至在人/畜等对立范畴中，民间总是自觉体现在后者中，它常常是在前者堂而皇之的遮蔽和压抑之下求得生存，这也是为什么在莫言的艺术世界里表现得最多的就是有关普通农民、城市贫民、被遗弃的女性和懵里懵懂的孩子，甚至是被毁灭的动物的故事。这些弱小生命构成了莫言艺术世界中特殊的叙述单位，其所面对的苦难往往是通过其叙事主体的理解被叙述出来。莫言民间叙事的可贵性就在于他从来不曾站在上述二元对立范畴中的前者立场上嘲笑、鄙视和企图遮蔽后者，这就是我认为的莫言创作中的民间立场。

《野骡子》是一部典型的民间叙事作品，故事里并没有正面写勾引“我”父亲罗通的坏女人“野骡子”，而是着力叙述另一个被遗弃后精神受到极度伤害的女人——“我”母亲杨玉珍的形象，讲述一个普通农村妇女如何在绝望的境遇中奋发苦斗终于发家的故事。这也是一个乏味的道德故事:贤妇艰苦持家养子,浪子弃家终于回头。但莫言的民间叙事让它再生出极大的趣味性,他消解了故事原含的道德性,承担叙事角色的是一个不具备任何道德感,只停留在生命感官层次上的小孩,他是被父亲遗弃的罗小通,因为忍受不了母亲极度贫苦的生活和艰苦的劳动,对着赡养他的母亲怨天尤人,整个故事都在控诉式的语气中进行——由于对母亲艰苦发家的传统生活方式的强烈反感,罗小通转而怀念那个不负责任的父亲的浪子生活。这种叙事效果展示出农村道德故事的背景,即在农村改革的过程中两种生活观念及其方式的激烈冲突。母亲所代表的是一种传统农民勤俭发家的生活观念与商品经济发展后不道德追逐利润的资本观念的结合(后者表现为全村靠卖黑肉致富及母亲卖破烂中弄虚作假的行为),也可以说这是当前主流的中国特色的追逐现代化的生活形态;而父亲所代表的是一种感性的、浪漫的、今朝有酒今朝醉的浪子哲学(也是传统中的败家子生活观念)和对财富、对技术的过时的道德主义观念(如估牛买卖中的公正行为),正是今天的生活潮流中被日益淘汰的生活形态,但我们从孩子不无偏激的叙述中,也不能不承认,浪子罗通的生活道路虽然失败,但是他的浪漫私奔、纵欲感官、技术至上和敬业精神,恰恰是体现了农村知识者反正统生活观念的立场,也同样具有被社会习惯所遮蔽和压抑的自由自在的民间精神因素。所以在这篇作品中,作家的民间价值立场是复调式的,既从母亲杨玉珍的立场上褒扬了一个忍受精神伤害而艰苦创业的民间女子的故事,又从更深刻的民间立场诠释了一个反传统的浪子故事。叙事者本人态度的暧昧和模糊不清,使故事包含了丰富的生活信息量和审美的朦胧复杂性,正统的道德观被恰到好处地消解,中国民间显示了其多层次的丰富性与复杂性。像《野骡子》这样的民间叙事模型,我想称之为"复调型的民间叙事",它至少有两条以上的叙事线索在同时起作用,都来自于民间的想象空间,但其间可以起到互相补充又互相解构的艺术效果。在这篇作品里,不顾一切追求致富的贫苦农民—被遗弃的女人—被贫困折磨的孩子—反叛生活传统的浪子,构成了一组相辅相成的叙述主体单位,虽然他们之间也互相伤害甚至互相仇恨,却共同承担了民间叙事的功能。

知识分子的民间立场并不能超然存在于民间叙事以外,它是在民间叙述中逐渐展现出来的。同样是这个故事,如果是用一般的歌颂劳动光荣或者歌颂妇女自强的叙述方式来表现,也可以成为一个庙堂意识形态的道德教化故事,但那就不具备民间立场。有许多论者在讨论文学的民间性时,总是夸大了延安时代特殊环境下的政治形态对民间的诠释遗产,把它们作为讨论民间问题的基础,那么无论褒贬均是含混了民间在当下理论领域的建设性意义。莫言作品中民间叙事的最大特点总是在这里,他的小说叙事里不含知识分子装腔作态的斯文风格,总是把叙述的元点置放在民间最本质的物质层面——生命形态上启动发轫。还是以《野骡子》为例,既然在小说文本里根本就没有出现过野骡子本人的内容，唯一的真实信息就是最后知道她与罗通私奔在外生下一个女儿后死了，那为什么小说要以“野骡子”为题名？我觉得这里包含了莫言对民间理解的独到之处。在小说里有一段被遗弃的母子的对话：

> 母：你还没有回答我，既然我比她漂亮，为什么你爹还要去找她？
> 子：野骡子大姑家天天煮肉，我爹闻到肉味儿就去了。

这姑且看作是一个想吃肉而不得的小孩的想象，但“野骡子”是开酒店的女人，风流与性感肯定在劳苦一生而没有女人味的杨玉珍之上，所以才会引起村长老兰与罗通的情斗，同时孩子还给她外加了一条优势，就是“天天吃肉”，对一个在贫困线上挣扎的民间社会而言，食与色也就成了人性中最根本也是最迫切的体现，因此“野骡子”与罗通的关系某种程度上也就是莫言另一篇小说《怀抱鲜花的女人》中那个理想女人与男主人公的关系，成为一种挥之不去的心理情结。“野骡子”与情人的私奔是罗通一家命运改变、置之死地而后生的全部契机，一切都由此引发而来，而“野骡子”所象征的，又恰恰是民间对人性本质最根本的解读，是罗通所信奉的浪子哲学的全部动机。因此，最后流浪在外的“野骡子”之死和罗通回归、杨玉珍发家成功，都成为当前民间社会所面对的现实境遇的象征性寓言。但意味深长的是，作家在现实面前总还怀有民间的理想主义，“野骡子”终于留下了一个“一模一样的小狐狸精”，暗示了人性的理想主义不会被物质追求所压抑而完全消失。

复调型的民间叙事结构是莫言小说最基本的叙事形态，从《透明的红萝卜》起，莫言的小说叙事主人公就总是选择一个懵里懵懂的农村小孩。他拙于人事而敏感于自然和本性，对世界充满了感性的认知，由于对人事的一知半解，所以他总是歪曲地理解成人世界的复杂纠葛，错误地并充满了谐趣地解释各种事物。这种未成熟的叙述形态与小说根据现实生活内容而表达的真实意向之间形成一种张力，也同样构成了复调的叙述。这种叙述形态在近年的莫言小说里愈见成熟。如《牛》、《三十年前的一次长跑比赛》等比较优秀的作品都使用了这样的民间叙事。尤其是《牛》，表现了复杂的内涵：贫苦的农民缺少食物，打算利用阉割一头公牛的事故换来屠宰牛的许可，但在当时屠宰牛是要作为破坏生产工具而受到惩罚的，所以村长麻子在极端隐蔽的情况下导演了这场杀牛悲剧，所有出场的人都无意识地充当了演员，可是结果是功亏一篑，好容易到手的死牛被公社干部霸占，但后来又以集体中毒的闹剧来消解故事的悲剧意味。小说里的复杂场景一幕幕演出下去，均是在一个简单无知又自作聪明的小孩的叙述下展开的，工于心计的村长—贫困而饥饿的村民—懵里懵懂的小孩—苦难深重的牛，构成一组复调的民间叙述主体单位。小孩因为无知，所以不可能尽职地承担叙述者的角色，所以所有的角色实际上都以各自的语言方式（包括牛悲惨的无声行为）来表现自己的故事,他们具有某种主体性。也许小说描写的是"文革"时代的故事,与《野骡子》相比,《牛》的叙述更具有知识分子的道义立场,比较多地反映出时代的政治意识形态对民间的侵犯,但总体上说,它依然是一个完整的民间复调型叙事,并不掺杂知识分子的叙事立场。

莫言小说的民间叙述里还有另外一种形态,即以非民间叙事立场与民间叙事立场对照进行的对照型的民间叙事。这种叙述形态里,叙述者并非是清一色的民间角色,而是由知识分子或其他角色与民间人物交错进行。虽然其间的冲突与消解意义同样存在,但因为加入了非民间的叙事立场,民间叙述单位不仅有主体性,还有被表现性。这样一种叙事形态在莫言以前的创作中也有过尝试(如《天堂蒜薹之歌》),最近的长篇小说《檀香刑》可以说是集大成的体现。在这部作家企图以声音为主导叙述体的小说中,作家尝试性引入俗文学的说唱艺术作为叙述语言,尤其在"凤头""豹尾"部分,刽子手赵甲代表了庙堂叙事,县官钱丁代表了知识分子的叙事,孙丙、孙眉娘和赵小甲代表了民间叙事,他们共同承担起叙述一件义和团时代山东农民反洋人势力的传统故事的任务。这种多声部的含混的叙事体正是来自作家民间立场的复杂状态。与前面描绘的现实题材不一样的是,这个故事本身包含了当下中国在全球化大趋势下有关"现代性"的思考。德国人在山东地区修铁路通火车事件无疑与中国开始被纳入现代化进程有关,与它相伴随的是西方殖民主义的强权政治;而民众在反对被纳入现代化进程的斗争中,以愚昧落后的形态掩盖了其民族道义上的正义感。在弱肉强食的现代化竞争机制里是不存在"道义"这个因素的,但是在被殖民国家里它却可能成为人民反对强权的旗帜。这样的故事,过去在政治意识形态话语系统、知识分子的话语系统、民间话语系统里都被单一地表现过,可以演化为各种诠释,而莫言的诠释却充分展示了多元的可能性。《檀香刑》中,民间叙事与知识者叙事形成了互为言说的结构:当我们从钱丁的叙述中了解义和拳演出闹剧的同时,我们从眉娘与孙丙的叙述里也同样看到了知识者的可怜与矛盾。在这样一种殖民主义→本土统治者→本土民众的弱肉强食的机制中,清醒的知识者所扮演的极为尴尬的角色凸显出来。

《檀香刑》一开始就写了知县钱丁与戏子孙丙因为美髯而打赌,写出了知识者与权力的结合,不仅在社会层面上统治了民间,在智力显现的精神层面上也占了绝对优势,老爷小施谋略就骗了民众取得胜利,而由此造成了孙丙被强迫拔去美髯,放弃猫腔生涯,以致一系列悲剧发生。虽然带有偶然性,但一部以情节为主体的文艺作品里,情节的最初契机往往是最说明问题的(小说最后以钱丁向垂死的孙丙辩白拔胡子为结局,即是一证明)。小说最精彩的描写之一,是孙眉娘与钱丁之间发生的惊心动魄,足以感天地、泣鬼神的爱情故事,虽然性与暴力一向是莫言的最爱,但在孙、钱的爱情叙述里却难能可贵地不带一点情色成分:"高密知县,胡须很长,日夜思念,孙家眉娘,他们两个，一对鸳鸯。”被编入民谣的爱情已经完全超越了阶级与文化的障碍，成为被民间所认可、所赞美的风流韵事，知识者钱丁在这场爱情演出中也同样扮演了民间角色，就像西方童话里王子与贫女的叙事传统。钱丁的元配妻子是曾国藩的后裔，似乎暗示了一种庙堂的价值取向，却终于不敌民间眉娘，但是当这种选择一旦超离了爱情的私人性因素，转向功名等社会因素时，知识者的处境就狼狈起来。莫言正是在这些意义上一层层地剥离了知识者与民间的关系。在“猪肚”部的“夹缝”一节，我读到眉娘对钱丁的一段倾诉时不能不为之动容。这段叙述里，民众—女人—情爱构成了一组叙述单位，充满了民间的主动性与主体化，与以往文学作品里类似知识者辜负民间痴心女的知识分子叙事（如张贤亮的小说）相比，呈现了完全不同的叙述效果。

小说“豹尾”部“孙丙说戏”一节，孙丙慷慨赴杀场，真假孙丙一起高唱猫腔的情节，很容易让人想到鲁迅笔下的阿Q被杀头时想唱“手执钢鞭将你打”的窘状。在这样的比较中，鲁迅启蒙主义的叙事立场非常清楚，阿Q愚昧及麻木不仁的行为里没有任何东西值得我们肯定，在知识者的叙事里，民间叙述单位阿Q是被言说者，他的愚昧可笑是被动地展览在读者面前的；而莫言的民间叙述里，孙丙的愚昧可笑也好，慷慨赴死也好，都是主动的，包含了更加复杂的内涵。如果要比较这两种叙事形态的话，莫言所运用的多元型的民间叙事，本身并不排斥知识者的启蒙叙事，但它本身是复杂多元的。就以《檀香刑》为例，它是一种多声部的叙事，通过互为言说的方式，达到了叙事视角的多样性和叙事内涵的丰富性。如果从中我们要区分两者的立场，那只能说，鲁迅所坚持的是单一的知识分子的启蒙叙事立场；而莫言的独创性正是彻头彻尾地站到了民间的立场，尽管他依然用知识者的视角与叙事揭示出民间藏污纳垢的可笑性。

对照型的民间叙事结构不但打破了民间自身的单一性，同时也包容了其他各种立场的叙事，显现出民间的丰富性。这正是民间自身的复杂形态造成的。我在以前的研究中曾经表述过这样的想法：其实现实生活中并不存在一个纯粹的民间社会，由于民间从来就是以弱势的姿态被遮蔽于权力意识形态之下，它本相的显现总是夹杂在各种强势文化的言说之中。因此，我们在艺术上表现民间时，就不能不顺带地表现其他强势文化形态的叙事，使其复杂性以本来的复杂面目表达出来。它富有特色的叙事与众不同的效果是，民间在多元叙事中不仅仅是主体的言说者，同样也是其他叙述单位的言说者，它与其他叙述单位在互相审视和互相言说中共同完成了作品的叙事。

（原载《钟山》2001年第5期）

复苏民间想象的传统和力量

——由莫言的《生死疲劳》说起

◇王光东

进入新世纪以来，文学的想象力问题一再引起大家的关注，许多批评者都认为当下的文学想象力单薄、苍白，缺少生命的激情和活力，这种观点的提出显然是有一定的理由和现实依据的。自从上世纪 90 年代欲望化写作出现以后，就隐含着对想象力的某种伤害，因为在他们欲望叙事的过程中，其欲望的生成和发展总是与一些实利性的内容联系在一起，譬如金钱、性等。当文学与"实利"过分密实地纠缠在一起时，文学的想象能力就会受到伤害，换句话说，欲望的物质化限制了精神的自由想象。这种文学情境显然与消费文化日益成为时尚有关。当流行的文化倾向与部分作家共谋，放逐文学的想象时，还有没有作家对物质性的消费文化产生对抗的激情呢？还有没有作家在当下的生活中思考那些社会发展所带来的阶层分化以及由此引发的一系列与人相关的社会问题和人自身的生存境遇、精神问题呢？任何一个时期的文学都会有多层次的存在形态，在当下文化多元、文学多样化的情境下，也不会仅仅有与消费文化共谋的文学存在，莫言就在人与外部世界、人与自身、人与人之间的复杂纠缠中思考着中国社会历史中出现的一系列重大问题并且以独特的艺术想象构建起具有特殊意义的文学世界，这种想象就是民间想象的传统。

一、《生死疲劳》的想象世界

莫言的《生死疲劳》无疑是近年出现的一部重要的长篇小说。其重要性就在于体现出高度扩张的想象能力以及对半个多世纪以来中国历史的独特叙述方式。想象力的扩张与叙述者是分不开的，叙述者的立场、身份及思考和认识世界的角度直接影响着想象能力的发挥和想象世界的展开。《生死疲劳》的重要叙事者之一——西门闹，作为一个心地善良、为人厚道的“地主”被枪毙后，转生为驴、牛、猪、狗、猴、大头婴儿蓝千岁，穿行于阴间与阳世，见证了世道人心、社会变化，打通了人与兽、物与灵之间的界限，灵魂在天涯时空中的漂泊，使小说的艺术世界呈现出浑圆一体的圆融和感觉恣意表达的丰富。这样极具个性特点的艺术想象能力在近年的小说中是不多见的，它复苏了民间传说、故事的想象方式。

想象能力的产生对于作家而言是有天赋的秉性在起作用的，这种秉性很难用理论的方式去分析，它隐藏于作家的灵魂中，无法去猜透，但与其相关的进入文学世界的方式则可以部分地说明这一问题。

在莫言的小说《生死疲劳》中是有一种对抗现实功利和物质欲望的激情的。在当下的文学情境中，这种激情尤为重要，它能够把人从消费文化所构建的“物化交往环境”中解放出来，获得精神上的自由，进而以自主的独立思想去认识和理解历史。莫言在《生死疲劳》的开始就把叙述者西门闹处理成一个满含冤屈的角色，与现实的社会构成了一种对立的关系。另外一个重要的叙事者蓝解放，坚持自己“单干”的信仰，与现实社会也构成了一种对立的关系。这种独立的、不屈服于现实利益的立场，使其不会在利益的诱惑下把想象物质化、功利化，而是关注与人性、社会相关的一系列重大问题。实际上，叙事者的这种立场也是莫言的立场，当从这样的基点上来理解《生死疲劳》的想象的时候，我们看到作品飞扬不羁的想象力与理解历史与现实的独立视角是联系在一起的。并不是说所有理解历史的独特性视角都能带来飞扬的想象力，但飞扬的想象力与独特的史识是联系在一起的。在《生死疲劳》中，用一种怎样的独立视点来展开半个多世纪中国历史的发展进程呢？莫言选择了“坚持单干”的蓝解放和不断轮回转世的西门闹，特别是西门闹在超越时空的灵魂漂泊过程中，与其所纠缠在一起的人和事，形成了一种独特的艺术关系。这种独特的艺术关系恰恰构成了其想象世界的丰富性和复杂性。换句话说，正是这种丰富的想象显示了历史的独特风貌。具体地说这种独特风貌呈现为这样几种想象关系：

（一）人与兽的关系。人与兽在现实生活中虽然相互依，但灵魂之间细微之处的交流却是有深深的隔膜的。在《生死疲劳》中，人兽之间的关系完全被打破，兽有着人的灵魂、感觉和判断，并且其行为方式也由人的逻辑在支配，已有的人兽关系在想象中发生了根本的变化。

（二）阳世与阴间的关系。虽然在民间信仰、传说中两者是可以沟通的，但在《生死疲劳》中两者之间几乎是没有太多区别的，并且西门闹的转世带有了有目的“去恶”的行动，他成为见证当代中国社会历史变化的重要人物之一。

（三）在人与人、物之间的关系上，除了人与人之间错综复杂的血缘关系以及出人意料的情节之外，在《生死疲劳》中，人的感觉能力得到了充分的释放。那奇异的感觉混杂着对“物”的体验，使世界具有了多侧面的立体感，并通过这种感觉渲染出了不同历史时期的特有氛围。

如上几种想象关系相互交织，共同构成了具有独特艺术想象力的世界。那么，在这种独特的艺术想象关系中，我们看到了什么？看到了他对“历史”与“人性”的深切思考。“历史”与“人性”是一个常常被人言说的话题，但在莫言的小说中常常展现出独特的风貌。莫言在言说20世纪50年代直至今天的历史时，以人与兽的转世轮回来展现“历史”的进程及人性与兽性的内涵。值得注意的是，“兽”所体现出的“人性”内容以及人所体现出的“兽性”内容相互联系呈现出时代变化中人性的复杂。在中国特定的历史年代里，转世为兽的西门闹在对“人事”的体验和理解过程中有时反而有着“人情”的温馨，而所谓的“人”倒有着“兽”的残酷。这虽然是在以往的小说中已经被表达过的主题，但是在莫言的《生死疲劳》中，当他以丰富的想象力把“人间”与“阴世”、人与动物联系在一起时，这样的主题就有了具体、生动、可感的内容，并且“兽”所具有的“人性”体验功能更反衬出了人世的混乱。不管西门闹为牛、为狗、为猪还是为猴，他都有着为“人”的那份心肠，即使饱含冤屈，伦理的情感也始终让他与人世有着割舍不断的联系，而“人”与“动物”之间也同样有着各种各样的联系。这样一个圆融贯通的想象世界，与启蒙的现实主义文学想象不同，与所谓的浪漫主义想象也有区别，而有着中国式的民间想象，浸透着佛教、道教的某些文化因素。这使我想到了另外一个问题：莫言的这种想象力在当代文学的发展过程中有着怎样的意义呢？

二、呈现民间的想象

莫言的《生死疲劳》呈现出的是民间想象力的传统，这种民间想象力的传统在“五四”以来的新文学发展过程中是被部分地遮蔽的。中国现当代文学史上很多作家在写作时都认为自己的创作和西方文学有着密切的联系，西方文学的想象方式是各种各样的，但在现实主义文学作家的创作中，他们的想象方式基本上是对现实生活秩序的重构，他们的想象力是由现实生活的日常逻辑所支配的。西方现实主义文学的这种特点为中国现代文学提供了重要的文学精神资源并深刻地影响了中国当代文学的发展。特别是在当代文学中现实主义被政治化、成为大家要遵循的创作原则时，本土原有的民间神话、传说以及在此基础上的小说创作传统就被部分地忽视了。虽然在政治意识的倡导下，也曾出现过大跃进民歌运动，也曾提倡文学创作向民间学习，但从想象力的角度看，民间想象力的传统在大部分作品中体现得是不充分的。那么，民间的想象力有哪些基本的特点呢？民间想象力的方式有多种多样，特别是在中国漫长的历史发展过程中，民间想象力在各种叙事文本、各种传说故事中，由于各种不同文化因素的影响，想象的文学世界是不同的，但以汉民族文化为基础的民间想象还是能够概括出一些基本特点的，我以为主要有如下几点：

（一）在民间神话、传说及一些叙事文本中，人、神、鬼之间的关系是可以相互转化的，人可以变为神，神可以变为人，人可以成为鬼，鬼可以成为人。这种相互转换的关系带来了现实物理空间的变化，在传说、故事及叙事文本中，日常的生活空间与日常之外的虚拟空间（譬如天堂、阴间）共存于一个文学的想象空间中。这样的特点在《封神演义》、《聊斋志异》等作品中都有着充分的体现。

（二）与这样一种人、神、鬼关系转化相关的想象空间联系在一起的是人、神、鬼等形象都具有人性化的特点，在民间传说中的鬼、神，大部分都有着人的性情，他们不仅可以到人间生活，而且还可以与人联姻，他们所具有的人不具备的超常功能也成为他们与人相联系的一种手段。这种人性化的特点，使民间传说、故事中的鬼、神变得不是那么冷酷无情，而是与人的生活息息相关。

如上想象的特点在莫言的《生死疲劳》中得到了充分的体现，这样一种想象世界的方式，显然与理性的现实日常生活逻辑是有差异的。在以科学、理性为主导的现代化进程中，遭遇到被忽视的命运也就可以理解了。在中国当代文学中出现的《林海雪原》、《铁道游击队》等作品虽然呈现出民间想象的部分特点，但这种想象仍局限于现实的生活空间中，只不过部分地继承了民间想象的传奇性特点。真正使文学的现实想象空间得到拓展的是莫言及其他部分先锋派作家。莫言在20世纪80年代写作的《透明的红萝卜》等一批短篇小说就开始复苏了这一民间想象的传统，使人具有了神、鬼的某些能力，透露出超越现实生活空间的追求，某些先锋派作家在时空转换中的文学想象也潜在地承传着这一传统。由此也可以看到民间想象力在当代文学创作中的重要价值。新世纪以来，莫言的《生死疲劳》在小说的整体结构上可以说充分地发挥了这一想象力的作用，在他的艺术世界中，可以看到民间神话传说故事及其叙事文本的想象力参与到小说创作中后的艺术力量。这部小说虽然遵循着当代社会发展的历史逻辑，但历史的现实空间是极大地拓展了，这一点在第一部分中已分析过，就不再赘述了。从这样的视点来观照当代文学，还应提到的一部作品是苏童新近出版的长篇小说《碧奴》。这部作品以“孟姜女哭长城”的传说为原型，用苏童自己的话说，“一个女人的眼泪，竟然可以哭倒八百里的长城——这个故事里蕴藏着一个非常严肃、非常巨大的人生力量，可以说是哲学的力量。它关注的是人的境遇问题、人的命运问题。孟姜女其实是被人民大众推选出来的一个救世主。当人们意识到无法和墙对抗，当人们意识到鸡蛋与石头的碰撞之后，鸡蛋必然地粉身碎骨的命运之后，他们就要想别的办法解脱。孟姜女是来自底层社会的女子，她哭倒了长城以后，民间寄托给孟姜女的已经不是一个凡人的事情，而是一个神的行为”①。显然，在苏童的《碧奴》中，民间想象的力量正成为他的一种自觉的艺术追求。

三、结　语

在近几年的文学创作中，民间想象的问题已被许多作家重视，那么，应该如何看待这种文学现象呢？我想以周作人对文学与民间文化、文学的看法来进一步地说明这一问题。周作人在20世纪20年代不仅研究了神话研究的学派、神话、童话的起源及特点，而且认为神话、童话、传说、民歌等都是民族文学的根基。从民间流传的神话、传说等内容中发现民间文化与个人文学创作的关系是周作人研究的一个重要内容，因为任何一个时期、一个民族的文学发展过程都不能与民族的、本土的、民间的精神割断联系。他在《神话的趣味》一文中，讲了“天狗吃月”的这类传说。当天狗吃月时，家家击锣打鼓，以为把天狗惊吓跑了，月亮就能复圆。从前的人很相信月亮真被天狗吞了，所以便造出许多的神话来，流传至今成为乡俗。又讲中国小说如《聊斋志异》里面记载鬼狐的故事很多，并且相信人也可以变成狐狸精。在此，周作人说出了一个极为深刻的文学现象：传说变为乡俗、文化现象，又体现在后来的文学创作中，从而形成了一个民族文学的独有风格和特点。在《抱犊固的传说》中，他又讲了绍兴城内“躲婆弄”的来历和贺家池的传说，认为这些传说并不是没有意思的东西，实际上《世说新语》和《齐谐记》的根芽都在这里面。他还认为中国现代文艺的根芽，来自异域，这原是当然的，但种在古国里，吸收了特殊的土味与空气，将来开出怎样的花来，实在是很可注意的事。

周作人的如上观点也正是我们重视民间想象在当代文学中的价值和意义的依据。一个民族的文学如果与本土的民间想象脱离了关系，也就失去了生命之根，特别是我们的审美经验被全球化的文化浪潮部分左右的时候，更应该具有这种文学的自觉，因为我们在现代社会中，能够保全生命的意志和力量以及民族文学个性的可能正是源于内心的这种想象。

（原载《当代作家评论》2006年第6期）

① 苏童：《神话是飞翔的现实》，2006年9月22日《文汇读书周报》。

莫言与贾平凹的原始故乡

◇李咏吟

“原始”一词标明了现代人对历史的情感态度。它既包含着生产工具和生活状况的落后，又包含着混沌、神秘、蒙昧、迷狂、压抑等因素。原始主义和半原始主义艺术的复活，就揭示了生活的原始性和复杂性。莫言与贾平凹都是由乡村迁移到城市又未割断与乡村联系的作家。都市与乡村的对比，现代文化与民间文化的冲突，历史沉思与未来展望，促使他们思索乡土中国的社会问题，于是便产生了理解和拯救乡村的创作冲动，试图表现那梦绕魂牵的原始故乡。作家对原始故乡的历史信息和现实信息、民俗信息和生活信息的加工创造，是那么扑朔迷离，是那么强悍逼人，显示着乡土中国历史的悲怆与沉重，简直是一种绝望式挣扎。这种绝望式的挣扎展示了作家的心灵世界。

莫言与贾平凹对乡土那种亲切而又苦涩的情感所进行的淋漓尽致的再现得益于中国古典文化与西方现代艺术。在中国小说传统中，《聊斋志异》是现代乡土小说的最早源头，尽管志怪小说在六朝时期已经发轫，但那种承接神话传说的短篇故事毕竟较少具有批判意味。《聊斋志异》是那么富有人情意味，悲怆与欢欣如此奇妙地交织在一起。这部神话史诗正是蒲松龄对其原始故乡的素描，神人鬼怪之关系极具象征意味。实质上，蒲松龄的创作正是表达了他对故乡异常复杂的情感。这种感情很有对比意味：一方面他渴望逃离故乡，借助科举高升，改变贫寒困窘的处境；另一方面他又在民间闲谈中获得极大满足，因为这是一个比“四书五经”所虚构的理想国更为真实的世界。民间智慧显示了乡民的极大创造力，他们在贫寒中的渴望，在寂寞中的想象，展露了纯洁善良的心灵。这就是一种亲切而又苦涩的情感。莫言与贾平凹同这种古典精神的契合是建立在生存哲学之上的。从生存意义上讲，“离乡”意味着一种解放，逃离故乡遁入异乡成为人们的梦想，恋乡的情感让位于恨乡情感。因为在故乡遭遇的屈辱记忆和贫寒折磨无法从作家记忆深处抹去。但是，从创作意义上讲，这又是极其丰厚的生活馈赠。每当远离故乡时，那种地理意义上的惯性就使作家对故乡变得异常亲近。无论是门前的池塘，还是屋后的竹林、菜园和青葱的灌木丛，抑或是那层层梯田与群山相伴的原野和那轻轻流淌、荡漾船夫拉纤及放牧鸭群的吆喝，都唤起作家亲切的记忆。那美妙的初恋，那温和智慧的老汉，那邪恶的支书，那作恶多端的淫棍，那具有侠胆柔肠的英雄好汉以及那原初的生活故事，在莫言与贾平凹的创作记忆中复活，一旦"原始故乡"亲切而又生动起来，苦涩也变化成了一种甜美，从而写出抒情的乡土诗篇。那份沉重，那份轻灵，那种执着，那种氛围，便显示出他们独有的生活优势和想象优势，这种复杂而又矛盾的情感在莫言与贾平凹身上十分突出地存在着。事实上，莫言与贾平凹从不讳言他们的创作与故乡的精神联系。贾平凹为此写有《故乡、山石、明月与我》，莫言则写有《我的故乡与我的小说》。乡土小说创作，一方面根源于他们的创作体验，另一方面又得益于现代的启示。他们不仅共同接受了蒲松龄的启示，而且多少也沾染了福克纳的情绪，并承续了中西批判现实主义传统。这种内在与外在诱因为他们的小说走向世界提供了双重的背景。莫言与贾平凹感受着故乡所给予他们的丰饶馈赠。这种馈赠，是作家所独有的生活积淀。这种积淀是原生态生活图像的再现，之所以说是原生态的，是因为故乡生活的一切都曾以无意识的方式积淀在记忆中。生命中的每一感受，生命中的每一事件，生命中的每一奇观都以鲜活的意象积储着，犹如人工的语言输入和信息传达，都存储在大脑这个"硬盘"上。这种原生态的东西，一旦得到情感的指令，那活生生的情景和细节，那阳光和色彩织成的风景，便作为异常丰富的情感图像焦急地等待语言传达。情景与人物、事件与故事，在时间和空间中定格。过去的图像以各种各样的方式溢出。但是，语言是一个屏障，积储在记忆深处的无意识材料并不是每个人都能自由提取出来的，莫言与贾平凹在提取这种无意识记忆材料时显示出良好的才能，但是，作家的信息提取仍是有限的，所以他们就需要到现实生活中去寻找，去捕获。所以作家总是不断地返回故乡，四处扩张。由于作家总是以家乡的风物体验作为参照系，所以对异乡风情的体验也就格外敏锐。因而寻找既是一种发现，又是一种回忆，在寻找中捕获，在寻找中触景生情。于是，作家的心灵世界就不会滞塞，变得漫无边际，像风筝线操在故乡父老的手中，而风筝又能在故乡的上空自由飞翔。那种故乡的体验和异乡的奇遇在心灵中亲切交谈。因此，深入乡村生活，不是一种姿态，而是一种创作必然。贾平凹在充分发掘了故乡生活体验之后，曾长期客居于商州各县各乡，那该是多么奇妙而又亲切的创作记忆，他走遍商州七县和丹凤家乡的许多山村，就是为了更深刻地去理解和表现原始故乡的那份神秘，思索原始故乡的现实与未来。莫言在选准山东高密乡之后，几乎获得了一种穿透历史的视野，把原始故乡的狂欢、豪悍和神秘作了惊心动魄的发挥。因而创作在他们那里既是一种历史记忆，更是一种生命的凝神注目。原始故乡里的一切都成为他重构艺术世界的前提。

对于故乡的那种亲切而又苦涩的情感态度是莫言与贾平凹创作的共同出发点，这几乎可以视作乡土小说创作的一种带普遍性的创作规律。规律即启示，它昭示给一切人，给予他们灵感。贾平凹明显也表白了故乡地理文化对他的创作之影响。这种地理影响几乎是深入骨髓的。贾平凹长期生长在一种丘陵地形之内。这种丘陵地形不是北方的黄土地、绿草原，它带有浓郁的南北交融的气息："丹江边上便有这么一山，并不高峨，山峁纵横，正呈现出一商字。"（《浮躁》序）特有的山水，特有的气候，养育成商州人特有的情感观念和生活文化方式。贾平凹以敏感的心灵领受这份地理，领受这份文化，敏感地记住了各种各样的杂树、野花、闲草，熟悉了各种各样的动物和禽鸟，接触到了千奇百怪的面孔和那一出山寨就不同的方言和习语，以及那男男女女的衣饰装扮，男女之间复杂的情感纠葛。尤其是置身于那乡下女人堆里或男人圈内听那如歌如泣的通奸殉情故事，寄寓在烟雾缭绕中听那男人们古怪、恐怖而又浪漫的传奇和祖辈英雄的光荣和风险。那是惊心动魄的原生态世界，所有的信息全方位地袭来，本身就构成了奇妙的小说故事框架。那风清月白之夜，幼小心灵的情欲萌动，无与伦比的情人神话的想象又带来极大快感。商州这种民风淳朴的野情趣是贾平凹乡土小说存在的真实环境。莫言则说得更直白："缭绕在我耳边的是故乡的方言土语，活跃在我眼前的是故乡形形色色的人物。"不用说，"故乡的土地、故乡的河流、故乡的植物，包括大豆、高粱"都深深地作用于莫言的精神记忆。所以，莫言才感到"二十年农村生活中，所有的黑暗和苦难，从文学的意义上来说，都是上帝对我的恩赐"。具有相同特色的历史传说故事和风流放荡传奇同样深深作用于莫言的记忆。莫言所生长的这块土地自古多豪杰，那些稀奇古怪的传说也就格外强悍。"一类是妖魔鬼怪，一类是奇人奇事"，真正培养了莫言对大自然、对山川、对英雄豪杰、对杀人越货的敬畏。这种敬畏才逐渐转化成敢作敢为的性情和神奇怪诞的想象力。因此，我感到原始故乡地理和原始故乡民俗文化都给予作家亲切而苦涩的体验。

从以上的分析中我们可以看到，这种对故乡亲切而又苦涩的情感对于莫言和贾平凹是非常重要的。首先，它提供给作家独特的想象天地，给予作家丰富而又生动的文学材料，诱发了作家的创作冲动。其次，它又激发了作家对原始故乡的历史与现实的沉思，激活了作家对政治和经济的批判、反省。第三，它又构成了独有的审美情调和文化标本。这样，原始故乡的情调就不只是具有一种地域意义，而且具有一种文化意义。对乡土文化的发掘也就具有了深刻的阐释价值。总之，他们不是浮面地去还原一些生活现象，而是把历史记忆与艺术虚构巧妙地统一起来，从而显示乡土中国的封闭性和古朴感，以及与现代文化格格不入的古老文化精神。莫言与贾平凹从深度探索中发现乡民一旦接受并建立了祖宗百代所遗传下来的宗法精神，就会窒息对现代文化精神的认同。这种神秘和苦涩里，显示出乡土中国社会的沉重与悲怆。作家的内心是极度矛盾的，但他们沉入到故乡历史生活中去时，通常对历史产生了一种神秘的敬意，而对现实社会产生更大的绝望。作家们不自觉地企图以历史精神来复兴民族，这几乎是一种很具普遍性的倾向，虽然对故乡亲切而又苦涩的感情是一种带普遍性的感情，但我感到莫言与贾平凹显然不是从一般意义上去表现这种情感。在表现乡土生活时，其实隐含着作家对现实和未来生活的判断，因为作家总是要超越普通人的情感体验，而建立自我的生命哲学。因此，在理解莫言与贾平凹对原始故乡的复杂态度时，一方面我们必须承认那独有的生活材料本身的传奇性和放荡感确实能扩张人的自由心灵，激发人们超越压抑，而赢得心灵解放；但是，另一方面，我们必须看到，那种对历史生活图景的渲染绝不是作家对乡民外在行为的一种认同，而是对那种反抗性的放纵精神的弘扬。他们并不是要把野地里的男女狂欢作为一种生活理想，而是赞赏那种敢作敢为的大胆反抗精神。应该说批判比抒情更应占主导地位。这就涉及他们对情感信息进行的艺术加工。事实上，莫言和贾平凹对于乡村情感生活信息并不是原封不动地纪实，而是进行了艺术化的加工处理，所有的信息都进行了重新组合。由此显示出莫言与贾平凹的思想倾向，这就告诉我们，进行乡土小说创作，一方面我们必须调动并搜集那些原始故乡的生活材料；另一方面又必须充分发挥主体独创意识，以一种现代人的眼光，以一种现代生命哲学的理想去重新评价生活。评价生活比还原生活更具审美意义。事实上，莫言与贾平凹正是为了表现作家对原始故乡的复杂情感，让我们去重新评价生活并选择新的生活方式。鉴古才能知今，只有了解历史的生活方式，才能选择正确的现代生活方式。莫言与贾平凹的原始故乡人们的生活毕竟过于沉重和悲惨。一条巨大的经济绳索犹如一条大蟒缠绕在乡民的身上。还有那宗法观念的枷锁和封建文化政治秩序的刑具深深地压迫着乡民。因而，悲剧生活状况笼罩着乡民的生活。在如此苛酷的生活状况下，莫言与贾平凹笔下的乡民竟然还能唱出悲壮的狂欢的歌声，这就不能不产生一种原始主义的崇拜。崇拜反抗，崇拜野性，崇拜仁义，崇拜善良和美。正因为如此，莫言与贾平凹对原始故乡的复杂情感才能化成动人的小说艺术。这种动人，正是莫言与贾平凹以艺术深深地打动了乡土中国读者的心灵，给予了他们生活下去的辽远的启示。于是，对原始故乡的表现就不只是一种白描，也不是一种新闻纪实，更不是乡土采风，而是一种具有生命意义的历史沉思、现实沉思和对人性的评判。

在纪实与虚构之间的小说，充分展示了莫言与贾平凹的才能。他们把亲切而苦涩的故乡生活记忆从潜意识中提取出来，参照神话和怪诞艺术品格以及古典文化精神虚构出粗野而神奇的民间故事和历史传奇。这些故事里全是他们熟悉而陌生的乡亲。由于这种纪实与虚构的心理行为最终总是落实在语言艺术之上，因此我们只能通过作家的语言艺术去领略他们的心灵世界和乡土中国。虽然莫言与贾平凹在对待原始故乡的态度上具有一定的近似性，但是他们的文化教养、审美趣味、风土人情、价值取向和创作气质等诸多方面的差异，导致他们心中的乡土中国有很大的差异性，并进而影响到他们的艺术心理和艺术特征。也许都是以原始故乡为背景的原因，他们的小说世界粗野而神奇，尤其是对性的肆意渲染和对官僚政治的弊端的批判，总是使这粗野而神奇的小说世界具有极大的诱惑力。但是，由于在情感的调控上，莫言格外放纵，而贾平凹则有所节制，这就导致他们的语言风格各具奇异的美学特征，那种原始故乡的地域特征，也因这种文字的渲染、人物的各异、地理的不同，显示出齐鲁文化与秦楚文化的联系性和独立性。与此同时，它们也带有作家个人所独具的鲜明个性。因为作家力图以不同的风格写出他们独异的原始故乡，所以贾平凹在《浮躁》的序言里特别声明："在这里所写到的商州"，"它是我虚构的商州，是作为一个载体的商州，是我心中的商州"。莫言也如实表白"我第一次在小说中写出了'东北高密乡'这五字，是对故乡有意识地认同"。因为，故乡对莫言而言，"是一个久远的梦境，是一种伤感的情绪，是一种精神的寄托"。由于他们一开始便自觉地选定这种原始故乡作为自己的创作出发点，因而他们的小说便易于找到一种可供比较的契合点，但是由于个人情感方式的不同，这种风格又鲜明地烙上了原始故乡人格观念的印痕。山东汉子与陕南后生在很多情调上是不同的。莫言尽力由"野"驶向"狂"，贾平凹则尽力由"野"驶向"雅"。因而莫言气势如虹，无拘无束，放纵激情，语言极度奔张和铺排，很有点"爆炸"的味道，力图穷尽感觉的生理可能和心理可能性。因而，山东性格，尤其是胶东半岛那种豪强而又阴鸷的特性在莫言小说中充分体现了出来，在莫言看来，"创作者要有天马行空的狂气和雄风"，"必须有邪劲儿"。这"狂气"、"雄风"、"邪劲儿"是三位一体的东西，即艺术创作中的叛逆精神。莫言不满足固有的表现方式和创作典范，而是试图作叛逆性反抗。借助反抗意识表达出自己对生活、对乡土、对乡村历史的真正理解。莫言总选择军人的视角，其实这军人的视角在他的作品中变形还原为强盗、土匪。这是非常难得的一次反抗。因此，莫言所追求的狂气、雄风和邪劲儿不可避免地以粗暴的情节方式构成，不可能通过古典和雅致的抒情去实现。于是，莫言感情极其投入地表达着原始故乡的原始景象。他选择了黑沙滩、枯河、石场、麻地、"球状闪电"、"酷热的夏季"，还有那密得不透风的"红高粱"土地。生存的环境异常冷峻，人性也极端暴戾，整体氛围显得异常恐怖、阴森。

总体上看，莫言小说不仅写出了弱者与强者的对抗，而且写出了强者与强者的搏斗。《透明的红萝卜》中的那极度细致的情节就突出了生存的残酷性。在表面的打情骂俏背后，总是凶猛的较量和致命的出击，那种邪劲儿总是令人发毛。强者与强者的对抗，以弱者作为陪衬。莫言之所以很快找到新的意象，新的情感对象物，完全得益于高密乡那漫山遍野的红高粱。根据莫言的理解："我恨透了红高粱，爱极了红高粱。"莫言找到了创作的最佳突破点，他赋予红高粱以血的颜色，这就演化出高粱地里高密父老与鬼子之间的战争史诗。“我希望这红高粱成为我父老们伟大灵魂的象征。”莫言还赋予红高粱以酒的特征。血与酒、酒与歌、歌与泪混合在莫言的作品中。血显示出一种尊严与仇恨，而酒则显示出放纵、豪迈和热情。在饮酒高歌中，高粱地里的父老乡亲真正隐入了生命力的热狂之中。莫言作品中经常渗透的这种狂欢化描写是他创作精神的自然流露。莫言作品中荡漾的这种红高粱精神就是一种酒神精神。莫言从根底上蔑视那些软弱的乡民，而试图塑出另一种中国人的形象，即带有撒旦性质的父老乡亲，这是莫言的理想。正是由于这种精神所主导，莫言的语言叙述一方面格外粗暴，一方面又特别细腻。即使是一种微小的心理变化，莫言也总是生出一种火暴式感觉。所以，莫言小说留给读者无数震撼性的画面，类似于西方画家戈雅的精灵、魔鬼与人同在的恐怖世界。语言和笔触也就变得格外粗野，粗狂的情境、残忍的情境、放纵的情境、恶心的情境、哀伤的情境，与莫言的“狂气”和“邪劲儿”浑然一体。莫言在语言叙述上所崇拜的就是这种粗暴原则，也许只有这样，这种语言才有可能与原始故乡的人相吻合。语言表达就像开机关枪，又像地毯式轰炸，他那种军旅生活的独到体验化成了语言叙述的美学原则。酒神精神正好期待这种语言方式，在这一点上莫言感到他得益于福克纳、马尔克斯和波德莱尔。他从马尔克斯那里学会了恶心式物象变形，从福克纳那里熟悉并确证了自己的邮票似的原始故乡，从波德莱尔那里真正学会了语言的震惊原则。莫言与中国古典语言情分不深，他的语言追求欧化效果。因为莫言语言所具有的这种暴动性质和暴动技巧与西方撒旦式文学语言十分亲近。这可以追溯到酒神精神的倡导者尼采与波德莱尔那里。莫言在语言道路上摸索，正是尼采与波德莱尔著作在大陆火暴的时节，他常常捧着一本《恶之花》陷入迷幻想象之中。《恶之花》是他语言创作的启示录。尼采的语言暴动性质，更重要的是从思想上激发他的思考。这种语言暴动表现为毫不留情，赤裸裸地露出叛逆性质和“信言不美”的勇气。如果说尼采的“上帝死了”、“重估一切价值”的口号惊世骇俗，那么莫言的创作原则也毫不逊色：“往上帝的金杯里撒尿吧！”这就是文学。“在墙角上撒尿是野狗的行为，往上帝的金杯里撒尿却变成了英雄的壮举。”“上帝也怕野种，譬如孙猴子，无赖泼皮极端，在天空里胡作非为，上帝就好言抚慰招安他。”(《怀抱鲜花的女人》附录)因而，莫言的《红高粱家族》，才显示出暴风骤雨式的影响力。

毕竟，作出查拉图斯特拉的预言不是莫言的专长，因此他的语言暴动原则更亲近波德莱尔。波德莱尔所奉行的原则是以丑为美。有意识地将恶予以放大、发扬，所以肉欲场景、垃圾堆意象、阴暗的街道、毒性、唾液、蛔虫，都堂而皇之地出现在诗中，当然，波德莱尔作品中也有阳光、大海、醉酒、和风等抒情画面，但恶占着主导地位。莫言的“邪劲儿”与“恶作剧”正与这种原则相呼应。莫言有意识地将恶行与丑置入作品中，屎尿、粪便在他的语言叙述中司空见惯。《弃婴》中大写小孩粪便，《猫事荟萃》中写动物性交,《红高粱》中往酒里撒尿,《红蝗》中伦理学教授的下跪,不堪入目,不合生活规范,一切禁忌物都纳入到作品之中。莫言所给予人的这种恶心感,反过来又服务于他的狂气和雄风。“罗汉大爷”被活剥皮时威武不屈,铸造了一尊血肉材料构成的雕塑,象征了原始故乡人民不屈的精魂。一方面,我们不必讳言他受到的西方文学之影响,因为“人在文化中”;另一方面,我们又必须承认,小说完全出自莫言的精神独创。他的语言风格和叙事粗野而神奇,完全体现了一种作家原始故乡的豪勇和刚毅。

莫言所赞赏的这种“土匪”性质,在贾平凹的作品中较少出现,贾平凹不善于将矛盾作这种狂野的处理,即便是狂野的材料,在他那里也显得诗情画意,风流倜傥。贾平凹的作品多以艳情女子、多情后生、风水先生为主要表现对象。他尽力将野性向雅向古典诗过渡。由野向雅,雅俗相得益彰,是贾平凹乡土小说之魂。“雅”根源于民间文化传统,谈天说地,无不神秘兮兮。贾平凹忠实于“雅”,实践着“雅”,从民间典籍和中国经典中求得一种智慧的叙述。“古今的、中外的大智慧家的著作和言论,可以使我们寻找落脚的经纬点。”(《四十自述》)这可以说“一语道破天机”。因而贾平凹的写作体现了一种“月神精神”。这月神精神正好与他的典雅一致。正如他所言,“走出激愤、多给沉闷的人生透一口气”。因此,他善于写雅、写静,写安宁的、神秘的村庄,他的散文结集为《心迹》和《月迹》,都体现了这种“静”的美学和“雅”的美学。“爱情故事里,写男人自卑,对女人的神驭”,这种月神精神使他的小说故事清幽、动人、美丽、端庄、典雅。在骨子里,他倾向于典雅,倾向于写普通平凡的人而不是英雄。他不崇拜战争,也不崇拜流血原则,他远远地避开战场,躲在偏远的山村里创造他的日常生活情话和神话。明月和山石成为贾平凹静雅、深幽美学的寄托:“明月”使他产生了种飘飘欲仙的感觉,遁入到道禅的理想境界;“山石”使他产生一种宁静和热闹感并试图写出这静穆的神秘。他不断地把山石和明月照应起来,在“明月”的辉映下去观照“山石”。因此,贾平凹乐于探索乡民的心灵,从善与美的角度去写女人,从朴实与仁义的角度去写男人。他总是把朴实和善良看作是乡民性格本质的核心。“天狗”并不想吃“月亮”,那么仁义地对待师傅;“黑氏”的心也并不黑,在遗弃她的小男人落难时还去救助他。《鸡窝洼人家》中的“麦绒”与“回回”、“烟峰”与“灰灰”最终遂了心愿。《金矿》中的“三大”和“香香”纯正的爱像明月一样平平静静,轻松而又甜美地契入了读者心灵。贾平凹由美善原则出发,实践着静雅美学,完成着灵魂净化和心灵自由的功能。朴实、善良是原始故乡人民最美的性情,但这种原始性情又是懦弱屈服的总根源。

由于不同的人类理想和精神体验,莫言与贾平凹在雕塑理想人物的性情时就变得水火不容,彼此对立。贾平凹所实践的乡土原则正是莫言所极力反对的。因此,贾平凹的原始乡村只表现出一种自然和文化神秘,而莫言的原始乡村则体现了一种生命的原始意趣。贾平凹是比较客观自然地去描绘原始故乡的父老乡亲。他对乡村文化的熟悉不限于家庭生活体验，更重要的是故乡的文化风俗。诸如婚丧嫁娶、四时八节，尤其是算命卜卦、风水相面、易经佛禅、房事秘闻，他从这种风俗中真正把握住了乡村文化精神。贾平凹的月神、禅意、雅气、诗意，深刻地体现了一种神秘的东方美。在这一点上，他与川端康成接近是理所当然的。应该说《伊豆的舞女》、《古都》和《雪国》，那日本平民生活的静雅、朴实，深深契入了贾平凹的文化体验中。这从深度上反映了他们的生活理想和审美理想。正因为在生活理想上，他们如此相似，所以才能在审美精神上契合。贾平凹所推崇的这种美，是中国传统士大夫精神的一种延续。对清幽恬静的原始故乡之向往，对朴实的生活之渲染，对乡村矛盾的诗化处理，都与士大夫所追求的温良恭俭让的礼乐精神相吻合。同时，那种典雅和对古典秘籍的推崇又与那种追求性灵的自由天才的原则相契合。唯其如此，典雅作为民族文化之魂在贾平凹的创作中烙下胎记。贾平凹深刻地受制于东方传统文化，而不是现代西方文化。他的语言朴质而有硬度，简约而又抒情，更是这种典雅原则的外在美学风貌。贾平凹得益于中国文化可谓深且广，他几乎是从整体精神出发，渗透到了礼乐文化的每一个组成部分，显示出高度的审美文化教养。远的不说，贾平凹对中国古典书法和绘画、对中国道家和儒家原典以及中国古典文学都有过潜心钻研。据说他灵性极好，模仿古典小品散文无法分辨古今。中国古典绘画那种构图原则和黑白哲学，他体会相当老到。应该说给予他无限滋养的还是古典散文和古代文言白话小说，至少可以说，他深通沈复的《浮生六记》、纪昀的《阅微草堂笔记》、蒲松龄的《聊斋志异》以及兰陵笑笑生的《金瓶梅》的神韵。贾平凹之沉潜古典也给予当代作家以较多启示，并非只有追随西方小说，才能赢得读者；相反，遵循琼瑶、金庸的路数，而又能把古典静雅美学与现实乡村生活结合起来，更能展示古典的魅力。贾平凹实践古典美学原则毕竟比通俗作家更有雅兴，因此，他深得古典美学精髓，语言也格外富有张力和意趣。

贾平凹从古典艺术之迹的破解中获得了真正的启示。莫言力图以西方文化和原始文化精神来改造现代中国，而贾平凹则认同中国古典抒情精神，承续这种生活哲学，将人性中光辉善良的一面弘扬并放大。因此，月神精神和酒神精神在美学上恰好构成一种互补，但是在改造国民性格上两者正好形成尖锐的对立。本来，贾平凹继承古典精神为现代乡土文学语言重新注入了生机，一扫现代乡土文学语言的窘相。殊不知贾平凹在沿用这种语言方式上又沾染了古代文人思想的狭隘和封闭意识，认同了乡土中国落后愚昧的历史真实，并将一些落后意识进行了诗意抒情和道德赞叹。这种对古典语言方式、古典思想方式和古典生命方式的默认，显示出对原始故乡生活的抒情礼赞。我们必须承认，贾平凹的乡土语言具有一种灵动活泼的美。带有古典韵律的汉语白话，传神而富有表达力，浑厚而又优美。它是一种直白的语言方式，又有说不出的内在韵味。语言即思想。莫言与贾平凹借助文学语言纪实和虚构的乡土中国生命世界正是通过语言建构起来的。粗野而神奇，是他们对原始故乡的独特体验。莫言企图复活历史，借历史的原始蛮性来改良老大帝国的现实；贾平凹则看到了乡土中国的历史进步并认同这种进步，但同时又不回避原始故乡的神秘并体味这份神秘，甚至赋予神秘一种诗性。可见，莫言已站在现实的边缘，正视现实，评判历史，所以感到唯有酒神精神才能彻底地改变现实，遵循一种原始主义而不是一种现代观念。贾平凹则感到乡土中的神奇性，体味到那不死的精神和不死的中国正是由中国独有的文化支撑的，不能失去这种文化。这种差异性正是他们认识原始故乡的根本宗旨。

（原载《小说评论》1995 年第 3 期）

文学与民间性

——莫言小说里的中国经验

◇张　柠

一、肉体经验对阐释的挑战

在莫言的创作中，真正标志着他个人风格成熟的作品，是写于 1987 年的中篇小说《欢乐》和《红蝗》。但这两部小说所引起的反应与《透明的红萝卜》恰恰相反，不是赞赏，而是严厉的批评。《欢乐》和《红蝗》（还包括同时期的《罪过》、《飞艇》、《粮食》、《初恋》、《筑路》等）中，没有人们习以为常的"审美"幻象，而是充满了与悲剧命运相关的生存经验—— 一种与感官和肉体密切相关的、痛苦而又欢乐的悖谬经验，准确地说，是一种"胃的经验"。这种粗糙而有力的经验，带有一种"非文学"、"反审美"的性质。它使以往所有的艺术经验和阐述方式变成了乞丐。据说，饥饿超出了一定的时间限度，就会使人将饥饿遗忘，进入一种虚假的幻想状态。莫言的话语方式，突然让我们从审美幻想中醒来，记起了自己的"肠胃"。

但在特定的时候（比如 1955～1976 年），人们向"胃的蠕动"所提供的原料，常常是一些糠、草、树叶，甚至观音土。当它不适的时候，人就会呕吐，但它永远也不会停止工作。这是一个处于自然与人的边界上的胃，是一个严肃而又诙谐的、荒唐而又合情合理的、饱经苦难而又顽强无比的、"时间和磨难都驯服不了"的胃，任何权力、恐吓、威严、道德、礼仪都不能阻止它。这还是一个能将物质和精神合而为一的、既善于赞美又善于批判甚至造反的胃，一个拒绝"纯否定性"的胃。"胃"的道德，并不指向"粗俗"或具体的物质性，而是指向那些抽象的理想，指向将物质和精神分离的二元论，指向脱离本源的理性。在既定的知识体系和思维方式中，这个"胃"是无法找到自己的位置的。它是一个尚未被既定知识体系吞噬的"民间"的"胃"。"胃"的"民间性"在乡土社会中更具有典型意义。因为在那里,它还没有蜕变成近代社会的纯个人主义,而是与整个自然和“礼俗社会”密不可分的;在近代社会,尤其是在商业“法制社会”里,它迅速地堕落为脱离自然的、纯个人的、生理解剖学意义上的东西。所以,一提到“民间性”,人们更多的是联想到乡土社会。

“乡土社会”、“大地”这些概念,只有与具体而丰富的、包含着多种可能性的、无法定型的“肉体—物质”因素联系在一起的时候,才可以作为“民间性”的一个基本要素。但在更多的理论家那里,复杂而丰富的“民间”概念,不过是现成的、僵死了的东西,它成了一种隐喻或者象征,并且被先入为主地赋予了一种“崇高”的性质。于是,“民间”成了特定意识形态(国家政治、市场经济)的工具,或者成了那些寻找“终极价值”而不得的人的暂时替代品。

在莫言的整个创作中,我们似乎看到了一个巨大的胃在“欢乐”地蠕动,就像他笔下经常出现的驴骡、马牛的胃一样。一种反刍的经验在这种蠕动中铺天盖地向我们涌来。人与自然、与故乡、与他人就这样在食物中痛苦地、绝望地、欢乐地相逢了。

二、民间话语方式之一:辱骂、贬低、同归于尽或返回自然

在谈论“民间”的时候,我强调的是“民间性”这个概念。地理学意义上的“民间”并不存在。那些与“民间性”相悖的因素(权力、暴力、决定论、目的论、进化论、本质论等),不仅存在于朝廷、庙堂,民间乡土社会里同样也有。莫言笔下高密东北乡的社会形态中,既有“民间性”的成分,更有反“民间性”的成分,两种成分像冤家一样交织在一起,密不可分。这里并不存在纯粹的否定性。“民间性”与那种你死我活的、非此即彼的权力对抗状态、纯否定性是不相容的;生与死、善与恶、毁灭与再生的人为边界模糊了。即使是在宣泄“仇恨”的辱骂中,这种特点也十分明显。

在《欢乐》中,昔日的英雄高大同,虎落平阳受犬欺。他大声叫骂:

> 你们这些蛤蟆种、兔子种、杂种配出来的害人虫!你们这些驴头大太子……你们不是有权力吗?……你一肚子驴杂碎!就是你勾引了我老婆……你想跑?你能跑到哪里去,跑到耗子洞里去我在洞口支上铁夹子等着你,跑到猪耳朵眼里去我用蜂蜡把猪耳朵眼封起来……哈哈哈哈……阴谋和诡计、花言和巧语、赌咒与发誓、收买和拉拢、妓女和嫖客、海参与燕窝、驼蹄与熊掌、黄瓜与茄子……我高大同这种粗人莽汉把命看得轻如鸿毛……你是妓院里的一只黑臭虫!妓女的腚也比你那张脸干净……

被辱骂的对象无疑是民间社会中的权势者,或与权势勾结在一起的流氓无赖,他

们背后有更大的暴力机器作支撑。莫言紧接着赞美了这种民间的骂:“高大同痛快淋漓的血骂像一条五彩缤纷的绸带,在你心里滑来滑去,熨着你心上深刻的伤口,在骂声中你看到人类世界上最后一点真诚,最后一线黯淡无神的人性光芒。”莫言称这种骂为“血骂”,即一种与肉体器官相关的骂,而不是抽象的、定性的、审判式的骂。与此相似的还有《野骡子》中,母亲对父亲和“野骡子”的辱骂;《欢乐》中,齐文栋的嫂子对婆婆的辱骂,等等。这是一种真正的民间辱骂的方式。“非民间”的辱骂,是有等级高下的,盛气凌人的、教训式的、纯粹否定性的、让人感到陌生和恐惧的、并且永远将自己置之度外的骂。

高大同这种民间类型的辱骂有几个明显的特点。首先,他尽量将被骂者贬为低等动物(蛤蟆、臭虫、害人虫等容易对付的小东西);一旦出现高等哺乳动物(牛、马、驴),被骂者就只能(或者只配)是它们的生殖器或身体上的某个器官。其次,将自己同骂的对象一起贬低,意思好像是:咱们都别活了,都变成畜生算了。第三,不顾脸面,就是将平常视为秘密和禁忌的东西公开化,尤其是将生殖器官、性生活、下部的秽物公开化。所有这一切,都是他们在日常生活中经常接触的、十分熟悉的东西。

辱骂是“民间性”因素里最激进的一种方式。但是,民间的辱骂是通过将陌生化的东西(权力、暴力等),通过贬低为身边的动植物而熟悉化;将抽象的东西(善恶、高下)通过肉体经验的还原而具体化;将崇高的东西(理想、革命等)通过拉向最基本的生理层面而粗俗化;通过这些方式,他们帮助自己战胜那些外部世界(天堂、地狱、社会制度)强加在他们身上的恐惧,使自己(和辱骂的对象一起)紧紧地附着在熟悉的、能够把握的自然和生活层面上,而不是被推向恐惧的地狱或者高不可攀的天堂。这种将生与死、高雅与卑下、强权与弱势界限搅乱的辱骂,正是“民间性”因素中的基本而永恒的力量之一。

所以,面对这样一种同归于尽式的、刁钻古怪而又笨拙无比的辱骂方式,我们的第一反应并不是愤怒和厌恶,而是发笑,就像马戏节目间歇中出现了小丑一样让我们发笑(小丑常常将自己置于危险的、卑下的境地,并总是不小心地让私隐暴露给观众)。民间的“英雄”气概,就这样与笑联系到一起,成了“笑料”,从而汇进了民间的“欢乐”的世界。笑料的“料”,是物质性的,而不是精神性的。同时,这种笑料并不是贬义的,而是包含了一种积极的因素。在民间,片面的、精神性的严肃,从来也不为人称道。相反,人们认同这种与粗俗的“物质—肉体”因素相关的滑稽笑料,并与它之间迅速建立起了精神的联系。

三、民间话语方式之二:遗忘、反历史或记忆边界的丧失

民间的辱骂,它的物质性和贬低化,实际上也是辱骂者对自身的抚慰(比如《野骡子》中的母亲),同时还是一种民间遗忘的特殊方式。记忆这种东西在民间并不像哲学家说得那么玄乎,它永远是具体的、与感官密切相关的。当某种价值判断与肉体记忆相违背时,肉体就要起来造反。当那些"伪民间"作家闭着眼睛歌颂"绿色的土地"时,《欢乐》中那位饱受饥饿、劳累折磨的农村少年齐文栋则有不同的感受:

> 你的嘴里塞满了青草。你像骡马驴牛一样枯燥地咀嚼着青草……你在愤怒中无声地吼叫:我不赞美土地,谁赞美土地谁就是我的不共戴天的仇敌;我厌恶绿色,谁歌颂绿色谁就是杀人不留血痕的屠棍。……你感到被人赞美的绿色非常肮脏,绿色是溷浊的藏污纳垢的大本营,是县种猪站的精液储藏桶。

这是一种真实的记忆,一种对自然、对土地、对绿色的呕吐记忆。最古老的心理学原理证明,只有那些不断地引起疼痛的肉体经验,才会被人记住。记住,也就意味着永远疼痛。文明败坏了人的胃口,使他们的舌头上长满了舌苔,并长期品味着一种令人恶心的苦涩。这种败坏了的胃和舌头所引起的生理反应,被知识分子称之为"苦难记忆"。结果是,人类在一边记忆苦难一边制造苦难。在人类文明中,那些真正让人记住的东西,永远是悲伤的多于欢乐的。因此,只要人们还忠实于自己的感官经验,记忆就只能是记仇。于是,更多的人牢牢地记住了他们极力想遗忘的(痛苦的)经验。而真正的记忆,或记忆的艺术(回忆),是一种能力。费孝通在《乡土中国》中谈到记忆的时候说,那是一种"苦忆",乡土社会的成员并不乐意接受。唯一的办法就是遗忘。遗忘就是民间社会幸福和欢乐的前提。

在《论道德的谱系》中,尼采详细地讨论了这种"遗忘"。他说,遗忘"并不像人们通常所想象的那样,仅仅是一种惯性,它其实是一种活跃的、从最严格的意义上讲是积极主动的障碍力"。正是由于这种障碍力的存在,那些为我们所经历的苦难、所知道的阴谋、所接受的惰性,很难顺利地进入人的意识。"意识的门窗暂时地关闭起来了……从而使意识能够获得片刻的宁静、些许的空白。"尼采说,假如没有遗忘,"那么幸福、快乐、期望、骄傲、现实存在,所有这些在很大的程度上也不复存在……遗忘表现为一种力量,一种体魄强健的形式"。

每当人们认为有必要留下记忆的时候,就会发生暴力,就会有流血、酷刑和牺牲。这是权势者热爱的游戏。忘记了过去就意味着背叛!这是一句我们都十分熟悉的话。它的意思就是要让人有"记忆",记住那些人们潜意识里要极力遗忘的经验,并

且，还是以恐吓、道德审判(“背叛”)的方式来强加于人的。可见，遗忘的力量是十分强大的。而民间社会恰恰就是最善于遗忘的。遗忘，成了“民间性”的又一重要特征。

既然疼痛是维持记忆的最强有力的手段，那么，对于善于遗忘的人来说，只有通过惩罚，才能唤醒记忆的机制，让人们记住那些他们不愿意记住的、丑陋的东西。这种方式，在莫言笔下的高密东北乡，可以说俯拾皆是。《飞艇》中的“忆苦思甜”场面，是其中比较有趣的例子。

中国20世纪六七十年代的忆苦思甜仪式，大概分为两大部分，实际上就是面对两个不同阶级的两种不同惩罚方式：先是召开控诉大会，历数万恶的旧社会的种种恶行，一般都会拉上一个“坏人”作为具体的靶子，有时还诉诸暴力——这是惩罚坏人，让他记起从前的恶行(客观上增加了新的仇恨)。接下来就是吃忆苦饭(莫言说是杂粮面拌野菜。我吃过在白大米饭里加进糠、菜，甚至掺沙子的忆苦饭)——这是惩罚那些容易健忘的革命群众，让他们不要“好了伤疤忘了疼”，要保持“记忆”。

但是，在莫言笔下的高密东北乡，“忆苦思甜”这个仪式简直成了一个滑稽剧：

> 我特别盼望着开忆苦大会吃忆苦饭。吃忆苦饭，是我青少年时期几件有数的欢乐事中最大的欢乐。实际上，每次忆苦大会都是欢声笑语，自始至终洋溢着愉快的气氛，吃忆苦饭无疑也成了全村人的盛典。
>
> 究其根本，忆苦饭比我们家里的幸福饭要好吃得多。吃忆苦饭之前，生产队长请方家七老妈上台忆苦。七老妈说：
>
> “乡亲们呐，自从嫁给了方老七，就没有吃过一顿饱饭，前些年去南山要饭，一上午就能要一篓子瓜干，这些年，一上午连半篓子也要不到了……要饭的太多了，这群小杂种，一出村就操着冷的娘，操着热的爹，跑得比兔子还快，头水鱼早就让他们拿了。”
>
> 队长说：“七老妈，你说说解放前的事儿。”
>
> 七老妈说：“说什么呢？说什么呢？解放前，我去南山要饭……”
>
> ——《飞艇》

接着，七老妈就说起了人们平常不知听了多少次的故事：她在要饭途中的磨房生孩子的故事，并且事无巨细，没完没了，越说越有劲，还说得声泪俱下。生产队长趁机振臂高呼：

> “不忘阶级苦，牢记血泪仇！……老妈老妈，你下去歇歇吧，歇歇就吃忆苦饭。”方家七老妈横着眼睛说：“就是为了这顿忆苦饭，要不谁跟你唠叨这些陈谷子

烂芝麻的破事！盼星星盼月亮，就盼着这顿忆苦饭啦！”

——《飞艇》

七老妈的记忆永远都与饥饿和吃的欲望相关，再加上对生育经验的记忆。这种肉体记忆是无时间性的，因此既不是观念（意识形态）的，也不是艺术化的，它只是一些碎片。即使这样的“记忆”碎片，七老妈也不会总是挂在心上。“忆苦”不过是在吃的驱动下的强迫记忆。她的意识之门依然是关闭着的，倒是她的味腺这一感官开放了。开放了的感官，就像一位门神，将“记忆”挡在了“遗忘之门”的外面。由于“忆苦思甜”的仪式与吃有关，因此这个仪式就变成了一个欢乐的节日。节日在本质上就是反记忆的。无论在什么样的历史背景下，“民间”之所以都能顽强地保持着自己强盛的生命力，就是因为它“健忘”。“民间性”中的“遗忘”这一要素，就这样成了文明和教化的、各种意识形态的敌人。所有的权力和暴力、控制和统治、教育和教训等，包括精神病的治疗方法，都是通过肉体惩罚来建立“记忆”，反对遗忘。记忆是可以利用的，而遗忘是无法利用的。在这里，遗忘成功地抵御了意识形态的侵略。从这个意义上看，遗忘就是一种积极主动的力量。

四、民间话语方式之三：滑稽、狂欢或心血来潮

记忆试图将过去变成现在，就像幻想试图将未来的东西当成现成的东西一样。只有“遗忘”无须依赖过去和未来，它不想利用任何过去的东西来安慰现在，也不想借助任何理想的、彼岸的东西来修补现世的不足。它紧紧地贴近现实（包括自己的肉体及其外部世界），挣扎着，忍耐着，哭着，笑着，欢乐着。在这里，生活成了一个滑稽荒谬的“游戏”，一个将自身当作目的的节日。在吃（胃）和生育（子宫）经验的支配下，高密东北乡人不但能将“忆苦思甜”仪式变成一次“盛典”，还成功地演出了一场关于“记忆”的滑稽剧。

在长期的放纵无度中突然转向瞬间的巨大的恐惧，就产生悲剧。这是都市市民生活最典型的特征。在繁华的、不分日夜的街道上，似乎永远没有令人惧怕的东西，而事实上，白天的街道上都在闹鬼。那些巨大的恐惧一直在跟随着人们，并像抢劫者一样突然降临在面前。比如死亡。乡村的死亡与生存紧紧联系在一起，居所的后面就是墓地和亲人的遗骨。城里人死后用车拖往郊外的火葬场烧成灰，让活人从此将死忘掉。所以，他们最需要的就是“记忆”。

相反，在长久的重负和恐惧中突然转向瞬间的放纵，就产生了滑稽和荒谬。这就是民间乡土社会生活的典型特征。在那里，白天和黑夜、劳动和休息、生活和节日，都

是泾渭分明的。白天是劳动的重负,夜晚是黑暗的恐惧,还伴随着来自社会组织的各种严肃的管制和恐吓,来自自然的各种灾祸,还有饥饿和寒冷。他们需要的是“遗忘”、放纵、肆无忌惮、心血来潮,就像在死亡和恐惧面前跳舞。正是这种心血来潮式的放纵,突然使经验转化成经验的反面(比如,七老妈的讲述,突然将一种严肃的东西转化成了带有滑稽色彩的欢乐),将合目的转化为无目的,将必然的转化为任意的,使自己从那些长久盘桓在心头的恐惧,那些必然的、合目的性的、恐惧经验的压迫下解放出来。在莫言笔下的高密东北乡,这种“心血来潮”式的放纵及其带来的滑稽、荒谬和欢乐,随时随地都可以发生,即使在极其严肃的官方活动场所也是如此。

心血来潮,正是莫言小说叙述的一个典型特征,或者可以借用陈思和的术语说,心血来潮就是莫言小说的“隐形结构”;它处于肉体经验和意志力、叙事和抒情的边缘地带。这是莫言流连忘返的、最心爱的地方。

在这种自由的、任意的、心血来潮式的叙述中,经验变成了一桶火药,然后炸开了,闪光的碎片满天飞溅,并在飞溅中变了形。先来看看小说《红蝗》中的一个片段:

> 我继承着我们这个大便无臭的庞大零乱家族的混乱的思维习惯,想到了四老爷和九老爷为那个红衣女子争风吃醋的事情,想到了画眉和斑马。
>
> 当太阳从荒地东北边缘上刚刚冒出一线红边时,我的双腿自动地弹跳了一下。杂念消除,肺里的杂音消失,站在家乡的荒地上就像睡在母亲的子宫里一样安全。我们的家族有表达情感的独特方式,我们美丽的语言被人骂成:粗俗、污秽、不堪入目、不堪入耳,我们很委屈。我们歌颂大便、歌颂大便时的幸福时光,肛门里积满锈垢的人骂我们肮脏、下流,我们更委屈。我们的大便像贴着商标的香蕉一样美丽为什么不能歌颂,我们大便时往往联想到爱情的高级形式、甚至升华成一种宗教仪式为什么不能歌颂?太阳冒出了一半,金光与红光,草地上光彩辉煌……光柱像强有力的巨臂拨扫着大气中的尘埃,晴空万里,没有半缕云丝,一如碧波荡漾的蔚蓝大海。
>
> 荒草地曾是我当年放牧牛羊的地方,曾是我排泄过美丽大便的地方,今日野草枯萎……突然,在我的头脑中,出乎意料地、未经思考地飞掠过一个漫长的句子:红色的淤泥里埋藏着高密东北乡庞大零乱、大便无臭的美丽家族的过去、现在和未来,它是一种独特文化的积淀,是红色蝗虫、网络大便、动物尸体和人类性分泌液的混合物。

这种叙事方式看起来的确有些滑稽和荒谬。感受的随意性和瞬间性打乱了思维的连续性;任意而自由的经验蜂拥而至,将经验的历时性瓦解成断片,而不是在冷静的、深思熟虑的过程中,将经验纳入时间之流,使之符合某种目的。大胆而自由的话语方式，不但穿越了现实秩序化的形态，也冲击着文学话语系统本身所固有的规则和逻辑。这的确带有一种巴赫金在讨论拉伯雷的创作时所说的“狂欢化”的色彩。小说叙事的“欢乐”原则，与生命本身的“快乐原则”之间，进而与“民间性”中坚不可摧的欢乐原则之间，有着一种深刻的契合和本质上的同构性。

但必须指出的是，莫言小说叙事中的“狂欢”世界，或者高密东北乡的“狂欢”世界，与巴赫金所描绘的中世纪和文艺复兴时期的以及拉伯雷笔下的“狂欢”世界不一样。在拉伯雷那里，一切场景和道具都是现成的：那么多嬉笑的人，那么多享之不尽的食物、酒和各种饮料，那么多拿碗、递勺、抬轿的佣人。拉伯雷利用这些道具和场景，演出吃喝狂欢的喜剧。

莫言笔下的高密东北乡呢？那是一个贫瘠得连兔子都不拉屎的地方，除了暴力和权力之外，似乎什么也不生长，只有一些野草还在不屈地挺着。凭什么狂欢呢？哪里有节日庆典呢？

在莫言这里，“狂欢化”的效果依然产生了，在一种不可能中产生了！这才是真正、现实的、激进的、顽强的民间性。莫言采用“降格”的方式，将那些餐风饮露的神仙降格为吃肉拉屎的人，没有肉和饭吃的人就成了“食草动物”（像牛、马、驴一样），与那些不屈的野草共生共存。莫言极力赞美着家乡的“食草家族”，并为这个吃草家族的黄金时代一去不返而伤悼。他十分厌恶吃肉而“不吃青草的高级动物”。莫言描绘了一种令人揪心的降了格的欢乐（狂欢）：在那个残酷的“节日庆典”上，高密东北乡人用青草和树叶，中和着胃和血的激情。这不是文艺复兴的理想主义，而是20世纪的怪诞现实主义。因此，“心血来潮”的叙事方式，将民间社会的想象与现实、欢乐和苦难、高雅和卑俗、遗忘和记忆，同时也将作家的批判与赞美紧紧地交织在一起了。

拉伯雷将人无限地放大，高康大、胖大官儿都是巨人（不知道他们每天消费的大量食品、饮料是从哪里来的）。而莫言则是将人缩小，缩小成动物，最后缩小成只会吃草的蝗虫。

与拉伯雷那种理想的人文主义相比，莫言似乎更带有反记忆的“历史主义”、精神分裂式的“历史主义”的倾向。不过，透过莫言小说的具体叙事就可以发现，莫言好像隐隐地藏着一种十分凶恶的念头：恨不得让那些铺天盖地的红蝗，将这肮脏土地上的一切（草根、树叶，尤其是那些可恶的肉食者），全部都啃掉，甚至将“历史”也吞噬掉。那才真正是一次末世的盛宴、一个节日、一次狂欢呢！

五、民间话语方式之四：批判性，或肉体现实主义的代价

“反讽”这个词，已经堕落成了一种“修辞”的手法，一种目的性很强的工具，甚至一

种可以炫耀的花招和冷嘲热讽的技术。这是一种退化了的“反讽”形式。据说,这是当代中国作家用来瓦解历史和意识形态的主要工具。那些“瓦解”,晦涩而又无趣,更重要的是严肃,像官方的腔调一样严肃。毫无疑问,严肃(言语腔调、身体姿态等)本身就是一种意识形态。“反讽”这样一种诙谐幽默的、具有“民间性”的东西,都被严肃化了、官方化了。对此,巴赫金形容说:丰收魔鬼被割掉了生殖器。关于真正的严肃性,后面还会涉及。

莫言的创作就是要瓦解这种“严肃性”,利用民间的幽默、诙谐这种“肉体现实主义”的品质,瓦解二元对立的权力,给权力带上夸张而丑陋的面具。这种“肉体现实主义”有两个主要特征:诙谐语言和滑稽肉体。

先看看语言的例子:

> 刘副主任还在训话……为了农业学大寨,水利是农业的命脉,八字宪法水是一法,没有水的农业就像没有娘的孩子,有了娘,这个娘也没有奶子,有了奶子,这个奶子也是个瞎奶子,没有奶水,孩子活不了,活了也像那个瘦猴(指黑孩)。
>
> ——《透明的红萝卜》

守备区四十三团徐团长训话:

> 从来没有见过你们单位这种兵……在我们冬青树后面小便,有一天早晨我起来散步,发现马路上有一泡屎,我研究了半点钟,坚决认为那不是狗屎是人屎……一定是你们“七九一”的人拉的,我们四十三团的战士没有那么粗的肛门……笑什么,亲爱的同志们!
>
> ——《苍蝇·门牙》

训话的主题无疑是严肃的,声调也是严肃的。但由于他们的比喻或谈论对象涉及了与抽象、严肃不相容的肉体,特别是一些有语言禁忌的器官,使得“严肃性”把持不住自身,才产生了反讽或滑稽的效果。从小说的层面看,这种语言方式的确具有一种瓦解力,消解了权力的威严。但是,从现实层面看,问题会显得更加复杂。

训话者的话语方式中所具有的那种“民间”色彩,也许是情不自禁,也许是有意为之;他们的嘴皮子很民间,但他们的声音和脸色(身体)却又很官方,让人一时真假难辨。而不明真相的听众顿时与威严的训话者亲近起来,将训话者视为同类。

因此,我们必须要清醒地认识到语言的局限性。巴赫金以为民间的语言(粗话)就能瓦解权力,还说醉酒能瓦解权力。酒醒了呢?亲近是暂时的,疏远才是本质,不疏远就不可能达到严肃的效果。有些训话者最善于借用民间语言来与听众套近乎(这就是最典型的艺术形式的民族化、大众化、“民间”化、意识形态化），进而达到控制听众的戏剧性效果。他们来自民间，最了解民间，因而也就最善于利用“民间性”。什么时候诙谐，什么时候严肃，他们比谁都明白，刚刚还诙谐呢，一转身依然是严肃的。

莫言笔下高密东北乡的那些村长、乡长们，都是这个德行。因此，反讽也好，幽默也好，在莫言这里与“修辞术”没有什么关系，而是一种对肉体本质的深刻表达，对“严肃”和权威的嘲弄，对放纵和自由的渴望，对反放纵和专制的抑制，是将各种抽象物进行肉体还原的残酷经验主义。在这里，肉体常常会付出被贬低和丑化的代价。

所以，比语言更为本质的滑稽和诙谐，是肉体本身。

徐团长正在严厉地训话的时候，不小心碰了一根扒满苍蝇的铁丝。“苍蝇们一哄而起，满饭堂乌云翻滚，苍蝇们愤怒地叫着……徐团长慌忙蹲下……团长那么委屈地蹲着，我看到他的腿在哆嗦……”在小说《野骡子》里，莫言写到村长老兰，“一个身材高大，肌肉发达的汉子”，他敢于欺负村里的任何人，甚至敢当众对着人撒尿，但他却被一头黄牛制服了：“老兰终于放下了英雄好汉的架子，虚张声势地喊叫了一声，转身就跑。”徐团长再英雄，村长老兰再狠，终于还是敌不过一群苍蝇、一头鲁西黄牛。

作为一个在军队里混了二十年的人，莫言对人体语言与权力的关系无疑不陌生。每天上操，经过操练的肉体是力量和权威的象征：迈着正步，昂首挺胸，无所畏惧。单个地看，这种肉体有着一种威严，集合到一起就是暴力和战争的恐怖（打、杀、革命！《白杨林里的战斗》就是对这种肉体暴力的解构）。在这个残缺的世界里，体格健壮与人格健康合而为一的自然状态似乎一去不返了。健壮肉体与健康自然生存环境分离的结果是，威严的肉体往往与邪恶的人格结合在一起。在《红高粱》中，“我奶奶”临死前对着上天大叫：“……我爱力量我爱美，我的身体是我的，我为自己做主，我不怕罪，不怕罚，我不怕进你的十八层地狱……”这似乎是健康肉体最后的呐喊。

自从《红高粱》之后，莫言很少描写这种象征着权力的肉体了。即使写到了，也往往是些民间恶势力的代表。（《儿子的敌人》中那位牺牲了的年轻士兵的身体，得到了最高的赞美：“像一位梦中恋爱的少年，仿佛一阵歌声就能把他唤醒。”）相反，他笔下经常出现的是一些残缺不全的人：黑孩不像人，简直就是一只猴子（《透明的红萝卜》）；纯洁的小女孩没有腿（《屠夫的女儿》）；既是劳动能手，又善于讲滑稽故事的老猴子是麻脸，张大力体格倒像是军人，但他却是麻风病患者的儿子（《麻风的儿子》）；绰号为“狗”的张国梁尽管高大，但“面孔丑陋”，而且是个有名的傻子（《模式与原型》）；一身技艺的朱老师是罗锅子（《三十年前的一次长跑比赛》）；余占鳌体格的确很健壮，但他的儿子豆官，却被狗咬掉了一颗睾丸（《红高粱》）。

与肉体“残缺”相应的是肉体“过剩”，即身体的某一器官出奇地发达。比如，王十千有一对十分奇怪的大耳朵（《红耳朵》）；同桌的女同学“双脚都是六个趾头，脚掌宽阔,像小蒲扇一样"(《初恋》);铁孩的牙齿坚硬得能吃铁(《铁孩》);高密东北乡人的胃功能极强,任何树皮、草根都能消化(《红蝗》);燕燕长了翅膀(《翱翔》);金刚钻的嗅觉出奇灵敏(《酒国》)……"过剩"与"残缺"一样,都是人的身体对现实世界和自然世界的残酷回应。

莫言笔下的人物大多都有绰号(黄毛、麻叔、罗锅老刘、大金牙、王癞子、高疤子、野骡子、小钴辘子、聂鱼头、痨病四、猪尾巴棍子),这些绰号大体上就是将个人的肉体缺陷或性格弱点当众说出来。他们彼此之间很少以名字称呼,只有在生气的时候,或者严肃的场合才直呼其名:"村主任说,齐文粱……不要敬酒不吃吃罚酒!"(《欢乐》)从来就没有人称呼过"狗"的本名,一旦有人称他的本名张国梁,那他就惨了,八成是公安局的人。知识青年一下来,就被打上了民间的印记——绰号(宋鬼子、茶壶盖儿)。巴赫金说:名字使人圣洁;绰号对人亵渎,背地里叫。名字用作称呼人,召人过来;绰号却用来撵人走。在民间社会里恰恰相反,绰号并不一定是亵渎,但肯定是对你的接受和亲近,并当众称呼;而称呼名字就是疏远你、驱逐你,甚至就是决裂或惩罚的信号。

莫言赋予这些民间社会中的肉体残缺者许多善良美好的品性。但他并不是简单地、直接地唱赞歌,而是将诙谐、滑稽与严肃性结合在一起。朱老师(《三十年前的一次长跑比赛》)、张大力(《麻风的儿子》、《姑妈的宝刀》),还有民间盲歌手张扣(《天堂蒜薹之歌》)等,都是集滑稽和严肃于一身的角色。看一段关于瞎子张扣的描写:

> 张扣凹陷的眼窝里睫毛眨动着……二胡像哭声一样响起来,但这哭声是柔软的、像丝绸一样光滑流利,轻轻地擦拭着人心上的积垢,擦拭着肌肤上的尘土。大家看到张扣的嘴夸张地张开,一句沙哑的、高亢的歌唱从那大张着的嘴巴里流出来:"表的是——"(这个"是"字高扬上去,又缓缓地降下来)……人群里发出窃笑声,都在笑张扣因歌唱而咧得极大的嘴……(张扣在县城的青石大街上高唱着)——"乡亲们种蒜薹发家致富/惹恼了一大群红眼虎狼/收税的派捐的成群结队/欺压得众百姓哭爹叫娘"。

张扣的严肃性与其说是寓于诙谐的民歌形式中,还不如说是根植于荒诞的生存之中。这种荒诞的生存状况与滑稽的肉体形式结合在一起,使现实的严酷性给人一种更难以释怀的感受,一种柔软而又尖锐的感受。在莫言那里,滑稽性并不是针对残缺的肉体,而恰恰是针对健壮的肉体(像上面提到的徐团长、村长老兰)。健壮肉体是"完美"的、严肃的、权力化了的,符合现代人体规范的,因而也是与"民间社会"格格不入的。民间肉体的夸张形态,是不登大雅之堂的、不能进入官方正式场合的,但它却真正是残酷现实的肉体写照。因此,莫言写到这些残缺肉体的时候,在诙谐和滑稽的背后,总是饱含着一种真正的悲剧的严肃性。同时,这种真正的悲剧的严肃性又不是阴森可怕的、故作沉重的、给人制造恐惧的、埋下仇恨种子的，而是与诙谐和滑稽交织在一起的。诙谐与严肃互为补充，从而防止纯严肃蜕变为恐吓、纯滑稽流于嘲弄和油滑。

六、民间话语方式之五：反抒情，或对残酷经验的“迷恋”

莫言的创作中具备了许多浪漫主义的要素，比如夸张、幻想、超现实的离奇故事，等等。莫言的一些具有浪漫主义色彩的故事，偏离了简单的现实，偏离了对静止日常生活的写实，将生活的另一面（神奇性）展现出来，拓展了（创造了）故乡“现实”这个概念。早期的《夜鱼》、《奇遇》、《怀抱鲜花的女人》、《翱翔》等，近期的《长安大道上的骑驴美人》、《藏宝图》等，都是这方面的代表作品。但是，莫言的创作抛弃了浪漫主义艺术的一个最重要的东西——“抒情性”，或者说他有意抑制了这种“抒情性”。

抒情性要求经验具有整体性，而不是纯肉体经验的碎片。无疑，少年和梦境都是维持这种“整体性”的基本保证。成年或世俗的肉体，是整体性经验的克星。除非在艺术舞蹈中，肉体才具有抒情性，因为此时世俗的肉体经验被遗忘，肉体表演排斥了目的性，经验的整体性因此而得到维护。还有一种特例，就是列队操练，此刻，个人的肉体经验也被遗忘，众人迈着整齐的步子，很抒情、很艺术似的，实际上它在为一种更大的反抒情的目的服务。

个人的纯真时代的消逝，就像社会的淳朴时代之消逝一样。经验的破碎和残缺，已经到了不可收拾的地步。于是，经验的整体性，或者抒情性就这样退到了幕后，退到了心灵的深处（但它并没有消失）。曾经拓展了现实概念的浪漫主义者，在今天变得不合时宜，其根本原因在于，他们漠视现实（自然、社会、肉体）的残酷性和荒诞性，将幻想的自由变成凌驾于物质之上的力量，将眼泪变成了“鳄鱼落泪”式的生理反应，将抒情变成了一种思维惯性、一种脱离经验的陈腐的词汇和符号系统。

如果说“抒情性”与自然、农业文明相关，那么莫言最有理由成为一个乡土浪漫主义作家，最有理由抒情了。事实上“乡土”已经被破坏了，就像自然被破坏了一样。剩下的只有那些在被破坏了的土地上顽强地生活和挣扎的人。莫言之所以一再逃避抒情，道理很简单，残酷的生存在左右着“抒情性”，肉体的整体性被分解，变得残缺不全或者怪诞了，抒情的眼睛变得无足轻重，嘴巴和胃的功能凸显出来了。

> 每当这时候，我的眼里就饱含着泪水。村里的人经常看到我一人坐在村头那棵粗大的柳树下独自垂泪，他们便叹息着走开，有的人嘴里还唠叨着：嗨，这个可怜的孩子！我知道他们对我的垂泪做出了错误的判断，但我也不能纠正他们。即便我对他们说，我的垂泪是被肉馋的，他们也不会相信。他们不可能理解一个男

孩对肉的渴望竟然能够强烈到泪如雨下的程度。

——《四十一炮》

眼泪的功能是多样的。人们僵死的趣味将泪的功能简单化了、固定化了，似乎只能是“抒情”，不能是“叙事”。那是一种被废了的、僵化的“抒情”，是作为一种肉体的异己力量的抽象“抒情”。这种“抒情性”在民间，尤其是在乡土社会从来也不存在。

民间在本质上是逃避、惧怕抒情的，他们对那种强烈的“抒情主体意识”感到害羞。在乡间，抒情是专职民间艺人(如《天堂蒜薹之歌》中天堂县的盲歌手张扣)的事情。民间抒情要表达的，大多是一种对肉体欢乐的感受或者希冀，并且没有什么禁忌。所以，他们的抒情与浪漫主义者的抒情依然不是一回事。浪漫主义者的抒情，在盲目美化抒情对象的时候，不断地抽去对象的感性和肉体的内容。民间在面对一个满意的对象时，不说“爱”，而是说“迷”，后者与肉体经验相关。民间的“抒情”在本质上还是“叙事”的。他们将过去的经验再现出来，并且通过声调、节奏、韵律将经验形式化：

那是多么浪漫的岁月呵。(莫言后面所写的内容，应该是小说主人公用民间小调吟唱出来的——本文作者注)唉哟我的个姐呀方璧玉！你额头光光，好像青天没云彩；双眉弯弯，好像新月挂西天；腰儿纤纤，如同柳枝风中颤；肚脐圆圆，宛若一枚金制钱——这都是淫秽小调《十八摸》中的词儿，依次往下，渐入流氓境界。

——《白棉花》

开始当然是抒情和赞美，渐渐地，肉体的欢乐经验越来越强烈地冒了出来。民间抒情甚至就是对肉体禁忌的解放，是对肉体长期受到社会、自然压迫的一种补偿。暴力和色情成分是肉体解放的两个重要因素。奇怪的是那些采风的文人，他们热衷于阉割“民间性”，将其形式的整体性按照他们的标准分割。旧文人只留下一些他们认为优雅的、抒情的、“思无邪”的东西，新文人最热衷的就是保留暴力成分。

但是，对浪漫主义“抒情性”的抑制，并不是要变得冷酷无情。其实莫言是当代作家中最善于“抒情”的作家之一。莫言把自己的“根”扎在故乡那片黑土地里：“那片黑土地对庄稼的种子来说是贫瘠的，对感情的种子来说是肥沃的。”(《神聊》自序)

在莫言笔下，民间抒情的载体就是母亲的形象。无论他那支笔下出现了多少荒诞的东西：滑稽、遗忘、瓦解、批判、颓败……所有这一切，似乎都成了“母亲”形象的“服饰”。《红蝗》中的四妈、《红高粱》中的奶奶、《姑妈的宝刀》中的孙姑妈、《粮食》中的梅生娘、《野骡子》中的母亲、《司令的女人》中的大婶、《丰乳肥臀》中的母亲……都是一些具有强大的生命力、旺盛的生殖力的形象。这不是一种个体形象，而是一种集体形象。她们的生存方式本身就是“抒情”的。但她们不是以“抒情主体”的方式，而是以自然肉体的形象呈现在我们面前。对抒情主体的放弃，并不是一个理论问题，在民间社会里，尤其是在饥荒、战争的年代里，它甚至就是一个道德问题。小说《粮食》尽管是用一种冷静的叙事语调在讲述，但其中带有强烈的悲剧抒情性。在大饥荒年代里，梅生娘从生产队偷食豌豆(完整地吞进肚子)，回家呕吐出来喂给孩子们吃：

> 伊回到家，找来一只瓦盆，盆里倒了几瓢清水，又找来几根筷子，低下头，弯下腰，将筷子伸到喉咙深处，用力拨了几拨，一群豌豆粒儿，伴随着伊的胃液，抖簌簌落在瓦盆里。伊吐完豌豆，死蛇一样躺在草上，幸福地看着孩子围着瓦盆抢食。
>
> ——《粮食》

这段文字所传达的，与《丰乳肥臀》中上官吕氏生孩子之后的感觉颇为相似。梅生娘的呕吐就像“生育”一样，将死亡变成了复活。在这个过程之中，她不但放弃了自己的全部的“尊严”(受王癞子的污辱)，还将自己衰败的“胃”变成了“子宫”，使三个饥饿的孩子和婆婆活了下来。叙事和抒情，在肉体的变异中奇妙地结合在一起。这种“自然肉体形象”和它的“抒情性”，在齐文栋的母亲身上，也表现得十分强烈。

因此，在“母亲”这个形象中，“抒情性”是以一种十分独特的、悖谬的、民间性的方式呈现出来的。“自然肉体形象”是一种“对象化”了的东西，它在本质上就是一种叙事性的因素(因为它同时包含着美丽与丑陋、生育与毁灭、生长与衰亡、高雅与卑俗，等等)。但是，它恰恰又表现出了强烈的“抒情性”。这种叙事之中的抒情，将“抒情性”隐藏在叙事形式之中。“母亲”的生存形象，将这种隐蔽的形式凸显出来了：她们不只是“胃”，还有“子宫”——这个将生育与埋葬、颓败与生长、吐故与纳新混合在一起的奇特的“肉体”。就像那片贫瘠而又荒芜的土地、将摇篮和墓地连接在一起的土地一样，孕育着民间不朽的主题、永恒的历史和欢乐的力量。

“母亲”颓败的肉体所体现的力量(生存的力量和爱的力量)，是什么也不能比拟的。但是，一位优秀的作家只有超越了个人情感，只有残酷地在自己的意识中消灭僵化的偶像，他才有可能接近更博大的、无限的东西。对于莫言的创作来说，“母亲”颓败的形象，就像故乡荒芜贫瘠的土地上一颗救赎的种子。

七、民间话语方式之六：死亡与复活、欢乐与信念

从总体上看，莫言的文体，就是一种生长在真正的“民间性”土壤上的“欢乐文体”。他对民间悲苦的生活的表达和讲述，既不是哭诉，也不是记账式的恐吓，而是充盈着一种“欢乐”力量。

莫言曾经将他的一个小说集命名为《欢乐十三章》。其实，那里面写的都是一些苦

难的故事。故乡的农民,每一个人都拖着一个饥肠辘辘的肚子、顶着各种各样的压力、欺凌和恐惧"寻欢作乐":吃喝、劳动竞技、打架、辱骂、与村干部较劲儿、哭和笑、聚餐、交易、追女人、通奸、生育、丧葬、互相折磨、彼此争斗……所有这些既是日常的又是反常的生活事件,在莫言笔下变得热闹非凡。而且,这些事件与民间社会的日常生活、生产劳动紧密地交织在一起,甚至就是他们的日常生活,并不是什么特殊的"节日"里才有的。

莫言第一次提到"欢乐"感受,是在小说《欢乐》中。"欢乐"产生在一个特殊的时刻:齐文栋的哥嫂被村干部强行带走、母亲被打之后,他一边用喷粉器给庄稼喷药粉,一边产生了"欢乐"的感觉。事实上那是一种在毁灭的激情支配下的疯狂感受,一种激烈的情绪反应,表现出生命本能在一种过于强烈的重负下的狂乱状态,透露出一种弱者的心态。在莫言后来的创作中,"欢乐'渐渐地'形式化"了,变成了一种更感人、更有力量、无所畏惧的文体形式,我称它为"欢乐文体"。近期小说《司令的女人》、《野骡子》、《我的七叔》等,都是这种"欢乐文体"的集中体现。

在《司令的女人》中,莫言用一种四言的句式(有点像《诗经·国风》)叙述。那种文体形式和语言节奏,就是将情节形式化。它的内容是"悲剧性"的,它的叙事节奏却是喜剧性的。这种"形式化"的本质,带有一种"游戏"的精神。真正的形式,就这样既凸显了生活的残酷性和荒诞性,同时又消解了残酷生活的阴沉、死亡气息,或它的片面的"严肃性",从而体现了"民间性"中最本质的欢乐精神。

巴赫金把狂欢节看成是民间文化最集中的体现,它的嘲笑、诙谐、戏谑、贬低……汇成了一条永恒欢乐的河流。巴赫金的民间文化理论中有两个最主要的主题:第一是与"肉体—物质"因素相关的民间诙谐文化,它在文学模式、文体上的表现就是"怪诞现实主义";第二是诙谐文化或怪诞现实主义文体所依赖的必不可少的背景和场所,也就是一种乌托邦式的社会体制——多样化的民间节日(最典型的是"狂欢节"及其相关的广场、街道、筵席、厨房等)。巴赫金试图将各种民间节日形式,都描写成一种具有"狂欢节"色彩的形式。他的节日形式"狂欢节化",带有乌托邦或者浪漫主义色彩。巴赫金认为,民间节日形式"狂欢节化"的过程,在不同国家和不同城市,是"以各自不同的方式在不同时期完成的"。最早是意大利的罗马,接着是法国的巴黎,还有更晚时候的纽伦堡、科隆等。他在《拉伯雷研究》中说:"而在俄罗斯,这个过程却完全没有发生……没有形成什么类似西欧狂欢节的主导形式。"事实上,巴赫金也注意到了节日形式"狂欢节化"过程没有发生的俄罗斯的情况,在《拉伯雷与果戈理》一文中,他讨论了这个主题。

巴赫金似乎过于强调了"节日"这种生活之中的特殊日子,同样在《拉伯雷研究》中,他羡慕地提到:"中世纪的大城市每年欢庆狂欢节的时间长达三个月之久。"他在想象中将日常生活通过"节日"的理想"反常化"、"陌生化"了。进而,他将"狂欢化"视为一种理想的社会制度或文化形态，与之相应的就是"怪诞现实主义"的文学模式，给人造成这样的感觉：似乎拉伯雷、果戈理的创作直接就是那种理想社会模式的反映。他在《拉伯雷研究》中说："人与自然在食物中相逢，是令人高兴和愉快的。"因为通过吞食自然，消除人与自然的界限。巴赫金这种乌托邦的理论模式，更多的是一种理想的假定性，恰恰是与"民间性"相悖的！

把生活变成节日（狂欢的节日），这的确是"民间性"中最本质的方面。但我要指出的是，在更多的民间文化形态中，尽管节日的精神依然存在，但理想的"节日精神"并没有形式化，它与生活的边界，与劳动的边界是模糊不清的。中国就没有狂欢节形式的民间节日。问题并不在这里。

为什么一定要讨论狭义的"节日"形式？日常生活中的"节日精神"离开了狭义的"节日"形式是否可能实现？巴赫金的确是敏感而深刻的，他似乎注意到了这一点。在《小说理论》中，他专门用了一节"小说中田园诗的时空体"，来讨论乡土小说中日常生活的时空体问题。但他重点讨论自然社会生活的情节化的问题，并且充满诗意的描述，与他在《拉伯雷研究》中体现出来的激进的民间性（狂欢化）没有什么关系。

民间的力量来源于自然（土地、肉体、复活与死亡、生长与衰败在季节中的轮换），也来自于他们将自己视为土地的一分子、集体的一分子。

他们甚至不需要狭义的"节日"，他们能将生活变成"节日"，将沉重的生存变成"游戏"。他们不断地将生存游戏化，并且世世代代不断地为这种"游戏化"付出代价。他们采用的方法就是上面反复地论述过的东西：反英雄化（贬低），遗忘（反线性历史时间、反进化观），心血来潮（任性、符合自然的节奏）、尊重肉体经验、叙事的而非抒情的……

如果说拉伯雷可以称为"怪诞现实主义"，像巴赫金所说的那样，那么莫言就可以称为"残酷现实主义"。莫言的目的并不在于对肉体怪诞性津津乐道，他更关注的是怪诞肉体的残酷的现实基础。如果说拉伯雷的"狂欢化"表现在对反常化的生活（狂欢节精神）的依赖，那么莫言的"欢乐"，是建立在现实的日常生活基础上的残酷的欢乐，它不是狭义的"高兴"、"快活"，而是将这些因素的对立面融合在一起，正如前面提到的，是"一种令人揪心的欢乐"。

莫言的创作与巴赫金的理论论述在细节上的确有许多吻合之处，但从总体上看，恰恰是相反的："怪诞现实主义"（及其相应的"物质—肉体"形象）在莫言这里，不是一种文学模式或一种文体，而恰恰是社会形态、民间文化形态的表现（即莫言小说的"残酷形式主义"的背景）。同时，"狂欢化"（节日的狂欢精神）作为一种"乌托邦"理想，在莫言这里，无论从现实性的角度还是假定性的角度，都不是一种社会形态、一种文化模式，而恰恰是一种文学模式、一种文体和语言形式。

我的意思是，在一种“狂欢化”的文化背景和社会形态基础上，产生“怪诞现实主义”的文体丝毫也不奇怪；而在“残酷现实”（其中充满了严肃、阴暗和恐怖）的文化背景和社会形态基础上产生的“欢乐文体”，才是令人深思的，才具有真正的“民间性”的气质。正因为这种逆反式的表现模式，赋予了莫言创作的独特性、形式的独特性、艺术经验的独特性。

更重要的是，莫言用自己独特的文体超越了故乡这个狭义的乡土概念，超越了故乡日常生活的简单的自然主义，超越了转瞬即逝的、空洞的、无意义的琐屑形象，超越了“怪诞现实”的物质形态，也超越了历史时间的盲目乐观（进化）和悲观（末世论），并赋予了这些被超越的东西以真正的民间气质、信念和意义。

（原载《南方文坛》2001年第6期）

人类学视角下的民族文化观照

——莫言乡土小说的文化意蕴

◇罗关德

在20世纪的乡土小说创作中，莫言可谓是一个独特的存在。他不像茅盾、韩少功等乡土作家侧重于对农民群体的理性审视，也不像沈从文、贾平凹等对农民更多地采取情感上的认同，更不像鲁迅那样在理性上对农民“怒其不争”，在情感上对农民“哀其不幸”那么泾渭分明，也没有刘震云式的对农民文化的调侃和戏谑（刘震云对农民的冷眼透视，使他的乡村小说已游离于乡土社会太远，因此，我把他排除在乡土小说之外）。莫言的特殊处在于，他与农民的关系始终保持着不即不离，即如人类学家所做的那样。莫言对农民及其农民文化的审视是定位在“原始的他”和“现代的我”之间的相互关系上的。莫言的乡土小说，诚如人类学家弗思所说：“我注重他们并不只是因为他们的生活方式在猎奇者看来比较新奇，也不只是因为这种知识对于在不发达国家工作的人大有裨益，而是因为对他们的生活方式进行研究能帮助我们明白自己的习惯和风格。”① 因此，莫言的乡土小说是感性的，也是理性的；是历史的，也是当下的；是形而下的，也是形而上的。从语言学的角度上看，莫言乡土小说的语言，既不是赵树理式的农民语言，也不是汪曾祺样的现代知识分子的腔调。莫言的语言与同一时期同一地域的乡土小说家张炜也大相径庭。张炜的乡土小说有着浓厚的学者语调，庄重冗长，缺少情调；而莫言的语言，则是现代语汇与民间俚语的拼凑，庄严得令人发笑，粗俗中蕴含哲理，显示了其农民出身的知识分子的根性。

莫言的乡土小说，依时间的嬗递，呈现为人类学角度的三种走向。

---

① ［英］雷蒙德·弗思：《人文类型》，费孝通译，华夏出版社2001年版，第3页。

一、《红高粱》:“种”的意识

莫言以1985年的中篇小说《透明的红萝卜》引起了文坛的瞩目。莫言早期的创作,尽管“涌到我脑海中的情景,却是故乡的情景”,但“我一直采取着回避故乡的态度”[①]。1984年写下的《白狗秋千架》是其第一次在小说中写下“高密东北乡”的小说。它标志着作家对故乡从有心排斥到有意认同的转化。而后,莫言以“高密东北乡”这一独特的虚构空间为背景,写下了《红高粱》、《高粱酒》、《高粱殡》等系列小说。像福克纳营造的美国南部的约克纳帕塔法县、马尔克斯描写的南美乡镇马孔多一样,莫言以高密东北乡这一“邮票一般大”的地方,表现了中国乡村带有普遍性的人性内容和特定环境下的人类生存状况。与其他乡土小说家展示的乡村社会的不同之处在于,莫言更加关注的是人类生命的物质状态。他把生活还原为最基本的两个方面:吃和性。他像人类学家一样,以“他者”的目光对故乡进行了“田野研究”,进而站在被研究对象的文化观点上来了解特定文化内部的生活方式和生活现象。这使他笔下的乡村具有浑然状态下的丰富社会内涵。他以人类学的观点观察和思考中国乡土社会,于是,他发现了农民文化的本真意义,以及与中华民族的灾难深重和强悍的生命力的内在关系。

小说《红高粱》开篇就写道:

> 一九三九年古历八月初九,我父亲这个土匪种十四岁多一点。他跟着后来名满天下的传奇英雄余占鳌司令的队伍去胶平公路伏击日本人的汽车队。奶奶披着夹袄,送他们到村头。[②]

这种在历史性的纪实中,又夹杂着妄放的情感性的个性化语言,并以我的口述在确证了历史性的个体事件的同时,以“我”的回忆把握过去,建构此在的叙事方式,使叙述具有了多重的内涵,亦打通了历史、现实、客观、主观的界面,消解了“我”与爷爷、奶奶之间的时空距离。从而以爷爷等一帮乌合之众的杀人越货、偷情野合的纵情人生,反衬出“此在”生活于都市的“我”的“种”的退化。作者在《我的故乡与我的小说》中说道:“人对现实不满时便怀念过去;人对自己不满时便崇拜祖先,这实际上是很阿Q的。我的小说《红高粱家族》大概就是这一类的东西。”莫言以对故乡历史的回眸,抒发了对人的本真生命力的赞美和对抑制自由生命的现状的鞭笞。

莫言笔下的红高粱世界是贫瘠的,然而却是漾泛着自由生命精神的。像“我爷爷”

① 莫言:《我的故乡与我的小说》,《当代作家评论》1993年第2期。

② 莫言:《红高粱》,《莫言文集》第1卷,作家出版社1995年版,第1页。

和“我奶奶”就是敢爱敢恨、追求张扬人物生命精神的典型。我爷爷余占鳌，原是一名轿夫，他“因为握了一下我奶奶的脚唤醒了他的一生，也彻底改变了我奶奶的一生”①。他勇敢地战胜了劫路人的“吃卡拼”，勇敢地和奶奶在高粱地里野合，勇敢地杀了单家父子，表现了集兽性、野性、匪性、理性、人性、感性于一体的特殊文化环境中的人生形式。在《红高粱家族》中，余占鳌的主导性格乃至于人物身份是难以界定的。他时而是追求个人幸福的劳动者，时而是杀人成性的土匪；时而是反对国民党军事统治的干将，时而又是维护民族独立的抗日英雄。然而，就其本性来说，他什么也不是。在他看来，他杀与他妈偷情的和尚，杀无辜的单扁郎父子，杀花花脖子，杀金大牙，甚至杀日本侵略者都是一样的，他并不为自己的杀人而忏悔或骄傲，他杀人不过是为了获得自由的生存。《高粱殡》中，三支队伍的“火并”是很具有象征意义的：余占鳌的铁板会为“我奶奶”的出殡遭到了共产党胶东大队的袭击，于是双方发生了激烈的交战，而两败俱伤之际又遭到了国民党冷支队的袭击。于是他们不约而同地联合对付冷支队。最终，三支火并的队伍遭到了日本军的袭击。于是他们又联合起来抗日。小说着力展示的是那狂放不羁的生命主题。就像那野生的纯种“红高粱”一样，它既是乡民们赖以生存的物质基础，也象征着乡民们在艰苦的生活环境中的顽强生命力。余占鳌的杀人和纵情都是为了生存的需要。前者是为了维持基本的物质生活条件，后者是为了种的延续。诚如人类学家所说的，“人类攻击行为是基因和环境之间的相互作用”而产生的。“人类的攻击性既不能说成是天使的瑕疵，也不能说成是动物本能。它也不是恶劣环境的病态产物。人类有一种强烈的本能，面对外部威胁，他们会因仇恨而做出丧失理智的反应，其敌对情绪会逐渐升级，终于战胜外来的威胁，以确保自身安全。”②小说以余占鳌的形象展示了特定时期中国农民的生存状态与生活环境之间的复杂关系，从而讴歌了这些处于历史叙述的边缘地带，敢于僭越文明成规的种系。作者以家族历史叙述的口吻，颠覆了“正史”中关于抗日战争的宣教。以人类学的视角描绘了中华民族的种性所具有的顽强生存能力和强悍的生命意志。小说中，余占鳌的以恶抗恶具有历史的合理性，因为他追求的是人的自由的生存。当人的生存面临着死亡的威胁时，一切常态的伦理道德、礼仪习俗、美丑真伪就不是最重要的问题了。而如何生存下去，成了人最为关心的问题。莫言的《红高粱》表现的正是非常态环境下，农民们顽强的自由生命精神。

《红高粱》中，“我奶奶”的形象也是豪放坦荡、自由任性的。她面对世事的不公，敢于同命运抗争，她反抗父亲以一头大黑骡的价钱，把女儿许给麻风病人，而大胆地与

① 莫言：《红高粱》，《莫言文集》第1卷，第43～44页。

② [美]爱德华·威尔逊：《论人性》，方展画、周丹译，浙江教育出版社2001年版，第119页。

"我爷爷"野合。单家父子死后,她干练地承担起酒坊掌柜的重任。当"我爷爷"后来抛弃"我奶奶"和恋儿发生了婚外情的时候,她毅然地投到铁板会头子黑眼的怀抱以报复爷爷对她的不忠。小说借"奶奶"死前的道白,展示了人物狂放泼辣的心性:"天,你认为我有罪吗?你认为我跟一个麻风病人同枕交颈,生出一窝癞皮烂肉的魔鬼,使这个美丽的世界污秽不堪是对还是错?天,什么叫作贞节?什么叫正道?什么是善良?什么是邪恶?你一直没有告诉过我,我只有按着我自己的想法去办,我爱幸福,我爱力量,我爱美,我的身体是我的,我为自己做主,我不怕罪,不怕罚,我不怕进你的十八层地狱。我该做的都做了,该干的都干了,我什么都不怕。"表现了对自由生命的热爱和追求。

在"我爷爷"和"我奶奶"一辈的高密东北乡一带,乡民们身上流淌的就是这种自由的生命意识,和大碗喝酒、大块吃肉、大步前行的豪放英雄气概。而到了"我父亲"这一辈,尽管"父亲"豆官仍保留着英雄的秉性,但比之"爷爷"辈则显得顿然失色了。"父亲"最早是以乳臭未干的儿童身份参加抗日的。他后来在《狗道》中带着爷爷的武器只身与一群抢吃死人肉的癞皮狗作战。并且在一场人与狗的战争中不幸丧失了一枚睾丸,这无疑象征着生命力的衰减。《野种》中的父亲,尽管显示出勇敢、豪爽、仗义的英雄底气,但他毕竟失去了一枚睾丸,况且也只是给解放大军押送军粮。就其性格、气质上看,比之爷爷的匪气和野性,亦显得"文"化了。这使他与"武"化的爷爷相较,形象顿然失色了许多。由此可见,莫言的生命力主题潜藏着文明的批判的立场。而到了"我"这一代,则已是被现代文明熏陶得"带着机智的上流社会传染给我的虚情假意,带着被肮脏的都市生活臭水浸泡得每个毛孔都散发着扑鼻恶臭的肉体",有着"城里带来的家兔子气"的心性了。而且"我惶恐地发现,我在远离故乡的十年里所熟悉的那些美丽的眼睛,多半都安装在玲珑精致的家兔头颅上,无穷欲望使这些眼睛像山楂果一样鲜红欲滴,并带着点点的黑斑。我甚至认为,通过比较和对照,在某种意义上证明了两种不同的人种"[①]。于是"我"听到了"二奶奶"的埋怨:"孙子,回来吧!再不回来你就没救了。我知道你不想回来,你害怕铺天盖地的苍蝇,你害怕乌云一样的蚊虫,你害怕潮湿的高粱地里无腿的爬蛇。你崇尚英雄,仇恨王八蛋,但谁又不是'最英雄好汉最王八蛋'的呢!你现在站在我面前,我就闻到了你身上从城里带来的家兔子气,你快跳到墨水河里去吧!浸泡上三天三夜——只怕河里的鲇鱼,喝了你洗下来的臭水,头上也要生出一对兔子耳朵!"[②]正是感于爷爷辈的杀人放火、精忠报国,演出的一幕幕英勇悲壮的舞剧,"我"才萌发了为自己的家族树碑立传的思想。作者在《红高粱》的题记中写

① 莫言:《红高粱》,《莫言文集》第1卷,第378页。

② 莫言:《红高粱》,《莫言文集》第1卷,第379页。

道:“谨以此书召唤那些游荡在我的故乡无边无际的通红高粱地里的英魂和冤魂。我是你们的不肖子孙,我愿扒出我的被酱油腌透的心,切碎,放在三个碗里,摆在高粱地里,伏惟尚飨!尚飨!”表达出作者对流逝的那种张扬人的自由精神的古朴乡村文化的崇敬和对现代都市生活方式的人性虚伪、生命猥琐的不满,表现出对“我们这些活着的不肖子孙”“种的退化”的厌恶。

二、《丰乳肥臀》:“族”的生命力

从人类学的角度看,莫言的《红高粱家族》秉持的是人类多元起源的信仰和对纯种的偏见。在《红高粱》中,“我爷爷”、“我奶奶”就像那“纯种的红高粱”,它是“我们家族的光荣的图腾和我们高密东北乡传统精神的象征!”[①]而“我”身上表现出的种的退化,则是由于杂种高粱“占据了红高粱的地盘”。在作者笔下,这些杂种高粱,“它们真正缺少的,是高粱的灵魂和风度。它们用它们晦暗不清、模棱两可的狭长脸庞污染着高密东北乡纯静的空气”[②]。可以看出,这个时期的莫言所持守的是建立在体质人类学意义上的种族偏见,把持的是狭隘的种族观。然而,从积极意义上看,这却使莫言摆脱了自己文化上先入为主的成见,而深入到了当地人的观点来看待具体的人物和事件。不足的是,他从现代人的文化偏见转向了特定种群的文化偏见,从而流溢出了狭隘的种族主义情绪。

莫言的《丰乳肥臀》则建立了文化人类学的正确观点。他把所有人都看成是同等单位的客观对象。从而,摆脱了以一个文化观点来批评另一个文化观点的片面性。建立了“我在”和“他在”之间互为主体性的文化关系。小说中的上官鲁氏即显示了这种人类学的广角视界。从小说的人物谱系上看,小说以上官鲁氏为核心,通过其子女的辐射,建构了这个家族的复杂人物类群。上官鲁氏自从嫁给上官寿喜以后,由于丈夫无生殖能力,又对其百般虐待,她出于对生命的热爱和报复丈夫,分别和八个男人生下了九个子女,最后一胎是双胞胎上官玉女和上官金童。除最小的“我”(上官金童)是男性,其他八个都是女性。上官家的八个姐妹在动荡和离乱的生命际遇中又分别嫁给了代表各路势力的英雄。这使得上官家族成了各路英雄矛盾冲突的一个关结点。小说借徐瞎子的嘴说道:“盼弟姑娘,你们上官家可真叫行。日本鬼子时代,有你们沙月亮大姐夫得势,国民党时代,有你二姐夫司马库得势,现在有你和鲁立人得势,你们家是

---

① 莫言:《红高粱》,《莫言文集》第1卷,第381页。

② 莫言:《红高粱》,《莫言文集》第1卷,第380页。

砍不倒的旗杆、翻不了的船啊。将来美国人要占了中国,您家还有个洋女婿……"[①]然而,在近百年的中国社会历史长河中,各路英雄的纷争,带给上官家的并不是鸡犬升天般的得意,而是接踵不断的苦难。上官鲁氏以母性的情怀,接受了难以想象的痛苦和离乱。她凭着健壮的体格和旺盛的生殖力,一生养育了九个子女和子女们的七个孩子。她不管他们的父亲是什么共产党、国民党、地主、土匪,在她眼里这些孩子都是一个个活生生的生灵。她说:"我要看到我的后代儿孙们浮上水面来的一天,你们都要给我争气。"[②]表现了母亲包容万物的大地般的情怀。作者用"丰乳"和"肥臀"来为小说命名,其意义就在于赞美母亲那顽强的生命意志,同时,她也是大地的一种符号化象征。小说结尾处,作者通过人物的幻觉,完成了其象征性的转化:

> 天上有宝,日月星辰;人间有宝,丰乳肥臀。他放弃了试图捕捉它们的努力,根本不可能捉住它们,何必枉费气力。他只是幸福地注视着它们。后来,在他的头上,那些飞乳们渐渐聚合在一起,膨胀成一只巨大的乳房,膨胀膨胀不休止地膨胀,矗立在天地间成为世界第一高峰,乳头上挂着皑皑白雪,太阳和月亮围绕着它团团旋转,宛若两只明亮的小甲虫。[③]

莫言自云《丰乳肥臀》是蕴含着庄严的内容的。它一是为了"悼念母亲",一是"象征着大地"[④]。这使得上官鲁氏的形象获得了民族化身的符号意义。

从人类学的视角上看,"作为民族的种族是作为宗族的种族的一种概念性的延伸。民族结合了民的观念和族的虚构"[⑤]。上官鲁氏作为民族的形象,隐喻着中华民族一个世纪的苦难历史。上官家族的阴盛阳衰透射出了民族文化的阴性化倾向。上官家族遗传基因种类的复杂,亦显示出中华民族的多元性格局。根据现代遗传学理论:"就整个种族而言,假如它的基因库——指全种族所具遗传因子的总和,所具的遗传基因种类愈复杂众多的话,那么它可以适应于不断变迁的环境能力就愈大。相反的,假如基因库所具的基因种类纯一而缺乏变异的话,那么当环境一改变,原来适应于过去环境的因子就无法适应,基因库里也没有其他因子可以调适,因此种族就可能绝灭了。"[⑥]上官家族基因种类的多元性,形象地暗示出了中华民族顽强、坚韧的生命意志。因为"人类如要在进化的过程中使种族生存下去,就应该保存人类种族遗传基因的适

---

① 莫言:《丰乳肥臀》,第 275 页。

② 莫言:《丰乳肥臀》,第 384 页。

③ 莫言:《丰乳肥臀》,第 685 页。

④ 参见王晓晖:《〈丰乳肥臀〉和莫言》,《视点》1996 年第 1、2 期。

⑤ [英]冯客:《近代中国之种族观念》,杨立华译,江苏人民出版社 1999 年版,第 90 页。

⑥ 李亦园:《人类的视野》,上海文艺出版社 1996 年版,第 39 页。

应变量，包括生物性的和文化性的适应变量。在生物性的一方面，人类应该体会到保存种族的多样性才是维持人类进化优越性的方式，所谓纯种的理论实是一种最不能适应的愚笨想法；在文化性方面，只有保持人类各民族不同的文化特性，不只是维持各民族原有的文化特性和风格，而且应该鼓励各民族发展其特有的文化模式，这样才能够使全人类在不断变迁的环境中无所不适。换言之，人类学在进化论上所给予人类前途的启示是保持生物与文化的多样性与复杂性，那样才能使人类在'物竞天择'的原则下保持其优越性，而维持最好的适应"[①]。《丰乳肥臀》以上官家族四代人近百年来的悲欢离合抒写了中华民族的苦难历史。而上官鲁氏的形象则喻示了中华民族在面对外来种族和文化的侵入下的顽强生存能力。尽管在变乱的社会中，上官鲁氏不是生存的"最适者"，但她却是最"适中者"。因为不太特别化，所以对环境具有更强健的应变能力。诚如人类学家李亦园所说："今日西方的文明，很像是一种最适者的文化，他们的那种企图完全控制自然的态度，以及表现出过量地取自于自然的行动，显然是走上特化的道路，这种特化的文化在目前这一段时间内也许可以说是最能适应的文化，但是当环境一改变，很可能就成为不适者。"[②]莫言以沙月亮、司马库，乃至于孙不言等人物短暂的风光与过眼烟云般地消顿，反衬出上官鲁氏生命力的顽强，亦表现出她对一切生命的呵护和珍爱。

在《丰乳肥臀》中，不仅上官鲁氏体现了母性宽广的胸襟和强悍的生命意志，上官家的女性也个个显得大胆泼辣，敢作敢为。这使得上官家族里，女性理所当然地成了家庭的支柱。而相形之下，上官父子在小说中则显得猥琐、卑微，甚至表现出自私、贪婪的恋乳情结。上官金童就是一个患有严重的"恋乳症"的畸形人物形象。由于中华民族传统的男尊女卑观念、宗族观念，上官鲁氏自从嫁到上官家后，生了七个女儿，仍然受到上官家的虐待和歧视。原因仅在于她没有给上官家生一个男孩。因此，当上官金童出生以后，全家人对他关怀备至。上官金童在家族成员的共同呵护下，不仅独占了母亲的奶头，并一直吃到十几岁。而他的同胞姐姐生下来以后，则只能一直吃羊奶。莫言以上官金童心理上的自闭和个人中心主义，以及对母亲的依赖性，表现了中华传统文化的负面因袭。传统的封建宗法制对男权意识的维护和过分溺爱，使得民族的文化心理性格产生了畸变。传统的男性特权意识，在使男性的个人意志发展的同时，亦使男性走向了自恋和对生存的依赖性，宛如一个长不大的"老小孩"。一旦遭遇外部的困境，只能投向母亲的怀抱。梁漱溟在比较中西方文化差异时说道："西洋文化是从身体出发，慢慢发展到心的，中国却有些径直从心发出来，而影响了全局。前者是循序而

① 李亦园：《人类的视野》，第40页。
② 李亦园：《人类的视野》，第40页。

进,后者便是早熟。"[①]这种文化上的早熟,"好比是一个人的心理发育,本当与其身体发育相应,或即谓心理当随身体的发育而发育,亦无不可。但中国则仿佛一个聪明的孩子,身体发育未全,而智慧早开了。即由其智慧之早开,转而抑阻其身体的发育,复由其身体发育之不健全,而智慧遂亦不得发育圆满良好"[②]。造成了中国文化的幼稚、老衰、不落实、消极、暧昧的五大病象。上官金童的形象即显示了民族传统文化的负面因袭。而这种父权中心的封建宗法制,已变成了民族的集体无意识,使得在这样的文化承传面前,女性也异化为有母性而缺少妻性。莫言的《丰乳肥臀》展示了中华民族生命意志的两面性,进而他以人类学的视界,对中华民族文化进行了更深入的透视。

三、《檀香刑》:中华文化的人类学考察

莫言的《檀香刑》以民间猫腔戏语言和传统的凤头、猪肚、豹尾的结构形式,把中华传统的官方文化和民间凄美的猫腔文化连缀了起来。通过多视角的文化观照,尤其是把它放在东西方文化碰撞的特定历史语境中,展示了中华传统文化的残酷和美丽以及民间旺盛的生命意志。从而,以人类学的观点对中华传统文化与国民性进行了深入的透视。

小说在叙述视角上,采用了人类学"主位"与"客位"交错叙事的观察方法。小说一方面以赵甲和钱丁各自的内心独白,从被研究者的立场展示代表传统官方文化的刑罚文化的残酷性,以及代表官方仕宦文化的虚伪性。而这二者又一阴一阳,共同显示出中华传统文化罪恶和腐朽的一面。赵甲这个封建朝廷的第一刽子手,他是封建权力对人性摧残的一个符号象征。赵甲喻示着封建王权的阴险和冷酷。赵甲的用刑杀人,诚如他的师傅余姥姥说的:"一个优秀的刽子手,站在执行台前,眼睛里就不应该再有活人;在他的眼睛里,只有一条条的肌肉、一件件的脏器和一根根的骨头。"赵甲经过四十多年的磨炼,已经达到了这种炉火纯青的境界。小说以"阎王闩"之刑的描绘,展示了封建酷刑的灭绝人性;以赵甲对爱国志士钱雄飞的"五百刀凌迟"之刑,展示了其高超的杀人技艺;又以赵甲对孙丙的施以"檀香刑",折射了封建的文治武功在治人方面的诛心术。赵甲自觉地把刑罚与封建朝廷的兴衰联系了起来,说道:"这行当,代表着朝廷的精气神儿。这行当兴隆,朝廷也就昌盛;这行当萧条,朝廷的气数也就尽了。"以至于连书中的德国总督克罗德也发出了这样的感叹:"中国什么都落后,但是刑罚是最先进的,中国人在这方面有特别的天才。让人忍受了最大的痛苦才死去,这是中国的艺

---

① 梁漱溟:《中国文化要义》,学林出版社 1987 年版,第 267 页。

② 梁漱溟:《中国文化要义》,第 297 页。

术，是中国政治的精髓……”小说正是以中国传统的官方刑罚文化揭示了统治阶级乖张的变态心理。而钱丁则是封建仕宦文化的符号象征，小说中的钱丁不仅有着“冠冕堂皇的脸”、“飘飘欲仙的好胡须”，“而且是两榜进士，天子门生。才华横溢，出口成章”。但这么一个知县，做的却是斗须、比脚或给行刑打下手的营生。钱丁的人物形象，揭示了统治阶级外表上的庄严性和本质上的虚伪性、腐朽性。不唯如此，小说还把官方文化和以猫腔戏文化为代表的民间文化联系起来，从而对中华传统文化负面因素予以洞透。

小说在另一方面又通过孙丙和孙眉娘的人物形象，彰显了民族顽强的生命意志和在异态的历史境遇中的乖张表现。孙丙作为猫腔戏的班主，体现了民间猫腔文化的自由放达、侠义忠正和不畏权贵的反抗精神。在封建常态的文化统治下，民间的猫腔文化在不合理的强权政治下，张扬和释放了民间情绪，并给穷困的民众以心理的慰藉。这使猫腔戏被下层民众所普遍接受，猫腔戏外在的华丽、夸张、率性和内在的凄冷、悲凉的基调，以音乐的形式还原了乡土民间的生存境况，体现了民族外表乐观而又内含悲凉的文化集体意识。民间的猫腔文化实质上是封建社会畸形的官方文化统治下的一种畸态文化现象。小说以官方刑罚文化的残酷性和猫腔文化的死亡气息勾连了二者之间的关系。从外部条件上看，代表刑罚文化的赵甲与代表猫腔文化的孙丙的施刑与受刑的关系，被孙甲与孙眉娘的结合，构成了赵、孙之间的姻亲关系，则昭示了以刑罚文化为代表的封建官方文化与以猫腔为代表的传统民间文化本质上的同质异构性。二者的结合，构成了中华文化的显性传统和隐性传统，或者说大传统和小传统。

当中华传统文化在自封闭的状态下时，官方文化和民间文化达成了施虐和受虐、张扬和压抑的对应关系；而当中华传统的官方文化和民间文化遇到了西方强势文化的冲击时，则共同显露出了其内在的虚伪性和脆弱性。官方文化在洋人面前，只能以离奇的刑罚讨好德国总督，以维持自身摇摇欲坠的统治。而民间文化则以迷狂、荒诞的闹剧形式演绎了一场虚幻的反抗。尽管孙丙为维护民族利益对德国侵略者的斗争具有正义性，然而其斗争的策略是建立在戏剧的表演性上的，这就注定了其必然的失败命运。“有孙丙，不平凡，曹州学来义和拳，搬来了孙猪两大仙，扒铁路，杀汉奸，驱逐洋鬼保平安。晚上演习义和拳，地点就在桥头边。男女老幼都去看，人人都学义和拳。学了义和拳，枪刀不入体，益寿又延年。学了义和拳，四海皆兄弟，吃饭不要钱。学了义和拳，皇上要招安，一旦招了安，个个做大官。封妻又荫子，分粮又分田……”这种建立在虚幻状态下，又充满小农经济意识的反抗，注定了其必然的失败。而孙丙在这场血与火的现实斗争中，却像他平时唱戏一样地把自己想象成民族英雄岳飞的再世，并以自己的死亡去实现那想象中的英雄梦，导致了这场战争的滑稽性和非理性。孙丙最终也不是以戏剧式的反抗斗争结束了其癫狂的人生，而是以承受檀香刑的表演，完成了其人生之路。以此显示了在封建的畸形文化统治下,民间文化的扭曲和异化。

从人类学角度上看,莫言通过不同的叙事人描绘了局内人对自身文化的认识和态度,又通过"客位"的叙述人透视这一文化现象,从而达到了对一种文化现象的全方位把握。有学者曾作出这样的评价:"在当代中国,哪一个作家能像莫言这样,对人类学的丰富要素有如此的敏感和贴切的理解?他的小说中漾溢着的生命意识、酒神精神,他的活跃在细节与神经末梢上的本能和潜意识,他的狂放的反正统伦理的思想、崇高与悲剧的气质,他的源自大地的根性与诗意的境界,他的小说经验的民族与世界的双重性,还有他的充满魔幻色调的叙述,狂欢化的叙事美学……其实都与人类学有着最直接和密切的关系。如果说这一切构成了一棵生机勃勃、枝繁叶茂的大树,那么人类学就是它的深扎于大地之中的根。是人类学丰富和朴素的民间文化经验被提升,成为了可以具有跨文化的沟通可能的'人类经验'。"[①]正是莫言小说的人类学视界和方法,使他的描写超出了文本中的经验世界,而具有了普泛的人性内涵,亦使得莫言小说获得了民族性和世界性的双重意蕴。莫言借着多视角、多层次的透视,把统治者和被统治者、杀人者和被杀者、官方权力和民间猫戏等盘根错节地联系了起来,并融注在戏剧化的刑罚表演中,又通过孙眉娘的形象敛集了各种矛盾。受刑的是孙眉娘的亲爹,行刑的是孙眉娘的公爹,监斩的又是孙眉娘的"干爹",以及孙眉娘的丈夫小甲的非理性的傻言傻语,构成了多声部的叙述,还原了特定历史时期中国文化的本真状态。一场"檀香刑",既是袁世凯这样的统治者的需要,也是以德国总督克罗德为代表的"西方文化霸权者"的需要,同时,它又是中国底层民众的需要,也是孙丙这个猫腔戏班的班主自我的需要。这使得檀香刑成了中国文化无法逃遁的历史宿命。莫言以戏剧表演的形式,书写了中国近代历史上的义和团运动。而历史以戏剧的方式呈现,使读者更有一种"现场感",从而对中国传统文化产生了更加深厚的理解和认知。

(原载《东南学术》2005 年第 6 期)

---

① 张清华:《叙述的极限——论莫言》,《当代作家评论》2003 年第 2 期。

民间视阈下《红高粱》英雄叙事的再解读

◇李宗刚

在民间视阈下的《红高粱》的英雄叙事，被作为“站在民间立场上讲述的一个抗日故事”，把余占鳌“写成身兼土匪头子和抗日英雄的两重身份，并在他的性格中极力渲染出了一种粗野、狂暴而富有原始正义感和生命激情的民间色彩”①。陈思和先生认为正是建立在民间崇尚生命力与自由状态的价值取向上，作者描写“我爷爷”的杀人越货，写“我爷爷”和“我奶奶”的野性欢爱，以及其他人物种种粗野的个性与行为，才能那样自然地创造出一种强劲而质朴的美。

无可讳认，陈先生从民间立场出发，对莫言的《红高粱》予以极高的评价，其本意是要借此实现对主流政治意识形态的消解；但是，殊不知，这样的消解，其结果是从一个极端走向了另一个极端，以至于民间立场从边缘走向了中心，取得了权力话语的地位。这就使我们对陈先生的解读不能不提出质疑。

一

任何作家的英雄叙事都无法离开其所从属的文化立场，莫言的英雄叙事也不例外。在《红高粱》这一文本中，莫言没有循着传统意识形态的路径来书写高密东北乡的故事，而是从自我的文学想象中，重构了 1939 年发生在高密东北乡的那段历史，从文本所呈现的情节来看，其中含有两个基本的故事：其一是余占鳌作为土匪司令，伏击日本鬼子车队的抗日故事，其二是余占鳌在这之前和戴凤莲之间情感纠葛的情爱故事。在抗日故事中，余占鳌是一个顶天立地的抗日英雄，他面对着日本鬼子，表现出大无畏的民族气节，即便是跟随自己的弟兄和乡民全部战死，他的英雄气概依然豪气干云，这

① 陈思和：《中国当代文学史教程》，复旦大学出版社 1999 年版，第 318 页。

可以看作日本侵略者无法征服一个民族的象征。在情爱故事中,余占鳌起初作为一个轿夫,对新娘的“调情”,引燃了他心里不寻常的预感,这预感“像熊熊燃烧的火焰一样,把他未来的道路照亮了。奶奶的哭声,唤起他心底早就蕴藏着的怜爱之情”。而当余占鳌面对那玲珑的、美丽无比的小脚时,“走过来,弯腰,轻轻地,轻轻地握住奶奶的那只小脚,像握着一只羽毛未丰的雏鸟,轻轻地送回轿内。奶奶在轿内,被这温柔感动”。这里的英雄叙事也仅仅是停留在英雄惜美人上;劫路人的出现,使余占鳌获得了英雄救美人的机缘,“奶奶用亢奋的眼睛,看着余占鳌”,就使他获得了无穷的勇气——而这一切,显然并不仅仅缘于其侠义性格中的“正义感”,更多地根源于“性”。“性”在余占鳌和戴凤莲的原始生命欢娱中取得了支配地位。这既是他们“野合”的驱动力,也是余占鳌“杀人”、“越色”的动因和动力。

其实,这样的英雄传奇并没有什么新奇之处,英雄救美人,抑或是流氓土匪霸占良家女子,这是中国传统英雄叙事中经常使用的手法。只不过在此不同的是,余占鳌在占有戴凤莲的历史过程中,并不是霸占,而是他们的两厢情愿,这多少还带有反抗封建包办婚姻的“现代意义”。但是,后者并不为叙事主体所特别关注,其所关注的是他们由此显现出来的粗野、狂暴和富有原始生命激情的一面,这就淡化了其所具有的现代性的一面——如此一来,似乎在这样的原始生命激情的驱动下,所有的秩序和法则就失去了存在的理由。包括对生命的随意杀戮——恰恰是在对生命的漠视上,这样的英雄叙事就值得我们提出质疑:如果我们所肯定的“原始正义感和生命激情”是这样的一种表现形态的话,这就和我们所认同的人道主义具有了根本性的分野。

当然,莫言从其文化立场出发,消解了“传统意识形态二元对立式的正反人物概念”,尤其是消解了“负载政治道德标准的正统英雄人物”,使余占鳌的“草莽缺点和英雄气概都未经任何政治标准加以评判或校正,而是以其性格的真实还原了民间的本色”——这是陈思和把《红高粱》看作“建立在民间崇尚生命力与自由状态的价值取向上”的一个重要标尺。

然而,在这样的价值认同的基础上认同的历史,只不过是从一个极端走向了另一个极端:我们可以质疑“传统意识形态二元对立式的正反人物概念”,但我们同样可以质疑这一“民间崇尚生命力与自由状态的价值取向”。说到底,这样的“价值取向”并不是我们建构现代文化的方向。

二

在余占鳌的身上,我们的确看到了与传统的意识形态所不同的精神特质,在莫言的小说中,也的确为我们叙述了一个在过去的文学世界中没有获得呈现的审美世界,但问题是，其是否“负载政治道德标准”并不应该看作衡量其文学价值的唯一价值尺度；同理，我们如果执意要肯定莫言的《红高粱》价值的话，是否从民间立场出发也不应该作为评判的唯一价值标尺。

其实，民间文化是一个有着极其宽广内涵的概念，它可以泛指与主流意识形态所倡导的文化观念所不同的一切文化。所谓主流意识形态所倡导的文化观念，主要是指从主流政治立场出发而人为强化的文化观念。这相对于民间自发成长起来的文化观念的根本区别在于，民间文化所恪守的道德伦理等原则，是在传统的延续中自然形成的。这正如爱德华·希尔斯所指出的那样：“人类社会保存了许多它们所继承的东西，这不是因为人们热爱这些东西，而是因为他们认识到，没有这些东西他们就不能生存下去。……过去传下来的东西给他们提供了家园，然而它却很少是一个他们完全感到自由自在的家园，他们试图将它改造得合乎自己的愿望，有时便抛弃或置换了某些继承的家产。”[①]而所谓的民间文化，就是这样一种“过去传下来的东西给他们提供了家园”的文化。然而，很多学者对《红高粱》的解读中，却没有很好地洞见到这一点，而是一味地发掘余占鳌身上所承载的“原始正义感和生命激情”，忽视了罗汉大爷身上所体现的“贫贱不能移，威武不能屈，富贵不能淫”的浩然之气，忽视了任副官作为一个“学生娃娃”所承载的秩序与公平的现代意识。实际上，恰恰是罗汉大爷和任副官这样的形象，深刻地体现出“原始正义感和生命激情”是一个民族之所以能够历经劫难而没有倒下去的精神象征。然而，这一点，既没有引发莫言的深深感喟，也没有引发评论家们的特别注目。相反，像罗汉大爷和任副官这样的人，倒成了余占鳌英雄业绩的点缀，罗汉大爷和任副官等人的“生命激情”，在莫言的英雄叙事中是缺席的——我们看不到罗汉大爷和任副官这等惊天动地的壮举，是否还受类似余占鳌那样的“生命激情”的驱动？

在莫言源自民间立场的书写中，其所顶礼膜拜的是余占鳌这样的英雄，而不是罗汉大爷和任副官这样的英雄。莫言在小说中，不止一次地做着这样的膜拜和忏悔：“我爷爷辈的好汉们，都有高密东北乡人高粱般鲜明的性格，非我们这些孱弱的后辈能比。”“谨以此文召唤那些游荡在我的故乡无边无际的通红的高粱地里的英魂和冤魂。我是你们的不肖子孙，我愿扒出我的被酱油腌透了的心，切碎，放在三个碗里，摆在高粱地里。伏惟尚飨！尚飨！”当然，这样的父辈崇拜，一方面隐含着莫言对当下文化的反叛，另一方面还可以看作是中国人祖先崇拜的一种变异。只不过这样的祖先崇拜在莫言那里被置换成了具有“高粱般鲜明的性格”的祖先而已，其代表性的人物就是余占鳌。

---

① [美]爱德华·希尔斯：《论传统》，上海人民出版社1991年版，第283页。

由此可见，莫言从民间立场出发所重构的历史真实，就是余占鳌们的历史。用这样的历史来对抗和消解当下的主流意识形态，其核心点就是用非理性来对抗和消解理性。然而，非理性在对抗桎梏性理性的同时，也具有对抗现代理性的特质。事实上，这样的非理性在中国的文化中，并不是少见的。

在阅读文本的过程中，劫路人和余占鳌的打斗，很容易使人想起《水浒传》中李逵对李鬼的那场打斗来。甚至连劫路人之所以劫路的托词，也是活脱脱地从李鬼那里演化出来的："小人本不敢剪径。家中因有九十岁的老母，无人养赡，因此小人单题爷爷大名唬吓人，夺些单身的包裹，养赡老母。"[①]在《红高粱》中，劫路人则说："爷们，饶命吧！小人家中有八十岁的老母，不得已才吃这碗饭。"至于对付李鬼的李逵，则是"自小凶顽，因打死了人，逃走在江湖上，一向不曾回归"[②]。余占鳌在这方面和李逵不相上下，单就他夜杀单家父子来说，就较之李逵有过之无不及。只是他还没有达到李逵"拔出腰刀，便去李鬼腿上割下两块肉来，把而些水洗净了，灶里扒些炭火来便烧。一面烧，一面吃"[③]的境界而已。

由此看来，在中国文化中，类似余占鳌所承载的文化，其实具有悠久的历史渊源和广泛的现实基础——这是中国文化中的两种畸形儿之一：其一是失却了血性，已经被奴化到了骨子里去的畸形儿，他们倒是遵循了社会的道德伦理，但却在思想和情感上已是行尸走肉，这是鲁迅所批判的国民奴性的重要内容；其二是没有被理性驯化的人，他们固然有了血性，但这血性并不能用来建设，而仅仅是一种历史的破坏性力量，这是鲁迅所批判的土匪文化的重要内容。然而，在我们极力否定了前者存在的合理性的同时，却以民间的装束来认同这有血性的"土匪文化"，这实在是对中国文化现代化道路的误解。

三

固然，我们可以反叛既定的英雄叙事模式，在对真实历史的还原中找寻那些支撑起我们民族脊梁的真正英雄，从这样的意义上说，莫言的努力本身并不值得我们非议，这应该看作莫言重构英雄的一种积极尝试。但是，我们如果在颠覆和拆解主流意识形态的桎梏的同时，从一个极端陷入到另一个极端，就并不见得非常得当了。毕竟，这样的价值指向，既无法承担起重构历史的重任，也无法承担起建设当下现代文化的使命，

---

① 施耐庵、罗贯中：《水浒传》，人民文学出版社 1984 年版，第 593 页。

② 施耐庵、罗贯中：《水浒传》，第 591 页。

③ 施耐庵、罗贯中：《水浒传》，第 595 页。

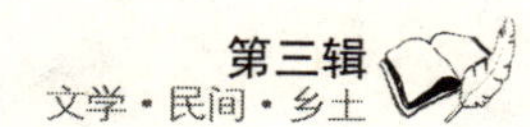

不管这样的立场是基于主流意识形态的文化立场还是基于民间的文化立场。

实际上，莫言的英雄叙事，尽管坚守了民间立场，但从某种意义上说，民间立场又何尝不是一种意识形态呢？这恰如一些学者指出的那样，文学叙事的事实选择本身就是一种意识形态立场的选择。莫言在对抗主流意识形态中找寻属于自己的文化立场，同时这也是通向中国文化现代化所必需的文化立场，无疑是值得我们肯定的。然而，就莫言的《红高粱》及其从民间立场认同这种意识形态立场的选择的评论家来讲，如果这民间立场仅仅就是像余占鳌这样在张扬自我个性的同时，扼杀了其他人释放"生命激情"的权利，这本身不仅只是余占鳌的霸权表征，也是叙事者的叙事霸权的表征，而且还是解读者的话语霸权的表征。

（原载《烟台大学学报》2005 年第 1 期）

窃窃私语的“镶嵌本文”
——莫言小说的民间品性

◇李 刚 石兴泽

娘啊娘，娘
把我嫁给什么人都行
千万别把我嫁给铁匠
他的指甲缝里有灰
他的眼里泪汪汪

这是《姑妈的宝刀》卷首的一段民歌歌词。在莫言的作品中，不难发现这样写在卷首或卷中的民歌、歌谣、信笺、民间故事或传说等仿佛点缀物般镶嵌在小说中的文字。我将这类文字称为“镶嵌本文”。这个词来源于巴赫金的一个理论术语——“镶嵌体裁”。这里之所以不使用“镶嵌体裁”而使用“镶嵌本文”并不是有意立异，而是因为巴赫金所说的“镶嵌体裁”是特指在小说文本中出现的小说以外的体裁类文字如诗歌、格言、警句等，而这里所要探讨的“镶嵌本文”并不排除作品中以完整文本形式出现的故事和传说。镶嵌本文使文本分化为内、外两个部分，内本文是小说主体的叙事单位，承担小说主要的叙事需要；外本文是镶嵌在小说题首、卷尾或卷中的叙事单位，在整体上是外故事叙事链上的一环。小说的主题和感觉色彩是通过内、外两层本文的题旨综合表现出来的，两者构成一个自足的经验世界，互为视角，构成一个和谐的“二声部”合唱，使作品进入一个艺术和哲理的世界。

一、另一种声音

让我们就从《姑妈的宝刀》说起。这篇小说就好像一篇跑题的作文一样，谈到了姑妈的两个女儿、张大力的趣闻逸事和铁匠们平淡的生活，唯独对题目中涉及的关键词“姑妈”和“宝刀”鲜有说及。对这篇作品的解读通常都是将姑妈列入莫言笔下一系列生命力顽强的女性中以丰富这一人物画廊，仿佛姑妈唯一的一句“好铁匠都死净了吗?”就足以奠定她顽强的生命力和泼辣的形象，而放在全文最显眼地位的这首民歌却似乎被众多研究者忽视了。这是姑妈常放在嘴边的一首民歌，姑妈的身世如何？姑妈为什么会唱这首歌？为什么平白无故地去拆铁匠们的生意台？铁匠又为什么一去不返？莫言在文本中遗留了一系列谜一样的空缺，这不仅营造了莫言作品一贯的神秘氛围，更重要的是它同时将我们的思考引向了时间的另一个纬度——过去。《姑妈的宝刀》使用的是莫言惯用的追忆性视角，莫言在作品中自白“回忆过去，既是一桩饶有趣味的工作，也有可能成为治疗脂肪多余症的药方”。莫言不仅自己要回忆，还要将读者和人物带入对回忆的思考中，因为“文体将揭示一种声音的语域，有时揭示声音相对于它所描述的事物和相对于其读者的时空位置”[①]。民歌这种体裁的流传性或说因袭性，将时间定位在了远离“此在”的一个时刻。这篇小说中莫言设置了一个双重悖论：其一是民歌本身对铁匠这一职业的描述；其二是二兰想嫁给一个铁匠的渴望(事实)和姑妈唱的民歌(叙事)形成鲜明的对比。子辈的爱情(二兰和小韩)和父辈的矛盾(姑妈和老韩)被并置在一起，民歌好像一条时光隧道，将读者的思考延伸到了文本以外，在这里，“‘不在’的话语反倒显得更加突出，它使‘在场’的话语丧失解释的权威性，不在的空缺在期待补充而变得诡秘”[②]。被书写出来的语词在这里只是材料的堆积，通过一首民歌，莫言将线性的时间概念压缩，过去、现在和未来都因民歌这一特殊体裁的因袭性而被包容，未被书写的语词则构成了话语、文本和历史的真正根基。通过父辈与子辈之间的冲突及其本源的缺失，莫言带领读者进入了对特定年代的思考。本来的题外之言充当了表述“言外之意”的绝佳向导。通过将民歌的引入，莫言完成了对时间的整合，也完成了对文本的分裂，文本成为至少具有两重意识形态的构成。民歌引导我们聆听的是来自遥远年代的民间的声音，而本文主体则是叙事人“此在”的话语。莫言通过民歌这种主流意识之外的思想揭开了通向社会表象下被遮蔽的存在。

比较而言，《白狗秋千架》里的镶嵌本文另有一番特色。看一看写部队过河的那一段：

……战士们一行行踏着桥过河，汽车一辆辆涉水过河。(“小河里的水呀清悠

---

① [美]詹姆斯·费伦：《作为修辞的叙事》，陈永国译，北京大学出版社 2002 年版，第 20 页。

② 陈晓明：《无边的挑战》，广西师范大学出版社 2004 年版，第 107 页。

悠,庄稼盖满了沟")车头激起雪白的浪花,车后留下黄色的浊流,("解放军进山来,帮助咱们闹秋收")大卡车过完后,两辆小吉普车也呆头呆脑下了河……("拉起了家常话,多少往事涌上心头")"糟糕!"一个首长说。另一个首长说:"他妈的笨蛋!让王猴子派人把车抬上去。"("吃的是一锅饭,点的是一灯油")很快就有十几个解放军在河水中推那辆截了气的吉普车……("你们是俺们的亲骨肉,你们是俺们的贴心人")那几个穿白大褂的把那个水淋淋司机抬上一辆涂着红十字的汽车。("党的恩情说不尽,见到你们总觉得格外亲")

如果说《姑妈的宝刀》中引用的一段民歌含蓄得有点让人莫名其妙的话,那"过河"的这一段莫言则放开了手笔,像一个撒欢的儿童一样来了段"歌舞剧"。部队的行军与民间的歌声融洽在一起,紧急的动作伴随着悠扬的歌声,战争的苦难与民间的欢乐穿插在一起,"自然造成了叙事节奏的急促与舒缓;语言形式的韵文与散文;感官形象的视觉与听觉;内在涵义的历史与现实的四组对比,而这四组对比又产生了崇高与滑稽,欢快与沉重,忠诚与愚昧,甘甜与苦涩的四重组合。最终给了读者一颗浸透着那个特定历史时期的军民关系、社会心理和人物情绪的怪味豆"[①]。"过河"这一段的描写在整篇作品中本来就是作为插入的一个情节存在的,似乎是可有可无的,但是民歌体镶嵌本文的介入使残酷的年代成为"暖"展示才能的平台,衬托出"暖"在年少时的天真活泼、多才多艺。叙事人的叙事和特定年代的一段完整的歌词并置产生陌生化的效果,并置的双方并非互不相关,而是各为双方的存在提供条件和制约,形成了"主流—民间"的二声部合奏,使小说文体形式的意味在有限的空间内大大增值。

如上所述,镶嵌本文在小说中占的篇幅通常都不多,甚至难以作为一个完整的本文从原文本中分离出来,但是镶嵌本文的存在,不仅体现了另一种声音,体现了作者对虚构的故事的超越,使读者注意的中心不仅仅停留在虚构的叙事表象上,而且将读者的阅读延伸到了文本之外,可以进一步对小说故事本身、叙事者与接受者之间的关系等问题进行更深的思索,起到仿佛布莱希特戏剧一样的间离效果,使读者不耽于叙事文字本身。

二、对时间的个人化处理

不管怎样看待莫言创作中的镶嵌本文,我们都不能否定这种声音的存在。《大风》中爷爷的歌伴随着一个"我"的成熟;《秋水》里盲女孩拨弄出来的调子似乎暗示着黑衣

① 朱向前:《天马行空——莫言小说艺术点评》,《小说评论》1986 年第 2 期。

男人、紫衣女人和白衣盲女孩之间神秘的关系，又似乎是对“复仇”这一行为的生生沿袭不可消除的预示；《爆炸》中把玉兰轧麦子的视觉表象和吕剧《李二嫂改嫁》的听觉表象纳入平行轨道；《红高粱》插入“奶奶”的内心独白，诉说了生命强力背后蕴藏的柔韧，而结尾的一段祭文使小说开篇就显现的元小说色彩再次语意化等，镶嵌本文这种写作方式在莫言的创作中始终存在。

作为一种写作方式，“镶嵌本文”在20世纪80年代中期被莫言频繁地运用并不是什么值得惊奇的事情，鲁迅先生早在《狂人日记》中就将这种文体形式引进了中国现代文学领域。20世纪80年代的中国是艺术探索突飞猛进的时代，镶嵌本文在先锋作家中更是被广泛使用。在同时代的玩弄叙事手法的小说家中，莫言并不是最优秀的。但是正如历史已经证明给我们看的，在众多的玩弄叙事的作家中，莫言是为数不多的一个幸存者，能够游刃有余地游走在商业与文学之间。同样的对文体敏感革新，莫言甚至重复地使用一些叙事手段，但是却保持了文本的新鲜感，这不能不说是一个奇迹。是读者在喜新厌旧还是在以旧拒新？这个问题促使研究者必须沉入文本，将莫言的创作放在它所属的时代语境中并加以延伸，寻找奥秘的所在。

产生于80年代中后期的先锋小说，作为继五四文学以来又一次爆发性的文体革命，以空前的姿态挑战着读者的阅读习惯。在“求异”的本质性要求下，马原、格非、余华、苏童等先锋小说家无所不用其极地变幻着语言迷宫。这就形成了这样一种局面：一方面，传统的读者阅读习惯的改变难以适应先锋写手的形式变换速度，渐渐地疏淡了对小说的兴趣，小说逐渐沦为学院派批评家演练学术的竞技场，作家和评论家仿佛在进行一场建招拆招的游戏；另一方面，先锋作家对叙事技巧沉溺，但在80年代西方小说技巧和写作观念蜂拥而至的时代条件下，“其艺术革命更准确的含义就是技术革新，不可能有系统而明确的文学观念和价值信念方面的变革”[①]，也许他们的书写可以纳入克莱夫·贝尔所说的“有意味的形式”概念中，但究其根底，其意味不过是形式主义策略的副产品。先锋小说家虽然也讲述故事，但在这里，故事却是为叙事服务的，依托于形式。阅读先锋小说最强烈的第一感受就是难以琢磨，文本常常拒绝提供一个可供考察的完整故事，而这一现象的出现在一定程度上不能不说是得力于旁逸斜出的镶嵌本文，镶嵌本文拆解了故事本应有的外在逻辑，使小说的文脉、文义错乱、短路甚至相互矛盾，产生一种语言的魔方，企图令读者在百读不解的神秘效应下制造百读不厌的效果。先锋小说惯用的镶嵌本文在荷兰叙事学者米克·巴尔的理论中有详细的阐述。在巴尔看来，镶嵌产生的外本文与内本文的关系即相当于插入本文（即叙事本文中插入的一些别的材料）与主要本文的关系，插入本文作为“镜子—本文”被阐述，起着

① 陈晓明：《无边的挑战》，第232页。

解释、说明、对照的作用。比如格非的《褐色鸟群》,具有相同发展形态的内、外故事共同指向一个哲学命题:人对个体自我存在的困惑和疑虑。单方面地从文体来考察先锋文本可以发现一个基本的事实:先锋小说家所套用的插入本文多是叙事性的,莫言作品中的插入本文多是非叙事性的。这并不是说非叙事性插入本文比叙事性插入本文更适合小说主题空间的拓展,插入本文单纯的文体特征并不是问题的所在,真正的症结在于小说中的时间。巴赫金在评价歌德作品高度的艺术成就的时候赞扬歌德善于在世界的空间整体中看到时间,而 20 世纪 80 年代后期的先锋小说,正如陈晓明所概括的,"没有什么比克服时间性的障碍更具有文学的纯粹性,也没有什么思想比突破时间性的历史困厄更接近对生存论意义的纯粹关注"[①]。先锋小说中错综复杂的时间布局或者说无时性叙事始终是在心理意义上的时间,也就是在柏格森的"时间绵延说"上做文章,在这个时候,莫言聪明地将创作中的时间利用文体的变换在空间中显现了出来,而空间反过来则要通过时间来理解和衡量,故事的可读性不仅没有受到时间错乱的干扰;相反,正如前文所论证的一样,文本的阐释能量在镶嵌本文特殊的文体所造成的时空穿梭效应下反而大大地增值,简单的故事笼罩上了神秘感和时间哲学的色彩,这里,"故事是在地球上一块有限的空间中发生的,所包容的历史时间也是十分短暂的片断。但尽管如此,在长篇小说的世界背后,总还存在着一个新的完整的世界,这个新世界把自己的代表派进长篇小说里,让它们反映出世界新的和现实的充实性和具体性。远非一切东西都在小说中出现,但现实世界所具有的严密整体性却可在他的每一形象中感觉出来"[②]。巴赫金关于歌德长篇小说的评价同样适用于莫言。《红高粱》开篇就插入了"我"的童年故事:

> 曾经有一个光屁股的男孩牵着一只雪白的山羊来到这里,山羊不紧不忙地啃着坟头上的草,男孩子站在墓碑上,怒气冲冲地撒了一泡尿,然后放声高唱:高粱红了——日本来了——同胞们准备好——准备开炮——
>
> 有人说这个放羊的男孩就是我……

父亲的墓碑和"我"童年的莽撞行为连接在一起,时间在这里被设置出一段空白,父辈与子辈衔接的断裂的存在,使"我"尽管曾跑回高密东北乡作详细调查,但历史仍已经被现代的时间和个人意识缠绕,无论如何也不能再使叙事挂上还原性的色彩。叙事学认为,文本的时间分为故事时间和叙事时间两种,故事时间是叙事中的故事本身发生的时间,叙事时间是叙事行为本身发生的时间,故事时间和叙事时间以顺叙、倒

① 陈晓明:《无边的挑战》,第 232 页。

② [前苏联]巴赫金:《小说理论》,白春仁、晓河译,河北教育出版社 1998 年版,第 257 页。

叙、插叙的方式发生不同程度的重合或分离。在传统小说那里，文本就是在故事时间和叙事时间这两个维度下展开的。莫言采用西方小说从中间写起的方法，在运用预叙的同时将时间的第三个维度——“现在时间”引入到小说创作中，这是作者生活在其中的真实时间。第三维时间的介入增强了叙事的陌生化效果，使叙事的跨度增大，使莫言在沉入民间的时候不失现代的眼光。叙事时间三维化产生的双重叙事立场是莫言从容地进行“批判的赞美和赞美批判”的不可或缺的前提。很多人对《红高粱》中活剥人皮的场面描写深有疑虑，其实只要看到了莫言这种超时空的时间视角所代表的人类意义的高度，也就不足为怪了。而这一方法之后就成了先锋作家竞相效仿的手法，在这里，莫言的开创性意义可以说是不容忽视的。

先锋小说的形式实验常规化了以后，莫言想要创立自己的艺术特质和风格，就必须突破常规，在时间和历史上作出自己个性化的设置。莫言叙述的是民间的故事，但民间的故事并不是单纯地要告诉我们所谓“民间”的这另一种存在，通过镶嵌本文，莫言将神秘色彩和时间哲学引入文本，在高密东北乡这块有限的土地上呼风唤雨，谈古说今。

三、“民间感”从朦胧到觉醒

一直关注莫言作品的读者可以看出上述所举文本的一个特点，就是它们基本属于莫言在 20 世纪 80 年代的创作，而进入 90 年代以后莫言的创作中却鲜有这样的镶嵌本文，其实这正是莫言的高明之处。这里需要引入一个“机械复制”的概念。“机械复制”是本雅明艺术生产理论的一个重要概念，它是区分现代艺术和传统艺术的一个时代特征。在本雅明看来，复制技术的发展给艺术作品造成很大的冲击，其中一个重要的体现是艺术品“灵韵”的丧失。“灵韵”是本雅明发明的一个新的理论术语，他认为艺术作品有两种价值：崇拜价值和展示价值。崇拜造成了艺术作品的一种神秘性质——“灵韵”，而“灵韵”就是对艺术作品原作的独一无二的真理性的拥有。换句话说，作品的创新性是作品崇拜价值产生的原因之一，历史上伟大的艺术作品在历经无数次的被复制后必定会部分地丧失它的崇拜价值而代之的是展示价值的凸显，就好像我们今天再次阅读到马尔克斯的经典母题句式“许多年以后，面对着行刑队，奥雷连诺上校会想起那久远的一天下午，他父亲带他去见识冰块”的时候，很难再产生审美上的震惊，而更多关注的是他在技巧上的历史性意味一样。创新在经过无数次的被复制或者说被效仿后无疑就确立了它的经典性地位，这对后来的创作与其说是资源，毋宁说是一种成规和压抑。莫言不仅清楚地认识到了传统文学经典和先锋文学经典对自己的包围，更清楚地认识到了自己的历史创作对将有的创作的压抑，这有点类似于布鲁姆所说的弗洛伊德家的罗曼史,以往既有的文学创作仿佛是文学传统的“父亲”,作家对它是一种既爱又恨的感觉,“父亲”提供给他营养和庇护,而他却无时无刻不在想着反抗和突破。

就在这种情况下,1988 年《十月》杂志第 1 期刊载了莫言的第一部长篇《天堂蒜薹之歌》。这部小说在有关莫言的评论中鲜有提及。艺术成就的姿色平平自然是主要原因之一,但是镶嵌本文在这部小说里反倒被运用到了极点,这使它仍不失莫言创作的一个里程碑意义。从章节的穿插设置来看,小说是在高羊、高马、方四婶参与蒜薹事件的全过程和高马与金菊爱情的毁灭两条线索下展开的,而事实上起到点睛之笔的是小说中插入的各种各样的镶嵌本文:张瞎子的唱词、江姐的革命历史、报纸的新闻报道、叙事者的声明。瞎子的唱词将蒜薹事件和高、金爱情的发展统一在一个意向符码内,不管是乡民的根性和他们生存状态的展示,还是高、金爱情的浪漫和毁灭,都与蒜薹销售的好坏息息相关。而蒜薹销售的来龙去脉在简洁的唱词中得到了清晰的表达,它提供了民间立场的一方面;江姐的革命事迹将历史拉入现实,在二元对比中揭示社会现实的一种;报纸的新闻是来自庙堂的声音,是被公布于众的现实的一种;小说结尾叙事者自言的带有元小说色彩的话语更使三种存在真假难辨。在超越了写作时间的二维以后,莫言将笔触伸向存在的多维,莫言依然是在写民间,如果说《红高粱》中的民间还是被现代时间和个人化意识表述出来的话,在《天堂蒜薹之歌》中,民间则已经在文本世界中宣告独立,民间的、民族传统的和现实主义的创作方法在同一部文本中往复变奏。

《酒国》、《檀香刑》、《四十一炮》的相继出版使莫言的叙事引起越来越多的关注,尤其是莫言的民间叙事更是被讨论得如火如荼,是什么导致了莫言短暂沉默后的成功爆发?

事实上,莫言的确是一直在关注民间的故事,但并不表示莫言一直站在民间的立场上来叙事。《大风》、《秋水》、《红高粱》带领我们聆听了历史无意识中生命强劲或柔韧的声音的同时,莫言也意识到了自己文本的重复导致的“灵韵”丧失和作者主观感情对文本情感世界的泛滥性影响,收敛了对时间和感觉的戏弄后,莫言直接将文本分化成两个或多个文本亮在读者面前。这种叙事手法在中国古代传统说书艺术的“花开两朵,各表一枝”中固然可以看到些浮光掠影,但是这种传统的、成规化的手法显然难以带给作品任何现代性的魅力,这迫使我们只能暂时放弃文本表面的结构特征而去探询一下文本之“文”。莫言坦言《檀香刑》的成功是自己“退”了一步造就的,这一“退”我们自然不能简单地理解为在民族传统艺术中发掘艺术资源,即比较自觉地放弃魔幻现实主义的手法而走上土生土长的民间创作道路。成名于 20 世纪 80 年代中期的莫言一直是被列入以马尔克斯为代表的魔幻现实主义的追随者之一,而众多研究对莫言创作中从一开始便隐藏着的本土因素却大多视而不见。莫言在《檀香刑》中说:“民间说唱的艺术,曾经是小说的基础。”[①]我们看到,莫言在使用镶嵌本文这一写作手法的时候引用的多是民间说唱的艺术,这不仅构成了莫言独特的时空体,同时也已经孕育着莫言后期民间叙事形态的萌芽。所谓的“魔幻现实主义”只是一种创作技巧上的借鉴,更何况中国自古就有魔幻现实主义写作因素的存在,真正对莫言构成启发的是完全可以用本土的文化因素表达现代性的观念。就好像老舍在阅读了《艾丽司漫游奇境记》后最大的感触是“用儿童的语言,只要运用得好,也可以成为文艺佳作”[②]的道理而使他的“话语”日行千里、与众不同一样,这种成功不能简单地比附于任何技巧上的借鉴。对莫言创作中的镶嵌本文进行考察后可以看出,莫言从一开始就有别于同时期的先锋小说,他或许是在不自觉的状态下开始进行了运用民谣、民俗等传统艺术来扩展文本意旨张力的操作,但是极富本土色彩的镶嵌本文却实体性地冲击着西方技巧,使莫言的小说在获得中国读者认可的同时不失西方的市场。所以与其说《檀香刑》是“一次成功的撤退”,不如说是一次成功的觉醒,莫言由不自觉地运用民间资源转为自觉。这种运用超越了对符号化表意形态的引用而转化为一种复合式的话语和视角——赵甲的庙堂话语、钱丁的知识分子话语、媚娘的女性话语,而这些话语都实实在在地来自作者“作为老百姓写作”这一立场的调度。实际上并非只有乡野的才是民间的,关键是作者写作时的心态。莫言说:如果认为只有我回到了农村写农村才是民间生活和民间写作,那就太褊狭了。“难道王安忆在上海写《长恨歌》就不是民间写作?上海也是民间,城市里市民也是老百姓,上海市民的生活也是民间生活。”[③]在《四十一炮》中可以看到,莫言有意识地尽量不介入到作品中去,同时将另一种民间带入了他的高密乡村世界:作品中罗小通在庙里给大和尚讲十年前在屠宰村和父母及他人的故事,突然而降的汽车和打斗,在玄虚的讲述中添加了都市民间现实的气息,而这现实又因其突兀反过来增加了讲述的玄虚色彩。莫言曾用颐和园的长廊来比喻这种镶嵌,在皇家的园林长廊上穿插《桃园三结义》、《红楼梦》等画面,这些看起来多余或不可能的细节对一个成功的建筑是必不可少的。莫言以文本证实了自己的见解,充分说明了民间的多元可能性,而这一事实是在早期作品的镶嵌本文中就初露端倪的。

不难看出,新时期以来中国当代小说的叙事技巧在借鉴基础上不乏创新,这虽然为当代文学提供了不可限量的发展潜能,但是单纯玩技巧的把戏显然已经很难再占领文学的殿堂。镶嵌本文作为一种成规化的写作方法却在莫言的创作实践中生

---

① 莫言:《檀香刑》,作家出版社 2001 年版,第 517～518 页。

② 老舍:《我的“话”》,《老舍文集》第 15 集,人民文学出版社 1980 年版。

③ 邓新超:《是为老百姓写作还是作为老百姓写作——莫言如是说》,2001 年 12 月 7 日《北京日报》。

发出新的生长点，并一度获得了文学和市场的双重效应，这不能不说是当代文坛的一个奇迹。如何在技术性的操作中不失人文意识和人类精神，莫言或许已经给了我们一点启示。

（原载《中国社会科学院研究生院学报》2007年第2期）

莫言的平民文学观及其当代意义

◇左其福

莫言是中国当代文坛能够不断给读者带来新作并持续产生影响的为数不多的作家之一，他在文学创作上的成就有目共睹，也基本上为读者所认可。但他在二十多年的创作体验与感悟中潜隐起来的文学意识和观念似乎并没有引起学界的关注，这多少会影响到我们对其作品的全面深入的理解，更可能遮蔽其创作的意义与价值。

莫言虽自称“理论知识太多，就会对他的创作产生反面影响”，表现出对理论的偏见。但事实上，莫言在文学创作中并没有放弃对文学的思考及其观念的建构，他对文学个性化的探讨，对小说艺术性的张扬，及对作家创作态度的关注等，都显示出明确的文学立场和理论倾向。不过，如果从当代的文学语境来看，莫言最值得我们重视的还是其“作为老百姓写作”的平民文学主张。

平民情怀与人类关切

莫言第一次正面标举其平民文学观是在苏州大学“小说家讲坛”上的一次关于“文学创作的民间资源”的演讲。此文中，莫言首先将民间写作归结为一个作家的创作心态问题，并以自己独到的理解创造性地进行了“作为老百姓的写作”和“为老百姓写作”两种写作方式的区分和界定。莫言指出：“‘为老百姓写作’听起来是一个很谦虚、很卑微的口号，听起来有为人民做马牛的意思，但深究起来，这其实还是一种居高临下的态度。其骨子里的东西，还是作家是‘人类灵魂工程师’、‘人民代言人’、‘时代良心’这种狂妄自大的、自以为是的玩意儿在作怪。”“为老百姓写作”是一种高姿态的知识分子写作，创作主体凌驾在老百姓之上，而老百姓处于描述和接受的被动状态。因此在莫言看来，“为老百姓写作”不能算作“民间写作”，而是一种“准庙堂的写作”。这种心态下，作家根本体验不到老百姓真实的生活世界和情感世界，只有把自己视为老百姓，才能感同身受,真切地触摸到他们的脉搏,写出他们的灵魂。这样一来,真正的民间写作只能是“作为老百姓的写作”,它要求丢掉作家的“知识分子立场”,“用老百姓的思维来思维”。换句话说,真正的民间写作必须具有真实的民间体验和淳朴的平民情怀,它就像民间工匠的劳作一样,源于生活,并服务于生活,其间并没有丝毫的精神指导性和道德优越感。

在此需要注意的是,莫言一再申说的民间写作究其实质是平民写作,即“作为老百姓的写作”,他的民间文学观也就是他的平民文学观。只是“民间文学”这一概念无法概括莫言的文学特色,如果离开具体的语言环境,还容易造成文学类型方面理解的偏差,因此本文采用了“平民文学”这一传统的观念表述。

不过,从莫言把民间写作与平民文学相提并论这一思想动向来看,莫言的平民文学观实在是对传统文学中具有民间性的平民精神(如“饥者歌其食,劳者歌其事”)的创造性继承,而与由政治文化精英所主导的平民文学观念有着本质区别,因为后者所珍视的并非平民文学自身的规律与价值,而是对平民文学的揭露、鞭挞、宣传、教化等功能的文化利用,用莫言自己的话说,“总是带着浓重的功利色彩”;而真正的民间写作(平民写作),实际是“写自我的自我写作”,较少有功利色彩,它往往是作为平民百姓的艺术家们生命历程中苦乐悲欢的真诚吟唱,是“命运的使然”。显然,在莫言的艺术观念中,存在着两种截然不同的平民文学:一种是工具论的平民文学,一种是本体论的平民文学。20 世纪以来的“为革命写作,为工农兵写作”,后来又发展成“为人民写作”的文学是工具论的平民文学的代表,而载入文艺史册的盲人艺术家阿炳的音乐作品、蒲松龄的《聊斋志异》以及曹雪芹的《红楼梦》则是本体论的平民文学的经典案例。工具论的平民文学是政治意识形态作用于精神贵族的产物,是“图解别人思想的工具”和对体制的适应,是知识分子失去“独立思想”的表现;本体论的平民文学则是摆脱了知识分子高贵性的作家以对平民世界感同身受的体贴方式而达到的艺术境界,它是作家与普通百姓建立在情感同一性基础上的灵魂共鸣,因此它又具有超越作家个体抒写的人类情怀,莫言之所以把《红楼梦》也奉为平民文学的经典,原因正在于此。

平民视角与民间立场

在莫言的理论建构中,一定的文学观念始终是与一定的文学视角联系在一起。莫言认为,“作为老百姓的写作”的平民文学应当以与之相应的平民视角来展开叙述。所谓平民视角也就是老百姓的视角,用老百姓的眼睛来观察,站在老百姓的立场来思索,通过老百姓的思想与言行来展示生活。如《透明的红萝卜》中以瘦弱的黑孩为视点,以黑孩的意识来感知周围的世界;《红高粱》以“父亲”——一个普通人为视点,通过“父亲”的叙事来表现平民的历史。

20世纪20年代，鲁迅先生曾在《革命时代的文学》一文中有过这样的论述："有人以平民——工人农民——为材料，做小说做诗，我们也称之为平民文学，其实这不是平民文学，因为平民还没有开口。这是另外的人从旁看见平民的生活，假托平民底口吻而说的。"鲁迅认为平民文学要让平民开口，让平民自己叙述自己。如果抛开鲁迅在平民文学上所持的阶级论观点，而代之以纯艺术眼光来审视，这一论述的确指出了当时平民文学的症结。在这一点上，莫言与鲁迅不谋而合。莫言指出，所谓的民间写作，就是要"保持真正的民间的立场和视角"，"就要你丢掉你的知识分子立场，你要用老百姓的思维来思维。否则，你写出来的民间就是粉刷过的民间，就是伪民间"。当然，莫言的平民视角和鲁迅的平民叙述并不完全一致。莫言要求写作者摒弃知识分子的道德立场，"不要担当道德的评判者"，"跟着人物的脚步走"；而鲁迅一方面要求"开平民之口"，一方面要"谴责落后，揭示国民性中的病态"，知识分子居高临下的启蒙介入和道德评判必不可免。因此，莫言对鲁迅的平民叙述没有作出很高的评价，而是把青睐投向了现代乡土作家沈从文。莫言认为，沈从文的早期作品，保持了真正的民间立场和视角。他写的那些江边吊脚楼里的妓女，既没有被批判性地丑化，也没有将其写成节妇烈女式的道德典型，而是以"船上水手"的眼光写出了她们在职业范围内的真情。同样，他笔下的那些所谓的"嫖客"，也没有丝毫的"流氓"气息，反而被描绘得"爽朗、粗野和有趣"。而这一切都要归之于作家对平民立场的坚守和平民视角的运用，因为在平民百姓看来，无论妓女、嫖客，他们都无高低贵贱之别，也没有是非曲直的道德负担，他们的情感欲望和普通百姓没有差异。当然，这并不意味着莫言是一个艺术上的非道德论者，而是说他反对用凌驾于作品中人物身份之上的超然的旁观者对作品人物进行道德干预和价值评判，而这往往是知识分子写作的通病。

平民语言、平民故事与民族传统

莫言是一位非常重视民族传统的作家，他的平民文学观虽然主要是针对20世纪以来中国文学普遍存在着的"知识分子"代言式的写作倾向而提出的，但其中也明显包含了作家对中国文化传统的思考。莫言清醒地意识到包括自身在内的当代作家所受到的西方文学的深刻影响及其局限。他客观地指出，在文化建设与文学创作相对落后的特定时期，学习、借鉴甚至是模仿西方都是正常而且是必要的。但是从民族文学发展的高度来看，一味地模仿并没有出路。他认为各民族文学应当在相互借鉴、共同阐扬"文学是人学"的精神内核的同时，又要保持自身的特质，彰显出鲜明的民族风格。而语言和故事则可以担当此任。莫言所讲的语言与故事主要指的是平民的语言和平民的故事，因为在他看来，平民的语言和故事是一个民族的深层心理结构和文化积淀的产物,同时它又因其与民间社会和平民生活的紧密接触而生机勃勃。

在长期的创作实践中,莫言形成了自己独特的语言风格,他的小说正是在对平民语言的运用和平民故事的叙述中显示出了独特的价值。如《红高粱》中对深秋阳光下“红成汪洋血海”的高粱的描绘就是一种独特的、感性的民间语言,作者结合心理的跳跃、流动、联想以及奔涌而来的大量感官意象,创造出一个复杂的、色彩斑斓的平民式的感觉世界。《檀香刑》则利用“猫腔”那委婉凄切的唱腔,达到了对高密东北乡人民苦难生活的写照,极大地拉近了与平民生活的距离。

莫言要求用平民的语言叙述平民的历史,这种历史当然不同于任何统治阶级和知识分子叙说中的历史,它只是平民的故事和平民的传奇;它虽有浪漫虚幻的外表,但却真实、深刻。如《红高粱》中“我爷爷”、“我奶奶”不拘礼法、轰轰烈烈的爱情,《白狗秋千架》中“暖姑”只要一个健全儿子而萌动的原始欲望,都是下层民众苦难生活的真实反映,更是普通百姓的心灵呐喊。莫言在谈到《红高粱家族》时说:“在我的心中,没有什么历史,只有传奇。”传奇对事实可能夸大,但也是一种脱离功利目的淳朴的想象,最有可能接近历史的真实和民间的真相。“历史”则是一种语言叙述,常因叙述者的不同立场而具有很大的主观性、随意性,因此它与真实的历史可能距离更远。莫言对知识分子笔下“伪民间”的警惕及对平民传奇的不断书写应当都与上述观念有着密切的联系。明确这一点,我们似乎就没有必要硬将莫言的写作与新历史主义混在一起,莫言自己对此的“惶惶不安”也不再难以理解。

平民文学观的当代意义

莫言放下作家和知识分子的姿态而还原成百姓,提倡平民文学观,在自己的文学园地辛勤耕耘,不断收获,这对于中国当代文坛来说既是莫大的惊喜,也是有益的启示。

首先,“作为老百姓写作”的平民文学观是当代作家对自我价值的坚守,也是对当下文学创作精英幻觉的破除和对文坛浮躁之风的矫正。莫言说:“我的策略是避开热闹的地方,回到民间、回到传统、回到边缘地带。”在商品经济确立过程中的当代中国,与无数的平民百姓的生命、生活息息相关的广大民间一直处于冷清的边缘地带,但是这确实是一个蕴含着无限生机、活力和可歌可泣的动人故事的民间社会,它既是民族文化的渊薮,也是民族精神的土壤,同时往往还见证了民族变迁的历史。莫言不仅以自己的文学创作对广大平民的生存状态、精神状态给予应有的关注与表现,展示了平民阶层在世纪之交经济文化转型中的得失、苦乐,传达出一种理智的平民意识,而且以“作为老百姓写作”的响亮口号张扬之、鼓动之,真正体现了一个具有长远目光的中国作家对平民社会、民族精神以及民间智慧的充分尊重。20 世纪 80 年代以来,伴随着中心价值体系的解体，当代文学在表面的热闹繁荣之后，已经透露出某些令人忧虑的迹象。一方面，浅薄、浮躁、媚俗正在成为创作领域不容忽视的倾向；另一方面，当代文学在外国各种文学思潮的追赶下不停地喘息，文学创作的路子越走越窄。为追赶潮流，追赶“后现代”，许多作家不断走向对自我的抒写，乃至对个人欲望的毫无节制的表达。如被媒体不断炒作的“美女作家”、“下半身写作”以及对自我情绪的近乎变态的流露等，都是这种时尚、潮流的集中体现。这些创作无法顾及现实中平民的生活，更缺少对平民群体的关怀与思考，而人类意识等以往作家的精神高标则被弃之如敝屣，这完全丧失了中国文学传统的民族精神和平民情怀。莫言认为，当今文学一方面应从精神贵族式的自我迷恋及人的低级本能的放纵中挣扎出来，另一方面也要摆脱政治工具论的平民意识，扎根民间，充分吸取民间文化的滋养，并以感同身受的平民体验和平民叙述拓展文学的境界，使文学在广阔的民间地带、民族土壤和民族精神的洗礼下走向人类。在经济全球化，思想意识、文学艺术也在逐渐全球化的今天，这样的提醒并非多余。我想这也许就是莫言一再强调“作为老百姓写作”的平民文学观的问题意识及其文化取向。

其次，莫言的平民文学观相比文学史上以往的平民文学观更为彻底，也更为全面和深入。它不仅突破了以往站在知识分子的立场描写平民生活、揭示平民性格的平民文学观的局限，完成了“作为老百姓写作”的本体论的平民文学的理论建构，而且还以自身特有的创作实践深入到了平民文学的内在结构，总结出了以平民视角、平民语言和平民故事等为核心内容的一套大体可行的平民文学的创作规律，从而完成了对平民文学的审美建构。这在中国文学史上，无论过去还是现在恐怕并不多见。因此莫言的平民文学观的提出，无疑对当代中国文学的繁荣和发展将产生积极影响。

参考文献

[1]莫言：《作家和他的文学创作》，《文史哲》2003 年第 2 期。

[2]莫言：《文学创作的民间资源》，《当代作家评论》2002 年第 1 期。

[3]莫言：《文学个性化刍议》，《文艺研究》2004 年第 4 期。

[4]王金胜：《民间文化与莫言小说的传奇性》，《文艺争鸣》2004 年第 6 期。

[5]莫言：《一碗羊肉烩面与 5 万元红包》，《北京文学》2002 年第 2 期。

[6]莫言：《小说的气味》，春风文艺出版社 2003 年版。

[7]王运熙：《中国文论选·现代卷(上)》，江苏文艺出版社 1996 年版。

(原载《名作欣赏》2008 年第 3 期)

为什么写作?
——论莫言的创作立场及意义探析

◇贺仲明

莫言的创作立场是一个有争议的话题。起初人们多用“民间立场”来进行概括,但这一概念的内涵比较模糊,未能成为学界共识。莫言获得诺贝尔文学奖后,也有人质疑和批评他创作的政治色彩,认为他的创作是为现实政治的写作。莫言则指出自己的创作是为人类的写作,认为:“我的小说也描写了广泛意义上的人。我一直是站在人的角度上,一直是写人,我想这样的作品就超越了地区、种族、族群的局限。”[①]一个作家的创作立场,往往决定他的创作指向,影响他的创作原则,甚至对其创作成就也具有一定的限定意义。因此,对这一问题的探讨,对于我们更深入地认识莫言及其创作,是非常有意义的事情。

一、早期创作的乡村立场

莫言的创作时间长达三十余年,他的创作立场不是一成不变,而是有所发展的。他创作早期的创作立场非常明确,就是以乡村为中心,为乡村而写作。这主要体现在这样几个方面:

首先,莫言的创作以苦难为切入点,表达了对乡村生活的深切关注。

莫言的第一篇小说《售棉道上》就是以一场乡村现实灾难为题材的,此后几年中,他先后创作了《白狗秋千架》、《枯河》、《透明的红萝卜》、《爆炸》、《红蝗》和《欢乐》等作品。在这些创作中,莫言揭示了乡村现实的多种苦难,表达出对农民的深切同情和关

---

① 齐林泉:《莫言:站在人的立场写作》,2012年10月13日《中国教育报》。

注，尖锐地批判了乡村现实中的丑和恶。这些创作蕴含着莫言对生存的深厚感情，也体现出他对乡村的强烈责任意识。比如他早期的重要作品《愤怒的蒜薹》，就是因为乡村现实问题的触动，在现实责任感的驱使下创作的："本来《透明的红萝卜》、《红高粱》已经很红了，我完全可以按照这个路线红下去，可这一转向却让我对现实社会进行了直接的干预，因为我的责任感和良心在起作用。"①

除了乡村现实关注，莫言还进入到乡村历史领域，创作了《红高粱》系列作品。从表面上看，这似乎与现实无关，但实际上，它们的着眼点也在于现实。正是因为对现实的不满，莫言才尝试在历史中寻找精神力量，通过对"我爷爷"、"我奶奶"这样充溢着勇武精神的先辈的歌颂，映照出现实的萎靡和黑暗，从而达到关注和批判现实的目的。从另一方面说，莫言的乡村历史书写，其内在根源也是对现实苦难的超越性幻想。因为苦难太沉重了，它必须得寻找到一个突破口，才能够使情感得以宣泄，得到心灵的平静。这正如莫言谈到《枯河》中乡村少年小虎的死：他"以死使人震惊，以死证明了他并不弱小可欺。死使他升华，死使他升腾，死使他如精神的幽灵压迫在人类和宇宙之上，死使他成为了一种不容忽视的存在"②。

其次，莫言在作品中表达了对乡村强烈的情感，这种情感虽然表现复杂，但核心是对于乡村的卫护和热爱。

强烈的现实批判，极力书写乡村的丑恶和黑暗，甚至不惜完全剥去母亲形象被传统文学（文化）寄予的华美外衣，还原其真实得粗鄙甚至丑陋的实质（《红蝗》、《欢乐》）。这些，似乎是在表达一种对乡村的仇恨，但实际上，这种"恨"正是爱到极点的表现，是那种熔铸在心灵中的切身关注，它的产生正是源于心灵无所保留的彻底投入。这就如莫言这段被人们反复引征的话："我无法准确地表达我对故乡那片黑土大地的复杂情感……我在那里生活了整整二十年，那里留给我的颜色是灰暗的，留给我的情绪是凄凉的……离开故乡之后，我的肉体生存在城市的高楼大厦里，我的精神却依然徘徊激荡在高密荒凉的土地上。对高密的爱恨交织的情愫令我面对前程踌躇、怅惘。"③所以，在一定程度上，早期的莫言写乡村，也是写他自己对乡村爱痛并存的心灵世界，写他与乡村血肉相连的深切联系，写乡村生活赋予他生命世界的喜悦、热爱和疼痛。

正因为这样，莫言作品对乡村充满着关切之情，特别是对乡村的普通农民大众，莫言在同情其苦难遭遇之余，更以尊重的笔墨书写其质朴真诚的品质。莫言对乡村母亲的书写，尽管朴素到近乎粗鄙，原始得似乎丑陋，但其书写态度绝不轻佻，更无亵渎，其

① 莫言：《寻找红高粱的故乡》，《小说的气味》，春风文艺出版社2003年版，第130页。

② 转引自赵玫：《淹没在水中的红高粱——莫言印象》，《北京文学》1986年第8期。

③ 莫言：《高密之光》，1987年2月1日《人民日报》。

背后蕴含的是对其粗犷坚韧生命力的赞美，是对其背后凝结苦难的尊重和敬仰。这一点在《丰乳肥臀》中体现得非常充分。小说叙述的母亲形象丝毫不诗意，其生活方式甚至颇违背中国传统的伦理道德，作品不讳言这一切，但意图却是在展现其“忍受痛苦的能力”[①]，写“母亲们和她们的儿女们在这片土地上苦苦地煎熬着、不屈地挣扎着，她们的血泪浸透了黑色的大地又汇成了滔滔的河流”。并歌颂了母亲坚忍的生殖力和生命力，赞美其“丰乳与肥臀是大地上乃至宇宙中最美丽、最神圣、最庄严，当然也是最朴素的物质形态，她产生于大地，又象征着大地……”[②]

莫言的创作谈表现出与其创作完全一致的立场和态度。针对现代文化对乡村和农民的贬斥，他给予明确的驳斥：“中国小生产者身上所表现出来的那种‘狭隘性’，与封建主义并不是一回事，狭隘是一种气质，是一种心理，它与一定的经济条件并不是因果关系。农民中有狭隘者，也有胸怀坦荡、仗义疏财，拿得起来放得下的英雄豪杰。而多半农民所具有的那种善良、宽容、乐善好施、安于本命又与狭隘性恰成反照。而工人阶级中、知识分子中、‘贵族’阶层中，狭隘者何其多也。难道西方发达国家，小农经济消失多年后，狭隘这种心理状态就绝种了吗?”[③]且不说莫言观点的对错，他对农民和乡村文化的卫护姿态是毋庸置疑的。

当然，莫言的早期创作以乡村为中心，表达出关爱乡村和卫护乡村的感情与创作立场，但这一立场并不是封闭的而是开放的，不是单一而是丰富的。莫言创作开始的时代是20世纪80年代初，社会文化已经进入到对外开放的环境中。在这种情况下，莫言广泛接受了现代文明知识，也接触到大量的西方文学。这极大地开阔了他的眼界，使他能够以超出乡村的现代眼光来认识乡村。也就是说，正如莫言自己所说，他写乡村，是写自己在离开故乡之后返观的乡村，是带着经过现代文化洗礼过后的眼光来看待乡村的[④]，莫言的乡村书写在精神上具有现代文明的意识，蕴含着对故乡批判性审视的意图。包括在艺术上，莫言一方面受到乡村生活的深重影响，其故乡的语言和生活是他早期创作的重要前提；但另一方面，莫言也接受了西方文学的许多影响，借鉴了如马尔克斯、福克纳等西方文学大师的叙述技巧和方法。这种开放姿态，赋予了莫言早期创作的丰富性，也预示着莫言创作立场有进一步变化和发展的可能性。

---

① 莫言：《我的〈丰乳肥臀〉》，《小说的气味》，第62页。

② 莫言：《〈丰乳肥臀〉解》，1995年1月22日《光明日报》。

③ 莫言：《我的“农民意识”观》，《文学评论家》1982年第2期。

④ 参见莫言、刘颋：《我写农村是一种命定——莫言访谈录》，《钟山》2004年第6期。

二、为人类写作:乡村立场的延伸

事实也确实如此。20世纪90年代中期以后,莫言的创作发生了一定的变化,他的创作立场有所偏移。这也许与几方面的因素有关。一方面,莫言的早期创作因为密切关注现实,较多卫护普通农民利益,受到了现实的某些批评和非议,身为军人和中共党员,莫言自然感受到更大的压力,他希望通过某种方式进行适当的改变,对现实有所规避,是可以理解的选择;另一方面,也是更重要的,是随着创作的深入,特别是与西方文学交流的增多,莫言创作的自我意识进一步增强,他对文学的理解也更为深入。

具体来说,莫言的改变主要体现在两个方面:

其一,对乡村现实的关注有所减弱,题材范围和关注点更为宏阔。进入20世纪90年代中期以后,莫言直接针砭乡村现实问题的作品逐渐减少,转而较多地进入乡村文化、精神和历史等领域(甚至还一度转到城市生活题材,创作了《师傅越来越幽默》等作品。但事实证明,这一题材转换并不成功)。而且,也许同样因为避免与现实直接实联的原因(客观效果确实如此),他还将早期创作的《愤怒的蒜薹》改名为《天堂蒜薹之歌》。

与此同时,莫言创作的关注点也更为开阔,他不再将目光集中于乡村和农民本身,而是试图对之进行超越。在《丰乳肥臀》的创作谈中,他这样阐释自己创作的关注对象:“一个作家,如果把自己的注意力放在研究政治的和经济的历史上,那势必会使自己的小说误入歧途,作家应该关注的,始终都是人的命运和遭际,以及在动荡的社会中人类感情的变异和人类理性的迷失。小说家并不负责再现历史也不可能再现历史,所谓的历史事件只不过是小说家把历史寓言化和预言化的材料。”[①]显然,比乡村更抽象也更宽泛的“人类”开始成为他创作中思考和表现的对象。

超越现实的纯粹文学和审美层面也成了莫言创作关注的内容,典型如《檀香刑》。作品对檀香刑罚的精细书写,已经超越了单纯的道德伦理层面,祛除了价值批判立场,抵达了纯粹的审美层面。这一点,我们可以在莫言这时期的一段文学观念表白中找到思想的动因。在一篇文章中,莫言这样表示对福克纳的民间故事立场的大力推崇:“在民间口述的历史中,没有阶级观念,也没有阶级斗争,但充满了英雄崇拜和命运感,只有那些具有非凡意志和非凡体力的人才能进入民间口述历史并不断地传诵,而且在流传的过程中被不断地加工提高。在他们的历史传奇故事里,甚至没有明确的是非观念……而讲述者在讲述这些坏人的故事时,总是使用着赞赏的语气,脸上总是洋溢着

① 莫言:《我的〈丰乳肥臀〉》,《小说的气味》,第65页。

心驰神往的神情。"[1]也就是说,莫言的某些乡村生活叙述,开始更致力于乡村背景中的纯粹故事,更在意于这些故事的讲述方式,而不是这些生活本身。

其二,批判姿态更委婉曲折,创作主题更含混复杂。

莫言的早期作品情感态度非常明确,甚至说爱憎分明是莫言"红高粱系列"等早期作品很重要的特征和魅力所在。但是,此后,莫言的作品开始逐渐将爱憎情感隐藏在叙述背后,表达更为曲折和含混。稍早创作的《酒国》已经表现出这一趋向,其侦探故事的叙述方式将作品主题隐藏得相当严实,此后,《檀香刑》、《四十一炮》、《蛙》等作品的主题都相当含混。人们对这些作品的主旨几乎都有完全相反的不同理解,其原因正是由于作者的叙述态度本就不明确,给人以丰富的解读空间。

还是以《檀香刑》为例。作品对刑罚的细致描写是该作品最引人注目之处。因为作者在对这种酷刑进行描摹时尽可能地隐藏了感情,让人看不出他的价值立场,因此,作品问世后,遭受到许多非议。客观地说,结合整部作品看,作者批判性的价值立场还是存在的,但也不能说对它的非议完全没有道理,因为对明确批判立场的搁置,很容易让人觉得作者有欣赏和展示刑罚的意图。《檀香刑》的这一特点很容易让我们对比起莫言的早期作品《红高粱》。《红高粱》中也有一段对刑罚的细致描写,那是叙述罗汉大爷被剥皮的场景。然而,两部作品的场景虽然有一定的相似性,但所表达出的价值态度却有很大差别。《红高粱》借以展现的是罗汉大爷不屈的勇武精神,价值立场非常鲜明,但《檀香刑》的叙述立场却几乎是旁观的、淡漠的,冷静得近乎残酷。

创作变化背后蕴含的是莫言创作立场的某些改变。但是,我以为,莫言创作立场的改变只是相对和部分的,在整体上和根本上,莫言始终没有改变为乡村的写作立场。正如莫言反复阐述的,作家应该"作为农民写作","应该是作为老百姓而写作",并表示"因为我本身就是老百姓,我感受的生活和我灵魂的痛苦是跟老百姓一样的"[2]。他的创作始终没有放弃对乡村的关注,如果说有所改变,那也只是在程度和方式上的差别。换句话说,莫言近年来创作所表现出的人类立场,并不与其乡村立场相矛盾,而是有很大程度的和谐与统一。他的人类立场与其说是乡村立场的改变,不如说是乡村立场的自然深化和拓展,它们之间,存在着非常明显的共同前提。

首先,是关注弱者的苦难,并寄予深切同情。人类立场一个重要的基本点是人道主义精神,就是以同情、悲悯的态度对待弱者,具有对他们的深切关怀之情。在中国,

---

① 莫言:《用耳朵阅读》,《小说的气味》,第106~107页。

② 莫言:《作为老百姓写作》,林建法、徐连源编:《中国当代作家面面观》,春风文艺出版社2003年版。此外,在2012年获得诺贝尔文学奖后,莫言又再次重申了这样的观点。参见《作家应作为老百姓去写作》,2012年10月12日《晶报》。

乡村和农民一直处于弱者位置，他们的苦难是乡村精神中不可缺少的重要部分。因此，怀着对乡村强烈热爱之情的莫言早期作品对乡村苦难的关注中，自然就蕴含着强烈的人道主义情怀，他近年来更宽阔的视野，不过是将这一情怀的内涵扩展了而已。这一点，也清晰地体现在莫言的自我表述中："我是一个在饥饿和孤独中成长的人，我见多了人间的苦难和不公平，我的心中充满了对人类的同情和对不平等社会的愤怒，所以我只能写出这样的小说。……但我在描写人的精神痛苦时，也总是忘不了饥饿带给人的肉体痛苦。"①

其次，是批判和否定恶的势力，以及对自由和理想精神的向往。人类的理想是指向自由、光明和善良的，恶是自由的压制者和善的敌对者，所以追求光明、自由和善良，必然会对恶进行批判和否定。正如前所述，莫言的早期作品典型地体现了这一姿态。他近年来的作品虽然表达得更为曲折，但精神内涵并没有实质性变化。《生死疲劳》借一个生死轮回的故事，含蓄地传达出对新中国成立后乡村历史的反思，在其强烈人道主义精神的背后，批判姿态不言而喻。同样，《蛙》的主旨也不是我们通常理解的那么简单，它不是对"姑姑"多年来辛勤工作的简单赞颂，更是对计划生育政策的批判性反思，蕴含对粗暴的反人性行为的尖锐揭露和严厉谴责。

乡村立场与人类立场的这种统一在莫言的艺术表现上体现得最为典型。正如前所述，莫言的早期作品也蕴含着乡村文学传统的深重影响，但它更多处于自发层面，在自觉层面主要是对西方现代文学的学习。但是，近年来，莫言逐渐拥有了对本土文学传统的强烈自觉。在许多作品中，他有意识地借鉴中国古典文学、特别是民间文学艺术，如在《檀香刑》中借鉴山东高密民间的茂腔艺术，在《生死疲劳》中借鉴中国古典小说的章回体形式。在谈话中，莫言更明确强调《聊斋志异》的作者、他的同乡前辈蒲松龄对他的创作的至关重要的影响。显然，与文学立场上明确表示要向更宽泛的"人类"前进有所不同，在艺术上，莫言走的是一条向中国传统文学"撤退"的道路。从表面上看，这二者之间似乎矛盾，但实际上具有统一性。因为正如莫言曾经多次谈到过的，文学艺术的民族个性是世界性价值的重要前提，莫言向民族传统艺术的回归正是他走向世界的另一种（也是更恰当的）方式。莫言的艺术走向与他创作立场的调整，貌似方向相异，实则旨趣相同，它们共同体现出莫言不断深入的文学思想。

三、价值与意义

世界文豪托尔斯泰曾经说过："任何艺术作品中最主要、最有价值而且最有说服力

① 莫言：《饥饿和孤独是我创作的财富》，《门牙》，上海文艺出版社 2000 年版，第 6～7 页。

的乃是作者本人对生活的态度以及他在作品中写到这种态度的一切地方。”[①]莫言的创作立场对他的文学创作也有着非常重要的影响，其创作意义也与之有密切关联。

首先，深入的乡村立场使莫言没有像许多作家一样产生先入为主的文化优越感，而是能够以平等的身份，带着心灵的认同和投入去对待乡村。而强烈的认同感和深厚的乡村积累，使乡村成为莫言创作的“不竭的源泉”[②]，他在整个创作生涯中，“从来没感到过素材的匮乏，只要一想到家乡，那些乡亲们便奔涌前来，他们个个精彩，形貌各异，妙趣横生，每个人都有一串故事，每个人都是现成的典型人物”。而且，也是以此为基础，莫言在小说中构筑了以之为背景的“高密东北乡”，通过真实与幻想相交织的方式，展示了其自然地理、民情风俗，表现了乡村的疼痛、苦难和哀伤，以及种种无奈、隐忍和反抗，造就了一个充满创造力和真实性的独特文学世界。

更重要的是，依靠故乡乡村的生活和文化资源，莫言形成了深刻而具有创造性的文学思想。在许多人看来，乡村是落后的、愚昧的，但其实，乡村有着自己独特的文化和智慧精神，它并不浅薄而是非常厚重，而且中国乡村与整个中国文化有不可分割的联系，乡村当中蕴含着中国独特的思想文化精神。莫言在关注乡村的立场上深入乡村、融入乡村，吸取其文化精神，并对之作了独特而丰富的表现。他的创作中蕴含着乡村的思想文化和价值观念，潜藏着其独特的文化和智慧，也从一个侧面展现了中国独特的文化精神。

而且，依靠乡村文化的智慧，莫言也避免了与政治之间的简单关系。在20世纪以来的中国社会，由于复杂的政治环境和文学背景，新文学与政治的关系往往走向两个极端：要么是完全迎合，为政治服务；要么是拒绝政治，持坚决的批判态度。相比之下，乡村立场的视野有自己的独特性。从历史到现实，农民都一直处于主流政治之外，长期的边缘位置形成了农民看待政治的独特方式。在农民的视野下，政治可能会显得鄙俗，也会被当作一场游戏。而且，农民对待政治有自己的智慧，那就是关注而不迎合，与之保持适度的疏离、警惕，但又不与之形成明确对抗。莫言立足于乡村立场，特别是近年来创作立场的适当调整，背后蕴含的正是乡村文化智慧。一方面，他始终坚持对现实的批判态度，具有在同时代作家中并不多见的精神、勇气；但另一方面，他又能巧妙地规避现实，不让自己与现实构成直接对抗。在现实背景下，这种态度完全可以理解(所以，我完全不赞同那种将莫言看作是“为政治写作”的观点)，而且，它对于莫言在现实环境中良好生存，更潜心于文学创作，也是很有意义的。

正如前所述，莫言文学立场的转换是其文学思想深入的体现，其意义当然不只是

---

① [苏]日尔凯维奇等：《同时代人回忆托尔斯泰》(下)，周敏显等译，上海译文出版社1984年版，第186页。

② 莫言：《超越故乡》，《恐惧与希望》，海天出版社2007年版，第308页。

为了规避现实，而是更有深意。从根本上说，这种立场调整是莫言文学创作的自然转型，是他创作发展的必然趋势。因为作家真正深入地坚持一种立场(在正常情况下，这种深入不会是在自我封闭下完成的)，必然会形成深刻的自我认识，对自我缺陷和局限产生深切而清醒的意识，并萌发超越的愿望。莫言就是如此，他从乡村立场的拓展，正是他对创作自我深刻认知上的一种发展，对其创作价值也是一种提升。

这首先是体现在其思想面的开阔，以及将这种开阔结合在具体性和切实性之上。正如艾略特所说："任何一位在民族文学发展过程中能够代表一个时代的作家都应兼具这两种特征——突发地表现出来的地方色彩和作品的自在的普遍意义……"[①]文学要进入更高的思想境界，要被更广泛的读者所接受，确实需要拓展和深化自己的关怀面，实现从具体到抽象、从局部到整体的超越，具备更具普泛意义的人类关注和价值精神。只是这种超越和关注都不是抽象的，它们只能建立在具体之上。换言之，只有(也只要)将具体的关怀做到深刻和真切，才能够实现更普泛而深远的人类关注。莫言在这方面的创作基本上是成功的。他始终关注中国乡村和农民，但又逐渐拓展和转换自己的视野，从一个个具体的事件中抽身出来，立足于更具体的个人，在对人物命运充分的展示和关注中，实现更深远的人道主义关怀，做到了开阔视野与具体关怀的深度结合。以《蛙》为例。作品所写的计划生育故事可能是中国特有的，但其中所蕴含的人道主义关怀和批判精神却具有超越国界和时代的意义，因此，这种对乡村困境和苦难的书写中蕴含着更普泛的生存关注，对弱者遭遇的同情和对强权的批判中潜藏着更深远的力量。

其次，也体现在艺术层面。前面已经谈到，莫言的创作既从中国乡村艺术和古典小说传统中得到启迪，又广泛借鉴现代西方文学技巧。这两个方面有机地统一在莫言过人的艺术想象力和表现力下，实现了其带有强烈个人风格又极富创造性的艺术特征。其中值得特别提出的是莫言对乡村传说故事的采用，激活了长期被主流文学所忽略和弃置的民间文学艺术，让它焕发了新的生命力。正因为这样，莫言近期创作能够在艺术上更深入地发掘和开拓本土传统特征，又融会强烈的现代气质，实现艺术表现的更为丰富多元，并呈现不断的探索和创新性。同时，它也使莫言的作品能够既为国内广大读者所喜爱，又能超越国界，被更广泛的人们接受和认可，进入到经典世界文学殿堂。

当然，莫言创作从乡村立场到人类立场的拓展也并非完全成功，没有丝毫可商榷处。最典型的是如何对待现实。尽管我们分析过莫言近期创作与现实关系的复杂性，剖析过其背后隐含的复杂原因以及对于他创作的意义，但是，在当前中国的现实背景下，保持更强的现实参与意识和批判精神，始终是社会大众对作家及整个知识分子群

① [美]艾略特:《美国文学和美国语言》,《美国作家论文学》,刘保端等译,三联书店 1984 年版,第 201 页。

体的期望。这也是莫言获奖之后一些人对其创作持批评态度的原因(虽然这些批评更多的是缘于误解等其他因素)。作为我个人来说,也期待莫言能够更多也更鲜明地关注现实,既保持思想的超越性,又更富现实感和批判力度。[①]

(原载《东岳论丛》2012 年第 12 期)

① 拙文《乡村的自语——论莫言小说创作的精神及意义》(《首都师范大学学报》2006 年第 3 期)对这一点曾经有过较细致阐述。

第四辑　亲属、弟子、好友说莫言

莫言小说创作背后的故事

◇管谟贤

尊敬的郑院长、贺教授，亲爱的同学们：

大家晚上好！先说说我当下的感觉。说文一点是班门弄斧，自不量力；说俗一点是孔夫子门前卖诗书，关老爷面前要大刀。为什么呢，因为山大特别是山大的文史科在我的心里，十分了不得，当年，中文系“冯陆高肖”、历史系“八马同槽”，闻名天下。1964年，当时的高教部组织所属重点院校负责人来山大学习，我在上海读大学听到校系领导的传达是：山大教师埋头做学问，山大的学生发愤学习，连校园里的树木都有股蓬勃向上的生气。这是原话。过去了将近五十年，现在的山大更是了不得，不但优生云集，名流荟萃，连工大、医大都囊括麾下，山大真是大啊！相比之下，我个人太渺小，水平太低。我曾对贺立华教授说过，一个人即使饱读诗书，满腹经纶，长期不用，也会退化。我大学毕业后，从事中学教育三十多年，现有水平，充其量也就是一个中学语文教师的水平。一个中学教师面对重点大学本科生、研究生，还有院长、教授，我的感觉大家一定能理解。好在郑院长、贺教授给我布置的作业题目是《莫言小说创作背后的故事》。面对这个题目，我如同一个中学生作文一样，先审了题：一是要谈与莫言的小说创作有关的故事，二是要谈“背后”的故事，这就含有爆料的意思了。我就想，爆自己兄弟的八卦，我不会，也不忍。谈理论，一来题目没有要求，二来也是我的弱项。因为我读书时大学中文系一年级有一门重点课叫“文艺理论”，当时，华东师大采用的是叶以群主编的《文学的基本原理》，打开书，一片黑体字（毛主席语录）；而山大中文系更革命，教材的名字直接叫什么《毛泽东文艺思想》。总之，我学的都是《在延安文艺座谈会上的讲话》那一套。显然落后于形势。于是我就只好遵郑、贺二位之命，不谈理论，只讲故事。尽管只是故事，但绝对真实，是真实的故事。希望大家听了我的故事后，对你们的学习和研究工作能有所启发，有所帮助。能做到这一点，对我自己来说，则不虚此行；对同学们来说，则没有白白浪费了如此良宵。

下面正式开始转入正题。

我今晚谈的问题,是莫言怎样走上文学创作道路的有关故事。

我们高密莫言研究会孙惠斌会长对此进行过探讨,归纳了“四个莫言”:即“天才的莫言”、“勤奋的莫言”、“高密的莫言”、“世界的莫言”。前边三个就概括了莫言之所以成为莫言的原因。第四个是我们当时的希望,现在也实现了,莫言终于走向了世界,得到了世界的认可和赞扬。现在先说“天才的莫言”。

过去,我们是不承认有天才的。但我认为,搞文学和搞科技发明不一样,是要有天赋的,有一些与生俱来的东西,后天是学不来的。莫言对文字很敏感,情商很高,感情很细腻,具有超人的观察力、丰富的想象力和对语言的驾驭能力。他的小说,叙事状物,极尽铺陈渲染之能事,汪洋恣肆,如行云流水,如江河奔腾,狂泻不止。这东西是学不来的。要知道,莫言的第一学历是小学五年级肄业。在农村,一般的青少年上五年学,干几年活,基本上就是一个半文盲。但莫言辍学后,充分利用中午、晚上和农闲时间看书学习。但比起在学校学习的学生,条件差得很远,他们时间充足,有良师益友教导、帮助。莫言可完全是自学的。我第一次看他写的东西是1976年他当兵之后给我的一封信。在那封信里,他叙说了自己当兵的经过以及部队的情况、自己的心情。信写得不但文从字顺,而且文采斐然,感情真挚,十分感人。那时我在湖南常德一家企业的子弟学校教书,当时,“读书无用论”甚嚣尘上,中学生都不会写作文,要写也是“碰到困难,学习语录,问题解决”这种空洞教条的老模式,毫无感人之处。我告诉学生,写作文尽管可以瞎编,但必须做到“文中有我”,要有真感情。为了举例说明,我把莫言的来信在班上念了,然后问:“这封信写得好不好?”学生齐叫“好!”我说:“这是一个小学没毕业的人写的,他读书的年头比你们还少,可见作文并不难。”结果,班上学生齐喊:“老师骗人!”我说,我没骗人,写信人是我弟弟。后来,我才知道,早在1974年,莫言19岁时,被生产队派到胶莱河工地(住在昌邑县围子公社),大冷天,冰冻三尺,晚上睡觉,脱掉鞋子,第二天早上,鞋就冻在地上,拔都拔不起来了。活更是很累,时间长,活又重,干活不出力,干部非打即骂。就在这样的环境里,莫言竟然尝试着写小说。小说的名字是《胶莱河畔》,写男主人公为了修胶莱河,推迟婚期;老地主搞破坏,砍断马腿之类。这虽是当时流行的题材和样式,但莫言能写到这种水平,足见他的聪明、智力和文化水平,比一般的农村青年要高出一大截。

第二,“勤奋的莫言”。一是如饥似渴地阅读,当年,我留在家里的初、高中课本,我买的小说《林海雪原》、《吕梁英雄传》,他很快读完了。我们上初中那会儿,语文课本是分“文学”和“汉语”的。那文学课本编得十分有趣,什么《牛郎织女》、《岳飞枪挑小梁王》,刘绍棠的小说《青枝绿叶》(当时刘本人还是中学生),很吸引人。到了高中则按文学史顺序编,从《诗经》、《楚辞》开始学,直到明清小说,很有水平。我和莫言认为那套教材是至今最好的。我留在家里的作文本莫言也读，他至今还记得我的一篇写拾棉花的作文上被老师画出的句子："天上的云像棉花，地里的棉花像白云。"总之，有字的东西，他都要看看。连糊在墙上的报纸也看，字典也看。为了看书，他帮有书的人干活交换。为了看书，怕大人骂看"闲书"(小说)，躲进草垛里看，被虫子咬肿了脸。他还常和他二哥抢书看，两人为了就灯(全家只在客堂间挂一盏灯，晚饭后把灯挂在客堂和房间之间的门框上)，他们两人就站在门槛上凑着灯看书，天长日久，把门槛都磨出了一个凹槽。如此苦读，自然丰富了他的知识，提高了他的水平，为日后写作打下了良好的基础。二是废寝忘食地练习写作。当兵后，他继续练习写作。一开始写了几个小短篇，其中一篇是《异化》，写一个长工爱上地主家的小姐，小姐也爱长工，后来在阶级斗争的生死关头，小姐救了长工，类似于前苏联的小说《第四十一个》，自然被退稿。还写过一个话剧《离婚》，寄到《解放军文艺》，也被退稿，人家还附了一封退稿信，让他寄给《剧本》等杂志试试。惹得单位领导和他开玩笑，说："行啊，小伙子，折腾得人家《解放军文艺》都给你回信了啊！"

到保定后，他更加努力勤奋，当时他担任保密员和教员。为大学生上政治课，用大学教材，一个小学生，要讲这些东西，必须从头学起，恶补马列。他同时还要搞创作，经常通宵不睡，饿了就去地窖弄点大葱充饥，困了，就用雪擦擦脸。结果胃溃疡、鼻窦炎、感冒有时同时发作，头发大把大把地掉，但他仍然坚持写作。当时退稿信如雪片般飞来，他虽然十分苦恼，有时几近绝望，但仍笔耕不辍。所以用坚忍不拔、百折不挠、含辛茹苦之类的词语来形容莫言，一点都不为过。终于，他创作的小说《春夜雨霏霏》在保定市的文学刊物《莲池》上发表了。小说写一个驻守海岛的战士的新婚妻子对丈夫的思念，小说以细腻的心理描写见长。但莫言说这是他心血来潮，一个中午写成的，许多呕心沥血之作却都被枪毙了。说起此事要提一下当时《莲池》的老编辑毛兆晃老师，他很喜爱莫言，亲自为他改稿子，介绍他去白洋淀体验生活。为了答谢他，莫言听说毛老师喜欢奇石，专门从狼牙山上找了两块大石头，装进麻袋里，坐了几十公里路的汽车，把石头背上了五楼，让毛老师好感动。

1984年，莫言考上了解放军艺术学院文学系。他是很晚才得到消息的，来不及复习了，政治、语文、历史、地理等文化课还是考得很好，交了一篇作品《民间音乐》，徐怀中主任一眼就看中了。在军艺，他系统地学习了文学创作理论。当时，同学们互相较着劲写作。那时，他的同学李存葆等人已名扬文坛，风头正劲。他的中篇小说《高山下的花环》一炮打响，《山下那十九座坟茔》也正走红。莫言年轻气盛，竟对此不以为然，这就逼着他拿出好作品来证明自己。于是，有了《透明的红萝卜》。之后，又有了《红高粱》。有一次，他一天一夜不休息，写出三个短篇《石磨》、《大风》、《五个饽饽》。他经常开夜车，饿了就吃方便面，以致在以后的几年时间里，莫言看到方便面就恶心。他们住的是集体宿舍,每人用蚊帐隔成一个小天地,躲进去趴在小凳子上写作。半夜时,有人就敲脸盆:"收工了,收工了!"大家才熄灯休息。他在军艺就这样过了三年紧张又充实的生活。

1995年,莫言在县城南关的家中写《丰乳肥臀》,右手中指磨起了厚厚的老茧。莫言的手稿字体工整清秀,一丝不苟,一遍成功,这都是勤奋的见证。

第三个,"高密的莫言"。这个要讲得多一些,要从正反两方面讲。莫言生在高密,长在高密,喝胶河水,吃红高粱、地瓜干长大。一方水土养一方人,没有高密,就没有像莫言一样的莫言,莫言属于高密。研究莫言必须研究高密,研究高密的风土人情、民风民俗、政治经济等。高密,秦时立县,历史悠久,文风绵长,文化底蕴深厚,属齐文化的范畴。我觉得,齐鲁文化,应分开。鲁文化,是以孔子为代表的儒教文化,非礼勿言,非礼勿动,子不语怪力乱神。而齐文化反其道而行之。春秋时,齐国首都临淄不但经济发达,人多得摩肩接踵,挥汗如雨,而且文化也十分繁荣,稷下学宫,百家争鸣,百花齐放,开放包容,狂放不羁。管仲富国强兵,发展工商经济,煮盐冶铁。九合诸侯,一匡天下,自己也充分享受生活,与孔子提倡的"居陋巷,一箪食,一瓢饮"不以为苦不同。齐文化的代表作是蒲松龄的《聊斋》,其中有妖魔神怪、鬼狐花妖,其语言精美、生动、传神。高密的民间传说,自然是属齐文化,与《聊斋》一脉相承,堪与比美,连黄鼠狼都成了仙,笤帚疙瘩都成了精。人们口口相传,代代相传,形成了爷爷们的故事。我爷爷、大爷爷都是讲故事的高手。爷爷虽不识字,但大到历史朝代更替,小到民间民俗故事都知之甚详,而且讲故事的技巧很高。夏日的河堤上、树阴下,冬天的炕头上、草鞋窨子里,劳动的间隙,生产队的记工屋里,都是讲故事、听故事的好场所。莫言就是在这种社会文化环境中成长起来的。齐文化为他提供了丰厚的文化底蕴、浓烈的文化氛围,为他提供了大量的创作素材,为他的创作打下了基调。所以我认为,研究莫言应该从齐文化里寻根。尽管齐文化没有多少经典传世,但我觉得,齐文化的根在民间。

举两个民间故事的例子,都是爷爷讲的,莫言原封不动地写进了小说(或略作改动)。这样的例子是大量的。

一个故事是说五个下地干活的农民碰到下大雨,大家一起去土地庙中避雨,只见大雨瓢泼而下,电闪雷鸣,一个大火球围着土地庙打转。一个老人说,我们这里边肯定有人做了伤天害理之事,要遭雷劈,雷公怕伤及好人,下不了手,所以只好围着这儿转。我看,一个办法是谁做了亏心事谁自己跑出去;另一个办法是由神灵来判决,每个人都把头上的草帽撇出去,谁的草帽被风吹回来,谁就出去!大家都同意第二个办法,就撇草帽。按常理,撇出去的自然不会再飘进来,可巧得很,一个青年把自己的草帽撇出去,正好碰上一阵旋风,草帽又被吹了回来!这青年一见马上跪下向大家求情,不想出去,其他人当然不同意,硬把这青年架了出去。青年刚出去,只听"喀喇"一声巨响,庙内的四个人全部都被劈死了，只剩下那青年一个人还活着。这使我想起了《聊斋》中的《孙必振》，孙必振确有其人，是诸城人，顺治年间进士。《聊斋》上说："孙必振渡江，值大风雷，舟船荡摇，同舟大恐。忽见金甲神立云中，手持金字牌，下示诸人。共仰视之，上书'孙必振'三字甚真。众谓：'孙必振犯有天谴，请自为一舟，勿相累。'孙尚无言，众不待其肯可，视旁小舟，共推置其上。孙既登舟，回视，则前舟覆也。"这二则故事，真有异曲同工之妙，足见齐文化之传承。

还有一个故事，是爷爷讲的，我多次听过，莫言把它改头换面写进了《檀香刑》。那就是"猫腔"班主孙丙与县太爷钱丁"斗须"的故事。该故事原来是说关公与周仓斗法。爷爷说：周仓山大王出身，武艺高强。归降关公后，给关公扛着大刀，跟在关公的赤兔马腚后跑，心里不服气，被关公看破了。关公就问周仓，你不服气是不是？你觉得自己力气大，我看你连一根鸡毛都丢不过房顶去！周仓不服气，就捉了一只鸡，从鸡身上拔下一根鸡毛，用力向房顶上抛去，鸡毛出手，不足二尺高，就飘飘摇摇落了地。再拔一根，再抛，还是如此，连抛三次，都是一样。关公说："小子，怎么样？看我的！"关公拿过鸡来，把整只鸡一抛，就抛过了屋脊。关公说："怎么样？你一根鸡毛都丢不过去，我丢了多少根？你数数！"气得周仓直翻白眼，还嘀咕："你是美髯公，我的胡子也不差！"关公一听，说："你那不叫胡子，是'抢食毛'。"意思是说，吃饭时，嘴没碰到饭，胡子先碰到了。周仓不服气。关公让人打来一桶水，把自己的美髯往水中插去，但见根根如同钢针，直插水底。周仓见了，也照样来，只见他的胡子一往水里戳，就都飘了起来。周仓只好认输，一辈子为关公扛大刀，跟着马跑。

说到这里，我想起一个问题：为什么同样是鬼狐花妖、神魔鬼怪，在纪晓岚的《阅微草堂笔记》里就那么苍白无力，流传不广；而在蒲松龄的《聊斋志异》里却都那么鲜活生动，广为流传呢？同样的民间故事，到了莫言的笔下，为什么会有了新的生命力？我想，这与蒲松龄科场失利，屡试不中，终老林下，看透了官场腐败，参透了人间冷暖有关。而纪晓岚科场得意，官运亨通，自然达不到刺贪刺虐的思想深度。莫言和蒲松龄的思想有的是相通的，他们都是"作为老百姓写作"的，这也是齐文化的传统。说到这里，我又想起了一个爷爷讲的故事，说出来给大家听听，可以帮助大家进一步理解什么是"作为老百姓写作"。话说乾隆爷下江南，船过长江，忽然狂风大作，只见江面上一片鳖头，众鳖妖齐声讨封要官。乾隆爷龙心不悦，心想：此等物什，哪能为官？一旦为官，百姓岂不苦也？但又不敢发作（怕翻船），于是灵机一动，说道："尔等皆想为官，朕心甚喜，但时下暂时无缺，待天下灯头朝下时，尔等个个皆可为官。"众鳖听了，十分高兴，纷纷下潜游走，龙舟得以顺利过江。乾隆爷时，家家点豆油灯，有钱人家点蜡烛，灯头自然朝上。哪曾想，后来有了电灯，灯头全都朝下了。这个故事，言外之意，当时的为官者皆鳖也！反映了当时人对贪官的不满。

另外,我们的家乡,地处高密东北隅,过去称"高密东北乡",那里地广人稀,是高密、胶县、平度三县交界处。旧社会土匪横行,拉驴的、绑票的、游击队、黄皮子都有,乱世英雄起四方,有枪就是草头王。夏秋两季青纱帐无边无际,冬春两季荒草连片,在这里,上演了多少惊天地、泣鬼神的故事,流传着多少引人入胜的传奇故事。这里是滋生文学的土壤,是莫言"高密东北乡"文学王国诞生的地方,是《红高粱》、《丰乳肥臀》故事的背景。

以上是从正面的解读,从反面讲,解放前后,高密大地上,阶级斗争十分尖锐。土改时,我们家乡那一片属于胶高县。据党史、县史记载,当时执行了华东局(康生)的极"左"政策,搞了扩大化,乱斗乱杀,地富扫地出门,还侵犯了中农的利益,时间长达四十多天。事后虽然纠偏,但人头不像韭菜,割掉的长不出了,扫出去的人也回不来了。压迫越狠反抗越强,所以还乡团这一特别产物只在山东、苏北出现。我们那儿的一切古旧建筑毁灭殆尽,高密仅存的一座宝塔也在 20 世纪 70 年代初("文革"中)被拆除。土改中,我家是中农,成了"被斗户",虽然后来纠偏了,但在村里人眼中我们还是成分高,贫下中农掌了权,中农只是团结对象,说话没底气,处处低人一等,呼吸不畅。环境对人的影响是潜移默化的,对人性格的形成影响是巨大的,莫言感到孤独,这种感觉我也有过。

莫言在高密大地上生活了二十年,二十年中,念了五年书,干了十几年农活,当兵前还在高密第五棉油加工厂当了两年临时工。这二十年,莫言是在饥饿、孤独中度过的。有人说,饥饿和孤独的童年是作家的一笔财富,我不太同意这种说法。我认为,幸福的童年也是一笔财富,吃好穿好,起码可以使身体、大脑发育得更好啊!应该说,吃过苦头、受过挫折是一笔财富,但幸福的童年也是一笔财富。此有先例,曹雪芹的童年是幸福的,他生于诗礼簪缨之族,长于钟鸣鼎食之家,穿的是绫罗绸缎,吃的是山珍海味,衣来伸手,饭来张口,出门有健仆小厮跟随,回家有丫环美女侍候,够幸福的。他家后来败落了,最后穷困潦倒了,他写出了《红楼梦》。我想如果没有他童年时的幸福生活和他后来的悲惨经历,他是写不出这部名著的。鲁迅也是这样,家道败落了,吃了苦头,才参透了人生,要以文救国。如果家道不败,很可能就是一个公子哥儿到老。

莫言的童年,为什么会是饥饿和孤独的?现在的青年同学是很难理解的。对此,我在前边已经提到了一些,不想展开来讲了,只想就事论事地谈一下。莫言生于 1955 年,其时,农业合作社已经发展到初级社。等到了 1958 年,人民公社、大跃进,一下子把中国推进了苦难的深渊。1958 年大炼钢铁,以钢为纲,全民上阵,庄稼丰产没丰收,加之干部作风败坏(强迫命令),公私家底全败光。家里的铁锅、切菜刀、担杖钩子、筲(铁水桶)、叉把、扫帚、锨、犁耙、绳索、鞭全没收;大树连根拔,鸡犬连窝端;上至青天,下至黄泉(扒坟)全共产。农村人人吃食堂,吃饭不要钱。各级大吹粮食亩产万斤,要求农民交公粮，卖余粮，农民当时温饱都不能，何来“余粮”卖（浮夸风）！1958年下半年就开始挨饿了，莫言当时刚3岁，食堂里的饭（野菜糊糊）吃不下，就哭。不久，食堂解散，家家没粮，到处饿死人。没办法，姐姐只好辍学，专挖野菜，全家赖以活命，我们吃过灰菜、芙子苗、齐齐毛、茅草根、棉籽皮、谷粮麸皮、蚂蚱、老鼠、癞蛤蟆、煤块等，所以莫言的童年伴随着他的是对饥饿的记忆。

大家都读过莫言的小说《枯河》和《透明的红萝卜》，其中的黑孩子为偷队里的萝卜挨打是莫言的经历。那是莫言失学之后，与队里的大人一起到滞洪闸工地干活，那滞洪闸就在我们村西胶河北堤之上，大家如果去高密东北乡，此闸是必经之地。莫言因为饥饿，去生产队的萝卜地里拔了一个小萝卜，被人发现揪到毛主席像前（那时社员干活都带一块有毛主席像的牌子，插在地头）请罪。莫言说：“毛主席，我有罪，我不该偷队里的萝卜……”放工了，同在工地劳动的二哥感到莫言给家里丢了脸，一路上不断用脚踢他，数落他。回到家一说，气得母亲也从草垛上抽了一根棉柴抽他。父亲回到家，更是火冒三丈，用鞋底打，用绳抽，直抽得小莫言躺在地上，一声不吭。六婶见事不好，就跑去把我爷爷请了来，爷爷一见，说：“不就是一个狗屁萝卜吗？值得这样！要他死还不容易？还用费这么多事？”父亲一听这话，知道爷爷生气了，这才罢手。

当时，我们家是一个大家庭，父亲和叔叔不分家，一共七个孩子，再加上爷爷、奶奶，全家13口人一起生活，物质是那么匮乏。有时面朝黄土背朝天干了一年，年终结算，还倒欠队里钱。日子过得很艰难，很窘迫。母亲为了顾大局，自己舍不得吃，舍不得穿，要让给别人，任劳任怨，忍辱负重。孩子们享受不到父母的爱，要细心去体会。莫言辍学后，小伙伴们都去上学，自己却去割草放牛，父母又没有好脸色，他能不孤独吗？他只好眼望天上的白云，对牛羊说话。随着年龄的增长、青年期的到来，这种孤独感也越来越强烈。正因为生活苦，无人关注，无人理睬，才特别地想改变环境，跳出农门。这一强烈愿望几乎是与生俱来的。记得莫言出生那天，我正上小学五年级，中午放学回家，帮忙的大奶奶对我说，你娘又生了一个给你拉小车的！拉小车的，说明是男孩，但也说明我们俩一个拉一个推，都当农民。听了这话，我是很生气的，感到晦气，心里想，你是怎么知道我们要当农民？我才不干呢！至今记得这事儿，说明我们要跳出农门的愿望特别强烈，从小就有。

农村、农民、农业生产，现在叫“三农”，这些年来，中央已经十分关注。连续多年，每年的一号文件都是谈“三农”的。为什么？因为长期以来，我们的政策是对不起农民的。我们共产党是靠农村包围城市，靠农民子弟当兵，靠农民支前夺得天下的，解放后，又是靠农民种地，满足人们的吃穿的。当时，一斤小麦才1毛钱，买块手表要120元。巨大的剪刀差，使农民活得够苦。尤其是统购统销之后，农民不但要交公粮（农业税）还要卖余粮，留的口粮只够“半年糠菜半年粮”地维持生命，根本谈不上温饱，农民根本没有生产积极性。1958年公社化后，干活大呼隆，出工前，队长敲了半天钟，人到齐了，分了任务，再回家取工具，到了地头，先吸一袋烟，然后才干活，上午还得休息两次，下午也休息两次，一天下来干不了多少活。这就是为什么那时地比现在多，人比现在少，却没有粮食吃的原因。一个农村户口，把人牢牢钉在土地上，连赶集都要向生产队长请假，更不要说迁居移民、经商打工。农村青年要想跳出农门，过上城里人的日子，只有考大学和当兵。后来"文革"了，大学多年不招生，招生后也是靠推荐，对莫言来说，那就只剩下当兵这一条路了。莫言能当上兵，也是钻了生产队的空子，他是在棉油加工厂报的名，当时生产队的干部去了胶莱河工地，他才终于如愿以偿。

当兵后，他进了机关，是个技术部门，他只能站站岗，站满三年岗就得复员，回家还是当农民，要想不回农村，只有提干才行。1978年后部队已不从战士中直接提干了。怎么办呢？1979年，对越自卫反击战打响了，莫言写了血书要上前线。他想：若在战斗中牺牲了，能给家里挣个烈士家属待遇，让父母好挺胸抬头做人，没牺牲的话，肯定能够立功提干。但领导没批准他上前线。

过了不久，领导让他考大学(军内院校，在郑州)，他苦苦准备了半年，全家总动员，全力帮助他。谁知在考前不久的一天，领导对他说，不要去考了，名额没有了。这事对莫言也是一个打击。怎么办呢？他爱好写作，只剩下写小说、当作家这一条路了。

"当作家一天能吃三顿饺子"的故事，确有其事。我们有一邻居，解放前是村里最大的地主。土改时被扫地出门，逃往青岛。这家有一子，他从青岛考入山东师范学院中文系，1957年被打成右派，"文革"中被开除公职，发配至老家当农民，管制改造。农闲时，他对莫言说，济南有一个作家，一本小说得了七八千元稿费，一天吃三顿饺子。在北方人的理念里，"舒服不如倒着，好吃不如饺子"，饺子是最好吃的东西。十一二岁的莫言自然信以为真，立志当一名作家，过上一天吃三顿饺子的日子。这目的虽不高尚，但与他后来的创作理念"作为老百姓写作"也是一脉相承的。莫言虽说成了世界名人，当了作协副主席，但他仍是一个老百姓，用他自己的话说，他只不过"是一个会写小说的农民"。此话不应单单理解为谦虚。

莫言从事文学创作之初，我是反对的。反对的原因并不是小瞧他水平不够。而是觉得这条路充满艰辛与风险。同学们可能不知道文艺界在历史上是多么充满凶险，多少人因之获罪。从延安时代开始，丁玲、王实味、萧军，直到解放后胡风、刘绍棠、冯雪峰，哪一年不揪出一两个作家、批判一两部作品？一篇文章，一句话，只言片语，断章取义，就可以罗织罪名，无限上纲……

后来莫言自己坚持走这条路，我也只有同意。我确实为他改过稿子，但仅有几篇。我告诉他要形成自己的风格，不要跟风随大流，要特立独行，板凳坐得十年冷，才能有朝一日上青云。

啰嗦至此，我讲的第一个大问题就结束了。由于时间关系，具体到每部小说“背后”的故事，今天就来不及讲了。下面，有同学和媒体记者要提问，我尽量予以回答。谢谢大家，再见！

（作者系莫言长兄，本文是2012年11月9日在山东大学文学院的演讲稿）

由莫言获诺奖看人类文明的进步

◇管谟贤

首先感谢山大宣传部李部长、文学院郑院长、贺立华教授对我的邀请，使我有机会出席这个座谈会，聆听各位专家、教授的发言，我真是获益匪浅。另外，作为莫言的长兄，我代表我们全家对各位专家、教授长期以来对莫言的支持、关心和厚爱表示衷心的感谢。

我谈的第一个问题是对莫言获奖的感想。我觉得莫言能获得诺奖，是中国文学的进步，是中国社会的进步，是人类的进步。下面分别进行阐述：

中国文学的进步。改革开放以来，国外各种文学流派的理论及著作纷纷进入中国，大批中国作家得到了更多的借鉴和学习的文本，冲破了文艺"双为"方针的局限，站在纯文学的角度写出了大量好作品，得到了世人的承认。在这些作品中，莫言的作品不能说是最好的，但绝对是一流的，是他们的代表。在这些作家中，贾平凹、刘震云、阎连科、毕飞宇、余华、苏童等，我都很喜欢。他们的作品都写得很好，不再是为配合合作化运动，也不再是歌颂反右、大跃进、人民公社，甚至歌颂"文革"的那种为中心服务的令人生厌的作品。

中国社会的进步。回顾莫言的创作道路，那真是充满风险的，一路走来，无限坎坷。想当初，《金发婴儿》被说成是精神污染；《红高粱》被无限上纲；《丰乳肥臀》被大批判，被告发到解放军总政总参首长面前，甚至还遭到人身攻击。为了怕有人对号入座，莫言有时不得不特地在作品发表时于文末加上一句"高密东北乡不是地理名词，是文学背景，请勿对号入座"之类的话。

现在，莫言终于得到了理解，得到了包容，去年得了"茅盾文学奖"，当选了中国作协副主席，今年得了诺奖，李长春同志、中国作协都发来了贺信，这说明中国在进步。当然，也还有杂音，"左"的嫌莫言太右，"右"的说莫言太左，指指点点，说三道四，但这终归无关大局。

人类的进步。瑞典文学院把文学奖颁给了一个曾经是中国军人，现在是中共党员、中国作协副主席的“体制”内的人，说明西方人逐渐摆脱了冷战思维（起码是诺奖评委们），从纯文学的角度出发，从人的角度出发，来审视中国文学，审视莫言的作品，这不能不说是一大进步，当然这与中国国际地位的提高大有关系。

我谈的第二个问题是莫言作品的定位问题。我认为，莫言不属于魔幻现实主义，而属于中国本土的、传统的现实主义。至于叫什么名词，我不会说。现在文学理论的名词太多，有的文章我也看不懂，其实叫什么并不重要，关键是要能概括地表述其实质。理由如下：

1. 诺贝尔文学奖评委会前主席谢尔·埃斯普马克说，给莫言的诺奖颁奖辞里说的不是“魔幻现实主义”而是“幻觉的现实主义”。我不懂英文，如果真是如此，那就对了。众所周知，魔幻现实主义是拉美的，代表人物是马尔克斯，代表作是《百年孤独》。莫言自己说，这部名著他并没有读完。而且莫言早在1986年就曾在《世界文学》上发表过一篇题为《两座灼热的高炉——加西亚·马尔克斯和福克纳》的文章，文章中说：“我如果继续迷恋于长翅膀的老头、坐床单升天之类的鬼奇细节，我就死了。”这说明，莫言确实受过拉美魔幻现实主义的影响，但早就有意识地进行了逃离。事实证明，在此后的写作实践中，莫言树立起了自己对人生的看法，开辟了一个属于自己的文学领地——高密东北乡文学王国，建立起了属于自己的人物体系，形成了一套自己的叙述风格，一句话，形成了自己独特的莫言风格。

2. 莫言的幻觉的现实主义，是从中国古老的叙事艺术中来的，这是莫言对中国神话、民间传说，尤其是齐文化的传承和创新。莫言崇奉蒲松龄，喜爱《聊斋》，在小说中多次直接引用爷爷们讲的民间故事。行文风格大有庄子之风，汪洋恣肆，如行云流水，一泻千里；如楚辞汉赋，状物叙事，极尽铺陈宣泄之能事。美在民间，民间有“宝”，莫言对民间的东西所进行的挖掘和继承，具有世界意义。所以我一再说，研究莫言应该从齐文化里寻根。

3. 莫言作品中几乎所有的人物或事件，在现实生活中都有原型或事实，有的甚至是其亲身经历的事件，只不过进行了文学的演绎而已。莫言坚持写人，写人性，他宣称自己是在“作为老百姓写作”，是“把好人当坏人写，把坏人当好人写，把自己当罪人写”，总之，不离一个“人”字，直刺人性的深处，既弘扬人的大善，也挖掘人的大恶。这使我想起了我的老师钱谷融先生，他老人家早在上世纪50年代末60年代初就发表了著名的《论文学即人学》的文章。当时受到了文痞姚文元的批判，也得到了周扬的支持。人丑恶的一面，如果被诱导出来是很可怕的，现实生活中，尤其是“文化大革命”中,人们暴露出来的“恶”(举例略),是不亚于《红高粱》里的剥人皮和赵甲的檀香刑的！长期的阶级斗争对人性的戕害,是无法估量的。揭露它,就是希望不要再发生这种事情。

时间关系,发言至此,谢谢大家！

(本文系作者2012年11月10日在山东大学召开的全国莫言文学创作学术研讨会上的发言,题目为编者加)

发展的悲剧和未完成的救赎

——论莫言《蛙》

◇管笑笑

《蛙》的题材有着独特意义和高度的敏感性。长远而论，计划生育作为基本国策，在中国具有一定的合法性和必要性。在解决不断增长的人口和日益减少的有限资源的矛盾的所有可能性方案中，最有效且便捷的途径即是控制人口的出生率。这也是后发展现代国家实现现代性转型的无奈之举，并必然与作为人的基本权利的生育权发生剧烈的冲突。两难的处境，使得计划生育政策成为一个异常复杂和尖锐的问题。

一、"姑姑"——叛神者的悲剧

小说中的"姑姑"无疑为中国文学史增添了一位令人难忘的乡村妇科医生形象。她一生动荡不安，毁誉参半。"姑姑"在计划生育政策实施前，是产妇敬爱、信任的送子观音；计划生育开展后，她则摇身变作扼杀胎儿的恶魔。小说中的"姑姑"颇有几分远古圣贤的高风亮节。大禹治水三过家门而不入，"姑姑"则风里来雨里去，遗忘爱情，搁置亲情，将青春韶华给了被乡间百姓所唾弃、诅咒的计划生育政策。她甚至亲自将怀有六个月身孕的侄媳妇王仁美送上堕胎的手术台，并酿成了一尸两命的惨剧。双手血污的"姑姑"却不惧地狱鬼神："我不怕做恶人，总是要有人做恶人。我知道你们咒我死后下地狱！共产党人不信这个，彻底的唯物主义者是无所畏惧的！即便是真有地狱我也不怕！我不下地狱，谁下地狱！……"[①]她骇人的激情和钢铁般的决心来自一个信念："计划生育不搞不行，如果放开了生，一年就是三千万，十年就是三个亿，再过五十

① 莫言：《蛙》，上海文艺出版社 2009 年版，第 130 页。

年，地球都要被中国人给压扁啦。所以，必须不惜一切代价把出生率降低，这也是中国人为全人类做贡献！”①

“姑姑”这个形象是复杂和多面的，对她的理解，或许可以从知识分子这个角度切入。毛泽东在1926年发表的《中国社会各阶级的分析》中，把小知识阶层归入小资产阶级即非无产阶级劳动群众的范畴，将其看作是无产阶级在民主革命中“最接近的朋友”。之后，毛泽东对于知识分子阶级属性和在革命中的地位的分析和论述，虽在不同阶段有细微的差异，但对知识分子有所保留的态度并无改变。工人和农民才是革命事业可以倚重的基本力量，而知识分子的地位总是微妙的、不坚实的。

在革命年代，好的阶级出身关系着人的社会地位、前途命运甚至是身家性命。“姑姑”出身于乡村知识分子家庭。“姑姑”的父亲是一名中医，后来成为一名军医。父亲牺牲之后，“姑姑”作为烈士后代，处处受到照顾，并成为一名妇科大夫。她也尽力维护家族的光荣革命史。面对诋毁和流言，“姑姑”义正词严，坚称自己的父亲是为革命而光荣牺牲在工作岗位上的英雄，而自己则是受尽日本人严刑拷打、威逼利诱，而绝不动摇的革命后代。“姑姑”人生的转折出现在飞行员男朋友叛逃台湾之后。尽管男朋友留下的日记客观上帮助“姑姑”洗脱了革命叛徒的罪名，但“姑姑”的政治背景显然不再清白无瑕。于是“姑姑”写下血书：“我生是党的人，死是党的鬼。”②

“姑姑”从专业知识分子到冷酷而坚定的计划生育政策执行者的蜕变是以极其尖锐和突兀的姿态闯入到小说的叙事中的。被插入的前景则是一个爱情的场景，对“姑姑”一往情深的王肝和懵懂的“我”(蝌蚪)，无意中做了见证人。

王肝虽是三代雇农出身，但爱情却把他变为一位诗人和知识分子。当痴恋“姑姑”的王肝对“我”倾诉衷情，背诵情书时，“我”被感动得一塌糊涂。“我感到青春的大门对着我隆隆敞开了。”③这也是小说中极其短暂却最富青春和诗意的段落。王肝的抒情独白，似乎间隔并远离了残酷的现实生活。这里的叙述也呈现出与全书他处迥异的特质，显得鲜明且断裂。首先是节奏明显放缓了，王肝大段的抒情，代替了事件的进入、推进和发展。情节的进度甚至出现短暂的停滞。时间被情感延展为一幅优美悠长的画面。这段电影化的叙述，一反之前语言上的精省，奢侈地花费笔墨，加入了看似闲笔的钓鱼场面：钓鱼的王师傅和旁观的李手，钓线弹出的串串水珠，被摔晕的小鳖，传达出柔弱、多情的氛围。李手的欢呼偶尔打破王肝的独白所营造的梦境。此外，语言内部的紧张度也松弛下来，一改之前叙述语言的洗练和内敛。内心声音，大段的独白和

① 莫言：《蛙》，第123页。
② 莫言：《蛙》，第49页。
③ 莫言：《蛙》，第101页。

铺陈，甜蜜惆怅的气氛，心灵的空间置换了动荡不安的外部世界。但这段哀怨的青春柔板，转瞬即逝。乘船堵截违规怀孕妇女的“姑姑”如天神降临一般，出现在河流中心，打破了刚才的柔情蜜意，带来了生之挣扎、死之决绝的血腥和肃杀。这也使得这一节，成为全书极富戏剧冲突和张力之处。柔软暖煦的季节结束了，一个曾经沉浸在恋爱中的女青年消失了，一个忠心于党的事业的或人或神或鬼的“姑姑”出现了。她雷厉风行，手腕强硬，和逃避计划生育的村民斗智斗勇，心硬如铁，不徇私情，颇有巾帼不让须眉之风。蝌蚪的父亲感慨道：“责任心强到了这种程度，你说她还是个人吗？成了神了，成了魔啦！”[①]

晚年的“姑姑”开始忏悔，往日无畏地狱的叛神者转变为一个饱受失眠折磨、内心惶惶不安的忏悔者。“姑姑”性格的剧烈转变，是处在某种特定历史处境中，有着不可避免的局限性的渺小个体的普遍命运。如果抽离掉中国一个甲子有余的复杂、酷烈、难以言说、难以给予道德评判的历史情境，“姑姑”只是一个普通的专业知识分子。但她的命运却和一个民族的历史选择纠缠起来。她被历史的洪流旋裹进来，同时她也是自愿甚至是急切地投入到这个大旋涡的中心。“姑姑”在落实计划生育政策中所体现出的紧迫感和使命感，来源于她由于不够根红苗正的阶级出身和有污点的政治背景而滋生的扭曲心理。这种曲折隐晦的心理外化为带有舞台表演色彩的、异乎寻常的忠诚和冷酷。

当历史浪潮缓缓退去，狂暴躁乱逐渐消隐，年老的“姑姑”需要独力来安置自己那颗饱受道德拷问的灵魂，正视和反思当初在国家伦理和生命伦理二者之间所作的选择。这种艰难而惨烈的选择令人不禁想起古希腊悲剧家索福克勒斯笔下的安提戈涅。一个凡人如何来僭越亘古恒久的伦理道德？在某种意义上，“姑姑”依然继续了自《安提戈涅》开始的经历了历史的事实和创伤的悲剧英雄谱系。

一个国家、民族乃至人类的现代性进程，必然要付出巨大的代价。现代性的悲剧在于它发源于它想要消灭的悲剧。“姑姑”胸怀着一个现代性的宏伟远景，坚信计划生育政策是为全人类谋福祉。“神圣”的使命感，使她体现出一种“非人”的冷酷无情。违规生育的妇女、未出世的婴儿、抵抗生育政策的人们通通被其视为阻碍人类历史发展的敌人。“你看看，她凫得多好啊，她把当年游击队员对付日本鬼子的办法都用上了啊！”[②]逃避堕胎的妇女在“姑姑”眼里成了敌我界限分明的“日本鬼子”。“姑姑”的行为和浮士德改海造田过程中赶走阻碍建设的老年夫妇菲莱孟和鲍栖丝何其相似。“这

① 莫言：《蛙》，第150页。

② 莫言：《蛙》，第109页。

是一种现代特有的罪恶,即间接的、非个人的、借助于复杂的组织和机构的作用的作恶。”[①]“姑姑”确如王仁美的母亲所言,已经不复为人,而成为现代性庞大冷酷的机器中一个冰冷、坚硬的革命螺丝钉。

“姑姑”晚年的忏悔不可谓不真诚,她口述每个被自己扼杀掉的胎儿的父母形象,让自己的丈夫郝大手据此塑像,直到完成2800个泥娃娃,以减轻心中的罪责。但颇具讽刺性的是,历史的发展再次使得“姑姑”的赎罪降格为现代商业经济体制中一个平庸的生产制造环节。泥娃娃们最终被渴求生育的女性重金买下。赎罪的行为,不觉中也成为商业交易的一部分。“姑姑”这位曾经的时代急先锋,在钱字当头、人心腐蚀、世风日下、小人得志的当下,也成了陈旧和落后的象征,如同当年被历史淘汰的胎儿和罹难的母亲们,“姑姑”也被金钱的洪流淘汰了,只能面对泥娃娃,念念有词,自欺欺人,聊以自慰。历史的荒诞和奇崛竟如斯夫。

莫言在小说中反复写到,当初神圣得不得了的事情,现在全成了笑谈。苦痛绝望的血痕还未淡去,当代的富人权贵无良不仁者们却早利用金钱轻轻巧巧地击溃了国家生育政策,背叛了中国数代人在现代性的道路上所作出的沉痛的神圣牺牲。

二、蝌蚪——上帝不存在,我只有直面自己

我们在观察距离太近的事物时,往往容易出现视力的盲区。计划生育政策,这段苦痛、荒诞、独特的历史仍生存于我们当下的生活中。它的是非曲直、当或不当,或许放置在一个更广阔的时间标度里去衡量和评判,是更为稳妥和保险的。但问题是多广远的界限是合理和可靠的?是佛教的久远劫来?还是太初有道的创世纪?但这种时间标度,不免有着意义虚无的危险。作为短视的人类,我们是时候做个清算了。

《蛙》最引人注目和争议的就是五封书信和一部话剧的文体选择和使用。

敏锐的读者很快将衫谷义人比附为大江健三郎,将蝌蚪比附为作者莫言。更有论者认为这是第三世界知识分子向发达资本主义国家的献媚。对此,莫言多次在采访中作出回应:“毫不避讳地说,之所以决定书信体的结构,刚开始是跟大江健三郎没有关系的,因为我刚开始的结构第一稿的时候就是写一个剧作家我坐在剧场里边观看舞台上正在上演我的话剧《蛙》,然后我在看戏的过程中不断回忆联想,在幕间休息的时候不断接受记者的采访,而且不断接到故乡人的电话,是用三种字体,写得很乱,到后来我自己都被结构搞乱了……当我2006年重新拿起这本小说的时候,我想用一种最简

① [美]马歇尔·伯曼:《一切坚固的东西都烟消云散了——现代性体验》,徐大建、张辑译,商务印书馆2003年版,第87页。

单的方法书信体，当年歌德写《少年维特的烦恼》就是书信体，我们读的很多小说也是书信体，因为剪起来非常方便。要写‘姑姑’50多年的经历、一生，如果按照编年体写法写得非常漫长，用书信体非常自由，想要这一段就要这一段，可以一会儿是历史，一会儿是现实，一会儿可以到天南，一会儿可以到塞北。”莫言可以说是当代作家中文体意识异常敏感的一位创作者，从登上文坛迄今，他一直不懈地在寻找新的形式、新的表达。这次，莫言找到了书信体这种古老的文体。虽然莫言的选择更多的是一种艺术创作过程中，在长久斟酌、踌躇后的灵光闪烁和水到渠成。但无疑书信体的朴素性、私密性和自由性，可以让读者有亲历现场聆听一般的参与感和投入感，并容易跟随作者的叙述产生心灵共鸣。如何面对这段“创痛酷烈，本味何能知”的计划生育史？书信体提供给作家一种朴素且简便的自剖己心的反思形式。从这个意义上而言，收信人的身份甚至存在与否并不重要，这是“我”写给自己的信，这是“我”对自己历史和罪孽的忏悔和清算。

莫言在“姑姑”的形象塑造上着墨最多，他几乎是怀着复杂的心情既在诅咒又是在礼赞“姑姑”这样一个天才式的恶魔。在“姑姑”这条叙述主线之外，还有一条辅线，即蝌蚪（戏剧家）作为小说中的另外一位知识分子忏悔者，他的忏悔令我们看到了人性灵魂深处的黑暗。

与“姑姑”相比，蝌蚪是卑微和胆怯的。蝌蚪善于自我安慰和随遇而安。逝者已去，悲哭之后，活人应该继续庸常地过活。王仁美死去不久，蝌蚪再娶，后将妻女接到北京，像蚂蚁搬碎米一般，战战兢兢、勤勤恳恳地花费几十年光阴努力提高着自己的社会地位和生活水平，总算混成人样，成为一名戏剧家。已过中年的蝌蚪携妻返乡的行为，并没有赎罪的初衷，只是因为在大城市备感压迫，回到算是自己地盘的家乡，心气更壮一些而已。在某种意义上，蝌蚪就是我们每一个人，懦弱，自私，实际，虽不乏同情心，但恐惧为道义所累，背负过多负担。萨义德在《知识分子论》中曾下过这样的定义："知识分子，是具有能力‘向’公众以及‘为’公众来代表、表现、表明讯息、观点、态度、哲学或意见的个人。而且这个角色也有尖锐的一面，在扮演这个角色时必须意识到其处境就是公开提出令人尴尬的问题，对抗（而不是制造）正统与教条，不能轻易被政府或集团收编，其存在的理由就是代表所有那些惯常被遗忘或弃置不顾的人们和议题。知识分子这么做时根据的是普遍的原则：在涉及自由和正义时全人类都有权期望从世间权势或国家中获得正当的行为标准；必须勇敢地指证、对抗任何有意无意地违犯这些标准的行为。”[①]蝌蚪作为一名知识分子，他的声音和观点主要是通过戏剧来表明和传达。但他显然是怯懦优柔的，即使是在尽可隐讳曲笔的虚构性的戏剧中，他也早已做

① ［美］萨义德：《知识分子论》，单德兴译，生活·读书·新知三联书店2002年版，第16页。

好把话剧中所涉的真实人物、地名改装易容的准备，以避免可能的争议和麻烦。

实际行动上的无所作为，文字意义上的虚伪忏悔，蝌蚪的赎罪可谓苍白乏力。但罪孽不曾因为我们刻意的淡忘和漠视而消失，它悖论般地因赎罪衍生出新的黑暗幽灵。

被侮辱和被损害的人们之间是不会联合起来的。他们彼此的怜悯、友爱和团结，只是良善而单纯的幻想和少不更事的愿望。作为同样承受过计划生育政策下个人悲剧的蝌蚪，他的同情最终没有在代孕的陈眉这一边。他恐惧的是"乱伦"带来的伦理的失常，忧心的是来自组织、社会舆论的压力。同学李手一针见血指出了蝌蚪的迂腐不堪和"皮袍下的小"："老兄，组织没那么多闲心管你这事，你以为你是谁？不就写过几部没人看的破话剧么？你以为你是皇亲国戚？生了儿子就要举国同庆？"[①]于是，蝌蚪的忧虑很快在补偿早年失子的遗恨和"这个孩子是个生命，我不能再次扼杀"的念头中淡化了。

陈眉是《蛙》中最纯洁无辜却饱受重重苦难的人物。她性情中的高贵、贞洁、孝顺和母性象征着民间伦理中最坚实和美好的部分。被人追捕的陈眉抱着亲生子冲进了拍摄民国戏的拍摄现场。她哀哀下跪，认为古老的道德、正义可以拯救她，还她一个公道。但她却不知她面对的只是一位现代职业演员。他受雇于人，拿人钱财，做雇主要求之事。金钱和私欲收买和毁灭了一切古老的道德。惩恶扬善成为电视荧屏上廉价的娱乐。谁来审判道德上的罪恶？无人来审判。混沌的时代，更多的是对神圣的戏仿。何其讽刺，何其悲痛！最终，蝌蚪也加入了审判，他"戳了一下小狮子，示意她将孩子交给高梦九"这个恶棍。蝌蚪亲自参与、制造并见证了陈眉的悲剧。他也从一位"受害者"，成为同谋者，成为罪人。

如果说蝌蚪失子的悲剧应归咎于历史发展巨轮一往直前、不容阻碍的冷酷和无情，或是归于天地不仁，以万物为刍狗的逻辑。正如在蝌蚪生活的村落中，人们都以身体部位和器官等来给孩子命名一样，王胆、李手、陈眉……所有的人都如破碎的皮肉，卑微、苟活在混沌的宇宙中。这或许是村民在潜意识中早已洞察到天道的无情和冷酷，并谦卑地接受了渺小如尘土、脆弱如块肉的宿命？那么，默认并接受陈眉为其代孕生子则是人性深处自私和弱肉强食、倚强凌弱的本性使然。"我想起了自己童年时，甚至在成年之后还玩过的恶作剧：将那种青色的或者绿色的虫子，用图钉或者棘刺，将它们的尾巴扎在地上或墙上，然后看它们挣扎，看它们想爬行逃命的意识与不听指挥的身体如何搏斗。当时我毫无怜悯之心，甚至感到愉快。与虫子相比，我是强大的，强大到虫子无法感知我的形貌。对虫子来说，我就是制造一切灾难的神秘力量。它甚至都

① 莫言：《蛙》，第251页。

感受不到我那只行凶作恶的手，它只能感受到那枚图钉，或者那根棘刺。”谁是那只上帝之手？“我”被损害，同时又损害他人。陈鼻和陈眉则是彻底的失败者和被损害者。在现代性进程中，他们被遗弃了。在金钱万能、神灵消失的当代，他们再次被驱逐了，无人倾诉，无处可诉。即使在虚妄的戏剧中，知识分子冠冕堂皇、铿锵有力的戏剧台词也淹没了他们的悲恸号哭，正大光明的朗朗乾坤也没有照见他们的心头泣血。贱民确实不可以说话，《蛙》似乎也回答了斯皮瓦克那篇著名的文章中的质问。他们只能黑纱蒙面，行踪神秘，如幽灵一般穿行在世界的边缘。“那世界里生活着侠客、通灵者，还有一些蒙面人”，这是属于鲁迅《铸剑》中的黑暗和古老的世界，眉间尺、黑衣人、如寒冰一样宁静沉睡的利剑。复仇还未开始，赎罪并未结束。

结 语

《蛙》的价值在于试图从更宽广的人类范围来理解一个民族所蒙受的苦难，而没有单纯地把一方称为无辜，而把另一方称为邪恶。收信人消失了，审判者消失了，上帝不存在了。我只有面对我自己。我是罪人。这是莫言为我们所亲历的、所创造的历史所做的一次真诚的、未完的忏悔。

（原载《南方文坛》2011 年第 1 期）

小叔叔莫言和我

◇管襄华

2012年10月11日晚6点45分许，接到母亲的一个电话："你小叔叔得诺贝尔文学奖了！"我一阵惊喜，同时又觉得并不意外。这些年，小叔叔莫言在国际国内得到了一系列的奖项，我早已觉得终有一天小叔叔会得到诺贝尔文学奖的，就像去年他的作品《蛙》得茅盾文学奖一样，好像已有预感。

随后，在7点凤凰卫视的直播中，消息得到了确认。《新闻联播》也插播了这条消息。从7点15分起，我的电话不断响起，有知道莫言和我关系的同事打来电话确认："是你亲叔叔？恭喜恭喜。"大学、高中、小学同学也来电或短信祝贺。

真得奖了！我也被带得激动起来。中国得诺贝尔奖第一人，其意义不亚于许海峰、杨利伟啊！对于老管家，这是光宗耀祖、载入史册的大事啊。

当晚，辗转反侧，久久不能入眠，兴奋激动之余，小叔叔莫言的往事一一在我眼前浮现出来。

我父亲兄弟姐妹四人，我父亲排行老大，我还有一个姑姑、一个二叔，莫言是老小，比我父亲整整小了12岁，从小父亲就让我和弟弟叫莫言为"小叔叔"。

莫言，原名管谟业，从1981年发表第一篇小说《春夜雨霏霏》开始，就使用了这一笔名，应是将名字中间的"谟"字拆开颠倒而成，又有了不多嘴、不多说话的含义。从此，连我父亲有时都成为不了解内情人称呼的"莫先生"、"莫老师"了。

父亲1963年考上了华东师范大学中文系，是我们整个高密东北乡的第一个大学生，毕业时正遇上"文革"，一切乱套，父亲被分到了远离故乡的一机部所属湖南常德一个工程机械厂，在子弟学校当了老师。母亲是上海人，是父亲在大学结识的同届化学系的同学，用了两年多的时间，从同样举目无亲的江苏高邮调到了湖南。父母亲和我们在湖南常德一直待到1987年才调回了老家山东高密。期间经过了长达八年的努力，原单位才最终开闸放人，其时父亲已经干了多年的子弟学校校长。

我生于1970年，等回到高密时，我已是一名高中生，经过两年多的冲刺，终于考上了位于沈阳的东北工学院（我毕业前改名为东北大学）工业电气自动化专业。我的文科不错，我的兴趣所在也是文科，但迫于高考的“淫威”，没敢从招考量少的文科试手，而是成为一名电气高级工程师，但我的心里始终有着些许的遗憾和不甘，只是人生不能假设，不能重来啊。

小叔叔比我父亲小12岁，比我大15岁，他的成长、在文学道路上的探索，始终伴随着我，激励着我。

曾经听母亲说过，当她结婚第一次到高密老家时，小叔叔才15岁，看到亲爱的大哥回来，并且有了媳妇，非常高兴，当父亲和母亲归来时，他还躲猫猫吓唬他们呢。他应该也是感受到了全家人的喜悦，以一种孩童般的形式表达出来吧。

小叔叔和我人生的第一次交集应该是在1973年春节，我两岁多点，那是出生、成长在外乡的我第一次随父亲回故乡。从湖南常德坐汽车到长沙，从长沙坐火车到上海，从上海坐海船到青岛，再从青岛到高密。很佩服那时的父亲，带着两岁多点的我，长途跋涉，回故乡省亲。我人生最早的点滴记忆好像也是这次故乡行。我记得我的曾祖父留着长胡子，我在吃饭时还问父亲：“老爷爷怎么吃口饭就要用手帕擦一下胡子呀？”当短暂的探亲结束时，小叔叔去青岛送我们爷俩。正如小叔叔在《第一次去青岛》一文中所写的“等到1973年春节过后，我背着他们的行李，送我大哥和他的儿子去青岛坐船返回上海时，感觉到不是去一个陌生的城市，而仿佛是踏上了回故乡之路”。第一次出远门，到一个陌生的城市，对于一个在农村生活的年轻人，想必留下了深刻的印象，所以变成了小叔叔笔下的文字。

小叔叔1976年当兵，当兵后的小叔叔始终和父亲有着频繁的书信往来。因为我们一家远在外地，从小学二三年级起，父亲就经常让我写信给爷爷奶奶、外公外婆、小叔叔、舅舅等，所有他们的来信我也一直看，了解远方亲人的情况。我还有印象，小叔叔的信有时字迹非常工整，有时非常潦草，他经常给父亲寄来他的习作，那必定是字迹非常工整地写在稿纸上的，父亲一般提出意见改完后再寄回给他。对这个最小的弟弟，父亲是关爱有加的。他们兄弟都离家在外，爷爷是只报喜不报忧的，对老家的情况，特别是一些不太好的消息，小叔叔往往是父亲的消息来源。对于工作、生活、学习上的问题，父亲和小叔叔也是经常沟通。而在那个年代，有个当兵的叔叔，对我来说是很自豪的事。

小叔叔的处女作《春夜雨霏霏》是他在河北保定当兵时发表在保定的一个文学刊物《莲池》上的，这篇小说在他以后出版的文集中还可以看到。我记得小叔叔寄给父亲的第二篇发表的小说是《丑兵》，也是发表在《莲池》上的。我印象很深刻，那时我念小学三四年级吧，父亲中午说小叔叔把发表的小说寄来了，下午父亲下班时，我早早地在公共阳台上等父亲回来。那时我们家住在类似筒子楼的三楼一套房子里,父亲刚到楼下,我就大声地问父亲:“爸爸,小叔叔的书拿回来了吗?”生怕别人不知道。我非常自豪地迎下楼,举着杂志,在邻居小伙伴羡慕的眼光中把杂志拿回了家。小叔叔没有用真名,而是用了笔名“莫言”。那时在我的意识里,能把自己的文字变成铅字印在书上是一件非常神圣的事情。随后我才看到了小叔叔发表的《春夜雨霏霏》等短篇小说。

我小学四五年级的时候,和那时的不少孩子一样,曾非常迷恋集邮,那时孩子集邮,主要是集从信封上剪下来的用过的邮票,也叫信销票。我对邮票的增长速度很是着急,就在信中问小叔叔有没有邮票。小叔叔在以后的一年多时间里,每封信里都夹着十几、二十几张甚至更多的邮票,我的邮册不断地丰富起来,引来同学的嫉妒。直到后来突然中断了,原来,这一年多的时间里,小叔叔不断地到收发室去帮战友拿信,看到好邮票就剪下来,时间长了,终于有人给小叔叔提意见了,小叔叔的“集邮生涯”才告一段落。

1982 年暑假,我和父母回故乡探亲,小叔叔也在家探亲,这是我第二次见到小叔叔,小叔叔在那年遇上了他人生的一件大喜事——他在部队提干了。这对于一个小学没毕业、21 岁才好歹当上兵的农村出生的人来说,是多么的不易啊!部队上通知他已提干的信寄到后,小叔叔把信递给了父亲,父亲看后,对刚从田里干活回来的爷爷说了,爷爷想必心里也是激动异常,但是外表不露声色,竟又拿着农具下地去了。小叔叔的提干,是他人生的一个转折,完全是靠他刻苦学习,发表了一系列小说,受到爱才的部队领导的赏识,破格提拔的。从此,在父亲教诲我们的榜样中,小叔叔又成为我们兄弟俩的新偶像。

在以后的几年里,父亲不断地收到小叔叔寄来的杂志,从《售棉大路》、《岛上的风》一直到《民间音乐》,杂志也从保定市的《莲池》到了河北省的《长城》。其中的《民间音乐》得到了老作家孙犁的好评。1984 年,小叔叔以小学没毕业的文化程度,经过激烈的竞争,层层选拔,成为解放军艺术学院文学系第一届学员,那届学员中有早已成名的写出了《高山下的花环》的李存葆等一批部队中的青年才俊。小叔叔的经历更进一步地成为父亲教育我和弟弟的好榜样,父亲最经常的教导就是,我们管家人,不靠别人,就是自己努力,闯出一片天地来。这教诲,根深蒂固地影响着我,直到现在。

从 1984 年进入军艺开始,小叔叔的写作天赋被发掘出来了,一系列好作品喷薄而出,让人应接不暇。《透明的红萝卜》、《枯河》、《白狗秋千架》、《爆炸》、《球状闪电》等系列作品,在文坛上引起了轰动。1985 年暑假,小叔叔到湖南常德去看望父亲,叙叙兄弟友情,在我家住了半个多月,我和弟弟非常兴奋,因为我们那里地处内陆,很少有亲戚来。我那年正好初中毕业,小叔叔的到来,给我们带来了很多新的见闻。小叔叔给我们默写余光中的《乡愁》,带来的《西方现代小说流派》等书我也囫囵吞枣地看,什么加西亚·马尔克斯的拉美魔幻现实主义、川端康成的新感觉派……看得我进了高中还模仿着写了好几篇作文呢。小叔叔和我们一家去了当时刚刚开始开发的张家界、索溪峪风景区，小叔叔回来后，写了一篇短篇小说《马蹄》，其中虚虚实实，有真有假，使我对小说的创作有了恍然大悟的感觉，明白了以第一人称写的文章原来也不全是真的啊！

1986年，我记得是在暑假，在炎炎的夏日里，我汗津津地拿起了《人民文学》、《解放军文艺》、《十月》、《北京文学》和《昆仑》杂志，看到了《红高粱》、《高粱酒》、《狗道》、《高粱殡》和《奇死》共五个中篇小说，这五个中篇就组成了小叔叔创作的第一个长篇小说《红高粱家族》。阅读这些小说的感觉是奇妙的，特别是小说的叙事角度，小说中对各种感官的综合运用而产生的让读者身临其境的体验。虽然小说的后半部分有些描写血腥而少儿不宜，不过作为高中生的我也就囫囵吞枣地兼收并蓄了。

1987年寒假，父母终于调动工作成功，回到了故乡高密。我们全家经过几天的跋涉刚下火车，小叔叔就代表家族到火车站来接我们，让饱受旅途劳顿的我们备感温暖。

1987年四五月份，小叔叔回到高密，拿着一个电影剧本，是白纸打印后装订起来的，这就是后来获得西柏林电影节金熊奖的电影《红高粱》的剧本，小叔叔作为编剧之一，在做最后的修改。我又作为一名读者，第一次完整地读完了，电影剧本不像小说，文字很少，想不到这么点东西就能拍成一部电影啊！这个电影剧本可能因为不是小叔叔的独家版权，以后再也没有见到了。夏天，随着专门种植的高粱的长成，张艺谋导演带领着姜文、巩俐等剧组成员来到高密进行电影的拍摄。电影在拍摄阶段改名为《九九青杀口》。暑假中，大约是7月中旬的一天，我正住在老家，小叔叔说电影马上要开机了，剧组要到我们家来看看，体验一下生活。我们全家都很高兴，开始买菜张罗，小叔叔说张艺谋、姜文他们想尝尝《红高粱》小说中提到的土匪余占鳌吃的“拤饼”，奶奶就专门做了我们老家一般在清明节才吃的“拤饼”。那天中午10点左右，剧组人员坐着一辆写着“九九青杀口”的中巴车来到了我们家。这里面姜文是最大牌的明星了，那时我已看过他主演的《芙蓉镇》等电影。巩俐那时还是一名大三学生，而作为幕后的导演张艺谋，那时还真没听说过呢。剧组的演员由于天天在高密的王吴水库晒太阳，个个都是古铜色的皮肤，只有巩俐裹得严实，听张艺谋说前两天巩俐晒过头了，现在得捂捂，不然上镜效果不好。剧组在我们全家的簇拥下，进了院子，他们带着相机，边聊天边和我们照了一堆相片，现在曝光的张艺谋、姜文、小叔叔三个光着膀子和巩俐照的相片就是那时照的。剧组在我们家、五爷爷家摆开摊子，边吃边聊，我们几个孩子则在边上掺和着，很兴奋，也算见着名角了，可惜那时没有追星意识，也没找他们签个名。酒足饭饱后，剧组坐上中巴一溜烟走了。几天后，电影开机，一部在中国电影史上里程碑式的电影诞生了，不知在我们家的那顿饭有没有给他们以灵感，不过我们可是老老实实的本分人家，全没有红高粱家族那般的豪气。

1988 年春节刚过,我们正在老家吃早饭,打开收音机听新闻,听到了电影《红高粱》获金熊奖的消息。我兴奋起来,只见小叔叔淡然地说:"电影拍好了是电影导演的事,和我关系不大,没啥嘛。"此后小叔叔得奖多多,他是一贯的低调,虽然这次得诺贝尔奖消息传来时我没在小叔叔身边,但我能想象得到他一贯淡定的风格。

1989 年我考上了大学,来到了沈阳的东北大学学电气自动化专业。大学期间,每年寒暑假回家都能见到小叔叔。那时小叔叔把婶婶和妹妹搬到了高密南关镇。有一年暑假,小叔叔还让我教读小学的妹妹英语,大夏天的很是跑了一个月。我记得在我大三时,有一次小叔叔到辽宁海城采风,专门到东北大学去看我,在我宿舍坐了半天,还给我留下了生活费。所以这次得诺奖的消息传来,我大学宿舍的同学才会那么激动,大叫"莫言到我们宿舍来过呢!"在我读大学的这几年,小叔叔的《酒国》、《十三步》、《天堂蒜薹之歌》等长篇相继发表,在文坛保持着持续的热度。

1993 年,我大学毕业来到了济南钢铁厂工作,此后在济钢成家,一直工作到现在。我刚参加工作半年后的 1994 年春节,刚到家,父亲就沉痛地告诉我,奶奶去世了,怕影响我工作,所以当时没有告诉我。我非常伤心,奶奶一辈子操劳,到老了生活好起来了,身体却垮了,一到冬天就哮喘加肺心病,痛苦不堪。不久,小叔叔的作品《丰乳肥臀》出版,在书的扉页上写着:"谨以此书献给母亲在天之灵。"这本书实际上是小叔叔呕心沥血的一本严肃的著作,歌颂了伟大的母性,但在刚出版时却遭到了误解,我很是抱不平。

随后的几年,我通过自身的努力,在专业上、工作上不断进步。小叔叔的作品也不断问世。1999 年,我的孩子出生了,我和父亲给他想了好几个名字,又让小叔叔帮着起名字。我孩子这一辈排行"延"字辈,小叔叔从《红楼梦》第 119 回的回目"中乡魁宝玉延世泽"中选了"延泽"二字作为孩子的名字,寄托了深刻的寓意,我和父亲觉得不错,就以此给我的孩子命了名。

2000 年暑假,妹妹考上了山东大学,小叔叔夫妇从北京送妹妹到济南,离开学还有几天,小叔叔和婶婶住了一天就回去了,把妹妹托付给了我。开学第一天,我把妹妹送到了山东大学洪楼校区,帮她安顿下来,妹妹开始了她的大学生涯。开始几个月,我去得很频繁,怕她不适应大学生活。以后的日子里,周末也常邀请她到家里来改善一下生活。妹妹很快在大学如鱼得水,融入到新的生活中去了,后来考上了清华大学的研究生。

随后的几年,我去北京出差的机会不少,每次去我都要抽空去看看小叔叔。小叔叔也很是欢迎,好饭好菜招待,每次都送我几本他的新作。我则每次去还能利用专业优势帮些小忙,我记得有一次帮小叔叔修好了打印机,一次教小叔叔学会了使用扫描仪,让做文字工作的小叔叔很是佩服。

我记得有一年去小叔叔家，我由于自己的工作经历，正沉浸在“实业救国”的志向和创造物质价值的理想中，在小叔叔家“大放厥词”，开玩笑地把小叔叔“之流”从事意识形态创造的工作贬低了一番。有意思的是小叔叔还真“耿耿于怀”，见到父亲时还说襄华不尊重艺术创作呢。

2002年春节，我照例回高密过年，得知小叔叔的朋友，1994年诺贝尔文学奖得主大江健三郎要到老家过年。得知这一文学巨匠要到高密，我很惊讶，后来得知，大江健三郎与小叔叔是惺惺相惜，早已引为知己了。在1994年诺贝尔文学奖的颁奖典礼上，大江健三郎专门提到了小叔叔和韩国的金芝河。这次他来是为了日本NHK电视台的一档人物栏目，专题介绍小叔叔，而大江先生则是采访者和推介人，当年他已是67岁的老人了。得知消息，我连忙到高密新华书店去看看有没有大江健三郎的书，还真有。大江先生年三十到的老家，在老家吃的年夜饭，亲眼目睹了我们老家那繁复但有趣的过年习俗。初一上午，我们和大江先生在老家相逢，大江先生是一位非常安静、低调的老者，我和弟弟用英语和他进行了交谈，他的英语很好。尽管年三十晚上睡得很晚，但他还是很得体地和我们交谈，配合采访去我们的老宅、庄稼地头、胶河边进行录影工作。我抽空把买的他的著作拿给他，请他签名，他询问了我的名字，让我写给他看，在《个人的体验》的扉页上，用汉字认真地写下了“管襄华先生正，大江健三郎，莫言的高密”。

记得是2004年国庆，我加班脱不开身，妻子带着孩子到北京去玩，吃住在小叔叔家，小叔叔一家全程陪同，又是故宫，又是清华大学，耽误了他好几天的时间。孩子那时还小，回来学舌说：“三爷爷说让带着麻袋去，看他家有什么好东西都装回来。”

今年2月，小叔叔到济南来，我陪了他一天，晚上我们叔侄俩聊到11点多，从我的工作聊到他的打算。平时大家都忙，好几年没这么认真地和小叔叔交流过了。是啊，我已经40多岁了，他也是当姥爷的人了，但小叔叔对我的关心是自始至终、发自内心的。

小叔叔的勤奋耕耘也不断有收获，这些年他基本上是以三年一部长篇小说的频率在创作，《檀香刑》、《四十一炮》、《生死疲劳》、《蛙》，不断地给中国文坛以冲击。这几本小说从文体上、从内容上、从涉及的社会生活的方方面面上，都各不相同，每部都有创新，没有雷同，获得了不同的成功，小叔叔也得奖无数，有法兰西艺术与文学勋章、意大利诺尼诺国际文学奖、福冈亚洲文化奖大奖、韩国万海文学奖、茅盾文学奖……而我从1998年开始在济钢就担任了基层的小领导，以不断的学习和付出，在专业上和管理上得到了领导和同事的认可，获得了工程硕士的学位，获得过济钢“劳动模范”等一系列荣誉，我觉得这与父辈们给我的影响是密不可分的。

对于小叔叔为什么会走上文学的道路并取得如此成就，我认为有如下因素：

一是齐文化的影响。高密属于春秋战国时期的齐国，深受齐文化的影响。虽然现在山东号称“齐鲁大地”，但细分起来，齐国属于“东夷”，多面邻海，远离中原，齐文化中有着不同于鲁国儒家文化的特质，所以齐国才能容忍被孔子赞为“微管仲，吾其被发左衽矣”、贬为“管氏而知礼，孰不知礼”的奇才管仲而终成霸业；才能诞生以“狗国狗门”、“南橘北枳”的辩才而不辱使命的晏婴。管仲，虽然在我们管家的家谱中因“谱牒失传”而“不敢妄认”，但我们始终以他为我们的先祖；晏婴，作为夷维（今山东高密）人，一直是我们引以为傲的老乡。在这片神奇的土地上，文风一直很盛。到清朝，同为齐国属地的淄博出现了一位小说奇人——蒲松龄，他的《聊斋志异》吸收了清以前齐文化中的神鬼传说，又加以演绎发展，对后世产生了巨大影响。《聊斋志异》中的《阿纤》一篇，主人公阿纤这个可爱的老鼠精就是高密的。齐文化以她独特的气质，影响着高密这片土地。高密多文人，即便是现在，作家、诗人、书画家也很多。小叔叔在这片土地上诞生、成长，耳濡目染，深深地打上了这片土地给他的烙印。

二是个人的禀赋。从最初的《透明的红萝卜》开始，小叔叔对事物特有的视觉、触觉、听觉、味觉的感受，已经超出了常人，我总认为奇异。当我偶然看到德国作家帕特里克·聚斯金德的小说《香水》中对主人翁格雷诺耶惊人嗅觉能力的描写时，我竟然想到了小叔叔，当然小说主人公利用他惊人的能力走上了邪恶的不归路，而小叔叔却用他异于常人的感觉，创造出了一个绚烂的文学世界。

三是高密，特别是高密东北乡独特的人文地理。高密，地处昌潍大平原东部，是山东东西部连接的交通要道。所以从20世纪初德国人修的胶济铁路到20世纪90年代修的济青高速公路，都从高密经过。发达的交通、富饶的平原，带来了及时的资讯。在近代，高密受到了大时代的冲击，在这里发生的大小事件，如上世纪初孙文抗德、抗日战争时期的孙家口伏击战、抗战后刘连仁流落日本北海道十三年、解放战争时期高密的三次解放、土改、“文革”、计划生育等在小叔叔的作品中都得到了展现。而高密东北乡，毗邻青岛的平度、胶州，对于当时的高密政府来说，属于山高皇帝远、人口稀少的偏远地区。这片广阔的高粱地，为无数英雄好汉、仁人志士及江洋大盗提供了广阔舞台。这些丰富的历史、鲜活的人物，他们的所作所为、动人传说，为小叔叔的创作提供了丰富的素材，他们在小叔叔的作品中，在高密东北乡的大旗下，上演了一幕幕多姿多彩的人间悲喜剧。

四是家族的影响。我的曾祖父，也就是莫言的祖父，勤劳聪慧，干得一手好木匠活，干农活也是一把好手，为人处世严守做人之道，虽不认字，却博闻强记，有丰富的人文知识和良好的表达能力。我的祖父，由于中农的出身，虽然在当时农村属于罕见的念过四年私塾、识文断字的能人，但只能谨小慎微地在大队里当一个会计，内外的压力交迫之下，给子侄们留下了不苟言笑的印象。但即便这样，我们家族也始终对读书有着执着的追求，所以在那样困难的生活条件下，培养我父亲成为东北乡第一个考上大学的农村孩子，我的二叔也高中毕业，如果不是“文革”，我二叔应该也能考上大学，小叔叔莫言也不会在小学阶段就辍学回家。我们家族在文科方面有着良好的传统和天赋，当我的父亲给我的儿子讲故事时，《聊斋志异》、《子不语》以及故乡的各种奇闻逸事，就是父亲最愿意讲、孩子最愿意听的。有时我能由此想象出在当年冬日的炕头、夏日的晒场上，父亲、小叔叔他们围着曾祖父听故事的情景。这些记忆，想必在小叔叔在稿纸上奋笔疾书时不自觉地从笔尖上流淌出来吧！

五是小叔叔的勤奋、努力。吃苦耐劳等品质已植入了我们家族的基因之中。这在小叔叔的成长经历中表现得特别明显，小叔叔在保定时，为给学员上课，他竟然以小学学历将大学文科的许多课程啃了下来；他能考上解放军艺术学院，需要付出多大的努力啊。在开始文艺创作初期，他通宵达旦地写作，肚子饿了，只好以生白菜甚至大葱充饥。在创作《生死疲劳》时，他以 43 天的时间完成了这部近 50 万字的著作，还引出了创作草率的争议。不知大家有没有想过，一位 50 岁的人，以一天一万多字的速度手写完成一篇呕心沥血之作是何等的艰辛？他不是出生在书香门第，他没有接受过良好的科班教育，他以比常人低得多的起点，达到了前无古人的成就，刻苦加努力是他成功的要素。

小叔叔 12 月初将赴瑞典领取诺贝尔奖，将为自己、为我们家族、为我们国家赢得荣誉。回想这么多年来，小叔叔的成名成家，正好从我记事开始，始终伴随着我的成长，我为小叔叔取得的成绩感到高兴和自豪，同时小叔叔的成才经历也始终激励着我。无论是我的求学道路还是我工作以后的经历，从做人方面，我们都遵循着我们老管家的传统，正如我们老宅门上的对联所写：“忠厚传家久，诗书继世长。”我将继续努力，虽然不可能取得小叔叔这样的成就，但我也要尽我所能，不辱没家族的名声，给下一代作一个好的榜样。

（本文是莫言的侄子在得知叔父莫言获诺奖后写的感想）

“设帐授徒”第一课

◇齐林泉

2002年8月13日夜，正值暑假期间，收到莫老师的一封邮件：

小齐：

听笑笑说了，你考GRE不是太理想。继续考就是。

前不久看到了王美春和赵学美在《中华读书报》上发表的文章。评论韩国一个作家的。两人的文笔都不错。

我9月初要到意大利参加一个活动，大概一周左右，回来后就去山大看看你们。

还是很怕耽误了美春与学美的学业，让她们多从贺老师那儿学习吧。

2002年9月12日上午，新学期刚刚开始，收到贺老师转发来的邮件：

谭院长好哲兄：

你好！

莫言兄今天来电话说：本月24号他陪同法国汉学家夫妇（法文《红高粱》翻译家）来山大，26号再到莫言老家高密，由青岛回北京。

在山大期间的活动，我和他初步商量这样安排：

24号下午到山大，同院领导见面，晚上你陪他们吃饭。住宿在学人（大厦）。

25号上午或下午请法国人讲《中国文学在法国》（不用翻译，讲中文）。晚上莫言为研究生上课。

26号送莫言到高密（请高密来车即可），届时让研究生们全程陪同即可。这样安排可以吗？再商量。

此颂

教安

老贺

2002年9月23日上午8点8分，一大早收到贺老师发来的邮件：

林泉：

这样安排(见附表)，院长已同意，请你24号(星期二)上午到中文系办公室，找负责行政事务的谭老师，问接站车和房间的预定情况。我已建议院长，接站车2:30分在文学院南门口等你们三位，接站车必须在3点半之前到达火车站。北京的车4点到济南站，希望你们在出站口等候。

附表：

莫言教授、法国学者来山大活动安排表

23号	学人大厦预定两个标准间，车队预定一个面包车(至少7人座)。
24号下午4点	莫言一行4人到火车站，林泉、学美、美春研究生带车去接站。
晚上	张华校长设宴招(接)待、郑训佐副院长、贺立华教授及莫言教授的研究生陪客(学人大厦)，住宿在学人大厦。
25号早餐7点	林泉研究生陪同(学人大厦)。
上午8点	参观校园、博物馆等，郑院长和研究生陪同。
中餐11:30	郑院长设宴款待(学人大厦)。
下午2:30	法国学者演讲，郑院长主持，中文系教师、研究生、本科生参加(239大教室)。
晚餐5:30	贺立华教授和林泉研究生陪同(学人大厦)。
晚上6:30	莫言教授为研究生上课。
26号早餐7点	林泉陪同。
上午8点	莫言教授和贺立华教授及其研究生们在一起座谈(青年思想家楼上小教室)。

中午 11:30　　贺立华教授设宴欢送(一并款待高密来人,宴会地点待定)。

宴会后,启程赴高密,林泉、学美、美春陪同。

莫老师的脚步越来越近啦!转眼已经半年没见到莫言老师了,赶快来吧!

2002 年 9 月 24 日晚 7 时,作家莫言第一次以文学硕士生导师身份踏进山东大学。山东大学副校长张华教授、与他"搭档"合招学生的贺立华教授以及他的开门弟子们和我一起热情迎接。这是莫言教授跟他两位弟子的首次会面。莫言先生是山东大学近几十年来第一个来校带研究生的知名作家。

莫言教授由于 4 月底未能亲自来到山东大学参加硕士研究生的复试,所以 9 月初新生入学时,被邀赴意大利参加"孟多瓦"文学节活动刚刚结束,就迫不及待地赶来了。第一次师生会面,一向自信而平静的莫老师抱着相对矛盾的心态。一方面,莫老师说:"早就盼着见面这一天了。"之前他们师生虽未曾谋面,但通过电话和电子邮箱,他们已经多次交流,甚至莫老师已经开始了初步的指导——8 月,莫言在《中华读书报》上无意中读到自己两个学生的文章,欣喜之余,发来电子邮件进行鼓励,字里行间充满了师长的关爱之情,谋面自然是相互盼望着了。另一方面,莫老师又说:"因为,说实话,作为一个小说家,用笔在纸上滔滔不绝地写还行,偶尔登台演讲一次两次,谈谈创作经历也还可以。要带研究生、设帐授徒,必须拿出一套系统的理论,这对我来说是非常困难的。"

自从前一年犹豫再三领取兼职教授聘书后,当教授似乎成了莫老师的一块心病。"误人子弟"成了他的口头禅。但他在这种诚惶诚恐中,确实认认真真同贺立华教授仔细商讨讲课的事,甚至一度要坚辞其他重要事宜参加研究生复试。不管怎样,他注定不能推辞这一差事,他在当晚的讲课中说:"我的老家是山东,这里又有我的许多朋友,他们邀请;我女儿也在这儿'抵押'着(女儿是山东大学英语系本科生),先答应了吧,也可以借这个机会经常来看看孩子。"

无论当着山大校长还是同学们的面,莫老师都很坦诚地说:"他们(莫言带的研究生)两个跟着我注定学不到任何东西。"不过莫言教授的补偿办法,可能令每个学生眼红:"实在不行,我就经常来请她们吃火锅吧,她们精神上得不到滋养就用食物来滋补,比较实惠!要不我就每年给她们每人发 1000 元的助学金,否则这教授我不敢当。幸好有贺立华教授垫底,我解答不了的问题,可以找他。"其实即使没有这些补偿,莫老师的两位弟子也早已在人前人后由衷地吐露心声:"能够成为莫言老师的弟子,我们简直太幸运了。"

按说,曾经在部队做过多年政治教员的莫言,对授课应当轻车熟路,但来山大后讲课前的状态不得不让人捏一把汗。他说:"那毕竟不一样,这是研究生的课。我很想把自己的一些创作理论耙梳一遍，但一直没拿出时间来。”

虽然考虑到是正常的教授给研究生上课，学校没有在校园里贴海报，但晚上刚过6点，莫言教授讲课的楼层长长的走廊里就挤满了学生。讲课地点只好由文史楼文学院接待室改为院里容量最大的报告厅。

6点30分，在贺立华教授的陪同下，莫言走上了讲台。“主持人称我‘莫言教授’，我感到惶恐，因为在我心中，教授的地位至高无上，在我们村儿有人说谁家有个教授就跟说谁家有个省委书记差不多。”随着莫言教授幽默而又声音洪亮的开场白，在座的同学和老师们渐渐沉浸到了他的文学思考中。

七十年前，山东大学中文系诸如闻一多、老舍、沈从文等众多文坛大家侃侃而谈的身影不断与之重合。这一门首次出现在大学文学专业研究生课表上的课程叫作“莫言创作理论”，现在谁也无法确定这门学科将来在中国文学史上的地位，但从这个晚上它开始了。

莫言教授首先从作家的创作心态入手，指出人们开始创作的一般心态。而后从不同的心态出发将作家分为“为老百姓写作”和“作为老百姓写作”两类。虽然各类都会拥有自己的读者，但他更喜欢后一类。只有这样，才会出现个性化、原创性作品——因为有深刻体验和切肤之痛，发自内心而被触动了灵魂，它肯定是从作者自我生发的。当个人的精神痛苦与时代精神痛苦一致时，就会产生同时具有社会和时代意义的真正伟大的作品。莫言谈到，中国作家官僚化与职业化制度，自大狂妄心态和强烈的功利心，导致了当下大手笔作品的缺失。莫言教授反对一些作家以一种非文学的手段获得一种同样非文学的名声。

莫言讲的第二个问题是小说的独创性问题。他从对当下小说的主旋律、官场、都市言情、都市颓废、历史、农村、校园、军事等几种分类中，指出今天小说的模式化问题。他认为无论有多大缺点，有原创性的小说就是值得看的小说，从实例出发，点明自己心中的好小说是语言、题材和思想都具独创性的小说。他说：“创新就像一条狗，咬得作家拼命跑!”

他讲完，刚好45分钟，标准的一节课时间，足见做教师讲课的老道。之后，莫言就同学们提问，作了精彩回答。这是一节很成功的课，掌声再三响起，久久不息。

莫言先生这次山东之行，除了给研究生开课，还陪伴来自法国普罗旺斯大学中文系的杜特莱教授夫妇回到老家高密。杜特莱教授是前任法国普罗旺斯大学商学院院长、现任中文系主任，是法国著名的汉学家、翻译家，曾将中国新时期作家阿成的“三王”，苏童的《米》，高行健的《灵山》、《一个人的圣经》，莫言的《酒国》、《丰乳肥臀》等中国当代小说翻译成法文。他翻译的莫言的《酒国》获得了2001年法国的最佳外国文学奖“卢尔巴泰隆奖”。因翻译成就突出，杜特莱教授同年被授予“法兰西骑士勋章”。杜特莱夫人作为他的翻译伙伴，二人相得益彰。他们刚刚翻译完莫言的《丰乳肥臀》，即将开始对《檀香刑》进行翻译。在翻译莫言作品的过程中，他们对莫言的小说王国高密东北乡以及齐鲁文化产生了浓厚的兴趣，在莫言先生的邀请和陪同下，欣然成行。

对于莫老师来说，与众多好友云集于此，也是故交相逢，刚刚从异域回国，又偕异域客人同归故里，无疑充满了江湖情缘的意味。而更为称奇的是，25 日早晨在山东大学的学人大厦，他们巧遇了正在山大讲学的德国著名汉学家顾彬教授。杜特莱教授看到了顾彬教授，上前攀谈，可是顾彬已经忘记了他们唯一的一次见面，却一眼认出了走过来的莫言——莫言 1987 年曾经在他家小住。来自不同国度、有着共同专业方向的三个具有国际影响的文学家与学者戏剧化的巧遇，无疑给百年山大平添了一段趣闻逸事。

莫言先生在国内文坛享有盛誉的同时，在国外文坛也广结善缘。在与杜特莱教授的私谈中，他提到，中国作家最有可能获诺贝尔文学奖的当然是莫言，因为莫言只有一个。

关于莫言的第一堂创作课的情况，次日早晨发行的《济南时报》刊发了我写的长篇报道《莫言"硕导"第一课》，研究生王美春和赵学美录音记录了莫老师的讲课内容，整理后发表在《文史哲》2003 年第 2 期。全文如下：

作家和他的创造

莫　言

主持人称我"莫言教授"，我感到惶恐，因为在我心中，教授的地位至高无上，在我们村儿有人说谁家有个教授就跟说谁家有个省委书记差不多。北京人叫我"老莫"，你们都叫我莫言就行了。因为，说实话，作为一个小说家，用笔在纸上滔滔不绝地写还行，偶尔登台演讲一次两次，谈谈创作经历也还可以。要带研究生、设帐授徒，必须拿出一套系统的理论，这对我来说是非常困难的。这也是我一开始犹豫再三不敢答应山大聘任的原因。我的老家是山东，这里又有我的许多朋友，他们邀请；我女儿也在这儿"抵押"着(女儿是山东大学英语系本科生)，先答应了吧，也可以借这个机会经常来看看孩子。今年招到了王美春和赵学美这两个研究生，都是我的老乡，潍坊人。她们两个跟着我注定学不到任何东西。实在不行，我就经常来请她们吃火锅吧，她们精神上得不到滋养就用食物来滋补，比较实惠！要不我就每年给她们每人发 1000 元的助学金，否则我教授不敢当。幸好有贺立华教授垫底，我解答不了的问题，可以找他。

今天讲课我想还是一种漫谈式的。上半年，我确实想坐下来准备讲稿，但发现各种各样的内容太多了，要把自己的创作思想完全耙梳出来很困难。我觉得对作家，尤其是小说家，理论知识太多，就会对他的创作产生反面影响，因为他知道得太多了，理念的东西太多了，就会扼杀或影响了小说创作。而一个作家靠原生性的、本质的、自发性的东西来创作，可能会使小说更加多义。如果他的理论太成熟了，头脑太清晰了，他的小说反倒容易单向了。

第一个问题，先讲一下作家的创作态度。

当代作家刚开始创作时，创作心态都是差不多的，无非是想成名、成家或者说要表现自己、满足自己对文学的爱好、追求。就我个人来讲，开始时连这些想法也没有，无非是想挣点儿稿费，买块手表什么的。一旦成名后，作家的创作态度便有了区别。在当前的形势下，作家的创作态度我想大概可以分为两类：

1. 为老百姓写作。有些作家，站在很高的角度上，打着“为老百姓服务”的旗帜，充当“老百姓的代言人”，想成为社会或时代的“记录员”，创作的社会意识非常强。这一类作家的创作态度可以称为“为老百姓写作”。去年在苏州大学时，我对这种创作态度有所贬低，认为他们在潜意识里把自己当作高于老百姓的人，往往以“精神领袖”自居，采取居高临下的态度。现在应该修正这种观点。这种态度还是需要的，因为社会中确实存在着许多黑暗面，很多老百姓有冤无处诉，这种文学客观上可以对社会产生影响，起到改良社会的作用。而且文学繁荣的标志是文学作品多样化，这样才能适应不同层次读者的需要。“为老百姓写作”的小说一般来说批判性较强，易于类型化。所以较难写出精品，但有它存在的价值。

2. 作为老百姓写作。有些作家的创作态度是作为老百姓写作，基本上是从个人出发的，站在个人的角度上写自我，这是一种个性化写作。我自己更喜欢这种写作，这种写作才能写出个性化的、原创性的作品。我认为小说写原生性的或本质的、自发性的东西，会更加多义性，思想内涵会更丰富。因为有深刻体验和切肤之痛，发自深心而被触动了灵魂，它肯定是从作者自我生发的。当个人的精神痛苦与时代精神痛苦一致时，就会产生同时具有社会和时代意义的真正伟大的作品。这种写作的负面是作家易于顾影自怜、无病呻吟；但真正流传下来的作品肯定是作为老百姓的写作，写的是自己切肤之痛的生活，是发自内心的，曾经触动过他的灵魂的大悲大爱。所以个性化写作不会完全站在客观立场上。假如从自我写作的作家，个人痛苦恰与广大社会的痛苦一致，作品就具有了时代意义甚至社会批判意义。这样的作家是幸运的。如托尔斯泰、陀思妥也夫斯基、卡夫卡等人，他们的作品是从自己的精神世界出发，但也同时反映了广阔的社会。

写作只能是作家内心深处的要求，不能像安排任务一样，那样写不出作家灵魂深处最痛苦的东西。如果一个作家写出了自己灵魂最深处的痛苦，并且他的痛苦跟大多数人的痛苦一致，那么他的作品极可能成为伟大作品。如前几年兴起的打工妹和打工仔文学，比较好的是打工妹或打工仔自己写的。但如果为了写作而去体验，得到的仅仅是一种技术上的东西，不等同于真实的感受。如果为了写乞丐生活，自己沿街乞讨，可以体验到表层的东西，但深层的东西，乞丐内心深处、灵魂深处的东西不容易体验到。真正有天才的想象力丰富的作家即便不去体验照样可以写得很深刻，这样一种把别人的痛苦当作自己痛苦的能力是考验或衡量一个作家能否持续写作的标志。

从上个世纪80年代到现在，堪称经典、伟大的作品几乎没有，这主要是社会原因造成的。西方作家是业余的，中国大多是职业化的作家，一般具有很高的行政级别，物质上养尊处优，几十年不写作，照样可以周游列国，分房子，加工资等都不会落下。这样的结果使中国作家大部分成为精神贵族，不太可能写出超越出自己成名作(未成为精神贵族之前的作品)的作品。

还有一个问题就是作家的自大狂心态，尽管没有大作家，但是中国狂妄的作家实在太多了，自认为是托尔斯泰、巴尔扎克。作家自我标榜，不能写出好作品，甚至连做人都不行。这种人注定是虚伪的、无耻的、令人讨厌的家伙。中国作家的官僚化、职业化、自大狂妄心态和强烈的功利心导致了当下大手笔作品的缺失。

我觉得写作应该是寂寞的，作家就是一种职业，不管老百姓怎么看你，自己千万不要自认为是高人一等的精神贵族。王朔作品中对作家的调侃，是对中国作家自大狂的讽刺。成名作家要保持平常心很困难，随着社会地位的提高，物质条件的改善，作家会不知不觉中改变。成名后，名誉、地位、金钱都有了，会对灵魂产生很强烈的腐蚀。如果作家有强烈的自我警惕意识，那么他还可能保持作为一个老百姓的心态。作家一旦成为精神贵族，自认为是巴尔扎克、托尔斯泰，将小说、诗歌等神圣化，这将是荒诞的。文学就是一种艺术形式，本质是一种游戏的东西，当然这种游戏中有庄严，有神圣，也有痛苦和欢乐，但它毕竟就是一种艺术形式，绝对没有神圣到不可侵犯的程度，作家更是凡人，而且作家的人品与文品没有完全直接的关系，一些道德败坏的小人写出的作品说不准是精品，而一些道德完善的君子写出的作品却会很烂。

今年春天，我接待来访的大江健三郎先生：他质朴得像个农民，见到我的父亲(一个本色的农民)非常恭敬，我为母亲上坟时，他也跟着下跪；生活中不提任何要求，标准很低，随遇而安。这些质朴的东西值得中国作家学习。

另外一个妨碍中国出大作家的原因在于功利心太强，有正常的功利心是应该的，但把自己的写作完全锁定在功利上很难写出好的作品。因为创作时头脑中杂念太多，创作的过程中肯定会有世俗的、商业化的、媒体的等很复杂的因素掺杂进去。我觉得写小说的最应该保持一种平常的老百姓心态，就是为了写小说而写小说，至于写出来以后是否畅销，是否受到影视导演青睐，被改编为影视剧，完全是以后的事。你写出来的文章被改编嘛，当然也不是件坏事，但是写之前绝对不能有这种先入为主的功利心。蒲松龄写《聊斋志异》，曹雪芹写《红楼梦》，开始都没有什么其他的想法。将文学作为晋身之阶，更是下作的官僚作风。

第二个问题讲一下小说的独创性。

每年各种刊物上小说都发表得很多，但是真正具有独创性的并不多。模式化问题严重。我心中的好小说是语言、题材和思想都具独创性的小说。创新就像一条狗，咬得作家拼命跑！无论有多大缺点，有原创性的小说就是值得看的小说。现代的中国小说基本上可以分为几大类：

1. 反腐败小说。是当前的主旋律的小说，也是最易受到表彰的小说。这类小说最易与影视相连。

2. 官场小说。主人公多为处长、科长、乡委书记，良心未泯，但是却随波逐流，一边行贿受贿，一边又为老百姓办事。读完这种小说给人的感觉就是腐败在中国是合理的，对腐败是一种理解和同情，也算是分享艰难的小说。

3. 新都市言情小说。主人公大多为白领丽人，多具有小资情调，有别墅，出入高级娱乐场所，多有婚外恋情，也是电视热门题材。

4. 都市颓废小说。多是年轻作者写的，主人公是幽魂一样的男女，泡酒吧，食摇头丸，这也不是他们的独创，是从加缪等人那里学来的，是一群多余的人。

5. 历史小说。这种小说几百年前就有，现在的更多了主观臆断和戏说的成分，也易为影视所青睐。

6. 农村题材小说。与前几类有所交叉，比如官场小说中也有写农村的，但与80年代的这种小说不一样，因为主人公有变化，由上个世纪80年代的下层农民到现在的乡村干部，真正写农民生活的不多了。

7. 校园小说。多为大学生写大学生活，中学生写中学生活，把校园当作一个小社会。过去认为校园是神圣不可侵犯的，这种小说暴露了校园中的勾心斗角、争名夺利，知识分子的龌龊行径和心态。

第三个问题讲一下我心目中的好小说。

《聊斋志异》。首先，语言具有独创性，当时官方推崇的文章应该是八股文，他的这种文言文肯定是一种另类，而且在它之前，《红楼梦》、《西游记》这种白话文已经出现了，而他在小说中用典雅、优美的文言，是非常独特的。其次，故事具有独创性，写鬼写狐。再次，思想具有独创性，故事中的鬼、狐比人可爱。

蒲松龄之所以写出这种小说，关键在于科场的失意，怀才不遇，对科场的迷恋在小说中能体现出来,有人做了善事,他的儿孙就会中举等。正是对科场迷恋而又失败,造成了他作品的多意性、复杂性。蒲松龄晚年凄凉的心境产生了凄美的文字,他写作时完全从自我出发,发泄自己未能登科的个人愤怒和痛苦,但是这种痛苦与未被录取的广大秀才的痛苦一致,自己落魄的情形与广大老百姓一致。于是从自我出发,个人痛苦与时代痛苦合拍了。

《红楼梦》是曹雪芹家境败落后写出的,是经过繁华生活后才写出的。把它定位为对封建制度的批判是种误读,作者通过小说怀念以前的富贵,是留恋心境的体现,是为封建大家庭唱挽歌。是在描写贵族家境的过程中自然写出的腐败,并非故意写的。

多义性、无意性是伟大作品的标志之一。《战争与和平》也是好小说,是真正的历史小说,真正的战争小说,真正地展示了历史画面的好小说。从人出发的小说,才能真实地反映历史,完全写实的东西反而不能真正再现历史。

《罪与罚》这篇小说个性太鲜明了,完全与陀思妥也夫斯基病态的人格、半神经病的精神状态紧密相连。如果作家没有这种特异性,绝对不可能写出《罪与罚》来。作家很可能具有强迫症,所以虽然很危险,可能成为尼采,但却是人类灵魂复杂性的表现。这种小说探讨了人类灵魂的秘密。

我自己一贯眼高手低,我觉得现在的小说中,好小说没有,但是坏小说也不多,作品大多类型化,没有原创性、独创性,读完后让人拍案叫绝的作品不多。现在的小说作者出手很高,语言很优美、流畅。现在找不到有明显的优点或缺点的小说。原因不完全是作家的;经过历代累积,小说花样太多了,现在若无天才,就搞不出新花样来。上个世纪80年代,作家成名容易,那时的作品从技术、思想性上比不上现在的小说,是从“文革”废墟上重建起来的,作家突破禁区如爱情主题、公安层面的阴暗面就可成名。80年代中国作家疯狂阅读外国文学,产生震动并进行简单模仿。假如一个作家懂外语,事先阅读了作品,模仿后更容易成名。

现在的作家成名靠很多非文学的因素,如包装自己、伪造家史(宣称自己是大人物的私生子等)等,作品中暴露灵魂深处的东西不多。现在要找写作匠容易,但是找真正的文学大师不容易。有一些作家以一种非文学的手段获得一种同样非文学的名声。

卡夫卡的小说。卡夫卡是一个做梦的作家,他的小说就是仿梦小说,描写梦境,具有不确定性、非逻辑性;通过荒诞、悖论写出人世许多悖论的现象,这与他个人的精神状态和成长环境也是密切相关的,从卡夫卡写给父亲的一封信,可以看出他为什么能写出这样的小说。

《百年孤独》为中国作家提供了一种在小说不景气的时候挽救小说的方法。

马尔克斯毫无疑问受到了福克纳的影响，把欧洲的现代派小说与拉丁美洲的神奇传说结合起来，产生了魔幻现实主义。任何一门艺术当它濒临危机的时候，拯救这门艺术的只有两个方法：一是对本民族文化中未被挖掘部分的挖掘，从另一角度对已有文化进行利用；二是从外国借鉴人家的东西，通过外边东西的刺激对本民族文化积淀进行挖掘，然后结合起来，再加上作家独特的想象力才有可能产生新的作品。

现在要写出一部完全新的作品，没有一点前人的痕迹是不可能的，文学的突破也只能从边缘上去突破。

福克纳的小说，鲁迅、沈从文、张爱玲的小说，也是好小说。我觉得作家与文学家是两个概念，文学家首先应该为本民族语言的发展作出贡献，如鲁迅，他的杂文、短篇小说，用现代人的眼光看，为近现代中国的汉语作出了重大贡献。沈从文也是文学家，因为他独创了一种文体，使用他独特的语言讲述他独特的故事，也是文学家。张爱玲使用一种别人没用过的语言写别人没写过的故事。有了个性化的语言，反映了别人没有反映过的生活，具备了这两点才是好小说。而如果一个作家是一个伟大的思想家的话，不一定写出伟大的作品，鲁迅不适合写长篇小说，就是因为他太有思想了，思维太清楚了。长篇小说需要一种模糊的东西，应该有些松散的东西，应该有些可供别人指责的地方，里面肯定有些败笔，有些章节可以跳过去。总之，好的作品应该具备以下几个要素：语言的开创性与独特性，故事的独创性与多义性，思想的不确定性。

（作者是莫言弟子，本文系作者提供）

跟莫言老师回高密东北乡

◇齐林泉

天真烂漫的童年，淳朴温馨的故乡，是长大后漂泊的异乡人永远的怀想。浓浓的好奇，不尽的梦幻，对生命和苦难的懵懂，给故乡和童年蒙上一层柔柔的蜜意，淡淡的神秘，成为羁旅途中难以释怀的情愫。我们不必在乎故乡的故事真假，只需在静时静处坐下来，全身心地回味那缕缕已被喧嚣浮华的成人世界湮没许久、甜蜜而忧伤的思绪，让疲惫的心灵找一处暂居的归宿。

我们坐着七人座的面包车，奔驰在通往那个神秘而又普通、伟大而又渺小的高密东北乡的大路上。一路畅聊着文坛和故乡的逸人逸事，渐渐地，故乡逸事成了车里全部的主题。

高密，承载了莫言20岁前所有的回忆，承载了他整个文学王国中的半壁江山。这里，有莫言最倾心的童谣故事，有莫言最爱听的茂腔戏，有莫言最爱吃的佳肴美食，有莫言最爱聊天吹牛的伙计。

这次来山东大学接莫言回家的人，一个是传说与少年莫言三结义的好兄弟王玉清，另一位兄弟是张世家，三人都有文才，嘴巴功夫也都了得。常听贺老师念叨："每次回高密，莫言总是要找这两位好友神侃，他们都是爱抽烟、爱喝酒、吹牛不上税的主儿，常常是云山雾罩，通宵达旦。莫言的《红高粱》就是听了张世家绘声绘色地讲了一个故事，又是在张世家的怂恿下写成的，他也是第一个自信地认为莫言能拿诺贝尔文学奖的人。后来，世家兴办企业，莫言曾写过十多篇有关世家的散文、小说，为宣传张世家的天达药业出过大力。"

贺老师最近告诉我关于张世家不幸早逝后的一件事情：

世家早逝后，莫言、玉清悲痛不已。2011年9月，在高密召开的莫言小说《蛙》获茅盾文学奖研讨会上，王玉清眼睛湿润地拉住我的手说："世家要活着该多高兴啊，前几天我和莫言去给世家上坟了，我给世家点着香烟供上，唉，眼瞅着，那支烟，抽、抽、抽，一下子就没了，我又点上一支，又是一下子没了。"我很惊奇地问玉清："怎么没了呢？"玉清抬手指天慨叹："世家他，都到那里去了，还是抽啊！他是抽死的，现在还是抽啊！"我感到很神奇，问莫言："那烟真就没了吗？"莫言不屑："你听他吹呢！"但我宁可信玉清。不屑归不屑，莫言和这位能"吹"的好兄弟要好得很，这只是一种老家人特殊的情感表达方式。

车将行至潍坊高密，有人提议，何不前往途经的蒲松龄故居一游？王玉清慷慨应允，马上打电话联系淄博临淄的朋友。

车到故居门口，展现在大家眼前的更像一处城市的公园：浓密的绿色植物，辉煌高大的影壁，玲珑秀气的回廊，潺潺的小溪，弯弯的小桥。在公园的一个角落里，才找到一个不起眼的土屋，里面有土炕，土炕上有破衣被。莫老师感慨地说："关于蒲松龄的也许就这点点东西吧，说不好也是之后返修的。除了小说，他还能留下什么？"

八个月后，我正在写毕业论文，收到莫老师的邮件："这篇小稿你看过吗？北京非典病例已经大大减少，你来北京报到应该为期不远了。"邮件附件就是下面的小文：

学习蒲松龄

从我家西行三百里，有一个地方叫淄川。三百年前，在淄川蒲家庄的一棵大柳树下，坐着一个白胡子老头。他的面前摆着一张小方桌，桌上放着茶壶茶碗、烟笸箩烟袋锅。来来往往的人如果口渴了或是走累了，都可以坐在小桌前，喝一杯茶或是抽一袋烟。在你抽着烟或是喝着茶的时候，白胡子老人就说："请讲个故事给我听吧。随便讲什么都行，奇人奇事，牛鬼蛇神……随便讲什么都行……求您啦……"他虽然白发苍苍，满脸皱纹，但眼睛却像3岁孩童的眼睛一样清澈，让人无法拒绝他的要求，何况还喝了他的茶水，抽了他的烟。于是，一个个道听途说的、胡编乱造的故事，就这样变成了《聊斋》的素材。这个白胡子老头当然只能是蒲松龄，一个右胸乳下生着一块铜钱大黑痣的天才。

我的爷爷的老老老……爷爷是一个贩马的人，每年都有几次赶着成群的骏马从蒲家庄大柳树下路过。他喝过蒲松龄的茶、抽过蒲松龄的烟，自然也给蒲松龄讲过故事。《聊斋》中那篇母耗子精阿纤的故事就是我这位祖先提供的素材。这也是《聊斋》四百多个故事中唯一发生在我的故乡高密的故事。阿纤在蒲老前辈的笔下很是可爱，她不但眉清目秀、性格温柔，而且善于囤积粮食，当大荒年里百姓绝粮时，她就把藏在地洞里的粮食挖出来高价粜出，娶她为妻的那个穷小子也因此发了大财，并且趁着荒年地价便宜置买了大片的土地，过上了轻裘宝马的富贵生活。唯一不足的是,阿纤睡觉时喜欢磨牙,但这也是天性使然,没有办法的事。

得知我写小说后,这位马贩子祖先就托梦给我,拉着我去拜见祖师爷。祖先骑一匹白马,我骑一匹红马。我们纵马西行,跑得比胶济铁路上的电气列车还要快,一会儿就到了蒲家庄大柳树下。祖师爷坐在树下打瞌睡,我们的到来把他老人家惊醒。祖先说:"快下跪磕头!"我慌忙跪下磕了三个头。祖师爷打量着我,目光锐利,像锥子似的。他瓮声瓮气地问我:"为什么要干这行?!"我在他的目光逼视下,嗫嚅不能言。他说:"你写的东西我看了,还行,但比起我来那是差远了!""蒲大哥,我把这龟孙子拉来,就是让您开导开导他。"祖先在我屁股上踢了一脚,大喝:"还不磕头认师!"于是我又磕了三个头。祖师爷从怀里摸出一支大笔扔给我,说:"回去胡抡吧!"我接住那管黄毛大笔,低声嘟哝着:"我们已经改用电脑了……"祖先踢我一脚,骂道:"孽障,还不谢恩!"我又给祖师爷磕了三个头。

收到邮件后,我知道莫老师是在点拨正在写《莫言创作论》论文的我。怀着急切的心情,我作了如下回复:

莫老师:

您好!

这几天电脑出了些问题,以致今天才回信,见谅!

非典是好多了,今天只增了几例。但愿瘟疫早日流行过去,生活恢复正常。

从高密回来后,在您的一本集子中看到过您的《学习蒲松龄》,并妄做了一些揣测:

三段,第一段是您向往的蒲松龄,向往的关键点在于他3岁孩童一样清澈的眼睛,这是一颗好奇之心的体现,它是蒲老源源不断进行创作热情的源泉!他热爱生活并对人生充满探索的精神。第二段过渡。第三段通过对他陈腐的描写,表明您必须进行超越!他的创作方式在今天已经失去了生命力。

您是受了他很大的影响,但您已经在努力超越。我正在您的作品里寻找您超越后的体现。如果您对我有所提示的话,我可能省些工夫。

另外,我最近看了两本书:一是《东周列国志》,我觉得里面好多人物描写颇似您的神韵,在那个没有规范的时代,上到周三、霸主,下到隐士、草民,他们在不同的环境中,表现出各自充满个性的选择和追求,体现出共同的追寻自由自主的气节和禀性。那是一个原创性的时代,所以那个时代的人更有生命力和创造力。

二是《海子的诗》,这个25岁就卧轨自杀的天才,他塑造意象的能力和对宗教文化知识意象性的阐释和思考,让人很容易回归到原初时代,从具体的时空中把握宇宙人生。我极其佩服他的想象还原能力。

我想，您小说中的人物和场景各与上面作品有相通之处吧。不知道您是否关注过这两部作品。

注意身体！保证休息！

夏安！

学生　林泉

2003年5月20日

莫言回复：

蒲公的创作方法，永远不会失去生命力，因之也无法超越。当然他那种典雅的文言，在今天不大可能流行了，但那样的文字，谁能写得出来呢？蒲松龄故居一游，我感触最多的是，如果我们活在他的时代，就会发现，他就是我们村子里一个有学问的老人，一点神秘感也没有。

《东周列国志》，说实话我没正经看过，小时候特别想看，但是借不到，现在书架上有，却不想看了。

我对诗歌，基本不懂。

北京非典即将过去，你可以很快来报到了。

离开淄川，我们直奔高密。莫老师在车头调转到故乡方向的时候，情不自禁地在车内大声唱起了故乡的地方戏——茂腔！也就是他在前一年刚刚出版的长篇小说《檀香刑》中的“猫腔”。

对于茂腔，莫言有着深厚的感情。上小学时莫言曾经是毛泽东思想文艺宣传队的队员，在看过电影《列宁在十月》后他曾写过这样的茂腔唱词：

列宁同志很焦急，城里生活有问题。
马上去找瓦西里，让他下乡搞粮食。

可以说他是从小在茂腔戏的声音中长大的。在自幼深受这个旋律滋养的莫言心目中，高密的茂腔戏永远是萦绕在耳边最优美、最动听的旋律。莫言参军入伍两年后第一次回故乡，首先听到的让他感动落泪的声音，就是茂腔——“此曲唯在高密有，使我潸然泪两行。”他乡遇见高密人，莫言想到的还是“啥时咱们见见面，抽烟喝茶听茂腔”。

车行至高密界，莫言指着车窗外一个村落说：“‘大白鹅’就是这个村子里的。”“大白鹅”是莫言小说中的一个人物。莫言创作小说有爱用真人真名的习惯，当然故事并非完全取自真人。这样的写作,更便于莫言及时到达他的高密王国并沉浸其中。然而,这也招惹了很多的麻烦,比如在《红高粱》中把同村的人写死了,村人自然愤愤不平地去找莫言的父亲。经老人劝说,那人的怒气才平息了。随后,村人们都接受了莫言的这一做法,故乡的土地是宽容的。

接着,王玉清开始和莫老师等一行人边笑闹边讲起了在河崖油棉厂的青春趣事。有瞎吹,也有杜撰,捕风捉影,是为回归青春岁月的激情。传说中莫言少年时代三兄弟结义就是在这段岁月中发生的。当然,莫家师母也是在这里认识的。他们都是这个厂子里的工友。被改成电影的莫言小说《白棉花》,故事背景就是取自那段青春往事。我们在回程中还专门停下来走进了厂子里。面积没有想象得大,厂房没有想象得宽敞,但它承载着莫言厚重的青春和繁花似锦的青春想象。显然,当时的现实故事要比小说世界更加精彩。

到达高密,我们先行到了莫言大哥管谟贤的家里。他时任高密一中副校长。莫言兄弟姊妹四人,大哥谟贤和排行老四的小弟莫言,正好差 12 岁,都属羊。谟贤先生 1963 年高中毕业,以优异的成绩考入上海华东师范大学中文系。正如贺立华老师常常讲的,他是莫言文学上路的重要启蒙者,他中学时的作文和课本成了少年莫言的开蒙读物;他曾是青年莫言早年选择走文学道路的反对者,他又是后来莫言文学创作的支持者;他是莫言早期作品的第一个读者,他又是莫言小说最严厉、最权威的批评家。

当晚,一行人住在高密城内一家宾馆。除了我们一行人,当地的一些领导也出席宴会,当然,张世家也到场。宴会上,远方的来客杜特莱夫妇自然是款待重点,然而,宴会上的焦点人物非王玉清(莫言称他“王大吹”,他口吃且滑稽,善写文章,当时为高密市密水街道办事处政策研究室主任。20 世纪 80 年代任公社新闻通讯员时曾在报上误发过“高密河崖公社发生特大蝗灾”的新闻,故莫言戏称其“大吹兄”)莫属。他有莫言最爱看的传统段子表演:他叫服务员拿来一方手帕,捂嘴学唱茂腔戏《李二嫂改嫁》中的二嫂,惟妙惟肖,又滑稽可人。一桌人哄堂大笑,开心异常!后莫言为此写过这样的打油诗:

赠大吹兄

望风扑影三十年,两只蝗虫飞满天。
手绢捂嘴学《二嫂》,结巴难能做大官。
开怀白碗灌红酒,消愁小曲唱《借年》。
摇头摆尾回家去,老妻烈娇赛貂蝉。

第二天一早,我们奔赴莫言故居大栏乡平安庄。虽然离开才八个月,但莫言早已归心似箭。远远看到了莫言小说中常常出现的那些河流，绸带般在村庄和天野之间若隐若现。在离村子不远的一座小桥上，莫言叫车停了下来。水泥面的桥上正晾晒着一些金黄的玉米。下车后，莫言说，这就是《透明的红萝卜》故事原型发生地。小桥下面，铁匠打铁的桥洞依然还在，只是河里没有了水，长着一些荒草。也是对他影响最大的作品。他把他迄今所有作品中的人物，都归结为一个人物，那就是《透明的红萝卜》中从不开口说话的黑孩子。在这里停车观看，那是自然的。对莫言来讲，这里是个起点，也是一个归结点。

车到村头，远远就望见莫言的老父亲站在那里，健朗的身板，黑红的脸膛。严厉、本分的父亲让莫言的童年有过拘束，但也成就了莫言做人为文的品性。一行人往堂屋一坐，就满了。加上村里的乡亲，城里的记者，整整挤满了莫家大大的院落。

莫家人开始在堂屋的灶台上下饺子。堂屋的墙上挂着玻璃相框，里面有很多家族成员的照片，其中有一张是年轻的莫言正在啃西瓜。院落里，有一辆木制小推车，这让我想起莫言小说《大风》中爷爷在风中屹立的高大不屈的形象。后来了解到，这是莫言父亲现在常用的家什，80 多岁的高龄，他还坚持每天干农活。与堂屋毗邻的屋子里住着二哥，二哥的书桌上放着一本打开的书，扉页是大江健三郎的签名。八个月前他刚刚来过，与莫家一起过了大年。

随后，我们一道去莫家老屋。莫言的二哥带路，我们向村边走去，直走到了胶河边上的一处破落的院落。莫言二哥打开了院门，里面种了一些已经成熟的大豆，院子里有石磨、斧头等。看着门口的石磨，莫老师不由得吐吐舌头："我就怕这个东西，下了学就得去拉磨。"

莫老师带着我们进了屋子，里面光线暗暗地，略显狭窄和矮小。墙上贴满了报纸，那是上世纪 70 年代典型的农家屋的装饰。在一间有着通铺大炕、略显华丽的房间内，莫言说，这就是他们当初的婚房。阳光透过木格子的窗户，照射在温馨的床面上。莫言说，小时候，在这屋里，能听到屋后胶河的流水声。"二十九年了，那时，一开这个窗，就可以看到河里的水，河水常年不断，冬天结很多冰，可以上去滑冰呀，砸开冰洞挑水呀。"

他也提到 80 年代拍电影《红高粱》的时候，这个院落是全村最热闹的地方。想想姜文、巩俐、张艺谋等一干导演、演员挤满院落，大葱蘸酱吃抹饼，那动静，那声势，才叫热闹。

我们中间抽空陪莫老师和师母一起去为莫言的母亲上坟。这次莫家人没让杜特莱夫妇跟着，仅有我们师生四人和师母，穿过阳光照射下寂静的村庄向坟地走去。路上莫老师和师母会时时对我们说这是谁家谁家，也偶尔有村人跟莫老师夫妇打一声招呼，很平常的样子，就像莫老师一直住在村子里那样。

我们一路向南，出了村子。村子周围有水沟样的洼地，地边上有几株挺拔的向日葵，在九月的风中向着太阳，绽放着灿烂的金黄。我们沿着村外的土路一路走一路讲各自童年时在农村中的人和事。后来，我们进了一片桃林，在郁郁葱葱的林木间绕来绕去。在桃林间一片相对空荡的草地上，有一座约一米高直径两三米的黄土坟。那就是莫言母亲的坟。莫言和师母跪下，摆好供品，莫言举起双手，长长的三个叩头，然后起身，我们一起回村。回来后大家话都不多。我脑海中不断闪现着莫言作品中的母亲形象。尤其是莫言散文《吃的耻辱》中的那个形象久久不去。文中讲到莫言初进都市那几年因为吃而受辱不能忍受时，对母亲的哭诉：

> “娘啊，简直是没有活路了。”我对我娘说。
>
> 我娘说：“儿啊，认命吧！命中该受什么就得受什么。”
>
> 我说：“娘啊，咱们一大家人，就单单我因为吃忍辱负重，半辈子人了，这种状况还没改变。”
>
> 娘说：“儿啊，你这算什么？娘在1960年，偷生产队的马料吃，被李保管吊起来打。当时想，放下来干脆一头碰死在树干上算了，可等到放下来时，还不是爬着回了家。你大娘去西村讨饭，讨到了有麻风病人的家里，见过堂里一张饭桌，桌上一只碗，碗里半碗吃剩下的面条，麻风病人吃剩的面条，脏不脏？但你大娘扑上去就用手挖着吃了，还生怕人家看见骂！你受这点委屈算什么委屈？娘分明地看到你一天比一天胖起来了，不享福，如何胖？儿啊，你这是享福，不要身在福中不知福！”

莫言的母亲是1994年去世的。莫言想写一部书献给母亲，这就是《丰乳肥臀》。在书的扉页，赫然写着这样一行字：“谨以此书献给伟大的母亲。”

莫言的母亲从小就是个孤儿，在姑母的抚养下长大成人，一生身体瘦弱、疾病缠身。除了儿时同其他女孩一样受了十年裹脚之苦外，频繁的生育和饥饿使她终生痛苦，她先后生了八个孩子，活下来的只有四个。作为最后一个孩子，母亲对莫言比较溺爱，让他吃奶到5岁，在那样艰苦的条件下吃母亲的奶，成年后的莫言感到了这件事的残酷和无耻。有一次，在北京一处地铁出口处，莫言看到了一位喂奶的瘦弱母亲，这激发了他的创作灵感，他决定从生养和哺乳入手写一本感谢母亲的书。但在写的过程中，小说中的人物有了自己的生命，突破了原有的构思，就有了现在的小说《丰乳肥臀》。莫言追忆那段日子说：

> 那是1994年的春天，我的母亲去世后不久，在高密东北乡一条狗在院子里大喊大叫，火在炉子里熊熊燃烧的地方，我夜以继日，醒着用手写，睡着用梦写，全身

心投入三个月，中间除了去过两次教堂外，连大门都没迈出过，几乎是一鼓作气地写完了这部五十万字的小说。

在诺贝尔文学奖颁奖演讲中，莫言讲到母亲的坟已经从这里迁走。但那融入泥土的骨殖，让母亲和大地合二为一。母亲和大地是莫言小说永远不变的主题，他的生命和文学王国在此植根不离，他永远是这片土地的孩子。

曾经年少的莫言在《红高粱家族》的最后篇章如此抒怀：

> 可怜的、孱弱的、猜忌的、偏执的、被毒酒迷幻了灵魂的孩子，你到墨水河水里去浸泡三天三夜——记住，一天也不能多，一天也不能少，洗净了你的肉体和灵魂，你就回到你的世界里去。在白马山之阳、墨水河之阴，还有一株纯种的红高粱，你要不惜一切努力找到它。你高举着它去闯荡你的荆棒丛生、虎狼横行的世界，它是你的护身符，也是我们家族的光荣的图腾和我们高密东北乡传统精神的象征！

（本文系作者提供）

弟子问师:关于鼎钧文学奖的一次访谈

◇齐林泉

2003年元旦过后,在深圳工作的同学、张华教授的硕士研究生王春芳告诉了我一个好消息:莫言的《檀香刑》因为比以往任何高扬"民间性"的小说实践走得更远,也更内在化,他对本土叙事资源和语言资源的回归,为新世纪的中国小说确定了一个新的艺术方向,荣获由11位国内著名学者、编辑共同发起的一项专业性文学奖项"21世纪鼎钧双年文学奖"。这11名学者、编辑分别来自国内著名大学和社科院等研究机构及《人民文学》、《收获》、《作家》等权威文学期刊。

欣喜之余,在王春芳的建议下,2003年1月24日13点22分,我以邮件的形式约访了莫言老师:

莫老师:

您好!

首先预祝您春节快乐,合家欢聚,新的一年里健康幸福!

最近好吗?我现在正在准备考博,报了北大、复旦、山大三个学校,不知会去哪一个。本不想找工作,但教育部的《中国教育报》来文学院要人,全院筛选最后剩下两个人,有我,考虑到单位不错,就答应下来,可能春节后很快就过去实习。对于现在考博还是工作,我想听听您的高见。

还有一件事,您上次来山大时跟我们一块吃饭的张华校长的研究生王春芳现在已经到《深圳都市报》工作。他托我采访一下您有关您获21世纪鼎钧双年文学奖的事,正好我在作毕业论文中也有一些毕业论文中遇到的问题要问您。我写了一份采访稿,如果您有时间并感兴趣的话,就帮着"填填空"吧。本次采访我想也向其他报刊投一投。另外,您的作家答词可以给我一份吗?

今年春节回家过吗?过年是一段生活相对安闲而感情容易活跃的日子,相信您又会满载而归的。家里的爷爷身体那么好，热热闹闹一大家人，真是福气啊！

我腊月廿六回家，很快就回校。小时候是在农村过年的，觉得年味特别足。后来一直在县城里过，觉得过年无非是全家聚一次餐而已，跟平常日子已经没有什么区别了。

好了，最后提前给您、师母及全家人拜年！

新年好！

林泉

2003 年 1 月 24 日

当天晚上 22 点 9 分，收到莫老师回信：

小齐，即便是博士毕业也未必能找到一个合适的工作，《中国教育报》应该不错，又是在北京。我看你还是先来北京工作吧。

稿子明天再看。

1 月 25 日 13 点 5 分，莫老师果然把访谈的内容发给了我，并且不放心地一遍遍嘱咐我抓住来北京工作的机会，这里面有师生的眷恋，更有长者的睿智和关切：

小齐，将稿子发过去。我们刚刚从高密回来，过年就不回去了。到教育部工作，机会很好，还是来吧，博士以后还是可以读的。稿子如有不妥之处，你随便改吧。祝你春节好。

当天，我把访谈录整理出来，题目叫《作家莫言：接穷神过大年》。26 日凌晨 2 点 37 分，给莫老师发了过去。这天上午 11 点 10 分，莫老师回信：

小齐，我把稿子调整了一下。你再看看，有没有不合适的地方。

1 月 27 日 23 点 26 分，莫老师突然又发来一封邮件：

小齐，今天很不舒服，草草地回答了一些问题，做了一些删改。不愿意得罪人太多。题目也改了一下。你师母也看到了你拟订的那个题目，她说不好，就按我改定这个发吧，也可以简略为“写小说过大年”。祝你春节好并祝能顺利地来京工作。

我开始极度愧疚，这些天这篇东西看来把莫老师折腾得不轻：

莫老师：

您好！

不知您身体怎么样了？收到来信后很不安，也很担忧。年前一般是很忙碌的日子，一定要注意什么事都悠着来。要多休息和锻炼，让心境悠闲下来，也给忙了一年的心放放假。

再一个，这段时间不该打搅您这么多，很过意不去。昨天贺老师知道了还批评我，不该这么打扰您。如有能力，以后一定好好补偿。

定稿后我就不马上给您往回发了，过完节再说吧，也让您安安静静过个好年。您放心，您回答得不够的，我从您来山大讲课的内容以及其他资料里再充实一下，一些可能引起某些大人物过敏的话我把它委婉一些或者避一避。其他按您和师母的意见。

春节一定悠闲地过一过，一张一弛才是文武之道。

师母又该忙着准备过年了，不过感觉她总是那么调适有度，处事自然。

笑笑这次放弃报名三月份的考试是明智的，学习上把自己搞得太疲惫了总是费力不讨好的。不如养精蓄锐一番，而后一鼓作气搞定。

最后祝全家和和美美、快快乐乐过个大好年！

来年全家好运！健康幸福！事业、学习、生活都蒸蒸日上！

拜年了！

林泉

2003年1月28日

当晚19点24分，莫老师回邮件：

小齐，没有事的，你们贺老师瞎批评你。

现在想来当时是不懂事的，还是在晚上20点30分马上发了改后的稿子给莫老师：

莫老师：

您好！

得知没什么事，就放心了。不过还是注意多多休息。过年无论如何，也是一个调整身心的时间。

贺老师也是关心您，很多老百姓还等您的小说看呢。所以您的身体好坏可不是您一个人的事。

稿子弄完了，还是给您发过去吧。就是作协主席那里改了。另外我的问话里不合政策的地方也改了改，重新调整了结构，大致从文学奖与文学、创作方法、创作心态、文学与社会道德、20世纪前后文学传承、文学理念六个方面进行了探讨。我也相对从整体上与您进行了较全面的沟通，对我硕士期间的一些思考是一次验证，对我的毕业论文的顺利完成大有裨益。谢谢莫老师啦！

我明天上午就回家了。调整几天。下学期就又忙起来了。

全家春节快乐！

林泉

2003年1月28日

半个小时后，21点9分，收到莫老师的邮件：

小齐，祝你春节愉快。

是的，还有三天就是新年啦。

下面，就是这篇反复修改而来的访谈。这个访谈录被很多报刊刊发过，莫老师也很看重它，不仅当年在他重版的长篇小说《十三步》中作为“代序”，还在日后多次收入自己的不同文集。在我心里，这篇访谈的分量更是举足轻重。

作家莫言：写小说就是过大年

——莫言获首届“21世纪鼎钧双年文学奖”的对话及其新年创作谈

采访时间：2003年1月25日

背景资料：2003年1月15日，著名作家莫言和李洱，分别以长篇小说《檀香刑》和《花腔》获首届“21世纪鼎钧双年文学奖”。鼎钧双年文学奖是由国内11位文学人士发起并担当评委的专业奖项，他们中有高校、社科院的学者，也有著名文学刊物的编辑。计划每两年颁发一次，每次授予两名中国作家，其中一名年龄在40岁以上，另一名在40岁以下(含40岁)，获奖者须在评选期内有重要作品问世，水准在其个人创作史上处于高峰状态，并对汉语写作有创造性的贡献。目前评选倾向于长篇小说，但也不排除诗歌、散文将来会进入评选范围。

一、得奖不是什么值得张扬的事情

齐：莫老师，首先祝贺您新年伊始就喜获首届“21世纪鼎钧双年文学奖”。这是一年的好兆头！对于这个奖项，因为是首次颁发，好多人还不太了解。可以先谈谈有关这个奖项的情况吗？

莫:这是由民间人士出资赞助、由从事文学工作的专业人士组成的评委会按照严格、规范的程序操作的奖项。详细的情况我还不太清楚,但我感受到了这个奖的严肃性和专业性。在简单的颁奖仪式上,出资设立该奖基金的人并没有张扬,甚至拒绝向媒体透露自己的身份。这样就与借设奖以扬名做广告的诸多奖项有了区别。

得奖当然是好事情,但也不是什么值得张扬的事情。那种因为一个短篇得了奖就成了"著名作家"的时代早就过去了。这件事仅仅说明了社会上有人还关心、热爱文学,有人还喜欢我的作品。

齐:有媒体认为鼎钧双年文学奖是带有同仁性质的奖项,评选结果完全建立在11位专家评委个人阅读的体验上,与主流观念、市场标准都没有关系。目前在市场上遍地开花、大红大紫的作品,完全没有进入评委们的视野。您是怎样看待"专业标准"与"流行趣味"在评奖上的这种分离的呢?

莫:专业标准也是相对而言,一部小说,其实包含着多种因素。我也不敢说我的《檀香刑》里就没有"流行趣味"。但这些评委因为他们的职业和教养,对文学的认识与一般的读者有差别也是客观事实。换一帮评委,我的书别说得奖,只怕连提名也轮不到。即便在所谓的"纯文学"的小圈子里,对我的小说持异议的人也很多,即使在这11名评委里边,不喜欢《檀香刑》的也有,而且不止一个,这也恰好说明了这个奖的可爱之处。

齐:在这个奖项说明里面,我们看到它有两项专业性质的标准:一个是水准在其个人创作史上处于高峰状态,一个是对汉语写作有创造性的贡献。对于前者,我想了解一下,一个作家怎样来界定自己是否处于创作高峰?从作品数量看,1996～1997年是您的创作低潮期,但这两年内您不但开始创作您的第一部话剧剧本《霸王别姬》,而且后来更具创新性、更加成熟的第八部长篇小说《檀香刑》也是在那个时候构思、动笔。之后推出的《拇指铐》等一批中、短篇小说更是风格焕然一新,所以我想作家自己对创作高峰的界定是不是与评论家不一样?您认为自己现在处于高峰状态吗?《檀香刑》后您的创作不多,是不是又在酝酿新的长篇?还是作其他小说形式的尝试?对于现在方兴未艾的科幻小说(如日本的《银河英雄传》等),打算尝试吗?

莫:评论家和读者评价一个作家是否处于创作的高峰状态当然是以他公开发表的作品为准。但这样难免会有误差。譬如他们认为我目前处于高峰状态,但这两年我恰好什么也没有写。而如你前面提到的那批作品恰好是大家都认为我的创作处于低潮的时期写出来的。至于我目前的状态,很难用低谷或是高峰来描绘。我承认过多的与文学没有什么关系的活动，侵占了不少写作时间，但一个作家也的确不能每天关在屋子里写作。对于我来说，一切活动最终都要和小说发生直接或者间接的关系。我正在为新的小说作准备，不着急，慢慢来。科幻小说，我很喜欢，但这种小说很难写，如果你不掌握很多的现代科学知识，是科幻不起来的，许多科幻小说中描述的情景，最终都变成了现实。前辈的科幻作家，都是后辈科学家的老师。

齐：至于上面问题里提到的第二个标准——对汉语写作有创造性的贡献，我记得您在2002年9月份给研究生上课时提到，一个文学家必须首先具备这样的素质，这是文学家有别于作家之处。在您的作品中，也极具体现。而在现实生活中，一些通俗小说以及影视作品、网络传媒甚至服饰广告可能对汉语及其文化潜移默化的改造更大，金庸、亦舒等的小说，痞子蔡、安妮宝贝等的网络作品，周星驰的电影，琼瑶的电视剧，日本的动画，韩国的爱情剧，MP3，FLASH，波波族等，不知道在您的眼里，它们这种也不乏创造性的更大的改变算不算是贡献？是不是文学家的贡献更纯粹一些？一个好的文学家应该如何对自己所处时代中的流行趣味作出自己有品位的甄别？

莫：你这个问题很尖锐。是的，流行的东西，对语言的影响很直接，简直就是语言的传染病。但这种东西来得快也去得快。最终沉淀下来的不会太多，但每一个时代的流行语言都会在文学作品中留下痕迹。好的作家，大概像一个语言的炼金术士，他攫取语言中的一切粗矿，然后与自己的语言气质相结合，加以锻炼，然后形成独特的文体。

齐：像众多大的文学奖项一样，鼎钧双年文学奖对诗歌、散文不是太感兴趣。我国曾经是诗的国度，以诸子百家、唐宋八大家等为代表的散文传统也源远流长，古代的小说却是勾栏里巷的俗物，现在诗歌、散文反倒不能登大雅之堂，尤其诗歌现在在中国的待遇还不如国外，像诺贝尔文学奖不乏诗人作品入选，不知道这是中国传统文化形式的悲哀呢？还是中国文学与世界接轨的大幸？

莫：我不懂诗歌，不敢妄加评论。但实际上诗歌还是很热闹的。号称诗人的人，大概有几十万吧？而且各式各样的诗歌奖更是多如牛毛。你去看看那些诗人的小传，就会发现，诗歌奖比小说奖要多得多。

齐：我知道您已经出了三本散文集了，您的散文随意亲切，遐思飘荡，弥散着大家之气。可以讲一讲您散文创作的历程和创作体会吗？

莫：三本散文集，其中的篇章重复的很多，只能算一本散文的三个版本吧。我那些文章，都是漫不经心之作，没有经营过，粗糙得很。你不要胡乱表扬。我也不知道散文作法是什么，连小说都没有作法，散文就更没有作法了。你想到哪里就写到哪里，心里怎么想，笔就怎么写就是了。

齐：对与您一起获得鼎钧双年文学奖的作家李洱，您对他的为人和作品了解多吗？他们这批年轻一些的作家，与你们那一代作家比，更为可贵的品质是什么？在您眼里，他们目前还欠缺什么？

莫：李洱我不熟悉，见过几面，但都没有深谈。你知道我是一个不善结交的人，在文坛混了二十多年，也没有几个可以谈文学的朋友。但李洱的作品我还是看过一些，在他没有写出《花腔》之前，我就看过他的几部中篇，很喜欢，并且我在三年前就跟人说过，李洱是他们这茬作家里既有比较深厚的生活积累，又熟谙叙事技巧的一个。他的《花腔》一出我就看了，开讨论会时他们邀请过我，但我好像是要出差没有去成。在颁奖那天，有记者问我对这部作品的看法，我说《花腔》很像《檀香刑》的姊妹篇。《檀香刑》写了声音，《花腔》也是在写不同的声音。

至于这茬作家的欠缺，这个问题不是太好谈。其实，每一茬作家都有自己的欠缺，说局限也许更妥当些。我们这茬作家有我们的局限，李洱他们有他们的局限。我大概地知道他们喜欢什么样子的作家，也能从他们的作品中看出他们的“家传”。不要去看他们关于小说的理论，任何作家的小说理论都是云山雾罩，一读他们的小说你就会知道他们的底细。他们这茬作家对我这样的作者多半是嗤之以鼻的，这我很清楚，而且我也知道，他们中的多数人，基本上没看过我的任何作品，不看一个作家的作品而彻底地否定一个作家，听起来很荒诞，但这在文学史上是常有的事。同样，比他们更年轻的作家很可能也会对他们不以为然，“芳林新叶催陈叶，流水前波让后波”，这很正常，也很必要，因为任何创新都是从不满开始的。

齐：可以谈谈您对其他国内外奖项的看法吗？比如国内的“茅盾文学奖”、您去年在法国获得的“卢尔·巴泰膺”奖，还有您呼声很高的“诺贝尔文学奖”等，您认为这些文学奖项对文学的繁荣起多大作用呢？

莫：关于文学奖，其实没有什么好谈的。总而言之，任何奖都有自己的标准，符合了就得奖，不符合就不得。得了奖也不说明你的作品就比别人的好，没得奖也不说明你的作品比得了奖的不好。文学奖跟文学的繁荣，我认为基本上没有关系。唐朝的时候没有文学奖，但文学不是很繁荣吗？现在有这么多的文学奖，几乎每个作家都得过这样那样的奖，有的人还得过数百个奖，这也很难说是文学的繁荣，更不能说那些得了数百个奖的作家就有多么了不起。

二、“穷神啊穷神，到我家来吧”

齐：莫老师，您是自2000年来新闻发生率最高的作家之一：话剧《霸王别姬》、热身诺贝尔文学奖以及大江健三郎击节赞赏；《檀香刑》再掀您的创作高峰；到山东大学任客座教授；英美文学界重量级文学评论期刊《今日世界文学》，推荐75年来40部顶尖文学名著，您的《红高粱》入选，大江健三郎与张艺谋相约到您家座谈；大江健三郎先生到高密您的老家过年等。这些使您一直并不寂寞。但您对待这些浮名保持着良好的心态，您是怎样把握的呢？

莫：我那所谓的话剧，纯属凑热闹，不值一提。“热身诺贝尔奖”，更是荒诞的说法，这可不是体育比赛，还要热身。大江健三郎先生对我的一些夸奖，也只是一个作家对同行的夸奖，没有媒体渲染得那般邪乎。《檀香刑》毁誉参半，有人认为是鲜花，有人认为是狗屎，都对。我有一群坚决的反对者，他们看到我的文字就反感，就愤怒，甚至不看到我的文字一听到我的名字就反感，就愤怒，而且这些人里边有许多非常年轻的写作者，并不仅仅是老人。这个群体对我来说非常重要，这说明我的写作触及了某些讳莫如深的领域，我的存在让他们不舒服，从某种意义上说，让这些人不舒服，正是我的价值。当然，也还是有喜欢我的读者，他们几十年来始终支持着我。到山大担任客座教授，是真正的滥竽充数，我是有自知之明的。写了几篇小说，浪得虚名，自己心中知道自己能吃几碗米的干饭。至于美国那家刊物的排名，只能代表他们一家的观点，有多少好小说被遗漏了啊。我其实一直很自卑，知道自己的“本钱”，狂妄不起来。当然，我也反感那些写过几篇小说就忘记了自己姓什么、自以为是伟大人物的作家。

齐：说起作家的心态，我想一个作家的心态肯定会在他的作品中不自觉地展露出来。都知道浮躁是一种很有害的心态，但它仍很普遍地存在。还有一种较为普遍的心态，现在我很难说它对作家本人和对别人、对社会有利还是有害，这就是宿命和悲观的心态，很多人认为这种心态更接近于文学的本质，也更具有人文精神。我认为您的作品中没有这种东西，因为我能感觉到您作品中处处游荡的那种不散的英魂。就宿命和悲观的这一心态的存在和作用，我想听听您的看法。

莫：浮躁心态的产生，一个重要的原因，就是太把文学当成了伟大的事业，或者是太把文学当成了升官晋爵的敲门砖，你看看各级作协换届时，为了争夺一个“副主席”之类的头衔，结帮拉伙、四下串联的闹剧，就会明白这些人看重的到底是什么了。还有的作家，因为本身就是高等华人，尽管他们口口声声地说要为人民写作，其实，他们哪里能体会到老百姓的心情？一个老百姓，无法不悲观，无法不宿命。我回老家，经常听说村子里出现了仙姑看病，许多老百姓都去看。你可以批评老百姓迷信,但到了那样的环境里,你无法不迷信。你知道一个百姓去医院看病的艰难吗?你看过那些医务人员可怕的嘴脸吗?你知道医院宰人的凶狠吗?你知道老百姓吃的药有多少是真的吗?你知道老百姓对官员们的真实看法吗?关键的是,你知道一个老百姓辛苦劳作一年,能收入多少钱吗?但老是这样悲观、宿命,也不行,为了活下去,他们发明了幽默,也就是苦中作乐。而苦难到了极端后,老百姓就要抗争,我说的不是造反啊,是不向命运低头的抗争。我们那里,有一个穷人,过年时家家都接财神,他却到大街上去喊叫:穷神啊穷神,到我家来吧,我们一起过大年!好玩的是,这个穷人的日子从此竟发达起来。这故事中包含着很多意思。我的小说里也有这种东西。

三、也许用不了二十年,道德就要发生巨变了

齐:现代科技的发展,使人们在拥有巨大物质财富的同时,却面临着空前的精神困惑,在宗教盛行的国家里,这种困惑可能小一些,而在中国这个有"泛神"传统的民族,这是极为迫切的问题。在这种情况下,寻找我们民族力量的源泉,挖掘我们民族文化的生命内核,来给现代生活一个有力的支点,应该说是每个以文化为业的人所必须考虑的。从您《红高粱》以来的一系列小说中,可以看到您的这种努力。您试图从人们对历史传奇完美的寄托中寻找我们今天前行的动力,您认为这种努力现在已经收到了多大的效果?怎样再继续下去?

莫:我们也信神,但都是很功利的。你去南方看看,那些庙宇,都是香火鼎盛。听说每年的第一炷香都是达官贵人用高价买断了的。人们求神,是为了升官晋爵,发大财,总之是很功利,这跟真正的宗教精神相去甚远。解决一个民族的精神信仰这样一个重大的问题,几篇小说是无能为力的。别说是我的小说,连那些伟大作家的小说也解决不了这个问题。

齐:您在《檀香刑》后记中提到,这部小说的创作过程是一次有意识地大踏步撤退,其实这种后退的取向在《红高粱》里,"种的退化"一经说出时,就被规定了。对今天"种的退化"的肯定,恰是您在高扬"尚古",但这跟守旧复古又不一样,而是类似于文艺复兴对古希腊文化的态度。但又不完全雷同,这里面还含有中国古文化思维中那种逆向的时间崇拜,即以"上古"或过去为仪范,像"人心不古"、上古之时如何如何等这一本民族文化内涵的东西,只不过这次《檀香刑》的创作从内容到形式做得更彻底、更老到。让人感觉到您在逆流行大潮而上,寻找失落的民族文化,并以充沛的现代内涵孕育催发它,以便在全球化的今天,恢复和保持我们民族的一份自信,并为人类的多方面健康发展探寻一种可能性而进行不懈努力。不知道我理解得对不对?

莫：你可以这样说，但我写作时并没有考虑这样多。其实，古代也未必像我们想象得那样美好，那时候的人，跟现在也差不多。你看看《儒林外史》，看看《金瓶梅》，就明白那时候的小人，一点也不比现在少。作家大都是不满时代的，为了表现自己的理想，只好将古代理想化。至于我在《檀香刑》后记中所谓的“大踏步撤退”，也只是一种感觉而已，是我对那些假先锋、假民间的反感。我一向反感大词，什么“民族文化”、“民族自信心”，一个写小说的，如果陷落在这些大词的泥坑里，那就毁了。当然，评论家可以这么说。评论家必须玩弄概念，而写小说的，只应该关心人物和故事，当然还有语言、结构什么的。

还有一个问题，也是一个可怕的问题，这就是福克纳说过的，一个作家如果在作品中说过一次假话，那他就永远也不会说真话了。而且，他还会把假话当成了真话。我看过那些高举着“伟大”、“神圣”等大旗写作的作家的作品，发现他们关心的问题与老百姓关心的问题相去甚远。他们自我标榜的许多东西更是不可相信。这样的人当然不可能喜欢我的作品，如果他们喜欢我的作品，那才是真正的咄咄怪事。古人说“道不同，不与谋”，样板戏《红灯记》里的李玉和对鸠山说“我们是两股道上跑的车，走的不是一条路”，我这样说也是一种浮躁，但这样的浮躁会使我更加极端，会使我离这些高贵的作家越来越远，背道而驰，直至让他们望不见我讨他们厌的背影。

齐：谈到《檀香刑》，不得不谈到死的问题。您认为有什么东西可以超越死亡吗？您怎样认识它？

莫：其实没有什么东西可以超越死亡。文人们总是认为自己的作品可以流传千古，超越了死亡，这也是一种精神胜利法，高级阿Q，其实，从肉体的意思上，你还是死亡了。后代人们心中的你，与真实存在过的你早就不是一回事了。我们心中的李白、杜甫，与真正的李白、杜甫有什么关系？我觉得，只有繁衍后代，才勉强可以算作超越了死亡。当然，克隆小孩子，造一个与自己一模一样的人，就更加超越了。这是违背现时的道德但终究拦挡不住的事情。再过二十年，也许用不了这么多年，道德就要发生巨变了。

齐：死亡本是一种自然的生理现象，但当它成为一种强迫性的惩罚和威慑的手段时，就有了死刑。在刑架上，受刑的人身上产生的是宗教；在刑架旁，施刑的人身上产生的是专制；在刑架下，观刑的人身上产生的是奴性。这样，被杀的上了天堂，看杀的就下了地狱，只有杀人者乐在其中。在《檀香刑》里，受刑的死难者的宗教是一幕轰轰烈烈、传唱千秋的大戏，施刑的统治者的专制是一项冷艳夺目、精美绝伦的艺术，观刑的奴隶们的奴性是不寒而栗、两股战战的巨大恐惧和麻木不仁的两边喝彩。由于小说的多义性和隐喻性,人们的理解还可以有很多。但就上面我所理解的这三种人,如果要选择一种,您希望人们做哪一种选择呢?

莫:哪一种也不要选择。受刑之苦,无法想象。看客之昏,难以忍受。执刑之人,心中之苦,不亚于受刑。因此,三种人都不要去当。其实,每一个人身上,都具有受刑、施刑、观刑这三种属性。这三种角色是可以互相置换的。只有在写作这部小说时,我既是受刑人,又是施刑人,也是观刑者。

四、我跟赵树理肯定不一样,那个时代的作家很无奈

齐:评委们认为您的长篇小说《檀香刑》,比以往任何"民间性小说实践"都走得更远,也更内在化。小说中有民间戏剧、说唱、民歌、民间风情,地域特点浸淫于字里行间,被移植到小说中的语言风格中,形成妙不可言的回声,对本土叙事资源和语言资源实现了回归,为新世纪的中国小说确定了一个新的艺术方向。确实,您的这种艺术风格让人耳目一新,而且,您也在多种场合说您是作为老百姓写作的,专家对您的评价和您的写作态度,很容易让人想到老一辈作家赵树理,您认为自己跟赵树理有哪些相同和不同之处?

莫:我跟赵树理肯定不一样。首先赵树理就不会同意自己是"作为老百姓写作"的。相同之处,是我们对农村生活都很了解。他们那个时代的作家,是很无奈的。我看过丁玲1931年在光华大学的一次演讲,说她再也不想去写恋爱的小说了,也不会去写工农的小说,她的理由是自己不是工农,她说要写一部有关她的家庭的小说。她说她的家庭是一个大家庭,各个枝系加起来有三千多口人,祖父当过高官,她的父亲把家产全部挥霍光了。她说她们家养着一个手艺高强的绣工,专门绣马鞍子上的垫子,但他的父亲是一个不会骑马的人,他备好马,让长工骑着在前面奔跑,他跟在后边追着看。她父亲还经常向人挑战,比赛买东西。她还说她们家那一枝,住在一个有二百多间房子的门院里,房间里有许多大床,雕花的,床上都带着窗户。院子里有许多空房子,每到晚上,无人敢进去。她说她一个叔叔当了土匪,家中几乎没有一人是读书的,全在酒色中完了。家中藏着许多杆枪,白天都躲在屋子里,不敢出来。我想,丁玲如果能用她写《莎菲女士的日记》的笔,用一个大家族破落户飘零子弟的眼光,而且是女子的独特眼光,写出这部家族小说,将是一部什么样子的书啊?那时候,拉丁美洲的马尔克斯还没有出生吧?但丁玲没有写出这部书,她成了后来那个政治色彩远远大于文学色彩的丁玲。实在是可惜啊。丁玲的才华,不在张爱玲之下,她原本是可以完成这部伟大作品的,一切都是现成的,但是她没有写。我想,赵树理也有类似的遗憾吧,更大的遗憾也许是他们没有意识到自己的遗憾。

齐：相比丁玲、赵树理一代而言，就创作环境来说，曹雪芹、蒲松龄他们应该是幸运的，那种自觉创作、心无旁骛的自由轻松，造就了他们小说的经典性。蒲松龄也是我们的老乡，他坐在门前大柳树下搜集过往行人讲的民间故事，在他笔下创造了一个狐仙花怪的世界，他家离您家二三百里路，地域基本重合，同是齐国文化渊源，年代也不过相差三百来年，我想这个狐仙花怪的世界，跟您的文学王国高密东北乡，应该有很多瓜葛吧？（世风人心啦，言语笑貌啦，甚至有些故事可能还是同一渊源呢！但这两个世界又一定很不一样）

莫：曹雪芹和蒲松龄也是有所顾忌的，否则蒲松龄就没有必要去写鬼怪，曹雪芹也就没有必要在书中布下那么多迷魂阵。但他们的写作没有那么多功利心倒是真的。去年9月，我们陪法国翻译家杜特莱夫妇去过蒲松龄故居，看到了他的聊斋，但我想现在的聊斋，肯定不是当年的聊斋，蒲家不会有那么漂亮的花园。我觉得只有那铺小土炕是真的。蒲松龄坐在大树下摆着烟茶请人讲故事，也多半是后人的演绎。前几天我回高密，看到了一个高密的朋友写的一篇关于我的文章，说我父亲逼着我背书，而且是让我倒背，还说我过目不忘，无论什么书看一遍就可以倒背如流。这不是在编造神话吗？倒背文章，多么艰难，你背一篇试试看。如果我有那么好的记忆力，何必写小说？当年我小学辍学，我父亲让我跟大爷爷学习中医，一篇药性赋，不过万把字，我背了一个月，才磕磕绊绊地勉强背过。但我那位朋友的文章，白纸黑字地摆在哪里，再过去几十年，难免不被人误以为真。我觉得，神鬼魔幻的故事，是跟封闭和落后的环境紧密相连的。我甚至觉得，自从有了电，有了电灯，人们的想象力就急剧地衰退了。我之所以有点谈狐讲鬼的“才能”，是跟我们村子直到1982年才通了电有关系，如果我出生在一个灯火通明的地方，连街道和厕所都被电灯照亮，我就不会讲这类故事了。蒲松龄先生的时代自然也没有电。读古典小说和古典诗歌，经常可以读到关于月光的描写，非常优美，原因就是那时没有电。有了电，就没有了月亮。我们不能说外国的月亮比中国的圆，但我们可以说过去的月亮比现在圆。我爷爷生前曾经多次对我说，1947年中秋节的月亮，明亮得异乎寻常，说那晚上，男人可以在月光下读书，女人可以在月光下做针线，抬手可以看清掌纹。爷爷的说法，我也不是完全相信，因为很可能那时候的人眼神特别好。

五、我心中的理想世界，就是人人都很善良，不要欺负人

齐：在您的小说里，可以看到曾被五四新文化运动抛弃的中国古代小说的神韵，也能感到曾一度被人嗤之以鼻的红色经典小说的浸润，还可以领略到不同时期异域小说的风情，您这种艺术上的兼容并包也许成就了您成为现今文坛上的集大成者,使您达到了正如金庸小说中称道的“侠者,大也”的境界。外界评论也是褒奖有余,但作为一个明智的作家,您一定有自己很客观、很明确的定位,我想知道,您是怎样给自己定位的?您认为自己最大的不足是什么?怎么来克服?

莫:我前面已经说过,我是浪得虚名。更不敢说自己是什么“侠者,大也”。我的理论素养很差,认字不多,看书也很少。我最大的不足就是没有学问,但到了这个年纪,再要学点什么也很困难了。所以索性就不去克服了吧。

齐:一个真正的作家应该是属于全人类的。我看到您的作品不仅在国内很受欢迎,并且它们已经被译成十多种文字,承载着我们民族特有的文明走向世界,可以说,不管您是否出于本意,在全球化的今天,您正通过您的作品塑造着我们民族的新形象,也给整个人类提供着一个新的理想模本,让人们不断看到惊喜——这似乎有点像走上NBA赛场的姚明。我想,在您的心里,有没有这种新形象?如果有的话,他具有什么样的品质?您心目中的理想世界是什么样的?

莫:我的那几本小说,承担不起这样的重担啊。我也可以坦率地说,用文学作品也不可能“塑造我们民族的新形象”,更不可能提供什么“理想模本”。在改变“东亚病夫”形象方面,一万个作家加起来也比不上一个姚明。

我心中的理想世界,就是人人都很善良,不要欺负人,但这是不可能的。

齐:翻译过您的《酒国》、《丰乳肥臀》等小说的法国汉学家杜特莱先生曾经说,翻译您的小说时直想笑,可见您的幽默在国外也很被接受,您的作品也正跨越国界、跨越文化差异,给更多的人快乐。我想,其他国家、民族跟您同代的作家中也一定有这样的好作品带给您快乐,如果有,他们是谁呢?

莫:肯定有,但我的确不知道他们的名字。

齐:上个月您刚刚从台湾访学归来,这次台湾之行有什么收获呢?可以谈谈台湾文学给您的印象吗?

莫:我在台湾期间,那里正在选举,十几万农民上街游行,很热闹,很狂欢,让我联想到我经历过的“文化大革命”。我去台湾,原想能写点什么,但却一点也没有写。外边锣鼓喧天,口号连连,我坐不住。台湾文学,跟大陆文学景况差不多。在台湾流行的作家,到了大陆也流行,就说明了这个问题。但台湾也有很多的作家在寂寞地坚持着自己的文学理想,不为市场写作。他们在文体的试验上,比我们走得远。

齐:今天是小年,现在我们已经隐隐听到大年的鞭响了,在这里让我先向您拜个早年!去年过年是您跟大江健三郎先生一块儿在高密老家过的,新年新气象,今年这个年打算怎么过?以后有何打算?

莫：时光比马跑得还快。今年我就不回老家了，前几天刚刚回去了。其实所有的节日都是为小孩子准备的，对于成年人来说，什么年不年的。对于一个写小说的人，写小说就是过大年。年是儿童的节日，因此年也是有神秘感的节日。年是色彩最丰富的节日，年也是食品最丰盛的节日。我觉得现在的年也不如过去的年了，因为有了电，把儿童的想象力扼杀了许多。

至于以后，当然还是写小说。

以上访谈绝大部分或小部分发表于《齐鲁晚报》、《深圳都市报》、《山东大学报》、长篇小说《十三步》2003 年版代序等报刊、书籍，但未经任何删改的可能只有以上文字了。

（本文系作者提供）

莫言与蒲松龄和《聊斋志异》

◇兰传斌

一

丰沛不羁的想象，光怪陆离的故事，汪洋恣肆的语言，变化多端的叙事……这些特点的集合，构成了莫言作品的鲜明特征，也成为极具辨识度和个性色彩的“莫言制造”标签。

对于莫言，诺贝尔奖评委会的评价是，“魔幻现实主义融合了民间故事、历史与当代社会”，“创造了一个世界，所呈现的复杂程度令人联想起威廉·福克纳和加夫列尔·加西亚·马尔克斯”。

事实上，在莫言与马尔克斯、莫言与魔幻现实主义越来越为人所熟悉的同时，他应该还有更多的精神和创作资源，值得深入挖掘，比如蒲松龄和《聊斋志异》。

在我看来，如果说马尔克斯是莫言的老师，那么蒲松龄更像是莫言的长辈；如果说国外的魔幻现实主义是莫言早期的“描红摹本”，那么《聊斋志异》更像是莫言的枕边书、启蒙书和做童子功的教科书。

二

近三百多年前的一个夜晚，明月穿过薄雾，越过梢头，透过简陋的窗棂，跳进低矮的屋子里。窗边一座土炕上，枯坐着一个干瘦的老头，他看见狡黠的狐狸拖着毛茸茸的大尾巴，从墙角窜出来，看见绝色的姑娘披着美丽的画皮走来，他们从四面八方走来，走到昏黄的油灯下，走到发黄的草纸上。

这是蒲松龄的创作。他的作品是从三教九流那里来的，大多是三言两语，这些别人嘴里的闲谈，却激发着他无尽的想象，他把这些支离破碎的片段缝合、包装，穿上美丽的衣裳，成了491个绝妙的故事。

蒲松龄能想，能写，而且写得好看。莫言也有这个本事。

在莫言的笔下，既有食草的红蝗，也有生蹼的祖先，有泡过香油的檀香木行刑，也有疯狂生长的蝌蚪。莫言是怎么能想出这么多稀奇古怪的东西来？他貌似与常人无异的脑袋里，到底有着什么样复杂的结构，竟然藏着这么多新奇的想法？

从这一点上来说，莫言与蒲松龄，虽然时间跨越三百年，感情却是相通的。蒲松龄与莫言，都有着异乎寻常的想故事、编故事、讲故事的能力。

蒲松龄在六朝小说和唐传奇当中，看到三个小故事，叫《纸月》、《取月》、《留月》。纸月就是有一个人，能够剪个纸的月亮照明；另一个人取月，能够把月亮拿下来放在自己怀里，没有月亮时照照；第三个人留月，把月光放在自己的篮子里，黑天的时候拿出来照照。都很简单，不过百八十字，蒲松龄却拿来写了《劳山道士》。

而在莫言那里，一个平凡无奇的孩子与萝卜的故事，却变成了名篇《透明的红萝卜》，文中独特的感觉让人瞠目结舌，有从未有过的体验：

> 泛着青蓝幽光的铁砧子上，有一个金色的红萝卜。红萝卜的形状和大小都像一个大个阳梨，还拖着一条长尾巴，尾巴上的根根须须像金色的羊毛。红萝卜晶莹透明，玲珑剔透。透明的、金色的外壳里苞孕着活泼的银色液体。红萝卜的线条流畅优美，从美丽的弧线上泛出一圈金色的光芒。光芒有长有短，长的如麦芒，短的如睫毛，全是金色……

三

事实上，蒲松龄和《聊斋志异》对莫言的影响，无疑是巨大的。

2002年9月，莫言曾陪法国翻译家杜特莱夫妇，专程前往探访蒲松龄故居。就在淄博市淄川区洪山镇这个叫作蒲家庄的小地方，两位时间相隔三百年，却同样有着神奇想象力和无穷创作天赋的作家，实现了一次对话。

对于这一次探访，莫言曾说："看到了他的聊斋，但我想现在的聊斋，肯定不是当年的聊斋，蒲家不会有那么漂亮的花园。我觉得只有那铺小土炕是真的。"

想必莫言真正感兴趣的，并非是作为旅游景点的故居，而是那个从这里诞生并写作的落魄书生蒲松龄，那些并不复杂却充满了张力的故事，还有那些曾经无数次在这里出现，有着各式各样魔法的花妖狐媚。

2005年12月，莫言在接受香港公开大学荣誉文学博士学位时发表演讲称：

至于想象力,也有外来接受的地方。我们山东高密这个地方,离写出《聊斋志异》的蒲松龄的故乡也不远,隔了三百多里路。我听老人讲了很多很多关于鬼神的故事,人因为恐惧也会产生想象力。上世纪60年代,死人非常多。我们村子里的最高记录是一天死了18个人。一出门就看到原野里有鬼火在闪烁,而且经常有各种各样火一样的球在天空中飘来飘去。我当医生的姑姑就告诉我,这是狐狸在恋爱。人一旦进入这种环境,就会有一种恐惧,你就觉得你周围充满了一些神秘的生物,你在走路的时候经常听到脚后面有一个声音在跟随着你。人的想象力就这么出来了。

对于蒲松龄,莫言还曾写过这样的诗句:

师　从

装神胜过装洋蒜,弄鬼强似玩深沉。
问我师从哪一个,淄川爷爷蒲松龄。

在诗歌里,莫言对蒲松龄"装神弄鬼"的创作方式表达着好感,比"装洋蒜"、"玩深沉"要强得多,而且他还明确无误地表示,自己与蒲松龄的"师从"关系,而且蒲松龄不仅是其文学创作上的老师,还是精神相通、情感相近的"爷爷"一般的人。对于这一点,莫言的另外一首诗歌或许能够继续说明:

庚寅冬日听聊斋

少时听人说聊斋,妖风迷雾扑面来。
长大方知人即鬼,蒲公深意我能解。

"蒲公深意",是莫言对蒲松龄的"人鬼杂谈"的理解,在《聊斋志异》营造的花狐人鬼的世界里,鬼与人并非泾渭分明,不相往来,彼此之间的善与恶更是突破常人的固有理解,显示出作家的深刻。莫言用"我能解"三个字回应蒲松龄,便是这两位伟大作家的一次心灵对话,而且已经远远超越文学类型、创作风格上的近似性,而更具有了思想上的共鸣。

2012年12月8日,莫言在瑞典文学院的演讲中明确提出:"根据我的体会,一个作家之所以会受到某一位作家的影响,其根本是因为影响者和被影响者灵魂深处的相似之处。正所谓'心有灵犀一点通'。"我想,莫言与蒲松龄,已经跨越三百年,进行了灵魂深处的对话。

四

2012年10月，莫言到青岛，我陪同他游崂山，他还特意兴致勃勃地讲起《聊斋志异》中《香玉》篇中美丽的芍药和牡丹，讲起《劳山道士》篇中心术不正的王七“出糗”的故事，并且在下清宫芍药、牡丹和崂山道士所穿墙壁前留影。

《聊斋志异》对莫言意味着什么，他曾经在转给著名《聊斋》研究专家，山东大学教授、博士生导师马瑞芳先生的信中这样说过：“我在中央台收看了好多次马老师说《聊斋》，很精彩。《聊斋》是我的经典。”

他还委托山东大学教授、博士生导师贺立华先生，把他的话剧《我们的荆轲》转给马瑞芳先生。他说：“游戏之作，可供一乐！这样解构‘英雄’，不知道他们能否接受。”

就在诺贝尔文学奖公布前夕，马瑞芳先生大胆预言莫言获奖，并且再次谈到了莫言与蒲松龄的关系：“信不信？莫言肯定获奖，那小子的作品有民族性，而民族性就是世界性；那小子像福克纳一样有自己的一块邮票——高密东北乡；那小子想象力丰富而且传承了《聊斋》，其实马尔克斯们玩的都是蒲松龄玩剩下的。”

把蒲松龄、莫言、马尔克斯放在一起，三言两语点评彼此的关系，这样的判断非有对几位作家熟稔在胸的自信，没有文学批评上的勇气，恐怕很难作出。如果说“莫言的想象力丰富而且传承了《聊斋》”这句话精到却容易为人所接受，那么“马尔克斯们玩的都是蒲松龄玩剩下的”这个判断足以震动评论界，或许也为文学研究者开启了一个研究领域。

与莫言的谦虚相比，马瑞芳先生对莫言的赞美却是毫不吝啬，她在一封信中这样评价莫言：“我和牛老师(牛运清——山东大学教授、博士生导师，马先生的丈夫)这两天认真地看了莫言在《文艺报》的长文。牛老师说：‘莫言越来越像大师了。’莫言在我眼中本来是个没有多少学问却相当有才气的作家，现在看来我的看法是成见，此人很喜欢学习而且很善于做学问。一个人的学问并不在于他有什么学位，而在于他所掌握的知识。莫言好学深思，既学今亦学古，既学中亦学外，这样的作家才会有大出息。”

诚如马先生所言，从《聊斋志异》中汲取营养、也“喝过洋墨水”、现在已为诺贝尔文学奖认可的莫言，凭借着他的“学习”、“深思”，会向着“大出息”前进的。这也是读者所盼望的。

(作者是莫言弟子，本文系作者提供)

莫老师指导我写论文

——百年农民问题的深入讨论

◇兰传斌

一、序　言

2007年5月的济南，已经闻到了夏天的气息。山东大学的校园内，即将毕业的学生忙碌于各种各样的程序中，应聘、留影、道别，当然还有论文答辩。我在校园一角简陋的邮局里，把一本敷衍潦草的硕士论文装进信封，在收件人一栏里，我毕恭毕敬又满怀忐忑地写上了“莫言先生”四个字。

之所以毕恭毕敬，是因为这本5万字的硕士论文，从无到有，从摇摇欲坠到根基渐牢，凝结着作为导师的莫言教授许多的心血。之所以满怀忐忑，是因为我的才情、悟性实在力有不逮，加上懒惰散漫的作风，让这本论文存下了许多遗憾。

如今再翻起自己的硕士论文，许多细节都已经忘记了，但是这项干得并不漂亮却一样复杂的工程背后，蕴藏着的许多治学乃至做人的道理，却深深地影响着我，论文涉及的许多思想史和文学史上的一些重要问题，仍然具有学术研究价值。

二、题目初定

像我这样作风懒散的学生，是最让导师头疼的。静不下心，坐不住板凳，没有经过童子功的训练，不甘心下笨功夫研究，这是读研究生、做课题研究的一大忌讳。对我的这个特点，想必我的二位导师莫言教授和贺立华教授早就一眼看穿。

导师莫言最早一次跟我谈话时就说：“看你也未必非要以我为题做论文，到时我可以跟贺老师商量。”

在此之前，几位师兄、师姐以莫言作品为对象，从创作论、形象论等层面进行了深入研究，得出了许多真知灼见，从而写出了优秀的论文。为此，我也曾经写过一篇题为《莫言乡土文学的现代性》的习作，可说到底更像“应付公事”的粗制之作，实在谈不上有什么创建，自己也感到有愧“莫言学生”的名号。

面对这些，我实在感到难以超越和力不从心，也非常想找一个讨巧的办法来化解这个难题。作品论、作家论、创作论、形象论，这些现当代文学研究中的经典套路，于我而言都是如此艰难和沉重，也的确无法刺激到自己的兴奋点。为此，我越来越多地把精力放到“思想史”这个宏大而又宽泛的范畴上来，对于像我一样思维粗疏、行为懒惰的人，这好像才是一个有意思的话题。

2006 年 1 月，为了确定论文题目，我专门给莫言教授发去一封电子邮件，简述了我的想法：“我个人对都市并不熟悉，自己也并不时髦，还是对乡土的东西比较有兴趣。我在农村长大，或许是这个原因吧。找来找去，我想写一下‘中国 20 世纪文学中农民形象的变化’。我觉得从鲁迅开始，到红色经典，再到您的作品，农民形象有很大的变化；我对这个变化感到新奇。只是看了一些资料，非常不成熟，希望得到老师的指点。”

1 月 10 日，我收到了莫言教授的回信，他说：“这一个月来去了一次香港，去接受那个‘荣誉文学博士’的学位，然后又去了上海，回来后忙于新书《生死疲劳》的出版，要做一些宣传上的配合，这是没有办法的事。你的选题我觉得很有意思，比较宽泛，写起来材料比较丰富。因为新中国的文学，除了‘文革’前那些战争小说，写农民的，占了绝大多数。”

得到了老师的首肯，让我信心倍增，论文也就就此有了大致方向。

三、集中选题

从某种程度上说，写作论文就如同参禅悟道。一方面，要耐得住寂寞，孤守青灯古佛，面壁图破，既是一种业务的修行，也是意志品质的修炼；另一方面，也要凭借才气、悟性，在浩瀚文海中得出一二感悟，有所创新且能自圆其说，这个也需要功夫。正因如此，常常自感力有不济。

在我的论文构想里，应该几乎是一个世纪农民形象的变迁：时间跨度从“五四”文学开始，到 20 世纪 30 年代乡土文学的兴盛，经过延安文艺座谈会讲话，跨过高度规约的“十七年文学”和“文革”文学，回归到新时期文学；作家囊括从鲁迅到沈从文，从赵树理到梁斌，从浩然再到莫言，代表作家多达数十位；作品形象从《阿 Q 正传》中的阿 Q 说起，到《边城》中的傩送，到《小二黑结婚》中的小二黑，到《红旗谱》中的朱老忠，到《金光大道》中的高大泉，再到莫言笔下的一众人物。

这是一个怀着很大野心，也很不自量力的宏大叙事。我最初暗自兴奋，以为发现了一个大新闻，但看的书越多，掌握的资料越多，就越感到力不从心。

陷入迷茫的我带着这些问题，专门向导师莫言求教，莫言说："论文构想看了，觉得气魄很大。但用一篇文章覆盖一个世纪，只怕处处漏风。能不能缩小一下范围，重点论述1949年之后这五十年，前五十年，可以作为一个帽子，简略概括一下，那是改朝换代频繁、战乱灾荒不断的半个世纪，阶级矛盾、民族矛盾、殖民地半殖民地与西方列强的矛盾、新生的脆弱的民族资本主义和官僚买办资本主义及封建主义等诸多错综复杂的矛盾交织在一起，这样的复杂背景下，农民的人格，大概是个什么状况。"

这种阐述，在给了我继续做下去的勇气的同时，也帮助我拨开云雾，理清道路，有了一个更为集中的着力点。

四、《生死疲劳》适时出现

阿Q是我这篇论文的逻辑起点，他被我定义为"千百年来逐渐形成的稳定的人物形象"，也是百年来人物形象演变过程中"原初的形象"。这个形象的特点是："舂米便舂米，割麦便割麦，撑船便撑船"，"知道这人一定有些来历，膝关节立刻自然而然的宽松，便跪了下去了"。

与阿Q形成鲜明对比的，是《红旗谱》中的主人公朱老忠，他的父亲和姐姐惨死于地主老财之手，他只身一人远走他乡，几十年后带领妻子和儿子千里迢迢重返故乡，重新开始与冯兰池针锋相对的斗争，是一个响当当的革命斗士。

从阿Q到朱老忠，到底发生了什么？我百思不得其解。

在这个过程中，《生死疲劳》出现了。小说的主人公叫"蓝脸"，他面对时代滚滚潮流不为所动，是全中国唯一的单干户，他以他的倔强见证了农村变革的历史荒诞，历史却让这个单干户陷入孤立，甚至成为被打击的对象。

一个人的坚持，被看作历史的另类；无数人的妥协，才是历史的常态。理清其中的改造、坚持、妥协，其中的道理岂不就明白了？从阿Q到朱老忠的密码，岂不就在蓝脸的命运当中？有了这些思考，矛盾似乎就有了化解的可能。

对此，莫言指导我说："有时候，作家创造的人物，往往突破了作家给定他的意义。你可以看看《我的四十一炮》，那里边的村长老兰和罗通，很可能为你提供论据。我只是随机想到这些，供你参考。不妨找几本土地问题的书看看。"

五、帮助立意

随着论文的逐渐深入，困难接踵而至，写作提纲也在不断修正。

在准备过程中，我发现“农民形象”前人论述颇多，于是想进一步转向农民内心，选取“农民性格”作为着力点。为此，我曾专门写信向莫言教授求助。

莫言来信表示同意，他说：“农民形象和农民性格有重合的部分，专注于性格，也会更便于展开论述。”

2006 年 5 月，几经修正之后，我的论文提纲在学校的论文开题会上获得通过，论文框架也就此大体形成。为此，我兴奋地给莫言写信：“对这个题目，感觉自己还是比较有兴趣，也有表达的欲望。而《生死疲劳》的出现更是让我坚定了要做下去的决心。”我同时说出了我的苦恼：“困难最大的是我在用文学解释一个社会问题，而不是在关注一个文学问题。而我对自己的理论修养和历史判断力缺乏自信——而这真的很难。”

为了理清这一跨越文学史、思想史乃至整个中国现当代史的重要问题，让我论文的理论支撑更加坚实，莫言曾经给我写过一封长信，这封信让我们看到了一个天马行空的作家对社会历史的深刻思考：

> 20 世纪的前五十年，我觉得尽管社会剧烈动荡，但封建生产关系还是稳定的，农民的生活变化不是太大，农民的人格还是比较稳定的。而解放后的五十年，尤其是集体化人民公社这种生产关系的革命性变化，才使农民的人格发生变化。但肯定有不变的东西。我觉得你应该从生产关系的变化入手，来研究在新的生产关系下，农民人格的变化。像柳青的《创业史》、浩然的作品，都可以为你提供佐证。这也是比较经典的马克思主义的研究方式。
>
> 80 年代之后，人民公社解体，尽管从理论上土地依然是集体所有，但实际上，生产方式已经与私有制情况下没有太多的区别。80 年代到 90 年代，是相当于 50 年代初期的又一个农业黄金时代，但 90 年代的商品化大潮，使自然形态的农村经济变成了商品经济，在这种巨变中，新一代的农民的人格，也发生了重大的变化。似乎还应该涉及农民工的问题。

为了着重阐述“农民人格”这一新鲜的提法，莫言进一步说：

> 现在的许多反映农民和农村的小说，一味地谴责商品经济，谴责乡村文化和道德的沦丧，但我觉得，从由道德维系的乡村社会（1949 年前）到由政治或者是毛泽东的权威维系的乡村社会再到由利益、契约、法律维系的乡村社会（90 年代之

后),从社会发展的角度看,应该是个进步。新一代的农民和新一代的农民人格,应该是这新的经济和社会关系的产物。希望你能从作品中,找到几个新的农民形象。我记得二十年前看过一篇研究《金瓶梅》的文章,说西门庆是有契约意识的,是萌芽时期的民族资本主义的代表。尽管有些牵强,但很有趣,给我留下很深的印象。

莫言最后说:

我觉得,所谓有创建的论文,其实就是跟大家习以为常的东西唱反调。当作家们和批评家们批评商品经济使农村道德价值体系解体时,你要是能证明了这解体的必然性和进步意义,那就很好。

(本文系作者提供)

莫言："把自己当罪人写"

——与莫言对话茅盾文学奖作品《蛙》

◇兰传斌

山东籍著名作家莫言酝酿十余年，笔耕四载，三易其稿，长篇力作《蛙》荣获第八届茅盾文学奖。获奖后，莫言接受了本报记者（此时，莫言弟子兰传斌已是报社记者了——编者注）兰传斌的独家专访。

记者：莫老师，您好！您的长篇力作《蛙》荣获茅盾文学奖，祝贺您！

莫言：谢谢！也通过《大众日报》向关心我的读者朋友们问好！

记者：《蛙》是一部很独特的作品，为了它，您酝酿十余年，笔耕四载，三易其稿，用力很深。仅这一点，就与您以往写作的汪洋恣肆、一气呵成大不相同。对您而言，《蛙》有什么特别之处，让您这样用力？

莫言：相对于《生死疲劳》等作品，《蛙》第一是篇幅小，第二是写得慢。但说慢其实也不慢。第一稿15万字，《生死疲劳》之前已经写出，那是2004年时。写到15万字，遇到很大的障碍，这个障碍就是我自己失去了信心。我感到自己还没找到最好的结构方式，于是就放下，先写《生死疲劳》。到了2008年，翻看旧稿，全盘否定，另起炉灶。不仅结构有了颠覆性的变化，连语言风格也由华丽而归为素朴。为什么要改华丽为素朴？这大概是题材自己的要求，我只是顺着感觉写。这一稿写完后，让我在山大带过的研究生赵学美录入电脑。然后在电脑里反复修改，可谓字斟句酌。后来将稿子给了《收获》杂志和上海文艺出版社。责任编辑廖西湖和曹元勇，都提出过很好的意见。我综合他们的意见进行了修改。

记者：这也正应了那句话——作品是作家的血与泪。既然如此，《蛙》在您心中肯定有一个独特的位置。

莫言：《蛙》在我的写作历史上，占有重要的位置，是我比较满意的一部作品，因为这是一部开始执行自我批判的作品，是我提出的“把自己当罪人写”的文学理念的实践。

在小说里面，我写到了“忏悔”这个问题。话剧部分借“姑姑”之口说“罪是不可赎的”，犯下了罪就是客观存在的，只能在罪过的基础上做一些好事，要想弥补是不可能的，自杀也不是悔罪的方式，自杀是逃避；犯了罪要经历灵魂的煎熬，一直到生命的尽头。在《蛙》里，杉谷义人主动为父谢罪，是一种主动承担的态度，这一点是当代知识分子比较缺乏的；关于忏悔，在蝌蚪身上的表现也是极为充分的。

记者：我很感兴趣的是《蛙》里“姑姑”的形象。其实，“姑姑”在您的作品里我也曾相识，比如短篇小说《弃婴》中，“姑姑”也是一位妇产科大夫。

莫言：《蛙》之所以是我比较满意的一部作品，也是因为“姑姑”这个人物塑造得比较成功。正如你所说，在《弃婴》、《爆炸》这些我早期的中短篇小说中，都出现过一个妇产科医生“姑姑”的形象，但都是一鳞半爪地闪现。许多作家长篇小说中的典型人物，都曾在他的早期作品中露过头角，这是一件很有研究价值的事，从中可以发现人物成长的过程。《蛙》看起来是在写计划生育、妇科医生，但实际上写的是整个社会。“姑姑”的精神历程，实际上也是一代知识分子的精神历程。各行各业，都有“姑姑”这样的人物，只不过，在生育这个领域里，触及到的问题更加刻骨铭心。

记者：在《蛙》这部书里，“姑姑”的形象尤其引人注意而又难以琢磨：既是生命的守护者，又“沾满了血污”；既道骨仙风，又铁面无情。在您看来，“姑姑”到底是什么样的形象？您认为，郝大手和他的雕塑，算是她的精神归宿吗？

莫言：前些天我去日本，参加日文版《蛙》的发行仪式，很多记者采访时，都提到了小说中的“姑姑”和现实生活中我的一位做了一辈子妇科医生的姑姑的关系。因为2002年春节期间，日本NHK电视台到高密来录制我的节目，邀请了大江健三郎先生做嘉宾。在高密期间，大江先生问我的下部小说写什么，我说很可能会以我姑姑的生活为素材写一部小说。大江先生听我简要地介绍了我姑姑的故事，很感兴趣，希望能见见我姑姑。我带他拜会了我姑姑。我姑姑是很健谈的人，讲起话来绘声绘色、眉飞色舞。她讲到自己在寒冬腊月里，为赶时间，骑着自行车在结了冰的大河上疾驰，去给产妇接生。这个细节给大江先生留下很深刻的印象，他在好几次演讲中都提到过。我对日本的记者说，现实生活中的姑姑，跟小说中的“姑姑”，具有很大的差别，小说中的“姑姑”的情感经历，基本上都是虚构的。可以说我是将发生在许多妇科医生身上的故事融合在了一起，我是把在中国三十年来的计划生育工作中发生的故事融合在了一起。

人有罪，天知否？我们希望天能知，于是就有了罪感和救赎的愿望。“姑姑”晚年的行为，实际上是一种象征的意义。她自己也未必相信，那些泥塑的孩子，真的会有魂灵。

记者:您在讲故事方面的才能之高超,早已为人所注意。但是,我也注意到,您在讲故事的同时,也在顾盼社会历史,体味人间冷暖。比如,《天堂蒜薹之歌》、《生死疲劳》,反映的主题都是沉重而深刻的。我认为,这一方面也理所应当是“莫言作品”的重要素质。

莫言:讲故事和关心现实丝毫也不矛盾。但让小说高于故事层面,是一部好的小说的追求。而小说家“关心现实”,并不是一种态度,而是一种自觉。我反对那种摆出一副“关心现实”的架子借以唬人的行为。另外,“关心现实”,也不是比大胆。

关于对现实问题的关注,我想这是我几十年来创作一以贯之的风格或特点。《天堂蒜薹之歌》就是源于农民烧了县政府这个现实事情;《酒国》即便富有荒诞的色彩,但仍旧是关注现实的;《生死疲劳》是对土地的关注,80年代改革使土地问题遇到了瓶颈,只有当农民热爱土地时农业才能得以发展,这是我多年农村生活得出的结论。

但是,现实促使作家拿起笔来,而写作的结果则是远远大于这个素材的,远远超过了最初的灵感,否则它就类似于一篇新闻报道。比如《生死疲劳》,我不敢说我的小说就是好的小说,但我认为好的小说应该来自于现实又超越现实,作品表现作家的思想但又超过作家的思想,这是一种理想的创作状态。

记者:至于《蛙》的主题,引发了很多读者和评论家的关注乃至争论,作为作者,您把《蛙》的主题关注点究竟放在什么地方?

莫言:我是希望读者不仅看到计划生育,也能看到人性、灵魂深处的东西。如果读者能感受到就说明我的小说成功了,否则就没有成功。

作家要写的东西,应该是与作家的生命紧密相连的,即便是一个外来的故事素材,但真正写作时,所调动的也是作家的生命经验。《蛙》似乎是触及了计划生育这个敏感题材,为什么敏感?因为外国舆论对中国的计划生育多有批评。但我写的时候根本没有考虑这些问题,我是从人物出发,因为现实生活中有一个姑姑在那里,是她将我接生到人间,是她将我的女儿接生到人间,是她将我们高密东北乡的数千个婴儿接生到人间。她与我的生命与生活都有密切的联系。我写姑姑,是一种责任。至于计划生育,那是人物生存的背景。

最近,我女儿在高密生孩子,是我姑姑在县医院妇产科当主任的女儿将我的外孙女接生到人间。在迎接一个新生命、呵护一个小生命的过程中,我非常感动。我想,如果现在让我再写一遍《蛙》,可能会写得更好一些。

记者:提起莫言,就不得不提高密东北乡,《蛙》也是如此。作为创作源头和题材寄托地,高密东北乡还是那个高密东北乡吗?

莫言:高密东北乡,一开始就不是一个地理概念,现在更是一个文学概念了。我的许多小说,包括《蛙》,故事原型、人物原型,都是从这里获得,但有许多的人物和情节,都是从外部借来的。真实的高密东北乡现在富裕而开放，文学中的高密东北乡也在随着时代和我自身的变化而日渐丰富。

记者：从《红高粱》到《檀香刑》，再到《生死疲劳》，直到这次《蛙》出现，您的作品每次都会带给读者全新的体验，展现出了宽广的创作领域。其间的创作，一以贯之的是什么？推动不断出新的原动力又在哪里？同时读者也关心，莫言的下一部作品会是什么？莫言的创作航程，彼岸在哪里？

莫言：第一，作家应该有职业性的敏感，对生活中的事件和人物，对社会生活中涌动着的新的思想潮流，都能够及时准确地把握。

另外，作家具有逆向思维的能力，当一件事成为时髦时，你必须从反面来思考。在艺术领域也是这样，当某种题材、某种写法大行其道时，你必须及时逃离。打仗要靠集团力量，但写作必须孤军作战。要到没有路的地方去走。

我的下一部作品，正在构思中。难度很大，但也正因为难度大，才感到有意思。

（本文系作者提供）

跟莫老师当学生的日子

◇赵学美

莫言折桂诺奖，举国欢腾，我为母校自豪，更为我的导师莫老师高兴！

我来自农村，自认勤奋但并不聪慧，能考入莫言老师门下读书，十分荣幸。多年来，他不嫌弃我的迟钝，像心疼自家孩子一样关心我的学习。

研二时，我第一次从济南来到北京，跟莫老师约时间见面，老师让我定时间。售票员的普通话我听不太懂，稀里糊涂就坐错了站，给老师电话，让我原地等。不一会儿就看到了大步流星赶来的莫老师。他穿了一件夹袄，灰色、立领、对襟，袖口处外翻了一个白边，很宽松、舒服，一看便知是师母的手艺，非常朴素，淹没在北京的十字路口，那时大概不会有人认出他就是大作家莫言。

我不善言辞，莫老师问一句我答一句，他肯定是看到了我的紧张，便不再说别的，只是不停地说“马上就到了”。到家就好多了，一则因为有师母，二则因为有小说。

在回答如何庆祝喜得诺奖时，莫老师说，家里人一起吃顿饺子。我想大概有人认为这是应付媒体的言辞，但我认为这是实在话，当天晚上家里一定是饺子。老师爱吃饺子，师母就特别爱包，每次的饺子馅往往有五六样东西，营养相当丰富，而其中最常见的就是茴香馅和牛肉胡萝卜的了。我原本不受吃牛肉，在老师家蹭饭多了却慢慢喜欢上了。

那天包完饺子之后，我想去厨房帮忙收拾，多次被师母赶了出来，于是，我又拘谨地坐回了饭桌（也是茶桌）。老师正在泡一壶茶，茶壶不是我想象的高档紫砂，而是一把普通的瓷壶，那款式我在超市是见过的。茶桌上已经摆好了一摞书，《短篇小说选》三本，《中篇小说选》两本，《丰乳肥臀》、《檀香刑》、《小说的艺术》等等，大概是知道我不会说话，老师主动帮我签名，大都是“学美惠存”、“学美指正”等字样。

我把来之前准备的问题说了出来：

“老师，我很喜欢文学，但总是走不进去，尤其是理论书籍，总是浅尝辄止。”

此时，老师正好签名到《短篇小说选》，并没有说话，只是写下了大气而又潇洒几个字："学问者，耐心坐住便可得。"算是代替了他要说的话。

然后，他抬起头来看看我："得耐得住寂寞才行，你愿意做学问吗?"我没敢说行，也没好意思说不行，老师就又埋头签名了。

师母忙完后过来陪我。因为都是潍坊老乡，我一点都不怕她，也不怕她笑话我。我说："我羡慕那些出口成章、妙笔生花的人。"师母正在给我剥榛子，停下来看了我一眼说："你很勤奋，可是有时候大概方法不对，比如，你看了一篇好文章，人家用了什么词，怎么写的，你得用心去记呢，没有积累怎么有妙笔？你老师总想跟你说说，一直没有好机会呢。"

我当时连连答应着，心想："是呢是呢，每天在学习，究竟学到了多少呢?"事后才意识到老师的用心良苦：因为性格的原因，我跟莫老师交流得并不多，但老师却在观察我，一直以他的方式鼓励和帮助我，怕打击到我的自尊心，于是让师母挑合适的机会对我讲。

这事还有后话，毕业后我来到北京，一天，老师送给我一幅书法："徐行尚开，躁进则阖。"此时距离 2003 年已经过去两年了，我知道老师还是要提醒我，不管是做学问，还是做编辑，都要脚踏实地、认认真真，才能有所进步。

来京后，北京没有亲戚，除了过年回老家外，其他的节日，什么元宵节、端午节、中秋节都要去老师家蹭吃蹭喝，不仅自己去，先是带男朋友，后来带老公；不仅吃饱了，还每次都要往回带。往回带的礼物都是师母提前准备好放在门后的，临出门时一定塞到手里，不拿不行。

最有意思的是，有几年的中秋节，在老师家与师兄、师妹一起玩连诗游戏。忘记是谁提议的了，具体的诗句更是忘光了，只是记得老师并不正式参加，当有人卡了壳连不上时，他能一连蹦出两三句不重样的，很多我们都赶着问出处。前几天我还找到了 2005 年中秋节的照片，桌子上有月饼、茶水，还有红酒，我们围桌而坐，脸上都是开心。还有一张照片，老师在捧书朗诵，师妹在旁优雅聆听，可惜的是老师朗诵的内容忘了，但清晰地记得师兄朗诵的是戴望舒的《雨巷》。

老师的才华不仅融入在小说里，更是体现在诗意的生活中，他自谦所写诗歌是"打油诗"，那些活泼跳跃、充满生活情趣的诗歌常常逗得读者捧腹，但只有熟识的人才知道老师的这些诗歌从来都是信手拈来，不假思索，坦白说，创作时间从来不超过一分钟。

我带爱人老崔、齐师兄带嫂子又来蹭饭，饭后，在我们的强烈要求下，师母铺纸研墨，老师秀起了他的左手书法。

写什么呢？那天我们刚好从结婚大事讨论到了将来的孩子，就请老师给孩子取名吧。老师拿起毛笔，我们屏气凝神地等着："万人空巷齐观我，千帆竞发崔听涛。"真是好气魄，有意境！随后，老师又分别给我俩书写了"观我"和"听涛"两幅大字。结婚后，我们又来老师处求字："栖霞苹果脆，昌乐宝石蓝，两好结一好，瓜瓞可绵绵。"我是昌乐人，老公是栖霞仔，故有老师妙句。说实话，那"瓞"字当时我都不认识，可是它在老师的"存储器"里，随用随取，恰到好处，现在我有了宝宝，看到这句诗就特别开心。

莫老师写诗从来都是一气呵成："佛心如海深难测，应从平易识真知。闭目凝神向里看，滴水可听海消息。""崔公子，赵美人，天仙配，结同心，百年好，福临门，生麟儿，驾祥云，亲朋好友皆欢欣"；"长白山上雪飘飘，一根草绳捆住腰，左手提着狼牙棒，右手拿着大砍刀"等，这些都是我亲眼目睹了他创作、书写过程的，他肯定不是提前想好的，因为都是兴之所至，聊到哪里写到哪里。一开始我还好奇，他怎么能够出口成章，后来就习以为常了。

老师不仅太有才，还非常认真。我有幸帮老师录入过小说，录入跟阅读的感觉又不相同，中间经常为老师惊人的想象力和语言表达而停下敲击键盘的手，细细品味，不过，也有几处地方我以为是老师创作的，觉得用法稍显生疏，于是，贴上小条去请教老师。

"哦，这个字是鲁迅用过的……这个是《资本论》上的……这个是曹雪芹的诗歌……"

我当时真的是晕倒啊，难道真有人会过目不忘?！那次我大概贴了十几个小条条，后来它们不停地在我的脑海里飘扬，让我佩服得五体投地。

如今，莫老师荣获举世瞩目的诺贝尔文学奖，他说，他始终站在人的立场上进行文学创作，是的，好的文学就是人的文学，而这又离不开"大善"的思想，没有大善之美，没有对"人"的同情心，是不可能有"人的文学"的；同样的，没有无人能敌的艺术天赋和勤奋认真的创作态度，也不会有杰出的文字。

（作者是莫言弟子，本文系作者提供）

话说莫言

◇丛维熙

一段有趣的插曲

今天已过冬至，楼身正在进行整体粉刷。一位乘吊篮上下粉刷楼体的工人，行至我居住的五层窗台，见我正在写字，便用山东腔对我说："喂，听说您是个作家，您知道有个莫言吗？"

天气虽然很冷了，但我还是停下正在填写的护照申请表格，拉开窗与那小伙子攀谈开了："你问这干什么？"他站在晃晃悠悠的高空的吊篮中，抹了抹脸上的灰浆点子，对我说："俺是来北京打工的高密人，听楼里人说您也是个作家，几次过您窗口，看您在电脑上打字，不敢随便打搅您；今天您没开电脑，便大着胆子问问您，认不认得俺的那位作家老乡。他在咱那地盘上，可是名气大着哩！"

高处不胜寒。更何况那天刮着大风，我体谅那位高空作业的高密小伙的辛苦，便递过去一包"红塔山"，并对他说："我老祖宗的根，也在山东。你拿去抽吧！"

他把烟忙塞进窗子，连连说："不行，我们老板定下纪律，不许……不许……"

我说："天这么冷，他不知躲到哪儿享福去了，咋会看见你在高空挨冻。快收下吧，只当是莫言送给你的好了。"

"那么说，您认识俺那老乡了？"

我点点头。吊篮开始上升，小伙子的身影消失了。

……

这本来是生活中的一个符号，并没想到将其写进文章中间。未曾想到的是，两天以后的一个中午，镇邦老弟打来了电话，点名让我给莫言用文字画像，他说在我们这代作家里，没有比我更合适的人选了。我想了想，此话也算一矢中的。虽然这两天我正忙于办理去美国探望儿孙的烦琐手续，但还是不得不暂停各种表格的填写，忙里偷闲地涂抹上莫言这幅由表及里的文字画像。也好，刚才谈及的小小插曲，正好可以成为莫言肖像的第一笔，我将其写在篇首，以示我“爱屋及乌”的心绪……

文学之外的闲话之一

用人体造型美的视角去扫描莫言，他不能算是文苑美汉。过早谢了顶的脑袋，没有窄腰而只有肥臀的线条；窄窄的一双眼睛，似乎也不具备穿透生活的光泽。老实说，从相貌上很难找到他一点潇洒的神情。记得，在他还身穿橄榄绿军装的时候，有一次亮相于电视屏幕上，不是那身军服不合他的身腰，而是他的身腰没能撑起军装的一派英豪之气来。因而当我看到他按着导演的指点，时而行走、时而静立沉思时，我当真笑出了声，并对正在收拾屋子卫生的妻子说道：“快来看莫言，你也当过兵，看看这个男兵，是不是有点像熊猫？”

妻子甩了我一句：“你不能要求文职军人都像国旗班的旗手一样。重要的是，他的内在是个真正的男人就行了。”

我和她争辩说：“我是说外形，又没有涉及他的五脏六腑。”

她说：“外皮仪表堂堂，一肚子草的男人多了。你们文坛里这号人，也可以装几车皮。莫言这几年写了多少东西！这是那些酒囊饭袋的冒牌作家根本无法相比的。”

我说的是外在。

她说的是灵肉。

她说这些话是由衷的。这些年来，凡是莫言发表在大刊物上的作品，她都是先于我的第一个读者。虽然她的文字表达能力偏软，可是感悟文学的能力却十分过硬。近两年内，她特别欣赏莫言发表在《收获》上的《野骡子》。我往往是在她的启迪之下，阅读莫言近年大量作品的。但当时面对电视屏幕，我仍然忍不住对莫言的光辉形象窃笑不止，心想莫言的尊容，真是有损于中国人民解放军的伟大形象。当然，他脱了军装，我也就把“绿色熊猫”的印象渐渐地淡忘了。

想不到的是，我的这一细节被妻子记住了。1998 年，中国九位作家应海峡对岸之邀，出访宝岛台湾。当天，她送我到机场时，像是发现了什么秘密似的对我耳语：“当过军人的莫言，就是与别人不一样。你看，别人都慢悠悠地磨蹭，只有莫言像个搬运工，不惜力地帮大家集中行李。你应当承认你那天说莫言不像军人，至少是个偏见。”

我说：“那是他从来具有的憨厚，当然啦，可能与他当兵也有点关系！”

到底孰是孰非，这无关紧要。重要的是，莫言是个一贯没有文场中娇气而肯在集体中吃苦负重的人。早在 1987 年，中国作家代表团出访德国的时候，莫言在团队中也拿出他的那份朴实，在往返机场上扮演搬运工的角色。其实并没有人让他这么干，其闪光点在于出自他的行为本能。因而，在访德归来作总结时，他是全团一致公认的劳动模范。这些看起来貌似平常的行为，正是身背娇、骄二气的同行们最为匮乏的精神。不知是不是因为我经受过“劳改”的原因，我特别看重莫言身上十分浓烈、在知识分子中最为欠缺的素质。因而，从 20 世纪 80 年代中期开始，我总把莫言看成我的忘年小兄弟。在访问德国和访问中国台湾期间，只要有两个人同住一间屋子的机缘，我都愿意与他为伍。

文学之外的闲话之二

该怎么说呢，那是一段文学低迷的时期。一场风暴过后，有的人提出来“重新组织文艺队伍”，并同时提出“要用笔绿化全国”的口号。

这年的 12 月 28 日，友人们在我家中聚会，迎接 20 世纪 90 年代的文学之春。那天，来的友人很多，我的同辈人自不必说，该来的都来了；在比我年轻一代的作家中，莫言也来了。在我的记忆中，他当天说话很少，酒却喝得不少。在我的认知中，文人有两种酒态：一种是酒后忘我，一种是酒后沉默。莫言属于后一种，当他与在座的王蒙、叶楠撞杯时，只是往嘴里倒酒，没有像叶楠等友人那样酒后高声喧闹。最有意思的是，当友人们离开我家之后，妻子才发现莫言带来的礼物：一个竹编篮筐里，蜷卧着两只颜色相异、绒布做成的小猫。

“这有点像他今天的肖像。”我说，“像只无言的醉猫！”

“在二十多位友人中，他显得最腼腆。”妻说。

“那是老虎装猫。”

“何以见得？”妻说。

“你看他的《红高粱》不是充满了人性中的野气吗？猫的柔顺不过是他的外壳罢了。”我说，“蔫人出豹子。这个山东高密小子，骨子里藏有豪气、义气、霸气和匪气。”

妻子笑个不住：“你别侮辱我们军人。”

“怎么是侮辱呢，这是最高的褒奖。你没看见文坛上那些‘排排坐，吃果果’的乖乖们，骨头里最缺的就是这种钙质吗？”

她无言了——她对文坛缺乏全面的了解。

大概是第二年的早春，一位山东的编辑来我家组稿。言谈之间，他从背包里拿出了一瓶酒，说是奉莫言之命给我带来的家乡烈酒。那瓶酒的名称，今天我已忘得一干二净，但是酒瓶上的商标，我却一直记忆在心：那是《水浒传》中的汉子武松在景阳冈上打虎的画面。没等这位编辑多费唇舌，我立刻应下为他们报纸副刊写稿。他连连对我表示感谢，我说你感谢莫言去吧，只要是莫言的委托，我一定尽其所能。之所以如此，是因为我当真觉得莫言的躯体里蕴藏着打虎人的阳刚之气。

他是个真正可以信任的朋友。事隔不久，华艺出版社找到我的家里，说是要突破一下文坛的沉闷局面，要我出面找上几个有创作实力的作家，出一套实力派作家的书。在比我们这代人更年轻一代的作家里，我找上了莫言。现在回头一看，那套丛书虽已黯然失色，但在1991年的特殊时日，“华艺”能把这些属于“可以清理”的作家捆绑在一起，并在建国门外的一家饭店聚会，也算是一次难能可贵的行为了。

记得，在会议间隙，莫言曾对我说：“老哥还不忘我，我铭记于心。”

我说了些什么今天已然记不清了，但是我心里始终有莫言，倒是真情实话。在我的认知里，进入20世纪90年代之后，出现了一批吃狼奶长大的后来人，他们心中只有自己，并只为自己活着——莫言与一些狼孩泾渭分明，他行文做人的野气里，始终不失中国传统中的忠厚。尽管后来，我们都忙于各自的写作，彼此来往少了一些，但莫言如日中天之后，并没有忘乎所以，像有的廉价文人那般自吹自擂，或千方百计煎、炒、烹、炸自身。这是我尊重并深爱莫言的又一因素。

文学之外的莫言话题

我们很少通电话——除非有事要谈。记得，偶然通电话时，他常常劝我写写家族史。我说我不能，因为多年来让我梦里也相思的东西，是劳改队褴褛的衣衫，是一条茫茫的驿路。

生活坐标和生活经历的不同，决定了各人笔墨驰骋的领域。可以这么说，从莫言发表《透明的红萝卜》开始，特别是他的《红高粱》问世之后，我就觉察出这是一匹挣脱了笼头的野马。基于这种认知，除了我激动地写下《五老峰下荡轻舟》，对莫言的告别文学惯式、另辟蹊径的艺术之勇表示赞美之外，他的处女作集是我主持一家出版社工作时，责令编辑迅速组稿并发稿的。当时，进入那套“文学新星丛书”的青年作家有四十多位，历经十多年时间的磨砺和检验，依然光束不灭的究竟还有几何？莫言不仅是长生的一个，而且作品越来越耐读。当然在其洋洋洒洒的笔锋下，偶然也分娩畸形胎儿，但在总体上是硬硬的干货。在良莠不齐、草苗争长的文苑，不能不说这是一个奇迹。他的作品中，第一没有新新人类“宝贝”式的无病呻吟，第二不离开中国土地的原色。这个在斑斑杂色的文学路上的长跑者，心中百无禁忌，进入文学竞技的最佳状态。这是其一。其二，莫言的文风里比过去的野性又多了许多幽默的色彩，这是他过去的文字里所没有的。

读他近期的作品，在暗自窃笑之际，不禁使我想起我们在台北图书馆，与台湾地区同行们共议21世纪文学命题的日子。当莫言走上讲坛，宣读他的讲稿时，有别于其他作家发言的是,他似乎不是在讲演,而是向在场的听众发出一连串的提问,加上他那张喜笑颜开的脸,使全场笑声不绝于耳。这个山东高密小子,不仅文字里多了幽默的润滑剂,连人也不是20世纪80年代的“小莫”了。他越来越像个非作家的平民百姓,既不作高深的哲理思考状,更睥视故作深沉的假道学。如果硬是把学院派作家与生活派的作家分开的话,他理所当然地属于后者。

之所以如此,在于童年生活、高密田园对他的影响太深远了。如他笔下的《红高粱家族》系列——包括《天堂蒜薹之歌》在内,都深深地刻写下家乡田园对他的影响。尽管他对我说,这是他的伪家族史,其创意之源泉也正孕育于其乡野的田垄之中。近时读报,见莫言的文学触角又伸向了话剧,说是要搞出莎士比亚《奥赛罗》式的《霸王别姬》来,我不知这只是宣言,还是要付诸行动,抑或是受他友人张艺谋的影响。在我看来,每个人都受自我的艺术局限,无论他是多么伟大的天才,也无法挣脱自身艺术的制约。张艺谋《图兰朵》的艺术实践,尽管各种媒体给予极大的热情,但我仍然认为它是无法与《红高粱》的精湛相媲美的,是一个半生不熟的夹生货。莫言要尝试一下这种艺术表现,只能让我感到其勇气可喜可嘉,但不会有预期的收获。孰真孰假,让我们拭目以待吧!

本想勾勒一幅莫言肖像草图,没想到一发而不可收。电脑告诉我已然超过四千字了,就此住笔。我最后的几句尾语是:莫言是个好人,绝不是随风摇摆的“狗尾巴草”;是中国文坛的一个奇才,如果能在野虎出笼的狂奔中加上一点自审自识,未来的年代必将有惊雷般的佳作撼动世界文苑。

(原载《时代文学》2001年第1期)

莫言文学创作背后的人
——管谟贤先生印象

◇贺立华

他是莫言文学上路的重要启蒙者，他中学时的作文本和语文课本是少年莫言的开蒙读物；他曾是青年莫言早年选择走文学道路的反对者，又是后来莫言文学创作的坚定支持者；他是莫言早期作品的第一个读者，又是莫言小说最严厉、最权威的批评家……他就是莫言的长兄——管谟贤先生。

莫言兄弟姊妹四人，大哥谟贤和排行老四的小弟莫言，正好差 12 岁，都属羊。四个孩子读书天分都很高，但在极“左”的阶级论盛行的时代，四个读书的孩子都背上了“出身中农”和社会关系中“有人在台湾”的包袱。1963 年，20 岁的莫言大哥谟贤高中毕业，以优异的成绩考入上海华东师范大学中文系。尽管当时也有极个别人以“他不是贫下中农子弟，不是无产阶级接班人”“不能进高校深造”阻挠，但是大哥谟贤还是幸运地进入了高校。那年，莫言 8 岁，正读小学。大哥考上大学这件事，对莫言影响极大，成了他最值得自豪、骄傲的事情，他立志要做大哥那样的人。他知道大哥的作文很好，常被老师拿去作范文念给学生听，所以大哥留在家里的几本高初中时的作文本，自然成了小学生莫言最喜爱的读物。莫言上小学时的作文不仅模仿大哥的语言风格，而且对他喜欢的大哥写的毛笔字，也模仿得有模有样。这也许就是至今兄弟俩书法形神相似、难分伯仲的原因吧。

满怀读书热望，渴望像大哥那样上大学的莫言，命途多舛。1966 年，疾风暴雨式的无产阶级文化大革命，同样席卷了莫言的家乡，也粉碎了莫言上大学的梦想。在不讲学习成绩只论阶级出身的“文革”中，莫言只读到小学五年级，连被推荐读中学的机会也没有。12 岁的莫言成了地地道道的农民。

正当小弟莫言在东北乡草地上孤独寂寞地放牧牛羊、仰天悲叹的时候，1968 年在上海读书的大哥谟贤也离开了“大学教授摇篮”华东师大，到湖南三线厂“接受工人阶级再教育”去了。在那个“知识越多越反动”的极“左”年代里，读过大学的大哥谟贤，比起农民兄弟莫言来更多了一重精神的枷锁：他成了反动阶级序列里仅次于“地、富、反、坏、右、叛徒、特务、走资派”而排在第九个等级的“臭老九”(知识分子)，这九类人群，亦称“黑九类”，他必须乖乖地“接受工人阶级贫下中农再教育”。

劳动“改造”很好的谟贤，后来参与创办子弟中学，当了教师。而兄弟莫言还是在高密东北乡放牛。大哥谟贤十分欣赏小弟莫言的创作才华，情不自禁地把莫言写给他的家信读给中学生们听，读给同事们听，让大家分享莫言的文采，大家一致夸赞写得好，但谁都不相信这是一个小学五年级的学生写的。

1976 年，21 岁的莫言，费尽千辛万苦，赶上了“末班车”，侥幸应征入伍，可以吃饱饭、可以有书念了，莫言欣喜若狂。入伍不久，当莫言写信告诉大哥自己要走文学创作这条路的时候，一向欣赏弟弟才华的大哥谟贤却犹豫了，“文革”烟云还没有散去，昨天的故事历历在目。他曾目睹了“文革”中上海作家们挨批挨斗的惨状。大哥说起收到弟弟来信的心情，谈起老师钱谷融先生在华东师大的经历，十分动情：正直、善良的钱先生仅仅因为写了《论“文学是人学”》一文，就遭到了全国报刊的围攻、批判；1966 年“文革”开始，钱先生被再次翻出旧账，戴上了“老牌修正主义者、反动学术权威和漏网右派”三顶帽子，像牛马那样被牵着游街示众、挨批挨斗，住“牛棚”，扫大街、刷厕所……文学，这个本是充满鸟语花香、播种爱的领域，却带给了善良的作家们数不尽的牢狱之灾和死亡……这些历史教训深深刺痛了大哥谟贤的心，使其对文学未来的路，难免心有余悸，视为“危途”……所以，大哥谟贤面对小弟的文学选择，心里非常矛盾，千叮咛万嘱咐弟弟莫言：世上的路千万条，最好别走文学这一条！

但此时莫言已经疯狂地迷恋上文学创作，为了不再回到农村当农民，改变自己的命运，他坚持不懈，写作、投寄、退稿、再写作、再投寄……一向最崇拜大哥、最听大哥话的莫言，这时开始不听大哥的话了，他奋不顾身地写下去……

大哥谟贤深深感受到了弟弟内心的想法，看到并不多言的弟弟才二十几岁的人，黑发就开始大把大把地脱落，熬夜、劳累引起的肠炎胃疾也在折磨着弟弟；稿件一篇篇寄出，油印退稿信似雪片般飞回来，这对莫言的精神打击比身体伤害还要大。大哥十分心疼弟弟，谈起自己那时的矛盾纠结，大哥说：“莫言只有写作才快乐，不让他写，他比死都难受”，“我如果再强行按住莫言不搞文学，就等于杀了他”，“我只能给他加油鼓劲了……”

此时大哥谟贤也欣喜地看到，70 年代末，中国的天空开始“放晴”，时代在变化。莫言拿笔习作的时代，是“文革”结束后的头几年，这是个控诉声讨“四人帮”专制罪恶的时代，是“黑五类”、“黑九类”和众多“可以教育好的子女”告别残酷的现代“种性”制度、获得平等做人权利、可以考大学、可以入党、可以参军、可以提干、不再受歧视的时代，是一个废止“推荐工农兵上大学”、恢复“高考”平等竞争的时代，是“一大二公”的人民公社解体、千百万农民打破束缚、恢复“男耕女织”个体劳动自由的时代。此时曾被作为“臭老九”的谟贤先生已开始被器重而提拔成了中学校长，他的心情，也开始同这个国家的天空一道“放晴”。一直关心弟弟创作的谟贤先生还欣喜地看到：取消“以阶级斗争为纲”呼唤“思想解放”的春潮激荡，文坛“解冻”，百花怒放，万木竞荣。这些都让谟贤大哥思想深处视文学为危途的坚冰开始消融。而这些也都是大哥转而支持莫言、为弟弟创作加油鼓劲的重要因素。

莫言最信任自己的大哥，创作早期出手的作品总是先寄给大哥看过，他才能放心发出。大哥不仅是弟弟作品的第一个热心读者，也是严厉的批评家，他的许多意见既尖锐又中肯。在保定山沟里当兵一开始模仿写小说的莫言，收到过大哥这样的信：“创作要注意形成自己的风格，要想成为名作家，必须具有自己独特的风格，跟在别人（不管是中国人还是外国人）后面走老路，是不会有出息的。”这些看似文学常识的话语，对一个只有小学五年级文化而又梦想成为作家的青年莫言来说，是何等重要，只有莫言自己知道。由此我们似乎可以理解后来的莫言为什么要“逃避两座灼热的高炉”（指福克纳和马尔克斯），为什么 35 岁时初读《潘达雷昂上尉与劳军女郎》即成诺贝尔文学奖得主略萨先生“粉丝”的莫言，在中国社科院真正见到略萨的时候，却又是“唯有赶紧走避之”（引自莫言尚未发表的打油诗电子稿）。莫言担心因崇拜偶像“走火入魔”而失去了自己独特的风格。“这一个”独特莫言风格的形成，在莫言起步时已经得到了大哥的谆谆告诫。这几乎成了莫言几十年来学习中外文化知识的一个基本态度：那就是始终不忘创造独特的自己。

1985 年之后，莫言《透明的红萝卜》一系列作品发表，尤其是《红高粱》小说问世，《红高粱》电影荣获柏林国际“金熊”大奖，30 岁的莫言获得了文学创作的巨大成功，全国轰动。国人因莫言而知高密，红高粱大地成了万众瞩目的神奇的土地。

1988 年，在莫言的故乡召开了全国首次莫言创作研讨会，全国百余名著名学者、记者风云际会于高密城。大家皆为莫言而来。在鲜花与掌声中，当年贫穷的放牛娃载誉而归，当年受欺负、遭凌辱的“黑孩儿”成了高密人家的座上宾……在热闹的大会上，已经从湖南归来任高密一中教师的谟贤先生同弟弟一样，默默无语，静静地听大家发言。这位在会上始终作为普通听众的大哥之不同凡响，是会后在他的家里我才觉察到的。在朴素的客厅里，议起大会发言，大哥谟贤这样对谦虚如学生般的莫言说：“表扬你的话，可以不听，批评你的声音，倒不妨好好听听，看是否真有道理。”大哥还这样告诫弟弟：“我支持你探索创新，形成你独特的风格，但也要注意不要探索得连我这样的人也看不懂了。”深谙文学三昧的大哥指导弟弟既要“创造独特的莫言”，又要拥有更多的读者。

二十五年前谟贤先生在《红高粱》获得巨大成功后说的这番谈话，使我想起了莫言后来创作风格的转型，那就是以《檀香刑》为标志的莫言的“大踏步撤退”……

如果说《红高粱》是青年莫言天马行空的产物，那么《檀香刑》则是莫言以平民姿态在大地行走、边走边唱的作品。这是《红高粱》诞生二十年后的作品，曾被誉为“先锋派作家”的莫言，此时却公开宣称：我要“撤退了”，“《檀香刑》是我的创作过程中的一次有意识的大踏步撤退”。他要撤退到民间，他要把庙堂雅言、用眼睛阅读的小说拉回到小说原本的母体，还原成用俗语俚曲说唱式的、大庭广众用耳朵听的艺术。此时莫言已经改变了《红高粱》时期居高临下的姿态，有意识地降低身段，他反复申明“我就是农民，就是老百姓，我的写作就是作为老百姓的写作，而不是常说的为老百姓写作”。莫言从“为老百姓写作……”到“作为老百姓写作……”，虽然只是一字之差，却反映了莫言写作立场的变化，显示了创作主体意识的跃迁。细究这个转变，我以为源于莫言对普通百姓读者、对民间文化更深的体察和理解，对中国古代话本小说精髓——“话须通俗方传远，语必关风始动情”——深刻的感悟；还有他对自己过去作品现代小说技巧的反思；再就是大哥谟贤在莫言《红高粱》成功之后的提醒和忠告。

在许多次莫言创作的研讨会上，厚道的大哥往往只是认真地听，很少发言，但我私下和他谈起莫言，或者会场上我们不影响他人的静悄悄地“笔谈”，大哥的话总是让我眼前一亮。当有艺术家说《檀香刑》是爱国主义主题时，大哥在我的纸片上写道：“是对人类、对丑恶人性的批判啊！”当有评论家谈《蛙》的现实意义时，大哥又写道：“这是写忏悔啊，莫言一句一句，字字千钧！”大哥对莫言小说、散文、诗歌的解读，总是那般的里外透熟，总是那样的入木三分，好像弟弟的笔写的就是哥哥的心。

在文学道路上含辛茹苦辛勤耕耘三十多年之后，57 岁的莫言登上了世界文学最高的颁奖殿堂，获得了诺贝尔文学奖，成了风靡全球的中国作家。谦虚的莫言引用《圣经》的话——“她必将华冠加在你头上，把荣冕交给你”——真诚地表达了自己的感恩之情。他把自己取得的成就归功于母亲的谆谆教导，归功于高密东北乡的父老乡亲；他感谢故乡热土赋予他创作的灵感，感谢家人的支持荣耀了自己的作品……我理解，这其中就有伴随他走上文学之路的大哥谟贤。

莫言荣获诺贝尔文学奖，他所执教的山东大学一片欢腾，2012 年 11 月，召开了莫言文学创作学术研讨会，会议邀请了管谟贤先生发言。谈起莫言获诺贝尔文学奖，这位朴实的谟贤大哥，虽是平静谦虚地讲话，却是语惊四座。他说，由莫言得奖的事儿，看到了两个重大的进步：第一，莫言的创作经历，见证了中国社会的进步。回顾莫言的创作道路，那真是充满风险的，一路走来，无限坎坷。想当初《金发婴儿》被说成是“精神污染”；《红高粱》被无限上纲说是“歌颂土匪”；《丰乳肥臀》被大批判，被告发到解放军总政总参首长面前，甚至还遭到人身攻击。为了避免他人对号入座，莫言有时不得不特地在作品发表时于文末加上一句“高密东北乡不是地理名词，是文学背景，请勿对号入座”之类的话。现在，莫言终于得到了理解，得到了包容，去年得了茅盾文学奖，当选了中国作协副主席，今年得了诺贝尔文学奖，各级领导和上级部门都发来了贺信，这说明中国在进步。第二，莫言获得诺贝尔文学奖，说明人类文明在进步。瑞典文学院把文学奖发给了一个曾经是中国军人，现在是中共党员、中国作协副主席的“体制”内的人，说明西方人逐渐摆脱了冷战思维，从纯文学的角度出发，从人的角度出发来审视中国文学，审视莫言的作品，这不能不说是人类文明的巨大进步……

谁也想不到管谟贤先生会站在这样一个高度，选择这样一个视角，来赞美莫言步步坎坷而又不屈不挠、不断超越自己的精神，来赞美中国文学和中国社会不断前进的脚步，来赞美人类文明的进步和诺贝尔文学奖“人”的文学眼光……大哥谟贤高屋建瓴，大气磅礴，充满智慧，识见独具，道他人所未言，赢得了学者们热烈的掌声。

我想对读者诸君说：在我们把鲜花送给文学英雄莫言的时候，还应该把我们的掌声送给英雄幕后的这个人——管谟贤先生。这部《大哥谈莫言》一书正是莫言的大哥管谟贤先生回赠万千读者和莫言研究者的礼物，鲜为人知的史料、深厚的地域文化内涵，别具一格的文学与现实、文学与历史互证映衬的质朴解读，给我们打开了一扇真实了解莫言的窗户，这些珍贵史料及其背景论述，不仅在当今的“莫言热”中，显得沉实厚重，而且在将来的莫言研究中也具有无可替代的独特价值。

（节选自《大哥谈莫言》序言，山东人民出版社 2013 年版）

我的高密同乡莫言

◇杨守森

何镇邦老师打来电话，说他正在为《时代文学》主持的“名家侧影”专栏组织关于莫言的话题，希望我能写点什么。高兴地答应之后，却又感到无从下笔。与莫言虽是高密同乡，相识的时间也算比较长了，且还曾与贺立华兄一道，约请一些朋友撰写过一本《怪才莫言》，编过一本《莫言研究资料》，但对莫言的了解其实并不多。主要原因是：莫言不是那种外在个性显赫、惹人耳目、易于知其“庐山真面目”的人。莫言虽曾在文章中多次声称“自己的嘴巴没遮拦”，实际上却全然不同，他不是那种伶牙俐齿、能吹善侃者，倒是正如他的笔名“莫言”所暗示的，即使朋友们之间，话亦不多。前不久，他送考入山东大学的女儿来济南报到，学校趁机请他为我们的学生做过一次报告，讲了不过一个多小时，结束后，莫言即有几分疲惫地对我说：“真不知道你们整天在课堂上讲课，怎么熬的，哪有那么多话好说。”莫言的这一性格特点，曾为敏锐的上海评论家程德培先生在一篇文章中一语道破：“我简直怀疑，莫言处处表现出那种对人处在无声状态的兴趣是否可以证明他本身就不喜欢说话。”

莫言的为人处世与作品给予读者的联想也大相径庭。他的小说写得汪洋恣肆，天马行空，“犹如孙猴子在铁扇公主肚子里拳打脚踢翻筋斗”，好像“蝎子窝里捅一棍”，这很容易叫人联想到现实中的莫言也一定是一位前卫得可以，能折腾，不安分，有“故事”的角儿。有不少人甚至对他的个人生活乱加猜测，以至于作为比较知情的朋友，我们不得不经常代为辟谣，多次向人们解释：莫言不仅是一位恪守孝道的儿子，还是一位疼爱自己宝贝女儿的慈父，又是一位负责任的丈夫。莫言的不少名作，就是老老实实地躲在故乡父母与妻女的身边完成的。前些年，莫言退伍进入《检察日报》社之后，为了家庭生活的团圆及女儿培养的方便，已不惜代价，举家迁居京城。

莫言说自己“嘴巴没遮拦”，当然也不是有意撒谎。试想，一个小时候就带头造过老师的反、策划主编过《蒺藜造反小报》、骂过老师是“奴隶主”，登台演过文艺节目、与小伙伴们共谋干过偷园摸杏之类勾当的人，断不可能是那种拙嘴笨舌之辈。而当你面对现实中的莫言，从他那沉默而又带几分忧思的表情中，从他明澈而又凝重的眼神中，你也会意识到，莫言之“莫言”，也绝不是那种别有用心的城府深藏，不是成名之后拿架子式的故作矜持，而分明是一个人在饱经生活的磨难之后，挥之不去的阴影仍萦绕于心所致。事实正是如此，只因是中农子弟，读完小学后，渴望读书的莫言便失去了被推荐上中学的机会，而沦为年龄最小的农民；12 岁那年，他曾经因饥饿难捱，偷了生产队的一个萝卜，不仅惨遭毒打，而且被逼当着 200 多人的面，跪在毛主席像前请罪；18 岁之后，当他为了谋求人生的出路，报名参军时，又因出身问题屡屡受挫，第四年才蒙混过关，侥幸得成。这类生活中的苦涩与凶险，这类无情的心灵摧残，不能不压抑与扭曲一个人的个性。而又正是这压抑与扭曲，成就了莫言，将他本应是活跃在口头上的语言，内化为喧嚣的激情，积蓄为后来见之于小说的那样一种狂放不羁、淋漓喷涌的能量。

由于同乡之故，莫言引起我的注意，应当说是比较早的了。早在 1983 年，当我从这年的《小说月报》第 7 期读到了他的短篇小说《售棉大路》之日起，莫言这个名字就深深地印进了我的心中。《小说月报》在转载这篇小说时的“作者介绍”中写道：莫言，原名管谟业，山东高密人，1974 年入伍，解放军某部干事。这篇后来莫言自己坦承是模仿之作的短篇小说，当时虽然并没有引起多大的反响，但那精美的文笔，奔涌的激情，鲜活的人物形象，特别是那透露着浓郁的高密棉乡气息的场景描写，令我这个喜爱文学且又在文学圈子里谋生的高密同乡很是激动。当时猜想，21 岁才离开高密的这样一位富有潜力的小说作者，在离开故乡之前，肯定已开始了文学求索，遂向当年高密的一班文朋诗友打探，但却没人知道这位管谟业。

后来从莫言那儿得知，他的文学创作，的确在家乡时就已开始了。那是 1973 年冬天，莫言作为生产队的民工，被分派到昌邑县参加了开挖胶莱河的工程。冰天雪地，虽是苦不堪言，但莫言却为那人山人海、战天斗地的壮阔场面所激动，于是便萌生了不可遏止的创作欲望。完工归家后，他立即趴在土炕上，开始了一部题为《胶莱河畔》的长篇小说的写作。第一章的标题是：“元宵节支部开大会，老地主阴谋断马腿。”莫言拟定的这部作品的大意是：热恋中的妇女队长与民兵连长，为开挖胶莱河而一再推迟婚期。与此同时，村里的一个老地主却在暗中谋划着砍断生产队里一匹枣红马的马腿，企图破坏开挖胶莱河。莫言后来说，这部只写了不到一章的长篇小说，才是他真正的处女作。

莫言写这部处女作的时候，尚是“文革”后期。那时候，出于政治宣传的需要，有关方面对“文学活动”比较重视，各地盛行举办各种各样的创作学习班。仅一个高密县，就曾形成过一支至少四五十人的业余创作队伍。只可惜在当时高密的文学圈子里，竟没有人知道，此时，在本县东北乡一个叫作“平安村”的小村庄里，在一间破败不堪的民房里，还隐藏着一个正在做着文学梦，正在埋头于长篇小说创作的有志青年；更没人想到，十几年之后，这位离开高密之后的青年人竟依凭自己独具特色的《透明的红萝卜》，轰动文坛，一举成名。此后遂一路风行，《红高粱》、《天堂蒜薹之歌》、《酒国》、《丰乳肥臀》等力作相继问世，累累爆响，为中国当代文学增添了光彩，也为故乡大地赢得了声誉。而当年那些曾经浮出高密文坛水面的文学爱好者们，其中虽也不乏钟情于文学者，不乏富有文学才华之士，后来大约有十几人曾早于莫言在省级以上报刊上发表过作品，有的作品也曾为《小说月报》等转载，但到头来，大多不过是昙花一现，无力攀高，而终于销声匿迹了。

同是高密人，同是在高密大地上开始的文学追求，只有小学文化程度的莫言，竟不仅远远超越了家乡的一班文学爱好者，且曾一度成为领中国文坛之风骚的人物，成为具有了世界性影响的作家。其中奥妙，是耐人寻味的。

现在想来，离开故乡之前的莫言，没有被有关方面发现，没有人为赏识，没有被收拢进当时的文学创作学习班，这当是他不幸中之大幸。这样一来，自然也就使他没有受到当时诸如“三突出”之类的非文学观念的恶劣训化，没有误入过从红头文件出发进行创作之类的歧途。从他最早尝试的《胶莱河畔》中，虽然也可看出当时某些政治教条的不自觉影响，但毕竟中毒不深，这就使莫言能够从真正的文学体悟入手接近文学，能够直接从自己喜爱的文学大师那里汲取真正的文学营养。比如仅从福克纳那儿，莫言至少就悟到了两点决定他的文学成就的妙谛。一是学会了建立自己的文学领地。福克纳的目光始终盯着自己那个邮票大小的故乡小镇，创造了闻名世界的“约克纳帕塔法县”这一文学地域形象。正是受其启迪，莫言虽然远离了家乡，但目光一直盯在了“高密东北乡”这片土地上，从而占据了一块最便于施展自己才华的文学地盘。二是从福克纳那儿悟通了“撒谎”(文学理论谓之“虚构”)的艺术本领。莫言非常欣赏福克纳“明明没当上空军，却到处说自己开着飞机上天打过空战，脑袋里还留下一块弹片”这样一种敢于“胡说八道”、“喜欢吹牛”的品性，并有意无意地接受了其影响。在与莫言谋面之前，我曾在《文艺报》上读到他的答记者问，其中这样说过：“我的年轻是一种假象，其实肉体老化得相当厉害了，日薄西山，百病缠身，三十之岁已是重暮之年。我预感自己生命的蜡烛会有一天突然熄灭。”那时我曾真诚地相信莫言果如许多有成就的作家那样，是一位体弱多病的才子，并且曾经唤起过我这位高密同乡很长时间的伤感。见面之后，才知道莫言的这一番话基本上属于“撒谎”性的艺术笔墨，这位自称“百病缠身”的人，实际上是一位能吃肉、能喝酒、能抽烟，膀阔腰圆，壮硕如牛的高密汉子。显然，莫言正是依凭从福克纳那儿悟到的这样一种“撒谎”本领，撒出了“我爷爷”、“我奶奶”等活跃在“高密东北乡”的那些人物和故事，杜撰出了一个属于自己的“文学王国”。

莫言很小失学，这对他的文学创作来说，未尝不是又一幸事。由于较早就远离了政治意味很浓的虚泛的学校正统教育，这就使莫言更容易直接汲取来自于民间的包含原始生命活力的文化影响，尤其是发端于齐之始祖太公望吕尚，后来曾特别凸显于管仲、晏婴、邹衍、田横、蒲松龄之类古圣先贤身上，至今仍潜存于作为齐之腹地的高密民间的齐文化的影响。目前的国内学术界，常将齐鲁文化并称，实际上齐鲁文化是判然有别的。鲁文化主要是儒家文化，重规范，重人伦，崇尚温柔敦厚，主张中庸平和，反对“怪力乱神”。在文学方面，则强调“文以载道”，主张“发乎情，止乎礼”等。而齐文化则倡导思想自由，尊重异端邪说，甚至敢于任其鬼怪之说泛滥，表现出开放旷达的辉煌气度，这显然是一种更利于文学生发的文化。我们从莫言那些波诡云谲、奇思怪想、梦幻与现实融为一体、科学与童话熔为一炉、“鬼哭狼嚎，牛鬼蛇神一齐出笼”的小说中，从他小说中那些自由不羁、敢作敢为、富有血性气质的人物形象中，看到的正是齐文化的泱泱风采。

莫言开始文学梦不久，即离开了高密，这自然也是莫言走向成功的重要契机，这就使他能够拉开距离，冷静地审视自己的故乡。莫言在《红高粱》中痛陈的——高密东北乡，这“无疑是人类最美丽最丑陋、最超脱最世俗、最圣洁最龌龊、最英雄好汉最王八蛋、最能喝酒最能爱的地方”，便恰是其冷静审视的结果。正是出于对故乡的爱，成名后的莫言，曾经利用他的文学影响，在《人民日报》上连续发表了《高密之星》、《高密之光》、《高密之梦》等报告文学，为高密那些大刀阔斧、奋力献身于改革开放的“英雄好汉们”摇旗呐喊。那一阵子，有人甚至戏称《人民日报》变成了《高密县报》。此举，曾令国内许多地方的政府官员、企业家们嫉妒得眼红，甚至有不少人出重金收买莫言为他们谱写一曲赞歌。但莫言出于对高密故乡的忠诚，寂然不为所动，依然只是继续为高密人大吹大擂。正是出于对故乡的恨，莫言又不怕担着“不肖子孙”、背叛故乡的骂名，在作品中淋漓尽致地揭露了高密东北乡的丑陋与邪恶，发出了“种的退化”的叩问。正是这爱与恨的交织，凝成了莫言作品中汹涌澎湃的情感张力，构成了其丰厚的文化底蕴。而当年高密的另一些迷恋过文学的人，难有大的作为，很大程度上便是因为：不曾离开故乡，也就看不清故乡，更无力背叛故乡，而只能局限于狭小的高密人的文化视野。可以想见，莫言如果不是有幸离开高密，恐也难逃其厄。

谈到莫言的成功，我们不能不想到莫言家庭中的一个重要人物，这就是莫言的大哥，毕业于华东师大中文系、现为高密一中副校长的管谟贤先生。不管在书面文章还是在私下的谈话中，莫言每每深情地提到他的这位大哥。的确，在莫言通向文学圣殿的旅程中，这位兄长的意义是难以估量的。对于莫言，他不仅有过救命之恩（他曾经从粪坑里救出过两岁时的弟弟），又以其自身优秀的文学修养，给予蹒跚于文学之路上的弟弟以决定性的导引。外人也许不太了解，谟贤先生的才情、学识，在某些方面恐怕是不在其弟弟之下的。读者如果有幸读过他在《青年思想家》发表的《杏坛白说》、《杏坛续说》、《莫言小说中的人和事》等文，即可了然。甚至仅凭其文笔，即可看出其老到的文学功力。

走出故乡的高粱地，而今终于成为著名作家的莫言，尽管从小饱经磨难，但人生的机遇毕竟还是不错的。莫言是个好人，好人自有好报，所以，原本的不幸竟也成为他走向辉煌的契机；莫言是个聪明人，聪明人能够抓住契机，能够充分地利用契机，所以莫言终于大获成功。

（原载《时代文学》2001 年第 1 期）

莫言研究资料索引

文章

1. 徐怀中等:《有追求才有特色——关于〈透明的红萝卜〉的对话》,《中国作家》1985年第2期。

2. 朱向前:《小说"写意"手法谈》,《文学评论》1985年第2期。

3. 何铭:《独具特色的〈红萝卜〉——谈小说〈透明的红萝卜〉》,1985年5月26日《中国青年报》。

4. 李陀:《"妙在似与不似之间"——评中篇小说〈透明的红萝卜〉》,1985年7月6日《文艺报》。

5. 崔京生:《关于〈透明的红萝卜〉的思考》,1985年7月29日《文汇报》。

6. 夏厦:《深入人的心灵——读〈三匹马〉》,《奔流》1985年第9期。

7. 雷达:《游魂的复活——评〈红高粱〉》,《文艺学习》1986年第1期。

8. 蔡毅:《艺术追求与特色——读〈透明的红萝卜〉及其评论》,《作品与争鸣》1986年第1期。

9. 李陀:《拾遗录:现代小说中的意象——莫言小说集〈透明的红萝卜〉》,《文学自由谈》1986年第1期。

10. 冯立三:《为了告别那个荒凉的世界——评莫言的〈枯河〉及其他》,《北京文学》1986年第2期。

11. 朱向前:《天马行空——莫言小说艺术特点》,1986年4月12日《小说评论》。

12. 丛维熙:《"五老峰"下荡轻舟——读〈红高粱〉有感》,1986年4月12日《文艺报》。

13. 张志忠:《奇情异彩亦风流——莫言感觉层小说探析》,《钟山》1986年第3期。

14. 晓华、汪政:《莫言的感觉》,《当代文坛》1986年第4期。

15. 张君恬:《谈〈透明的红萝卜〉的一点缺憾》,《当代文坛》1986年第4期。

16. 程德培:《被记忆缠绕的世界——莫言创作中的童年视角》,《上海文学》1986年第4期。

17. 李劼:《动人的透明,迷人的诱惑——论〈透明的红萝卜〉的透明度和〈冈底斯的诱惑〉的诱惑性》,《文学评论家》1984年第6期。

18. 朱向前:《莫言小说"写意"散论》,《当代作家评论》1986年第4期。

19. 张志忠:《论莫言的艺术感觉》,《文艺研究》1986年第4期。

20. 北川:《〈透明的红萝卜〉的美学意蕴》,《当代作家评论》1986年第4期。

21. 谢欣:《心灵的渴望与追求——谈莫言小说集〈透明的红萝卜〉》,《当代作家评论》1986年第4期。

22. 钟本康:《现实世界·感情世界·童话世界——评莫言的四部中篇小说》,《当代作家评论》1986年第4期。

23. 封秋昌:《随意性与独创性——读莫言的〈红高粱〉》,1986年5月11日《文论报》。

24. 莫言、罗强烈:《感觉和创造性想象——关于中篇小说〈红高粱〉的通信》,1986年7月18日《中国青年报》。

25. 吴炫:《小说领域里的稚拙美——〈红高粱〉印象》,1986年7月24日《文学报》。

26. 朱向前:《穿越历史的悠长召唤——莫言的〈红高粱〉中篇系列一瞥》,1986年8月13日《人民日报(海外版)》。

27. 艾晓明:《惊愕·恶心·沉思——"高粱"系列中篇小说漫评》,1986年8月30日《文论报》。

28. 李清泉:《赞赏与不赞赏都说——关于〈红高粱〉的话》,1986年8月30日《文艺报》。

29. 王力平:《〈红高粱〉的结构艺术及其他》,1986年10月11日《文论报》。

30. 燃糠:《关于〈透明的红萝卜〉及其他》,《文学研究参考》1986年第5期。

31. 林在勇:《心灵底片的曝光——试析莫言作品的瞬间印象方式》,《文学评论家》1986年第5期。

32. 朱珩青:《感觉化的世界——莫言小说印象》,《批评家》1986年第5期。

33. 陆文虎:《莫言和他的〈红高粱〉》,《文学自由谈》1986年第5期。

34. 贺绍俊、潘凯雄:《莫言的小说模式及其意义初探》,《文学评论家》1986年第5期。

35. 俞玉:《混浊迷茫中的活力——谈莫言新作〈高粱酒〉》,《小说评论》1986年第5期。

36. 李陀:《读〈红高粱〉笔记》,《小说选刊》1986年第7期。

37. 北村:《血与火生发的外观——〈红萝卜〉〈红高粱〉管窥》,《文学评论家》1986

年第 6 期。

38. 周政保:《〈红高粱〉的意味与创造性》,《小说评论》1986 年第 6 期。

39. 李洁非、张陵:《莫言的意义》,《读书》1986 年第 6 期。

40. 朱珩青:《莫言和他的小说》,《博览群书》1986 年第 8 期。

41. 赵玫:《淹没在水中的红高粱——莫言印象》,《北京文学》1986 年第 8 期。

42. 蔡毅:《在美丑之间——读〈红高粱〉致立三同志》,《作品与争鸣》1986 年第 10 期。

43. 冯立三:《祭奠的也应该是能复活的——读〈红高粱〉复蔡毅同志》,《作品与争鸣》1986 年第 11 期。

44. 支肃:《古老的形式,现代的意识——评莫言的新作〈筑路〉》,1986 年 11 月 19 日《文汇报》。

45. 朱向前:《深情于他那小小的"邮票"——莫言小说漫评》,1986 年 12 月 8 日《人民日报》。

46. 李书磊:《文体解放与观念解放——也谈〈红高粱〉》,1986 年 12 月 21 日《文论报》。

47. 陈墨、王野:《论余占鳌》,《解放军文艺》1986 年第 12 期。

48. 金汉:《再现与表现的结合》,《昆仑》1987 年第 1 期。

49. 朱珩青:《情绪、情感、文体意识——读莫言的小说》,《文学自由谈》1987 年第 1 期。

50. 常智奇:《理论不足将使莫言没言——读〈断手〉有感》,《文学自由谈》1987 年第 1 期。

51. 应雄:《莫言的艺术感觉与现代生活》,《文学自由谈》1987 年第 1 期。

52. 刘心武:《痛苦地寻求欢乐——莫言的"欢乐"介绍》,1987 年 1 月 13 日《人民日报(海外版)》。

53. 莫言、陈薇、温金海:《与莫言一席谈》,1987 年 1 月 10 日、17 日《文艺报》。

54. 金汉:《评近年小说新潮中的莫言——兼论当今"新潮小说"的某种趋优走向》,《浙江师范大学学报》1987 年第 1 期。

55. 李放眉:《拂去历史的尘积——试谈〈红高粱〉的"翻案"》,《今日文坛》1987 年第 1 期。

56. 樊星:《文学的魂——张承志、莫言比较论》,《当代文坛》1987 年第 3 期。

57. 高今:《英雄的自我否定与超越——读〈断手〉》,《文学评论家》1987 年第 1 期。

58. 朱向前:《"莫言"莫可言》,《昆仑》1987 年第 1 期。

59. 李洁非、张陵:《精神分析学与〈红高粱〉的叙事结构》,《北京文学》1987 年第 1 期。

60. 雷达:《灵性激活历史——〈红高粱〉〈灵旗〉〈第三只眼〉纵横谈》,《上海文学》1987 年第 1 期。

61. 雷达:《历史的灵魂与灵魂的历史——论红高粱系列小说的艺术独创性》,《昆仑》1987 年第 1 期。

62. 陈清义:《论莫言小说的得失》,《信阳师范学院学报(哲社版)》1987 年第 1 期。

63. 吴亮:《欢乐的错误》,1987 年 2 月 21 日《文汇读书周报》。

64. 西南:《走向开放的革命战争历史文学》,《小说评论》1987 年第 2 期。

65. 灌林:《近年莫言小说评论漫述》,《福建论坛(文史哲)》1987 年第 2 期。

66. 王国华、石挺:《莫言与马尔克斯》,《艺谭》1987 年第 3 期。

67. 沈戈:《评莫言的中篇小说〈欢乐〉》,1987 年 4 月 11 日《天津日报》。

68. 陈慧忠:《想象的自由与描写的节制——关于莫言小说创作的思考》,1987 年 5 月 4 日《文汇报》。

69. 胡松柏:《〈红高粱〉中色彩词语的运用》,《上饶师专学报》1987 年第 4 期。

70. 王冲等:《融合与超越》,《外国文学研究》1987 年第 4 期。

71. 王炳根:《审视:农民影响起义》,《文艺争鸣》1987 年第 4 期。

72. 范宗武:《试谈莫言小说的"意象"》,《文学评论家》1987 年第 4 期。

73. 张志忠:《莫言:走上文坛》,《外国文学研究》1987 年第 4 期。

74. 陈墨:《莫言:这也是一种文化——评〈红高粱〉、〈高粱酒〉、〈高粱殡〉》,《当代文艺探索》1987 年第 4 期。

75. 胡河清:《论阿城、莫言对人格美的追求与东方文化传统》,《当代文艺思潮》1987 年第 5 期。

76. 潘新宇:《〈红高粱〉的失误及其原因》,《文艺争鸣》1987 年第 5 期。

77. 吴俊:《莫言小说中的性意识——兼评〈红高粱〉》,《当代作家评论》1987 年第 5 期。

78. 陈墨:《文化与神话》,《解放军文艺》1987 年第 6 期。

79. 季红真:《忧郁的土地,不屈的精魂——莫言散论之一》,《文学评议》1987 年第 6 期。

80. 李万钧:《试论莫言小说的借鉴特色和独创性》,《当代文艺探索》1987 年第 6 期。

81. 钟本康:《感觉的超越,意象的编织——莫言〈罪过〉的语言分析》,《当代文坛》1987 年第 6 期。

82. 张志忠:《莫言文体论》,《文学评论家》1987 年第 6 期。

83. 王宏图整理:《莫言:沸腾的感觉世界的爆炸(复旦大学学生"新时期文学"讨

论实录之五)》,《当代文艺探索》1987 年第 6 期。

84. 陈思和:《声色犬马皆有境界——莫言小说艺术三题》,《作家》1987 年第 8 期。

85. 封秋昌:《人性战胜兽性的艰难历程——评莫言的〈红蝗〉》,1987 年 9 月 11 日《文论报》。

86. 李少咏:《有物无序成奇花——〈红高粱〉赏析》,《文学知识》1987 年第 9 期。

87. 张志忠:《陌生化——感觉的重构——谈莫言的创作》,《文学自由谈》1988 年第 1 期。

88. 季红真:《现代人的民族民间神话(莫言散论之二)》,《当代作家评论》1988 年第 1 期。

89. 夏志厚:《红色的变异——从〈透明的红萝卜〉、〈红高粱〉到〈红蝗〉》,《上海文论》1988 年第 1 期。

90. 吴昌雄:《漫议莫言小说的横向借鉴》,《湖北教育学院学报》1988 年第 1 期。

91. 陈思和:《历史与现实的二元对话——兼谈莫言新作〈玫瑰玫瑰香气扑鼻〉》,《钟山》1988 年第 1 期。

92. 贺绍俊、潘凯雄:《毫无节制的〈红蝗〉》,《文学自由谈》1988 年第 1 期。

93. 大卫:《莫言及其感觉的宿命》,《文学自由谈》1988 年第 2 期。

94. 张志忠:《充满生命感觉的世界》,《百家》1988 年第 2 期。

95. 张云鹏等:《"红高粱"生存观的浓郁展现——评莫言长篇小说〈红高粱家族〉》,《昌潍师专学报》1988 年第 2 期。

96. 李观行:《贵在奉献——读莫言小说的浮想》,《昌潍师专学报》1988 年第 2 期。

97. 明连军:《对莫言及其作品的几点感想》,《昌潍师专学报》1988 年第 2 期。

98. 林坚:《色彩的魅力:莫言与后期印象画派》,《盐城师专学报》1988 年第 2 期。

99. 王冲、石挺:《融合与超越》,1988 年 2 月 3 日《当代文学研究资料与信息》。

100. 季红真:《神话世界的人类学空间——释莫言小说的语义层次》,《北京文学》1988 年第 3 期。

101. 颜纯钧:《幽闭而骚乱的心灵——论作为一种文学现象的莫言小说》,《当代作家评论》1988 年第 3 期。

102. 江春:《历史的意象与意象的历史——莫言长篇小说〈红高粱家族〉得失谈》,《齐鲁学刊》1988 年第 4 期。

103. 刘毅然:《莫言,一杯热醪心痛——又侃莫言》,《中国作家》1988 年第 4 期。

104. 李庆信:《"借给"读者一双眼睛——谈〈红高粱〉的艺术"视角"》,《滇池》1988 年第 4 期。

105. 吴景榕:《一部写人的战争文学作品——析莫言的小说〈红高粱〉》,《抚顺教育学院学报》1988 年第 4 期。

106. 卢圣俞:《〈红高粱〉的历史文化意识》,《荆州师专学报》1988 年第 4 期。

107. 吴澄:《红高粱家族的"童话"和民族记忆的复苏》,《上海师范大学学报》1988 年第 4 期。

108. 张德祥:《人的生命本体的窥视与生存状态的摹写——莫言小说对世界的认识与表现方式》,《小说评论》1988 年第 4 期。

109. 周海波、赵歌放:《死亡与莫言小说的生命意蕴》,《当代文坛》1988 年第 4 期。

110. 李洁非:《莫言小说里的"恶心"》,《当代作家评论》1988 年第 5 期。

111. 黄国柱:《莫言对军事文学的激扬和催化》,《文艺报》1988 年 6 月 4 日。

112. 王利芬:《使命感的驱使——读莫言的长篇小说〈天堂蒜薹之歌〉》,1988 年 6 月 15 日《文论报》。

113. 朱珩青:《愤怒,一种新的情感形式的探索——读莫言第一部长篇小说〈天堂蒜薹之歌〉》,《萌芽》1988 年第 9 期。

114. 王干:《反文化的失败(莫言近期小说批判)》,《读书》1988 年第 10 期。

115. 程永新:《莫言印象》,1988 年 11 月 7 日《新民晚报》。

116. 吴炫:《高粱地里的美学——重读莫言的"红高粱系列"》,《文科月刊》1988 年第 11 期。

117. 张志忠:《一点启迪》,《青年文学》1988 年第 11 期。

118. 罗强烈:《莫言的冲突》,《青年文学》1988 年第 11 期。

119. 李洁非:《鬼才写鬼事》,《青年文学》1988 年第 11 期。

120. 朱珩青:《他不想重复自己——〈十三步〉和莫言》,1989 年 1 月 22 日《作家报》。

121. 陈炎:《生命意志的弘扬、酒神精神的赞美:以尼采的悲剧观释莫言的〈红高粱家族〉》,《南京社联学刊》1989 年第 1 期。

122. 房赋闲:《莫言创作研讨会综述》,《文史哲》1989 年第 1 期。

123. 周政保等:《莫言小说的"亵渎意识"》,《小说评论》1989 年第 1 期。

124. 邓嗣明:《用感觉编织的艺术世界——莫言小说技法探踪》,《写作》1989 年第 1 期。

125. 谭好哲:《"祖宗崇拜"与莫言文化选择的偏执》,《文学评论家》1989 年第 1 期。

126. 王欣荣:《莫言论》,《东岳论丛》1989 年第 1 期。

127. 丁帆:《亵渎的神话:〈红蝗〉的意义》,《文学评论》1989 年第 1 期。

128. 李迎丰:《爱与死:战争背景下的生命意识及其他——〈百年孤独〉与〈红高粱家族〉的文化心态比较》,《教学研究》1989 年第 1 期。

129. 林为进:《〈十三步〉:精神痛苦的宣泄》,1989 年 2 月 25 日《文论报》。

130. 朱珩青:《红色、亮色、对比色及其弥漫和爆炸——谈莫言小说的色彩》,《文学自由谈》1989 年第 2 期。

131. 丁少伦:《文化寻根与〈红高粱〉现象》,《山东师范大学学报》1989 年第 2 期。

132. 李德明:《天然的歧途——莫言作品侧识》,《文学评论》1989 年第 2 期。

133. 姜大立:《走进高粱地(莫言小说研讨会述介)》,《文学评论家》1989 年第 2 期。

134. 李掖平:《重振古老民族的生命元气——对莫言小说生命意识的一点重估》,《当代小说》1989 年第 3 期。

135. 焦会生:《对纯种红高粱的又一声呼唤——评莫言新作〈复仇记〉》,《殷都学刊》1989 年第 3 期。

136. 张世家:《莫言与我和高密》,《青年思想家》1989 年 3～4 期合刊。

137. 田晓:《没有高粱有了味道——莫言〈十三步〉印象》,《博览群书》1989 年第 4 期。

138. (香港)周英雄:《红高粱家族演义》,《当代作家评论》1989 年第 4 期。

139. 刘毅然:《我所知道的莫言》,《中国文学》1989 年第 4 期。

140. 贾靖:《从〈红高粱〉到"食草家族"》,《辽宁教育学院学报》1989 年第 4 期。

141. 梅琼林:《对立与虚无——莫言现象的哲学基点和艺术视角论纲》,《华中师范大学研究生学报》1989 年第 4 期。

142. 李红宁:《人性的张力——从莫言的作品看莫言》,《百家》1989 年第 5、6 期。

143. 朱珩青:《莫言创作新趋向探源——兼评长篇小说〈十三步〉》,《小说评论》1989 年第 5 期。

144. 石一宁:《"写作已成了我生命中的一部分":莫言神聊》,《当代文坛报》1989 年第 5、6 期。

145. 卢英宏:《〈红高粱〉:模仿·断裂·演戏·野展》,《电影创作》1989 年第 7 期。

146. 杨联芬:《莫言小说的价值与缺陷》,《北京师范大学学报》1990 年第 1 期。

147. 段海霞:《莫言创作心态探源》,《淮北煤炭师范学院学报》1990 年第 1 期。

148. 谢馨藻:《这样的东西能"化大众"吗?——〈红蝗〉印象》,《理论与创作》1990 年第 2 期。

149. 盛林:《"你"和"他"的妙用——析莫言小说〈你的行为使我们感到恐怖〉的语言》,《语文月刊》1990 年第 2 期。

150. 孟悦:《荒野弃儿的归属——重读〈红高粱家族〉》,《当代作家评论》1990 年第 3 期。

151. 甘藻之:《倒错的“丰碑”—— 评〈红高粱家族〉》,《广西师范学院学报(哲社版)》1990 年第 4 期。

152. 郭熙志:《王安忆、莫言的疲惫》,《文学自由谈》1990 年第 4 期。

153. 叶公觉:《〈黎明的河边〉与〈红高粱〉的散点比较透视》,《集美师范专科学校学报》1990 年第 4 期。

154. 李洁非:《在另一面——莫言三年前的一篇小说》,《当代作家评论》1990 年第 6 期。

155. 胡小林、刘伟:《福克纳、莫言比较论》,《当代作家评论》1990 年第 8 期。

156. 丁念保:《对莫言的彻底颠覆——先锋小说、新写实小说合论》,《飞天》1990 年第 11 期。

157. 张卫中:《论福克纳与马尔克斯对莫言的影响》,《徐州师范学院学报(哲社版)》1991 年第 1 期。

158. 刘国良:《莫言小说的美学追求》,《南通师范专科学校学报(社科版)》1991 年第 1 期。

159. 张清华:《选择与回归——论莫言小说的传统艺术精神》,《山东师范大学学报》1991 年第 2 期。

160. 王剑:《说预叙——从莫言的小说看一种特殊的叙述方式》,《写作》1991 年第 4 期。

161. 钱林森、刘小荣:《“异端”间的潜对话(西方象征主义与莫言、张承志的小说)》,《南京大学学报(哲学·人文·社科版)》1992 年第 1 期。

162. 管谟贤:《莫言小说中的人和事》,《青年思想家》1992 年第 1 期。

163. 张德祥:《评张志忠的〈莫言论〉》,《当代作家评论》1992 年第 1 期。

164. 张学军:《莫言小说与西方现代主义文学》,《齐鲁学刊》1992 年第 4 期。

165. 奚佩秋:《云谲波诡,兼容并蓄——〈怀抱野花的女人〉读解》,《齐齐哈尔师范学院学报》1992 年第 5 期。

166. 兰小宁、贺立华、杨守森:《莫言与中国传统文化与西方现代派——〈怪才莫言〉代序》,《怪才莫言》,花山文艺出版社 1992 年版。

167. 杨守森、贺立华:《说梦:人生之谜的沉思——〈食草家族〉序》,《食草家族》,花山文艺出版社 1992 年版。

168. 张云龙:《艺术的叛逆——评〈十三步〉》,贺立华、杨守森编:《莫言研究资料》,山东大学出版社 1992 年版。

169. [日]藤井省三:《魔幻现实主义地描写中国农村》,胡以男译,日本 ICC 出版局 1991 年版。

170.《莫言短篇小说集〈来自中国乡村的报告〉》,贺立华、杨守森编:《莫言研究资料》,山东大学出版社 1992 年版。

171. [英]加内斯·威克雷:《英文版〈爆炸及其他的故事〉引论》,杨守森译、季广茂校,贺立华、杨守森编:《莫言研究资料》,山东大学出版社 1992 年版。

172. 张军锋:《纵向剖析与立体透视——谈理论专著〈怪才莫言〉与〈莫言论〉》,贺立华、杨守森编:《莫言研究资料》,山东大学出版社 1992 年版。

173. 白烨:《莫言小说研究概述》,贺立华、杨守森编:《莫言研究资料》,山东大学出版社 1992 年版。

174. 房福贤:《全国首届莫言创作研讨会纪实》,贺立华、杨守森编:《莫言研究资料》,山东大学出版社 1992 年版。

175. 李洁非:《回到寓言——论莫言及其近作》,《当代作家评论》1993 年第 2 期。

176. (香港)周英雄:《酒国的虚实——试看莫言叙述的策略》,《当代作家评论》1993 年第 2 期。

177. 万千:《莫言:一个物化时代的感伤诗人——读莫言的几个近作》,《当代作家评论》1993 年第 2 期。

178. 张清华:《莫言文体多重结构中传统美学因素的再审视》,《当代作家评论》1993 年第 6 期。

179. 钟志清:《英美评论家评〈红高粱家族〉》,《外国文学动态》1993 年第 6 期。

180. [美]M. 托马斯·英奇、金衡山:《比较研究:莫言与福克纳》,《外国文艺动态》1993 年第 6 期。

181. 刘绍铭:《入了世界文学的版图——莫言著作、葛浩文译文印象及其他》,《作家》1993 年第 8 期。

182. 朱向前:《新军旅作家"三剑客"——莫言、周涛、朱苏进平行比较论稿》,《解放军文艺》1993 年第 9 期。

183. 吴非:《莫言小说与后期印象派色彩美学》,《作家》1994 年第 10 期。

184. 吴非:《莫言小说与"印象派之后"的色彩美学》,《小说评论》1994 年第 5 期。

185. 杨小滨:《盛大的衰颓:论莫言的〈酒国〉》,《中外文学》1994 年第 6 期。

186. 江南:《莫言小说摹绘格使用特色》,《扬州师范学院学报》1995 年第 2 期。

187. 江南:《莫言小说仿拟格使用特色——兼谈仿拟格修辞群的功能》,《修辞学习》1995 年第 2 期。

188. 杨守森:《我的高密同乡莫言》,《时代文学》2001 年第 1 期。

189. 张闳:《〈酒国〉散论》,《今天》1996 年第 1 期。

190. 张闳:《〈酒国〉的修辞分析》,《作品》1996 年第 1 期。

191. 彭荆风:《〈丰乳肥臀〉:性变态视角》,《文学自由谈》1996 年第 2 期。

192. 余立新:《倾斜的母性——〈丰乳肥臀〉读后感》,《中流》1996 年第 5 期。

193. 楼观云:《令人遗憾的平庸之作——也谈莫言的〈丰乳肥臀〉》,《当代文坛》1996 年第 3 期。

194. 张军:《莫言:反讽艺术家——读〈丰乳肥臀〉》,《文艺争鸣》1996 年第 3 期。

195. 唐韧:《百年屈辱、百年洪荒——对〈丰乳肥臀〉的文学史价值质疑》,《文艺争鸣》1996 年第 3 期。

196. 中颉、付宁:《上官鲁氏的悲剧——〈丰乳肥臀〉人物浅析》,《当代文坛》1996 年第 4 期。

197. 薛兆强:《莫言有话要说》,《作品与争鸣》1996 年第 7 期。

198. 温克寒:《唤起作家的良知——读〈丰乳肥臀〉有感》,《作品与争鸣》1996 年第 7 期。

199. 陶琬:《歪曲历史,丑化现实——评小说〈丰乳肥臀〉》,《中流》1996 年第 7 期。

200. 汪德荣:《浅谈〈丰乳肥臀〉关于历史的错误描写》,《中流》1996 年第 7 期。

201. 刘蓓蓓、李以洪:《母性崇拜与肥臀情结——读莫言的〈丰乳肥臀〉》,《文艺评论》1996 年第 9 期。

202. 赛时礼:《评小说〈丰乳肥臀〉》,《中流》1996 年第 9 期。

203. 玉华:《历史不能糊涂乱抹》,《中流》1996 年第 10 期。

204. 晓阳:《这不仅是一部作品的问题》,《中流》1996 年第 11 期。

205. 冬生:《读书偶感》,《中流》1996 年第 11 期。

206. 《中流》记者:《文坛的堕落与背叛》,《中流》1996 年第 12 期。

207. 王韬、葛红兵:《过去的乌托邦与失落的现代性——对〈白鹿原〉、〈废都〉、〈丰乳肥臀〉的一个特例性比较分析》,《吉首大学学报(社会科学版)》1997 年第 1 期。

208. 张均:《沉沦与救赎:无根的一代——重读莫言、刘震云》,《小说评论》1997 年第 1 期。

209. 金衡山:《影响和汇合——〈丰乳肥臀〉的解构主义解读》,《国外文学》1997 年第 1 期。

210. 皇甫晓涛:《众里寻她千百度:寻根文学的文化玄惑与审美失落》,《克山师范专科学校学报》1997 年第 1 期。

211. 蔡梅娟:《对真善美的叛逆——评〈丰乳肥臀〉》,《淄博学院学报(社会科学版)》1997 年第 2 期。

212. 陈吉德:《穿越高粱地的莫言研究综述》,《山东师范大学学报》1997 年第 2 期。

213. 王岩:《〈丰乳肥臀〉的叙述方式与结构艺术》,《克山师范专科学校学报》1997年第4期。

214. 陈淞:《迟到的批评——莫言〈丰乳肥臀〉择谬述评》,《河南大学学报(社会科学版)》1998年第3期。

215. 王德威:《恋乳奇谈——评莫言〈丰乳肥臀〉》,《台港文学选刊》1998年第5期。

216. 邓晓芒:《莫言:恋乳的痴狂》,《灵魂之旅——九十年代文学的生存境界》,湖北人民出版社1998年版。

217. 麦永雄:《诺贝尔文学奖视域中的大江健三郎与莫言》,《桂林市教育学院学报》1999年第2期。

218. 王德威:《千言万语,何若莫言》,《读书》1999年第3期。

219. 王德成:《王德威评〈丰乳肥臀〉》,《当代作家评论》1999年第3期。

220. 莫言、李子顺、庚钟银:《在写作中发现检讨自我——莫言访谈录》,《艺术广角》1999年第4期。

221. 张闳:《莫言小说的基本主题与文体特征》,《当代作家评论》1999年第5期。

222. 潘越:《无奈的幽默》,《作品与争鸣》1999年第12期。

223. 吴庆俊:《对城市还是陌生》,《作品与争鸣》1999年第12期。

224. 殷相印:《莫言小说色彩词的超常运用谈片》,《修辞学习》2000年第1期。

225. 王金城:《从审美到审丑:莫言小说的美学走向》,《北方论丛》2000年第1期。

226. 游友基:《莫言、残雪小说的现代主义特征》,《漳州师范学院学报(哲学社会科学版)》2000年第1期。

227. 武文茹:《消解崇高:莫言军事小说的文化解码》,《佳木斯大学社会科学学报》2000年第2期。

228. 何向阳:《12个:1998年的孩子》,《青年文学》2000年第2期。

229. 张茁:《从叙事方法看〈变〉与〈红树林〉的异同》,《文艺评论》2000年第3期。

230. 薄刚、王金城:《从崇拜到亵渎:莫言小说的母性言说》,《北方论丛》2000年第3期。

231. 乐钢:《以肉为本,体书"莫言"》,《今天》2000年第4期。

232. 吴俊:《天花乱坠(短篇小说)》,《当代作家评论》2000年第4期。

233. 王金城:《消解崇高:莫言军事小说的文化解码》,《福州师范专科学校学报》2000年第5期。

234. 黄佳能、陈振华:《真实与虚幻的迷宫——〈酒国〉与〈城堡〉之比较》,《当代文坛》2000年第5期。

235. 张闳:《感官的王国——莫言笔下的经验形态及功能》,《当代作家评论》2000年第5期。

236. 周春玲:《变化中的莫言——谈莫言近期中短篇小说》,《当代作家评论》2000年第5期。

237. 王光东:《民间的现代之子——重读莫言的〈红高粱家族〉》,《当代作家评论》2000年第5期。

238. 易竹贤、陈国恩:《〈丰乳肥臀〉是一部“近乎反动的作品”吗?——评何国瑞先生文学批评中的观念与方法》,《武汉大学学报(人文社会科学版)》2000年第5期。

239. 易小斌:《〈红蝗〉中的生命意识》,《三峡大学学报(人文社会科学版)》2000年第6期。

240.《中华读书报》记者:《描写乡村的大师——莫言》,2000年9月20日《中华读书报》。

241. 曹敏:《“这一个”莫言》,2000年9月20日《中华读书报》。

242. 高丽:《“三匹马”拉我一块走——访作家莫言》,2000年11月24日《今晚报》。

243. 李格:《莫言笔下的虞姬和吕雉》,2000年12月15日《南方周末》。

244. 王泊、李蓓:《丛林世界的话语——莫言笔下的“丰乳肥臀”》,《南通师范学院学报(哲学社会科学版)》2001年第1期。

245. 丛维熙:《话说莫言》,《时代文学》2001年第1期。

246. 张志忠:《莫言的九十年代进行曲》,《时代文学》2001年第1期。

247. 杨守森:《我的高密同乡莫言》,《时代文学》2001年第1期。

248. 何振邦:《我与莫言》,《时代文学》2001年第1期。

249. 马超:《生命意识的张扬　民族精神的体现——也谈电影〈红高粱〉现象》,《许昌师范专科学校学报》2001年第1期。

250. 马海霞:《莫言对酒神精神的追寻与逃离——谈〈红高粱〉的双重品格》,《石家庄专科学校学报》2001年第2期。

251. 张献荣:《论莫言小说的感觉崇拜》,《河北青年管理干部学院学报》2001年第2期。

252. 魏天真:《思接千载谈“笑”风生》,《语文教学与研究》2001年第2期。

253. 张献荣:《论莫言小说的生命体验》,《辽宁商务职业学院学报》2001年第3期。

254. 侯运华:《论莫言小说的女性崇拜与叙事特征》,《新乡师范高等专科学校学报》2001年第3期。

255. 柳建伟:《永垂不朽的声音——我看莫言的过去、现在和未来》,《解放军艺术学院学报》2001 年第 3 期。

256. 吴俊:《〈檀香刑〉(长篇小说)》,《当代作家评论》2001 年第 3 期。

257. 叶永胜、刘桂荣:《〈酒国〉——反讽叙事》,《当代文坛》2001 年第 3 期。

258. 尚晓岚:《莫言戏言檀香刑》,2001 年 4 月 2 日《北京青年报》。

259. 石一龙:《在民间传说中获得灵感——读莫言小说〈檀香刑〉》,2001 年 4 月 16 日《新民晚报》。

260. 莫言、《南方周末》记者:《莫言访谈——记忆被一种声音激活》,2001 年 5 月 18 日《南方周末》。

261. 陈思和:《莫言近年小说的民间叙述——莫言论之一》,《钟山》2001 年第 5 期。

262. 谭桂林:《论〈丰乳肥臀〉的生殖崇拜与狂欢叙事》,《人文杂志》2001 年第 5 期。

263. 谢有顺:《当死亡比活着更困难——〈檀香刑〉中的人性分析》,《当代作家评论》2001 年第 5 期。

264. 黄善明:《一种孤独远行的尝试——〈酒国〉之于莫言小说的创新意义》,《当代作家评论》2001 年第 5 期。

265. 张献荣:《论莫言小说的对生命强力的张扬》,《河北学刊》2001 年第 5 期。

266. 李陀、莫言、陶庆梅:《关于"垓下"的想象突围》,《读书》2001 年第 6 期。

267. 戴国庆、李永东:《生命强力的高扬,感觉世界的狂欢——评〈红高粱〉的艺术追求》,《郴州师范高等专科学校学报》2001 年第 6 期。

268. 邓维加:《莫言短篇小说〈拇指铐〉的意象系统》,《淮北煤炭师范学院学报》2001 年第 6 期。

269. 张柠:《文学与民间性——莫言小说里的中国经验》,《南方文坛》2001 年第 6 期。

270. 蒋原伦:《中国风格——关于〈檀香刑〉》,《南方文坛》2001 年第 6 期。

271. 洪治纲:《刑场背后的历史——论〈檀香刑〉》,《南方文坛》2001 年第 6 期。

272. 丁国强:《莫言的精神哲学——读莫言〈檀香刑〉》,2001 年 6 月 8 日"中华读书网"。

273. 周政保:《〈檀香刑〉的"撤退"与写好"中国小说"》,2001 年 11 月 2 日《中华读书报》。

274. 罗小茗:《轻逸——论莫言的短篇小说》,徐俊西主编:《世纪末的中国文坛》,上海文艺出版社 2002 年版。

275. 李迎丰:《福克纳与莫言——故乡神话的构建与阐释》,《解放军外国语学院学报》2002 年第 1 期。

276. 莫言、王尧:《从〈红高粱〉到〈檀香刑〉》,《当代作家评论》2002 年第 1 期。

277. 李建军:《是大象,还是甲虫?——评〈檀香刑〉》,《河南师院学报》2002 年第 1 期。

278. 李珺平:《换一只眼睛看莫言——〈酒国〉印象三则》,《湛江师范学院学报》2002 年第 1 期。

279. 韩琛:《历史的挽歌与生命的绝唱——论莫言长篇新作〈檀香刑〉》,《小说评论》2002 年第 1 期。

280. 王金城:《理性处方:莫言小说的文化心理诊脉》,《北方论丛》2002 年第 1 期。

281. 应玲素:《小说的现实世界与超现实世界——苏童、莫言童年视角小说创作比较》,《湖州师范学院学报》2002 年第 1 期。

282. 莫言:《文学创作的民间资源——在苏州大学"小说家讲坛"上的讲演》,《当代作家评论》2002 年第 1 期。

283. 莫言、[日]大江健三郎:《大江健三郎和莫言的对话——寻找红高粱的故乡》,2002 年 2 月 28 日《南方周末》。

284. 胡燕春:《历史与话语的狂欢——莫言小说〈檀香刑〉浅论》,《曲靖师范学院学报》2002 年第 2 期。

285. 吴玉珍:《试比较莫言与卡夫卡寓言小说的异同》,《兰州铁道学院学报》2002 年第 2 期。

286. 程倩、王新国、王永贵:《于残酷中审视人性——莫言〈檀香刑〉与卡夫卡〈在流放地〉之比较》,《解放军艺术学院学报》2002 年第 2 期。

287. 何国瑞:《评论〈丰乳肥臀〉的立场、观点、方法之争——答易竹贤、陈国恩教授》,《武汉大学学报》2002 年第 2 期。

288. 俞敏华:《李博士:你认识大象与甲虫吗?》,《文学自由谈》2002 年第 3 期。

289. 何向阳:《一个叫"我"的孩子》,《莽原》2002 年第 3 期。

290. 莫言:《翻译家功德无量》,《世界文学》2002 年第 3 期。

291. 周红霞:《浅析〈丰乳肥臀〉中的动物意象》,《山东省经济管理干部学院学报》2002 年第 3 期。

292. 何向阳:《介入近代史深层——莫言〈檀香刑〉评论》,2002 年 4 月 25 日《辽宁日报》。

293. 王书情:《第三只眼睛——论〈透明的红萝卜〉中黑孩形象的文学功能》,《怀化学院学报》2002 年第 4 期。

294. 谭学纯:《重读〈红高粱〉——战争修辞话语的另类书写》,《青海师范大学学报(哲学社会科学版)》2002 年第 4 期。

295. 朱旭晨:《幻觉幻化艺术在莫言短篇小说〈夜渔〉中的应用》,《中国青年政治学院学报》2002 年第 4 期。

296. 张秉正:《关注人生关注人性——重读莫言〈天堂蒜薹之歌〉》,《新闻出版交流》2002 年第 4 期。

297. 郜元宝、葛红兵:《语言、声音、方块字与小说——从莫言、贾平凹、阎连科、李锐等说开去》,《大家》2002 年第 4 期。

298. 张磊:《百年苦旅:"吃人"意象的精神对应——鲁迅〈狂人日记〉和莫言〈酒国〉之比较》,《鲁迅研究月刊》2002 年第 5 期。

299. 胡秀丽:《莫言近年中短篇小说透视》,《当代文坛》2002 年第 5 期。

300. 陈晓兰:《死亡仪式的狂欢化再现——关于〈檀香刑〉》,《创作》2002 年第 5 期。

301. 陈润华:《肉体与政治的寓言——关于〈檀香刑〉中的酷刑》,《创作》2002 年第 5 期。

302. 朱国昌:《〈檀香刑〉:人性的丑恶展览》,《文艺争鸣》2002 年第 5 期。

303. 杨经建:《"戏剧化"生存——〈檀香刑〉的叙事策略》,《文艺争鸣》2002 年第 5 期。

304. 胡媛:《贝塔斯曼想要"秀"给谁看》,《电子商务》2002 年第 6 期。

305. 兰亚明、田伟钊:《"作为老百姓写作"——莫言在南京大学谈作家的使命》,2002 年 6 月 11 日《中国教育报》。

306. 张爱萍:《一个充满野性的自由精灵——莫言〈红高粱〉家族中余占鳌形象分析》,《皖西学院学报》2002 年第 6 期。

307. 罗兴萍:《试论莫言〈酒国〉对鲁迅精神的继承——鲁迅传统在 1990 年代研究系列之一》,《安徽师范大学学报(人文社会科学版)》2002 年第 6 期。

308. 於可训:《主持人语》,《小说评论》2002 年第 6 期。

309. 周罡、莫言:《发现故乡与表现自我——莫言访谈录》,《小说评论》2002 年第 6 期。

310. 周罡:《犹疑的返乡之路——论莫言民间文化立场的回归与游离》,《小说评论》2002 年第 6 期。

311. 《莫言作品目录》,《小说评论》2002 年第 6 期。

312. 石一龙:《莫言访谈录》,《红岩》2002 年第 6 期。

313. 朱洪军:《文学视野之外的莫言》,《红岩》2002 年第 6 期。

314. 谢有顺:《莫言:从檀香刑的梦中醒来》,http://www.sina.com.cn。

315. 朱洪军:《换个角度谈莫言》,《华人时刊》2002 年第 9 期。

316.《透视中国先锋派作家的影视之旅》,2002 年 9 月 28 日《每日新报》。

317.《记者群里的作家:莫言》,2002 年 10 月 30 日《中华读书报》。

318.《莫言的感慨:5 元与 5 万元》,"人民网"2002 年 11 月 8 日。

319. 章长城:《论莫言小说中的性别盲区》,《厦门教育学院学报》2003 年第 1 期。

320. 薛文礼:《从莫言的"家族小说"看男性神话与女性神话的文化嬗变》,《青岛大学师范学院学报》2003 年第 1 期。

321. 李敬泽:《莫言与中国精神》,《小说评论》2003 年第 1 期。

322. 郑坚:《在民间戏说民间——〈檀香刑〉中民间叙事的解析与评判》,《当代文坛》2003 年第 1 期。

323. 周景雷:《红色冲动与历史还原——对莫言小说的一次局部考察》,《当代文坛》2003 年第 1 期。

324. 王爱松:《杂语写作:莫言小说创作的新趋势》,《当代文坛》2003 年第 1 期。

325. 周飞伶:《论"个人化写作"、"民间写作"与"自我写作"——一个关于现实主义的新阐释》,《广西师范学院学报(哲学社会科学版)》2003 年第 1 期。

326. 凤媛:《撤退与进击——试论〈檀香刑〉的叙事艺术及意义》,《安徽教育学院学报》2003 年第 2 期。

327. 李晓辉、李艳梅:《游走于两个世界间的作家——马尔克斯与莫言创作的类同比较》,《内蒙古民族大学学报(社会科学版)》2003 年第 2 期。

328. 毕兆明、张嘉玉:《默默地执著于蛹破的辉煌——谈莫言小说〈檀香刑〉的自我超越》,《内蒙古民族大学学报(社会科学版)》2003 年第 2 期。

329. 李鸿:《〈丰乳肥臀〉的后现代性解读》,《吉林师范大学学报(人文社会科学版)》2003 年第 2 期。

330. 张清华:《叙述的极限——论莫言》,《当代作家评论》2003 年第 2 期。

331. 葛红兵:《文字对声音、言语的遗忘和压抑》,《中国现代文学研究丛刊》2003 年第 3 期。

332. 陈燕遐:《莫言的〈酒国〉与巴赫汀的小说理论》,《二十一世纪(网络版)》,2003 年第 4 期。

333. 叶开:《莫言:在高密东北乡高空飞翔——莫言传》,"网易文化自助餐·读书论坛"2003 年 4 月 19 日。

334. 傅正明:《民俗文学的庙堂之音——评莫言〈檀香刑〉的国家主义倾向》,http://www.epachtimes.com。

335. 何希凡:《冰雪欺美人,美人如冰雪——〈冰雪美人〉的文化心理和美学内涵解读》,《名作欣赏》2003 年第 5 期。

336. 达吾:《艺术的叙述和"载道"的期许——〈冰雪美人〉的阅读体验》,《名作欣赏》2003 年第 5 期。

337. 曲春景:《爱缘于合目的的生命形式》,《名作欣赏》2003 年第 5 期。

338. 任军:《致命的偏见与可敬的尊严——读莫言的短篇小说〈冰雪美人〉》,《名作欣赏》2003 年第 5 期。

339. 洪玲:《在压抑中艰难地生存——读莫言的短篇小说〈冰雪美人〉》,《名作欣赏》2003 年第 5 期。

340. 吴毓生:《一次出乖露丑的表演——读莫言的短篇小说〈倒立〉》,《名作欣赏》2003 年第 5 期。

341. 傅金祥:《天凉好个秋——莫言〈倒立〉内蕴解读》,《名作欣赏》2003 年第 5 期。

342. 杨剑龙:《揭示老同学聚会中不同的心理心态——读莫言的短篇小说〈倒立〉》,《名作欣赏》2003 年第 5 期。

343. 赵奎英:《一个可逆性的文本——〈丰乳肥臀〉的语言文化解读》,《名作欣赏》2003 年第 5 期。

344. 朱洪海:《莫言新作〈四十一炮〉上市》,"中华读书网"2003 年 7 月 7 日。

345. 邓子:《莫言放炮》,"人民网"2003 年 7 月 8 日。

346.《莫言打响〈四十一炮〉》,2003 年 7 月 9 日《解放日报》。

347. 沈国娣:《莫言:我能收获什么?》,2003 年 7 月 10 日《每日商报》。

348. 许岩:《莫言谈〈四十一炮〉》,2003 年 7 月 11 日《燕赵都市报》。

349.《莫言放"炮",不怕批评》,2003 年 7 月 12 日《北京晨报》。

350. 易禹琳:《莫言专访:雕虫小技征服世界》,2003 年 7 月 15 日《三湘都市报》。

351. 何洋:《温饱时代制造食色男女》,"中华读书网"2003 年 7 月 15 日。

352. 常晶:《莫言印象:宽容寡言如佛》,"中华读书网"2003 年 7 月 15 日。

353. 易禹琳、周澍芬:《首印 15 万册预订一空 莫言新作〈四十一炮〉弹无虚发》,2003 年 7 月 15 日《三湘都市报》。

354. 木叶:《莫言:炮制"没有思想"的小说》,2003 年 7 月 24 日《上海电视周刊》。

355. 莫言、舒明:《新小说像狗一样追着我——关于〈四十一炮〉的对话》,2003 年 7 月 25 日《文汇报》。

356. 李师江:《一枚激情的炮弹》,2003 年 7 月 29 日《南方都市报》。

357. 吴义勤:《有一种叙述叫"莫言叙述"——评长篇小说〈四十一炮〉》,2003 年 7 月 30 日《文艺报》。

358. 鲁大智:《莫言打响〈四十一炮〉再发反盗版宣言》,2003年7月30日《中华读书报》。

359. 莫言、杨扬:《莫言:以低调写作贴近生活》,2003年7月31日《文学报》。

360. 赵为民:《向莫言的〈四十一炮〉开炮》,2003年7月31日《北京青年报》。

361. 莫言、咸江南:《莫言:我正做着我愿意做的事》,2003年8月13日《中华读书报》。

362. 史佳林:《说故事的莫言——读〈四十一炮〉》,2003年8月29日《文汇读书周报》。

363. 熊育群:《莫言的两个下午》,《山花》2003年第8期。

364. 张学昕、陈宝文:《反抗绝望:无法直面的存在本相——读余华〈黄昏里的男孩〉和莫言〈拇指铐〉》,《作家杂志》2003年第11期。

365. 赵健:《从〈天堂蒜薹之歌〉结局的修改看莫言的民间立场》,《今日文坛》2003年秋季号。

366. 李尧:《莫言小说运用色彩词的特点》,《西南民族大学学报(人文社科版)》2003年第24期。

367. 曹民光:《颠倒的世界,荒谬的存在:莫言〈倒立〉解读》,《名作欣赏》2004年第1期。

368. 曹民光:《美的毁灭:一出几乎无事的悲剧——读莫言的短篇小说〈冰雪美人〉》,《名作欣赏》2004年第1期。

369. 季桂起:《论莫言〈檀香刑〉的文化内涵》,《齐鲁学刊》2004年第1期。

370. 周志雄:《〈檀香刑〉的民间文化意义》,《名作欣赏》2004年第3期。

371. 吴周文、樊保玲:《从消解到反文化思辨:从〈复仇记〉看莫言创作的颠覆意识》,《名作欣赏》2004年第3期。

372. 李宝华:《生命的律动与张扬:评长篇小说〈红高粱家族〉的主题内涵》,《佳木斯大学社会科学学报》2004年第22期。

373. 余杰:《在语言暴力的乌托邦中迷失:从莫言〈檀香刑〉看当代文学的迷失》,《社会科学论坛》2004年第3期。

374. 潘新宁:《颠覆"超越"的文化寓言:解读〈檀香刑〉》,《名作欣赏》2004年第3期。

375. 王寰鹏:《人性黑洞与历史隐喻:莫言长篇小说〈檀香刑〉赏析》,《名作欣赏》2004年第3期。

376. 周蕾:《末世沉浮:一个庙堂知识分子的生存解析——论〈檀香刑〉中的人物钱丁》,《山东教育学院学报》2004年第1期。

377. 李莉:《"酷刑"与"审美":论莫言〈檀香刑〉的美学风格》,《山东社会科学》2004年第4期。

378. [日]大江健三郎:《二十世纪对话:大江健三郎 VS 莫言》,庄焰译,《世界文学》2004 年第 3 期。

379. 田俊萍:《青杏半熟的错位爱情:莫言小说中对小弟与姐姐情爱关系的叙述》,《百花洲》2004 年第 3 期。

380. 姬凤霞:《解读莫言〈檀香刑〉的叙事形态》,《青海师范大学学报(哲社版)》2004 年第 5 期。

381. 莫言:《当历史扑面而来》,《当代作家评论》2004 年第 6 期。

382. 刘清虎:《莫言的生存哲学》,《柳州师范专科学校学报》2004 年第 19 期。

383. 郭海荣:《英雄的颠覆与历史的还原:莫言的〈檀香刑〉与李洱的〈花腔〉之比较》,《中州大学学报》2004 年第 21 期。

384. 吴刚:《"民间"的选择:莫言民间写作的心路历程》,《重庆工商大学学报》2004 年第 21 期。

385. 旷新年:《莫言的〈红高粱〉与新历史小说》,《杭州师范学院学报》2005 年第 4 期。

386. 张开艳:《沸腾的声音世界:莫言小说的形式特征分析》,《乐山师范学院学报》2005 年第 1 期。

387. 刘广远:《狂欢化:莫言小说的话语方式——试论〈四十一炮〉》,《当代文学研究资料与信息》2005 年第 1 期。

388. 丁国兴、陈海权:《神魔共舞的狂欢化叙事:〈红高粱家族〉中莫言的叙事特征》,《江西社会科学》2005 年第 1 期。

389. 莫言:《我写〈红高粱家族〉》,《解放军文艺》2005 年第 2 期。

390. 孙海兰:《美的尴尬:莫言〈冰雪美人〉的女性主义解读》,《山东行政学院学报》2005 年第 3 期。

391. [美]厄普代克:《苦作:两部中国小说——苏童〈我的帝王生活〉、莫言〈丰乳肥臀〉》,季进等译,《当代作家评论》2005 年第 4 期。

392. 赵歌东:《"种的退化"与莫言早期小说的生命意识》,《齐鲁学刊》2005 年第 4 期。

393. 蒋丽娟:《刑罚的意味:〈檀香刑〉、〈红拂夜奔〉、〈一九八六年〉及其他》,《理论与创作》2005 年第 4 期。

394. 姜智芹:《西方读者视野中的莫言》,《当代文坛》2005 年第 5 期。

395. 罗美德:《人类学视角下的民族文化观照:莫言乡土小说的文化意蕴》,《东南学术》2005 年第 6 期。

396. 华光明:《弱者复仇的白日梦:评莫言的〈月光斩〉》,《名作欣赏》2005

年第 9 期。

397. 陈志明:《“自由自在”的生命力:论莫言的民间审美取向》,《江苏广播电视大学学报》2005 年第 16 期。

398. 李宗刚:《民间视阈下〈红高粱〉英雄叙事的再解读》,《烟台大学学报(哲社版)》2005 年第 18 期。

399. 李钧:《叙事狂欢与价值迷失:评莫言的〈四十一炮〉》,《海南师范学院学报(人文社科版)》2005 年第 18 期。

400. 马春花:《莫言小说中的鬼魅世界》,《海南师范学院学报(人文社科版)》2005 年第 18 期。

401. 张清华:《莫言与新历史主义文学思潮:以〈红高粱家族〉、〈丰乳肥臀〉、〈檀香刑〉为例》,《海南师范学院学报(人文社科版)》2005 年第 18 期。

402. 周化莉:《行走在“碎片的世界上”:结构莫言民间的诸多文化形态》,《常熟理工学院学报》2005 年第 19 期。

403. 王西强、张笛声:《莫言叙事文本分析》,《青海师范专科学校学报·教育科学》2005 年第 25 期。

404. 吴刚:《论莫言小说的民间特征》,《韵光学院学报》2005 年第 26 期。

405. 江南:《语言的变异与创新:莫言小说语言实验室阐释》,《徐州师范大学学报》2005 年第 31 期。

406. 陈晓明:《莫言长篇小说〈生死疲劳〉纯中国的寓言化叙事》,2006 年 3 月 14 日《文艺报》。

407. 曹舍合:《莫言小说创作的独特心理机制探寻:顽童心态、先锋意识、民间立场的和谐统一》,《当代文坛》2006 年第 4 期。

408. 张清华:《〈红高粱家族〉与长篇小说的古代变革》,《南方文坛》2006 年第 5 期。

408. 梁鸿:《当代文学视野中的“村庄”困境:从阎连科、莫言、李锐小说的地理世界谈起》,《文艺争鸣》2006 年第 5 期。

410. 温伟:《故乡世界的守望:论莫言与福克纳的家园小说》,《高等函授学报》2006 年第 5 期。

411. 孙郁:《莫言:与鲁迅相逢的歌者》,《当代作家评论》2006 年第 6 期。

412. 程光炜:《魔幻化、本土化与民间资源:莫言与文学批评》,《当代作家评论》2006 年第 6 期。

413. 张清华:《天马的缰绳:论新世纪以来的莫言》,《当代作家评论》2006 年第 6 期。

414. 李静:《不驯的疆土:论莫言》,《当代作家评论》2006 年第 6 期。

415. 王鸿生、王安忆、莫言等:《小说与当代生活:上海大学文学周圆桌会议纪要》,《当代作家评论》2006 年第 6 期。

416. 黄发有:《莫言的“变形记”》,《当代作家评论》2006 年第 6 期。

417. 王者渡:《“胡乱写作”,遂成“怪诞”:解读莫言长篇小说〈生死疲劳〉》,《当代作家评论》2006 年第 6 期。

418. 王光东:《复苏民间想象的传统和力量:由莫言〈生死疲劳〉说起》,《当代作家评论》2006 年第 6 期。

419. 郭冰茹:《寻找一种叙述方式:论莫言长篇小说对传统叙述方式的创造性吸纳》,《当代作家评论》2006 年第 6 期。

420. 周立民:《叙述就是一切:谈莫言的长篇小说中的叙述策略》,《当代作家评论》2006 年第 6 期。

421. 季红真:《神话结构的自由置换:试论莫言小说中的文体创新》,《当代作家评论》2006 年第 6 期。

422. 曹涵路等:《“小说与当代生活”五人谈》,《上海文学》2006 年第 8 期。

423. 宿好军:《民间形式与民间立场:莫言的短篇小说〈倒立〉解读》,《名作欣赏》2006 年第 11 期。

424. 温伟:《莫言与福克纳小说的恶人形象比较》,《高等函授学报(哲社版)》2006 年第 19 期。

425. 李雪:《民间立场与现代意识的融合与摩擦:评莫言长篇小说》,《社科纵横》2006 年第 21 期。

426. 姚继中、周琳琳:《大江健三郎与莫言文学比较研究:全球地域化语境下的心灵对话》,《四川外国语学院学报》2006 年第 22 期。

427. 马修伦、潘周美:《莫言“红高粱家族”系列文化分析》,《青海师范专科学校学报(教育科学)》2006 年第 26 期。

428. 叶向东:《莫言的小说思想》,《当代文坛》2007 年第 1 期。

429. 刘伟:《“轮回”叙述中的历史“魅影”:论莫言〈生死疲劳〉的文本策略》,《文艺评论》2007 年第 1 期。

430. 温伟:《继承和背离:论莫言与福克纳小说创作的文化策略》,《当代文坛》2007 年第 1 期。

431. 李刚、石兴泽:《窃窃私语的“镶嵌本文”:莫言小说的民间品性》,《中国社科院研究生院学报》2007 年第 2 期。

432. 温伟:《莫言与福克纳创作流变论》,《理论月刊》2007 年第 2 期。

433. 温伟:《莫言与福克纳的女性形象比较》,《电影评价》2007 年第 24 期。

434. 刘晓飞:《人有悲欢离合,月有阴晴圆缺:评〈生死疲劳〉兼论莫言近来创作的几个转变》,《当代文坛》2007 年第 3 期。

435. 古大勇、金得存:《"吃人"命题的世纪苦旅:从鲁迅〈狂人日记〉到莫言〈酒国〉》,《贵州大学学报(社科版)》2007 年第 3 期。

436. 李江梅:《叙事视角越界的"陌生化"创作效果:对〈雌性的草地〉和〈红高粱〉的个案解读》,《当代文坛》2007 年第 4 期。

437. 金红:《莫言小说中的意识流与新时期小说的生命意识》,《沈阳师范大学学报(社科版)》2007 年第 4 期。

438. 王文捷:《〈生死疲劳〉:历史的民间表象建构——论莫言历史叙事的文化方式》,《小说评论》2007 年第 4 期。

439. 张文颖:《无垢的孩童世间:莫言、大江健三郎文学中的儿童视角》,《日语学习与研究》2007 年第 4 期。

440. 温伟、朱宾忠:《莫言与福克纳文学观之比较》,《江汉论坛》2007 年第 4 期。

441. 刘绪君:《莫言〈红高粱〉的传播学解读》,《电影评价》2007 年第 4 期。

442. 温伟:《论莫言与福克纳的死亡主题小说》,《名作欣赏(文学研究版)》2007 年第 5 期。

443. 温伟:《莫言与福克纳创作动因探析》,《理论界》2007 年第 5 期。

444. 贾蔓:《神秘的全知叙述者:评莫言小说〈红树林〉》,《当代文坛》2007 年第 5 期。

445. 张光芒:《莫言的欲望叙事及其他》,2007 年 10 月 25 日《文学报》。

446. 张喜田:《人生本苦与生死幻灭:论莫言新作〈生死疲劳〉的佛教意识》,《河南社会科学》2007 年第 15 期。

447. 周黎岩:《人性探索路上的心灵相逢:沈从文与莫言比较研究》,《海南师范学院学报(人文社科版)》2007 年第 20 期。

448. 温伟:《莫言与福克纳情爱小说解读》,《高等函授学报(哲社版)》2007 年第 20 期。

449. 温伟:《"恶"的狂欢:莫言与福克纳审恶小说探微》,《湖北师范学院学报(哲社版)》2007 年第 27 期。

450. 王恒开:《莫言早期小说创作论》,《东岳论丛》2007 年第 28 期。

451. 刘云艳:《民间小戏里的大狂欢——试从民俗学角度解读〈檀香刑〉》,《长江师范学院学报》2008 年第 1 期。

452. 江南:《莫言小说词语修辞:选择、变异》,《毕节学院学报》2008 年第 1 期。

453. 郭群:《莫言乡土小说的悲苦主题》,《殷都学刊》2008年第1期。

454. 曹乃玲:《莫言长篇小说〈生死疲劳〉修辞特色分析》,《苏州教育学院学报》2008年第1期。

455. 张坤:《当代文学作品中的暴力现象探析——在当代审美文化的理论视域中探索"暴力"》,《阴山学刊》2008年第1期。

456. 石健:《民间体育的文化魅力——莫言〈三十年前的一次长跑比赛〉解读》,《体育文化导刊》2008年第1期。

457. 鲍东梅:《对土地的眷恋对自由的向往——〈动物农场〉与〈生死疲劳〉比较》,《时代文学》2008年第2期。

458. 王振雨:《莫言小说的怪诞美》,《沈阳师范大学学报(社科版)》2008年第2期。

459. 孙曼歆:《论莫言〈红高粱〉的死亡叙述》,《黑龙江社会科学》2008年第2期。

460. 江磊:《扎根于民间的先锋写作——浅谈莫言对西方现代主义文学的民间化改造》,《武汉科技学院学报》2008年第2期。

461. 刘秋云:《试论莫言小说语言的乡土特色》,《时代文学》2008年第2期。

462. 顾晓红:《论莫言小说创作的影视化倾向》,《淮海工学院学报(社科版)》2008年第2期。

463. 孙玉荣:《论〈檀香刑〉的血腥暴力写作》,《聊城大学学报(社科版)》2008年第2期。

464. 杨艳伶:《论莫言〈丰乳肥臀〉的文化蕴含与叙事艺术》,《齐齐哈尔师范高等专科学校学报》2008年第2期。

465. 程艳芳:《"民间是每个人心底的故乡"——莫言小说创作的民间立场寻踪》,《沧州师范专科学校学报》2008年第3期。

466. 金红:《王蒙、莫言小说的意识流:从理性规范到感觉发现——1980年代意识流文学研究》,《苏州科技学院学报(社会科学版)》2008年第3期。

467. 徐红研:《对民间与历史的另一种把握——评莫言的〈生死疲劳〉》,《中国石油大学胜利学院学报》2008年第3期。

468. 程艳芳:《精神家园失落的痛苦与挣扎——浅谈莫言中篇小说〈复仇记〉与〈二姑随后就到〉》,《现代语文》2008年第1期。

469. 巴俊玲:《论莫言小说中高密东北乡的神秘氛围》,《时代文学》2008年第3期。

470. 樊保玲:《历史叙述与个人言说——莫言小说分析》,《泉州师范学院学报》2008年第3期。

471. 郑小娜:《先在意向与莫言儿童叙事》,《长江师范学院学报》2008 年第 3 期。

472. 胡群昌:《莫言小说感性语言传播艺术探析》,《东南传播》2008 年第 4 期。

473. 翟传鹏:《中西文化的融合:一个破灭的神话——试析〈丰乳肥臀〉中的金童玉女形象》,《沙洋师范高等专科学校学报》2008 年第 4 期。

474. 姬凤霞:《莫言小说语言变异审美》,《石河子大学学报(哲学社会科学版)》2008 年第 4 期。

475. 王少兰:《真实完整人性的展示——析莫言小说中对人性的挖掘和关怀》,《时代文学》2008 年第 4 期。

476. 翟传鹏:《生命起源的追索与文化涅槃的重现——论莫言小说中的"白衣盲女"意象》,《南华大学学报(社科版)》2008 年第 4 期。

477. 杨燕佳:《小脚樊笼:家事背景和学问才智的悲哀——浅论莫言〈檀香刑〉中知县大人钱氏形象》,《武汉科技学院学报》2008 年第 4 期。

478. 陈曦:《法国读者视角下的莫言》,《吉林省教育学院学报》2008 年第 5 期。

479. 左其福:《莫言的平民文学观及其当代意义》,《名作欣赏》2008 年第 3 期。

480. 汪毓楠:《人类叙事中的人称问题——以莫言的长篇小说〈十三步〉为例》,《吉林省教育学院学报》2008 年第 6 期。

481. 雷红英:《小说〈夜渔〉的感觉描写艺术》,《文学教育(下)》2008 年第 7 期。

482. 陈小强:《莫言〈枯河〉中的变异及叙事策略》,《文学教育(上)》2008 年第 7 期。

483. 王雪环:《论上官金童"恋乳癖"的象征意义》,《湖南科技学院学报》2008 年第 7 期。

484. 孙晓燕:《论莫言小说〈红高粱〉体现的人的本性问题》,《安徽文学》2008 年第 8 期。

485. 钟志清翻译整理:《跨文化之间的对话——奥兹与莫言对谈》,《世界文学》2008 年第 1 期。

486. 乔雪竹:《当代中国之史诗——论〈丰乳肥臀〉中的历史构架和人性论争》,《消费导刊》2008 年第 13 期。

487. 陈蓉蓉:《遗失的未来——浅谈〈透明的红萝卜〉》,《名作欣赏》2008 年第 18 期。

488. 文莹:《论莫言小说追求的风格——莫言作品"民间化"的渐变性》,《科技信息》2008 年第 22 期。

489. 弓木:《莫言印象》,《现代语文》2008 年第 1 期。

490. 吕素红:《苦难在莫言笔下的解说》,《山东文学》2008 年第 1 期。

491. 贾翠花:《另一种叙述的探索——关于〈生死疲劳〉》,《现代语文》2008年第2期。

492. 杨紫玮:《论莫言〈檀香刑〉中的历史与权力话语》,《大众科学》2008年第2期。

493. 鲍东梅:《对土地的眷恋对自由的向往——〈动物农场〉与〈生死疲劳〉比较》,《时代文学》2008年第2期。

494. 江爱元:《论莫言小说中的"红"意象》,《重庆职业技术学院学报》2008年第4期。

495. 陈文英、陈棉:《另类的书写——解读莫言〈檀香刑〉》,《作家杂志》2008年第4期。

496. 秦雪:《莫言〈红高粱〉中的语言变异浅析》,《现代语文》2008年第4期。

497. 张娜:《用语言描绘生活的画卷:从〈红蝗〉看莫言小说中色彩词的运用》,《内蒙古农业大学学报(社会科学版)》2008年第4期。

498. 王寒:《文学寻根与莫言的文化反思——论莫言的前期创作》,《安徽文学》2008年第4期。

499. 廖传文:《儿童视角与视角的更迭:莫言小说叙述视角浅析》,《中南论坛》2008年第4期。

500. 焦会生:《论莫言小说的民间立场》,《殷都学刊》2008年第4期。

501. 江南:《漫议莫言的修辞追求》,《徐州师范大学学报(哲学社会科学版)》2008年第4期。

502. 高翠英:《〈生死疲劳〉中的"莫言"形象》,《中国石油大学胜利学院学报》2008年第4期。

503. 毕飞宇:《找出故事里的高粱酒》,《钟山》2008年第5期。

504. 王恒升:《在过去与未来之间:论莫言早期军人小说创作》,《潍坊学院学报》2008年第5期。

505. 魏诗娟、仝欣:《莫言乡土小说的魅力所在》,《河北青年管理干部学院学报》2008年第5期。

506. 汪毓楠:《人类叙事中的人称问题:以莫言的长篇小说〈十三步〉为例》,《吉林省教育学院学报》2008年第6期。

507. 颜媛媛:《论莫言小说写作风格的承续性——以莫言新作〈生死疲劳〉为例》,《现代语文》2008年第6期。

508. 史景迁、苏妙:《重生——评〈生死疲劳〉》,《当代作家评论》2008年第6期。

509. 陈思和:《人畜混杂、阴阳并存的叙事结构及其意义》,《当代作家评论》2008

年第 6 期。

510. 刘秋云:《试论莫言小说语言的乡土特征》,《时代文学》2008 年第 7 期。

511. 刘汝慧、傅宗洪:《试析莫言小说的魔幻现实主义成分:以〈怀抱鲜花的女人〉为个案》,《辽宁行政学院学报》2008 年第 8 期。

512. 尹秀荼:《对生命的渴求与赞美——〈红高粱〉欣赏》,《作家杂志》2008 年第 8 期。

513. 杨小艳:《"情采"美文中对美的毁灭的叹息:解读当代作家莫言的〈冰雪美人〉》,《安徽文学》2008 年第 9 期。

514. 王育松:《童年叙事:意义丰饶的阐释空间——重读莫言的中篇小说〈透明的红萝卜〉》,《湖北社会科学》2008 年第 10 期。

515. 刘莉:《论莫言创作上的主要特点》,《时代文学》2008 年第 10 期。

516. 石建炜:《人性的沦丧与兽性的膨胀——〈檀香刑〉赵甲形象的文化阐释》,《作家杂志》2008 年第 10 期。

517. 郑楠:《从〈檀香刑〉看莫言矛盾的民间立场和知识分子情怀》,《文学教育》2008 年第 10 期。

518. 梅隽:《评叶开的〈莫言评传〉》,《文学教育》2008 年第 10 期。

519. 王晓艳:《姓名的悲剧:浅谈〈丰乳肥臀〉中的女性悲剧》,《现代语文》2008 年第 11 期。

520. 马琳:《父与子的新一轮角力:也谈莫言小说〈生死疲劳〉中的伦理叙事》,《中国校外教育》2008 年第 11 期。

521. 陈彦馨:《莫言小说的杂语性特征》,《安徽文学》2008 年第 12 期。

522. 李伟:《恐怖战争与传奇爱情的交响曲——以"怪诞"视角解读〈红高粱家族〉》,《作家杂志》2008 年第 12 期。

523. 秦雪:《莫言〈红高粱〉中的语言变异浅析》,《现代语文》2008 年第 12 期。

524. 张曦:《审美的归来与焦虑的绵延——福克纳与〈红高粱〉的叙事》,《作家杂志》2008 年第 12 期。

525. 张舒慧、王鑫鑫:《走进黑孩的精神世界——浅析莫言〈透明的红萝卜〉中黑孩形象》,《文教资料》2008 年第 13 期。

526. 王少兰:《真实完整人性的展示:析莫言小说中对人性的挖掘和关怀》,《时代文学》2008 年第 15 期。

527. 王恒升:《"土地"与"轮回":解读〈生死疲劳〉的两个关键词》,《山花》2008 年第 17 期。

528. 张鹏飞:《论莫言文学传奇话语的审美情趣》,《电影文学》2008 年第 18 期。

529. 舒坦:《莫言当作家是为了“吃饺子”》,《文学教育》2008 年第 19 期。

530. 舒坦:《莫言指出“乡土文学”概念应拓展》,《文学教育》2008 年第 21 期。

531. 文莹:《论莫言小说追求的风格:莫言作品“民间化”的渐变性》,《科技信息》2008 年第 22 期。

532.《莫言的“约克纳帕塔法县”》,《新民周刊》2008 年第 38 期。

533. 毛琴霞:《做大作家岂能舍弃道德追求:由莫言的〈生死疲劳〉说起》,《博览群书》2009 年第 1 期。

534. 李凤兰:《莫言小说的女性建构》,《名作欣赏》2009 年第 1 期。

535. 代柯洋:《莫言〈丰乳肥臀〉中的生命意识》,《鸡西大学学报》2009 年第 1 期。

536. 赵丽:《浪漫主义的诉求:莫言 90 年代小说创作中的女性书写》,《安徽文学》2009 年第 1 期。

537. 杨晶晶:《浅析莫言〈酒国〉的叙事特征与意象世界》,《当代小说》2009 年第 1 期。

538. 伍丹、王余:《试析莫言小说创作的特色》,《作家》2009 年第 1 期。

539. 刘一鸣:《从关联理论看文化负载词的翻译:〈丰乳肥臀〉英译本个案研究》,《陕西师范大学学报》2009 年第 1 期。

540. 梁玫:《莫言的农耕文化情结》,《安徽文学》2009 年第 1 期。

541. 王自合、郑磊:《浅析民俗文化在莫言小说中的作用》,《湖南工业职业技术学院学报》2009 年第 1 期。

542. 颜媛媛:《浅谈莫言作品中女性形象的塑造》,《现代语文》2009 年第 1 期。

543. 曾朝霞:《论王安忆与莫言小说对身体的迷恋叙事》,《郑州航空工业管理学院学报(社会科学版)》2009 年第 1 期。

544. 宋剑华:《知识分子的民间想象:论莫言〈红高粱家族〉故事叙事的文本意义》,《广东社会科学》2009 年第 2 期。

545. 陈娇华:《“大踏步撤退”与莫言的新历史小说创作》,《苏州科技学院学报(社会科学版)》2009 年第 1 期。

546. 张艳红:《莫言小说创作的形式探索》,《赤峰学院学报(汉文哲学社会科学版)》2009 年第 2 期。

547. 张连湖:《美与丑之间:读莫言的〈红高粱〉》,《时代文学》2009 年第 2 期。

548. 杨荣涛:《人文的回溯,人性的回眸:由〈丰乳肥臀〉浅析莫言作品的人性与母性再启蒙》,《文学教育》2009 年第 2 期。

549. 王飞:《从叙事学角度解读莫言〈球状闪电〉》,《文学教育》2009 年第 2 期。

550. 伍丹、王余:《试析莫言小说创作的特色》,《作家杂志》2009 年第 2 期。

551. 杨婷:《走不出的高密东北乡——论莫言〈生死疲劳〉的土地情结》,《河南理工大学学报》2009 年第 2 期。

552. 杨茜:《莫言小说创作心理探微》,《当代文化与教育研究》2009 年第 2 期。

553. 吴丽丹:《论莫言小说〈檀香刑〉中的生存与人性》,《桂林师范高等专科学校学报》2009 年第 2 期。

554. 李凤兰:《莫言小说的女性建构:〈丰乳肥臀〉读解》,《名作欣赏》2009 年第 2 期。

555. 王德威:《狂言流言,巫言莫言——〈生死疲劳〉与〈巫言〉所引起的反思》,《江苏大学学报》2009 年第 3 期。

556. 林霖:《存在:在讲述的名义下——评莫言的长篇小说〈四十一炮〉》,《时代文学》2009 年第 3 期。

557. 吕雷:《追寻现代人感觉认同的轮回:从"新感觉派"到莫言再到盛可以》,《南方文坛》2009 年第 3 期。

558. 潘海军:《论莫言小说中抗战叙事的边缘化与陌生化策略》,《长春大学学报》2009 年第 3 期。

559. 杨小滨:《盛大的衰颓:重论莫言的〈酒国〉》,《上海文化》2009 年第 3 期。

560. 赵月斌:《置身于苦难中的黑色英雄》,《上海文化》2009 年第 3 期。

561. 叶开:《莫言是如何走上文学创作之路的》,《名人传记》2009 年第 3 期。

562. 陈春霞、肖向东:《简论莫言小说中的女性生存本相:以〈红高粱〉〈丰乳肥臀〉〈檀香刑〉为视点》,《连云港职业技术学院学报》2009 年第 3 期。

563. 王学谦:《鳄鱼的"血地"温情与狂放幽默——莫言散文的故乡情结与恣肆反讽》,《吉林大学社会科学学报》2009 年第 4 期。

564. 张海元、邵惠滨、毛绪瑄:《小窥莫言的文学语言特色》,《时代文学》2009 年第 4 期。

565. 夏环举:《莫言〈红高粱家族〉的叙事语调及其变异分析》,《时代文学》2009 年第 4 期。

566. 惠军明:《欢乐中的几缕辛酸——莫言散文〈草木虫鱼〉赏析》,《中学语文园地(高中版)》2009 年第 4 期。

567. 罗慧林:《当代小说的"细节肥大症"反思——以莫言的小说创作为例》,《文艺争鸣》2009 年第 4 期。

568. 张灵:《莫言小说中的"旋涡"结构:莫言小说的肌理与结构特征研究(一)》,《长沙理工大学学报》2009 年第 4 期。

569. 胡守贵:《浅谈莫言小说叙事的民间立场》,《时代文学》2009 年第 4 期。

570. 张灵:《“道成肉身”的艺术证悟:莫言小说中的身体与生命主体精神》,《湛江师范学院学报》2009年第4期。

571. 赵述晓、肖向东:《简论莫言缺失性童年经验与文学治疗》,《湖北职业技术学院学报》2009年第4期。

572. 李兵、张昌涛:《纯粹感觉下的原初世界:对莫言〈檀香刑〉的一种解读》,《当代小说》2009年第4期。

573. 王宗燕:《论莫言的极端叙述情结:以〈红高粱家族〉为例》,《河西学院学报》2009年第4期。

574. 毛克强:《从莫言〈檀香刑〉看长篇小说“史诗”性质的戏剧化演绎》,《宜宾学院学报》2009年第4期。

575. 许静:《莫言与亨利·菲尔丁在人物塑造上的比较》,《语文学刊》2009年第4期。

576. 张清华:《介入、见证、一路同行:莫言与中国当代小说的变革》,《中国作家》2009年第5期。

577. 朱叶熔:《二元对立中的命运寓言:莫言小说〈金发婴儿〉的结构主义解读》,《理论与创作》2009年第5期。

578. 王英洁:《由莫言的〈檀香刑〉看中国“看客文化”》,《吉林化工学院学报》2009年第5期。

579. 王恒升:《对“原欲”和人生需要层次理论的文学性阐释:莫言1990年代初的创作》,《潍坊学院学报》2009年第5期。

580. 马斐:《小谈莫言的狂欢语言》,《安徽文学》2009年第5期。

581. 李健:《“撤退”的尝试及其尴尬:评莫言小说〈檀香刑〉》,《当代小说》2009年第5期。

582. 铁凝、[日]大江健三郎、莫言:《中日作家鼎谈》,《当代作家评论》2009年第5期。

583. 张运峰:《从艺术语言学视角看莫言小说语言的变异》,《西安社会科学》2009年第5期。

584. 杨永英:《评莫言短篇小说〈冰雪美人〉》,《文学教育》2009年第5期。

585. 莫言、张大春:《讲故事的人:张大春对话莫言》,《台港文学选刊》2009年第5期。

586. 汪洁:《论莫言小说中的“鬼魅叙事”》,《艺术广角》2009年第6期。

587. 黄勇:《地主讲土改——莫言〈生死疲劳〉叙事视角的新变》,《扬子江评论》2009年第6期。

588. 张新颖:《人人都在什么力量的支配下:读〈生死疲劳〉札记 》,《当代作家评论》2009 年第 6 期。

589. 马季:《诗性升华的原乡意识——莫言小说艺术论》,《西湖》2009 年第 6 期。

590. 孙红岩、齐蕊:《丰乳肥臀的悲剧:莫言〈丰乳肥臀〉浅析》,《现代语文》2009 年第 6 期。

591. 王恒升:《1984 年后的莫言当代军人小说创作与西方现代文学》,《名作欣赏》2009 年第 6 期。

592. 李刚、周锁英:《中国经验与莫言小说的狂欢情结》,《山东教育学院学报》2009 年第 6 期。

593. 王衍:《莫言写作与民间文化》,《安徽文学》2009 年第 6 期。

594. 涂险兰:《章法革新与文体的解放:以莫言的小说创作为例》,《写作(高级版)》2009 年第 6 期。

595. 杨寅庆:《莫言小说中声音词语的审美意蕴——以〈红高粱〉〈檀香刑〉为个案》,《电影文学》2009 年第 8 期。

596. 柴玉洁:《无言大地的生命悲歌:浅谈莫言作品的主题蕴含》,《学理论》2009 年第 9 期。

597. 胡和平:《论莫言小说中叛逆女性形象》,《文史博览》2009 年第 9 期。

598. 毛华兵:《莫言小说的感性生命主题与"原始生命力"悖论》,《文学与艺术》2009 年第 9 期。

599. 闫兰娜、李书萍:《论莫言小说中的酒神精神》,《山花》2009 年第 10 期。

600. 张玉玲:《文学理想的继承与超越:沈从文与莫言比较研究》,《安徽文学》2009 年第 11 期。

601. 洪融:《有位作家叫"莫言"》,《咬文嚼字》2009 年第 12 期。

602. 张艳红:《莫言小说创作的形式探索》,《赤峰学院学报》2009 年第 12 期。

603. 唐毅:《浅论莫言的创作特色》,《魅力中国》2009 年第 13 期。

604. 杨永英:《评莫言短篇小说〈冰雪美人〉》,《文学教育》2009 年第 13 期。

605. 胡守贵:《浅谈莫言小说叙事的民间立场》,《时代文学》2009 年第 15 期。

606. 林丽、谭文华:《"多声部"演奏莫言的复调小说》,《学理论》2009 年第 17 期。

607. 司真真:《浅谈莫言小说中的色彩美》,《文教资料》2009 年第 18 期。

608. 夏环举:《有意味的形式:重读莫言〈红高粱〉》,《名作欣赏》2009 年第 18 期。

609. 周莹:《论莫言小说〈丰乳肥臀〉的女性崇拜意识》,《大众文艺》2009 年第 18 期。

610. 于德信:《不同时代的相同悲剧:鲁迅〈孔乙己〉与莫言〈冰雪美人〉之比较》,

《作家杂志》2009 年第 18 期。

611. 王小侠:《透析莫言〈透明的红萝卜〉背后的艺术》,《作家杂志》2009 年第 20 期。

612. 汪洁:《论莫言小说中的“鬼魅叙事”》,《科教文汇》2009 年第 22 期。

613. 黄宗圆、胡海燕:《来自边缘的人性思考:浅析大江健三郎与莫言小说创作特点》,《青年文学家》2009 年第 24 期。

614. 高君:《地域文化视野下的莫言小说创作及其意义》,《河南机电高等专科学校学报》2010 年第 1 期。

615. 陈明香:《莫言的创作与寻根文学》,《文学教育》2010 年第 1 期。

616. 张灵:《受难的拉奥孔:身体在莫言小说中的位置和意义》,《文化与诗学》2010 年第 1 期。

617. 孙勇君:《浅谈莫言小说中的印象式追求》,《大众文艺》2010 年第 1 期。

618. 高晓春:《莫言:高密东北乡走出国门》,《全国新书目》2010 年第 1 期。

619. 甫跃辉:《蛙声十里,声声惊人:说说莫言的长篇新作〈蛙〉》,《作品与争鸣》2010 年第 1 期。

620. 张灵:《莫言小说中的一些特别事象与景观》,《励耘学刊》2010 年第 1 期。

621. 石一枫:《再次炫技:读莫言〈蛙〉》,《当代(长篇小说选刊)》2010 年第 1 期。

622. 王辉:《浅谈〈檀香刑〉人物幻异刻画》,《现代语文》2010 年第 1 期。

623. 戴长伸:《莫言和作家女儿管笑笑》,《新天地》2010 年第 1 期。

624. 陈晓润:《暧昧的民间:论〈红高粱〉中的民间世界》,《南京工业职业技术学院学报》2010 年第 1 期。

625. 王燕双、孟乐:《〈檀香刑〉中的感官》,《青年文学家》2010 年第 1 期。

626. 葛浩文、吴耀宗:《莫言作品英译本序言两篇》,《当代作家评论》2010 年第 2 期。

627. 张艳红:《莫言“民间写作”的创作立场探析》,《赤峰学院学报(哲学社会科学版)》2010 年第 2 期。

628. 颜水生、唐红卫:《莫言小说的英雄主义》,《温州职业技术学院学报》2010 年第 2 期。

629.《莫言的“忏悔”之作》,《中国图书评论》2010 年第 2 期。

630. 管笑笑、秦风:《万语千言,父爱莫言》,《少年文摘》2010 年第 2 期。

631. [法]维罗里克·布莱恩:《莫言,对中国当代社会的苦涩批判》,《法国研究》2010 年第 2 期。

632. 黄娟:《从白痴到精灵——论莫言小说中的小男孩形象》,《语文学刊》2010

年第 2 期。

633. 高君:《莫言与福克纳小说创作中的乡土情结》,《襄樊职业技术学院学报》2010 年第 2 期。

634. 杨剑龙、朱叶熔、陈鲁芳、赵磊、张欣:《意象建构中的浓墨重彩:重读莫言的〈透明的红萝卜〉》,《理论与创作》2010 年第 2 期。

635. 王晶:《福克纳与莫言家族小说人物之比较》,《西北成人教育学报》2010 年第 2 期。

636. 莫言、张悦然:《莫言对话张悦然:叛逆很容易,顺从世俗难》,《语文教学与研究》2010 年第 2 期。

637. 江磊:《理性之于梦幻:浅谈莫言小说中的"成人·儿童·作家"三角结构》,《湖北经济学院学报(人文社会科学版)》2010 年第 2 期。

638. 李龙:《莫言与新历史主义小说》,《中国科技博览》2010 年第 2 期。

639. 王学谦:《鳄鱼主义与金鱼主义:关于莫言与李建军之间的争论》,《长城》2010 年第 2 期。

640. 莫言:《我知道我心里藏着多少恶意》,《新周刊》2010 年第 2 期。

641. 曾利君:《新时期文学魔幻写作的两大本土化策略》,《文学评论》2010 年第 2 期。

642. 刘广远:《动物小说的寓言与现实存在的隐喻》,《小说评论》2010 年第 2 期。

643. 张懿红:《民间立场与自由精神:论莫言对中国乡土小说的贡献》,《甘肃联合大学学报(社会科学版)》2010 年第 2 期。

644. 田璐:《法律与文学视角下的〈檀香刑〉》,《社科纵横》2010 年第 2 期。

645. 彭南署:《土匪题材的另类视角:莫言的〈红高粱〉》,《当代教育》2010 年第 2 期。

646. 莫言、魏格林、吴福冈、王远远:《莫言、魏格林、吴福冈三人谈》,《上海文学》2010 年第 2 期。

647. 仲利民:《饥饿的莫言》,《新一代》2010 年第 3 期。

648. 颜水生:《莫言"种的退化"的历史哲学》,《小说评论》2010 年第 3 期。

649. 吴义勤:《原罪与救赎——读莫言长篇小说〈蛙〉》,《南方文坛》2010 年第 3 期。

650. 张勐:《生命在民间——莫言〈蛙〉剖析》,《南方文坛》2010 年第 3 期。

651. 王春林:《历史观念重构、罪感意识表达与语言形式翻新:评莫言长篇小说〈蛙〉》,《南方文坛》2010 年第 3 期。

652. 卢金、傅学敏:《浅论莫言〈檀香刑〉的先锋叙事》,《文学教育》2010 年第 3 期。

653. 李国:《祛伪与存真:莫言历史小说的解构策略》,《河北科技大学学报(社会科学版)》2010 年第 3 期。

654. 张灵:《莫言小说中的“复调”与“对话”:莫言小说的肌理与结构特征研究》,《江汉大学学报(人文科学版)》2010 年第 3 期。

655. 涂登宏:《莫言小说的乡土特征探讨》,《北方文学》2010 年第 3 期。

656. 李颖:《由童年经历谈莫言笔下的三代人》,《常州轻工职业技术学院学报》2010 年第 3 期。

657. 庞弘:《启蒙的困惑——对莫言新作〈蛙〉的解读》,《南京师范大学文学院学报》2010 年第 3 期。

658. 汪正圆:《试析莫言小说中的酒神精神:以〈红高粱家族〉〈透明的红萝卜〉为例》,《传奇·传记文学选刊》2010 年第 3 期。

659. 莫言、童庆炳、赵勇、张清华、梁振华:《对话:在人文关怀与历史理性之间》,《南方文坛》2010 年第 3 期。

660. 莫言:《文学与影视之关系》,《江南》2010 年第 3 期。

661. 陆克寒:《〈蛙〉:当代中国的“罪与罚”》,《扬子江评论》2010 年第 3 期。

662. 王海:《浅论小说改编电影中的叙述人称变换》,《哲理(论坛版)》2010 年第 3 期。

663. 牟玉珍:《一个美丽的梦境:对〈透明的红萝卜〉中黑孩的情感分析》,《当代教育》2010 年第 3 期。

664. 张灵:《叙述的极限与表现的源头:莫言小说的诗学与精神启示》,《小说评论》2010 年第 4 期。

665. 高翠英:《莫言小说创作的转型》,《中国石油大学胜利学院学报》2010 年第 4 期。

666. 廖常军:《一桩酷刑一出大戏:莫言〈檀香刑〉艺术浅析》,《剑南文学》2010 年第 4 期。

667. 张艳红:《莫言小说创作的审美取向》,《鸡西大学学报》2010 年第 4 期。

668. 王自合:《民俗学视域下莫言小说的恋乡情愫》,《延安职业技术学院学报》2010 年第 4 期。

669. 梁振华:《虚拟的真实与真实的虚幻:莫言〈蛙〉阅读札记》,《中国图书评论》2010 年第 4 期。

670. 王自合:《莫言小说色彩民俗的意象功能:以红色为例》,《湖南工业职业技术学院学报》2010 年第 4 期。

671. 李晓亮:《莫言〈檀香刑〉的审美形态分析》,《河南工程学院学报(社会科学版)》2010 年第 4 期。

672. 谢昉:《沉默的羔羊:莫言〈倒立〉政治文化心理解读》,《山东理工大学学报(社会科学版)》2010 年第 4 期。

673. 李之馨:《一幕嬉笑怒骂的大戏:浅论〈檀香刑〉中的悲剧人物》,《西安社会科学》2010 年第 4 期。

674. 张立:《浅论〈丰乳肥臀〉中的乳房意象》,《名作欣赏》2010 年第 4 期。

675. 涂登宏:《莫言小说的乡土特征探讨》,《北方文学》2010 年第 5 期。

676. 王正斌:《"为奴隶的母亲"再现于中国:评莫言的长篇小说〈蛙〉》,《作品与争鸣》2010 年第 5 期。

677. 林雪飞:《莫言是否在迎合西方阅读趣味:评〈蛙〉》,《作品与争鸣》2010 年第 5 期。

678. 李国:《民间记忆的历史触摸:莫言小说的叙事特点》,《衡阳师范学院学报》2010 年第 5 期。

679. 朱威:《进退维谷的民间反省:评莫言长篇小说〈蛙〉》,《淮南师范学院学报》2010 年第 5 期。

680. 殷罗毕:《封闭在历史洞穴中的想象〈蛙〉与莫言暴力史观的限度》,《上海文化》2010 年第 5 期。

681. 莫言、《商周刊》记者:《对话莫言:关注现实、关注人生、关注人性》,《商周刊》2010 年第 5 期。

682. 花祭:《湮没在一片蛙声中的救赎》,《八小时以外》2010 年第 5 期。

683. 王志勇:《一朵盛开在山野乡间的野玫瑰——论〈檀香刑〉的艺术特色》,《现代语文(文学研究)》2010 年第 5 期。

684. 周冬梅:《"众生喧哗"与"死亡之眼":浅谈〈生死疲劳〉与〈丁庄梦〉的叙述视角》,《长春教育学院学报》2010 年第 5 期。

685. 程明霞:《〈檀香刑〉,奏响一曲历史悲歌:从人的视角探讨》,《金山》2010 年第 5 期。

686. 丁帆、李兴阳:《中国乡土小说:世纪之交的转型》,《中国社会科学文摘》2010 年第 5 期。

687. 张灵:《莫言小说中的现代"寓言"营构》,《青海民族大学学报(教育科学版)》2010 年第 6 期。

688. 陈然:《反思与救赎:小议莫言作品〈蛙〉》,《西南农业大学学报(社会科学版)》2010 年第 6 期。

689. 梁小娟、陈祖如:《偏离于民间立场之外:评莫言长篇小说〈生死疲劳〉》,《西安电子科技大学学报(社会科学版)》2010 年第 6 期。

690. 李国:《民间记忆的历史触摸:莫言小说的叙事特点》,《重庆师范大学学报(哲学社会科学版)》2010 年第 6 期。

691. 郭群、姚新勇:《苦难和悲剧的另类书写:论莫言乡土小说的幽默风格》,《宝鸡文理学院学报(社会科学版)》2010 年第 6 期。

692. 张连湖:《莫言的艺术自由:想象力的飞扬》,《时代文学》2010 年第 6 期。

693. 徐阿兵:《喧嚣年代的文学证词:莫言近作〈蛙〉读札》,《扬子江评论》2010 年第 6 期。

694. 李国:《欲望化的历史叙事:莫言小说创作的三向维度》,《南都学坛》2010 年第 6 期。

695. 王庆生:《莫言小说的主题与语言》,《厦门文学》2010 年第 6 期。

696. 莫言:《饥饿是生命的闹钟》,《当代青年》2010 年第 6 期。

697. 陆惠莲:《高粱地里的生命赞歌:读莫言的〈红高粱〉》,《魅力中国》2010 年第 6 期。

698. 白锐:《莫言的“墨研”:解读莫言的书法及书法观》,《文艺报》2010 年第 6 期。

699. 莫言:《中国作家不是缺乏思想,而是思想太多》,《书摘》2010 年第 6 期。

700. 崔宗超:《20 世纪 90 年代母亲形象的主题书写:以〈你是一条河〉和〈丰乳肥臀〉为例》,《郑州大学学报(哲学社会科学版)》2010 年第 6 期。

701. 苗变丽:《仿真与寓言的融合:对长篇小说〈蛙〉的一种阐释》,《理论与创作》2010 年第 6 期。

702. 雷勉励:《小说中的盖棺定论》,《中学语文教学参考(教师版)》2010 年第 6 期。

703. 杨荷泉:《生命历程与文化象征的现代叙事:〈丰乳肥臀〉》,《湖北大学成人教育学院学报》2010 年第 6 期。

704. 莫言、《南方人物周刊》记者:《在沮丧与狂妄之间》,《南方人物周刊》2010 年第 6 期。

705. 周新民:《〈蛙〉:罪与赎罪》,《文学教育》2010 年第 6 期。

706. 朱小如、何言宏:《〈尘埃落定〉、〈圣天门口〉、〈白鹿原〉、〈檀香刑〉和〈古船〉——关于中国当代十部长篇小说经典的对话之四》,《芳草·文学》2010 年第 6 期。

707. 崔方荣:《莫言小说〈蛙〉的词语变异修辞》,《现代语文》2010 年第 7 期。

708. 刘郁琪、陶海霞:《莫言小说〈蛙〉的叙事伦理》,《文学教育》2010 年第 7 期。

709. 傅小平、莫言:《谁都有自己的高密东北乡:关于长篇小说〈蛙〉的对话》,《黄河文学》2010 年第 7 期。

710. 李颖:《由童年经历谈莫言笔下的三代人》,《电影文学》2010 年第 8 期。

711. 雷红英:《莫言小说〈夜渔〉的感觉分析》,《文艺生活·文艺理论》2010 年第 8 期。

712. 赵阶奎:《从野性生命活力的讴歌到理性审慎的批判:论莫言近来创作中的一些变化》,《安徽文学》2010 年第 8 期。

713. 杨晓红:《论莫言之神话世界的创造》,《北方文学》2010 年第 8 期。

714. 范摅骊:《虐恋和仪式:〈檀香刑〉民间书写的两个向度》,《文学界(理论版)》2010 年第 8 期。

715. 陈国和:《蓝脸:苦难旅途中的孤独坚守者》,《语文教学与研究(学生版)》2010 年第 8 期。

716. 李先泷:《解读〈红高粱家族〉中"我父亲"的形象》,《文学教育》2010 年第 8 期。

717. 刘菲菲:《童年的印记:读〈透明的红萝卜〉》,《大众文艺》2010 年第 8 期。

718. 严晓蓉:《苦难母题下对生命的深度思考:论莫言小说的主题取向》,《名作欣赏》2010 年第 8 期。

719. 夏鑫:《析莫言〈生死疲劳〉的荒诞叙事》,《山花》2010 年第 9 期。

720. 刘清虎:《高密东北乡与莫言的生命哲学:莫言小说创作论》,《辽宁行政学院学报》2010 年第 9 期。

721. 高志、赵静:《莫言〈红高粱家族〉叙事艺术研究》,《电影评介》2010 年第 9 期。

722. 范耀中:《莫言对生命力书写的意义》,《宜宾学院学报》2010 年第 9 期。

723. 黄传波:《战争的另类审美空间:以莫言的〈丰乳肥臀〉和〈檀香刑〉为例》,《长城》2010 年第 10 期。

724. 王莹:《从〈透明的红萝卜〉看莫言与拉美的魔幻现实主义》,《当代小说》2010 年第 10 期。

725. 范建华:《中国人生存状态和精神变迁的标本:莫言新作〈蛙〉中姑姑形象分析》,《名作欣赏》2010 年第 10 期。

726. 强春蕾:《论当代中国作家创作立场的民间转向》,《北京电力高等专科学校学报(社会科学版)》2010 年第 10 期。

727. 龚刚:《〈檀香刑〉:符号的挑战》,《名作欣赏》2010 年第 10 期。

728. 吴耀宗:《轮回·暴力·反讽:论莫言〈生死疲劳〉的荒诞叙事》,《东岳论丛》2010 年第 11 期。

729. 周国飞:《浅论莫言小说创作的异域色彩》,《魅力中国》2010 年第 11 期。

730. 耿新:《莫言:依然先锋,依然民间》,《南腔北调》2010 年第 11 期。

731. 贺春辉:《沦丧·父性:看〈野骡子〉对莫言民间立场的阐释》,《剑南文学》2010年第11期。

732. 周新民:《〈蛙〉:罪与赎罪》,《文学教育》2010年第11期。

733. 李君剑:《寻找〈生死疲劳〉的自在之境》,《学周刊》2010年第11期。

734. 张连湖:《莫言的艺术自由:想象力的飞扬》,《时代文学》2010年第12期。

735. 李妍:《浅谈莫言文学创作的不足》,《时代报告》2010年第12期。

736. 莫言:《寻找即将失去的世界》,《优品》2010年第12期。

737. 赵婕:《论莫言小说中的母亲形象》,《中国科教创新导刊》2010年第14期。

738. 贾利涛:《莫言小说的历史观》,《大家》2010年第15期。

739. 程思:《从莫言的创作看寻根文学在民族化上的探索》,《群文天地》2010年第16期。

740. 翟业军:《那一种黑色的精神:论莫言〈蛙〉》,《文艺争鸣》2010年第19期。

741. 李晓燕、王志章:《莫言童年爱与创伤体验对其创作活动的影响研究》,《电影评介》2010年第20期。

742. 刘郁琪:《莫言小说〈蛙〉的书信体叙事》,《学理论》2010年第20期。

743. 杨枫:《遭遇世界:莫言与文学史的"对话"》,《文艺争鸣》2010年第23期。

744. 河西:《莫言的乡村经验》,《南风窗》2010年第25期。

745. 伍丹、朱渝:《浅论魔幻现实主义对莫言小说创作的影响》,《文教资料》2010年第26期。

746. 姜畅:《莫言新作〈蛙〉中的自省意识探析》,《吉林师范大学学报(人文社会科学版)》2011年第S1期。

747. 贾璐:《红高粱根据莫言先生〈红高粱家族〉系列小说改编》,《东方艺术》2011年第1期。

748. 张帅:《一个传奇中的女性——戴凤莲》,《当代小说》2011年第1期。

749. 邵璐:《莫言小说英译研究》,《中国比较文学》2011年第1期。

750. 孟庆澍:《莫言〈蛙〉三题》,《艺术广角》2011年第1期。

751. 宁明:《理性批判与感性认同的交融:论莫言的贞节观》,《山东大学学报(哲学社会科学版)》2011年第1期。

752. 管笑笑:《发展的悲剧和未完成的救赎:论莫言〈蛙〉》,《南方文坛》2011年第1期。

753. 刘志荣:《莫言小说想象力的特征与行踪》,《上海文化》2011年第1期。

754. 王恒升:《论莫言奇人奇事小说的艺术渊源及其表现》,《潍坊学院学报》2011年第1期。

755. 李松睿:《“生命政治”与历史书写:论莫言的小说〈蛙〉》,《东吴学术》2011 年第 1 期。

756. 文丹丹:《莫言作品中的女性形象》,《长安学刊(哲学社会科学版)》2011 年第 1 期。

757. 王雪颖:《内心强力下的人性超越:莫言小说中弱小者的生命意识》,《青年文学家》2011 年第 1 期。

758. 王西强:《极致化的人称视角转换构建的叙事迷宫:论莫言小说〈十三步〉的叙事视角试验》,《环球市场信息导报》2011 年第 1 期。

759. 李一:《思想匮乏的文学创作与文学批评:从莫言的〈蛙〉谈起》,《淮南师范学院学报》2011 年第 1 期。

760. 李自国:《讲述历史 反思人性:解读〈生死疲劳〉的叙述者》,《北京广播电视大学学报》2011 年第 1 期。

761. 洪峰:《心灵的故乡和你的家》,《江南》2011 年第 1 期。

762. 王恒升:《论莫言艺术想象的民间资源及其表现》,《齐鲁学刊》2011 年第 2 期。

763. 张昭兵:《中国当代文学的乡土想象:以莫言“高密东北乡”系列小说为例》,《长城》2011 年第 2 期。

764. 张小燕:《论莫言笔下的英雄》,《太原城市职业技术学院学报》2011 年第 2 期。

765. 胡湘梅:《论莫言历史小说的创作局限》,《理论与创作》2011 年第 2 期。

766. 李国、刘千秋:《“想象民间”与“再造历史”:试论莫言新历史小说创作》,《三峡大学学报(人文社会科学版)》2011 年第 2 期。

767. 《东西南北》编辑部:《莫言的乡村经验》,《东西南北》2011 年第 2 期。

768. 巴俊玲:《论莫言小说中的民间英雄主义情结》,《文学界(理论版)》2011 年第 2 期。

769. 张灵:《文学诉求中的“民间”含义:以莫言为例》,《孝感学院学报》2011 年第 2 期。

770. 刘莉、部国旗:《莫言〈民间音乐〉的奇与美》,《文学教育》2011 年第 2 期。

771. 成诚:《心的述说:莫言新作〈蛙〉的创作动机与文本分析》,《西安建筑科技大学学报(社会科学版)》2011 年第 2 期。

772. 王西强:《复调叙事和叙事解构:〈酒国〉里的虚实》,《南京师范大学文学院学报》2011 年第 2 期。

773. 王西强、张笛声:《新历史主义叙事的模范文本:〈丰乳肥臀〉叙事视角分析》,

《陕西教育学院学报》2011年第2期。

774. 孙延民:《酷刑的挣扎沦落与传统权力的祭坛:论〈檀香刑〉中刽子手赵甲对传统权力的解构》,《当代小说》2011年第2期。

775. 蔡峻峰:《〈檀香刑〉中人性抒写之审美体验和精神分析层面的阐释》,《文学界(理论版)》2011年第2期。

776. 康林:《莫言与川端康成:以小说〈白狗秋千架〉和〈雪国〉为中心》,《中国比较文学》2011年第3期。

777. 石天强:《童年记忆的世界:读莫言〈透明的红萝卜〉》,《艺术评论》2011年第3期。

778. 张丽君:《地域文化对莫言创作的影响》,《剑南文学》2011年第3期。

779. 代柯洋:《论莫言笔下的男性形象》,《商丘职业技术学院学报》2011年第3期。

780. 申长崴:《从文学审美价值视域看莫言小说中的"肉"意象》,《邢台学院学报》2011年第3期。

781. 潘亮:《接受"他者"的姿态:论莫言小说对西方现代派文学的学习借鉴》,《东京文学》2011年第3期。

782. 盖超:《从作品创作看莫言的民间立场》,《现代语文》2011年第3期。

783. 薛龙:《自由与反叛:论莫言的边缘化写作》,《淄博师范专科学校学报》2011年第3期。

784. 李颖:《活在童年记忆里的作家莫言》,《常州轻工职业技术学院学报》2011年第3期。

785. 张蔚天:《〈蛙〉折射出的历史与现实:读莫言长篇小说〈蛙〉》,《东京文学》2011年第3期。

786. 刘冰:《论莫言的独特审美趣味:以〈红高粱家族〉为例》,《剑南文学》2011年第3期。

787. 刘莉:《解读莫言的〈民间音乐〉》,《文学教育》2011年第3期。

788. 邱华栋:《故乡、世界与大地的读书人、莫言论》,《文艺争鸣》2011年第3期。

789. 石天强:《童年记忆的世界》,《艺术评论》2011年第3期。

790. 潘亮:《接受"他者"的姿态》,《东京文学》2011年第3期。

791. 张蔚天:《〈蛙〉折射出的历史与现实》,《东京文学》2011年第3期。

792. 宋丽娟:《众声喧哗下的〈檀香刑〉》,《安徽文学》2011年第3期。

793. 张立佳:《高密东北乡:〈红高粱〉小说中的荒原意识探析》,《文学界(理论版)》2011年第3期。

794. 李剑锋、李一宁:《莫言小说的语言风格探讨》,《长城》2011 年第 4 期。

795. 刘江凯:《本土性、民族性的世界写作:莫言的海外传播与接受》,《当代作家评论》2011 年第 4 期。

796. 申长崴:《论莫言小说中“肉”意象的文化蕴藉》,《鸡西大学学报》2011 年第 4 期。

797. 彭容容:《从〈红高粱〉看莫言构建的反讽世界》,《安徽文学》2011 年第 4 期。

798. 杜文娟:《简谈莫言〈生死疲劳〉》对新历史主义的深化》,《现代语文》2011 年第 4 期。

799. 巴俊玲:《论莫言小说中的声音世界》,《学理论》2011 年第 4 期。

800. 李丹:《刑罚背后:浅析莫言〈檀香刑〉的刑罚世界》,《读与写》2011 年第 4 期。

801. 张群:《历史的民间化叙述:读莫言的〈檀香刑〉》,《现代语文》2011 年第 4 期。

802. 李晓亮:《远未终了的悲剧:论莫言〈蛙〉》,《洛阳师范学院学报》2011 年第 4 期。

803. 莫言:《我的文学经验:历史与语言》,《名作欣赏》2011 年第 4 期。

804. 王安忆:《喧哗与静默》,《当代作家评论》2011 年第 4 期。

805. 王德威:《暴力叙事与抒情风格》,《南方文坛》2011 年第 4 期。

806. 李晓燕:《本色英雄:〈丰乳肥臀〉中司马库形象解析》,《时代文学》2011 年第 4 期。

807. 李远江:《消失的红高粱》,《国学》2011 年第 4 期。

808. 王玉:《论新世纪小说的狂欢美学》,《新疆大学学报(哲学人文社会科学版)》2011 年第 4 期。

809. 周晓静:《莫言小说的音响世界》,《小说评论》2011 年第 5 期。

810. 程光炜:《颠倒的乡村:再读莫言的〈透明的红萝卜〉》,《当代文坛》2011 年第 5 期。

811. 刘新铭:《猫腔里的爱恨情仇:谈莫言〈檀香刑〉叙述方式的开拓创新》,《剑南文学》2011 年第 5 期。

812. 王睿识:《三岛由纪夫与莫言的死亡意识比较》,《青年文学家》2011 年第 5 期。

813. 敖先红:《浅论莫言〈檀香刑〉叙述主题的悖论性》,《现代语文》2011 年第 5 期。

814. 王恒升:《从齐文化的角度看莫言创作》,《潍坊学院学报》2011 年第 5 期。

815. 王西强:《论 1985 年以后莫言中短篇小说的“我向思维”叙事和虚构家族传奇》,《当代文坛》2011 年第 5 期。

816. 左苗苗:《〈红高粱家族〉英译本中叙事情节和模式的变异》,《吉林省教育学院学报》2011 年第 5 期。

817. 王猛猛:《从颠覆走向包容:论〈生死疲劳〉与〈兄弟〉的"文革"叙事》,《萍乡高等专科学校学报》2011 年第 5 期。

818. 侯晓凤:《狂欢的背后:读〈四十一炮〉》,《现代语文》2011 年第 5 期。

819. 漆福刚:《从〈檀香刑〉看莫言式的民间立场》,《湖北第二师范学院学报》2011 年第 6 期。

820. 陈丽华:《莫言〈檀香刑〉中的人性书写》,《晋城职业技术学院学报》2011 年第 6 期。

821. 徐桂芬:《论莫言〈生死疲劳〉的民间性》,《山东文学》2011 年第 6 期。

822. 范云晶:《肉身和精神双重悲剧的沉痛书写:论莫言的新作〈蛙〉》,《名作欣赏》2011 年第 6 期。

823. 邹琳:《一场美丑交织的华丽演出:莫言〈檀香刑〉》,《安徽文学》2011 年第 6 期。

824. 罗兴萍:《重新拾起"人的忏悔"的话题:试论〈蛙〉的忏悔意识》,《当代作家评论》2011 年第 6 期。

825. 刘再复:《"现代化"刺激下的欲望疯狂病:〈酒国〉、〈受活〉、〈兄弟〉三部小说的批判指向》,《当代作家评论》2011 年第 6 期。

826. 张万盈:《〈蛙〉:形式推进与启蒙迷局》,《天中学刊》2011 年第 6 期。

827. 李衍柱:《〈蛙〉:生命的文学奇葩》,《山东师范大学学报(人文社会科学版)》2011 年第 6 期。

828. 程艳芳:《"种的退化"观念在〈檀香刑〉中的深入索解》,《作家》2011 年第 6 期。

829. 向远虎:《莫言小说狂欢化叙事特点》,《文学教育》2011 年第 7 期。

830. 李欢:《从莫言与君特·格拉斯看男性性别身份的寓言》,《剑南文学》2011 年第 7 期。

831. 夏兆林:《论〈生死疲劳〉的三元叙事话语》,《语文学刊》2011 年第 7 期。

832. 蒋丽:《浅析〈檀香刑〉的庙堂文化与民间文化》,《科学时代》2011 年第 7 期。

833. 王西强:《莫言小说叙事视角实验的反叛与创新》,《求索》2011 年第 8 期。

834. 单丽娟:《试论童年记忆对莫言小说创作的影响》,《边疆经济与文化》2011 年第 8 期。

835. 周引莉:《回观寻根小说的民间精神与知识者趣味》,《长城》2011 年第 8 期。

836. 刘燕:《浅析〈透明的红萝卜〉的制胜点》,《文学界》2011 年第 8 期。

837. 张厚刚:《〈红高粱〉对"红色经典"的继承与超越》,《山东文学》2011年第8期。

838. 魏娜:《莫言小说中的色彩喻意》,《新闻爱好者》2011年第9期。

839. 麻慧波:《莫言作品中的西方色彩》,《东京文学》2011年第9期。

840. 陈云:《变中求奇 奇中有趣:论莫言小说中词语的超常搭配》,《中学语文》2011年第9期。

841. 蔡志飞:《浅谈〈红高粱家族〉中的险恶环境与红高粱精神》,《安徽文学》2011年第9期。

842. 邵华:《鱼和熊掌可兼得:叙事人称分析》,《科技与企业》2011年第9期。

843. 龙胜燕:《极刑与虚无:论〈檀香刑〉的主体缺位》,《安徽文学》2011年第9期。

844. 张清华:《莫言:把历史的主体交还人民》,《锦绣》2011年第10期。

845. 邓莉欣:《难以承受的命运之重:路德维克与西门闹比较》,《剑南文学》2011年第10期。

846. 曾创创、廖晒君:《〈红高粱〉中民俗意象分析》,《剑南文学》2011年第10期。

847. 李素娟、柴树金、牟长青:《〈檀香刑〉中对话解析》,《时代文学》2011年第10期。

848. 林宗良:《浅议〈丰乳肥臀〉的叙事艺术》,《阅读与鉴赏》2011年第10期。

849. 叶旭明:《民间文化视野中的〈酒国〉》,《文艺生活》2011年第10期。

850. 王源:《莫言茅盾文学奖获奖作品〈蛙〉研讨会综述》,《东岳论丛》2011年第11期。

851. 蔡先进:《试论莫言〈与大师约会〉的艺术魅力》,《文学教育》2011年第11期。

852. 代柯洋:《自由意志的张扬:也谈〈红高粱〉》,《作家》2011年第11期。

853. 张海明:《莫言〈我们的荆轲〉人物三题》,《戏剧文学》2011年第12期。

854. 邹红:《跨界写作,混搭风格:莫言新剧〈我们的荆轲〉观后》,《戏剧文学》2011年第12期。

855. 邱晓雨:《莫言:"我屈辱的事情都和食物有关"》,《全国新书目》2011年第12期。

856. 李红玉:《浅析莫言〈丰乳肥臀〉中的基督教文化色彩》,《剑南文学》2011年第12期。

857. 李洱:《曹雪芹若生在当代可能不比莫言更伟大》,《牡丹文学》2011年第12期。

858. 王雪婷:《轮回中的俯瞰:试用荣格原型理论解读〈生死疲劳〉中农民与土地的关系》,《电影评介》2011年第12期。

859. 向远虎:《莫言小说狂欢化叙事特点》,《文学教育》2011 年第 14 期。

860. 徐兆武:《极刑背后的空白:论〈檀香刑〉的主体和主题缺失》,《文艺争鸣》2011 年第 14 期。

861. 魏娜:《莫言小说中的色彩喻意》,《新闻爱好者》2011 年第 18 期。

862. 马雪梅:《伟大灵魂的独特的陌生的运动轨迹的记录:重读莫言〈红高粱家族〉》,《青年文学家》2011 年第 18 期。

863. 赵娇莉:《生命和人性的反思——评莫言〈蛙〉》,《大观周刊》2011 年第 19 期。

864. 魏志德、王莲尤:《苦不失自尊 穷不失诚信:品析莫言〈卖白菜〉中的母亲形象》,《新作文》2011 年第 22 期。

865. 陈威:《延续与突破:对莫言小说〈蛙〉的解读》,《群文天地》2011 年第 23 期。

866. 刘红:《浅谈莫言在小说领域内的探索创新》,《才智》2011 年第 23 期。

867. 邱晓雨:《印象莫言》,《当代学生》2011 年第 24 期。

868. 李杰:《海勒和莫言在新历史主义层面上写作对比》,《才智》2011 年第 25 期。

869. 陈丽华:《地域文化视野下的莫言家族小说》,《文教资料》2011 年第 36 期。

870. 张兴娟:《"不负责任"的叙述者:漫谈〈红高粱〉的叙述技巧》,《考试周刊》2011 年第 50 期。

871. 高媛媛:《莫言小说的艺术技巧研究》,《考试周刊》2011 年第 85 期。

872. 阎浩岗、李秋香:《"反着写"的偏颇——〈丰乳肥臀〉对"革命历史小说"的彻底颠覆及其意味》,《河北大学学报(哲学社会科学版)》2012 第 1 期。

873. 杨齐:《"落后"农民形象的嬗变——以欧阳山〈前途似锦〉与莫言〈生死疲劳〉为例》,《重庆交通大学学报(社会科学版)》2012 年第 1 期。

874. 梁小娟:《批判与建构——论莫言乡土小说的叙事伦理》,《长江学术》2012 年第 1 期。

875. 邹姗姗:《成功"撤退"的〈檀香刑〉》,《扬州职业大学学报》2012 年第 1 期。

876. 林苹:《莫言对新时期小说的贡献》,《重庆科技学院学报(社会科学版)》2012 年第 1 期。

877. 李远东:《论莫言小说中土地、农民、母亲情感的统一性》,《云南社会主义学院学报》2012 年第 1 期。

878. 甘浩:《穿越重大题材,探究人的存在——评莫言的长篇小说〈蛙〉》,《郑州师范教育》2012 年第 1 期。

879. 邱晓岚、南瑛:《论莫言小说语言的艺术特色》,《漯河职业技术学院学报》2012 年第 1 期。

880. 申长崴:《论莫言小说中"肉"意象的文化象征意义》,《和田师范专科学校学报(汉文综合版)》2012 年第 1 期。

881. 李伟:《战争史诗与爱情传奇——以怪诞视角解读〈红高粱家族〉》,《文学界》2012 年第 1 期。

882. 汪雨萌:《蛙鸣中的悲剧——莫言〈蛙〉中的意象小识》,《名作欣赏(鉴赏版)》2012 年第 1 期。

883. 田松林:《诸行无常 诸法无我——论〈生死疲劳〉的佛教意识》,《华人时刊》2012 年第 1 期。

884. 张月新:《莫言〈蛙〉——一个英雄时代的告别仪式》,《北方文学》2012 年第 2 期。

885. 柴琳:《古久的恐惧——〈食草家族〉与〈百年孤独〉中"乱伦"叙述》,《北方文学》2012 年第 2 期。

886. 王博雅:《〈透明的红萝卜〉中黑孩心理浅析》,《神州》2012 年第 2 期。

887. 戴璐:《探究小说世界中的意象审美:重读莫言的〈檀香刑〉》,《名作欣赏》2012 年第 2 期。

888. 苟欣悦:《无尽的悲歌:爱的缺失与渴求——浅谈〈透明的红萝卜〉中黑孩的心理历程》,《北方文学》2012 年第 3 期。

889. 岳锦玉:《中国当代文学"变形"母题的时代内涵——以〈生死疲劳〉和〈怀念狼〉为例》,《西江月》2012 年第 3 期。

890. 田松林:《致敬与借鉴——浅析〈生死疲劳〉的创作经验》,《青年文学家》2012 年第 3 期。

891. 程敏:《关于民间叙事困境的思考——以莫言小说〈蛙〉为例》,《安徽广播电视大学学报》2012 年第 2 期。

892. 夏兆林:《用生命本身来救赎生命——论莫言的〈蛙〉》,《安徽文学》2012 年第 2 期。

893. 王琦:《女性的吟唱与底层的叹息》,《当代小说》2012 年第 2 期。

894. 宋宇:《〈红高粱家族〉叙述视角的多元解读》,《剑南文学》2012 年第 2 期。

895. 陈旭:《新世纪莫言长篇小说研究述评:从〈檀香刑〉说起》,《剑南文学》2012 年第 2 期。

896. 李自国:《论〈红高粱〉的叙述视角》,《江汉学刊》2012 年第 2 期。

897. 唐小林:《〈蛙〉:能否减少作品的"穿帮"?》,《上海采风月刊》2012 年第 2 期。

898. 田文兵:《个人情感与民族叙事的融合——论莫言〈丰乳肥臀〉中情爱书写的文化隐喻》,《海南师范大学学报(社会科学版)》2012 年第 2 期。

899. 晏羽:《因冲突而存在,因存在而真实——试析莫言〈蛙〉在冲突中的反思》,

《淮北职业技术学院学报》2012 年第 2 期。

900. 杨萍:《浅析莫言〈檀香刑〉的狂欢化叙事艺术》,《佳木斯教育学院学报》2012 年第 2 期。

901. 简澈:《比较诗学视野下的莫言小说——莫言小说审美观评述》,《贵阳学院学报(社会科学版)》2012 年第 2 期。

902. 李景华:《论莫言〈蛙〉的历史重构美学》,《现代语文》2012 年第 4 期。

903. 董英飞:《天马何以行空?——再论西方现代派文学对莫言创作转型的影响》,《文学界》2012 年第 4 期。

904. 刘国亚:《生命的异化:论莫言长篇小说〈蛙〉》,《现代语文》2012 年第 5 期。

905. 麻凤杰:《情感·革命·人性——〈蛙〉中姑姑形象探析》,《文学界》2012 年第 5 期。

906. 戴璐:《探究小说世界中的意象审美——重读莫言的〈檀香刑〉》,《名作欣赏》2012 年第 6 期。

907. 张琳:《一只眼睛的残缺与苦难——论莫言小说中的独眼人形象》,《文艺生活》2012 年第 6 期。

908. 白雨可:《当代中国马克思主义文艺理论研究——以〈怀抱鲜花的女人〉为例》,《文学界》2012 年第 6 期。

909. 范丽萍:《对比小说中的母亲角色分析女性意识的觉醒——对比分析〈丰乳肥臀〉中的母亲角色和古代文学中的女性形象》,《散文百家》2012 年第 6 期。

910. 刘芸:《〈酒国〉——一个虚构的真实》,《文学界》2012 年第 6 期。

911. 王博雅:《〈透明的红萝卜〉中黑孩心理浅析》,《神州》2012 年第 6 期。

912. 周志雄:《历史之痛与忏悔之思——评莫言的〈蛙〉》,《创作与评论》2012 第 2 期。

913. 周晓静:《词语陌生化和莫言小说语言的弹性美》,《小说评论》2012 年第 3 期。

914. 王晓霞:《海勒和莫言写作对比研究——以新历史主义为视角》,《咸宁学院学报》2012 年第 3 期。

915. 刘江凯:《"沾光"或"聚光":当代中国电影与文学的海外接受关系——以〈红高粱〉、〈活着〉为例》,《长城》2012 年第 3 期。

916. 张璇、高越:《论莫言小说的民间性》,《文艺生活》2012 年第 3 期。

917. 高芳芳:《自由茁壮的"红高粱"精神——试评莫言的〈红高粱〉》,《学周刊》2012 年第 10 期。

918. 柴琳:《文明与野蛮:"蹼膜"和"猪尾巴"意象》,《群文天地》2012 年第 5 期。

919. 李坤玉、傅敏:《莫言小说〈酒国〉中的后现代特征》,《群文天地》2012

年第5期。

920. 龙体钦:《论莫言小说的苦难叙事》,《剑南文学》2012年第5期。

921. 宋宇:《〈红高粱家族〉语言的"混搭"艺术》,《青春岁月》2012年第6期。

922. 岳锦玉:《中国当代文学"变形"母题的时代内涵——以〈生死疲劳〉和〈怀念狼〉为例》,《西江月》2012年第8期。

923. 赵玉杰:《外来契机与多元因素——论莫言所受的外国文学的影响》,《文学界》2012年第8期。

924. 陈惠:《乡野的气味最美好——重读莫言小说〈红高粱家族〉》,《青年文学家》2012年第9期。

925. 李晓燕:《永恒的爱与无尽的伤——评莫言〈蛙〉》,《长城》2012年第4期。

926. 周引莉:《论九十年代以来小说中的民间诙谐文化成分及其功能》,《中南大学学报(社会科学版)》2012年第4期。

927. 贺立华:《莫言创作30年主体意识三度跃迁》,《海南师范大学学报(社会科学版)》2012年第4期。

928. 江南:《词语审美价值的释放和张扬——谈莫言小说寻常词语艺术化的路径和方式》,《徐州师范大学学报(哲学社会科学版)》2012年第4期。

929. 李肖:《悲剧的诞生——莫言〈蛙〉中"姑姑"形象的悲剧性分析》,《淮北职业技术学院学报》2012年第4期。

930. 一笑:《莫言:叩响历史之门》,《作家》2012年4月号下半月刊。

931. 周妮:《可恨·可悲·可怜——试析〈檀香刑〉中的赵甲形象》,《作家》2012年4月号下半月刊。

932. 潘峰、黄健:《论莫言小说作品中的红色词》,《时代文学》2012年第4期。

933. 刘广远:《文本的想象与历史的可能》,《文艺争鸣》2012年第5期。

934. 李衍柱:《生命的文学与文学的生命——读莫言〈蛙〉感言》,《时代文学》2012年第5期。

935. 冯立嵩:《从〈四十一炮〉看莫言无所不在的"肉言乱语"》,《青年文学家》2012年第13期。

936. 李霁宇:《你有多少才气》,《文学自由谈》2012年第3期。

937. 栾梅健:《面对历史纠结时的精准与老到——再论莫言〈蛙〉的文学贡献》,《当代作家评论》2012年第6期。

938. 王西强:《论莫言1985年后中短篇小说的叙事视角试验》,《中国现代文学研究》2012年第6期。

939. 宁明:《莫言海外研究述评》,《东岳论丛》2012年第6期。

940. 宁明:《莫言小说中的"'自由'人物谱"》,《求索》2012年第6期。

941. 宋学清、张珈录:《政治神话的民间建构模式——浅析莫言的〈檀香刑〉》,《参花》2012年第6期。

942. 夏兆林:《论莫言小说中的儿童视角》,《语文学刊》2012年第11期。

943. 黄东民、于伟娜:《莫言小说中的女性形象探究》,《产业与科技论坛》2012年第11期。

944. 姜华、杨枫:《以互文性视角看莫言小说中的历史诗学》,《文艺争鸣》2012年第7期。

945. 杨喆:《略论〈檀香刑〉的叙事艺术》,《北方文学》2012年第7期。

946. 宋学清、赵茜、张宝林:《从〈檀香刑〉的戏剧成分和色彩看莫言的民间立场》,《作家》2012年第14期。

947. 张宏业:《感觉世界的构筑——以〈雪国〉与〈白狗秋千架〉为中心》,《岁月》2012第7期。

948. 程光炜:《小说的读法——莫言的〈白狗秋千架〉》,《文艺争鸣》2012年第8期。

949. 王敏:《记忆术:代际隐喻、意识幻象与记忆场——读莫言〈透明的红萝卜〉》,《文艺争鸣》2012年第8期。

950. 钟怡雯:《论莫言小说"肉身成道"的唯物书写》,《文艺争鸣》2012年第8期。

951. 张书群:《最早的〈莫言研究资料〉校读札记》,《文艺争鸣》2012年第8期。

952. 于葆:《暗笑者:莫言印象》,《时代文学》2012年第8期。

953. 孟文彬:《齐文化视野的文学创作及其审美风格:张炜与莫言》,《重庆社会科学》2012年第8期。

954. 李莹:《忏悔自我,反思历史——论莫言的〈蛙〉》,《西江月》2012年第22期。

955. 萧立军、魏华莹:《我和〈透明的红萝卜〉》,《长城》2012年第9期。

956. 高志强:《从沉重的"爬"到轻盈的"游"》,《中国图书评论》2012年第9期。

957. 丛新强:《人,在历史与伦理的旋涡中——论莫言的长篇小说〈蛙〉》,《时代文学》2012年第9期。

958. 张显翠、杨明骥:《〈活着〉与〈檀香刑〉中"死亡"叙述的比较》,《名作欣赏》2012年第27期。

959. 王延辉:《莫言的文学世界》,《环球人物》2012年第27期。

960. 莫言、刘琛:《把"高密东北乡"安放在世界文学的版图上——莫言现实文学访谈录》,《东岳论丛》2012年第10期。

961. 黄万华:《自由的诉说:莫言叙事的天籁之声——莫言新世纪10年的小说》,

《东岳论丛》2012 年第 10 期。

962. 廖莹莹:《高贵的沉默者——论〈透明的红萝卜〉中黑孩的形象》,《重庆科技学院学报(社会科学版)》2012 年第 10 期。

963. 卫建民:《莫言如是说》,《中国发展观察》2012 年第 10 期。

964. 熊建鹏:《莫言获奖——开启中国文学与世界对话新起点》,《赤子》2012 年第 10 期。

965. 尹清丽:《"槐"意象与莫言小说的"寻根"意识》,《名作欣赏》2012 年第 30 期。

966. 张颐武:《中国文学的焦虑彻底放下了》,《人民论坛》2012 年第 30 期。

967. 范玉刚:《莫言获奖呈现多重"气象"》,《人民论坛》2012 年第 30 期。

968. 高芳芳:《自由茁壮的"红高粱"精神——试评莫言的〈红高粱〉》,《学周刊》2012 年第 30 期。

969. 李乃清:《莫言的强项就是他的故事:专访莫言小说瑞典语译者陈安娜》,《南方人物周刊》2012 年第 36 期。

970. 李乃清:《莫言:他人有罪,我也有罪》,《南方人物周刊》2012 年第 36 期。

971. 卫毅:《苦难是他的第一摇篮——文学评论家刘再复谈莫言》,《南方人物周刊》2012 年第 36 期。

972. 谢有顺:《如此丰富又如此悲伤》,《中国新闻周刊》2012 年第 38 期。

973. 吴子茹:《莫言在西方》,《中国新闻周刊》2012 年第 38 期。

974. 陈涛:《莫言:出高密记》,《中国新闻周刊》2012 年第 38 期。

975. 林墨山:《莫言:我是一个做人很诚实的作家》,《中国新闻周刊》2012 年第 38 期。

976. 陈安娜、万之:《中文文学的胜利——写在莫言获得 2012 年诺贝尔文学奖时》,《三联生活周刊》2012 年第 42 期。

977. 杨璐:《莫言:成为一个作家》,《三联生活周刊》2012 年第 42 期。

978. 魏一平:《莫言与故乡》,《三联生活周刊》2012 年第 42 期。

979. 《三联生活周刊》编辑部:《解释莫言》,《三联生活周刊》2012 年第 42 期。

980. 朱伟:《我认识的莫言》,《三联生活周刊》2012 年第 42 期。

981. 景凯旋:《我为什么不喜欢莫言的作品》,《南都周刊》2012 年第 41 期。

982. 朱白:《"容量"最庞大的写作者》,《南都周刊》2012 年第 41 期。

983. 程德培:《被记忆缠绕的世界:莫言创作中的童年视角》,《上海文学》2012 年第 11 期。

984. [法]安妮·居里安、蒙田:《孩子,夸张与视觉——第七次"两仪文舍"讨论纪要(节选)》,《上海文学》2012 年第 11 期。

985.《疾风骤雨中凋谢的童真——以弗洛伊德的人格结构理论释莫言小说的儿童形象》,《山东文学》2012 年第 3 期。

986. 陈晓明:《以个人风格穿透现代性历史——莫言小说艺术特质漫议》,《山东文学》2012 年第 11 期。

987. 吴义勤:《"极品"莫言——以莫言的两部长篇小说为例》,《山东文学》2012 年第 11 期。

988. 张清华:《〈丰乳肥臀〉:通向伟大的汉语小说》,《山东文学》2012 年第 11 期。

989. 李掖平:《激情·狂放·魔幻·诡奇——重读莫言小说"红高粱家族"》,《山东文学》2012 年第 11 期。

990. 徐忠友:《莫言获"诺奖""乡土文学"走向世界的启示》,《澳门月刊》2012 年第 190 期。

991. 叶开:《高密东北乡——莫言的隐秘文学王国》,《文史参考》2012 年第 21 期。

992. 温儒敏、叶诚生:《"写在历史边上"的故事——莫言小说的现代质》,《东岳论丛》2012 年第 12 期。

993. 贺仲明:《为什么写作?——论莫言的创作立场及意义探析》,《东岳论丛》2012 年第 12 期。

994. 黄发有:《莫言的启示》,《东岳论丛》2012 年第 12 期。

995. 白烨:《莫言获诺奖引发的一些思考》,《百家评论》2012 年第 1 期。

996. 雷达:《莫言是个什么样的作家》,《百家评论》2012 年第 1 期。

997. 陈福民:《莫言获奖给我们带来了什么》,《百家评论》2012 年第 1 期。

998. 洪治纲:《莫言是一个奇特的存在》,《百家评论》2012 年第 1 期。

著作

1. 张志忠:《莫言论》,中国社会科学出版社 1990 年版。

2. 贺立华、杨守森等:《怪才莫言》,花山文艺出版社 1992 年版。

3. 朱宾忠:《跨越时空的对话——福克纳与莫言比较研究》,武汉大学出版社 2006 年版。

4. 张文颖:《来自边缘的声音:莫言与大江健三郎的文学》,中国传媒大学出版社 2007 年版。

5. 叶开:《莫言评传》,河南文艺出版社 2008 年版。

6. 张灵:《叙述的源泉:莫言小说与民间文化中的生命主体精神》,中央编译出版社 2010 年版。

7. 付艳霞:《莫言的小说世界》,中国文史出版社 2011 年版。

8. 莫言研究会编著:《莫言与高密》,中国青年出版社 2011 年版。
9. 蒋泥:《大师莫言》,安徽文艺出版社 2012 年版。
10. 任瑄:《高粱红了——对话莫言》,人民日报出版社 2012 年版。
11. 郭小东等:《看穿莫言》,武汉大学出版社 2012 年版。
12. 朱向前:《莫言:诺奖的荣幸》,百花洲文艺出版社 2012 年版。
13. 谭五昌:《见证莫言——莫言获诺奖现在进行时》,漓江出版社 2012 年版。
14. 郭小东等:《为什么是莫言》,花城出版社 2013 年版。
15. 管谟贤:《大哥说莫言》,山东人民出版社 2013 年版。

高密莫言研究会编辑期刊《莫言研究》文章

1. 张世家:《我与莫言》,《莫言研究》2006 年总第 1 期。
2. 管谟贤:《莫言作品中的人和事》,《莫言研究》2006 年总第 1 期。
3. 张宜琦:《莫言与高密茂腔》,《莫言研究》2006 年总第 1 期。
4. 李大伟:《无神论者做弥撒》,《莫言研究》2006 年总第 1 期。
5. 杨守森:《魔鬼与天使——关于莫言小说中的人性分析》,《莫言研究》2006 年总第 1 期。
6. 兰传斌:《莫言作品现代性与地域性的整合》,《莫言研究》2006 年总第 1 期。
7. 齐林泉:《莫言创作与齐文化精神》,《莫言研究》2006 年总第 1 期。
8. 蒋玉君:《用大江目光聚焦莫言》,《莫言研究》2006 年总第 1 期。
9. 贾玉德、高伟:《让书香弥漫语文课堂——莫言成功的启示》,《莫言研究》2006 年总第 1 期。
10. 杨素梅:《〈檀香刑〉方言的文学意义及社会意义》,《莫言研究》2006 年第 1 期。
11. 毛丹青:《文学应该给人光明——大江健三郎与莫言对话录》,《莫言研究》2006 年第 1 期。
12. 毛维杰:《大音希声——北京之行访莫言》,《莫言研究》2006 年总第 1 期。
13. 管谟贤:《莫言家族史考略》,《莫言研究》2007 年总第 2 期。
14. 贺立华:《红高粱歌者的履印》,《莫言研究》2007 年总第 2 期。
15. 魏修良:《好个莫言现象》,《莫言研究》2007 年总第 2 期。
16. 毛维杰:《莫言与至诚小学》,《莫言研究》2007 年总第 2 期。
17. 赵学美:《论莫言的艺术自由》,《莫言研究》2007 年总第 2 期。
18. 刘光远:《莫言小说寺院意象解读》,《莫言研究》2007 年总第 2 期。
19. 杨守森:《故园情结》,《莫言研究》2007 年总第 3 期。
20. 管谟贤:《读"牛"说牛》,《莫言研究》2007 年总第 3 期。

21. 蒋玉君:《莫言与胶河》,《莫言研究》2007 年总第 3 期。

22. 贾玉德:《愤怒的呐喊——读〈天堂蒜薹之歌〉》,《莫言研究》2007 年总第 3 期。

23. 孙文鹰:《莫言:我的饺子唱着歌来了》,《莫言研究》2007 年总第 3 期。

24. 李大伟:《与莫言先生二三事》,《莫言研究》2007 年总第 3 期。

25. 王受轼:《莫言在河崖棉油加工厂的岁月》,《莫言研究》2007 年总第 3 期。

26. 房伟:《"炮声"中的众神狂欢——论莫言的小说〈四十一炮〉中的"谪仙"母题》,《莫言研究》2007 年总第 3 期。

27. 齐林泉:《论莫言"文学共和国"的三类家族》,《莫言研究》2007 年总第 3 期。

28. 沈润亮:《人性毁灭的悲歌——莫言长篇小说〈檀香刑〉人物悲剧命运浅析》,《莫言研究》2007 年总第 3 期。

29. 潘弘:《无可奈何花落去——解读莫言的〈冰雪美人〉》,《莫言研究》2007 年总第 3 期。

30. 毛维杰:《梦幻的民间复仇——莫言短篇小说〈月光斩〉解读》,《莫言研究》2007 年总第 3 期。

31. 杨素梅:《作家之幸运》,《莫言研究》2007 年总第 3 期。

32. 张子照:《拍电影〈红高粱〉的日子》,《莫言研究》2007 年总第 3 期。

33. 刘铁飞:《至今难忘〈红高粱〉——最爱的还是"颠轿曲"》,《莫言研究》2007 年总第 3 期。

34. 韩平:《高密〈红高粱〉的酒香醇厚》,《莫言研究》2007 年总第 3 期。

35. 李大伟:《莫言先生为我三荐稿》,《莫言研究》2008 年总第 4 期。

36. 杨素梅:《莫言与高密民间传说》,《莫言研究》2008 年总第 4 期。

37. 藤井省三:《莫言的〈酒国〉之旅》,《莫言研究》2008 年总第 4 期。

38. 曹鸿鹤:《走近大师——记十年前采访莫言和吉田富夫》,《莫言研究》2008 年总第 4 期。

39. 管谟贤:《我们哥仨的当兵梦》,《莫言研究》2008 年总第 4 期。

40. 毛维杰:《童年的莫言》,《莫言研究》2008 年总第 4 期。

41. 丁元忠:《寻找莫言》,《莫言研究》2008 年总第 4 期。

42. 一夫:《温暖》,《莫言研究》2008 年总第 4 期。

43. 郭宗利:《聂来敬与电影〈红高粱〉》,《莫言研究》2008 年总第 4 期。

44. 尚可:《他要冲出高粱地》,《莫言研究》2008 年总第 4 期。

45. 朱向前:《天马行空——莫言小说艺术评点》,《莫言研究》2008 年总第 4 期。

46. 齐林泉:《论莫言创作的三个时代》,《莫言研究》2008 年总第 4 期。

47. 王美春:《论莫言幻梦世界的女性追寻者》,《莫言研究》2008 年总第 4 期。

48. 李健:《回旋激荡的交响乐——谈〈红高粱〉中的复调因素》,《莫言研究》2008年总第4期。

49. 潘红英:《别样的诱惑——解读莫言的〈怀抱鲜花的女人〉》,《莫言研究》2008年总第4期。

50. 王乐亭:《赞美与批判——读莫言的〈冰雪美人〉》,《莫言研究》2008年总第4期。

51. 宋亮:《关于莫言文学特色探源》,《莫言研究》2008年总第4期。

52. 莫言:《当众人都哭时,应该允许有的人不哭》,《莫言研究》2010年总第6期。

53. 姜智芹:《西方读者视野中的莫言》,《莫言研究》2010年总第6期。

54. 陶文琉:《以〈丰乳肥臀〉为例论莫言小说对越南文学的影响》,《莫言研究》2010年总第6期。

55. 刘毅然:《莫言,一杯热醪心痛——又侃莫言》,《莫言研究》2010年总第6期。

56. 王美春:《妙笔生花谱群芳——莫言长于塑造女性形象探秘》,《莫言研究》2010年总第6期。

57. 王恒升:《莫言早期小说创作论》,《莫言研究》2010年总第6期。

58. 蒋玉君:《从古代作家成功经验窥莫言成才之谜》,《莫言研究》2010年总第6期。

59. 管遵华:《由莫言的想象力所想到的》,《莫言研究》2010年总第6期。

60. 杨守森:《"莫言研究"在高密》,《莫言研究》2012年总第7期。

61. 魏修良:《金秋时节话莫言,听取〈蛙〉声一片——山东文化学者莫言茅盾文学奖获奖作品〈蛙〉研讨会述要》,《莫言研究》2012年总第7期。

62. 李衍柱:《生命的文学与文学的生命——读莫言〈蛙〉感言》,《莫言研究》2012年总第7期。

63. 贺立华:《莫言创作三十年主体意识三度跃迁》,《莫言研究》2012年总第7期。

64. 于红珍:《又一曲女性悲歌——谈莫言长篇小说〈蛙〉中女性形象》,《莫言研究》2012年总第7期。

65. 赵奎英:《莫言〈蛙〉的叙事修辞艺术》,《莫言研究》2012年总第7期。

66. 丛新强:《人,在历史与伦理的旋涡中——解读莫言的〈蛙〉》,《莫言研究》2012年总第7期。

67. 孙书文:《怪诞的力量——读莫言的〈蛙〉》,《莫言研究》2012年总第7期。

68. 张学军:《莫言长篇小说的结构艺术》,《莫言研究》2012年总第7期。

69. 管谟贤:《一部自我忏悔自我救赎的书》,《莫言研究》,2012年总第7期。

70. 吴义勤:《原罪与救赎——读莫言长篇小说〈蛙〉》,《莫言研究》2012年总第

7期。

71. 郭春林:《写实与狂想的奇妙组合——读莫言新作〈蛙〉》,《莫言研究》2012年总第7期。

72. 贺绍俊:《〈蛙〉:文学与生命的思想难题》,《莫言研究》2012年总第7期。

73. 曹元勇:《对生命的敬畏与悲悯》,《莫言研究》2012年总第7期。

74. 张勐:《生命在民间——莫言〈蛙〉剖析》,《莫言研究》2012年总第7期。

75. 姚文坛:《作家要写出灵魂深处的痛——莫言访谈录》,《莫言研究》2012年总第7期。

76. 兰传斌:《山东籍作家莫言"把自己当罪人写"》,《莫言研究》2012年总第7期。

77. 崔立秋:《莫言:作家应有更高的价值追求》,《莫言研究》2012年总第7期。

78. 莫言:《盯着人写》,《莫言研究》2012年总第7期。

79. 莫言:《关于〈蛙鸣〉的京都演讲》,《莫言研究》2012年总第7期。

80. 杨鸥:《莫言:不断地出新、创新》,《莫言研究》2012年总第7期。

(以上索引由山东师范大学2008级文艺学研究生张丽芳、张梅、王艳华、张敏、李保春、陈海红,山东大学2011级中国现当代文学研究生王晓岭、王乐文、赵海林以及莫言研究会搜集整理)

编后絮语：莫言研究三十年佳话

◇贺立华

2012年10月10日晚7点，央视新闻播出了作家莫言荣获诺贝尔文学奖的消息，山东大学师生一片欢腾。正在吃晚饭的山东省教育厅厅长齐涛教授，兴奋地放下碗筷，从书架上抽出一部厚厚的有点古旧泛黄的书，递给夫人——山东大学出版社总编辑马新教授说："这部书可以再版啊！尽快与贺、杨二位联系！"这部书，正是二十多年前青年学者齐涛教授力主在山东大学出版社出版并做责任编辑的《莫言研究资料》……二十年后，马新总编继续这项工作，于是就有了《莫言研究资料》续编——《莫言研究三十年》，进而又策划了"莫言研究书系"。

1992年山东大学出版社出版的《莫言研究资料》是对青年作家莫言创作十年的研究总结，是当时全国第一部研究莫言的资料汇编；它的珍贵在于它得到了莫言及其家人和莫言青少年时代朋友们的大力支持，首次发表了一批鲜为人知的史料和图片，丰富了对莫言创作历史背景的研究。后来的许多研究和宣传，往往都从这部书里寻找资料，例如现在媒体广为传播的莫言小说的背景故事、少年莫言图片及莫言和电影《红高粱》导演、演员光膀子的照片等，大都选自这部书；它的可贵还在于比较客观地介绍了学界对莫言创作十年的研究，介绍了在莫言故乡高密召开的全国第一次莫言作品讨论会实况等，许多持批评意见的论文也选入其中。

当然，这本书也存在着许多失误，新疆学者张书群先生对该书有很中肯的评论和细致的校勘。再版该书时，我们一一对照作了纠正。在此，我们再一次对张先生严谨的治学精神表示感谢。

谈起这部《莫言研究资料》的出版和高密县莫言研究的开展，有许多令人难忘的故事。

山东学界对莫言的关注，始于1985年莫言发表了《透明的红萝卜》之后。1986

年山东省青年社会科学工作者协会酝酿创办《青年思想家》杂志时，与莫言同庚同乡的山东师范大学青年学者杨守森兄就提出：先锋作家莫言才华横溢，是青年作家中的翘楚，编辑部应该把莫言邀进咱们《青年思想家》的队伍。1988年，守森兄又提出应该在莫言故乡高密召开一次莫言作品研讨会，《青年思想家》的同仁齐声响应，于是就有了《青年思想家》牵头组织的全国第一次莫言作品研讨会。现在说来颇轻松，但当年办会确实不易，用四处碰壁来形容也不为过。当时有人还不理解先锋派作家莫言，莫言的作品在稍显封闭的高密颇有争议，听到过这样的说法："莫言的小说骂了高密人"、"我们的高粱酒可没掺人尿"……正当我和守森兄徘徊在高密街头的时候，是莫言少年时代的好友、正在高密南关打工的张世家热情似火地接待了我们，自告奋勇带领我们去"游说"山东师范大学的老校友、时任高密县委宣传部长的孙惠斌先生，大谈"莫言价值"。无需游说，远见卓识的孙部长当即拍板，力排众议，把全国百余名学者、记者邀来高密城，于1988年秋成功地举办了全国第一次莫言作品研讨会。那天，莫言高兴地抱着女儿笑笑赴会。30岁出头的莫言当时还是"满头秀发"（莫言戏语），一张笑眯眯的娃娃脸，谦虚而又和善。

国人因莫言而知高密。莫言效应，给高密带来了巨大的经济效益。莫言好友张世家得益于莫言研究的学者和记者们的支持，在红高粱大地上创建了一座具有现代气派的民营企业，成了纳税大户，即是一例。

这次会议之后，莫言的故乡成了《青年思想家》的"根据地"，莫言更是成了《青年思想家》的栋梁作者，他的许多写故乡的短篇精品都集中发表在《青年思想家》上，成了杂志的一大亮点，《青年思想家》迎来了一个蓬勃发展的阳春期。莫言高兴地赞美它"虎虎而有生气，这是我们自己的阵地！"而莫言的大哥管谟贤先生，莫言青少年时代的许多草根朋友如张世家、李希贵、石寿江、王玉清等都成了《青年思想家》的铁杆朋友和忠实的作者、读者……沧海桑田，此后二十年，这帮"山寨弟兄"和莫言一道进步，都成长为"呼风唤雨"的"一方诸侯"：张世家在山东大学校长曾繁仁教授的支持下，与生命科学院院长张长凯教授联手开发了新项目，使"天达药业2116"风靡全国，世家兄成了大红大紫的著名企业家。新世纪之初，在已经成为潍坊市教育局长的李希贵先生的鼓动下，依靠民间力量，成立了以退休老部长孙惠斌先生为会长的"高密莫言研究会"，建立了"莫言文学馆"、"红高粱文苑"网站，出版了《莫言研究》杂志。守森兄和我还荣幸地被聘为"高密莫言研究会"顾问。

莫言创作不断创造着奇迹，《青年思想家》一班弟兄对莫言的关注和研究也在不断深入。20世纪90年代初守森兄又提出：莫言自1981年发表作品至今，已有十年，全国对莫言的研究也取得了丰硕成果，应该对此有个总结，于是就有了1992年《莫言研究资料》的问世，有了青年学者们共同撰写的《怪才莫言》(花山文艺出版社1992年版)的问世。因我痴长守森几岁，所以凡是排座次的风光事儿，守森兄总是把我推到前排，但真正出智慧、干实事的都是谦谦君子守森兄。

说到《莫言研究资料》的出版，除了感谢现任山东省教育厅厅长、当年山东大学的青年教授齐涛兄慧眼识珠之外，还应该感谢现任山东省副省长、当年为聊城"县官"的赵润田兄，如果没有他们的热情支持，恐怕也不会有这部《莫言研究资料》。应该说，这个"第一本"书里，凝聚了太多喜爱莫言的学界、政界、企业界朋友的心血。遗憾的是，不少为莫言研究作出杰出贡献、令人难以忘怀的朋友，没能看到他们喜爱的莫言登上世界文学顶峰，没能看到他们关心的这本书的再版续集，其中就有为《莫言研究资料》欣然题写书名的著名美学家蒋孔阳先生，还有莫言的少年挚友、为召开莫言研讨会四方游说、并在大会上激情高呼"莫言兄弟一定会抱诺贝尔文学奖回来"的张世家兄，他因劳累过度，不幸英年早逝，每每想起，不胜凄凄……

莫言研究最为丰富的"续集"应该是莫言创作十年之后的近二十年。莫言创作研究与教学进入互动阶段，是21世纪初莫言被聘为山东大学教授开始的。作家进入高校和教授搭档，共同培养研究生，小说家来到课堂，看小说故事的学生们见到了那个在书里讲故事的"真人"，零距离地接触作家，使"看故事"变为"听故事"，使课堂理论教学与创作实践教学相结合，对人才的培养的确是一条很好的路子。应该说，莫言接续了山大自杨振声、闻一多、沈从文、老舍、梁实秋、洪深、冯沅君等老一代教授作家们集创作、教学、科研于一身、相得益彰的优良传统。莫言是个十分较真的人，他与挂虚名的教授不同，他认真地给学生讲课，认真地指导学生写论文，可谓一丝不苟。他说："当教授比当作家压力大，作家写不好作品臭的是自己，当教授教不好学生是误人子弟。"莫言的到来，使山东大学进入了莫言研究新阶段，研究莫言作品的学士、硕士、博士越来越多，而且他们大都听过莫言老师讲课，不少学生写论文时曾得到莫言老师的亲自指导，在"莫言研究书系"的《莫言弟子说莫言》一书里，就生动地记载了莫言及其弟子们在一起的美丽时光。著名的"80后"作家代表人物张悦然，15岁即在《青年思想家》发表了处女作，她在山东大学读书期间，虽然没有直接跟随莫言老师读研，但大二阶段的她却是实实在在地得到了莫言老师的栽培和提携。张悦然的第一部小说集《葵花走失在1890》拿到莫言老师案头以后，莫老师十分认真地给予指导、为小说作序，并推荐给作家出版社出版。后来张悦然谈到自己的起步、成长时这样说："如果说《青年思想家》是

给我作家梦的温床，那么莫老师就是那托举我飞翔的巨手。”

作家莫言与与莫言研究学者们的交往可谓君子之交。2000 年力主聘请莫言来山东大学执教的山东大学文学院院长恰是 1988 年全国第一次莫言讨论会上批评莫言作品最激烈的青年学者谭好哲教授，如今已过半百之年的他们，仍然友情笃厚，谭教授被人称作是莫言的诤友；最早看好青年作家莫言能成大器的恰是山东大学老教授古典文学专家马瑞芳和文学史家牛运清先生夫妇，早在 2006 年他们在看了莫言评论外国作家的论文后就说：“莫言有大师相，冲击诺贝尔文学奖，当今文坛舍莫言其谁也。”而谦虚的莫言却说：“前辈的夸奖让我受宠若惊，我最爱听马老师说《聊斋》了。”

在当初编《莫言研究资料》的时候，孩子们称呼他“莫言叔叔”；现如今我们在编《莫言研究三十年》时，莫言已经被孩子们称作“莫言爷爷”了。的确，几年前莫言已经晋升为苗一诺的“外祖父”了，“满头秀发”已经变得“一片荒凉”（莫言戏言）。二十多年过去，莫言已经走过了“红高粱时代”的青春期，创造了一座又一座奇异的山峰，进入了更加繁荣的成熟期：长篇小说已达 10 多部，中短篇小说已达 150 多部，另外还有评论、散文、戏剧、诗歌等诸多力作。研究莫言的专著更多、论文更多、资料更多，仅研究莫言的学士、硕士、博士论文就有数百部。“莫言研究书系”中的《海外莫言研究》一书也只是掠取了世界范围莫言研究之沧海一粟。同样是“一片荒凉”的我们，欣喜地看到一批年轻的学子在成长，莫言和我们的弟子辈已经挑起了莫言研究的大梁，如青年学者丛新强、孙书文担纲了《莫言研究三十年》的执行主编；齐林泉、兰传斌等编撰了《莫言弟子说莫言》；程春梅、于红珍编纂了《莫言研究硕博论文选编》；宁明编译了《海外莫言研究》……这都是年轻人的成果，其中饱含了他们对莫言的热爱与崇敬，也显示出了他们的热情、才华以及扎实的学术功底和严谨的治学精神……

温文尔雅的马新总编，在和我们谈这套《莫言研究书系》的设想时，依然是纯净如水的学者情怀，依然强调的是这套书的“学术价值”。她说：莫言是我们山东大学的特聘教授，山东大学是以学术立足于世的大学，理应成为研究莫言的中心。山东大学出版社推出的《莫言研究书系》是一个开放的、丰富多彩的文库，它将成为一个品牌，团结海内外莫言研究的学者，建成莫言研究的基地，我们有信心把它做大做强……在温和的马总编这里，我们感到了一种拒斥市场铜臭、守护学术清流、执着进取的不让须眉之气。随行的年轻学子孙书文、丛新强在归来路上告诉我：毕竟是学者，马总编给了我们信心和力量！

从二十多年前年轻的齐涛教授主持出版《莫言研究资料》，到马新总编主持出版《莫言研究三十年》等《莫言研究书系》,时光飞逝,流水如斯,已经跨越了四分之一世纪。莫言的文学创作走向了辉煌,莫言研究展示出了灿烂的前景……莫言的小说鼓荡着青春的热血,莫言学术研究的生命也永远年轻。

在《莫言研究三十年》的编纂过程中,我们得到了众多师友、同学的热情支持和帮助。感谢山东省作家协会副主席李掖平教授,她作为《山东文学》、《百家评论》主编,提供了许多来自两刊的高水平的莫言研究文章;感谢《东岳论丛》副主编曹振华编审,曹老师不仅提供了本刊的莫言研究文章,而且推荐了其他有分量的学术成果;感谢高密莫言研究会的毛维杰老师;感谢山东大学硕士研究生王晓岭、王乐文、赵海林,山东师范大学博士生李晓燕,硕士研究生吕杉杉、郭程、孙琼、王济洲、刘颖、赵明智、王海雁,感谢他们牺牲节假日搜集资料的辛苦劳动。感谢他们的无私和对莫言研究的热情。

需要向读者诸君说明的是,《莫言研究三十年》上卷基本保留了 1992 年版的《莫言研究资料》全貌,中卷和下卷则是莫言研究近二十年新的资料汇编。编选本书虽说尽心尽力,但仍然是战战兢兢,惟恐不周,疏漏之处,还请方家批评指正。

2013 年 2 月 22 日